KB232819

전쟁과 평화 Ⅱ

톨스토이

일신서적공사

전쟁과 평화 Ⅱ
차례

주요 등장 인물

니콜라이 볼콘스키이 노공작　러시아의 전형적인 귀족.　세상을　비꼬는　비굴한
　　　사람.

안드레이　노공작의 맏아들.　냉철하고 비판적인 두뇌의 소유자인 미남 청년 장교.

리　자　안드레이의 아내.

마리야　노공작의 딸.　뒤에 니콜라이 로스토프의 아내가 된다.

일리야 로스토프 백작　중류 귀족.　온화한 성격의 인물.

나탈리야　백작의 아내.

니콜라이　백작의 맏아들.　청년 장교.　순박한 다혈질의 청년.

페　쨔　백작의 둘째 아들.　뒤에 견습사관이 되어 전사한다.

베　라　백작의 맏딸.

나타샤　백작의 둘째 딸.　발랄하고 아름다운 아가씨.　나중에 피예르 베주호프의
　　　아내가 된다.

피예르 베주호프　부유한 귀족의 서자로 안드레이 공작의 친구.　아내 엘렌이　죽
　　　은 후 나타샤와 결혼한다.

엘　렌　피예르의 아내.　바실리이 공작의 딸.　절세의 미인이나 무식하고 파렴치
　　　한 여자.

바실리이 공작　당시 정계의 실력자.

이폴리트　공작의 맏아들.　외교관.

아나톨리　공작의 둘째 아들.　미남의 바람둥이.

쿠투조프 장군　러시아군의 총지휘관.

안나 파블로브나　황태후의 여관(女官).

제 3 장

1

1808년 알렉산드르 황제는 나폴레옹 황제와 다시 회견을 갖기 위해 에르푸르트로 떠났다. 페쩨르부르그 상류 사회에서는 이 화려하고 성대한 회견이 갖는 중요한 의의에 대해서 여러 가지 소문이 떠돌고 있었다.

1809년 이 세계적인 두 대군주(나폴레옹과 알렉산드르는 이렇게 불리고 있었다)의 친교는 절정에 이르렀다. 이 해, 나폴레옹이 오스트리아에 선전을 포고했을 때 러시아의 일 개 군단은 이전에는 적이었던 보나파르트를 도와서, 이전의 동맹자인 오스트리아 황제에 대항하기 위해 국경을 넘어 진출했고, 또 상류 사회에서는 알렉산드르 황제의 여동생 한 사람과 나폴레옹 사이에 어쩌면 혼인이 성립될는지도 모른다는 소문까지 떠돌고 있었다. 그러나 이러한 외교 문제 이외에 그 당시 러시아 사회의 관심은 차츰 국무 전반에 걸쳐 실시되기 시작한 내정 개혁에 특히 민감하게 집중되고 있었다.

그러나, 그러는 동안에도 참된 인간의 생활 즉 건강, 질병, 근로, 휴식이 따르고, 또 사상, 과학, 시, 음악, 사랑, 우정, 증오, 욕망 등과 관계를 가지고 참된 인간의 생활은 언제나와 다름 없이 나폴레옹 보나파르트의 정치적인 접근과 반목, 그 밖의 온갖 개혁과는 아무런 관계 없이 독자적으로 행해지고 있었다.

안드레이 공작은 이 년 동안 시골에 살며 한 걸음도 밖으로 나오지 않고 있었다. 피예르의 경우에는 스스로 계획을 세우고 끊임없이 여러 가지 일에 손을 댔으면서도 아무런 성과도 올리지 못하고 끝나 버린 소유지 개혁 사업이 안드레이 공작의 경우에는 별로 누구에게 보이려는 것도 아니요 또 눈에 띌 만한 노력도 들이는 일 없이 모두 실행되었다.

그는 피예르에게 결여되어 있는 그 실제적인 끈기가 대단해서 이것이 그로서는 각별한 까다로움도 노력도 없이 그의 일을 점차적으로 추진시켜 나가게 했던 것이다.

그의 어느 소유지에서는 삼백 명의 농노가 자유농으로 옮겨지고(이것은 러시아에서 최초의 일 중의 하나였다) 또 그 밖의 소유지에서는 부역이 소작료로 바뀌었다. 보구챠로보 마을에서는 그의 출자로 학력 있는 조산원이 많아졌고, 사제도 봉급을 받고 농부와 하인의 아이들에게 글을 가르치게 되었다.

안드레이 공작은 그 시간의 절반을 르이스이예 고르이에서 아직은 아버지와 유모의 손에 맡겨져 있는 아들과 함께 지냈고, 또 나머지 시간의 절반은 아버지가 수도원이라고 부르고 있던 보구챠로보 마을에서 지냈다. 그는 피예르에게 세상의 표면적인 사건에는 전혀 관심이 없다고 말했었지만, 실은 열심히 그 세상의 일에 주목했으며 많은 책들을 구독하였다. 그리고 페쩨르부르그라는 생활의 소용돌이 한복판에서, 그와 아버지에게로 참신한 이 사람들이 찾아왔을 때에, 이 사람들이 내외 정세의 전반 추이(推移)에 관한 지식에 있어, 언제나 시골에 붙박여만 있는 그보다도 훨씬 뒤떨어져 있는 것을 알고 놀라움을 감추지 못할 정도였다.

소유지에 관한 온갖 일과 지극히 광범위한 독서 이외에, 그는 그 무렵 러시아로서는 불행했던 최근의 두 전투에 대한 비판적인 분석과 육군의 군율 및 규정의 개정안(改正案) 작성에도 몰두하고 있었다.

1809년 봄, 안드레이 공작은 랴자니에 있는 아들의 소유지로 떠났다. 그는 이 소유지의 후견인이었다.

그는 봄햇살에 몸을 녹이며 마차에 앉아서, 파릇파릇한 풀이며 자작나무의 어린 잎이며 산뜻한 푸른 하늘에 흩어져 흘러가는 싱싱한 공 같은 봄날의 흰구름을 바라보고 있었다. 그는 아무것도 생각하지 않고, 들뜬 기분으로 그저 즐겁게 아무런 뜻도 없이 주위를 둘러보고 있었다. 일 년 전에 피예르와 이야기를 나누었던 그 나루터도 지나갔다. 지저분한 마을, 타작 마당, 가을 보리의 파릇파릇한 새싹, 다리 옆 근처에 눈이 남아 있는 비탈길, 비에 씻긴 진흙의 언덕길, 그루터기만 남은 밭과 군데군데 파랗게 수놓고 있는 덤불을 지나, 길 양옆으로 우거진 자작나무 숲으로 들어갔다. 숲 속은 바람 한 점 없고 오히려 더울 정도였다. 위에서 아래까지 완전히 끈끈한 초록빛 잎으로 뒤덮인 자작나무는 까딱도 하지 않았고, 지난 해의 낙엽을 밑에서 쳐들면서 푸릇푸릇한 햇풀이며 엷은 보랏빛 꽃이 얼굴을 내밀고 있었다. 자작나무 숲 사이에 여기저기 널려 있는 어린 전나무는, 그 볼품 없는 푸른빛으로 불유쾌한 겨울의 환상을 되새겨 주고 있었다. 숲으로 들어서자 말들은 갑자기 콧바람을 불기 시작하였고 눈에 띄게 땀을 흘렸다.

하인 표트르가 마부에게 무엇이라고 지껄였다. 마부는 고개를 끄덕이면서 대답을 했으나, 표트르는 마부의 동감만으로는 흡족하지 않은 듯 마부석에서 주인 쪽으로 얼굴을 돌렸다.

「서방님, 정말 마음이 홀가분해집니다!」하고 공손하게 미소지으면서 그는 말했다.

「뭐라고?」

「홀가분합니다, 서방님.」

『이놈은 도대체 무슨 말을 하고 있는 것일까?』하고 안드레이 공작은 생각했다. 『아아, 아마 봄을 말하고 있는 거겠지.』그는 주위를 휘둘러보면서 생각했다. 『아니, 정말 이젠 완전히 푸르러졌군…… . 정말 빠르기도 하다! 자작나무도 벚나무도 오리나무도 이제 벌써…… 그런데 떡갈나무가 보이지 않는군. 아아, 저기에, 저것이 떡갈나무다.』

길섶에 떡갈나무가 한 그루 서 있었다. 숲 전체를 차지한 자작나무보다 열 갑절은 더 해묵은 이 나무는, 여느 자작나무보다도 열 갑절은 더 굵고 두 갑절이나 키가 컸다. 그것은 틀림없이 두 아름이나 되는 거목으로서, 오래 전에 꺾인 듯한 가지와 상처투성이의 묵은 껍질로 덮여 있었다. 거대하고 볼품 없고 멋대로 뻗은 손과 손가락을 가진 이 거목은, 화를 잘 내고 남을 깔보는 늙은 불구자처럼 미소짓고 있는 자작나무 사이에 서 있었다. 오직 숲 속에 산재하는 조그마한 전나무들만이 황홀한 봄에 복종하려고 하지 않고 봄, 그리고 태양도 보려고 하지 않는 것 같았다.

〈봄, 그리고 사랑과 행복!〉하고 그 떡갈나무는 말하고 있는 듯이 보였다. 〈어쩌면 너희들은 그처럼 언제나 똑같이 쓸데없는 무의미한 속임수에 싫증도 나지 않는 것일까. 언제나 같고 모든 것이 거짓이다! 봄도, 태양도, 행복도 아무것도 없다. 저기 저것을 보라, 저기 짓눌려서 죽은 듯이 떡갈나무가 서 있지 않느냐! 언제나 같은 모습이다. 그래서 나도 꺾여서 상처투성이의 손가락을 돋아날 수 있는 곳이라면 어디든지 등이건 옆구리건 뚫고 나가서 돋아난 채 이렇게 서 있는 것이다. 너희들의 희망이나 속임수 같은 것은 믿지 않는다.〉

안드레이 공작은 숲을 지나가는 동안 무엇인가를 기대하는 것처럼, 몇 번인가 이 떡갈나무를 돌아보았다. 꽃이며 풀은 떡갈나무의 밑둥께에도 있었으나, 떡갈나무는 여전히 얼굴을 찡그리고 다만 추한 모습으로 완강하게 우뚝 서 있었다.

『그렇다! 옳다, 어디까지나 그 떡갈나무의 말이 옳다.』하고 안드레이 공작은 생각했다. 『다른 젊은 녀석들이야 제멋대로 이 속임수에 걸려들라지. 그러나 우리들은 인생을 알고 있다, 우리들의 인생은 다 끝난 것이다!』절망적이기는 하지만 우울한 쾌감을 수반하는 일련의 상념이 이 떡갈나무와 관련하여 그의 마음 속에서 용솟음쳐 올랐다. 이 여행중 내내 그는 자기의 온 생애를 새삼 다시 생각하는 것 같았다. 그리고 역시 자기는 이제 아무것도 새로 시작할 필요가 없다. 그저 나쁜 일을 저지르지 않고, 조바심하지 않고, 아무것도 바라지 않고 최후까지 살면 된다고 이전과 다름 없이 안심할 수 있는 절망적인 결론에 도달한 것 같았다.

2

랴자니의 소유지 후견에 관한 볼일로 안드레이 공작은 군(郡)의 귀족 회장과 만나지 않으면 안 되었다. 귀족 회장은 일리야 안드레예비치 로스토프 백작이었다. 그래서 안드레이 공작은 오월 중순에 그를 방문했다. 봄이라고는 하지만 벌써 무더운 철이었다. 숲은 이제 완전히 푸른 옷을 입고 먼지가 자욱하며, 물가를 지나면 풍덩 뛰어들고 싶어지는 더위였다.

안드레이 공작은 귀족 회장을 만나면 무엇과 무엇을 물어야 할까 하는 생각에 마음을 빼앗겨, 우울하고 걱정스러운 얼굴로 오트라드노예 마을의 로스토프네를 향해 정원의 가로수길을 따라 마차를 달려 나갔다. 그러자 오른쪽 나무 그늘에서 즐거운 여자의 외침 소리가 들리더니, 그의 포장 마차 앞을 가로지르는 한 떼의 소녀들이 눈에 띄었다. 앞장서서 공작의 포장 마차 쪽으로 가까이 달려온 것은 머리가 까맣고 몹시 여윈데다가 무섭게도 비쩍 말라 빠진, 눈동자가 까만 소녀로서 노란 색의 화려한 무늬가 있는 비단옷을 입고 흰 스카프로 머리를 싸고 있었으나, 그 밑에서 빗어올린 머리 타래가 밀려나와 있었다. 소녀는 무엇인가를 큰소리로 외쳤으나 낯선 사람임을 알자 얼굴을 돌리고 웃으면서 다시 왔던 쪽으로 뛰어갔다.

안드레이 공작은 웬지 문득 마음이 아파졌다. 하늘은 활짝 개고, 햇살도 밝고, 주위는 모든 것이 이토록 들떠 있는데도, 저 여위고 아름다운 소녀는 그의 존재 같은 건 아랑곳하지 않고, 또 알려고도 하지 않고, 그러면서도 무엇인지 자기만의 (분명 부질 없는 것일 테지만), 그러나 즐겁고 행복한 생활에 만족하고 그래서 행복에 겨워하고 있지 않은가! 『저 소녀는 무엇이 저리 기쁜 것일까? 무엇을 생각하고 있는 것일까? 설마 육군의 군율이니 랴자니의 소작료 정리니 하는 것이야 아닐 테고, 도대체 무얼 생각하고 있는 것일까? 어째서 저렇게도 행복한 것일까?』하고 자기도 모르게 안드레이 공작은 호기심에서 스스로 그렇게 물어보는 것이었다.

1809년 일리야 안드레이치 백작은 오트라드노예 마을에서 살고 있었다. 그리고 전과 마찬가지로 사냥이니 연극이니 만찬회니 음악회니 하며 거의 온 마을 사람들을 집에 초대하고 있었다. 그는 모든 새 손님을 맞을 때의 버릇으로, 안드레이 공작의 방문을 기뻐하고 거의 억지로 묵게 했다.

그 지루한 하루 동안, 연장자인 주인 부처와 손님들 가운데서도 중요한 사람들이 안드레이 공작을 접대했다. 이때 마침 본명 축일이 가까왔으므로 노백작의 객실은 손님들로 가득 차 있었다. 그동안 볼콘스키이는 다른 젊은 사람들 축에 끼어 무엇이 우스운지 연방 호들갑을 떨며 웃고 있는 나타샤 쪽을 몇 번이나 쳐다보면서 『도대체 저 소녀는 무얼 생각하고 있는 것일까? 무엇이 저렇게도 기쁜 것일까?』하고 줄곧 자문하는 것이었다.

그 날 밤 낯선 마을에 와서 혼자 남게 된 그는 좀처럼 잠을 이루지 못했다. 책을 읽고 나서 촛불을 껐다가는 다시 켰다. 덧문이 안쪽에서 닫혀져 있어 방안은 무더웠다. 그는 필요한 서류를 읍내에 두어 둔 채 아직 가져다 놓지 않았다면서 자기를 붙들어 놓은 그 멍청한 늙은이(그는 로스토프를 이렇게 불렀다)가 밉살스럽기도 하고, 마지못해 주저앉아 버린 자기 자신이 짜증스럽기도 했다.

안드레이 공작은 일어나서 창가로 다가가 창문을 열려고 했다. 창문이 열리자마자 달빛은 마치 오래 전부터 이제나저제나 이 기회를 조심스럽게 기다리고 있었기라도 한 듯이 방안으로 흘러들어왔다. 그는 창문을 더욱 활짝 열어 젖뜨렸다. 밤은 상쾌하고 죽은 듯 조용하고 밝았다. 창문 바로 앞에는 한쪽이 거뭇하고 다른 한쪽은 은빛으로 비치는 깎아 다듬은 나무가 줄지어 쭉 늘어서 있었다. 나무 밑엔 이슬이 깔려 촉촉히 젖어 있는 이름 모를 우거진 풀이 보이고, 군데군데 잎과 줄기가 은빛으로 반짝이고 있었다. 거뭇한 나무 건너편에는 이슬에 반짝이는 지붕이 보이고 그 오른쪽에는 눈부시도록 하얀 줄기와 가지를 드러내고 있는 울창한 큰 나무가 솟아 있었으며, 그 위에는 보름달에 가까운 달이 거의 별이 없는 봄의 밝은 밤하늘에 걸려 있었다. 안드레이 공작은 창문에 팔꿈치를 짚었다. 그의 눈길은 이 하늘에 못박였다.

안드레이 공작의 방은 이층에 있었다. 그러나 그 위 방에도 사람이 있었고, 역시 자지 않고 있는 모양이었다. 그는 위에서 울려 오는 여자의 이야기 소리를 들었다.

「이제 정말 꼭 한 번만 더.」하고 삼층에서 여자 목소리가 말했다. 안드레이 공작은 그것이 누군지 곧 알았다.

「아니, 정말 잠은 언제 자고?」하고 다른 목소리가 대답했다.

「난 자지 않겠어. 잠이 오지 않는걸. 어쩔 수가 없잖아! 자, 이제 그럼 마지막 으로 한 번만 더…….」

두 여자의 목소리는 어떤 가곡의 마지막 귀절인 듯싶은 한 소절을 부르기 시작 했다.

「아아, 정말 훌륭해! 자, 자요, 이제 마지막이야.」

「넌 자렴, 난 안 되겠어.」 첫번째의 목소리가 창문으로 다가와서 이렇게 말했 다. 그녀는 몸을 온 창문으로 내민 듯, 옷자락 스치는 소리와 숨소리마저 들리는 것 같았다. 달도 그 빛도 그림자까지도, 사방이 모두 고요하기만 하고 화석(化石) 처럼 되어 버린 듯했다. 자기가 우연히 이런 데에 있게 된 것을 상대가 눈치챌세 라, 안드레이 공작은 몸을 움직이는 것조차 두려워했다.

「소냐! 소냐!」 하고 첫번째의 목소리가 또다시 울렸다.

「어머나, 어쩌면 잠을 잘 수가 있담! 좀 봐요, 정말 훌륭해! 아아, 이 얼마나 훌륭해요! 글쎄, 조금 일어나 보라니까, 소냐!」 그녀는 거의 울먹일 것 같은 소 리로 말했다.「이처럼 아름다운 밤은 절대로, 절대로 그리 흔치 않아.」

소냐는 마지못한 듯 무엇어라고 대답했다.

「어머나, 싫어! 저거 좀 봐, 훌륭한 달이잖아!…… 아아니, 어쩌면 저리도 아 름다울까! 이리 좀 와 봐, 응? 소냐, 이리 좀 와 보라니까. 자, 보이지? 이렇게. 그 리고 앉아서, 이렇게 자기 무릎을 끌어안아 봐. 더 꼭, 될 수 있는 대로 꼭 끌어안 지 않으면 안 돼. 그리고 훌쩍 날아 보면 재미있을 거야. 이렇게!」

「이젠 그만, 떨어진다니까.」

승강이하는 소리와 불만스러운 소냐의 목소리가 들렸다.

「벌써 두 시가 가깝잖아.」

「아아, 넌 언제나 내 꿈을 망가뜨려 놓는군. 좋아, 저리 가, 저리 가라니까.」

사방은 다시 잠잠해졌다. 그러나 안드레이 공작은 그녀가 여전히 거기에 앉아 있다는 것을 알고 있었다. 이따금 조용히 바스락거리는 기척과 한숨 소리가 들렸 기 때문이었다.

「아아, 아아! 정말 아까와! 어쩌자고 이렇게 좋을까!」 하고 갑자기 그녀는 외 쳤다.「그러나 자야 한다면, 잘 수밖에!」 그러고는 창문을 쾅 닫아 버렸다.

『내 존재 같은 것은 아무런 관계도 없군!』 어째선지 이 소녀가 자기에 대해서 행여 무엇인가를 입 밖에 내지나 않나 하고, 두려움과 기대를 가지고 이야기 소 리에 귀를 기울이고 있던 안드레이 공작은 문득 이렇게 생각했다.『게다가 또 그 여자가! 마치 일부러 한 것간 같다!』 하고 그는 생각했다. 그러자 그의 마음 속 에 갑자기 자기의 온 생활과 대립되는 젊은 상념과 희망이 엇갈린 소용돌이가 자기도 모르게 솟구쳐 올라왔다. 도저히 자기로서는 이 상태를 해명할 힘이 없다고 느끼고 곧 잠이 들어 버렸다.

3

이튿날 부인들이 일어나서 나오기를 기다리지 않고, 백작에게만 작별을 하고 안드레이 공작은 귀로에 올랐다.

안드레이 공작은 집으로 돌아오는 도중, 그 구불구불 불거진 해묵은 떡갈나무에 의해서 이상야릇한 인상을 기억에 아로새겼던 자작나무 숲으로 또다시 들어갔다. 벌써 유월 초순이었다. 말방울은 한 달 반 이전보다도 더욱 쓸쓸하게 메아리쳤다. 숲은 충실하게 우거져 그늘은 짙고 무성해져 있었다. 군데군데 산재한 어린 전나무도 주위의 아름다움을 깨뜨리지 않고, 전체의 정취에 어울리도록 솜털이 뽀얀 새순에 감미로운 녹색을 물들이고 있었다.

온종일 몹시 무더워서 어디선지 뇌우(雷雨)라도 쏟아질 것 같은 하늘이었으나, 약간의 비구름이 한길의 먼지와 물기를 빨아올린 나뭇잎 위에 후두둑 빗방울을 뿌렸을 뿐이었다. 숲 왼쪽은 컴컴하게 그늘이 지고, 오른쪽은 흥건히 젖어서 광채를 띠고 스쳐가는 바람에 하느작거리며 햇빛에 빛나고 있었다. 모든 것이 성장의 절정기에 있었고, 꾀꼬리는 가까이서 혹은 멀리서 우짖고 있었다.

『아, 여기다! 이 숲 속이었다. 나와 완전히 공감(共感)했던 그 떡갈나무가 있었던 곳은.』하고 안드레이 공작은 생각했다. 『그런데 어디쯤이었던가?』안드레이 공작은 길 왼쪽을 바라보면서 다시금 그렇게 생각했다. 그리고 자기도 모르게, 그것인지 알아채지도 못 하고 자기가 찾고 있는 바로 그 떡갈나무에 어느 틈에 정신이 팔려 있는 것이었다. 완전히 모습이 달라진 해묵은 떡갈나무는 물기가 많은 짙푸른 잎을 천막처럼 펴고 가볍게 하느작거리면서, 저녁 햇살 속에 무성한 모습을 보이고 있었다. 그때 그 구부러진 손가락도, 딱지도, 노인다운 회의도, 슬픔도, 아무것도 보이지 않았다. 몇 백 년을 거쳐 온 단단한 껍질을 뚫고, 가지도 없이 물기에 찬 어린 잎이 돋아나고 있어, 이것이 그 노목이 만들어낸 것이라고는 도저히 믿어지지 않았다. 『그렇다, 이것이 그 떡갈나무다.』하고 안드레이 공작은 생각했다. 그러자 문득 환희와 갱생의 까닭 모를 봄기운이 그의 마음 속에 감도는 듯한 느낌이 들었다. 여태까지의 생활에서 가장 훌륭했던 순간들이 느닷없이 그의 머리에 몽땅 떠올랐다. 아우스테를리츠의 높은 하늘, 나무라는 듯한 아내의 죽은 얼굴, 나루터의 피예르, 밤의 아름다움에 흥분된 소녀, 그 밤, 그 달, 이런 것들이 모두 그의 머리에 떠올랐던 것이다.

『아냐, 인생은 서른 하나나 몇에서 끝나는 것이 아니다.』 갑자기 안드레이 공작은 결정적인 기분으로 이렇게 단정했다.『나는 내가 내 안에 가지고 있는 모든 것을 자기 혼자서 알려 주어야 한다. 피예르도 그 하늘로 날아가고 싶다고 한 소녀도, 모두 나를 알아 주어야 한다. 내 생활이 나만을 위해 흘러가거나, 그 사람들이 내 생활과는 아무런 관계도 없이 살고 있어서는 안 된다. 내 생활은 모든 사람에게 반영되어 모든 사람이 나와 더불어 살아가게 되어야 한다!』

이 여행에서 돌아온 뒤 안드레이 공작은 가을이 되면 페쩨르부르그로 가야겠다고 결심했다. 그리고 이 결심에 대한 가지가지의 이유를 궁리해 냈다. 어째서 페쩨르부르그로 가서 취직까지 하지 않으면 안 되는가, 이것에 대한 이치에 맞는 논리적인 이유는 얼마든지 쭉 늘어서서 필요에 따라 그가 이용할 수 있도록 기다리고 있었다. 한 달 전만 해도 마을을 떠난다는 것은 상상도 할 수 없는 일이었듯이, 지금도 그와 마찬가지로 생활에 대한 적극적인 참가의 필요성을 의심하는 것은 상상조차도 할 수 없는 일이 되었다. 그의 인생에 있어서의 많은 경험도, 만약 실생활에 참가하여 그것을 적용하지 않는다면 헛되고 아무런 보람도 없이 소멸되고 무의미한 것으로 돼 버릴 것처럼 느껴졌다. 어째서 이전에는 그런 빈약한 합리적인 논증만을 기초로 하여 그만한 실생활의 교훈을 받고 있으면서도, 남의 도움이 될 수 있다든가, 행복과 사랑은 가능하다고 믿는 날에는 더욱더 자신을 천하게 만드는 것이라고 단정해 버릴 수 있었는지, 그것조차 알 수가 없을 정도였다. 지금 이성은 그것과 전연 반대의 것을 속삭이고 있었다. 그 여행 뒤, 안드레이 공작은 시골에서 사는 것이 지루해졌다. 이전의 일도 흥미를 끌지 않았다. 그는 자기 서재에 혼자 앉아 있을 때면 자주 일어나서는 거울로 다가가 오랫동안 자기의 얼굴을 쳐다본 뒤, 눈길을 돌려 죽은 리자의 초상을 쳐다보는 것이었다. 리자는 그리스풍으로 틀어올린 머리 모양을 하고, 금테 액자 속에서 부드럽고 즐겁게 그를 쳐다보고 있었다. 그녀는 이제 남편에게 그 무서운 말을 하지 않고, 그저 단순하고 즐겁게 호기심에 찬 표정으로 쳐다보고 있을 뿐이었다. 그러자 안드레이 공작은 뒷짐을 지고 눈살을 찌푸리기도 하고 미소를 짓기도 하면서, 오랫동안 방안을 거닐었다. 그리고 그의 온 생활을 개조해 버린 바보 같은, 말로 형언할 수 없는, 마치 범죄처럼 숨겨진 상념을 마음 속으로 반복하는 것이었다. 이 상념은 피예르와 명예와 창문의 소녀와 떡갈나무와 여자의 아름다움과 사랑과 결부되어 있는 것이었다. 이런 때에 누가 방안으로 들어오면 그는 유달리 무뚝뚝해지며, 엄격할이 만큼 단호해지고 또 유달리 불쾌할이 만큼 논리적이 되는 것이었다.

「오빠.」이런 때에 공작 영애 마리야가 들어와서 곧잘 이렇게 말한다.「니콜루쉬카는 말이에요, 오늘 산책을 시킬 수가 없어요. 굉장히 추우니까요.」

「그야 따뜻하면.」하고 이런 때에 안드레이 공작은 누이에게 유달리 쌀쌀하게 대꾸했다.「셔츠 바람으로도 나갈 수 있지. 그러나 추우니까 따뜻한 옷을 입히면 돼. 옷은 그러기 위해서 만들어진 것이니까. 춥다는 것에서 생기는 결과는 이것뿐이야. 바깥 바람이 필요한 아이를 집안에 가만히 처박아 둔다는 것은 옳지 않아.」그는 마치 자기 마음 속에 생긴 비밀스런 비논리적인 내적 변화에 대해 누군가를 벌하려는 것처럼 까다롭게 말하는 것이었다. 공작 영애 마리야는 이런 경우, 이러한 종류의 지적 활동은 남성을 무미 건조하게 만들어 버린다고 생각하는 것이었다.

4

안드레이 공작이 페쩨르부르그에 도착한 것은 1809년 8월이었다. 그때는 마침 젊은 스페란스키이(1772~1839. 백작. 당시의 內相으로 자유주의적인 국가 개혁안을 작성했음—역주)의 명성과 그에 의해서 이루어진 개혁 세력의 전성기였다. 바로 이 8월에 황제는 포장 마차를 타고 가다가 마차가 뒤집히는 통에 나가떨어져 한쪽 발을 다쳤기 때문에 삼 주일 동안 페쩨르고프(별궁—역주)에 머무르고 있었는데, 그 동안 날마다 스페란스키이에게만 알현을 허용하고 있었다. 이 무렵 사회를 떠들썩하게 한 유명한 두 가지 칙령——궁중의 관등 폐지와, 오등관과 팔등관에 대한 시험 제도——뿐만 아니라, 위로는 국회에서 아래로는 면사무소에 이르기까지 사법, 행정, 재정 등 러시아 국정의 현행 제도 일체를 개혁해야 할 일련의 국가 헌장의 준비가 진행되고 있었던 것이다. 알렉산드르가 제위에 오를 때부터 품고 있던 막연한 자유주의적인 공상이 이제야 실현되고 구체화되려 하고 있었다. 황제는 처음 이러한 공상들을, 자신이 농닫삼아 〈사회 구제 위원〉이라고 부르고 있던 보좌역들——챠르토리쥐스키이, 노보실쩨프, 코츄베이, 스토로고노프들의 힘을 빌어 실현하려고 노력하고 있었던 것이다.

그것이 지금은 이러한 사람들 대신 문서면에서는 스페란스키이가, 군사면에서는 아라크체예프(1769~1834. 백작. 1803년부터 25년까지 육군 대신을 지냄. 군대와 관료와 경찰을 지배하여 가혹한 반동 정치를 한 사람이었음-역주)가 고스란히 그들의 자리를 차지하고 있었다. 안드레이 공작은 도착한 뒤 곧 시종으로서 궁중에 들어가 황제를 배알하였다. 황제는 두 차례나 그를 만났지만 한 마디도 말을 건네지 않았다. 안드레이 공작은 훨씬 이전부터 자기의 얼굴, 아니 자기의 존재가 황제에게는 불쾌한 것이라고 느끼고 있었으나, 지금 황제가 자기를 쳐다보는 무뚝뚝하고 냉담한 시선 속에서, 전보다도 더 한층 이 추측을 뒷받침하는 것을 발견했다. 조신(朝臣)들은 안드레이 공작에 대한 황제의 냉담한 태도를 설명하여, 볼콘스키이가 1805년 이래 근무하고 있지 않는 것을 불만스럽게 여기고 계시기 때문이라고 했다.

『인간이 자신의 싫고 좋은 것을 어떻게 할 수가 없다는 것을 나 자신도 알고 있다.』하고 안드레이 공작은 생각했다.『그러니까 육군의 군율에 대한 나의 의견서를 개인적으로 황제께 제출해야겠다는 따위는 생각해야 아무런 소용도 없다. 그렇지만 앞으로 일 자체가 틀림없이 대변해 줄 것이다.』그는 자기의 의견서에 대해서 아버지의 친구인 노원수에게 이야기했다. 원수는 면회 시간을 지정하여 상냥하게 그를 맞아 주고, 꼭 황제에게 상신해 줄 것을 약속했다. 며칠이 지난 뒤 안드레이 공작은 육군 대신 아라크체예프 백작한테로 출두하라는 통지를 받았다.

지정된 날 오전 아홉 시, 안드레이 공작은 아라크체예프 백작 댁의 응접실에 출두했다.

안드레이 공작은 아라크체예프를 몰랐고 또 한 번도 본 적이 없었다. 그러나 그가 들은 풍문은 그다지 이 사람에 대한 존경을 불러일으키지 않았다.

『그는 육군 대신이며, 황제 폐하의 신임을 받고 있는 사람이므로 그의 개인적인 특성 같은 것은 아무에게도 관계가 없는 일이다. 그는 나의 의견서의 심사를 위임받고 있으니까 말하자면, 그만이 이것을 채택할 수 있는 열쇠를 쥔 한 사람이다.』아라크체예프 백작의 응접실에서 많은 고관들 속에 끼어 차례를 기다리면서, 안드레이 공작은 이렇게 생각했다.

안드레이 공작은 대부분을 부관으로서 근무해 오는 동안에 명사들의 응접실들을 수없이 많이 보아 왔기 때문에, 이러한 응접실의 갖가지 성격을 뚜렷이 알고 있었다. 아라크체예프 백작의 응접실은 전혀 색다른 성격을 띠고 있었다. 이 응접실에서 접견 차례를 기다리고 있는 지위가 없는 사람들의 얼굴에는 굴욕과 순종의 빛이 감돌고 있었고, 비교적 지위가 높은 사람들은 모두 공통적인 쑥스러운 기분을 나타내고 있었는데, 이 기분은 자기 자신과 자기의 입장, 그리고 이제 접견할 당자에 대한 냉소가 오만함이 위장된 표정 밑에 숨겨져 있었다. 어떤 자는 깊은 생각에 잠긴 듯한 얼굴로 이리저리 거닐고 있는 사람도 있고, 수군거리면서 웃고 있는 사람도 있었다. 안드레이 공작은 그곳에서, 〈실라(권력이란 뜻으로 아라크체예프의 이름은 알렉세이인데 그것을 비꼰 것―역주) 안드레이치〉라는 별명과 「영감한테 혼이 날 거야.」라는 말을 들었는데, 그것은 모두 아라크체예프를 말하는 것이었다. 어떤 장군은 너무 오래 기다리게 된 것에 모욕을 느낀 듯, 다리를 포개기도 하고, 자기가 자기를 경멸하는 듯한 미소를 띄우기도 하면서 앉아 있었다.

그러나 문이 열리자 한순간 모두들의 얼굴에는 다만 두려움에 찬 표정만이 떠올랐다. 안드레이 공작은 당직을 향하여 다시 한 번 찾아온 것을 전해 달라고 부탁했다. 그러나 당직자는 그를 힐끔 쳐다보고, 때가 되면 이제 당신 차례도 돌아올 것이라고 말했다.

몇 사람이 부관에게 안내되어 대신의 서재로 들어가고 나오고 한 뒤에 이 무서운 문으로 한 장교가 불려 들어갔는데, 그의 풀이 죽은 몹시 질린 듯한 안색은 안드레이 공작을 놀라게 했다. 이 장교의 접견은 오래 계속되었다. 갑자기 문 안쪽에서 폭발하는 듯한 불쾌한 목소리가 들렸다. 그리고 파랗게 질린 장교가 입술을 떨면서 나더니, 자기의 머리를 감싸 안은 채 응접실을 빠져 나갔다.

그것에 이어 안드레이 공작이 문으로 안내되었다. 그러자 당직은 나지막한 소리로 「오른편 창문 쪽으로 가십시오.」 하고 말했다.

안드레이 공작은 검소하지만 산뜻하게 꾸며진 서재로 들어갔다. 허리가 길고, 갸름한 머리를 짧게 깎고, 굵은 주름에 갈색을 띤 푸르고 멍청한 눈을 하고 미간을 잔뜩 찌푸린, 축 늘어진 빨간 코를 가진 마흔 살 가량의 사내가 옆에 앉아 있었다. 아라크체예프는 그에게로 고개를 돌렸으나, 그의 얼굴은 보지도 않았다.

「당신의 청원은 무엇입니까?」 하고 아라크체예프가 물었다.

「별로 아무것도…… 청원은 없읍니다, 각하.」 조용하게 안드레이 공작은 말했다. 아라크체예프의 눈은 그에게로 돌려졌다.

「자, 앉으시오.」 하고 아라크체예프는 말했다. 「볼콘스키이 공작이시죠?」

「네, 별로 청원은 없읍니다. 폐하께서 내가 제출했던 의견서를 각하에게로 돌리셔서…….」

「실은 말입니다, 실은 나도 당신의 의견서를 읽어 보았읍니다만.」 처음 몇 마디만을 부드럽게 말하고 나서 아라크체예프는 다시금 그의 얼굴은 쳐다보지도 않고 말을 가로채고는 차츰 퉁명스러운 멸시하는 듯한 어조로 변해 갔다. 「새로운 군규(軍規)를 제출하시려는 것이지요? 군규는 많이 있지만, 그 낡은 군규조차도 제대로 실행하려는 사람은 하나도 없읍니다. 요즘은 너 나 할 것 없이 마구 법안들을 쓰고 있읍니다만, 그야 쓰는 편이 실행하기 보다는 쉽기 때문이지요.」

「나는 황제 폐하의 뜻에 다라, 그 의견서를 각하께서 어떻게 처리할 생각이신지 그것을 알려고 찾아온 것입니다.」하고 안드레이 공작은 정중하게 말했다.

「아아, 당신의 의견서는 결재해서 위원회로 돌렸읍니다. 나는 불찬성입니다.」하고 일어나더니 책상에서 종이 한 장을 까내면서 아라크체예프는 말했다.「이겁니다.」이렇게 말하며 그는 그 종이를 안드레이 공작에게 내주었다.

그 종이에는 연필로 표제도 철자법도 구두점도 무시한 채 다음과 같이 횡서로 씌어 있었다.

〈작성에 근거 없음. 왜냐하면 프랑스 육군 법규의 모방에 지나지 않고, 공연히 육군의 복무 규정에 위배되기 때문임.〉

「어느 위원회에 의견서가 회부되었읍니까?」하고 안드레이 공작이 물었다.

「군규 제정 위원회입니다. 그리고 당신을 위원회의 한 사람으로 넣도록 내가 제안해 두었읍니다. 단, 수당은 없읍니다.」

안드레이 공작은 쓴웃음을 지었다.

「그런 것은 나는 바라지도 않습니다.」

「무급 위원으로 말입니다.」하고 아라크체예프는 되풀이했다.「실례하겠읍니다. 이봐! 다음 차례! 아직 누가 있나?」안드레이 공작에게 고개를 숙이면서 그는 그렇게 외쳤다.

5

위원 임명의 통지를 기다리고 있는 동안 안드레이 공작은 옛 우정을 새롭게 하는 데 힘썼다. 그것도 특히 자기에게 필요하다고 여겨지는 유력한 사람들을 골랐다. 그가 지금 페쩨르부르그에서 느끼고 있는 감정은 전에 전투 전야를 경험했던 감정과 거의 비슷한 것으로, 불안하고 호기심에 시달리면서, 수백만의 운명이 좌우되고 미래가 이루어지는 곳, 즉 상류 사회에 저항할 수 없이 끌려가는 듯한 기분이었다.

그는 노인들의 분개와, 문외한들의 호기심과, 당사자들의 사양과, 모든 사람들의 성급함과 염려와, 매일같이 구성되었다는 풍문을 듣게 되는 무수한 새로운 위원회 등에 의해서, 바야흐로 1809년의 이 페쩨르부르그에서 무엇인가 일종의 일대 국내 전쟁이 준비되어 가고 있으며, 더우기 그 총사령관은 그에게는 전연 미지인 신비롭고 동시에 천재적으로 생각되는 스페란스키이 그 사람이라는 것을 느끼고 있었다. 아직도 막연하게만 알고 있는 개혁 그 자체와 그 주역인 스페란스키이가 그의 관심을 굉장히 불러일으켰기 때문에, 군규 개정에 대한 일은 곧 그의 의식 속에서 제 이차적인 위치로 물러나고 있었다.

안드레이 공작은 당시 페째르부르그 사회의 각양 각색의 모든 상류 단체로부터 환영을 받기에는 절호의 상태에 있었다. 개혁파(改革派)는, 첫째로 그가 총명하고 박식하다는 평판이 높다는 것과, 둘째로는 농노 해방의 시도로 이미 자유주의자들의 호평을 받고 있다는 것 때문에 그를 충심으로 환영하고, 권유의 손을 뻗쳤다. 불평파인 노인들의 일파는 개혁을 비판하면서도, 마치 아버지가 아들을 대하듯이 솔직하게 그에게 동정을 구했다. 귀부인들의 사회, 이른바 사교계에서는 그가 부유하고 이름난 집안의 독신자이며, 게다가 전사(戰死)의 오보(誤報)와 아내의 비극적인 최후에 얽혀 있는 로맨틱한 얘기의 후광으로 싸인 거의 새 얼굴이라고도 할 수 있는 사람으로서 기꺼이 그를 환영했던 것이다. 뿐만 아니라 전부터 그를 알고 있던 사람들의 공통된 평판으로는 그는 최근 오 년 동안에 아주 훌륭해졌으며, 부드러워지기도 하고 어른 티도 나서 이전과 같은 가장된 태도도, 오만함도, 비웃는 버릇도 없어지고, 나이에 따른 차분함이 생겼다는 것이었다. 모든 사람들이 그에 대해서 이야기하고 그에게 흥미를 가지고, 그를 만나고 싶어하였다.

아라크체예프 백작을 방문한 이튿날 밤, 안드레이 공작은 코츄베이 백작을 찾아갔다. 그는 실라 안드레이치와의 회견 이야기를 백작에게 말했다(코츄베이도 안드레이 공작이 육군 대신의 응접실에서 보았던 것과 같은 막연한 조소를 가지고 아라크체예프를 이렇게 부르고 있었다).

「여보게, 자네는 역시 이 문제에 있어서도 미하일 미하일로비치(스페란스키이)를 무시할 수는 없네. 그는 대단한 수완가니까 말일세. 내가 그에게 말해 주지. 오늘 밤 오기로 약속이 되어 있으니까……」

「그렇지만 군규 같은 것이 스페란스키이와 무슨 관계가 있읍니까?」 하고 안드레이 공작이 물었다.

코츄베이 백작은 볼콘스키이의 단순함에 놀란 듯이 고개를 내두르면서 빙그레 웃었다.

「나는 그 사람과 최근에 자네 얘기를 했다네.」 하고 코츄베이는 말을 이었다. 「자네의 자유 경작(自由耕作)에 대한 이야기를 말일세……」

「아아, 그것은 공작 당신이었군요, 농민들을 해방했다는 것은?」 에카쩨리나 여제(女帝) 시대의 노인이 볼콘스키이를 경멸하듯 돌아보며 말했다.

「손바닥만한 소유지에서는 전혀 수입이 없거든요.」볼콘스키이는 공연히 노인을 노하게 할 것은 없다고 생각하면서, 자기 태도를 부드럽게 하려고 애쓰면서 대답했다.

「당신도 행여 뒤져서는 안 되겠다고 걱정하고 계시는군요.」노인은 코츄베이를 쳐다보면서 이렇게 말했다.

「다만 내게 이해가 되지 않는 것은 말입니다.」하고 노인은 말을 이었다.「만약 그들에게 자유를 주어 버린다면, 도대체 누가 밭을 갈게 될까요? 법률을 쓰는 것은 쉽지만 그것을 운용하는 것은 어려운 겁니다. 결국 지금이나 마찬가지일 것입니다. 백작, 이것도 당신에게 물어보고 싶은 것입니다만, 이제 누구나가 다 시험을 치게 되는 날에는 도대체 누가 장관이 되는 겁니까?」

「그야 시험에 합격한 사람들이겠지요.」코츄베이는 다리를 포개고 앉아 주위를 둘러보면서 말했다.

「그런데 나한테서 일하고 있는 참으로 보기 드물게 훌륭한 프랴니치코프라는 인물입니다만, 나이가 예순이나 되지요. 이런 사람도 시험을 치르게 된단 말입니까?」

「글쎄요, 그것은 좀 곤란하겠죠. 왜냐하면 교육이 통 보급되어 있지 않으니까요. 그러나……」코츄베이 백작은 끝까지 다 말하지 않고, 일어나서 안드레이 공작의 손을 잡더니 그때 마침 들어온 사람을 맞으러 나갔다. 그것은 마흔 살 가량의 키가 훤칠한 사람으로, 금발의 머리는 대부분 벗어져서 넓은 이마를 드러냈고 갸름한 얼굴은 야릇할이 만큼 새하얬다. 그는 파란 연미복을 입고 목에는 십자장을, 그리고 가슴 왼쪽에는 성장(星章)을 늘어뜨리고 있었다. 이것이 스페란스키이였다. 안드레이 공작은 그를 곧 알아보았다. 그러자 문득 그의 내심에서——중대한 의미를 가진 순간에는 흔히 있는 일이지만——무엇인가 움찔했다. 그것이 존경인지 부러움인지, 아니면 기대인지 그 자신도 몰랐다. 스페란스키이의 몸의 생김새는 한눈에 곧 그를 알아볼 수 있을 것 같은 독특한 타이프이었다. 이 쑥스럽고 둔한 몸가짐 속에 숨은 침착함과 자신감은 안드레이 공작이 살고 있는 사회의 어떠한 사람에게서도 볼 수 없었고, 동시에 반쯤 감긴 약간 젖은 듯한 눈의 부드러운 시선도 누구에게서도 볼 수 없는 것이었다. 또 이 같은 아무런 의미도 없는 딱딱한 미소와, 섬세하고 미끄럽고 조용한 목소리와, 더우기 이처럼 하얀 얼굴과 특히 약간 넓기는 하지만 유난히 토실토실하고 보들보들한 하얀 손은 본 적이 없었다. 안드레이 공작은 이런 새하얗고 부드러운 얼굴은 그저 병원에 오래 있는 병자의 얼굴에서만 보았을 뿐이다. 이것이 국무 대신이며 황제의 대변자이기도 하며, 또한 황제의 측근으로서 에르푸르트에서 여러 차례 나폴레옹과 회견하고 회담한 일이 있는 스페란스키이 그 사람이었다.

스페란스키이는 많은 사람들이 모여 있는 자리에 들어섰을 때 누구나가 자기도 모르는 사이에 자연히 그러는 것처럼, 이 얼굴에서 저 얼굴로 눈을 옮기며 뜯어보지 않고, 그리고 또 말을 하려고 서두르는 기색도 없었다. 상대편이 자기가 말하는 것을 반드시 들어 줄 것이라는 자신을 가지고 나지막한 목소리로 말하고 말하는 상대편의 얼굴만 쳐다보았다.

안드레이 공작은 스페란스키이의 언행을 유달리 주의 깊게 살폈다. 누구나 특히 자기 주위 사람들을 엄격하게 비판하려는 사람들에게는 누구나 있는 일이지만, 안드레이 공작도 초면의 인물, 언제나 그 사람 속에서 인간으로서 완성된 자질을 발견하려고 기대하는 것이었다.

스페란스키이는 코츄베이를 향해, 궁정에서 붙들렸기 때문에 더 빨리 올 수 없었던 것을 유감스럽게 생각한다고 말했다. 그는 황제가 붙들었다고는 말하지 않았다. 그 부자연스러운 겸손도 안드레이 공작은 알아챘다. 코츄베이가 안드레이 공작을 그에게 소개하자, 스페란스키이는 여느 때와 같은 미소를 띄우면서 조용히 볼콘스키이 쪽으로 눈길을 돌리고, 묵묵히 그를 쳐다보기 시작했다.

「당신을 뵙게 된 것을 대단히 기쁘게 생각합니다. 나도 모든 사람들과 마찬가지로 당신에 대한 말씀을 듣고 있었읍니다.」 하고 그는 말했다.

코츄베이는 아라크체예프가 볼콘스키이에게 취한 태도에 대해 몇 마디 이야기했다. 스페란스키이는 더욱 부드럽게 미소지었다.

「군규 제정 위원회의 위원장은 내 친구인 마그니스키이이니까.」 하고 그는 음절과 단어 하나하나를 따로따로 뚜렷이 발음하면서 말했다. 「만약 바라신다면 만나게 해드리겠읍니다(그는 구두점에서 잠시 침묵했다). 당신은 마그니스키이가 사리에 어긋나지 않는 일에 대해서는 원조를 아끼지 않는다는 것을 알게 되실 겁니다.」

스페란스키이의 주위에는 금방 하나의 단체가 이루어졌다. 프랴니치코프라는 관리 이야기를 했던 아까의 그 노인도 스페란스키이에게 무엇인가 물어보려고 했다.

안드레이 공작은 이야기에 끼어 들지 않고 얼마 전까지만 해도 한낱 신학생에 지나지 않았었는데 지금은 그 희고 통통한 손 안에 러시아의 운명을 쥐고 있는(볼콘스키이는 이렇게 생각했다) 스페란스키이의 일거 일동을 지켜보고 있었다. 안드레이 공작은 노인의 물음에 대답하는 스페란스키이의 보기 드문, 완전히 멸시하는 냉정한 태도에 놀랐다. 그것은 마치 한없이 높은 곳에서 관대한 말을 베풀어 주고 있기라도 하는 것만 같았다. 노인이 너무 큰소리로 얘기하기 시작하자, 스페란스키이는 히죽 웃으며, 황제의 마음에 합당한 것의 이해(利害)에 대해 비판할 수는 없다고 말했다.

모두와 함께 섞여 잠시 말을 한 뒤 스페란스키이는 일어섰다. 그리고 안드레이 공작에게로 다가와서 그를 방 맞은편 끝으로 데리고 갔다. 분명히 그는 볼콘스키이에게 잠깐 얘기해 둘 필요를 느낀 모양이었다.

「저 노인에게 끌려들어 이야기하는 데 신바람이 나서 그만 당신하고는 미처 얘기할 겨를이 없었읍니다, 공작.」 공손하면서도 경멸하는 듯한 느낌이 섞인 미소를 지으면서 그는 말했다. 자기가 지금 막 상대해 준 사람들의 하잘것 없음을 안드레이 공작과 마찬가지로 잘 알고 있다는 것을, 이 미소에 의하여 나타내기라도 하려는 것 같았다. 이러한 태도에는 안드레이 공작도 나쁜 기분이 들지는 않았다.

「난 오래 전부터 당신을 알고 있었읍니다. 첫째는 농노에 대한 당신의 조처로서 그것은 우리나라에 있어서 처음 있는 매우 모범적인 일입니다. 그러한 것은 한 사람이라도 추종자가 늘기를 바랍니다. 또 둘째의 이유로서는 당신이 이번 궁중의 관위에 관한 칙령에 모욕을 느끼지 않는 시종(始終)의 한 사람이기 때문입니다. 그 칙령은 상당히 악평을 불러일으키고 있어서 말이지요.」

「네.」 하고 안드레이 공작은 말했다. 「아버님은 내가 그런 특권을 이용하는 것을 좋아하지 않으시기 때문에, 나는 하급 지위에서부터 출발한 것입니다.」

「당신 아버님은 낡은 세대의 어른이시지만, 분명히 현대 사람들보다 뛰어나십니다. 아뭏든 지금 사람들은 그저 자연스러운, 정의를 바로잡는 것에 지나지 않는 이번 개혁을 그처럼 귀가 따갑게 비난하고 있으니 말입니다.」

「그러나 나는 이 비난에도 상당한 근거가 있다고 생각합니다만……」 겨우 의식하기 시작한 스페란스키이의 감화력과 싸우려고 애쓰면서 안드레이 공작은 말했다. 그는 이것이고 저것이고 스페란스키이의 이야기에 덮어놓고 맞장구를 치는 것이 불쾌했으므로, 무엇인가 반대해 보고 싶었던 것이다. 여느 때는 홀가분한 마음으로 멋지게 이야기를 하는 안드레이 공작도 스페란스키이와 이야기하는 지금은 표현이 잘 되지 않는 것을 안타깝게 여겼다. 너무나 유명한 이 인물의 관찰에 지나치게 마음을 빼앗겼기 때문이었다.

「개인적인 명예심을 위한 근거, 그 정도는 있을는지도 모르죠.」 하고 스페란스키이는 조용히 말했다.

「얼마만큼 나라를 위해서라는 점도 있읍니다.」 하고 안드레이 공작은 말했다.

「어떤 의미입니까, 그것은?」 스페란스키이는 조용히 눈을 내리깔고 말했다.

「나는 몽테스키외의 숭배자입니다.」하고 안드레이 공작은 말했다.「그래서 〈군주 정치의 기본은 명예이다〉라는 그의 사상은 는박할 여지가 없다고 생각합니다. 귀족 계급의 어떠한 권리와 특권도, 이 감정을 유지하는 데 필요한 수단이라고 생각합니다.」

스페란스키이의 하얀 얼굴에서는 미소가 사라져 버렸으나 그 때문에 그의 용모는 갑자기 위엄을 띠게 되었다. 어느 정도 안드레이 공작의 사상에 흥미를 느낀 때문이었으리라.

「당신이 이 문제를 그런 관점에서 보고 계시다면」하고 그는 말문을 열었다. 분명 그는 프랑스 말의 발음에 얼마큼 곤란을 느끼그 있는 듯이 러시아어보다도 훨씬 느린 어조로 말했으나, 그 태도는 유유하고 침착했다. 그의 말에 의하면, 〈명예〉란 근무의 진행상 유해한 특권 같은 것에 의해서 유지될 수 있는 것은 절대로 아니며, 명예 즉 로뇌르(I'honneur)란 비난을 받을 만한 행위는 하지 않는다는 부정적인 관념이든가, 혹은 칭찬이나 보수를 그 표현으로서 받기 위한 경쟁의 한 근원에 지나지 않는다는 것이었다.

그의 논증은 요약되고 간결하고 명백한 것이었다.

「이 명예, 즉 경쟁의 근원을 유지하는 제도는, 나폴레옹 대제의 레지옹 도뇌르 훈장처럼 근무의 진행에 있어서 유해하기는커녕 오ㅎ려 도움이 되는 제도이므로, 결코 계급적인, 혹은 궁정만의 특권은 아닙니다.」

「나는 이론을 내세워 다투자는 것은 아닙니다만, 그러나 궁정의 특권도 같은 목적을 달성한 것을 부정할 수는 없읍니다.」하고 얀드레이 공작은 말했다.「어떠한 정신(廷臣)도 자기의 지위를 분수에 알맞게 유지하는 것을 의무처럼 알고 있으니까요.」

「그러나 당신은 그것을 이용하려고 하시지 않았읍니다, 공작.」하고 스페란스키이는 말했다. 상대방에게는 어색한 이 논쟁을 상냥한 말로 끝내고 싶다는 것을 그 미소로써 알리면서「만약 수요일에 우리 집에 와 주신다면.」하고 그는 말을 덧붙였다.「나는 마그니스키이와 상의해서, 반드시 당신에게 흥미있는 일을 전해 드릴 수 있으리라고 생각합니다. 그리고 또 당신과는 더 소상한 이야기도 하고 싶으니까요.」그는 눈을 감고 절을 했다. 그리고 프랑스식으로 인사도 하지 않고 눈에 띄지·않게 슬며시 방에서 나갔다.

6

페째르부르그에서의 처음 며칠 동안, 안드레이 공작은 은둔 생활을 하는 동안에 모처럼 이루어졌던 자기의 사상 체계가 이곳에 도착한 이래 사로잡힌 자질구레한 걱정 때문에 완전히 흐려졌다고 느꼈다. 저녁에 집으로 돌아오면, 그는 시간이 지정된 몇 군데의 회합과 꼭 필요한 방문을 비망록에다 기록해 두었다. 어디서나 시간을 어기지 않도록, 하루에 시간을 할당하는 기계적인 생활 조직은 생활의 원기 대부분을 빼앗았다. 그는 아무것도 하지 않고 아무것도 생각하지 않았다. 생각하고 있을 겨를이 없었던 것이다. 그는 다만 지껄일 뿐이었치만, 그것도 시골에서 지내고 있었을 당시 생각하고 있던 것을 입 밖에 내어 말하는 정도가 고작이었다.

이따금 그는 하루 동안에 여기저기서의 회합에서 똑같은 말을 되풀이하는 적이 있는 것을 깨닫고 몹시 불쾌한 느낌이 들었다. 그러나 날마다 바쁘기만 했던 그에게는, 자기가 아무것도 생각하고 있지 않다는 것에 대해서 생각을 돌이켜 볼 겨를도 없었다.

스페란스키이는 코츄베이의 집에서 처음 만난 뒤 수요일에는 자택으로 볼콘스키이를 청하여 단 둘이 오랫동안 마주 앉아 이야기를 나누었다. 그는 안드레이 공작에게 상당한 영향을 주었다.

안드레이 공작은 이 세상의 대다수의 사람들을 멸시할 보잘것없는 존재라고 보고 있으면서, 자기가 동경하는 완전한 것의 산 이상(理想)을 다른 사람 속에서 발견하는 데 성급한 나머지, 이 이지적이며 덕이 높은 이상적인 인간을 스페란스키이 속에서 발견했다고 가볍게 믿어 버렸다. 만약 스페란스키이가 안드레이 공작과 같은 계급에서 나와, 똑같은 교육을 받고, 똑같은 도덕적인 습성을 가지고 있었다면, 볼콘스키이는 곧 그의 비영웅적인 인간적인 약점을 발견했을 테지만, 지금 그에게는 불가사의한 스페란스키이의 논리적인 체계가 확실히 이해되지 않았기 때문에 한층 더 존경을 느꼈던 것이다. 뿐만 아니라 스페란스키이는 안드레이 공작의 재능을 존중했기 때문인지 혹은 그를 자기 편으로 만들 필요가 있다고 생각했는지, 하여튼 타고난 공평 무사한 침착한 이성으로 안드레이 공작의 비위를 맞추고, 자부심이 뒤섞인 미묘한 아부로 안드레이 공작을 기쁘게 했다. 그것은 자기네 이외의 다른 모든 사람들의 우둔함과 자기네 사상의 슬기로움과 깊이를 이해할 수 있는 사람은, 자기와 안드레이 공작 외에는 아무도 없다는 것을 무언중에 인정하고 있는 듯한 것이었다.

　수요일 밤, 두 사람의 긴 대화 가운데 스페란스키이는 여러 차례「우리들은 뿌리 깊게 고정된 습관의 수준에서 뛰어난 것은 모두 주목하니까요……」하고 말하기도 하고, 혹은 미소를 머금으면서「그러나 우리들은 늑대도 태가 부르고 양도 무사하기를 바랍니다.」하고 말하는가 하면「그들은 이것조차 이해할 수가 없는 겁니다……」하고 말하기도 했다. 그리고 이러한 말들은 모두〈우리들, 즉 당신과 나는 그들이니 우리들이니 하는 말들이 누구를 가리키는 것인지 잘 알고 있읍니다.〉고 단언하는 듯한 표정을 띠고 있었다.

　이 최초의 긴 대화는 안드레이 공작의 마음 속에 처음 스페란스키이를 보았을 때의 느낌을 더욱 굳혀 줄 뿐이었다. 그의 눈에 비친 스페란스키이는 슬기롭고 엄격하게 사색하는 위대한 지식인이며, 정력과 고집으로 권력을 잡고 있으면서도, 러시아의 복지를 위해서가 아니면 그 권력을 행사하지 않는 사람이었다. 온갖 인생의 현상을 합리적으로 설명하고, 합리적인 것만을 현실적인 것으로 인정하고, 온갖 사물에 합리성의 척도를 맞출 수 있은 인물, 말하자면 안드레이 공작 자신이 그렇게 되고 싶다고 바라고 있는 인물이었다. 스페란스키이의 설명은 모두 간단 명료하였으므로, 안드레이 공작은 자기도 모르는 사이에 동의하지 않을 수 없었다. 설령 이의를 내세우는 일이 있었다 할지라도, 그것은 짐짓 자기에게 자주적인 데가 있음을 보여 주고, 반드시 스페란스키이의 의견에 굴복하는 것이 아님을 보이고 싶었기 때문임에 지나지 않았다. 만사가 도리에 맞는 훌륭한 설명이었으나, 오직 하나 안드레이 공작을 괴롭히는 것이 있었다. 그것은 자기의 넋 속에 들어오는 것을 허용하지 않는, 냉정하고 거울 같은 스페란스키이의 시선과 그 희고 가냘픈 손으로서, 보통 누구나가 권력을 쥐고 있는 사람들의 손을 바라보듯이, 안드레이 공작도 그 흰 손을 응시하지 않을 수 없었다. 그리고 그때마다 이 거울 같은 눈과 가냘픈 손은 웬일인지 안드레이 공작을 조급하게 만들었다. 더우기 또 안드레이 공작에게 불쾌한 놀라움을 주었던 것은, 스페란스키이의 다른 사람에 대한 지나친 멸시와 그가 자기 의견을 확증하는 데 쓰는 가지가지의 지나친 설명 방법이었다. 그는 비유(比喩) 이외의 온갖 사고의 무기를 이용했다. 그리고 너무 대담하다고 생각될 만큼 이 무기에서 저 무기로 옮겼다. 때로는 실제적인 활동가의 입장에 서서 반대파를 비꼬아 조소하고, 또 때르는 딱딱한 논리적인 사람이 돼 버리는가 하면, 이번에는 또 형이상학의 세계로 비약하기도 했다(이 마지막 무기를 그는 자주 응용했다). 문제를 형이상학의 높이로 가지고 가서, 공간과 시간과 사상의 정의로 옮기고, 거기서 상대방의 소론의 반박을 끌어내서는 또다시 논쟁의 근거지로 내려오는 것이었다.

　요컨대 안드레이 공작을 놀라게 한 스페란스키이의 지성의 특색은, 이지의 힘과 합법성에 대한 확고 부동한 신념이었다. 분명 스페란스키이는 안드레이 공작에게는 지극히 예사로운 생각 즉, 인간은 역시 자기가 생각하고 있는 것을 다 표현할 수 없다는 생각과, 자기가 생각하고 있는 것 내지는 자기가 믿고 있는 것은 모두 무의미한 것이 아닐까 하는 의혹을 한 번도 경험한 적이 없음에 틀림없었다. 바로 이 같은 특수한 두뇌의 조직이 무엇보다도 안드레이 공작을 매혹시켰던 것이다.

처음 스페란스키이와 알게 된 얼마 동안 안드레이 공작은 이전에 보나파르트에 대해서 품고 있던 것과 똑같은 열렬한 감정을 그에게 느끼고 있었다.

스페란스키이는 성직자의 아들로 세상에 많은 우둔한 인간들한테 흔히 당하듯이, 중의 자식이니 사제의 자식이니 하고 멸시를 받았을는지도 모른다는 사정은 안드레이 공작으로 하여금 스페란스키이에 대한 자기 감정을 지극히 신중하게 다루게 했고, 또한 그 감정을 무의식중에 마음 속으로 강조시켰던 것이다.

볼콘스키이가 처음으로 그한테서 지냈던 밤, 스페란스키이는 입법 위원회(1769년에 창설되어, 1810년부터 스페란스키이가 위원장이 되었다. 1809년에 민법의 試案, 13년에 형법 試案의 일부를 작성했다–역주)의 이야기를 하는 도중에 빈정거리는 듯한 어조로 안드레이 공작에게, 입볍 위원회는 벌써 백 오십 년 동안이나 존속하고 있고, 그 경비는 수백만 루블리에 달하고 있지만, 그러면서도 아무것도 한 것이 없으며, 다만 로젠캄프(1762~1832. 법학자로서 위원회의 서기장이었다–역주)가 비교 입법(比較立法)의 조항에 빠짐 없이 표지(標識)를 붙였을 뿐이라고 말했다.

「그것뿐입니다. 그것을 위해서 국가는 수백만의 돈을 지불한 것입니다!」 하고 그는 말했다. 「우리들은 오래 전부터 원로원(元老院)에다 새로운 재판권을 주려고 생각하고 있읍니다. 그런데 우리들에게는 법률이 없읍니다. 그러니까 말입니다. 지금 당신 같은 분이 일을 보지 않는다는 것은 죄악입니다, 공작.」

안드레이 공작은 그러기 위해서는 법률적인 교양이 필요한데 자기에게는 그것이 없다고 말했다.

「그런 것은 아무도 가지고 있지 않습니다. 그렇다면 대체 당신이 바라고 있는 것은 무엇입니까? 그것은 〈口·법의 굴레〉가 아닙니까? 그런 것에서는 되도록 벗어나도록 애를 써야 합니다.」

일 주일 뒤, 안드레이 공작은 군규 제정 위원회의 한 사람이 되었다. 그리고 전연 예기치 않게 입법 위원회의 한 분과 위원장에 임명되었다. 스페란스키이의 요청에 의하여 그는 당시 편집중이었던 민법의 제1부를 맡아서 《나폴레옹 법전》과 《유스티니아누스(로마 황제. 534년–역주)법전》을 참조하면서 인권편(人權編)의 편찬에 착수했다.

7

한 이 년 전으로 거슬러올라가지만, 즉 1808년에 소유지 순회 여행에서 페쩨르부르그로 돌아온 피예르는, 어느 틈에 페쩨르부르그에서의 비밀 공제 조합의 수뇌가 되어 버렸다. 그는 빈민 식당과 영전 회관(靈前會舘)을 건립하고, 새 회원을 모집하고, 각종 단체의 통합과 교전(敎典) 원본의 획득에 애를 썼다. 그는 조합의 건물 건설에 사비를 바치고, 대부분의 회원이 내놓기를 꺼리그 보조가 맞지 않는 기부금의 모집에도 될 수 있는 한 예정액에 다다르도록 노력했다. 그는 페쩨르부르그의 조합이 세운 빈민원을 거의 혼자 자비를 써 가며 유지하고 있었다.

한편 그의 생활은 그러는 동안도 이전과 마찬가지로 탐닉과 방종 속에 흘러갔다. 그는 미식(美食)과 음주를 좋아했으므로 그것을 퇴폐적인 수치스러운 행위라고 생각하면서도 역시 자기 자신, 독신자로서의 환락을 자제할 수가 없었다.

일과 탐닉의 혼돈 속에서 피예르는, 그러나 일 년쯤 지나고부터 자기가 서 있는 비밀 공제 조합의 지반이, 두 발을 굳게 디디려고 하면 할수록 더욱더 깊이 꺼져 들어가는 듯한 것을 느끼게 되었다. 그와 동시에 지반이 깊이 꺼져 들어가면 꺼져 들어갈수록 그는 더욱 무의식중에 그것에 결부되어 가는 것을 느꼈다. 그는 비밀 공제 조합에 들어가자, 마치 평평한 늪의 표면에 아무런 의구심도 없이 한 발 들여 놓은 듯한 기분을 느꼈다. 한쪽 발을 내디디자 동시에 그는 쑥쑥 빠져들어갔다. 그래서 자기가 서 있는 지반의 견고함을 충분히 믿기 위해서, 그는 다른 한쪽 발을 마저 내디디었다. 그리하여 더 한층 깊이 빠져 버렸다. 그래서 이제는 어쩔 수 없이 무릎까지 빠져서 늪 속을 돌아다니고 있는 것이었다.

이오시프 알렉세예비치는 페쩨르부르그에 없었다(그는 최근에는 페쩨르부르그 조합의 일과는 멀어져서, 모스크바에만 박혀 있었다). 동포들, 즉 조합원들은 피예르에게는 실생활에 있어서도 친지들이었기 때문에, 그들은 실생활에서는 대부분 의지가 약한 쓸모 없는 사람으로서 알고 있는 B공작이라든지, 이반 바실리예비치 D로서가 아니라, 단순히 동포로서만 인정하기가 몹시 어려웠다. 비밀 공제 조합의 에이프런이며 휘장 밑으로, 그들이 실생활에서 기를 쓰고 얻은 제복이며 훈장이 얼굴을 내밀고 있는 것을 그는 보았다. 기부금을 모으거나 할 때엔, 자기와 같이 부유한 열 명 가량의 조합원이 불과 이삼십 루블리의 돈을 대부분 빚으로 하여 입금부(入金簿)에 기입하는 것을 보면, 피예르는 언제나 「본조합원은 각자 이웃을 위해서 온 재산을 내줄 것을 약속한다.」는 선서를 생각해 내고 갖가지 의혹이 일어나는 일이 가끔 있었지만, 그는 생각지 않으려고 애썼다.

피예르는 자기가 알고 있는 모든 회원을 네 부류로 나누었다. 첫째 부류는, 조합의 사업에도 일반 사회의 사업에도 관여하지 않고, 조합의 신비로운 교의에만 골몰하고 신의 세 가지 칭호라든가, 물질의 삼 원소(유황, 수은, 염소)라든가, 방형(方形)의 의미라든가, 또는 솔로몬 신전의 온갖 도형(圖形)의 모양의 뜻이라든가 하는 문제에만 열중하고 있는 사람들이었다. 그것은 주로 늙은 회원들이었는데, 피예르의 입장에서는 이오시프 알렉세예비치도 그 중에 속해 있어 이 부류를 존경하고는 있었지만, 그들과 흥미를 같이할 수는 없었다. 비밀 공제 조합의 신비로운 면은 피예르의 적성에 맞지 않았던 것이다.

둘째 부류에 피예르는 자기와 같은 회원을 넣었는데, 그것은 언제나 동요하고 있으면서도 무엇인가를 찾고 있는 사람, 다시 말하면 조합 정신의 가장 알기 쉬운 길을 탐구하고 아직 그것을 발견하지는 못 했지만, 언젠가는 그때가 오리라고 믿고 있는 사람들이었다.

세째 부류에 들어가는 사람은(이것이 가장 대다수였다), 비밀 공제 조합의 외면적인 형식과 의식 외의 아무것도 보지 못하고, 이 외형을 엄격히 지키기만을 존중하고, 그 내용이나 뜻에는 전혀 아랑곳하지 않는 작자들이었다. 빌라르스키이를 비롯하여 본부의 회장까지도 이 부류에 속하는 사람들이었다.

그리고 끝으로 네째 부류에도 역시 다수의 조합원, 특히 요즈음 입회한 조합원들이었다. 그들은 피예르의 관찰에 의하면 아무것도 믿지 않고 아무것도 바라지 않으며, 다만 젊고 부유하며 발이 넓고 유명한 조합원(이러한 사람은 많이 있었다)에 접근하기 위해서 메이슨에 입회한 사람들이었다.

피예르는 자기 활동에 불만을 느끼기 시작했다. 메이슨, 최소한 그가 여기에서 알고 있는 메이슨은 다만 외형 위에만 서 있는 것처럼 이따금 느껴졌다. 그는 메이슨 그 자체를 의심해 보려고는 하지 않았지만, 러시아의 메이슨은 허위의 길을 달리고, 그 근본에서 이탈해 버린 것이 아닌가 하는 의심이 드는 것이었다. 그래서 연말에 피예르는 조합의 최고 신비를 탐구하기 위해 외국 여행의 길에 올랐다.

1809년 여름, 피예르는 벌써 페쩨르부르그로 돌아왔다. 국내의 메이슨 회원과 외국 조합원의 왕복 서한에 의하면, 베주호프는 외국에서 많은 간부들의 신임을 받고, 많은 신비를 탐구하여 최고 지위를 부여받아, 러시아에 있어서의 조합 사업의 일반적 복리를 위해서 지극히 의의 있는 많은 수확을 가지고 돌아온 것은 분명했다. 페쩨르부르그의 조합원들은 모두 그의 환심을 사려고 찾아들었다. 그리고 그들 모두들에게는 그가 남몰래 무엇인가를 꾸미고 있는 것처럼 생각되었다.

제2급 지부의 대회 일도 정해지고, 피예르는 조합의 최고 지도자들로부터 페쩨르부르그 조합원들에게 보내는 전달 사항을 그 대회에서 보고할 것을 약속했다. 집회는 대성황을 이루었다. 일반 의식이 끝나자, 피예르는 일어나서 연설을 시작했다.

「친애하는 형제 자매 여러분!」 한쪽 손에 원고를 든 채, 얼굴을 붉히고 어물거리면서 그는 입을 열었다.

「조합의 정숙(靜肅) 속에서 신비를 지키는 것만으로는 충분하지 않습니다, 활동하지 않으면 안 됩니다, 활동해야 합니다. 우리들은 지금 잠든 상태에 있읍니다. 그러므로 우리들에게 필요한 것은 활동인 것입니다.」 피예르는 수첩을 들고 읽기 시작했다.

「순수한 진리의 보급과 덕행의 승리를 획득하기 위하여.」 하고 그는 낭독했다. 「우리들은 사람들을 편견에서 구해 내고 시대 정신에 알맞은 규범을 넓히고, 젊은이의 교육을 담당하고, 최고의 지식인들과 굳게 결합하고, 대담하게 그리고 신중하게 미신과 불신과 우매함을 극복하고, 우리에게 귀의(歸依)시켜서 서로 같은 목적에 의해서 결합되고, 권력과 세력 있는 사람들을 모으지 않으면 안 됩니다.

이 목적 달성을 위해서는 선행으로써 악행을 정복하고, 청렴한 사람이 이 세상의 자기의 덕행에 대한 영원한 보답을 받도록 노력하지 않으면 안 됩니다. 그렇지만 이 위대한 우리들의 의도를 크게 방해하는 것은 실로 오늘날의 정치제도인 것입니다. 그러면 이와 같은 정세 아래서는 대체 무엇을 해야 하는 것일까요? 혁명을 조장하여 모든 것을 전복시키고, 힘으로써 힘을 몰아내야만 하는 것일까요? 아닙니다. 우리들은 그러한 생각과는 너무나도 멀리 떨어져 있는 것입니다. 모든 폭력적인 개혁은 마땅히 비판되어야 합니다. 왜냐하면 인간이 현재의 모습으로 있는 한, 절대로 악을 바로잡을 수 없기 때문입니다.

모든 조합의 계획은, 동일한 신념으로 결합된 굳고 덕망이 있는 사람들을 만들어내는 것을 근본으로 삼아야 합니다만, 그 신념이란 어떠한 곳에 있든지 전력을 다하여 악행과 우매함을 몰아내는 손을 멈추지 않고 재능과 덕성을 옹호하는 일, 즉 먼지 속에서 훌륭한 사람을 뽑아내어 우리 조합에 가입케 하지 않으면 안 된다는 것입니다. 그때에야 비로소 우리 조합은 유력해지고 무질서한 옹호자의 손을 슬그머니 잡아매어 그들이 알아채지 않도록, 그들도 모르는 사이에 그들을 조종하는 권리를 얻게 되는 것입니다. 한 마디로 말해서, 온 세계를 지배하는 정치적인 형태의 수립이 필요한 것이며, 이 정치적인 형태는 사회의 제약을 파괴함이 없이 세계에 보급되어야 하는 것입니다. 이때에도 우리 조합의 위대한 목적, 즉 악행에 대한 선행의 승리 획득을 방해하는 것 이외에는, 다른 여하한 정치도 모두 종전대로 운영을 계속하고, 무슨 일이든지 할 수 있는 것이 아니어서는 안 됩니다. 이 목적이야말로 기득교의 가르침인 것입니다. 그리스도는 사람들에게 현명하고 선량할지어다라고 가르치고, 자신에게 도움이 되기 위해서 훌륭한 현자(賢者)의 교훈과 귀감을 추종하라고 가르치고 있읍니다.

모든 것이 암흑에 싸여 있었을 무렵에는, 물론 설교만으로도 충분하였읍니다. 그것은 진리의 새로움이, 진리 그 자체에 특수한 힘을 부여했기 때문입니다. 그러나 오늘날 우리에게 요구되고 있는 것은 훨씬 더 강력한 방법입니다. 지금은 자기 감정에 지배되는 인간은, 선(善) 속에서 감정적인 매력을 발견해야 합니다. 욕망은 근절할 수 없읍니다. 다만 그것을 고귀한 목적으로 이끌도록 애쓰지 않으면 안 됩니다. 따라서 각자는 덕행의 범위 안에서 자기의 욕망을 만족시켜야 하며, 우리 조합도 그 방법을 제공해야 합니다.

멀지 않아 우리들은 모든 나라에 약간 명씩의 훌륭한 회원을 획득하여, 그 한 사람 한 사람이 다시 다른 두 명씩의 가입자를 만들고, 모든 회원이 서로 긴밀히 협력하는 날에는, 그때야말로 이미 지금까지도 그늘에서 인류의 행복을 위해 많은 공헌을 한 우리 조합으로서는 어떠한 일도 가능하게 되는 것입니다.」

이 연설은 다만 강렬한 인상뿐만 아니라, 격렬한 동요를 회안에 불러일으켰다. 이 연설중에 위험한 이신론적(理神論的)(1776년 독일의 철학자 아담 바이스하우푸트가 창시한 계시 종교에 대한 이성 종교. 엄격한 복종을 강제하고 신성한 목적은 명령자 이의에 알려지지 않은 비밀 결사—역주)인 사상을 발견한 많은 조합원들은, 그의 연설에 대해 놀라울이 만큼 냉담한 태도를 보였다. 피예르는 더욱 열중하여 자신의 소신을 전개하기 시작했다. 이처럼 떠들썩한 집회는 오랫동안 없었던 일이었다. 이신론에 빠져 있다는 비난을 가지고 피예르를 공격하는 자들이 있는가 하면 그를 지지하는 자도 있었다. 피예르는 이 집회에서 처음으로 사람의 지능이 무한히 복잡함에 놀랐다. 어떠한 진리도 두 사람의 인간에 의하여 동일하게 이해되는 것이 아니라고 깨달았던 것이다. 자기 편이라고 생각되고 있던 조합원 속에도, 그 말을 자기 나름대로 해석하고 갖은 제한과 변경을 붙여서 이해하는 자가 있었는데, 피예르는 결코 그것에 동의할 수가 없었다. 왜냐하면 피예르의 주된 요구는, 자기가 이해하고 있는 더로 정확히 자기의 사상을 남에게 전달하고 싶다는 데에 있었기 때문이다.

집회가 끝난 뒤, 회장은 적의와 비난 어린 어조로 피예르에게 그의 성급한 성질을 충고하고, 그의 논쟁을 이끌고 간 것은 선에 대한 사랑뿐만 아니라 호전적인 기분도 꽤 작용하고 있었을 것이라고 빈정거리는 것이었다. 피예르는 그것에 대답하지 않고, 다만 간단히 자기 제의를 받아들일 것인가 어떤가만을 물었다. 부정의 대답을 듣자, 관습적인 의식(儀式)도 기다리지 않고 집회소에서 나와 집으로 돌아와 버렸다.

8

피예르는 다시금 그처럼 두려워하고 있던 우울에 사로잡혔다. 그 집회소에서의 연설 뒤 사흘 동안을 그는 소파에 누워 아무도 만나지 않고, 나가지도 않은 채 집에서 보냈다.

그러는 동안에 그는 아내한테서 온 편지를 받았다. 그것에는 꼭 한 번 만나 달라는 애원과, 그를 생각하고 슬픔에 잠겨 있다는 것과, 평생을 그에게 바치고 싶다는 소망이 적혀 있었다. 편지의 끝에 그녀는 며칠 안에 외국에서 페쩨르부르그로 돌아갈 것이라고 알리고 있었다.

이 편지에 뒤이어 피예르의 고독을 위협해 온 것은 그다지 존경하고 있지 않은 조합원의 한 사람이었다. 이 사나이는 피예르의 부부 관계에 화제를 돌리면서, 동료로서 충고하는 식으로 의견을 말하고 피예르의 아내에 대한 가혹한 태도는 부당하며, 뉘우치는 자를 용서하지 않는 것은 조합의 가장 중요한 계율에 어긋나는 일이라고 말했다.

이 무렵에 장모인 바실리이 공작 부인은 사람을 시켜서 지극히 중대한 일에 관한 상의를 하고 싶으니, 단지 사오 분이라도 좋으니까 와 달라고 부탁해 왔다. 피예르는 지금 자기에 대해서 무엇인가 음모가 꾸며지고 있구나, 즉 자기와 아내를 결합시키려고 하고 있구나, 하고 깨달았다. 그러나 지금의 그의 심정으로는 별로 불쾌하지는 않았다. 그에게는 어떻게 되건 아랑곳 없었다. 피예르에게는 일생에서 아무것도 유달리 중요하다고 생각되는 것이 없었다. 특히 지금 그를 사로잡고 있는 우울의 영향도 있고 하여 그는 자기의 자유도, 또한 아내의 처벌에 관한 견고한 의지도, 전혀 존중할 생각이 들지 않았다.

『아무도 올바른 사람은 없다. 아무도 죄가 없는 사람은 없다. 그러고 보면 그 여자에게도 죄가 없는 것이다.』하고 그는 생각했다. 설사 피예르가 아내와 동거

하는 것에 대해서 승낙의 뜻을 나타내지 않았다고는 하더라도, 그것은 단지 지금 과 같은 우울한 상태 아래서는 어떠한 일도 결행할 기력이 없었기 때문임에 지나 지 않았다. 이때 가령 그에게로 아내가 찾아왔다 하더라도 그는 몰아내려고 하지 않았을 것이다. 당시 피예르의 마음을 차지하고 있던 문제에 비한다면, 아내와 동 거할 것인가 아닌가 하는 것은 아무래도 좋았다.

아내에게도 장모에게도 답장을 내지 않고, 피예르는 어느 날 밤늦게 여행 채비 를 하여, 이오시프 알렉세예비치를 만나러 모스크바로 떠났다. 피예르는 다음과 같이 일기에 썼다.

모스크바, 11월 17일

지금 막 은인한테서 돌아왔다. 우선 이때 내가 경험한 일을 빠짐없이 적어 둔 다. 이오시프 알렉세예비치는 가난하게 살고 있으며, 벌써 삼 년 남짓 무서운 수 종(水腫)으로 괴로와하고 있다. 그러나 어느 누구 한 사람, 한 번도 그의 신음과 우는 소리를 들은 일이 없다. 가장 간소한 식사를 하는 시간을 빼놓고는 아침 일 찍부터 밤늦게까지 학문에 몰두하고 있다. 그는 나를 부드럽게 맞아들여 자기가 자고 있던 침대에 앉혀 주었다. 내가 동방 예루살렘의 기사와 같은 절을 하자, 그 도 같은 답례를 하고 내게 프러시아와 스코틀랜드의 조합에서 어떤 것을 견문하 고 체득하였느냐고 겸손한 미소를 띄우면서 물었다. 나는 그에게 될 수 있는 대 로 자세하게 모든 것을 이야기했다. 그리고 나는 페쩨르부르그의 집회에서 발표 했던 사상을 전하고, 사람들의 냉담한 태도와, 나와 조합원들과의 사이에 생긴 불 화에 대해서 이야기했다. 이오시프 알렉세예비치는 상당히 오랫동안 잠자코 생각 에 잠겨 있었으나 이윽고 이러한 모든 것에 대한 자기 견해를 나에게 피력했다. 그러자 그가 피력한 그 견해는, 홀연 모든 과거의 앞길에 가로 놓여 있는 미래의 진로를 모두 나에게 비추어 주었다. 그는 조합의 세 가지 목적의 진의를 기억하 고 있느냐고 불쑥 물어 나를 놀라게 했다. 세 가지 목적이란, 즉 ①신비의 보존 과 그 인식, ②이것에 도달하기 위한 자기 정화와 자기 교정, ③이러한 자기 정 화의 노력을 거친 뒤의 인류 교정이었다. 그러면 이 세 가지 가운데 가장 중대한 목적은 무엇일까? 물론 자기의 교정과 정화이다. 우리들이 주위 환경에 관계 없 이 언제나 노력할 수 있는 것은 다만 이 목적뿐이다. 그러나 그와 동시에 이 목 적은 사람에게 가장 많은 노력을 요구한다. 그렇기 때문에 우리들은 오만한 마음 에 눈이 어두워져서, 목적을 잃어버린 채 신비의 연구를 시작하기도 하고(이것은 자기가 깨끗치 않고서는 도저히 감득할 수 없는 것이다), 혹은 자신이 추악과 방 탕의 표본이면서, 인류의 교정에 손을 대기도 하는 것이다. 이신론이 순수한 가르 침이 아닌 이유는, 그것이 사회적인 운동에 열중하고 있는 오만함으로 가득 차 있기 때문이다. 이오시프 알렉세예비치는 이 기초 위에 서서 나의 연설과 나의 행동을 비난했다. 나는 마음 속으로부터 그에게 동의했다. 이야기가 내 가정 문제에 미치자 그는 나에게 이렇게 말했다.「언젠가도 얘기했던 것처럼 참된 메이슨의 주요한 의무는 자기 완성입니다. 그러나 우리들은 가끔 우리들의 인생의 온갖 난관을 신변에서 물리치면 보다 빨리 이 목적을 달성할 수 있는 것처럼 생각합니다. 그러나 그것은 정반대로.」이렇게 그는 나한테 말했다.「다만 실생활의 격동 속에서야말로 우리들은 세 가지의 주요한 목적을 달성할 수가 있는 것입니다. 세 목적 가운데서 첫째는 자기 인식입니다만, 인간은 비교를 통해서만 비로소 자기를 인식할 수 있기 때문입니다. 둘째로 자기 완성, 이것은 다만 투쟁에 의해서만 얻어집니다. 세째는 주요한 덕성, 즉 죽음에 대한 사랑에 도달하는 것입니다. 그러나 이 경우에도 인간 사회의 변전(變轉)만이 그 허무함을 우리에게 가르쳐 즈고, 선천적인 죽음에 대한 우리의 사랑, 혹은 신생활에의 부활에 대한 사랑을 도와 주기 때문입니다.」이러한 말들이 더 한층 의미 깊게 생각된 것은, 이오시프 알렉세예비치가 무거운 육체의 고통에도 불구하고 졀코 인생을 무거운 짐이라고 생각하지 않고, 게다가 죽음도 사랑하고, 자기 내심의 순결과 고매(高邁)에도 불구하고 아직 자기는 죽음에 대해서 충분히 각오가 되어 있지 않다고 생각하고 있는 것이었다. 그리고 이 은인은 나에게 세계 창조의 위대한 네모꼴의 뜻을 속속들이 설명해 주고, 셋과 일곱이라는 수는 모든 것의 기초라고 가르쳐 주었다. 그는 나에게 페쩨르부르그 조합원들과의 교제를 피하지 않도록 하고, 또 조합에서는 제2급의 직무에만 종사하고 노력해서 조합원들을 오만의 심연으로부터 구제해 주고, 자기 인식과 완성의 진정한 길로 이끌도록 노력하라고 충고해 주었다. 뿐만 아니라, 나 일개인을 위해서는 먼저 무엇보다도 자기를 응시(凝視)하라고 충고하고, 이 목적을 위해서 한 권의 수첩을 나에게 주었다. 이것이 내가 지금 쓰고 있는 수첩으로서, 이 안에다 앞으로의 나의 모든 행위를 기입하려고 생각하고 있다.

페쩨르부르그, 11월 23일

나는 다시 아내와 살고 있다. 장모가 눈물을 머금고 나를 찾아와서, 엘렌이 여기에 와 있다는 것, 그녀가 자기 변명을 들어 달라고 애원하고 있다는 것, 그녀가 결백하다는 것, 그녀가 나한테 버림을 받아 몹시 불행하다는 것, 그 밖의 많은 것을 이야기했다. 나는 만약 그녀에게 만나기를 허용한다면 그녀의 희망을 거절할 힘이 없다는 것을 잘 알고 있었다. 나는 당황했지만 누구에게 충고와 조력을 구해야 할지 몰랐다. 만약 은인이 여기에 계시다면, 나에게 무엇인가 의견을 얘기해 주기라도 하련만. 나는 서재에 들어박혀 이오시프 알렉세예비치의 편지를 다시 읽고, 그와의 대화를 상기했다. 그리고 거기서 나는 애원하는 자에게 거절을 한다는 것은 도리가 아니다, 만인에 대해서 특히 자기와 그처럼 관계가 깊었던 인간에 대해서 나는 구조의 손을 내밀지 않으면 안 된다, 그리고 자신의 십자가를 짊어지지 않으면 안 된다라는 결론을 얻었다. 그러나 만약 도의상 그녀를 용서한다면 나와 그녀와의 결합에도 하나의 정신적인 목적을 갖도록 해야겠다, 이렇게 결심하고 나는 그 뜻을 이오시프 알렉세예비치에게 써 보냈다. 나는 아내에게, 부디 지난 일은 전부 잊어 주시오, 무엇인가 당신에게 저질렀을지도 모르는 죄를 용서해 주시오, 내쪽에서 당신을 용서해야 할 것은 하나도 없다고 말했다. 그녀에게 이렇게 말했을 때 나는 기뻤다. 다시 그녀를 만난다는 것이 나에게는 얼마나 괴로왔던가는 그녀에게 알리지 말자. 나는 커다란 저택 이층에 자리잡고 지금은 갱생의 행복감에 젖어 있다.

9

늘 그렇듯이 당시의 상류 사회는 궁중이나 대무도회 같은 때에는 서로 결합하고 있었지만, 실은 몇 개의 그룹으로 갈려 저마다 독자적인 뉘앙스를 띠고 있었다. 그 가운데서도 가장 큰 것은 루먄세프 백작과 콜렝쿠르(프랑스 대사로, 알렉산드르 1세의 총애를 받았던 인물-역주) 등의, 나폴레옹당의 프랑스 일파였다. 엘렌은 남편과 함께 페쩨르부르그에 정주하게 되면서부터 이 그룹에서 가장 눈부신 위치를 차지하기에 이르렀다. 그리하여 프랑스 대사관 사람들과 이 일파에서 가장 총명하고 친절하기로 이름난 많은 사람들이 줄곧 그녀를 방문했다.

엘렌은 두 황제의 유명한 회견 당시 에르푸르트에 가 있었다. 그리고 전유럽에서도 명성을 떨치고 있는 나폴레옹당 명사들과의 관계는 그곳에서부터 갖고 온 것이었다. 에르푸르트에서 그녀는 빛나는 성공을 거두었다. 나폴레옹 자신도 극장에서 그녀의 모습을 보고, 그녀가 누구냐고 묻고 그녀의 아름다움을 높이 평가했을 정도였다. 그러나 단순히 아름답고 우아한 부인으로서의 그녀의 성공은 별로 피예르를 놀라게 하지 않았다. 왜냐하면 그녀는 해마다 훨씬 더 아름다와져 가기 때문이었다. 피예르를 놀라게 한 것은, 이 이 년 동안에 그의 아내가 〈아름다움에 못지않게 슬기로운 개력을 지닌 부인〉이라는 평판을 얻었다는 것이었다. 유명한 리뉴 공작(1735~1814. 브뤼셀 태생의 저술가이자 외교관. 러시아의 육군 대장에 임명되어 당시 러시아 상류 사교계와 친교를 맺음—역주)은 여덟 페이지에 걸친 장문의 편지를 그녀에게 써 보냈다. 빌리빈은 베주호프 백작 부인 앞에서 피로(披露)하기 위해서 자랑하는 〈경구(警句)〉를 소중히 간직해 두었다. 베주호프 백작 부인의 객실로 받아들여진다는 것은 지성의 면허장을 받는 거나 다름 없다고 하여, 엘렌의 야회에 나가는 젊은 사람들은 화제를 마련하기 위해서 미리 책을 읽고 갔으며, 대사관의 서기관들과 공사들까지 그녀에게 외교상의 비밀을 털어놓았기 때문에, 엘렌은 어떤 의미에 있어서 일종의 세력을 이루고 있었다. 그녀가 몹시 우둔한 여자임을 알고 있는 피예르는, 정치며 문학이며 철학 등이 이야기되는 아내의 야회나 만찬회에 이따금 참석하면 의혹과 공포의 기분을 느꼈다. 그는 이러한 야회 석상에서 언제나 금방이라도 자기의 속임수가 드러나지나 않을까 하고 걱정하는 요술장이 같은 기분을 경험했다. 그러나 이런 야회를 베푸는 데는 우매함이란 필요한 것인지, 그렇지 않으면 속임을 당하고 있는 사람들이 그 기만에서 쾌감을 느끼는 때문인지, 아뭏든 이 속임수는 드러나지 않았다. 그래서 〈아름답고 영리한 부인〉이라는 정평이 엘레나 바실리예브나 베주호바를 위해서 이제 움직일 수 없는 것이 되어 버렸기 때문에, 그녀가 아무리 천하고 속된 어리석은 말을 입에 담더라도, 모두들은 역시 그 한 마디 한 마디에 감탄하고, 그녀 자신이 생각하지도 않았던 깊은 뜻을 그 속에서 찾아내는 것이었다.

피예르는 이러한 눈부신 사교계의 부인에게 꼭 필요한 안성마춤인 남편이었다. 그는 누구의 방해를 하는 일도 없이 객실 전체의 고상한 분위기를 해치지 않았을 뿐 아니라 아내의 우아함과 재치 있는 태도와는 정반대의 몸가짐으로 오히려 그녀를 돋보이게 하는 유리한 배경이 되어 있었다. 그는 말하자면 넋이 나간 것 같은 기인(奇人)인 영주였다.

피예르는 요 이 년 동안, 줄곧 무형의 흥미에만 골몰하고 그 밖의 모든 것에 대해서는 진심으로 경멸하고 있었기 때문에, 자기에게 아무런 흥미도 없는 아내의 친구 사이에 끼였을 경우에도 인위적으로는 도저히 꾸밀 수 없는, 저절로 몸에 익은 만사에 냉담하고 대범하며 너그러운 기품을 몸에 지니고 있었으므로 자기도 모르게 남에게 존경심을 불러일으키는 것이었다. 그는 아내의 객실에 들어갈 때는 극장에라도 들어가는 것과 같아서 모든 사람에게 숙친하게 대하고, 모든 사람에게 한결같이 상냥했으며, 또한 모든 사람에게 한결같이 냉담했다. 이따금 그는 자기의 흥미를 끄는 이야기에 끼어 드는 적도 있었다. 그런 때는 그 자리에 대사관 사람들이 있건 없건 그런 것에는 아랑곳하지 않고, 때에 따라서는 그 자리의 분위기에 전연 어울리지 않는 의견을 떠듬떠듬 늘어놓는 것이었다. 그러나 〈페쩨르부르그에서 가장 뛰어난 부인〉의 남편이 괴상한 위인이란 평판은 이미 정해져 있었기 때문에 그의 엉뚱한 행동을 진지하게 받아들이는 사람은 아무도 없었다.

매일처럼 엘렌 집을 찾아오는 많은 젊은이들 가운데 보리스 드루베스코이가 있었다. 그는 이미 근무면에서 뛰어난 성공을 거두고 있었으며, 엘렌이 에르푸르트에서 돌아온 뒤로는 베주호프네의 가장 숙친한 사람이 되었다. 엘렌은 그를 〈나의 어린 시종〉이라고 부르며, 마치 어린애처럼 다루고 있었다. 엘렌의 그에 대한 미소는 다른 모든 사람들에게 보이는 것과 똑같았으나, 때때로 이 미소를 보는 것이 피예르에게는 불쾌하게 느껴졌다. 보리스는 일종의 유다른, 당연하게 여기는 듯한 쓸쓸한 존경의 빛을 띠며 피예르를 대하고 있었다. 이 존경의 빛도 역시 피예르에게 불안을 느끼게 했다. 피예르는 삼 년 전, 아내에게서 받았던 모욕으로 그처럼 괴로와했었기 때문에, 이번에는 그러한 가능을 막기 위해 첫째 방법으로 자기는 엘렌의 남편이 아니라고 생각하고, 둘째로는 그런 의혹을 일으키지 않도록 애썼다.

『아니다, 엘렌은 이제 청탑파(青鞜派. 才女라는 뜻-역주)가 되었으니 이 전과 같은 애욕(愛慾)은 생각지 않을 것이다.』하고 그는 생각했다.『청탑파가 마음으로부터 애욕에 빠졌다는 이야기는 들은 적이 없으니까 말이지.』어디에서 끌어내온 것인지 자기가 자신도 모르는 이런 정의(定義)를 되풀이하며, 조금도 의심하지 않고 그것을 믿어 버렸다. 그러나 이상하게도 보리스의 존재가 아내의 객실에 있다는 것은(그는 거의 언제나 그곳에 있었다) 피예르에게 생리적인 작용을 했다. 그는 사지가 완전히 묶여 버리고 동작의 자연스러움과 자유를 잃는 것이었다.

『참으로 기묘한 혐오감이다.』하고 피예르는 생각했다.『전에는 도리어 굉장히 마음에 들어 했었는데.』

세상의 눈에 비친 피예르는 대부호이며 유명한 부인의 약간 눈이 어두운 우스꽝스러운 남편이며, 현명하고 괴상한 사람이며, 그리고 아무것도 하지 않는 대신 누구의 방해도 되지 않는 사랑스러운 호인이었다. 그러나 피예르의 마음 속에서는 그동안에 복잡하고 어려운 내적인 발달이 행해지고 있었으며, 이 내적인 발달은 그에게 많은 것을 계시하고 많은 종교적 의혹과 기쁨으로 그를 인도하고 있었다.

10

그는 일기를 계속 쓰고 있었다. 이 무렵 그가 쓴 것은 이러한 것이었다.

11월 24일

여덟 시 기상. 성서를 읽고 출근하다(피예르는 은인 이오시프 알렉세예비치의 권고에 따라 어떤 위원회의 직무를 보고 있었다). 식사 전 귀가. 혼자서 식사(아내한테는 나에게 불쾌한 많은 손님들이 있었으므로). 알맞게 먹고 또한 마시고 한 뒤, 조합원들을 위한 문장을 발췌했다. 밤에 아내의 객실로 가서 B에 관한 우스꽝스러운 이야기를 했다. 그리고 모든 사람이 폭소를 터뜨리자, 그제야 비로소 쓸데없는 짓을 했다는 생각이 떠올랐다.

행복하고 평안한 마음으로 취침. 하느님이시여, 나를 도와 당신의 뒤를 따르게 하시옵소서. 즉 ① 분노의 마음을 극복하기 위해서는, 평온함과 여유를 가질 것, ② 색정은 절제와 혐오의 마음으로 극복할 것, ③ 번거로운 속세의 일을 멀리할 것, 다만, ㉮ 국무(國務), ㉯ 가사에 관한 배려(配慮), ㉰ 친구 관계, ㉱ 경제를 소홀히 하지 말 것

11월 27일

늦게 일어났다. 잠을 깨고 나서도 게으름을 부려 오랫동안 침대 위에 누워 있었다. 오오, 하느님이시여! 내가 당신의 뒤를 따를 수 있도록 나를 구원하고 나를 격려하여 주시옵소서. 성서를 읽었으나 언제나와 같은 감회가 없었다. 조합원 우루소프가 왔다. 이 세상의 허무함에 대해 이야기를 주고받았다. 황제의 새로운 계획에 대해 이야기해 주었다. 나는 그것에 관해서 비난하려고 했으나, 곧 나의 계율과 은인의 말을 생각해 냈다. 말하자면, 참된 메이슨은 국가가 참여를 요구할 때 그 열성적인 실행자가 되고, 또 자기의 사명을 느끼지 않은 일에 관해서는 냉정한 방관자가 되지 않으면 안 된다는 것이었다. 입은 재앙의 문이라는 말은 이를 두고 한 말이다. 조합의 G, V, O 세 사람이 찾아오다. 새 회원의 가입에 대하여 상의했다. 그들은 나에게 리토르(신자를 인도하는 역할―역주)의 의무를 맡겼다. 나의 미약함과 그 자격이 없음을 통감함. 곧 화제는 신전의 칠주(七柱), 칠계(七階), 칠학(七學), 칠덕(七德), 칠악(七惡) 및 성령의 칠부(七賦)의 해석으로 바뀌었다. O씨는 유창한 능변이었다. 밤에 입회식이 있었다. 식장의 새로운 시설은 광경을 몹시 장엄하게 했다. 새 가입자는 보리스 드루베스코이였다. 그를 추천한 것은 나였으므로 리토르도 내가 맡았다. 어두운 방안에서 그와 서로 얼굴을 대하고 있는 동안, 줄곧 이상한 감정이 내 마음을 설레게 했다. 나는 그에 대한 증오의

감정을 내 마음 속에서 발견하고 이것을 억누르려고 애썼으나 허사였다. 그렇기 때문에 그를 악으로부터 구출하여 진리의 길로 이끌려는 나의 열망에도 불구하고, 그에 대한 가지가지의 사념은 마음에서 떠나지 않았다. 그가 메이슨에 입회한 목적은 다만 여러 사람들과 접촉하여 우리 조합원들의 총애를 받고 싶기 때문이 아닐까 하고 생각되었다. 그는 이 집회소에 N과 S는 없느냐고 여러 번 물었다 (이러한 물음에 대해서는 나는 대답할 수가 없었다). 또 내 관찰에 의하면, 그는 우리들의 신성한 조합에 대하여 존경심을 느낄 수가 없는 모양이었다. 그리고 영적(靈的)인 것의 개선을 희망하는 나머지 너무 외면적인 사상(事象)에 사로잡혀 있고, 또한 외적인 존재로서의 자기에게 만족하고 있는 것 같았다. 이러한 이유 외에 나는 그를 의심할 근거를 조금도 가지고 있지 않았다. 그러나 그는 내 눈에 성실하지 않은 것처럼 비쳤다. 우리들 두 사람이 어두운 방안에서 서로 얼굴을 맞대고 서 있는 동안, 그는 내 말을 냉소하듯이 줄곧 엷은 웃음을 흘리고 있는 것처럼 보였고, 사실 나는 그에게 들이대고 있는 칼을 그 반라의 가슴에 쿡 찔러 버리고 싶었다. 나는 웅변에 능하지 못했다. 그렇기 때문에 내 회의를 조합원들과 회장에게 성실히 전할 수가 없었다. 위대한 조화(造化)의 신이시여, 내가 이 허위의 미궁(迷宮)으로부터 구출될 참다운 길을 발견할 수 있도록 힘을 주시옵소서〉

이 뒤의 일기는 석 장이 공백으로 되어 있었다. 그리고 또 다음과 같은 것이 적혀 있었다.

조합원 V와 교훈적인 긴 이야기를 나누었다. 그는 나에게 조합원 A에 의지하라고 충고하였다. 나는 아직 부족한 데가 있긴 하지만 많은 계시를 받은 것 같았다. 아도나이(유태어로 신이라는 뜻—역주)란 세계를 창조한 자의 이름이다. 엘로임이란 모든 것을 지배하는 자의 이름이다. 세째 이름은, 일컬을 수 없는 이름이며, 일체의 뜻을 지니고 있다. V와의 이야기는 덕행의 길 위에 서 있는 나를 격려하고, 상쾌하게 하고, 시인해 준다. 그와 이야기하고 있으면 회의를 품을 여지가 없다. 여러 사회 과학의 빈약한 학설과, 일체를 포용하는 우리들의 신성한 교의와의 차이가 더욱더 뚜렷해졌다. 인간의 과학은 이해를 위하여 모든 것을 분석하고, 관찰을 위하여 모든 것을 파괴한다. 메이슨의 신성한 가르침에 있어서는 모든 것이 유일하고 불가분하며, 모든 것이 집합과 생동 그대로 인식되는 것이다. 삼위 일체, 즉 물질의 삼 원소는 유황과 수은과 소금이다. 유황은 기름과 불의 성질을 가지고 있다. 이것이 소금과 결합하면 그 열성(熱性)에 의하여 소금을 바싹 마르게 하고, 그 결과 수은을 끌어당기어 그것을 붙잡고 억눌러서 공동으로 별개의 물체를 낳는 것이다. 수은은 액성(液性)의 움직이기 쉬운 영적(靈的) 본

질이다. 즉, 그리스도이고 성령이고 하느님인 것이다.

12월 3일

 늦게 잠이 깨어 성서를 읽었지만 아무런 감동이 없었다. 그리고 거실을 나와 홀을 서성거리다. 사색을 하고 싶었으나 내 상상은 오히려 사 년 전에 일어났던 한 사건을 마음 속으로 그리고 있었다. 돌로호프는 그 결투 뒤에 모스크바에서 만났을 때 나에게, 당신은 지금 부인께서 계시지 않아도 완전히 정신적인 평안을 누리고 계신 줄 생각한다고 말했다. 나는 그때 어떻다고도 대답하지 않았다. 나는 지금 그때 해후의 자초 지종을 생각해 내고, 마음 속으로 '온갖 맹렬한 독설과 신랄한 대답을 그에게 퍼부었다. 분노에 불타는 자기 자신을 알아챘을 때 비로소 제정신을 차리고 이 생각을 내버렸다. 그러나 이것에 대해서는 별로 후회하지 않았다. 그 뒤 보리스 드루베스코이가 찾아와서 가지가지의 사건을 이야기했다. 그러나 그가 온 순간부터 그 방문이 못 견디게 싫었으므로, 무엇인가 귀에 거슬린 말을 했다. 그는 반박했다. 나는 발칵 화가 나서 불쾌하고 그보다도 더 난폭한 말을 퍼부었다. 그는 입을 다물었다. 그래서 비로소 내가 겨우 깨달았을 때는 이미 때가 늦었었다. 아아, 이 무슨 일인가. 나는 이 사나이를 전혀 다루지 못하고 있다. 그 원인은 나의 자존심이다. 나는 자신을 상대방보다도 높은 데에다 올려 놓았기 때문에 오히려 그보다도 저열한 인간이 되고 있다. 그는 내 폭언에 대해서 관대한데도 불구하고 나는 반대로 그에게 경멸을 품고 있기 때문이다. 주여, 그의 앞에서는 더욱 나의 비천함이 보이고, 또한 그를 위해서 유익한 행위를 할 수 있는 힘을 베풀어 주시옵소서. 식후에 한잠 잤다. 그리고 막 잠이 들려고 할 때에 나의 왼쪽 귓전에서 「그대의 날은 왔노라.」라는 목소리를 역력히 들었다.

 나는 꿈을 꾸었다. 어둠 속을 걷고 있는데 별안간 여러 마리의 개한테 둘러싸였다. 그러나 별로 무섭다고는 생각하지 않고 걸어갔다. 느닷없이 한 마리의 조그마한 개가 내 왼쪽 넓적다리를 물고 좀처럼 놓지 않는다. 나는 두 손으로 그 개를 꽉 누르기 시작했다. 그리고 가까스로 그놈을 잡아떼자마자 또 다른 꽤 큰 놈이 나를 물었다. 나는 그놈을 들어올리려고 했으나, 들어올리면 들어올릴수록 더욱더 커지고 무거워졌다. 그러자 뜻밖에 조합의 A가 와서 내 손을 잡더니 어떤 건물 쪽으로 데리고 갔다. 그 건물 안으로 들어가려면 좁다란 널빤지를 건너지 않으면 안 되었다. 내가 한 발짝 내딛자, 널빤지가 휘어지더니 떨어지고 말았다. 그래서 나는 간신히 손이 닿은 담으로 기어오르기 시작했다. 무척 애를 쓴 뒤 나는 간신히 몸을 끌어올려 다리는 한쪽에, 상체는 반대쪽으로 늘어지는 상태가 되었다. 돌아다보니 조합원 A가 담 위에 서서 커다란 가로수길과 뜰을 가리키고 있었다. 뜰안에는 커다랗고 아름다운 건물이 있었다. 그러다 나는 꿈에서 깨어났다. 주여, 위대한 조물주이시여! 바라옵건대 나를 도우시와 이 번뇌의 개를(특히 과거의 모든 정욕의 힘을 집결하고 있는 최후의 번뇌를) 내 마음에서 쫓아내게 하여 주시옵소서. 그리고 내가 꿈에 보았던 그 덕행(德行)의 궁전으로 들어가는 것을 도와 주시옵소서.

12월 7일

이오시프 알렉세예비치가 내 집에 앉아 있는 꿈을 꾸었다. 나는 몹시 기뻐하면서 그를 환대하려고 했다. 어쩐지 나는 옆에 있는 사람과 연방 떠들썩하게 지껄이고 있는 것 같았다. 문득 이런 일은 그의 마음에 들 리가 없다고 생각하고, 그에게로 다가가 끌어안으려고 했다. 그러나 내가 다가가자 그의 얼굴이 변하여 젊어졌다. 그리고 조그만 목소리가 메이슨의 가르침에 대해 무엇인가를 나에게 이야기하기 시작했다. 그러나 너무나 나지막한 목소리였으므로, 나는 똑똑히 알아들을 수가 없었다. 이윽고 우리들은 방에서 나온 것 같았다. 그러자 그때 무엇인가 기묘한 일이 일어났다. 우리들은 마룻바닥에 앉기도 하고 누워 있기도 했다. 그는 무엇인가 나에게 말하고 있었다. 나는 나의 다감함을 그에게 보이고 싶어졌으므로 그의 말에는 귀를 기울이지 않고, 나의 내적 인간의 모습과 나를 감싸고 있던 하느님의 은총을 공상하기 시작했다. 그러자 나의 두 눈에는 눈물이 괴었다. 그리고 나는 그가 이것을 알아챈 것을 만족스럽게 생각했다. 그러나 그는 못마땅한 듯이 나를 쳐다보고 말을 중단하더니 훌쩍 일어섰다. 나는 몹시 당황하여 지금 한 이야기는 나에게 관계가 있는 게 아닙니까, 하고 물었다. 그러나 그는 아무런 대답도 하지 않고 다만 부드러운 얼굴을 지어 보였다. 그 뒤 돌연히 우리들은 더블베드가 있는 내 침실로 들어와 있었다. 그는 그 침대 가장자리에 누워 있었다. 나는 그에게 응석을 부리고 싶은 충동으로 불타면서 같이 거기에 누우려고 했다. 그러자 그가 이렇게 물어본 것 같았다. 「어디 사실대로 한 번 말씀해 보시오. 당신의 가장 주된 욕망은 무엇입니까? 당신은 그것을 인식하셨옵니까? 아마 이미 인식하셨으리라고 생각합니다만.」 나는 이 물음에 어리둥절하면서, 태만이 나의 주된 욕망이라고 대답했다. 그는 미심쩍은 듯이 고개를 저었다. 그래서 나는 더 한층 어리둥절해 하면서 그의 충고에 따라 아내와 동거하고는 있지만, 그녀의 남편으로서 살고 있는 것은 아니라고 대답했다. 그러자 그는 이에 대하여 아내에게서 애무를 빼앗는 것은 좋지 않다고 반박하고, 오히려 그것이 내 의무라고 넌지시 말했다. 그러나 나는 그것은 부끄럽다고 대답했다. 그러자 그 순간 갑자기 모든 것이 자취를 감춰 버렸다. 그런 뒤 나는 잠을 깼는데, 머리 속에서 성서의 다음 귀절을—생명은 사람의 빛이니라, 빛은 어둠 속에서 비치고 어둠은 이것을 덮지 못하도다.—생각했다. 이오시프 알렉세예비치의 얼굴은 젊어 보이고 밝았다. 이 날 나는 은인으로부터 부부 생활의 의무를 논한 한 통의 편지를 받았다.
  12월 9일

  나는 또 꿈을 꾸었는데, 꿈에서 깨어나자 심장이 몹시 두근거렸다. 아마도 나는 모스크바 집의 큼직한 소파가 있는 방에 있는 것 같았는데, 객실에서 이오시프 알렉세예비치가 나왔다. 나는 곧 그에게 갱생의 기적이 일어난 것을 알아채고, 그를 맞으려고 달려나갔다. 나는 그의 볼이며 손에 키스한 것 같았다. 그러자 그는 말했다. 「내 얼굴이 변한 것을 알아채셨읍니까?」 나는 그를 껴안은 채 그 얼굴을 보았다. 그의 얼굴은 젊어 보였으나 머리털이 없고 용모도 완전히 변해 있었다. 그래서 나는 「우연히 당신을 만났더라도 알아보았을 겁니다.」 하고 말한 것 같았다. 나는 곧 『내가 말한 것은 정말일까?』 하고 생각했다. 갑자기 나는 그가 주검처럼 되어 누워 있는 것을 발견했다. 이윽고 차츰 의식을 회복하여 나와 함께 큰 서재로 들어갔다. 손에는 질이 좋은 알렉산드리아지(紙)에 인쇄된 큼직한 책을 들고 있었다. 나는 「그것은 내가 쓴 것입니다.」 하고 말한 것 같았다. 나는 고개를 끄덕였다. 나는 책을 펼쳤다. 책 속의 모든 페이지에는 아름다운 그림이 그려져 있었다. 그 그림들은 어떤 넋이 그 애인과 함께 경험한 정사(情事)를 나타내고 있다는 것을 나도 알고 있었던 것 같았다. 어느 페이지에는 환히 비치는 옷을 입은 투명한 살결의 소녀가 구름을 향해 날고 있는 아름다운 그림이 있었다. 나는 이 소녀가, 구약 성서의 아가(雅歌)를 그린 것이 틀림없다는 것도 알고 있었던 것 같았다. 그리고 나쁜 짓임을 알면서도 이 그림에서 눈을 뗄 수가 없었다. 주여, 나를 도와 주소서! 아아, 만약 나를 버리는 것이 하느님의 뜻에 의한 것이라면 그 뜻에 따를 수밖에 없지만, 만약 그 원인이 나 자신에게 있다면 어떻게 해야 하나? 신이여, 나에게 가르쳐 주소서. 만약 당신이 나를 버리신다면, 나는 이제 나의 음탕 때문에 망칠 수밖에 없읍니다.

11

  로스토프네의 재정은 이 년 동안이나 시골에서 살림을 했는데도 조금도 호전되지 않았다.

  니콜라이 로스토프가 자기의 결심을 굳게 하고, 비교적 돈을 쓰지 않도록 하면서 벽지의 연대에서 쓸쓸하게 근무하고 있었음에도 불구하고, 오트라드노예 마을에서의 생활 상태는 여전했으며 특히 미찌니카가 일을 서투르게 처리하였기 때문에 빚은 해마다 건잡을 수 없이 늘기만 할 뿐이었다. 노백작에게 가장 정확한, 그리고 유일한 원조는 근무였으므로, 그는 일자리를 찾기 위해 페쩨르부르그로 나왔다. 그것은 일자리를 찾는 동시에, 그의 말에 의하면 마지막으로 다시 한 번 더 딸들을 즐겁게 해주기 위해서였다.

로스토프네가 페쩨르부르그로 올라온 뒤 얼마 안 되어, 베르그가 베라에게 청혼했다. 그리고 그의 청혼은 받아들여졌다.

모스크바에서의 로스토프네는, 자기들이 어떤 계급에 속하고 있는가 하는 것을 알고 있지도 못했고 생각한 적도 없었지만 아뭏든 상류 사회에 속하고 있었는데, 페쩨르부르그에 있어서의 그들의 교제 사회는 뒤죽박죽이어서 뚜렷하지가 않았다. 페쩨르부르그에서는 그들은 시골뜨기 취급을 당했고, 그들이 모스크바에 있을 무렵 상대방의 신분 같은 것을 가리지 않고 차별 없이 대접해 주었던 그 사람들까지도 여기서는 그들을 상대하려고 하지 않았다.

로스토프네는 페쩨르부르그에 와서도 모스크바 때와 마찬가지로 손님 접대를 좋아한 탓으로, 이곳의 만찬 자리에는 실로 온갖 사람들이 모여들었다. 이를테면, 오트라드노예 마을의 이웃인 부유하지 못한 늙은 지주와 그 딸들, 여관인 페론스카야, 피예르 베주호프, 그리고 시골 우체국장의 아들로서 페쩨르부르그에서 근무하고 있는 사나이 등이었다. 페쩨르부르그의 로스토프네에서 곧 한집안 식구처럼 된 것은, 남자들 가운데에서는 피예르(노백작이 거리에서 만나 그대로 집으로 끌고 왔다), 그리고 보리스와 베르그 등등이었다. 베르그는 매일같이 로스토프네에 붙어 살며, 구혼을 하려고 생각하고 있는 젊은 사나이가 아니면 할 수 없는 세심한 주의를 백작 댁의 맏딸인 베라에게 쏟는 것이었다.

베르그가 아우스테를리츠 전투에서 다친 오른손을 모든 사람에게 보이고, 전연 아무 필요도 없는 군도를 왼손으로 꽉 쥐고 있는 데에는 그만한 이유가 있었다. 그가 이 사건을 이야기할 때에는 너무나 끈기 있고 뜻있는 것처럼 모든 사람들에게 이야기했기 때문에, 누구나 이 행위의 정당함과 가치를 믿고 말았다. 그래서 베르그는 이 전투에 대해서 두 개의 포상을 받았다.

핀란드 전쟁에서도 역시 베르그는 교묘하게 남의 눈에 띄게 하는 일에 성공했다. 총사령관 옆에 서 있던 부관이 전사했을 때, 그는 유탄의 파편을 주워 장군한테로 가지고 갔다. 그리고 아우스테를리츠 전투 뒤와 마찬가지로, 그는 오랫동안 집요하게 이 사건을 사람들에게 이야기하여 모두들이 그 올바름을 믿을 때까지 그치지 않았다. 그리하여 핀란드 전쟁 때도 베르그는 두 개의 상을 받았다. 1809년, 그는 많은 훈장을 가진 근위 대위가 되어 페쩨르부르그에서 특별히 유리한

한 위치를 차지하고 있었다.

베르그의 용기와 재능에 관한 이야기가 나올 때마다 빈정거리는 듯한 미소를 보이는 회의파가 몇 사람 있긴 하였지만 베르그가 성실하고 용감한 장교이며, 상관의 신망도 두텁고, 앞날에 출세의 길이 기다리고 있을 뿐만 아니라 사회에서도 확고한 지위까지 차지하고 있는 훌륭한 청년임을 인정하지 않을 수 없었다.

사 년 전에 모스크바에 있는 어느 극장의 아래층 좌석에서 동료인 독일인을 만났을 때, 베르그는 이 친구에게 베라 로스토바를 가리키면서 『저 여자는 내 아내가 될 사람야.』라고 독일어로 말했다. 이 순간부터 그는 베라와 결혼할 것을 결심했던 것이다. 이번에 로스토프네가 페쩨르부르그로 왔을 때 로스토프네와 자기의 위치를 비교해 보고, 그는 드디어 시기가 왔다고 생각했으므로 베라에게 청혼한 것이다.

베르그의 청혼은, 처음엔 그로서는 유쾌하지 않은 주저의 태도로 받아들여졌다. 즉 정체 모를 리보니야(라트비야 에스토니아의 舊稱—역주) 귀족의 아들이 로스토프 백작 영양에게 청혼을 한다는 것이 처음에는 이상하게 생각되었던 것이다. 그러나 베르그의 특성은 지극히 순박하고 선량한 이기주의였으므로, 마침내 로스토프네의 사람들도 본인이 이것은 좋은 일이다, 오히려 사뭇 좋은 일이라고 저토록 굳게 확신하고 있는 것으로 보아 반드시 잘 될 것이라고 저도 모르게 생각하게 되었다. 게다가 로스토프네의 재정은 엉망 진창이었다. 그것을 베르그로서도 모를 리가 없었다. 그러나 가장 큰 원인은 베라가 벌써 스물 다섯이나 된 데다가, 여러 사교계에도 얼굴을 내밀고 있고, 용모도 머리도 의심할 것 없이 뛰어나 있었음에도 불구하고, 지금까지 누구 하나 청혼하는 자가 없었다는 사실이었다. 이리하여 마침내 승낙이 주어진 것이다.

「자, 보게.」 하고 베르그는 자기 동료 한 사람한테 말했다(그는 이 사나이를 친구라고 부르고 있었으나, 그것은 그저 누구나 다른 사람이 친구를 가지고 있으니까라는 정도의 이유에 지나지 않았다). 「여보게, 나는 이 일에 대해서 무척 생각했지. 만약 내가 곰곰이 생각지 않았다든가, 혹은 무슨 잘못된 일이라도 있다면 절대로 결혼 같은 것은 하지 않아. 그러나 현재로서는 그와는 정반대로 내 양친의 생활도 보장되어 있거든. 나는 양친을 위해서 오스트제이스키이(발틱 해 연안에 있음—역주) 지방에다 지대(地代)를 받을 수 있는 땅(19세기에 러시아 정부는 功賞 혹은 인기 정책으로 지대, 즉 토지의 수익권을 허가하고 있었음—역주)을 사드렸어. 그러니까 나는 페쩨르부르그에서 나의 봉급과, 그녀의 재산과, 그리고 내 근면으로 생활해 나가면 되네. 훌륭한 생활을 할 수 있단 말일세. 나는 돈을 보고 결혼한다든지 하진 않아. 그런 것을 비열한 짓이라고 생각하고 있거든. 그러나 아내는 아내

대로 자기의 것을, 남편은 남편대로 자기의 것을 가지고 온다는 것은 필요해. 나한테는 근무라는 것이 있고, 그녀에게는 연고와 조금의 재산이 있어. 이것은 요즘 세상에선 아주 뜻이 있는 일이거든. 그렇지 않나? 그러나 뭐니뭐니해도 첫째 베라는 아름답고 훌륭한 규수야. 그리고 나를 사랑하고 있어……」

베르그는 얼굴을 붉히고 빙그레 웃었다.

「그리고 나도 그녀를 사랑하고 있어. 왜냐하면 그녀는 분별이 있는 아주 좋은 성격이기 때문이야. 그녀에게는 또 하나 동생이 있는데 똑같은 가정에서 태어나긴 했지만 전연 딴판이야. 불쾌한 성격이고 그 지성이라는 게 전연 없어. 말하자면 말이야, 응, 알겠나?……요컨대 불쾌한 존재야.…… 그러나 내 신부가 될 그녀는……아니, 우리 집에 한 번 놀러와 주게……」 하고 베르그는 계속했다. 그는 식사라도 같이하세 하고 말하려 했으나 다시 고쳐 생각하고 「차라도 마시러.」라고 말했다. 그러고는 불쑥 담배 연기를 혀로 밀어내어 그의 행복에 대한 공상을 몽땅 상징하는 듯, 조그마한 둥근 고리를 뿜어냈다.

처음 베르그의 청혼에 의해서 불러일으켜졌던 망설임에 이어, 이러한 경우에 언제나 볼 수 있는 쾌활하고 즐거운 공기가 온 집안에 가득 찼다. 그러나 그 즐거움은 진심에서 우러난 것이 아니라, 그저 표면적인 것에 지나지 않았다. 이 혼담에 대한 집안 사람들의 기분 속에는 당황과 수치의 빛이 엿보였다. 그들은 자기네가 그다지 베라를 사랑하지 않고, 이번에도 마치 성가신 것을 떼어 버리기라도 하는 것처럼 되었으므로 어쩐지 몹시 쑥스러웠다. 누구보다 가장 당황한 것은 노백작이었다. 그는 아마 그 당황의 원인을 지적할 수는 없었겠지만, 실은 그 원인은 그의 경제적 사정이었다. 자기에게 얼마만한 재산이 있고, 빚은 얼마나 되는지, 또 베라의 지참금으로서 얼마나 줄 수가 있는지, 그는 전혀 몰랐다. 딸들이 태어났을 때, 한 사람 앞에 삼백 명씩의 농부가 지참금으로 할당되어 있었다. 그러나 가지고 있던 그러한 마을들 중 하나는 팔아 버렸고, 하나는 저당에 잡혀 있는데, 그것도 기한이 넘어 버렸으므로 내놓지 않으면 안 되었다. 따라서 소유지를 나누어 준다는 것은 불가능했다. 그런가 하면 돈도 없었다.

베르그와의 약혼이 이루어진 지 벌써 한 달 남짓되어, 이제는 결혼까지 불과 일 주일밖에 남지 않았다. 그러나 백작은 아직 지참금의 문제를 해결하고 있지 못했고, 부인과도 그 이야기를 하지 않고 있었다. 베라에게 랴자니의 소유지를 나누어 줄 것인지, 그렇잖으면 숲을 팔 것인지 또는 어음으로 돈을 빌 것인지, 백작은 이것저것 생각했다. 결혼을 며칠 앞두고 베르그는 어느 날 아침 백작의 서재로 들어갔다. 그리고 유쾌한 미소를 지으며 미래의 장인을 향해, 베라의 몫으로서 무엇이 주어질 것인지 알려 줄 수 없느냐고 은근히 부탁했다.

오래 전부터 예기하고 있던 이 질문을 받자, 백작은 완전히 당황하여 맨 처음에 머리에 떠오른 것을 아무런 생각도 없이 말해 버렸다.

「고맙네, 여러 가지로 걱정해 주어서 고맙네. 틀림없이 자네가 만족할 수 있도록 해주겠네……」

그리고 그는 베르그의 어깨를 가볍게 두드리고 이야기를 끝내려고 일어섰다. 그러나 베르그는 유쾌한 미소를 띄우면서도 만약 베라의 지참금으로 무엇을 받게 될지 정확히 알 수 없고, 또 그 일부분만이라도 미리 받지 못하게 된다면 자기는 부득이 이 혼담을 물리칠 수밖에 없노라는 뜻을 표명했다.

「왜냐하면 말입니다, 백작. 아내를 부양하기 위해서 필요한 일정한 재산도 없이 지금 결혼을 한다는 것은, 저로서는 참으로 비열한 행위를 하는 것처럼 느껴지거든요……」

그래서 결국 이 이야기는 백작이 너그러운 도량을 보이고 싶은 것과, 게다가 또 새로운 부탁을 받지 않게 하기 위해서 어음으로 팔만 루블리 주겠다는 것으로 끝을 맺었다. 베르그는 온화한 미소를 띄우고 백작의 어깨에다 키스했다. 그리고 대단히 고맙기는 하지만, 현금으로 삼만 루블리를 받지 않고는 도저히 지금 새 살림을 차릴 수 없다고 말했다.

「뭣하면 이만 루블리도 괜찮습니다, 백작.」 하고 그는 덧붙였다. 「그러면 어음은 다만 육만 루블리가 됩니다.」

「알았네, 알았네, 좋아.」 하고 백작은 다급하게 말했다. 「그럼 여보게, 안 됐네만 이만 루블리는 현금으로 주지. 그리고 어음은 그것과는 별도로 팔만 루블리로 해서 주겠네. 그렇지, 그렇게 하지. 자, 그럼 키스나 해주게.」

12

나타샤는 열 여섯 살이 되었고, 때는 1809년이었다. 그것은 사 년 전에 보리스와 키스하였을 때부터 손꼽아 기다리던 해이기도 했다. 그때부터 그녀는 한 번도 보리스를 만나지 않았다. 소냐와 어머니 앞에서 보리스의 이야기가 나올 때마다, 이전에 있었던 일 따위는 모두 그저 어린 마음으로 한 짓이며 그런 것은 이야기할 만한 값어치도 없을 뿐더러 오랜 옛날에 잊혀져 버린 것이라면서, 이미 끝난 일인 것처럼 사뭇 자유로운 어조로 이야기했다. 그러나 실은 마음 속으로 은근히 보리스에 대한 약속이 단순한 농담이었는지, 그렇잖으면 서로를 속박하는 중대한 약속이었는지, 하는 문제에 그녀는 고민하고 있었다.

1805년, 보리스가 모스크바를 떠나 군대에 들어간 뒤, 그는 로스토프네 사람들과 한 번도 만나지 않았다. 그는 여러 번 모스크바에도 왔었고, 오트라드노예 마을 근처를 지나간 일도 있었지만, 한 번도 로스토프네를 찾아본 일이 없었다. 그 사람은 나를 만나고 싶어하지 않는다는 생각이, 이따금 나타샤의 머리에 떠올랐다. 그리고 그녀의 이 짐작은 손윗 사람들이 보리스에 대해서 이야기할 때의 침울한 어조에 의해서 확인되고 있었다.

「요즘 세상에는 옛친구를 기억하고 있는 사람이란 있지를 않아.」 보리스의 이야기가 나오면 백작 부인은 이렇게 말하곤 했다.

최근엔 그다지 로스토프네를 찾아오지 않게 된 안나 미하일로브나도 역시 어딘지 모르게 거만해진 듯한 태도를 보이고, 언제나 아들의 장점과 그 빛나는 출세를 감사와 희열에 찬 어조로 얘기했다. 로스토프네가 페쩨르부르그로 옮겨 왔을 때, 보리스는 의례적으로 로스토프네를 방문했다.

그는 얼마간 가슴을 두근거리면서 로스토프네로 마차를 몰았다. 나타샤에 관한 추억은 그의 가장 시적인 회상이기 때문이었다. 그러나 그와 동시에 자기와 나타샤의 어렸을 때의 관계는 서로에게 아무런 의무도 생길 수 없다는 것을, 그녀에게도 그 양친에게도 명백히 느끼게 하지 않으면 안 된다는 확고한 생각을 품고 갔던 것이다. 그는 베주호프 백작 부인과의 친교 덕택으로, 사교계에서는 빛나는 자리를 차지하고 있었고, 절대적으로 자기를 신뢰하고 있는 어느 고관의 후원으로 근무면에서도 견고한 지반 위에 서 있었다. 그리고 그의 마음 속에서는 페쩨르부르그의 가장 부유한 규수들 중의 한 사람한테 장가들어야겠다는 계획이 차차 생기고 있어서, 그만한 일의 실현쯤은 지극히 손쉬운 일처럼 여겨지는 것이었다. 보리스가 로스토프네의 객실로 들어갔을 때 나타샤는 자기 방에 있었다. 보리스가 찾아온 것을 알자 그녀는 홍당무가 되어 온 얼굴에 활짝 미소를 지으면서, 거의 뛰어들다시피 하여 객실로 들어갔다.

「어때, 지금도 저 조그만 말괄량이 친구를 알아보겠어?」 하고 백작 부인이 말했다. 보리스는 나타샤의 손에 키스하고, 그녀가 너무 변했기 때문에 깜짝 놀랐다고 말했다.

보리스의 기억 속에서 미소를 짓고 있는 것은, 짧은 옷을 입고 앞머리 밑으로 샛까만 눈을 반짝이며 어린애 같은 어리광스러운 웃음을 흩뿌리고 있는 사 년 전의 나타샤였다. 그렇기 때문에 지금 전혀 다른 나타샤가 들어왔을 때, 그는 그만 어리둥절해 버렸다. 그의 얼굴은 기쁨에 넘친 놀라움의 표정을 띠었다. 이 표정은 나타샤를 기쁘게 했다.

「정말 아름다와지셨읍니다!」

〈물론이에요!〉 하고 나타샤의 웃고 있는 눈이 대답하고 있었다.

「하지만 아버님은 늙으셨죠?」 하고 그녀는 물었다. 나타샤는 자리에 앉았다. 그러나 어머니와 보리스의 이야기에는 끼어 들지 않고, 자기의 어렸을 적 연인을 세세한 점까지 잠자코 관찰하고 있었다. 보리스는 이 집요한 부드러운 시선의 무거움을 느끼고 이따금 그녀 쪽을 돌아보았다.

보리스의 군복도, 박차도, 넥타이도, 머리 모양도 모두가 최신 유행의 〈아주 더 말할 나위 없는〉 것이었다. 나타샤는 그것을 곧 알아챘다. 그는 백작 부인 곁의 안락의자에 조금 옆으로 앉아서, 왼손에 낀 꼭 맞는 조금도 더러워지지 않은 장갑을 오른손으로 만지면서 유달리 세련된 모습으로 입술을 꼭 깨물며 페쩨르부르그 상류 사회의 즐거움에 대해서 이야기했다. 그리고 이전의 모스크바 시절 일이며 모스크바의 아는 사람들의 지난 이야기를, 겸손한 조소를 섞어 가면서 이야기하는 것이었다. 그러나 나타샤에게도 느껴진 것처럼 그가 그러한 이야기를 하는 동안에 최고의 귀족까지 끌어내어 자기가 참석했던 대사의 무도회의 광경이며 N.N이나 S.S로부터 초대받았던 이야기들을 하기 시작한 것은 절대로 무심결에 한 말은 아니었다.

나타샤는 그동안 줄곧 그를 곁눈으로 쳐다보면서 말없이 앉아 있었다. 그 시선은 차차 보리스의 냉정을 빼앗고 그를 불안하게 하기에 이르렀다. 그는 자주 나타샤를 돌아다보고는 이야기를 중단하게 되었다. 그는 겨우 한 십 분 앉아 있었을 뿐, 곧 일어나서 작별 인사를 했다. 여전히 호기심에 찬 도전적인 듯한, 얼마쯤 비웃는 것 같은 눈이 아직도 그에게 쏠려 있었다. 이렇게 처음 찾아간 뒤에 보리스는 마음 속으로, 나타샤는 자기에게 이전과 마찬가지로 매력 있는 여성이지만, 자기는 이 감정에 져서는 안 된다, 왜냐하면 그녀처럼 거의 재산도 없는 처녀와 결혼한다는 것은, 내 출세를 망쳐 버릴 것이다. 그렇다고 해서 결혼할 목적도 없이 이전의 관계를 되살린다는 것은 점잖지 못한 행위가 될 것이기 때문이었다. 보리스는 나타샤와 만나는 것을 피해야겠다고 스스로 결심했다. 그러나 이 결심에도 불구하고 그는 며칠 뒤 다시 방문하였고, 자주 찾아와서는 로스토프네에서 진종일 보내는 날이 많아졌다. 그는 나타샤와 이야기를 해서, 그녀에게 우리들은 과거의 모두를 잊어버려야 한다는 것과, 여러 가지 사연은 있지만……당신은 내 아내가 될 수 없다는 것, 나에게는 재산이 없으니까 결코 당신 양친께서 당신을 나에게 시집 보내지 않을 것이라고 솔직이 이야기하지 않으면 안 되겠다고 마음먹었다. 그러나 그는 좀처럼 이야기를 꺼낼 기회가 없었고, 게다가 또 어쩐지 쑥스럽기만 했다. 날이 갈수록 그는 더욱더 내적인 혼란에 말려들었다.

나타샤는 어머니와 소냐가 알아챈 바에 의하면, 여전히 보리스를 연모하고 있는 것 같았다. 그녀는 그가 좋아하는 노래를 불러 주기도 하고, 자기의 앨범을 보여 주기도 하고 거기에 무엇을 쓰게 했고, 옛날 일은 절대로 상기시키지 않으려 했다. 그것은 옛날보다 지금의 새로운 상태 쪽이 얼마나 아름다운가를 깨닫게 해주기 위해서인 모양이었다. 그래서 보리스는 자기가 마음먹고 있던 것은 이야기하지 않고, 자기가 무엇을 하고 있는 것인지, 무엇 때문에 찾아오는 것인지, 결국 어떻게 될 것인지, 자기 자신은 전혀 모르는 채 매일 얼떨떨한 마음으로 돌아가곤 했다. 보리스는 엘렌한테 가는 것을 그만두었다. 그리고 매일같이 엘렌으로부터 원망 어린 편지를 받으면서도 역시 로스토프네에서 나날을 보내고 있었다.

13

어느 날 밤 노백작 부인이 나이트캡에 짧은 웃옷을 걸치고 가발을 벗어, 얼마 남지 않은 한줌의 머리털을 흰 린네르 모자 밑으로 드러내고, 한숨을 쉬고 기침을 하면서 융단에 이마가 닿을 정도로 밤의 기도를 올리고 있을 때, 문소리가 삐 걱거리더니 맨발에다 슬리퍼를 신고, 역시 짧은 웃옷에 컬 페이퍼를 머리에 감은 나타샤가 뛰어들어왔다. 백작 부인은 돌아보고 눈살을 찌푸렸다. 그녀는 기도의 마지막 문구.「실로 이 잠자리는 나의 관이 될 것인가?」를 외고 있는 참이었으나, 기도의 기분은 잡치고 말았다. 싱싱하고 빨간 얼굴을 한 나타샤는 어머니가 기도하고 있는 것을 발견하자, 주춤 발을 멈추고 자기가 자기를 나무라듯이 저도 모르게 날름 혀를 내밀었다. 어머니가 기도를 계속하고 있는 것을 보고 그녀는 발돋움을 하고 침대 곁으로 뚜어가, 조그만 발과 발을 비벼 대어 재빨리 슬리퍼를 벗어 던지고는 백작 부인이 자기 관이 될지도 모르겠다고 두려워하고 있던 침대 위로 뛰어올라갔다. 이 침대는 푹신하고 두툼한 깃털 이불이며, 큰 것에서 작은 것으로 차례차례 다섯 개의 쿠션이 늘어놓여 있었다. 나타샤는 뛰어올라 깃털 이불에 몸을 파묻고 벽 쪽으르 돌아누워 버렸다. 그리고 몸을 오그리기도 하고, 무릎을 턱께까지 구부리기도 하고, 두 다리를 차올리기도 하면서 이불 밑에서 수선을 떨기 시작했다. 그리고 머리 위까지 이불을 뒤집어쓰기도 하고, 어머니 쪽을 홀끔 내다보기도 하면서 간신히 들릴 정도로 킥킥 웃어 대는 것이었다. 백작 부인은 기도를 끝내고 나서 엄격한 얼굴로 침대 쪽으로 다가섰지만, 나타샤가 머리까지 이불을 잔뜩 뒤집어쓰고 있는 것을 보고 타고난 선량하고도 가냘픈 미소를 띠웠다.

「자, 자, 자.」하고 어머니가 말했다.

「엄마, 잠깐 얘기 좀 해도 괜찮아요, 괜찮죠?」하고 나타샤가 말했다.「자, 그목 밑에다 한 번만 입을 맞추게 해줘요, 아니 한 번 더, 이제 그것으로 됐어요.」하고 그녀는 어머니의 목을 껴안고 턱 밑에 키스했다. 어머니에 대한 나타샤의 태도는 언뜻 보기에 몹시 난폭해 보였지만, 본래 민감하고 기만한 나타샤는 어떻게 껴안더라도 절대로 어머니에게 아픔과 불쾌함과 거북함을 느끼게 하지 않도록 일종의 요령을 터득하고 있었다.

「자, 오늘 밤은 무슨 이야기지?」하고 어머니는 쿠션 위에 눕자, 나타샤가 두어 차례쯤 몸을 굴려 두 손을 펴고 정색을 하면서 어머니와 한이불을 덮고 눕기를 기다렸다가 이렇게 물었다.

백작이 클럽에서 돌아오기 전에 가지는 이 나타샤의 밤의 방문은, 모녀에게는 무엇보다도 즐거운 기쁨의 하나였다.

「그래 오늘은 무슨 이야기지? 나도 너한테 얘기하지 않으면 안 될 말이⋯⋯.」

나타샤는 한 손으로 어머니의 입을 막았다.

「보리스에 대해서죠⋯⋯ 난 알고 있어요.」하고 그녀는 정색하고 말했다.「내가 온 것도 그 때문이에요. 말씀하시지 마세요. 난 알고 있어요. 아녜요, 말씀하세요!」그녀는 손을 놓았다.「어머니, 말씀하세요. 그 사람 귀엽죠?」

「나타샤, 너는 벌써 열 여섯이잖니. 너만한 나이에 나는 시집 왔었다. 너는 보리스가 귀엽다고 말했지? 그야 귀엽고 말고. 나도 친자식처럼 귀엽지만, 그래 넌 어떡할 작정이냐? 너는 어떻게 생각하고 있지? 너는 완전히 그 애를 열중하게 만들어 버렸어. 나는 다 알고 있단다⋯⋯.」

이렇게 말하고 백작 부인은 딸을 돌아보았다. 나타샤는 침대 네 구석에 새겨져 있는 마호가니의 스핑크스 하나를 꼼짝도 하지 않고 똑바로 바라보며 누워 있었으므로, 백작 부인에게는 딸의 옆얼굴밖에 보이지 않았다. 그 얼굴은 일종의 독특하고 진지한 생각에 잠긴 듯한 표정을 짓고 있어 부인을 놀라게 했다.

나타샤는 귀를 기울이면서 생각에 잠겨 있었다.

「그래, 어떡할 작정이냐?」하고 백작 부인은 말했다.「너는 그 애를 열중하게 만들어 버렸는데 그것은 무엇 때문이지? 너는 그 애에게 무엇을 바라고 있지? 네가 그 애에게 시집갈 수 없다는 것은 너도 알고 있잖니?」

「어째서요?」하고 몸의 위치를 바꾸지 않은 채 나타샤는 말했다.

「그것은 그 애가 아직 젊고 재산이 없기 때문이다. 게다가 친척이 아니냐? 더구나 네가 그 애를 사랑하고 있지 않기 때문이야.」

「어떻게 어머니는 그런 것을 아세요?」

「알다마다. 애야, 그건 정말 좋지 않은 일이다.」

「그렇지만 만약 내가 바란다면…….」

「바보 같은 소리 하지 마라…….」하고 백작 부인이 말했다.

「그렇지만, 내가 원한다면…….」

「나타샤, 난 진심으로…….」

나타샤는 어머니가 끝까지 다 말하지 못하게 하고, 백작 부인의 큼직한 손을 끌어당겨, 처음에는 손등에 그리고 다음에는 손가락에 키스했다. 이윽고 또 뒤집어서 맨 위의 뼈만 앙상한 손바닥의 마디, 그리고 마디와 마디 사이, 다음에 또 밑의 마디를 키스하면서 나지막한 목소리로「정월, 이월, 삼월, 사월, 오월.」하고 말했다.

「얘기해 주세요. 엄마, 어째서 잠자코 계세요? 얘기해 주세요.」하고 어머니를 돌아보면서 그녀는 말했다. 어머니는 상냥스러운 눈으로 딸을 쳐다보면서, 그 관찰 때문에 얘기하고 싶은 말도 모두 잊어버린 것만 같았다.

「그건 안 돼, 나타샤. 너희들이 소꿉 친구라는 것을 누구나 다 알고 있는 것이 아니니까, 그 애하고 그렇게 친하게 지내는 것을 보면 집에 오는 젊은 사람들의 눈에 네가 이상하게 보일는지도 모를 테니 말이다. 그리고 무엇보다도 그 애에게 까닭 없는 괴로움을 주게 되니까 말이지. 그 애도 자기에게 어울릴 돈 많은 배필을 찾아내게 될 거야. 그런데도 지금은 마치 미치광이 같더구나.」

「미치광이라고요?」하고 나타샤는 되풀이했다.

「어디, 너에게 어머니 이야기를 들려 줄까? 나도 〈사촌오빠〉가 하나 있었는데 말이다…….」

「알고 있어요, 키릴 마트베이치 아저씨 말씀이죠? 그렇지만 그 어른은 할아버지잖아요?」

「옛날부터 할아버지였던 것은 아니지. 그런데 말이다 나타샤, 내가 보리스에게 얘기해야 할까 보다. 그렇게 자주 와선 안 된다고…….」

「어째서 와서는 안 되는 건가요? 만약 그이가 오고 싶다면요?」

「그것은, 그래 봤자 아무런 결과도 가져 오지 않는다는 것을 어머니가 다 알고 있기 때문이야.」

「어떻게 그걸 아세요? 안 돼요! 어머니, 그이에게 말하지 마세요. 그런 바보 같은 소리가 어디 있어요!」나타샤는 마치 자기 물건을 빼앗기는 사람 같은 어조로 말했다.「그럼 말이에요, 어머니, 난 시집가지 않겠어요. 그러니까 그이를 집에 오게 해주세요. 그이도 즐겁고 나도 즐거우니까.」나타샤는 방그레 미소지으면서 어머니를 쳐다보았다.「시집가지는 않을 테니까, 그대신 그저 이대로만 있게 해줘요.」하고 그녀는 되풀이했다.

「그건 또 무슨 말이냐, 나타샤?」

「그저 이대로 있는 거예요. 정말 시집 같은 건 갈 필요가 전혀 없어요…….그저 이대로 있겠어요.」

「그래, 그래.」하고 백작 부인은 말을 되풀이했다. 그리고 온 몸을 뒤흔들면서 선량한, 자기도 모르게 노인 티가 나는 목소리로 웃음을 터뜨렸다.

「웃는 건 그만두세요, 그만두세요.」하고 나타샤는 외쳤다.「침대가 온통 흔들려요. 엄마도 나를 꼭 닮아서 무척 잘 웃으셔요……잠깐만…….」그녀는 어머니의 두 손을 잡고 한 손의 새끼손가락 마디에 키스하며「유월.」하고 계속했다. 그리고 다른 손에다「칠월, 팔월.」하고 계속 키스하는 것이었다.

「어머니, 그이는 정말 저한테 반한 것일까요? 어머니의 눈에는 어떻게 보이세요? 어머니도 역시 그렇게 사랑을 받으셨어요? 정말로 귀여워요, 정말, 정말로 귀여워요! 그렇지만 어딘가 내 취미에 딱 들어맞지는 않아요.……그 사람, 어쩐지 자질구레해서, 마치 식당의 시계 같아요.……어머니는 모르시겠어요? 따분하고 그리고 잿빛이며, 밝고…….」

「무슨 당치 않은 소리를 하고 있는 거냐!」하고 백작 부인은 말했다.

나타샤는 말을 계속했다.

「아니오, 어머니는 모르실 거예요. 니콜리니카만 같으면 알아 줄 텐데……베주호프, 그분은 푸른 빛이에요, 빨간색이 섞인 검푸른 빛, 그리고 그 사람은 너무나 고지식하고 딱딱해요.」

「넌 그분한테도 별난 눈치를 보이고 있는 건 아니냐?」하고 웃으면서 부인은 말했다.

「아녜요. 그분은 메이슨이에요, 난 알고 있어요. 그분은 빨간색이 섞인 검푸른 빛의 훌륭한 분……뭐라고 말해야 어머니가 아실까…….」

「부인!」문 저쪽에서 백작 목소리가 들렸다.「아직 자지 않고 있소?」나타샤는 뛰어 일어나서 맨발인 채 슬리퍼를 두 손으로 움켜쥐고는, 자기 방으로 도망질쳐 나갔다.

그녀는 오랫동안 잠을 이룰 수가 없었다. 그녀는 줄곧 이런 것을 생각하고 있었다. 자기가 생각하고 있는 것, 자기가 가지고 있는 것을 속속들이 알아 주는 사람은 한 사람도 없다고.

『소냐는?』 동그랗게 몸을 웅크리고 자고 있는 〈고양이〉의 큼직한 머리채를 보면서 그녀는 생각했다. 『아니다, 이런 사람에게 어림도 없어. 이 사람은 덕이 높은 사람이거든. 한 번 니콜리니카를 사랑하고 나서부터는 그 밖의 것은 전혀 거들떠 보려고도 하지 않거든. 어머니께서도 역시 모르시는걸. 정말 이상한 일이야. 어째서 나는 이렇게 영리하고 이렇게도……이 애는 귀여울까.』 하고 그녀는 자신을 삼인칭으로 부르면서 어떤 몹시 총명하고, 누구보다도 총명하고 누구보다도 훌륭한 남자가 자기를 이렇게 말하고 있는 것처럼 공상하면서 생각했다. 『그녀에게는 모든 것이 갖추어져 있다.』 그 낯선 남자는 말을 이었다. 『영리하고 드물게 귀엽고, 그리고 아름답고, 뛰어나게 아름답고 동시에 재주가 있다. 헤엄도 잘 치고, 말도 훌륭하게 타고. 그리고 저 목소리는! 놀라운 목소리라고 해도 좋을 정도다!』 그녀는 자기가 무척 좋아하는 헤루비니예프의 가극 한 귀절을 부르고, 침대 속으로 뛰어들었다. 그리고 곧 잠이 든다고 생각하자, 갑자기 기뻐져서 웃기 시작했다. 그녀는 두냐샤를 불러 촛불을 끄게 했다. 그리고 두냐샤가 미처 방에서 나가기도 전에 벌써 다른——더 행복한 꿈의 세계로 옮겨 갔다. 이 세계에 있어서는 일체의 것이 현실에서와 마찬가지로 경쾌하고 아름다왔으나, 전혀 사정이 다르니만큼 한층 더 아름답게 생각되는 것이었다.

이튿날, 백작 부인은 보리스를 자기 거실로 불러서 무엇인지 이야기를 나누더니, 그 날부터 그는 로스토프네에 발길을 끊고 말았다.

14

12월 31일, 즉 새로운 해연 1810년의 전야인 〈제야의 야회〉는 예카쩨리나 여제 시대의 어느 귀족 저택에서 열린 무도회였다. 그 무도회에는 외교단과 황제도 참석하기로 되어 있었다.

영국 강변 거리에 있는 유명한 그 귀족 저택은 무수한 장식등으로 빛나고 있었다. 붉은 나사가 쫙 깔린 환한 현관 앞 마차 대는 곳에는 경관이 서 있었고, 헌병들뿐만 아니라 경찰서장 이하 수십 명의 경위가 현관 앞 마차 대는 곳에 서 있었다. 마차가 하나하나 그곳에서 물러났고, 또 끊임없이 새로운 마차가, 빨간 정복을 입거나 모자에 깃털을 단 하인들과 더불어 와 닿는 것이었다. 포장 마차에서 나오는 사나이들은 관복에 훈장과 수장을 달고 있었다. 공단이며 담비 외투를 입은 귀부인들은, 요란스럽게 내려지는 발판 위에 주의 깊게 내려서서는 마차 대는 곳의 붉은 나사 위를 사뿐사뿐 소리도 없이 걸어들어갔다.

새로운 마차가 현관 앞으로 다가서기만 하면, 거의 그때마다 군중 속에서 속삭임이 줄달음질치고 모자가 벗겨지는 것이었다.

「폐하야?……아냐, 대신이야……황태자다……공사다……그래 저 깃털이 보이지 않나?」이 같은 속삭임이 군중 사이에서 들렸다. 그 중에서도 상당한 옷차림을 한 사나이는 모든 사람의 얼굴을 잘 알고 있는지, 당시의 고관들 이름을 일일이 불러 대고 있었다.

벌써 손님의 삼분의 일 가량이 무도회에 모여 있었는데, 역시 이 야회에 가기로 되어 있는 로스토프네에서는 아직 옷차림에 분주하여 정신이 없었다.

이 무도회를 위해서 로스토프네 집에서는 가지가지의 이야기와 준비에 분망했는데, 만약 초대장이 오지 않는다면, 의상 준비가 되지 않는다면, 모든 필요한 준비가 갖추어지지 않는다면 하고 안절부절 못 했다.

로스토프네 사람들은 마리야 이그나찌예브나 페론스카야와 같이 이 무도회에 가기로 되어 있었다. 이 부인은 백작 부인의 친구이며 친척이 되는, 황태후를 모시는 여윈 노르께한 여관(女官)으로서, 시골에서 나온 로스토프네 사람들을 페쩨르부르그의 상류 사교계에 안내하는 역할을 맡고 있는 사람이었다.

로스토프네 사람들은 밤 열 시까지 타브리체스키이 공원으로 이 여관을 맞으러 가기로 되어 있었다. 그런데 지금 벌써 열 시 오 분 전인데도 아직 아가씨들은 몸치장이 끝나지 않았다.

이것은 나타샤에게는 난생 처음의 대무도회였다. 그녀는 오늘 아침 여덟 시에 일어나서, 하루 종일 열병이라도 걸린 듯한 불안스러운 기분으로 움직이고 있었다. 그녀의 모든 힘은 아침 일찍부터 온 집안의 사람——자기와 어머니와 소냐——의 몸치장을 더할 나위 없을 만큼 훌륭하게 해야겠다는 것에 쏠려 있었다. 소냐도 백작 부인도 그녀에게 모든 것을 내맡겼다. 백작 부인은 짙은 검붉은 빛이 감도는 빌로도 의상, 아가씨들은 둘이 모두 핑크색 비단 속옷 위에 새하얀 성기고 얇은 천의 의상을 입고, 허리에 장미꽃을 달게 되어 있었고, 머리는 희랍식으로 빗기로 했다.

중요한 것은 이미 다 되어 있었다. 발, 손, 목, 귀는 무도회에 나간다고 해서 유달리 정성들여 씻고 향수를 뿌리고 분을 발랐다. 이제 얇은 비단 양말도, 리본을 단 하얀 공단 구두도 신었고, 머리도 다 끝나 있었다. 소냐는 옷을 다 갈아입었고 백작 부인도 마찬가지였지만 딴 사람을 돌봐 주느라고 나타샤만이 혼자 늦었다. 그녀는 아직 가냘픈 어깨에 화장옷을 걸친 채 거울 앞에 앉아 있었다. 이미 몸치장이 끝난 소냐는 방 한가운데 서서 핀 밑에서 바스락거리는 마지막 리본을 조그만 손가락으로 죄면서 꽂고 있었다.

「그렇지 않아, 그렇지 않아, 소냐.」 나타샤는 하녀가 미처 붙잡고 있는 머리채를 놓을 겨를도 없이, 빗고 있는 머리를 돌려 두 손으로 그것을 누르면서 말했다. 「그렇게 하면 안 돼, 이리 와 봐요.」 소냐는 옆으로 와서 앉았다. 나타샤는 그 리본을 핀으로 고쳐 꽂았다.

「어머나, 아가씨, 그렇게 움직여서는 안 돼요.」 나타샤의 머리를 쥐고 있던 하녀가 말했다.

「아아, 어떡하나! 그럼 잠깐만 기다려. 이것 봐, 이렇게 하는 거야, 소냐.」

「너희들은 곧 다 되니?」 백작 부인의 목소리가 들렸다. 「벌써 열 시다.」

「곧 돼요, 곧. 어머님은 다 되셨어요?」

「이제 모자에 핀을 꽂기만 하면 된다.」

「내가 거들어 드리지 않으면 안 돼요!」 하고 나타샤는 외쳤다. 「어머니는 하실 줄 몰라요.」

「그렇지만 벌써 열 시야.」

무도회에는 열 시 반에 가기로 되어 있었으나, 그때까지 나타샤의 몸치장을 끝내고 타브리체스키이 공원에 들러야만 했다.

머리를 빗고 나자 나타샤는 짧은 스커트 밑에서 무도화를 내밀면서, 어머니의 자케트를 걸친 소냐 쪽으로 뛰어가서 살펴 주고, 이번에는 어머니 쪽으로 달려갔다. 어머니의 머리를 옆으로 살짝 돌려 모자를 핀으로 꽂은 다음, 희끗희끗한 머리털에다 입을 맞추고는 곧 또 자기의 스커트 치마단을 꿰매고 있는 하녀 쪽으로 달려갔다.

시간이 걸리고 있는 것은 너무 긴 나타샤의 스커트였으며, 그것을 두 하녀가 부랴부랴 실을 입으로 물어 떼면서 꿰매고 있었다. 다른 한 사람은 입술과 이에 핀을 문 채로 백작 부인한테서 소냐에게로 뛰어갔다. 또 다른 한 사람은 한쪽 손을 높이 들고 성긴 비단 의상을 받쳐들고 있었다.

「마브루샤, 빨리 해줘요, 제발!」

「아가씨, 거기에서 골무를 좀 주시지 않겠어요?」

「그쯤 해두면 어떠냐?」 백작이 문 뒤에서 나타나면서 말했다. 「자, 향수를 가져 왔다. 페론스카야가 눈이 빠지게 기다리겠군.」

「자, 됐읍니다, 아가씨.」 하녀는 꿰맨 성긴 비단 의상을 두 손가락으로 집어 올려 무엇인가를 불고 털면서 말했다. 그녀는 이 동작으로 자기가 쥐고 있는 것이

바람같이 가볍고 산뜻하다는 것을 인식하고 있다는 기분을 나타냈다.

나타샤는 옷을 입기 시작했다.

「다 됐어요, 다 됐어요, 들어오시면 안 돼요.」 아직 성긴 비단 의상을 뒤집어쓰고 옷을 입고 있던 그녀는 얼굴을 몽땅 감추면서 문을 여는 아버지에게 소리쳤다. 소냐는 문을 닫아 버렸다. 일 분 뒤에 백작은 방으로 들어올 수 있었다. 그는 푸른 연미복에 긴 양말과 단화를 신고 몸에는 향수를 뿌리고 머리에는 포마드를 바르고 있었다.

「어머나 아버지, 정말 훌륭해요, 매력적이에요!」 나타샤는 방 한가운데 서서 비단옷의 주름을 펴면서 말했다.

「잠깐만, 아아, 잠깐만.」 하녀는 마루에 무릎을 꿇고 의상을 잡아당기면서 입 가장자리에서 가장자리로 혀 끝으로 핀을 돌리면서 말했다.

「어머나, 어떡하지!」 나타샤의 의상을 둘러보면서 소냐는 목소리에 절망을 담고 외쳤다.「그것 보란 말이야, 아직도 길지 않아요!」

나타샤는 거울에 비춰 보기 위해 조금 뒤로 물러났다. 의상은 길었다.

「걱정 마세요, 아가씨. 조금도 길지 않습니다.」 하고 아가씨의 뒤를 따라 마루 위를 기어다니면서 마브루샤가 말했다.

「만약 길다면 줄이지요, 금방 꿰매 버리겠읍니다.」 가슴의 손수건에서 바늘을 뽑으면서, 두냐샤가 정색을 하며 말하고 다시 마루 의에서 일에 착수했다.

이때 수줍은 듯한 조용한 걸음걸이로, 모자를 쓰고 빌로도 의상을 입은 백작 부인이 들어왔다.

「오오! 아주 미인이 됐는걸!」 하고 백작이 소리쳤다.「누구보다도 가장 예쁜걸…….」 그는 부인을 껴안으려고 했지만, 그녀는 옷이 구겨지는 것을 염려하여 얼굴을 붉히면서 뒤로 물러났다.

「어머니, 모자를 조금만 더 옆으로 비껴 쓰세요.」 하고 나타샤가 말했다.「내가 핀을 새로 고쳐 꽂아 드리겠어요.」 그리고 뛰어나갔지만, 하녀들은 그녀를 따라 나갈 겨를이 없었으므로 성긴 비단 옷자락이 조금 찢어져 나갔다.

「어머나! 이걸 어떡한담? 내 잘못이 아니에요…….」

「괜찮아요, 빨리 내가 감쳐 넣어 버리겠읍니다, 보이진 않아요.」 하고 나타샤가 말했다.

「어머나, 아름다우셔라, 정말 여왕님 같군요!」 문 뒤에서 나온 유모가 말했다. 「소냐 아씨도, 정말 모두 똑같이 아름다우십니다!」

열 시 십 오 분에 간신히 모두들은 마차를 타고 출발했다. 그러나 또 타브리체스키이 공원에 들러야만 했다.

페론스카야는 이미 다 준비하고 있었다. 그녀는 늙기도 하고 아름답지도 않은 여자였으나, 여기서도 로스토프네에서와 똑같은 일이 벌어지고 있었다.

다만 그렇게 부산하지 않았을 뿐이었다(그녀에게는 손에 익은 일이었으므로). 그러나 그 늙은 아름답지 못한 몸도 역시 씻겨지고, 향수가 뿌려지고, 분이 발라졌다. 귀 뒤도 마찬가지로 정성스럽게 씻겨졌다. 그녀가 여관의 배지를 단 노란 옷을 입고 객실로 나타났을 때 로스토프네와 마찬가지로 늙은 하녀가 환성을 올리며 넋을 잃고 보고 있었다. 페론스카야는 로스토프네 사람들의 화장을 극구 칭찬했다.

로스토프네 사람들도 그녀의 취미와 몸차림을 칭찬하였다. 그리고 머리와 옷을 조심하면서, 열 한 시에 제각기 마차를 나누어 타고 출발했다.

15

나타샤는 이 날 아침부터 잠시도 틈이 없었으므로, 자기를 기다리고 있을 것을 생각하여 볼 여유가 전혀 없었다.

축축하게 젖은 싸늘한 바깥 바람을 쐬고 흔들리는 마차의 비좁음과 어둠 속에 잠겨, 그녀는 비로소 무도회의 휘황한 홀에서 자기를 기다리고 있을 것들——음악, 꽃, 춤, 황제, 온 페쩨르부르그의 빛나는 젊은이들——을 생생하게 상상할 수 있었다. 그녀를 기다리고 있을 이러한 것들은 모두 정말이라고 믿어지지 않을 만큼 아름다와, 춥고 비좁은 어둑한 마차 안의 인상과는 판이한 것이었다. 마차 대는 곳의 붉은 나사 위를 지나 현관으로 들어가서 모피 외투를 벗고, 소냐와 나란히 어머니 앞에 서서 휘황하게 비치는 충충대의 꽃 사이로 걸어갔을 때, 나타샤는 비로소 자기를 기다리고 있는 것을 깨달았다. 그녀는 그때서야 비로소 무도회에서 어떻게 처신하여야 할 것인가를 생각하고, 무도회에서의 처녀에게 반드시 필요하다고 생각되는 엄숙한 태도를 취하려고 애썼다. 그러나 다행히도 그녀는 자기의 눈망울이 요리조리 뒤룩거린다는 것을 느꼈다. 그녀는 무엇 하나 똑똑히 볼 수가 없었다. 맥은 일 분 동안에 백 번이나 뛰었고 피가 심장 근처에서 두근거렸다. 그 때문에 나타샤는 오히려 우스꽝스럽게 보였을는지도 모르는 태도를 하지 않아도 좋았다. 그녀는 흥분 때문에 심장이 멎는 듯한 기분으로 걸음을 옮기면서, 그저 그것을 감추려고만 애썼다. 그리고 이것이야말로 실로 그녀에게 가장 어울리는 태도였던 것이다. 그들의 앞뒤에도 역시 무도복을 입은 손님들이 나직한 목소리로 이야기를 주고받으면서 들어왔다. 충충대 여기저기에 쭉 걸려 있는 거울들은 흰색, 하늘색, 핑크색 등의 옷을 입고, 드러난 목과 손에 다이아몬드며 진주를 장식한 귀부인들의 모습을 비추고 있었다.

나타샤는 거울을 보았으나, 그 비치는 모습으로 자기와 다른 사람을 구별할 수가 없었다. 모든 것이 오직 하나의 눈부신 행렬 속에 녹아들고 있었다. 첫번째 홀로 들어서려고 했을 때 이야기 소리와 발소리와 인사 등의 부드러운 소요가 나타샤의 귀를 멍하게 했고, 등불과 반짝임은 더 한층 그녀의 눈을 부시게 했다. 벌써 한 시간 동안이나 입구에 서서 들어오는 사람들에게 「어서 오십시오.」 하고 판에 박은 말을 되풀이하고 있던 주인 내외는 로스토프네 사람들과 페론스카야의 일행도 똑같은 말로 맞아들였다.

같은 흰옷을 입고 같은 장미꽃을 검은 머리에 꽂은 두 처녀가 똑같이 자리에 앉았지만, 여주인의 눈은 자기도 모르게 날씬한 모습의 나타샤 위에 오래 머물렀다. 찬찬히 쳐다보고 있는 그녀의 웃는 얼굴에는, 그 주인으로서의 미소 외에 무엇인가 유다른 것이 있었다. 어쩌면 나타샤를 쳐다보고 있는 동안에, 자기의 황금처럼 귀중했던, 다시 돌아오지 않는 처녀 시절과 처음으로 나갔던 무도회를 연상했는지도 모른다. 주인도 나타샤를 쳐다보며 백작에게 어느 쪽이 영애냐고 물었다.

「정말 매혹적입니다!」 그는 자기 손가락 끝에 키스하면서 이렇게 말했다.

홀에서는 손님들이 황제를 기다리면서 입구에서 붐비고 있었다. 백작 부인은 이 무리의 맨 앞줄에 서 있었다. 나타샤는 자기에 대해서 묻고 있는 여러 사람의 목소리를 듣고 자기를 응시하고 있는 것을 느꼈다. 그녀는 자기에게 주의를 보내는 사람들은, 말하자면 자기가 마음에 든 것이라고 생각했다. 그리고 이 관찰은 얼마간 그녀의 마음을 가라앉혔다.

『우리와 같은 사람도 있는가 하면, 우리들만 못한 사람도 있구나.』 하고 그녀는 생각했다.

페론스카야는 무도회에 나와 있는 가장 이름난 사람들을 백작 부인에게 가르쳐 주고 있었다.

「저기, 저 사람이 네덜란드 공사예요. 보세요, 저 흰머리를 가진.」 하고 페론스카야는 은빛의, 숱이 많은 곱슬곱슬한 머리털을 한 몸집이 작은 한 백발 노인을 가리켰다. 그는 자기를 둘러싼 귀부인들을 무엇인가 우스운 말을 하여 웃기고 있었다.

「그리고 바로 저이가 페쩨르부르그의 여왕, 베주호프 백작 부인이에요.」 그때

마침 거기에 들어온 엘렌을 가리키면서 그녀는 말했다.

「정말 아름답잖아요! 마리야 안토브나(그 미모로써 당시 궁정에서 유명했으며, 알렉산드르 황제의 총애를 얻고 있었다—역주)한테도 뒤지지 않습니다. 저기 좀 보세요, 저분의 뒤를 젊은이도 늙은이도 줄줄 따라다니고 있잖습니까? 미인인 데다가 총명한 분이어서 말씀이에요……들리는 말로는 대공(大公)께서……저분에게 열중하고 계신 모양이에요. 그리그 저기 있는 두 여자분 말이에요, 별로 미인은 아닙니다만 그래도 주위를 둘러싸고 있는 사람들이 많은 것 같군요.」

그녀는 이때 아주 못생긴 딸을 데리고 홀을 질러가는 한 부인을 가리켰다.

「저이는 백만 루블리의 재산이 딸린 신부감이랍니다.」 하고 페론스카야가 말했다. 「저걸 좀 보세요, 신랑감들의 수가 얼마나 많은지.」

「저것은 베주호프 부인의 오빠인 아나톨리 쿠라긴입니다.」 높이 고개를 쳐들고 귀부인들의 머리 너머로 어딘가를 바라보면서, 유유히 그들의 옆을 지나가는 잘생긴 근위 기병을 가리키면서 페론스카야는 말했다. 「정말 미남이에요! 그렇지 않아요? 저분을 저 부자 아가씨와 결혼시킨다는 얘기예요. 당신의 사촌오빠인 드루베스코이도 역시 굉장히 열을 올리고 있는 모양이에요. 워낙 몇 백만이라는 재산이니까요. 저분은 유명한 프랑스 공사입니다.」 백작 부인이 콜렝쿠르를 가리키며 누구냐고 물은 것에 대해 그녀는 대답했다. 「보세요, 마치 어느 나라의 임금님 같지 않아요. 그러면서도 무척 애교가 있는 분이에요. 역시 프랑스 사람들은 애교가 있어요. 사교에 있어서도 프랑스인처럼 애교가 있는 국민은 없어요. 아, 그분이 오셨군요! 뭐니뭐니해도 역시 저 마리야 안토노브나가 누구보다도 가장 아름다와요! 그리고 얼마나 산뜻한 옷차림이에요. 정말 훌륭해요!」

「그리고 저 뚱뚱한 안경을 낀 사람은, 사해 동포주의의 메이슨이에요.」 하고 페론스카야는 베주호프를 가리켰다. 「저분을 부인과 나란히 세워 놓아 보세요. 그야말로 허수아비예요!」

피예르는 마치 붐비는 시장의 사람들 속을 뚫기라도 하듯이, 비대한 몸을 흔들면서 군중을 밀어젖히고, 무관심하고 선량한 태도로 좌우의 사람들에게 고개를 끄덕이면서 걸음을 옮기는 것이, 분명 누군가를 찾고 있는 것 같았다.

나타샤는 페론스카야가 허수아비라고 한 피예르의 눈에 익은 그 얼굴을 가슴을 두근거리면서 바라보고 있었다. 그리고 피예르가 자기를, 특히 자기를 찾고 있는 것임을 알았다. 그는 무도회에 나와, 댄스를 할 상대자를 소개해 주겠노라고 나타샤에게 약속했었기 때문이다.

그러나 베주호프는 미처 그들의 옆까지 다 오지 못하고, 훈장이며 수장을 단 키가 큰 사나이와 이야기를 나누면서 창가에 서 있는 하얀 군복 차림의 키가 크지 않은 미목이 수려한 가무잡잡한 사나이 옆에 발을 멈추었다. 나타샤는 그 흰 군복 차림의 키가 크지 않은 젊은이가 누구인지 곧 알아챘다. 그것은 볼콘스키이였다. 그는 이전보다 훨씬 젊고 쾌활하고, 한결 아름다와진 것처럼 나타샤의 눈에 비쳤다.

「저기 또 한 사람 아는 분이 계시군요, 볼콘스키이예요. 네? 어머니, 아시겠어요?」 나타샤는 안드레이 공작을 가리키면서 이렇게 말했다. 「기억하고 계시죠? 저분은 오트라드노예 마을의 집에서 묵으신 적이 있지 않아요.」

「어머나, 저분을 알고 계세요?」 하고 페론스카야가 말했다. 「나는 저 사람이 질색이에요. 비가 오게 하든지 날이 개게 하든지 도두 그에게 달려 있다(그는 성공하고 있다는 뜻의 프랑스 속담—역주)는 사람이에요. 그렇지만, 어쩌면 저렇게도 뻐기고 있담. 분수도 모르고! 아버지를 닮아 가는군요. 스페란스키이와 관계를 맺고, 무슨 법안을 쓰고 있는 모양이더군요. 보세요. 부인네들을 대하고 있는 저 모습! 여자분이 무엇이라고 얘기를 하고 있는데도 저분은 외면을 하고 있잖아요.」 그녀는 볼콘스키이를 가리키면서 이렇게 말했다. 「만약 저 사람이 저런 짓을 나한테 한다면, 나는 정말 사정 없이 창피를 주겠는데……」

16

갑자기 모든 것이 움직이기 시작했다. 군중은 돌연 웅성거리면서 밀려들었지만 곧 사방으로 흩어졌다. 그리고 좌우로 물러선 사람들의 줄 사이로 주악이 울림과 동시에 황제가 들어왔다. 그 뒤를 주인 내외가 따랐다. 황제는 빠른 걸음으로 좌우에 고개를 끄덕이면서 걸었다. 그것은 되도록 빨리. 이 환영의 처음 몇 분 동안으로부터 벗어나려고 애쓰고 있기라도 하는 것 같았다. 악대는 폴란드 가곡을 연주했는데, 그것은 황제를 찬양하는 가사가 붙어 있기 때문에 당시 잘 알려진 곡이었다. 그 가사는 〈알렉산드르, 예리자베타(황후의 이름—역주), 당신은 우리를 황홀케 하시네.〉라는 말로 시작되어 있었다. 황제가 객실로 들어가자, 군중은 문가로 밀어닥쳤다. 안색이 변해서 허둥지둥 객실로 드나들고 있는 사람도 몇 사람 있었다. 황제가 여주인과 이야기하면서 다시금 거기서 나왔을 때, 군중은 또다시 일시에 문에서 물러났다. 누군지 한 젊은이가 당황한 얼굴로 귀부인들 쪽으로 나와서, 뒤로 조금 물러나 달라고 부탁했다. 몇 사람의 귀부인은 사교계의 약속을

까맣게 잊은 듯한 표정으로, 화장이 망쳐지는 것도 아랑곳 없이 앞으로 앞으로 밀려들었다. 남자들은 부인들 곁으로 다가가서 폴로네즈(폴란드 무용—역주)의 짝을 짓기 시작했다.

모두들 뒤로 물러섰다. 황제는 미소를 띄우면서 음악의 박자에 발을 맞추지 않고, 여주인의 손을 잡고 객실의 문에서 나왔다. 그 뒤를 이어 집 주인과 마리야 안토노브나 나르이쉬키나 부인, 그리고 각국의 공사, 대신, 장군 등이 나왔다. 페론스카야는 연방 그 사람들의 이름을 들며 가르쳐 주었다. 반수 이상의 부인들이 상대를 얻어 폴로네즈를 추러 나가기도 하고 또는 나갈 준비를 하고 있었다. 나타샤는 자기도 어머니도 소냐도 벽가로 밀어붙여져서, 폴로네즈에 나가지 못하는 소수의 부인들에 끼어 있는 것을 느꼈다. 그녀는 가느다란 손을 드리우고, 어렴풋이 알아볼 수 있는 가슴을 규칙 바르게 들먹이면서 숨을 죽이고 반짝반짝 빛나는 놀란 듯한 눈초리로 앞쪽을 바라보고 있었다. 그 얼굴에는 최대의 기쁨과 최대의 슬픔과, 그 어느 쪽으로도 기울 수 있다는 듯한 표정이 나타나 있었다. 황제도, 페론스카야가 가르쳐 준 여러 고관 대작들도, 그녀에게는 전연 아랑곳 없었다. 그녀의 마음을 차지하고 있는 생각은 오직 하나뿐이었다. 『정말 아무도 내 옆으로 다가오지 않으려나, 정말 나는 첫째 조에 섞여 춤을 추지 못하게 되려나, 정말 저 사나이들은 내가 눈에 띄지 않는 것일까? 저 사람들은 지금 나를 보고 있지 않는 모양이었다. 보고 있다고 하더라도 마치…… 아아, 저건 틀렸어, 볼 필요가 없다고 말하고 있는 듯한 표정을 하고 있다. 아니다, 그럴 리가 없다!』하고 그녀는 생각했다. 『저 사람들은 내가 얼마나 춤을 추고 싶어하고 있는지, 내가 얼마나 잘 추는지, 그리고 나와 추는 것이 얼마나 즐거운지를 저 사람들은 알고 있지 않으면 안 된다.』

상당히 오래 계속되는 폴로네즈의 음악 소리는, 벌써 나타샤의 귀에는 서글프게 그리고 추억처럼 들리기 시작했다. 그녀는 울고 싶어졌다. 페론스카야는 그들 옆에서 멀어지고 백작은 홀 저쪽 끝에 있었으므로, 백작 부인과 소냐와 그녀만이 누구에게도 흥미 없는 불필요한 인간처럼, 마치 숲 속에라도 있는 것처럼 아무런 인연도 없는 군중 사이에 쓸쓸히 서 있었다.

안드레이 공작은 어느 귀부인과 짝을 지어 그들 옆을 지나갔지만 분명 알아채지 못한 것 같았다. 미남인 아나톨리는 상대자인 부인에게 무엇인지 웃으면서 이야기하고 있었다. 그리고 벽을 보기라도 하는 듯한 눈초리로 나타샤의 얼굴을 힐끗 쳐다보았다. 보리스는 두 차례나 옆을 지나갔으나 그때마다 외면을 했다. 춤을 추고 있지 않던 베르그 내외가 그들에게로 다가왔다.

나타샤에게는 이와 같은 무도회에서 이러한 가족적인 오붓한 친밀감은, 집안

이야기를 하는 데 무도회 외의 장소는 없는 것일까 하고 모욕처럼 생각되었다. 베라가 자기의 녹색옷에 관해서 무엇이라고 이야기했으나, 그녀는 그것을 들으려고도 또 그쪽을 돌아보려고도 하지 않았다.

마침내 황제가 춤의 마지막 상대가 되었던 귀부인 옆에서 발을 멈추자(그는 세 명의 부인을 상대로 하여 추었던 것이다) 음악도 멎었다. 걱정스러운 듯한 얼굴을 하고 있던 부관이 로스토프네 사람들 쪽으로 달려와서, 그녀들이 벽가에서 있음에도 불구하고 조금 더 어딘가로 물러서 달라고 부탁했다. 그리고 악대석으로부터 또렷하고 신중하며 매혹적인 그리고 리드미컬한 왈츠의 울림이 울려 왔다. 황제는 미소를 머금고 홀 쪽을 흘끗 보았다. 일 분이 지났다. 그러나 아무도 춤을 시작하려고 하지 않았다. 안내역인 부관이 베주호프 백작 부인에게 다가가서 상대를 청하였다. 그녀는 생긋 웃으면서 한쪽 손을 들어 상대의 얼굴은 보려고도 하지 않고 그 손을 부관의 어깨에 얹었다. 이 방면에 노련한 부관은 엘렌을 힘차게 품에 안고 자신 만만하게 천천히 고른 스텝을 밟아가며 글리사아드로 원(圓)의 가장자리를 따라 나아가다가, 홀의 구석에서 상대의 왼손을 잡고 그 몸을 가볍게 한 바퀴 돌렸다. 그리고 차차 빨라져 가는 리듬에 따라 부관의 민첩하고 재치 있는 규칙적인 발의 박자의 울림이 들릴 뿐이었다. 그리고 세 박자로 회전할 때마다 엘렌의 빌로도 의상이 불꽃처럼 펄럭거리는 것이었다. 나타샤는 두 사람을 바라보면서, 이 왈츠의 제1절을 춤추는 것이 자기가 아니라는 것을 생각하고, 금방이라도 울음을 터뜨릴 것만 같은 기분이 되었다.

안드레이 공작은 흰 기병 대령의 군복을 입고 긴 양말에 단화를 신은 복장으로 활기 있는 유쾌한 모습으로 로스토프네의 사람들로부터 그리 멀지 않은 원의 맨 앞줄에 있었다. 피르고프 남작이 내일 열리기로 되어 있는 제1회 참의원 회의에 대해 그와 이야기하고 있었다. 안드레이 공작은 스페란스키이와 숙친한 사이이며, 입법 위원회의 사업에도 참여하고 있었으므로, 구구한 풍문의 원인이 되고 있는 내일 회의에 대해 정확한 정보를 줄 수가 있었다. 그러나 그는 피르고프의 이야기에 귀를 기울이지 않고 황제 쪽을 바라보기도 하고 또는 춤을 출 준비가 되어 있으면서도 원 속으로 끼어들기를 망설이고 있는 사나이들 쪽을 바라보기도 하고 있었다.

안드레이 공작은 황제 앞에서 망설이고 있는 이러한 남자들과, 춤의 신청을 받고 싶어 잔뜩 마음을 졸이고 있는 부인들을 가만히 관찰하고 있었다.

피예르가 안드레이 공작에게 다가와서 그의 손을 잡았다.

「당신은 언제나 춤을 추실 수 있겠지요. 저기에 내 〈피보호자〉로 되어 있는 로스토프의 누이 동생이 있는데, 저 사람에게 청해 주시지 않겠읍니까?」 하고 그는 말했다.

「어디에?」 하고 볼콘스키°는 물었다. 「실례합니다.」 하고 그는 남작에게 얼굴을 돌리고 이렇게 말했다. 「그 이야기는 언제 다른 장소에서 해결을 지읍시다. 무도회에서는 춤을 추지 않으면 안 되니까요.」 그는 피예르가 가리킨 방향을 향해 걸어갔다. 나타샤의 제정신을 잃은 듯한 절망적인 얼굴이 안드레이 공작의 눈에 들어왔다. 그는 그녀가 누구연지를 알아채고, 그녀의 마음도 이해하고, 그녀가 사교계에 갓 나왔다는 것도 알아채고, 언젠가 창가에서의 이야기도 생각해 냈으므로, 즐거운 표정을 얼굴에 담으면서 로스토프 백작 부인 쪽으로 다가갔다.

「실례입니다만, 애가 집의 딸이랍니다.」 하고 백작 부인은 얼굴을 붉히면서 말했다.

「아가씨께서 기억하고 계신지 어떤지 모르겠읍니다만, 나는 이미 알고 있읍니다.」 그는 이렇게 말하면서 나타샤에게로 다가가, 페론스카야가 난폭하다고 평한 말과는 정반대의 태도로 정중하게 절을 했다. 그리고 나타샤에게로 다가서서 댄스의 신청을 다 말하기도 전에 벌써 그녀의 가느다란 허리를 껴안으려고 한쪽 손을 앞으로 내밀었다. 그는 왈츠를 한 번 청했다. 그 절망으로도 환희로도 바뀔 수 있을 것 같았던 나타샤의 마비된 듯한 표정은 행복스런 감사에 찬 어린애 같은 미소로 빛났다.

〈난 아까부터 기다리고 있었어요.〉 이 놀란 듯 행복에 가득 찬 소녀는, 당장이라도 쏟아져 나올 것 같은 눈물 뒤에서 미소를 보이면서, 이렇게 속삭이고 있는 것 같았다. 그녀는 안드레이 공작의 어깨 위에 손을 얹었다. 그들은 원 속으로 들어간 두 번째 짝이었다. 안드레이 공작은 한때 가장 훌륭하게 춤추는 사람 중의 한 사람이었고, 나타샤도 훌륭하게 추었다. 공단의 무도화를 신은 그녀의 귀여운 발은, 그녀의 명령을 기다리지 않고 제멋대로 민첩하고 경쾌하게 움직이고, 그 얼굴은 행복의 기쁨으로 빛나고 있었다. 그녀의 드러난 목덜미며 손은 엘렌의 어깨에 비하면 빈약하고 아름답지 못했다. 나타샤의 어깨는 가냘펐고, 팔은 아직까지 균형도 잡히지 않았고, 손도 연약하기 짝이 없었다. 그러나 엘렌의 어깨며 가슴은 그 육체 위를 미끄러져간 수없이 많은 시선에 의하여 칠이 칠해지기라도 한 듯한 느낌이었으나, 나타샤는 역시 처음으로 살결을 드러낸, 그리고 이렇게 하지 않으면 안 되는 것이라고 타일러 주지 않았더라면 자못 부끄러워 견딜 수 없었을 것만 같은 소녀의 느낌이 들었다.

안드레이 공작은 본래 댄스를 좋아했고, 게다가 또 사람들이 자기에게 들고 나오는 정치적인 약삭빠른 이야기를 피하고 싶기도 하고, 또 황제의 출석으로 조성된 이 못마땅하게 여겨지는 난처한 공기를 빨리 깨뜨려 버리고 싶어 춤추러 나선 것이었다. 나타샤를 택한 것은, 피예르가 그녀를 추천해 준 것과 그녀가 자기의 첫눈에 띈 미인이었기 때문이다. 그러나 이 화사하고 민활한 몸을 껴안고, 그리고 그녀가 자기 옆에서 가까이 움직이기도 하고 미소하기도 하기 시작하자마자, 그녀의 매혹적인 아름다움은 그를 취하게 했다. 그는 나타샤와 떨어져 숨을 돌이키면서 발을 멈춰 춤의 광란에 휘말려 있는 사람들을 바라보았을 때, 갑자기 활기에 찬 젊음을 되찾은 자기를 느꼈다.

17

안드레이 공작에 이어 보리스가 나타샤에게로 다가와 춤을 청했고 맨 처음 무도를 시작했던 그 무도가인 부관도 왔고 그 밖에도 많은 젊은이들이 몰려왔다. 나타샤는 남아도는 청을 소냐에게 넘겨 주고, 상기된 얼굴로 즐겁게 온 밤을 새워 계속 춤을 추었다. 그녀는 이 날 무도회에서, 다른 사람들의 주위를 끄는 것을 전혀 알지도 못했고 주의하지도 않았다. 황제가 프랑스 공사와 오랫동안 이야기하고 있었던 것도, 어느 귀부인에게 유달리 부드러운 어조로 말을 걸었던 것도, 어느 대공(大公)이 한 일도, 엘렌이 굉장한 평판을 받아 어느 사람의 특별한 주의를 받은 것도 나타샤는 전혀 알아채지 못했을 뿐만 아니라, 황제마저도 눈에 띄지 않았으며, 황제가 돌아간 것도 무도회가 그 뒤 더 한층 활기를 띠었으므로 그때에야 비로소 알았을 정도였다. 야식 전의 흥겨운 코티용(여덟 사람이 함께 추는 댄스의 한 가지—역주)의 하나를, 안드레이 공작은 다시 나타샤와 추었다. 그는 그녀에게, 그들이 처음으로 오트라드노예의 가로수길에서 만났던 일과, 달밤에 그녀가 잠을 이루지 못하고 있는 것을 뜻하지 않게 엿들었던 일들을 이야기했다. 나타샤는 그것을 듣자 얼굴을 빨갛게 붉혔다. 그리고 안드레이 공작이 부지중에 엿들었던 그때의 자기 감정 속에 무엇인가 부끄러운 것이 있었던 것처럼 변명을 하려고 했다.

안드레이 공작도 사교계에서 자라난 다른 모든 사람들과 마찬가지로, 사교 냄새가 풍기지 않는 사람을 사교계에서 만나는 것을 발견하기를 좋아했다. 그 놀라움과 기쁨과 수줍어하는 듯한 태도, 서투른 프랑스어에 이르기까지 나타샤야말로 바로 이러한 여성이었던 것이다. 그는 각별히 부드럽고 주의 깊게 나타샤와 이야기를 나누었다. 그녀 옆에 앉아, 그녀를 상대로 지극히 단순하고 쓸데없는 것을 이야기하면서도, 안드레이 공작은 그 기쁜 듯한 눈의 반짝임이며 미소에 넋을 잃고 있었다. 그것은 이야기 그 자체 때문이 아니라 내적인 행복 때문에 떠오르는 미소였다. 다른 사람이 나타샤에게 춤을 청하여 그녀가 미소를 머금으면서 일어나 홀 안을 춤추며 돌아갈 때, 안드레이 공작은 특히 그녀의 수줍어하는 듯한 우아한 아름다움을 넋을 잃고 바라보는 것이었다. 코티용의 무도 도중에서 나타샤는 피겨(선회 운동의 일종—역주)를 끝내자 아직도 숨을 할딱이면서 자리로 돌아갔다. 그러자 또 새로운 상대가 그녀에게 춤을 청했다. 그녀는 지쳐서 할딱이고 있었으므로, 거절할까 생각하는 모양이었으나 곧 다시금 상대의 어깨 위에 손을 얹고 안드레이 공작에게 생긋 웃어 보였다.

〈난, 정말 당신 곁에 앉아서 조금 쉬었으면 얼마나 좋을까요, 지쳐 버렸거든요. 그렇지만 보시다시피 모두가 나에게 춤을 청해 주시니까 나는 그게 기뻐요. 나는 정말 행복해요. 그러니까 누구나 모두 좋아요. 나도 당신도 이러한 것은 모두 알고 있으니까요.〉 그리고 이 미소는 더욱더 많은 것을 이야기하고 있었다. 상대방이 손을 놓아 주자, 그녀는 피겨를 추기 위해 두 부인을 부르러 홀을 질러 달려갔다.

『그녀가 먼저 자기의 사촌 언니 쪽으로 갔다가 다른 부인한테로 가면, 내 아내가 될 증거다.』 나타샤를 바라보면서 안드레이 공작은 정말 느닷없이 자기 자신에게 말했다. 그녀는 먼저 소냐에게로 다가갔다.

『참 시시한 생각이 머리에 다 떠오르는군!』 하고 안드레이 공작은 생각했다. 『그러나 오직 하나 틀림없는 것은 저 아가씨는 저렇게 귀엽고 저렇게도 개성이 있으니까, 사교계에서 한 달도 채 춤추기 전에 시집을 가 버린다는 것이다……. 이런 사회에서는 참으로 보기 드문 여자다.』 이러한 것을 생각하고 있을 때, 나타샤가 허리에서 떨어질 것처럼 되어 있던 장미꽃을 바로잡으면서 그의 옆에 다가와 앉았다.

코티용이 끝날 무렵, 푸른 연미복을 입은 노백작이 춤을 추고 있는 사람들 쪽으로 다가왔다. 그는 안드레이 공작을 자택으로 초대하고 나서, 딸에게 재미있느냐고 물었다. 나타샤는 대답하지 않고 다만 방긋 웃었을 뿐이었다. 그 미소는 마치 〈어찌 그런 것을 다 물을 필요가 있으세요?〉 하고 나무라는 것처럼 보였다.

「이처럼 재미있은 적은 여태까지 한 번도 없었어요!」 하고 그녀는 말했다. 그리고 그 마른 두 팔이 아버지를 껴안으려고 재빨리 올라갔다가 곧 다시 내려온 것을 안드레이 공작은 보았다. 지금 그녀와 같은 행복의 절정에 서 있다면, 누구든지 자못 선량하고 훌륭한 사람이 되어, 악이니 불행이니 슬픔이 있다는 것이 도저히 믿어지지 않을 것이다.

피예르는 이 무도회에서 처음으로, 사교계에서 아내가 차지하고 있는 지위 대문에 모욕을 당한 것 같은 기분을 느꼈다. 그는 멍하니 침울한 얼굴을 하고 있었다. 그 얼굴에는 굵직한 주름살이 잡혀 있었다. 그는 창가에 서서 안경 너머로 특히 누구를 주목하는 것도 아니게 바라보고 있었다.

나타샤는 야식 자리로 향하는 도중 그의 옆을 지나갔다. 피예르의 어두운 불행한 것 같은 얼굴은 그녀를 놀라게 했다. 그녀는 그 앞에 발을 멈추었다. 그녀는 그를 도와 주고, 남아 도는 자기의 행복을 나누어 주고 싶었다.

「정말 재미있어요, 백작.」 하고 그녀는 말했다. 「그렇지 않으세요?」

피예르는 그녀가 자기에게 한 말이 무슨 말인지 이해가 되지 않는 듯 멍청히 미소지었다.

「글쎄요, 나도 무척 유쾌합니다.」 하고 그는 말했다.

『대체 저 사람들은 무엇이 불만스러운 것일까.』 하고 나타샤는 생각했다. 『더우기 이 베주호프 같은 훌륭한 사람이?』 나타샤의 눈에는, 이 무도회에 나와 있는 사람들이 모두 한결같이 착하고 사랑스러운 훌륭한 인간들로 서로 사랑하고 있는 것처럼 생각되었다. 아무도 남을 모욕한다든가 하는 일은 있을 수 없고, 따라서 모두 행복하지 않으면 안 된다고 생각되는 것이었다.

18

이튿날, 안드레이 공작은 어젯밤의 무도회를 생각해 냈으나, 그다지 오래 생각에 잠겨 있지는 않았다. 『그렇지, 정말 화려한 무도회였어. 그리고 더욱…… 그렇다, 로스토바가 아주 귀여웠었지. 그녀에게는 무엇인지 신선하고 유다른, 페쩨르부르그 티가 나지 않는 데가 있었어. 그것이 그녀를 돋보이게 하고 있었던 것이다.』 그가 어젯밤의 무도회에 대해서 생각한 것은 다만 이것뿐이었다. 차를 마시자 그는 곧 일에 착수했다.

그러나 피로 때문인지, 그렇잖으면 수면 부족 때문인지(그 날은 일하기에 좋지 않은 날이었다), 안드레이 공작은 아무것도 할 수가 없었다. 그는 언제나의 버릇대로, 줄곧 자기 비판만을 하고 있었다. 그래서 누가 찾아온 듯한 기척을 들었을 때 그는 오히려 기뻐했다.

손님은 비스키이라는, 여러 곳의 위원회에 근무하고 페쩨르부르그의 온갖 단체에 출입하고 있는 인물이었다. 그는 새로운 사상과 스페란스키이의 열렬한 숭배자로, 페쩨르부르그의 수다스러운 허풍장이였다. 그리고 또 옷차림처럼 유행에 따라 경향을 선택하기 때문에, 오히려 굉장히 열렬한 그 경향의 주창자(主唱者)인 것처럼 보이는 그런 부루의 인간이었다. 그는 수선을 떨며 모자를 벗기가 무섭게 안드레이 공작의 방으로 뛰어들어와서는 대뜸 지껄이기 시작했다. 그는 오늘 아침 황제가 연 참의원 회의의 자세한 보고를 막 듣고 왔노라고 의기 양양하게 이야기하는 것이었다. 황제의 연설은 참으로 비범한 것이었다. 그것은 입헌 군주(立憲君主)가 아니면 할 수 없는 말이었다.「황제는 이렇게 말씀하셨어. 참의원과 원로원은 국가적인 계급이다, 정치는 자유 의지(自由意志)의 것이 아니라 어디까지나 확고한 주의를 기초로 하지 않으면 안 된다고 말이지. 그리고 또 황제께서는, 재정은 개혁하여 결산을 공포하지 않으면 안 된다고도 말씀하셨단 말일세.」하고 비스키이는 어떠한 말에는 힘을 주고, 자못 의미심장하게 눈을 부릅뜨면서 말했다.

「아뭏든 이번 사건은 획기적이야. 러시아 역사상 최대의 획기적인 사건이야.」하고 그는 말을 맺었다.

안드레이 공작은 자기가 지금까지 그처럼 못 견디게 기다리고 있었고, 그처럼 중대한 의미를 부여하고 있던 참의원 개회에 관한 이야기를 듣고 있음에도 불구하고, 기대가 실현된 오늘날 조금도 감동되지 않을 뿐만 아니라, 무의미 이상의 부질 없는 것으로 생각되었다. 그는 조용한 냉소를 띠고, 비스키이의 득의에 찬 이야기를 듣고 있었다. 그때, 지극히 단순한 하나의 생각이 안드레이 공작의 머리에 떠올랐다.『황제가 참의원에서 말씀하신 것이 나와 비스키이에게 무슨 관계가 있단 말인가? 그것이 나를 보다 좋게, 보다 행복하게라도 해준단 말인가?』

이러한 단순한 생각이, 지금 실시중에 있는 개혁에 대한 안드레이 공작의 지금까지의 온갖 흥미를 순식간에 지워 없애 버렸다. 이 날 안드레이 공작은 스페란스키이의 집에서 베풀어지는 주인이 자기를 초대하였을 때의 말에 의하면, 이른바 〈소위원회〉라 불리는 만찬회에 나가기로 되어 있었다. 자기가 마음으로부터 감탄하고 있는 인물의 자택에서의 이 가정적인 화기 애애한 만찬회는, 지금까지 스페란스키이의 가정 생활을 본 적이 없었던 만큼 더 한층 강하게 안드레이 공작의 흥미를 끌고 있었으나, 져금은 가고 싶은 마음조차 일어나지 않았다.

그렇지만 정각에 안드레이 공작은 타브리체스키이 공원 옆에 있는 스페란스키이의 아담한 사저(私邸)로 들어갔다. 수도원의 청결함을 연상시키는 깨끗한 느낌이 두드러지게 눈에 띄는 집에 조그마한 조각 나무를 세공하여 바닥에 깐 식당으로 조금 늦은 안드레이 공작이 들어가 보니, 아직 다섯 시밖에 되지 않았는데도

벌써 스페란스키이의 친숙한 사람들, 즉 그 〈소위원회〉의 사람들이 모두 모여 있
었다. 스페란스키이의 어린 딸(아버지를 닮아 갸름한 얼굴을 하고 있는)과 그 가
정교사 외에, 부인은 한 사람도 없었다. 손님은 쮀르베(정치가로 스페란스키이의 친
척-역주)와 마그니스키이(스페란스키이의 보좌역으로, 러시아 정부 개혁안의 열렬한 지
지자였으나, 스페란스키이가 몰락한 뒤에는 아라크체예프 쪽에 붙었음-역주))와 스톨르
이핀 (作家. 원로원 의원-역주)이었다. 아직 현관방에 있을 때부터 안드레이 공작은
커다란 이야기 소리와, 맑게 울리는 또렷한 웃음 소리, 마치 어릿광대가 무대에서
웃는 것 같은 폭소를 들었다. 누군가가 스페란스키이의 목소리를 닮은 음성으로
「하…… 하……하…….」하고 또박또박 끊으며 웃고 있었다. 안드레이 공작은
이제까지 스페란스키이의 웃음 소리를 들은 적이 없었으므로 지금 이 대정치가
의 낭랑하고 높은 웃음 소리는 이상하게 그를 놀라지 했다.

안드레이 공작은 식당으로 들어갔다. 모두들 두 창문 사이에 있는 자쿠스캐
(요리에 곁들여 내는 가벼운 안주-역주)가 놓인 조그마한 탁자 둘레에 서 있었다. 스
페란스키이는 훈장이 달린 회색 연미복을 입고, 오늘 아침의 유명한 참의원 회의
에 나갔던 대로의 차림인 듯 흰 조끼에 높은 흰 넥타이 차림으로 유쾌한 듯한 얼
굴을 짓고 탁자 옆에 서 있었다. 손님들은 그를 둘러싸고 있었다. 마그니스키이는
주인에게로 얼굴을 돌리고, 어느 일화를 이야기하고 있었다. 스페란스키이는 미
리 마그니스키이의 이야기를 상상하고, 채 듣기도 전에 웃고 있었다. 안드레이 공
작이 방으로 들어갔을 때도, 마그니스키이의 말은 또다시 웃음 소리에 지워지고
말았다. 스톨르이핀은 치즈 바른 빵을 먹으면서 굵고 나직한 목소리로 이야기하
고 있었고, 쮀르베는 목쉰 소리로 웃고 있고, 스페란스키이는 가늘고 또렷한 소리
로 웃고 있었다.

스페란스키이는 여전히 웃어 대면서 안드레이 공작에게 그 부드러운 하얀 손
을 내밀었다.

「여, 공작, 잘 오셨읍니다.」하고 그는 말했다.「잠깐 실례합니다…….」그는 마
그니스키이 쪽을 돌아보고 상대방의 이야기를 가로깎았다.「오늘 우리들은 이런
약속을 했읍니다. 즉 식사를 즐기기만 하고, 사무에 관해서는 한 마디도 입 밖에
내지 않기로 말입니다.」이렇게 말하고 그는 이야기 상대에게로 얼굴을 돌려, 다
시금 웃기 시작했다. 안드레이 공작은 환멸의 비애와 놀라움을 느끼면서 스페란
스키이의 웃음 소리를 듣고 그 웃는 얼굴을 쳐다보았다. 그것은 스페란스키이가
아닌 누군지 다른 사람처럼 생각되었다. 지금까지 스페란스키이에게 있어 신비롭
게 보이고 따라서 매력적으로 생각되었던 모든 것이. 갑자기 안드레이 공작의 눈
에 또렷이 산문적으로 보여지며 매력을 잃어버렸다.

식사를 하는 동안, 이야기는 한순간도 멎지 않고 계속되었다. 그것은 마치 소담집(笑談集)이라도 꺼내 놓은 것 같은 내용의 이야기였다. 아직 마그니스키이가 이야기를 끝내기도 전에, 벌써 누군가가 기다리고 있었기라도 한 듯 더 한층 우스운 내용의 이야기를 꺼낼 기색을 보였다. 그러한 일화들은 주로 관계(官界) 얘기가 아니면, 거기에 근무하고 있는 사람들에 관한 것이었다. 이 자리에서는 그러한 사람들의 시시함이 명백히 결정되어 있어, 그들에 대해서는 이제 악의가 없는 희극적인 태도를 취하는 외에 다른 도리가 없는 모양이었다. 스페란스키이는 오늘 아침 회의에서 어느 귀머거리 고관이 그의 의견에 대한 물음을 받자, 나도 같은 의견이라고 대답했다는 이야기를 하고 있었다. 줴르베는 출석자 전원의 무의미함이 특히 눈에 띄는 어느 심사회에 관한 이야기를 했다. 스톨르이핀도 떠듬거리면서 이야기에 끼어 들어 구(舊) 제도에 있어서의 관권 남용을 열을 올려 가며 논하기 시작했다. 그것이 좌담에 심각한 분위기를 덧붙일 것 같은 두려움이 있었으므로, 마그니스키이는 스톨르이핀의 열띤 모습을 놀리기 시작했다. 그러자 줴르베는 슬쩍 농담을 던졌으므로, 이렇게 하여 이야기는 다시 이전의 쾌활한 방향으로 흘러갔다.

스페란스키이는 대충 일이 끝났기 때문에, 이 허물 없는 친구들 틈에 섞여 쉬어 가며 기분 전환을 하고 싶은 모양이어서, 손님들도 모두 그 기분을 알아채고 그를 즐겁게 해주고 자기네도 즐기려고 하고 있었다. 그러나 이 즐거움은 안드레이 공작에게는 답답하고 괴로운 것으로 생각되었다. 스페란스키이의 날카로운 목소리의 울림은 그에게 불쾌한 자극을 주었고, 그 끊임없는 웃음 소리의 거짓된 억양은 어째선지 안드레이 공작의 감정을 모욕하는 것이었다. 안드레이 공작은 웃으려고도 하지 않았다. 그리고 자기가 이 자리에서 따분한 존재가 되지는 않나 하고, 줄곧 마음에 걸렸다. 그러나 아무도 전체적인 기분에 융합되지 못하는 그의 태도를 알아채지 못했다. 모두들 무척 즐거운 모양이었다.

그는 몇 번이나 이야기에 끼어 들려고 해 보았지만, 그때마다 그의 말은 물 속의 코르크처럼 밖으로 퉁겨져 나오는 것이었다. 그는 그들과 더불어 농담을 할 수도 없었다.

그들이 이야기하고 있는 것은 나쁜 것이라고는 아무것도 없었고, 장소에 어울리지 않는 것도 없었으며, 모두가 기지에 넘치고 우습다고 할 수 있을지도 모르겠다. 그러나 무엇인가 요긴한 것이——이와 같은 기분 전환에 맛을 곁들이는 그 무엇인가가 결여되어 있었을 뿐만 아니라, 그들은 그런 것이 있는 것조차 모르는 것이었다.

식사가 끝나자 스페란스키이의 딸과 가정교사는 자리에서 일어났다. 스페란스키이는 그 하얀 손으로 딸을 어루만져 주고 키스를 했다. 안드레이 공작에게는 이 동작까지도 부자연스럽게 보였다.

남자들은 영국식으로 탁자에 남아서 포도주를 마셨다. 이윽고 나폴레옹의 스페인 원정 이야기가 시작되어, 모두들 한결같이 이 전쟁에 찬성의 뜻을 표시했을 때, 안드레이 공작은 그들을 반대하기 시작했다. 스페란스키이는 히죽 웃었다. 그리고 이러한 방향의 이야기를 분명 피하고 싶은 듯이, 지금의 이야기와는 아무런 관계도 없는 일화를 꺼냈다. 모두들 잠시 동안 입을 다물었다.

잠시 자리에 앉아 있던 스페란스키이는, 포도주 병에 마개를 막고「요즈음 좋은 술은 구두를 신고 다니거든(비싸다는 뜻의 익살-역주).」하고 말하면서, 그것을 하인에게 건네 주고 일어섰다. 다른 사람들도 자리에서 일어나 역시 떠들썩하게 이야기하면서 객실로 갔다. 하인은 급사가 가지고 온 두 통의 봉투를 스페란스키이에게 건넸다. 그는 그것을 받자 서재로 들어가 버렸다. 그가 나가자마자 이내 자리의 흥겨운 분위기는 사라지고 손님들은 서로 나직한 목소리로 딱딱한 이야기를 주고받기 시작했다.

「자, 이번에는 낭독입니다!」스페란스키이가 서재에서 나오면서 이렇게 말했다.「놀라운 재능이거든요!」그는 안드레이 공작을 향해 이렇게 말했다. 마그니스키이가 재빨리 일어나서 포즈를 취하고, 페쩨르부르그의 명사를 풍자한, 프랑스어의 자작 해학시를 낭독하기 시작했다. 낭독은 몇 번인가 박수로 중단되었다. 안드레이 공작은 낭독이 끝난 뒤, 스페란스키이에게로 다가가서 작별을 고했다.

「이렇게 빨리 어디 가십니까?」하고 스페란스키이는 말했다.

「야회에 나갈 약속이 있어서요…….」

두 사람은 잠시 침묵했다. 안드레이 공작은 이 거울 같은, 남을 접근시키지 않는 눈을 가까이에서 쳐다보았다. 그러자 갑자기, 어떻게 해서 스페란스키이와 관련된 자기의 활동에서 무엇인가를 기대할 수 있었는지, 또 어떻게 스페란스키이의 사업을 중대시할 수가 있었는지 못 견디게 우스워졌다. 이 빈틈 없고 조금도 유쾌한 데가 없는 웃음 소리는 스페란스키이 집을 떠난 뒤에도 오랫동안 공작의 귀에 끊임없이 울리고 있었다.

집으로 돌아오자 안드레이 공작은 이 넉 달 동안에 걸친 페쩨르부르그에서의 생활을 무슨 신기한 것이기라도 한 것처럼 회상하기 시작했다. 그는 자기의 노고와 탄원과, 군규 법안의 일을 상기했다. 이 법안은 참고로서 채택은 되었으나, 모두 그것을 말하지 않도록 약속이라도 한 듯이, 이에 대해서는 아무도 말하는 사람이 없었다. 그 까닭은 훨씬 지독한 것임에도 불구하고 이미 다른 법안이 만들어져서 황제에게 제출되었기 때문이었다. 그는 또 베르그도 위원이 되어 있는 위원회의 모임을 상기했다. 이 집회는 언제나 위원회의 형식이며 절차에 관한 것만 이 논의되고, 사건의 본질에 관한 것은 되도록 간단히 끝마치려고 하고 있었다. 그는 또 자기의 입법에 관한 일에 대해서도, 로마와 프랑스의 법전(法典)의 조문 을 얼마나 고생하며 러시아어로 옮기고 있었던가를 생각해 내고, 자기 자신이 부 끄러운 마음이 들었다. 그리고 그는 보구챠로보 마을과 시골에서의 자기 일과, 랴 자니 여행 등을 생생하게 머리에 그려 보았다. 마름인 드론과 그 많은 농부들 을 자기가 조목별로 분류하고 있는 인권에 적용해 보고 나서, 그는 어떻게 이런 쓸데없는 일에 오랫동안 골몰할 수가 있었던가 생각하니 어처구니가 없었다.

19

　이튿날, 안드레이 공작은 아직 간 일이 없는 몇몇 집을 방문했는데, 그 가운데 에는 지난 번 무도회에서 옛정을 새롭게 한 로스토프네도 들어 있었다. 예의상으 로도 로스토프네를 방문할 필요가 있었지만, 자기에게 유쾌한 기억을 남긴 활기 에 가득 찬 아가씨가 집에서 어떻게 하고 있는지, 보고 싶었던 것이다.

　나타샤는 맨 먼저 그를 맞아 준 사람 중의 하나였다. 그녀는 하늘색의 평상복 을 입고 있었으나 안드레이 공작에게는 야회복 때보다 한결 아름답게 보였다. 나 타샤를 비롯한 온 가족이 옛친구처럼 꾸밈없는 태도로 친절하게 그를 맞았다. 한 때 그가 엄격하게 비평했던 이 일가는, 지금은 아름답고 소박하며, 선량한 사람들 뿐인 것처럼 생각되었다. 페쩨르부르그에서는 유달리 정답고 놀라운 노백작의 환 대와 그 호인다움에 마침내 안드레이 공작도 만찬을 거절할 수가 없게 되었다. 『그렇다, 정말 착하고 훌륭한 사람들이다.』하고 볼콘스키이는 생각했다. 『물론, 이 집안 사람들은 자기네들이 나타샤 속에 지니고 있는 보물을 털끝만큼도 이해 하지 못하고 있다. 그러나, 이 특히 시적이며 생명력에 넘쳐흐르는 아름다운 아가 씨를 두드러지게 떠오르게 하기 위해서는, 정말 이 집의 이 선량한 사람들은 최 고의 배경이 되고 있는 것이 아닌가!』

　안드레이 공작은, 나타샤의 내부에는 자기로서는 전혀 이해할 수 없는 독특한 세계——자기에게는 미지의, 온갖 희열에 넘치는 세계, 언젠가 오트라드노예의 가로수길에서도, 달밤의 창문에서도, 자기를 그처럼 초조하게 했던 이해할 수 없 는 세계——가 존재하고 있음을 느꼈다. 그러나 지금은 이 세계도 그를 초조하게 하지는 않았으며 또 별세계도 아니었다. 뿐만 아니라 스스로 그 세계에 한 걸음 딛고 들어가서 그 속에서 새로운 희열을 찾아내고 있는 것이다.

식후에 나타샤는 안드레이 공작의 청에 따라 피아노 옆으로 가서 노래를 부르기 시작했다. 안드레이 공작은 창가에 서서 부인들과 이야기를 하면서 듣고 있었다. 이야기 도중 안드레이 공작은 무엇인가 말을 하려다가 뚝 그치고 갑자기 입을 다물었다. 그리고 자기가 상상도 못했던 뜻하지 않은 눈물이 솟구쳐오르는 것을 느꼈다. 그는 노래를 부르고 있는 나타샤의 모습을 가만히 바라보았다. 그러자 무엇인가 새로운 행복 같은 것이 그의 가슴 속에 샘솟아올랐다. 그는 행복했다. 그러나 동시에 슬프기도 했다. 그에게 울 만한 일은 조금도 없었지만, 그런데도 금방 울음이 터져나올 것만 같은 기분이었다. 무엇이 말인가, 옛 사랑일까? 죽은 아내 때문인가? 자기 환멸의 비애일까? 미래에 대한 기대일까? 아니, 그것뿐이 아니다. 그가 울고 싶어졌던 커다란 원인은 그의 마음 속에 있는 그지 없이 위대하고 포착할 수 없는 어떤 것과 자기와 나타샤에 의해서 구체적으로 표현되고 있는, 좁고 육체적인 어떤 것과의 사이에 가로 놓여 있는 무서운 모순이 갑자기 생생하게 자각되었기 때문이었다.

나타샤는 노래를 끝내자마자 그의 옆으로 다가와서 자기 목소리가 마음에 들었느냐고 물었다. 그녀는 이렇게 물었지만, 이미 말을 해버리고 난 뒤에 이런 것을 물어서는 안 된다는 것을 깨닫고 갑자기 당황하기 시작했다.

그는 그녀의 얼굴을 쳐다보면서 빙그레 웃어 보이고, 그녀의 노래는 그녀의 모든 동작과 마찬가지로 완전히 자기 마음에 들었노라고 대답하였다.

안드레이 공작은 그 날 밤늦게 로스토프네를 떠났다. 그는 습관적으로 잠자리에는 들어갔으나 금방 잠을 이룰 수가 없다는 것을 알았다. 그는 촛불을 켜고 침대 위에 일어나 앉아 보기도 하고, 일어서 보기도 하고, 또 누워 보기도 했다. 그러나 잠이 오지 않는 것이 조금도 괴롭지가 않았다. 마치 숨막히는 방에서 자유로운 세계로 뛰쳐나온 것처럼, 그의 마음은 기쁨과 신선함으로 가득 차 있었던 것이다. 그는 나타샤를 생각하고 있었던 것이 아니라, 다만 잠깐 그녀의 모습을 상상해 보았을 뿐인데도 자기의 온 생활이 새로운 빛을 받고 있는 것처럼 생각되었다. 「온 생활이 기쁨으로 내 눈앞에 펼쳐져 있는데, 이런 꽉 닫힌 비좁은 틀 속에서 애를 태울 필요가 있을까?」하고 그는 혼잣말을 했다.

그리고 그는 오래간만에 미래의 행복한 계획을 세워 보았다. 그는 적당한 양육자를 찾아내어, 그 사람에게 자기 아들의 교육을 위임하도록 하지 않으면 안 된다고 결정했다. 그리고 직장을 그만두고 외국으로 가서 영국, 스위스, 이탈리아 등을 보고 와야겠다. 「나는 젊음과 정력이 이처럼 넘쳐 있는 동안에 충분히 나의

자유를 향락하지 않으면 안 된다.」 하고 그는 혼잣말을 했다. 『행복하게 되기 위해서는 행복의 가능을|믿지 않으면 안 된다고 피예르가 말한 것은 진리이다. 나도 지금 그것을 믿는다. 죽은 자는 죽은 자로 하여금 매장케 하란 말이다! 하지만, 생명이 있는 한은 살아서 행복해져야 한다.』 하고 그는 생각했다.

20

어느 날 아침, 아돌리프 베르그 대령이 피예르를 찾아왔다. 피예르는 모스크바와 페쩨르부르그의 모든 사람을 알고 있었으니만큼, 이 인물도 알고 있었다. 그는 갓 지은 산뜻한 군복을 입고. 알렉산드르 파블로비치 황제와 같이 머리를 안쪽으로 쓰다듬어 붙이고 있었다.

「나는 지금 부인을 찾아뵈었읍니다만, 불행히도 내 청원이 받아들여지지 못하고 말았읍니다. 백작, 당신께선 나를 틀림없이 행복하게 해주시리라고 믿습니다만.」

「무엇입니까, 대령? 나로서 할 수 있는 일이라면 나는 기꺼이…….」

「실은 백작, 이제는 나도 새집에 완전히 자리를 잡았기에.」 이러한 사실은 누가 듣더라도 불쾌할 리 없다고 확신하는 듯한 어조로 베르그는 피력했다. 「그래서 우리 내외의 지인들을 위해 조그만 야회를 베풀어 볼까 생각하고 있읍니다 (그는 더욱 유쾌하게 미소지었다).아무것도 없읍니다만, 그저 차라도 마시고 야식이라도 들게, 영부인과 같이 백작께서 와 주셨으면 합니다.」

그런데 백작 부인 엘레나 바실리예브나는, 베르그 같은 자와 자리를 같이한다는 것은 자기 체면에 관계된다고 생각하고 매정하게 이 초대를 거절해 버렸다. 베르그는 어째서 자기가 소수의 뛰어난 사람들을 자택에 모으고 싶어하는지, 어째서 그것이 자기에게 유쾌한지, 어째서 카드니 그 밖의 쓸데없는 일에는 돈을 아끼면서도 뛰어난 사람들만의 모임을 베풀기 위해서는 비용이 드는 것쯤 두려워하지 않는가를 너무나도 명백하게 설명했으므로 피예르는 차마 거절하지 못하고 나갈 것을 약속하고 말았다.

「다만 죄송합니다만, 너무 늦어지지 않으시도록 부탁드립니다. 백작, 주제넘은 부탁입니다만, 여덟 시 십 분 전으로 부탁드립니다. 보스톤(카드놀이의 한 가지. 미국 독립 전쟁 당시 보스턴에 있던 프랑스 장교들이 고안한 놀이여서, 이런 이름이 붙었음

역주) 판도 준비했으며 우리 장군께서도 오십니다. 그분은 우리들에게 무척 친절하게 해주십니다. 야식도 같이 드십시다, 백작. 그럼 잘 부탁합니다.」

항상 지각하는 버릇과는 달리, 피예르는 이 날만은 여덟 시 십 분 전이라 했는데도 십 오 분 전에 베르그의 집에 도착했다.

베르그 내외는 야회에 필요한 것을 갖추고, 이미 손님들이 오기를 기다리고 있었다.

흉상(胸像)이며 그림이며 새 가구들로 꾸며진 깨끗하고 밝은 서재에는, 베르그가 부인과 함께 앉아 있었다. 베르그는 단추를 채운 새로 마춘 군복을 입고 아내 옆에 앉아서, 지기라는 것은 언제나 자기보다 위의 사람을 고르지 않으면 안 된다, 그럼으로써 비로소 교제의 묘미가 있다는 것을 아내에게 설명하고 있었다.

「무언가 보고 배울 점도 있고 또 청탁도 할 수가 있으니까 말이오. 글쎄 내 생활을 좀 봐요, 내 임관 이후 어떻게 살아 왔는지(베르그는 자기 생애를 햇수로가 아니고 진급으로 따지고 있었다). 내 동료들은 아직 전혀 이름도 내지 못하고 있는데, 나만은 벌써 연대장의 빈 자리가 나기만을 기다리고 있을 만큼 승진하고 있으며, 그리고 당신 남편이라는 행복도 누리고 있지 않으냐 말이오(그는 일어나서 베라의 손에 키스하고는, 키스하는 김에 접혀 있던 융단의 모퉁이를 바로잡았다). 그런데 난 무엇으로 이러한 것들을 얻었다고 생각하지? 다름이 아니라, 주로 교우의 선택이 익숙했기 때문이오. 그야 물론 덕망도 있어야 하고 착실하기도 해야 하지만 말야.」

연약한 여성에 대한 자기의 우월을 느끼고 베르그는 미소지었다. 그리고 그는 역시 이 귀여운 아내도 〈남자의 진가를 이루는 모든 요소〉를 이해할 수 없는 연약한 여성에 불과한 것이라고 생각하고는 입을 다물었다. 베라도 이때 동시에 남편에 대한 자기의 우월을 느끼고 미소지었다. 베라의 해석에 의하면, 그는 덕망이 있는 훌륭한 사람이기는 하지만, 그래도 역시 세상의 모든 남자들과 마찬가지로 인생을 바르게 이해하고 있지는 않다고 생각되는 것이었다. 베르그는 자기 아내를 표준으로 하여 모든 여자를 약하고 어리석은 존재라고 생각하고 있고, 베라는 자기 남편 한 사람을 판단하여, 그 생각을 확대해서 모든 남성은 이성(理性)을 자기만의 독점물처럼 생각하고 있으면서, 그러면서도 아무것도 모르는 오만한 이기주의자라고 생각하고 있었다.

베르그는 일어섰다. 그리고 비싼 값을 치른 레이스의 숄을 구기지 않도록 조심스럽게 아내를 껴안고 입술 한가운데에 키스했다.

「다만 말이오, 아이만은 너무 일찍 생기지 말아 주었으면 좋겠군.」 자기도 의식하지 않는 연상 작용으로 베르그는 이렇게 말했다.

「그래요.」하고 베라는 대답했다. 「나도 그런 것은 전혀 바라고 있지 않아요. 사회를 위해서 살지 않으면 안 되니까요, 우린.」

「유수포바 공작 부인의 것도 이것과 똑같은 것이었지.」베르그는 숄을 가리키면서 행복스러은 선량한 미소를 지으면서 말했다.

이때 베주호프 백작이 도착했다는 전갈이 왔다. 부부는 저마다 이 내방의 영광을 자기에게 베풀어진 것이라고 생각하고, 자기 만족이 어린 웃음을 띠며 얼굴을 마주 보았다.

『말하자면 바로 이것이 지기를 만드는 요령이란 거지.』하고 베르그는 생각했다. 『말하자면 이것을 능란한 처신이라고 하는 거야!』

「다만 제발, 내가 손님들의 응대를 하고 있을 때에는.」하고 베라는 말했다. 「옆에서 불쑥 이야기를 가로챈다든가 하지 말아 주세요. 어떤 손님에겐 어떻게 응대하는 것인지, 또 어떤 자리에서는 무슨 이야기를 해야 하는 것쯤은 나도 다 알고 있으니까요.」

베르그는 빙그레 웃었다.

「아니, 그건 안돼. 경우에 다라서는 남자의 응대는 남자가 아니면 안 되는 수가 있으니까.」하고 그는 말했다.

피예르는 조그마한 새 객설로 안내되었다. 거기는 균형과 청결과 질서를 파괴하지 않고는 어디에도 앉을 수 없을 만큼 정리되어 있었다. 그래서 베르그가 손님을 위해서 안락의자와 소파의 균형을 깨뜨리는 것을 너그럽게 권하면서도, 자기 자신은 이 점에 대해 병적으로 주저하고 있는 것이 분명하고, 이 문제의 해결을 손님의 선택에 맡긴 것도 무리가 아니라고 충분히 이해가 되는 것이었다. 피예르는 의자를 하나 자기 쪽으로 끌어당겨 방의 조화를 깨뜨려 버렸다. 그와 동시에 베르그와 베라는 서로 가로채듯하며 손님의 응대를 하려 들었고, 그리하여 야회는 시작되었다.

베라는 피예르에게 흥미를 느끼게 하려면 프랑스 공사관의 이야기가 좋으리라고 마음 속으로 결정하고 곧 그것을 꺼냈다. 베르그는 또 남자에게는 남자끼리의 이야기도 필요하다고 생각하고, 아내의 이야기를 가로채서 오스트리아와의 전쟁에 대한 문제를 꺼냈다. 그리고 자기도 모르게 공통적인 화제에서 벗어나, 자기가 이 싸움에 출정하라는 권유를 받았던 일이며, 그것을 승낙할 수 없었던 까닭 등, 자기 일신상의 이야기로 비약했다.

이야기는 몹시 산만해지고, 베라는 남성적인 요소가 뛰어든 것에 분개하기는 했으나, 그래도 부부는 몹시 만족하여 손님은 비록 한 사람밖에 없었지만 야회는 매우 순조롭게 시작되었고 이 야회의 좌담, 차, 휘황하게 타는 촛불 등, 이 모든

것이 어느 다른 야회의 것과도 똑같은 것이라고 두 사람은 마음 속으로 감격하고
있었다.
　곧 베르그의 옛친구 보리스가 왔다. 그는 얼마간의 우월감과 보호자연하는 태
도로 베르그와 그 아내 베라를 대하고 있었다. 보리스에 이어 어떤 귀부인이 대
령과 함께 왔다. 이윽고 주빈인 장군을 비롯한 로스토프네 사람들이 나타났을 때,
야회는 이제 완전히 의심할 여지가 없을 만큼 다른 모든 야회를 닮게 되었다. 이
러한 객실 안의 움직임을 보고, 또 지리멸렬한 이야기 소리며, 옷자락 스치는 소
리며, 인사를 나누는 말을 들으면서 베르그와 베라는 기쁨의 미소를 억누를 수가
없었다. 모든 것이 보통 야회와 똑같았으며, 더우기 장군은 부부의 집을 칭찬하기
도 하고, 베르그의 어깨를 툭툭 치기도 하고, 아버지 같은 허물 없는 태도로 보스
톤 놀이용의 탁자의 배치를 지시하고 있었다.
　장군은 자기 다음가는 주빈인 일리야 안드레이치 노백작 옆에 자리를 잡았다.
늙은이들은 늙은이들끼리, 젊은이들은 젊은이들끼리, 그리고 여주인은 차 탁자
옆에 앉았지만, 그 탁자 위에는 파닌네의 야회 때에 나왔던 것과 똑같은 케이크
가 은으로 된 바구니에 담겨져 있고, 하나에서 열까지 모든 것이 다른 야회와 똑
같았다.

21

　피예르는 귀한 손님의 한 사람으로서 일리야 안드레이치 백작, 장군, 대령 등
과 더불어 보스톤놀이에 끼지 않으면 안 되었다. 보스톤 놀이용 탁자에서 피예
르는 나타샤의 맞은쪽에 앉게 되었는데, 그 무도회 날 이래 그녀의 내부에 일어
난 이상야릇한 변화는 그를 놀라게 했다. 나타샤는 말수가 적고 무도회 때만큼
아름답지 않았을 뿐만 아니라, 만약 모든 것에 대해서 냉담하고 무관심한 표정이
없었더라면 도리어 추할 정도였다.
　『대체 어찌 된 일일까?』 피예르는 그녀를 쳐다보면서 생각했다. 그녀는 언니와
나란히 차 탁자 옆에 앉아 있었는데, 피예르 쪽은 보지도 않고 자기 옆에 앉은
보리스에게 무엇인가 마지못한 대답을 하고 있었다. 피예르가 같은 종류의 카드
를 맞춰서 다섯 점을 얻어 자기 짝을 기뻐하게 하면서 딴 돈을 모으고 있을 때,
누군가 방으로 들어오는 발소리와 인사를 주고받는 이야기 소리를 듣고, 다시 나

타샤 쪽을 돌아보았다.

「무슨 일이 있는 것일까?」 그는 더욱 놀란 듯 이렇게 혼잣말을 했다.

안드레이 공작이 위로하는 듯한 부드러운 표정으로 그녀 앞에 서서 무엇인가 이야기하고 있었다. 그녀는 고개를 쳐들어 얼굴이 새빨개지며 거칠어진 숨결을 억누르려고 애쓰는 듯이 그를 쳐다보고 있었다. 아까까지 꺼져 있던 마음의 불이 또다시 확 타올라, 다시금 그 불꽃이 그녀의 내부에 밝게 타오르기 시작한 것이다. 그녀는 완전히 다른 사람처럼 바뀌어 버렸다. 지금까지 추했던 얼굴이 또다시 무도회 때와 마찬가지로 되었다.

안드레이 공작은 피예르에게로 다가왔다. 그러자 피예르는 친구의 얼굴에서도 새롭게 젊음이 담긴 표정을 보았다.

피예르는 노름을 하는 동안 몇 번인가 자리를 바꾸고 때로는 나타샤에게 등을 돌리기도 하고 정면에 앉기도 했지만, 여섯 판의 승부가 계속되는 동안에 그는 죽 그녀와 친구를 자세히 관찰하고 있었다.

『무엇인지 중대한 사건이 두 사람 사이에 일어난 모양이로군.』 하고 피예르는 생각했다. 그러자 기쁨과 동시에 괴로운 감정이 그의 마음을 설레게 하고, 승부를 잊어버리게 만들었다.

여섯 판째의 승부가 끝나자 장군이 「이래서는 도저히 승부가 나지 않아.」 하고 말하면서 일어섰기 때문에 피예르는 겨우 자유를 얻었다. 나타샤는 한쪽에서 소냐와 보리스하고 이야기하고 있었고, 베라는 엷은 웃음을 띠며 안드레이 공작과 무엇인가 이야기하고 있었다. 피예르는 친구에게로 다가가 비밀 이야기는 아니냐고 묻고 두 사람 옆에 앉았다. 베라는 안드레이 공작의 나타샤에 대한 특별한 주의를 눈치채고, 이러한 야회——이러한 본격적인 야회——에서는 사랑의 감정을 미묘하게 암시할 필요가 있음을 깨달았으므로, 안드레이 공작이 혼자 있는 때를 용케 포착하여, 그에게 사람의 감정에 관한 일반론과 자기의 동생에 관한 이러한 이야기를 시작했다. 베라는 자기의 외교적인 수완을 이 슬기로운 손님(그녀는 안드레이 공작을 그렇게 생각하고 있었다)을 상대로 하여 시험해 보고 싶어 견딜 수가 없었다.

피예르가 두 사람에게 다가갔을 때 베라는 혼자서 신이 나 이야기에 열중하고 있었으나, 안드레이 공작은 당황하고 있는 것 같았다(그것은 그로서는 참으로 드문 일이었다).

「당신은 어떻게 생각하시고 계세요?」 베라는 미묘한 미소를 띠우면서 말했다. 「공작, 당신은 통찰력이 있으셔서 누구의 성질도 단번에 꿰뚫어보십니다만 나타샤에 대해서는 어떻게 생각하세요? 저 애는 자기 사랑을 영원히 지킬 수가 있을까

요? 말하자면 다른 여자처럼(베라는 자기 일을 넌지시 비추었다), 한 번 어떤 사
람을 사랑하면 영원히 그 사람에게 정절을 지킨다든가 할 수가 있을까요? 나는
그런 것을 참된 사랑이라고 생각하고 있읍니다만, 공작께서는 그것을 어떻게 생
각하세요?」

「그러한 미묘한 문제를 풀기에는…….」안드레이 공작은 자기의 당황을 감출
셈으로 비웃는 듯한 미소를 띠웠다.

「나는 영매(令妹)에 대해서 너무나 모릅니다. 그리고 또 내가 보는 바로는 상
대방에게 호감을 사지 못하는 여자일수록 사랑이 변하지 않는 것 같더군요.」하
고 덧붙이고는 마침 그에게로 다가온 피예르를 보았다.

「그래요, 그것은 정말이에요, 공작. 요즘은.」하고 베라는 말을 이었다(평범한
사람들은 흔히 〈요즘〉이라는 말을 즐겨 쓰고, 그러한 사람일수록 자기는 요즘의
특징을 알고 또한 평가할 수 있다고 생각하고, 인간의 본성은 시대에 의해서 변
하는 것이라고 생각하고 있는데, 베라가 요즘이라고 말한 것도 역시 이러한 류의
것이었다).「요즈음에는 젊은 여자에게 너무나 자유가 주어져 있기 때문에, 〈사
람들로부터 귀여움을 받는다는 기쁨〉이라는 것이 흔히 진실한 감정을 억눌러 버
리는 수가 있어요. 사실 나타샤도 이 점에 대해서는 여간 민감하지 않아요.」이
야기가 다시 나타샤에게로 돌아갔으므로, 안드레이 공작은 불쾌한 듯이 얼굴을
찌푸렸다. 그는 일어서려고 했으나 베라는 더 한층 디묘한 미소를 띠우며 이야기
를 계속했다.

「나는 저 애처럼 사람에게 귀염을 받는 사람은 없다고 생각해요.」하고 베라는
말했다.「그렇지만 극히 최근까지, 한 번도 참되게 저 애에게 사랑을 받은 사람은
없어요. 당신도 알고 계실 거예요, 백작.」하고 그녀는 피예르에게로 얼굴을 돌리
고,「우리 사촌오빠, 저 귀여운 보리스도 우리끼리의 이야기입니다만, 그야말로
사랑의 나라에 들어가서 말씀이에요…….」

안드레이 공작은 미간을 찌푸리고 잠자코 있었다.

「당신은 보리스하고 친하시죠?」베라는 그에게 이렇게 말했다.

「네, 알고 있읍니다만……」

「저 사람은 틀림없이 나타샤와 있었던 어린 시절의 사랑을 당신에게 얘기했겠
죠?」

「어린 시절의 사랑이 있었읍니까?」별안간 자기도 모르게 얼굴을 붉히면서 안
드레이 공작은 이렇게 물었다.

「네, 그렇지만 사촌 사이의 친밀함이 흔히 사랑이 되는 수가 있지 않아요? 사
촌오빠와 누이 사이란 위험한 이웃이에요, 그렇지 않아요?」

「아아, 그건 정말이에요.」하고 안드레이 공작은 말했다. 그리고 갑자기 부자연스러울이 만큼 활기를 띠고, 자기도 쉰이 넘는 모스크바의 사촌누이들과의 교제를 이제부터 신중히 해야겠다고 피예르에게 농담을 했다. 그리고 농담 도중에 훌쩍 일어나서 피예르의 손을 잡고 한옆으로 데리고 갔다.

「도대체 어떻게 된 겁니까?」친구가 기묘할이 만큼 활기를 띠는 것을 놀란 눈으로 바라보고 있던 피예르는, 그가 일어나면서 나타샤에게 던진 눈초리를 알아채고 이렇게 물었다.

「나는 꼭 자네한테 이야기하지 않으면 안 될 일이 있어.」안드레이 공작은 말했다. 「자네도 알고 있는 그 부인용 장갑 말일세(사랑하는 여자에게 주기 위해서 신입 회원에게 건네는 그 매이슨의 장갑에 대해 말한 것이었다) 나는……아니, 아니야, 나중에 다시 이야기하기로 하지…….」이렇게 내뱉고 안드레이 공작은 눈에 이상야릇한 반짝임을 담으면서 안절부절 못 하는 듯한 태도로 나타샤에게로 다가가서 그 옆에 앉았다. 안드레이 공작이 그녀에게 무슨 말을 묻자 나타샤가 얼굴을 붉히고 대답하는 것을 피예르는 보았다.

그러나 이때 베르그가 피예르 옆으로 다가와 스페인 원정에 관해 장군과 대령 사이에 벌어진 논쟁에 끼어 달라고 짓궂게 부탁했다.

베르그는 지금 크게 흡족하고 더할 나위 없이 행복했다. 그의 얼굴에선 기쁨에 어린 미소가 가시지 않았다. 오늘의 야회는 참으로 훌륭하고, 그가 보아 온 다른 집의 야회와 완전히 똑같았다. 부인들의 세련된 회화도, 카드도, 카드의 승부에 목소리를 높이는 장군도, 사모바르도, 과자도, 하나에서 열까지 모두 닮아 있었다. 그러나 오직 한 가지 모자라는 것이 있었다. 언제나 남들의 야회에서 보아 온, 그가 꼭 흉내를 내고 싶은 것이 있었다. 그것은 다름 아닌 남자들 사이에서 일어나는 떠들썩한 지껄임과, 무엇인가 중대하고도 슬기로운 것에 관한 논쟁이었다. 그런데 지금 장군이 마침 그러한 이야기를 시작했으므로 베르그는 얼른 피예르를 거기에 끼어 들게 하려는 것이었다.

22

이튿날, 안드레이 공작은 일리야 안드레이치 백작의 초대를 받았으므로, 로스토프네 저택으로 식사를 하러 가서 온종일 지냈다.

안드레이 공작이 누구를 위해서 이처럼 드나들고 있는지, 온 집안 사람들은 직감하고 있었다. 그도 별로 감추려 하지 않고, 종일 나타샤의 옆에서 떨어지지 않도록 노력했다. 겁을 먹으면서도 행복하고 환희에 차 있는 나타샤의 마음 속뿐만 아니라 온 집안에서, 앞으로 일어날 어떤 중대한 일에 대한 두려움이 느껴졌다. 백작 부인은 안드레이 공작이 나타샤와 이야기하고 있을 때에는, 슬픔 어리고 엄격한 눈초리로 두 사람의 태도를 지켜보고 있었지만 그가 자기 쪽을 돌아보면, 머뭇거리며 가장된 듯한 어조로 무엇인지 쓸데없는 이야기를 시작하는 것이었다. 소냐는 나타샤를 혼자 떼어 놓은 것이 걱정스러웠으나, 또 동시에 옆에 있어서 방해가 되지나 않나 하고도 걱정했다. 나타샤는 잠시 동안이라도 그와 단 둘이 얼굴을 마주 보고 있게 되면 무서운 기대 때문에 파랗게 질렸다. 안드레이 공작도 나타샤가 이상하게 생각할 만큼 수줍어하였다. 무엇인지 이야기해야겠다고 느끼고 있으면서도, 그 말을 털어놓을 결심을 못 하고 있는 것을 나타샤도 느끼고 있었다.

그 날 밤 안드레이 공작이 돌아가자, 백작 부인은 나타샤에게 다가가서 나직한 목소리로 물었다.

「그래, 어떻게 됐니?」

「어머니, 제발 지금은 아무것도 묻지 말아 주세요. 그것은, 도저히 입으로는 말할 수 없어요.」

그러나, 그러면서도 그 날 밤 나타샤는 잔뜩 흥분하기도 하고 두려워하기도 하면서, 눈을 가만히 한 군데 못박은 채 오랫동안 어머니 침대에 누워 있었다. 그녀는 어머니에게, 안드레이 공작이 자기를 칭찬해 주었던 일이며 국외 여행을 할 생각으로 있다는 일이며, 로스토프네에서는 올 여름을 어디에서 지내느냐고 물었던 일이며, 보리스에 대해서 물었던 일 등을 차근차근 이야기했다.

「그렇지만 이런 일, 이런 일은……지금까지 나에겐 아직까지 한 번도 없었던 일이에요!」 하고 그녀는 말했다. 「다만, 난 그 사람이 옆에 있으면 언제나 두려워요. 무슨 까닭일까요? 이것이 숨김없는 마음일까요? 네? 어머니, 주무셔요?」

「아니, 애야, 나도 두렵다.」 하고 어머니는 대답했다. 「자, 가서 자거라.」

「어차피 전 자지 못할 테니까 마찬가진걸요. 잔다는 건 정말 어리석어요! 어머니, 어머니, 이런 일은 나에겐 지금까지 한 번도 없었던 일이에요!」 그녀는 자기 내부에서 의식되는 어떤 감정에 대해 놀라움과 두려움을 느끼면서 말하는 것이었다. 「우리들도 정말 이렇게 되리라고는 생각지도 못 했던 일이에요!」

나타샤는 처음 오트라드노예 마을의 가로수길에서 그를 보았을 때부터, 이미 그에게 반해 버렸던 것 같은 느낌이 들었다. 그녀가 그때 마음 속으로 선택한 바로 그 사람을(그녀는 이 사실을 굳게 믿고 있었다) 지금 다시 이처럼 뜻하지 않 게 만난 것이며, 그 사람도 자기에 대해서 무관심하지 않다고 생각하자, 이상야 릇한 뜻하지 않은 행복이 그녀를 놀라게 하는 것이었다.『그러니까 그 사람도 우 리들이 지금 이 페쩨르부르그에 있을 때에 이곳으로 일부러 찾아올 필요가 있었 던 것이다. 그리고 반드시 그 무도회에서 만나지 않으면 안 되었던 것이다. 이것 은 모두 운명이다. 모든 것이 운명으로, 이렇게 되도록 되어 있었던 것이다. 그때 처음 그이를 보았을 때부터 나는 무엇인가 아주 특별한 감정을 느끼고 있었으니 까…….』

「그리고 또 무슨 이야기를 하든? 그것은 어떤 시지? 읽어 보렴.」하고 어머니 는 생각에 잠긴 듯한 어조로 말했다. 안드레이 공작이 나타샤의 앨범에다 쓴 시 에 관해서 어머니는 묻는 것이었다.

「어머니, 그분이 홀아비라고 해서 부끄러울 건 없죠?」

「이제 그만, 나타샤. 자, 기도라도 해라. 결혼이라는 것은 천국에서 정해지는 것이니까.」

「기뻐요, 어머니, 난 어머니가 정말 좋아. 난 정말 행복해요!」 행복과 흥분의 눈물을 흘리면서 어머니를 부둥켜안고 나타샤는 외쳤다.

바로 이때, 안드레이 공작은 피예르의 방에 앉아 나타샤에 대한 자기의 사랑을 고백하고, 꼭 그녀와 결혼해야겠다는 굳은 결심을 말하고 있었다.

이 날, 백작 부인 엘레나 바실리예브나 저택에서 대규모적인 야회가 베풀어져 서, 프랑스 공사 외에 요즈음 자주 그녀를 찾게 됐던 대공이며, 그 밖의 많은 화 려한 신사 숙녀들이 모여 있었다. 피예르도 아래로 내려와서 홀 안을 걸어다니고 있었지만 생각에 잠긴 듯한 멍청하고 어두운 얼굴빛은 손님들을 놀라게 했다.

피예르는 무도회 이래 우울증의 발작이 다가오고 있는 것을 느끼고, 필사적인 노력을 기울여 그것을 격퇴하려고 애쓰고 있었다. 대공이 아내와 친하게 된 이후, 피예르는 느닷없이 시종으로 임명되었다. 이때부터 그는 사교계에 나가면 괴로움 과 부끄러움을 느끼게 되었고, 또 이 세상이 모두 허무하다는 이전부터의 어두운 사상이 보다 자주 그의 머리에 떠오르게 되었다. 바로 이 무렵에 알아챈 자기의 피보호자인 나타샤와 안드레이 공작 사이의 감정은, 자기와 친구의 입장이 정반 대란 것으로서 이 어두운 기분을 더 한층 짙게 했다. 그래서 그는 아내에 대해서 도, 나타샤에 대해서도, 안드레이 공작에 대해서도, 모두 생각하지 않으려고 애썼 다. 또다시 모든 것이 영원에 비하면 보잘것없는 것으로 생각되고, 또다시 〈무엇 때문에?〉라는 의문이 고개를 쳐들고 일어나기 시작했다. 그는 밀려오는 사념(邪

愼)을 쫓아 버리기 위해서 어거지로 아침부터 밤까지 메이슨의 일에 골몰하고 있었다. 열 두 시 가까이 되자, 피예르는 백작 부인의 방에서 나와 위층으로 올라 갔다. 담배 연기가 자욱한 천장이 낮은 방에서 입어서 더러워진 자리옷을 걸친 채 탁자 앞에 앉아 스코틀랜드 법령의 원문을 베끼기에 골몰하기 시작했다. 그러 자 그때 누가 방으로 들어왔다. 그것은 바로 안드레이 공작이었다.

「아아, 당신이군요.」 하고 피예르는 멍청하고 시두룩한 얼굴로 말했다. 「나는 지금 일을 하고 있읍니다.」 그는 공책을 가리키면서 말했다. 그것은 불행한 사람 들이 자기의 일을 바라볼 때에 나타나는 표정——이 세상의 불행에서 구원되기를 바라는 듯한 표정이었다.

안드레이 공작은 반짝이고 환희에 불타는 인생의 재출발이라는 낯을 짓고, 피 예르의 앞에 발을 멈추었다. 그리고 자기 행복만을 위한 이기심 때문에 그의 슬 픔에 잠긴 얼굴을 알아채지 못하고 미소를 지었다.

「여보게.」 하고 그는 말했다. 「실은 난 어젯밤에 자네한테 얘기하고 싶었는데, 그래서 오늘은 일부러 그 일 때문에 찾아온 걸세. 나는 지금까지 한 번도 이런 경험을 한 적이 없었어. 여보게, 나는 사랑에 빠져 버렸어.」

피예르는 갑자기 무거운 한숨을 쉬며 안드레이 공작 옆의 소파 위에다 육중한 몸을 내던졌다.

「나타샤 로스토바에게 말이죠?」

「그렇지, 그렇지, 달리 또 누가 있겠나? 정말 믿어지지 않을 정도지만, 이 감정 쪽이 나보다 강하니까 어쩔 수가 없네. 어저께도 나는 고민했어. 그러나 이 괴로 움은 나에게는 이 세상의 어떤 것과도 바꿀 수는 없는 것이야. 나는 지금까지 살 고 있지 않았었어. 지금 비로소 산 보람을 느끼기 시작한 거야. 그렇지만 그녀 없 이는 살 수 없어. 그러나 그녀는 과연 나를 사랑할 수 있을까? 그녀 남편으로는 너무 나이가 많아서 말이야.……왜 자넨 잠자코 있나?」

「나? 나 말입니까? 나 같은 게 무슨 할 말이 있겠읍니까?」 갑자기 벌떡 일어 나 방안을 이리저리 거닐면서 피예르는 말했다. 「나는 언제나 그렇게 생각하고 있었읍니다.……그 아가씨는 굉장한 보물입니다. 참으로……정말 좀처럼 보기 드 문 아가씨입니다……. 그러니까 이거 봐요, 쓸데없는 이론을 캐거나 의심하고 하 지 말고 결혼을 하십시오. 결혼, 결혼……참으로 그렇게만 되면 당신처럼 행복한 사람은 없을 것입니다.」

「그러나 그 사람은?」

「그녀는 당신을 사랑하고 있읍니다.」

「농담은 하지 말게…….」 하고 안드레이 공작은 웃으면서 피예르의 눈을 들여다보았다.

「사랑하고 있읍니다, 나는 알고 있읍니다.」하고 피예르는 화가 나는 듯 소리 쳤다.

「아니, 좀 들어 보게.」그의 손을 잡아 붙들면서 안드레이 공작은 말했다.「내가 지금 어떠한 상태에 있는지, 자네는 알겠나? 나는 누군가에게 모든 것을 얘기해 버리지 않고는 견딜 수가 없어.」

「자, 그럼 이야기를 하세요. 나는 정말 기쁘게 생각합니다.」하고 피예르는 말했다. 그러자 정말로 그의 얼굴은 갑자기 바뀌었다. 굵은 주름살도 어느 틈에 사라지고, 그는 기쁜 듯이 안드레이 공작의 이야기에 귀를 기울였다. 공작은 전혀 다른 새 사람같이 보였고 사실 그러했다. 그의 우수, 그의 인생에 대한 멸시, 그의 환멸감, 이러한 것은 모두 지금 어디에 있는 것일까? 그는 피예르 외의 다른 사람에게는 누구에게도 속마음을 털어놓지 말아야겠다고 마음먹었으나 그대신에 이 친구에게는 마음의 밑바닥의 밑바닥까지도 모조리 털어놓고 말았다. 그는 서슴지 않고 대담하게 긴 미래에 대한 계획을 세워 보이고, 그는 자기 행복을 아버지의 변덕의 제물로 바칠 수는 없으므로, 억지로라도 아버지에게 이 결혼을 승낙시키고 그녀를 사랑하게 하겠다,만약 그것이 틀어지면, 아버지의 승낙을 얻지 못해도 관계 없다고 말했다. 그리고 지금 그의 전부를 차지하고 있는 감정에 대하여 무엇인가 불가사의한, 아무 인연도 관계도 없는 자기와는 별개의 감정인 것처럼 놀라는 것이었다.

「전에는 참으로 내가 이런 사랑에 빠지는 일이 있으리라곤, 나에게 예언한 자가 있더라도 나는 절대로 믿지 않았을 거야.」하고 안드레이 공작은 말했다.「지금까지 내가 경험했던 것과는 전연 다른 감정이야. 지금 내게는 온 세계가 오직 둘로 크게 나뉘어질 뿐이야. 하나는, 그녀로서 거기엔 온갖 행복과 희망과 빛이 군림하고 있고 다른 하나는, 그 여자가 없는 세계로서, 거기에는 우수와 암흑만이……」

「암흑과 우수.」하고 피예르는 되풀이했다.「그렇습니다, 그렇습니다. 나도 알겠습니다.」

「나는 빛을 사랑하지 않고는 있을 수가 없었어. 그건 내가 나쁜 것이 아니야. 그렇기 때문에 나는 참으로 행복해. 자네 내 기분을 알겠나? 자네가 나 때문에 기뻐해 준다는 것을 나는 잘 알고 있어.」

「그렇고 말고요, 그렇고 말고요.」하고 피예르는 감격한 듯한, 슬픔에 잠긴 눈초리로 친구를 쳐다보면서 맞장구쳤다. 안드레이 공작의 운명이 밝게 보이면 보일수록, 자기 자신의 운명은 더욱더 침울하게 느껴지는 것이었다.

23

　결혼을 하려면 아버지의 승낙이 필요했다. 그래서 이 일을 위해 안드레이 공작은 이튿날 아버지한테로 떠났다.

　아버지는 겉으로는 침착해 보였지만 내심으로는 분노를 느끼며 아들의 보고를 들었다. 자기의 생애는 이제 끝난 것이나 다름 없는데, 어쩌자고 제삼자가 또 새롭게 거기에 변혁의 손길을 뻗치고 새로운 요소를 주입하려고 하는 것인지, 그는 그것을 이해할 수가 없었다『그저 죽을 때까지만이라도 하고 싶은 대로 하게 해 주었으면 좋으련만. 그리고 그런 뒤에 어떡하건 마음대로 하란 말이야.』하고 노인은 생각했다. 그러나 상대가 아들인지라, 그는 언제나 중대한 경우에 쓰는 외교 수단을 썼다. 그는 냉정한 태도로 이 일을 곰곰 생각해 보았다.

　첫째로 이 결혼을 문벌, 재산, 지위로 봐서 훌륭한 것이라고 할 수 없었다. 둘째로 안드레이 공작은 이제 젊음의 한창 때를 지나서 몸도 약한 편인데(노인은 이 점을 유달리 강조했다), 여자는 아주 나이가 젊다. 세째로는 이쪽에는 아이가 있고, 그 애를 나이 어린 여자에게 맡기기에는 불쌍하다. 그리고 끝으로 네째로는, 하고 아버지는 비웃는 듯한 눈초리로 아들을 쳐다보면서 이렇게 말했다.「너에게 부탁하지만, 이 문제를 앞으로 일 년 더 늦추기로 하고 외국으로 요양이나 하러 다녀오면 어떠냐? 그리고 네가 진작부터 바라고 있었던 것처럼 니콜라이 공작(손자—역주)을 위해서, 독일인 가정교사를 구해서 데리고 오지 않겠니? 그리고 그런 다음에도 만약 사랑이라고 할까, 정열이라고 할까, 집착이라고 할까, 아뭏든 그거야 어떻든 상관 없지만 그러한 것이 여전히 굉장한 것이라면 그때에 가서 결혼하는 거야. 이것이 내 마지막 말이다. 알겠니? 마지막 말이야……」하고 노공작은 이제 어떠한 것도 내 결심을 번복시킬 수는 없다는 듯한 어조로 말을 맺었다.

　노인은 아들의 마음이든지 혹은 상대방 처녀의 마음이든지 그 어느 쪽이든가가, 한 해 동안의 시련을 이겨내지 못할 것이고, 또 그 무렵까지에는 자기도 죽어버릴 것이라고, 이러한 것을 기대하고 있는 모양이었다. 안드레이 공작도 그것을 분명히 깨달았으므로 아버지의 뜻에 따르기로 결심했다. 청혼만 해두고 결혼을 일 년 뒤로 늦추기로 결정한 것이었다. 로스토프 집을 찾아갔던 마지막 밤으로부터 삼 주일 뒤에 안드레이 공작은 페쩨르부르그로 돌아왔다.

　어머니에게 고백한 다음 날, 나타샤는 종일 볼콘스키이를 기다리고 있었으나 그는 찾아오지 않았다. 이튿날도 마찬가지였다. 피예르도 안 왔으므로 안드레이 공작이 아버지에게 찾아간 것을 모르고 있던 나타샤는, 그가 오지 않는 까닭이 상상되지 않았다.

이리하여 삼 주일이 지났다. 나타샤는 어디에도 나가려고 하지 않고 하는 일도 없이, 풀이 죽은 모습으로 그림자처럼 이 방 저 방을 돌아다녔으며 밤이 되면 남몰래 눈물을 흘리고, 밤마다 어머니에게 찾아가는 것도 그만두었다. 그녀는 줄곧 얼굴을 붉히고 짜증을 부렸다. 어쩐지 모든 사람이 자기의 실망을 알고 웃으면서 가엾게 여기고 있는 듯한 느낌이 들었다. 격렬한 내심의 슬픔과 동시에 체면을 지키지 않으면 안 될 슬픔이, 그녀의 불행을 더욱더 무겁게 했다.

어느 날 그녀는 백작 부인한테로 가서 무엇인지 말하려고 하다가는 갑자기 울기 시작했다. 그것은 무슨 죄로 벌을 받는 것인지도 모르고 야단을 맞는 아이가 흘리는 눈물과도 같은 것이었다.

백작 부인은 나타샤의 마음을 가라앉히기 시작했다. 처음에는 어머니의 말에 귀를 기울이고 있던 나타샤는 돌연 그 말을 가로챘다「그만두세요, 어머니. 나는 아무렇지도 않아요. 생각하고 싶지도 않아요! 그래요, 지금까지 자주 놀러 오던 것을 그만두었다는 것뿐, 단지 그것뿐이에요……」

그녀의 목소리는 떨렸다. 당장이라도 울음을 터뜨릴 것 같았지만, 간신히 마음을 가다듬고 조용히 말을 계속했다.

「그리고 나는 전혀 시집가고 싶지 않아요. 나는 그이가 무서워요. 나는 이제 완전히 마음이 가라앉았어요……」

이런 이야기가 있었던 다음 날, 나타샤는 아침마다 유쾌한 기분을 주기 때문에 유달리 정답게 느껴지는 헌 옷을 꺼내 입고, 무도회 이래 돌아다보지도 않았던 원래의 생활 양식을 아침부터 시작했다. 차를 마시고 나서, 반향(反響)이 좋아서 유달리 마음에 드는 홀로 들어가서 솔페지오(성악 연습곡—역주)를 부르기 시작했다. 그 첫째 연습곡을 마치자 그녀는 홀 한가운데 발을 멈추고 유달리 자기 마음에 든 어떤 가곡의 한 절을 되풀이했다. 그녀는 마치 뜻하지 않았던 것이거나 한 것처럼, 그 울림이 녹아들어 홀의 공간을 가득 메우면서 서서히 사라져 가는 그 묘미에 즐겁게 귀를 기울이고 있었다. 그러자 갑자기 즐거웠다.『뭐 그런 것을 너무 생각할 필요는 없어. 이대로 있는 게 좋아.』그녀는 자기에게 이렇게 말하고, 기분 좋게 울리는 모자이크 마루 위를 가뿐한 걸음걸이로 이리저리 거닐기 시작했다. 그리고 한 걸음마다 발꿈치와 발 끝을 번갈아 내디디면서(그녀는 마음에 드는 새 구두를 신고 있었다), 뒤축의 규칙 바른 삐걱거리는 소리와 발 끝의 삐걱거리는 울림에, 자기의 노랫 소리와 마찬가지로 즐겁게 귀를 기울이는 것이었다. 거울 옆을 지나가다가 그녀는 힐끔 그 속을 들여다보았다.『어머나, 저게 나로군!』

자기의 모습을 보았을 때 그녀의 표정은 이렇게 말하고 있기라도 한 것 같았다. 『어때요, 훌륭하지 않아요? 나는 이제 아무도 필요 없어.』

하인이 홀을 치우러 들어오려고 했으나 나타샤는 들여 놓지 않았다. 하인이 나가자, 곧 다시 문을 닫고는 걷기를 계속했다. 이 날 아침 그녀는 다시 그 그리운 자기에 대한 사랑과 환희의, 자기가 좋아하는 상태로 되돌아간 것이었다. 『이 나타샤는 참으로 아름다운 아가씨야!』 이렇게 그녀는 다시금 남성 삼인칭 집합 명사를 써서 남자 말투로 말했다. 『아름답고, 음성이 곱고, 젊고, 그리고 남을 방해하지 않아요. 제발 이 아가씨에게 참견하지 말고 그냥 내버려둬 두십시오.』 그러나 아무리 그냥 내버려둔다고 하더라도, 그녀는 이제 차분히 있을 수는 없었다. 그녀 자신도 곧 그것을 느꼈다.

현관 쪽에서 정문의 문이 열리더니 누군가가 「계십니까?」 하고 묻는 소리와 이어서 발소리가 들렸다. 나타샤는 거울을 보고 있었으나 자기의 모습은 눈에 들어오지 않았다. 그녀는 다만 현관에서 나는 소리에 가만히 귀를 기울이고 있었다. 그리고 자기 모습을 보았을 때, 그녀의 얼굴은 파랗게 질려 있었다. 그 사람이 찾아온 것이었다. 꽉 닫힌 문을 사이에 두고 목소리가 어렴풋이 들렸을 뿐이었으나, 그녀는 확실히 알아챘다.

나타샤는 파랗게 질리고 당황한 얼굴로 객실로 뛰어들었다.

「어머니, 볼콘스키이가 오셨어요!」 하고 그녀는 말했다. 「어머니, 무서워요, 견딜 수가 없어요! 난 싫어요……괴로움을 겪어야 하는 것은! 저는 어떻게 하면 좋아요?」

백작 부인이 미처 그것에 대답할 겨를도 없이, 안드레이 공작이 걱정스러운 듯한 얼굴을 하고 객실로 들어왔다. 나타샤를 보자마자 그의 얼굴은 금세 빛나기 시작했다. 그는 백작 부인과 나타샤의 손에 키스하고 난 뒤에 소파 옆에 앉았다.

「정말 오래간만입니다…….」 하고 백작 부인이 말문을 열었으나, 안드레이 공작이 곧 그것을 가로막았다. 그것은 상대방의 물음에 대답함과 동시에 자기가 얘기할 것을 빨리 해버리고 싶었기 때문이었다.

「정말 오래간만입니다. 실은 아버지한테 가 있었기 때문입니다. 아주 중대한 일에 대해서 아버지와 상의하지 않으면 안 될 일이 있었읍니다. 그래 실은 어젯밤에야 돌아왔읍니다.」 나타샤의 얼굴을 힐끔 쳐다보고 그는 이렇게 말했다. 「실은 좀 상의할 일이 있읍니다만 부인.」 잠시 침묵한 두 그는 이렇게 덧붙였다.

백작 부인은 무거운 한숨을 몰아쉬고 눈길을 떨구었다.

「좋습니다, 무슨 말씀이든!」 하고 그녀는 말했다.

나타샤는 나가지 않으면 안 된다는 것을 알고 있었지만, 그렇게 할 수가 없었다. 무엇인지 목을 죄는 듯한 느낌이 들었다. 그녀는 버릇없게도 눈을 부릅뜬 채, 똑바로 안드레이 공작을 쳐다보고 있었다.

『지금 곧? 곧 이 자리에서……아냐, 아냐, 그럴 리는 없어!』하고 그녀는 생각했다.

안드레이 공작은 다시금 그녀를 쳐다보았다. 이 시선은 자기의 상상이 잘못된 것이 아님을 그녀에게 확신시켰다. 그렇다, 지금 곧 이 자리에서 자기의 운명이 결정되려고 하고 있었다.

「나타샤, 저리 좀 가 있거라. 내가 나중에 부를 테니까.」하고 백작 부인이 속삭이듯 말했다.

나타샤는 겁에 질린 듯한 기도하는 듯한 눈으로 안드레이 공작과 어머니를 쳐다보았다. 그리고 방에서 나갔다.

「저는, 부인, 실은 따님에게 청혼하러 왔읍니다.」하고 안드레이 공작은 말을 꺼냈다.

백작 부인의 얼굴은 별안간 빨개졌다. 그러나 그녀는 아무 말도 하지 않았다.

「당신의 청혼은…….」마침내 백작 부인은 차분한 어조로 입을 열었다. 그는 잠자코 그 얼굴을 똑바로 쳐다보고 있었다. 「당신의 청혼은……(그녀는 조금 어름거렸다) 우리들에게는 대단히 만족스럽습니다. 그리고……나는 당신의 청혼을 받아들이겠읍니다. 진심으로 기쁘게 생각합니다. 주인께서도…… 아마……그렇지만, 뭐니뭐니해도 본인의 뜻에 달려 있으니까…….」

「전 부인의 승낙을 받고 나서 따님에게 직접 말할 작정입니다만……허락해 주시겠읍니까?」하고 안드레이 공작은 말했다.

「네.」하고 백작 부인은 대답하고 손을 내밀었다. 그리고 안드레이 공작이 허리를 구부려 그 손 위에 키스하였을 때, 서먹서먹함과 상냥함이 섞갈린 기분으로 그의 이마에 입술을 대었다. 백작 부인은 그를 자기 아들처럼 애무하고 싶었으나, 어쩐지 이 사람은 자기에게는 인연이 없는 무서운 사람이라는 느낌이 떠나지 않았다.

「나는 주인께서도 반드시 동의하시리라고 믿습니다만.」하고 백작 부인은 말했다. 「그러나 댁의 아버님께서…….」

「저는 아버님에게 저의 계획을 털어놓았읍니다만, 아버님께서는 동의하시는 대신, 일 년 안에 결혼은 안 된다는 조건을 내놓으셨읍니다. 그래서 이 일을 당신에게 알려 드리고 싶었읍니다.」

「그야 나타샤도 아직 나이가 어리기는 합니다만, 그것은 너무 길군요!」

「그러나 이것만은 달리 어쩔 수가 없었읍니다.」안드레이 공작은 한숨을 지으며 말했다.

「아뭏든 그 애를 이리로 보내겠어요.」 그리고 백작 부인은 방에서 나갔다.

「하느님, 우리들을 보살펴 주시옵소서.」 백작 부인은 딸을 찾으면서 연방 이렇게 되뇌었다. 소냐가 나타샤는 침실에 있다고 말했다. 나타샤는 자기 침대에 앉아서 창백한 얼굴의 마른 눈길로 성상을 바라보면서, 재빨리 성호를 긋고 입속으로 무엇인가 중얼거리고 있었다. 어머니를 보더니 그녀는 뛰어 일어나 그쪽으로 달려왔다.

「뭐예요, 어머니?……뭐예요?」

「가 봐라, 그 사람한테 가 봐라, 너에게 청혼을 하셨단다.」 하고 말하는 어머니의 어조는 차가왔다. 나타샤에게는 그렇게 생각되었다. 「가 봐라……가 봐라.」 달려가는 딸의 뒤에서, 슬픔과 비난이 어린 목소리로 이렇게 말하면서 길게 한숨을 쉬었다.

어떻게 해서 객실로 들어왔는지 나타샤는 기억이 없었다. 문을 들어서면서 그의 모습이 눈에 들어오자, 그녀는 그대로 발을 멈추었다.『정말 이 인연도 없는 남이, 이제부터 나의 전부가 되는 것일까?』 하고 그녀는 자문했으나, 즉시 대답했다.『그렇다, 전부다. 이제부터는 이 사람만이 나에게는 온 세계의 무엇보다도 귀중한 것이다. 안드레이 공작은 눈을 떨군 채 그녀에게로 다가왔다.

「나는 당신을 처음 만났을 때부터 사랑했읍니다. 나는 당신의 사랑을 바랄 수 있을까요?」

그는 힐끗 그녀를 처다보았다. 그러자 그녀의 진지하고 정열이 깃든 표정이 그의 눈을 쏘았다. 그 얼굴은 마치 〈어째서 그런 것을 물으시죠? 뻔한 일을 의심할 필요가 어디 있는 것일까요? 마음에 느끼고 있는 것을 말로 나타낼 수가 없는데도 무엇 때문에 말을 하세요?〉 하고 이야기하고 있는 것 같았다.

그녀는 안드레이 공작에게로 가까이 다가서서 발을 멈추었다. 그는 손을 잡고 키스했다.

「당신은 나를 사랑해 주시겠읍니까?」

「네, 네.」 나타샤는 안타까운 듯이 이렇게 말했다. 그리고 길게 한숨을 내쉬었다. 그 한숨이 또 한 번, 또 한 번, 차차 잦아지더니 마침내 그녀는 울음을 터뜨리고 말았다.

「왜 그러세요? 무슨 일이 있읍니까?」

「아아, 저는 정말 행복해요.」 하고 대답하면서 그녀는 눈물을 글썽이며 미소지었다. 그리고 그에게로 더 가까이 다가가서, 이런 짓을 혜도 괜찮겠는지요 하고 자문하는 것처럼 잠시 생각하더니, 느닷없이 그에게 키스했다.

안드레이 공작은 그녀의 두 손을 잡고, 찬찬히 그 눈을 들여다보고 있었다. 그러나 그녀에게 대한 여태까지 애정은 그의 마음 속에서 찾아볼 수 없었다. 그의 마음 속에서는 갑자기 무엇인가 뒤집어진 것만 같고, 이전과 같은 시적이고 신비적인 희망의 매혹은 없어지고, 그녀의 여자답고 또 어린애다운 나약함을 가엾어 하는 마음과, 몸과 마음을 내맡긴 듯한 그녀의 신뢰에 대한 두려움과, 영원히 그녀를 자기에게 결합시킨다는 괴로움과 동시에 기쁜 의무의 자각이 도사리고 있었다. 그리고 지금의 이 감정은 비록 이전의 감정처럼 밝고 시적은 아니었지만, 한결 진실하고 또한 강렬한 것이었다.

「일 년 이내에는 안 된다는 것을, 어머니로부터 들으셨읍니까?」 여전히 그녀의 눈을 들여다보면서 안드레이 공작은 이렇게 물었다.

『정말로 이것이 나일까? 그 철부지였던(모두들 나를 그렇게 말하고 있었으니 말야)?』 하고 나타샤는 생각했다. 『그래 정말 나는 이 순간부터, 지금까지 아무런 인연도 없었던, 그러나 아버지까지도 존경하고 계시는 친절하고 슬기로운 분과 동등한 권리를 가지는 아내가 되는 것일까? 대체 이것이 사실일까? 지금부터는 생활을 장난처럼 보낼 수 없다. 나는 이제 어른이다. 이제부터는 자신의 모든 언행에 대해서 책임을 지지 않으면 안 되는 것이다. 도대체 정말일까? 그렇지, 나에게 무엇을 물으셨더라?』

「아녜요.」 하고 그녀는 대답했으나 실은 무슨 질문을 받았는지 알 수 없었다.

「실례지만.」 하고 안드레어 공작은 말했다. 「당신은 아직도 나이가 젊고 나는 이미 온갖 생활을 경험한 인간입니다. 나는 당신의 일이 걱정됩니다. 당신은 자기 자신을 모르고 계시니까요.」

나타샤는 그가 하는 말의 의미를 이해하려고 애쓰면서, 모든 주의를 집중해서 듣고 있었지만 그래도 역시 이해되지 않았다.

「나의 행복을 늦추는 이 일 년이 나에게 아무리 괴롭더라도.」 하고 안드레이 공작은 말을 이었다. 「이 동안에 당신은 자기 마음을 시험하실 수가 있읍니다. 아무쪼록 일 년 뒤에 나에게 행복을 누리게 해주십시오. 그러나 당신은 자유입니다. 두 사람의 약혼은 비밀로 하십시다. 만약 당신이 나를 사랑하고 있지 않는다든가, 혹은 또 다른 사람을……」 안드레이 공작은 부자연스러운 미소를 띄우고 말했다.

「어째서 당신은 그런 말씀을 하세요?」 하고 나타샤는 그의 말을 가로막았다. 「당신이 처음 오트라드노예 마을에 오셨던 그 날부터 나는 당신을 사랑했어요.」 자기가 하고 있는 말의 진실을 굳게 믿으면서 그녀는 말했다.

「일 년 동안에 당신도 자신을 알게 될 것입니다……」

「꼬박 일 년이나!」 이때에야 비로소 결혼이 일 년 늦추어진 것을 알고 불쑥 이렇게 외쳤다.「어머나, 일 년이라고요? 어째서 일 년이나?……」안드레이 공작은 늦추어진 까닭을 설명하기 시작했다. 그러나 나타샤는 그의 말을 듣고 있지 않았다.

「달리 어떻게 할 수는 없어요?」하고 그녀는 물었다. 안드레이 공작은 아무 대답도 하지 않았으나, 그 얼굴에는 결심을 바꿀 수는 없다고 나타나 있었다.

「그건 너무해요! 아아, 그건 너무해요!」나타샤는 느닷없이 이렇게 말하다가, 다시 흐느끼기 시작했다.「일 년이나 기다리고 있자면, 저는 죽어 버릴 거예요. 그럴 수는 없어요. 생각하기만 해도 무서운 일이에요.」그녀는 미래의 남편 얼굴을 쳐다보았다. 그리고 그의 얼굴에는 연민과 주저의 빛이 서려 있음을 보았다.

「아녜요, 아녜요, 저는 무슨 일이든지 하겠어요.」갑자기 눈물을 거두고 그녀는 말했다.「전 정말 행복해요!」

아버지와 어머니가 방으로 들어와서 신랑과 신부를 축복했다.

이 날부터 안드레이 공작은 약혼자로 로스토프네를 드나들게 되었다.

24

볼콘스키이와 나타샤의 약혼식은 하지 않았고, 누구에게도 알리지 않았다. 이것을 주장한 것은 안드레이 공작으로, 이 연기(延期)의 원인이 자기에게 있는 이상 그 괴로움은 자기 혼자서 겨야 한다고 그는 말했다. 또 자기는 자기의 말로 영원히 자기의 몸을 속박했지만 나타샤를 속박할 생각은 없으며, 그녀에게는 완전한 자유를 준다고도 말했다. 즉 만약 반 년이 지나서 자기를 사랑하고 있지 않다고 느낀다면, 설령 이 혼담을 물리친다 하더라도 그것은 당연한 권리라는 것이었다. 물론 양친도 나타샤도 그런 말은 들으려고도 하지 않았지만, 안드레이 공작은 끝까지 자기의 주장을 고집했다. 그리고 날마다 로스토프네를 방문하고 있었지만 나타샤에게 대해서는 약혼자의 태도를 보이지 않고, 그녀에게 당신이라는 말을 쓰고 키스도 단지 손에만 할 뿐이었다. 그러나 청혼한 날 이래, 안드레이 공작과 나타샤 사이에는 지금까지와는 전혀 다른 친밀하고 허물 없는 관계가 맺어졌다. 두 사람은 마치 지금까지 서로 잘 모르고 있던 사이 같았다. 그들은 자기네가 아직 아무것도 아니었을 무렵에, 서로를 어떠한 눈으로 보고 있었던가 하는 것을 회상하기 좋아했다. 그 무렵에서 보면, 지금은 둘이 다 전혀 다른 사람이 된 것 같은 느낌이 들었다. 그 무렵엔 부자연스러웠지만, 지금은 솔직하고 진지한 것처럼 생각되었다. 처음에는 로스토프 집안 사람들은 안드레이 공작을 대하는 데 쑥스러움을 느꼈다. 그가 전연 다른 세계에서 온 사람 같은 생각이 들기 때문이었다. 그래서 나타샤는 오랫동안에 걸쳐 집안 식구들을 안드레이 공작과 친근해지게 하려고 애썼다. 그리고 자못 자랑스러운 듯이 모두들에게, 그 사람은 조금 특별한 데가 있어 보이지만 실제로는 여느 사람과 똑같으므로 자기는 조금도 그 사람을 두려워하지 않고 또 다른 사람들도 두려워한다든지 해서는 안 된다고 설득시키는 것이었다. 며칠이 지나는 사이에 가족들도 그에게 익숙해지고, 그가 있을 때도 사양하지 않고 종전대로의 생활을 보내게 되었고 그도 그 속에 끼었다. 그는 백작과는 가사(家事)에 대한 이야기를 하고, 백작 부인이며 나타샤와는 의상 이야기를 하고, 소냐와도 앨범이며 자수 이야기를 했다. 이따금 로스토프 집안 사람들은 자기들만의 자리에서도, 또 안드레이 공작이 있는 자리에서도, 이번 일이 일어난 경로며 그것의 의심할 여지가 없는 징후가 여러 가지 있었던 일이며를 이야기하고, 새롭게 놀라는 것이었다. 안드레이 공작의 오트라드노예 방문, 로스토프네의 상경, 안드레이 공작이 처음 왔을 때에 유모가 알아챈 안드레이 공작과 나타샤의 유사점, 1805년에 안드레이 공작과 니콜라이 사이에 일어난 충돌, 그리고 그 밖에 가지가지의 징후가 가족들에 의해서 지적되었다.

약혼을 한 남녀가 있는 자리에 반드시 따르게 마련인 그 시적인 지리함과 침묵이 집안을 지배하고 있었다. 같이 멀거니 앉은 채 모두 할 말을 잃어버리는 적이 자주 있었다. 이따금 모두 일어나 나가고 단 둘이만 남을 적도 있었으나, 그러한 경우에도 침묵은 여전하였다. 그들은 미래의 생활을 별로 이야기하지 않았다. 안드레이 공작은 그것을 입 밖에 내기가 두렵기도 하고 부끄럽기도 하였다. 나타샤는 그의 감정을 모조리 헤아려 알고 있었으므로 이 기분도 역시 알고 있었다. 언젠가 한 번 나타샤는 그에게 아들에 관해서 물었다. 안드레이 공작은 얼굴을 붉히고(이즈음 그는 곧잘 얼굴을 붉혔고, 그것이 유달리 나타샤는 좋았다), 아들은 자기들과 같이 살게 되지 않을 것이라고 대답했다.

「어째서요?」 놀란 듯이 나타샤가 물었다.

「그 애를 할아버지에게서 빼앗을 수도 없고, 게다가 또…….」

「나 같으면 정말 사랑해 줄 텐데!」 그의 마음을 곧 알아채고 나타샤는 이렇게 말했다. 「그렇지만 저는 알고 있어요. 말하자면, 당신이나 제가 남들에게서 험담을 들을 구실을 없애고 싶으시다는 것이겠죠.」

노백작은 이따금 안드레이 공작에게로 다가가 키스를 하고 페쨔의 교육이며 니콜라이의 근무 등에 대해서 조언을 구했다. 노백작 부인은 그들을 쳐다보며 한숨을 몰아쉬고 있었다. 소냐는 줄곧 방해물이 되지는 않나 두려워하고, 그럴 필요가 없을 때에도 단 둘이 남게 할 구실을 찾아내려고 애썼다. 안드레이 공작이 이야기할 때는(그는 이야기를 썩 잘 했다), 나타샤는 자랑스럽게 귀를 기울이고, 또한 그녀가 자기 쪽에서 무엇인가를 입 밖에 낼 때에는, 그가 주의 깊게 시흗하는 듯한 눈초리로 자기 얼굴을 응시하고 있는 것을 알아채고, 두려움과 기쁨을 느끼는 것이었다. 그리고 『저분은 나의 속에서 무엇을 찾고 있는 것일까! 저 눈초리로 무엇인가를 찾아내려고 하고 있다. 저 눈으로 찾고 있는 것이 나의 속에 없으면 어떡하나?』 하고 그녀는 당황함을 느끼며 자문하는 것이었다. 이따금 그녀는 천성인 미친 듯이 들뜬 기분에 사로잡힐 때가 있었고, 이런 때 나타샤는 안드레이 공작이 웃는 것을 보거나 듣기를 즐겼다. 안드레이 공작은 별로 웃는 얼굴을 보이지 않았지만, 그대신 한 번 웃기 시작하면 자기의 몸과 마음을 온통 웃음에 내맡기고 말았다. 이러한 웃음 뒤에는, 나타샤는 언제나 더욱더 그에게로 접근하여 가는 듯한 느낌이 들었다. 만약 차차 눈앞에 닥쳐오는 이별을 생각하는 마음이 그녀를 위협하지만 않았다면, 나타샤는 완전히 행복하였을 것이다.

 페쩨르부르그를 떠나기 전날, 안드레이 공작은 무도회 이래 한 번도 로스토프네 집에 들른 적이 없었던 피예르를 데리고 왔다. 피예르는 넋이 나간 듯한 멍청한 얼굴을 하고 있었다. 그는 어머니와 이야기하고 있고, 나타샤는 소냐와 함께 장기판 옆에 앉아 그것을 구실삼아 안드레이 공작을 자기 옆으로 유인하려고 했다. 그는 그쪽으로 다가갔다.

 「당신은 이전부터 베주호프를 알고 계시지요?」 하고 그는 물었다. 「당신은 저 사람을 좋아하시죠?」

 「네, 좋은 분이시죠. 그렇지만 몹시 우스꽝스러운 분이에요.」

 그리고 그녀는 언제나 피예르의 이야기를 할 때의 버릇으로, 그의 멍청함에 대한 일화를 화제로 올렸는데, 그 가운데는 자기가 만들어낸 이야기도 있었다.

 「실은, 저 사람에게 우리들의 비밀을 모두 털어놓았읍니다.」 하고 안드레이 공작이 말했다. 「나는 어렸을 때부터 알고 있읍니다만, 참으로 고운 마음씨를 가진 사람입니다. 나 좀 부탁이 있읍니다만……나탈리.」 하고 갑자기 안드레이 공작은 정색을 했다. 「나는 이제 출발하겠읍니다만, 그 뒤에 어떤 일이 일어날는지 모릅니다. 혹은 당신의 사랑이 식어…… 아니, 이런 이야기를 해서는 안 되는 것을 그랬군요. 그러나 다만…… 한 마디 말씀드려 두고 싶은 것은, 내가 없는 동안에 어떤 일이 일어나더라도…….」

 「무슨 일이 일어난다는 거예요?」

 「어떤 슬픔이 있더라도.」 하고 안드레이 공작은 말을 계속했다. 「당신에게드 부탁드립니다 소피아, 설사 어떤 일이 일어나더라도 반드시 저 사람에게만 조력과 조언을 구하도록 하십시오. 저 사람은 몹시 멍청하고 우스꽝스러운 인물입니다만, 그러나 정말 고운 황금 같은 마음씨의 소유자입니다.」

약혼자와의 이별이 나타샤에게 어떤 영향을 미치게 할 것이냐는 것은, 아버지나 어머니나 소냐는 물론, 안드레이 공작 자신까지도 예측할 수 없었다. 이 날 그녀는 발갛게 상기된 얼굴에 몹시 흥분된 태도로, 윤기 없는 눈을 하고 온 집안을 걸어다니면서, 마치 자기를 거다리고 있는 것이 무엇인가 이해되지 않기라도 한 것처럼, 지극히 쓸데없는 가자가지의 일에 손을 대고 있었다. 안드레이 공작이 작별을 고하며 그녀의 손에 마지막으로 키스하였을 때도 그녀는 울지 않았다.

「떠나지 말아 주세요!」 그녀는 다만 이렇게 말했을 뿐이지만, 그 음성은 안드레이 공작도 자기도 모르게 정말 여기에 남아 있지 않으면 안 되는 것이 아닐까 하고 문득 생각될이 만큼 실감이 깃들어 있었다. 그는 이 목소리를 그 뒤 오랫동안 잊지 않았다. 그가 떠나 버렸을 때도 나타샤는 역시 울지 않았다. 뿐만 아니라 그녀는 며칠 동안을 울지 않고 방에 들어박혀, 무엇을 보아도 흥미가 없는 얼굴을 하고서, 다만 이따금 「아아, 어째서 그이는 가 버린 것일까?」 하고 중얼거릴 뿐이었다.

그러나 그가 떠난 뒤 이 주일 지났을 때 주위 사람들에게는 뜻밖의 일이었지만, 그녀는 다시 완전히 마음의 병으로부터 나아 이전과 똑같은 모습으로 되돌아갔다. 그러나 다만 오래 앓고 난 뒤 자리에서 일어난 아이들이 어쩐지 안색이 변해지는 것처럼, 그녀의 마음의 모습도 변해 있었을 뿐이었다.

<h1 style="text-align:center">25</h1>

니콜라이 안드레이치 볼콘스키이 공작의 건강과 성격은, 최근 아들이 떠난 뒤 현저하게 나빠졌다. 그는 전보다 더욱 화를 잘 내고 그 까닭 없는 분노의 발작은 주로 공작 영애 마리야에게 거부어졌다. 그것은 마치 되도록 잔인하게 딸을 정신적으로 괴롭히기 위해서, 애써 그 약점을 캐고 있기라도 한 것 같았다. 공작 영애 마리야에게는 두 가지 정열——따라서 두 가지 즐거움이 있었다. 즉, 조카인 니콜루쉬카와 종교였다. 그러나 이 두 가지는 어느 쪽이나 공작의 공격과 조소의 좋은 화제가 되었다. 그는 무슨 이야기가 나와도 곧 노처녀의 미신이라든지, 아이

를 너무 귀여워하여 버릇없게 만든다는 것으로 말머리를 돌려 버리는 것이었다. 「너는 그 애(니콜리니카)를 자기하고 똑같은 노처녀로 만들고 싶을 테지만, 그건 안 된다. 안드레이 공작에게 필요한 것은 아들이지 절대로 계집아이는 아니거든.」 하고 그는 말하는 것이었다. 그렇지 않으면 브리엔느 양을 향하여(더구나 공작 영애 마리야가 있는 앞에서) 너도 러시아의 중과 성상이 마음에 드느냐고 묻고, 빈정거리는 것이었다.

그는 끊임없이 공작 영애 마리야를 지독하게 모욕했지만, 딸은 아버지를 용서하기 위해 스스로 애를 쓴 일은 없었다. 대체 아버지가 딸에게 나쁜 짓을 할 수가 있으랴, 아버지는 뭐라고 하더라도 역시 딸을 사랑하고 있으며(그녀는 그것을 알고 있었다), 그런 아버지가 불공평한 일을 하다니 그런 일이 있을 수 있으랴? 그리고 대체 공평이란 무엇일까? 공작 영애는 〈공평〉이라는 오만한 말에 대해서 한 번도 생각해 본 적이 없었다. 자기에게는 인류의 온갖 복잡한 법칙도, 오직 하나의 간단 명료한 법칙에 집약되어 있었다. 그것은 사랑과 자기 희생이었다. 그것은 자기 자신이요, 인류를 위해 사랑으로 고통을 감수하신 사람에 의해서 우리에게 주어진 것이었다. 남의 공평, 불공평 같은 것은 그녀에게는 아무런 의미도 없었다. 몸소 괴로움을 받고 또한 사랑하지 않으면 안 된다고 생각하고 있는 그녀는 그것을 실행하고 있었던 것이다.

그 해 겨울, 안드레이 공작이 르이스이예 고르이로 왔다. 그는 공작 영애 마리야가 오랫동안 보지 못했을이 만큼 쾌활하고 부드러웠다. 그녀는 오빠의 신상에 무슨 일이 일어났음을 예감했지만, 그는 자기의 사랑을 공작 영애 마리야에게 한 마디도 이야기하지 않았다. 떠나기 전에 안드레이 공작은 오랫동안 아버지와 무엇인지 이야기하고 있었으나, 떠날 때에 두 사람 모두 서로 불만스러운 듯한 것을 공작 영애 마리야는 알아챘다.

안드레이 공작이 떠난 뒤, 곧 공작 영애 마리야는 페쩨르부르그의 친구 줄리 카라기나에게 편지를 보냈다. 마리야는, 흔히 젊은 처녀들이 생각하듯이 이 친구를 오빠의 아내로 삼았으면 하고 공상하고 있었지만, 그 무렵 줄리는 당시 터키에서 전사한 오빠의 상중에 있었다.

〈그리운 사랑하는 벗 줄리, 슬픔은 우리들에게 공통된 운명인 것 같군요.
당신이 받으신 충격은 실로 너무나 무섭습니다. 그것은 하느님께서 당신과 당신의 훌륭하신 어머니를 사랑하면서, 시련을 주시려고 하시는 특별한 자비라고밖에 나는 설명할 수가 없습니다. 아아, 줄리, 종교는 아니 종교 이외에는 우리들을 무서운 절망의 못으로부터 구출해 주는 것이 없습니다(나는 이제 위안이라고는 말씀드리지 않겠읍니다). 인간이 이해할 수 없는 것을 설명하여 주는 것은 종교 뿐입니다. 자신의 행복을 생활 속에서 발견할 수 있는 사람들 다만 남에게 해를 끼치지 않을 뿐만 아니라, 남의 행복을 위해서 반드시 없어서는 안 될 선량하고 고상한 사람들이 하느님 곁으로 부름을 받고, 유해 무익한 나쁜 인간이며 자기에게도 남에게도 무거운 짐덩이나 다름 없는 사람이 살아 남는 것은 무슨 까닭인가 하는 문제도, 이것을 설명해 줄 수 있는 것은 종교 이외에는 없읍니다. 내가 처음으로 목격한 절대로 잊을 수 없는 죽음, 그리운 올케의 죽음은 당신이 받으셨던 것과 똑같은 인상을 나에게 안겨 주었읍니다. 당신은 그 훌륭한 오빠가 어째서 죽지 않으면 안 되느냐고 운명을 나무라고 계십니다만, 나도 그와 마찬가지로 어째서 그 천사——남에게 아무런 나쁜 짓을 하지 않았을 뿐만 아니라, 선량한 생각 이외에는 마음에 품은 적이 없었던 그 리자가 죽지 않으면 안 되었느냐고 하느님 께 물어봤던 것입니다. 그런데 말입니다, 줄리. 어떤 줄 아세요? 그로부터 오 년이 지난 오늘에 와서야 나같이 지혜가 보잘것없는 사람이라도, 무엇 때문에 리자의 죽음이 필요했던 것인지, 어떻게 해서 그것이 창조주의 무궁한 사랑의 표현이 되는 것인지, 하는 것을 차차 명백히 알기 시작했읍니다. 우리들에게는 그 대부분이 이해되지 않습니다만, 창즈주의 모든 행위는 자기의 창조물에 대한 무한한 사랑의 발현에 지나지 않습니다. 리자는 어머니로서의 의무를 다하기에는 너무나도 천사처럼 지나치게 순결하였으리라고 나는 생각합니다. 젊은 아내로서는 나무랄 데 없는 사람이었지만, 어머니로서는 그렇게 될 수 없었는지도 모릅니다. 리자는 우리들, 특히 안드레이 공작에게 더없이 순결한 애도(哀悼)와 추억을 남겨 놓았을 뿐만 아니라, 천국에 있어서도 나 같은 사람은 도저히 바랄 수 없는 훌륭한 자리가 주어졌으리라고 생각합니다. 비단 그분에게만 한한 일은 아니겠지만 이러한 무서운 요절은 그 슬픔이 큰데도 불구하고 우리들과 오빠에게 지극히 유익한 영향을 끼쳐 주었읍니다. 그 충격을 받았을 당시에는, 이런 생각이 내 머리에 떠오를 수 없었읍니다. 그 당시 같아서는 나도 이런 생각은 겁에 질려 쫓아내 버렸을 것입니다만, 지금은 그것이 의심할 나위도 없을 만큼 명백합니다. 줄리, 이런 것을 쓰고 있는 까닭도 다만 나에게는 생활로 된 복음서의 진리를 당신에게 증명하고 싶기 때문입니다. 하느님의 뜻 없이는 한 올의 머리카락도 머리에서 빠지지 않습니다. 그리고 그 하느님의 뜻은 우리들에 대한 무한한 사랑에 의해서만 움직이고 있기 때문에 설령 어떠한 일이 일어나더라도 모든 것이 우리들의 행복이 되는 것입니다. 당신께서는 다음 겨울을 우리들이 모스크바에서 지내겠느냐고 물으셨죠? 당신을 뵙고 싶은 마음은 태산 같습니다만 그런 것은 생각지도 않고 또 바라지도 않습니다. 더우기 그 원인이 보나파르트이고 보면 깜짝 놀라실 거예요. 그 까닭을 알려 드리지요. 아버님의 건강이 눈에 띄게 쇠약해지고 있읍니다. 아버님께서는 남의 말대꾸를 참지 못하시며, 게다가 또 몹시 화를 잘 내시게 되었읍니다. 그 화는 아시다시피 주로 정치적인 것에 돌려지고 있읍니다. 보나파르트가 유럽 여러 나라의 원수, 특히 예카쩨리나 여제의 손자이신 우리 황제 폐하와 동등하게 행동하고 있는 것을 아버지께서는 참지 못하고 계십니다! 아시다시피 나는 정치에 대해서는 전혀 관심이 없읍니다만, 아버님의 말씀이나 아버님과 미하일 이바노비치의 이야기에서, 세계에서 일어나고 있는 모든 것을 특히 보나파르트가 온갖 존경을 받고 있다는 것을 알았읍니다. 그러나 보나파르트도 온 지구상에서, 이 르이스이예 고르이에서만은 아직 위인으로도 인정되고 있지 않고 프랑스 황제로서는 더더구나 인정되고 있지 않는 것 같습니다. 그리고 나의 아버님께서는 이것을 참지 못하시는 것입니다. 그래서 아버님께서는 지금의 정치적인 문제에 대한 자신의 의견도 있고, 누구 앞에서나 마구 거리낌 없이 생각한 대로 털어놓아 버리는 버릇도 있고 해서 좀처럼 충돌을 피하지 못하게 되리라고 예견하시고, 모스크바로 가는 것이 선뜻 마음 내키지 않으시는 게 아닌가 생각됩니다. 모스크바로 가게 되면 아버님께서 모처럼 얻으신 요양의 효과는 반드시 일어날 보나파르트를 대상으로 한 논쟁으로 몽땅 잃고 말 것입니다. 아뭏든 이것은 몹시 가까운 시일에 결정될 것입니다. 저희들의 가정 생활은 안드레이 오빠가 돌아온 것을 빼놓고는 모두 예나 다름 없이 이루어지고 있읍니다. 언젠가도 말씀드렸던 것처럼 오빠는 요즘 아주 달라졌읍니다. 그 불행이 있었던 이래 올해에야 비로소 오빠는 정신적으로 완전히 소생(蘇生)했읍니다. 지금 오빠는 내가 어렸을 적에 알고 있었던 것과 똑같은 사람이 됐읍니다. 친절하고 상냥하며, 비교할 데 없을 만큼 황금 같은 마음씨를 지닌 사람이 되었읍니다. 오빠는 자기 생애가 아직 끝나지 않았다는 것을 깨달으신 모양이에요. 그러나 이 정신적인 변화와 함께 육체적으로는 몹시 쇠약해졌읍니다. 이전보다도 야위고 신경 과민이 되었읍니다. 그것이 대단히 걱정되던 차에, 오빠가 전부터 의사의 권유를 받고 있던 외국 여행을 계획하기에 이른 것을 나는 몹시 기쁘게 생각하고 있읍니다. 나는 이것으로 반드시 오빠의 건강이 돌이켜지리라고 기대합니다. 당신 편지에 의하면, 페쩨르부르그에서는 오빠를 가장 활동적이고 교양이 있고 총명한 젊은이의 한 사람이라고 여기고들 있는 모양이더군요. 육친의 자랑을 하는 것 같아 죄송합니다만, 나는 지금까지 한 번도 그것을 의심해 본 적이 없읍니다. 이곳에서 오빠가 우리 농부들을 비롯해서 귀족에 이르기까지, 모든 사람에게 베푼 선행은 이루 헤아릴 수 없을 정도입니다. 그러니만큼 페쩨르부르그로 가서 얻은 평판도 오히려 당연한 것이라고 생각합니다. 그런데 대체 어떻게 해서 페쩨르부르그에서 모스크바로 온갖 풍문이 전해지고 있는 것일까요. 특히 당신이 편지에 써 보내 주셨던 것과 같은, 오빠가 로스토프의 누이와 결혼한다는, 근거 없는 소문에는 정말 놀랄 수밖에 없읍니다. 설사 상대방이 누구이든(특히 그 로스토바 아가씨하고) 안드레이가 결혼하리라고는 생각할 수도 없읍니다. 그 까닭은 첫째로, 오빠가 죽은 아내에 대한 이야기를 비록 별로 입에 올리고는 있지 않았다 해도, 이 슬픔은 오라버니의 가슴 속에 깊이 뿌리박고 있으므로 절대로 우리 조그만 천사에게 계모를 맞게 한다든가 할 리는 없읍니다. 그것을 나는 잘 알고 있읍니다. 둘째로, 내가 아는 한 그 처녀는 안드레이 공작의 마음에 들 수 있는 부류의 사람이 아닙니다. 오라버니가 그분을 자기 아내로 선택했으리라고는 생각되지 않습니다. 그리고 솔직이 말씀드리자면 나도 그것을 바라지 않습니다. 너무 수다스럽게 늘어놓았군요, 벌써 두 장째의 편지지가 끝나게 되었읍니다. 하느님의 은총이…….
나의 친한 친구 브리엔느 양도 당신에게 안부를 전해 달라는 부탁입니다. 마리〉

26

　한 여름 때, 공작 영애 마리야는 스위스에서 보낸 안드레이 공작의 뜻하지 않은 편지를 받았다. 거기에는 기괴한 뜻밖의 소식이 적혀 있었다. 안드레이 공작은 로스토바와의 약혼을 알려 온 것이었다. 그의 편지는 온통 미래의 아내에 대한 사랑의 환희와, 누이에 대한 상냥한 우의와 신뢰로 가득 차 있었다. 자기는 여태까지 한 번도 이번과 같은 사랑을 해 본 적이 없으며, 이제야 비로소 인생이란 것을 깨달았으며, 또한 알았다고 썩어 있었다. 그는 또 누이에 대해서, 르이스이예 고르이로 돌아갔을 때 이 결심은 아버지에게 이야기하고는 누이에게 고백하지 않았던 것을 사과했다. 그가 이 일을 누이에게 고백하지 않았던 것은, 마리야가 아버지에게 승낙해 달라고 간청이라도 하는 날에는 오히려 목적을 이루지 못하고, 쓸데없이 아버지만을 노하게 하여 그 불만이 고스란히 자기에게로 덮쳐 올 것이라 생각했기 때문이라는 것이었다. 그는 이렇게 섰다. 〈그러나 그 당시는 일이 아직 지금처럼 결정적으로 되어 있지 않았다. 그때 아버님께서는 일 년의 시간을 주셨는데 지금은 여섯 달, 즉 정해진 기한의 반이 지나 버렸지만 내 결심은 전보다도 더 굳어져 있다. 만약 의사가 이 온천에다 붙잡아 두지만 않았던들 나는 지금쯤 이미 지금쯤 이미 러시아에 돌아가 있었을 것이다.

그러나 지금 상태로는 내 귀국을 석 달 더 늦추지 않으면 안 되겠다. 너는 나 자신도, 또 아버님과 나와의 관계도 알고 있지만, 나는 아버님에게는 아무것도 요구하지 않겠다. 나는 과거에도 그랬었지만 앞으로도 나는 독립해 나간다. 다만 아버님과 같이 살 동안도 그리 길지 않을 텐데, 뜻을 거역하여 노여움을 산다는 것은 내 행복의 반을 망치는 것이다. 나는 지금 아버님에게도 같은 용건의 편지를 쓰고 있으니까 아무쪼록 기분이 좋은 때를 골라 편지를 내드리기 바라며, 아버님께서 이 일을 어떻게 생각하고 계신지, 또 기한을 넉 달 줄이는 것에 동의해 주실 가망이 있는지 알려 주기 바란다.〉

오랜 동요와 의혹과 기도 뒤에, 공작 영애 마리야는 편지를 아버지에게 내주었다. 다음 날 노공작은 차분한 어조로 그녀에게 이렇게 말했다.

「오빠에게 써 보내라, 내가 죽을 때까지 기다리라고…… 이제 오래지는 않다. 곧 끝장이 날 테니까…….」

공작 영애는 무엇이라고 대답하려 했으나 아버지는 그녀가 입을 놀리지 못하게 하고 차차 언성을 높이는 것이었다.

「결혼해라, 결혼해. 응…… 훌륭한 친척이 생기겠군!…… 현명한 사람들일 게다, 앙? 돈이 있는 사람들일 거야, 앙? 아니, 니콜루쉬카에게 좋은 어머니가 생기겠는걸! 내일이라도 결혼하라고 해라. 그 아가씨가 니콜루쉬카의 어머니가 된다면 나는 브리엔카(브리엔느를 러시아식으로 부른 것―역주)하고 결혼할까!…… 하, 하, 하, 그애도 어머니가 없어선 곤란할 테니까 말이지. 그저 한 마디 말해 두지만, 내 집에는 이 이상 여자는 필요 없다. 결혼하고 싶거든 따로 살아야 한다. 그러면 아마 너도 그 애한테로 옮겨 가겠지?」 그는 공작 영애 마리야에게 이렇게 말했다. 「조심해라, 이 세상은 냉정하다…… 냉정하다…….」

이 폭발이 있은 뒤, 공작은 한 번도 이 일을 입 밖에 내지 않았다. 그러나 아들의 무분별함에 대해서 울분을 억누르고 있는 것이 딸에 대한 태도 속에 나타나 있었다. 새로운 조소의 구실이 또 하나 는 것이다. 그것은 계모의 이야기와 브리엔느 양에 대한 총애였다.

「나라고 그 여자하고 결혼하지 못한다는 이유는 없다.」 하고 그는 딸한테 말했다. 「굉장한 공작 부인이 생기겠군!」 그리고 이즈음에는, 아버지가 실제로 이 프랑스 여인을 더 한층 자기에게 가까이 접근시키고 있는 것을 공작 영애 마리야는 놀라움과 의혹으로 바라보게 되었다. 공작 영애 마리야는 안드레이 공작에게 편지를 써서, 아버지가 그 편지를 받았을 때의 광경을 알려 주었지만, 아직 아버지를 설득시킬 희망은 있다고 오빠를 위로하여 주었다.

니콜루쉬카와 그 양육, 안드레이, 종교, 이것만이 공작 영애 마리야에게는 위안이요, 또한 기쁨이었다. 그러나 어느 사람에게나 자기의 개인적인 희망은 필요한 것인지라, 공작 영애 마리야도 이상의 것 외에 깊은 마음 속에는 그녀의 생활에 커다란 위안을 주는 비밀스런 공상과 희망이 도사리고 있었다. 그녀에게 이러한 즐거운 공상과 희망을 주는 것은 이른바 하느님께 봉사하는 사람들, 즉 공작 몰래 은밀히 그녀를 찾는 광신자며 순례자들이었다. 공작 영애 마리야는 이 세상을 살아가면 살아갈수록, 그리고 실제 인생의 경험을 쌓고 관찰을 거듭하면 할수록, 세상 사람들의 근시안에 놀라움을 금할 수 없는 적이 더욱 많아졌다. 그들은 쾌락이나 행복을 여기 이 지상에서 찾고 있으며 실현될 수 없는 환상 같은 죄 많은 행복을 얻기 위해서 몸부림치고, 고민하고, 그리고 서로 해치고 있는 것이 아닌가? 안드레이 공작은 아내를 사랑하고 있었다. 그런데 그녀가 죽자 그는 불만을 느끼고 자기의 행복을 다른 여자와 결부시키려 하고 있는 것이다. 아버지는 안드레이를 위해서, 집안이 더 훌륭하고 부유한 배필을 바라고 있으므로 이 결혼에 동의하지 않는다. 이렇듯 그들은 모두 다투고, 괴로와하고, 고민하고는, 그저 한순간의 행복을 얻기 위해서 자기의 넋을, 영원한 넋을 해치고 있는 것이다. 우리들은 스스로 그것을 잘 알고 있을 뿐더러, 하느님의 아들 그리스도께서도 지상에 내려와 이 세상은 순간적인 삶이며 시련이라고 말씀하셨음에도 불구하고, 여전히 이 삶에 집착하고 그 속에서 행복을 찾아내려고 하고 있다.『어째서 아무도 이것을 깨닫지 못하는 것일까?』하고 공작 영애 마리야는 생각했다.『이것을 깨닫고 있는 것은 다만 아버지의 눈에 띌까 봐 두려워하며(그것은 그에게 야단을 맞는 것이 두려워서가 아니라 그에게 죄를 짓지 않게 하기 위해서인 것이다), 봇짐을 어깨에 메고 뒷문으로 나한테 살그머니 찾아오는, 비천한 하느님의 사도들 뿐이다. 모시 셔츠만 걸치고 가명(假名)으로 세상에 숨어서, 누구에게도 나쁜 짓을 하지 않고, 자기를 박해하는 사람을 위해서도 또 자기를 보호하는 사람을 위해서, 또 온갖 사람들을 위해 기도하면서, 무엇에도 골몰하는 일 없이 마을에서 마을로 돌아다닌다. 이러한 생활을 하기 위해서는 가족도 고향도 속세의 행복을 생각하는 온갖 번민도 모두 버리고 돌아보지 않는다. 이 진리, 이 생활보다 더 훌륭한 진리와 생활은 절대로 존재하지 않는다!』

이러한 순례자들 가운데 페도시유쉬카라는 벌써 삼십 년 남짓이나 맨발로, 더구나 무거운 족쇄(쇠사슬)를 차고 걸어다니는 몸집이 작고 온화하고 곰보인, 쉰 살 가량의 여자가 있었다. 공작 영애 마리야는 특이 이 노파를 사랑했다. 언젠가 성체등의 불빛이 희미한 어두운 방에서 페도시유쉬카가 자기의 신상 이야기를 했을 때, 인생의 올바른 길을 알고 있는 것은 이 여자뿐이라는 생각이 맹렬한 힘으로 공작 영애 마리야의 머리에 떠올라 마침내 자기도 순례의 길을 떠나리라 마음먹었다. 페도시유쉬카가 자고 간 뒤에 공작 영애 마리야는 오랫동안 이 일을 생각한 나머지, 참으로 기묘한 일이지만 자기도 순례의 길에 오르지 않으면 안 된다고 결정지어 버렸다. 그녀는 이 생각을 고백 신부(告白神父) 아킨피이한테 고백했더니 신부도 그녀의 의도에 찬성했다. 공작 영애 마리야는 순례자들에게 선사한다는 구실로, 순례에 필요한 복장을 완전히 챙겼다. 루바시카, 짚신, 카프 탄(소매가 길고, 띠가 달린 남자용 웃옷—역주), 이런 물건이 들어 있는 옷장으로 자주 다가가서 공작 영애 마리야는 이제 자기 계획을 실행에 옮길 시기가 온 것은 아 닐까 하고 망설이며 걸음을 멈추곤 하는 것이었다.

그녀는 가끔 순례자들의 이야기를 듣고 있는 사이에, 그 소박한 그들에게는 기 계적인 것이지만 그녀에게는 심원한 의미에 찬 단순한 말에 자극되어, 모든 것을 내던지고 집을 뛰쳐나가려고 각오한 일이 한두 번이 아니었다. 공상 속에서는 벌 써 페도시유쉬카와 더불어 허름한 속옷에 단장을 짚고 봇짐을 어깨에 둘러멘 채, 먼지투성이의 길을 터벅터벅 걸으면서, 속세의 사랑도 희망도 부러움도 없이 성 지에서 성지로 여행을 계속하다가, 결국은 슬픔도 한탄도 없는 영원한 기쁨과 행 복의 나라로 향하여 가는 자신의 모습을 지켜보고 있었다.

『어느 장소에 다다르면 기도를 올리고, 정이 들어 애착이 생기기 전에 또 앞으 로 나아간다. 그리고 다리가 비틀거려 쓰러지면 그대로 어딘가에서 죽어 버리고, 마침내 슬픔도 한탄도 없는, 영원하고 고요한 경지에 다다를 때까지 나는 걷고 또 걷는 것이다!』하고 공작 영애 마리야는 생각했다.

그러나 그 다음에 아버지나 특히 어린 코코(니콜루쉬카의 애칭—역주)를 보면, 그 녀는 또 마음이 약해져서 남몰래 흐느껴 울면서 자기는 죄가 많은 여자라고 생각 하는 것이었다. 그녀에게는 신보다도 역시 아버지나 조카에 대한 사랑이 더 컸던 것이다.

제 4 장

1

성서의 전설에 의하면, 무위(無爲)——나태(懶怠)는 타락 전의 원시인에게는 행복의 조건이었다. 무위를 좋아하는 마음은 천국을 쫓겨난 인간에게 여전히 남아 있었지만, 신의 저주는 끊임없이 인간에게 압력을 가하고 있다. 그러니까 우리는 이마에 땀을 흘리며 자신의 빵을 얻지 않으면 안 된다는 이유에서 뿐만 아니라, 자신의 정신적 특질에 으하더라도 아무 일도 하지 않으면서 자신을 유익한 인간, 의무를 다하고 있는 인간이라고 느끼는 상태를 발견할 수 있다면, 그것은 원시적인 행복의 일면을 발견한 셈이다. 그리고 이와 같은 의무적인 공공연한 무위의 상태를 온 계급이 한결같이 즐기고 있는 것은 군인 사회이다. 더우기 이 의무적인 공공연한 무위야말로 과거에서도 미래에서도 군무의 주된 매력인 것이다.

니콜라이 로스토프는 1807년 이래 이 행복을 충분히 맛보고 있었다. 그는 줄곧 파블로그라드 연대에 근무하여, 지금은 벌써 제니소프에게서 인계받은 일 개 중대를 지휘하고 있었다.

로스토프는 모스크바의 지기들로부터 다소 〈악취미〉라는 말을 들을 만큼 거친 젊은이가 되어 버렸다. 그러나 동료와 부하와 상사들로부터는 사랑과 존경을 받고 있었으며 자기 생활에도 만족하고 있었다. 1809년이 되면서부터는 그는 더욱 집에서 오는 편지 속에서 집안의 재정은 나날이 나빠져 가고만 있는 형편이니까 이제 너도 그만 집으로 돌아와서 늙은 어버이를 기쁘게 하고 안심시켜야 할 때라는, 어머니의 푸념을 발견하게 되었다.

이러한 편지를 읽을 때마다 니콜라이는 온갖 세속의 번거로움에서 벗어나, 이렇게 조용하고 편안히 살고 있는 자기를 이 환경에서 또 끌어내려 하고 있다고 생각하며 불안을 느끼는 것이었다. 그도 조만간에 다시 그 생활의 소용돌이——재정의 문란과 그 정리, 관리인들의 계산서, 쟁론, 음모, 귀찮은 관계, 사교계, 소냐와의 사랑과 그 약속—속으로 들어가지 않으면 안 되리라고 느끼고 있었다. 이러한 일들은 모두 까다롭고 귀찮게 얽혀 있었다. 그래서 그는 어머니의 편지에 대해서 늘 〈그리운 어머님〉으로 시작하여 〈당신의 양순한 아들〉로 끝나는, 냉정하고 딱딱한 편지로 답하고, 언제쯤 돌아갈 생각인가 하는 것에 대해서는 시치미를 떼고 있었다. 1810년 그의 집으로부터 온 편지에는 나타샤가 볼콘스키이와 약혼했다는 것, 결혼이 노공작의 반대 때문에 일 년 뒤로 늦추어졌다는 것을 알리고 있었다. 이 편지는 니콜라이를 슬프게 하고 또한 화나게 했다.

첫째, 그는 가족 중에서도 가장 사랑하고 있던 나타샤를 자기의 집에서 잃는 것이 섭섭하였고 둘째로는, 경기병적인 견지에서 자기가 그 자리에 없었던 것을 유감스럽게 생각했다. 왜냐하면 볼콘스키이와의 혼인은 자기들에게 그리 대단한 영광도 아니며, 또 정말로 그가 나타샤를 사랑하고 있다면, 그런 반미치광이인 아버지의 허락 따위는 얻지 않아도 괜찮다는 것을 그에게 지적해 주고 싶었기 때문이었다. 니콜라이는 약혼녀가 된 나타샤를 만나기 위해서 휴가를 얻을 생각도 해 보았으나 마침 연습도 다가왔고, 소냐와 그 밖의 온갖 귀찮은 일들이 머리에 떠올랐으므로 다시금 귀향을 늦추었다. 그러나 그해 봄에 그는 어머니가 백작 몰래 낸 편지를 받았다. 그리고 이 편지를 보고 마침내 그는 돌아가야겠다는 결심을 했다. 그 편지에는 만약 니콜라이가 돌아와 재정 정리를 해주지 않는다면 소유지는 전부 경매에 붙여지고 가족 모두는 문전 걸식을 하지 않으면 안 된다는 것, 백작이 너무 의지가 약해서 미쩨니카를 지나치게 신용했다는 것, 그가 너무 사람이 좋기 때문에 모든 사람에게 속고만 있다는 것, 하나에서 열까지 모두가 차차 나빠져 가고 있다는 것 등이 자세하게 썩어 있었다. 〈부디 돌아와 주기 바란다. 만약 네가 나를 비롯해서 너의 가족 모두를 불행에 빠뜨리고 싶지 않거든 꼭 돌아오너라.〉 하고 백작 부인은 쓰고 있었다.

이 편지는 니콜라이를 감동시켰다. 그는 어떠한 경우에 무엇을 하여야 할 것인가를 조언해 주는 중용을 잃지 않는 양식을 지니고 있었다.

이번에는 꼭 돌아가지 않으면 안 된다. 설사 제대하지 않는다 하더라도 휴가를 얻지 않으면 안 된다. 왜 돌아가지 않으면 안 되는지 그것은 그도 몰랐다. 그러나 식후에 한잠 푹 자고 나자, 이미 오랫동안 탄 일이 없는 몹시 성질이 사나운 잿빛의 수말 마르스에 안장을 얹도록 지시했다. 그리고 땀이 흠뻑 밴 말을 타고 숙사로 돌아오자 라브루쉬카(제니소프의 하인으로 줄곧 니콜라이한테 남아 있었다)와 밤에 놀러온 동료들을 향해, 자기는 휴가를 얻어 귀향할 작정이라고 말했다. 자기가 대위로 승진된 것인지, 혹은 이번 연습에서 안나 훈장을 타게 될 것인지 어떤지(이것은 그에게 유달리 흥미있는 문제였다)를 사령부에서 듣기 전에 떠난다고 생각하니 몹시 괴롭고 이상한 느낌이 들었다. 그리고 요즈음, 폴란드의 골루호프스키이 백작이 그가 가지고 있는 세 필 얼룩말의 값을 어림했을 때, 로스토프는 틀림없이 이천 루블리에 팔아 보이겠노라고 내기까지 했는데, 그것을 못 하고 이대로 그냥 떠나 버린다고 생각하자 야릇한 느낌이 들었다. 또 언젠가 판나 보르죠프카야(판나는 폴란드어의 부인에 대한 경칭—역주)를 위해 무도회를 베풀었던 창기병들에 대한 앙갚음으로, 경기병측에서도 판나 프샤즈제스카야를 끌어내어 무도회를 베풀기로 되어 있었는데, 그것이 자기가 없는 사이에 행해질 것도 참으로 이해할 수 없을 일같이 여겨졌지만 그럼에도 불구하고, 이 명랑하고 더 말할 나위 없이 훌륭한 세계를 버리고, 어리석고 무의미한 분란의 세계로 가지 않으면 안 된다는 것을 그는 알고 있었다. 일 주일 뒤에 그는 휴가를 얻었다. 연대뿐만 아니라 온 여단의 동료들이, 로스토프를 위해 한 사람 앞에 십 오 루블리씩을 추렴하여 송별연을 베풀어 주었다. 두 악단의 연주가 있었고, 두 합창대가 노래를 불렀다. 로스토프는 바소프 소령과 함께 트레파카(템포가 빠른 러시아 고유 농민 무용가의 한 가지—역주)를 추었다. 취한 장교들은 로스토프를 껴안기도 하고, 던져 올리기도 하고 떨어뜨리기도 했다. 제3중대의 병사들도 다시 한 번 그를 던져 올리고, 「만세(우라!)」 하고 외쳤다. 이윽고 로스토프는 썰매에 태워져 첫 역참에까지 배웅을 받았다.

언제나 흔히 있는 일이지만 크레멘츄크에서 키예프의 길 중도까지, 로스토프의 상념은 모두 후방의 중대 쪽에 있었다. 그러나 절반을 지나가자 그는 이제 그 세 필의 얼룩말에 대해서도, 도죠이베이카 상사에 대해서도 잊고, 오트라드노예에 다다랐을 때의 모습을 불안한 기분으로 자문 자답하게 되었다. 차차 가까와짐에 따라 인간의 감정도 낙하하는 물체의 가속도 법칙에 따르기라도 하는 것처럼, 그는 더욱더 강렬하게 자기 집을 생각하였다. 오트라드노예 마을을 앞둔 마지막 역참에서 마부에게 술값을 삼 루블리 주었다. 그리고 어린애처럼 숨을 헐떡이면서 자기 집 현관으로 뛰어들어갔다.

재회의 기쁨과 그 뒤에 잇따르는『역시 모두 여전하다. 무엇 때문에 나는 그처럼 바삐 서둘러 왔을까!』하고, 예상했던 것과는 어긋나는 이상한 불안한 느낌과 이러한 감정을 거친 뒤에, 니콜라이는 자기 집의 낡은 세계에 젖어들었다. 아버지도 어머니도 예전과 다름 없었지만, 다만 조금 늙었을 뿐이었다. 양친에게는 새로운 불안 같은 것과 때로는 불화 같은 것이 서려 있었고, 이러한 일은 이전에는 없었던 일이며, 그 원인이 핍박한 재정 상태에 있다는 것을 니콜라이도 곧 알아챘다. 소냐는 벌써 스무 살이었다. 그녀의 용모와 몸매는 이제 필 대로 피어, 지금 이상의 아름다움을 상상케 하는 데는 없었지만, 그러나 그것만으로도 충분했다. 그녀는 니콜라이의 귀성 이래, 온 몸이 행복과 사랑으로 충만해 있었다. 그리고 이 소녀의 성실한 흔들리지 않는 사랑은 그의 마음에 즐거운 영향을 주었다. 누구보다도 가장 니콜라이를 놀라게 한 것은 페쨔와 나타샤였다. 페쨔는 올해 열넷, 벌써 쾌활하고 영리한 장난꾸러기인 몸집이 큰 미소년이 되어 벌써 목소리도 변하고 있었다. 나타샤에 대해서는 니콜라이는 그녀의 얼굴을 찬찬히 쳐다보면서 오랫동안 놀라며 웃고만 있었다.

「정말 딴 사람처럼 됐구나.」 하고 그는 말했다.

「어째서, 얼굴이 미워졌다는 거예요?」

「아니, 그건 반댄데 말이야. 그러나 점잔을 빼는 품이·여간 아닌걸. 하기야 공작 부인이니까!」 그는 속삭이듯이 말했다.

「그래요, 그래요, 그래요.」 하고 그녀는 기쁜 듯이 대답했다.

나타샤는 그에게 안드레이 공작과의 로맨스, 그리고 그가 오트라드노예 마을을 방문했던 이야기를 하고, 최근에 온 편지를 보여 주었다.

「어때요, 오빠도 기뻐요?」 하고 나타샤는 물었다. 「나는 지금 정말 마음이 가라앉고 행복해요.」

「응, 정말 기쁘구나.」 하고 니콜라이는 대답했다. 「그는 훌륭한 사람이야. 그래 너는 몹시 반하고 있니?」

「뭐라고 말하면 좋을까요.」 하고 나타샤는 대답했다. 「난 보리스도, 댄스 선생도, 제니소프 씨도 사랑했지만 이번만은 전혀 다른 감정이에요. 난 이처럼 침착하고 확신이 있어요. 그이보다 더 훌륭한 사람은 이제 없다는 것을 알고 있으니까 지금은 완전히 가라앉은 행복한 기분이에요. 이전과는 전혀 달라요.」

니콜라이는 나타샤에게, 그녀의 결혼이 일 년 늦추어진 것에 대한 불만을 나타냈다. 그러자 나타샤는 토라진 얼굴로 오빠에게 대들며, 그것은 달리 어쩔 수가 없었던 일이고, 아버지의 뜻을 어기면서 남의 가정에 들어가는 것은 좋지 못한 일이며, 그런 것은 자기도 싫다고 말하는 것이었다.

「오빠는 전혀, 전혀 모르세요.」 하고 그녀는 말했다. 니콜라이는 입을 다물고 동의를 표했다.

오빠는 누이를 쳐다보면서, 자주 기이한 생각에 사로잡히곤 했다. 왜냐하면 그녀는 조금도 자기 미래의 남편과 헤어진, 사랑에 빠져 있는 신부다운 데가 없었기 때문이다. 그녀는 전과 조금도 다름 없이 평온하고 차분하고 쾌활하였다. 이것은 니콜라이를 놀라게 하였을 뿐만 아니라, 볼콘스키이의 구혼마저 의아한 눈으로 바라보게 하였다. 그는 그녀와 안드레이 공작이 같이 있는 것을 본 일이 없었으므로 더 한층 누이의 운명에 결정된 것이라고는 믿을 수가 없었다. 무엇인가

이 혼담에는 석연치 않은 점어 있는 듯한 느낌이 줄곧 들었다.

『무엇 때문에 연기를 하는 것이지? 어째서 약혼식을 올리지 않는 것일까?』하고 그는 생각했다. 언젠가 한 번 어머니와 둘이서 누이에 대해 말했을 때, 어머니까지도 자기와 마찬가지로 이따금 마음 속 깊은 곳에서 이 결혼을 미심쩍게 보고 있는 듯한 것을 발견하고, 놀라기도 하고 또 얼마큼 흐뭇함을 느낀 적도 있었다.

「여기 이런 편지가 와 있다.」하고 그녀는 모든 어머니에게 공통된, 딸의 장래의 행복한 결혼 생활에 대한 심술궂은 감정을 가슴 속 깊이 숨기면서 안드레이 공작의 편지를 아들에게 보여 주며 말했다. 「아무래도 십이월 이전에는 오지 못하겠다고 씌어 있다. 무슨 일이 있어 떠나 올 수 없는 것인지 모르겠구나. 틀림없이 병이겠지! 굉장히 몸이 약하니까 말이야. 넌 나타샤에게는 말하지 마라. 그리고 그 애가 들떠 있는 것을 나무라지도 말아라. 그 애는 지금 처녀 시절의 마지막을 아쉬워하고 있는 거야. 나는 이 사람의 편지를 받을 때마다 그 애에게 어떤 변화가 일어나는지 알고 있으니까 말이다. 아무쪼록 하느님의 자비로 모든 일이 순조롭게 되어 나가 주시옵기를.」하고 어머니는 언제나 이렇게 말을 맺었다.

「그 사람은 훌륭한 분이니까.」

2

이번 돌아온 잠시 동안, 니콜라이는 자못 정색을 하고 권태로운 듯한 얼굴을 짓고 있었다. 어머니가 자기를 일부러 불러 돌아오게 한 목적인, 그 어리석은 집 안일 같은 것에 관여하지 않으면 안 된다고 생각하자 그는 진절머리가 났다. 조금이라도 빨리 이 무거운 짐을 어깨에서 벗어 버리기 위해, 도착한 지 사흘째 되던 날, 어디에 가느냐는 물음에 대답도 하지 않고 그는 화난 듯이 눈살을 찌푸리면서, 미찌니카가 살고 있는 외딴채로 가서 모든 것의 계산을 내 보이라고 요구했다. 이 모든 것의 계산이 무엇인지는 두려움과 의아심에 사로잡힌 미찌니카도 몰랐지만, 니콜라이는 더욱 모르고 있었다. 미찌니카의 설명과 계산은 오래 계속되지 않았다. 이 외딴채의 문간방에서 기다리고 있던 두 장로(마을 의회와 자치회의 대표자)는 차차 높아져 가는 젊은 백작의 목소리가 노호하는 것을 공포와 만족을 느끼면서 듣고 있었다. 그리고 연방 퍼부어지는 맹렬한 꾸지람 소리도 들었다.

「강도! 배은망덕한 놈!…… 베어 버릴까 보다, 개자식…… 난 아버지와는 틀려…… 닥치는 대로 모조리 훔치다니!」

뒤이어 장로들은 새빨간 얼굴에 핏발이 선 눈을 한 젊은 백작이, 미찌니카의 멱살을 잔뜩 움켜잡고 질질 끌어내는 것을 전에 못지않은 공포와 만족을 가지고 쳐다보았다. 젊은 백작은 소리치면서도 그 사이에 발과 무릎으로 몹시 민첩하게 상대방의 엉덩이를 걷어차면서 「당장 나가! 빌어먹을 자식, 이 집에 네 놈의 냄새만 나도 가만 두지 않을 테다!」 하고 소리쳤다.

미찌니카는 전속력으로 층계를 여섯 개나 뛰어내려 꽃밭 속으로 도망쳐 들어갔다(이 꽃밭은 오트라드노예 마을에서 널리 알려진 죄인들의 은신처였다. 미찌니카 자신도 읍에서 취해 돌아오면 이 꽃밭 속에 숨었고, 또 미찌니카에게서 피하려는 오트라드노예 마을의 많은 마을 사람들도 이 꽃밭의 위대한 효력을 잘 알고 있었다).

미찌니카의 아내와 그 누이동생들은 놀란 듯한 얼굴을 하고 거실의 문을 열고 마루로 몸을 내밀었다. 거실에는 깨끗이 닦인 사모바르(주전자)가 팔팔 끓고 있었고, 헝겊을 모아 꿰맨 솜을 둔 이불이 깔린 관리인의 높은 침대가 놓여 있었다.

젊은 백작은 씨근덕거리면서, 그들에게는 눈도 주지 않고 단호한 걸음걸이로 그들의 옆을 지나 안채를 향해서 걸어갔다.

백작 부인은 하녀를 통해서 외딴채에서 일어난 일을 곧 알았다. 그리고 한편 살림이 차차 나아져 간다는 점에 있어서는 마음을 놓았으나, 또 한편으로는 아들이 그것을 어떻게 견디어 나갈 것인가 하는 것이 근정되기도 했다. 그녀는 여러 차례 발 끝으로 아들의 방문 앞으로 다가가 그가 연거푸 담배를 피워 대는 기척을 들었다.

다음 날 노백작은 아들을 불러서 열없는 웃음을 띠면서 말했다.

「글쎄 애야, 네가 그처럼 화를 냈던 것은 좋지 않았어! 미찌니카한테서 자초지종을 들었다만.」

『체, 역시 그렇군.』 하고 니콜라이는 생각했다. 『여기에서는 이 어리석은 세계에서는 나는 영원히 아무것도 이해할 수 없어.』

「너는 그 칠백 루블리가 적혀 있지 않다고 해서 화를 냈지만, 그것은 이월(移越)로 기입되어 있더구나. 네가 다음 장을 보지 않았기 때문이야.」

「아버지, 그녀석은 나쁜 놈입니다. 도둑놈입니다. 난 알고 있읍니다. 어쨌든 한 일은 한 일이니까요. 그러나 만약 아버님께서 바라시지 않는다면, 나는 그녀석에게 아무런 말도 하지 않겠읍니다.」

「아니, 그게 아니다.」 백작도 역시 당황하고 있었다. 그는 자기가 아내 재산의 서투른 관리자였다는 것과, 아이들에 대해서 책임이 있다는 것을 느끼고는 있었지만, 어떻게 그것을 정리해야 할지를 몰랐다. 「아니다, 부디 네가 그 일을 맡아 줘야겠다. 나는 나이도 들었고, 게다가 또 이제 나는……..」

「아니, 그렇지 않습니다, 아버지. 만약 제가 아버지의 기분을 상하게 했다면 제발 용서해 주십시오. 나는 아버지보다 더 서투르니까요.」

『그녀석들이야 어떡하건 알 게 뭐람. 농부니, 돈이니, 다음 장에의 이월이니 따위가 뭐람, 그런 게.」하고 그는 생각했다. 『언젠가 배웠던, 카드의 귀를 접으면 여섯 갑절 건다는 뜻이란 것쯤이야 모를 것도 없지만, 다음 장으로 이월? 이것은 뭐가 뭔지 전혀 알 수 없다.」하고 그는 혼잣말을 했다. 그리고 그 뒤부터는 집안 일에 참견하려고 하지 않았다. 다만 언젠가 한 번, 백작 부인이 아들을 거실로 불러서 자기는 안나 미하일로브나의 이천 루블리의 어음을 가지고 있는데, 그것을 어떻게 처분했으면 좋겠느냐고 물어본 일이 있었다.

「이렇게 하면 어떻겠어요.」하고 니콜라이는 대답했다. 「어머님은 제 생각에 달렸다고 말씀하셨죠? 나는 안나 미하일로브나를 좋아하지 않고 보리스도 좋아하지 않지만, 그 사람들은 우리들과 사이가 좋았던 적도 있었고, 게다가 또 가난한 사람들이니까 이렇게 하세요!」하고 그는 어음을 찢어 버렸다. 이 행위는 노백작 부인으로 하여금 환희의 눈물을 흘리며 울음을 터뜨리게 했다. 그런 뒤 젊은 로스토프는 앞으로 어떤 가사에도 참견하지 않고, 그에게는 아직 새로운 다른 일에 열중하기 시작했다. 그것은 노백작이 대규모로 기르고 있던 사냥개를 돌보는 일이었다.

3

벌써 첫겨울이었다. 아침 서리는 가을 비에 젖은 땅을 꽁꽁 얼어붙게 하고, 가을 보리는 어느 새 오보록이 자라서 가축에 짓밟힌 암갈색 가을 파종의 밭과, 메밀이 빨간 줄무늬처럼 심어진 밝은 황색의 봄 파종 밭의 무늬와 대조되어 산뜻한 녹색으로 도드라지게 드러나 있었다. 팔월 말쯤에는 아직 가을 파종과, 추수 뒤의 밭의 검은 들 사이에서 푸른 섬처럼 보이고 있던 언덕과 숲도, 이제 선명하게 파란 가을 보리밭 속에서 타오르는 듯한 빨강이며 노랑의 섬을 이루고 있었다. 산토끼는 벌써 절반이나 털갈이를 끝냈고, 여우 새끼들은 뿔뿔이 흩어지기 시작했다. 그리고 늑대들은 개보다도 커졌다. 지금이야말로 사냥의 좋은 계절이었다. 열렬한 젊은 사냥꾼인 로스토프의 사냥개들은 사냥에 마침 알맞은 육체적인 조건에 도달하였을 뿐만 아니라 좀 여위기도 했으므로, 엽사들의 총회가 있었을 때 사흘 동안 개를 쉬게 한 뒤 9월 16일에 아직 손을 댄 적이 없는 이리의 굴이 있는 떡갈나무 숲을 시발로 해서 사냥에 들어가기로 결의했다.

9월 14일의 상황은 이러했다.

이 날 사냥개들은 종일 집에 있었다. 살을 에는 듯한 추운 날씨였는데, 저녁부터는 하늘이 흐리기 시작하고 얼음도 녹기 시작했다. 9월 15일 아침, 젊은 로스토프가 자리옷 차림으로 창문을 내다보니 사냥에는 참으로 좋은 날씨였으며, 마치 하늘이 녹아서 바람도 없이 땅으로 내려오는 것만 같았다. 공중에 있는 유일한 움직임은 아지랭이인지 안개인지 모를 가느다란 물방울이 줄곧 위에서 아래로 내리고 있는 조용한 움직임뿐이었다. 앙상한 정원의 나뭇가지에는 투명한 물방울이 맺혀져 있고, 갓 떨어진 나뭇잎에 방울방울 떨어지고 있었다. 채마밭의 흙은 양귀비의 씨처럼 반지르르하게 젖은 까만 빛을 띠고 있었으나, 좀 떨어진 곳에서는 엷은 빛깔의 물기를 머금은 안개의 베일에 싸여 있었다. 니콜라이는 진흙이 엉겨붙은 축축한 입구의 층층대로 나갔다. 시들어 가는 숲과 개의 냄새가 코를 찔렀다. 커다란 검은 눈알이 툭 불거져 나온, 꼬리가 굵고 검은 얼룩이 진 밀카라는 암캐가 주인을 보자 일어나서 앞발을 쭉 뻗고 뒤쪽으로 기지개를 켜면서, 토끼처럼 앉았다가는 갑자기 훌쩍 뛰어 일어나서 대뜸 그의 코며 윗수염을 슬쩍 핥았다. 다른 한 마리의 보르조이 종(種) 사냥개가 꽃밭의 오솔길에서 주인의 모습을 보자 등을 구부리고 층층대를 향해 맹렬히 달려왔다. 그리고 꼬리를 꼿꼿이 세워 니콜라이의 다리에 몸을 비벼 대었다.

「오오호오이!」 이때 아주 굵은 베이스와 아주 가느다란 테너를 합친 듯한, 도저히 흉내낼 수 없는 사냥꾼 특유의 부르는 소리가 들리더니, 집 모퉁이에서 사냥개를 맡아 보며 감독을 겸하고 있는 다닐로가 나왔다. 그는 흰머리를 우크라이나의 소녀들처럼 단발 머리로 깎은 주름이 많은 사냥꾼으로, 손에는 사냥 때에 쓰는 길고 휘청거리는 채찍을 손에 쥐고서, 흔히 사냥꾼에게서 볼 수 있는 온 세계의 모든 것에 대한 멸시와 자주성의 빛을 입가에 띠고 있었다. 그는 주인 앞으로 오자 체르케스풍의 모자를 벗고 멸시하는 듯이 상대방을 쳐다보았다. 이 멸시는 니콜라이에게는 모욕이 되지 않았다. 그것은 아무리 모든 것을 멸시하고 모든 것을 초월하고 있는 다닐로라 할지라도, 요컨대 자기가 쓰고 있는 엽사에 지나지 않는다는 것을 그는 알고 있었기 때문이다.

「다닐로!」 니콜라이는 망설이는 듯 말하면서 이 좋은 사냥 날씨, 이 사냥개,

이 사냥꾼, 이러한 것들을 보고 있는 사이에 그는 억누를 수 없는 수렵열(狩獵熱)에 사로잡히는 것을 느꼈다. 이 감정은 마치 사랑하는 애인 앞에 나선 사나이처럼 여태까지 마음먹은 것을 몽땅 잊어버리게 하는 것이었다.

「무슨 분부하실 말씀이라도? 도련님.」 개를 부르느라고 목이 쉬어 버린, 수석 부제(首席副祭) 같은 베이스가 이렇게 물었다. 반짝반짝 빛나는 까만 두 눈은 침묵에 잠긴 주인의 얼굴을 찬찬히 올려다보고 있었다. 〈어때, 못 견디겠나?〉 하고 이 눈이 말하는 것 같았다.

「좋은 날씨가 아닌가, 응? 쫓거나 달리기에, 응?」 밀카의 귀 뒤를 긁어 주면서 니콜라이가 말했다.

다닐로는 대답을 하지 않고 눈만 깜빡이고 있었다.

「오늘 아침 동이 틀녘에 우바르카를 염탐하러 보내 봤읍니다만.」 잠시 침묵한 뒤 그 베이스의 목소리가 말했다. 「오트라드노예의 금렵구(禁獵區)로 데리고 가 버린 모양입니다. 거기서 짖고 있었읍니다.」 데리고 가 버렸다는 건 그들 두 사람이 알고 있는 한 마리의 담이리가 집에서 이 베르스타 가량 떨어진 지점에 있는, 오트라드노예의 숲으로 새끼를 데리고 옮겨 갔다는 의미였다. 거기는 좁지만 사냥을 위해서는 둘도 없는 장소였다.

「그럼 가야 하지 않않겠나?」 하고 니콜라이는 말했다. 「우바르카를 데리고 내 방으로 와 주게.」

「네, 알겠읍니다.」

「먹이를 주는 것은 좀 기다려 주게.」

「네.」

오 분 뒤, 다닐로는 우바르카를 데리고 니콜라이의 커다란 거실에 서 있었다. 다닐로는 그다지 키가 큰 편은 아니었지만, 방안에서 그를 보면 마치 세간이며 그 밖의 인간 생활의 필수품으로 둘러싸인 마루 위에 말이나 곰을 세운 듯한 인상을 주는 것이었다. 다닐로 자신도 그것을 느끼고 있는지 언제나 될 수 있는 대로 문 옆으로 바싹 다가붙어 서서 나직한 목소리로 이야기하고, 또 자칫 잘못하다가 주인의 방을 망치게 하지나 않을까 걱정하며 꼼짝도 하지 않고, 될 수 있는 대로 빨리 이야기해야 할 것만을 말해 버리고는, 이 좁은 천장 밑에서 넓고 넓은 하늘 밑으로 나가려고 애쓰고 있었다.

여러 가지 질문을 끝내고 개들의 준비도 다 되었다는 다닐로의 의향을 확인하고 난 뒤(다닐로 자신도 가고 싶어했으므로), 니콜라이는 말에다 안장을 없도록 일렀다. 그러나 다닐로가 나가려고 하는 바로 그때, 아직 머리도 빗지 않고 옷도 갈아입지 않은 채, 유모의 커다란 수건을 몸에 두른 나타샤가 총총걸음으로 방에 들어왔다.

페짜도 같이 뛰어들어왔다.

「오빠 가세요?」하고 나타샤가 물었다. 「난 그러리라고 생각했어요! 소냐는 가지 않을 거라고 말했지만, 난 그렇게 생각했어요. 오늘은 가지 않을래야 가지 않을 수 없을 만큼 좋은 날씨라고!」

「가야지.」하고 니콜라이는 마지못해 대답했다. 그는 오늘은 본격적인 사냥을 해 보리라고 마음먹고 있었으므로 나타샤와 페짜를 데리고 가고 싶지 않았던 것이다. 「가긴 가지만 이리 사냥이야. 너에게는 지루할 거야.」

「하지만 그것이 나에겐 무엇보다도 큰 즐거움이라는 것을 오빠도 알고 계시면서!」하고 나타샤가 말했다. 「우리들에겐 아무 말도 하지 않고 자기 혼자서 안장을 얹게 하다니, 정말 너무해요.」

「어떤 장애도 러시아인에겐 아무 소용도 없답니다. 자, 가십시다!」하고 페짜가 외쳤다.

「그렇지만 넌 안 돼. 어머님이 말씀하셨잖니? 넌 사냥을 나가서는 안 된다고.」니콜라이는 나타샤를 보고 이렇게 말했다.

「아녜요, 난 가겠어요, 꼭 가겠어요!」하고 나타샤는 결연히 말했다. 「다닐로, 우리들의 안장도 얹어 놓으라고 일러 줘요. 그리고 미하일로에게는 우리들의 개도 데리고 나오라고 말해 줘요.」하고 그녀는 사냥개를 돌보는 사람을 향해 말하였다.

다닐로는 이처럼 방안에 있는 것마저도 버릇없고 괴로운 것이라고 느끼고 있었는데, 거기다 아가씨와 그 어떤 교섭을 갖는다는 것에 이르러서는 정말 있을 수 없는 일처럼 생각되었으므로 눈을 내리뜬 채 다급히 방에서 나갔다. 그것은 마치 그런 것은 나에겐 아무런 관계도 없다, 자칫 어쩌다가 아가씨를 다치게 하기라도 하면 그야말로 큰일이라고 겁을 먹고 있는 것 같았다.

4

전부터 굉장히 많은 사냥개를 기르고 있었던 노백작은 이번에 그것을 완전히 아들의 감독에 맡겨 버렸다. 그러나 이 날, 9월 15일에는 잔뜩 흥이 나서 자기도 같이 갈 채비를 했다.

한 시간 뒤에는 사냥개가 모두 현관 옆 층층대 옆에 모였다. 니콜라이는 지금은 쓸데없는 일에 얽매여 있을 겨를이 없다는 듯한 엄격하고 진지한 얼굴을 하고, 무어라고 이야기를 걸어오는 나타샤와 페쨔 옆을 지나쳤다. 그는 사냥개를 세밀히 점검하고, 개와 사냥꾼을 돌아가는 길로 먼저 떠나게 하고, 자기는 털이 붉은 도녜스에 올라타고, 자기의 개들을 휘파람으로 부르면서 타작 마당을 지나 오트라드노예의 금렵구로 통하는 들을 향해 달리기 시작했다. 노백작 전용의 비플랸카라 불려지는 밤색 거세마는 백작의 말구종이 끌고 가고, 그 자신은 마차를 타고서 그를 위해 남겨져 있는 짐승의 통로를 향해 곧장 가기로 되어 있었다.

몰이하는 개는 모두 쉰 네 마리가 끌려 나왔는데, 거기에는 감독과 엽견(獵犬) 기르는 사람이 여섯 명 따르고 있었다. 보르쟈트니크(보르조이 종의 사냥개들을 데리고 숲 가장자리에 대기하였다가 몰려나온 사냥감을 노려 쏘는 사수-역주)는 주인들을 빼놓고 여덟 명이었는데, 그 뒤에는 마흔 마리 이상의 사냥개가 따라 달렸다. 따라서 주인들의 사냥개와 합치면 백 삼십 마리 가량의 개와 스무 명의 말을 탄 사냥꾼들이 들판으로 쏟아져 나온 셈이었다.

어느 개나 자기 주인과 그 부르는 소리를 알고 있었고, 사냥꾼들도 제각기 자기 일과 자리와 임무를 알고 있었다. 울타리 밖으로 벗어나자마자, 모두들 이야기 소리도 내지 않고 오트라드느예 마을의 숲을 통하는 길과 들을 조용조용히 같은 속도로 종대를 지어 나아갔다.

말들은 마치 폭신폭신한 융단 위를 걸어가듯이 들을 나아갔으며, 다만 한길을 가로질러갈 때 어쩌다가 물웅덩이를 철벅거릴 뿐이었다. 안개가 잔뜩 끼어 있는 하늘은 여전히 눈에 띄지는 않았지만 조용히 땅 위에 드리워져 있는 것 같았다. 대기 속은 조용하고 따뜻하고 괴괴하였다. 가끔 사냥꾼의 휘파람 소리며, 긴 채찍으로 후려치는 소리며, 말의 콧바람 소리며, 정해진 위치를 벗어난 개의 날카로운 부르짖음이 번갈아 들릴 뿐어었다.

일 베르스타쯤 왔을 때, 개를 데리고 있는 다섯 명의 승마대가 로스토프네를 향해 안개 속에서 나타났다. 큼직한 하얀 수염을 기른 원기 왕성하고 풍채 좋은 노인이 앞장을 섰다.

「안녕하십니까, 아저씨?」 하고 노인이 다가왔을 때 니콜라이가 말했다.

「오, 대단하군!…… 이럴 줄 알고 있었지.」 하고 아저씨는 말했다. 이 노인은 로스토프네와 먼 친척이며, 그리 부유하지 않은 이웃 마을의 지주였다.

「도저히 가만 있지 못할 것이라고 알고 있었지. 아니, 좋아, 좋아, 잘들 왔어. 대단하군(이것은 아저씨의 입버릇이었다)! 곧 숲을 점령하란 말이야. 우리 기르치크가 알려 온 바로는, 일라긴네 패들이 개를 데리고 코르니키이에 와 있는 모양이니까, 그 패들이 네 눈앞에서 사냥감을 잡아 버릴라! 아니, 정말 대단하군!」

「그렇지 않아도 그리로 가는 길입니다. 어떻습니까? 개를 함께 합칠까요?」하고 니콜라이는 물었다. 「같이 말입니다……」

몰이 개들은 한 무리로 합쳐서, 아저씨와 니콜라이는 나란히 말을 몰아 나아갔다. 나타샤는 목도리를 쓰고, 그 밑으로 반짝이는 눈망울의 활기찬 얼굴을 보이면서 두 사람 쪽으로 달려왔다. 그 뒤에서 조금도 옆을 떨어지지 않고 페쨔와 미하일로가 따라왔다. 이 사냥꾼 겸 조마사인 미하일로는 유모가 그녀에게 딸려 보낸 것이었다. 페쨔는 무엇이 우스운지 줄곧 히죽거리면서 말을 치기도 하고 고삐를 잡아당기기도 했다.

나타샤는 자신 만만한 자세로 빈틈 없이 검은 아라브치크에 올라앉아, 정확한 솜씨로 아무 힘도 들이지 않고 말을 몰았다.

아저씨는 못마땅한 듯이 페쨔와 나타샤를 흘끗 돌아다보았다. 그는 사냥이라는 진지한 일을, 아이들의 장난과 같이 생각하고 싶지 않았던 것이다.

「안녕하세요, 아저씨. 저희들도 갑니다.」하고 페쨔가 크게 소리질렀다.

「안녕도 안녕이지만, 개를 밟지 않도록 조심하거라.」 아저씨는 엄격한 어조로 말했다.

「니콜리니카, 트루닐라는 정말 좋은 개군요! 나를 알아보지 않겠어요?」 나타샤는 자기 마음에 든 몰이 개를 두고 말했다.

『도대체 트루닐라는 보통 개가 아니라 사냥개란 말야.』 니콜라이는 이렇게 생각하면서, 이런 경우 두 사람 사이에 분명한 구별을 짓지 않으면 안 된다는 것을 느끼게 하려고 엄격한 눈빛으로 그녀를 쳐다보았다. 나타샤도 그것을 알아챘다.

「네, 아저씨, 우리들이 누구를 방해하러 왔다고는 생각하지 마세요.」하고 나타샤는 말했다. 「우리들은 제자리에서 꼼짝도 하지 않고 있을 테니까요.」

「좋아.」하고 아저씨가 말했다. 「그저 말에서 떨어지지만 않도록 해라.」하고 그는 덧붙였다. 「그렇지 않으면 대단하겠군! 아무것도 붙잡을 게 없을 테니까.」

섬 같은 오트라드노예 마을의 금렵구가 이백 미터 앞쪽에 보이고, 몰이 개 감독들은 벌써 그 옆으로 다가가고 있었다. 로스토프는 몰이 개들을 어디에서 풀어야 할 것인가를 아저씨와 최종적으로 결정하고 나서 나타샤에게 서 있어야 할 장소와 절대로 뛰어서는 안 될 장소를 지시한 뒤, 골짜기 위의 돌아가는 길 쪽으로 갔다.

「자아, 니콜리니카, 어미 이리를 노리는 거야.」하고 아저씨가 말했다. 「알지? 놓쳐선 안 돼!」

「나타나기가 무섭게 해치워야지요.」하고 도스토프가 대답했다. 「카라이, 자!」하고 그는 이 호령 소리를 아저씨에게 대한 대답 대신으로 외쳤다. 카라이는 볼의 살이 축 처진 보기 흉한 몰골의 늙은 수캐였는데, 혼자서 어미 이리를 잡는 것으로 유명했다. 모두들 제각기 자기 부서에 자리를 잡았다.

노백작은 아들의 수렵열을 잘 알고 있었으므로, 뒤지지 않도록 길을 서둘러 몰이 개 감독들이 사냥터로 다가가기 전에 볼을 흐늘흐늘 떨면서 혈색이 좋은 유쾌한 얼굴을 하고, 검정말이 끄는 마차를 타고 가을 보리가 파릇파릇한 밭을 따라 그를 위해서 남겨져 있는 이리의 통로에 도착했다. 모피의 외투를 바로잡고 사냥 도구를 갖추자, 그는 자기와 마찬가지로 백발이 섞인, 손질이 잘된 영양이 좋은 온순하고 선량한 비플랸카의 등에 올라탔다. 마차는 돌려 보내졌다. 일리야 안드레이치 백작은 진짜 사냥꾼이라고 할 만한 정도는 아니었지만, 사냥의 법칙은 충분히 알고 있었으므로, 자기가 서 있던 곳의 바로 앞 덤불 언저리로 말을 몰고 들어가서 고삐를 늦추고 안장 위에서 자세를 바로잡으며, 완전히 준비가 다 되었다는 듯이 빙그레 웃으면서 주위를 둘러보았다.

그의 옆에는 시종인 세묜 체크마리가 서 있었다. 그는 옛적부터의 기수지만 이제는 꽤 몸이 무거워져 있었다. 체크마리는 사납기는 하지만 주인이나 그 말과 마찬가지로 살이 찐 세 마리의 몰이 개를 가죽 끈으로 함께 붙들어매어 쥐고 있었다. 두 마리의 영리한 듯한 늙은 개는 가죽 끈에 매이지 않고 누워 있었다. 백 걸음 가량 앞의 덤불 속에는 또 한 사람, 미쩨카라는 백작의 말구종이 서 있었다. 그는 대담한 기수로 몹시 사냥을 좋아하는 사나이였다. 백작은 예로부터의 습관대로 사냥 전에 사냥꾼용의 향료가 든 브랜디를 은잔으로 한 잔 들이켜고, 마른 안주로 무엇인가 조금 집어먹고 나서 애용하는 보르도 포도주를 반 병쯤 마시고 왔다.

일리야 안드레이치는 술과 승마 뒤의 피곤으로 불그레해진 얼굴을 하고, 젖은 눈은 유난히 빛을 내뿜고 있어, 모피 외투에 싸여 안장 위에 올라앉아 있는 모습은 산책에 끌려나온 어린애 같았다.

야위어 볼이 홀쭉한 체크마리는 자기 일을 정리하고 나자, 지금껏 삼십 년이나 숙친하게 지내 온 주인 쪽을 힐끗 보고, 바로 지금 주인의 기분이 잔뜩 좋은 것을 알아채고 유쾌한 이야기가 나오기를 기다리고 있었다. 다른 사나이가 조심스럽게(미리 가르쳐 준 모양이었다) 숲 속에서 말을 타고 다가와 백작 뒤에 멈추었다. 이 사나이는 턱수염이 회끗회끗한 노인으로 부인용의 웃옷을 입고, 운두가 높은 실내모를 푹 눌러쓰고 있었다. 이자는 나스타시야 이바노브나라는 여자 이름의 광대(지주 집에 광대를 고용하는 습관은 농노 제도 폐지 후에도 남아 있었으며, 톨스토이가 뒤에 비극적 작품의 모델로 쓴 〈고르쇼크 일료샤〉도 자기 집에 있던 광대의 하나였음-역주)였다.

「이봐, 나스타시야 이바노브나.」 백작은 그에게 눈짓을 해 보이면서 나직한 목소리로 말했다. 「넌 짐승을 되쫓아 보내지 않도록 조심해야 한다. 다닐로에게 혼날 테니까.」

「아무렴요, 그야…… 물론.」 하고 나스타시야 이바노브나는 대꾸했다.

「쉿!」 백작은 이렇게 제지시키고 세묜에게로 얼굴을 돌렸다.

「나탈리야 일리이니치나를 보았나?」 하고 그는 세묜에게 물었다. 「그 애는 어디에 있을까?」

「아가씨께서는 표트르 일리이치 도련님과 같이 쥐아로프 들판에 서 계십니다.」 하고 세묜은 씩 웃으면서 대답했다.

「여자이시기는 하지만, 역시 사냥을 무척 좋아하시는 것 같더군요.」

「그건 그렇고, 어이, 세묜. 너도 그 애의 말타는 솜씨에 놀랐겠지……응?」 하고 백작은 말했다. 「사내 못지않은 정도야.」

「어찌 놀라지 않을 수 있겠읍니까? 대담하고, 날쌔고!」

「니콜라샤는 어디에 있지? 랴도프스키이 골짜기 위런가?」 역시 나직한 목소리로 백작은 물었다.

「네, 그렇습니다. 도련님께서는 어디에 서 계셔야 하는 건지 잘 알고 계십니다. 그런데다가 또 말을 다루는 법을 참으로 자세히 알고 계셔서 말씀이에요. 정말 저나 다닐로는 그저 탄복하고 있을 따름입니다.」 주인의 비위를 맞추는 비결을 알고 있으므로 세묜은 이렇게 말했다.

「잘 타지, 그렇지? 말을 탄 모습은 어때, 응?」

「그림으로 그리고 싶을 정도입니다! 앞서 자바르진스키이 들판에서 여우 사냥을 했을 때도 도련님께서는 넓은 들판을 마구 달리셨는데, 정말 훌륭하셨읍니다. 말도 천금(千金)이지만, 기수는 값을 매길 수 없을 정도입니다. 아니, 정말 그런 훌륭한 분은 찾을래야 찾을 수 없을 겁니다!」

「찾을래야 찾을 수 없다…….」 세묜의 이야기가 이처럼 빨리 끝난 것이 서운한 백작은 이렇게 되풀이했다. 「찾을래야 찾을 수 없다, 그 말이지?」 그는 외투 자락을 뒤집어 코담뱃갑을 꺼내며 다시 말했다.

「지난번에는 또 훈장을 잔뜩 달고 미사에 나오셨었는데, 그때도 미하일 시도르이치니 같은 것은…….」 세묜은 끝까지 다 이야기하지 않고 그쳐 버렸다. 조용한 공기 속에서 두서너 마리의 몰이 개가 짖어 대면서 몰아 대는 소리를 들었기 때문이었다. 그는 고개를 갸웃하고 귀를 기울이자 잠자코 주인을 위협하는 몸짓을 했다. 이윽고 그는 「이리 굴을 찾아낸 모양입니다.」 하고 속삭였다. 「곧장 라도프스키이를 향해서 쫓아갔읍니다.」

백작은 얼굴에서 미소를 거두는 것도 잊고 자기 앞쪽에 펼쳐져 있는 숲 속의 오솔길을 바라보면서 코담뱃갑을 손에 든 채 맡으려고도 하지 않았다. 개가 짖는 소리에 이어 다닐로가 나직한 뿔피리에 호응하여 이리를 유인하는 소리가 들렸다. 개의 무리는 처음 세 마리의 개와 합류했고, 몰이 개들의 높고 때로는 낮은 일종의 독특하게 짖어 대는 소리가 들렸다. 이것은 이리를 쫓고 있는 것을 알리는 표시였다. 감독들은 이제 채찍을 휘둘러 개를 몰아 대는 것을 그치고 쉿쉿 하며 개들에게 덤벼들라고 부추기기 시작했다. 혹은 낮게 혹은 피륙을 찢는 것처럼 날카로운 다닐로의 목소리가 모두들의 목소리 가운데서 두드러지게 들렸다. 다닐로의 날카로운 목소리는 숲 전체에 퍼지고, 숲에서 넘쳐나와 멀리 들판에까지 울리는 듯했다.

백작과 몰이꾼은 몇 초 동안인가 잠자코 귀를 기울이고 있다가, 이윽고 몰이개들이 두 무리로 갈라진 것을 확인했다. 큰 쪽의 무리는 유달리 짖어 대면서 차차 멀어져 가고, 다른 한쪽의 무리는 숲을 따라 백작 옆을 달려갔는데 이 속에는 개를 추겨 대는 다닐로의 목소리가 들리고 있었다. 이 두 무리가 내는 울림은 하나가 되어 파문을 일으키고 출렁거리며, 이윽고 차차 멀어져 갔다. 세묜은 한숨을 몰아쉬고 젊은 수캐에게 얽혀 있는 끈을 바로잡으려고 허리를 구부렸다. 백작도 같이 한숨을 쉬었다. 문득 손에 들고 있는 코담뱃갑을 알아채자 뚜껑을 열고 조금 집어냈다.

「돌아왓!」 세묜은 덤불 밖으로 뛰어나간 수캐를 향해 소리쳤다. 백작은 깜짝 놀라서 코담뱃갑을 떨어뜨렸다. 나스타시야 이바노브나가 말에서 내려 주우려고 했다.

백작과 세묜은 그쪽을 바라보고 있었다. 그때 갑자기 흔히 있는 일이지만 몰아 대는 소리가 순간 접근해 왔다. 그것은 마치 그들의 바로 눈앞에 짖어 대는 개들의 입과 다닐로의 추겨 대는 얼굴이 쑥 나타나기라도 한 것 같았다.

백작은 돌아다보고 오른쪽에서 미찌카의 모습을 보았다. 그는 눈을 휘둥그렇게 뜨고 주인을 쳐다보며 모자를 쳐들어 앞쪽 반대 방향을 가리켰다.

「조심해!」 하고 그는 소리쳤다. 그것은 마치 이 한 마디가 아까부터 밖으로 나오려고 몸부림치고 있었던 것 같은 억양이었다. 그는 개를 풀어 주고 백작 쪽으로 달려왔다.

백작과 세묜이 덤불 뒤에서 달려나오자 왼쪽에 이리가 보였다. 이리는 부드럽게 몸을 흔들면서 조용한 걸음걸이로 그들이 서 있는 덤불을 향해 달려오고 있었다. 잔뜩 사나와진 개들은 귀청이 터질 듯이 짖더니, 가죽 끈을 끊고 말 다리 밑으로 쏜살같이 이리를 향해 돌진했다.

이리는 달리던 발을 멈추고, 병든 두꺼비 같은 보기 흉한 꼴로 이마가 넓은 모가지를 개들 쪽으로 돌렸다. 그리고 여전히 부드럽게 몸을 흔들면서 훌쩍 한두어 차례 뛰어오르더니 꼬리를 홱 젓고 덤불 속으로 숨어 버렸다. 그러자 동시에 건너쪽 덤불 뒤에서 우는 듯한 으르렁거리는 소리와 함께 한 마리, 두 마리, 세 마리, 잇따라 몰이 개의 무리가 미친 듯이 뛰어나와 이리가 지나갔던 것과 똑같은 장소로 들판을 가로질러 달려가는 것이었다. 몰이 개들에 이어 호도나무 수풀이 양쪽으로 갈리며 땀으로 까맣게 젖은 다닐로의 밤색 말이 나타났다. 그 긴 등 위에는 다닐로가 동그랗게 허리를 앞으로 구부린 채 타고 있었다. 그는 모자를 쓰지 않았기 때문에 희끗희끗한 머리털이 날리며 땀에 젖은 새빨간 얼굴 위로 흐트러져 있었다.

「덤벼들어, 덤벼들엇!」 하고 그는 소리치고 있었다. 백작을 발견하자 그의 눈이 번득였다.

「에잇!」 채찍을 휘둘러 백작을 위협하는 시늉을 하면서 그는 외쳤다. 「이리를 놓쳐 버리다니!……그러고도 사냥꾼이람!」 그는 놀라 얼떨떨해 하고 있는 백작에게, 이 이상 더 말을 걸 필요도 없다는 듯한 태도로 백작에 대한 분노를 몽땅 쏟아 움푹 들어간 축축한 밤색 말의 옆구리를 세차게 후려갈기더니, 그대로 개들의 뒤를 쫓아 달려갔다. 백작은 벌을 받은 죄인처럼 주위를 두리번거리고 히죽 웃으면서 멍하니 선 채, 그 웃음으로 자기 처지에 대한 동정을 세묜에게서 불러일으키려 했다. 그러나 세묜은 이미 없었다. 그는 이리를 숲 속으로 들여 놓지 않으려고 덤불을 돌아서 달려간 것이었다. 양쪽에서도 역시 보르쟈트니크들이 이리의 혈로를 차단하려고 했다. 그러나 이리는 수풀을 뚫고 도망쳤으므로 누구에게도 잡히지 않았다.

5

한편, 니콜라이 로스토프는 짐승을 기다리면서 자기 자리에 서 있었다. 때로는 가까이, 때로는 멀리 들리는 귀에 익은 개 짖는 소리며, 가까와지기도 하고 멀어지기도 하고 높아지기도 하는 사냥개 감독들의 외침으로, 이 숲 속에서 일어나고 있는 일을 느꼈다. 그는 숲 속에 젊은 이리와 늙은 이리가 있다는 것을 알고 있었고, 몰이 개들이 두 무리로 갈렸다는 것도, 어딘가에서 사냥감을 몰아내고 있다는 것도, 무엇인가 실수가 생겼다는 것도 알고 있었다. 그는 사냥감이 자기 쪽으로 나타나기를 이제나저제나 하고 기다리고 있었다. 그는 짐승이 어느 쪽에서 어떻게 튀어 나올 것인지, 어떻게 그것을 몰아낼 것인지, 가지가지의 상상을 끝없이 펼치고 있었다. 그러나 기대는 절망으로 바뀌었다. 그는 여러 번 이리가 자기 앞으로 나오기를 하느님에게 빌었다. 그는 흔히 사람들이 쓸데없는 원인으로 몹시 흥분했을 때에 기도하듯 이 열렬하고도 쑥스러운 감정을 품으면서 빌고 있었다. 나에게 그런 정도의 것을 해주시는 것이 도대체 당신에게 얼마만큼의 힘이 드는 일이겠읍니까!』그는 하느님에게 이렇게 말했다.『그야 물론 당신이 위대하시다는 것도, 이런 청을 드리는 것이 죄스럽다는 것도 알고 있읍니다. 그러나 아무쪼록 어미 이리가 내가 있는 쪽으로 튀어 나오도록, 그리고 저쪽에서 바라보고 있는 아저씨 앞에서, 카라이가 그놈의 숨통을 물고 늘어지도록 해주십시오.』그는 이 삼십 분 동안에 수백 번도 더, 집요하고 긴장된 불안한 눈초리로 어린 포풀라 숲 위로 떡갈나무 두 그루만이 솟아 있는 숲 언저리며, 가장자리가 씻겨 깎여져 나간 골짜기며, 오른쪽 덤불 속에서 조금 내밀고 있는 아저씨의 모자를 바라보고 있었다.

『아니, 틀렸다! 이 행복은 베풀어질 것 같지 않다.』하고 로스토프는 생각했다.『하느님에게는 별로 힘이 드는 일도 아닐 텐데. 그러나 아무래도 이 행복은 베풀어질 것 같지 않다. 나는 언제나, 전쟁에서도 카드에서도, 무엇이든지 운이 나쁜 사나이다.』아우스테를리츠와 돌로호프의 모습이 생생하게, 그리고 재빨리 번갈아 그의 뇌리를 스쳤다.『한평생에 단 한 번만이라도 좋으니, 어미 이리를 몰아내어 잡고 싶다. 그 이상은 아무것도 바라지 않겠다!』청각과 시각을 긴장시키고 왼쪽을 돌아보고 다시 오른쪽으로 눈을 옮기며, 그리고 몰이꾼이며 개가 먹이를 뒤쫓는 조그만 기척에도 귀를 곤두세우면서 그는 생각했다. 그는 또다시 오른쪽으로 눈길을 돌렸다. 그러자 자기 쪽을 향해서 무엇인가가 들판을 달려 뛰어오는 것이 보였다.『아니다, 그럴 리가 없다!』오랫동안 기다리고 있던 것이 실현됐을 때 사람들이 흔히 토하는 듯한 긴 한숨을 내쉬면서 로스토프는 생각했다. 최대의 행복이 실현된 것이다. 더우기 간단하고, 아무런 떠들썩함도 없이, 눈부신 반짝임도 전조도 없이 갑자기 실현된 것이다. 로스토프는 자기 눈을 믿을 수가 없었다. 그리고 이 의혹은 일 분 이상이나 계속되었다.

이리는 앞쪽으로 달려오며 도중에 있는 도랑을 무겁게 뛰어넘었다. 그것은 등에 흰 털이 섞인 배가 불그스름하고 잘 먹어 살이 찐 늙은 이리였다. 분명히 아무도 자기를 보고 있지 않다고 확신하고 있는 듯 우유히 달리고 있었다. 로스토프는 숨을 죽이고 개들을 돌아다보았다. 개들은 이리를 보지 못했는지 아무것도 모르는 채 누워 있기도 하고 서 있기도 했다. 늙은 카라이는 고개를 수그리고 누런 이를 드러내고는 엉덩이께를 지근거리면서 짜증스럽게 벼룩을 찾고 있었다.

「덤벼!」로스토프는 입술을 내밀고 나지막하게 멸했다. 개들은 쇠사슬을 한 바탕 뒤흔들고 귀를 쫑긋 세우며 일어났다. 카라이는 넓적다리를 다 긁고 나서야 귀를 세우고 일어섰다. 털이 늘어진 꼬리를 한 번 가볍게 흔들었다.

『풀까, 풀지 말까?』이리가 숲에서 뛰어나와 자기 쪽으로 접근해 왔을 때 니콜라이는 마음 속으로 이렇게 말했다. 갑자기 이리의 형상이 일변했다. 아마 여태까지 본 적도 없는 인간의 시선이 자기에게로 집중되고 있는 것을 알아채고, 부르르 몸을 떤 것이었다. 그리고 니콜라이 쪽으로 고개를 살며시 돌리고는 돌아설까, 나아갈까 하고 망설이는 듯이 발을 멈추었다. 『에잇! 제기랄, 마찬가지다, 앞으로 나아가자!……괜찮을 것이다.』하고 이리는 생각한 듯, 이젠 사방을 둘러보려고도 하지 않고 부드럽고 자유로운, 그러나 단호한 도약으로 성큼성큼 뛰어오기 시작했다.

「덤벼들엇!……」니콜라이는 자기 음성 같지 않은 목소리로 외쳤다. 그러자 그의 선량한 말은 명령을 기다리지 않고, 산 밑으로 달려 내려가 이리의 진로를 차단하려고 물구덩이를 뛰어넘었다. 개들은 그보다 더 빨리 말을 앞질러 달려갔다. 니콜라이는 자기의 외침도 듣지 못하고, 자기가 달리고 있는 것도 느끼지 못하고, 또 달리고 있는 장소도 개도 보지 못했다. 다만 방향을 바꾸지 않고, 걸음을 빨리하여 큰 골짜기를 달려가는 이리의 모습만이 보일 뿐이었다. 엉덩이가 큰 검정 얼룩의 밀카가 맨 처음 이리 옆에 나타나 차차 접근해 갔다. 가까이 더 가까이……마침내 밀카는 짐승을 따라잡았다. 이리는 힐끔 곁눈질을 했다. 그러자 밀카는 언제나처럼 덤벼들려고 하지 않고, 갑자기 꼬리를 곤두세워 앞발로 몸을 버티었다.

「덤벼!」하고 니콜라이는 소리쳤다.

붉은 털의 류밈이 밀카의 뒤에서 뛰어나와 다짜고짜로 이리에게 덤벼들어 뒤쪽 넓적다리를 물었다. 그러나 그 순간 그는 깜짝 늘란 것처럼 냉큼 반대쪽으로 훌쩍 뛰어 물러났다. 이리는 펄쩍 주저앉아 이를 덜덜 떨었지만 다시 일어나 일 아르쉰 가량의 거리를 두고, 많은 개의 무리에 둘러싸이면서 앞쪽으로 달리기 시작했다. 그 개들은 감히 옆으로 다가서지 못했다.

『도망가 버린다! 아니, 그럴 리가 없다.』목이 꽉 잠긴 니콜라이는 이렇게 생각했다.

「카라이! 덤벼랏!……」 이제는 유일한 희망인 늙은 수캐를 눈으로 찾으면서
그는 외쳤다. 카라이는 늙은 힘을 있는 대로 쥐어짜 될 수 있는 대로 몸을 쭉쭉
늘이면서 이리에게서 눈을 떼지 않고, 그 진로를 차단하려고 옆으로 무겁게 달려
갔다. 그러나 이리의 뛰는 속력과 이 늙은 개의 뛰는 느린 속도로 미루어, 카라이
의 작전은 잘못임이 뚜렷했다. 니콜라이는 이제 그리 멀리 않은 앞쪽 숲을 보았
다. 거기까지 달려가면 이리는 틀림없이 도망쳐 버릴 것이라고 생각되었다. 그러
자 건너쪽에서 이쪽으로 향해 달려오는 한 사냥꾼과 몇 마리의 개들이 나타났다.
아직 희망은 있었다. 누구의 개인지 니콜라이가 모르는 갈색 털빛의, 몸이 길쭉한
낯선 젊은 수캐가 정면에서 곧장 이리에게 달려들어 넘어뜨린 것처럼 보였다. 그
러자 이리는 예기할 수 없었을 만큼 날쌔게 일어나서 이를 갈며 갈색의 수캐한테
와락 덤벼들었다. 옆구리를 쬣긴 수캐는 피투성이가 되어 귀청이 터질 듯한 비명
을 지르며 고개를 땅바닥에 쿡 처박아 버렸다.

「카라이! 부탁한다!……」 하고 니콜라이는 거의 울음 섞인 목소리로 말했다.

조금 전의 사건으로 잠시 이리가 걸음을 멈추었으므로 늙은 카라이는 허벅다
리께의 더부룩한 털을 흔들면서 이리의 앞길을 막으려고, 어느 새 다섯 발짝 가
량의 거리로 다가갔다. 이리는 위험을 예상하기라도 한 듯이 꼬리를 한층 깊이
사타구니 사이로 감추면서 카라이를 힐끔 곁눈질하고 다시 달리기 시작했다. 그
러나 그때 니콜라이는 카라이가 어떻게 되었구나 하고 생각하였을 뿐이었지만 카
라이는 눈깜짝할 사이에 이리 위에 올라타고, 두 짐승은 한 덩어리가 되어 앞쪽
의 물웅덩이로 굴러떨어졌다.

물웅덩이 속에서 개들이 이리와 함께 어울려서 허위적거리고, 그 밑에서 이리
와 잿빛 털이며 쭉 뻗고 있는 한쪽 뒷다리며 귀를 딱 오그라붙이고 깜짝 놀란 것
처럼 씩씩거리고 있는 머리가 엿보였다. 카라이가 목덜미를 꽉 물고 있었던 것이
다. 이것을 본 순간, 그 순간이야말로 니콜라이에게 있어 한평생을 통해 가장 행
복한 순간이었다. 그가 말에서 내려 이리를 찌를 생각으로 안장의 앞 테를 붙잡
으려고 하자, 그때 돌연 한 덩어리가 된 개들 사이에서 이리의 머리가 쑥 올라오
고, 이어 앞발이 물구멍 언저리에 걸렸다. 이리는 이를 북 갈고(카라이는 이미 그
목덜미를 물고 있지 않았다) 뒷발로 물웅덩이에서 뛰어올라 꼬리를 사타구니 사
이에 감아 넣자, 다시금 개들로부터 물러나 앞쪽으로 앞쪽으로 도망가기 시작했
다. 카라이는 털을 곤두세우고 어디에 부딪쳤는지, 물렸는지 간신히 물웅덩이에
서 기어올라왔다.

「저런! 어떻게 된 거야……」 니콜라이는 절망하며 외쳤다.

아저씨의 사냥꾼이 반대쪽에서 이리의 진로를 가로막으려고 달려왔다. 그리고

그의 개들이 다시 이리의 발을 멈칫하게 했다. 이리는 다시 포위되었다.

니콜라이, 그의 몰이꾼, 아저씨와 사냥꾼들은 이리의 둘레를 빙빙 돌면서 쉿쉿 하고 개들을 추기기도 하고 고함을 지르기도 했다. 그리고 이리가 엉덩방아를 찧을 때마다 금방이라도 말에서 뛰어내릴 듯이 하다가는, 이리가 원기를 되찾아서 틀림없이 자기를 구해 줄 숲 쪽으로 달리기 시작할 때마다 당황하여 그 뒤를 쫓는 것이었다.

이리몰이가 시작되고 있을 즈음, 다닐로는 개를 추겨 대는 소리를 듣고 숲 가장자리로 뛰어나와 보았다. 카라이가 이리를 문 것을 보자, 이제 일은 끝난 것이라고 생각하고 말을 세웠다. 그러나 기수들이 말에서 내리지 않고 어물어물하고 있는 사이에, 오히려 이리가 분연히 일어나서 다시 달아나기 시작하자 다닐로는 비로소 자기의 밤색 말에 채찍질을 했다. 그러나 이리 쪽으로가 아니라, 카라이와 마찬가지로 짐승의 길을 가로막으려고 곧장 숲 쪽을 향해 말을 몰았다. 이 방향으로 길을 접어든 덕택으로 이리가 아저씨의 개들에 의해 두 번째로 길을 저지당했을 때 그는 그 옆으로 달려갈 수가 있었다.

다닐로는 단검을 빼어 왼손에 들고, 채찍을 도리깨처럼 휘둘러 팽팽한 밤색 말의 옆구리를 후려 갈기면서 말없이 말을 달렸다.

니콜라이는 밤색 말이 자기 바로 옆을 씩씩 가쁜 숨을 헐떡거리면서 지나칠 때까지는, 다닐로의 모습도 보지 못하고 그 소리도 듣지 못했지만, 갑자기 무엇인가가 나동그라지는 소리가 들리기에 보니까, 다닐로가 이리의 방둥이에 올라타고 개들 사이에 섞여서 이리의 귀를 잡으려고 애쓰고 있었다. 이제 개들에게나 사냥꾼에게나 이리에게나 만사가 끝났음이 분명했다. 짐승은 놀란 것처럼 두 귀를 딱 뉘고 일어나려고 애썼지만, 개들이 닥치는 대로 그것을 물고 늘어졌다. 다닐로는 딱 눌어붙어 한 발짝 발을 내딛자, 마치 숨을 돌리려고 눕기라도 하는 것처럼 온몸의 무게를 이리 위로 쓰러뜨리며 그 두 귀를 붙잡았다. 니콜라이는 푹 찌르고 싶었다. 그러나 다닐로는 「그럴 것 없어요, 묶읍시다.」 하고 속삭였다. 그리고 살짝 앉음앉음을 고치더니 발로 이리의 목을 눌렀다. 이리의 입에는 막대기가 끼워지고, 마치 재갈을 물리기라도 한 것처럼 개의 가죽 끈으로 묶이고, 네 발도 칭칭 동여매어졌다. 다닐로는 두어 번 이리를 이리저리 굴려 보았다.

행복한 듯한, 그러나 지친 것 같은 얼굴빛으로 사람들은 늙은 산 이리를 말등에 실었다. 말은 콧바람을 불면서 뛰어올랐다. 모두들 사냥감을 보고 날카롭게 짖어 대는 개들을 거느리고 약속되어 있는 장소로 갔다. 몰이 개들은 젊은 이리 두 마리를 잡았고, 보르조이 종은 세 마리를 잡았다. 사냥꾼들은 제각기 사냥거리와 자랑거리를 가지고 모여들었다. 그리고 모두 늙은 이리를 보려고 다가왔다. 늙은 이리는 입에 막대기를 물린 채로, 이마가 너부죽한 고개를 축 늘이고 자기를 둘러싼 사람들이며 개들의 떼를 큼직한 유리알 같은 눈으로 쳐다보고 있었다. 그리고 몸에 손이 닿을 때마다 묶인 발을 꿈틀거리면서 거칠기는 하지만 단순한 눈초리로 사람들을 쳐다보는 것이었다. 일리야 안드레이치 백작도 다가가서 이리를 만져 보았다.

「오, 정말 엄청나군!」 하고 그는 말했다. 「이건 꽤 해묵은 이리로군그래, 응? 여보게.」 하고 그는 곁에 서 있는 다닐로에게 물었다.

「네, 그렇습니다, 나리.」 허둥지둥 모자를 벗으면서 다닐로는 대답했다.

백작은 자기가 멍하니 이리를 놓치고서 다닐로와 충돌했던 일을 생각해 냈다.

「그런데 너도 무척 성미가 급한 사내더군.」 하고 백작은 말했다. 다닐로는 아무 말도 않고, 다만 어린애처럼 선량한 기분 좋은 미소를 수줍은 듯이 보였을 뿐이었다.

6

노백작은 집으로 돌아갔다. 나타샤와 페쨔는 곧 돌아간다고 약속하고 남았다. 아직 일렀으므로 사냥을 계속하기로 했다. 그들은 어린 나무 숲이 울창한 골짜기에 몰이 개들을 풀어 놓았다. 니콜라이는 그루터기만 남은 밭에 서서 자기 사냥꾼들을 지켜보고 있었다.

니콜라이의 맞은편에는 푸릇푸릇한 가을 보리밭이 있었고, 거기 있는 높은 호도나무 수풀 뒤의 구덩이 속에 그의 사냥꾼 하나가 서 있었다. 몰이 개를 풀자마자 니콜라이는 귀에 익은 한 마리의 개 볼토른이 간간이 짖는 소리를 들었다. 다른 개들도 같이 따라서 입을 다물기도 하고 짖어 대기도 했다. 일 분이 지나자 숲 속에서 여우를 유인해 내는 소리가 들려 왔다. 그러자 사냥개의 무리는 전부 니콜라이의 곁을 떠나, 개울을 따라 푸릇푸릇한 가을 보리밭 쪽으로 한 덩어리가 되어 달려갔다.

그는 붉은 모자를 쓴 몇 사람의 사냥개지기가, 나무가 가득 우거진 골짜기의 가장자리를 뛰어가는 것을 보았다. 개들의 모습도 손에 잡힐 듯이 바라보였다. 그는 건너편 밭 가운데에 여우가 나타나는 것을 초조하게 기다리고 있었다.

구덩이 속에 서 있던 사냥꾼이 움직이기 시작하더니 개들을 풀어 주었다. 그리

고 니콜라이는 키가 작고 괴상한 한 마리의 붉은 여우를 보았다. 그 여우는 꼬리
를 펴들고 푸릇푸릇한 가을 보리밭을 허둥지둥 달려가고 있었다. 사냥개들은 다
급히 여우 쪽으로 돌진했다. 마침내 개들은 바싹 여우 가까이에 접근했다. 여우는
원을 그리며 그 사이를 빙빙 돌기 시작하고, 그 동그라미를 그리는 것이 점점 빨
라지더니, 여우는 부드러운 털의 꼬리를 마구 휘둘렀다. 그러자 누구의 것인지 모
르지만 한 마리의 흰 개가 여우에게 와락 달겨들고, 이어 검은 개가 덮쳐들어
모든 것이 뒤범벅되어 제각기 마음대로의 방향으로 엉덩이를 돌려 별 모양을 이
루고, 슬며시 꿈틀거리며 나란히 섰다. 사냥개들 쪽으로 두 사냥꾼이 달려왔다.
하나는 빨간 모자를 쓰고 있고, 다른 낯선 쪽은 녹색의 웃옷을 입고 있었다.
　『도대체 어떻게 된 걸까!』하고 니콜라이는 생각했다.『저 사냥꾼은 어디에서
난데없이 나타난 것일까? 아저씨네의 사냥꾼도 아닌테.』
　사냥꾼들은 여우를 손에 넣었으나 안장 뒤에 매지도 않고 한참 동안 그대로 서
있었다. 그들의 둘레에는 엄중하게 굴레를 씌운 말이 불룩한 안장을 보이면서 서
있었고, 사냥개들은 누워 있었다. 사냥꾼들은 손을 내저으면서 여우를 상대로 하
여 무엇인가 하고 있었다. 이윽고 그들한테서 뿔피리 소리가 울려 퍼졌다. 그들
사이에 정해져 있는, 싸움이 벌어질 때의 신호였다.
　「일라긴의 사냥꾼이 우리 이반과 무엇인가를 실랑이를 벌이고 있었읍니다.」하
고 니콜라이의 몰이꾼이 설명했다.
　니콜라이는 누이와 페쨔를 부르러 몰이꾼을 보내고, 사냥개 감독들이 사냥개들
을 모으고 있는 지점을 향해서 느린 걸음으로 천천히 말을 몰았다. 몇 사람인가
의 사냥꾼이 싸움 현장으로 달려갔다.
　니콜라이는 말에서 내려 달려온 나타샤며 페쨔와 같이 사냥개들 옆에 발을 멈
추고 싸움이 어떻게 끝날 것인지, 그 보고가 오기를 기다리고 있었다. 이윽고 숲
언저리에서 싸우고 있던 사냥꾼이 포획한 여우를 안장 가죽에 매달고 나타나서
젊은 주인 쪽으로 다가왔다. 그는 멀리서 모자를 벗어 들고 공손한 태도로 말을
하려고 애썼다. 그러나 그 얼굴이 파랗게 질려 있었고, 숨결도 거칠며, 증오로 일
그러져 있었다. 한쪽 눈은 얻어맞아서 다쳐 있었으나 아마도 본인은 그것을 모르
는 모양이었다.
　「너희들은 저기서 무엇을 하고 있었지?」하고 니콜라이는 물었다.
　「글쎄 말입니다, 그 빌어먹을 녀석이 우리 개를 가지고 짐승을 잡으려고 했답
니다! 왜 우리 잿빛 털의 암캐 말이에요, 그게 잡았는데 말씀이에요. 흥, 어디든
지 가서 물어보란 말아! 남의 여우에 함부로 손을 더려고 하다니! 그래서 저도
그녀석을 여우처럼 뒹굴려 줬읍죠. 자, 서방님, 이거 보세요. 여우는 이처럼 안장

에 매달려 있읍니다. 아니, 이게 탐이 난단 말인가?」 사냥꾼은 단도를 보이면서 씩씩거리며 이렇게 말했다. 아마도 아직 상대방과 말다툼을 계속하고 있는 기분인 모양이었다.

니콜라이는 이 사냥꾼하고는 말을 하지 않고 누이와 페짜에게 잠깐 기다려 달라고 일러 놓고, 그 밉살스러운 일라긴의 사냥꾼들이 있는 곳으로 말을 몰았다.

승리로 의기 양양해진 사냥꾼은 동료 무리 속으로 말을 몰고 들어가, 동정과 호기심에 찬 눈에 둘러싸여 자기 자랑을 늘어놓기 시작했다.

사건의 경위는 이러했다. 전부터 로스토프네와는 사이가 좋지 않아 소송 문제까지 일으키고 있던 일라긴은, 예로부터의 관습에 따라 로스토프네에 속해 있는 사냥터에서 언제나 사냥을 해 왔던 것인데, 이 날도 마치 일부러인 것처럼 로스토프네 사람들을 미끼로 하여 슬그머니 여우를 포획케 하려 했던 것이다.

니콜라이는 한 번도 일라긴을 만난 적은 없었지만, 자기의 이성과 감정에 있어서는 언제나 중용을 모르는 그로서는, 이 지주의 난폭함과 방자함을 들은 것만으로써 마음 속으로부터 그를 미워하며 가장 저주할 원수라고 생각하고 있었던 것이다. 그래서 그는 증오로 가슴이 울렁거릴 만큼 흥분하여 채찍을 꽉 잡고 이 원수에 대해 어떤 결정적인 위험한 행동도 충분히 각오하며 말을 몰고 갔다.

그는 숲이 후미진 곳에서 막 말을 몰고 나서자마자, 수달피 모자를 쓴 뚱뚱한 신사가 아름다운 검정말을 타고 두 몰이꾼을 거느리고 맞은편에서 다가오고 있는 것을 발견했다.

니콜라이는 일라긴이 원수이기는커녕 오히려 젊은 백작과의 친교를 원하고 있는 훌륭하고 공손한 지주임을 알았다. 일라긴은 로스토프에게로 다가오면서 수달피 모자를 좀 높이 쳐들고, 자기는 아까 일어났던 일을 몹시 유감스럽게 생각하고 있다고 사과하며, 무례하게도 남의 개를 앞세워 사냥을 한 사냥꾼은 당장 처분하도록 일렀다는 이야기를 하면서, 이것을 인연으로 지기가 되는 영광을 얻고 싶다고 덧붙였다. 그리고 자기 사냥터를 그에게 제공했다.

나타샤는 오빠가 무엇인가 무서운 짓을 저지르지는 않나 하고 걱정이 되어 가슴을 두근거리면서 뒤를 따라왔는데, 두 원수가 정답게 인사를 나누고 있는 것을 보고 그 옆으로 다가갔다. 열라긴은 아까보다도 더 높이 수달피 모자를 치켜들고 기분좋게 미소하면서 「아가씨는 사냥의 그 취미로 보나, 소문이 자자한 미모로 보나 어김 없는 다이아나(로마 신화에 나오는 달의 여신. 정조와 사냥을 맡음-역주)이시군요.」 하고 말했다.

일라긴은 자기 사냥꾼의 죄값을 갚기 위해서 일 베르스타 가량 떨어져 있는 산기슭으로 함께 가 달라고 열심히 로스토프에게 부탁했다. 그의 말에 의하면 그곳은 자기가 소중히 아끼고 있는 곳으로서, 토끼가 득실거리고 있다는 것이었다. 니콜라이는 승낙했다. 이리하여 지금까지의 배로 늘어난 수렵대의 일행은 앞으로 나아갔다.

일라긴의 사냥터로 가려면 들판을 지나야만 했다. 사냥꾼들은 일렬로 가지런히 서서 갔다. 주인들도 함께 말을 몰았다. 아저씨도, 르스토프도, 일라긴도 서로 눈치채이지 않게 슬쩍 남의 개를 쳐다보며, 그들 개 사이에 자기 개의 경쟁자가 있지나 않는지 불안감을 느끼면서 찾고 있었다.

일라긴이 기르고 있는 사냥개들 가운데서 유달리 훌륭한 모습으로 로스토프를 놀라게 한 것은 콧사등이 날카로운, 강철처럼 살이 탄탄하고, 검은 눈이 툭 튀어 나온 그리 크지 않고 몸이 좁다란 순 러시아 종의 붉은 얼룩 암캐였다. 그는 전부터 일라긴의 개들이 민첩하다는 말은 듣고 있었으나, 이 아름다운 암캐야말로 밀카의 호적수라고 알아챘다.

금년의 수확에 대하여 일라긴이 진지하게 이야기를 하고 있는 도중에 니콜라이는 붉은 얼룩의 암캐를 가리키면서 말했다.

「댁의 이 암캐는 훌륭하군요!」 하고 그는 무관심한 어조로 말했다. 「물론 날쌔겠죠?」

「이것 말입니까? 네, 이건 아주 좋은 개입니다. 잘 잡습니다.」 일라긴은 자기의 붉은 얼룩이 진 예르자에 관해서 담담한 어조로 이렇게 말했지만, 실은 일 년 전에 이 개가 탐이 나서 세 세대의 농노를 이웃의 지주에게 넘겨 주었던 것이다. 「그럼 백작, 당신네의 수확은 그리 신통치 않으시다는 말씀입니까?」 하고 그는 일단 시작한 이야기를 계속하기 위해서 이렇게 말했다. 그리고 젊은 백작에 대해서 같은 칭찬의 말을 하는 것이 예의라고 생각하고, 일라긴은 상대방의 개들을 둘러보고 눈에 띄는 딱 벌어진 몸집의 밀카를 골라냈다.

「당신의 저 검정 얼룩 개도 훌륭하군요! 균형이 아주 잘 잡혀 있는데요!」 하고 그는 말했다.

「그렇습니다. 나쁘지는 않습니다. 꽤 잘 달립니다.」 하고 니콜라이는 대답했다. 『아아, 만일 지금 큰 토끼가 들판을 달려 주기라도 한다면 이 개의 진가를 이 사나이에게 보여 줄 수 있을 텐데!』 하고 그는 생각했다. 그리고 몰이꾼을 돌아보고 누워 있는 토끼를 발견한 자에게는 일 루블리 주겠다고 말했다.

「아무래도 나에게는 이해가 가지 않는데 말씀입니다, 백작.」 하고 일라긴은 말을 이었다. 「어째서 다른 사냥꾼들은 잡은 짐승이며 훌륭한 사냥개를 부러워하는 건지 저에게는 이해가 되지 않습니다. 나로 말씀드릴 것 같으면 말이에요, 백작. 나는 다만 말을 타고 돌아다니는 것만으로도 유쾌합니다. 더구나 당신네 같은 분들과 이처럼 같이 되면……ﾟ보다 유쾌한 일은 없읍니다(그는 다시금 나타샤를 향하여 그 수달피 모자를 벗어 들고 경의를 표했다). 짐승을 얼마큼 잡아 가지고 돌아왔느냐는 그런 계산은 나에게는 아무런 상관도 없읍니다!」

「그건 그렇습니다.」

「짐승을 잡은 것이 내 개가 아니고 남의 개였다 하더라도 그런 것은 나에게는 아무래도 좋습니다. 나는 다만 사냥하는 것을 보는 것만으로도 재미있으니까 말씀이에요. 그렇지 않습니까, 벽작? 그래서 내 생각으로는…….」

「앗, 있다, 저기 있다!」이쾌 걸음을 멈춘 한 보르쟈트니크가 잡아늘인 것 같은 목소리로 외치는 것이 들렸다. 그는 그루터기만 남은 나지막한 언덕에 서서 채찍을 치켜들며 다시 한 번 똑같은 외침을 길게 뺐다.「아, 있다, 저기 있다(이 말의 울림과 치켜든 긴 채찍은 그가 눈앞에 누워 있는 토끼를 발견한 것을 나타내고 있었다)!」

「아, 발견한 모양이로군요.」일라긴은 무관심한 어조로 말했다.「어떻습니까, 백작, 어디 그럼 한 번 몰아 블까요?」

「글쎄요, 좌우간 가까이 다가가서 보십시오……그런데 어떻겠읍니까, 같이하시는 것이?」예르자와 아저씨의 붉은 개 루가이를 바라보면서 니콜라이는 이렇게 대답했다. 이 두 마리의 호죡수와 자기 개를 그는 아직까지 한 번도 비교해 볼 기회가 없었던 것이다.『자아, 그럼 어디 한 번 내 밀카를 이겨낼 것인지 두고 보자!』그는 일라긴과 아저씨와 고삐를 나란히 하고 서서 토끼 쪽으로 다가가면서 이렇게 생각했다.

「큰 토낀가?」맨 먼저 발견한 사냥꾼에게로 다가가면서 일라긴은 불었다. 그리고 다소 흥분한 빛을 띠면서 돌아보고 예르자를 휘파람으로 불렀다.

「그런데 미하일 니카노르어치, 당신은 어떻게 하시겠어요?」하고 그는 아저씨에게로 얼굴을 돌렸다.

아저씨는 눈살을 찌푸린 채 말을 몰았다.

「뭐, 나 같은 것이 나설 일이 되겠소? 정말이지, 당신네들 개는 어디에다가 내놓더라도 훌륭한 것들이에요! 아뭏든 개 한 마리가 마을 하나와 맞먹을 만큼 비싼 것들이니까. 어디 한 번 당신네끼리 각자 자기 개를 시험해 보시구료. 난 구경이나 하겠소이다!」

「루가이! 자아, 자아!」하고 그는 외쳤다.「루가유쉬카!」하고 그는 이 애칭으로 붉은 털의 수캐에 대한 기대와 애정을 저도 모르게 나타내면서 덧붙였다. 나타샤는 이 두 노인과 오빠가 감추고 있는 흥분을 보기도 하고 느끼기도 하면서 자기도 같이 흥분하고 있었다.

언덕배기에 선 사냥꾼은 채찍을 높이 치켜들고 있었다. 주인들은 보통 걸음으로 그 옆으로 다가갔다. 거의 지평선상을 달리고 있던 몰이 개들은 토끼에게서 옆으로 벗어났다. 사냥꾼들도 떨어지기 시작했다. 모든 것은 조용조용하고 천천히 진행되어 나갔다.

「머리를 어느 쪽으로 두고 누워 있나?」 언덕배기에 서 있는 사냥꾼한테로 백 걸음 가량 다가왔을 때 니콜라이는 이렇게 물었다. 그러나 사냥꾼이 미처 대답도 하기 전에 벌써 토끼는 몸에 닥쳐오는 위험을 감지하고 더 누워 있지 못하고 훌쩍 뛰어 일어났다. 가죽 끈으로 매여 있는 몰이 개들의 무리는 짖어 대면서 토끼를 쫓아 산을 내려가며 돌진했다.

가죽 끈에 매여 있지 않은 보르조이 개들은, 사방 팔방에서 몰이 개들과 토끼를 향해 쇄도했다. 지금까지 서서히 움직이고 있던 사냥꾼들의 일대도 들판을 달리기 시작했다. 사냥개지기들은 「서라!」 하고 외쳐서 개들을 어리둥절케 하기도 하고, 보르쟈트니크들은 「덮쳐!」 하고 소리치며 개들을 추기기도 했다. 침착한 일라긴도, 니콜라이도, 나타샤도, 아저씨도, 자기가 지금 어디로 어떻게 뛰고 있는지 모르는 채 다만 개들과 토끼에게만 두 눈을 못박고 한순간도 사냥의 경과를 놓치지 않으려는 듯이 정신 없이 달려갔다. 토끼는 큰 토끼이며 날쌘 놈이었다. 뛰어 일어났을 때에도 금방 달리지 않고, 귀를 쫑긋거리면서 갑자기 사방에서 일어난 외침 소리와 말발굽 소리에 귀를 기울이는 것이었다. 그리고 처음에는 그다지 서두르지 않고 개들을 자기 쪽으로 다가오게 하면서 여남은 번 뛰었으나, 마침내 위험을 깨닫고 방향을 정하자 귀를 바싹 눕히고 전속력으로 달리기 시작했다. 토끼가 누워 있었던 곳은 그루터기만 남은 밭이었으나 앞쪽은 걷기 사나운 진흙땅인 녹지(綠地)였다. 토끼를 발견한 사냥꾼이 데리고 있던 두 마리의 개는 가장 가까이에 있었으므로 맨 먼저 알아채고 쫓기 시작했다. 그러나 그리 가까이까지 따라붙기도 전에 그 뒤에서 일라긴의 붉은 얼룩의 예르자가 뛰어나왔다. 그리고 개 한 마리의 거리밖에 남지 않은 곳에서 토끼의 꼬리를 겨누면서 무서운 속력으로 덮쳤다. 그리고 이젠 붙잡은 것으로 생각하곤 팽이처럼 뒹굴었다. 토끼는 동그랗게 등을 구부리고 더욱 맹렬하게 질주했다. 예르자의 뒤에서 엉덩이가 넙죽한 검은 얼룩의 밀카가 달려나와 차차 토끼를 뒤따라 붙기 시작했다.

「밀루쉬카, 잘한다!」 하는 니콜라이의 으쓱거리는 듯한 외침 소리가 들렸다. 금방이라도 밀카는 앞질러 달려나가 버렸다. 토끼가 살짝 몸을 피한 것이다. 다시 일라긴의 아름다운 예르자가 육박하여, 이번에는 실수하지 않고 허벅다리를 물려고 겨냥을 하는 것처럼, 토끼의 꼬리 바로 위로 목을 내밀고 있었다.

「예르자이카! 부탁한다!」 하고 울먹이는 듯한 자기 목소리 같지 않은 일라긴의 목소리가 들렸다. 그러나 예르자는 그의 애원을 받아들이지 않았다. 분명히 물었다고 여긴 순간, 토끼는 살짝 몸을 비켜 가을 보리밭과 그루터기만 남은 밭 사이의 경계로 달리기 시작했다. 다시금 예르자와 밀카는 한 채에 단 두 필의 말처럼 나란히 토끼를 쫓기 시작했다. 경계의 밭둑 길은 토끼에게 더 수월했으므로 개들은 그리 빨리 다가갈 수가 없었다.

「루가이! 루가유쉬카! 됐다, 됐다!」 이때 다른 목소리가 이렇게 소리치기 시작했다. 그러자 등이 구부정한 아저씨네의 붉은 수캐 루가이가 등을 폈다 구부렸다 하면서 선두의 두 마리와 가지런히 서자, 어느 틈에 그것을 앞서서 쭉 달려나가 몸을 희생하는 무서운 기세로 속력을 더하여 토끼 바로 위로 덮쳐 들어, 밭둑에서 녹지로 몰아내어 전보다 한층 광포해져서 질척한 밭 가운데를 무릎까지 빠지면서 속력을 내어 달렸다. 그리고 진흙투성이가 된 등이 팽이처럼 토끼와 함께 뒹군 것이 눈에 들어왔을 뿐이었다. 많은 개들은 곧 별 모양이 되어 그것을 둘러쌌다. 일 분 뒤에 모두는 몰려든 개들 옆에 서 있었다. 기뻐 어찌 할 바를 모르는 아저씨가 혼자 말에서 내려 토끼의 발목을 잘라냈다. 피를 빼 버리기 위해서 토끼를 휘두르면서 손발을 둘 곳을 모르겠다는 듯이 눈망울을 굴리며 불안스럽게 주위를 돌아보았다. 그리고 자신도 누구를 상대로 무슨 말을 하는지 모르는 채 중얼거렸다. 「정말 잘했다, 잘했다……참으로 훌륭한 개야……천금의 개들을 모두 다 물리쳐 버렸으니……잘했어, 잘했어!」 그는 마치 모두가 그의 적이며 모두가 그를 모욕하고 있었지만, 지금 드디어 그 설욕을 할 수가 있었다고 모든 사람들을 욕하는 듯한 어조로 헐떡이고, 증오에 찬 눈으로 사방을 둘러보면서 이렇게 지껄였다. 「당신네들의 천금의 명견이란 뭐 그런 거지. 참 잘했어!」

「루가이, 자아, 발목을 줄까!」 그는 진흙이 묻은 잘린 발목을 던져 주면서 이렇게 말했다. 「정말 잘했다. 아니, 굉장하다!」

「밀카는 힘이 모두 빠져 버렸어, 혼자서 세 차례나 뒤따라 잡았으니 말이야.」 니콜라이 역시 누구의 말도 귀담아 듣지 않고, 또 남이 듣고 있건 말건 아랑곳하지 않고 말했다.

「도대체 이게 무슨 꼴이람. 정반대로군!」 하고 일라긴의 말구종이 말했다.

「아아, 아깝게도 놓쳐 버렸지만 그처럼 몰리고 보면 어떤 똥개에게도 잡히게 마련이야.」 하고 일라긴도 동시에 말했다. 그는 달린데다가 흥분하고 있었기 때문에 얼굴이 새빨개 가지고 간신히 숨을 쉬고 있었다. 마침 이때 나타샤도 숨도 쉬지 않고 귀가 쨍할 만큼 카랑카랑한 목소리로, 기쁜 듯이 의기 양양해서 소리쳤다. 다른 사람들이 한결같이 입 밖에 낸 가지가지의 말과 똑같은 뜻을 그녀는 이 외침으로 나타낸 것이다. 그리고 이 외침은, 만약 이것이 다른 경우였다면 나타샤 자신도 이 거친 목소리를 부끄럽게 여기고 다른 사람들도 깜짝 놀랐을이 만큼 괴상한 것이었다. 아저씨는 안장 위에다 토끼를 휙 던져 올리자 흡사 모두를 비난하는 모습으로 재치 있게 재빨리 그것을 말 엉덩이께로 던져 옮기더니, 누구와도 말을 하고 싶지 않다는 듯한 태도로 자기의 밤색 말에 올라타고는 그대로 달려나갔다. 아저씨 이외의 모든 사람들은 모욕을 당한 듯한 시무룩한 얼굴로 제각기 움직이기 시작했다. 그리고 한참이 지나서야, 이전의 짐짓 가장한 듯한 냉담한 상태로 되돌아갈 수가 있었다. 사람들은 한참 동안 붉은 털의 루가이를 지켜보고 있었다. 루가이는 진흙투성이의 등을 구부리고 쇠사슬을 찰가닥거리면서, 자못 승리자다운 유연한 태도로 바짝 아저씨의 말 뒤를 따라갔다.

〈뭐, 아무것도 아닙니다, 사냥 때가 아니라면 나도 다른 개나 마찬가지예요. 그러나 일단 일이 벌어지면 끝까지 굴하지 말아야 합니다!〉 니콜라이에게는 이 개의 얼굴이 이렇게 말하고 있는 것처럼 느껴졌다.

그 뒤 한참 지나서, 아저씨는 니콜라이에게 다가와 말을 걸었다. 니콜라이는 그런 일이 있었던 뒤임에도 불구하고 자진하여 말을 걸어 주었다는 것으로 만족한 기분이 되었다.

7

저녁에 일라긴과 작별하였을 때, 니콜라이는 집에서 굉장히 멀리 떨어져 있는 것을 깨달았다. 그래서 그는 아저씨의 권유에 따라 사냥개들을 아저씨의 소유지 마을인 미하일로프가에 두어 하룻밤 재우기로 했다.

「만약 너희들이 잠깐 집에 들러 준다면 그야말로 근사하겠는데!」 하고 아저씨는 말했다. 「그렇게 해주기만 한다면 그보다 더 좋은 일은 없겠는데. 자, 보렴. 이처럼 날씨도 음산하지 않니.」 이렇게 아저씨는 말을 이었다. 「그러니까 집에서 잠깐 쉬었다가 마차로 아가씨를 데리고 돌아가는 게 좋을 거야.」 아저씨의 제의는 받아들여졌다. 니콜라이는 사냥꾼 한 사람을 오트라드노예 마을로 보내어 마차를 가져오게 하고, 그는 나타샤와 페쨔와 더불어 아저씨네 집으로 갔다.

크고 작은 다섯 사람 가량의 하인이 주인을 맞으러 정면 현관으로 뛰어나왔다. 그러자 또 늙은이, 어른, 아이 등 몇 십 명의 여자들이 뒷 현관으로부터 나와서 말을 타고 들이닥친 손님들을 구경하는 것이었다. 나타샤가 더우기 말을 탄 숙녀가 일행에 섞여 있기 때문에 하인들의 호기심은 절정에 이르렀다. 많은 사람들은 그녀 앞인데도 어려워하지 않고 옆으로 다가와서 얼굴을 들여다보았다. 그리고 무슨 말을 들어도 알아채지도 못 하고 이해할 수도 없는 초인간적인 불가사의한 비평을 하는 것이었다.

「아린카, 좀 봐요, 옆으로 타고 있네! 옷자락을 팔락이며 앉아 있잖아. 어머나, 뿔피리까지 가지고 있어!」

「어머나, 단도까지…….」

「영락없는 타타르 여자인걸!」

「이상하게도 굴러떨어지지 않는구료?」 그 가운데서도 가장 숫기 좋은 여자가 느닷없이 나타샤에게 직접 물어보았다.

아저씨는 정원수가 무성한 목조 가옥의 자기 집 현관 옆에서 말을 내리자, 하인들을 둘러보면서 볼일이 없는 자는 여기서 물러가 손님과 개의 접대에 필요한 일을 하라고 외치듯이 분부했다.

모두는 일시에 흩어져 달아났다. 아저씨는 나타샤를 말에서 내려 주고, 손을 잡아 널빤지가 휘청거리는 입구의 층층대로 끌고 올라갔다. 벽토 칠도 하지 않은 통나무 벽의 집안은 그다지 깨끗하다고는 할 수 없지만 여기에 살고 있는 사람들이 집을 더럽히지 않으려고 유의하고 있는 것 같지도 않았다. 그렇다고 해서 내버려두고 있는 것 같지도 않았다. 복도에는 싱싱한 능금의 향내가 감돌고, 벽에는 이리와 여우 가죽이 걸려 있었다.

아저씨는 현관방을 지나 손님을 접대하는 탁자와 마호가니의 의자가 놓여 있는 조그만 응접실로 안내하여 자작나무 원탁과 소파가 있는 객실을 거쳐, 다 해진 소파며 닳아 떨어진 융단이며 수보로프 장군의 초상 등이 걸려 있는 서재로 안내했다. 서재에서는 담배와 개 냄새가 코를 푹 찔렀다. 아저씨는 손님들에게 앉기를 권하고, 자기 집과 마찬가지로 마음을 푹 놓고 쉬어 달라고 말하고는 그대로 물러갔다. 아직 등이 더럽혀진 채인 루가이가 서재로 들어와서, 소파에 누워 혀로 몸을 핥기 시작했다. 이 방의 출구는 복도로 통해 있었고, 커튼이 찢어진 간막이가 놓여 있었다. 그 간막이 뒤에서 여자의 웃음 소리와 속삭임이 들렸다. 나타샤와 니콜라이와 페쨔는 외투를 벗고 소파에 앉았다. 페쨔는 턱을 괴더니 곧 잠들어 버렸다. 나타샤와 니콜라이는 말없이 앉아 있었다. 두 사람의 얼굴은 상기되고, 두 사람은 몹시 시장하고 유쾌하였다. 그들은 얼굴을 마주 쳐다보았다(이젠 사냥도 끝나고 집안에 들어와 있었기 때문에, 니콜라이도 누이에 대해 사나이의 위엄을 나타낼 필요를 느끼지 않았다). 나타샤는 오빠에게 눈짓을 해 보였다. 그리고 두 사람은 웃음의 구실을 미처 생각해 낼 겨를도 없이 곧 참지 못하고 큰

소리로 웃음을 터뜨리고 말았다.

　잠시 뒤에 아저씨가 코삭 옷에 푸른 바지, 그리고 반 장화를 신고서 들어왔다. 이 옷차림이야말로 언젠가 한 번 아저씨가 오트라드노예 마을에 왔을 때 그녀가 놀라움과 비웃음을 가지고 보았던 바로 그것이었으나, 나타샤는 이것은 결코 프록 코트나 연미복에 뒤지지 않은 진짜 복장이라고 느꼈다.

　아저씨도 역시 잔뜩 기분이 좋았다. 그는 오누이의 웃음에 모욕을 느끼지 않았을 뿐만 아니라(남이 자기의 생활을 웃으리라고는 생각 밖의 일이었다), 오히려 그들의 까닭 모를 웃음에 자기도 끼어들었다.

　「아니 아가씨, 백작 댁의 젊은 아가씨. 정말 굉장하구나. 이런 여인은 여태까지 본 적이 없는걸!」 하고 그는 물부리가 긴 파이프를 로스토프에게 내주고, 다른 짤막하게 잘린 것을 익숙한 손짓으로 세 손가락 사이에다 끼우면서 말했다.

　「하루 종일 말을 타고 돌아다니면서 남자 못지않은 일을 하고도 끄떡 없으니 말이야!」

　아저씨가 들어오고 난 지 얼마 안 되어 문이 열렸다. 발소리로 미루어 맨발의 소녀인 것 같았으나, 여러 가지 것이 얹힌 쟁반을 손에 들고 문으로 들어온 것은 마흔 살 가량의 뚱뚱하고 볼이 빨간 아름다운 여자였다. 이중턱에 입술이 두툼하고 혈색이 좋았다. 그녀는 눈빛과 그 동작 하나하나에 친절한 느낌의 의젓함과 매력을 담고 손님들을 둘러보면서, 상냥한 웃음을 띠그 공손하게 절을 했다. 보통 이상으로 살이 쪄 있기 때문에, 가슴과 배를 앞으로 내밀고 고개가 뒤로 젖혀질 정도였으나, 그럼에도 불구하고 이 여자는(그녀는 아저씨네의 가정부 아니시야 표도로브나였다) 몹시 가뿐하게 걷고 있었다. 먼저 탁자로 다가와서 쟁반을 놓고, 피둥피둥한 하얀 손으로 술병이며 안주며 그 밖의 음식을 솜씨 있게 꺼내서 탁자에 벌여 놓는 것이었다. 그것이 끝나자 그녀는 뒤로 물러나서 얼굴에 웃음을 띠고는 문 옆에 섰다. 〈자아, 가정부는 나가겠어요! 이것으로 아저씨가 어떤 분인지 아시겠죠?〉 로스토프에게는 이 여자의 출현이 이렇게 말하고 있는 것처럼 보였다. 어떻게 모를 수가 있겠는가. 오직 로스토프뿐만 아니라 나타샤도 아저씨가 어떤 사람인가를 알았고, 아니시야 표도로브나가 들어왔을 때 아저씨가 살짝 눈살을 찌푸리며 행복한 듯한 만족의 미소를 지은 의미도 알았다. 쟁반 위에 얹혀 있던 것은 약술, 과일술, 버섯, 버터와 밀크를 넣어 만든 라이 보리 과자, 벌집에 든 채의 꿀, 거품이 일고 있는 끓인 꿀, 능금, 날 겻과 구운 것과 꿀에 담근 호도 등이었다. 그리고 다시 아니시야 표도로브나는 꿀과 설탕을 넣어 졸인 두 가지의 잼, 햄, 막 구워 낸 뜨끈뜨끈한 닭고기 등을 가지고 왔다.

　이런 것은 모두 아니시야 표도로브나가 장만하고 모으고 요리한 것이었다.

모두 아니시야 표도로브나 특유의 냄새와 맛과 느낌을 지니고 있었다. 모든 것이 물기가 많고, 깨끗하고, 순백(純白)하여 마치 기분이 좋은 미소 같은 느낌을 주었다.

「자아, 드세요, 아가씨.」하고 나타샤에게 이것저것 권하면서 그녀는 말했다. 나타샤는 닥치는 대로 마구 먹어 치웠다. 그녀는 이런 버터 밀크 과자랑 이런 맛의 잼과자랑 이런 닭고기는 아직까지 한 번도 어디서도 먹어 본 적이 없을 뿐 아니라, 본 적도 없는 것처럼 생각되었다. 아니시야 표도로브나는 나갔다. 로스토프는 아저씨와 더불어 앵두주를 마시고 저녁을 먹으면서, 옛날과 장래의 사냥에 대해서, 그리고 루가이와 일라긴의 개들에 대해서 이야기를 나누었다. 나타샤는 소파에 얌전히 앉아서, 눈을 반짝거리며 두 사람의 이야기를 듣고 있었다. 그녀는 무엇인가 먹이려고, 몇 번이나 폐짜를 깨우려고 했다. 그러나 그는 잠이 깨지 않는 듯, 무엇인가 이해할 수 없는 말을 중얼거릴 뿐이었다. 나타샤는 잔뜩 마음이 들떠 있었다. 자기에게는 새로운 이런 환경에 들어온 것이 못 견디게 재미있었기 때문에, 자기를 맞으러 오는 마차가 너무 일찍 오지 말았으면 하고, 그것만이 걱정되었다. 처음 자기 집으로 친지를 초대했을 때 흔히 있는 일이지만, 어쩌다가 침묵이 찾아들었다. 한참 뒤, 아저씨는 손님들의 마음을 차지하고 있는 생각에 대답하듯이 말했다. 「나는 말하자면 이렇게 해서 일생을 보내고 있는 거야.……죽어 버리면 아무것도 남지 않아. 아니, 그것으로 그만이야. 그러니까 죄짓는 일은 할 수도 없어!」

이렇게 말했을 때의 아저씨 얼굴은 몹시 의미 심장했으며 아름답기까지 하였다. 로스토프는 평소에 아버지를 비롯한 이웃 사람들로부터 듣고 있던 이 사람에 대한 좋은 평판을 문득 생각해 냈다. 아저씨는 이 근처에서 마음이 고결하고 욕심이 없는 괴짜라는 평판을 얻고 있었다. 사람들은 그에게 가정 내의 분쟁의 조정역을 맡기기도 하고, 비밀을 털어놓기도 하고, 유언의 집행자로 삼기도 하고, 판사, 그 밖의 관직에 선출하기도 했다. 그러나 그는 공직은 완강히 물리쳤다. 봄과 가을에는 자기의 밤색 멸을 타고 들에서 지내고, 겨울은 집안에 틀어박히고 여름은 수목이 무성한 자택 뜰에서 뒹굴며 지내고 있었다.

「어째서 직장을 가지시지 않는 겁니까, 아저씨?」

「가졌었지. 그러나 그만둬 버렸어. 그런 것엔 어울리지가 않아. 아니, 정말이지 나는 아무것도 모르거든. 그런 것은 너희들의 일이야. 우리들에겐 머리가 미치지 않아. 그러나 사냥에 관해서는 문제가 다르지. 이건 참으로 대단한 일이야! 이봐, 문을 열어!」하고 그는 외쳤다. 「어째서 닫아 놓은 거야!」 복도(아저씨는 이 말의 R를 L로 발음했다)의 끝에 있는 문은 독신자 방으로 통하고 있었다. 그것은 사냥꾼들의 방을 이렇게 부르고 있는 것이었다. 맨발로 퉁퉁거리며 바삐 걷는 소리가 들리고, 보이지 않는 손이 독신자 방의 문을 열었다. 복도에서는 발랄라이카의 울림이 또렷이 들리기 시작했다. 그것은 누군가 이 방면의 명수(名手)인 듯한 사람이 타고 있는 것 같았다. 나타샤는 벌써 오래 전부터 이 소리에 귀를 기울이고 있었으나, 이번에는 더 똑똑히 듣기 위해서 복도로 나갔다.

「저건 우리 집의 마부 미찌카야.……내가 저것에게 좋은 발랄라이카를 사 주었지, 나도 좋아해서 말이야.」하고 아저씨는 말했다. 아저씨의 집에서는 그가 사냥에서 돌아오면 미찌카가 독신자 방에서 발랄라이카를 타기로 되어 있었다. 아저씨는 그 음악을 듣는 것을 좋아했기 때문이다.

「참 잘 타는데! 정말 훌륭한데요.」자기도 모르게 멸시하는 듯한 어조로 니콜라이는 말했다. 이 소리가 무척 마음에 들었다고 고백하는 것이 부끄럽기라도 한 것 같았다.

「훌륭하다고요?」나타샤는 오빠 말의 억양을 깨닫고 나무라듯이 말했다.「저건 훌륭한 정도가 아니고 정말 뭐라 말할 수 없이 황홀한 음악이에요!」아저씨가 대접한 버섯이며 꿀이며 과일술이 이 세상에서 최상의 맛으로 느껴졌던 것처럼, 이 노래의 가락도 역시 이 순간 음악미의 극치처럼 나타샤는 생각되었던 것이다.

「더, 타 주세요.」발랄라이카의 소리가 그치자 곧 나타샤는 문에다 대고 이렇게 말했다. 미찌카는 음조를 고르고, 《귀부인》이라는 곡을 떨리는 듯한 소리로 변주(變奏)를 넣어 가면서 구성지게 타기 시작했다. 아저씨는 간신히 알아챌 정도의 미소를 띄우면서 고개를 갸웃하고 가만히 앉은 채 듣고 있었다. 《귀부인》 주제는 백 번 가량이나 되풀이되었다. 미찌카는 몇 번이나 음조를 조절하고는 다시 같은 곡을 타기 시작했지만, 듣는 사람들은 싫증이 나지 않을 뿐만 아니라 더욱더 그 소리가 듣고 싶어지는 것이었다. 아니시야 표도로브나가 들어와서 뚱뚱한 몸을 문설주에 기댔다.

「듣고 있으세요?」하고 그녀는 아저씨와 똑같은 미소를 지으면서 나타샤에게 말을 건넸다.「저 사람은 정말 잘 탄답니다.」이렇게 그녀는 덧붙였다.

「거기, 그곳이 틀리는군.」갑자기 세차게 손을 내저으면서 아저씨가 밀하였다.

「거기는 트레몰로라야 해, 트레몰로라야 해.」

「아저씨도 타실 줄 아세요?」하고 나타샤가 물었다. 아저씨는 대답하지 않고 빙그레 웃었다.

「이봐, 아니시유쉬카, 기타 줄이 괜찮은지 어떤지 어디 가 보고 와. 벌써 오랫동안 손에 잡지 않았거든—아니, 정말—완전히 내팽개쳐 버리다시피 두었단 말야!」

아니시야 표도로브나는 기꺼이 주인의 명령을 수행하러 발걸음도 가볍게 나갔다가 이윽고 기타를 가지고 왔다. 아저씨는 아무도 보지 않고 먼지를 혹 불어 넣고 뼈대가 굵은 손가락으로 기타의 허리를 탕 치고 음조를 고르자, 안락의자 위에서 자세를 고쳐 앉았다. 그리고 적이 연극적인 제스처로 왼쪽 팔꿈치를 뒤로 젖히고, 기타 몸통의 위쪽을 쥐고 아니시야 표도로브나에게 슬쩍 눈짓을 하더니 타기 시작했다. 그러나 그 곡은 귀부인이 아니었다. 그는 소리 높은 맑은 화음을 한 번 울리더니, 그 유명한 《포도(鋪道)를 지나가면》의 가곡을 타기 시작했다. 그러자 기품이 있는 명랑한 기분(아니시야 표도로브나의 전신도 그것으로 충만돼 있었다)으로 박자를 맞추면서, 이 가곡의 주제가 니콜라이와 나타샤의 가슴 속 깊이에서도 울리기 시작했다. 아니시야 표도로브나는 빨갛게 얼굴이 달아올라 손수건으로 얼굴을 가리고 웃으면서 방에서 나갔다. 아저씨는 아니시야 표도로브나가 떠난 그 자리를 마치 다른 사람이 된 것 같은 감격에 충만한 눈초리로 바라보면서, 열심히 정력적으로 힘차게 그 곡을 계속 훌륭하게 타는 것이었다. 흰 수염으로 덮인 그 얼굴의 한 부분이 보일까 말까 할 정도로 살며시 웃고 있었다. 특히 차차 곡조가 흥겨워지고 박자가 빨라지고 트레몰로께에서 무엇인가 찢어지는 것같이 되었을 때, 그 웃음은 한층 밝아졌다.

「훌륭해요, 훌륭해요, 아저씨! 더, 더!」 나타샤는 한 곡이 끝나자 이렇게 소리쳤다. 그리고 자리에서 발딱 일어나 아저씨를 껴안고 입맞추었다. 「니콜리니카, 니콜리니카!」 그녀는 오빠를 돌아보고 말했으나, 그것은 마치 〈대체 이건 어떻게 된 거예요?〉 하고 묻고 있기라도 한 것 같았다.

니콜라이도 역시 아저씨의 연주가 아주 마음에 들었다. 아저씨는 다시 한 번 지금의 곡을 연주하기 시작했다. 아니시야 표도로브나의 벙실벙실 웃고 있는 얼굴이 또다시 문에 나타나고, 그 뒤에서 다른 두서너 얼굴이 들여다보고 있었다. 「시원한 우물 뒤에서 아가씨 잠깐만 기다려 주세요! 하고 부르는 소리……」 하고 아저씨는 타기를 계속하면서 다시금 재치 있게 트레몰로를 울리자, 갑자기 뚝 끊는 것처럼 손을 멈추고 어깨를 약간 움직였다.

「어머나, 정말, 아저씨.」 마치 이것에 자기의 생사가 달려 있기라도 한 것 같은 애원하는 듯한 목소리로 나타샤는 말했다. 아저씨는 일어났다. 그 몸 속에는 두 사람의 인간이 숨어 있는 것같이 보였다. 그 하나가 진지한 미소를 띠우면서 다른 한쪽의 익살꾼을 내려다보고 있고, 익살꾼은 순박하고 정확한 자세로 춤의 준비를 하는 것이었다.

「자아, 그럼 아가씨!」 아저씨는 화음을 타던 손을 나타샤 쪽으로 대고 휘두르면서 외쳤다.

나타샤는 몸에 걸치고 있던 플라토크(머릿수건—역주)를 벗어 던지고 아저씨 앞으로 달려갔다. 그리고 두 손을 허리에 대면서 두 어깨를 살짝 움직이자 춤출 자세가 되었다.

프랑스 이민 여자인 가정교사한테 교육을 받은 이 백작 아가씨는 자기가 숨쉬고 있던 러시아의 공기 속의 어디서, 언제, 어떻게 이 기분을 몸에 지닌 것일까? 벌써 꽤 오래 전에 베일 춤(러시아의 민간 춤과는 전혀 다른 프랑스의 춤—역주) 때문에 이미 쫓겨나 버렸을 이 태도는 모방할 수도 배울 수도 없는 순 러시아적인 것이었다. 그리고 아저씨도 이것을 그녀에게서 기대하고 있었던 것이다. 니콜라이와 그 밖의 모든 사람들은 처음, 그녀가 엉뚱한 짓을 하지나 않나 하고 걱정했으나 그녀가 반듯이 서서 으쓱거리는 듯한 오만하고 교활하고 쾌활함이 넘치는 미소를 방그레 지었을 때 이 걱정은 사라져 버리고, 사람들은 벌써 이 모습에 넋을 잃고 있었다.

그녀는 기대에 어긋나지 않게 훌륭하게 해냈다. 그 솜씨가 너무나도 정확하였으므로, 그녀가 이 동작을 하는 데 없어서는 안 될 플라토크를 곧 내밀던 아니시야 표도로브나는 날씬하고 우아한 아가씨를 쳐다보면서 웃음을 짓다가는 눈물이 글썽글썽해졌을 정도였다. 그녀는 자기와는 아주 동떨어진 비단과 빌로도에 파묻혀 자란 백작네 아가씨가, 아니시야에게도, 아니시야의 아버지에게도, 백모에게도, 어머니에게도, 온갖 러시아 사람들의 마음 속에 있는 것을 완전히 이해하고 있는 것이 기뻤던 것이다.

「야, 아가씨, 정말 훌륭해!」 아저씨는 춤을 끝내자 기쁜 듯이 웃으면서 말했다. 「아니, 정말 훌륭한 조카딸이야! 이제 남은 것은 빨리 훌륭한 신랑을 고르는 일 뿐이군. 정말 대단하다, 대단해!」

「벌써 선택되어 있는걸요.」 니콜라이가 빙그레 웃으면서 말했다.

「허어!」 아저씨는 미심쩍은 듯이 그녀를 쳐다보면서 깜짝 놀라서 말했다. 나타샤는 행복한 미소를 띠우고 고개를 끄덕였다.

「더우기 무척 훌륭한 분이에요!」 하고 그녀는 말했다. 그러나 이렇게 말하자마자 다른 새로운 한 줄기 생각과 감정이 그녀의 마음 속에서 고개를 쳐들고 일어났다. 『벌써 골라 놓았다고 말했을 때의 오빠의 그 미소는 무슨 뜻이었을까? 기뻐하는 것일까? 그렇지 않으면 기뻐하지 않는 것일까? 오빠는 틀림없이 이렇게 생각하고 계시는 것 같다. 나의 볼콘스키이는 우리들의 이러한 즐거움을 이해하지도 못 하고 찬성하지도 않을 거라고. 아니, 아니야, 그분은 알 것이다. 그런데 지금은 어디에 계시는 걸까?』 하고 나타샤는 생각했다. 그 얼굴은 갑자기 정색한 빛을 띠었다. 그러나 그것은 불과 일 초 동안에 지나지 않았다. 「아아, 그런 것을 생각해선 안 돼, 그런 것을 생각하다니.」하고 그녀는 혼잣말을 하고 또다시 미소 지으면서 아저씨 옆에 앉아 또 무엇인가를 타 달라고 졸라 댔다.

아저씨는 다시 가곡과 왈츠 곡을 탔다. 그리고 잠시 잠자코 있다가, 이윽고 기침 소리를 내고는 자기가 좋아하는 사냥꾼의 노래를 부르기 시작했다.

어젯밤부터 아름다운
첫눈이 하얗게 내려서……

아저씨의 노래 솜씨는 농민들의 그것과 같아서 노래의 뜻은 단순히 가사에 있기 때문에 곡조라는 것이 독립돼 있을 리가 없고, 그런 것은 다만 하모니를 좋게 하기 위한 것에 지나지 않는다고 마음 속으로 소박하게 믿으며 부르는 것이었다. 그렇기 때문에 이 무의식적인 가락은 새의 노래처럼 아저씨의 노래로 환희의 물결 속에 휘말려들었다. 그녀는 이제 하프를 배우는 것은 그만두고, 기타만 타기로 해야겠다고 마음먹었다. 그리고 아저씨에게서 기타를 빌어서 곧 노래에 맞추어 화음을 타기 시작했다.

아홉 시가 지나서 나타샤와 페쨔를 맞으러 큰 것과 작은 것 두 대의 마차와 젊은 주인들을 찾도록 명령받은 말을 탄 세 사람이 당도했다. 심부름꾼의 말에 의하면 백작 내외는 아이들의 행방을 몰라 걱정하였다는 것이다.

페쨔는 마치 시체처럼 들려 마차에 태워졌다. 다른 한 대의 마차에는 나타샤와 니콜라이가 탔다. 아저씨는 나타샤에게 외투를 입혀 주는 등, 지금까지와는 전혀 다른 부드러운 태도로 작별을 고했다. 그는 걸어서 오누이를 다리 근처까지 바래다 주었다. 이 다리를 돌아서 여울을 건너지 않으면 안 되었다. 그리고 사냥꾼들에게 초롱을 들고 앞장서도록 일렀다.

「그럼 안녕, 소중한 조카님!」하고 그의 목소리가 어둠 속에서 외쳤으나, 그것은 나타샤가 이전에 알고 있던 것과는 다른 〈어젯밤부터 아름다운〉을 노래부른 목소리였다.

마차가 지나가는 마을에는 빨간 불빛이 어른거리고, 즐겁게 집집마다에서 연기가 나고 있었다.

「어쩌면 그렇게도 매력이 있는 아저씨일까!」하고 한길로 나왔을 때 나타샤가 말했다.

「음.」하고 니콜라이는 대답했다. 「너 춥지 않니?」

「아뇨, 난 기분이 좋아요, 참 기분이 좋아요, 난 정말 기분이 좋아요.」자기 자신이 이상야릇하다는 듯한 말투로 나타샤는 말했다. 두 사람은 오랫동안 잠자코 있었다.

밤은 어둡고 축축했다. 말의 모습도 보이지 않고 다만 진창을 철벅철벅 밟는 소리만 들릴 뿐이었다.

이 천진 난만하고 감수성이 강한 마음——인생의 온갖 인상을 속속들이 포착하여 욕심스럽게 흡수하는 이 소녀의 마음 속에 대체 어떠한 현상이 일어나고 있는 것일까? 어떻게 해서 이러한 모든 것이 그녀의 마음 속에 간직된 것일까? 그러나 아뭏든 그녀는 행복했다. 이미 집 가까이까지 왔을 때, 그녀는 불쑥 〈어젯밤부터 아름다운〉의 한 귀절을 부르기 시작했다. 그것은 도중 내내 이리저리 생각한 나머지 이제야 겨우 음정이 잡혔던 것이다.

「오오, 외었구나?」 하고 니콜라이는 말했다.

「니콜리니카, 지금 무슨 생각을 하고 계세요?」 하고 나타샤가 불쑥 물었다. 두 사람은 곧잘 이런 말을 서로 묻기를 좋아했다.

「나 말이냐?」 하고 니콜라이는 생각해 내면서 말했다.

「글쎄, 처음엔 그 붉은 털의 수캐 루가이가 영락없이 아저씨를 닮았다는 것과, 그리고 만약 그 개가 사람이라면 언제까지나 아저씨를 모실 것이라고 생각했지. 설사 사냥 때문이 아니라 하더라도 그 붙임성 하나만으로도 언제까지나 붙들어 둘 거야. 참으로 원만한 호인이니까 말이야, 그 아저씨는! 그렇지 않아? 그런데 너는?」

「나요? 조금만 기다려 줘요. 그래요, 난 처음에는 우리들은 이렇게 마차를 타고 집으로 돌아가고 있다고 생각하고 있는데, 그렇지만 이처럼 캄캄해서야 어디로 가고 있는지 모르잖아요. 그런데 문득 닿아 보니까 오트라드노예 마을이 아니고 요술 나라에 와 있는 거라고 생각했어요. 그리고 또 생각했어요……아녜요, 그것뿐이에요.」

「다 알고 있어. 틀림없이 그 사람에 대해 생각하고 있는 거야.」 하고 니콜라이는 말했으나 나타샤는 그 목소리의 울림으로 오빠가 웃고 있다는 것을 알았다.

「그렇지 않아요.」 하고 나타샤는 대답했다. 그러면서도 실제로는 지금의 이야기와 더불어 안드레이 공작에 대해서, 그리고 그이도 아저씨가 마음에 들어 주었으면 하고 생각하고 있었던 것이다. 「아아, 그리고 같이에요. 나는 도중 내내 마음 속으로 되풀이하고 있었어요. 그 아니시유쉬카의 태도는 참으로 훌륭했었다, 정말 좋았었다고…….」 하고 나타샤는 말했다. 니콜라이는 낭랑하고 까닭 모를, 그러나 행복스러운 그녀의 웃음 소리를 들었다.

「네, 오빠.」 돌연 그녀는 이렇게 말했다. 「난 지금처럼 행복하고 조용한 기분이 될 수 있는 때는 이제 앞으로 절대로 있을 것 같지 않아요.」

「무슨 쓸데없는 소릴, 그런 어리석은 소린 그만둬, 바보처럼.」하고 니콜라이는 말하고, 마음 속으로 『우리 나타샤는 참으로 귀여운 처녀야! 이와 같은 친구는 지금이나 앞으로도 좀처럼 생기지 않을 거야. 아아, 정말 어째서 누이는 시집 같은 걸 가지 않으면 안 되는 것일까? 언제까지나 둘이서 마차 속에 있고 싶구나!』하고 생각했다.

『우리 오빠는 어쩌면 이렇게도 좋은 분일까!』하고 나타샤도 생각했다.

「어머! 아직도 객실에 불이 켜져 있네.」빌로도 같은 밤의 어둠 속에서 아름답게 빛나고 있는 자기 집 창문을 가리키면서 그녀는 말했다.

8

일리야 안드레이치 백작은 귀족 단장을 사임했다. 이 직무에는 너무나 막대한 경비가 뒤따르기 때문이었다. 그러나 재정은 조금도 돌아서지 않았다. 나타샤와 니콜라이는 이따금 양친이 불안한 얼굴로 남몰래 이야기를 주고받는 장면을 목격하고, 선조 전래의 호사한 로스토프네의 저택과 모스크바 교외에 있는 별장의 매각에 관한 상의가 오가고 있는 것을 들었다. 귀족 단장의 직무를 떠남과 동시에 거창한 손님 접대의 필요도 없어졌으므로 과거 몇 해 동안에 비하면 오트라드노예 마을의 생활은 훨씬 조용하게 흘러갔다. 그렇지만 광대한 본채도 몇 개의 외딴채에는 여전히 사람들로 가득 들어차 있었고, 언제나 스무 명 이상의 사람이 식탁에 둘러앉는 것이었다. 이러한 사람들은 여러 해 이 집에 붙어 살아 거의 가족이나 마찬가지가 된 사용인들이거나 그렇지 않으면 어째선지 백작의 집에서 살 필요가 있는 것처럼 생각되는 사람들이었다. 그것은 악사 지믈레르 부처, 무도 교사 포겔리 가족, 노처녀 벨로바, 그리고 또 페쨔의 가정교사와 아가씨들의 옛날 가정교사, 심지어는 다만 여기서 사는 것이 자기의 집에 있는 것보다 좋다고 생각하고 있는 자들이었다. 이전처럼 거창한 초대는 없었으나, 생활은 여전히 똑같은 궤도를 더듬고 있었다. 백작 내외는 그 이외의 생활은 상상할 수가 없었다. 전과 똑같은, 아니 니콜라이가 와서 더 늘어난 사냥개와 여전히 마구간을 채우는 쉰 필의 말과 열 다섯 명의 마부, 전과 똑같은 생일 축하 선물, 온 군을 통틀어 초대하는 화려한 만찬회, 여전히 행해지는 백작이 좋아하는 휘스트며 보스톤(둘다 카드놀이의 한 가지-역주)의 연속, 이 카드놀이 때 백작은 언제나 패를 모두의 눈에 띄도록 놓아 날마다 이웃 사람들에게 수백 루블리씩 따게 해주고 있었다. 그렇기 때문에 그러한 패들은 일리야 안드레이치 백작과 노름하는 것을 두엇보다도 유리한 벌이처럼 생각하고 있었다.

백작은 마치 커다란 그물에 걸린 사람처럼 자기가 종횡으로 얽혀 있는 것을 믿지 않으려고 애쓰면서 한 걸음마다 더욱더 얽혀 들고, 동시에 자기를 얽어매는 그물을 끊어 버리거나 조심스럽고 참을성 있게 그 얽힘을 풀어 버릴 힘도 없는 자신을 느끼면서 집안 살림살이 속에서 맴돌고 있었다. 백작 부인은 아이들을 사랑하는 어머니의 마음으로, 아이들이 차차 가난으로 몰려 가고 있는 것을 느꼈다. 그렇다고 백작에게 죄가 있는 것은 아니다. 그는 지금과는 다른 사람이 될 수도 없거니와, 백작 자신도 아내에게 숨기고는 있지만 자기와 아이들이 파산한다는 의식 때문에 혼자서 괴로와하고 있으며, 가운(家運)을 만회시킬 방법을 모색하고 있었던 것이다. 그녀의 여자로서의 눈으로 보아 오직 가능한 한 방법은, 니콜라이가 부유한 집안의 규수와 결혼하는 것이었다. 이것이 마지막 희망이며, 만약 니콜라이가 자기가 찾아낸 배필을 거절한다면, 가운 만회의 희망은 영영 단념하지 않으면 안 된다고 그녀는 느끼고 있었다. 이 배필이라는 것은 줄리 카라기나였다. 양친이 모두 훌륭하고 덕망이 높은 사람의 딸이며, 어렸을 적부터 로스토프 집안과 숙친했고, 이번에 오직 한 사람 살아 남아 있던 오빠가 죽었기 때문에 막대한 재산의 주인공이 되어 있었다.

백작 부인은 모스크바에 있는 카라기나 부인에게 직접 편지를 보내어 그의 딸과 자기 아들과의 혼담을 제기하여, 그쪽으로부터 호의 있는 답장을 받았던 것이다. 자기 쪽에서는 물론 찬성하며 모든 것은 딸의 마음에 달렸다고 카라기나 부인은 대답해 왔다. 그리고 그녀는 아드님을 모스크바로 보내 주십사고 그를 초대해 왔던 것이다.

백작 부인은 몇 번이나 눈에 눈물을 머금고 아들을 보며, 이제 딸 둘이 모두 혼처가 정해진 지금, 자기의 오직 유일한 소망은 니콜라이의 결혼이 보고 싶을 따름이라고 말했다. 만약 그렇게만 된다면 자기는 안심하고 눈을 감을 수 있다고도 말했다. 그러고는 훌륭한 처녀가 있다는 것을 넌지시 비치며 결혼에 관한 그의 의향을 떠보려고 했다.

또 다른 이야기중에 백작 부인은 줄리를 칭찬하고, 이번 축일에 모스크바로 놀러 갈 것을 니콜라이에게 권했다. 니콜라이도 어머니의 애기의 진의를 눈치채고서 언젠가 그러한 이야기가 나왔을 때, 어머니를 꾀어 속셈을 털어놓게 했다. 백작 부인은 가운 만회의 희망은 지금은 모두 니콜라이와 줄리의 결혼에 달려 있다

138

고 고백했다.

「그럼, 만약 제가 재산이 없는 아가씨를 사랑하고 있다면 어떻습니까, 어머니는 제가 재산을 위해서 감정이나 명예를 희생시키기를 원하십니까?」 자기 물음의 가혹함을 깨닫지 못하는 체 다만 자신의 고결함만을 나타내 보이려고 그는 어머니에게 물었다.

「아니다, 넌 내 마음을 모르고 있어.」 백작 부인은 뭐라고 변명해야 좋을지 몰라 이렇게 대답했다. 「넌 내 마음을 모르고 있다, 니콜리니카. 난 너의 행복을 바라고 있는 거란다.」 하고 그녀는 덧붙였으나, 자기가 거짓말을 하고 있다는 것을 느끼고 난처해졌다. 그녀는 울음을 터뜨렸다.

「어머니, 울지 마세요. 그리고 어머니의 소망을 말씀해 주세요. 전 어머니를 안심시키기 위해서는 제 목숨이건 무엇이건 희생할 각오니까요. 그것은 어머님도 알고 계시지 않습니까!」 하고 니콜라이는 말했다. 「전 어머님을 위해서라면 무엇이라도, 제 감정이라도 희생하겠읍니다.」

그러나 백작 부인은 이런 식으로 문제를 제기하고 싶지는 않았다. 그녀는 아들의 희생을 바라지 않았다. 도리어 자기가 아들의 희생이 되고 싶을 정도였다.

「아니다, 넌 내 마음을 모르고 있어. 이제 이 이야기는 그만두자구나.」 하고 백작 부인은 눈물을 닦으면서 말했다.

「그렇다, 어쩌면 난 정말 가난한 아가씨를 사랑하고 있는지도 모른다.」 하고 니콜라이는 혼잣말을 했다. 「그렇다면 대체 어떻게 하라는 말인가? 재산을 위해서 감정이나 명예를 희생시키지 않으면 안 된다는 것인가? 어떻게 어머니는 그런 말을 다 나한테 할 수가 있었을까? 놀라울 뿐이다. 소냐가 가난하다고 해서, 난 그녀를 사랑할 수 없는 것일까?」 하고 그는 생각했다. 「그녀의 헌신적이고 변함 없는 사랑에 보답할 수가 없는 것일까? 그렇지만 나는 그녀와 결혼하는 것이, 줄리 따위의 산 인형 같은 아가씨와 결혼하는 것보다 훨씬 행복하게 될 것이다. 난 나의 감정에 명령을 내릴 수는 없다.」 이렇게 그는 또다시 혼잣말을 했다. 「만약 소냐를 사랑하고 있다면 그 감정은 나에겐 무엇보다도 강한, 무엇보다도 값진 것이다.」

니콜라이는 모스크바에 가지 않았다. 백작 부인도 그 뒤로는 결혼 이야기를 되풀이하지 않았다. 그리고 아들과 지참금도 없는 소냐 사이가 차차 뚜렷이 눈에 띄게 접근해 가는 징조를 슬픈 눈으로 때로는 분노의 빛을 띠고 바라보는 것이었다. 백작 부인은 스스로 자기를 나무라면서도, 그러나 잔소리를 하지 않을 수 없었다. 그리고 아무런 까닭도 없이 이따금 그녀를 붙들고 〈당신〉이니 〈아가씨〉니 하고 부르면서, 소냐에게 트집을 잡고 욕지거리를 하지 않을 수 없었다. 선량한 백작 부인이 소녀에 대해서 무엇보다도 화가 나는 것은 이 가난한 검은 눈동자의 조카딸이 너무나도 얌전하고 착하고, 은인에 대해서는 진심으로 감사하고, 또 니콜라이에 대해서는 충실하고 변함 없는 헌신적인 사랑을 계속하고 있기 때문에 어떠한 점으로도 나무랄 데가 없었기 때문이었다.

니콜라이는 휴가 동안 줄곧 양친 곁에서 지냈다. 나타샤의 약혼자인 안드레이 공작한테서는 네 번째 편지가 로마에서 왔다. 그 편지에는 벌써 오래 전에 귀국의 길에 올랐을 것이지만, 뜻하지 않은 따뜻한 기후 때문에 상처가 벌어진 탓으로 내년 초까지는 출발을 늦추지 않으면 안 되게 됐다고 씌어 있었다. 나타샤는 여전히 약혼자를 사랑하고, 여전히 이 사랑에 안심하고, 여전히 날카로운 감수성을 가지고 온갖 인생의 기쁨으로 향하고 있었다. 그러나 그와 헤어진 지 넉 달이 지날 무렵부터, 대항하기 어려운 우수의 순간이 이따금 그녀를 찾아들기 시작했다. 그녀는 자기 자신이 애처로왔다. 얼마든지 사랑하기도 하고 사랑을 받을 수도 있다고 느끼고 있는 이 세월을, 누구를 위해서도 아니게 헛되이 흘려 버린다는 것이 유감스럽기만 했다.

로스토프네 집안은 어쩐지 명랑하지 못했다.

9

크리스마스 주일(週日)이 왔다. 그러나 연중 행사인 장중한 대기도식과, 이웃 사람들과 하인들의 지루한 축복의 말과, 모두가 입고 있는 새 옷 이외에는 이 주일을 기념할 만한 특별한 것은 아무것도 없었지만, 바람 한 점 없는 영하 이십 도의 추위와, 밝고 눈부신 대낮의 햇빛, 별이 총총한 겨울의 밤하늘 속에서는 무엇인가 축일다운 기분이 느껴졌다.

축일의 사흘째 되던 날, 집안 식구들은 식사 뒤에 제각기 자기 방으로 흩어졌다. 그것은 하루 가운데서도 가장 지루한 때였다. 아침 나절에 이웃을 찾아 돌아다녔던 니콜라이는 소파가 있는 방에서 낮잠을 자고 있었고, 노백작은 서재에서 쉬고 있었다. 객실에서는 소냐가 둥근 탁자 앞에 앉아 수의 본을 뜨고 있었고, 백작 부인은 카드를 늘어놓고 있었다. 광대인 나스타시야 이바노브나는 슬픈 낯으로 두 노파와 함께 창가에 앉아 있었다. 거기에 나타샤가 들어와서 소냐 옆으로 다가가 무엇을 하고 있는지 기웃거리며 들여다보더니, 이윽고 어머니 쪽으로 다가가 묵묵히 멈추어 섰다.

「왜 넌 그렇게 집 없는 아이처럼 서성거리고 있는 거지?」하고 어머니는 말했다.「무엇이 필요하니?」

「난 그이가 필요해요…… 곧, 지금 그이가 필요해요.」나타샤는 눈을 반짝이면서 미소도 짓지 않고 말했다. 백작 부인은 고개를 들고 찬찬히 딸의 얼굴을 보았다.

「싫어요, 어머니. 나를 처다보지 마세요. 난 금방이라도 울음이 쏟아져 나올 것만 같아요.」

「앉아라, 네 옆에 앉아라.」하고 백작 부인은 말했다.

「어머니, 난 그이가 필요해요. 난 무엇 때문에 귀중한 세월을 허송하고 있는 것일까요, 네? 어머니…….」그녀의 목소리가 끊어지고 눈에서 눈물이 쏟아져 나왔다. 그녀는 그것을 숨기기 위해 획 돌아서서 그대로 방을 나가 버렸다. 그녀는 소파가 있는 방으로 들어가서 발을 멈추고 잠시 생각하다가, 이번에는 하녀 방으로 들어가 보았다. 거기서는 늙은 하녀가 젊은 하녀에게 한창 무어라고 투덜거리고 있었다. 젊은 하녀는 뒤뜰에서 뛰어들어왔기 때문에, 추위로 숨을 할딱거리고 있었다.

「좀 어지간히 놀고 다녀.」하고 노파는 말했다.「무슨 일에나 시간이라는 게 있는 법이야.」

「용서해 줘요, 콘드라찌예브나.」하고 나타샤가 말했다.「저리 가, 마브루샤, 저리!」

마브루샤를 가게 해주고 나서 나타샤는 홀을 지나 문간방으로 갔다. 한 노인과 두 젊은 하인이 카드놀이를 하고 있다가는, 아가씨가 들어온 것을 보자 놀이를 그만두고 일어섰다.

『이 사람들을 어떻게 할까?』하고 나타샤는 생각했다.「아, 그렇지, 니키타, 미안하지만 잠깐 나갔다와 줘요. 저…….」『자, 어디로 심부름을 보내야 한다?』「그렇지, 저 뒤뜰에 가서 수탉을 한 마리 가져다 줘요. 그리고 넌 말이지, 미샤, 귀리를 가져와.」

「귀리는 조금만 가지고 올까요?」하고 미샤가 기꺼이 쾌활하게 말했다.

「가라니까, 얼른 갔다와.」하고 노인이 재촉했다.

「그리고 표도르, 넌 분필을 갖다 줘.」

주방 옆을 지나면서 그녀는 시간이 아닌데도 사모바르의 준비를 명령했다.

식당 하인 포카는 온 집안에서 가장 화를 잘 내는 사나이였다. 그래서 나타샤는 그에 대하여 자기의 위력을 시험해 보기를 좋아했다. 그는 그녀의 말이 믿어지지가 않아서 정말인지 알아보러 왔다.

「정말 이 아가씨한텐 딱 질색이란 말이야!」포카는 일부러 눈살을 찌푸리면서, 그녀를 보고 이렇게 말했다. 집안에는 나타샤만큼 많은 하인을 여기저기로 심부름 보내고, 온갖 일을 시키는 사람은 아무도 없었다. 그녀는 어딘가로 심부름을 보내지 않고는 하인들을 담담하게 보고 있을 수가 없었다. 그녀는 하인들 가운데의 누군가가 자기에 대해 성을 내고 뽀로통하지는 않나 하고, 마치 그것을 시험하는 것 같았다. 그러나 하인들은 누구의 명령보다도 나타샤의 분부를 기꺼이 받아들였다.『무엇을 해야 하나? 어디로 가야 하나?』느릿느릿 복도를 걸으면서 나타샤는 생각했다.

「나스타시야 이바노브나, 나에게서 뭐가 태어나리라고 생각하죠?」하고 그녀는 여자 옷을 입고 정면에서 걸어오고 있는 광대를 붙들고 이렇게 물어보았다.

「아가씨한테서 태어나는 것은, 벼룩에 메뚜기에 귀뚜라미죠.」하고 광대는 대답했다.

「아아, 아아, 언제나 똑같은 일뿐이다. 아아, 대체 나는 어디에다 몸을 두어야 하나? 나는 내 몸을 어떻게 하면 좋단 말인가?」그녀는 재빨리 우당탕 발을 구르면서, 포겔리 내외가 살고 있는 이층으로 뛰어올라갔다.

포겔리의 방에는 두 여자 가정교사가 앉아 있었고, 탁자 위에는 건포도와 편도가 담긴 접시가 놓여 있었다. 두 여자 가정교사는 모스크바와 오데사 중 어디가 더 살기 좋은 곳인가를 이야기하고 있었다. 나타샤는 정색을 하고 앉아, 깊은 생각에 잠긴 듯한 얼굴로 두 여인의 이야기를 듣고 있다가는 홀쩍 일어섰다.

「마다가스카르 섬(島)이죠.」하고 그녀는 말했다. 「마─다─가스─카르.」하고 한 음절 한 음절 또렷또렷 발음하면서 다시 한 번 되풀이하고, 슛스 부인이 무슨 말이냐고 묻는 것에 대해 대답도 하지 않고 휙 방을 나와 버렸다.

남동생 페쨔도 역시 이층에 있었다. 그는 가정교사와 함께 오늘 밤에 올릴 생각으로 꽃불을 만들고 있었다.

「페쨔! 페찌카!」하고 그녀는 남동생을 보고 소리쳤다. 「날 아래층까지 업어다 줘.」페쨔는 그녀에게로 달려와서 등을 내밀었다. 그녀는 그 위로 뛰어올라 두 손으로 그의 목을 껴안았다. 페쨔는 껑충껑충 뛰면서 달렸다. 「이제 괜찮아, 됐어 …… 마다가스카르 섬.」하고 말하고 그의 등에서 내리자 그녀는 아래로 뛰어내려갔다.

자기의 왕국을 한바탕 순시하고, 자기의 권력을 시험해 보고 모두 자기에게 공손하다는 확신을 얻었으나 그래도 역시 마음 한 구석이 허전했다. 나타샤는 홀로 가서 기타를 들고 찬장 뒤의 어두컴컴한 구석에 앉아 언젠가 페쩨르부르그에서 안드레이 공작과 같이 보았던 가극 중에서 생각나는 한 귀절을 흉내내면서 낮은 소리를 내며 줄을 타기 시작했다. 옆의 사람에게는 그녀가 기타 소리는 아무런 의미도 없는 것처럼 들렸지만, 그녀의 공상 속에서는 이 음향에 따라 추억이 되살아나는 것이었다. 찬장 뒤에 앉아 주방의 문에서 비치는 한 줄기 빛에 눈길을 돌리고, 그녀는 자기의 리듬을 들으며 과거를 회상하고 있었다. 그녀는 완전히 추억 속에 잠겨 있었다.

소냐가 컵을 들고 홀로 지나 주방으로 들어왔다. 나타샤는 주방의 문틈으로 그녀를 내다보았다. 그러자 주방의 문틈으로 광선이 비치고 있는 것도, 소냐가 컵을 들고 지나간 것도, 모두 추억처럼 생각되었다. 「그렇지, 이것과 똑같았지.」 하고 큰소리로 말했다.

「소냐, 이게 뭐지?」 굵은 줄을 손가락으로 퉁기면서 나타샤는 큰소리로 말했다.

「어머, 거기 있었구나!」 소냐는 움찔하며 이렇게 말하자 옆으로 다가와 귀를 기울였다. 「모르겠는데, 〈폭풍〉?」 틀리지 않나 하고 머뭇거리면서 그녀는 말했다.

『그렇지, 전에 이런 일이 있었을 때도 역시 이와 조금도 다름 없이 놀라고 다가와서 머뭇거리며 미소지었지.』 하고 나타샤는 생각했다. 『그리고 그때도 역시 나는 무엇인가 소냐에게는 모자란 데가 있다고 생각했었다.』

「아냐, 이건 《물 지게꾼 (이탈리아의 작곡가 게르비니의 오페라—역주)》 속의 합창이야, 알겠어?」 하고 말하고, 나타샤는 소냐가 잘 알도록 이 합창의 한 귀절을 끝까지 불렀다.

「어디 갔다왔지?」 나타샤는 물었다.

「컵의 물을 갈러. 난 이제 곧 수의 본을 다 뜨게 됐어.」

「넌 언제나 공부로군. 난 그게 되지 않아.」 하고 나타샤는 말했다.

「니콜리니카는 어디 있지?」

「자고 있나 봐.」

「소냐, 가서 오빠를 좀 깨워 줘.」 하고 나타샤는 말했다. 「그리고 내가 같이 노래를 부르자고 하더라고 해줘.」 그녀는 잠시 자리에 앉아, 이런 일이 언젠가 한번 있었던 것 같은 느낌이 드는 것은 대체 무슨 까닭일까 하고 생각해 보았다. 그러나 이 의문이 풀리기도 전에, 또 그것을 조금도 서운하게 여기지 않고, 다시금 공상의 날개를 펴고 그 시절로—사랑하는 사람이 자기와 같이 있고 그리고 사랑에 불타는 눈으로 자기를 쳐다보았던 시절로 날아갔다.

『아아, 빨리 돌아와 주었으면 얼마나 좋을까…… 이제 돌아오지 않게 되는 것은 아닌지 난 걱정돼 못 견디겠어! 게다가 또 무엇보다도, 내가 나이를 먹는다는 거야! 지금 내 속에 있는 것은 이제 두 번 다시 돌아오지 않는다. 그렇지만 혹 어쩌면 오늘쯤 돌아오실지도 몰라, 지금 당장이라도. 아니 혹은 벌써 돌아와서 저 객실에 앉아 계실는지도 모르지. 어쩌면 어제쯤 돌아오신 것을 난 잊고 있는 것인지도 몰라.」 그녀는 일어나서 기타를 놓고 객실로 나갔다. 벌써 집안 사람들은 모두 남녀 가정교사와 손님들과 함께 탁자 앞에 앉아 있고, 하인들은 그 둘레에 서 있었다. 그러나 안드레이 공작은 보이지 않고 모두 전과 다름 없는 생활이었다.

「아, 나타샤!」 일리야 안드레이치는 들어오는 딸을 보고 이렇게 말했다. 「내 옆에 앉아라.」 그러나 나타샤는 무엇인가를 찾기라도 하는 듯 주위를 둘러보면서 어머니 옆에 발을 멈추었다.

「어머니!」 하고 그녀는 말했다. 「나에게 그이를 주세요. 네, 주세요, 어머니, 빨리요, 빨리.」 그녀는 다시금 복받쳐 오르는 흐느낌을 간신히 억눌렀다.

그녀는 탁자에 다가앉아, 역시 탁자 쪽으로 다가온 니콜라이와 어른들의 이야기에 귀를 기울였다. 『아아, 언제나 똑같은 얼굴과, 똑같은 이야기뿐이야. 아버지도 여전히 찻잔을 들고, 여전히 차를 후후 불고 있구나!』 하고 나타샤는 생각했다. 그리고 언제나 똑같다는 것만의 이유로, 모든 집안 사람에 대한 맹렬한 혐오가 치밀어올랐다. 나타샤는 그것을 느끼자 등골이 오싹했다.

차가 끝난 뒤, 니콜라이와 소냐와 나타샤는 소파가 있는 방으로 갔다. 그것은 언제나 그들의 가장 허물 없는 이야기가 시작되는 가장 마음에 드는 곳이었다.

10

「오빠에게도 이런 일이 있어요?」 그들이 소파가 있는 방에 자리를 잡았을 때 나타샤는 이렇게 말했다. 「오빠는 이런 기분이 든 적이 없어요? 미래에는 이제 아무것도 없고, 좋은 일은 모두 전에 끝나 버린 듯한 기분을? 지루하다든지 허전하다든지 하기 보다도 어쩐지 서글프고 마음 둘 곳 없는 기분 말이에요.」

「있다뿐이냐!」 하고 오빠는 대답했다. 「나에겐 그런 일이 흔히 있어. 모두가 다 훌륭하고 누구나가 다 쾌활한 모습을 하고 있는데, 문득 이런 일은 모두 싫증이 난다, 사람은 모두 죽어 버리지 않으면 안 된다 하는 생각이 내 머리에 떠오르지. 난 부대에 있을 때, 언젠가 놀러 나가지 않은 적이 있었지. 거기에는 음악 같은 것이 있었지만 말이야. 갑자기 세상 만사가 귀찮은 생각이 들었었지.」

「아아, 난 알겠어요.」하고 나타샤가 얼른 말을 받았다.「내가 아직 어렸을 때였지만 나한테도 그런 일이 있었어요. 기억하시죠? 언젠가 살구 때문에 벌을 받고 모두들 춤을 추고 있는데 나만 공부방에 떨어져 엉엉 울고 있던 일을 난 절대로 잊지 않아요. 난 그때 슬프기도 했고, 모든 사람과 나 자신이 불쌍했어요. 누구 할 것 없이 모두 불쌍해서 견딜 수가 없었어요. 게다가 또 무엇보다도 내가 나쁜 것은 아니었으니까요.」하고 나타샤는 말했다.「오빠, 오빠도 기억하고 계시겠지요?」

「기억하고 있다마다.」하고 니콜라이가 말했다.「내가 나중에 너한테 갔던 것을 기억하고 있지. 어떻게든 너를 위로해 주고 싶었지만 어쩐지 쑥스러웠어. 정말 우리들은 우스꽝스러운 아이들이었어. 그때 나는 광대 인형 장난감을 가지고 있어서 그것을 너한테 주려고 생각했었지. 넌 기억하겠니?」

「그리고 오빠, 기억하고 계세요?」깊은 생각에 잠긴 듯한 미소를 띄우고 나타샤는 말했다.「아주 오래오래 전, 우리들이 아주 주먹만한 아이였을 무렵, 백부님이 우리들을 서재로 부르셔서(아직 옛집에 살던 때였어요.) 가 보니 벌써 어두컴컴해진 방안에…….」

「검둥이가 서 있었지.」하고 니콜라이가 기쁜 듯한 미소를 머금고 뒤를 맺었다.「기억하고 있잖고! 그건 정말 검둥이였는지 그렇지 않으면 우리들이 꿈에서 보았는지 또는 이야기로 들었던 것인지 나는 지금껏 모르겠어.」

「그건 확실히 잿빛의 검둥이였어요. 하얀 이를 하고는 우뚝 서서 우리들을 쳐다보고 있잖았어요…….」

「소냐도 기억하고 있어?」하고 니콜라이가 물었다.

「네, 네, 나도 예, 무엇인가 기억이 나요.」수줍게 소냐가 대답했다.

「난 이 검둥이에 대해서, 아버님에게도 어머님에게도 물어봤는데.」하고 나타샤가 말했다.「검둥이 같은 건 있은 적이 없다고 말씀하시지 않겠어요? 그런데 오빠도 그처럼 기억하고 있군요!」

「그렇잖고, 마치 아주 최근의 일처럼 그 하얀 이를 기억하고 있지.」

「정말 이상야릇한 일이에요. 마치 꿈 속만 같아요. 난 이런 게 좋아요.」

「그리고 말이다, 우리들이 홀에서 달걀을 굴리고 있으려니까 돌연 할머니가 두 사람 나와서 융단 위를 데굴데굴 구르기 시작했지 않았어? 이건 도대체 정말 있었던 일인지, 어떻게 된 건지. 아뭏든 여간 즐겁지 않았는데, 너 기억하겠니? 그때는 참 좋았어!」

「네, 기억이 나요. 그리고 아버지가 푸른 외투를 입고 현관의 층층대에서 총을 쏘았잖아요?」둘은 미소를 주고받으면서 즐겁게 기억을 더듬고 있었다. 그것은 음울한 늙은이다운 것이 아니라, 시적인 젊음의 회상이었다. 그 꿈과 현실이 융합 돼 있는 먼 지난날의 인상이었다. 둘은 무엇이 기쁜지 나직하게 소리내어 웃었다.

소냐는 두 사람과 공통된 추억을 가지고 있었지만, 언제나처럼 끼어 들지를 못했다.

소냐는 두 사람이 회상하고 있는 것 중에서도 기억하고 있지 않는 것이 많았고, 또 기억하고 있는 것도 두 사람이 느끼는 것같이 시적인 감정을 불러일으키지 않았다. 그녀는 두 사람이 즐기도록 그것에 장단을 맞추려고 애쓸 뿐이었다.

그들이 처음 소냐가 왔던 때를 회상할 무렵에야 비로소 그녀는 이야기에 가담하였다. 소냐는 니콜라이의 웃옷에 장식 끈이 달려 있었기 때문에 무척이나 그를 무서워했었다고 이야기했다. 그것은 그 끈 속에 소냐를 꿰매 넣어 버리겠다고 유모가 이야기했기 때문이었다.

「아아, 난 기억하고 있어. 난 네가 양배추 밑에서 태어났다고 들었어.」 하고 나타샤가 말하였다. 「나는 그때, 그걸 믿지 않을 수는 없었지만 그래도 거짓말이라는 것은 알고 있었어. 그리고 무척 쑥스러웠었어.」

이 이야기를 할 때, 뒷문에서 하녀의 머리가 쑥 나왔다.

「아가씨, 수탉을 가지고 왔읍니다.」 하고 하녀는 나직한 목소리로 말했다.

「이제 필요 없어. 폴랴, 가지고 돌아가라고 해줘.」 하고 나타샤는 말했다.

소파가 있는 방에서 이야기가 한창일 무렵, 지믈레르가 방으로 들어와서 한쪽 구석에 놓여 있는 하프로 다가가 나사 덮개를 벗겼다. 하프는 가락이 맞지 않는 소리를 냈다.

「에드아르드 카를르이치, 제발 내가 좋아하는 모시예 필리드(무슈 피일드의 러시아식 발음. 존 피일드. 1782∼1837. 1804년에서 31년까지 러시아에 머무른 영국 태생의 유명한 피아니스트—역주)의 《야상곡》을 타 주세요.」 하는 노백작 부인의 목소리가 객실에서 들려 왔다.

지믈레는 음조를 고르고 나서 나타샤와 니콜라이와 소냐에게로 얼굴을 돌리고 말했다.

「젊은 분들이 나란히 사이좋게 앉아 계시군요!」

「네, 우린 철학을 이야기하고 있어요.」 나타샤가 살짝 돌아보고 이렇게 말하고는 다시 이야기를 계속했다. 화제는 이번에는 꿈 이야기로 옮겼다.

지믈레르는 타기 시작하였다. 나타샤는 소리가 나지 않게 발 끝으로 탁자로 다가가서 촛불을 들고, 본래의 자리로 돌아와 조용히 앉았다. 방안의, 특히 세 사람이 앉아 있는 소파 언저리는 어두컴컴하였으나 큼직한 창문에서 흘러들어온 은백식(銀白色)의 보름달 빛이 마룻바닥에 떨어지고 있었다.

「저어, 나는 이런 것을 생각해요.」니콜라이와 소냐에게로 다가앉으면서 나타샤는 속삭이듯이 말했다. 지믈레르는 벌써 한 곡을 끝내고, 이것으로 그칠까 그렇지 않으면 무엇인가 새로운 곡을 시작할까 망설이는 듯 약하게 줄을 퉁기면서, 역시 계속 앉아 있었다.「이렇게 열심히 온갖 것을 줄곧 회상해 가는 동안, 나중에는 이승에 태어나기 전의 일까지 생각해 내는 일이 있는데…….」

「그것은 메담프시호즈(다시 태어남. 윤회-역주)라는 거예요.」하고 언제나 공부를 잘 하고, 무엇이든지 잘 기억하는 소냐가 이렇게 말했다.「이집트 사람은 말이에요, 인간의 넋은 본디 동물 속에 있었던 것으로 죽은 뒤 다시 동물한테로 돌아간다고 믿고 있었던 거예요.」

「아니, 난 사람이 동물 속에 있다는 것은 믿지 않아요.」이미 음악은 끝나고 있는데도, 나타샤는 여전히 속삭이듯이 말했다.「나는 확실히 알고 있지만, 사람은 어딘가 다른 세계의 천사였어요 그리고 이 세상에도 있었던 적이 있었다고 생각해요. 그러니까 뭐든지 잘 기억하고 있는 거예요…….」

「나도 끼어도 괜찮겠읍니까?」지믈레르가 조용히 다가와 이렇게 말하면서 세 사람 옆에 앉았다.

「만약 사람이 천사였다면 무엇 때문에 현세(現世)로 떨어졌을까?」하고 니콜라이가 말했다.「아냐, 절대로 그럴 리가 없어!」

「현세로가 아니에요, 누가 현세로라고 말했어요?…… 내가 이전에 무엇이었다는 것을, 내가 그것을 어떻게 알겠어요?」하고 나타샤는 확신 어린 어조로 반박했다.「그렇지만 영혼은 불멸이잖아요. 그렇다면 나는 이제부터 앞으로 언제까지라도 사는 게 아니겠어요? 그러니까 전생에서도 영겁의 생활을 해 왔었다는 얘기예요.」

「그렇습니다. 그러나 영겁을 상상한다는 것은 우리들에겐 어렵습니다.」아까는 조심스럽게 경멸하는 미소를 띠우면서 젊은 사람들에게로 다가왔던 지믈레르가 지금은 그들과 마찬가지로 조용조용 진지한 어조로 말했다.

「어째서 영겁을 상상하는 것이 어렵지요?」하고 나타샤는 말했다.「오늘이라는 날이 있죠, 내일도 있고. 그리고 이것은 언제까지고 계속되지 않아요. 또 어제라는 날이 있었고, 그저께라는 날도 있었고요…….」

「나타샤! 이번엔 네 차례다. 어디 뭐든지 한 곡 불러 다오.」하는 백작 부인의 목소리가 들렸다.「아니, 어떻게 된 거냐, 너희들은? 마치 음모라도 꾸미듯이 구석에 그처럼 옹기종기 뭉쳐 앉았으니?」

「어머니, 난 마음이 내키지가 않아요.」하고 나타샤는 말했지만 그와 동시에 일어났다.

　그들은 그다지 나이가 젊지 않은 지믈레르까지도 이 이야기를 중단하고 소파가 있는 방의 한쪽 구석을 떠나고 싶지 않았다. 그러나 나타샤는 일어났고, 니콜라이도 피아노 앞에 앉았다. 언제나처럼 홀 한가운데 서서 반향이 가장 좋은 자리를 고르자, 나타샤는 어머니가 좋아하는 노래를 부르기 시작했다.

　나타샤는 내키지 않는다고 말하기는 했었지만, 오늘 밤처럼 훌륭히 불렀던 적은 오래 전에도 그리고 그 뒤에도 없었다. 일리야 안드레이치 백작은 서재에서 미찌니카와 잡담을 하면서 딸의 노래를 듣고 있었다. 그리고 마치 학생이 빨리 공부를 끝내고 놀러가기를 서두르듯이, 지배인에게 명령을 하면서 잘못 말하곤 했지만, 마침내 입을 다물어 버렸다. 미찌니카도 역시 마찬가지로 귀를 기울이면서 미소를 머금고 백작 앞에 서 있었다. 니콜라이는 누이에게서 눈을 떼지 않고, 숨쉬는 것까지 그녀와 함께 했다. 소냐는 노래를 듣고 있는 동안 자기와 이 사촌 동생의 사이에는 굉장히 큰 차이가 있고, 자기는 좀처럼 이 사람처럼 매력적으로 될 수는 없다고 생각했다. 노백작 부인은 행복한 듯한, 그러면서도 서글픔이 깃든 미소를 지으며 눈에 눈물을 머금고 이따금 고개를 저으면서 앉아 있었다. 그녀는 나타샤에 대해서와 자기의 젊었을 때를 회상했다. 그리고 나타샤와 안드레이 공작의 결혼에는 무엇인가 부자연스럽고 무서운 데가 있다는 것들을 생각하고 있었다.

　지믈레르는 백작 부인 옆에 앉아 눈을 지그시 감고 듣고 있었다.

　「아니, 부인.」 마침내 그는 이렇게 입을 열었다. 「저쯤 되면 유럽 악단의 명인입니다. 아가씨는 이제 수업하실 것도 없으십니다. 저 유연함, 저 우미함, 그리고 저 힘…….」

　「아아, 난 저 애가 정말 걱정이에요, 정말 걱정이에요.」 상대방이 누군지도 잊고 백작 부인은 이렇게 말했다. 그녀의 어머니로서의 직감이, 나타샤에게는 무엇인가 너무 많은 것이 있다. 그 때문에 행복하게는 되지 못할 것이라고 백작 부인의 귀에 속삭이는 것이었다. 나타샤가 아직 노래를 다 마치기 전에, 올해 열 네 살 난 뼤쨔가 기뻐 어쩔 줄을 모르며, 가장 행렬이 왔다는 것을 알리러 방으로 뛰어들어왔다.

　나타샤는 갑자기 노래를 뚝 그쳤다.

　「바보!」 하고 그녀는 동생을 보고 소리치고 의자로 달려가서 그 위에 쓰러져 소리내어 흐느끼기 시작했다. 그녀는 오랫동안 눈물을 거둘 수가 없었다.

　「아무것도 아녜요, 어머니, 정말 아무것도 아녜요. 그저 뼤쨔 때문에 놀랐을 뿐예요.」 그녀는 억지로 미소를 지으려고 했으나, 눈물은 하염 없이 흐르고 흐느낌은 목을 메이게 했다.

하인들의 가장 행렬—곰, 터기인, 술집 주인, 귀부인 등 무서운 것과 우스꽝스러운 것이, 추위와 쾌활함을 가지고 방으로 들어왔다. 처음에는 머뭇거리며 현관방에서 한 덩어리가 되어 있었으나, 이윽고 서로 숨듯이 하면서 홀로 비집고 들어왔다. 그리고 처음에는 수줍어하다가 차차 쾌활하고 화기 애애하게 노래를 부르기도 하고 춤을 추기도 했다. 윤무(輪舞), 그 밖의 크리스마스다운 놀이가 시작됐다. 백작 부인은 가장한 하인들의 얼굴을 알아보고 웃으면서 객실로 들어갔다. 일리야 안드레이치 백작은 만면에 미소를 띠우고, 이 놀이를 칭찬하면서 홀에 앉아 있었다. 젊은 사람들은 어딘가로 자취를 감춰 버렸다.

삼십 분쯤 지나 다른 가장한 사람들 사이에 섞여, 속버팀대로 스커트를 크게 부풀게 한 노부인이 홀로 나왔다. 이것은 니콜라이였다. 터키 소녀는 페쨔, 어릿광대는 지믈레르, 경기병은 나타샤였다. 체르케스인으로 분장한 소냐는, 코르크를 태워 윗수염이며 눈썹을 그리고 있었다.

가장에 참가하지 않는 사람들은 누가 누군지 알아보지 못하고 놀라움을 나타내면서 칭찬을 아끼지 않았으므로, 젊은 사람들은 자기들의 분장이 그토록 훌륭한 것이라면, 좀더 다른 사람들에게 보이지 않으면 안 되겠다고 생각했다.

니콜라이는 자기의 트로이카에 모두를 태우고 거울처럼 반드럽게 언 길을 달리고 싶었으므로, 가장한 하인들을 열 명 가량 데리고 아저씨한테 가 보자고 말을 꺼냈다.

「안 돼, 무엇 때문에 그런 노인을 시끄럽게 하겠다는 거냐!」하고 백작 부인이 말했다. 「게다가 또 그분한테 간다고 하더라도, 좁아서 몸을 움직일 수도 없지 않니? 꼭 가겠다면 차라리 멜류코바 부인한테가 좋아.」

멜류코바란 나이 차이가 심한 많은 아이들을 거느린 과부로, 역시 남녀 가정 교사 몇 사람과 함께 로스토프네 집에서 사 베르스타 떨어진 데에 살고 있었다.

「그래, 얘야, 그게 좋은 생각이다.」하고 기분이 좋아진 노백작이 그 뒤를 받아 말했다. 「자, 그럼 나도 곧 옷차림을 하고 너희들과 함께 갈까 보다. 이렇게 된 바에야 나도 한 번 파쉐타의 입이 딱 벌어지게 해줄까?」

그러나 백작 부인은 백작을 보내는 것에 동의하지 않았다. 요즈음 백작이 발을 앓고 있었기 때문이었다. 그래서 일리야 안드레이치는 갈 수 없었으나, 루이자 이바노브나(슛스 부인)가 같이 간다면 아가씨들은 멜류코바한테 가도 괜찮다는 것으로 결정되었다. 언제나 수줍고 부끄럼 잘 타는 소냐가 오늘은 누구보다도 가장 열심히 루이자 이바노브나를 보고 꼭 자기네의 청을 들어 달라고 졸라 댔다.

소냐의 변장이 누구보다도 가장 뛰어나 있었다. 그 윗수염이며 눈썹은 그녀에게 아주 잘 어울렸다. 모두들로부터 썩 잘 되었다는 말을 듣고, 부자연스러울이만큼 들뜬 원기 발랄한 기분이 되어 있었다. 오늘 밤을 놓치면 자기의 운명이 결정될 때는 없는 것이라고, 그 어떤 내부의 목소리가 그녀에게 속삭이는 것이었다. 남장을 한 그녀는 마치 다른 사람처럼 보였다. 루이자 이바노브나는 승낙했다. 삼십 분 뒤, 조그만 종이며 방울을 단 네 대의 트로이카가 얼어붙은 눈 위에 썰매 활목(滑木)에 붙은 쇠붙이의 날카로운 소리를 내면서 현관 층층대에 도착했다.

나타샤가 먼저 크리스마스다운 들뜬 기분이 되었다. 그리고 이 들뜬 기분은 차례차례로 전염되어 더욱 강해지고, 모두들 살을 에는 듯한 추위 속으로 나와 서로 이야기를 주고받고, 불러 대고, 웃고, 외치고 하면서 썰매에 탔을 때에는 절정에 다다랐다.

두 대의 트로이카는 연락용이었지만, 한 대는 오를로프산(産)의 준마를 가운데에 채운 노백작의 전용이고, 다른 한 대는 키가 작고 털이 더부룩한 검은말을 가운데에 채운 니콜라이의 전용이었다. 니콜라이는 그 노부인 의상 위에 띠가 달린 경기병의 외투를 걸치고, 자기 썰매 한가운데에 서서 고삐를 잡았다.

바깥은 몹시 밝아서, 달빛에 빛나는 마구의 쇠붙이며 말의 눈이 잘 보였다. 말은 어두컴컴한 현관 앞 마차 대는 곳의 차양 밑에서 왁자지껄하게 떠들어 대는 기수들을 깜짝 놀란 것처럼 둘러보고 있었다.

니콜라이의 썰매에는 나타샤와 소냐와 숏스 부인, 그리고 두 하녀가 탔다. 노백작의 썰매에는 지믈레르 내외와 페쨔, 그 나머지의 두 대에는 가장한 하인들이 나누어 탔다.

「자하르, 네가 앞장서!」 니콜라이는 아버지의 마부에게 외쳤다. 도중에서 기회를 보아 앞지르려는 속셈에서였다.

지믈레르와 가장한 다른 사람들을 태운 노백작의 썰매는 마치 눈에 얼어붙듯이 썰매의 활목을 삐걱거리며, 나직한 방울 소리를 울리면서 앞장서 움직이기 시작했다. 옆에서 부축하는 말은 멍에채에다 몸을 딱 붙이고, 얼음사탕처럼 굳어 찬란하게 반짝이는 눈을 파헤치면서 말굽을 파묻었다.

니콜라이는 선두의 썰매 뒤를 좇았다. 그 뒤에서 또 나머지 두 대가 소음을 폭발시키면서 이것에 이었다. 처음 잠시 동안은 좁은 길을 종종걸음으로 나아갔다. 뜰 옆을 지나가는 동안은 앙상한 나무들의 그림자가 자주 길게 가로누워 밝은 달빛을 가렸으나, 이윽고 울타리 밖으로 벗어나자 검푸른 반사를 머금은 다이아몬드처럼 반짝이는 눈 벌판이 온통 달빛에 젖어 가만히 움직이지 않는 모습으로 사방에서 일시에 펼쳐졌다. 덜커덩거리며 앞 썰매가 구덩이에 빠지면, 또 다음 것도 그 다음 것도 마찬가지로 빠졌다. 그리고 살을 에는 듯한 추운 밤의 정적을 난폭하게 깨면서, 네 대의 썰매는 한 줄이 되어 앞으로 나아갔다.

「토끼의 발자국이, 어머나, 많이 있어요!」 살을 에는 듯한 혹한의 대기 속에 나타샤의 외치는 목소리가 울렸다.

「어머나, 뚜렷이 보여요. 니콜라스!」 하고 소냐가 말했다. 니콜라이는 소냐를 돌아보고, 가까이에서 그 얼굴을 분간하기 위해 허리를 구부렸다. 눈썹과 수염이 까만, 전혀 다른 사람 같은 귀여운 얼굴이 달빛을 받으며 검은 담비 모피의 목도리 속에서 가까와지기도 하고 멀어지기도 하면서 내다보고 있었다.

『이것이 언제나의 소냐인 것일까?』 하고 니콜라이는 생각했다. 그는 더욱더 가까이 들여다보고 빙그레 웃었다.

「왜 그러세요, 니콜라스?」

「아무것도 아냐.」 하고 말하고, 그는 말 쪽으로 돌아섰다.

썰매의 활목으로 반들반들하게 문질러져 기름을 칠한 것처럼 반짝이는, 달빛 속에서도 선명한 말굽으로 상처투성이가 된 평탄한 한길로 나오자, 말들은 제 스스로 고삐를 당기며 속도를 더하기 시작했다. 왼쪽의 부마(副馬)는 고개를 푹 처박고 뛰어오르며 쭉쭉 고삐줄을 잡아당겼다. 멍에채에 채인 가운데 말은 〈슬슬 시작해 볼까, 그렇잖으면 아직 이를까?〉 하고 묻기라도 하는 듯이 귀를 이리저리 내두르면서 망설이는 걸음걸이로 나아갔다. 앞쪽에서 이미 상당히 멀리 떨어진 자하르의 썰매가 차차 멀어져 가는 나직한 방울 소리를 울리면서 흰눈 속에서 뚜렷이 검게 보였다. 그 속에서 가장을 한 사람들의 외침, 웃음, 이야기 소리들이 들렸다.

「자, 슬슬 가 볼까, 응!」 하고 니콜라이는 한쪽 손으로 고삐를 쥐고, 다른 한쪽의 채찍을 든 손을 뒤로 끌어당기면서 외쳤다. 그러자 갑자기 기세를 더한 듯한 마주 부는 바람과, 점점 더 빨리 달려가는 부마의 쭉쭉 잡아당기는 고삐의 느낌만으로도 썰매가 쏜살같이 질주하기 시작한 것을 알았다. 니콜라이는 뒤를 돌아보았다. 다른 썰매들도 외침 소리며 금속성의 외마디 소리와 함께 종횡 무진으로 채찍을 휘둘러 가운데 말을 마구 몰아 대면서 뒤에서 따라왔다. 가운데 말은 힘을 뺄 생각도 하지 않고, 필요한 경우에는 아직도 속력을 더해 보이겠다는 듯이 활 모양의 멍에 밑에서 믿음직하게 몸뚱이를 흔들고 있었다.

니콜라이는 선두의 썰매에 따라붙었다. 그들은 어느 산을 내려가 냇가 뜰밭 가운데로 널찍이 길이 난 눈길로 나왔다.

『도대체 우리들은 어디를 달리고 있는 것일까?』 하고 니콜라이는 생각했다. 『틀림없이 코소이 풀밭이겠지. 그러나 그렇지 않다. 이것은 지금까지 본 적이 없는, 어딘지 새로운 데 같다. 이것은 코소이 풀밭도 아니고, 좀키나 언덕도 아니다. 전혀 알 수 없는 곳이다! 어쩐지 처음으로 보는 요술 나라 같다. 그렇지만 뭐 어디건 아랑곳 없어!」그는 말을 때려 선두의 트로이카를 우회하기 시작했다.

자하르는 말의 질주를 제지하고 벌써 눈썹까지 허옇게 서리가 엉긴 얼굴을 돌렸다.

니콜라이는 말을 제멋대로 몰았다. 자하르는 두 손을 앞으로 내밀고, 혀를 차 말을 달리게 했다.

「도련님, 조심하십쇼!」하고 그는 말했다. 두 대의 썰매는 나란히 더 한층 속력을 내어 돌진했다. 질주하는 말의 발이 어지럽게 교차했다. 니콜라이 쪽이 조금씩 앞서기 시작했다. 자하르는 내민 손의 위치를 바꾸지 않은 채, 고삐를 쥔 쪽의 손을 쳐들었다.

「날 속이셨군요, 도련님!」하고 그는 니콜라이를 향해 외쳤다. 니콜라이는 세 필 말에 전속력을 내게 하여 자하르를 앞질러 버렸다. 말들은 가루 같은 보송보송한 눈을 두 기수의 방울이 어지러운 가락으로 울리고, 말의 발이며 그림자가 바쁘게 교차했다. 눈 위에서는 삐걱거리는 나무 소리와 여자들의 날카로운 외마디 소리가 여기저기에서 들려 왔다.

다시 말을 멈춰 세우며, 니콜라이는 주위를 둘러보았다. 둘레는 달빛이 스며든 들로 온통 별을 뿌려 놓은 것 같은 요술의 세계였다.

『자하르는 왼쪽으로 꺾으라고 소리치고 있지만, 무엇 때문에 왼쪽으로 가는 것일까?』하고 니콜라이는 생각했다.『정말 우리는 지금 멜류코바한테로 가고 있는 것일까? 과연 이것이 멜류코바의 소유지일까? 우리들이 어디를 달리고 있는지, 우리들이 어떻게 되어 있는지 그런 것은 알 바 없다. 그러나 아뭏든 우리들의 몸에 지금 일어나고 있는 것은 참으로 기묘하고 재미있는 일인 것이다.』그는 썰매 안을 돌아다보았다.

「어머, 저기 좀 봐! 수염이고 눈썹이고 온통 하얘요.」가느다란 눈썹과 윗수염을 달고 있는, 기묘하고 아름다운 낯선 사람들 중의 하나가 썰매 속에서 이렇게 외쳤다.

『저건 나타샤인 모양이로군.』하고 니콜라이는 생각했다.『그리고 저것은 숏스 부인, 아니 어쩌면 그렇지 않을지도 모른다. 그런데 저 윗수염을 가진 체르케스인은 누군지 모르지만 사랑스럽군.』

「모두 춥지 않아요?」하고 그는 물었다. 여자들은 대답도 하지 않고 웃음을 터뜨렸다. 지믈레르가 뒤쪽의 썰매에서 무엇이라고 소리쳤다. 아마 우스운 말이었을 테지만 무슨 말이었는지 알아 들을 수가 없었다.

「그래요, 그래요.」하고 사람들의 목소리가 웃으면서 대답했다.

그러나 그러는 사이에 검은 그림자와 반짝이는 다이아몬드가 뒤섞인, 마치 요술 나라의 존재 같은 숲이며 대리석의 층층대 같은 것이며, 무엇인가 요술의 집 같은 은빛의 지붕들이 보이고, 그 어떤 기묘한 짐승들의 날카로운 째지는 듯한 소리가 들렸다. 『아아, 만약 저것이 정말로 멜류코바의 집이라면 그런 이상야릇한 곳을 지나 돌연 멜류코바의 집에 닿았다는 것이 더욱더 기묘하지 않은가!』 하고 니콜라어는 생각했다.

참으로 그것은 멜류코바의 집이었다. 하녀와 하인들이 기쁜 모습으로 촛불들을 들고 현관 앞 마차 대는 곳으로 달려 나왔다.

「누구세요?」 하고 마차 대는 곳에서 묻는 소리가 들려 왔다.

「백작네의 가장한 분들이겠지, 말을 보면 알 수 있잖아.」 하고 몇 사람인가의 목소리가 그것에 대답했다.

11

펠라게야 다닐로브나 멜류코바는 어깨가 넓은 원기 완성한 부인으로, 안경을 쓰고 그리고 자리옷의 앞가슴을 열어 젖뜨린 채의 모습으로 딸들에게 둘러싸여 객실에 앉아, 그들을 지루하지 않게 하려고 애쓰고 있었다. 그녀들이 조용히 촛농을 흘리며 거기에 나타나는 가지가지 모양의 그림자를 보고 점을 치고 있을 때, 현관방에서 왁자지껄한 발소리와 이야기 소리가 들려 왔다.

경기병, 귀부인, 마녀, 어릿광대, 곰들이 쿨룩쿨룩 기침을 하면서 추위에 하얗게 언 얼굴을 현관방에서 닦은 뒤, 서둘러 촛불이 켜진 홀로 들어왔다. 어릿광대 차림의 지믈레르와 귀부인 차림의 니콜라이가 춤을 추기 시작했다. 가장대는 얼굴을 감추기도 하고 목소리를 바꾸기도 하면서, 소리를 질러 대는 아이들에게 둘러싸이면서 제각기 주부에게 절을 하고 방안 여기저기에 자리를 잡았다.

「어머나, 누가 누군지 알아볼 수가 없네! 오라, 나타샤로군! 좀 보세요, 누구를 닮았을까? 확실히 누군가를 상기시키는데. 어머, 에두아르드 카를르이치는 참 훌륭한 차림이에요! 난 또 누군가 했지. 게다가 또 춤까지 잘 추고! 아니, 또 무엇인가, 체르케스인 같은 게 있군. 정말 소냐를 꼭 닮았어요. 그리고 저건 누굴까? 아아, 정말 재미있는 것을 보여 주었어요! 자, 니키타, 바냐, 탁자를 치워 줘요. 우린 정말 쓸쓸하게 조용히 앉아 있었어요!」

「하하하!…… 저 경기병을 보게, 경기병을! 마치 소년 같군, 그리고 저 발! 보고 있을 수가 없군…….」 그런 소리도 들렸다.

멜류코바네의 딸들에게 인기가 집중되어 있는 나타샤는, 그들과 같이 안쪽 방으로 자취를 감추어 버렸다. 그리고 그곳으로 코르크며, 갖가지의 가운이며, 남자의 옷들이 주문되었다. 문틈으로 내밀린 드러난 처녀의 손이 그러한 것들을 하인으로부터 받는 것이었다. 십 분 뒤 멜류코바네의 젊은 사람들도 모두 가장어 참가했다.

펠라게야 다닐로브나는 손님들을 위해 방을 비우게도 하고, 주종 모두들의 접대를 위하여 가지가지의 지시를 하고 난 뒤, 안경도 벗지 않고 겸손한 미소를 띄우면서 가장한 사람들 사이를 돌아다녔다. 한 사람 한 사람 바싹 가까이 얼굴을 들여다보듯이 해도, 누가 누군지 전혀 알아볼 수 없었다. 그녀는 로스토프네의 오누이와 조카딸과 지믈레르를 알아보지 못했을 뿐만 아니라 자기 딸들도, 딸들이 걸치고 있는 죽은 남편의 자리옷이며 군복도 알아보지 못했다.

「이 사람은 대체 누구야?」 그녀는 자기네 여자 가정교사를 붙들고 이렇게 말했다. 카잔 지방의 타타르인으로 분장하고 있는 딸의 얼굴을 들여다보면서 「아아, 로스토프네의 누구겠지. 그리고 당신은, 이봐요, 경기병. 어느 연대에 근무하고 있으시죠?」 하고 나타샤에게 묻기도 했다. 「이 터키 아가씨에게 젤리를 드리게.」 음식물을 배급해 주며 돌아다니고 있는 하인에게 그녀는 이렇게 말했다. 「그 정도라면, 그의 법률로도 별로 금제되어 있지 않을 테니까.」

자기는 가장을 하고 있으므로 어느 누구도 알아보지 못하리라고 단정해 버리고 거리낌 없이 춤을 추고 있는 사람들의 우스꽝스러운 스텝을 쳐다보면서, 펠라게야 다닐로브나는 이따금 손수건으로 얼굴을 가리고 뚱뚱한 몸을 흔들면서 억누를 수 없는 선량한 늙은이다운 웃음 소리를 터뜨리는 것이었다.

「어머나, 우리 사쉬네트가, 사쉬네트를 좀 보게나!」 하고 그녀는 말했다.

러시아 농민의 특유한 온갖 춤과 윤무가 끝나자, 펠라게야 다닐로브나는 주인과 하인들을 모두 한데 모아 하나의 커다란 원을 만들게 하고, 반지와 밧줄과 일 루블리 은화를 가져 오게 하여 다같이 놀이를 시작했다.

한 시간쯤 지나자 모두의 의상은 꾸깃꾸깃 꾸겨져 엉망이 되어 버렸다. 코르크 숯으로 붙인 수염이며 눈썹은 즐겁게 불타는 땀투성이의 얼굴 가득히 번져 버렸다. 펠라게야 다닐로브나는 차차 가장을 한 사람들의 정체를 알아보게 되었다. 그녀는 그들의 가장이 훌륭하게 꾸며진 것을 칭찬하고. 그 가운데서도 특히 아가씨들에게 잘 어울렸던 것을 칭찬하며, 덕택으로 잘 즐겼다고 모두들에게 감사했다. 이윽고 손님들은 객실 쪽으로 야식에 초대되고, 하인들은 홀에서 대접을 받게 되었다.

「아니 그보다도 말이에요, 목욕탕에서 점을 쳐 보세요. 정말 소름이 쭉 끼친다니까요!」멜류코바네에서 살고 있는 한 노처녀가 식사 때 이렇게 말했다.

「어머, 어째서요?」하고 멜류코프네의 맏딸이 물었다.

「좀처럼 가지 못할 거예요. 여간 용기가 없고는…….」

「나는 가 보겠어요.」하고 소냐가 말했다.

「그래 그 아가씨가 어떻게 되었다는 거예요? 이야기해 보세요.」하고 둘째딸이 말했다.

「네, 그래서 한 아가씨가 갔답니다.」하고 노처녀는 말했다.「그리고 규칙대로 수탉 한 마리와 두 벌의 식기류를 준비하고 거기에 앉아 있었지요. 잠시 가만히 앉은 채 귀를 기울이고 있자 갑자기 무슨 소리가 들려 왔답니다……. 그것은 한 대의 썰매가 방울을 울리면서 점점 다가오는 소리였읍니다. 그리고 이제 사람의 발소리도 들려 왔읍니다. 이윽고 들어온 것은……마치 사람과 똑같은 모습을 하고 있었읍니다. 장교처럼 말이에요……. 그리고 옆으로 걸어와서 아가씨와 나란히 두 벌의 식기 앞에 앉았답니다.」

「어머! 어머!」나타샤는 두려운 듯이 눈을 크게 뜨면서 이렇게 소리쳤다.

「어머나, 어떻게 그런…… 그리고 말도 했나요?」

「네, 하나에서 열까지 사람과 똑같아요. 그리고 짓궂게 온갖 말을 지껄여 대기 시작하지 않겠어요? 아가씨는 닭이 울 때까지 그의 이야기 상대를 하지 않으면 안 되었답니다. 그런데 아가씨는 문득 무서워지기 시작했어요. 그저 무서운 마음이 들어서 두 손으로 얼굴을 가려 버렸대요. 그러자 그 사나이가 느닷없이 손을 쑥 내밀어 붙잡지 않겠어요? 다행히도 거기에 하녀들이 달려왔으므로…….」

「아니, 젊은 사람들을 놀라게 하는 게 아냐!」하고 펠라게야 다닐로브나가 말했다.

「어머니, 그렇지만 어머니드 점을 치신 적이 있잖아요…….」하고 딸이 말했다.

「그건 그렇고, 광 속에서 치는 점은 어떻게 하는 거예요?」소냐가 물었다.

「아아, 그것은 지금 당장이라도 할 수 있어요. 광 옆으로 가서 가만히 귀를 기울입니다. 그래서 만약 똑똑 두드리는 소리와 문에다 못질을 하는 소리가 들리면, 그것은 나쁜 징조이며 보리를 뿌리는 소리가 나면 좋은 징조라는 거예요. 흔히 있는 모양이에요…….」

「말해 주세요, 어머니가 광에 가셨을 때는 어땠어요?」

펠라게야 다닐로브나는 빙그레 웃었다.

「글쎄 어땠더라, 이제 잊어버려서 말이야…….」하고 그녀는 말했다.「그럼 너희들 중엔 아무도 갈 사람이 없니?」

「아녜요, 제가 가 보겠어요. 아주머니, 저를 보내 주세요, 제가 가 보겠어요.」
하고 소냐가 말했다.

「아무렇게나 하렴, 무섭지만 않다면.」

「루이자 이바노브나, 가 보아도 괜찮겠죠?」 하고 소냐는 물었다.

반지와 밧줄과 은화의 놀이를 하고 있을 때도, 또 지금처럼 이야기를 하고 있
을 때도, 니콜라이는 소냐 옆에서 떨어지지 않았다. 그리고 전연 새로운 눈으로
그녀를 쳐다보는 것이었다. 그는 이 코르크 숯의 수염 덕택으로 비로소 처음 그
녀를 완전히 안 것처럼 생각되었다. 참으로 이 날 밤의 소냐는 지금까지 나타샤
도 본 적이 없었을 만큼 쾌활하고 싱싱하고 아름다웠다.

『그렇지, 소냐는 저런 여자였어. 어쩌면 난 이렇게도 바보였을까!』그녀의 반
짝이는 눈, 수염 밑에서 귀여운 보조개를 만들어 보이는 행복하고 기쁨에 넘치는
미소를 쳐다보면서 그는 이렇게 생각했다. 이런 미소는 지금까지 본 적이 없었던
것이다.

「전 아무것도 무서워하지 않아요.」 하고 소냐가 말했다. 「그럼 지금 가도 괜찮
아요?」 하고 그녀는 일어섰다. 사람들은 소냐에게 광의 위치를 가르쳐 주고, 그
리고 가만히 서서 귀를 기울이고 있기만 하면 된다고 주의한 뒤 외투를 내주었다.
그녀는 그것을 머리에서부터 푹 둘러쓰고 니콜라이 쪽을 힐끔 쳐다브았다.

『어쩌면 저렇게도 매혹적인 여자일까!』 하고 니콜라이는 생각했다. 『지금까지
나는 무엇을 생각하고 있었을까!』

소냐는 광으로 가기 위해서 복도로 나왔다. 니콜라이는 덥다고 말하면서 허둥
지둥 정면 현관 쪽으로 나갔다. 사실 집안은 가득 찬 사람들로 인해 숨이 막혔던
것이다.

바같은 여전히 얼어붙은 것처럼 움직이지 않는 추위와 전과 다름 없는 달빛이
었으나, 다만 전보다 한층 밝았다. 눈빛이 몹시 강렬하고 눈 위에 반짝이는 별의
수가 너무나 많기 때문에, 하늘은 쳐다볼 생각도 나지 않고, 진짜 별도 거의 눈
에 띄지 않았다. 하늘은 칠피같이 검고 쓸쓸했지만, 지상은 모두가 하나같이 즐겁
게 보였다.

『바보다, 난 바보다! 무엇을 지금까지 기다리고 있었을까!』 하고 니콜라이는
생각했다. 그리고 층층대를 뛰어내려오자 뒤쪽의 층층대로 통하는 작은 길을 따
라 집 모퉁이를 돌았다. 그는 소냐가 여기로 나오리라는 것을 알고 있었다. 길 도
중에 눈이 덮인 몇 다발인가의 장작이 쌓여 있고, 눈에 덮여 그림자를 땅 위에
드리우고 있었다. 그리고 그 위와 옆에서도 발가벗은 보리수 고목의 그림자가 얼
기설기 얽혀, 눈 위며 작은 길에 떨어지고 있었다. 작은 길은 광으로 통하고 있었

다. 눈에 폭삭 덮여, 마치 어떤 보석으로 조각되기라도 한 것같이, 광의 지붕도 통나무 벽도 달빛 속에 찬연히 반짝이고 있었다. 뜰 쪽에서 툭 하고 나뭇가지가 트는 소리를 내고 다시 주위는 고요해졌다. 가슴은 그 어떤 영원히 젊은 힘과 기쁨을 호흡하고 있는 것같았다.

하녀 방의 층층대에 발소리가 들리고, 이윽고 눈이 쌓여 있는 맨 아래 층계에 섰을 때, 계단이 삐걱거리는 울림이 일어났다. 그러자 노처녀의 목소리가 들렸다.

「이 길을 곧장 가세요, 곧장. 아가씨, 한눈을 팔면 안 됩니다!」

「난 무섭지 않아요.」 하고 소녀의 목소리가 대답했다. 그리고 단화를 신은 소녀의 조그맣고 귀여운 가느다란 발이 작은 길을 따라 빠드득거리기 시작했다.

소냐는 모피 외투를 두르고 걷고 있었다. 그녀는 두어 걸음밖에 떨어지지 않은 데까지 와서야 비로소 니콜라이를 알아챘다. 그녀의 눈에 뜨인 그도 평소에 그러했던 니콜라이, 언제나 다소 두려운 기분을 주던 그 니콜라이가 아니었다. 그는 여자 옷을 입고 머리를 길게 드리우고, 전혀 새로운 행복에 젖은 듯한 미소를 머금고 있었다. 소냐는 재빨리 그 옆으로 달려갔다.

『전혀 다른 사람이지만, 역시 언제나와 똑같은 소냐다.』 니콜라이는 달빛에 비친 그녀의 얼굴을 쳐다보면서 생각했다. 그는 소냐가 머리에서부터 뒤집어쓰고 있는 모피 외투 밑으로 두 손을 넣어, 꼭 껴안아 자기 쪽으로 끌어당기고 그 입술에 키스했다. 입술 위에는 귀여운 수염이 있고, 불에 태운 코르크 냄새가 코를 스쳤다. 소냐도 그의 입술 한가운데에 입을 맞추고, 귀여운 두 손을 벌리면서 양쪽에서 사나이의 뺨을 눌렀다.

「소냐!」

「니콜라스!」

두 사람은 다만 이렇게 말했을 뿐이었다. 두 사람은 광 옆으로 뛰어갔다가 이내 되돌아와, 각각 본래 나왔던 입구로 돌아갔다.

12

모두가 펠라게야 다닐로브나의 집을 작별하고 떠나려 할 때, 언제나 무엇이든지 꿰뚫어보고 알아차리는 나타샤는 자기가 썰매의 할당을 지시하여, 루이자 이바노브나와 자기는 지믈레르와 같은 썰매를 타고, 소냐와 니콜라이가 하녀들과 같이 타도록 배려해 주었다.

니콜라이는 이제 경쟁 같은 것은 하지 않고 적당한 속력으로 듣렸다. 그리고 이 불가사의한 달빛 속에서 줄곧 소냐를 돌아보며, 모든 것을 달리 보이게 하는 이 빛 속에서, 그 코르크의 눈썹과 수염 밑으로 이전의 소냐와 지금의 소냐를 찾아내려고 했고, 동시에 그는 이제는 절대로 그녀와 헤어지지 않으리라고 결심했다. 니콜라이는 찬찬히 그녀의 얼굴을 들여다보았다. 그리고 거기서 이전과 다름없는 소냐와 전연 별개의 지금의 소냐를 발견하고, 그 키스의 감촉과 뒤섞인 코르크의 냄새를 생각해 내고는, 별안간 가슴 가득히 얼어붙은 공기를 들이마셨다. 뒤로뒤로 멀어져 가는 지면과 찬란한 하늘을 바라보면서 그는 또다시 요술 나라에 들어온 듯한 느낌이 들었다.

「소냐, 당신은 기분이 좋아?」하고 그는 이따금 이렇게 물었다.

「네.」하고 소냐는 대답했다. 「당신은?」

절반쯤 왔을 때 니콜라이는 마부에게 고삐를 맡기고, 잠시 나타샤의 썰매로 달려가 횡목 위에 올라섰다.

「나타샤!」하고 그는 속삭이듯이 프랑스어로 말했다. 「실은 말이야, 난 소냐에 대해서 결심했어.」

「그래서 오빠, 그녀한테 말했어요?」갑자기 전신을 기쁨으로 빛내면서 나타샤가 물었다.

「아니, 네가 그처럼 수염이며 눈썹을 그려 붙이고 있는 것이 참으로 이상야릇하구나. 나타샤! 넌 기뻐해 주겠지?」

「그럼요, 난 정말, 정말 기뻐요! 난 무척 오빠에게 화를 내고 있었으니까요. 난 오빠한테 말은 하지 않고 있었지만, 그녀에 대한 오빠의 태도는 좋지 않았어요. 그 사람의 마음은 정말 아름다와요. 니콜라스, 난 정말 기뻐요! 난 곧잘 한심한 마음이 들 때가 있는데, 소냐를 버려 두고 나 혼자 행복하게 되는 것은 어쩐지 마음이 부끄러웠어요.」하고 나타샤는 계속했다. 「하지만 이것으로 난 겨우 마음을 놓았어요. 자, 그녀한테로 달려가세요.」

「아냐, 잠깐만, 그런데 네 모습이 정말 우습구나!」누이를 찬찬히 쳐다보고 있는 사이에, 그녀 속에서도 무엇인가 이전에 보지 못했던, 어떤 새롭고 이상한 매력과 부드러움을 발견하고 니콜라이는 이렇게 말했다. 「나타샤, 어쩐지 요술에 걸리기라도 한 느낌이잖니, 응?」

「네.」하고 그녀는 대답했다. 「아뭏든 정말 잘하셨어요.」

『이전의 누이가 오늘 밤 같은 모습이었다면.』하고 니콜라이는 생각했다. 『난 오래 전에 어떻게 해야 할지 나타샤와 상의해서 그녀의 명령대로 했어야만……

그랬어야만 모든 것이 잘 될 수 있었을 텐데.」

「그럼 넌 기뻐해 준단 말이지, 내가 한 일을 좋아한단 말이지?」

「그럼요, 정말 좋은 일이잖고요! 나는 얼마 전에 그 일로 어머니와 말다툼을 했어요. 어머니는 그녀가 오빠를 유혹하고 있다고 말씀하시는 거예요. 글쎄, 어떻게 그런 말씀을 하실 수가 있을까요! 난 하마터면 어머니한테 대들 뻔했지 뭐에요. 난 결코 누구에게도, 그녀에 대해 조금이라도 나쁘게 말하고 생각하는 것을 용서하지 않겠어요. 왜냐하면 그 사람의 마음 속은 좋은 것뿐이니까요.」

「그럼 좋단 말이지?」누이의 말이 정말인지 어떤지 확인하듯이, 다시 한 번 그 얼굴의 표정을 살피면서 니콜라이는 이렇게 말했다. 그리고 장화를 삐걱거리면서 썰매의 횡목에서 뛰어내려 자기 썰매로 달려갔다. 거기에는 여전히 귀여운 수염을 기르고 행복한 듯이 미소를 짓고 있는 체르케스인이, 검은 담비의 외투 밑에서 눈을 반짝이면서 앉아 있었다. 이 체르케스인이 소냐였다. 그리고 이 소냐는 반드시 자기 미래의 아내가 되는 것이다. 사랑에 넘친 행복한 아내가 될 것이 틀림없는 것이다.

집으로 돌아와 어머니에게 멜류코바네에서 어떻게 시간을 보냈는지 보고하고 나자, 아가씨들은 자기 방으로 물러났다. 옷을 갈아입고 나서도 코르크의 수염을 지우지 않고 두 여자는 서로 자기의 행복을 이야기하면서 오랫동안 앉아 있었다. 그들은 결혼 뒤 어떻게 살게 될 것이라든가, 자기들의 남편들도 의좋게 교제하게 될 것이라든가, 자기들이 더할 나위 없이 행복하게 살게 될 것이라는 둥, 그런 것을 이야기했다. 나타샤의 탁자 위에는 저녁부터 두냐샤가 준비해 둔 두 개의 거울이 놓여 있었다(러시아의 옛날부터의 민간 전설로서, 크리스마스에 미혼 여자는 미래의 남편을 거울 속에서 볼 수 있다고 전해지고 있다—역주).

「다만 언제 그런 때가 올 것인지? 언제가 돼도 오지 않는 것이 아닐까 하고 난 걱정이야…… 글쎄, 너무나도 근사한 일이니까 말야!」하고 일어서서 거울로 다가가며 나타샤는 말했다.

「앉아 봐, 나타샤, 어쩌면 그이가 보일는지도 모르니까.」하고 소냐가 말했다. 나타샤는 촛불을 켜고 앉았다.

「누군지 수염이 난 사람이 보이네.」나타샤는 자기 얼굴을 보고 말했다.

「웃으시면 안 돼요, 아가씨.」하고 두냐샤가 말했다.

나타샤는 소냐와 하녀의 도움을 빌어 적당한 위치에 거울을 놓았다. 그녀는 지극히 심각한 표정을 짓고 그대로 잠자코 있었다. 그녀는 거울 속에서 차차 멀어져 가는 가는 촛불의 열(列)을 쳐다보면서 오랫동안 가만히 앉아 있었다. 그녀는 남들에게 들었던 이야기를 표준으로 해서, 어렴풋이 녹아들듯이 보이는 맨 앞의 네모꼴 속에 어떤 때는 관의 형상, 어떤 때는 그의——안드레이 공작——의 얼굴이 보일 것을 예상하면서 잔뜩 기다리고 있었다. 그러나 그녀가 지극히 작은 얼룩점까지도 사람이나 관의 형상으로 보려고 아무리 마음먹고 있어도 아무것도 보이지 않았다. 차차 눈을 깜박거리기 시작하다가 마침내 그녀는 거울에서 물러났다.

「어째서 다른 사람들은 보이는데 내겐 아무것도 보이지 않는 것일까?」하고 그녀는 말했다.「자, 소냐, 이번에는 네가 앉아. 오늘은 꼭 네가 하지 않으면 안 돼.」하고 그녀는 말을 계속했다.「다만 내 대신이야…… 난 오늘 무서워서 못견디겠어!」

소냐는 거울을 보고 앉아 위치를 잡고 쳐다보기 시작했다.

「소피야 알렉산드로브나는 틀림없이 보일 거예요.」하고 두냐샤가 속삭이듯이 말했다.「아가씨는 언제나 웃고만 계시기 때문이에요.」

소냐는 이 말을 들었고 또 나타샤가 나직한 목소리로 속삭이는 것도 들었다.

「나도 그렇게 생각해. 소냐라면 틀림없이 보일 것이라고. 작년에도 보았는걸.」

삼 분쯤 그들은 잠자코 있었다.「틀림없어!」하고 나타샤가 속삭였으나, 미처 그 말이 끝나기도 전에 소냐는 갑자기 들고 있던 거울을 밀어젖히고 한쪽 손으로 눈을 가렸다.

「아아, 나타샤!」하고 그녀는 말했다.

「보았어? 보았어? 무엇을 보았어?」거울을 받치면서 나타샤가 외쳤다.

소냐는 아무것도 보지 못했다. 그녀가 눈을 깜박이고 일어서려고 하는 순간 나타샤의「틀림없어!」하는 목소리를 들었을 뿐이었다……. 그녀는 두냐샤와 나타샤를 속이고 싶지 않았으므로, 가만히 앉아 있는 것이 괴로와졌다. 그녀가 손으로 눈을 가렸을 때, 어째서 외침 소리가 입에서 터져 나왔는지 자기도 그 까닭을 알지 못했다.

「그이를 봤어?」상대방의 팔을 붙잡으면서 나타샤는 물었다.

「응, 저…… 난…… 그이를 봤어.」자기도 모르게 소냐는 이렇게 말했다. 그러나 그이라는 말에 의해서 나타샤가 누구를 의미하는 것인지, 니콜라이인지 안드레이인지 아직 모르고 있었다.

『그렇지만 어째서 보았다고 말을 해서는 안 되는 것일까? 다른 사람들도 하고 있지 않은가! 게다가 또 내가 정말 보았는지 보지 못했는지, 그런 것을 깊이 파고들 사람은 아무도 없어.』이러한 생각이 소냐의 머리를 스쳤다.

「응, 난 그이를 보았어.」하고 그녀는 말했다.

「어떡하고 있지? 서 있었어, 그렇지 않으면 누워 있었어?」

「아냐, 내가 본 건…… 처음엔 아무것도 보이지 않았는데, 갑자기 그이가 누워 계시는 것이.」

「안드레이가 누워 계셨어? 앓고 계시는 것일까?」 겁에 질린 듯 눈을 박은 채 친구를 쳐다보면서 나타샤는 이렇게 물었다.

「아냐, 그 반대야. 반대로 유쾌한 얼굴을 하고, 그리고 나에게로 얼굴을 돌리셨어.」 이렇게 말한 순간, 그녀는 지금 이야기한 바로 그것을 정말로 보았던 것 같은 느낌이 들었다.

「그래, 그러고는 소냐?……」

「그러고는 분간하지 못하게 됐어. 무엇인가 파란 것이랑 빨간 것이…….」

「소냐! 그이는 언제 돌아오실까? 언제 그이를 만나게 될까! 아아, 난 정말 그이와 내 일이 걱정되어 견딜 수가 없어. 난 모든 것이 두려워…….」 하고 나타샤는 말했다. 그리고 소냐의 위로에는 한 마디도 대답하지 않고 잠자리에 들어갔다. 촛불을 끄고 나서도 오랫동안 눈을 말똥말똥 뜨고 가만히 침대에 누운 채, 얼어붙은 창문 너머로 싸늘한 달빛을 바라보고 있었다.

13

크리스마스 주간이 끝난 뒤 얼마 안 되어, 니콜라이는 소냐에 대한 사랑과 그녀와 결혼하겠다는 굳은 결심을 어머니에게 고백했다. 소냐와 니콜라이의 사이에 생긴 변화를 벌써 오래 전에 눈치채고, 이 상담을 각오하고 있던 백작 부인은 묵묵히 아들의 말을 듣고 난 뒤, 누구나 자기가 사랑하는 사람과 결혼하는 것은 좋지만, 그런 결혼에 대해서는 아버지도 어머니도 축복을 할 수가 없다고 딱 잘라 말했다. 어머니가 이 결혼에 불만을 품고, 마음으로부터 자기를 사랑하고 있음에도 불구하고 결코 양보할 것 같지 않다는 것을 니콜라이는 비로소 통감했다. 백작 부인은 아들 쪽은 보지도 않고, 냉담한 태도로 남편을 부르러 보냈다. 백작이 왔을 때 그녀는 니콜라이의 면전에서 일의 상세한 내용을 간단히 냉담한 어조로 이야기하려고 했으나, 마침내 참지 못하고 분에 못 이긴 눈물을 흘리면서 방에서 나가 버렸다. 노백작은 망설이는 말투로 아들에게 훈계를 한 뒤, 그 결심을 바꾸도록 부탁했다. 니콜라이는 한 번 맹세를 한 말을 저버릴 수는 없다고 대답했다. 아버지는 눈에 뜨이게 당황해 하는 태도로 한숨을 쉬고는, 이내 이야기를 중단하고 백작 부인한테로 갔다. 아들과 충돌할 때마다, 자기는 아들에 대해서 집안 살림을 엉망으로 한 책임자라는 의식이 언제나 백작의 마음을 떠나지 않았다. 따라서 부유한 아가씨와의 결혼을 물리치고 지참금도 없는 소냐를 고른 것에 대해서 아들을 나무랄 수가 없었다. 그는 다만 이러한 경우에는 만약 집안 형편만 엉망이 아니라면, 소냐 이상으로 좋은 배필을 아들을 위해서 바랄 수 없다는 것과, 집안 형편이 엉망이 된 원인은, 미찌니카에게 모든 것을 맡겨 버리고 사치스러운 습관을 교정할 수 없었던 자기 한 사람에게 있다는 것을 곰곰이 되새길 뿐이었다.

부모는 더 이상 아들과 이 문제에 대해서 이야기하지 않았지만, 그로부터 며칠이 지난 뒤 백작 부인은 소냐를 불렀다. 그리고 백작 부인 자신도 소냐도 예기하지 못했을 만큼 잔인한 어조로, 배은 망덕하게 아들을 유혹했다고 조카딸을 질책했다. 소냐는 묵묵히 눈을 내리뜨고 백작 부인의 잔인한 말을 듣고 있었으나, 자기는 대체 무엇을 요구당하고 있는 것인지 이해가 되지 않았다. 그녀는 은인을 위해서라면 기꺼이 모든 것을 희생할 각오가 돼 있었다. 자기 희생의 사랑은 그녀가 가장 애호하는 사상이었다. 그러나 이 경우, 누구에게 무엇을 산 제물로 바쳐야 할지 그것을 알 수 없었다. 그녀는 백작 부인을 비롯해서 로스토프네의 한 가족 전체를 사랑하지 않을 수 없었으나, 또 동시에 니콜라이를 사랑하지 않을 수도 없었고, 그의 행복이 이 사랑 하나에 달려 있다는 것을 생각하지 않을 수도 없었다. 그녀는 말없이 침울해 보였고 대답도 제대로 하지 않았다. 니콜라이는 이 이상 더 이러한 상태를 참을 수 없다는 느낌이 들어 어머니하고 결말을 지으러 갔다. 그는 자기와 소냐를 용서해 주고 두 사람의 결혼을 승낙해 달라고 부탁해 보기도 하고 만약 끝까지 소냐를 나무란다면 자기는 지금이라도 곧 그녀와 비밀리 결혼하겠다고 위협해 보기도 했다.

백작 부인은 니콜라이가 지금까지 한 번도 본 적이 없었을 만큼 냉담하게 그에게 대답하고「너도 이젠 성년이 되었고, 안드레이 공작도 아버지의 승낙 없이 결혼을 하려 하고 있을 정도이니까 너도 같은 짓을 해도 상관 없겠지만, 그대신 나는 절대로 그런 속이 검은 여자를 며느리로 인정하지는 않겠다.」고 말했다.

속이 검은 여자란 말로 분노가 폭발한 니콜라이는 목소리를 높여, 어머니가 이렇게 강제로 자기 감정을 터지게 하리라고는 꿈에도 생각지 않았다고 대답했다. 그리고 만약 그렇다면, 자기는 마지막으로 말해 두지만……하고 반항적인 태도를 취했다. 그러나 그 결정적인 말—백작 부인이 아들의 안색으로 미루어 두렵게 기다리고 있던, 그리고 아마도 그들 모자 사이에 영원히 참혹한 기억으로서 남았을 그 말—을 미처 입 밖에 내기 전에, 나타샤가 파랗게 질린 정색을 한 얼굴로 지금까지 엿듣고 있던 문 뒤에서 방안으로 뛰어들어왔다.

「니콜리니카, 오빠는 무슨 쓸데없는 소릴 하고 있어요. 그만둬요! 네, 그만두라니까!……」그녀는 오빠의 목소리를 안 들리게 하려고 거의 외치듯이 말했다.

「어머니? 네, 이것은 전혀 그런 게 아녜요……정말이에요, 가엾은 우리 어머니.」그녀는 어머니에게로 얼굴을 돌리며 이렇게 말했으나, 백작 부인은 자기가 결렬 직전에 있는 것을 느끼면서 두려움을 띠고 아들을 쳐다보고 있었지만, 고집과 싸움에 이끌리고 있었던 탓으로, 이제 와서 굽힐 생각도 없었고 또 물러설 수도 없었다.

「니콜리니카, 나중에 자세하게 얘기해 드릴 테니까, 지금은 저리 가 있어 주세요. 어머니, 좀 들어 주세요!」하고 나타샤는 어머니에게 말했다.

그녀의 말은 무의미한 것이었지만, 그래도 역시 그녀가 바랐던 결과를 획득할 수는 있었다.

백작 부인은 애처롭게 흐느껴 울면서 딸의 가슴에 얼굴을 파묻었고, 니콜라이는 일어나서 머리를 움켜쥐고 방에서 나갔다.

나타샤는 화해시키는 일에 착수했다. 그리하여 니콜라이에게는 소냐를 구박하지 않는다는 언질을 어머니한테서 받게 하고, 그 자신 쪽에서는 양친에게 비밀리 아무것도 하지 않는다는 약속을 시키는 데까지 이끌었던 것이다.

부대의 일을 정리하면 군무에서 물러나 귀향하여 소냐와 결혼해야겠다는 굳은 결심을 하고 니콜라이는 일월 초에 연대로 돌아갔다. 양친과의 불화 때문에 어쩐지 엄숙하고 비통한 기분이 되어 있었으나, 자기는 열렬한 사랑에 몸과 마음을 불사르고 있는 인간이라고 굳게 믿고 있었다.

니콜라이가 출발해 버리자, 로스토프네의 집안은 전보다도 한층 침울한 공기에 휩싸였다. 백작 부인은 정신 과로 때문에 병이 났다.

소냐는 니콜라이와 헤어진 것도 원인이긴 했지만, 그보다도 더 백작 부인이 도저히 참을 수 없을 정도로 매사에 적의를 머금은 태도를 보였으므로 가련한 모습이 되었다. 백작은 그 어떤 결정적인 수단을 강구하지 않을 수 없는 사태에 다다른 재정 상태에 직면하여, 전에 없을 만큼 심각하고 침통한 기분이 되어 있었다. 도저히 모스크바의 집과 모스크바 교외의 소유지를 팔지 않으면 안 되었다. 가옥의 매각을 위해서는 모스크바로 갈 필요가 있었으나, 백작 부인의 건강이 하루하루 출발을 늦추게 했다.

나타샤는 처음에는 약혼자와의 이별을 홀가분한 마음으로 도리어 쾌활하게 참아 왔지만, 이즈음 날로 흥분을 더해 가고 참을성이 없어졌다. 그이의 사랑을 위해서도 아니고 헛되어 시들어 사라져 간다는 생각은, 그녀의 마음을 쉴 사이 없이 괴롭혔다. 그의 편지는 대부분 어느 것이나 그녀를 노하게 할 뿐이었다. 그녀는 그에 대한 생각만을 가지고 살고 있는데, 그는 자기 혼자에게만 흥미가 있는 새로운 마을과 새로운 사람을 보면서 참된 생활을 보내고 있다고 생각하니 그녀는 모욕을 당하는 듯한 느낌이 들었다. 그러니만큼 그의 편지가 재미있으면 재미있을수록 그녀는 화가 났다. 애인에게 편지를 쓴다는 것은 아무런 위안도 되지 않을 뿐만 아니라, 오히려 지루하고 거짓된 의무처럼 생각되었다. 그녀는 편지를 쓸 수가 없었다. 그것은 목소리와 미소와 눈빛으로 나타낼 수 있었던 것의 천분의 일만큼도 편지로 정직히 표현하는 것은 불가능했기 때문이었다. 그녀는 고전적이고 천편 일률적인 무미 건조한 편지를 썼으나, 자기 자신이 그런 것에 아무런 가치도 인정하지 않았으며, 편지의 초를 잡을 때 백작 부인이 철자법을 바로잡아 주기도 한 그런 것이었다.

백작 부인의 건강은 여전히 회복되지 않았다. 그러나 이제 모스크바행을 늦출 수는 없게 되었다. 지참금도 마련해야 했고 집도 팔지 않으면 안 되었다. 게다가 또 안드레이 공작도 모스크바에 먼저 들르리라고 예상되었기 때문이었다. 왜냐하면 올 겨울은 아버지인 니콜라이 안드레예비치가 거기에서 지내고 있기 때문이며, 또 나타샤는 이미 그가 모스크바에 도착해 있는 것이라고 굳게 믿고 있었다.

그래서 백작 부인은 시골에 남게 되었고, 백작은 소냐와 나타샤를 데리고 일월 하순에 모스크바를 향해 출발했다

제 5 장

1

피예르는 안드레이 공작과 나타샤와의 인연을 맺어 준 이래, 이렇다 할 뚜렷한 원인도 없는데 이전대로의 생활을 계속할 수가 없을 것 같은 느낌이 들었다. 그는 은인 이오시프 알렉세예비치에게서 계시받았던 진리를 마음 깊이 굳게 믿고 있었고, 대단한 열의를 가지고 골몰했던 자기 완성이라는 내면적인 일에 대한 노력도 처음에는 꽤 감미로운 것이었지만, 안드레이 공작과 나타샤와의 약혼과, 그리고 이오시프 알렉세예비차의 사망 뒤(이 소식은 거의 동시에 그의 손에 들어왔었다) 이전의 생활의 아름다움은 갑자기 흔적도 없이 사라져 버리고, 남은 것은 생활의 껍질뿐이었다. 그 저택과, 지금은 어느 고귀한 인물의 총애를 한 몸에 받고 있는 요염하게 빛나는 아내와, 온 페쩨르부르그시와의 교제와, 무미 건조한 형식적인 관직, 이러한 종래의 생활이 갑자기 예기치 않은 혐오를 피예르의 마음에 불러일으켰다. 그는 일기를 쓰는 것도 그만두고, 조합원에 섞이는 것도 피하고, 또다시 클럽 출입을 시작하고, 폭음을 하기 시작하고, 독신자 패거리에 섞여 방탕한 생활을 시작했다. 그리하여 마침내 백작 부인 엘레나 바실리예브나까지도 엄격한 충고를 하지 않으면 안 될 정도가 되었다. 피예르는 아내의 말을 옳다고 생각하고, 아내에게 누를 끼치지 않기 위해서 모스크바로 떠났다.

모스크바의 광대한 저택에 들어와서, 아름다운 용모가 시들어 빠지거나 시들어가고 있는 공작 영애들과 무수한 하인들을 보았을 때, 또 마차를 타고 시중을 돌아다니면서, 금빛 법의 앞에 수없이 많은 촛불이 반짝이는 이베르의 교회당이며, 발자국 하나 나 있지 않은 눈 덮인 크레믈린 광장이며, 거리의 썰매와 시프세프 브라죠크의 빈민굴을 보았을 때, 또 아무런 욕심도 없이 유유히 자기 생애의 종말을 기다리고 있는 모스크바의 늙은이들과, 귀부인들과, 모스크바의 무도회, 모스크바의 영국 클럽들을 보았을 때, 마치 그는 조용한 부두에 닿은 듯한 푸근한 기분이 들었다. 모스크바에 왔을 때 그는 마치 오래 입던 자리옷을 걸치기라도 한 것처럼, 평안하고 따뜻하며 숙친한 동시에 지저분한 기분이 들었다. 모스크바의 사교계는, 노인으로부터 아이들에게 이르기까지 언제나 자리를 비어 놓고 기다리고 있어 주는 손님으로서 피예르를 맞아 주었다. 모스크바의 사교계에서는, 피예르는 참으로 애교 있고 선량하며, 총명하고 쾌활하고 마음이 너그러운 기인(奇人)이며, 또 조심성은 없으나 친절한 옛 러시아식의 나리로 통하고 있었다. 그리고 그의 지갑은 언제나 비어 있었는데, 그것은 만인을 위해서 개방돼 있기 때문이었다.

자선 연극, 서투른 그림과 조각, 자선 단체, 집시, 학교, 연회, 유흥, 비밀 공제 조합, 교회, 서적 등——어느 누구도, 또 어느것도 그에게서 거절을 받는 일이 없었다. 그러므로 만약 그에게 막대한 빚을 지고 있으면서 그의 후견을 맡고 있는 두 친구가 없었더라면, 그는 아마 송두리째 흩뿌려 버렸을는지도 몰랐다. 클럽에서도 그가 끼지 않는 만찬회나 야회는 하나도 없었다. 그가 마르고주(酒)를 두 병 비우고 난 뒤 자기 소파에 털썩 주저앉으면, 그 즈위를 빙 둘러싸고 잡담이며 쟁론이며 농담이 시작되는 것이었다. 논쟁이 벌어져도, 그가 가서 그 선량한 미소를 띄우고 익살을 한바탕 부리면 그것으로 곧 화해가 성립되었고, 비밀 공제 조합의 식당도 그가 없는 경우에는 지루하고 활기가 없었다.

독신자만의 만찬이 끝난 뒤 들뜬 기분이 된 패들의 간청에 못 이겨, 그럼 어디 한 번 함께 나서 볼까 하고, 그 선량하고 감미로운 미소를 머금으면서 일어서면, 젊은 사람들 사이에는 와 하고 의기 양양한 자못 기쁨에 넘친 환성이 일어나는 것이었다. 무도회에서는 남자가 모자랄 때에는 춤을 추기도 했다. 젊은 부인들과 아가씨들은 그를 좋아했다. 별로 누구의 비위를 맞춘다든가 하지도 않고, 누구에게나 한결같이 상냥했기 때문이었다(특히 만찬 뒤가 그러했다).「저분은 매력이 있는 분이지만, 남잔지 여잔지 모르겠어요.」하고 그녀들은 소곤거렸다.

피예르는 모스크바에 우글우글 들끓고 있는 종류의 인간, 즉 시름없이 유유히 여생을 보내고 있는 퇴직 시종관의 한 사람이었다.

만약 칠 년 전 그가 외국에서 막 돌아왔을 당시에 누군가가 그를 보고, 당신은 아무것도 탐구하거나 생각할 필요는 없다, 당신의 나아갈 길은 벌써 굳게 다져져서 영원히 결정되어 있다, 당신이 아무리 버둥거려도 결국은 그와 같은 경우에 있는 모든 사람들과 같은 것이 될 뿐이라고 말했다면, 그는 깜짝 놀라 소스라쳤을 것이다. 그런 것은 도저히 믿을 수 없었을 것이다! 러시아에 공화국을 건설하려고 마음으로부터 희망하고 있던 그가 아니었던가? 때로는 나폴레옹이 되기를 바랐고, 때로는 철학자가 되기를 바랐고, 때로는 나폴레옹을 능가할 만큼의 대전술가가 되기를 몽상하기도 했던 그가 아니었던가? 타락한 인생을 개조하고, 자기를 완성으로 이끌려고 열망하였고, 또한 그 가능을 생생히 보았던 것도 그가 아니었던가? 학교며 병원을 세우고, 농노를 해방하려 했던 것도 그가 아니었던가?

그러나 지금의 그는 그러한 모든 것 대신에, 부정한 여자를 아내로 가진 부유한 남편이며, 잘 먹고 잘 마시고, 웃옷의 단추를 끄르고 가볍게 정부를 욕하기 좋아하는 퇴직 시종관이며, 또 모스크바의 영국 클럽 회원이고, 모스크바의 사교계에서 누구에게서나 호감을 사고 있는 인물이었다. 그는 현재의 자기가 칠 년 전 자기가 그처럼 경멸하고 있던 바로 그 모스크바의 퇴직 시종관이란 생각에 오랫동안 익숙해질 수가 없었다.

이따금 그는 이것은 다만 잠시 동안의 일에 지나지 않는다, 다만 잠시 동안 이런 생활을 해 볼 뿐이라 생각하고 스스로 위로해 보기도 했지만, 벌써 지금까지 얼마나 많은 사람들이 이와 머리털이 모두 성하였을 무렵 그저 잠시 동안 하고 이러한 생활과 이러한 클럽에 들어왔다가, 거기서 나갈 때에는 한 개의 이도 머리카락도 없이 되어 버렸던가를 생각하고, 그는 몸이 오싹해지는 것이었다.

자기 처지를 생각하고 뽐내고 있을 때에는, 자기만은 전혀 다르며 특히 전부터 경멸하고 있던 다른 퇴직 시종관들과는 전혀 다른 인간이라는 느낌이 들었다. 그들은 저속하고 우매한 패들이며, 자기네 처지에 만족하고 안심하고 있다.「그러나 나는 여태까지 줄곧 불만을 느끼고 있다. 줄곧 인류를 위해서 무엇인지 하고 싶다는 욕구가 있다.」뽐내고 있을 때에는 그는 이렇게 혼잣말을 했으나 겸허한 기분이 된 순간에는,『그렇지만 어쩌면 나의 동료들도 모두 나처럼 바둥거리고 인생 가운데서 새로운 자기의 길을 찾으면서도, 역시 나와 마찬가지로 환경, 사회, 혈통 등 인간의 힘이 미치지 않는 불가항력에 지배되어서, 나 같은 경지에 떨어진 것인지도 모른다.』고도 생각했다. 그는 모스크바에 잠시 살고 있는 동안에, 운명의 동반자라고도 할 수 있는 이러한 사람들을 경멸하지 않게 되고, 도리어 자기와 마찬가지로 사랑하고 존경하고 또한 동정하게 되었다.

피예르는 이전처럼 절망이며 우울이며 삶에 대한 혐오에 휩싸이지 않게 되었다. 그러나 전에 극렬한 발작에 의해 표현되고 있던 것과 같은 병은, 지금은 내부로 쫓겨 들어온 채 잠시도 그의 마음을 떠나지 않았다.『도대체 어떻게 될까? 무엇 때문일까? 지금 이 세상에서는 어떠한 일이 일어나고 있는 것일까?』인생의 온갖 현상의 의의에 대해서 깊은 생각에 잠기면서 그는 하루에도 몇 차례씩 의혹에 휩싸인 마음으로 자문하곤 했다. 그러나 이러한 의문들에 해답을 얻지 못하는 것이 경험에 의하여 알고 있었으므로, 그는 부랴부랴 책을 손에 든다든지, 혹은 클럽에 가기를 서두른다든지, 혹은 항간의 소문을 지껄이려고 아폴론 니콜라예비치를 찾아간다든지 하며 이 의문에서 벗어나려고 했다.

『엘레나 바실리예브나 같은, 자기의 육체 이외엔 아무것도 사랑한 적이 없는, 온 세계에서 가장 어리석은 여자의 한 사람이.』 하고 피예르는 생각했다. 『지혜와 우아의 극치처럼 세상 사람들에게 생각되고, 숭배의 표적이 돼 있다. 나폴레옹 보나파르트는 위대한 영웅이었을 때에는 사람들에게서 모멸을 받고 있었으나, 가련한 일개 희극 배우가 되고 나서는 오스트리아 황제 프란츠로부터 딸을 첩으로 삼아 달라는 간청을 받고 있다. 스페인 국민은 6월 14일, 프랑스군을 쳐부순 감사의 표시로서 카톨릭 교회를 통해 하느님에게 기도를 올렸는데, 프랑스 국민도 6월 14일에 스페인을 쳐부쉈다고 하여 똑같은 카톨릭 교회를 통해서 기도를 올리고 있다. 우리 메이슨은 동포를 위해서 모든 것을 희생할 각오라고 피로써 맹세하고 있으면서, 빈민 구제의 기부에는 불과 일 루블리도 희사하려고 들지 않고, 애스트리어(희랍 신화. 정의의 女神―역주) 조합의 〈만나(옛 이스라엘 민족이 이집트에서 탈출했을 때 여호와께서 내려 주신 음식―역주) 탐구자 조합〉에 대한 음모를 기대하고, 쓴 당자마저도 그 의미를 모르고 누구에게도 필요하지 않은 문서며 진짜 스코틀랜드의 융단에 관한 것에만 정신이 팔려 있다. 우리들은 모욕을 용서하고 이웃을 사랑하라는 그리스도교의 계율을 믿고, 그 때문에 무수한 교회를 모스크바에 건립하였던 것이 아닌가. 그런데도 어제는 한 탈주병이 채찍질을 당하고, 사랑과 관용에 봉사하는 같은 사도인 사제가, 처형 직전에 그 병사에게 십자가에 키스하게 했다.』고 피예르는 생각했다. 그리고 모든 사람들에게 인정되고 있는 이 사회 전반의 허위는, 피예르의 눈에 익어 버린 오늘날에도 언제나 무엇인가 전혀 새로운 것처럼 그를 놀라게 하는 것이었다.

『나는 이 허위와 혼돈을 알고 있다. 그러나 그 알고 있는 것을 어떻게 사람들에게 전해야 하는 것일까? 나는 언제나 시험을 해 보지만, 그런 때마다 이런 것을 알게 된다. 다른 사람들도 마음의 깊이에서는 나와 똑같은 것을 깨닫고 있으면서, 그저 그것을 보지 않으려고 할 따름이다. 그렇다면, 정말 그렇게 하고 있지 않으면 안 되는 것인지도 모른다! 그러나 나는, 나는 어디에다 몸을 두어야 한단 말인가?』 피예르는 이렇게 생각했다. 그도 많은 사람들, 특히 러시아인에게 공통된 불행한 능력을 갖고 있었다, 그것은 선과 진(眞)의 가능을 보고 또한 믿으면서 그 실현에 진지한 노력을 하기에는 너무나 똑똑히 인생의 악과 거짓을 본다는 그 능력이었다. 그의 눈에는 모든 활동의 무대가 악과 거짓에 결부되어 있는 것처럼 비쳤다. 무엇을 시험해도 악과 거짓은 언제나 그를 밀어젖히고 모든 활동의 길을 가로막는 것이었다. 그러나 그러는 사이에도 살아가지 않으면 안 되었다. 무엇인지 하지 않으면 안 되었다. 이 같은 해결될 수가 없는 인생 문제의 중압 밑에 있다는 것은 너무나도 무서운 일이었다. 그는 오직 그것을 잊기 위해서 닥치는 대로 환락에 몸을 내맡겼다. 그는 온갖 회합에 출입을 하고 폭음을 하고 그림도 사고 집도 지었지만, 특히 독서에 탐닉했다.

그는 읽었다. 닥치는 대로 무엇이건 읽었다. 집으로 돌아와서 하인이 미처 외투를 벗기기도 전에, 벌써 책을 집어 들고 읽어 대는 것이었다. 그리고 독서에서 수면, 수면에서 객실과 클럽에서의 잡담, 잡담에서 부산한 술잔치와 여자, 술잔치에서 다시 잡담과 독서와 술로 옮았다. 음주는 그의 경우에는 차차 육체적인 동시에 정신적인 요구가 되었다. 의사가 그 같은 비대증의 사람에게는 술은 굉장히 위험하다고 충고하였음에도 불구하고 그는 폭음을 했다. 그가 무척 기분이 좋아지는 것은, 자기도 모르는 사이에 자기의 큼직한 입에다 술을 몇 잔 기울여 넣고 체내에 퍼지는 흐뭇한 따뜻함과, 모든 이웃에 대한 부드러운 애정과, 그 본질에는 깊이 파고들어가지 않고 모든 사상을 표면적으로라면 비평해도 좋다는 기분을 느꼈기 때문이었다. 술을 한두 병 다 비우고 나면 그는 전에 자기를 전전 긍긍케 했던 그 얼기설기 뒤얽힌 무서운 삶의 매듭도 별로 무섭지 않은 것처럼 막연하게 느껴졌다. 점심이나 저녁 뒤에 머리 속이 수선스러움을 느끼면서, 자기 자신이 지껄이고 남의 이야기를 듣고 혹은 독서를 할 때에도, 그는 줄곧 이 매듭의 일면을 보지 않을 수가 없었다. 그러나 한 잔 거나하게 되었을 때만은, 그는 이렇게 혼잣말을 하는 것이었다. 「뭐, 아무것도 아니다. 내가 당장 풀어 보이지. 이미 다 설명은 돼 있지만, 지금은 그럴 겨를이 없을 뿐이다. 나중에 천천히 생각해 보자!」그러나 이 나중에는 한 번도 찾아오지 않았다.

아침이 되어 술기가 없어지면, 이전의 의혹이 여전히 불가해한 무서운 모습으로 한꺼번에 나타났다. 그래서 피예르는 얼른 책을 손에 집어 들고, 만약 누군지 찾아오는 사람이라도 있으면 몹시 기뻐하는 것이었다.

이따금 피예르는 언젠가 들은 적이 있는 다음과 같은 이야기를 생각했다. 그것은 싸움터에서, 엄호대로서 포화 밑에 서게 되면 병사들은 할 일이 없을 때는 조금이라도 편히 위험한 경우를 견디어 내기 위해, 열심히 일을 찾아내려고 한다는 것이었다. 피예르의 눈에는 모든 사람들이 한결같이 생활에서 도피하려고 하고 있는 병사들처럼 생각되었다. 어떤 사람은 허영으로, 어떤 사람은 카드로, 어떤 사람은 법안의 작성으로, 어떤 사람은 여자로, 어떤 사람은 장난감으로, 어떤 사람은 술로, 어떤 사람은 국무(國務)로, 생활을 피하고 있는 것에 지나지 않는 것이다.

「쓸데없는 것도 없거니와 중대한 것도 없다. 모두가 마찬가지다. 그저 될 수 있는 대로 생활을 피하기만 하면 되는 것이다! 그저 그것을 보지 않도록 이 무서운 그것을 보지 않도록 하기만 하면 되는 것이다.』

2

초겨울에, 니콜라이 안드레예비치 볼콘스키이 노공작은 딸을 데리고 모스크바로 나왔다. 과거의 경력과 총명하고 독특한 성품으로, 특히 당시는 알렉산드르 황제의 통치에 대한 광신이 쇠하고, 반프랑스적 애국적인 경향이 모스크바를 지배하고 있었기 때문에, 니콜라이 안드레예비치 공작은 곧 모스크바 사람들의 일종의 특별한 존경의 대상이 되고, 모스크바 반정부당의 중심이 되고 말았다.

공작은 금년에 접어들어서 부쩍 노쇠해졌다. 뚜렷한 노쇠의 징후가 여러 가지로 나타나기 시작했다. 뜻밖에도 꾸벅꾸벅 졸기도 하고, 새로운 것을 잊고 옛것을 기억하고 있기도 하고, 어린애 같은 허영적인 태도로 모스크바의 반정부당의 영수가 될 것을 받아들이기도 했다. 그러나 그럼에도 불구하고, 이 노인이 특히 저녁녘에 모피의 반외투를 걸치고 머리 분을 뿌린 가발을 쓰고는 차를 마시러 나와서, 누군가가 권하는 대로 과거에 대한 두서 없는 이야기를 하기도 하고, 현실에 대한 더 한층 속단적인 날카로운 비판을 하기 시작하면, 모든 손님들의 마음 속에 한결같은 경건한 존경심을 불러일으키는 것이었다. 이 거대한 저택, 큼직한 체경, 혁명 이전의 가구류, 머리 분을 바른 하인들, 준엄하고 또한 현명한 전세기의 늙은 주인 자신, 그를 숭배하고 있는 겸손한 딸과 아름다운 프랑스 여인, 이러한 모든 것들은 손님들에게 장엄하고 또한 즐거운 인상을 주었다. 그러나 방문자들은 자기들이 목격하는 이 두서너 시간 이외에, 하루에는 아직도 스물 두 시간이나 남아 있고, 그 사이에 비밀한 가정 생활이 행해지고 있다는 것을 생각하지 않았다.

이즈음 모스크바로 온 이래, 이 가정 생활은 공작 영애 마리야에게는 굉장히 괴로운 것이 되었다. 그녀는 모스크바로 온 뒤로는, 자기의 더할 나위 없는 즐거움——그것은 르이스이예 고르이에서 그녀의 마음을 밝게 해주고 있던 순례자들을 상대로 한 이야기와 고독을 빼앗겼고, 게다가 또 도회지 생활의 좋은 점과 쾌락은 조금도 주어지지 않았기 때문이었다. 사교계에는 출입하지 않았다. 왜냐하면 아버지는 자기와 함께가 아니면 딸을 외출시키지 않았고, 그 자신은 건강이 좋지 못하기 때문에 나갈 수가 없음을 누구나 다 잘 알고 있었으므로, 아무도 그녀를 식사나 야회에 초대하려고 하지 않았기 때문이었다. 공작 영애 마리야는 결혼의 희망도 완전히 버렸다. 이따금 신랑감이 될 수 있는 젊은 사람들이 공작의 집에 나타날 적도 있었으나, 니콜라이 안드레예비치 공작은 냉담하고 짓궂은 태도로 그러한 사람들을 맞았다가는 곧 배웅해 버리는 것을 그녀는 보고 있었기 때문이었다. 공작 영애 마리야에게는 친구가 없었다. 이번에 모스크바에 와서 그녀는 자기의 가장 가까운 두 친구에게 실망하고 말았다. 브리엔느 양과는 전부터 흉금을 완전히 털어놓고 싶지는 않았지만, 지금은 이 여자가 못 견디게 불쾌해졌고 몇 가지 이유 때문에 이 여자를 멀리하게 되었다. 공작 영애 마리야가 오 년 동안 끊임없이 통신하고 있던 줄리는 이때 마침 모스크바에 있었으나, 오랜 만에 직접 만나보자 전혀 인연이 없는 남인 것만 같았다. 그 당시 오빠의 죽음으로 말미암아 모스크바에서도 가장 부유한 아가씨가 된 줄리는 세속적인 만족에 열중하고 있었다. 그녀는 갑자기 자기의 진가를 존중하기 시작한(그녀에게는 그렇게 생각되었다) 젊은 사람들에게 둘러싸여 있었다. 결혼이 늦은 상류 사회의 아가씨에게는, 어느 시기에 있어서 이제 자신의 결혼의 마지막 기회가 왔다, 지금이 아니고는 자기의 운명을 결정할 때는 없다고 느끼는 법인데, 줄리도 바로 그러한 시기에 놓여 있었다. 공작 영애 마리야는 목요일이 될 때마다 자기는 이제 아무에게도 편지를 쓸 상대방이 없다는 것을 쓸쓸한 미소를 띄우고 생각하는 것이었다. 왜냐하면 줄리는 이곳에 살고 있기 때문이었다. 그녀는 줄리와 매주 만나고 있었으나, 만났다고 해서 조금도 기쁘지는 않았다. 그녀는 마치 몇 해 동안 밤마다 놀러 다녔던 귀부인과의 결혼을 단념한 노망명객처럼, 줄리가 여기에 있기 때문에 편지를 보낼 사람이 없는 것을 유감스럽게 생각했다. 공작 영애 마리야는 모스크바에 오고 나서부터 말벗도 없었고 자기의 슬픔을 나눌 사람도 없었다. 더우기 새로운 슬픔은 이 동안에 많이 불어났다. 안드레이 공작의 귀국과 그 결혼의 시기는 차차 다가와 있는데도, 아버지의 마음이 누그러지게 해 달라는 그의 의뢰는 아직 실행되지 않고, 오히려 전연 불가능하게 된 것처럼 생각되었기 때문이다. 백작 영애 로스토바의 이름을 입에 올리는 것만으로도, 그렇지 않아도 거의 언제나 기분이 좋지 않은 노공작은 벌컥 역정을 냈다. 요즈음에 또 하나 불어난 공작 영애 마리야의 새로운 슬픔은, 여섯 살 난 조카를 가르치는 일이었다. 니콜루쉬카를 대하는 자기의 태도 속에서 그녀는, 아버지의 성급함을 자기에게서 발견하고 몸이 오싹해지는 것이었다. 절대로 신경질을 부려서는 안 된다고 여러 차례 자신에게 타일러도, 조카를 가르치려고 글 짚는 막대기를 들고 프랑스어 입문을 대할 때마다, 그녀는 자기의 지식을 조금이라도 빨리 그리고 쉽게 아이에게 주입해 주고 싶어하고, 아이는 금방이라도 고모가 발끈 화를 내지나 않을까 하고 처음부터 바짝 얼어 있다. 조카가 조금이라도 부주의한 태도를 보이면, 그녀는 어느 틈에 몸을 바들바들 떨고 허둥거리면서 발끈 화를 내어 목소리를 높이기도 하고, 때로는 그 조그마한 손을 홱 잡아당겨 방 한쪽 구석에 세우는 적도 있었다. 조카를 방 한쪽 구석에 세우고 나서는, 그녀는 자신의 심술궂은 추악한 성질이 가엾어져 마침내 스스로 먼저 울음을 터뜨리고 만다. 그러면 니콜루쉬카는 그 흉내를 내어 훌쩍훌쩍 울면서, 허락도 없이 구석에서 나와 그녀에게로 다가가서 그 얼굴에서 젖은 손을 잡아떼고 그녀를 위로하는 것이었다. 그러나 무엇보다도 큰 슬픔을 주는 것은, 이즈음 잔인할이 만큼 되어 버린 데다가 또 언제나 자기에게로만 돌려지는 아버지의 신경질이었다. 만약 그녀에게 밤새도록 절을 시킨다든지, 혹은 때린다든지 했다면, 그녀도 자기의 경우를 괴롭다고는 꿈에도 생각지 않았을 것이다. 그러나 이 폭군의 유달리 잔인한 점은, 딸을 사랑하고 있으면서 오히려 그 때문에 상대방도 자기 자신도 괴롭히고 있다는 것이었다. 그는 일부러 딸을 욕보이려 하고 창피를 줄 뿐 아니라, 무슨 일에 있어서건 언제나 그녀가 나쁘다는 것을 논리적으로 증명해 보이는 것이었다. 요즈음 공작 영애 마리야를 가장 괴롭히는 새로운 특질이 아버지에게 나타났다. 다름이 아니라 그것은 전에 없이 브리엔느 양을 가까이 하기 시작한 것이었다. 처음 아들의 의향에 대한 보고를 받았을 때, 그의 마음에 문득 떠올랐던 장난기 섞인 생각, 즉 만약 안드레이가 결혼한다면 나도 브리엔느와 결혼하겠다는 생각이 썩 그의 마음에 든 듯, 요즈음에 이르러서는 유달리 집요하게, 오직 딸을 모욕하기 위해서(공작 영애 마리야에게는 그렇게 생각되었다) 브리엔느 양에게 특별히 부드럽게 대하고, 그녀에게 애정을 표시하는 것으로써 딸에 대한 불만을 나타내는 것이었다.

모스크바로 옮겨 오고 나서의 일이었다. 어느 날 느공작은 공작 영애 마리야가 있는 앞에서(그녀는 아버지가 일부러 자기가 있는 테서 그렇게 한 것처럼 생각되었다), 브리엔느 양의 손에 키스하고, 그녀를 자기 옆으로 끌어당겨 부드럽게 어루만지듯이 껴안았다. 공작 영애 마리야는 저도 모르게 얼굴을 붉히고는 방에서 뛰쳐나가 버렸다. 몇 분인가 지나서 브리엔느 양은 타고난 기분 좋은 목소리로 무엇인지 쾌활하게 지껄이면서, 방그레 미소지으며 공작 영애 마리야의 거실로 들어왔다. 공작 영애 마리야는 당황해서 얼른 눈물을 닦았다. 그리고 결연한 걸음걸이로 브리엔느 양에게로 다가가 자기 자신도 무엇을 하고 있는지 모르는 채, 잔뜩 화가 나 허둥거리면서 폭발하는 목소리로 드랑스 여인에게 소리치기 시작했다.

「남의 약점을 이용하는 것은 더럽고 비열하며 몰인정한 짓이에요……」 그녀는 끝까지 말을 맺지 못했다. 「어서 내 방에서 나가 줘요!」 하고 외치자 그녀는 울음을 터뜨리고 말았다.

이튿날 공작은 딸에게 한 마디도 말을 건네지 않았다. 그러나 식사 때, 브리엔느 양부터 먼저 요리를 돌리도록 분부하고 있는 것이 공작 영애 마리야의 주의를 끌었다. 식사가 끝나고 급사가 종전의 습관대로 공작 영애 마리야부터 먼저 커피를 돌리기 시작하자, 공작은 갑자기 미치광이처럼 화를 내면서 필립에게 지팡이를 던지고 당장 그를 군대에 집어 넣어 버리라고 명령했다.

「시키는 대로 말을 듣지 않는군…… 벌써 두 차례나 말했잖아…… 시키는 대로 듣지 않는구나! 이 사람은 우리 집에서 첫째가는 사람이야, 나의 가장 귀중한 친구야.」 하고 공작은 외쳤다. 「만약 네가 다시 한 번 어제 같은 무례한 짓을 하면…….」 하고 그는 비로소 공작 영애 마리야에게로 얼굴을 돌리고, 노여움에 불타 외쳤다. 「이 사람 앞에서 버릇없이 굴면, 누가 이 집의 주인인지 가르쳐 줄 테다. 나가! 내 눈에 어른거리지 않도록 해라! 이 사람한테 사과해!」

공작 영애 마리야는 다말리야 예브게니예브나와 아버지에게 용서를 구하고, 자기의 중재를 바라고 있는 급사 필립을 위해서 잘못을 빌었다.

이러한 경우 공작 영애 마리야의 마음 속에는 자랑스러움 비슷한 희생의 감정이 솟구치는 것이었다. 그리고 또 이와 같은 순간에 저도 모르게 자기가 마음 속으로 비난하고 있는 아버지가, 그녀 눈앞에서 안경을 찾으려고 옆을 더듬더듬하면서도 언제까지나 찾아내지를 못 하거나, 금방 일어났던 일을 곧 잊어버리거나, 혹은 약해진 발을 휘청휘청 내디디면서 누가 자기의 쇠약을 알아챈 것은 아닌가 하고 주위를 둘러보기도 하고, 혹은(이것이 가장 나쁜 것인데) 자기 마음을 북돋아 주는 손님이 없을 때면 이따금 식사중에 돌연 냅킨을 떨어뜨리고 졸기 시작하여, 고개를 꾸뻑꾸뻑하면서 접시 위에 엎드리기도 하는 것을 보면, 『아버님은 나이를 잡수셔서 쇠약해지셨는데, 나는 감히 아버님을 책망하다니!』 하고 그녀는 마음 속으로 자기 자신에게 혐오감을 느끼면서 이렇게 생각하는 것이었다.

3

1811년, 모스크바에 별안간 유명해지기 시작한 프랑스인 의사가 살고 있었다. 훤칠한 키의 미남자로 프랑스인답게 친절하고, 온 모스크바시의 평판에 의하면, 굉장히 기술이 좋은 의사라는 것이었다. 이름은 메찌비예라고 했다. 그는 상류 사

회의 가정에 의사로서가 아니라 대등한 사람으로서 드나들고 있었다.

의사를 비웃고 있던 니콜라이 안드레예비치 노공작도 요즈음 브리엔느 양의 충고에 따라 이 의사를 가까이하고 상당히 친숙해졌다. 메찌비예는 일 주일에 두 차례 찾아왔다.

성(聖) 니콜라이 축일은 바로 노공작의 본명 축일이기도 했으므로, 전모스크바가 그의 저택의 마차 대는 곳에 모였지만, 공작은 아무도 받아들여서는 안 된다고 이르고, 소수의 이름을 적은 명단을 공작 영애 마리야에게 건네 주며, 그 사람들만을 식사에 초대하도록 명령했다.

아침 나절에 의사의 자격으로 축하하러 온 메찌비예는 『금제를 범하는 것을』—이것은 그가 공작 영애 마리야에게 말한 것이었다—예의로 생각하고, 공작의 서재로 들어갔다. 그런데 불행히도 이 본명 축일 아침은 유달리 노공작의 기분이 나쁜 때였다. 그는 아침 내내 집안을 돌아다니며 모든 것에 트집을 잡는가 하면, 남이 자기에게 무슨 말을 해도 모르고, 자기가 말하는 것도 남에게 통하지 않을 것이라는 듯한 얼굴을 하고 있었다. 공작 영애 마리야는 이 조용하고도 불안스럽고 불만에 찬 상태가 늘 분노의 발작으로 끝나는 것을 너무나도 잘 알고 있었으므로, 마치 총알을 재고 나서 방아쇠를 당기기 직전의 총 앞에 선 것처럼, 피할 수 없는 발사를 기다리면서 아침 나절 내내 서성거리고 있었다. 의사가 도착하기까지의 아침 시간은 무사히 지났다. 의사를 들여보내고, 공작 영애 마리야는 책을 들고 객실 문 옆에 앉았다. 여기 있으면 서재에서 일어나는 일을 완전히 들을 수가 있었다.

처음 들린 것은 메찌비예의 목소리뿐이었지만, 뒤이어 아버지의 목소리와, 두 사람의 목소리가 함께 무엇이라고 말하기 시작하고, 문이 홱 열리자 검은 머리를 닭의 볏처럼 세운 메찌비예의 놀란 듯한 아름다운 도습과, 실내모에 자리옷을 걸친 공작의 모습이 문지방에 나타났다. 그는 분노 때문에 얼굴을 보기 흉하게 일그러뜨리고, 눈동자를 아래로 떨구고 있었다.

「모르겠다고?」하고 공작은 외쳤다. 「난 잘 알고 있어! 프랑스의 스파이! 보나파르트의 노예, 개, 내 집에서 냉큼 꺼져, 꺼지란 말이다!」 그리고 그는 문을 탕 닫아 버렸다.

메찌비예는 어깨를 움츠리면서 노한 욕설의 외침 소리를 듣고 무슨 일인가 하고 옆방에서 뛰어나온 브리엔느 양에게로 다가갔다.

「공작은 그다지 건강이 좋지 않으신 것 같습니다. 잔뜩 성이 난 데다가 피가 머리로 올라가 있읍니다. 그러나 걱정하실 것은 없읍니다, 내일 또 들르겠읍니다.」 하고 메찌비예는 입술에 손가락을 대면서 허둥지둥 나갔다.

문 안쪽에서는 슬리퍼를 신은 발소리와 외침 소리가 들렸다.「스파이, 배신자, 도처에 배신자뿐이다! 자기 집에 있으면서도 일 분도 마음을 놓을 수가 없다!」

메찌비예가 떠난 뒤 노공작은 딸을 불렀다. 그리고 온갖 분노는 그녀 한 사람에게 퍼부어졌다. 그녀가 스파이를 들여보낸 것이 잘못이라는 것이다.「명단을 만들어 놓고, 그 명단에 없는 자는 들여보내서는 안 된다고 일러 두었지 않아? 너한테 일러 두었지 않아? 왜 그 따위 더러운 녀석을 들여보냈느냐 말이야! 모두가 다 네가 원인이야. 너하고 같이 있으면 일 분도 마음을 놓을 수가 없어, 맘 놓고 죽을 수도 없다.」하고 그는 말했다.

「안 되겠다, 응? 헤어지자, 헤어져! 그것은 너도 알아 둬야겠어, 알겠나! 난 이제 이 이상 더 참을 수 없어.」하고 그는 방에서 나갔다. 그러나 그녀가 제나름대로 자기 자신을 위로해 버릴까 봐서, 그것이 불안스러워진 듯 다시 되돌아와, 침착한 태도를 보이려고 애쓰면서 덧붙였다.「내가 이런 말을 홧김에 했다고 생각한다면 잘못이야. 난 냉정한 마음으로 깊이 생각한 나머지 한 말이다. 틀림없이 지금 말한 것처럼 할 테니까. 헤어져 버리는 거니까, 그러니까 너는 네가 있을 곳을 찾아 둬라!……」그러나 그는 참지 못하고, 사랑하는 사람에게만 있을 수 있는 분노로 분명히 자기 자신도 괴로와하면서, 주먹을 부르르 떨고 그녀에게 이렇게 외쳤다.

「정말 어느 바보라도 좋으니 이것을 데려가 주었으면 좋겠다.」그는 거칠게 문을 쾅 닫고, 자기 방으로 브리엔느 양을 불러들였다. 그리고 서재 안은 아주 조용해졌다.

두 시에는 선정된 여섯 사람의 명사가 식사하러 모였다. 손님은 유명한 라스토프친 백작(1763~1828. 파벨 1세의 총신으로 1812년 총독, 총사령관이었음-역주), 로푸힌 공작과 그 조카 챠트로프 군장, 이 사람은 공작의 옛 전우였다. 그리고 젊은 축으로는 피예르와 보리스 드루베스코이로, 이러한 사람들이 객실에서 공작을 기다리고 있었다.

요즈음 휴가를 얻고 모스크바에 와 있던 보리스는 니콜라이 안드레예비치 공작과 친숙해지기를 바라고 있었는데, 교묘하게 그의 환심을 사는 데 성공했다. 그리하여 여태까지 독신인 젊은 사람들은 집에 들여 놓지 않았던 공작으로 하여금, 그를 위해서 예외를 만들게까지 이르렀다.

공작의 집은 사교계라고 일컬어지는 성질의 것은 아닌, 일종의 조그마한 서클로서 시중에도 그다지 소문은 나 있지 않았지만, 그 속에 끼이게 되는 것을 무엇보다도 자랑으로 여기고 있었다. 보리스가 이것을 안 것은 일 주일 전의 일이었다. 마침 그가 있는 자리에서 라스토프친 백작이, 성 니콜라이 축일의 식사에 초대를 하는 총사령관에게 갈 수 없다고 거절하며 이렇게 말했기 때문이었다.

「그 날은 언제나 니콜라이 안드레예비치 공작을 뵈러 가게 되어 있읍니다.」

「아하, 그래, 그렇겠군.」 하고 총사령관이 대답했다. 「어떻습니까, 노공작께서는?……」

식사 전에 낡은 가구가 놓인 천장이 높은 구식의 객실에 모인 몇몇 사람들의 모임은, 장중한 법관 회의의 광경을 방불케 했다. 모두들 침묵에 잠겨 있었고, 이따금 이야기를 해도 나직한 목소리로 하였다. 니콜라이 안드레예비치 공작은, 정색한 얼굴로 묵묵히 나왔다. 공작 영애 마리야는 여느 때보다 한층 더 조용하고 겁에 질린 듯이 보였다. 그녀가 이야기할 겨를이 없는 것을 알아채고는, 손님들도 자진해서 그녀를 상대하려 하지 않았다. 라스토프친 백작이 시중(市中)과 정치상의 새로운 뉴스를 이야기하면서, 혼자서 이야기의 실을 잇고 있었다.

로푸힌과 노장군이 드문드문 이야기에 가담했다. 니콜라이 안드레예비치 공작은 마치 재판장이 부하의 보고를 듣는 듯한 태도로 귀를 기울이고 있었고, 그리고 이따금 꺼내는 간단한 말과 침묵으로 사람들의 보고는 참고를 위해서 들어 둔다는 기분을 나타냈다. 어느 누구도 지금의 정계에서 행해지고 있는 일에 찬동하는 자는 없었다. 그것은 당연한 일이다라는 분위기가 전체의 이야기에 엿보였다. 사태가 차차 악화되어 가는 것을 증명하는 듯한 사건만이 이야기되었다. 그러나 어떠한 이야기나 논쟁이 시작되어도, 황제의 인격에 저촉되는 데까지 이르면, 언제나 말하던 사람은 자진해서 발언을 정지하든지, 혹은 정지를 당하는 것이 뚜렷이 눈에 띄었다.

식사를 하는 동안 화제는 정계의 근황으로, 나폴레옹의 올덴부르크 공국 점령, 러시아에서 유럽 각국의 궁정에 보낸 나폴레옹 배척의 통첩 등으로 옮겼다.

「보나파르트가 유럽을 대하는 태도는, 마치 해적이 자기의 약탈선을 대하는 것 같아요.」 벌써 몇 차렌가 써먹은 비유를 되풀이하면서 라스토프친 백작은 말했다. 「각국 원수들의 참을성이랄까, 맹종이랄까, 그저 아연 실색할 따름입니다. 이번에는 일이 교황에게까지 미치고 있읍니다. 보나파르트는 두려움도 없이 카톨릭교의 원수를 끌어내리려고 하고 있는데도, 모두 그것을 묵과하고 있지 않느냔 말입니다! 오직 한 분, 우리 황제 폐하께서만 올덴부르크 공국의 점령에 대해서 감연히 항의하셨읍니다만, 그러나 그것도……」 라스토프친 백작은 이제 이 이상 더 논쟁이 허용되지 않는 경계에 선 것을 느끼고 입을 다물어 버렸다.

「그러니까 올덴부르크 공국 대신 다른 영토를 제공한 거지.」 하고 니콜라이 안드레예비치 공작이 말했다. 「마치 내가 나의 농부들을 르이스이예 고르이에서 보구챠로보나 랴자니로 옮기는 것과 마찬가지로 그 사내는 대공들을 맘대로 움직이고 있단 말이야.」

「올덴부르크 대공은 놀라운 성격과 인종(忍從)의 힘으로 자신의 불행을 견디
어내고 계십니다.」하고 보리스는 공손하게 이야기에 끼어 들면서 말했다. 그가
이렇게 말한 것은 페쩨르부르그에서 오는 도중, 대공을 배알하는 영광을 가졌기
때문이었다. 니콜라이 안드레예비치 공작은 이것에 대해서 무엇인가 이야기하고
싶은 듯이 이 젊은이의 얼굴을 쳐다보았으나, 그러기에는 상대방이 너무 젊다고
생각하고 그만두어 버렸다.

「나는 올덴부르크 사건에 관한 우리 나라의 항의문을 읽었읍니다만, 그 통첩
문안이 서투른 것에는 정말 놀랐읍니다.」잘 알고 있는 일을 비판하는 듯한 천연
덕스러운 어조로 라스토프친 백작은 말했다.

피예르는 어째서 통첩의 문안이 서투른 것이 마음에 걸리는 것일까 하고, 소박
한 늘라움을 느끼면서 라스토프친을 쳐다보았다.

「만약 그 내용만 힘찬 것이라면.」하고 그는 말했다.「통첩 같은 거야. 어떻게
씌어 있건 결국 마찬가지가 아닙니까, 백작?」

「그렇지만 여보게, 오십만의 대군을 거느리고 있는 우리 나라로서는 훌륭한 문
체로 쓴다는 것쯤은 손쉬운 일이지 않나.」하고 라스토프친 백작은 말했다. 피예
르는 어째서 라스토프친 백작이 통첩 문안이 서투른 점을 마땅잖게 여기는지, 그
까닭을 비로소 깨달았다.

「서 푼짜리 문사(文士)가 꽤 불어난 모양이로군.」하고 노공작은 말했다.「그
페쩨르부르그에서도 모두들 써 대더군. 그것도 통첩뿐만이 아니라 새 법령까지도
함부로들 쓰고 있는 거야. 우리 안드류샤도, 거기에서 러시아를 위한다면서 방대
한 법령책을 한 권 쓰지 않았겠나. 요즘은 너나 할 것 없이 모두 쓰고 있어!」하
고 그는 부자연스럽게 웃기 시작했다.

이야기는 잠시 끊겼다. 그러자 노장군이 기침을 하고 자기 쪽으로 모두의 주의
를 돌리게 했다.

「이즈음 페쩨르부르그에서 있었던 열병식에 관한 일을 들으셨읍니까? 신임 프
랑스 공사가 몹시 이채를 띠었었지요!」

「뭐? 그렇지, 그래, 나도 므엇인가 그런 말을 들었었지. 공사가 폐하의 어전에
서 무엇인가 서투른 말을 했었던 모양이더군.」

「폐하께서 척탄병 사단의 분열식을 공사에게 가리켜 보이시자.」하고 장군은
말을 이었다.「공사는 그것에는 전혀 아무런 주의도 돌리지 않고 무엄하게도『우
리 프랑스에서는 그런 쓸데없는 것에는 주의를 돌리지 않습니다.』하고 말한 모양
입니다. 폐하는 아무 말씀도 하지 않으셨읍니다만, 다음 사열 때에는 한 번도 공

사에게 말을 건네지 않으셨다는 이야기입니다.」

　모두들 침묵에 빠지고 말았다. 황제의 개인적인 일에 관한 이 사실에는 아무런 비판도 가할 수가 없었던 것이다.

　「뻔뻔스러운 녀석들이야!」하고 공작은 말했다.「그 메쩨비예 말이오, 난 오늘 그녀석을 집에서 쫓아냈지. 그녀석이 여기에 오지 않았겠소? 아무도 들여보내서는 안 된다고 그렇게 굳게 일러 두었는데도 들여보냈기 때문에.」노엽게 딸을 흘겨보면서 공작은 이렇게 말했다. 그는 이 프랑스 의사의 이야기며, 메쩨비예를 간첩이라고 믿는 이유들을 모두 이야기했다. 그 이유는 지극히 박약하고 또한 막연한 것이었으나 아무도 반박하지 않았다.

　불고기 때에 샴페인이 나왔다. 손님들은 자리에서 일어나서 노공작을 축하했다. 공작 영애 마리야도 아버지 옆으로 다가갔다.

　그는 싸늘한 심술궂은 눈으로 딸을 힐끔 쳐다보면서 깨끗이 면도가 된 주름투성이의 볼을 내밀었다. 오늘 아침의 이야기는 잊고 있지 않다는 것과, 내 결심은 그때와 똑같은 힘을 지니고 있지만 지금은 그저 손님들이 있으니까 그것을 입 박에 내지 않고 있을 뿐이라고, 그 얼굴의 쌀쌀맞은 표정이 그녀를 향해 이야기하고 있었다.

　커피를 마시러 객실로 나왔을 때, 노인들은 자리를 같이했다.

　니콜라이 안드레예비치 공작은 한층 더 활기를 띠었다. 그리고 눈앞에 닥친 전쟁에 관해서 자기의 의견을 토로했다.

　그가 하는 말에 의하면, 우리가 독일과 동맹을 하려고 애쓰거나, 찔리지트 즈약에 질질 끌려 유럽의 정정(政情)에 개입하거나 하는 동안은 우리와 보나파르트 사이의 전쟁은 불행해질 뿐이다. 우리로서는 오스트리아를 자기 편으로 삼든, 적으로 삼든, 어느 쪽이든 싸울 필요는 없었던 것이다. 우리의 정책이 모두 동방에 있는 이상, 대(對) 보나파르트와의 관계에 있어서는 그저 국경의 수비와 굳건한 외교 정책만 있으면, 그는 1807년의 경우처럼 절대로 러시아 국경을 넘어서는 짓은 할 수 없을 것이라는 것이다.

　「그리고 공작, 러시아가 프랑스를 상대로 어째서 감히 전쟁 같은 걸 할 수 있겠느냐 말입니다!」하고 라스토프친 백작은 말했다.「자기 선생과 하느님에게 어떻게 맞설 수 있겠읍니까? 자 보십시오, 우리 나라의 젊은이들이나 부인들을. 우리들의 하느님은 프랑스인입니다. 우리들의 천국은 파리입니다.」

　그는 모두들에게 들리도록 하기 위해서인 듯, 더 한층 큰소리로 떠들어 대기 시작했다.

　「옷도 프랑스, 사상도 프랑스, 감정도 프랑스입니다! 당신은 오늘 메쩨비예를 프랑스인이고 망나니라고 혀여 멱살을 잡아 끌어내셨읍니다만, 우리네 부인들은 그녀석 뒤꽁무니를 졸졸 따라다니고 있으니 말씀입니다. 나는 어제 어느 야회에 갔었읍니다만, 다섯 명의 부인들 가운데 세 사람이 카톨릭 교도이며, 교황의 허가를 얻어 일요일에 자수를 놓고 있었읍니다. 그런데 그 꼬락서니란, 실례의 말씀입니다만 거의 벌거숭이나 다를 없는, 흡사 목욕탕의 간판 같은 몸차림이 아니겠읍니까? 정말 요즘 젊은 사람들을 보면 박물관에서 표트르 대제의 묵은 참나무 몽둥이를 가지고 와서 러시아식으로 옆구리를 후려갈겨 주면, 어리석은 생각도 없어질 것이라는 느낌이 자꾸 듭니다!」

모두들 잠자코 있었다. 노공작은 얼굴에 미소를 띠우고 라스토프친을 쳐다보면서, 동의하듯이 고개를 끄덕였다.

「그럼 각하, 실례하겠읍니다. 부디 병을 앓게 되지 않으시도록.」 라스토프친은 타고난 성급한 동작으로 일어서서 공작에게 손을 내밀면서 말했다.

「잘 가게! 참으로 능변가야, 언제나 이 사람의 말엔 넋을 잃고 듣게 되거든!」 노공작은 그 손을 쥐고 키스를 받기 위해서 볼을 내밀었다. 라스토프친과 같이 다른 사람들도 일어났다.

4

공작 영애 마리야는 객실에 앉아 이러한 노인들의 논쟁이며 잡담을 들으면서도, 그 듣고 있는 것을 하나도 알지 못했다. 그녀는 다만 자기에 대한 아버지의 냉혹한 태도를 손님들이 알지나 않을까 하고 그것만을 생각하고 있었다. 그녀는 식사를 하는 동안 내내 드루베스코이가 보였던 특별한 주의도 친절한 거동도 거의 알아채지 못했을 정도였다. 그가 이 집에 온 것은 이것으로 세 번째였다.

공작 영애 마리야는 멍청하고 의아스러운 듯한 눈초리로 피예르 쪽으로 돌렸다. 그는 공작이 나간 뒤, 손에 모자를 들고 얼굴에 미소를 띠우면서 손님들의 맨 뒤가 되어 그녀 옆으로 다가왔던 것이다. 그들은 단 둘이서 객실에 남았다.

「조금 더 앉아 있어도 괜찮겠읍니까?」 그는 공작 영애 마리야 옆의 안락의자에 자기의 그 비대한 몸을 내던지면서 말했다.

「네, 좋습니다.」 하고 그녀는 말했으나, 〈당신은 정말 아무것도 눈치채지 못하셨나요?〉 하고 그 눈초리는 묻고 있는 것만 같았다.

피예르는 식후에 유쾌한 기분이 되어 있었다. 그는 자기 앞을 응시하면서, 조용히 미소를 짓고 있었다.

「아가씨, 당신은 전부터 그 젊은이를 알고 계셨읍니까?」하고 그는 말했다.

「누구 말씀이에요?」

「드루베스코이를.」

「아녜요, 요즘이에요……」

「어떻습니까, 마음에 드십니까?」

「네, 유쾌한 분이에요…… 어째서 그런 걸 물어보시죠?」오늘 아침의 아버지와 나눈 이야기에 대한 생각을 계속하면서 공작 영애 마리야는 말했다.

「다름이 아니라 나는 이런 것을 관찰했기 때문입니다. 즉, 젊은 사람이 휴가를 이용하여 페쩨르부르그에서 모스크바로 온 것은 부유한 아가씨와 결혼을 하기 위해서예요.」

「그런 관찰을 하셨던가요?」하고 공작 영애 마리야는 말했다.

「그렇습니다.」하고 피예르는 미소를 띄우고 말을 이었다. 「그런데 그 청년의 요즈음 행동은 부유한 아가씨가 있는 데에는 반드시 그 사람도 있다는 것입니다. 나는 그 사람의 마음을, 책을 읽듯이 읽고 있읍니다. 그 사람은 지금 망설이고 있읍니다. 당신과 줄리 카라기나 양 두 사람 가운데 어느 쪽을 공격해야 할 것인가 하고 말입니다. 그 사람은 그녀에게 굉장히 주의를 하고 있읍니다.」

「그분은 카라긴 댁에도 잘 가시나요?」

「네, 매우 자주 갑니다. 그건 그렇고, 당신은 여자를 설득하는 새로운 방법을 알고 있으십니까?」쾌활한 미소를 띄우며 피예르는 이렇게 물었다. 아마도 지금 그는 그토록 자주 일기 속에서 자책했던, 예의 사람 좋은 냉소를 띤 즐거운 기분이 되어 있는 모양이었다.

「아니오.」하고 공작 영애 마리야가 대답했다.

「요즈음 모스크바 아가씨들의 마음에 들기 위해서는 으울해져야 합니다. 그래서 그 사람도 카라기나 양 앞에 나가면 굉장히 우울하게 하고 있읍니다.」

「정말이에요?」피예르의 선량해 보이는 얼굴을 찬찬히 쳐다보면서 공작 영애 마리야는 이렇게 말했으나, 마음 속으로는 줄곧 자기의 슬픔을 계속 생각하고 있었다. 『아, 차라리 지금 내가 느끼고 있는 걸 결연히 누군가에게 모두 털어놓을 수 있다면 얼마나 마음이 가벼워질까!』하고 그녀는 생각했다. 『특히 나는 이 피예르에게 모든 것을 털어놓고 싶다. 정말 친절하고 고결한 분이시지 않은가. 아, 그러면 얼마나 마음이 가벼워질까. 이분은 틀림없이 나에게 지혜를 빌려 주실 것이다!』

「그 사람하고 결혼하실 마음은 없으십니까?」하고 피예르가 물었다.

「아아, 정말이에요, 백작! 난 이제 아무하고라도 결혼해 버리고 말까 보다고 생각하는 적이 곧잘 있어요.」자기 자신도 예기치 못했을 만큼 갑자기, 공작 영애 마리야는 울먹이는 목소리로 말했다. 「아, 자기 가까이에 있는 사람을 사랑하고 있으면서 아무것도(그녀는 떨리는 목소리로 말을 이었다)…… 그 사람을 위해서 해드리지 못하고 다만 슬퍼할 뿐, 게다가 그것을 어떻게 바꿀 수도 없다고 느끼는 것처럼 괴로운 일은 없어요. 그렇게 되면…… 도망쳐 나가는 외의 다른 도리가 없읍니다만, 저 같은 게 어디로 도망쳐 나갈 수가 있겠어요?」

「아니, 아가씨, 어떻게 된 일입니까?」

그러나 공작 영애는 끝까지 말을 맺지 못하고 울음을 터뜨리고 말았다.

「나는 오늘 나 자신도 어떻게 된 일인지 모르겠어요. 내가 말하는 것을 듣지 말아 주세요. 내가 말씀드린 것도 잊어 주세요.」

피예르의 유쾌한 기분은 완전히 사라져 버렸다. 그는 걱정스럽게 여러 가지로 공작 영애에게 물으면서, 자기에게 무엇이든지 다 이야기하고 슬픈 일도 숨김 없이 말해 달라고 부탁했다. 그러나 그녀는 지금 이야기한 것은 잊어 주기 바라며, 자기도 무슨 말을 했는지 기억이 없으니까 하고 되풀이할 뿐, 자기의 슬픔은 피예르도 이미 알고 있는 안드레이 공작의 결혼이 부자간의 불화를 불러일으키지는 않을까 하는 걱정 이외에는 아무것도 아니라고 말했다.

「로스토프네의 소문을 들으셨나요?」그녀는 화제를 바꾸려고 이렇게 말했다. 「멀지 않아 상경하실 모양이에요. 난 안드레이가 돌아오기를 날마다 기다리고 있어요. 어떻게 두 사람이 여기서 만나면 좋겠다고 생각되어서 말이에요.」

「그런데 그분은 이 사실을 어떻게 보고 계십니까?」

노공작이라는 뜻을 그분이라는 말로 넌지시 비치면서 피예르는 이렇게 물었다. 공작 영애 마리야는 고개를 저었다.

「그렇지만 무슨 수가 있겠어요. 이제 일 년도 몇 달밖에 남지 않았는걸요. 별수 없어요. 나는 다만 오빠에게 무서운 최초의 순간만을 피하게 해드리고 싶어요. 로스토프네의 사람들이 조금이라도 빨리 도착해 주었으면 해요. 난 그 아가씨하고 친해 보고 싶어요……. 당신은 전부터 그분들을 알고 계시지요?」하고 공작 영애 마리야는 말했다. 「제발 말씀해 주세요, 가슴에다 손을 얹으시고 숨김 없이 참된 진실을 말씀해 주세요. 그분은 어떤 아가씨예요. 왜냐하면 아시다시피 안드레이로선 아버지의 뜻을 거슬리면서까지 하는 다분히 모험적인 결혼이니까, 나도 될 수 있는 대로 알아 두었으면 해서…….」

본능이 어렴풋이 피예르에게 속삭인 것은, 숨김 없는 진실을 말해 달라고 몇 차례고 되풀이하는 그녀의 간청과 애원 비슷한 말 가운데에 미래의 올케에 대한 공작 영애 마리야의 반감이 나타나 있다는 것과, 또 그녀는 피예르가 안드레이 공작의 선택에 동의하지 말아 주었으면 하고 바라는 것이 아닌가 하는 것이었다. 그러나 피예르는 자기가 생각하는 것이라기 보다는 도리어 느끼고 있었던 것을 이야기해 버렸다.

「나는 당신의 물음에 어떻게 대답해야 좋을지 모르겠읍니다.」하고, 어째선지 저도 모르게 얼굴을 붉히면서 그는 말했다. 「그분이 어떤 아가씨인지, 나는 전혀 모르겠읍니다. 나는 도저히 그분을 분석할 수가 없읍니다. 그분은 매혹적입니다. 그러나 어째서인지는 전혀 그분에 관해서 말할 수 있는 것은 그것뿐입니다.」

공작 영애 마리야는 긴 한숨을 내쉬었다. 그 얼굴 표정은 마치 〈그럴 거예요. 나도 틀림없이 그러리라고 생각하고 매우 두려워하고 있었어요.〉 하고 말하는 것 같았다.

「총명한 분이시겠지요?」하고 공작 영애 마리야는 물었다.

피예르는 생각에 잠겼다.

「나로서는 그렇지 않다고 생각합니다만.」하고 그는 말했다. 「아니, 그러나 그렇다고도 할 수 있읍니다. 그분은 총명해진다는 것에 그리 큰 가치를 두는 것 같지 않습니다…… 그러나 총명한 것은 아녜요. 그분은 매혹적입니다. 그뿐입니다.」

공작 영애 마리야는 다시금 납득이 가지 않는 듯이 고개를 저었다.

「아아, 나는 정말 그분을 못 견디게 사랑해 주고 싶어요! 만약 당신께서 나보다 먼저 만나시게 되거든 그렇게 말씀드려 주세요.」

「그분 댁에선 멀지 않아 상경하신다고 하더군요.」하고 피예르는 말했다.

공작 영애 마리야는 피예르에게, 자기는 로스토프네의 사람들이 상경하는 대로 곧 미래의 올케와 가까이 사귀어, 늙은 공작이 그녀에게 친숙해지도록 애쓸 생각이라고 말했다.

5

보리스는 페쩨르부르그에서 부유한 아가씨와의 결혼이 성공하지 못했던 탓으로, 같은 목적을 지니고 모스크바로 왔다. 모스크바에서도 그는 가장 부유한 두 아가씨, 줄리와 공작 영애 마리야 사이를 방황하고 있었다. 공작 영애 마리야는 아름답지 않았음에도 불구하고 보리스의 눈에는 줄리보다 매력이 있는 것처럼 생각되었으나, 어쩐지 그에게는 그녀에게 사랑을 구하기가 쑥스러웠다. 최근 노공작의 본명 축일에 그녀와 만났을 때, 그는 그녀에게 감정적인 이야기를 걸려고 온갖 수단을 다해 보았었으나, 그녀는 엉뚱한 대답만 하며 상대방의 말은 듣고 있지도 않은 듯했다.

그와 반대로 줄리는 그녀에게만 특유한 일종의 유다른 방법이기는 했지만, 기꺼이 그의 친절을 받아들였다.

줄리는 스물 일곱이었다. 형제들이 죽은 뒤부터 굉장한 부자가 된 그녀는 지금은 완전히 아름다움을 잃고 있었지만, 내심 자기는 여전히 미인일 뿐만 아니라 전보다도 훨씬 매력적이 되었다고 생각하고 있었다. 그녀에게 이런 오해를 일으키게 한 이유는 첫째로 대단한 부자가 되었다는 것, 둘째로는 나이를 먹으면 먹을수록 자기는 남자들에게 위험이 적어지고, 그들은 아무런 의무도 지지 않고 자유롭게 자기와 교제하고, 자기가 베푸는 만찬회며 그 밖의 즐거운 모임을 즐길 스 있게 되었다는 것이었다. 십 년 전에는 아직 열 여덟 안팎의 아가씨가 있는 집에 날마다 드나들어 상대방 아가씨에게 나쁜 소문이 나거나, 자기 자신도 난처한 입장에 빠질까 봐 무척 두려워하던 사나이가, 지금은 대담하게도 날마다 출입을 하며 결혼 전의 아가씨로서가 아니라, 성가시지 않은 단순한 친구로서 그녀를 대하고 있는 것이었다.

카라긴네는 올 겨울의 모스크바에서 가장 유쾌하고 손님 대접이 좋은 집이었다. 날을 정하여 베푸는 야회며 만찬회 이외에, 카라긴네에는 매일처럼 많은 손님, 특히 남자들이 모여서 밤 열 두 시 무렵에 야식을 하고, 세 시 가까이까지 주저앉다가 가는 것이었다. 무도회고, 산책이고, 극장이고 줄리가 빠지는 일은 한 번도 없었다. 그녀의 의상은 언제나 유행의 첨단을 걷고 있었다. 그러나 그럼에도 불구하고 줄리는 모든 것에 환멸을 느낀 사람처럼 보였다. 그녀는 아무한테나 자기는 우정도 사랑도 또 어떠한 인생의 환락도 믿지 않고, 다만 저 세상에서의 평안을 기다릴 뿐이라고 말했다. 그녀는 이렇듯 커다란 실망을 경험한 아가씨, 이를테면 애인을 잃었다든가 혹은 참혹하게 배신을 당했다든가 하는 쓰라린 경험을 가진 아가씨 같은 말투를 몸에 지니고 있었다. 그리고 실은 그런 일은 조금도 없었지만, 모두들 그녀를 그러한 여자로 바라보고 있었고, 그녀 자신도 갖은 인생의 고초를 겪어 온 것처럼 생각하고 있었다. 그러나 이 우울함은 그녀의 즐거움을 방해하지 않았고, 그녀의 집에 드나드는 젊은 사람들이 유쾌하게 시간을 보내는 데도 방해가 되지 않았다. 이 집에 오는 모든 손님은, 먼저 여주인의 우울한 기분에 일단 예의를 갖추고 난 다음, 잡담이며 논리의 유회며 그리고 카라긴네에서 유행하는 작시(作詩) 경기들을 시작하는 것이었다. 다만 몇 사람의 젊은 사람들만이(그 가운데에는 보리스도 들어 있었다) 다른 사람들보다 더 줄리의 우울한 기분 속에 깊이 파고들었다. 또한 줄리도 이러한 젊은이들을 상대로, 다른 사람들이 없는 데서 이 세상의 덧없음을 비교적 장시간 이야기했다. 그리고 슬픈 색조의 그림이며, 격언이며, 시가 잔뜩 씌어 있는 앨범을 펴 보이는 것이었다.

줄리는 보리스에게 유달리 상냥했다. 그녀는 그가 일찍부터 인생에 실망을 느낀 것에 동정하고, 자기 자신이 인생의 고뇌를 경험한 사람으로 가능한 한 우애에 찬 위안을 주고, 자기 앨범을 보여 주기도 했다. 보리스는 그녀의 앨범 속에 두 그루의 나무를 그리고, 〈외로운 나무여, 네 침침한 가지는 나에게 어둠과 우수를 흔들어 떨어뜨리도다〉라고 썼다.

또 다른 곳에는 무덤을 그리고 거기다 시를 덧붙였다.

죽음은 구원이요, 안식이도다.
아아! 거기를 두고 어디서 슬픔을 막을 길을 구하랴.

「이것은 굉장해요!」하고 줄리는 말했다.
「우울의 미소 속에 무언가 아주 매력적인 것이 있어요.」그녀는 책 가운데서 발췌한 말을, 한 자도 틀리지 않고 꼭 그대로 베끼듯이 하여 보리스에게 말했다. 「그것은 그림자 속에 비치는 한 가닥의 빛이에요. 우수와 절망 사이에 있으면서 아직 위안이 있음을 보여 주는 뉘앙스예요.」

이것에 대해서 보리스는 다음과 같은 시를 써 주었다.

너무나도 다감한 넋을 기르는 독이여
그대 없이는 행복이 있을 수 없도다.
사랑스러운 우울이여, 오오, 와서 나를 달래 다오
와서 내 어두운 고독의 고뇌를 가라앉혀 다오.
그리고 솟구쳐 오름을 느끼는 이 눈물에
비밀한 감미로움을 부어 넣어 주려무나.

줄리는 더없이 애조를 띤 소야곡(小夜曲)을 보리스에게 하프로 타주었다. 보리스는 또 그녀에게 《가련한 리자(카람진의 소설―역주)》를 읽어 주고, 숨이 멎을 것 같은 감동 때문에 여러 차례 낭독을 멈추었다. 사교계에서 만날 때 줄리와 보리스는 온 세계에서 자기들 두 사람만이 모든 것에 흥미를 잃은 인간이며, 서로 이해하고 있는 것이라는 듯한 시선을 교환하는 것이었다.

어머니의 말벗으로서 카라긴네에 자주 드나들고 있던 안나 미하일로브나는 그동안에 줄리의 소유로 되어 있는 유산이 얼마큼 있는가 하는 것을 정확히 조사해 보았다(그 유산은 펜자의 소유지 두 곳과 니쥐니이 노브고로드의 숲이었다). 안나 미하일로브나는 하느님의 뜻에 대한 신복(信服)과 감동에 가슴을 설레면서, 자기 아들과 부유한 줄리를 묶어 놓고 있는 우아한 애수(哀愁)를 가만히 관찰하고 있었다.

「줄리, 당신은 언제나 아름답고 우수에 잠겨 계시군요.」하고 그녀는 줄리를 보고 말했다. 그리고 줄리의 어머니를 보고 이렇게 말했다. 「보리스도 말씀이에요, 댁에 들르면 마음이 푹 놓인다고 말하고 있어요. 그 앤 아주 여러 가지 실망을 경험하고 있어 몹시 다감해졌어요.」

「아아, 애, 보리스, 난 요즘 줄리가 못 견디게 좋아졌단다.」하고 그녀는 아들에게 말했다. 「말로써는 어떻다고 표현할 수 없을 만큼이야! 그리고 또, 누구나 그 사람을 좋아하지 않을 수가 없어. 정말 세속을 벗어난 갸륵한 분이야! 아아, 보리스, 보리스!」그녀는 잠시 침묵했다. 「난 그 어머니가 안타까와 못 견디겠다.」하면서 그녀는 말을 이었다. 「오늘도 펜자에서 온 계산서며 편지를 보여 주셨는데, 그 집에는 광대한 소유자가 있으니까 말이야. 가엾게도 늘 혼자이시니까 모두들 마구 속이려 들지 뭐냐!」

보리스는 어머니의 말을 들으면서 보일락 말락한 미소를 지었다. 그는 어머니의 빤히 들여다보이는 책략을 가시가 없이 비웃고 있었으나, 펜자와 니쥐니이 노브고로드의 소유지에 대해서는 주의하여 귀를 기울였을 뿐만 아니라, 이따금 신중하게 묻곤 했다.

줄리는 벌써 오래 전부터 이 우울한 숭배자의 청혼을 기다리면서, 그것을 승낙할 생각으로 있었다. 그러나 보리스의 마음 밑바닥에 잠겨 있는 혐오의 감정, 줄리 자신과 그 강렬한 결혼의 소망과 부자연스러운 언어 동작에 대한 혐오의 감정, 그리고 또 앞으로 참된 사랑을 느끼게 되는 일이 있더라도 단념하지 않으면 안된다는 두려움의 감정이 아직도 그를 붙들어 놓고 있는 것이었다. 그의 휴가 기한은 벌써 끝나려 하고 있었다. 그는 날마다 카라긴네에서 지내고, 날마다 마음속으로 이것저것 생각에 잠기며 내일은 꼭 청혼을 하리라고 자신에게 말하고 있었다. 그러나 줄리 앞에 나가서 그 빨간 얼굴이며, 언제나 분으로 덮여 있는 턱이며, 눈물이 글썽글썽한 눈이며, 언제 어느 때라도 우울에서 대번에 벗어나 결혼 생활의 불가사의한 환희로 비약해 보이겠다고 속삭이는 듯한 표정을 쳐다보고 있노라면, 도저히 마지막 한 마디를 꺼낼 마음이 들지 않았다. 그는 벌써 오래 전부터 마음 속으로, 자기를 펜자와 니쥐니이 노브고로드 영지의 소유자처럼 공상하고, 그 수입의 용도까지 정해 놓고 있었다. 줄리는 보리스의 망설임이 눈에 띄자, 자기를 싫어하고 있는 것은 아닐까 하는 생각이 이따금 머리에 떠올랐다. 그러나 여성 특유의 자기 기만이 곁에서 그녀를 달래어, 그는 사랑하기 때문에 쑥스러워 말하지 못하고 있다고 스스로 타이르는 것이었다. 그렇다고는 하나 우울은 점점 초조로 바뀌어, 보리스의 출발이 바짝 닥쳐오자 그녀는 단호한 수단을 쓰기로 했다. 그것은 마침 보리스의 휴가가 끝나려고 할 때, 모스크바에(따라서 말할 것도 없이 카라긴네의 객실에도) 아나톨리 쿠라긴이 나타난 까닭에, 줄리는 돌연 지금까지의 우울을 내던지고 굉장히 명랑해지기 시작했다. 그리고 쿠라긴에게 주목하게 되었다.

「애야!」하고 안나 미하일로브나는 아들에게 말했다.「난 어떤 정확한 곳에서 들어 알았는데 말이다, 바실리이 공작이 아들을 모스크바로 보낸 것은, 줄리한테 장가들이기 위해서라더구나. 나는 줄리가 사랑스러우니까 안타까와 못 견디겠다. 넌 어떻게 생각하고 있느냐, 응?」하고 안나 미하일로브나는 말했다.

이 한 달 동안 줄리 곁에서 바친 고통스럽게 우울했던 봉사도 헛수고로 돌아가고, 마음 속으로는 용도까지 적당히 정해 두었던 펜자의 소유지에서의 수입도 남의 손에 넘어가고(더우기 어리석은 아나톨리의 손에 넘어가고) 자기만 바보가 된다고 생각하자, 보리스는 억울해서 견딜 수 없었다. 그는 꼭 청혼을 해야겠다는 굳은 결심을 품고 카라긴네로 갔다. 줄리는 쾌활하고 걱정이 없는 얼굴로 그를 맞아, 어젯밤의 무도회가 재미있었던 것을 담담한 어조로 이야기하고 언제 떠나느냐고 물었다. 보리스는 사랑을 고백하려고 온 이상 태도를 부드럽게 하려고 생각하고 있었으나, 그럼에도 불구하고 그는 언짢은 억양으로 여자의 변덕에 대해서 지껄이기 시작했다. 여자라는 것은 쉽사리 우울에서 희열로 바꿀 수 있다느니, 여자의 기분은 자기의 뒤를 쫓아다니는 남자에 의해서 좌우되는 것이라느니, 하고 말했다. 줄리는 물론 발끈 화를 냈다. 그리고 그것은 정말이며, 여자에게는 변화가 필요하고 언제나 똑같아서는 누구에게나 싫증을 주게 된다고 말했다.

「그렇다면 충고하겠읍니다만, 차라리……」그녀를 꼬집어 주어야겠다고 생각하고 보리스는 이렇게 말문을 열었으나, 그 순간 자신의 노력이 수포로 돌아가고, 자기는 목적을 이루지 못한 채 터벅터벅 모스크바를 떠나게 되는지도 모른다는 모욕적인 생각이 불현듯 머리에 떠올랐다. 그런 일은 그로서 지금까지 경험한 일이 없는 것이었다. 그는 이야기를 중도에서 그치고 불쾌하게 일그러진 주저하는 듯한 여자의 얼굴을 보지 않으려고 눈길을 떨어뜨렸다. 그리고는 이렇게 말했다. 「난 결코 당신하고 말다툼 하러 온 것이 아닙니다. 오히려……」그는 계속해서 좋은지 어떤지 살피기 위해서, 여자의 얼굴을 힐끔 쳐다보았다. 그녀의 화난 기색은 갑자기 사라져 없어지고, 침착을 잃은 애원하는 듯한 눈이 탐욕스러운 기대를 노골적으로 보이며 그에게 못박혀 있었다. 『나는 이 여자와 자주 만나지 않도록 하는 것쯤은 손쉽게 할 수 있다.』 하고 보리스는 생각했다. 『그러나저러나 이미 내친 걸음이니 끝장을 내지 않으면 안 된다!』 그는 얼굴을 붉히고 여자 쪽으로 눈을 돌리면서 이렇게 말했다.

「당신은 제 마음을 알고 계시겠죠!」 더 이상 말할 필요는 없었다. 줄리의 얼굴은 승리와 만족으로 빛났다. 그러나 그녀는 보통 이런 경우에 남자가 말해야 할 모든 것을 기어이 보리스에게 말하게 했다. 즉 그가 자기를 사랑하고 있다는 것, 여태까지 자기 이외의 다른 여자를 한 번도 사랑한 적이 없었다는 것 등을 남자의 입으로 말하게 했다. 그녀는 펜자의 소유지와 니쥐니이 노브고로드의 숲 대신에, 이 정도의 요구는 해도 괜찮다고 생각했던 것이다. 그리고 성공적으로 요구대로의 답변을 얻었다.

약혼한 두 사람은 이젠 어둠과 우수를 흔들어 떨어뜨리는 나무에 대한 이야기는 입 밖에 내지 않고, 페쩨르부르그에 있어서의 화려한 저택의 설비에 대해서 가지가지의 계획을 세우기도 하고 방문을 하기도 했다. 그리고 호화로운 결혼식을 위한 온갖 준비를 했다.

6

일리야 안드레이치 백작은 일월 하순에 나타샤와 소냐를 데리고 모스크바에 도착했다. 백작 부인은 여전히 건강이 좋지 않았으므로 여행을 할 수가 없었고, 그렇다고 하는 일 없이 그녀의 회복을 기다리고만 있을 수도 없었다. 안드레이 공작의 모스크바 방문도 매일처럼 기다려졌고, 혼수도 장만하지 않으면 안 되었으며, 모스크바 근교의 소유지도 팔지 않으면 안 되었고, 노공작의 모스크바 체재를 이용하여 미래의 며느리를 선보이지 않으면 안 되었다. 모스크바의 로스토프네 저택은 난로도 피워져 있지 않은 데다가, 백작 부인도 동행하고 있지 않았고 단기간의 체재이기도 하였으므로, 일리야 안드레이치는 오래 전부터 숙소로 써 달라고 말하고 있던 마리야 드미트리예브나 아흐로시모바한테서 묵기로 결정했다.

밤늦게 로스토프네의 짐마차 네 대는 스타라야 코뉴쉔나야가(街)에 있는 마리야 드미트리예브나네 마당으로 들어섰다. 마리야 드미트리예브나는 혼자서 살고 있었다. 하나 있었던 딸은 이미 시집을 보내 버렸고, 아들들은 모두 군대에 복무하고 있었다.

그녀는 여전히 행동이 직선적이고, 여전히 누구에게나 자기의 의견을 거리낌 없이 큰소리로 딱 잘라 과단성 있게 말해 치웠으며, 앞뒤를 가리지 않은 인품은 가치 다른 사람들의 온갖 결점, 욕망, 도락 같은 걸 인정하지 않고 비난하고 있는 것만 같았다. 아침 일찍부터 그녀는 카짜베이카(털을 안 또는 옷단에 댄 부인 옷의 일종-역주) 차림으로 집안 살림을 돌보고 축일(祝日)에는 미사에 가고, 미사에서 요새며 감옥으로 갔지만, 도대체 이런 곳에 무슨 볼일이 있는 것인지는 전혀 아무한테도 이야기한 적이 없었다. 또 평일에는 단정히 몸치장을 하고 매일같이 찾아오는 각계 각층의 방문자들을 자택에서 접견했다. 그리고 점심때가 되면 푸짐하고 맛좋은 식탁에 언제나 서너 명의 손님이 있었다. 식후에는 보스톤놀이를 하고 밤에는 신문이며 신간 서적을 낭독시키면서 자기는 뜨개질을 하는 것이 보통이었다. 외출은 지극히 드물게밖에 하지 않았으나, 만약 나가는 일이 있더라도 방문하는 곳은 시내에서도 가장 유력한 사람들의 집뿐이었다.

로스토프네 사람들이 도착했을 때, 그녀는 아직 잠자리에 들지 않고 있었다. 현관방의 문은 한랭한 외기에서 들어온 로스토프네의 사람들과 그 하인들을 통과시키면서, 도르래가 구르는 소리를 내고 있었다. 그녀는 안경을 코 끝으로 내려뜨리고, 고개를 뒤로 젖히고 홀의 문 어귀에 우뚝 서서 엄격하고 성난 듯한 얼굴빛으로 들어오는 사람들을 쳐다보았다. 만약 이때 그녀가 하인들에게 손님과 짐을 어디다 어떻게 하라는 차근차근한 명령을 하지 않았다면, 남이 보기에 그녀는 손님들에게 잔뜩 화를 내고 있고 당장이라도 쫓아낼 것만 같이 생각될 정도였다.

「백작의 짐이냐? 이쪽으로 운반해라.」 그녀는 아무와도 인사를 나누지 않고, 가방을 가리키면서 말하였다. 「아가씨들은 이리, 왼쪽의 방으로 말이지. 아니, 너희들은 도대체 무엇을 지껄이고 있는 거야!」 하고 그녀는 하녀들에게 소리쳤다. 「사모바르를 뜨겁게 하도록 해! 아, 꽤 살이 찌고 예뻐졌군.」 하고 그녀는 추위 때문에 볼이 빨갛게 된 나타샤의 코트를 끌어당기면서 말했다. 「에잇, 이렇게 추워서야! 자, 어서 외투를 벗으세요.」 손에 키스하려고 다가오는 백작에게 그녀는 이렇게 소리쳤다. 「틀림없이 무척 추우셨을 거예요. 차가 나오면 럼주(酒)를 드세요! 소뉴쉬카, 안녕.」 하고 그녀는 소냐에게 말했으나, 이 프랑스어의 인사로 소냐에 대한 가볍고 경멸이 섞인 부드러운 태도를 넌지시 비쳤다.

그들이 외투를 벗고, 도중에서 꾸겨진 옷이며 머리 매무새를 고치고 차 탁자로 다가왔을 때, 마리야 드미트리예브나는 모두에게 차례로 키스했다.

「잘 오셨어요, 그리고 저희 집에 머물러 주시다니, 대단히 기쁘게 생각합니다.」
하고 그녀는 의미 있게 나타샤를 바라보며 말했다.

「영감님께선 벌써 와 계시고, 아드님이 돌아오시길 매일처럼 모두가 기다리고
있는 판이니까 말이지. 영감님과는 꼭 친해 두지 않으면 안 돼. 아니, 이 이야긴
나중에 하기로 하지.」 그녀는 소냐를 흘끔 쳐다보면서 이렇게 덧붙였다. 그 눈빛
은 소냐가 있는 데서 이런 이야기를 하고 싶지 않다고 말하는 것 같았다. 「그건
그렇고.」 그녀는 백작을 쳐다보았다. 「내일 당신께선 어떻게 하시겠어요? 누구를
부르러 보내시겠어요? 쉰쉰?」 그녀는 손가락을 하나 꼽았다. 「그 울보 안나 미하
일로브나? 그래요, 그럼 이것으로 두 사람, 그 여자는 아들하고 둘이서 여기에
있어요. 아들은 멀지 않아 결혼할 모양이에요! 그리고 베주호프, 그렇죠? 그 사
람도 부인과 같이 여기에 있어요. 그 사람은 부인한테서 도망쳤었는데 부인 쪽에
서 뒤쫓아왔죠. 수요일에 우리 집에서 점심식사를 하고 갔어요. 그리고, 이 색시
들은.」 하고 그녀는 아가씨들을 가리켰다. 「내일 우선 이베르스카야 사원에 데리
고 가겠어요. 그리고 오베르 쉬알리메(19세기 초 모스크바의 유명한 디자이너—역주)
한테도 들르겠어요. 물론 모두 새로 장만하시겠죠? 그렇지만 제것을 본뜬다든가
하지는 마세요, 요즘은 소매조차 이꼴이니까! 요전에 일리나 바실리예브나 공작
영애가 왔었는데 보기에도 흉측할 정도였죠. 마치 통을 두 개나 팔에다 잡아맨
것 같지 뭐예요. 아뭏든 요즘은 하루하루 유행이 바뀌니까요. 그런데 당신에게는
무슨 볼일이 있으시죠?」 하고 그녀는 엄한 태도로 바꾸고 백작에게로 얼굴을 돌
렸다.

「갑자기 모든 볼일이 한데 겹쳐 버려서요.」 하고 백작은 대답했다. 「싸구려 옷
이라도 조금 사지 않으면 안 되겠고, 게다가 또 모스크바 근교의 소유지와 집의
임자가 나서고 해서요. 그래서 만약 부탁드릴 수 있다면 딸들을 맡기고, 난 어떻
게 형편을 보아 하루 동안 마련스코예 마을에 내려갔다 오고 싶습니다만.」

「좋아요, 좋아요, 내가 맡고 있으면 조금도 일 없어요. 나한테 두시면 후견회
의원에게 맡기신 거나 마찬가지예요. 난 따님들이 가야 할 데는 어디든지 데리고
가고 나무라야 할 점은 나무라고, 귀여워해야 할 점은 귀여워할 테니까요.」 마리
야 드미트리예브나는 커다란 손으로, 자기가 대모가 되어 있는 마음에 드는 나타
샤의 볼을 가볍게 두들기며 말했다.

이튿날 아침, 마리야 드리트리예브나는 두 아가씨를 이베르스카야 사원과, 마
담 오베르 쉬알리메의 가게로 데리고 갔는데, 이 부인은 마리야 드미트리예브나
를 몹시 두려워하고 있었으므로, 조금이라도 빨리 집에서 쫓아내 버리고 싶은 일
념에서 언제나 밑지면서도 웃값을 깎아 주는 것이었다. 마리야 드미트리예브나는

혼인에 필요한 물건의 거의 전부를 여기서 주문했다. 집으로 돌아와 그녀는 나타샤 외는 모두 방에서 내쫓고 마음에 드는 소녀만을 자기 안락의자 옆으로 불렀다.

「자, 이제부터 이야기를 좀 할까? 먼저 좋은 사람이 생긴 것을 축하해. 정말 훌륭한 사내를 찾아냈어! 나도 너를 위해서 기쁘다. 그 사람은 이만한 나이 때부터 (하고 그녀는 마루에서 두 자 가량 위께를 가리켰다) 알고 있는데 말이다.」 나타샤는 기쁜 듯이 얼굴을 붉혔다. 「난 그 사람이나 그 가족을 모두 좋아하고 있어. 그런데 말이다, 잘 들어 둬라. 너도 알고 있다시피, 영감님인 니콜라이 공작은 아드님의 이 결혼을 굉장히 싫어하고 계시다는 거야. 고집통이 영감님이거든! 그야 물론 안드레이 공작도 어린애는 아니니까 아버지의 승낙이 없더라도 이 문제는 끝날 테지만, 뜻을 어겨 가면서까지 남의 가정에 들어가는 것은 좋지 않아. 될 수 있는 대로 조용히, 그리고 부드럽게 하지 않으면 안 돼. 넌 영리한 아이니까 잘 해나갈 게다. 훌륭하게 그리고 영리하게 해 다오. 그러면 모든 일이 좋게 수습될 테니까.」

나타샤는 잠자코 있었다. 마리야 드미트리예브나는 부끄럽기 때문일 거라고 상상했으나, 그러나 사실상 나타샤는 자기와 안드레이 공작의 로맨스에 타인이 간섭하는 것이 불쾌했던 것이다. 자기들의 사랑은 속세의 온갖 일과는 전혀 다른 특별한 것으로서, 도저히 누구에게도 이해될 수 없는 것이라고 그녀는 생각했던 것이다. 그녀는 안드레이 공작 한 사람만을 사랑하고 이해하고 있었고, 안드레이 공작도 그녀를 사랑하고, 며칠 있으면 여기로 와서 그녀를 데리고 가기로 되어 있었다. 그 이상 그녀에게는 아무것도 필요하지 않았다.

「너도 알고 있을 테지만 난 오래 전부터 그 사람을 알고 있고, 그리고 네 시누이인 마쉐니카도 사랑하고 있다. 시누이 하나에 바늘이 네 쌈이라고는 하지만, 그래도 그 처녀만은 파리 한 마리 죽이지 못하는 성미야. 게다가 그 아이는 날 보고 너를 꼭 좀 데려와 달라고 부탁하고 있단다. 그러니까 너는 내일 아버지와 같이 마샤를 찾아가서 잘 비위를 맞추어 두란 말이다. 넌 그 애보다 손아래니까 말이다. 그러면 그 사람이 돌아와도, 이미 넌 누이와도 아버지와도 지기가 되어 모두에게 귀여움을 받고 있게 되는 것이지. 그렇지 않니? 아뭏든 지금보다야 더 나아지지 않겠니?」

「네, 그건 그래요.」 하고 나타샤는 마지못한 듯이 대답했다.

7

다음날, 마리야 드미트리예브나의 권유에 따라, 일리야 안드레이치 백작은 나타샤를 데리고 니콜라이 안드레이치 공작을 방문하러 나섰다. 백작은 개운치 않은 기분으로 이 방문의 채비를 했다. 그는 속으로 은근히 두려웠던 것이다. 민병 모집 당시 그가 노공작을 만찬에 초대했을 때, 그 답례로서 인원 부족에 대한 맹렬한 책망의 말을 들었던 그 마지막 회견 일이, 일리야 안드레이치 백작의 마음 속에 깊이 새겨져 있기 때문이었다. 그와는 반대로 나타샤는, 자기의 제일 좋은 나들이옷으로 갈아입고 더할 나위 없이 즐거운 기분이 되어 있었다. 『그쪽 사람들이 나를 사랑해 주지 않는다니, 그럴 리는 없어.』하고 그녀는 생각했다. 『언제나 나는 모든 사람들에게서 귀여움을 받아 왔다. 게다가 또 나는 그쪽 사람들이 바라는 것은 무슨 일이건 할 생각으로 있고, 늙은 공작은 그의 아버님이시고, 아가씨는 그이의 누이가 아닌가. 나는 기꺼이 사랑해 드리겠어. 도저히 나를 사랑하지 않을 수 없을 만큼 그 사람들을 사랑할 테야!』

그들 부녀는 브즈드비젠카 거리의 낡고 음침한 집에다 마차를 대고 현관으로 들어갔다.

「아, 하느님이시여, 우리들에게 축복을 내려 주시옵소서.」백작은 반은 농담으로 반은 진담으로 말했다. 그러나 나타샤는 아버지가 현관으로 들어갈 때 굉장히 당황하고 겁을 먹은 듯한 나직한 목소리로, 공작과 공작 영애께선 집에 계시냐고 묻는 것을 알아챘다. 그들의 방문을 전갈한 뒤, 하인들 사이에 소동이 일어났다. 두 사람의 방문을 전갈하러 떠어갔던 하인은 홀에서 다른 하인을 불러 세우고 둘이서 무엇이라고 수군거렸다. 이윽고 홀로 한 하녀가 달려나와서 무엇인가 공작 영애에 대해 역시 허둥거리는 어조로 말했다.

마침내 한 늙은 하인이 시무룩한 얼굴을 하고 로스토프 부녀한테로 나와서, 공작은 면회할 수 없지만 공작 영애가 거실로 초대한다는 뜻을 알렸다. 처음 손님들을 맞은 것은 브리엔느 양이었다. 그녀는 유달리 공손하게 부녀를 맞아 공작 영애한테로 안내했다. 공작 영애는 잔뜩 흥분된 놀란 듯한 얼굴에 홍조를 가득 띠고, 무거운 걸음걸이로 손님들을 맞으러 달려나왔다.

그녀는 자연스럽고 상냥한 태도를 보이려고 애썼으나 소용이 없었다. 그녀는 첫눈에 나타샤의 모습이 마음에 들지 않았다. 공작 영애 마리야에게는 그녀가 너무나 말쑥하고 경박할 만큼 쾌활한 데다가 허영심이 강한 여자처럼 보였다. 공작 영애 마리야는 미래의 올케를 만나기 전부터, 미모와 젊음과 행복에 대한 자기도 모르게 품었던 부러움과 오라버니의 사랑에 대한 질투 때문에 그녀에 대해서 이미 반감을 품고 있다는 것을 자신도 알아채지 못했던 것이다. 이 억누를 수 없는 반감 이외에, 이 순간 공작 영애 마리야가 흥분하고 있는 까닭은 또 하나 있었다. 그것은 공작이 로스토프 내방의 전갈을 듣자, 그런 자들에겐 볼일이 없으니, 만약 공작 영애 마리야가 면담하고 싶어한다면 그야 마음대로 해도 좋지만, 나한테는 절대로 들여보내서는 안 된다고 호통을 쳤기 때문이었다. 공작 영애 마리야는 로스토프 부녀와 면접하기로 마음먹기는 했지만, 당장이라도 아버지가 무엇인가 엉뚱한 언동을 해 대지는 않을까 하고 줄곧 그것이 불안스러웠다. 왜냐하면 노공작은 로스토프 부녀의 방문에 대하여 몹시 흥분한 것처럼 보였기 때문이다.

　「자, 아가씨, 여기 마침내 우리 집의 성악광(狂)을 데리고 왔읍니다.」하고 공손하게 오른발을 뒤로 물려 절을 하고, 동시에 노공작이 들어오지는 않을까 하고 걱정하는 것처럼 불안스럽게 주위를 둘러보면서 백작은 말했다.「뵈옵게 되어 참으로 반갑습니다…… 그런데 공작께서는 여전히 건강이 좋지 못하시다니 참으로 유감스럽습니다.」그는 다시 얼마쯤 틀에 박힌 인사말을 늘어놓고 나서 슬며시 일어섰다.「아가씨, 대단히 죄송한 말씀입니다만, 우리 나타샤를 한 십 오 분쯤 당신께 맡길 수 없을까요? 나는 두어 발짝, 소바치야 광장의 안나 세묘노브나한테 다녀오고 싶습니다. 곧 데리러 오겠읍니다.」

　일리야 안드레이치가 이 교활한 외교 수단을 생각해 낸 것은 미래의 시누이에게 자기의 올케와 격의 없이 이야기할 여유를 주자는 것(그는 나중에 딸한테 그렇게 이야기했다)과, 그리고 또 하나는 지레 겁을 먹고 있는 공작과의 대면을 피하기 위해서였다. 그는 딸에게 그런 것을 말하지는 않았으나, 나타샤는 아버지의 공포와 불안을 깨닫고 모욕을 당한 것처럼 느꼈다. 그녀는 아버지 때문에 얼굴을 붉히고, 자기가 얼굴을 붉힌 것에 더 한층 화가 치밀었다. 그래서 자기는 아무도 무서워하고 있지 않다고 말하고 있는 듯한 대담한 도전적인 눈빛으로 공작 영애를 쳐다보았다.

　공작 영애는 백작에게「그것은 바라지도 않았던 대단히 기쁜 일입니다. 아무쪼록 오래 안나 세묘노브나한테서 있어 주십시오.」하고 말했다. 그래서 일리야 안드레이치는 떠났다.

　공작 영애 마리야가 나타샤와 단 둘이서 이야기하고 싶어서 줄곧 불안스러운 시선을 던짐에도 불구하고 브리엔느 양은 방에서 나가려고 하지 않고 모스크바의 오락이며 연극 이야기를 언제까지나 계속하는 것이었다. 나타샤는 현관 방에서 일어났던 소동이며, 아버지의 불안스러운 태도며, 공작 영애의 부자연스러운 행동들로 모욕감을 느꼈다. 공작 영애 마리야가 자기들과 만난 것도 특별한 호의

처럼 생각됐다. 따라서 모든 것이 나타샤에게는 불쾌했다. 공작 영애 마리야는 그녀의 마음에 들지 않았다. 대단히 못생긴 데다가 위선적이며 아무 재미도 없는 여자처럼 보였다. 나타샤는 갑자기 마음이 오그라드는 것처럼 되어 저도 모르게 조심성 없는 어조로 이야기하게 되었고 그것이 더욱 공작 영애 마리야와 나타샤의 거리를 떼어 놓았다. 무겁고 긴장된 대화가 오 분 동안이나 계속된 무렵, 차차 다가오고 있는 슬리퍼를 신은 다급한 발소리가 들려 왔다. 공작 영애 마리야의 얼굴에 공포의 빛이 떠올랐다. 방문이 열리자 흰 실내모에 자리옷을 입은 공작이 들어왔다.

「아, 아가씨군요.」하고 그는 말했다. 「아가씨, 백작…… 내가 만약 잘못 안 게 아니라면 로스토프 백작 영애라고 생각합니다만…… 아니, 이거 정말 실례했읍니다. 용서하십시오…… 몰랐읍니다, 아가씨. 당신이 오셨으리라고는 전혀 몰랐읍니다, 아니, 정말이에요, 정말 몰랐읍니다. 그래서 그저 딸한테 잠깐 들를까 하고 이런 몸차림으로 나온 것이 그만, 대단히 실례가 됐군요. 용서하십시오…… 실례했읍니다, 전혀 몰랐읍니다.」전혀라는 말에 힘을 주면서, 부자연스럽고 불쾌한 어조로 그는 되풀이했다. 공작 영애 마리야는 눈을 아래로 내리뜬 채, 아버지도 나타샤도 쳐다볼 기력이 없이 그저 우두커니 서 있었다. 나타샤는 일단 일어섰다가 다시 자리에 앉았으나, 역시 어떻게 해야 할지 몰랐다. 브리엔느 양만이 유쾌하게 살며시 미소짓고 있었다.

「제발 용서해 주십시오! 정말 전혀 몰랐읍니다.」하고 노인은 투덜거리듯이 말하고, 나타샤를 머리 위에서 발끝까지 찬찬히 훑어보고 난 뒤 나가 버렸다. 노공작이 나간 뒤에 브리엔느 양이 먼저 화제를 끄집어내어, 공작의 건강이 좋지 않은 것을 이야기하기 시작했다. 나타샤와 공작 영애 마리야는 묵묵히 서로 쳐다보고 있었다. 두 사람이 이야기해야 할 것을 이야기하지 않고 묵묵히 쳐다보고 있으면 있을수록, 상대방에 대한 적대하는 마음은 더욱더 불어나는 것이었다.

벅작이 돌아왔을 때, 나타샤는 버릇없이 기쁜 듯한 태도를 보이고 돌아가기를 서두르기 시작했다. 그녀는 자기를 이토록 거북스런 입장에 몰아 넣고도, 안드레이 공작에 대해서는 한 마디도 이야기하지 않은 채 괴로운 삼십 분을 넘기게 한 이 말라붙은 노처녀를, 거의 증오스럽게 생각했다. 『그렇지만 이 프랑스 여자가 있는 앞에서, 내가 먼저 그이의 이야기를 꺼낼 수는 없잖아.』하고 나타샤는 생각했다. 공작 영애 마리야도 그동안 똑같은 생각에 괴로와하고 있었다. 나타샤에게 이야기하지 않으면 안 된다는 것을 알면서도 그녀는 도저히 그것을 할 수 없었다. 그것은 브리엔느 양이 방해가 된 탓도 있었으나, 이 혼담에 대한 것을 생각하는 것이 어째서 이토록 괴로운 일인지, 그녀 자신도 몰랐기 때문이었다. 백작이 이미 방에서 몇 걸음 나갔을 때, 공작 영애 마리야는 총총걸음으로 나타샤에게 다가갔다. 그리고 그 손을 잡고 무거운 한숨을 몰아쉬면서 이렇게 말했다.

「잠깐만 기다려 주세요, 나는 꼭…….」

나타샤는 무엇에 대해서 짓는 것인지 자기 자신도 모르게 냉소를 띠고, 공작 영애 마리야의 얼굴을 쳐다보았다. 「나탈리.」 하고 공작 영애 마리야는 말했다. 「나는 오빠가 이러한 행복을 발견하신 것을 기쁘게 생각하고 있어요……..」 그녀는 자기가 거짓말을 하고 있는 것을 느끼며 중얼거리고 말았다. 나타샤는 그것을 눈치채고 그 까닭을 알아챘다.

「난 말이에요, 지금 그런 이야기를 하는 것은 알맞지 않다고 생각해요.」 나타샤는 겉으로는 품위와 냉정함을 가장하면서 이렇게 말했으나, 목구멍에는 눈물이 치밀어 오름을 느꼈다.

『어머나, 내가 무슨 말을 했담, 어쩌자고 이런 짓을 했을까!』 방에서 나오자 그녀는 이렇게 생각했다.

이 날 나타샤는 식사 때 모두를 오랫동안 기다리게 했다. 그녀는 거실에 앉아 코를 풀기도 하고 흐느끼기도 하면서, 어린애처럼 울고 있었다. 소냐는 그 위에 몸을 굽히고 머리에 입을 맞추고 있었다.

「나타샤, 왜 우는 거야? 응?」 그녀는 말했다. 「그런 사람들에게 아랑곳할 게 뭐 있어? 모두 무사히 끝나 버릴걸 가지고, 나타샤.」

「아니야, 내가 얼마나 분했는지, 너는 도저히 모를 거야…… 난 마치……」

「이제 그만, 나타샤. 뭐 네가 나쁜 것은 아니니까, 걱정할 것은 조금도 없지 않아! 자, 나한테 키스해 줘요.」 하고 소냐는 말했다.

나타샤는 고개를 쳐들어 친구의 입술에 키스를 하고, 눈물에 젖은 얼굴을 그녀에게 대었다.

「난 말할 수 없어, 난 모르겠어. 누가 나쁜 것도 아니야.」 나타샤는 말했다. 「내가 나빠. 그렇지만 이런 일은 정말 무서워. 아, 어째서 그이는 돌아오지 않을까! ……」

그녀는 눈을 빨갛게 하고 식탁에 나왔다. 마리야 드미트리예브나는 로스토프 부녀가 공작에게서 어떤 대우를 받았는지 알고 있었으므로, 나타샤의 어지러운 얼굴을 알아채지 못하고 있는 듯한 태도로, 식사 동안 내내 기운찬 큰소리로 백작이며 그 밖의 손님들과 농담을 주고받았다.

8

이 날 밤, 로스토프네 사람들은 마리야 드미트리예브나가 얻어 준 표로 오페라를 보러 갔다.

나타샤는 가고 싶지 않았으나, 특별히 자기를 위해서 주선해 준 마리야 드미트리예브나의 친절을 무작정 물리칠 수가 없었다. 그녀는 옷을 갈아입고 아버지를 기다리려고 홀로 나왔다. 그리고 커다란 거울을 들여다보고 자신의 아름다움, 더 없는 아름다움을 느끼고 그녀는 한층 더 슬픈 마음이 들었다. 그러나 슬프기는 했지만 동시에 감미롭고 그리운 복잡한 마음이 들었다.

『아, 만약 그이가 여기에 있다면 난 지금까지의 나와는 전혀 다른 새 사람이 되어 보일 텐데. 줄곧 무엇인가 알지도 못 하는 것에 대해서 잔뜩 겁을 먹고 있는 듯한 지금까지의 어리석은 태도가 아니고, 완전히 면목을 일신한 솔직한 태도로 그이를 와락 껴안고 바싹 달라붙어서, 전에 그이가 자주 나를 보았던 것 같은, 무엇인가 찾는 듯한 호기심에 찬 눈초리로 나를 보게 해줄 텐데…… 아, 그 눈, 마치 그 눈이 지금 보이는 것만 같다!』하고 나타샤는 생각했다.『그이의 아버지니 누이니 하는 사람들에게 내가 아랑곳할 게 뭐람. 난 그이를, 그이만을 사랑하고 있는 것이다. 그 얼굴, 그 눈, 사내답고, 그리고 어린애 같은 동시에 천진한 미소…… 아니, 아니, 그이에 대해선 생각하지 않는 게 낫다. 생각하지 말고 잊자, 당분간. 난 이 기다림을 도저히 견뎌낼 수 없다. 금방이라도 울음이 터져나올 것만 같아.』그녀는 울지 않으려고 애쓰면서 거울 앞에서 물러났다.『그건 그렇고, 소냐는 어떻게 그처럼 조용하고 태연하게 니콜리니카를 사랑할 수 있는 것일까, 그리고 그처럼 오랫동안 참을성 있게 잘도 기다릴 수가 있는 것일까?』역시 옷을 갈아입고 부채를 들고 나오는 소냐를 쳐다보면서 그녀는 이렇게 생각했다.『아냐, 저 사람은 나와는 완전히 다른 사람이야, 난 도저히 그럴 수 없어!』

나타샤는 이 순간, 자기 마음이 굉장히 감상적으로 부드러워져 사랑하고 사랑을 받고 하는 것만으로는 모자라는 것처럼 느껴졌다. 그녀는 지금 당장에 그리운 사람을 끌어안고, 자기 마음 속을 가득 채우고 있는 사랑의 말을 지껄이고, 또 상대방의 입에서도 듣고 싶었던 것이다. 아버지와 나란히 마차 속에 앉아, 얼어붙은 창문에 번득거리는 가로등의 불빛을 바라보고 있는 동안, 그녀는 더 한층 그립고 쓸쓸한 마음이 된 자기를 발견했다. 그리고 누구와 같이 어디에 가고 있는지조차도 완전히 잊어버렸다. 긴 마차의 행렬 속에 끼어 들어 눈에서 천천히 수레바퀴를 삐걱거리면서, 로스토프네의 마차는 극장에 닿았다. 나타샤와 소냐는 옷자락을 가볍게 들어 올리면서 서둘러 뛰어내렸다. 백작도 하인들의 부축을 받으면서 마차에서 나왔다. 들어가는 귀부인이며 신사며 프로그램 팔이들의 사이를 **빠져 나**가서 세 사람은 특등석의 복도로 나아갔다. 닫힌 문 안쪽에서는 벌써 음악 소리가 들려 왔다.

「나탈리, 머리가……」 하고 소냐가 속삭였다. 극장 안내인이 공손하게 얼른 귀부인들 앞을 미끄러지듯이 **빠져 나와**, 간막이 좌석의 문을 열어 주었다. 음악 소리는 한층 또렷하게 들리기 시작했다. 그리고 문 안에서는 귀부인들의 드러난 어깨며 팔로 가득 찬 간막이 좌석의 화려하게 빛나는 열과, 떠들어 대고 반짝이는 제복으로 메워진 아래층 좌석은 눈이 부셨다. 옆의 좌석으로 들어온 귀부인은 여자다운 질투로 반짝이는 눈으로 나타샤를 돌아보았다. 막은 아직 오르지 않고, 전주곡을 연주하고 있는 참이었다. 나타샤는 옷을 바로잡으면서 소냐와 함께 빠져지나가, 찬란하게 불이 켜진 간막이 좌석의 줄을 바라보면서 자리에 앉았다. 오랫동안 잊고 있던 감각, 몇 백의 눈이 자기의 드러난 손이며 목을 보고 있다는 감각이, 갑자기 기분 좋게 그리고 동시에 불쾌하게 그녀를 사로잡았다. 그리고 이 감각에 어울리는 많은 회상이며 희망이며 흥분을 마음 속에 불러일으켰다.

나타샤와 소냐와 같은, 유달리 사람의 눈을 끄는 아름다운 두 아가씨와 꽤 오래 전부터 모스크바에 모습을 보이지 않았던 일리야 안드레이치 백작은 모두의 주의를 끌었다. 게다가 또 안드레이 공작과 나타샤 사이에 약속이 있는 것도, 또 그때 이래 로스토프네가 시골로 내려간 것도 어렴풋이나마 알려져 있었으므로, 러시아 전국에서 손꼽히는 신랑을 손에 넣은 이 아가씨를 호기심에 가득 찬 눈으로 쳐다보았다.

나타샤는 시골에서 살고 있는 동안에 더 한층 아름다와졌다고 사람들은 말하고 있었으나, 이 날 밤은 흥분에 휩싸여 있었기 때문에 유난히 아름다왔다. 그녀 주위의 모든 것에 대한 무관심한 태도와, 삶과 아름다움에 넘쳐 흐르고 있는 그 용모는 누구에게나 놀라움의 눈을 크게 뜨게 했다. 그녀의 검은 눈은 누구를 찾아내려고도 하지 않고, 다만 막연히 사람들을 바라보고 있었다. 그리고 팔꿈치 위를 드러낸 가느다란 팔을 빌로도를 씌운 의자 팔걸이에 기댄 채, 전주곡의 박자에 맞추어서 프로그램을 무의식적으로 돌돌 말아쥐었다 폈다 하고 있었다.

「저기 좀 봐, 저기에 알레니나가.」 소냐가 말했다. 「어머니하고 같이 온 모양이야!」

「야! 미하일 키릴르이치는 더욱 살이 찌셨군.」 하고 노백작이 말했다.

「보세요! 안나 미하일로브나가 멋진 모자를 쓰고 있는데요!」

「카라기나 모녀도 있군. 보리스도 줄리와 같이 왔군. 영락없는 신랑 신부인데,

청혼을 했나?」

「드루베스코이는 청혼을 했지요! 하기야 저도 오늘 듣고 알긴 했읍니다만.」로스토프네의 간막이 좌석으로 들어온 쉰쉰이 이렇게 말했다.

나타샤는 아버지가 바라보고 있는 쪽을 보고, 살찐 빨간 목에(거기에는 분이 잔뜩 칠해져 있는 것을 나타샤는 알고 있었다) 진주 목걸이를 걸고, 자못 행복한 듯이 어머니와 나란히 앉아 있는 줄리의 모습이 눈에 들어왔다.

그 뒤에는 반지르르하게 다듬어진 보리스의 아름다운 머리가 보였다. 그는 미소를 머금고 줄리의 입에다 귀를 들이대고 있었다. 그는 로스토프네 사람들을 쳐다보고 빙그레 웃으면서 무엇이라고 줄리에게 말하고 있었다.

『저 사람은 틀림없이 우리들 이야기를, 나와 그이의 이야기를 하고 있을 거야.』하고 나타샤는 생각했다. 『그리고 약혼한 처녀가 나를 질투하고 있는 것을 열심히 달래고 있음에 틀림없다. 쓸데없는 걱정을 하고 있군! 난 저런 사람들에게는 아무런 볼일도 없다고, 그렇게 말해 주고 싶을 정도야.』

그 뒤에는 녹색의 모자를 쓴 안나 미하일로브나가, 모든 것을 하느님의 뜻에 맡겨 버렸다는 듯한 행복하고 즐거운 얼굴로 앉아 있었다. 그들의 간막이 좌석에는 나타샤가 이미 경험하고 또한 좋아하는 신랑 신부의 분위기가 감돌고 있었다. 그녀는 얼굴을 돌렸다. 그러자 오늘 아침의 방문에서 분했던 일이 갑자기 그녀의 기억에 되살아났다.

『그 노공작은 무슨 권리가 있어서 나를 자기 집안에 받아들이지 않으려고 하는 것일까? 아, 이런 일은 생각하지 않는 것이 낫다. 그이가 돌아올 때까지 생각하지 않는 것이 낫다!』 그녀는 이렇게 생각하며 아래층 좌석에 앉아 있는 익숙하기도 하고 익숙하지 않기도 한 얼굴을 둘러보기 시작했다. 아래층 좌석 앞 줄 한가운데에는 돌로호프가 좌석의 난간에 등을 기대고 서 있었다. 더부룩한 고수머리를 위로 빗어올리고, 페르시아풍의 옷을 입고 있었다. 자기가 극장 전체의 주의를 한 몸에 모으고 있다는 것을 알고 있으면서도 그는 마치 자기의 거실에 있기라도 한 듯한 자유로운 태도로, 장내에서도 가장 눈에 띄는 곳에 서 있었다. 그 둘레에는 모스크바 일류의 신사들이 떼를 지어 모여 있었다. 분명 그는 그 친구들을 지배하고 있는 모양이었다.

일리야 안드레이치 백작은 웃으면서 얼굴을 붉히는 소냐를 팔꿈치로 살짝 치면서, 이전의 소냐에의 숭배자를 손으로 가리켜 보였다.

「찾아냈니?」 그는 물었다. 「그런데 대체 어디서 갑자기 나타난 것일까?」 하고 백작은 쉰쉰에게로 얼굴을 돌렸다. 「어딘가로 몸을 피했었지 않아?」

「몸을 피했었죠.」 하고 쉰쉰은 대답했다. 「카프카즈에 있었던 적도 있었지만,

거기서도 또 도망쳐서 어느 영주한테 머물며 페르시아의 대신까지 됐었는데 거기서도 왕의 아우를 죽였다던가 하는 이야깁니다. 그러나 아뭏든 모스크바의 귀부인들은 모두 저 사내한테 온통 정신이 팔려 있어요! 〈페르시아의 돌로호프〉이것으로 그저 그만입니다. 지금 모스크바에서는 돌로호프의 이름을 들먹이지 않고는 이야기도 할 수 없는 지경이지요. 맹세를 하는 데도 돌로호프, 저것도 돌로호프, 이것도 돌로호프, 그 인기는 마치 철갑상어(러시아인의 珍味―역주) 같습니다.」쉰쉰은 계속 말했다.「돌로호프와 쿠라긴 아나톨리, 이 두 사람은 모스크바의 귀부인들을 모두 미치게 해버렸어요.」

이때 옆의 간막이 좌석으로, 머리를 큼직하게 땋아 늘인 훤칠한 키의 미인이 들어왔다. 그 하얗고 뭉실뭉실한 어깨는 대담하게 드러나 있고, 목에는 굵직한 알의 진주만 두 줄로 꿴 목걸이가 걸려 있었다. 그녀는 그 두툼한 비단 의상을 사각사각 소리나게 하면서 한참 동안 걸려서야 겨우 자리에 앉았다.

나타샤는 자기도 모르게 그 어깨며 목이며 진주며 땋은 머리를 쳐다보면서, 어깨와 진주의 아름다움에 넋을 잃었다. 나타샤가 재차 그녀를 쳐다보았을 때, 귀부인은 이쪽을 돌아보았다. 그리고 일리야 안드레이치 백작과 시선이 마주치자, 그녀는 고개를 살짝 갸웃하고는 빙긋 웃었다. 그것은 피에르의 아내 베주호프 백작 부인이었다. 사교계 사람들을 모조리 알고 있는 로스토프 백작은, 몸을 구부려서 그녀와 말을 주고받기 시작했다.

「이리 오신 지 오래 되셨읍니까?」하고 그는 말하기 시작했다.「네, 가겠읍니다, 가죠. 손에다 키스하게 해주시오. 전 좀 볼일이 있어서 딸들을 데리고 왔읍니다. 세묘노바(19세기 초에 활약한 여류 오페라 가수. 성음보다 연기에의 평판이 더욱 높았다―역주)의 연기가 굉장한 모양이더군요.」하고 로스토프 백작은 말했다.「표트르 키릴로비치 백작을 한 번도 우리는 잊은 적이 없읍니다. 지금 여기 계십니까?」

「네, 주인께서도 찾아뵙고 싶다고 말씀하셨읍니다.」하고 엘렌은 주의 깊게 나타샤를 쳐다보았다.

로스토프 백작은 다시 자기 자리에 앉았다.

「미인이지?」하고 그는 나타샤에게 속삭였다.

「정말 굉장해요!」하고 나타샤는 말했다.「저런 여자한테라면, 모두들 홀딱 반하는 것도 무리가 아녜요!」

이때 전주곡의 마지막 곡이 울리고 지휘자의 지휘봉이 톡톡 두들겨졌다. 아래층 좌석에서는 늦게 온 사내들이 자기 자리로 가고 있었다. 이윽고 막이 올랐다.

막이 오르자마자 아래층 좌석도 간막이 좌석도 모두 조용해지고, 남자들도(늙은이도 젊은이도, 제복을 입은 자도 연미복을 입은 자도) 드러낸 몸에 보석을 감은 여자들도 모두 목마른 듯한 호기심으로 자기의 주의력을 모조리 무대 쪽에 쏟았다. 나타샤도 마찬가지로 그경하기 시작했다.

9

무대 한가운데에는 평평한 널빤지가 깔려 있고 양쪽에는 나무를 그려 색칠을 한 배경이 서 있고 뒤에는 널빤지에 붙인 천이 잔뜩 둘러쳐져 있었다. 무대 한가운데에는 빨간 조끼에 흰 스커트를 입은 처녀들이 앉아 있었다. 흰 비단옷을 입은 몹시 살찐 처녀 하나가, 혼자서 무리에서 떨어져 뒤에 녹색의 판지를 붙인 나지막한 벤치에 앉아 있었다. 처녀들은 모두 무엇인가를 노래했다. 합창이 끝나자 흰옷 차림의 처녀는 프롬프터 복스(무대 뒤에서 대사를 읽어 주는 사람이 숨어 있는 자리—역주)로 다가갔다. 그러자 굵은 다리에 비단 바지를 꼭 째게 입고 깃이 달린 모자를 쓰고 비수를 든 사나이가 그녀 옆으로 다가가서 두 손을 벌리면서 노래를 부르기 시작했다.

꼭 끼게 바지를 입은 사나이 혼자서 노래를 부르고 나자, 이어 흰옷의 처녀가 노래를 불렀다. 그리고 두 사람이 잠시 침묵하자 음악이 시작되고, 사나이는 흰옷 입은 처녀의 손을 만지기 시작했다. 그것은 처녀와 같이 중창을 하기 위해서 일정한 박자를 기다리고 있는 것이 분명했다. 그 이중창이 끝나자, 장내의 모든 사람들은 박수 갈채를 보내고 환성을 올리기 시작했다. 무대 위에서 서로 그리워하는 연인으로 분장한 남녀는 두 손을 벌리고 미소지으면서 절을 했다.

오랜 시골 생활에서 진지한 기분이 되어 있던 나타샤에게는, 이러한 모든 것이 기묘하고 놀랍게만 느껴졌다. 그녀는 가극의 줄거리를 더듬을 수도, 음악을 들을 수도 없었다. 그녀는 다만 번들번들하게 채색된 널빤지며, 밝은 빛 속에서 기묘한 몸짓을 하기도 하고 지껄이기도 하고 노래를 부르기도 하는 이상야릇한 옷차림의 남녀를 보았을 뿐이었다. 이것이 무엇을 나타내는 것인지는 그녀도 알고 있었으나, 너무도 의식적으로 과장되고 또 부자연스러웠으므로 그녀는 배우들이 가엾어지기도 하고, 우스꽝스럽게 보이기도 했다. 그녀는 자기가 느끼고 있는 냉소와 회의의 감정을, 다른 관객들의 얼굴에서도 찾아내려고 주위를 둘러보았다. 그러나 모든 얼굴이 무대 위에서 일어나고 있는 일을 열심히 주시하고, 거짓 꾸며진 (나타샤에게는 그렇게 생각되었다) 환희의 빛을 나타내고 있었다.

『아마 저렇게 하지 않으면 안 되는 것이겠지!』 하고 나타샤는 생각했다. 그녀는 아래층 좌석에 나란히 앉아 있는 잔뜩 포마드를 바른 남자들의 머리와, 간막이 좌석에 있는 몸을 드러낸 귀부인들, 특히 옆에 앉아 있는 엘렌을 번갈아 쳐다보고 있었다. 엘렌은 알몸이나 다름 없는 모습으로, 조용히 침착한 미소를 지으며 사람 훈김으로 따뜻해진 훈훈한 공기와 장내에 넘치는 휘황한 광선을 살갗에 느끼면서, 눈을 떼지 않고 무대를 바라보고 있었다. 차차 나타샤는 오랫동안 경험하지 않았던 도취의 상태에 빠지기 시작했다. 그녀는 자기가 누구이며, 어디에 있는지, 눈앞에서 무엇이 행해지고 있는지 알지 못했다. 그녀는 앞을 바라보면서 멍하니 생각할 뿐이었다. 그리고 실로 기묘한 생각이 느닷없이 아무런 연관도 없이 그녀의 머리에 번득이는 것이었다. 관객의 의자 위로 뛰어올라가, 지금 여가수가 부르고 있는 아리아를 부르고 싶은 생각이 떠오르기도 하고, 자기의 가까이에 앉아 있는 늙은이를 부채로 쿡쿡 찔러 보고 싶기도 하고, 엘렌 쪽으로 몸을 구부려 간질이고 싶어지기도 했다.

아리아의 시작을 기다리면서 무대가 잠잠해진 순간, 로스토프네의 관람석과 같은 쪽의 아래층 관객석의 입구의 문이 삐걱거리며 늦게 온 남자의 발소리가 났다. 「아, 저기 쿠라긴이 왔군요!」 하고 쉰쉰이 속삭였다. 엘렌은 들어오는 남자에게 향기로운 미소의 꽃을 던지면서 뒤를 돌아보았다. 나타샤도 엘렌의 시선이 돌려지고 있는 쪽을 보았다. 그러자 자신에 넘치고 그와 동시에 점잖은 태도를 하고, 그들의 간막이 좌석으로 다가오는 뛰어나게 아름다운 한 부관이 눈에 띄었다. 그는 훨씬 전에 페쩨르부르그의 무도회에서 만나 눈에 익은 아나톨리 쿠라긴이었다. 지금 그는 한쪽에 견장(肩章), 한쪽에는 장식 끈이 달린 부관의 정복을 입고 있었다. 그는 조심스러운, 그러나 씩씩한 걸음걸이로 걸어왔다. 만약 그가 이처럼 미남자가 아니고, 아름다운 얼굴에 선량한 만족스러움과 명랑한 표정이 없었다면, 그 걸음걸이는 도리어 우스꽝스러웠을지도 몰랐다. 무대는 이미 시작되고 있는데도 불구하고 그는 가볍게 박차와 군도 소리를 찰가닥거리면서 별로 서두르려고도 하지 않고 향수 냄새를 풍기는 아름다운 머리를 경쾌하게 높이 쳐들 듯이 하고 복도의 융단 위를 걸어왔다. 나타샤를 힐끗 쳐다보고, 그는 누이 옆으로 다가가 반질반질한 장갑을 낀 손을 의자 팔걸이에 얹어 놓았다. 그리고 고개를 가볍게 끄덕이자, 몸을 구부리고 나타샤를 가리키면서 무엇인가를 물었다.

「참으로 매력적인데!」 하고 그는 말했다. 나타샤는 그 목소리를 들었다기 보다도 도리어 입술의 움직임을 보고 자기 말을 하는 것이라고 깨달았다. 그리고 그는 맨 앞줄로 나아가 돌로호프 옆에 앉았다. 다른 사람들이 모두 비위를 맞추는 듯한 태도로 응대하는 돌로호프를, 그는 허물 없이 예사롭게 팔꿈치로 쿡 찔렀다.

그리고 유쾌하게 눈을 찡긋 하고 그에게 빙그레 웃어 보이면서, 의자 팔걸이 위에 한쪽 발을 얹었다.

「남매가 정말 꼭 닮았는걸!」 백작이 말했다. 「어쩌면 두 사람 다 저렇게 잘생겼을까!」

쉰쉰은 나직한 목소리로, 므스크바에 있어서의 쿠라긴의 음모 사건을 백작에게 이야기하기 시작했다. 나타샤는 그것에 귀를 기울였다. 그것은 다만 그가 자기를 〈매력적〉이라고 말했기 때문이었다.

제1막이 끝났다. 아래층 좌석의 관객들은 모두 일어나서 혼잡을 이루면서 걸어다니기도 하고 나가기도 하기 시작했다.

보리스가 로스토프네의 간막이 좌석으로 찾아왔다. 그는 몹시 간단한 사람들의 축하의 말을 받고 나서, 눈썹을 살짝 치켜올리고 멍한 미소를 띄우면서 나타샤와 소냐에게 결혼식에 참석하도록 해 달라는 줄리의 부탁을 전하고 떠났다. 나타샤는 밝은 교태 어린 미소를 띄우면서 그와 여러 가지 이야기를 하고, 전에 자기가 사랑했던 보리스의 결혼을 축하했다. 지금 그녀가 빠져 있는 도취의 기분으로는 모든 것이 단순하고 자연스럽게 보였던 것이다.

몸을 드러낸 엘렌은 그녀 옆에 앉아서 모든 사람에게 한결같이 미소를 지어 보이고 있었는데, 나타샤도 그것과 조금도 다르지 않은 미소를 보리스에게 던졌다.

엘렌의 간막이 좌석은 아래층 좌석 쪽에서 온 가장 명문의 총명한 남자들로 가득 둘러싸여 있었다. 그들은 자기가 그녀와 숙친하다는 것을, 앞을 다투어 모든 사람에게 나타내고 싶어하는 것 같았다.

쿠라긴은 이 막간(幕間) 동안, 돌로호프와 같이 무대의 가장자리 앞쪽에 서서 로스토프네 간막이 좌석을 바라보고 있었다. 나타샤는 그가 자기 이야기를 하는 것을 알고 있었다. 그것이 그녀에게 만족을 주었다. 그녀는 자기 옆 얼굴이 그녀의 생각에 의하면 가장 자신 있는 모습이었으므로 그에게 잘 보이도록 방향을 바꿨다. 제2막이 시작되기 전에 피예르의 모습이 아래층 좌석에 나타났다. 로스토프네는 이번의 상경 이래 아직 한 번도 그를 만나지 못했었다. 그는 침울한 얼굴빛을 하고 있었다. 그리고 나타샤가 마지막으로 만났던 때보다도 더 한층 살이 올라 있었다. 그는 누구에게도 유의하지 않고, 맨 앞줄로 쭉 나아갔다. 아나톨리는 그 앞으로 다가가서, 로스토프네의 간막이 좌석을 돌아보기도 하고 가리키기도 하면서 무엇인가를 수군수군 이야기하기 시작했다. 피예르는 나타샤를 보자 갑자기 활기를 띠고, 의자 사이를 누비면서 부랴부랴 그들의 간막이 좌석을 향해 왔다. 옆으로 다가오자 그는 팔꿈치를 짚고 싱글벙글하면서, 오랫동안 나타샤와 이야기를 했다. 나타샤는 피예르와 이야기하고 있는 동안에, 엘렌의 간막이 좌석에서 남자 목소리가 나는 것을 듣고, 웬지 모르게 그것이 쿠라긴이라는 것을 알아챘다. 그녀는 돌아다보고 그의 시선과 마주쳤다. 그는 거의 미소를 짓는 듯한 표정으로, 황홀하고 부드러우며 달콤한 눈으로, 똑바로 그녀의 눈을 쳐다보고 있었다. 그 눈을 보고 있자, 이처럼 가까이 앉아 그 얼굴을 쳐다보고, 더우기 상대방의 마음에 들고 있다고 굳게 믿으면서도, 그 사람과 숙친하지 않다는 것이 이상하게 생각되는 것이었다.

제2막은 기념비가 그려진 장면이며, 천에는 달을 상징하는 구멍이 뚫려 있었다. 그리고 각광(脚光)의 뚜껑이 올려지자 나팔과 콘트라베이스가 저음으로 연주되기 시작하고, 좌우에서 검은 망토를 입은 사람들이 많이 쏟아져 나와 손을 휘두르기 시작했다. 손에는 무엇인가 비수 같은 것이 쥐어져 있었다. 또 다른 사람들이 뛰어나와, 아까는 흰옷을, 지금은 하늘빛 옷의 처녀를 끌고 가려고 했다. 그러나 그들은 곧 데리고 가지 않고, 오랫동안 그녀와 더불어 노래를 불렀다. 이윽고 데리고 가 버리자, 무대 뒤에서 세 차례쯤 무엇인가 금속성의 것을 두드리는 소리가 났다. 그러자 출연자 모두는 무릎을 꿇고, 기도의 노래를 부르기 시작했다. 이 동작은 관객들의 열광적인 환성 때문에 몇 차례인가 중단되었다.

제2막이 계속되는 동안 나타샤는 아래층 좌석 쪽으로 눈길을 돌릴 때마다, 의자의 등받이 너머로 한 손을 드리운 채 자기를 바라보고 있는 아나톨리 쿠라긴이 눈에 띄었다. 그가 완전히 자기에게 사로잡혀 있다고 생각하는 것은 나쁜 기분은 아니었지만, 설마 그 속에 무엇인가 나쁜 것이 있으리라고는 정말 꿈에도 생각지 않았다.

제2막이 끝났을 때 엘렌은 일어나서 로스토프네 간막이 좌석을 돌아보았다(그녀의 가슴은 완전히 드러나 있었다).그리고 장갑을 낀 손가락으로 노백작을 불러, 자기의 간막이 좌석으로 들어오는 사람들에게는 주의도 돌리지 않고, 상냥하게 미소를 지으면서 이야기하기 시작했다.

「저어, 댁의 어여쁜 따님들을 저한테 소개해 주시지 않겠어요?」 하고 그녀는 말했다. 「온 모스크바가 두 아가씨의 이야기로 들끓고 있는데도 저는 아직 모르고 있지 뭐예요.」

나타샤는 일어나서 요염한 백작 부인 옆에 가 앉았다. 나타샤는 이 아름다운 미인에게서 칭찬을 받은 것이 너무나 기쁘고 흐뭇한 나머지 얼굴을 붉혔다.

「저도 이젠 모스크바 사람이 되고 싶어하고 있어요.」 하고 엘렌은 말했다. 「아니, 정말 당신은 이처럼 진주 같은 분들을 시골에다 파묻어 놓으시고도, 어쩌면 양심의 가책을 느끼지도 않으신담!」

엘렌은 매력 있는 여자라는 평판을 얻고 있는데, 그것은 정말 사실이었다. 그녀는 마음에도 없는 말을 천연스럽게 입에 담을 줄 알고, 특히 아주 거침없이 자연스러운 태도로 비위를 맞추는 데 익숙했다.

「그러지 마시고 백작, 제발 저한테 따님들을 맡겨 주세요. 전 이번에도, 그저 잠깐만 있을 생각으로 여기에 왔어요. 당신도 그러시죠? 그러니까 전 따님들을 즐겁게 해드리도록 애써 보겠어요. 저는 페쩨르부르그에 있을 때부터, 여러 가지로 당신에 대한 말씀을 듣고, 꼭 가까와지기를 바라고 있었어요.」 그녀는 타고난 단순하면서도 아름다운 미소를 띠우며 나타샤에게 말했다. 「당신 얘기는 제 사환인 드루베스코이한테서도 듣고 있어요. 당신도 들으셨겠지만 그분은 결혼하셔요. 그리고 바깥 주인의 친구이신 볼콘스키이, 안드레이 볼콘스키이 공작한테서도요.」 그녀는 이 말에 특히 힘을 주어 말했다. 그것으로, 자기도 두 사람의 관계를 알고 있다는 뜻을 넌지시 비친 것이었다. 그녀는 좀더 가까이 사귀고 싶으니까, 오페라가 끝날 때까지 두 아가씨 가운데 어느 누구든 자기 간막이 좌석에 앉혀 달라고 간청했다. 그래서 나타샤가 그쪽으로 옮겼다.

제3막의 무대는 궁전을 나타내고 있었다. 많은 촛불이 타고 있고, 턱수염이 있는 기사의 화상들이 쭉 걸려 있고, 중앙에는 왕과 왕후인 사람이 서 있었다. 왕은 오른손을 내두르면서, 겁에 질린 듯 서투른 가락으로 무엇인가를 노래부르고 나서, 진홍의 옥좌에 앉았다. 처음에는 흰옷, 다음에는 하늘빛 옷을 입고 있던 처녀가 이번에는 속옷 하나만을 걸치고 머리를 헝클어뜨린 채 옥좌 옆에 서 있었다. 그녀는 왕후에게로 얼굴을 돌리면서, 무엇인가를 슬프게 노래부르고 있었지만, 왕이 엄하게 손을 내젓자, 다리를 드러낸 남녀들이 양쪽에서 나와, 모두 함께 춤을 추기 시작했다. 이윽고 바이올린이 몹시 날카롭고 명랑하게 연주되기 시작했다. 그러자 통통한 다리와 야윈 팔을 드러낸 처녀 하나가, 다른 사람들과 떨어져서 무대 뒤로 돌아가 조끼를 바로잡고, 다시 무대 한가운데로 나왔다. 그리고 훌쩍 뛰어오르기도 하고, 날쌔게 발과 발을 부딪치기도 했다. 아래층 좌석의 관객들은 일제히 박수를 보내고 브라보를 외쳤다. 이어 한 사나이가 한쪽 구석에 섰다. 오케스트라석(席)에서는 심벌즈와 나팔이 더 한층 크게 울리기 시작했고, 다리를 드러낸 사나이가 엄청나게 높이 뛰어올라 두 발을 어지럽게 교차하기 시작했다. 이것은 이 기술 때문에 연봉 육만 루블리나 받고 있는 뒤포르였다. 아래층 좌석에서도, 간막이 좌석에서도, 이층에서도, 힘껏 손뼉을 치고 외치기 시작했다. 뒤포르는 갑자기 발을 멈추고 미소를 띠우면서 사방에다 인사를 했다. 그리고 다리를 드러낸 다른 한패의 남녀가 춤을 추고, 이어 다시 왕 중의 한 사람이 주악에 맞춰 무엇인가 소리치고 전원이 합창을 하기 시작했다. 그러자 갑자기 폭풍이 일어났다. 오케스트라석에서 반음계(半音階)와 제7음정(第七音程)의 협화음이 울려 왔다. 사람들은 우르르 뛰어나와, 그 자리에 있는 사람들 가운데의 하나를 다시 무대 뒤로 끌고 가고 막이 내렸다. 또다시 관객들 사이에 굉장한 소음과 박수 소리가 일어났다. 사람들은 꿈을 꾸는 듯한 얼굴로 현성을 올렸다.

「뒤포르! 뒤포르! 뒤포르!」

나타샤도 이젠 그것을 기묘하게 생각하지 않았다. 그녀는 만족스런 표정으로 기쁜 듯이 자기 주위를 둘러보았다.

「정말 굉장하지요, 뒤포르는?」엘렌은 그녀에게로 얼굴을 돌리면서 이렇게 말했다.

「네, 그렇군요!」하고 나타샤는 대답했다.

10

막간이 되자, 엘렌의 간막이 좌석으로 찬바람이 흘러들어오며 문이 열렸다. 그리고 옆 사람에 닿지 않도록 조심하면서 아나톨리가 몸을 구부리고 들어왔다.

「오빠를 소개하겠어요.」나타샤에게서 아나톨리에게로 불안스럽게 시선을 굴리면서 엘렌은 이렇게 말했다. 나타샤는 드러낸 어깨 너머로 자기의 귀여운 얼굴을, 이미 남자 쪽으로 돌리고 방긋 웃었다. 그는 그녀 옆에 앉았다. 가까이에서 봐도, 역시 멀리에서 본 것과 마찬가지로 아름다운 아나톨리는, 언젠가 나르이쉬킨네의 무도회 이래 친교의 영광을 바라고 있었으며, 그때 맛보았던 기쁨을 결코 잊지 않고 있다고 말했다. 쿠라긴은 남자들 속에 섞여 있을 때보다도 부인들을 상대로 하였을 때에 훨씬 슬기롭고 담백했다. 그의 말투는 대담하고 솔직했으므로, 이 사나이가 미리 이야기로 듣고 있던 것과는 달리 무서운 데는 조금도 없을 뿐만 아니라, 오히려 지극히 순진하고 쾌활하고 선량한 미소의 소유자라는 것이 나타샤에게는 몹시 이상하기도 하고 동시에 흐뭇한 놀라움을 느끼기도 했다.

쿠라긴은 가극의 인상을 묻기도 하고, 지난번 연극 때에 세묘노바가 연기 도중에 쓰러졌던 일을 그녀에게 얘기해 주기도 하는 것이었다.

「그리고 말입니다, 아가씨.」그는 사귄 지 오래 된 벗이기라도 한 듯 갑자기 그녀에게 얼굴을 돌리고 말했다. 「지금 으리들은 가장을 하고 회전 목마로 노는 계획을 세우고 있는데, 당신도 꼭 참석해 주셨으면 합니다. 참으로 즐거운 놀이예요. 모두 아르하로프네 집에서 모이기로 되어 있읍니다. 꼭 와 주십시오, 정말입니다,

네?」하고 그는 말했다.

그는 이렇게 말하면서도 나타샤의 얼굴이며 목이며, 드러난 팔에서 미소를 머금은 눈을 떼지 않았다. 나타샤는 그가 자기에게 틀림없이 마음을 빼앗기고 있다는 것을 알고 있었다. 그것은 나쁜 기분은 아니었지만, 왜 그런지 그와 같이 있는 것이 거북하고 괴로운 마음이 드는 것이었다. 이쪽에서 그를 보고 있지 않을 때에는, 그가 자기 어깨를 쳐다보고 있는 것을 느꼈으므로 오히려 상대방이 자기 눈을 봐 주는 것이 낫다고 생각하고, 그녀는 어느 덧 그의 시선을 포착하는 것이었다. 그러나 그렇게 하여 그의 눈을 쳐다보고 있는 동안에, 언제나 다른 남자에 대해서 느끼는 수치의 벽이, 그와의 사이에는 이제 없어져 있는 것을 알고 그녀는 저도 모르게 놀라는 것이었다.

그녀는 자기로서도 어째서인지 몰랐지만, 오 분쯤 지나자 무서울이 만큼 그에게 마음이 가까와진 것을 느꼈다. 이따금 그에게 등을 돌릴 때에는, 그가 뒤에서 자기의 드러난 팔을 덥석 움켜쥐고 목덜미에 키스하지나 않을까 하고 나타샤는 못 견디게 불안했다. 그들은 지극히 평범한 잡담을 했을 뿐이었으나, 그녀는 지금까지 남성에게 한 번도 느껴 본 적이 없었을 만큼 이 남자에게 가까와진 것을 느꼈다. 나타샤는 대체 이것이 어떤 의미냐고 묻는 것처럼, 엘렌과 아버지쪽을 돌아보았다. 그러나 엘렌은 어느 장군과의 이야기에 정신이 팔려, 그녀의 눈빛에 대꾸하지 않았다. 또 아버지의 눈은 언제나 입버릇인 〈재미있나? 그래, 그렇다면 나도 기쁘다.〉하고 말하는 듯한 표정 외에 아무것도 그녀에게 이야기해 주지 않았던 것이다.

어색한 침묵이 찾아들면 아나톨리는 약간 불거져 나온 듯한 눈으로, 착잡하고 집요하게 그녀를 쳐다보았다. 나타샤는 침묵을 깨뜨리기 위해서 모스크바는 마음에 들었느냐고 물었다. 나타샤는 이렇게 묻고 나서 얼굴을 붉혔다. 그녀는 그와 이야기하고 있는 동안, 줄곧 무엇인가 쑥스러운 짓을 하는 듯한 느낌이 들어 견딜 수가 없었던 것이다. 아나톨리는 그녀의 용기를 돋우어 주려는 듯이 빙그레 웃었다.

「처음엔 그리 마음에 들지 않았읍니다. 왜냐하면 도시를 유쾌하게 하는 것은 아름다운 부인이니까 말씀이에요. 그렇지 않습니까? 그런데 지금은 무척 마음에 듭니다.」의미 심장하게 그녀를 쳐다보면서, 그는 이렇게 말했다.「그건 그렇고, 회전 목마 놀이엔 오시겠읍니까? 아가씨, 와 주십시오.」그는 그녀의 꽃다발 쪽으로 손을 뻗치고, 목소리를 낮추면서 이렇게 말했다.「당신은 그 가운데에서 가장 아름다우실 겁니다. 와 주십시오, 네? 그리고 그 약속으로 이 꽃을 저한테 주십시오.」

나타샤도 아나톨리 자신과 마찬가지로, 그가 무슨 말을 하는 것인지 알 수 없었다. 그러나 그 이해할 수 없는 말 가운데에 심상치 않은 의미가 포함되어 있는 것을 느꼈다. 그녀는 무어라고 대답해야 할지 몰랐으므로, 못 들은 체하고 얼굴을 돌렸다. 그러나 얼굴을 돌리자마자, 그녀는 바로 등 뒤의 자기의 곁에 그가 있다는 것을 생각했다.

『이 사람은 지금 어떤 기분으로 있을까? 가슴을 두근거리고 있을까? 화를 내고 있을까? 어떻게 돌이켜야 하는 것일까?』하고 그녀는 자기 자신에게 물었다. 그녀는 돌아보지 않을 수 없었다. 그녀는 똑바로 그의 눈을 쳐다보았다. 그러자 그 위치의 가까움과, 그 자신(自信)과, 온후하고 부드러운 미소가 마침내 그녀를 정복하고 말았다. 그녀는 똑바로 그의 눈을 쳐다보면서 상대방과 똑같은 미소를 지었다. 그러자 다시금 자기와 그와의 사이에 이제는 아무런 장벽도 없다는 것을 느끼고, 그녀는 저도 모르게 소스라쳤다.

다시 막이 올랐다. 아나톨리는 침착하고 유쾌하게 간막이 좌석에서 나갔다. 나타샤는 자기가 지금 있는 세계에 완전히 순응하여, 아버지의 간막이 좌석으로 돌아왔다. 이제 그녀의 눈앞에서 행해졌던 모든 것이 그녀에게는 완전히 자연스러운 것으로 보여졌다. 그러나 그대신, 미래의 남편이며 공작 영애 마리야며 시골의 생활들을 생각하는 마음은 마치 머나먼 옛일처럼, 한 번도 그녀의 머리에 떠오르지 않았다.

제4막에서는 악마 같은 것이 나타나서 손을 흔들면서 발 밑의 널빤지가 가라앉아 지옥(地獄)으로 떨어져 들어갈 때까지 노래를 계속 불렀다. 나타샤가 제4막에서 눈여겨본 것은 다만 이것뿐이었다. 어쩐지 뒤숭숭하고 괴로운 기분이었다. 더우기 이 원인은 그녀가 자기도 모르게 눈으로 쫓고 있는 쿠라긴이었다. 극장을 나왔을 때 아나톨리는 그들 쪽으로 다가와서, 마차를 불러서 모두가 타는 것을 도와 주었다. 나타샤를 태울 때에는 그녀 팔의 팔꿈치 위쪽을 꽉 잡았다. 나타샤는 흥분하여 빨개진 얼굴로 그를 돌아보았다. 그는 눈을 반짝이고 부드럽게 미소하면서 그녀를 찬찬히 쳐다보는 것이었다.

집으로 돌아와서 비로소 나타샤는 자기 신변에 일어난 일을 모두 똑똑히 생각할 수가 있었다. 그리고 돌연 안드레이 공작을 생각해 내고, 그녀는 등골이 오싹해짐을 느꼈다. 모두들 극장에서 돌아오자, 다탁(茶卓)을 둘러싸고 차를 마시고 있었는데, 그들 앞에서 큰소리로 「아아!」 하고 소리치고는 얼굴이 새빨개져서 방을 뛰쳐나가 버렸다. 「아아, 어쩌나! 나는 틀렸다!」 하고 그녀는 혼잣말을 했다. 「어째서 나는 그런 짓을 할 수 있었을까?」 그녀는 빨개진 얼굴을 두 손으로 가리고 오랫동안 가만히 앉아 있었다. 그리고 오늘 자기의 몸에 일어난 일을 명확히 알아보려고 애썼다. 그러나 자기 몸에 일어난 일은 커녕 자기가 느끼고 있는 것마저 이해할 수가 없었다. 그녀에게는 모든 것이 막연하고, 불명료하고, 무섭게만 생각되었다. 그 커다랗고 휘황한 극장 안——금박이 반짝이는 조끼를 입고 다리를 드러낸 뒤포르가 축축한 널빤지 위를 음악에 맞추어 뛰어 돌아다니고, 아가씨들도 노인들도, 태연한 오만이 담긴 미소를 띄운 몸을 드러낸 엘렌도, 기뻐 어찌 할 바를 모르고 브라보를 외치는 극장 안——거기에서 엘렌의 그림자에 숨어 앉아 있을 때에는, 모든 것이 간단 명료했었다. 그런데 지금 자기 혼자가 된 것과 동시에, 그러한 것은 이해할 수 없는 것이 되었다. 『이것은 대체 어떻게 된 일일까? 그 사람 앞에서 경험한 공포는 도대체 무엇일까? 그리고 지금 마음에 느끼고 있는 양심의 가책은 도대체 어떠한 것일까?』하고 그녀는 생각했다.

나타샤가 밤에 잠자리 속에서, 자기가 생각하는 것을 완전히 털어놓을 수 있는 것은 오직 한 사람, 시골에 남아 있는 노백작 부인뿐이었다. 소냐는 그 견고하고 엄격한 견해에서 그녀의 고백을 듣고 소스라치게 놀라든지, 그렇지 않으면 전혀 이해하지 못하고 말아 버리든지의 어느 한쪽일 것이었다. 나타샤는 이것을 잘 알고 있었다. 나타샤는 자기를 괴롭히는 문제를 혼자서 해결하려고 애썼다.

『나는 이제 안드레이 공작을 사랑할 수 없게 된 것일까?』하고 그녀는 자문했다. 그리고 자기를 달래는 듯한 엷은 웃음을 띠고, 스스로 대답했다. 「어머나, 이런 걸 묻다니, 나도 무척 어리석군! 도대체 나에게 무슨 일이 일어났단 말인가? 아무것도 없다, 나는 아무것도 하지 않았다. 이것을 하도록 강요한 것은 아무것도 없다. 아무도 알 턱이 없다. 그리고 난 이제 절대로 그 사람을 만나지 않을 테니까 괜찮을 거야.」하고 혼잣말을 했다. 『그러니까 아무 일도 일어나지 않았다는 것은 명백하며 후회한다든지 할 일은 조금도 없다. 그리고 안드레이 공작도 나를 이대로 사랑해 주실 것이다. 그렇지만, 이대로라는 것은 어떠한 것일까? 아아, 어떻게 하나, 어떻게 해야 하나! 어째서, 어째서 그이는 여기에 있어 주시지 않는 것일까?』나타샤는 잠시 동안 마음이 가라앉았으나, 이윽고 또다시 그 어떤 본능이 입을 벌리고, 그것은 정말이다 실제로 아무것도 일어난 일은 없었지만, 안드레이 공작에 대한 그녀의 사랑은 이전의 순결함을 잃었다고 속삭이는 것이었다. 그녀는 다시금 마음 속으로 쿠라긴과의 이야기의 자초 지종을 되풀이하기 시작했다. 그리고 자기 팔을 쥐었을 때의 그 대담한 미남자의 얼굴이며, 몸짓이며, 부드러운 미소를 상상 속에서 더듬고 있었다.

11

아나톨리 쿠라긴은 모스크바에 살고 있었다. 그것은 그가 페쩨르부르그에서 한 해에 이만 루블리 이상이나 돈을 쓴 데다가, 그와 같은 액수의 빚까지 져서 채권자들이 그 빚을 모두 아버지에게 청구해 왔기 때문에, 아버지로부터 페쩨르부르그에서 추방당한 것이었다.

그때 아버지는 아들에게, 이번만은 네 빚을 반만 갚아 주겠다, 그러나 그대신에 조건이 있다, 다름이 아니라 모스크바로 가서 자기가 여러 가지로 힘써서 마련해 준 총사령관의 부관 자리에 있는 동안 거기서 적당한 배우자를 얻도록 노력하라고 선언하고, 그에게 공작 영애 마리야와 줄리 카라기나의 이름까지 지적해 주었던 것이다.

아나톨리는 이것에 동의하고 모스크바로 와서 피예르의 집에 머물렀다. 피예르는 처음에는 마지못해 아나톨리를 받아들였으나, 이윽고 차차 익숙해져서 이따금 같이 술자리에 나가기도 하고 빌려 준다는 구실로 돈을 주기도 했다.

아나톨리는 쉰쉰이 핵심을 찔러 비평한 그대로, 모스크바로 온 이래 모든 모스크바의 귀부인들을 미치게 했다. 그 주된 이유는, 그가 그러한 귀부인들을 경멸해고, 그보다 집시 여자며 프랑스 여배우를 더 좋아하고 쫓아다녔기 때문이었다. 그 프랑스 여배우의 우두머리인 조르즈 양은, 그와 밀접한 관계가 있다는 소문이었다. 그는 다닐로프 등 모스크바의 탕아들이 베푸는 술자리에 한 번도 빠진 적이 없었고 그들 중에서도 가장 뛰어난 주호로, 몇 날 밤을 새워 마시기를 계속하고, 상류 사회의 야회와 무도회에는 언제나 모습을 보였다. 모스크바 귀부인들과의 정사(情事)도 몇 가지 소문이 나돌고 있었고, 무도회 같은 데서도 한꺼번에 서너 명 가량의 여자 뒤를 쫓아다니고 있었으나 처녀, 특히 부유한 신부감에게는 접근하지 않았다. 그것은 그들의 대부분이 못생긴 탓도 있었지만, 실은 아나톨리는 아주 가까운 벗 외에는 아무도 모르는 일이기는 하지만 이 년 전에 결혼했기 때문이었다. 이 년 전, 그의 연대가 폴란드에 주둔하고 있을 때, 그리 부유하지 않은 폴란드의 한 지주가 아나톨리를 자기 딸과 결혼시켰던 것이다.

그러나 아나톨리는 곧 그 아내를 버리고 말았다. 그리고 약간의 돈을 장인에게 정기적으로 부쳐 준다는 약속으로 독신자로서 행세할 권리를 얻었던 것이다.

아나톨리는 늘 자기의 환경, 자기 자신, 그리고 다른 사람에게 만족하고 있었다. 그는 현재 자기가 생활하고 있는 이외의 생활은 할 수가 없으며, 자기는 지금까지 조금도 나쁜 짓을 한 적이 없다고, 본능적으로 마음 속 깊이에서 굳게 믿고 있었다. 자기의 행위가 남에게 어떠한 영향을 미치는 것인지, 또한 자기 행위가 남에게 어떠한 결과를 낳는 것인지 하는 것은 전혀 생각하지 못하는 성품이었다. 그는 마치 오리가 물 속에서 살도록 창조되어진 것처럼, 자기는 당연히 연수입 삼만 루블리의 생활을 하고, 언제나 사회의 뛰어난 위치를 차지하도록, 하느님에 의해 창조된 것이라고 확신하고 있었다. 그가 어디까지나 그를 쳐다보고 있는 동안에 그것을 믿게 되어, 사교계의 뛰어난 위치도 돈도 그에게 거절할 수가 없게 되는 것이었다. 이렇듯 그는 닥치는 대로 누구에게나 돈을 빌고는 절대로 그것을 갚지 않는 것이었다.

그는 노름꾼은 아니었다. 최소한 그는 절대로 돈을 따기를 바라지는 않았다. 그는 허영심이 강한 편도 아니었다. 다른 사람들이 자기를 어떻게 생각하건 전혀 문제로 삼지 않았다. 명예심은 더욱더 적었다. 그는 몇 번이나 자기와 자신의 이력에 먹칠을 해서 아버지를 안절부절 못 하게 만들고, 명예니 하는 것을 모두 일소에 붙이고 있었다. 그는 또 인색하지도 않았으므로, 누구에게 부탁을 받았을 경우에도 거절한 일이 없었다. 그가 사랑하는 오직 하나의 것은 주색이었다. 그의 의견에 의하면 이러한 취미는 조금도 천한 데가 없었고, 더우기 이 취미의 만족이 다른 사람들에게 어떠한 영향을 미치는가 하는 것을 반성할 줄 아는 성격도 아니었기 때문에, 자기를 나무랄 데가 없는 인간이라고 믿고, 비열한 불량배들을 진심으로 경멸하고, 평안한 양심을 가지고 잔뜩 거드름을 피우고 있었던 것이다.

이 같은 남자 막달레나(회개한 娼婦—역주)들이라고도 할 수 있는 방탕아들에게도 여자 막달레나의 경우와 마찬가지로, 자기의 순결을 믿는 잠재 의식이 있어, 〈그녀는 모두 용서받을 것이다. 왜냐하면 그녀는 많이 사랑하였기 때문이다. 이와 마찬가지로, 그는 모두 용서받을 것이다. 왜냐하면 그는 많이 즐겼기 때문이다.〉라는 용서를 바라는 마음이 깔려 있었다.

추방당해서 페르시아로 건너가 거기에서 가지가지의 모험을 한 뒤, 이 해에 다시 모스크바에 나타나 호화로운 노름꾼 생활을 하던 돌로호프는, 옛 페쩨르부르그 시절의 동료인 쿠라긴에게 접근하여, 그를 자기의 목적에 이용했다.

아나톨리는 돌로호프의 총명함과 대담함을 진심으로 사랑하고 있었다. 그러나 돌로호프는, 아나톨리 쿠라긴의 명성과 인척 관계가 자기의 노름꾼 패에 부유한 젊은이들을 끌어들이는 미끼로서 필요하였기 때문에, 상대방에게 그것을 느끼게 하지 않도록 하면서 쿠라긴을 이용하고 또한 즐기고 있었다. 그는 이러한 타산에 의해서 아나톨리를 필요로 하는 이외에도, 남의 의지를 지배한다는 것 그 자체가, 돌로호프에게는 쾌락이기도 하고 습관이기도 하고 요구이기도 했다.

나타샤는 쿠라긴에게 강한 인상을 주었다. 그는 가극이 끝난 뒤의 야식 자리에서, 자못 그 길의 전문가인 듯한 태도로 돌로호프 앞에서 나타샤의 팔, 어깨, 다리와 발, 머리의 아름다움을 말하고 나서 그녀에게 구애(求愛)해 볼 결심을 털어놓았다. 이 구애한다는 행위에서 어떠한 결과가 생길지 하는 것은, 자기의 행동 하나하나가 어떠한 결과를 가져올는지 한 번도 생각한 적이 없었던 아나톨리로서는 생각할 수도, 또 알 수도 없는 일이었다.

「미인이긴 해, 그러나 우리들에게는 어울리지 않아.」하고 돌로호프가 말했다.

「난 누이에게 말해서 그녀를 식사에 초대하게 하겠어.」하고 아나톨리는 말했다. 「어떨까?」

「그러나 이봐, 그녀가 시집을 갈 때까지 기다리는 게 나을걸…….」

「자네도 알고 있지 않나?」하고 아나톨리는 말했다. 「내가 처녀를 존경하고 있다는 것을. 그 순결이 지금 상실되려 하고 있는 거야.」

「자넨 이미 한 번 숫처녀에게 혼이 난 적이 있지 않나?」아나톨리의 결혼을 알고 있는 돌로호프는 이렇게 말했다. 「조심하게.」

「뭐, 두 번 다시 그런 일이야 있지 않겠지! 그렇지 않나, 응?」아나톨리는 사람 좋은 미소를 지으면서 이렇게 말했다.

12

극장에 갔던 그 이튿날, 로스토프네는 아무 데도 나가지 않았으며 또 누구에게서도 방문을 받지 않았다. 마리야 드미트리예브나는 나타샤 몰래 아버지와 무엇인가를 한창 상의하고 있었다. 나타샤는 두 사람이 노공작의 이야기를 하고 있고, 무엇인가 선후책을 강구하는 것이려니 추측하고 불안스럽기도 하고 모욕감을 느끼기도 했다. 그녀는 이제나저제나 하고 안드레이 공작을 기다리다 못해, 이 날도 혹시 찾아오지나 않을까 하여 두 차례나 브즈드비젠카로 하인을 보내어 알아 오도록 했다. 그러나 그는 돌아와 있지 않았다. 그녀는 상경 당시의 며칠보다도, 지금 쪽이 훨씬 괴롭게 생각되었다.

일요일 아침, 마리야 드미트리예브나는 모길리스이에 있는 우스페니예라는 자기 교구의 미사에, 자기 집의 손님들을 안내했다.

마리야 드미트리예브나는 일요일을 좋아하였고, 그것을 즐기는 요령을 터득하고 있었다. 그녀의 집은 토요일에 모두 깨끗이 청소되었기 때문에, 일요일에는 하인들도 여주인도 일을 하지 않고, 명절날처럼 옷을 차려 입고 모두 미사에 나갔다. 주인의 식탁에도 요리의 가짓수가 늘고, 하인들에게도 거위나 새끼 돼지의 불고기며 보드카가 차려졌다. 그러나 무엇보다도 온 집안에 가장 명절다운 느낌이 나타나는 것은, 마리야 드미트리예브나의 넓고 엄격한 얼굴이 이 날에는 언제나 변하는 일 없이 새삼스러운 엄숙한 표정을 띠는 것이었다.

의자 커버를 벗겨 낸 거실에서 미사 뒤의 커피를 마시고 났을 무렵, 하인이 마차 채비가 된 것을 마리야 드미트리예브나에게 알리자, 그녀는 방문용의 숄을 걸치고 엄숙한 표정을 지으면서 일어나, 나타샤의 일에 대하여 상의하기 위해 니콜라이 안드레예비치 볼콘스키이 공작한테 다녀온다는 뜻을 알렸다.

마리야 드미트리예브나의 외출 뒤, 쉬알리메 부인의 여점원이 로스토프네를 찾아왔다. 나타샤는 객실 옆방의 문을 닫고, 좋은 기분 전환거리가 생긴 것을 기뻐하면서, 새 의상의 가봉을 시작했다. 그녀가 시침질이 된, 아직 소매가 없는 웃옷을 입고서, 등이 맞는가 어떤가 하고 고개를 돌리고 거울을 보고 있을 때, 객실에서 아버지의 목소리와 또 한 사람의 여자 목소리가 활기 있게 울리는 것을 듣고, 그녀는 얼굴이 붉어졌다. 그것은 엘렌의 목소리였다. 나타샤가 입어 보고 있던 웃옷을 채 벗어 버리기도 전에 문이 열리고 베주호프 백작 부인 엘렌이, 깃이 높은 어두운 보랏빛 빌로도 옷을 입고 선량하고 부드러운 미소로 얼굴을 반짝이며 방으로 들어왔다.

「아아, 나의 아름다운 아가씨!」 빨개진 나타샤를 보고 그녀는 이렇게 말했다. 「매혹적이에요! 안 돼요, 백작, 그런 법이 어디 있어요.」 자기 뒤를 따라 들어오면 백작에게 그녀는 이렇게 말했다. 「모처럼 모스크바에 계시면서, 아무 데도 나가지 않다니요! 이제 난 당신 옆에서 떨어지지 않겠어요! 오늘 밤 나한테서 조르즈 양의 낭독이 있기로 되어 있어 댓 사람이 모입니다만, 만일 당신께서 조르즈 양보다 더 어여쁜 이 아가씨를 데리고 오시지 않는다면 용서하지 않겠읍니다. 마침 주인은 트베리로 가시고 지금 계시지 않아요. 그렇지만 않으면 주인을 시켜 모시러 보낼 텐데. 정말 꼭 와 주세요, 꼭입니다, 아홉 시 전에.」 공손히 절을 하는 구면인 양장점 점원에게 고개를 끄덕여 보이고, 빌로도의 옷주름을 맵시 있게 펼치면서 그녀는 거울 옆의 안락의자에 앉았다. 그녀는 끊임없이 나타샤의 아름다움을 칭찬하면서, 다정하고 쾌활한 수다를 그치지 않았다. 그리고 상대방의 옷을 찬찬히 쳐다보고 그것을 칭찬하더니, 파리에서 주문한 자기의 엷은 새 비단옷도 자랑하고, 나타샤에게도 똑같은 것을 만들도록 권했다.

「그렇지만 당신에겐 뭐든지 어울려요.」 하고 그녀는 말했다.

나타샤의 얼굴에서는 만족의 미소가 사라지지 않았다. 이 부드러운 베주호프 백작 부인의 찬미에 의해서, 마치 꽃이 핀 듯한 행복한 몸이 된 것을 느꼈다. 그녀는 전에는 옆에도 다가갈 수도 없을 만큼 높은 귀부인처럼 생각되었는데, 지금은 이처럼 친절하게 해준다고 생각하자 나타샤는 즐거워졌다. 그녀는 이토록 아름답고 친절한 귀부인에게 거의 반해 버린 듯한 느낌이 들었다. 엘렌 쪽에서도 진심으로 나타샤를 찬미하였고, 그녀를 명랑하게 해주고 싶어했다. 아나톨리에게서 나타샤를 데려와 달라는 부탁을 받고, 그녀는 이 목적을 위해 로스토프네를 찾아온 것이었다. 나타샤를 오빠와 맺어 준다는 것이 그녀의 흥미를 끌었기 때문이다.

전에 페쩨르부르그에서, 그녀는 자기 손에서 보리스를 빼앗겼던 원한을 나타샤에 대해서 품고 있었지만, 이제 그런 것은 전혀 염두에도 두지 않고, 제멋대로이기는 하지만 진심으로 나타샤의 행복을 빌고 있었다. 로스토프네에서 돌아올 때, 그녀는 자기의 〈피보호자〉를 한쪽으로 불러 말했다.

「엊저녁에 오빠가 우리 집에서 식사를 같이했었는데 말이에요, 우리들은 우스워서 배를 쥐고 웃었답니다. 글쎄, 오빠는 아무것도 먹지 않고 당신에 대해서만 생각하며, 한숨을 짓고 있지 않겠어요! 오빠는 제정신이 아니에요, 확실히 당신에게 반해서 제정신이 아니에요.」

나타샤는 이 말을 듣자 홍당무가 됐다.

「어머, 저 얼굴 붉히는 모습 좀 봐! 오, 아름다운 아가씨!」엘렌은 말했다. 「꼭 오세요. 당신이 누군가를 사랑하고 계신다고 하더라도, 그런 것은 절대로 수녀 같은 생활을 하지 않으면 안 된다는 그런 이유는 되지 않아요. 설령 당신이 약혼한 몸이라 하더라도, 상대방 분도 자기가 없는 동안에 당신이 지루함을 이기지 못하고 괴로와하고 계시느니 보다는 차라리 사교계에 나가기를 바라고 계실 거예요. 난 그렇게 믿고 있어요.」

『그리고 보면, 이 사람은 내가 약혼중이라는 것을 알고 있는 모양이다. 즉 이 사람은 남편인 피예르와, 그 성실한 피예르와 이 일을 이야기하며 웃은 것이 틀림없다.』하고 나타샤는 생각했다. 『그러면 이것은 아무것도 아닌 일인 것 같구나.』 또다시 엘렌의 영향으로, 지금까지 무섭게 생각되었던 것이 참으로 단순하고 자연스러운 것으로 느껴졌다. 『게다가 이 사람은 참으로 〈고귀한 귀부인〉이고, 이렇게 상냥한 분이 진심으로 나를 사랑해 주고 계시는데 말이다.』하고 나타샤는 생각했다. 『한 번 기분 전환을 한다 해서 나쁠 게 뭐람!』나타샤는 놀란 듯한 눈을 크게 뜨고 엘렌을 쳐다보면서 이렇게 생각했다.

점심식사 조금 전에, 마리야 드미트리예브나가 말없는 진지한 모습으로 돌아왔다. 분명 노공작한테서, 패배의 고배를 마시고 온 모양이었다. 그녀는 차분히 일의 경과를 이야기하기에는, 아직 아까의 충돌로 너무나 흥분하고 있었다. 백작의 질문에 대해서는 모든 일이 순조롭게 되었으며, 내일 다시 이야기하겠노라고만 대답했다. 베주호프 백작 부인의 내방과 야회에의 초대를 알고, 마리야 드미트리예브나는 이렇게 말했다.

「베주호프와 교제할 필요 같은 걸 난 느끼지도 않고 또 권하지도 않습니다. 그러나 이미 약속해 버린 것이라면, 기분 전환 겸 갔다와도 좋아요.」그녀는 나타샤에게로 얼굴을 돌리면서 이렇게 덧붙였다.

13

일리야 안드레이치 백작은 두 딸을 데리고 베주호프 백작 부인한테로 갔다. 야회에는 상당히 많은 사람들이 모여 있었다. 그러나 좌중의 전부가 나타샤에게는 거의 미지의 사람이었다. 일리야 안드레이치 백작은 이 모임이 모두 자유 방종한 교제로 알려져 있는 남녀로 이루어진 것을 알고는 불만을 느꼈다. 여배우인 조르즈 양은 젊은 사람들에게 둘러싸여 객실 한쪽 구석에 서 있었다. 프랑스인도 몇 사람 있었으나, 그 가운데에는 엘렌의 모스크바 도착 이래 한집안 식구처럼 된 의사 메찌비예도 섞여 있었다. 일리야 안드레이치 백작은 카드놀이에도 끼지 않고 딸들 옆에서 떨어지지 않도록 주의하면서, 조르즈의 낭독이 끝나는 대로 곧 돌아가야겠다고 마음먹었다.

아나톨리는 문 옆에 서 있었다. 로스토프네의 도착을 기다리고 있는 모양이었다. 그는 백작에게 인사하고 나서, 곧 나타샤에게로 다가가 그 뒤를 따라갔다. 나타샤는 그의 얼굴을 보자마자, 극장에서와 똑같은 느낌이 들었다. 자기는 이 사람의 마음에 들어 있다는 허영적인 만족과, 두 사람 사이에 마음의 벽이 존재하고 있지 않다는 공포에 휩싸였다.

엘렌은 기쁜 듯이 나타샤를 맞고, 그 미모와 옷차림을 큰소리로 칭찬했다. 그들이 도착한 뒤 곧, 조르즈 양은 분장을 하러 방에서 나갔다. 객실에는 의자가 가지런히 놓여 있고, 모두들 자리에 앉기 시작했다. 아나톨리는 나타샤에게 의자를 권하고 자기도 그 옆에 앉으려고 했으나, 줄곧 나타샤에게서 눈을 떼지 않고 있는 백작이 그 옆에 앉아 버렸다. 그래서 아나톨리는 뒤에 앉았다.

조르즈 양은 마디마디가 옴폭 패인 포동포동한 팔을 드러내고, 빨간 숄을 한쪽 어깨에만 걸친 채, 자기를 위해서 남겨진 안락의자 사이의 빈 자리로 나오자, 부자연스러운 자세로 발을 멈추었다. 감탄에 찬 속삭임이 들렸다.

조르즈 양은 엄숙하고 침울한 얼굴로 청중을 둘러본 뒤, 자기 아들에 대한 어머니의 불의의 사랑을 노래한 시를 프랑스어로 낭독하기 시작했다. 그녀는 때로는 목소리를 높이고, 때로는 의기 양양하게 고개를 추켜들면서 속삭이는 소리를 내는가 하면, 눈을 부릅뜨면서 말을 멈추고 목쉰 소리를 내는 것이었다.

「훌륭한데, 보통이 아니야, 놀랍다!」 하는 소리가 여기저기서 들렸다. 나타샤는 살찐 조르즈 양을 쳐다보고 있었으나, 자기의 눈앞에서 행해지고 있는 것을 전연 듣지도 않았고, 보지도 않았으며, 이해하지도 못 했다. 그녀는 다만 자신이 또다시 완전히 지금까지의 세계에서 동떨어진, 그 불가사의한 광기의 세계——무엇이 좋고 무엇이 나쁘며, 무엇이 옳고 무엇이 그른가 식별할 수 없는 광기의 세계——에 돌이킬 수 없을이 만큼 완전히 빠져 버린 것을 다시 절감하였을 뿐이었다. 뒤에는 아나톨리가 앉아 있었다. 그녀는 그 거리의 가까움을 느끼면서, 두려운 마음으로 무엇인가를 기다리고 있었다.

첫 독백이 끝나자, 모두들 일어나서 자기의 감명을 나타내려고 조르즈 양을 둘러쌌다.

「정말 미인인데요!」 다른 사람들과 같이 일어나서 사람들을 비집고 여우 쪽으로 나아가는 아버지를 보고 나타샤는 이렇게 말했다.

「나는 당신을 보고 있으면, 그렇게 생각되지 않습니다.」 나타샤의 뒤를 따르면서 아나톨리가 말했다. 그가 이렇게 말한 것은, 나타샤 외의 아무도 듣는 사람이 없을 때였다. 「당신은 참으로 아름다운 분입니다……. 당신을 뵈온 순간부터 나는 줄곧…….」

「가자, 자, 가자, 나타샤.」 딸을 데리러 돌아와서 백작은 이렇게 말했다. 「정말 미인이군!」

나타샤는 아무 말도 하지 않고 아버지에게로 다가가 물어보는 듯한 놀란 눈빛으로 아버지의 얼굴을 쳐다보고 있었다.

그리고 또 몇 차례의 낭독이 있은 뒤에, 조르즈 양은 돌아가고 베주호프 백작 부인은 홀 쪽으로 옮기도록 전원에게 부탁했다.

백작은 돌아갈 작정이었지만 즉흥적으로 베풀기로 한 무도회의 기분을 깨뜨리지 말아 달라고 엘렌이 사정하였기 때문에 로스토프네는 남기로 했다. 아나톨리는 나타샤에게 왈츠를 청했다. 그 춤을 추는 동안 그는 상대방의 허리와 손을 꼭 껴안으면서, 당신은 넋을 빼앗는 아름다운 분이라느니, 나는 당신을 사랑하고 있다느니 하고 지껄였다. 에코세츠(스코틀랜드 춤의 한 가지-역주) 때에도 그녀는 또 쿠라긴과 추었는데 그들이 단 둘이 되었을 때 아나톨리는 아무 말도 하지 않고 다만 그녀의 얼굴을 응시할 뿐이었다. 나타샤는 왈츠를 출 때 그가 속삭였던 것은 꿈이 아니었던가 하고 반신 반의했다. 첫피겨가 끝날 무렵, 그는 다시금 나타샤의 손을 잡았다. 그녀는 겁에 질린 듯한 눈으로 쳐다보았다. 그러나 그의 눈빛과 미소 속에는 뭐라고 말할 수 없는, 자신에 넘친 부드러운 표정이 담겨져 있어 그 얼굴을 쳐다보고 있으면, 말해야 할 것도 말하지 못하게 돼 버렸다. 그녀는 눈을 떨어뜨렸다.

「내게 그런 말씀은 하지 마세요. 난 약혼한 몸이고 다른 사람을 사랑하고 있으니까요.」 이렇게 재빨리 말하고 그를 쳐다보았다. 아나톨리는 그 말을 듣고도 당황하지 않았다.

「나에겐 그런 말씀을 하셔도 소용 없읍니다. 그것이 내게 무슨 관계가 있다는 겁니까?」 하고 그는 말했다. 「나는 미치도록, 미치도록 당신을 사랑하고 있읍니다. 당신이 그처럼 매혹적이라는 것이, 나에게 대체 무슨 책임이 있읍니까?…… 자, 또 시작합시다.」

나타샤는 활기를 띠면서도 불안한 듯하고 놀란 듯한 모습으로 눈을 크게 뜨고, 주위를 둘러보았다. 그녀는 여느 때보다도 즐거워 보였다. 그리고 이 날 밤의 일을 거의 하나도 기억하지 못했다. 에코세츠와 그로스파테르(독일의 옛 춤의 한 가지 —역주)를 추었을 때, 아버지는 그녀를 불러 돌아가자고 말했으나, 조금 더 남아 있게 해 달라고 부탁했다. 어디에 있으나, 누구와 이야기를 하고 있거나, 그녀는 자기 몸에 남자의 시선을 느끼는 것이었다. 그 뒤 그녀는 아버지의 허락을 얻어서 화장실로 옷매무새를 고치러 간 일, 엘렌이 뒤에서 오빠의 사랑을 웃으면서 이야기한 일, 그리고 조그만 소파가 있는 방에서 다시 아나톨리와 만났던 일, 엘렌은 어딘가로 사라져 버리고 단 두 사람만 남아, 아나톨리가 그녀의 손을 잡고 부드러운 목소리로 다음과 같이 말했던 것을 기억하고 있었다.

「나는 당신의 집엔 드나들 수 없읍니다. 그러면 이제 다시는 당신과 만나지 못하게 되는 것일까요? 나는 미칠 듯이 당신을 사랑하고 있읍니다. 정말로 이제 다시는…….」 하고 그는 상대방의 길을 가로막으면서 자기 얼굴을 그녀 얼굴에 접근시켰다.

반짝반짝 빛나는 커다란 남자다운 눈이 자기 눈에서 아주 가까운 데에 있었으므로, 그녀는 이 눈 외에 아무것도 보지 못했다.

「나탈리!」 하고 그의 목소리가 묻는 듯한 어조로 속삭였다. 그리고 누군가가 아프도록 그녀의 손을 꼭 쥐었다. 「나탈리!」

〈나는 아무것도 모르겠어요, 나는 아무것도 할 말이 없어요.〉 하고 그녀의 눈은 말하고 있는 것 같았다.

뜨거운 입술이 그녀의 입술을 내리눌렀다. 그 순간, 그녀는 다시금 자유로와진 것처럼 느껴졌다. 그러자 방안에서 엘렌의 발소리와 옷자락 스치는 소리가 들렸다. 나타샤는 그쪽을 돌아보았다. 그리고 빨개진 얼굴로 오들오들 떨면서, 놀란 듯한 의아스러운 눈초리로 남자를 쳐다보고 문 쪽으로 서너 걸음 옮겨 갔다.

「한 마디만, 단 한 마디만, 제발!」하고 아나톨리는 말했다.

그녀는 발을 멈추었다. 그녀로서는 이 한 마디를 들을 펼요가 있었다. 이 한 마디야말로 그녀에게 지금 일어난 일을 설명해 줄 것이며, 자기도 그것에 대해서 대답하고 싶었기 때문이었다.

「나탈리, 한 마디만, 단 한 마디만!」 뭐라고 말해야 좋을지 모르겠다는 듯 그는 이렇게 되풀이했다. 되풀이하고 있는 동안에 엘렌이 두 사람 옆으로 다가왔다.

엘렌은 나타샤와 함께 다시 객실로 나왔다. 로스토프네는 야식에 남지 않고 돌아왔다.

집으로 돌아온 뒤, 나타샤는 뜬눈으로 밤을 새웠다. 도대체 자기는 누구를 사랑하는 것일까? 아나톨리인가, 안드레이 공작인가? 그녀는 이 해결할 수 없는 문제로 괴로움을 받았다. 그녀는 안드레이 공작을 사랑하고 있었다. 자기가 얼마나 열렬히 안드레이 공작을 사랑하고 있었는가 하는 것은, 그녀도 똑똑히 알고 있었다. 그러나 아나톨리도 역시 사랑하고 있었다. 이것은 의심할 여지도 없는 일이었다. 『그렇지 않다면, 어떻게 그런 짓을 할 수가 있었겠는가?』하고 그녀는 생각했다. 『내가 그런 짓을 한 뒤 그와 헤어질 때, 그의 미소에 대하여 미소로써 대답할 수 있었던 이상, 내가 그런 것까지도 허용할 수 있었던 이상, 나는 첫순간부터 그 사람을 사랑했다는 증거다. 말하자면 그 사람은 친절하고 집안이 좋고, 게다가 또 미남자였기 때문에 사랑하지 않을 수 없었던 것이 된다. 아, 만약 내가 양쪽 다 사랑하고 있다면 어떻게 해야 하는 것일까?』이러한 무서운 문제들에 대해서 아무런 대답도 찾아내지 못한 채 그녀는 마음 속으로 이렇게 되풀이하고 있었다.

14

이윽고 여느 때의 분주함과 잡사(雜事)를 동반하고 아침이 찾아왔다. 모두들 일어나서 움직이고 지껄이기 시작했다. 양장점 점원이 찾아왔다. 또 마리야 드미트리예브나가 거실에서 나오고, 하녀가 차 준비가 됐다는 것을 알려 왔다.

나타샤는 크게 뜬 눈으로, 자기에게 쏠리고 있는 모든 시선을 붙잡기라도 하려는 듯, 불안스러운 듯이 사람들을 둘러보면서 전과 똑같이 보이려고 애썼다.

조반 뒤, 마리야 드미트리예브나는(그것은 그녀가 하루 가운데서 가장 기분이 좋은 때였다) 자기 안락의자에 앉아서 나타샤와 노백작을 옆으로 불렀다.

「그런데 저, 이것 봐요. 나는 지금 이런 일을 두루 생각해 보고, 그리고 이런 것을 충고드릴까 하는데요.」하고 그녀는 말을 꺼냈다. 「아시다시피, 어제 나는 니콜라이 공작한테 가서 여러 가지로 상의해 보았어요……. 그 영감님은 호통을 치려고 했지만, 그러나 호통을 쳐서 나를 억누르지는 못 해요! 나는 그분에게 거리낌 없이 마구 얘기했지요!」

「그래, 그분께선 어떠했읍니까?」하고 백작이 물었다.

「그런 사람이 어떻긴 뭐가 어때요? 반미치광이에요…… 숫제 들으려고도 하지 않아요. 결국 우리들은 둘이서 그 불쌍한 따님을 괴롭혔을 뿐이에요.」하고 마리야 드미트리예브나는 말했다. 「그래서 내가 충고합니다만, 볼일을 마치고 일단 집으로…… 오트라드노예 마을로 돌아가서…… 거기서 기다리시는 게 어떨까요…….」

「어머나, 싫어요!」하고 나타샤는 소리쳤다.

「아냐, 돌아가야 해.」하고 마리야 드미트리예브나가 말했다. 「그리고 거기서 기다리는 거예요. 만약에 신랑이 지금 여기로 돌아오기라도 한다면, 말다툼은 불가피할 거예요. 그러니까 그 사람이 영감님하고 둘이서 우선 충분히 상의하고 나서, 그리고 당신한테로 찾아가는 편이 나아요.」

알리야 안드레이치는 그 말이 옳다는 것을 깨닫고 곧 그것에 찬성했다. 만일 노인의 마음이 누그러진다면, 조금 더 지난 뒤에 다시 모스크바나 르이스이예 고르이로 찾아가 보는 것이 좋겠고, 만약 그렇지 않다면 아버지의 뜻을 거역하며 결혼할 수 있는 곳은 오트라드노예 마을밖에는 없었기 때문이었다.

「정말 옳은 말씀입니다.」하고 그는 말했다. 「다만 이쪽에서 공연스레 찾아간 것이, 더구나 딸까지 데리고 찾아간 것이 나는 유감스러워 못 견디겠읍니다.」하고 노백작은 말했다.

「뭐, 유감스럽게 여길 것은 조금도 없어요! 그렇다고, 지금 여기에 와 있으면서 인사를 드리지 않을 수도 없지 않아요. 그래도 싫다는 거야 누군들 어떡하겠어요.」 마리야 드미트리예브나는 손가방 속에다 손을 넣고 무엇인가를 찾으면서 말했다. 「게다가 이제 혼수감도 다 준비되었으니까, 이제 더 기다릴 것은 없어요. 혹 뭐 모자라는 것이 있으면 내가 나중에 부쳐 드리겠어요. 정말 딱하지만, 그러나 이번에는 돌아가는 게 좋아요.」 손가방 속에서 찾던 것이 발견되자, 그녀는 그것을 나타샤에게 주었다. 그것은 공작 영애 마리야로부터의 편지였다. 「너한테 보내 온 것이다. 그 아가씨도 무척 괴로와하고 있어. 그 아가씨는 너를 싫어하고 있는 것처럼 네가 생각하고 있지나 않을까 하고 몹시 걱정하고 있더라.」

「네, 그 사람은 나를 싫어하고 있어요.」 하고 나타샤는 말했다.

「쓸데없는 소리를, 그런 말을 하는 게 아니야!」 하고 마리야 드미트리예브나는 소리쳤다.

「누가 무엇이라고 해도 나는 믿지 않겠어요. 그 사람이 나를 싫어하고 있다는 것을 나는 알고 있어요.」 편지를 받아들면서 나타샤는 대담하게 이렇게 말했다. 그 얼굴에는 무뚝뚝하고 증오에 찬 표정이 담겨 있었다. 그리고 이 표정이 마리야 드미트리예브나로 하여금 나타샤를 한층 더 응시케 하고 동시에 눈살을 찌푸리게 했다.

「이것 봐, 응, 그렇게 대답하는 게 아냐.」 하고 그녀는 말했다. 「내가 말한 것은 틀리지 않아. 답장을 쓰도록 해요.」

나타샤는 대답도 하지 않고 공작 영애 마리야의 편지를 읽으러 거실로 들어갔다.

공작 영애 마리야의 편지는 다음과 같이 씌어 있었다. 자기는 두 사람 사이에 생긴 오해 때문에 몹시 절망하고 있다, 아버지의 감정이 어떻든 간에 자기는 오빠가 선택한 사람으로서 당신을 사랑하지 않을 수 없다, 자기는 오빠의 행복을 위해서 모든 것을 희생할 각오이니까 제발 그것을 믿어 주기 바란다.

〈그렇지만, 아버님이 당신에게 나쁜 감정을 품고 계시다고는 생각지 말아 주세요. 아버님은 병을 앓고 있는 노인이니까, 너그러이 보아 주시지 않으면 안 돼요. 그러나 아버님은 원래 도량이 넓고 친절한 어른이시니까, 당신의 아들을 행복하게 해주는 사람을 틀림없이 사랑하게 되시리라고 생각합니다.〉 이어 공작 영애 마리야는 언제 또 뵈올 수 있는지, 시간을 정해 달라고 쓰고 있었다.

편지를 읽고 나자 나타샤는 답장을 쓸 작정으로 책상 앞에 앉았다. 〈친애하는 공작 영애 아가씨.〉 하고 그녀는 재빨리 기계적으로 이렇게 쓰고 펜을 멈추었다.

『어젯밤 그런 일이 있었던 뒤인데 더 무엇을 계속해서 쓸 수 있단 말인가?

그렇다, 그렇다, 그것은 모두 정말로 있었던 일이다. 그리고 지금은 모든 것이 달라져 버린 것이다.』그녀는 쓰기 시작한 편지를 앞에 놓고 앉아 이렇게 생각했다.『그분 쪽은 물리치지 않으면 안 되나? 아니 정말 그렇게 하지 않으면 안 되는 것일까? 그것은 무서운 일이다!』이 같은 무서운 생각에 잠기지 않기 위해서, 그녀는 소냐의 방으로 가서 같이 수의 본을 고르기 시작했다

점심식사 뒤, 나타샤는 거실로 물러나 다시 공작 영애 마리야의 편지를 집어 들었다.『정말로 이제 완전히 끝장이 나버린 것일까?』하고 그녀는 또 생각했다.『정말로 이렇게 빨리 이런 일이 일어나서, 여태까지의 일을 모두 망가뜨려 버린 것일까?』그녀는 전과 똑같은 강한 힘으로 안드레이 공작에 대한 사랑을 생각해 냈다. 그러자 동시에 쿠라긴도 사랑한다는 것이 느껴졌다. 그녀는 안드레이 공작의 아내가 된 자기를 생생하게 상상하고, 지금까지 몇 차례나 마음 속으로 공상했었는지 모르는 그와의 행복한 장면을 그려 보고 있었지만, 그와 동시에 어젯밤 아나톨리와 만났을 때의 일을 흥분 때문에 온 몸이 불붙는 듯한 기분을 느끼면서 세세한 데까지 생각해 내는 것이었다.

『어째서 그 두 사람을 동시에 사랑할 수는 없는 것일까?』이따금 완전히 머리가 멍청해져서 그녀는 이런 것까지 생각하는 것이었다.『그러면 비로소 완전히 행복해질 텐데. 그런데 지금 나는 이 어느 쪽인가를 선택하지 않으면 안 된다. 그리고 두 사람 가운데의 어느 쪽을 잃어도 나는 행복하게 될 수 없는 것이다. 더우기 또 나는.』하고 그녀는 생각을 계속했다.『안드레이 공작에게는 사실대로 이야기하는 것도, 또 비밀히 해둬 버리는 그 어느 쪽도 다같이 할 수가 없다. 그러나 이쪽에 붙으면 아무것도 망가뜨려지지 않고 끝난다. 하지만 그처럼 오랫동안 생활의 목표를 삼고 있던 안드레이 공작을 사랑한다는 행복을, 참으로 영원히 버리지 않으면 안 되는 것일까?』

「아가씨.」하고 한 하녀가 방으로 들어와서 비밀스런 태도로 나직이 속삭였다. 「어느 분께서 이것을 전해 달라고 말씀하시더군요.」하고 하녀는 편지를 내밀었다. 「다만 제발…….」하고 하녀는 또 무엇인가를 말했으나, 그때 나타샤는 아무것도 생각하지 않고 기계적인 동작으로 봉함을 떼고 아나톨리의 사랑의 편지를 읽기 시작했다. 그러나 그녀는 그 편지의 문구가 하나도 이해되지 않았고, 다만 편지는 그 사람한테서, 자기가 사랑하고 있는 사나이로부터 온 것이라는 것을 알고 있을 뿐이었다.『그렇다, 나는 사랑하고 있다. 그렇지 않고는 이번 같은 일이 일어날 리가 없다. 내 손 안에 그 사람의 편지가 있을 턱이 없다!』

나타샤가 떨리는 손으로 들고 있는 이 열렬한 연애 편지는 아나톨리를 위해서 돌로호프가 대필한 것이었는데, 그것을 읽어 가는 동안에 그녀는 자기가 느끼고

있는 모든 것이 메아리처럼 거기에 전해져 있는 듯한 느낌이 들었다.

〈어젯밤부터 제 운명은 결정되었읍니다. 당신에게 사랑을 받든지 아니면 죽든지 둘 중의 하나입니다. 나에게는 이 이외의 방법은 없읍니다.〉 이러한 문구로 편지는 시작되고 있었다. 그리고 그는 이렇게 쓰고 있었다. 부모님께서 당신을 이 아나톨리에게 주지 않으시리라는 것은 잘 알고 있다. 그것에는 숨겨져 있는 원인이 있지만 당신 혼자에게가 아니면 터놓고 이야기힐 수 없으며, 만약 당신이 자기를 사랑한다면 다만 한 마디 네라고 말해 주기만 하면 된다, 그러면 어떠한 인간의 힘도 두 사람의 행복을 방해할 수는 없을 것이다, 사랑은 모든 것을 극복한다, 자기는 당신을 빼앗아 세계의 끝까지 데리고 가겠다라고 쓰고 있었다.

『그렇다, 그렇다. 나는 그 사람을 사랑하고 있다!』 나타샤는 스무 번이나 이 편지를 되풀이하여 읽고, 한 마디 한 마디에서 무엇인가 특별한 깊은 뜻을 찾아내려고 하면서 이렇게 생각했다.

이 날 밤, 마리야 드미트리예브나는 아르하로프녀를 찾아가기로 되어 있었기 때문에 두 아가씨에게도 동행하자고 권유했으나 나타샤는 두통을 구실로 집에 남아 있었다.

15

밤늦게 돌아온 소냐가 나타샤의 방으로 들어와 보니, 놀랍게도 그녀는 옷도 갈아입지 않은 채 소파 위에서 자고 있었다. 옆의 탁자 위에는 아나톨리의 편지가 펼쳐진 채로 놓여 있었다. 소냐는 편지를 읽기 시작했다.

그녀는 읽고 나자 그 편지의 설명을 구하는 것처럼 나타샤의 잠자는 얼굴을 들여다보았다. 그러나 그 설명은 찾아낼 수 없었다. 그녀의 얼굴은 평안하고 온화하여 자못 행복한 듯했다. 소냐는 숨이 막히지 않도록 가슴을 누르고, 공포와 흥분 때문에 파랗게 질려 와들와들 떨면서 안락의자에 앉아 눈물을 뚝뚝 흘리기 시작했다.

『어떻게 나는 아무것도 알아채지 못하고 있었던 것일까? 어떻게 이렇게까지 깊이 들어가 버린 것일까? 대체 안드레이 공작에 대한 사랑은 식어 버렸단 말인가? 그리고 어떻게 쿠라긴을 이토록 접근시킬 수 있었을까? 그 사내는 거짓말장이고 악당이다. 그것은 뻔한 일이다. 만약 이 일이 니콜라스의 귀에 들어간다면,

그 부드럽고 고결한 니콜라스는 어떻게 하실까? 이제야 알았어. 그래서 나타샤는 그제도 어제도 오늘도 마음을 걷잡지 못하는 듯한, 생각에 잠긴 듯한 부자연스러운 얼굴을 하고 있었던 거야.』하고 소냐는 생각했다.『그렇지만 나타샤가 그 사내를 사랑하다니, 그럴 리가 없어! 아마 누구에게서 온 편지인지 모르고 뜯은 것이겠지. 그리고 아마 화를 내고 있는 것일 거야. 나타샤가 그런 짓을 할 턱이 없어!』

소냐는 눈물을 닦고 나타샤에게로 다가가, 다시금 그 얼굴을 들여다보았다.

「나타샤!」그녀는 겨우 들릴락 말락할 정도의 목소리로 불렀다.

나타샤는 잠을 깼다. 그러자 소냐의 모습이 눈에 들어왔다.

「어머나, 돌아왔군?」

그리고 잠을 깼을 때 흔히 하듯이, 힘차고 부드럽게 친구를 끌어안았다. 그러나 소냐의 얼굴에 나타난 동요를 알아채고 그녀의 얼굴에도 당황과 의혹의 빛이 나타났다.

「소냐, 너 편지를 읽었구나?」

「응.」하고 소냐는 나직한 목소리로 말했다.

나타샤는 의기 양양한 미소를 지었다.

「안 되겠어, 소냐, 나는 이제.」하고 그녀는 말했다.「나는 이제 더 이상 숨기고 있을 수 없게 됐어. 너도 알고 있겠지만 우리들은 서로 사랑하고 있는 거야! 소냐, 그 사람의 편지에는 말이야…… 소냐…….」

소냐는 자기 귀가 믿어지지 않는 것처럼 눈을 동그랗게 뜨고 나타샤를 쳐다보았다.

「그럼 볼콘스키이는?」하고 그녀는 말했다.

「아아, 소냐, 내가 얼마나 행복한지, 네가 그것을 알 수 있다면!」하고 나타샤는 말했다.「너는 사랑이라는 것이 어떤 것인지 모를 거야…….」

「그렇지만 나타샤, 설마 그 문제가 완전히 끝장났다는 것은 아니겠지?」

나타샤는 물음의 뜻이 이해되지 않는 것처럼 눈을 크게 뜨고서 소냐를 쳐다보았다.

「그래, 너는 안드레이 공작을 거절할 작정이야?」하고 소냐가 물었다.

「어머, 너는 아무것도 모르는구나. 그런 쓸데없는 소리는 하지 말고, 좀 들어 봐 줘.」나타샤는 일순 짜증이 나는 듯한 태도로 말했다.

「아냐, 난 그런 것은 믿을 수가 없어.」하고 소냐는 되풀이 했다.「나는 납득이 가지 않아. 너는 만 일 년 동안이나 한 사람을 사랑하고 있었으면서도, 어떻게 갑자기…… 너는 그 사람과 불과 세 차례밖에 만난 적이 없지 않아. 나타샤, 나는 네가 말하는 것이 믿어지지가 않아, 농담을 하고 있는 것이겠지. 불과 사흘 동안의 일로 모든 것을 잊어버리다니, 그리고 그런…….」

「사흘?」 하고 나타샤는 말했다. 「나는 벌써 백 년이나 그 사람을 사랑하고 있는 것 같은 느낌이야. 나는 그 사람 이전에는 아무도 한 번도 사랑한 적이 없는 것 같은 느낌이 드는 거야. 너에게는 이런 일이 이해되지 않을 거야. 소냐, 잠깐만 거기 좀 앉아 봐.」 나타샤는 그녀를 껴안고 키스를 했다. 「이런 일이 흔히 있다는 것은, 나도 이야기로 듣고 있었어. 너도 틀림없이 들은 적이 있을 거야. 그렇지만 이런 사랑을 경험한 것은 이번이 처음이야. 이번 것은 지금까지의 것과는 전혀 달라. 그 사람을 보자마자, 나는 곧 그 사람이 나의 지배자이고, 내가 그 사람의 노예인 것 같은 느낌이 들었어. 그리고 그 사람을 사랑하지 않고는 견딜 수 없는 것처럼 느껴졌어. 그래, 노예야! 그 사람의 명령이라면 뭐라도 하겠어. 너에게는 이런 기분이 이해되지 않을 거야. 하지만, 할 수 없잖아? 글쎄 할 수 없지 않아, 소냐?」 나타샤는 행복스러운, 그리고 깜짝 놀란 듯한 얼굴로 말하는 것이었다.

「그렇지만 나타샤, 자기가 무엇을 하고 있는지 좀 생각해 봐.」 하고 소냐는 말했다. 「아니, 나는 이 문제를 이대로 내버려둘 수 없어. 이런 비밀 편지 같은 겻이…… 어떻게 너는 이렇게 될 때까지 내버려둘 수 있었니?」 공포와 혐오를 감추려고도 하지 않고 그녀는 말했다.

「그러니까 내가 늘 그렇게 말했지 않아!」 하고 나타샤는 대답했다. 「나에게는 의지가 없다고. 어떻게 그것이 너에게 이해되지 않는 것일까? 나는 그 사람을 사랑하고 있어!」

「그럼, 나도 그런 짓을 하게 내버려둘 수는 없어. 난 모든 사람에게 얘기해 버리고 말겠어!」 하염 없이 쏟아져 나오는 눈물과 함께 소냐는 울부짖었다.

「어째서 그런 소릴? 어머…… 만약 이야기하면, 나의 적이야.」 하고 나타샤는 말했다. 「너는 내 불행을 바라고 있는 것이 되니까, 너는 우리들을 떼어 놓기를 바라는 것이 되니까 말이지…….」

나타샤의 이 두려움에 휘말린 모습을 보자 소냐는 친구에 대해 부끄럽기도 하고 가엾기도 하여 눈물이 치솟았다.

「그건 그렇고, 너희들 사이에 무슨 일이 있었어?」 하고 그녀는 물었다. 「그 사람이 무슨 말을 했지? 왜 그 사람은 집에 오지 않는 거야?」

나타샤는 이 물음에 대답하지 않았다.

「제발, 소냐! 부탁이야, 누구에게도 말하지 말아 줘, 나를 괴롭히지 말아 줘.」 나타샤는 애원했다. 「잊지 말아 줘, 이런 일에는 간섭하는 게 아니야. 나는 너에게만 터놓고 이야기한 거야······.」

「그렇지만 왜 비밀에 붙여 두려는 거지? 어째서 그 사람은 집에 드나들지 않는 거야?」 하고 소냐는 물었다. 「왜 그 사람은 직접 청혼을 하지 않는 거지? 만약 일이 꼭 그렇게 되고 말았다면, 안드레이 공작께서는 너에게 완전한 자유를 주고 계시잖아. 그렇지만, 나는 그것이 믿어지지 않아. 나타샤, 그 비밀의 원인이란 무엇인지 생각해 보았어?」

나타샤는 놀란 눈으로 소냐를 쳐다보았다. 이 문제는 그녀에게도 처음으로 생각되는 것인 모양이었다. 그래서 그녀는 뭐라고 대답해야 좋을지 몰랐다.

「이유는 모르겠어. 그렇지만, 그야 반드시 이유는 있을 거야!」

소냐는 한숨을 몰아쉬고 믿어지지 않는 듯 고개를 살래살래 내저었다.

「만약 원인이 있다면······.」 하고 그녀는 말하기 시작했다. 그러나 나타샤는 상대방의 의혹을 추측하고 깜짝 놀라 가로막았다.

「소냐, 그 사람을 의심해선 안 돼 절대로. 알겠어?」 하고 그녀는 소리쳤다.

「대체 그 사람은 너를 사랑하고 있는 거야?」

「사랑하고 있느냐고?」 소냐의 아둔함을 딱해 하는 듯이 미소지으면서 나타샤는 되물었다. 「너는 편지를 읽어 보았지 않아? 그리고 만난 일도 있었잖아?」

「그러나 만약 그 사람이 소행이 나쁜 사람이라면?」

「그 사람이!······ 소행이 나쁜 사람이라고? 정말 네가 그 사람을 알아 주면 얼마나 좋을까!」 하고 나타샤는 말했다.

「만약 그 사람이 고결한 사람이라면 자기의 뜻을 터놓고 이야기하든지, 그렇지 않으면 너와 만나는 것을 그만두든지 어느 한쪽을 택해야 할 거야. 만약 네가 그렇게 하기를 싫어한다면, 내가 하겠어. 내가 그 사람에게 편지를 쓰겠어. 아버님께도 말씀드리겠어.」 하고 소냐는 단호하게 말했다.

「그렇지만 난 그 사람 없이는 살 수 없어!」 하고 나타샤가 소리쳤다.

「나타샤, 난 도무지 너의 마음을 모르겠어. 도대체 무슨 말을 하고 있는 거야! 아버님에 대해서, 그리고 니콜라스에 대해서 생각해 봐.」

「나는 그 사람 외엔 아무도 필요 없어. 아무도 사랑하지 않아. 너는 그 사람을 소행이 나쁜 사람이라고 감히 말할 수 있겠니? 너는 내가 그 사람을 사랑하고 있다는 것을 모르고 있을 리가 없잖아!」 하고 나타샤는 소리쳤다. 「소냐, 나가 줘, 나는 너하고 말다툼하고 싶지 않으니까 나가 줘, 제발 나가 줘. 이처럼 내가 괴로와하고 있는 것을 너는 알고 있지 않니!」 나타샤는 내던지는 듯한 절망적인 목소리로 앙칼지게 외쳤다. 소냐는 울음을 터뜨렸다. 그리고 울면서 방에서 뛰어나갔다.

나타샤는 탁자로 다가갔다. 그리고 일 분간도 생각하지 않고서 아침 나절 내내 쓸 수 없었던 공작 영애 마리야에게의 답장을 단숨에 썼다. 이 편지 속에서 그녀는 두 사람 사이의 오해는 모두 끝나 버렸다는 것과, 출발할 때 자기에게 베풀어 준 안드레이 공작의 그 관대함을 봐서라도 제발 모든 것을 잊어 주기 바라며, 만약 또 자기에게 잘못이 있다면 용서해 주기 바라며, 그러나 자기로서는 도저히 안드레이 공작의 아내가 될 수 없다는 뜻을 짤막하게 적었다. 그녀에게는 이 순간, 이러한 모든 것이 지극히 간단 명료하고 손쉬운 일로 생각되었던 것이다.

금요일에는 로스토프네는 시골로 돌아가지 않으면 안 되었다. 백작은 수요일에 살 사람과 같이 모스크바 근교에 있는 영지로 떠났다.

백작이 떠나는 날, 소냐와 나타샤는 쿠라긴네의 대만찬회에 초대받고 있었으므로, 마리야 드미트리예브나가 두 사람을 데리고 갔다. 이 만찬회에서 나타샤는 다시 아나톨리와 만났다. 소냐는 나타샤가 남에게 들리지 않도록 하며 무엇인가를 그와 이야기하는 것을 보았고, 식사를 하는 동안 내내 전보다도 한층 더 들떠 있는 것을 알아챘다. 두 사람이 집으로 돌아오자, 나타샤는 자기 쪽에서 먼저 소냐가 기다리고 있는 의논을 시작했다.

「이봐 소냐, 너는 그분에 대해서 여러 가지 어리석은 말을 했었지.」 하고 나타샤는 부드러운 목소리로 말했다. 그것은 마치 어린 아이가 어른에게서 칭찬을 받고 싶을 때에 말하는 것과 같은 목소리였다. 「나는 오늘 그분하고 상의를 했어.」

「어머, 그래? 무엇을 어떻게? 그래 그분이 뭐라고 말했어? 나타샤, 나는 네가 화를 내지 않으니까 얼마나 기쁜지 몰라. 어디 한 번 모두 얘기해 봐, 숨김 없는 진실을. 그분이 뭐라고 말했는데?」

나타샤는 잠시 생각에 잠겼다.

「아아, 소냐, 너도 나와 마찬가지로 그분을 알아 준다면 얼마나 좋을까! 그분이 말했어…… 그분은 내가 볼콘스키이에게 약속하였을 때의 광경을 물었어. 그리고 말이야, 거절하는 것은 내 마음에 달려 있다는 것을 듣고는 여간 기뻐하지 않았어.」

소냐는 슬픈 듯이 한숨을 쉬었다.

「그렇지만 설마……너는 볼콘스키이를 거절한 것은 아니겠지?」 하고 그녀는 말했다.

「그래도 어쩌면 거절한 것인지도 몰라! 어쩌면 볼콘스키이와의 관계는 완전히 끊어져 버린 것인지도 몰라. 어째서 너는, 나에 대해서 그렇게 나쁘게 생각하고 있지?」

「나는 아무렇게도 생각하고 있지 않아. 다만 납득이 가지 않아서…….」

「조금만 기다리고 있어 봐, 소냐. 그동안에 다 알게 될 테니까. 그이가 어떤 사람인가 하는 것을 알게 될 거야. 너는, 내게 대해서도 그이에 대해서도 제발 나쁘게 생각하지 말아 줘.」

「나는 누구에 대해서도 나쁘게 생각하지는 않아. 나는 모두가 사랑스럽고, 그리고 모두가 안타까와. 그렇지만 나는 어떻게 해야 좋담?」

소냐는 나타샤가 자기에게 보인 부드러운 억양에 말려들지 않았다. 나타샤의 얼굴 표정이 부드러워지고 아양을 떠는 것처럼 되면 될수록 소냐의 얼굴은 더욱더 진지해지고 또 엄격해졌다.

「나타샤.」 하고 그녀는 말했다. 「네가 이 이야기를 해서는 안 된다고 말하기에 나는 아무 말도 하지 않고 있었던 거야. 그런데 오늘은 네 쪽에서 먼저 이야기를 시작했으니까 말하겠는데 나타샤, 나는 그 사람을 믿지 않아. 그 일을 비밀에 붙여 두는 것은 무엇 때문이지?」

「아아, 또, 또!」 하고 나타샤는 가로막았다.

「나타샤, 나는 너 때문에 걱정이 되어서 못 견디겠어.」

「뭐가 걱정된다는 거야?」

「네가 일생을 망쳐 버리게 될까 봐 그게 걱정이야.」 하고 소냐는 단호하게 말했으나, 자기 자신이 자기가 말한 것에 깜짝 놀랐다.

나타샤의 얼굴은 다시금 증오의 빛을 띠었다.

「그래, 망쳐 버리겠어. 될 수 있는 대로 빨리 망쳐 버리겠어. 하나도 네가 관계할 일이 아냐. 곤란하게 되는 것은 네가 아니라 나니까. 어떻게 되든 내버려둬, 내버려둬, 나는 네가 미워서 못 견디겠어.」

「나타샤!」 하고 소냐는 겁에 질린 듯이 불렀다.

「아, 미워! 미워! 너는 영원히 나의 적이야!」

나타샤는 방에서 뛰쳐나갔다.

나타샤는 그때부터 소냐와 말을 하지 않고 그녀를 피했다. 그리고 여전히 죄를 지은 사람 같은 흥분과 놀라움이 엇갈린 표정을 띠고 방에서 방을 돌아다니면서 이것저것 해 보다가는 곧 내던져 버리곤 했다.

소냐에게는 몹시 괴로운 일이었지만, 그녀는 눈을 떼지 않고 줄곧 친구의 행동을 눈여겨보고 있었다.

백작이 돌아온다는 그 전날, 나타샤가 아침 나절 내내 무엇인가를 기다리는 듯 줄곧 객실의 창가에 앉아 있다가, 아나톨리 같은 지나가는 군인에게 무엇인가 손짓하는 것을 소냐는 보았다.

소냐는 더 한층 주의 깊게 친구를 관찰하기 시작하여, 나타샤가 식사하는 동안에도, 해가 지고 난 뒤에도 이상하게 부자연스러운 상태에 있는 것을 알아챘다. 무엇을 물으면 엉뚱한 대답을 하기도 하고, 시작한 말을 도중에서 그치기도 하며 무슨 일에나 마구 웃어 대기도 했다.

차를 마신 뒤에, 소냐는 한 하녀가 나타샤의 거실 문에 서서, 잔뜩 겁을 집어먹은 태도로 자기가 나가기를 기다리고 있는 것을 알아챘다. 그녀는 하녀를 방으로 들여보내고 나서, 문가에서 엿듣고는 또 편지가 전달된 것을 알았다.

그러자 갑자기 모든 것이 명료해졌다. 나타샤는 오늘 밤 무엇인가 무서운 일을 계획하고 있는 것이었다. 소냐는 문을 두드렸으나 나타샤는 그녀를 들여보내지 않았다.

『나타샤는 그 사내와 같이 도망치려고 하는 것이다!』하고 소냐는 생각했다. 『무슨 일이라도 저지를 수 있는 사람이니까 오늘 나타샤의 얼굴에 무엇인가 유달리 처량한, 그리고 결연한 표정이 감돌고 있었다. 그리고 아저씨와 헤어질 때, 울음을 터뜨리지 않았던가.』소냐는 이런 것을 생각해 냈다. 『그렇다, 틀림없이 나타샤는 그 사내와 같이 도망칠 작정인 거야. 아아, 나는 어떻게 해야 좋단 말인가?』나타샤에게 무엇인가 무서운 의도가 있다는 것을 뚜렷이 입증하는 징조를 지금에 와서야 여러 가지로 생각해 내면서 소냐는 이렇게 생각했다. 『아저씨는 계시지 않고, 정말 어떻게 해야 좋을까? 쿠라긴에게 편지를 보내어 설명해 달라고 부탁할까? 그러나 그 사내에게 답장을 쓰라고 명령할 수 있는 사람이 누가 있담? 무엇인가 불행이 일어났을 경우에 의지하라고 안드레이 공작이 말씀하셨듯이 피예르에게 편지를 낼까?…… 그렇지만, 어쩌면 나타샤는 정말 볼콘스키이를 거절하고 말았는지도 모른다(어제 공작 영애 마리야에게 답장을 냈으니까). 아저씨는 계시지 않고…….』

그렇다고 해서, 그처럼 나타샤를 믿고 있는 마리야 드미트리예브나에게 이야기하는 것은, 소냐에게는 생각하기만 해도 두렵게 여겨졌다.

『그러나 아뭏든…….』소냐는 어두운 복도에 서서 이렇게 생각했다. 『이번에 이 기회를 놓쳐 버리면, 내가 이 집안의 신세를 잊지 않는다는 것도, 니콜라스를 사랑한다는 것도 영원히 증명할 때가 오지 않는다. 그렇다, 나는 이틀 밤이고 사흘 밤이고 자지 않겠다. 그리고 이 복도를 떠나지 않고 강제로라도 나타샤를 내보내지 않도록 하자. 그리하여 이 집안에 떨어지려고 하는 오명(汚名)을 미연에 방지하지 않으면 안 된다.』하고 그녀는 생각했다.

16

아나톨리는 최근 돌로호프의 집으로 이사를 했다. 로스토프네 아가씨의 유괴 계획은 벌써 며칠 전부터 돌로호프에 의해서 고려되고 준비되어 있었다. 소나가 나타샤의 거실 문에서 엿듣고, 친구를 지켜야겠다고 마음먹었던 그 날은 이 계획이 실행에 옮겨지기로 되어 있었던 것이다. 나타샤는 밤 열 시에 뒤 층층대로 나가 쿠라긴의 손에 몸을 맡길 것을 약속하였다. 쿠라긴은 그녀를 준비된 트로이카에 태워, 자기네의 결혼식을 올려 주기로 미리 의뢰한 파문당한 사제가 살고 있는, 모스크바에서 육십 베르스타 떨어진 카멘카 마을로 데리고 가기로 계획되어 있었다.

카멘카 마을에는 갈아탈 말이 준비되어 있어서, 두 사람을 바르샤바 가도까지 데리고 가면 거기서 우편 마차로 외국으로 도망칠 참이었다.

아나톨리는 여권도, 역마차권도, 돈도 가지고 있었다. 일만 루블리는 누이에게서 얻고, 일만 루블리는 돌로호프의 주선으로 빈 것이었다.

두 사람의 입회인, 하나는 흐보스찌코프라는 관리 출신으로 돌로호프가 도박에 쓰고 있던 남자와, 또 하나는 마카린이라는 퇴역 경기병으로 쿠라긴에게 무한한 사랑을 바치고 있는 착하고 약한 남자였다. 이들은 옆방에서 차를 마시고 있었다.

페르시아 융단이며 곰 가죽이며 무기들로 벽에서 천장까지 꾸며진 돌로호프의 큼직한 서재에는, 여행용 외투에 장화를 신은 방 주인이 열려 있는 사무용 책상 앞에 앉아 있었고, 책상 위에는 주판이며 지폐 뭉치가 놓여 있었다. 아나톨리는 군복의 앞가슴을 열어 젖뜨리고, 입회인이 있는 방에서 서재를 거쳐 프랑스인 하인이 다른 사람들과 함께 마지막 짐을 꾸리고 있는 방안으로 돌아다니고 있었다. 돌로호프는 돈을 계산하며 기입하고 있었다.

「그런데.」 하고 그는 말했다. 「흐보스찌코프에게 이천 루블리는 주어야 해.」

「응, 주게.」 하고 아나톨리가 말했다. 「마카르카(그들은 마카린을 이렇게 부르고 있었다)는 자네를 위해서라면, 사욕을 떠나서 물 불을 가리지 않는단 말이야. 자, 이것으로 계산도 끝났네.」 상대방에게 문서를 보여 주면서 돌로호프는 이렇게 말했다. 「됐나?」

「아, 물론.」 분명 돌로호프의 말을 듣고 있지 않는 것처럼, 줄곧 얼굴에서 미소를 지우지 않고 눈앞을 골몰히 쳐다보면서 아나톨리가 말했다.

돌로호프는 사무용 책상의 뚜껑을 소리내어 닫고는, 조소가 담긴 웃음을 띠고 아나톨리를 쳐다보았다.

「그런데, 어떤가? 이런 짓을 모두 걷어치우는 것이. 아직 시간은 있으니까!」
하고 그가 말했다.

「뭐라고!」하고 아나톨리는 말했다.「쓸데없는 소릴랑 작작 지껄여. 정말로 내가 얼마나……정말 이 기분은 어떻다고 표현할 수 없어!」

「정말이야, 그만두게.」하고 돌로호프는 말했다.「나는 진지하게 말하고 있는 거야. 자네가 계획하고 있는 것은 정말 장난이 아닐세.」

「뭐야, 또, 빈정거리는 건가? 맘대로 하게! 흥, 뭐?……」하고 아나톨리는 얼굴을 찌푸리면서 말했다.「정말 그런 어리석은 농담을 할 때가 아냐.」이렇게 말하고 그는 방에서 나갔다.

아나톨리가 방에서 나가자, 돌로호프는 비웃는 듯하나 동시에 너그러운 미소를 띄웠다.

「여보게, 잠깐만.」하고 그는 아나톨리의 뒤에다 대고 말했다.「농담을 하고 있는 게 아냐, 나는 진지하게 말하고 있는 거야. 이리 와, 이리 오게, 와.」

아나톨리는 다시 방으로 들어왔다. 그리고 자기도 모르게 상대방에게 끌려들면서, 주의를 집중하려고 애쓰며 돌로호프를 쳐다보았다.

「내 말 좀 들어 보게, 마지막으로 한 마디 말할 게 있으니까. 대체 내가 무엇 때문에 자네한테 농담을 하겠나? 여태까지 내가 자네에게 반대한 적이 있나? 자네를 위해서 모든 준비를 한 것은 누구야? 사제를 찾아낸 것은 누구이며 돈을 마련해 준 것은 누구인가? 모두 내가 아니냔 말일세.」

「그건 그렇지. 그러니까 고맙게 여기고 있지 않나! 대체 내가 자네에게 감사하고 있지 않다고라도 생각하는 건가?」아나톨리는 한숨을 쉬고 돌로호프를 껴안았다.

「나는 자네를 도와 주었네. 그러나, 그래도 진실을 이야기하지 않을 수 없어. 실로 위험한 짓이며, 곰곰 생각해 보면 또 어리석은 짓이야. 생각해 보게, 자네가 그녀를 데리고 도망친다, 그것은 좋다 하더라도 말일세, 과연 그대로 끝날 줄 아나? 자네에게 아내가 있다는 것은 곧 탄로가 나네. 그러면 자네는 형사 재판에 걸리고 마네…….」

「뭐야! 그런 어리석은 소리가 다 어디 있어!」아나톨리는 다시금 얼굴을 찌푸리고 말하기 시작했다.「자네에겐 이미 모두 다 잘 설명해 주었지 않나. 응, 여보게?」하고 둔한 사람이 이따금 자기의 지혜로 도달한 추론의 가치에 의해서 흔히 느끼는 특수한 열정을 가지고, 아나톨리는 이미 백 번이나 돌로호프에게 되풀이한 논증을 되풀이했다.「자네에게는 이미 설명하지 않았나. 나는 이렇게 마음먹고 있단 말일세. 만약 이 결혼이 효력이 없는 것이라면.」하고 그는 손가락을 하나 꼽으면서 말했다. 「말하자면, 나에게는 책임이 없다는 것이 되지 않나? 설령 또 유효하다 하더라도 마찬가지야. 어차피 외국으로 가 버리면, 그런 건 아무도 모를 테니까 말이지. 응, 여보게, 그렇지 않나? 어쨌든 이젠 말하지 말아 줘, 아무 말도 하지 말아 줘!」

「정말이야, 그만두게! 다만 자기가 자기를 속박할 뿐이니까…….」

「괜찮으니까 덮어 두란 말이야!」 하고 아나톨리는 말하고 머리를 움켜쥐면서 다음 방으로 나갔다. 그러나 곧 다시 돌아와 돌로호프 앞의 안락의자에 발을 포개고 앉았다. 「이게 대체 무슨 일일까! 응? 이봐, 이거 좀 봐, 이 가슴의 고동을 보라고!」 그는 돌로호프의 손을 잡아 자기의 심장에 댔다. 「아아! 그 귀여운 다리, 그 눈매! 흡사 여신이야! 응, 여보게?」

돌로호프는 싸늘한 미소를 띄우고 그 아름답고 오만한 눈을 반짝이면서, 조금 더 놀려 주고 싶은 듯한 태도로 상대방을 쳐다보고 있었다.

「그런데 돈이 떨어지면 그때는 어떡하지?」

「그때는 어떡하느냐고? 응?」 아나톨리는 장래 일을 생각하곤, 진심으로 당황한 낯으로 이렇게 되풀이했다. 「그때는 어떡하느냐고? 글쎄, 나도 어떻게 해야 할지 모르겠어. 그런 건……뭐, 그런 쓸데없는 소리는 지껄일 필요가 없어!」 하고 그는 시계를 보았다. 「이제 시간이 다 됐어!」

아나톨리는 안쪽 방으로 갔다.

「이봐, 다 됐나? 뭘 그리 꾸물거리는 거야!」 하고 그는 하인에게 소리쳤다.

돌로호프는 돈을 치우고, 하인을 불러 이별의 잔과 만반의 준비를 하도록 명령하고 나서, 흐보스찌코프와 마카린이 앉아 있는 방으로 들어갔다.

아나톨리는 서재에서 턱을 괴고 소파 위에 엎드린 채, 깊은 생각에 잠긴 것처럼 미소를 지으면서 무엇인가 혼잣말로 부드럽게 중얼거리고 있었다.

「이리 와, 무엇이라도 좀 먹게. 자, 건배!」 하고 다음 방에서 돌로호프가 큰소리로 불렀다.

「싫어!」 여전히 미소를 지으면서 아나톨리가 대답했다.

「오게, 발라가가 왔네.」

아나톨리는 일어나서 식당으로 들어갔다. 이름난 트로이카 마부인 발라가는, 벌써 육 년 남짓 아나톨리와 돌로호프를 알고 있었고, 이번 일에도 자기 트로이카를 제공해 주었다. 아나톨리의 연대가 트베리를 떠나 새벽까지 모스크바에 데려다 주고, 이튿날 밤에 다시 트베리로 데려간 일이 한두 번이 아니었다. 또 추격자를 피하여 돌로호프를 도망가게 해주기도 하고, 집시 여자며 발라가가 말하는, 이른바 아가씨들과 더불어 이 두 사람을 태우고 온 시내를 누비고 돌아다녔던 일도 한두 번이 아니었다. 두 사람의 일 때문에 모스크바에서 통행인이며 삯마차의 마부를 역살(轢殺)하고, 그때마다 그의 이른바 서방님들로부터 구원을 받은 일도 여러 번 있었다. 이 두 사람의 부탁을 받고 마구 몰다가 죽인 말도 한두 마리가 아니었다. 두 사람에게 얻어맞은 적도 여러 번 있었지만, 그가 좋아하는 샴페인이며 마데이라주를 얻어 마신 적도 한두 번이 아니었고, 또 다른 사람 같으면 벌써 옛날에 시베리아로 귀양살이를 갔을 이 두 사람의 무서운 행적도 낱낱이 알고 있었다. 술자리에도 두 사람은 곧잘 발라가를 불러내어 억지로 술을 마시게 하고, 집시와 같이 춤을 추게 하였다. 그의 손을 거쳐서 나간 두 사람의 돈도 천이나 이천 정도가 아니었다. 이 두 사람을 섬기면서 그는 한 해에 스무 차례나 목숨을 거는 일도 해치웠고, 두 사람의 일에 가담하여 받은 보수만으로는 어림도 없을 만큼 많은 말을 죽이기도 했다. 그러나 그래도 그는 이 두 사람을 사랑하였고, 한 시간에 십 팔 베르스타라는 광적인 질주를 사랑하였다. 삯마차를 뒤집어 엎고, 통행인을 깔아 죽이고, 전속력으로 모스크바 거리를 달리는 것을 좋아했다. 잔뜩 취한 두 사람의「빨리 몰아! 빨리 몰아!」하는 광적인 외침 소리를 뒤로 들으면서, 이제 이 이상 더 빨리 달릴 수 없을이 만큼 말을 모는 것을 좋아했고, 또 질겁을 하며 자기의 수레를 비키는 농부의 목덜미를 힘껏 채찍으로 후려갈기는 것을 좋아했다. 『이것이 진짜 나리다!』하고 그는 생각하고 있었던 것이다.

아나톨리와 돌로호프도 마부로서의 그의 솜씨를 사랑했고, 또 그가 자기들과 똑같은 것을 좋아하는 성질을 사랑했다. 발라가는 다른 손님들에게 고용될 때에는 두 시간에 이십 오 루블리씩 받아내고 있었는데, 그것도 거의 자기가 나가지 않고, 대개 동료 중의 젊은이들을 내보내는 일이 많았다. 그러나 그가 말하는 이른바 우리 나리의 경우에는 언제나 자신이 갔고, 또 임금을 요구하지도 않았다. 그저 하인에게서 돈이 있을 때를 알아내어, 몇 달 만에 한 번 아침 나절에 술기 없는 얼굴로 찾아가, 공손히 절을 하면서 도움을 청할 뿐이었다. 나리는 언제나 그를 의자에 앉혔다.

「저, 서방님, 표도르 이바느이치 서방님. 아니, 나리, 저를 도와 주시기 바랍니다.」하고 그는 말하는 것이었다.「깡그리 말을 없애 버려서 말씀이에요, 네, 그래서 시장으로 사러 가 보려고 하는데, 그러니까 어떻게 마련되시는 대로 좀 생각해 주셨으면 합니다.」

그래서 아나톨리와 돌로호프는 경기가 좋은 때면, 천이나 이천 루블리의 든을 내주는 것이었다.

발라가는 붉은 머리를 한 붉은 얼굴에 목은 더욱 붉고 굵었으며, 납작코에 조그만 눈이 반짝반짝 빛나고, 턱수염이 성깃성깃한 스물 예닐곱의 땅딸막한 농부였다. 그는 비단 안감을 댄 엷은 천의 푸른 카프탄을 반외투 위에 걸치고 있었다.

그는 현관방의 구석(聖像이 안치된 곳—역주)에다 대고 성호를 긋고, 거무스름한 그리 크지 않은 손을 내밀면서 돌로호프에게로 다가갔다.

「표도르 이바느이치!」그는 머리를 조아리면서 이렇게 말했다.

「오, 형제, 벌써 왔군.」

「안녕하세요, 나리.」그는 들어오는 아나톨리에게 이렇게 말하고, 역시 손을 내밀었다.

「어이, 발라가, 다시 묻겠는데.」하고 아나톨리는 두 손을 상대방의 어깨에다 얹고 말했다.「너는 나를 좋아하고 있나? 어떤가? 응? 이번에는 크게 수고를 해 줘야겠는데……어떤 말로 왔지? 응?」

「심부름하신 분이 말씀하신 대로, 나리께서 좋아하시는 사나운 말들이올시다.」하고 발라가는 말했다.

「그럼 말이야, 알겠나, 발라가! 말을 죽을 만큼 마구 두들겨서라도 세 시간에 닿도록 해야 해, 응?」

「죽을 만큼 마구 두들겨 버리면 타고 갈 것이 없어지지 않습니까?」발라가는 눈을 깜박거리면서 말했다.

「이놈, 뺨따귀를 후려갈겨 줄 테다, 까불지 마라!」갑자기 아나톨리는 눈을 부라리며 외쳤다.

「별말씀을, 까불다뇨!」하고 마부는 웃으면서 말했다.「대체 제가 서방님들을 위해서 말을 아낀 일이 있었던가요? 말의 힘이 계속되는 한 달릴 수 있는 데까지 달리도록 해 보이겠읍니다.」

「좋아!」하고 아나톨리는 말했다.「자, 앉게.」

「자, 앉지그래!」하고 돌로호프도 말했다.

「뭘요, 서 있겠읍니다, 표도르 이바느이치.」

「앉으라니까, 잔소리 말고. 자 한잔 하게.」아나톨리는 이렇게 말하고, 마데이라주를 큼직한 잔에 가득 부어 주었다. 마부의 눈은 술을 보더니 빛나기 시작했다. 형식적으로 조금 사양한 뒤, 그는 단숨에 쭉 들이켜고 나서 모자 속에 숨겨두었던 붉은 견직의 손수건으로 입 가장자리를 닦았다.

「그건 그렇고, 언제 떠나시는데요, 나리님?」

「글쎄……(아나톨리는 시계를 보았다) 곧 떠나야지. 알겠나, 발라가, 응? 시간까지 닿게 될까?」

「네, 출발하기에 달렸읍니다. 출발만 잘 하게 되면 못 갈 리가 없읍죠.」하고 발라가는 말했다.「왜 그 언젠가 트베리로 모셨을 때 같은 경우에는, 일곱 시간에 닿았었지 않습니까? 나리님, 기억이 나십니까?」

「자네 알고 있나? 언젠가 크리스마스를 지내러 트베리에서 달려온 적이 있었지.」눈을 크게 뜨고 자못 감동한 듯한 표정으로 쿠라긴의 얼굴을 쳐다보고 있는 마카린 쪽을 돌아보고, 회심의 미소를 띄우면서 아나톨리는 말했다. 「마카르카, 자네에겐 믿어지지 않을 테지만 숨이 막힐 만큼 날았었지. 짐 썰매의 행렬에 끼어 들어 갔었는데, 한 번에 두 대씩 뛰어 넘다시피 했었지, 응?」

「또 말도 말이었읍죠!」하고 발라가는 이야기를 계속했다.「저는 그때 젊은 부마(副馬)를 밤색 말에다 채웠었는데.」하고 그는 돌로호프에게로 얼굴을 돌리고 말했다.「서방님께서는 믿지 않으실 테지만, 육십 베르스타의 길을 단숨에 날아 갔읍죠. 고삐 같은 건 잡고 있을 수가 없었어요. 무서운 추위로 손이 얼음처럼 곱아 버려서 말씀예요. 그래서 고삐를 내던지고 나리님, 어디 고삐를 조금 잡아 주실까요, 하고 부탁드리고는 저는 그만 썰매 속에 나가떨어져 버렸답니다. 그쯤 되면 말을 몬다는 것은 어림도 없는 일이며, 저쪽에 닿을 때까지는 세울 수도 없을 지경이었으니까요. 세 시간에 닿아 버렸죠. 그래도 뻗은 것은 왼쪽 부마뿐이었읍죠.」

17

아나톨리는 방에서 나가더니, 몇 분 뒤에는 은고리가 달린 혁대를 두른 외투를 걸치고, 검은 담비 모자를 일부러 멋을 부려 비스듬히 쓰고(그것이 그의 아름다운 얼굴에 잘 어울렸다) 돌아왔다. 거울을 살짝 들여다보고 나서 거울에 향했을 때와 똑같은 자세로 돌로호프 앞에 서서 포도주 잔을 집어 들었다.

「그럼 폐쟈, 잘 있게.」하고 아나톨리는 말했다.「그리고……」하고 그는 잠시 생각에 잠겼다.「나의……젊은 날의 친구 여러분, 잘 있게.」하고 마카린과 그 밖의 사람들에게로 얼굴을 돌리고 말했다.

모두 같이 가기로 되어 있었음에도 불구하고 아나톨리가 친구들을 이렇게 부른 것은, 무엇인가 사람을 감동케 하는 엄숙한 기분을 조성하고 싶었기 때문이었다. 그는 가슴을 펴고 한쪽 발을 흔들면서 느릿느릿 커다란 목소리로 말을 계속했다.

「자, 여러분, 모두 술잔을 들어 주게. 발라가, 너도. 그리고 나의 젊은 날의 친구 여러분, 우리들은 오랫동안 같이 지내 왔고, 또 환락을 누려 왔네. 그러나 이제 헤어지면, 언제 만날 날이 있을까? 나는 이제부터 외국으로 가 버리는 걸세. 오랫동안 같이 지내 왔지만 이것으로 잠시 이별이야. 서로 건강을 빌자구나, 만세!」 그는 이렇게 말하고 자기 잔을 비우자, 마룻바닥에 내던졌다.

「건강하시기를.」 발라가도 자기의 잔을 비우고 손수건으로 입을 닦으면서 말했다. 마카린은 눈물이 글썽글썽한 눈으로 아나톨리를 껴안았다.

「아아, 공작, 당신과 헤어지다니 이런 슬픈 일이 없읍니다.」 하고 그는 말했다.

「자, 출발, 출발이다.」 하고 아나톨리가 외쳤다.

발라가는 방에서 나가려고 했다.

「아니, 잠깐만.」 하고 아나톨리는 말했다. 「문을 닫아, 앉지 않으면 안 돼. 그렇지, 그렇지.」 문이 닫히고 모두들 자리에 앉았다(러시아에는 여행을 떠나기 전 준비가 다 되면 모두들 조용히 앉아서 도중의 안전을 비는 풍습이 있다—역주).

「자, 여러분, 그럼 드디어 출발이다!」 아나톨리는 일어서면서 이렇게 말했다. 하인 조세프가 아나톨리에게 배낭과 군도를 넘기고 모두들은 현관으로 나갔다.

「모피 외투는 어디에 있지?」 하고 돌로호프가 말했다. 「어이, 이그나트카! 마트료나 마트베예브나한테로 가서 외투를 가지고 와, 검은 담비의 부인용 외투 말이야. 이래봬도 여자를 유괴하는 방법은 잘 들어 두었단 말이야.」 눈짓을 해 보이며 돌로호프는 다시 계속했다. 「여자는 집에서 입고 있는 채로 잔뜩 겁에 질려 허둥지둥 뛰어나오거든. 거기서 조금이라도 어물어물하다가는 곧 눈물을 찔끔찔끔 짜기 시작하고, 아버지 어머니 하고 찾기 시작하고, 그러는 동안에 추워져서 집으로 돌아가려고 든단 말이야. 그러니까 자네는 냉큼 외투에 싸 가지고 썰매에다 태워 버리란 말야.」

하인이 부인용 여우 가죽 외투를 가지고 왔다.

「바보 녀석아, 내가 너에게 검은 담비라고 말했지 않아! 어이, 마트료쉬카, 검은 담비야!」 멀리 온 집안에 울려 퍼질 듯한 목소리로 그는 소리쳤다.

붉은 숄을 걸친 여위고 창백한 집시 여자가, 검은 담비 외투를 손에 들고 뛰어나왔다. 검은 눈은 반짝반짝 빛나고 있었고, 칠흑 같은 머리는 자주빛 광택을 띠며 곱슬곱슬 꼬부라져 있었다.

「괜찮아요, 전 아깝지 않아요. 자, 가져가세요.」 분명 주인 앞에 나와 겁에 질린 듯하기도 하고, 또 외투도 아깝다는 듯한 태도로 그녀는 이렇게 말했다.

돌로호프는 그녀에게 대답하지 않고 묵묵히 외투를 받아, 마트료샤의 어깨에다 걸치고 그녀를 쌌다.

「봐, 이렇게 하는 거야.」 하고 돌로호프는 말했다. 「그리고 이렇게 말이지.」 하고 그는 여자의 머리에까지 완전히 깃을 세우고 얼굴 앞만 조금 터놓았다. 「그리고 이렇게 하는 거야, 알겠나?」하고 그는 아나톨리의 머리를 마트료샤의 반짝이는 미소가 내다보이고 있는 벌어진 깃 사이로 끌어다 댔다.

「그럼 잘 있어. 마트료샤.」아나톨리는 그녀에게 키스하면서 말했다. 「아아, 이 고장에서 노는 것도 이것으로 마지막이다. 스쬬프카에게 안부를 전해 줘. 그럼 잘 있어! 마트료샤, 너도 나의 행복을 빌어 주겠지?」

「네, 그럼요. 하느님, 아무쬬록 공작에게 크나큰 행복을 내려 주시옵소서.」하고 마트료샤는 집시 특유의 억양으로 말했다.

문 앞의 층층대에는 두 대의 트로이카와, 두 명의 건장한 마부가 서 있었다. 발라가는 앞쪽의 트로이카에 타고, 높이 팔꿈치를 쳐들면서 유유히 고삐를 잡고 있었다. 아나톨리와 돌로호프는 그쪽에 타고, 마카린과 흐보스찌코프와 하인은 다른 한 대에 탔다.

「됐읍니까, 네?」하고 발라가는 물었다.

「나아가게 해!」손에다 고삐를 둘둘 감으면서 그는 외쳤다. 그러자 트로이카는 니키트스키이 가로수길을 쏜살같이 질주하기 시작했다.

「이랴! 달려, 이 망할 놈의 망아지야!……이랴!」들리는 것은 발라가와, 마부석에 앉아 있는 젊은이의 외치는 소리뿐이었다. 아르바트의 광장에서 트로이카는 한 대의 마차와 스치면서 부딪쳐, 무엇인가 우지끈 부서지는 소리와 고함을 지르는 소리가 들렸지만, 그대로 아르바트 광장을 질주해 갔다.

포드노빈스키이 거리를 왕복하고 난 뒤, 발라가는 고삐를 죄기 시작했다. 그리고 다시 되돌아가자 그는 스타라야 코뉴쉔나야가의 네거리에서 말을 세웠다.

젊은이는 말의 재갈을 잡으려고 뛰어내렸고, 아나톨리는 돌로호프와 함께 보도를 걸어갔다. 문 옆까지 오자 돌로호프는 휘파람을 불었다. 다른 휘파람이 그것에 응답하고, 그 휘파람을 쫓듯이 하녀가 달려나왔다.

「마당으로 들어오세요, 그렇지 않으면 눈에 띄니까. 곧 나오실 거예요.」하고 그녀가 말했다.

돌로호프는 문 옆에서 기다리고 있었다. 아나톨리는 하녀를 따라서 마당으로 들어갔다. 그리고 집 모퉁이를 돌아 입구의 층층대로 뛰어올라갔다.

마리야 드미트리예브나가 외출할 때의 하인 가브릴로라는 몹시 큰 사나이가 아나톨리를 맞았다.

「마님한테로 가십시오.」하고 그는 문에 버티고 서서 길을 가로막으며 저음으로 말했다.

「도대체 어떤 마님이라는 거야? 그리고 너는 누구냐?」하고 아나톨리는 숨가쁜 목소리로 헐떡이며 속삭이듯 말했다.

「자, 가십시오, 안내하라는 분부이십니다.」

「쿠라긴, 돌아와!」 하고 돌로호프가 외쳤다. 「배신이야! 돌아와!」

쪽문 옆에 서 있던 돌로호프는, 아나톨리가 들어간 뒤에 쪽문을 닫으려고 하는 문지기를 상대로 승강이를 하고 있었다. 돌로호프는 젖먹던 힘을 다 내어 문지기를 떠밀어 젖히고, 뛰어나온 아나톨리의 손을 붙잡고, 쪽문 밖으로 끌어내어 달음박질로 트로이카 쪽으로 되돌아왔다.

18

마리야 드미트리예브나는 복도에서 눈물을 흘리고 있던 소냐를 발견하고, 모두 다 그백시키고 말았다. 나타샤의 편지를 빼앗아서 다 읽고 나자, 그녀는 그 편지를 들고 나타샤의 방으로 들어갔다.

「더러운 년, 철면피한 말괄량이!」 하고 그녀는 외쳤다. 「아무것도 듣고 싶지 않다!」 그녀는 놀란 듯한 무뚝뚝한 눈으로 자기를 쳐다보는 나타샤를 밀어내자, 자물쇠를 잠그고 가두어 버렸다. 그리고 문지기에게는, 오늘 밤 들어오는 사람들을 문 안으로 들여 놓고 내보내지 않도록 하라고 명령하고, 또 하인에게는 그 사람을 자기한테로 데리고 오라고 일러 놓고 나서, 객실에 앉아서 약탈자를 기다리고 있었다.

가브릴로가 와서 난폭자들이 도망쳤다고 알리자, 마리야 드미트리예브나는 눈살을 잔뜩 찌푸리고 일어나서 뒷짐을 지고 어떻게 해야 할까 하고 생각하면서, 오랫동안 이 방 저 방을 걸어다녔다. 열 한 시가 지나자 그녀는 호주머니 속의 열쇠를 더듬어 보고 나타샤 방으로 갔다. 소냐가 흐느껴 울면서 복도에 앉아 있었다.

「마리야 드미트리예브나, 제발 저를 안에 들여 놓아 주세요!」 하고 그녀는 말했다. 마리야 드미트리예브나는 그것에는 대답하지 않고 문을 열고 안으로 들어갔다. 『더럽다, 추악하다……남의 집에서……더러운 계집애 같으니……그저 불쌍한 것은 아버지뿐이야!』 풀 길 없는 분노를 가라앉히려고 애쓰면서 그녀는 이렇게 생각했다. 『몹시 어려운 일이겠지만, 모두에게 입을 딱 다물라고 일러 놓고, 백작에게는 숨기지 않으면 안 되겠다.』 마리야 드미트리예브나는 단호한 걸음걸이로 방으로 들어갔다. 나타샤는 두 손으로 머리를 감싸듯이 하고 소파에 누운 채 꼼짝도 하지 않았다. 그녀는 아까 마리야 드미트리예브나가 나갔을 때와 똑같은 자세였다.

「훌륭해, 정말 훌륭하구나!」하고 마리야 드미트리예브나는 말했다. 「남의 집에서 정부와 만날 약속을 하다니! 이제 와서 능청을 떨어 보았자 소용 없어. 남이 말할 때에는 귀를 기울여 주는 법이야!」하고 그녀는 나타샤의 팔을 툭툭 쳤다. 「남이 말할 때는 귀를 기울여 주는 법이야. 너는 가장 천한 계집애로서, 자기 얼굴에 똥칠을 했어. 나는 너 하나만 그냥 덮어 두겠다.」나타샤는 자세를 바꾸지 않았으나, 소리 없는 경련적인 흐느낌에 목이 메어 전신을 들먹거리기 시작했다. 마리야 드미트리예브나는 소냐를 돌아보고, 나타샤 옆의 소파에 앉았다.

「그녀석은 내 눈을 피해서 잘 도망쳐 갔지만, 난 기어코 찾아내고 말 테다.」하고 그녀는 타고난 거친 목소리로 말하였다. 「대체 너는 지금 내 말을 듣고 있는 거냐?」그녀는 커다란 손을 나타샤의 얼굴 밑에 밀어 넣어 자기 쪽으로 돌렸다. 그러자 마리야 드미트리예브나도 소냐도 그 얼굴을 보고 깜짝 놀랐다. 눈은 말라 반짝반짝 빛나고 있고 입술은 굳게 다물려 있으며 볼은 푹 꺼져 있었다.

「내버려……둬요……대체 나에게……난……죽어 버릴 테야요…….」그녀는 앙칼지게 힘을 주어 말하면서 마리야 드미트리예브나의 손을 홱 뿌리치더니, 그대로 먼저의 자세대로 쓰러졌다.

「나탈리야!……」하고 마리야 드미트리예브나는 말했다. 「나는 너의 행복을 빌고 있다. 누워 있거라, 그렇게 하고 누워 있거라, 나는 손은 대지 않을 테니까. 그렇게 하고 들어 봐라……나도 이 이상 널 책망할 생각은 없다. 네 자신이 알고 있을 테니까. 다만 말이다, 너의 아버님이 내일 돌아오시는데…… 그래 나는 아버님에게 뭐라고 말씀드려야 하겠니? 응?」

다시금 나타샤의 몸은 흐느낌 때문에 들썩거리기 시작하였다.

「이봐요, 아버님이 이 일을 아시게 되고 오빠나 약혼자가 듣는다면!」

「나에게는 약혼자 따위는 없어요. 나는 거절해 버렸으니까요!」하고 나타샤는 외쳤다.

「그런 건 상관 없어.」하고 마리야 드미트리예브나는 말을 이었다. 「아뭏든 모든 사람이 이 일을 알게 되면 그대로 내버려두리라고 생각하니? 만약 그분이, 네 아버님의 성질은 나도 알고 있지만, 만약 아버님이 그자에게 결투라도 신청한다면? 그래도 좋으냐, 응?」

「아아, 내버려둬요. 무엇 때문에 당신은 방해를 하셨죠? 무엇 때문이에요? 누가 당신에게 부탁했던가요?」나타샤는 소파 위에 일어나 앉아 앙칼지게 마리야 드리트리예브나를 쏘아보면서 외쳤다.

「그럼 너는 대체 어떻게 해 달라는 거냐?」하고 마리야 드미트리예브나는 다시금 약이 올라 외쳤다. 「대체 너는 방안에라도 갇혀 있고 싶단 말이냐? 그래, 대체 누가 그자를 집에 드나들지 못하도록 했단 말이냐? 무엇 때문에 너를 마치 집시 여자처럼 유괴할 필요가 있는 것이었을까? 이봐요, 그리고 말이야, 또 설령 감쪽같이 유괴할 수 있었다고 하더라도, 너는 언제까지나 발견되지 않으리라고 생각하고 있니? 아버지도 계시고, 오빠도 있고, 신랑이 되려는 사람도 있는데 말이다. 아뭏든 그 같은 파렴치한 건달이 또 어디 있담!」

「그분은 당신들 누구보다도 훌륭한 사람이에요.」반쯤 몸을 일으키면서 나타샤는 소리쳤다. 「만약 당신네들이 훼방만 놓지 않았더라면……아아, 어떡하나? 이렇게 되다니, 이게 뭐람! 소냐, 너는 무엇 때문이지? 아아, 이젠 저리 가 줘! 저리 가!」자기 자신이 슬픔의 원인이라고 느꼈을 때 비로소 사람들이 나타내는 심각한 절망의 빛을 띠고 그녀는 통곡하기 시작했다. 마리야 드미트리예브나는 다시 이야기를 시작하려고 했으나 나타샤는 「나가 줘요, 나가 줘요. 당신네는 모두 나를 미워하고 있어요, 경멸하고 있어요!」하고 큰소리로 외치고, 또다시 소파에 몸을 던졌다.

다리야 드미트리예브나는 잠시 동안 계속해서 나타샤를 타이르고, 이 일은 반드시 백작에게 숨기지 않으면 안 되며, 만약 나타샤가 애써 모든 것을 잊고 누구의 앞에 나가도 무슨 일이 있었던 것 같은 태도만 보이지 않는다면, 아무도 알 사람은 없을 것이라고 설득했다. 나타샤는 대답하지 않았다. 이제 울지는 않았으나, 그대신 오한과 전율이 시작되었다. 마리야 드미트리예브나는 그녀에게 쿠션을 받쳐 주고, 두 장의 이불로 몸을 싸주고, 보리수 꽃을 달인 것을 손수 갖다 주었다. 그러나 나타샤는 그녀가 부르는 소리에 대답하지 않았다.

「뭐, 자게 내버려두지.」마리야 드미트리예브나는 그녀가 자고 있는 것이려니 생각하고 방에서 나가면서 달했다. 그러나 나타샤는 자고 있지 않았다. 해쓱한 얼굴에, 멎어 움직이지 않는 눈을 크게 뜬 채 앞쪽을 똑바로 응시하고 있었다. 나타샤는 밤새도록 자지도 않았그 울지도 않았으며, 몇 차례나 일어나 옆으로 다가왔던 소냐와 이야기도 하지 않았다.

일리야 안드레이치 백작은 이튿날 조반 전에 약속대로 모스크바 근교의 소유지에서 돌아왔다. 그는 기분이 몹시 좋았다. 사는 사람과의 일도 순조롭게 되었으므로, 이제는 모스크바에서 그를 붙드는 일도 없었고 그리운 백작 부인과의 재회를 방해하는 것도 없었다. 마리야 드미트리예브나는 그를 맞아들이면서 나타샤가 어제 몹시 몸이 편치 않았으므로 의사를 불러오기도 했지만 지금은 아주 좋아졌다고 말했다. 이 날 아침, 나타샤는 거실에서 나오지 않았다. 갈라진 입술을 지그시 깨물고 메마른 눈길을 조용히 멈추고 창가에 앉아서, 한길을 지나가는 사람들을 불안스럽게 내다보기도 하고 방으로 들어오는 사람들을 허둥지둥 돌아다보기도 했다. 그녀는 분명 남자의 소식을 기다리고 있었고, 남자가 직접 찾아오든가 그렇지 않으면 편지를 보내든가 하기를 고대하고 있는 듯했다.

백작이 들어왔을 때, 그녀는 아버지의 남자다운 발소리를 듣고 불안스럽게 돌아보았다. 그러자 곧 그녀의 얼굴은 이전의 싸늘한, 오히려 심술궂은 표정으로 돌아갔다. 그녀는 맞으러 일어나려고조차 하지 않았다.

「어떻게 된 일이냐, 나타샤? 어디 아프냐?」하고 백작이 물었다.

나타샤는 잠시 잠자코 있었다.

「네, 좋지 않아요.」하고 그녀는 대답했다.

어째서 그렇게 풀이 죽어 있느냐, 약혼자에게 무슨 일이 생긴 것은 아니냐는 백작의 걱정스러운 물음에 대해서, 아무것도 아니니까 걱정하지 말아 달라고 그녀는 부탁했다. 마리야 드미트리예브나도 아무 일도 일어나지 않았다는 나타샤의 말을 확증해 주었다. 백작은 딸의 의심스러운 병이며, 안절부절 못 하는 모습이며 소냐와 여주인의 당황해 하는 얼굴 빛에서, 자기가 없는 동안 무슨 일이 일어났음이 틀림없다는 것을 눈치챘다. 그러나 자기의 귀여운 딸의 신상에 무엇인가 수치스러운 일이 있었으리라고는, 생각하는 것조차 무서운 일이었다. 그리고 그는 평소부터 즐겁고 무사 태평한 것을 사랑하는 인품이었으므로, 구태여 여러 가지 것을 꼬치꼬치 캐어 물으려 하지 않고, 별로 유다른 일은 없었으려니 하고 스스로 자기를 확신시키려고 애썼다. 그리고 다만, 딸의 병으로 말미암아 시골집으로의 출발이 늦추어지는 것만이 서운할 뿐이었다.

19

아내가 모스크바에 도착한 날부터, 피예르는 다만 그녀와 같이 있고 싶지 않기 때문에 어딘가로 여행하려고 생각하고 있었다. 로스토프네가 모스크바에 온 지 얼마 안 되어 나타샤가 그에게 준 인상은 더욱 이 계획의 실행을 서두르게 하였다. 그는 트베리에 있는 이오시프 알렉세예비치의 미망인한테로 갔다. 그녀가 오래 전부터 그에게 죽은 남편의 서류를 양도할 약속을 하고 있었기 때문이었다.

도스크바로 돌아왔을 때 피예르는 마리야 드미트리예브나의 편지를 받았다. 그 것에는 안드레이 볼콘스키이와 그 약혼녀에 관해서 지극히 중대한 사건을 상의하고 싶으니 곧 자기한테로 와 달라고 써어 있었다. 피예르는 나타샤를 피하고 있었다. 그것은 결혼한 남자가 친구의 약혼녀에게 마땅히 가져야 할 기분 이상의 강렬한 감정을 품고 있는 것처럼 생각되었기 때문이었다. 그럼에도 불구하고 어떤 숙명적인 운명은 언제나 그를 나타샤와 결부시키려고 하고 있었던 것이다.

『대체 무슨 일이 일어난 것일까? 그리고 첫째 그들이 나에게 무슨 볼일이 있는 것일까?』그는 마리야 드미트리예브나한테 가려고 옷을 갈아입으면서 생각했다.『빨리 안드레이 공작이 돌아와서, 그녀와 결혼해 버리면 좋으련만!』그는 아흐로시모바의 집으로 가는 도중 이렇게 생각했다.

트베리 가로수길에서 누군가 큰소리로 그를 부르는 사람이 있었다.

「피예르! 자네 벌써 돌아왔었나?」하고 귀에 익은 목소리가 외쳤다. 피예르는 고거를 들었다. 뒷발로 썰매의 앞쪽에 눈을 차올리고 있는 잿빛의 준마를 채운 두 마리의 말이 끄는 썰매에, 언제나 떨어지는 적이 없는 친구 마카린과 같이 타고 지나가는 아나톨리의 모습이 눈을 스쳤다. 아나톨리는 멋진 군인의 고전적인 포즈로 얼굴 아래쪽을 수달피의 깃으로 두르고, 고개를 약간 숙이고 앉아 있었다. 그 얼굴은 싱싱하고 불그레하게 물들어 있었으며, 비스듬히 쓴 흰 깃이 달린 모자 밑에는 눈가루가 앉은, 포마드가 발린 곱슬곱슬한 머리털이 보였다.

『확실히 저 친구야말로 영리한 인간이다!』하고 피예르는 생각했다.『찰나의 쾌락 이외에는 아무것도 보지 않고, 무엇에 대해서도 불안을 느끼는 일이 없다. 그래서 언제나 쾌활하고 만족하고 평온한 것이다. 내가 저처럼만 될 수 있다면 어떠한 대가라도 치르련만!』피예르는 부러운 마음으로 이렇게 생각했다.

아흐로시모바 집의 현관방에서 하인이 피예르의 외투를 벗겨 주면서, 마리야 드미트리예브나가 침실로 들어오시란다고 전했다.

홀로 통하는 문을 연 순간, 피예르는 야위고 해쓱한 심술궂은 얼굴을 하고 창문 옆에 앉아 있는 나타샤를 발견했다. 그녀는 피예르를 돌아보더니 눈살을 찌푸리고 싸늘한 표정을 지으면서 방에서 나갔다.

「무슨 일이 있었읍니까?」마리야 드미트리예브나의 방으로 들어가자 피예르는 물었다.

「대단한 일이에요.」하고 마리야 드미트리예브나가 대답했다.「오십 팔 년 동안 이 세상에서 살아 왔지만, 이런 파렴치한 일은 지금까지 본 적이 없어요.」마리야 드미트리예브나는 이제부터 이야기하는 것에 대해서 절대의 비밀을 지킨다는 다짐을 피예르에게서 받은 뒤에, 나타샤가 아버지에게 알리지도 않고 약혼한 남자를 거절했다는 것, 그 원인은 피예르의 아내가 맺어 준 아나톨리 쿠라긴 때문이라는 것, 그녀가 비밀히 이 사내와 결혼하기 위해서 아버지가 없는 틈을 타서 도망치려고 했었다는 것들을 말해 주었다.

피예르는 자기 귀가 믿어지지 않아 어깨를 움츠리고 입을 벌린 채 마리야 드미트리예브나의 이야기를 듣고 있었다. 그처럼 열렬한 사랑을 받고 있던 안드레이 공작의 약혼녀가, 전에는 그처럼 귀여웠던 나타샤 로스토바가 이미 아내가 있는 (피예르는 그의 비밀 결혼을 알고 있었으므로) 얼간이인 아나톨리를 볼콘스키이와 바꾼 데다가, 함께 도망칠 것까지 승낙할 정도로 반해 버렸다고는 도저히 이해할 수도 없고, 또 상상할 수도 없는 일이었다.

어렸을 때부터 알고 있는 나타샤의 사랑스러운 인상과, 그녀의 저속함과 우열함과 잔인함에 관한 새로운 생각은 피예르의 마음 속에서 융합되지가 않았다. 그는 자기 아내를 생각해 냈다. 「여자란 모두 마찬가지로구나!」 더러운 여자와 맺어진 비참한 운명은 혼자만의 것이 아니었다고 돌이켜 생각하면서 그는 이렇게 혼잣말을 했다. 그러나, 그래도 눈물이 쏟아질 만큼 안드레이 공작이 불쌍했고, 그가 긍지를 지닌 남성이니만큼 애처로왔다. 친구를 가엾게 생각하면 할수록 아까 홀에서 싸늘하게 새침한 표정을 하고 자기 곁을 지나간 나타샤의 일이 더욱더 격렬한 경멸, 아니 오히려 혐오감과 함께 떠오르는 것이었다. 그러나 나타샤의 마음이 절망과 부끄러움과 자기 굴욕에 가득 차 있었다는 것, 그 얼굴이 때때로 차분한 품위와 엄한 표정을 띠고 있었던 것은 그녀 탓이 아니라는 것을 피예르는 미처 몰랐던 것이다.

「그러나 어떻게 결혼한다는 겁니까?」 피예르는 마리야 드미트리예브나의 말에 대해서 이렇게 말했다. 「그 사나이는 정식으로 결혼할 수 없읍니다. 이미 아내가 있는 몸이니까요.」

「네? 아니, 이건 갈수록 태산이로군요.」 하고 마리야 드미트리예브나는 말했다. 「끔찍한 녀석도 다 보겠군! 철두 철미 파렴치한이로군! 그런데도 그 애는 기다리고 있어요, 벌써 어제부터 기다리고 있지 뭐예요. 냉큼 그 애에게 알려 주어야지, 그러면 기다릴 마음은 나지 않을 테니까.」

피예르로부터 아나톨리의 결혼에 관한 자초 지종을 듣고, 그 사나이에 대해 실컷 욕지거리를 퍼부어 얼마큼 울분을 풀고 난 다음, 비로소 마리야 드미트리예브나는 피예르를 부른 까닭을 이야기했다. 언제 이곳에 돌아올는지 모르는 볼콘스키이나 백작이 그녀가 묻어 두려고 생각하고 있는 이 사건을 알아내어, 쿠라긴에게 결투를 청하지나 않을까 하는 것이 마리야 드미트리예브나에게는 걱정되었던 것이다. 그녀는 피예르에게, 자기의 명령으로써 아나톨리로 하여금 모스크바를 떠나게 하고 두 번 다시 눈앞에 나타나지 않게 해 달라고 부탁했다. 노백작과 니콜라이와 안드레이 공작을 위협하고 있는 위험을 비로소 깨닫게 된 피예르는, 그녀의 희망을 실행하겠다고 약속했다. 그녀는 간단하면서도 정확하게 자기의 요구를 털어놓은 뒤, 겨우 그를 객실로 내보내 주었다.

「주의해 주셔야 해요, 백작은 아무것도 모르니까요. 당신도 아무것도 모르는 척하고 계셔야 해요.」하고 그녀는 말했다. 「나는 그 애한테 가서 기다릴 것은 조금도 없다고 일러 주어야겠어요! 그리고 괜찮으시다면 함께 식사를 하도록 남아 있어 주세요.」하고 마리야 드미트리예브나는 피예르에게 소리쳤다. 피예르는 노백작을 만났다. 그는 어리둥절한, 혼란에 빠진 모습이었다. 그것은 오늘 아침 나타샤가 볼콘스키이에게 파혼을 청한 것을 아버지에게 말했기 때문이었다.

「야단났네, 피예르, 정말 야단났네!」그는 피예르에게 말했다. 「어머니와 떨어져 있는 아가씨란 정말 큰일이야. 나는 정말 여기에 온 것을 후회하고 있네. 자네니까 터놓고 이야기하네만, 자네도 들었을 테지만 그 애는 누구와도 한 마디도 상의하지 않고 그 약혼을 거절해 버렸다네. 하기야 나도 이 혼담을 그리 크게 달갑게 여기고 있진 않았지만 말일세. 물론 당자는 훌륭한 사람이지만, 그러나 아버지의 뜻을 거역해서 무슨 신통한 일이 있겠나? 게다가 또 나타샤도 달리 혼처가 없는 것도 아니고. 그러나 그렇다고 그처럼 오랫동안 기다리던 것을, 어머니나 아버지에게 상의도 없이 이런 끔찍한 짓을 저지르다니, 원! 그 애는 지금 기분이 좋지 않아. 아니, 뭐가 뭔지 통 모르겠네! 정말 어머니가 붙어 있지 않은 딸자식은 어쩔 수 없는 것이로군. 백작, 아니, 정말이오……」

피예르는 백작이 아주 혼란에 빠져 있는 것을 보고 화제를 딴 데로 돌리려고 애썼으나, 백작은 다시 자기의 슬픔으로 되돌아가는 것이었다.

소냐가 걱정스러운 얼굴을 하고 객실로 들어왔다.

「나타샤는 기분이 좋지 않아요. 지금 자기 방에 있는데 거기에서 뵙고 싶다고 말하고 있읍니다. 마리야 드미트리예브나도 거기에 계세요. 그리고 역시 당신을 뵙고 싶다고 말씀하고 계십니다만.」

「그렇지, 자네는 볼콘스키이와 굉장히 다정스러운 사이니까 틀림없이 무엇인가 전하고 싶은 말이라도 있는 것이겠지.」하고 백작은 말했다. 「아아, 야단났군, 야단났어! 모든 일이 그토록 순조롭게 되어 가고 있었는데!」흰머리가 듬성듬성한 살쩍을 움켜쥐듯 하며 백작은 방에서 나갔다.

마리야 드미트리예브나는 아나톨리가 아내가 있는 몸이라는 것을 나타샤에게 말했다. 나타샤는 그것을 믿으려 하지 않고, 피예르 자신에게 직접 확증을 요구하였던 것이다. 소냐는 어두운 복도를 따라 나타샤의 거실로 안내하면서, 이것을 피예르에게 알렸다.

나타샤는 창백하고 엄한 얼굴을 하고 마리야 드미트리예브나의 옆에 앉아 있었으며, 피예르가 문에 나타나자 열병에 걸린 것처럼 빛나는·의심쩍은 눈빛으로 그를 맞았다. 그녀는 미소도 짓지 않았고, 고개를 끄덕여 보이려고도 하지 않고, 그저 뚫어지게 그를 쳐다보고 있었다. 그 눈은 오직 한 가지 것, 그가 아나톨리의 문제에 관해서 자기 편인가, 그렇지 않으면 다른 사람들과 마찬가지로 적인가 그것만을 묻고 있는 것 같았다. 피예르 자신의 존재 같은 것은, 분명히 그녀에게는 인정되고 있지 않았던 것이다.

「이분께서 모든 걸 알고 계시다.」 마리야 드미트리예브나는 그를 가리키면서 나타샤에게로 얼굴을 돌리고 말했다. 「내가 말한 것이 정말인지 어떤지 이분의 말씀을 들어 보아라.」

궁지에 몰린 부상당한 짐승이 다가오는 사냥꾼과 개를 쳐다보듯이, 나타샤는 두 사람의 얼굴을 번갈아 쳐다보았다.

「나탈리야 일리이니치나.」 피예르는 이 처녀에 대한 연민의 정과, 이제부터 집도하지 않으면 안 될 수술에 대한 혐오의 감정을 느끼면서 눈을 내리뜨고 말하기 시작했다. 「그런 것은, 정말이건 거짓말이건 당신에게는 다찬가지이리라고 생각합니다. 왜냐하면…….」

「그럼 그 사람에게 아내가 있다는 것은 거짓말이군요?」

「아닙니다, 그것은 정말입니다.」

「그럼 그 사람은 아내가 있었던가요, 오래 전부터?」 하고 그녀는 물었다. 「맹세해 주시겠어요?」

피예르는 그녀에게 맹세했다.

「그 사람은 아직 여기에 있읍니까?」 하고 그녀는 재빨리 물었다.

「네, 방금 봤읍니다.」

그녀는 이제 말할 기운도 없는 듯, 두 손으로 나가 달라는 시늉을 했을 뿐이다.

20

피예르는 식사에 남지 않고 방에서 나오자 곧 돌아갔다. 그는 아나톨리를 찾으러 썰매로 시내를 돌아다녔다. 지금은 그의 일을 생각하면, 온 몸의 피가 심장으로 몰려들어 숨을 쉬는 것마저 힘들게 느껴졌다. 산 위에서도, 집시한테도, 코모 네노에도 그는 없었다. 피예르는 클럽에도 갔다. 클럽에서는 모든 것이 언제나의 판에 박힌 순서로 진행되고 있었다. 식사에 모인 손님들이 여러 그룹으로 나누어 자리잡고 피예르에게 인사도 하면서 시중의 사건을 이야기하고 있었다. 급사는 그의 친지와 습관을 알고 있기 때문에 인사를 끝내자 곧, 그의 자리가 작은 식당에 마련되어 있다는 것과, 미하일 자하르이치는 도서실에 계시다는 것, 파벨 찌모페이찌는 아직 오시지 않았다는 것 등을 보고했다. 피예르의 친지 한 사람이 날씨 이야기를 하는 도중에, 지금 시중에서 떠들썩한 쿠라긴의 로스토바 유괴 소문을 들었느냐, 그것은 정말이냐고 물었다. 피예르는 웃으면서 그것은 쓸데없는 소리라고 일소에 붙이고, 지금 막 로스토프네 집에 다녀오는 길이라고 대답했다. 그는 만나는 사람에게마다 아나톨리에 대해서 물었으나, 어떤 사람은 오늘 아직 오지 않았다고 대답하고, 또 어떤 사람은 식사하러 나올 것이라고 말했다. 지금 자기의 마음 속이 어떻게 되어 있는지는 모르고, 사람들이 침착하고 담담한 얼굴로 무리지어 있는 것이 피예르에게는 야릇하게 생각되었다. 그는 모두가 모이기를 기다리면서 홀을 서성거리고 있었으나, 아나톨리가 오기를 기다리다 못해 식사도 하지 않고 집으로 돌아왔다.

그가 찾고 있던 아나톨리는 이 날 돌로호프한테서 식사를 하고 사태의 선후책을 의논하고 있었다. 그는 꼭 로스토바와 만나지 않으면 안 된다고 생각했다. 저녁때 그는 이 밀회의 방법을 상의하기 위해서 누이한테로 갔다. 피예르가 온 모스크바를 헛되이 돌아다니다가 집으로 돌아오자, 하인이 아나톨리 바실리예비치 공작이 백작 부인의 방에 와 있다고 알렸다. 백작 부인의 객실은 손님으로 가득차 있었다.

피예르는 모스크바로 돌아온 이래로 한 번도 만나지 않고 있는 아내에게 인사도 하지 않고(이때 그는 그 어느 때보다도 더 아내가 미웠다) 객실로 들어갔다. 그리고 아나톨리를 발견하자 그 옆으로 다가갔다.

「아, 피예르.」하며 백작 부인이 남편에게로 다가왔다. 「우리 아나톨리가 지금 어떤 상태에 빠져 있는지 당신은 모르실 테지만 말이에요…….」하고 말하려다가 그녀는 입을 다물어 버리고 말았다. 조금 앝게 숙인 남편의 머리며, 그 반짝반짝 빛나는 눈이며, 무엇인가를 결심한 듯한 단호한 걸음걸이 속에 전에 돌로호프와의 결투 뒤에 그녀가 경험한 적이 있었던 분노와 위력이 담긴 그 무서운 표정이 엿보였기 때문이었다.

「너희들이 있는 곳에는 반드시 음탕과 죄악이 붙어다니고 있단 말이야.」하고 피예르는 아내에게 말했다. 「아나톨리, 저리 가실까? 나는 자네에게 이야기를 할

게 좀 있는데.」 하고 그는 프랑스어로 말했다.

아나톨리는 누이의 얼굴을 힐끔 쳐다보고, 곧 피예르의 뒤를 따라갈 듯한 고분고분한 태도로 일어났다. 피예르는 그 손을 잡더니 끌어당기면서 방에서 나갔다.

「만약 당신이 제 객실에서 예의에 벗어난 짓을 하신다면…….」 하고 엘렌은 속삭이듯이 말했으나, 피예르는 그것에는 대답도 하지 않고 나가 버렸다.

아나톨리는 언제나의 원기 있는 씩씩한 걸음으로 따라갔으나 그 얼굴에는 불안의 빛이 역력히 엿보였다.

자기 서재로 들어가자 피예르는 문을 닫고 아나톨리의 얼굴을 보지 않도록 피하면서 말하기 시작했다.

「자네는 로스토프 백작 영애에게 결혼할 것을 약속했었나? 그리고 납치하려고 생각하고 있었나?」

「여보게 나는 그런 어조로 묻는 말에는 대답할 의무를 가지고 있지 않아.」 하고 아나톨리는 프랑스어로 대답했다(이하의 이야기도 다 마찬가지이다).

그때까지 창백했던 피예르의 얼굴은 분노로 긴장되었다. 그는 그 큼직한 손으로 아나톨리의 군복 깃을 움켜잡고, 그 얼굴이 온통 겁에 질린 표정을 드러낼 때까지 좌우로 흔들어 댔다.

「내가 너한테 말할 필요가 있다고 한 것은…….」 하고 피예르는 되풀이했다.

「대체 무슨 짓이야. 어리석게, 응?」 옷과 함께 찢어져 뜯긴 깃의 단추를 더듬으면서 아나톨리는 말했다.

「너는 건달이고 사람답지 않은 인간이야. 난, 이……이것으로 네 대갈통을 타살내 버리는 기쁨을 어떻게 참고 있을 수 있는지, 내가 생각해도 이상할 정도야.」 하고 피예르는 말했다. 그가 이토록 능란하게 표현할 수가 있었던 것은 프랑스어로 말했기 때문이었다. 그는 무거운 서진(書鎭)을 손에 쥐고 위협하듯이 번쩍 추켜들었으나 이내 다시 얼른 먼저의 자리에 놓았다.

「자네는 그 사람에게 결혼할 것을 약속했나?」

「그런 것은 난, 난, 난…… 생각하고 있지도 않았어. 물론 절대로 약속을 하지도 않았지. 왜냐하면…….」

피예르는 그것을 가로막았다.

「자네에게 그 사람한테서 온 편지가 있겠지? 편지가 있지?」 아나톨리에게로 바짝 다가서면서 피예르는 이렇게 되풀이했다.

아나톨리는 그의 얼굴을 홀끗 쳐다보고 나서, 곧 호주머니에 손을 넣어 수첩을 꺼냈다.

피예르는 내민 편지를 받아들자, 가운데 놓여 있는 탁자을 밀쳐 놓고 소파 위에 몸을 내던지듯이 주저앉았다.

「걱정하지 말게, 나는 주먹질 같은 건 하지 않을 테니까.」아나톨리의 겁먹은 듯한 거동에 이러한 대답을 던져 주었다. 「편지, 이것은 첫째…….」자기에게 주어진 과제를 되풀이하듯 그는 말했다. 「그리고 둘째로는.」하고 잠시 침묵한 뒤 다시금 일어나서 방안을 서성거리면서 말을 이었다. 「자네는 내일 모스크바를 떠나지 않으면 안 돼.」|

「그러나, 어떻게 내가 그럴 수가…….」

「세째로는.」상대방의 말에는 귀도 기울이지 않고 피예르는 계속했다. 「자네와 그 사람 사이에 있었던 일은 절대로 누구에게도 이야기해선 안 돼. 이것은 물론 자네에게 억지로 시킬 수는 없어. 그것은 나도 알고 있지만, 만약 자네에게 조금의 양심이라도 있다면…….」피예르는 몇 차례 묵묵히 방안을 돌아다녔다. 아나톨리는 탁자 옆에 앉아 잔뜩 눈살을 찌푸린 채 입술을 지그시 깨물고 있었다.

「자네도 끝내는 필시 알게 되리라고 믿고 있지만, 자네 한 개인의 쾌락 외에도 타인의 행복이며 평화가 있는 거야. 자네는 자기 쾌락 때문에 남의 일생을 망치고 있어. 여자와 놀고 싶거든 내 아내 같은 것을 상대로 하게. 그런 자들하고라면 자네에게도 충분히 그 권리가 부여되어 있어. 그러한 자들은, 자네가 그들에게서 찾고 있는 것이 무엇인가 하는 것을 잘 알고 있으니까 말이지. 그들은 같은 방탕의 경험으로, 자네에 대한 마음의 태세가 되어 있거든. 그러나 처녀를 붙들고 결혼할 것을 약속하거나…… 속이거나, 유괴하거나…… 한다는 것은…… 그런 것은 노인이나 어린애를 때리는 것과 같은 비열한 짓이라는 걸 어째서 자네는 모르고 있나!」

피예르는 입을 다물고 아나톨리를 쳐다보았다. 그 눈초리는 이제 노여움이 서려 있다기 보다는 의아스러움을 담고 있는 것처럼 보였다.

「그런 건 난 모르네.」피예르가 노여움을 가라앉히는 것과 반대로 아나톨리는 차차 용기를 내면서 말했다.

「그런 건 난 몰라 또 알고 싶지도 않고.」그는 피예르 쪽을 보지 않고, 가볍게 아래턱을 떨면서 말했다. 「그러나 자네는 나에 대해서 비열하다느니 어떻다느니 하고 말했지. 나는 〈명예 있는 한 인간으로서〉 그런 말을 허용할 수 없어.」

피예르는 그가 무엇을 요구하고 있는지를 알 길이 없어, 다만 놀라서 상대방을 쳐다보았다.

「어떻다는 거야, 마음에 들지 않는다는 말인가?」하고 피예르는 냉소하는 듯한 어조로 말했다.

「최소한, 자네가 지금 자기가 말한 걸 취소해 주기를 바라네! 만약 자네 희망을 내게 이해시키고 싶다면 말야, 응?」

「취소하지, 취소하다마다.」하고 피예르는 말했다.「그리고 자네에게 사과하겠어.」피예르는 무심코 상대방의 잡아뜯긴 단추를 쳐다보았다.「그리고 만약 노자가 필요하다면 돈도…….」

아나톨리는 빙그레 미소지었다. 아내의 얼굴에서 이미 눈에 익어 있는, 이 소심하고 비열한 미소가 피예르의 노여움을 떠뜨렸다.

「오오, 천하고 사람답지 않은 족속들 같으니!」하고 말하고 그는 방에서 나와 버렸다.

이튿날 아나톨리는 페쩨르부르그로 떠났다.

21

피예르는 마리야 드미트리예브나의 부탁대로 쿠라긴을 모스크바에서 쫓아낸 것을 알리기 위해 그녀한테로 갔다. 집안은 온통 공포와 흥분에 싸여 있었다. 나타샤의 건강이 몹시 나쁘다는 것이었다. 마리야 드미트리예브나가 비밀리 이야기한 바에 의하면, 그녀는 아나톨리가 아내가 있는 몸이라는 것을 들은 날 밤, 몰래 손에 넣어 둔 비소를 먹고 자살을 기도했다는 것이었다. 그러나 다행히도 그것을 조금 마신데다가 동시에 갑자기 무서워졌으므로 소냐를 깨워 모든 것을 털어놓았다. 해독에 필요한 조처가 알맞게 취해져서 그녀는 이제 생명의 위험은 없어졌지만, 몹시 쇠약해져서 시골로 돌아간다는 것은 생각도 할 수 없었으므로 백작 부인을 부르러 사람을 보냈다. 피예르는 넋이 나간 백작과 울어서 눈이 퉁퉁 부은 소냐를 보았으나, 나타샤는 만나지 못했다.

이 날 피예르는 클럽에서 식사를 했다. 여기저기서 로스토바를 유괴하려던 일에 관한 이야기들이 오가고 있었다. 그는 완강히 이 이야기를 부정하고, 자기 처남이 로스토바에게 청혼했다가 거절당한 것 외엔 아무 일도 없었다고 모두들에게 설명했다. 피예르는 이 사건을 완전히 은폐하고, 로스토바의 평판을 다시 회복시키는 것이 자기 의무처럼 느껴졌다.

그는 몹시 두려워하며 안드레이 공작의 귀국을 기다렸다. 그리고 그 소식을 얻으려고 날마다 노공작한테 찾아갔다.

니콜라이 안드레이치 공작은 브리엔느 양을 통해서 시중에 떠도는 풍문을 완전히 알았고, 나타샤가 공작 영애 마리야에게 보낸 파혼장도 읽었다. 그는 다른 때보다 쾌활한 태도를 보이면서, 지금까지보다도 더 조바심하며 아들이 돌아오기를 기다리고 있었다.

아나톨리가 떠난 지 며칠 뒤에 피예르는 자기의 귀국을 알리는 한편 피예르의 방문을 바란다는, 안드레이 공작으로부터의 편지를 받았다.

안드레이 공작은 모스크바에 도착하자마자, 아버지로부터 나타샤가 누이에게 보낸 파혼장을 받았다(이 편지는 브리엔느 양이 공작 영애 마리야한테서 훔쳐내어 공작에게 내주었던 것이다). 그리고 나타샤 유괴 사건에 관한 과장된 이야기를 아버지로부터 들었다.

안드레이 공작이 도착한 것은 전날 저녁이었다. 피예르는 이튿날 아침 그를 찾아갔다. 친구가 나타샤와 거의 똑같은 상태에 빠져 있으리라고 생각했었던 피예르는, 객실로 들어가려고 할 때 서재에서 새어나오는 안드레이 공작의 원기 있는 목소리를 듣고 깜짝 놀랐다. 그는 생기 있는 목소리로 페쩨르부르그의 어떤 음모 사건에 대해서 이야기하고 있는 중이었다. 노공작과 또 한 사람 누군가의 목소리가 이따금 그 이야기를 가로막았다. 공작 영애 마리야가 나와 피예르를 맞았다. 그녀는 안드레이 공작이 있는 방의 문을 눈으로 가리키며, 분명 오빠의 슬픔을 나타내고 싶은 듯 한숨을 쉬었다. 그러나 그녀가 이번 사건에도, 오빠가 약혼녀의 변심의 소식을 들었을 때의 태도에도 몹시 만족하고 있다는 것을 피예르는 그 얼굴빛으로 알아챘다.

「오빠는 이것을 각오하고 있었다고 말씀하셨어요.」 하고 그녀는 말했다. 「그렇지만 오빠의 자존심이 정직한 감정을 드러내는 것을 허용하지 않는다는 것은 저도 알고 있어요. 그러나 그렇더라도, 저의 기대보다 더, 훨씬 더 오빠는 이 일을 참고 있어요. 아마도 이렇게 되어야 할 운명이었던가 싶어요…….」

「그렇지만……정말 모든 게 다 완전히 끝나 버린 것일까요?」 하고 피예르는 물었다.

공작 영애 마리야는 깜짝 놀란 것처럼 그를 쳐다보았다. 어떻게 그런 물음이 나올 수 있는가 하고, 도리어 이상하게 생각되는 모양이었다. 피예르는 서재로 들어갔다. 안드레이 공작은 굉장히 변해 있었고 훨씬 건강해진 것처럼 보였지만, 그래도 미간에는 세로로 가로로 주름이 잡혀 있었다. 그는 문관복을 입고 아버지와 메쉬체르스키이 공작 앞에 선 채, 매우 정력적인 몸짓을 하면서 열심히 논쟁하고 있었다.

화제는 스페란스키이에 관한 것(1812년 3월 16일, 스페란스키이는 갑자기 權座에서 쫓겨나, 니쥐니이 노브고로드로 유배당했는데, 그 원인은 알렉산드르 황제가 왕년의 자유주의적 경향에서 반동적 경향으로 전향한 데 있다고 함—뜻주)이었다. 그의 돌연한 유배와, 정말 같지 않은 모반설에 관한 보도는, 아주 최근에 모스크바에 전해졌던 것이다.

「지금 그 사람(스페란스키이)을 비난하고 이러쿵저러쿵 비판하는 자들은, 모두 불과 일 개월 전까지도 그 사람에게 매혹돼 있었던 패들이고.」하고 안드레이 공작은 말했다.」그 사람의 뜻을 이해할 능력이 없었던 패들입니다. 실의에 빠진 인간을 비난하고, 남의 허물까지 덮어씌우는 것은 아주 손쉬운 일이에요. 그러나 저는 감히 단언하겠읍니다만, 만약 지금의 치세(治世)에서 무엇인가 뛰어난 일이 이루어졌다고 한다면 그것은 그 사람에 의해서, 오직 그 한 사람에 의해서 이루어진 것입니다…….」그는 피예르를 보자 이야기를 그쳤다. 그 얼굴은 가벼운 경련을 일으켰으나, 이내 또 고집스러운 표정을 띠었다.「그리고 후세 사람들은 그 사람을 존경하게 되리라고 생각합니다.」이렇게 덧붙이고 그는 곧 피예르에게로 얼굴을 돌렸다.

「오오, 자네 어떤가? 여전히 뚱뚱해져 가는군.」하고 그는 쾌활하게 말했으나, 새로 잡힌 주름이 더욱 깊이 그 이마에 새겨졌다.「아, 나는 건강해.」피예르의 물음에 이렇게 대답하고 그는 빙그레 웃었다. 피예르는 이 웃음이 〈나는 건강하네, 그러나 그 건강도 지금은 누구에게도 필요가 없네.〉라고 말하고 있는 것을 명확히 알 수 있었다.

폴란드 국경부터의 길이 굉장히 나쁘다는 것이며, 스위스에서 피예르를 알고 있는 사람과 만난 일이며, 이번에 아들의 교육을 위해서 외국에서 데리고 온 가정교사 데살에 대한 것을 피예르와 잠시 이야기한 뒤, 안드레이 공작은 두 노인 사이에 계속되는 스페란스키이 론(論)에 다시 열심히 끼어 들었다.

「만약 정말로 모반 사실이 있다면, 나폴레옹에게 내통한 증거가 있다면 정정당당히 만천하에 공표해야 할 게 아닙니까!」하고 그는 열을 올리며 성급하게 말했다.「저는 개인적으로는 스페란스키이를 좋아하지도 않고 또 전에도 좋아하지 않았읍니다만, 그러나 저는 정의를 사랑합니다.」피예르는 이제 겨우 너무나도 잘 알고 있는 친구의 성격을, 즉 못 견디게 괴로운 마음 속의 상념을 지워 버리기 위해서, 자기와는 아무런 관련도 없는 문제로 흥분해서 논쟁하고 있는 내부의 욕구를 알아채게 되었다.

메쉬체르스키이 공작이 떠나자, 안드레이 공작은 피예르의 손을 잡고 자기 방으로 안내했다. 방에는 침대가 준비되어 있고 펼쳐진 트렁크와 궤짝들이 널려 있었다. 안드레이 공작은 그 중의 하나로 다가가서 손궤를 꺼냈다. 손궤 속에서 그는 종이에 싼 뭉치를 꺼냈다. 그는 이 같은 모든 동작을 말없이 지극히 재빨리 해치웠다. 이윽고 그는 일어나서 기침을 했다. 그의 얼굴은 미간에 깊은 주름을 새기고 있었고 입술은 꼭 다물려 있었다.

「자네를 괴롭히고 있다면 용서하게……」 안드레이 공작이 나타샤에 대해 이야기하려 하는 것을 피예르는 곧 깨달았다. 그의 넓적한 얼굴은 유감과 동정의 빛을 나타냈다. 이 얼굴의 표정이 안드레이 공작을 화나게 했다. 그는 단호하고도 높은, 동시에 불쾌한 목소리로 말을 이었다. 「나는 로스토프 백작 영양으로부터 거절의 통지를 받았네. 또 자네 처남이 그 사람에게 청혼을 했다느니, 혹은 그와 비슷한 풍문이 내 귀에 들어왔는데 그것이 정말인가?」

「사실이기도 하고, 거짓이기도 합니다.」 하고 피예르는 말하기 시작했으나, 안드레이 공작이 그것을 가로닫았다.

「여기에 그 사람의 편지와 초상이 있으니까 말일세.」 하고 그는 말했다. 그리고 그는 탁자에서 뭉치를 들어 피예르에게 넘겨 주었다. 「이것을 백작 영애에게 건네 주지 않겠나? 자네가 그녀를 만나게 될 때 말이야.」

「그 사람은 굉장히 건강이 좋지 않아요.」 하고 피예르는 말했다.

「그럼 아직 여기에 있나?」 하고 안드레이 공작은 말했다. 「쿠라긴 공작은?」 하고 그는 재빨리 말했다.

「그자는 오래 전에 다른 데로 가 버렸어요. 그리고 나탈리야는 하마터면 죽을 뻔했지요……」

「그 사람의 병은 나도 굉장히 유감스럽게 여기고 있어.」라고 안드레이 공작은 말하고 나서 싸늘하고 심술궂고 불유쾌한, 마치 자기 아버지와 똑같은 웃음을 지었다.

「그럼 쿠라긴은 로스토프 백작 영애에게 청혼을 하지 않았던 거로군?」 하고 안드레이 공작은 말했다. 그는 여러 번 코방귀를 뀌었다.

「그 사내는 마누라가 있기 때문에 결혼할 수 없었던 겁니다.」 하고 피예르는 말했다.

안드레이 공작은 다시 아버지를 연상케 하는 불쾌한 웃음을 지었다.

「그런데 그는, 자네 처남은 지금 어디에 있는지 알려 줄 수 없을까?」 하고 그는 물었다.

「그는 떠났읍니다, 페쩨르…… 아니, 나는 잘 모릅니다.」 하고 피예르는 말했다.

「뭐 그런 것은 문제가 아니야.」 하고 안드레이 공작은 말했다. 「로스토프 백작 영애에게 이렇게 전해 주게. 그 사람은 전연 자유였었고, 지금도 역시 그렇다고, 그리고 내가 그녀의 행복을 빌고 있다고.」

피예르는 편지 뭉치를 들었다. 안드레이 공작은 또 말할 것은 없나 하고 생각하는 것인지, 그렇지 않으면 피예르가 무슨 말을 하려는 것은 아닌가 하고 기대하는 것인지, 눈을 가만히 고정시킨 채 그를 응시하고 있었다.

「그런데 이보세요, 우리들이 페쩨르부르그에서 했던 그 토론을 기억하고 있읍니까?」

「기억하고 있지.」하고 안드레이 공작은 얼른 대답했다.

「타락한 여자는 용서해 줘야 한다고, 내가 말한 것 말인가. 그러나 나는 자기가 용서할 수 있다고는 말하지 않았어. 나는 할 수 없어.」

「그렇지만 이것과 그것은 비교할 수 없지 않습니까?」하고 피예르는 말했다.

안드레이 공작이 그 말을 가로챘다. 그는 날카로운 목소리로 외쳤다.

「다시 한 번 청혼하여 관대함을 보여 주기라도 하란 말인가?…… 그렇지, 그건 대단히 훌륭한 일이야. 그렇지만 나는 〈그 신사의 발자국을〉 따라갈 수는 없어. 만약 자네가 계속 내 친구가 되고 싶거든 이제 두 번 다시 그 여자, 그 일을 이야기하지 말아 주게. 그럼 잘 가게. 자네 전해 주겠지?」

피예르는 그곳을 나와 노공작과 공작 영애 마리야한테로 갔다.

노인은 다른 때보다 활기가 있어 보였다. 공작 영애 마리야는 다른 때와 다름없었으나 오빠에 대한 동정 뒤에는, 오빠의 결혼이 깨진 것을 기뻐하는 빛이 엿보이고 있는 것을 피예르는 알아챘다. 두 사람을 보고 있는 동안에, 그들이 로스토프네에 대해서 얼마나 격렬한 경멸과 증오를 품고 있는가 하는 것을 비로소 그는 깨달았다. 그리고 상대방이 누구이건간에, 하여간 안드레이 공작을 다른 사람으로 바꾸어 버린 그 여자의 이름을 그들 앞에서 들먹여서는 안 된다는 것을 깨달았다.

식사중의 화제는, 이제 의심할 나위도 없이 눈앞에 바싹 닥친 전쟁 문제로 들어갔다. 안드레이 공작은 한시도 입을 다물지 않고 줄곧 이야기를 계속하면서, 때로는 아버지, 때로는 스위스인 가정교사인 데살을 상대로 토론했다. 그리고 다른 때보다도 활기가 있는 것처럼 보였으나 그 흥분의 정신적인 원인을 피예르는 잘 알고 있었다.

22

그 날 밤 피예르는 의뢰받은 것을 실행하기 위해서 로스토프네를 찾아갔다. 나타샤는 병상에 있었고 백작은 클럽에 가 있었으므로, 그는 소냐에게 편지를 건네고 마리야 드미트리예브나의 거실로 갔다. 그녀는 안드레이 공작이 어떤 태도로 소식을 받아들였는지, 그것이 알고 싶었던 것이다. 십 분이 지났을 때 소냐가 마리야 드미트리예브나의 방으로 들어왔다.

「나타샤가 표트르 키릴로비치 백작을 꼭 좀 뵈었으면 하고 있읍니다만.」하고 그녀는 말했다.

「아니, 뭐라고? 그 애한테 이분을 모시고 가겠다는 거냐? 그렇지만 아직 그 방은 치워져 있지도 않지 않니?」하고 마리야 드미트리예브나가 말했다.

「아녜요, 나타샤는 옷을 갈아입고 객실로 나와 있어요.」하고 소냐는 말했다.

마리야 드미트리예브나는 어깨를 움츠릴 뿐이었다.

「백작 부인은 언제 오시려나? 그 애 덕택에 정말 혼이 났어요. 그런데 이거 봐요, 주의하세요. 있는 대로 모두 지껄여 버리지 않도록 말이에요.」하고 그녀는 피예르에게로 얼굴을 돌리고 말했다.「그 애를 나무란다는 것은 가슴 아픈 일이에요. 어찌나 가엾은지.」

완전히 야위어 버린 나타샤는 창백하고 엄한 얼굴을 하고(그러나 피예르가 예기했던 것처럼 부끄러워하는 듯한 모습은 조금도 없었다), 객실 한가운데 서 있었다. 피예르가 문에 나타나자, 그녀는 그쪽으로 다가가야 할 것인지, 그렇지 않으면 저쪽에서 오기를 기다려야 할 것인지 망설이는 듯 주저주저하고 있었다.

피예르는 빠른 걸음으로 그 옆으로 다가갔다. 다른 때처럼 그녀가 먼저 손을 내밀 것이라고 생각하고 있었으나, 그녀는 그가 옆으로 가까이 다가오자 괴로운 듯이 숨을 몰아쉬고, 두 손을 힘없이 축 늘어뜨린 채 그대로 서 있었다. 그것은 마치 그녀가 평시에 노래를 부르기 위해 홀 한가운데로 걸어 나올 때와 똑같은 자세였으나, 표정은 전혀 달랐다.

「표트르 키릴로비치.」하고 그녀는 빠른 말로 말하기 시작했다.「볼콘스키이 공작은 당신의 친구분이셨어요. 아니, 저, 지금도 친구분이셔요.」이렇게 그녀는 고쳐 말했다. 그녀에게는 모두가 지나간 일이 되어 버리고, 지금은 전혀 사정이 달라져 있는 것처럼 생각되었던 것이다.

「그분께서 그때, 모든 일을 당신에게 상의하라고 말씀하셨어요…….」

피예르는 그녀의 얼굴을 쳐다보면서 말없이 거칠게 콧숨을 들이쉬고 있었다.

이제까지는 마음 속으로 그녀를 나무라고 경멸하려고 애쓰고 있었던 그였다. 그러나 지금은 그녀가 마음 속으로 비난할 여지가 없을이 만큼 매우 가엾은 마음이 들었다.

「그분은 지금 여기에 돌아와 계시지요 미안하지만 말을 좀 전해 주시지 않겠어요?…… 저, 아무쪼록 저를 용……용서해 주시도록.」그녀는 말을 멈추고 차차 숨결이 가빠졌지만, 그래도 울지는 않았다.

「내가 말씀드리지요.」하고 피예르는 말했다.「그러나…….」그는 무엇이라고 말해야 좋을지 몰랐다.

나타샤는 피예르의 머리에 떠올랐을 생각을 짐작하고 놀라는 듯했다.

「아녜요, 저는 잘 알고 있어요, 모든 것이 이젠 끝나 버렸어요.」그녀는 허둥지둥 말했다.「아녜요, 그런 것은 절대로 될 리가 없어요. 다만 그분에게 못할 짓을 한 것이, 그것이 괴로울 뿐이에요. 그러니까 제발 아무런 말씀도 하지 마시고, 다만 이렇게 전해 주세요. 과거의 모든 것에 대해 진심으로 깊이……용서를 바라고 있다고…….」그녀는 온 몸을 떨며 무너지듯이 의자에 앉았다.

아직까지 한 번도 경험한 적이 없는 연민의 감정이 피예르의 마음에 가득 찼다.

「나는 안드레이 공작에게 이야기하겠읍니다. 다시 한 번 이야기해 보겠읍니다.」이렇게 피예르는 말했다.「그런데 저……다만 한 가지 알고 싶은 것은…….」

〈무엇을 알고 싶단 말씀인가요?〉하고 나타샤의 눈이 이렇게 물었다.

「다만 한 가지 알고 싶은 것은, 당신이 사랑하고 계신 것은…….」피예르는 아나톨리를 어떻게 불러야 할지 몰랐다. 그리고 그에 대해 생각하기만 해도 피예르는 얼굴이 화끈 달아올랐다.「당신이 사랑하신 것은 그 악인이었읍니까?」

「그 사람을 악인이라고 부르지 말아 주세요.」하고 나타샤는 말했다.「그렇지만, 저는 모르겠어요, 아무것도……아무것도 모르겠어요…….」그녀는 다시금 울기 시작했다.

그러자 연민과 부드럽게 어루만져 주고 싶은 마음과, 사랑의 감정이 한층 강하게 피예르를 사로잡았다. 안경 밑으로 눈물이 흐르는 것을 느꼈다. 그는 그 눈물이 남의 눈에 띄지 않았으면 하고 바랐다.

「더 이상 아무 말도 하지 않기로 합시다.」하고 피예르는 말했다.

이 따뜻하고 부드럽고 성실함이 가득 찬 목소리가, 문득 나타샤의 귀에 몹시 이상하게 울렸다.

「이제 더 이상 아무 말도 하지 않기로 합시다. 나는 그에게 모든 것을 이야기하겠읍니다. 그러나 다만 한 가지, 나에게도 부탁이 있는데……나를 친구로 생각해 주십시오. 그리고 만약 당신에게 조력이나 조언이 필요하게 될 경우가 있다든가, 혹은 자기 가슴 속을 누군가에게 털어놓을 필요가 생길 경우에는……아니, 지금이 아닙니다. 지금이 아니더라도, 언젠가 당신의 마음 속이 맑아지면 말입니다. 그때에는 꼭 나를 생각해 주십시오.」 그는 그녀의 손을 잡고 키스했다. 「만약 내가 도움이 될 수만 있다면…… 나는 행복합니다.」 피예르는 머뭇거렸다.

「저에게 그렇게 말하지 말아 주세요. 저는 그런 가치가 없어요!」 이렇게 외치듯이 말하고, 나타샤는 방에서 나가려고 했다. 그러나 피예르는 그 손을 잡고 붙들었다. 아직도 무엇인가 이야기해야 할 것이 있다고 생각했지만, 그것은 입 밖에 내자마자 그는 자기 자신의 그 말에 놀라고 말았다.

「그만두세요, 그만두세요. 당신의 인생은 모두 이제부터가 아닙니까?」 하고 그는 말했다.

「제 인생 말씀이에요? 아녜요! 모든 것이 이젠 완전히 끝난 것이나 다름 없어요.」 그녀는 수치와 자신을 비웃는 어조로 말했다.

「끝난 것이나 다름 없으시다고요?」 하고 그는 되풀이했다. 「만약 내가, 지금 같은 내가 아니라, 전세계에서 가장 아름답고 가장 총명하고 가장 뛰어난 인간이며, 게다가 아내가 없는 몸이라면, 나는…… 지금 당장 여기에 무릎을 꿇고 당신의 손길과 사랑을 구했을 것입니다…….」

나타샤는 괴로움에 찬 며칠을 지낸 뒤 처음으로, 감사와 감격에 찬 눈물을 흘렸다. 그리고 피예르의 얼굴을 힐끗 쳐다보고 방에서 나갔다.

피예르도 그녀의 뒤를 따라 거의 달리듯이 하며 현관방으로 나왔다. 그리고 그는 목이 메이도록 감격과 행복의 눈물을 억누르면서, 옷 소매에다 손을 넣는 것도 조급한 듯 모피 외투를 입고 썰매에 올라탔다.

「이번에는 어디로 가십니까?」 하고 마부가 물었다.

『어디로?』 하고 피예르는 자문했다. 『지금 나에게 어디 갈 데가 있단 말인가? 설마 클럽으로 달린다든가, 남의 집을 찾아간다든가 할 수야 없겠지?』 그가 지금 경험하고 있는 사랑의 기분이나 감동에 비하면, 나타샤가 마지막에 눈물을 통해서 자기를 쳐다보았던 그 감사에 찬 부드러운 눈빛에 비하면, 모든 인간이 못 견디게 가련하고 또 굉장히 초라하게 보였다.

「집으로 몰아.」 영하 십 도나 되는 추위에도 불구하고, 곰 가죽의 외투 앞을 끄르고 기쁨에 숨쉬고 있는 널찍한 가슴팍을 열어 젖뜨린 채로 피예르는 이렇게 명령했다.

꽁꽁 얼어붙은 맑은 밤이었다. 지저분하고 어두컴컴한 한길이며 거뭇거뭇한 지붕 위에는 어두운 밤하늘이 펼쳐져 있었다. 하늘만 우러러보고 있던 피예르는, 지금 그의 마음이 놓여 있는 숭고한 높이에 비하면, 지상의 모든 것들이 화가 날

만큼 저열하고 얕게 느껴져서 견딜 수가 없었다. 아르바트 광장에 들어서자, 별이
총총한 어두운 하늘의 광대한 공간이 그의 눈앞에 활짝 펼쳐졌다. 이 하늘의 거
의 한복판인 프레치스쩬스키이 가로수길의 위쪽에, 사금을 뿌려 놓은 듯한 별들
에 둘러싸여, 다른 것보다도 지구에 가깝고 하얀 빛과 위로 추겨진 긴 꼬리 때문
에 눈에 띄는, 1812년의 거대하고 찬란한 혜성이 빛나고 있었다. 이 세상의 모든
공포와 종말을 예언한다고 이야기되고 있는 그 혜성이었다. 그러나 이 긴 빛의
꼬리를 끈 휘황한 별도 피예르의 내부에 조금도 무서운 감정을 불러일으키지 않
았다. 아니, 그러기는커녕 피예르는 눈물에 젖은 눈으로 기쁜 듯이 이 밝은 별을
바라보고 있었다. 그것은 형언할 수 없을이 만큼 빠른 속력으로 포물선을 그리면
서 무한한 공간을 날아가더니, 갑자기 쿡 박혀 꼿꼿이 힘차게 꼬리를 치켜 세우
고, 수없이 반짝이는 다른 별들 사이에서 백광을 내뿜고 튀기면서 멈추어 있었다.
그러자 피예르에게는, 이 별이야말로 자기 자신의 새 생활을 향해서 꽃피고, 부드
러우면서도 고무된 그의 마음과 완전히 서로 호응하고 있는 것처럼 생각되었다.

제 3 부

제 1 장

1

1811년 끝 무렵부터 유럽 여러 나라의 무력 증강과 병력의 집결이 시작되었다. 1812년이 되자 이러한 병력, 즉 수백만 명의 사람들이——군수품의 수송과 군대의 급양을 맡은 사람들도 포함해서——러시아 국경을 향해서 서쪽에서 동쪽으로 이동을 개시했다. 거기에는 1811년부터 러시아의 병력도 또한 집결되고 있었다. 6월 12일, 서유럽군은 러시아 국경을 넘었고, 그리하여 전쟁은 시작되었다. 즉, 인간의 이성과 본성에 위배되는 사건이 일어난 것이다. 수백만 명의 사람들이 서로 무수한 악업(惡業)과 기만, 배신, 절도, 위조 지폐의 발행, 약탈, 방화, 살육 등 몇 백 년이 걸려도 세계의 재판소의 기록이 수집할 수 없을 만한 범죄를 범하였으나 이 시대의 그와 같은 범죄를 범한 사람들은 그것을 범죄로 보지 않았던 것이다.

무엇이 이 이상한 사건을 낳았는가? 어떠한 원인이 있었는가? 사학가들은 올덴부르크 대공에게 가해진 모욕, 대륙 봉쇄령(1806년 나폴레옹이 영국을 고립시키기 위해서 영국과의 모든 통상 및 영국 선박의 대륙 기항을 금지한 법령을 발표함-역주)의 불이행(不履行), 나폴레옹의 권세욕, 외교가들의 과오 등등이 이 사건의 원인이었다고 단순한 확신을 가지고 단언하고 있다.

그렇다면 메테르니히나 루만세프나 탈레이랑이 배알식(拜謁式)이나 야회 때에 조금만 더 재치 있게 행동하고 좀더 교묘하게, 아니면 나폴레옹이 알렉산드르에게 〈나의 형제인 폐하, 나는 올덴부르크 대공에게 그 대공국의 반환을 응낙하는 바입니다〉라고만 써 보냈다면 전쟁은 일어나지 않았을 것이다.

그 시대의 사람들 눈에 사태가 그렇게 비쳤던 것도 이해가 간다. 나폴레옹에게는 전쟁의 원인이 영국의 음모(세인트 헬레나에서 그가 말한 바와 같이)라고 생각한 것도 무리는 아니다. 그리고 영국의 국회의원들이 나폴레옹의 권세욕이 전쟁의 원인이라 생각한 것도, 올덴부르크 대공이 자기에게 가해진 폭행이 전쟁의 원인이라고 생각한 것도, 상인이 유럽을 파산케 한 대륙 봉쇄령이 전쟁의 원인이라고 생각했던 것도, 노병들과 장군들이 그들의 힘을 과시하려는 욕구가 전쟁의 원인이라고 생각한 것도, 당시의 부르봉 왕당 사람들이 〈정의〉를 부흥시킬 필요가 있었기 때문이라고 생각했던 것도, 또 당시의 외교가들이 1809년의 러시아·오스트리아 동맹을 나폴레옹의 눈으로부터 교묘하게 은폐할 수 없었던 것도, 그리고 각서 178호가 서투르게 씌어졌기 때문에 모든 사태가 야기된 것이라고 생각했던 것도 수긍이 간다. 그리고 당시의 사람들이 이상의 이유 외에도 무수한 관점에 따라 무수한 원인을 염두에 두었던 것도 이해된다. 그러나 사건의 거대함을 전면적으로 관찰하고 그 단순하고도 가공할 의미를 캐내려는 후세의 사람들에게는 그 정도의 원인으로는 불충분할 것이 분명하다.

우리에게는 나폴레옹의 권세욕이 왕성하고 알렉산드르가 완강하고, 영국의 정책이 교활하고 혹은 올덴부르크 대공이 모욕을 당했기 때문에 수백만 명에 이르는 그리스도 교도가 서로를 살해하고 괴롭혔다는 사실에는 아무래도 납득이 가지 않는 것이다. 이러한 사정과, 살육 내지 폭행의 사실 그 자체와는 어떠한 관계를 갖고 있는가, 또 대공이 코욕을 당했다고 해서 어째서 수천 명의 사람들이 유럽의 한쪽 끝에서 몰려와 스몰렌스크 현이며 모스크바 현의 주민들을 살해하고 파멸시키고 또 자신들도 상대방에게 살해당했는지 이해할 수가 없다.

우리들──역사가도 아니며 연구의 과정에 사로잡혀 있지도 않은, 따라서 흐려지지 않은 건전한 상식을 가지고 사건을 관찰할 후세의 사람들──에게 있어서 그 원인은 무수하게 상상된다. 원인을 규명하기 위해서 깊이 파고들어가면 갈수록 더욱더 많은 원인이 발견된다. 그리고 규명된 원인의 어느 하나를 보아도, 또는 총체적으로 보아도 그 자체로서는 한결같이 정당한 것으로 생각되지만, 그러나 사건의 거대함에 비하면 너무도 사소하기 짝이 없는 것과, 우연히 중복된 다른 원인 없이는 또 그러한 사건을 야기시키기에는 너무나 무력하기 때문에 그러한 것들은 한결같이 거짓된 것으로 생각된다.

우리들로서는 나폴레옹이 자기 군대를 비슬라 강 건너편으로 퇴각시키기(이 요구는 알렉산드르 황제로서는 전쟁 회피의 최후 노력이었으며, 이 요구 거절이 1812년 전쟁의 직접적 동기가 되었음─역주)를 거부한 사실과, 올덴부르크 대공국의 반환을 거부한 사실과 마찬가지로 프랑스의 일개 하사(下士)가 재복무를 바랐는지 아닌지 하는 사실도 이 사건의 원인이라고 생각된다. 왜냐하면 이 하사가 복무를 바라지 않았고 그의 뒤를 이은 제2, 제3의 수천 명 가량의 하사와 병사가 복무를 바라지 않았다고 하면, 나폴레옹의 군대는 그만큼 병력이 줄고, 전쟁도 있을 수 없었다고 생각되기 때문이다.

만일 나폴레옹이 비슬라 강 건너편으로 철퇴하라는 요구를 굴욕으로 생각하지 않고, 군대의 진격 명령을 내리지 않았더라면 전쟁은 일어나지 않았을지도 모른다. 그리고 모든 하사가 재복무를 바라지 않았더라면 전쟁은 일어나지 않았을 것이다. 또 영국의 음모가 없었고, 올덴부르크 대공이 존재하지 않고, 알렉산드르가 모욕감을 느끼지 않았던들 역시 전쟁은 일어나지 않았을 것이고, 프랑스 혁명과 그것에 잇따른 독재와 제정(帝政)이 없고, 다시 거슬러올라가 프랑스 혁명을 유발시켰던 여러 가지 원인이 없었더라면 역시 전쟁은 일어나지 않았을 것이다. 이러한 여러 가지 원인의 하나만 빠져도 아무 일도 일어날 수 없었을 것이다. 이렇게 본다면 이 모든, 몇 억이라는 원인이 그 대사건을 불러일으키기 위하여 합류한 것이 된다. 따라서 사건의 절대적인 원인이라는 것은 아무것도 존재하지 않고 사건은 그저 일어나야만 했기 때문에 일어난 데에 불과한 것이다. 마치 수세기(數世紀) 전, 인마(人馬)의 무리가 자기와 동류인 인간을 살육하면서 동에서 서로 나아갔던 것과 마찬가지로 수백만의 사람들이 자기의 인간적인 감정과 이성을 버리고 서에서 동으로 이동하며 자기와 동류인 인간을 살육하지 않으면 안 되었던 것이다.

사건이 일어나고 일어나지 않고는 그들의 말 한 마디에 달렸다고 생각되는 나폴레옹과 알렉산드르의 행동도 추첨과 소집에 의해서 출정한 모든 병사의 행동과 다름 없이 거의 자유를 제한당하고 있었다. 이것은 어쩔 수 없는 일이었다. 왜냐하면 알렉산드르(사건을 좌우할 수 있을 것같이 생각되었으나)의 의지가 실행되기 위해서는 그 가운데 하나라도 빠지면 실현이 불가능했을 무수한 사정의 합세가 필요했던 것이다. 실제로 힘을 지니고 있는 수백만의 인간, 다시 말해 총을 쏘고 식량과 대포를 나르기도 하는 병사들, 이 개개의 미력한 사람들이 자기 의지를 실행할 것을 찬성하고 또한 가지가지 복잡하고 구수한 원인에 의하여 도입되지 않으면 안 되었기 때문이었다.

역사에서의 숙명론은 불합리한 현상(즉, 우리들이 그 합리성을 이해하지 못하는 현상)을 설명하는 데 부득이한 것이다. 우리들이 역사상의 그러한 현상을 합리적으로 해명하려고 하면 할수록 그것은 더욱더 불합리하게 되고 불가사의한 것이 된다.

우리들은 저마다 자기를 위해서 생활하고 자기의 개인적인 목적을 달성하기 위하여 자유를 이용한다. 그리고 자기는 지금 이러저러한 행위를 할 수도 있고 이것을 행하지 않을 수도 있다고 자기의 온 존재로써 느낀다. 그러나 그가 그 행위를 하자마자 시간의 어느 한순간에 행해진 이 행위는 이미 돌이킬 수가 없는 것이 되고 자유를 상실한, 그저 선천적인 의미밖에 띠지 않는 역사의 소유로 돌아가 버리고 만다.

각 개인에게는 양면(兩面)의 생활이 있다. 하나는 그 이해가 추상적이 되면 될수록 자유로와지는 개인적인 생활과, 또 하나는 인간이 자기에게 주어진 법칙을 싫든 좋든 이행해 나가지 않으면 안 되는 불가항력인 집단적인 생활이다.

인간은 의식적으로 자기를 위해서는 생활하고 있으나 역사적이고 전인류적인 목적을 달성하기 위해서는 무의식적인 도구가 되고 있다. 한 번 행해진 행위는 두 번 다시 돌아오는 일이 없고 시간이 흐름과 함께 다른 사람들의 무수한 행위와 합류하여 역사적인 의의를 띤다. 인간이 사회적인 단계에 높이 서면 설수록, 그리고 많은 사람과 관계하면 할수록 타인에 대해서 보다 많은 권력을 갖게 되고 또 개개의 숙명이나 필연성이 더욱더 뚜렷해진다.

왕자의 마음은 하느님의 손아귀에 있도다.

왕은 역사의 노예이다.

역사, 즉 인류의 무의식적, 사회 집단적인 생활은 왕자의 생활의 온갖 수단을 자기의 목적을 위한 도구로서 이용하는 것이다.

나폴레옹은 이 1812년에 〈자기 국민이 피를 흘리느냐 흘리지 않느냐(알렉산드르가 나폴레옹에게 보낸 마지막 서한에 씌어 있던)〉는 오로지 자기에게 달려 있다는 것을 그 어느 때보다도 더 절실히 느꼈음에도 불구하고 이때만큼 바로 그 불가피한 법칙에 따른 적은 한 번도 없었다. 이 법칙은 그로 하여금(자기로서는 자유롭게 행동하고 있는 것으로 생각했을 것이나) 일반 사회를 위해, 역사를 위해 당연히 일어나게시리 되어 있던 일을 결행케 했던 것이다.

서쪽 사람들은 서로를 살해하기 위해 동쪽으로 이동했다. 그리고 이 이동과 전쟁을 위한 수천 가지의 작은 원인 즉, 대륙 봉쇄령 불이행에 대한 비난, 올덴부르크 대공, 무장(武裝), 평화를 얻기 위해서만(나폴레옹에게는 그렇게 생각되었다) 기도(企圖)된 프러시아의 출병(出兵), 자국민의 경향에 합치된 프랑스 황제의 호전성(好戰性)과 그 버릇, 어가어마한 준비에 대한 매력, 이러한 비용을 메울 이익 획득의 욕망, 드레스덴에서의 환영(1812년 5월, 즉 개선 직전 나폴레옹은 약 한 달 동안 새로운 동맹자들과 드레스덴에서 지내며 날마다 연회며 축하회에 나가 여기저기에서 하례를 받고 있었음-역주), 그 당시 사람들의 견해에 의하면 평화를 얻으려는 진지한 희망을 가지고 행해지면서도 그저 쌍방의 자존심을 다친 데 불과했던 외교상의 담판, 그리고 마지막으로 장차 실현될 사건을 위해서 만들어지고, 그리고 그 사건과 합류된 수억 가지의 원인이 원인 합류의 법칙에 따라 저절로 빚어져 나오고, 그리고 이 사건과 결부되었던 것이다.

능금은 익으면 떨어진다. 어째서 떨어지는가? 인력 때문인가? 줄기가 시들기 때문인가? 무게 때문인가? 바람이 흔들어 대기 때문인가? 그렇지 않으면 나무 밑에 서 있는 소년이 먹고 싶어하기 때문인가?

어느 것도 원인은 아니다. 그저 모든 생명의 유기체의 필연적인 사건을 일으키게 하는 여러 조건의 합치에 불과한 것이다. 능금이 떨어지는 것은 세포 조직의 분해 때문이라고 하는 식물 학자나, 능금이 떨어지는 것은 그것이 먹고 싶어 떨어지라고 빌었기 때문이라는 나무 밑의 소년은 다같이 정당한 것이다. 그와 마찬가지로 나폴레옹이 모스크바에 간 것은 그가 그것을 바랐기 때문이고, 그가 패망한 것은 알렉산드르가 그의 파멸을 바랐기 때문이라는 사람은, 갱도가 뚫린 몇만 푸드의 무게의 산이 무너지는 것은 마지막 갱부가 마지막 일격을 가했기 때문이라는 사람과 똑같이 정당하기도 하고 또 정당하지 않기도 한 것이다. 역사상의 사건에 있어서 이른바 영웅이라는 것은 사건에 명칭을 부여한 상표와 같은 것이고, 상표와 마찬가지로 사건 그 자체와의 관계는 가장 적은 것이다.

자기들로서는 자유로운 것이라고 생각하고 있는 영웅들의 일거 일동도 역사적인 의미에서 보면, 자유가 아니라 역사의 온갖 진행과 관련되어 있고 영겁의 옛날부터 결정지어져 있는 것이다.

2

5월 29일 나폴레옹은 황족, 대공, 그리고 각국의 왕, 한 명의 황제까지 긴 화려한 얼굴에 둘러싸여 삼 주일 동안 체재하고 있던 드레스덴을 출발했다. 출발 직전에 나폴레옹은 공적이 있다고 인정한 황족이나 황제나 왕의 노고를 치하하고, 불만스러웠던 황족과 왕을 질책하고, 오스트리아 황후에게는 자기의 소유물인, 다시 말하자면 다른 왕들한테서 빼앗은 진주와 금강석을 선사하고(그 역사가가 말한 것처럼), 황후 마리야 루이자를 부드럽게 끌어안고 나서, 이별을 슬퍼하는 그녀를 뒤에 두고 떠났다. 그녀는 파리에 또 하나의 황후가 남아 있음에도 불구하고 나폴레옹의 황후로 취급되고 있던 이 마리야 루이자는 이 이별이 견디기 어려운 듯했다. 외교가들이 아직도 평화의 가능성을 확신하고 그 목적을 위하여 열심히 활동하고 있었고, 또 황제 나폴레옹 자신도 알렉산드르 황제에게 친서를 보내어 그를 〈나의 형제이신 황제〉라고 부르고, 전쟁은 자기가 바라는 바가 아니다, 자기는 영원히 폐하를 경애할 생각이라고 진심으로 맹세했음에도 불구하고 그는 스스로 군대를 이끌고 서에서 동으로의 군의 이동을 재촉할 것을 목적으로 한 새로운 칙령을 각 역참마다에 내리고 있었던 것이다. 그는 여섯 마리의 말이 끄는 여행 마차를 타고, 시동, 부관, 호위병들에게 둘러싸여 포젠, 토른, 단찌히, 케니히스베르크를 향하여 나아갔다. 이러한 각 도시에도 수천의 인민들이 경외(敬畏)와 환희로써 그를 맞았다.

군대는 서에서 동으로 이동을 계속하고, 그의 육두 마차(六頭馬車)는 말을 연달아 갈아가며 같은 방향을 향하여 나아갔다. 6월 10일, 그는 마침내 군대에 바싹 뒤따랐다. 그리고 빌리코비스의 숲 속에 있는, 그의 숙소로 마련된 폴란드의 어느 백작의 저택에서 하룻밤을 보냈다.

이튿날 나폴레옹은 포장 마차를 타고 군대를 앞질러 네만 강 가까이 와서 도강점(渡江點)을 시찰하기 위해서 폴란드 군복으로 갈아입고 강가로 말을 몰고 나아갔다.

기슭에 코삭과 그 옛날 마케도니아의 알렉산더가 원정했던 시지아 왕국과 똑같은 제국의 수도, 성도(聖都) 모스크바를 중심으로 하는 광막한 광야를 보자 나폴레옹은 전략상, 외교상의 고려(考慮)를 무시하고 만인의 예상을 뒤엎는 진군 명령을 내렸다. 그래서 이튿날 그의 군대는 네만 강을 건너기 시작했다.

12일 이른 아침, 그는 바로 네만 강의 험준한 왼쪽 언덕에 쳐진 천막을 나와, 빌리코비스의 숲 속을 헤치고 나와서 네만 강에 있는 세 개의 다리에 넘쳐 있는 자기 군대의 행렬을 망원경으로 바라보고 있었다. 군대는 황제의 출어(出御)를 알고 그 모습을 눈으로 찾았다. 그리고 산 위의 천막 앞에 프록 코트를 입고 모자를 쓰고 시종에게서 혼자 떨어져 있는 한 인물을 발견하자 그들은 모자를 높이 던져 올리며 「황제 폐하 만세!」 하고 외쳤다. 그리고 그들은 이때까지 자기들을 가리고 있던 커다란 숲 속에서 잇따라 흘러나와 세 개의 다리로 분산되면서 강기슭으로 건너갔다.

「드디어 진군이 시작되었군! 오오, 폐하께서 몸소 나오셨으니……저봐, 저분이 폐하이셔……폐하! 만세! 이봐, 이것이 아시아의 광야야! 하지만 더러운 곳이로군. 보쉐, 그럼 안녕! 모스크바에서 가장 훌륭한 궁전을 잡아 두겠네. 자네를 위해서야. 그럼, 안녕! 행복이 있기를 빌어……황제 폐하를 뵈었나, 자네는? 폐하 만세……이봐, 제기랄, 만일 내가 인도 총독이 된다면 너를 캐시미르의 대신을 시켜 주지, 틀림없이. 황제 폐하 만세! 만세! 만세! 코삭의 비겁자들, 저 도망치는 꼴들이라니. 황제 폐하 만세! 코삭의 비겁자들아! 저분이 황제이셔, 보이나?

나는 황제를 두 번 보았어. 꼭 지금 자네가 보고 있는 것처럼 말야. 몸집이 작은 하사였는데……나는 보았어. 황제께서 나이 먹은 한 병사에게 십자장(十字章)을 수여하시는 것을 말야……황제 폐하 만세!……」

성격도, 사회적 지위도 가지가지인 늙은이와 젊은이들의 이러한 목소리가 들렸다. 이러한 사람들의 얼굴에는 오래 기다리고 있던 원정을 기뻐하는 빛과 회색 프록 코트를 입고 산 위에 서 있는 인간에 대한 환희와 심복의 빛이 한결같이 떠올라 있었다.

6월 13일, 나폴레옹을 위해서 그리 크지 않은 순종의 아라비아 말이 기증되었다. 그는 그 말 위에 올라타자 끊임없는 환호성——자기에 대한 충성심의 표현인 고함 소리를 금할 수는 없기 때문에 꾹 참고 있는——에 귀청이 터질 듯함을 느끼며 네만 강에 걸려 있는 하나의 다리를 향하여 달려갔다. 그러나 그가 가는 곳마다 뒤따르는 이 환호성은 그를 괴롭혔고, 군대에 합류한 이래 그를 사로잡고 있던 군사상의 고려에서 마음을 흩어지게 하는 것이었다. 그는 많은 작은 배를 연결하여 만든 흔들리는 부교(浮橋)를 지나 맞은편 기슭으로 건너가자 갑자기 왼쪽으로 꺾어 자기 앞쪽을 달려가고 있는 군대 사여에 통로를 만들면서 행복감에 도취되어 기뻐 어쩔 줄을 모르는 근위 엽기병에 선도(先導)되어 코부노 방면으로 달려갔다. 양양한 빌리양 강으로 다가가자 그는 강가에 정렬하고 있는 폴란드 창기병(槍騎兵) 연대 옆에 말을 세웠다.

「만세!」나폴레옹을 보려고 밀치락달치락하고 줄을 어지럽히면서 폴란드 병사들이 역시 같은 환희의 고함 소리를 질렀다. 나폴레옹은 강을 둘러보고 말에서 내리더니 강가에 딩굴고 있는 통나무 위에 걸터앉았다. 말없는 신호에 의하여 망원경을 내놓자 그는 신이 나서 뛰어온 시종의 등에다 그것을 괴어 놓고 대안(對岸)을 바라보기 시작했다. 그리고 그는 통나무 옆에 펼쳐 놓은 지도를 골똘히 들여다보았다. 고개를 들지 않고 그가 무엇이라고 말하자 두 부관이 폴란드 창기병 쪽으로 달려갔다. 「뭐야? 뭐라고 말씀하셨나, 황제 폐하께선?」한 부관이 폴란드 창기병 옆으로 달려갔을 때 그들의 행렬 속에서 이런 소리가 들렸다.

여울을 찾아서 강을 건너라는 명령이 내렸다. 폴란드의 창기병 연대장은 단정한 생김새의 노장군이었는데 흥분 때문인지 얼굴을 붉히고 말을 더듬거리면서, 여울 같은 얕은 곳은 찾지 말고 부하를 거느리고 강을 헤엄쳐 건너면 되지 않겠느냐고 부관에게 물었다. 말을 태워 달라고 졸라 대는 어린애처럼 그는 거절당하지 않을까 하는 두려움을 역력히 드러내면서 황제의 어전에서 강을 헤엄쳐 건너는 것을 허락해 달라고 간청했던 것이다. 부관은 황제께서도 아마 그 지나친 열성을 불쾌하게 생각지는 않으실 거라고 대답했다.

부관의 이 말을 듣자 긴 수염을 빳빳하게 세운 늙은 대장은 행복한 듯한 얼굴로 칼을 번쩍 추켜들고 「만세!」 하고 외치고는, 창기병들에게 뒤를 따르라고 명령을 내리며 말을 채찍질하여 강쪽으로 달려갔다. 그는 주저하는 말을 깊은 곳을 향하여 몰아 댔다. 몇 백 명의 창기병들이 그를 쫓아 달려나갔다.

물살이 센 강 복판은 물이 차고 무서웠다. 창기병들은 세찬 물살 때문에 말에서 떨어져서 서로에게 매달리며 버둥거렸다. 말과 병사들이 연달아 물살에 휘말려 사라졌다. 나머지 병사들도 혹은 안장, 혹은 말의 갈기를 붙잡고 필사적으로 헤엄쳤다. 그들은 불과 반 베르스타 앞에 도하점이 있음에도 불구하고 통나무 위에 앉은 채 그들의 행동을 돌아보지도 않는 사람 앞에서 이 강을 헤엄쳐 건너다 빠져 죽는 것을 오히려 자랑으로 알았던 것이다. 되돌아온 부관이 눈치를 보며 조심스럽게 폴란드 창기병들의 충용(忠勇)에 대하여 그의 관심을 돌리려 하자 회색 프록 코트를 입은 몸집이 작은 인물은 몸을 일으켜 베르찌예를 가까이 불러 명령을 내리면서 자기의 주의를 어지럽히는, 물 속에 빠진 창기병들 쪽을 이따금 불만스럽게 바라보며 그와 함께 언덕을 왔다갔다하였다.

아프리카에서 러시아 제국의 평야에 이르는 세계의 곳곳에서 자기의 존재가 한결같이 사람들을 감동케 하고 자신을 잊게 만든다는 신념은 그에게 있어 조금도 새로운 것이 아니었다. 그는 말을 끌게 하여 자기 숙사로 돌아갔다.

구조선이 출동하였음에도 불구하고 창기병들은 사십 명 가량 익사했다. 대다수는 이쪽 강변으로 되밀려 돌아왔고, 강을 건너 간신히 건너편 강가에 기어오른 것은 연대장과 몇 명의 부하들뿐이었다. 그러나 물이 줄줄 흘러내리는 군복을 입은 채 기어오르자마자 그들은 나폴레옹이 서 있던 지점을 감격 어린 눈으로 바라보면서 「만세!」 하고 외쳤다. 나폴레옹은 거기에 이미 없었으나 그들은 그 순간 스스로 행복하게 느끼고 있었던 것이다.

그 날 밤 나폴레옹은 두 가지 명령문을 작성했다. 그 하나는 러시아로 반입하기 위하여 마련된 위조 지폐를 될 수 있는 대로 빨리 도착시키도록 하라는 명령이고, 다른 하나는 프랑스군의 배치 상황을 쓴 편지를 가지고 있다가 체포된 색슨인을 총살에 처하라는 명령이었다. 이 두 가지 명령문을 작성하고 있는 동안 나폴레옹은 다시 또 하나의 세 번째 명령룬을 새로 작성하였다. 아무런 필요도 없이 강 속으로 뛰어들었던 폴란드의 창기병 연대장을 자기가 지휘관이 되어 있는 〈명예 연대〉에 편입시키라는 명령이었다.

사람을 망치려거든 먼저 이성을 빼앗아라(Quos vult perdere-dementat).

3

한편 러시아 황제는 열병과 기동 연습을 하면서 벌써 한 달 이상이나 빌리나에 머무르고 있었다. 모두가 전쟁을 예측하였고 황제도 역시 그 준비를 위해 페쩨르부르그에서 온 것이었으나 아직 아무런 준비도 되어 있지 않았다. 전반적인 작전 계획마저 없었다. 제출된 여러 가지 계획 가운데서 어떤 계획을 채택할 것인가에 관한 망설임은 한 달간에 걸친 황제의 총사령부 체계 뒤 더욱 심해졌다. 셋으로 나뉘어진 군대에는 각각 다른 지휘관이 있었으나 전군의 총지휘관이라는 것은 없었다. 그리고 황제도 이 임무를 자신이 맡으려고는 하지 않았다.

황제의 빌리나 체재가 길어질수록 모든 사람들은 전쟁을 기다리다 지쳐 그 준비는 더욱더 지지 부진하였다. 황제를 보좌하고 있는 모든 사람들의 노력은 될 수 있는 대로 황제가 유쾌한 시간을 보내도록 하여 눈앞에 벌어질 전쟁을 잊도록 하자는 것에 집중되어 있는 것 같았다.

폴란드의 귀족과 정신(廷臣), 때로는 황제 자신이 베푼 수 없는 무도회와 축연이 있은 뒤 유월 어느 날, 폴란드의 한 시종 무관이 시종, 무관 일동의 이름으로 황제를 위한 만찬회를 베풀자고 제안했다. 이 생각은 모든 사람들에게 환영을 받았다. 그리고 황제께서도 찬동의 뜻을 표시하였다. 시종 무관들은 추렴의 형식으로 돈을 모았다. 가장 황제의 마음에 들 것 같은 어느 귀부인이 무도회의 여주인 역으로서 초대되었다. 빌리나 현의 지주 베니그센 백작이 이 연회를 위하여 자기의 별장을 제공하겠다고 제의했다. 이리하여 6월 13일, 무도회와 만찬회와 뱃놀이와 불꽃놀이가 베니그센 백작 별장 자크레트에서 개최되게 되었다.

나폴레옹이 네만 강 도하의 명령을 내리고 그 전우대가 코삭병을 압박하여 러시아의 국경을 돌파한 바로 그 날, 알렉산드르는 베니그센의 별장에서 시종 무관들이 주최하는 무도회에서 즐거운 저녁을 보내고 있었던 것이다.

유쾌하고 호화로운 연회였다. 이름난 한량들도 이만큼 미인이 한자리에 모인 일은 드물었다고 말할 정도였다. 베주호프 백작 부인도 황제의 뒤를 좇아 페쩨르부르그에서 빌리나에 와 있던 다른 러시아의 귀부인들 틈에 섞여 이른바 러시아적인 중후한 아름다움으로 세련된 폴란드 귀부인의 광채를 흐리게 하고 있었다. 그녀는 다른 누구보다도 돋보였고, 황제의 춤 상대로 선택받는 명예를 얻었다.

보리스 드루베스코이는 모스크바에 아내를 남겨 두고 와선 독신자로 자처하고 있었고 그도 이 무도회에 참석하고 있었다. 그는 시종 무관은 아니었지만 무도회를 위해서 많은 돈을 낸 찬조자였다. 이제 보리스는 남들로부터 두터운 존경을 받고, 이미 보호를 받기는커녕 자기와 같은 연배 중에서도 가장 지위가 높은 사람들과 어깨를 나란히 하고 있었다.

밤 열 두 시까지 무도회는 계속되었다. 엘렌은 적당한 상대자가 없었으므로 자기 쪽에서 먼저 보리스에게 마주르카의 상대를 요청하였다. 그들은 세째 번 짝에서 있었다. 보리스는 금실로 수놓은 검은 비단옷에서 드러나 있는 눈부실 정도로 아름다운 엘렌의 어깨를 냉정히 바라보면서 옛날 지기(知己)들에 대한 여러 가지 얘기를 지껄이고 있었으나 그와 동시에 자기 자신도 의식하지 못하고 또 다른 사람에게도 모르게 같은 홀에 있는 황제에게서 눈길을 떼지 않았다. 황제는 춤을 추지 않고 문 곁에 선 채 그 혼자만이 말할 수 있는 부드러운 말로써 이 사람 저 사람의 발을 멈추게 하고 있었다.

마주르카가 시작되었을 때 황제에게 있어 가장 가까운 측근의 한 사람인 시종 무관 발라쉐프가 궁중의 예의조차 무시하고, 어느 폴란드 귀부인과 이야기를 주고받고 있는 황제 가까이로 바싹 다가가 그의 바로 옆에 발을 멈춘 것이 보리스의 눈에 띄었다. 그가 귀부인에게 잠깐 무엇이라고 말하고 나자 황제는 의아스러운 듯이 발라쉐프를 쳐다보았다. 그리고 발라쉐프가 이런 행동을 하는 데에는 상당히 중대한 이유가 있는 것이라고 깨닫고 가볍게 귀부인에게 끄덕이고는 발라쉐프에게로 얼굴을 돌렸다. 그러나 발라쉐프가 무엇인가를 말하기 시작하자마자 황제의 얼굴에는 경악의 빛이 번졌다. 이내 황제는 많은 사람들을 물러나게 하고 발라쉐프의 팔을 붙잡고 통로를 빠져 나갔다. 황제가 발라쉐프와 나란히 걷기 시작하자 보리스는 아라크체예프의 얼굴에 흥분의 빛이 나타난 것을 알았다. 아라크체예프는 황제를 먼발치로 바라보며 붉은 코를 쿵쿵거리면서 황제에게 무슨 말이라도 하려는 듯이 군중 속으로부터 앞으로 나왔다. 분명히 어떤 중대한 보고가 자기를 젖혀 놓고 황제에게 전하여져서 아라크체예프가 발라쉐프를 시기하고 이것에 불만을 품을 것이라는 것을 보리스는 알아챘다.

그러나 황제는 아라크체예프를 보지도 못하고 발라쉐프와 함께 출구를 지나 불빛이 밝은 정원으로 나갔다. 그래서 아라크체예프는 칼을 쥐고 증오의 눈빛으로 사방을 둘러보면서 스무 걸음 가량 간격을 두고 두 사람의 뒤를 따라갔다.

보리스는 마주르카의 한 피겨를 계속 추면서도 발라쉐프가 가져온 것은 어떤 소식일까, 어떻게 하면 그것을 맨 먼저 알 수 있을까 하는 생각이 그를 괴롭히고 있었다.

상대방 부인을 바꾸어야 할 때가 되자 발코니로 나가 있는 포토스카야 백작 부인을 고르고 싶다고 보리스는 엘렌에게 속삭이고는 조각 나무 세공의 마룻바닥을 미끄러지듯이 걸어서 출구를 빠져 나와 정원 쪽으로 뛰었다. 그러나 발라쉐프와 함께 테라스를 올라오는 황제의 모습을 보자 그는 걸음을 멈추었다. 황제는 발라쉐프와 함께 문 쪽을 향해 걸어오고 있었다. 보리스는 당황하여 뒤로 물러날 틈도 없었던 것처럼 공손히 문설주에 몸을 붙인 채 고개를 숙여 보였다.

황제는 개인적인 모욕을 당한 사람처럼 몹시 흥분하면서「선전 포고도 없이 러시아에 침입하다니! 무장한 적병이 한 놈이라도 우리 영토 안에 머물러 있는 한 나는 결코 강화하지 않을 것이다!」하고 말했다. 보리스가 본 바에 의하면 황제는 이러한 말을 꺼내는 것이 유쾌한 것 같았다. 그는 자기 사상의 표현 형식에는 만족하고 있는 것 같았으나 보리스가 그것을 들은 것에는 못마땅해 하고 있는 듯했다.

「누구에게도 알리지 않도록 해!」황제는 얼굴을 찌푸리고 이렇게 덧붙였다. 이것은 자기에게 하는 말이라고 깨달았으므로 보리스는 눈을 감고 가볍게 고개를 숙였다. 황제는 다시 무도실로 들어가 또 삼십 분 가량 거기에 머물러 있었다.

보리스는 맨 먼저 프랑스군의 네만 도하의 정보를 들었다. 덕택으로 그는 다른 사람에게는 숨겨져 있는 많은 기밀도 자기는 다 알고 있다는 것을 몇몇 중요한 인물들에게 들려 줄 기회를 얻고, 이러한 것을 통하여 자기에 대한 그들의 평가를 한층 높이는 데 성공하였다.

프랑스군이 네만 강을 건넜다는 돌연한 보도는 한 달 동안이나 기대에 어긋나던 뒤였고, 더구나 장소가 무도회였던 관계상 더욱 충격적이었다. 보고를 받은 최초의 일순간 황제는 격앙과 분노에 휩싸여서 후일에 유명해진 저 명문구를 낳았는데, 그것은 그 자신의 마음에도 들었고 또 그의 감정을 충분히 표현하고 있기도 했다. 무도회에서 숙사로 돌아오자 황제는 밤 두 시에 비서관인 쉬쉬코프를 불러 사람을 보내고 군대에 대한 명령과 원수 살트이코프 공작 앞으로 칙서를 쓰도록 명령하였다. 그는 이 칙서 속에 무장한 프랑스병이 비록 한 명이라도 러시아 영토 안에 머물러 있는 한 절대로 강화하지 않겠다는 말을 꼭 삽입하라고 요구했다.

이튿날 나폴레옹에게로 다음과 같은 편지가 씌어졌다.

〈나의 형제인 황제이시여. 나는 폐하에 대한 의무를 성심 성의껏 준수하고 있음에도 불구하고 어제 폐하의 군대가 러시아 국경을 넘었다는 보고에 접하였읍니다. 금번의 침입에 관해서는 오늘 겨우 페쩨르부르그의 로리스통 백작(러시아 주재 프랑스 대사—역주)으로부터 통보를 받았읍니다만, 거기에 의하면 폐하께서는 쿠라긴 공작(프랑스 주재 러시아 대사—역주)이 여권을 청구한 때부터 프랑스와 러시아 양국을 적대 관계에 있는 것으로 생각하고 계신 것 같습니다. 바사노 대공이 위의 여권 교부를 거절한 이유도 나로 하여금 우리 대사의 행위가 공격의 동기가 되었으리라고는 절대로 상상케 할 수 없는 것입니다. 그리고 사실 그 자신이 언명한 것처럼 그의 행위는 나의 명령에 의한 것이 아닙니다. 그리하여 위의 보고에 접하자 나는 즉각 불만의 뜻을 쿠라긴 공작에게 표명하고 종전과 같이 자가에게 맡겨진 임무를 이행하도록 명령하였던 것입니다. 만일 폐하께서 이러한 오해로 해서 양나라 국민의 피를 흘리려고 마음먹지 않고 러시아 영토 안에서의 군대의 철수를 승낙하신다면 일체의 과거를 불문에 붙일 것이며, 그리하여 상호의 화협은 가능하게 될 것입니다. 그렇지 않으면 나는 우리에게 아무런 잘못이 없는 공격을 부득이 격퇴하지 않을 수 없게 될 것입니다. 인류를 새로운 전화(戰禍)로부터 면하게 하는 힘은 아직도 폐하의 손에 달렸읍니다.

삼가 올림

알렉산드르 〉

4

6월 23일 밤 두 시에 황제는 발라쉐프를 불러 나폴레옹 앞으로의 친서를 읽어 주고 이 서한을 가져가서 직접 프랑스 황제에게 건네라고 명령했다. 발라쉐프를 보내면서 황제는 다시 한 번, 비록 한 명이라도 무장한 적병이 러시아 국내에 머물러 있는 한 절대로 강화하지 않겠다는 저 명문구를 되풀이하고, 이것을 반드시 나폴레옹에게 전하라고 명령했다. 황제는 나폴레옹 앞으로의 서한 속에는 이 말을 써 넣지 않았다. 왜냐하면 강화에 대한 마지막 시도를 행하는 경우 그 전달에 있어서 그와 같은 말들이 온당하지 않다는 것을 예리한 그는 감지하고 있었던 것이다. 그러나 그럼에도 불구하고 이것을 직접 나폴레옹에게 전하라고 그는 특히 발라쉐프에게 엄명했다.

나팔수와 두 명의 코삭을 거느린 발라쉐프는 13일에서 14일에 걸친 밤중에 출발하여 날이 샐 무렵 르이콘트이 촌(村)——네만 강의 이쪽편——에 배치된 프랑스군의 전초선에 도착했다. 거기에서 그는 프랑스군의 기마 초병에게 저지당했다.

빨간 군복을 입고 복슬복슬한 털모자를 쓴 프랑스 경기병의 한 하사관이 다가오는 발라쉐프에게 소리를 쳐 정지를 명령했다. 그러나 발라쉐프는 말을 세우지 않고 역시 보통 걸음으로 가도를 나아갔다.

하사관은 얼굴을 찌푸리고 무어라고 욕지거리를 하더니 말의 가슴을 밀어붙이듯이 하며 발라쉐프에게 대들었다. 그리고 칼을 뽑아 들고서 남의 말이 들리지 않느냐, 너는 귀머거리냐고 난폭하게, 이 러시아의 장군을 호통쳤다. 발라쉐프는 이름을 댔다. 준위는 장교에게로 병졸을 보냈다.

발라쉐프를 기다리게 내버려둔 채 하사관은 동료들과 자기 연대의 일에 대해서 이야기했다. 러시아의 장군쯤은 대수롭지 않다는 듯한 태도였다. 지금까지 최고의 권위와 권력과 접근하고 있었고, 불과 세 시간 전까지만 해도 황제와 말을 교환하고 있었던 발라쉐프로서는 러시아 영토 내에서 이와 같은, 적의뿐만 아니라 난폭하고 무례한 행동을 대한다는 것은 참으로 참기 어려운 일이었다.

태양은 방금 구름 속에서 떠올랐고 공기는 시원하고 흠뻑 이슬을 머금고 있었다. 도로 여기저기에 마을에서 쫓겨난 가축들이 떼지어 있었다. 들에서는 종달새가 지저귀면서 수면에 뜬 거품처럼 한 마리 또 한 마리 날아오르고 있었다.

마을에서 장교가 오기를 기다리면서 발라쉐프는 주위를 둘러보고 있었다. 러시아의 코삭과 나팔수는 프랑스의 경기병과 이따금 묵묵히 서로 노려보고 있었다.

막 잠자리에서 빠져 나온 듯한 프랑스의 경기병 연대장이 살찐 잿빛의 아름다운 말을 타고 두 경기병을 거느리고 마을에 나타났다. 장교에게서나 병사에게서나 그들의 말에게서나 만족과 뽐내는 빛이 역력했다.

전쟁 초기인지라 군대는 아직 열병식과 흡사한 평상시와 다름 없는 질서 정연함을 보이고 있었다. 다만 복장에 왕성한 전의를 반영하고 있는 것과, 언제나 전쟁의 처음에 따르는 들뜬 기분과 무엇인가 해 보고 싶어하는 적극성, 그러한 정신적 뉘앙스를 띠고 있는 정도였다.

프랑스의 연대장은 가까스로 하품을 참고 있었으나 그 태도는 정중하고 발라쉐프의 중요함을 충분히 이해하고 있는 모양이었다. 그는 부하 병사들의 옆을 지나 발라쉐프를 보초병선 안으로 데리고 갔다. 그리고 자기가 알고 있는 한으로는 폐하의 숙소도 그리 멀지는 않으므로 황제에게 알현하고 싶다는 희망은 곧 이루어질 것이라고 전하는 것이었다.

그들은 프랑스 경기병의 계마장(繫馬場)이며 자기들의 연대장에게 경례하면서 러시아 군복을 이상한 듯이 훑어보는 보초병과 병사들의 옆을 지나 르이콘트이 촌을 빠져서 마을의 반대쪽으로 나왔다. 연대장의 말로는 이 킬로미터쯤 가면 사령부가 있고, 사단장이 발라쉐프를 맞아 목적지에 안내한다는 것이었다.

해는 벌써 높이 떠올라 산뜻한 녹색 산야에서 즐겁게 빛나고 있었다.

그들이 어느 선술집을 지나 고개 위로 올라섰을 때 저쪽에서 이곳을 향해 오는 기마의 일대가 보였다. 햇빛에 찬연히 빛나는 마구를 채운 가라말을 타고 그 선두에 서 있는 키 큰 사나이는 깃 장식이 달린 모자를 쓰고 검은 머리를 어깨까지 드리우고 붉은 망토를 걸치고 있었는데, 프랑스인이 말을 탈 때의 버릇으로 긴 두 다리를 앞으로 쑥 내밀고 있었다. 밝은 유월의 태양 아래 깃 장식과 보석과 금모올을 번쩍번쩍 빛내면서 이 사나이는 발라쉐프 쪽으로 말을 달려오고 있었다.

풀찌와 깃 장식과 목걸이와 금모올로 화려하게 꾸미고 연극적인 엄숙한 표정을 한 그 기사가 불과 몇 발짝 앞으로 다가왔을 때에 프랑스의 연대장 율리네가 「나폴리 왕입니다.」 하고 속삭였다. 분명히 그 사람은 지금 나폴리 왕으로 불리고 있는 뮈라였다. 그가 어째서 나폴리 왕인지 그것은 도무지 알 수 없었으나 사람들은 그를 그렇게 부르고 있었고 그 자신도 그렇게 믿고 있었으므로 그는 한층 더 엄숙하고 으스대는 태도였다. 그는 자기를 나폴리 왕이라고 확신하고 있었으므로 나폴리를 출발하기 전날 아내와 같이 거리를 산책중 몇 사람의 이탈리아인이 「국왕 만세!」 하고 외쳤을 때 쓸쓸한 미소를 지으면서 아내를 돌아보고, 「가없은 놈들이군. 그들은 내가 내일 여기를 떠난다는 것을 모르고 있는 거야!」 하고 말했을 정도였다.

그러나 그는 자기를 나폴리 왕이라고 굳게 믿고, 자기한테 버림을 받을 백성들의 슬픔에 동정하고 있었음에도 불구하고 최근 다시 군에 복무할 것을 명령받은 이래, 특히 단찌히에서 나폴레옹과 회견하고, 이 고귀한 형제한테서 「내가 너를 왕으로 한 것은 네 나름이 아니라 내 나름으로 나라를 다스리기 위해서야.」 하는 말을 들은 이래, 기꺼이 전에 하던 일에 종사하게 되었다. 그리고 마치 아주 영양이 충분하면서도 살찌지 않은 말이 수레에 매어진 것을 깨닫고 채 안에서 날뛰듯이 그도 될 수 있는 대로 화려하고 값진 몸치장을 하고는 어디로 무엇 때문에 가는지 스스로도 모르는 채 유쾌하고 만족한 기분으로 폴란드의 한길을 뛰어다녔던 것이다.

러시아의 장군을 보자 어깨까지 곱슬머리를 늘어뜨린 머리를 자못 국왕답게 뒤로 젖히면서 무엇이냐고 묻는 듯 프랑스의 연대장을 쳐다보았다. 연대장은 발라쉐프의 사명을 공손히 왕에게 전했으나 그 러시아 이름을 발음할 수 없었다.

「발마쉐프!」 하고 왕은 연대장을 골탕먹이는 발음을, 타고난 배짱으로 거뜬히 해결하면서 이렇게 말하였다. 「장군을 뵙게 되어 대단히 기쁘게 생각합니다.」 자못 국왕다운 태도로 그는 덧붙였다. 그러나 곧 그가 큰소리로 빨리 지껄이기 시작하자 국왕다운 위엄은 완전히 사라져 버렸다. 그는 자기도 모르게 호인답게 친밀한 태도를 취하고 말았던 것이다. 그는 발라쉐프의 말갈기에 손을 얹었다.

「그런데 장군, 아무래도 전쟁이 일어날 것 같은데요.」하고 그는 말하였는데, 그 어조는 자기가 비판을 내릴 수 없던 사태를 슬퍼하는 것 같았다.

「폐하!」하고 발라쉐프는 대답했다.「폐하도 아시다시피 러시아 황제께서는 전쟁을 바라고 계시지 않습니다.」폐하라는 말을 모든 격(格)으로 변화시켜 사용하면서 발라쉐프는 이렇게 말하였으나, 아직도 귀에 선 상대방에게 이 칭호를 자주 되풀이하는 낯간지러움을 느끼면서 말했다.

무슈 드 발라쉐프의 이야기를 듣고 있는 동안 뮈라의 얼굴은 어리석은 만족으로 빛났다. 그러나 〈왕위가 그의 언행을 속박했으므로〉 그도 왕으로서, 또한 동맹자로서 알렉산드르의 사절과 국사를 의논할 필요를 느꼈다. 그는 말에서 내려 발라쉐프와 팔을 끼고, 공손히 기다리고 있는 수행원들과 두서너 걸음의 간격을 두고 위엄 있게 말하려고 애쓰면서 발라쉐프와 함께 여기저기를 거닐기 시작했다. 그는 황제 나폴레옹이 모욕을 느낀 것은 프러시아에서의 철병 요구 때문이고, 특히 이 요구가 주지의 사실이 되어 프랑스의 국위를 손상시켰을 때 그의 노여움을 더욱더 격렬해졌다고 말했다. 발라쉐프가 그 요구에는 조금도 모욕하는 점은 없다, 왜냐하면……하고 말하기 시작하자 뮈라는 그의 말을 가로막았다.

「그럼 당신은 불을 지른 사람은 알렉산드르 황제가 아니라고 생각하십니까?」별안간 그는 호인답게 악의 없는 미소를 띄우면서 말하였다.

발라쉐프는 전쟁의 책임자를 나폴레옹으로 간주하는 이유를 늘어놓았다.

「잠깐, 친애하는 장군.」뮈라는 다시 발라쉐프의 말을 가로막았다.「나는 두 황제께서 상호간의 오해를 풀고 내겐 본의 아닌 이 전쟁이 조금이라도 빨리 끝나기를 충심으로 바라고 있읍니다.」그것은 마치 주인끼리는 싸움을 하고 있더라도 자기들은 사이좋게 지내자고 말하는 머슴과 같은 어조였다. 그리고 그는 화제를 바꾸어 대공의 근황을 묻기도 하고, 나폴리에서 대공과 함께 재미있고 유쾌하게 지낸 나날의 추억을 이야기하기도 했다. 그러나 문득 왕으로서의 위엄을 생각해 냈는지 뮈라는 갑자기 위엄 있게 몸을 뒤로 젖히고 대관식 때와 같은 자세로 오른손을 흔들면서 「장군, 나는 이제 더 이상 당신을 붙들지 않겠소. 당신의 사명의 성공을 비오.」하고 말했다. 그리고 수놓인 진홍 망토와 깃 장식을 바람에 펄럭이고 보석을 반짝이면서 공손히 자기를 기다리고 있는 수행원들 쪽으로 걸어갔다.

발라쉐프는 뮈라의 말로 미루어 이제 곧 나폴레옹 자신에게 알현할 수 있을 것으로 생각하면서 다시 말을 앞으로 몰았다. 그러나 곧 나폴레옹과 만나리라는 예상과는 달리 다음 마을의 동구에서 전초선의 경우와 마찬가지로 또다시 다부 보병군단의 보초병에게 저지당했다. 그리고 불려나온 군단장의 부관이 발라쉐프를 다부 원수(元帥)가 머물고 있는 마을로 안내하였다.

5

황제 나폴레옹에 있어서 다부는 알렉산드르의 아라크체예프와 같았다. 아라크체예프는 겁장이는 아니었으나 규칙과 법칙밖에 모르는 냉혹한 사나이이고, 자기의 충성을 무자비 이외의 방법으로는 표시할 줄 모르는 인간이었다.

자연이라는 유기체 속에 이리가 필요한 것과 마찬가지로 국가라는 유기체의 기구 속에는 이러한 인물도 필요한 것이다. 국가 원수의 측근에 그런 자가 있다는 것이 아무리 이상하게 느껴져도 그들은 항상 존재하고 항상 나타나서 자기의 지위를 유지하는 것이다. 손수 호위병의 수염을 잡아 뽑을 정도로 잔인하면서도 신경이 약해서 위험을 견뎌내지도 못 하는 무교양하고 미천한 아라크체예프 따위가 기사처럼 고매하고 부드러운 성품을 가진 알렉산드르의 측근에서 어떻게 그런 세력을 유지할 수 있었던가, 하는 의문도 이 필요성이라는 이유 외로는 설명할 도리가 없는 것이다.

발라쉐프는 어느 농가의 광 속에서 통 위에 앉아 서류를 검사하고 있는 다부 원수를 발견했다(그는 계산서를 조사하고 있었다). 그 옆에는 부관이 서 있었다. 좀더 나은 숙사를 찾아낼 수도 있었지만 다부 원수란 사람은 자기가 우울한 얼굴을 할 권리를 갖기 위하여 일부러 가장 음울한 생활 조건 속에 자기를 두고 싶어 하는 그런 형의 인간이었다. 그들이 언제나 분주하고 집요하게 일을 하는 것도 그 때문이다. 〈보다시피 더러운 광 속의 통에 앉아 일을 하고 있는데 어떻게 인생의 행복한 측면 같은 것에 대해서 생각할 수 있겠소.〉 그의 얼굴 표정은 이렇게 말하고 있었다. 이러한 자들의 커다란 만족과 요구란 활기 있는 생활에 부닥쳤을 때 자기의 음침하고 집요한 활동을 그 코앞에다 내던지는 일이었다. 발라쉐프가 자기한테로 안내되어 왔을 때 다부는 이 만족을 맛볼 기회를 얻었다. 러시아의 장군이 들어오자 그는 한층 더 자기 일에 몰두하여 아름다운 아침과 뮈라와의 대화로 활기를 띠고 있는 발라쉐프의 얼굴을 안경 너머로 힐끔 쳐다보았으나 일어서지도 꿈짝도 하지 않고 한층 더 얼굴을 찌푸리면서 심술궂게 쓴 웃음을 지었다.

자기의 이러한 태도로 발라쉐프의 얼굴에 불쾌한 빛이 나타난 것을 보자 다부는 고개를 들고 싸늘하게 무슨 용건이 있느냐고 물었다.

발라쉐프는 다부가 이러한 태도를 취하는 것은 자기가 황제 알렉산드르의 시종 무관일 뿐 아니라 나폴레옹에 대한 황제의 대리라는 것을 상대방이 모르기 때문이라고 생각하였으므로 얼른 관위와 신분과 임무를 다부에게 알려 줬다. 그러나 그의 예상에 반해 다부는 발라쉐프의 말을 듣자 더 한층 거칠고 난폭한 태도로 나왔다.

「그럼 그 친서는 어디에 있소?」하고 그는 말했다. 「이리 주십쇼, 내가 황제에게 보낼 테니까.」

발라쉐프는 자기가 직접 황제에게 이 친서를 건네도록 명령받고 있다는 것을 알렸다.

「귀국 황제의 명령은 귀국 군대에서는 실행되겠지만 여기서는…….」하고 다부는 말했다. 「이쪽에서 말하는 대로 해주지 않으면 안 됩니다.」

그리고 난폭한 힘의 지배 아래 놓여 있다는 것을 한층 분명히 느끼게 해주기 위해서인 듯 다부는 부관에게 명하여 당직 사관을 부르러 보냈다.

발라쉐프는 황제의 친서(親書)가 든 꾸러미를 꺼내어 그것을 탁자 위에 놓았다. 탁자라고 해도 잡아뜯긴 돌쩌귀가 쑥 튀어 나와 있는 두 개의 통 위에다 걸쳐놓은 것이었다. 다부는 꾸러미를 들고 겉봉을 읽었다.

「나에게 경의를 표하시건 표하시지 않건 그것은 완전히 당신의 자유입니다.」하고 발라쉐프는 말했다. 「그러나 내가 폐하의 시종 무관이라는 명예를 지니고 있다는 것만은 잊지 마시기를…….」

다부는 묵묵히 발라쉐프를 쳐다보았다. 그리고 그의 얼굴에 나타난 약간의 동요와 곤혹의 빛에 만족을 느낀 모양이었다.

「상당한 대우는 해주겠소.」하고 다부는 말하였다. 그리고 봉투를 호주머니에 넣고 광에서 나갔다.

얼마가 지나자 원수의 부관 드 카스트레가 들어와서 발라쉐프를 특별히 준비된 자리로 안내했다.

발라쉐프는 그 날 광 속에서 원수와 함께 통 위에 걸쳐 놓은 판자 위에서 오찬을 들었다.

이튿날 다부는 아침 일찍 발라쉐프를 불러 「여기게 남아 있다가 만일 명령이 내리거든 짐을 가지고 이동해 주기를 바란다. 그리고 드 카스트레 씨 이외의 사람과는 절대로 이야기를 하지 않도록 해 달라.」고 말했다.

나흘 동안에 이르는 고독과 권태와, 얼마 전까지 자기도 권력 속에 젖어 있었던 만큼 한층 뼈저리게 느껴지는 예속과 무력을 자각하면서 원수의 짐과 지방 일대를 점령하고 있는 프랑스군과 함께 몇 번인가 전진을 거듭한 끝에 발라쉐프는 빌리나로 끌려갔다(여기는 벌써 프랑스군에게 점령되어 있었다). 그리고 불과 나흘 전에 나왔던 바로 그 관문으로 시내에 들어갔다.

이튿날 황제의 시종 〈무슈 드 튀렌느〉가 발라쉐프한테 와서 알현을 허락한다는 나폴레옹 황제의 의사를 전했다.

발라쉐프가 끌려간 집 옆에는 나흘 전까지 프레오브라췐스키이 연대의 보초병이 서 있었는데 지금은 가슴을 터놓은 푸른 군복, 털모자를 쓴 프랑스의 두 척탄병과 경기병과 창기병들의 호위대와 부관, 시동, 장군들로 이루어진 화려한 측근자들의 일단이 늘어서서 입구의 층층대 가까이 서 있는 나폴레옹의 말과 근위병 루스당 주위에 모여 황제가 나오기를 기다리고 있었다. 나폴레옹은 알렉산드르가 발라쉐프를 떠나 보냈던 빌리나의 바로 그 집에서 그를 접견하려 했던 것이다.

6

발라쉐프는 궁중의 장려함에는 익숙해 있었으나 나폴레옹의 궁중의 사치와 화려함에는 놀라고 말았다.

튀렌느 백작은 발라쉐프를 대알현실로 안내하였다. 거기에는 많은 장군과 시종과 폴란드의 귀족들이 대기하고 있었는데, 폴란드의 귀족 가운데에는 발라쉐프가 러시아의 궁중에서 본 사람도 많이 섞여 있었다. 뒤로크의 말에 의하면 황제 나폴레옹은 산책을 나가기 전에 러시아의 장군을 접견한다는 것이었다.

한참 뒤에 당직 시종이 대알현실에 들어와서 발라쉐프에게 공손히 절을 하고 자기의 뒤를 따라와 달라고 말했다.

발라쉐프는 소알현실로 들어갔다. 한쪽 문이 서재로 통하게 되어 있었는데 그것은 러시아 황제가 그를 떠나 보내던 방이었다. 발라쉐프는 거기서 한 이 분 가량 서 있었다. 이윽고 문 뒤에서 분주한 발 소리가 들려왔다. 양쪽 문이 활짝 열리고 주위가 물을 끼얹은 듯이 잠잠해졌다. 서재 안에서 아까와는 다른 힘차고 육중한 발소리가 울리기 시작했다. 나폴레옹이었다. 기마로 산책을 나가기 위해서 막 몸치장을 끝낸 참이었다. 불룩한 배 위에 부드러운 선을 그리는 흰 조끼 위에다 가슴이 트인 푸른 군복을 입고 짧은 다리의 통통한 넓적다리를 흰 고라니 가죽 바지로 싸고 무릎 위에까지 올라오는 목이 긴 승마화를 신고 있었다. 짧은 머리털을 막 빗질한 모양으로 넓은 이마 한가운데에는 한 줌의 머리털이 드리워져 있었다. 살이 찐 흰 목은 검은 군복의 깃 속에서 더욱 희게 보였다. 몸에서는 오 드 콜로뉴의 향기가 풍기고 있었다. 아래턱이 튀어 나온, 나이보다 젊어 보이는 통통한 얼굴에는 부드러우면서도 위엄 있는 황제다운 환대의 표정이 나타나 있었다.

그는 한 걸음마다 몸을 떨면서 약간 고개를 뒤로 젖히고 급히 들어왔다. 넓고 살찐 어깨를 쭉 펴고 배와 가슴을 앞으로 내민, 살집이 좋은 단구는 안락하게 살고 있는 사십대의 사람에게 공통된 위엄 있는 당당한 풍채를 지니고 있었다. 뿐만 아니라 그는 이 날 아주 기분이 좋은 모양이었다.

그는 가볍게 고개를 끄덕이며 발라쉐프의 공손한 경례에 응답한 뒤, 그 옆으로 다가가자 일 분 일 초도 아끼는 사람처럼 입을 열었다.

그 태도는 이야기를 미리 준비한다는 그런 자신 없는 일은 절대로 하지 않을 뿐더러 자기 말은 언제나 옳으며 또 필요하기도 하다고 확신하는 듯했다.

「안녕하시오, 장군!」 하고 그는 말했다. 「나는 귀관이 지참한 알렉산드르 황제의 친서를 받았소. 나는 귀관을 만나는 것을 매우 기쁘게 생각하오.」 그는 커다란 눈으로 발라쉐프의 얼굴을 힐끔 쳐다보더니 이내 상대방에게서 눈을 거두었다.

발라쉐프라는 인간은 조금도 그의 흥미를 끌지 않은 것 같았다. 그에게 흥미가 있는 것은 자기의 마음 속에서 일어나는 것뿐인 모양이었다. 그는 이 세상의 모든 것은 자기의 의지 하나로 좌우된다고 생각하고 있었으므로 자기 이외의 것에는 전혀 가치를 인정하지 않았던 것이다.

「나는 전쟁을 원치 않으며 또 원한 적도 없소.」 하고 그는 말했다. 「그러나 나는 그 전쟁을 하지 않을 수 없었던 것이오. 나는 지금도(그는 이 말에 힘을 주었다) 귀관이 할 수 있는 모든 설명을 기쁘게 들을 생각이오.」 이렇게 말하고 그는 러시아 정부에 대한 불만의 원인을 간단 명료하게 늘어놓기 시작했다.

발라쉐프는 프랑스 황제의 침착하고 다정한 어조르 미루어 나폴레옹은 평화를 바라고 있고 강화를 시작할 생각을 하고 있다고 굳게 믿어 버렸다.

「폐하! 우리 황제께서는……」 나폴레옹이 자기 갈을 끝내고 묻는 듯한 시선으로 러시아의 사신을 쳐다보았을 때, 발라쉐프는 미리 준비해 두었던 말을 늘어놓기 시작했으나 자기를 응시하는 시선은 그를 당황하게 했다. 나폴레옹은 발라쉐프의 군복과 패검을 보고 미소지으면서 〈자네는 당황하고 있군. 기운을 내게.〉 하고 말하고 있는 것 같았다. 알렉산드르 황제는 두라긴의 여권 청구가 전쟁의 충분한 이유는 되지 않는다고 생각하고 있다는 것, 쿠라긴이 그런 짓을 한 것은 그의 독단이고, 거기에 대해 황제의 동의를 얻지 않았고, 그리고 또 황제 알렉산드르는 전쟁을 바라고 있지 않으며 영국과는 아무런 관계도 없다는 것을 이야기했다.

「그야 아직은 없을 테지만……」하고 나폴레옹은 말을 거들었다. 그리고 감정에 지배되기를 두려워하는 듯 얼굴을 찌푸리며 가볍게 고개를 끄덕이고, 그 동작으로써 이야기를 계속해도 괜찮다는 뜻을 발라쉐프에게 느끼게 했다.

발라쉐프는 명령된 것을 모두 말하고 난 뒤, 황제 알렉산드르는 평화를 바라고 있지만 강화 담판에 들어가기 전에 한 가지 조건이 있다, 그것은……(거기서 그는 어물어물했다) 황제 알렉산드르가 친서 속에는 써 넣지 않았지만 살트이코프 앞의 명령에는 꼭 넣으라고 분부한 말——반드시 나폴레옹에게 전언하라고 그에게 명한 말——을 생각해 냈던 것이다.「무장한 적병이 한 명이라도 러시아의 영토에 머물러 있는 동안은…….」이라는 이 말을 발라쉐프는 기억하고 있었으나 일종의 복잡한 감정이 그를 억눌렀다. 말하고 싶다는 마음은 있으면서 그 말을 입밖에 낼 수가 없었다. 그는 할 말이 없어서「프랑스의 군대를 네만 강 건너편으로 철퇴시킨다는 조건입니다(1812년엔 네만 강은 러시아와 폴란드 최전선이었음-역주).」라고 말해 버렸다.

나폴레옹은 발라쉐프가 마지막 말을 꺼낼 때 난처해 하는 것을 눈치챘다. 그의 얼굴은 경련을 일으키고 왼쪽 장딴지는 규칙 바르게 떨기 시작했다. 그는 그 자리에 선 채 전보다 한층 더 높고 성급한 목소리로 말하기 시작했다. 그리고 그의 이야기가 계속되는 동안 발라쉐프는 여러 차례 시선을 떨어뜨리고 나폴레옹의 왼쪽 다리에서 일어나는 장딴지의 떨림을 자기도 모르게 지켜보았다. 그것은 그가 목소리를 높임에 따라 더욱더 심해지는 것이었다.

「난 알렉산드르 제(帝)에 못지않을 만큼 평화를 바라고 있다.」라고 그는 말하기 시작했다.「십 팔 개월 동안 평화를 위해 온갖 수단과 방법을 다한 것은 내가 아닌가? 나는 십 팔 개월 동안 해명해 주기를 기다리고 있었소. 그런데 화의를 개시함에 있어 귀국은 나한테 무엇을 요구하고 있는 거요?」그 희고 작은, 투실투실한 손을 정력적으로 움직여서 묻는 듯한 시늉을 하며, 그는 미간을 살짝 찌푸리고 말했다.

「폐하, 그것은 네만 강의 대안으로 철퇴하는 것입니다.」발라쉐프는 말했다.

「네만 강의 대안으로라고?」하고 나폴레옹은 되풀이했다.「그래, 지금 당신은 네만 강 너머로 철퇴하기를 바라고 있는 거요? 네만 강 너머로 철퇴하기를 바라고 있는 발라쉐프를 똑바로 쳐다보면서 나폴레옹은 되풀이했다.

발라쉐프는 공손히 머리를 숙였다.

사 개월 전 포메리니아에서의 철퇴 요구 대신 이번에는 네단 강의 대안으로 철퇴를 요구하다니. 나폴레옹은 홱 돌아서 방을 거닐기 시작했다.

「귀관은 화의를 개시하기 위해 네만 대안으로의 퇴각을 요구하고 있지만 바로 이 개월 전에는 오데르 강과 비슬라 강의 대안으로 철퇴를 하도록 나에게 요구하였지. 그럼에도 불구하고 화의의 개시에 동의하겠다니.」

그는 묵묵히 이 구석에서 저 구석까지 방안을 거닐다가 발라쉐프 앞에 발을 멈추었다. 발라쉐프는 왼쪽 다리의 장딴지가 전보다도 한층 더 빨리 떨리고 얼굴은 엄한 표정을 띤 화석처럼 된 것을 알았다. 나폴레옹 자신도 이 왼쪽 장딴지의 경련을 알고 있었다. 「왼쪽 장딴지가 떠는 것은 나의 커다란 특징이다.」라고 그는 후일에 말한 일이 있다.

「오데르 강과 비슬라 강을 철퇴하라는 제안은 바덴 공 같은 사람에게는 제출될 수 있겠지만 나에 대해선 할 게 못 되오.」 나폴레옹은 자기 자신에게도 전혀 의외로 여겨질 만큼 거의 외치는 목소리로 말했다. 「설혹 러시아가 페쩨르부르그와 모스크바를 제공한다고 해도 나는 그런 조건을 받아들일 수는 없소. 귀국은 내쪽에서 이 전쟁을 시작한 것처럼 말하고 있지만 그러나 어느 쪽의 군주가 먼저 군대 안으로 말을 몰고 들어갔는가? 그것은 황제 알렉산드르였지 내가 아니오. 더구나 귀국은 지금에 와서야 나에게 화의를 청하고 있지 않소? 그리고 내가 이미 수백만 국고를 소비하고 귀국이 영국과 동맹을 맺고 또한 귀국의 상황이 불리하게 되어서야 화의를 청하고 있잖소! 도대체 귀국이 영국과 동맹을 맺은 목적이 뭐요? 영국은 귀국에 무엇을 주었소?」 이렇게 그는 평화 체결의 이익을 늘어놓는 것도 아니고, 평화의 가능을 고려하기 위한 것도 아니고, 다만 자기의 정의와 힘을 증명하고 알렉산드르의 불법과 과실을 증명하기에만 성급하여 자기의 말을 늘어놓고 있는 것이었다.

그의 말의 첫머리는 분명히 자기 지위의 유리함을 표명하고, 그럼에도 불구하고 화의의 개시에 응한다는 배짱을 보일 목적 아래서 행해진 것이었다. 그러나 일단 입을 열고 말을 해나감에 따라 그는 자기의 말을 제어할 수 없게 되었다.

그의 발언의 모든 목적은 분명히 지금에 와서는 자기를 치켜 세우고 알렉산드르를 모욕하는 일, 말하자면 알현의 최초에 거의 바라고 있지 않았던 방향으로 바뀌어 버렸다.

「귀국은 터키와 강화를 체결하실 모양이더군!」

발라쉐프는 고개를 숙여 그 말을 시인했다.

「강화는 체결되었읍니다…….」 하고 그는 말했다. 그러나 나폴레옹은 그에게 말을 계속하게 하지 않았다. 나폴레옹은 그저 자기 혼자서만 지껄이고 싶었던 모양이었다. 그는 오만불손한 사람에게서 흔히 볼 수 있는 누르기 힘든 성급함과 웅변으로 마구 주위 섬겼다.

「그래, 귀국이 몰다비아와 발라키야도 얻지 않은 채 터키와 강화를 체결한 것은 나도 알고 있소. 그러나 나는 전에 귀국의 황제에게 핀란드를 주었던 것처럼 그 지방도 정말 바칠 수 있었을 거요.」그는 말을 계속했다. 「나는 알렉산드르 황제에게 몰다비야와 발라키야를 약속했었소. 그러나 이제는 알렉산드르 황제도 그 아름다운 지방을 영위할 수는 없을 것이오. 알렉산드르 황제는 그러한 지방을 자기 나라에 병합하여 자기 당대에 러시아를 보즈니야 만(彎)에서 도나우 하구(河口)까지 넓힐 수 있었을 것을…… 실로 대(大) 예카쩨리나 여제도 그 이상의 일은 할 수 없었을 것이오.」나폴레옹은 방안을 여기저기 거닐면서 차츰 열이 올라 찔리지트에서 알렉산드르 자신에게 말했던 것을 거의 그대로 발라쉐프에게 되풀이하여 말하는 것이었다. 「그것은 모두 나의 우정에 의해서 될 수 있었을 거요. 아아! 그러면 알렉산드르 황제의 치세는 훌륭한 것이 되었을 텐데. 아아, 훌륭한 치세가 되었을 것인데!」그는 몇 번인가 되풀이하고는 발을 멈추고 금제 담뱃갑을 호주머니에서 꺼내어 코로 빨아들였다.

「알렉산드르 황제의 치세는 훌륭한 것이 될 수 있었을 텐데!」하고 그는 동정하듯이 발라쉐프를 보았다. 그리고 발라쉐프가 무엇인가를 말하기 시작하려고 하자마자 또 급히 가로막았다.

「내 우정 가운데에서 찾아낼 수 없는 것을 그는 어디서 바라고 어디서 찾을 수 있을까?……」이해가 가지 않는다는 듯이 어깨를 움츠리면서 나폴레옹은 말했다. 「아니, 그는 자기 주위에 나의 적을 모으고 싶은 거요. 그런데 그들이 과연 어떤 작자들인가?」하고 그는 말을 이었다. 「슈타인, 아름펠트, 베니그센, 빈쎙게로데, 이런 무리들을 가까이 불러들였단 말이오. 슈타인은 자기 조국에서 추방당한 반역자, 아름펠트는 무뢰한이자 음모가, 빈쎙게로데는 망명한 프랑스 국빈이오. 그 중에서 베니그센이 제일 군인답기는 하지만 그러나 역시 무능한 자로서 1807년에는 아무것도 하지 못했고 알렉산드르 황제에게도 끔찍한 추억을 불러일으킬 뿐일 거요……. 만일 그자들이 유능한 인간들이었다면 혹은 쓸모가 있을지도 모르지만.」자기의 정의 혹은 힘(그의 생각에 의하면 이 두 가지는 똑같은 것이었다)을 증명하는 상념이 연달아 뇌리에 떠오르는 것을 가까스로 정리해 가며 나폴레옹은 말을 이었다. 「그런데 그것도 안 됐지요. 그자들은 전시나 평시나 전혀 쓸모가 없어! 바르클라이(1761~1818. 1810년부터 13년에 걸친 러시아의 陸軍相. 1812년에는 스몰렌스크를 버린 뒤 총사령관의 지위를 쿠투조프에게 넘겨 줌. 보로지노 싸움에 참가, 1813년 다시 총사령관에 취임. 1814년 원수가 됨-역주)는 그들보다는 유능하다고 하겠으나 그의 최초의 행동으로 미루어 보아 나는 그렇게는 생각하지 않소. 대체 그들은 무엇을 하고 있는 거요! 프풀리(1751~1826. 프러시아의 장군으로 1806년 이예나 싸움 뒤 러시아의 군직을 가졌으며, 1812년 싸움에 대한 최초의 러시아 案을 작성한 인물-역주)가 제언하면 아름펠트가 반대하고 베니그센이 조사한다. 그런데 실행을 명령받은 바르클라이는 어떻게 결정해야 할지 몰라서 헛되이 때를 보내고 있지. 한데 바그라찌온(1765~1821. 공작. 쉔그라벤, 아우스테를리츠, 그 밖의 싸움에서 크게 용맹을 떨쳤으나 보로지노 싸움에서의 전상으로 죽음—역주)만은 무인(武人)이오. 그 사람은 우직하지만 경험과 분별력과 결단력을 가지고 있소. …… 이러한 오합지졸 속에서 귀국의 젊은 황제는 어떤 역할을 하고 있는가요? 그들은 황제의 이름을 더럽히고 온갖 사건의 책임을 모조리 황제에게 떠맡겨 버리는 거요. 적어도 황제가 군대에 임하려면 스스로 총사령관이라야 하오.」하고 그는 말했다. 이 말은 직접 황제에 대한 도전으로서 퍼부어진 모양이었다. 알렉산드르가 군의 지휘관이 되고 싶어하는 것을 나폴레옹이 알고 있었던 것이다.

「이 전쟁이 시작되고 나서 벌써 일 주일이 되었는데 귀국은 빌리나조차 방어하지 못하고 군대를 양분당해 폴란드에서 쫓겨났소. 귀국의 군대는 틀림없이 불만투성이일 거요.」

「천만의 말씀입니다, 폐하!」하고 발라쉐프는 말했다. 그는 자기에게 이야기된 것을 간신히 가슴에 새기면서 불꽃 같은 나폴레옹의 말을 쫓아갔다.

「군대는 희망에 불타고 있읍니다…….」

「난 다 알고 있소.」하고 나폴레옹은 발라쉐프의 말을 가로막았다. 「나는 다 알고 있소. 나의 군대와 마찬가지로 귀국의 대대의 수도 정확히 외고 있소. 귀국의 군대는 이십 만도 못 되지만 내 군대는 그것의 배가 되오. 그것은 내가 맹세해도 좋소.」자기의 맹세가 아무런 의미도 가질 수 없다는 것을 잊은 채 나폴레옹은 말했다. 「그것은 내가 맹세해도 좋소. 아군은 비슬라 강의 이쪽 편에 오십만 명이나 있소. 터키인은 귀국의 도움이 되지 않소. 그들은 아무 데도 쓸 데가 없소. 귀국과 강화한 것이 그 증거요. 스웨덴? 그들의 운명은 발광한 왕의 통치를 받아야 하는 일이오. 전(前) 국왕이 미치광이였기 때문에 그들은 그를 물리치고 다른 왕 베르나도트를 택했소. 그러나 이 왕도 이내 미쳐 버렸지. 제아무리 스웨덴이기로서니 미치기라도 하지 않는 한 러시아와 동맹을 맺을 수는 없을 거요.」나폴레옹은 심술궂게 히죽 웃고 나서 다시 담뱃갑을 코에다 가져갔다.

발라쉐프는 나폴레옹의 말을 일일이 반박하고 싶었고 또 반박할 만한 이유도 갖고 있었다. 그래서 자꾸 무엇인가 말하고 싶어하는 몸짓을 하였으나 그때마다 나폴레옹은 그를 가로막았다. 스웨덴의 발광이라는 말에 대해서 발라쉐프는 스웨덴은 러시아의 후원을 받고 있는 일개 섬나라와 마찬가지라고 말하려고 했으나 나폴레옹은 큰소리를 쳐서 발라쉐프의 목소리를 위압해 버렸다. 나폴레옹은 자기 스스로에게 자신의 정당함을 증명하기 위해서 실컷 주워섬기지 않고는 견딜 수 없을 만큼 심한 흥분 상태에 빠져 있었다. 발라쉐프는 괴로와졌다. 그는 사절로서의 자기의 위엄을 떨어뜨리는 것을 두려워하여 항변할 필요를 느꼈다. 그러나 인간으로서는 나폴레옹의 이유도 없는 분노에 눌려 정신적으로 위축되는 것이었다. 그는 지금 나폴레옹이 한 말은 모두 무의미한 것이고, 의식을 회복하면 자기 자신이 한 말을 부끄러워할 것이라는 것을 알고 있었다. 발라쉐프는 똑바로 선 채 눈을 아래로 내리깔고 나폴레옹의 통통한 다리의 움직임을 지켜보면서 상대방의 시선을 피하려고 애썼다.

「그리고 귀국의 동맹자들쯤 내게 있어서는 아무것도 아니오.」하고 나폴레옹은 말했다. 「내게도 동맹자가 있소. 그것은 폴란드군이오. 지금 팔만 명인데 현재 사자처럼 싸우고 있소. 곧 이십만이 될 거요.」나폴레옹은 자기가 뻔한 거짓말을 했다는 것과 발라쉐프가 여전히 운명에 순종하는 자세로 묵묵히 자기 앞에 서 있는 것에 더욱더 분노를 느낀 듯 갑자기 홱 돌아서서 발라쉐프의 면전 가까이 다가와 흰 손으로 힘차고 날쌘 손짓을 하며 거의 외치듯이 말했다.

「알겠소! 만일 귀국이 프러시아를 움직여 나에게 반항케 하는 날엔 그 나라를 유럽의 지도에서 지워 버릴 테니까요.」창백한 얼굴을 분노로 경련시키며, 작은 손으로 또 다른 손을 치면서 그는 이렇게 말했다. 「그래, 나는 귀국을 드비나 강과 드니에프르 강 동쪽으로 추방하고 유럽이 어리석게도 파괴하게 놔둔 그 경계를 부활시켜 보이겠소. 그래, 귀국의 장래는 이거요. 나와 떨어져서 귀국이 얻는 것은 그저 그것뿐이오.」하고 그는 말했다. 그리고 그 살찐 두 어깨를 떨면서 묵묵히 방안을 몇 차례인가 왔다갔다했다. 그는 조끼 호주머니에 담뱃갑을 넣었다가는 다시 꺼내어 몇 차례고 코앞으로 가지고 갔다. 그리고 발라쉐프와 마주 보고 발을 멈추었다. 그는 잠시 묵묵히 비웃는 것처럼 똑바로 발라쉐프의 눈을 쳐다보고 있었으나 이윽고 작은 목소리로 이렇게 말했다. 「여하간 귀국 황제의 치세는 참으로 훌륭한 것이었을 터인데 말이오!」

발라쉐프는 반박할 필요를 느꼈으므로 러시아의 사태는 그처럼 비관적인 것이 아니라고 말했다. 나폴레옹은 여전히 비웃듯이 상대방을 쳐다보면서 잠자코 있었다. 그는 발라쉐프의 말에 귀를 기울이고 있지 않은 모양이었다. 러시아는 이 전쟁에서 좋은 결과만을 예기하고 있다고 발라쉐프가 말했을 때 나폴레옹은 겸손하게 고개를 끄덕였으나 그 표정은 〈그렇겠지! 그렇게 말하는 것이 자네 의무일세. 그러나 자네 자신은 그렇게 믿고 있지는 않을 걸세. 내 말에 설복당했을 거네.〉하고 말하고 있는 것 같았다.

발라쉐프의 말이 끝나려고 하자 나폴레옹은 또다시 담뱃갑을 꺼내 냄새를 맡고는 신호처럼 두어 번 발로 마룻바닥을 굴렀다. 그러자 문이 열리고 공손히 허리를 굽힌 한 시종이 황제에게 모자와 장갑을 건넸다. 또 한 사람이 손수건을 내밀었다. 나폴레옹은 그들을 거들떠보지도 않은 채 발라쉐프를 보고 말했다.

「부디 내가 그러더라고 알렉산드르 제(帝)에게 전해 주시오.」 그는 모자를 들고 말했다. 「나는 예나 다름 없이 황제에게 신복하고 있다, 나는 그를 잘 알고 있고, 그의 고결한 성격도 충분히 인정하고 있다고 말이오. 장군, 이제 이 이상 귀관을 붙들지 않겠소. 나중에 황제 앞으로 서한을 드리겠소.」 이렇게 말하고 나폴레옹은 빠른 걸음으로 문 쪽으로 갔다. 일동은 알현실에서 뛰어나와 층층대 아래로 내려갔다.

7

온갖 소리를 다하고 또 분노를 폭발시킨 뒤 『장군, 이제 이 이상 귀관을 붙들진 않겠소. 나중에 황제 앞으로 서한을 드리겠소.』라는 매정한 말을 들었기 때문에 발라쉐프는, 나폴레옹은 이제 더 자기를——모욕당한 사절이라기보다 그의 점잖지 못한 흥분의 목격자를——만나지 않으려고 할 것이라고 믿고 있었다. 그런데 뜻밖에도 그는 그 날 뒤로크를 통하여 나폴레옹의 회식에 초대되었다.

오찬의 자리에는 베시에르와 콜렝쿠르, 그리고 베르찌예가 있었다.

나폴레옹은 쾌활하고 상냥한 태도로 발라쉐프를 맞았다. 아침 나절의 격앙에 대해서 자신을 나무라거나 부끄러워하는 표정이 조금도 보이지 않았을 뿐 아니라 오히려 발라쉐프를 격려하려고 애쓰는 것 같았다. 이미 오래 전부터 나폴레옹의 신념 가운데는 착오의 가능 같은 것은 존재하고 있지 않은 모양이었다. 그의 해석에 따르면 자기의 행위는 모두 선(善)이었다. 그것은 행위 그것이 선악의 관념에 일치하고 있기 때문이 아니라 그것을 한 것은 자기니까라고 확신하고 있는 것 같았다.

황제는 말을 타고 빌리나의 시가를 산책하고 민중의 열광적인 환영을 받은 뒤여서 매우 기분이 좋았다. 그가 지나간 거리는 창문마다 그의 이름의 머릿글자로 된 장식이 걸려 있었다. 폴란드의 귀부인들은 손수건을 흔들어 그를 맞았다.

식사를 하는 동안 그는 발라쉐프를 자기 옆에 앉히고 친절하게 응대하였을 뿐만 아니라 그를 자기의 정신의 한 사람, 즉 자기의 계획에 공명하고 그 성공을 기뻐해야 할 사람처럼 취급했다. 그는 가지가지의 이야기 사이에 모스크바에 대해서 이야기하기 시작하고, 이 러시아의 수도에 대해서 발라쉐프에게 묻기 시작했다. 그것은 마치 호기심 많은 여행자가 이제부터 찾아가려고 생각하고 있는 새로운 땅에 대해서 묻는 태도라기보다는 러시아인인 발라쉐프가 당연히 자기의 호기심을 기쁘게 생각할 것이라고 믿고 있는 듯한 태도였다.

「모스크바의 인구는 얼마나 되오? 그리고 호수는 얼마나 되지요? 〈모스쿠〉를 〈성도 모스쿠〉라고 부르고 있다는 것은 정말인가요? 〈모스쿠〉엔 얼마큼 교회가 있는가요?」 하고 나폴레옹은 물었다. 교회는 이백 이상 있다는 대답에 대하여 나폴레옹은 이렇게 말했다.

「무엇 때문에 그렇게 많은 교회가 있을까요?」

「러시아인은 굉장히 믿음이 두텁기 때문입니다.」 하고 발라쉐프는 대답했다.

「그러나 수도원이나 교회가 많은 것은 언제나 인민이 뒤떨어져 있는 징후지요.」 하고 나폴레옹은 이렇게 말하고, 이 말의 가치를 인정받기 위해서 콜렝쿠르를 돌아보았다.

발라쉐프는 은근히 프랑스 황제의 의견에 반대했다.

「어느 나라에도 저마다 고유한 풍습이 있는 겁니다.」 하고 그는 말했다.

「그러나 이제 유럽에서는 어디에도 그런 것은 없소.」 하고 나폴레옹은 말했다.

「황송하옵니다만.」 하고 발라쉐프는 대답했다. 「러시아 이외에 에스파냐에도 역시 많은 교회와 수도원이 있읍니다.」

최근 에스파냐에서의 프랑스군의 패배를 암시한 발라쉐프의 이 대답은 그 자신의 말에 의하면 황제 알렉산드르의 궁정에서는 높이 평가되었으나 지금 나폴레옹의 오찬의 자리에서는 그냥 지나쳐 버렸다.

원수들의 무관심한, 그러나 의아해 하는 듯한 얼굴빛으로 미루어 보면 발라쉐프의 암시적인 야유가 도대체 어디에 근거가 있는지 모르겠다는 듯한 태도였다.

〈설사 그러한 것이 있었다 하더라도 우리가 그것을 알지 못했거나 아니면 전혀 비꼬는 말이 돼 있지 않았던 것이다.〉 이렇게 원수들의 표정은 말하고 있었다. 발라쉐프의 대답이 그다지 문제시되지 않았으므로 나폴레옹은 조금도 그것을 알아채지 못했다. 그리고 여기에서 모스크바로 향하는 간선 도로를 따라서 어떤 도시들이 있느냐고 자못 단순한 어조로 물었다. 식사를 하는 동안 시종 긴장을 풀지 않고 있던 발라쉐프는 〈모든 길은 로마로 통하고 있다는 속담과 같이 모든 길은 또 모스크바로 통하고 있다.〉 길은 많이 있지만 그 가지가지 길 가운데 폴타바를 통과하고 있는 것이 있는데, 그것은 카를 12세가 선택했던 것이라고(이 스웨덴 왕은 이 고을에서 표트르 대제와 싸워 졌다—역주)대답했다. 그는 이 대답의 성공에 만족하고는 자기도 모르게 얼굴을 붉혔다. 그러나 그가 마지막 폴타바라는 말을 채 다 하기도 전에 콜렝쿠르는 페쩨르부르그에서 모스크바로 가는 길의 불편함과 페쩨르부르그의 추억담들을 꺼내기 시작했다.

식후에 모든 사람은 커피를 마시기 위해 나폴레옹의 서재로 옮겼다. 그곳은 나흘 전까지 알렉산드르의 서재였던 곳이다. 나폴레옹은 가볍게 세브르산(産) 찻종에 손을 대면서 자리에 앉자 옆에 있는 의자를 발라쉐프에게 가리켰다.

인간에게는 일종의 식후의 기분이라는 것이 있는데 이것은 이러한 합리적인 논증보다도 한층 강력히 인간에게 자기 만족감을 느끼게 하고 모든 사람을 자기의 벗같이 생각하게 하는 것이다. 나폴레옹은 바로 이러한 기분이 되어 있었다. 그리고 자기를 숭배하는 사람들에게 둘러싸여 있는 듯한 느낌이 들었다. 그는 발라쉐프도 회식을 하고 난 다음 자기의 벗이 되고 숭배자가 된 것으로 믿고 있었다. 나폴레옹은 유쾌한 듯한, 약간 조소하는 듯한 미소를 띄우면서 발라쉐프에게 말을 걸었다.

「듣기에는 여기가 바로 알렉산드르 황제가 살고 있던 방인 모양이더군요. 이상 야릇한 일입니다. 그렇지 않소, 장군!」하고 그는 말했다. 나폴레옹은 이 말이 자기의 대담자에게도 유쾌하지 않을 리 없다고 믿고 있는 말투였다. 왜냐하면 그것은 알렉산드르에 대한 자기의 우월을 입증하고 있기 때문이었다.

발라쉐프는 이 말에 대해서 무엇이라고도 대답할 수 없었으므로 묵묵히 고개를 떨어뜨렸다.

「그래, 나흘 전까지만 해도 이 방에서 빈쎙게로데와 슈타인이 회의하고 있었던 거요.」나폴레옹은 역시 조소하는 듯한 자신에 넘치는 미소를 띄우면서 말을 계속했다.「그저 한 가지 나에게 이해가 가지 않는 것이 있소.」하고 그는 말했다. 「어째서 알렉산드르 황제는 나의 개인적인 적들을 접근시킨 것이었을까요?…… 나에게는 그것이 이해가 가지 않아요. 나도 그와 똑같은 짓을 할 수 있다는 것을 도대체 그 사람은 생각하지 못한 것일까요?」하고 그는 발라쉐프에게 물었다. 분명히 이 기억은 또다시 그를 아직도 기억이 새로운 아침의 분노 속으로 밀어넣는 모양이었다.

「그렇소. 나도 그와 똑같은 행동을 취할 수 있다는 것을 그 사람한테 알려 주겠소.」나폴레옹은 일어서면서 찻종을 한쪽으로 밀어 놓았다.「나는 독일에서 그 사람의 친척인 비르템베르히니 바덴이니 바이마르의 제후를 모두 쫓아내 보이겠소…… 그래, 그들을 쫓아내 버린단 말이오. 알렉산드르는 지금부터 러시아에 그들의 피난처를 준비해 두는 것이 좋을 거요.!」

발라쉐프는 고개를 떨어뜨린 채, 자기는 절을 하고 그만 물러나고 싶지만 이야기하고 있는 도중에 일어날 수 없으니까 그저 듣고 있을 뿐이라는 기분을 표정에 나타내고 있었다. 그러나 나폴레옹은 그 표정을 알아채지 못했다. 그는 자기 적의 사절로서가 아니라 지금은 완전히 자기에게 신복하고 있는, 어제의 주인에게 가해지는 굴욕을 기뻐해야 할 사람으로서 발라쉐프를 대하는 것이었다.

「그리고 알렉산드르 황제는 무엇 때문에 군의 통솔을 인수한 것이었을까요? 그래서 어쩌겠다는 거요? 전쟁은 내 직업이지만 그의 일은 정치이지 군대를 지휘하는 것은 아니잖소. 무엇 때문에 그는 그런 책임을 인수했을까요?」

나폴레옹은 또다시 담뱃갑을 꺼내서 묵묵히 몇 차례 방안을 거닌 뒤 갑자기 발라쉐프에게로 다가가 가벼운 미소를 지으면서, 발라쉐프에게 있어 중대할 뿐만 아니라 유쾌한 일이나 되는 듯이 자못 자신에 찬 얼굴빛으로 사십이나 된 러시아 장군의 얼굴에다 잽싸게 손을 올려 그의 귀를 잡자 미소를 지으며 가볍게 잡아당겼다.

〈황제가 귀를 잡아당긴다〉는 프랑스의 군중에서는 최대의 명예, 최대의 은총으로 여겨지고 있었다.

「알렉산드르 황제의 숭배자이자 정신(廷臣)인 귀관은 어째서 아무 말도 하지 않고 있소?」 자기 이외의 다른 황제의 정신이자 그 숭배자가 자기 옆에 있다는 것이 자못 우스꽝스럽다는 듯이 나폴레옹은 말했다.

「장군의 말은 준비되어 있소?」 발라쉐프의 절에 대한 대답으로서 가볍게 고개를 끄덕이면서 그는 덧붙였다.

「장군에게 내 말을 드려, 먼 데까지 가시니까 말이지…….」

「발라쉐프가 가지고 돌아간 서한은 나폴레옹이 알렉산드르에게 보낸 최후의 서한이었다. 알현의 자초 지종은 러시아 황제에게 상세히 전해졌다. 이리하여 전쟁이 시작되었다.

8

모스크바에서 피예르를 만난 뒤 안드레이 공작은 집안 사람들에게는 볼일이 있다고 말하고 페쩨르부르그로 갔으나 사실은 꼭 만나야 된다고 생각하고 있던 아나톨리 쿠라긴 공작을 찾아내기 위해서였다. 페쩨르부르그에 가서 찾아보았으나 쿠라긴은 이미 거기에는 없었다. 피예르가 자기 처남에게 안드레이 공작은 그의 뒤를 쫓아간다는 것을 알렸던 것이다. 아나톨리 쿠라긴은 즉시 육군 대신으로부터 임명을 받고 몰다비아에 주둔해 있는 군대로 떠났다. 이때 안드레이 공작은 페쩨르부르그에서 전에 자기 상사였던 장군, 언제나 자기에게 호의를 베풀어 주는 쿠투조프를 만났다. 쿠투조프는 안드레이 공작을 보자 자기와 같이 몰다비아에 가지 않겠느냐고 권했다. 이 노장군은 몰다비야군의 총사령관으로 임명하였던 것이다. 안드레이 공작은 총사령부(總司令部) 소속으로 임명되어 터키에 부임했다.

안드레이 공작은 편지로 쿠라긴에게 결투를 청하는 것은 재미없다고 생각했다. 달리 새로운 결투의 구실을 만들지 않고 도전한다는 것은 오히려 백작 영애 로스토바에게 누를 끼치는 것이 된다. 이렇게 생각한 그는 직접 쿠라긴을 만나서 새로이 결투의 동기를 찾아내려고 애썼다. 그러나 터키 주둔군 속에서도 그는 역시 쿠라긴을 만날 수 없었다. 안드레이 공작이 터키에 도착한 것과 엇갈리게 쿠라긴은 러시아로 돌아와 버렸기 때문이다. 새로운 나라의 새로운 생활 조건 아래서 안드레이 공작은 훨씬 마음 가볍게 나날을 보내게 되었다. 그는 약혼자에게 배신을 당한 이래 고통을 남에게 숨기려 하면 할수록 그 괴로움은 더욱더 격심해졌다. 행복하게 살고 있던 이전의 생활 조건은 오히려 그에게 괴로운 것이 되었고, 전에 그처럼 존중하고 있던 자유도 독립도 한층 더 괴롭고 무거운 짐이 되었던 것이다. 아우스테를리츠의 싸움터에서 하늘을 바라보며 처음으로 생각해 낸 이전의 사상, 피예르를 상대로 즐겨 설명하기도 하고 보구챠로보와 스위스와 로마에서의 고독을 달래어 주기도 하던 그 사상, 그것은 이미 생각하지 않았을 뿐 아니라 지금은 밝은 장래를 펼쳐 보이는 이러한 사상들을 생각해 내는 것마저 두려워하고 있었다. 지금 그에게 흥미를 돋우는 것은 이전과는 전혀 관계가 없는 가장 비근하고 실제적인 것뿐으로 무엇이든 그에게서 과거를 가리어 주면 줄수록 더욱더 허겁지겁 그러한 흥미에 매달리는 것이었다. 그의 위에 펼쳐져 있던 끝없이 멀고 높은 창공은 갑자기 낮고 한정되고 머리가 닿는 듯한 천장으로 변했다. 모든 것이 뚜렷하긴 하지만 그러나 영구적이고 신비적인 것은 완전히 없어져 버렸다.

그의 머리에 떠오른 일 가운데서 가장 단순하고 가장 익숙한 것은 군무였다. 그는 쿠투조프의 사령부에서 당직 장교의 직무를 맡아 끈덕지게 열심히 사무를 보았다. 일에 대한 근면함과 꼼꼼함으로써 쿠투조프를 놀라게 하면서 그는 터키에서 쿠라긴을 만나지는 못했지만 그 뒤를 쫓아서 러시아로 돌아갈 필요는 느끼지 않았다. 그러나 아무리 세월이 흘러도, 아무리 그가 쿠라긴을 경멸하고 있어도, 또 그런 사나이와 결투를 할 만큼 몸을 낮출 필요는 없다고 아무리 자신에게 타일러 보아도 그를 만나기만 하면 굶주린 사람이 먹을 것에 덤벼들지 않을 수 없듯이 그에게 도전하지 않을 수 없다는 것을 그 자신이 잘 알고 있었다. 그리고 모욕은 아직 갚지 않았다. 분노는 아직 배출되지 못한 채 가슴 속에서 들끓고 있다는 의식은 안드레이 공작이 터키에서 무척 바쁘고 어느 정도 야심적이고 허영적이기도 한 활동 속에 구축한 기교적인 평정마저 해치기 일쑤였다.

1812년, 나폴레옹과의 전쟁에 관한 보도가 부카레스트에 도달했을 때(쿠투조프는 두 달 동안 밤이나 낮이나 마음에 든 발라키야 여인한테서 지내고 있었다) 안드레이 공작은 서군(西軍)으로 전근시켜 달라고 쿠투조프에게 청원했다. 쿠투조프는 안드레이 공작의 성실성이 자기의 나태에 대한 비난같이도 생각되어서 조금 싫어졌으므로 아주 쾌히 그를 놓아 주었다. 그리고 바르클라이 드 톨리 앞으로 의뢰장을 써 주었다.

오월에는 드리사 강의 진지에 주둔하고 있는 서군으로 가기 전에 안드레이 공작은 그 도중에 스몰렌스크의 본도에서 삼 베르스타쯤 떨어져 있는 르이스이예 고르이에 들렀다. 최근 삼 년에 걸친 안드레이 공작의 생활은 굉장히 많은 변전(變轉)이 있었고, 그 자신도 굉장히 많은 것을 생각하기도 하고 느끼기도 하고 보기도 해 왔다(그는 서부드 동부도 다 돌아보고 왔던 것이다). 때문에 처음 르이스이예 고르이에 들어섰을 때 여전히 전과 다름 없는 생활이, 아주 미세한 점에 이르기까지 조금도 변한 데가 없는 생활의 흐름이, 예기치 않은 이상한 것처럼 그의 가슴을 뭉클하게 했다. 그는 마술에 걸려 잠자고 있는 섬에 들어가는 듯한 기분으로 자기 집의 가로수길과 돌문으로 마차를 몰고 들어갔다. 집안은 옛날과 똑같은 단정함과 똑같은 청결함과 똑같은 정적에 잠겨 있었다. 거기에는 이전과 똑같은 가구며 똑같은 벽, 똑같은 소리, 똑같은 냄새와 얼마쯤 늙었지마는 역시 똑같은 두려워하는 듯한 얼굴들이 있었다. 공작 영애 마리야는 역시 소심하고 못생긴 노처녀로서 생애의 화려한 시기를 아무 소득도 기쁨도 없이 보내고 언제나 정신적인 고통과 공포 속에서 지내고 있었다. 브리엔느 양은 여전히 자기 인생의 순간 순간을 기쁜 듯이 즐기면서 말할 수 없이 기쁜 희망에 가득 차서 자기 스스로 만족하고 있는 매력적인 처녀였다. 다만 이전보다 얼마큼 자신이 생긴 것처럼 안드레이 공작에게 느껴졌다. 그가 스위스에서 데리고 왔던 가정교사 데살은 러시아에서 마춘 프록을 입고 서투른 러시아어로 하인과 이야기를 하고 있었지만 여전히 시야는 좁으나 총명하고 교양이 있고 품행 방정한 현학적(衒學的)인 교육자였다. 노공작의 육체적인 변화라고는 단지 옆쪽의 이가 한 개 빠진 것이 눈에 띌 정도여서 정신적으로는 완전히 이전 그대로였고, 그저 세계에 일어난 현실에 대한 증오와 불신이 더욱더 격심해졌을 뿐이었다. 오직 한 사람, 니콜루쉬카만은 키가 자라 알아보지 못할 정도로 장성해 있었다. 볼은 장미빛을 띠고 머리에는 곱슬곱슬한 검은 머리털이 굽이치고 있었다. 그리고 자기 자신도 모르게 몸집이 작은 죽은 공작 부인과 꼭같이 귀여운 윗입술을 쳐들면서 웃고 있거나 까불고 있었다. 마술에 걸려 잠자고 있는 이 성 안에서 그저 그만이 불변의 법칙에 따르지 않았던 것이다. 이처럼 모든 것이 표면만은 먼저대로였으나 이러한 사람들의 내면적 관계는 안드레이 공작이 잠시 보지 않고 있는 동안에 꽤 달라져 있었다. 가족들은 두 파로 갈려 서로 아무런 연고도 없는 적들처럼 살고 있었다. 그저 이번에 그가 와 있을 때만 그를 위해서 평상시의 생활 상태를 바꾸고 있는 것이었다. 한쪽 파에 속하고 있는 사람은 노공작과 브리엔느와 건축 기사이고, 다른 한쪽은 공작 영애 마리야와 데살과 니콜루쉬카와 그 밖의 보모와 유모들이었다.

안드레이 공작이 르이스이예 고르이에 묵고 있는 동안은 가족 모두가 식사를 함께 하고 있었으나 모두 거북스런 생각을 하고 있었다. 그래서 안드레이 공작도 자기가 특별 대우를 받는 손님이고 자기가 있기 때문에 부자유스러운 생각을 하고 있음을 짐작하였다. 처음 온 날 식사중에도 안드레이 공작은 부지중에 이것을 느끼고 말수가 적어졌다. 노공작도 그 태도의 부자연스러움을 알아채고 역시 거북한 얼굴을 한 채로 잠자코 있었다. 그리고 식사가 끝나자 뿔뿔이 자기 방으로 가 버렸다. 그 날 저녁 안드레이 공작이 노공작한테로 가서 아버지를 위로할 생각으로 젊은 카멘스키의 백작의 전쟁담을 시작하자 노공작은 갑자기 공작 영애 마리야에 대해서 이야기 하기 시작했다. 그리고 그녀의 미신적인 면이라든지 브리엔느 양을 꺼려하는 것 등을 비난하는 것이었다. 노공작의 말에 의하면 브리엔느는 그에게 충심으로 신복하고 있는 오직 한 사람의 인간이었다.

노공작은 만일 자기가 병에 걸려 있다면 그것은 오직 공작 영애 마리야의 탓이다. 그녀는 일부러 자기를 괴롭히기도 하고 화를 내게 할 뿐만 아니라 소공작 니콜라이를 응석동이로만 기르고 어리석은 얘기를 들려 주기도 하여 버려 놓고 있다고 말하는 것이었다. 공작은 자기가 딸을 괴롭히고 있는 것도 딸의 생활이 굉장히 괴로운 것도 충분히 알고 있었고, 또 자기가 딸을 괴롭히지 않을 수 없다는 것도, 그녀는 그 괴로움을 받아야 한다는 것도 잘 알고 있었다.『안드레이 공작은 그것을 보고 있으면서도 어째서 누이에 대해서 내게 한 마디도 말하지 않는 것일까?』하고 노공작은 생각했다.『도대체 어떻게 생각하고 있는 것일까? 나를 악한이나 노망한 영감처럼 생각하고 있는지 모르겠군. 아무런 이유 없이 딸을 멀리하고 프랑스 여인을 가까이하고 있다고라도 생각하고 있는 것일까? 저 애는 모르고 있는 거야. 그러니까 그건 설명을 해줘야지. 어쨌든 한 번은 들려 줄 필요가 있어.』하고 노공작은 생각했다. 그래서 그는 고집불통인 딸의 성격에 견딜 수 없는 까닭을 설명하기 시작했다.

「만약 아버님이 물으신다면.」안드레이 공작은 아버지 쪽을 보지 않고 이렇게 말했다(그는 난생 처음으로 아버지를 비난했던 것이다).「저는 말하고 싶지 않았읍니다만 만약 아버지께서 물으신다면 이 문제에 대한 저의 의견을 솔직이 말씀드리겠읍니다. 만일 아버님과 마샤 사이에 오해와 불화가 있다면 저는 도저히 누이를 책망할 수는 없읍니다. 그 애가 얼마나 아버님을 사랑하고 있는지 그것은 저도 잘 알고 있읍니다. 그래서 만일 아버님이 저한테 물으신다면.」 안드레이 공작은 차차 초조해지는 것이었다. 「제가 말할 수 있는 것은 오직 하나밖에 없읍니다. 만일 제가 오해가 있다고 한다면 그 원인은 그 똑똑하지 못한 여자에게 있읍니다. 그러한 여자는 동생의 벗이 될 자격이 없읍니다.」

노인은 처음에 눈을 바로 뜨고 찬찬히 아들을 쳐다보고 있었으나 이윽고 새로 빠진 이빨 자국(안드레이 공작은 그것이 꺼림칙해 견딜 수가 없었다)을 보이면서 부자연스럽게 히죽 웃었다.

「벗이란 누구의 이야기야, 안드레이? 응? 너희들은 이미 이야기가 된 거로구나! 응?」

「아버지, 저는 심판관이 되고 싶지 않았읍니다마는.」 안드레이 공작은 성급하고 거친 어조로 말하였다. 「그러나 아버님 쪽에서 물으셨기 때문에 여쭌 것입니다. 아니, 언제라도 여쭈겠읍니다……공작 영애 마리야가 나쁜 것이 아닙니다. 나쁜 것은……나쁜 것은 그 프랑스 여자입니다…….」

「허어, 판결을 내렸군!」 하고 영감은 나지막한 목소리로 말했으나 그 어조는 어쩐지 당황한 빛이 있는 것처럼 안드레이 공작에게는 생각되었다. 그러나 그는 갑자기 자리를 박차고 일어나 외쳤다. 「저리 가, 저리 가! 네놈의 냄새만 나도 그냥 두지 않을 테다!」

안드레이 공작은 금방이라도 떠나 버리고 싶었으나 공작 영애 마리야의 청에 못 이겨서 하루 더 머물기로 했다. 그 날 안드레이 공작은 아버지와 만나지 않았다. 노인은 자기 방에서 나오지도 않고 브리엔느와 찌혼 외에는 아무도 방에 들여 놓지 않고 그저 두서너 차례, 아들은 떠났느냐 어떠냐 하고 물었을 뿐이었다. 출발 전에 안드레이 공작은 아들의 방을 찾았다. 튼튼하고 어머니를 닮아 머리털이 곱슬곱슬한 소년은 아버지의 무릎에 올라앉았다. 안드레이 공작은 푸른 턱수염 이야기를 들려 주기 시작했다. 그러나 끝까지 이야기하기 전에 무엇인가 생각에 잠겨 버렸다. 그가 생각한 것은 지금 자기 무릎 위에 안고 있는 귀여운 자기 아들의 일이 아니고 자기 자신에 대한 것이었다. 그는 아버지를 노하게 한 일에 대한 회한의 정과, 난생 처음으로 아버지와 다툰 채 헤어진다는 슬픔을 자기의 심중에서 찾아내려고 애썼으나 찾을 수 없었다. 그러나 그에게 있어 무엇보다도 중대한 것은 아들에 대한 전과 같은 애정을 아무리 찾아도 찾아낼 수 없다는 것이었다. 그가 아들을 애무하기도 하고 무릎 위에 안아 올리기도 한 것은 그러한 기분을 마음 속에 불러일으키려는 염원에서였는데.

「더 얘기해 줘.」하고 아들은 말했다. 안드레이 공작은 그 말에 대답도 하지 않고 아들을 무릎에서 내려놓고는 방에서 나와 버렸다.

안드레이 공작이 자기의 매일 일을 버리자, 특히 행복했던 이전의 생활 조건에 발을 들여 놓자마자 삶의 우수(憂愁)는 여전히 같은 힘으로 그의 마음을 사로잡았던 것이다. 그는 조금이라도 이 추억에서 빠져 나가고, 조금이라도 빨리 무엇인가 일을 찾아내야겠다고 서둘렀다.

「꼭 떠나시겠어요, 안드레이?」누이는 그에게 말했다.

「음, 떠날 수 있어서 다행이야.」하고 공작은 말했다.「네가 갈 수 없는 건 가엾지만.」

「왜 그런 말씀을 하세요!」하고 공작 영애 마리야는 말했다.「이제부터 그 무서운 전쟁에 나가시려는 때에 왜 그런 말씀을 하세요. 그리고 또 아버님도 그처럼 나이를 잡수시고 계신데! 아버님께서 오라버니에 대해서 묻고 계셨다고, 브리엔느 양이 말하고 있었어요……」

이렇게 말하자마자 그녀의 입술은 파랗게 되어 바르르 떨리기 시작하고 두 눈에서는 눈물이 주르르 쏟아졌다. 안드레이 공작은 얼굴을 돌리고 방안을 거닐기 시작했다.

「아아, 무슨 꼴이람! 무슨 꼴이람!」하고 그는 말했다.「정말로 어떤 일이, 어떤 인간이, 어떤 하찮은 한 인간이 남의 불행의 원인이 될 수 있다는 것을 생각한다!」그는 공작 영애 마리야가 깜짝 놀랄 만큼 증오에 찬 어조로 말했다. 안드레이 공작이 하찮은 인간이라고 말한 것은 누이의 불행을 만든 브리엔느뿐만 아니라 자기의 행복을 망쳐 놓은 사람도 은연중에 가리키고 있다는 것을 그녀는 깨달았던 것이다.

「안드레이, 저는 꼭 한 가지 오라버니께 청이 있어요. 정말 빌겠어요.」그녀는 오빠의 팔꿈치에 가볍게 손을 대며 눈물이 그윽한 반짝이는 눈으로 그의 얼굴을 쳐다보면서 말했다.「오라버니의 기분은 잘 알고 있어요(공작 영애 마리야는 눈을 내리깔았다). 그렇지만 불행을 만드는 것이 인간이라고 생각해서는 안 돼요. 인간은 하느님의 도구니까 말이에요.」그녀는 언제나 신념에 찬 눈빛으로 안드레이 공작의 머리보다 조금 위쪽을 올려다보았다. 그것은 사람이 눈에 익은 초상화의 한 곳을 바라보는 듯한 눈빛이었다.「불행을 내리시는 것은 하느님이시지 사람이 아니에요. 인간은 하느님의 도구니까 인간에게 죄는 없어요. 만일 누군가가 자기에게 나쁜 짓을 한 것같이 생각되면 그런 걸 잊고 용서하세요. 우리들에게 사람을 벌할 권리는 없어요. 그러면 사람을 용서한다는 것이 얼마나 행복한지 오라버니도 아시게 될 거예요.」

「마리야, 내가 만일 여자였다면 틀림없이 그렇게 했을 거야. 그것은 여자의 미덕이니까. 그러나 남자는 잊고 용서하고 해서도 안 되고 또 그런 일을 할 수 있는 것도 아니야.」하고 그는 말했다. 그러자 그 순간까지 쿠라긴 따위는 생각도 하지 않고 있었는데 갑자기 갚을 길 없는 원한이 마음 속에서 고개를 쳐들고 일어났다. 『마리야가 용서해 주라고 권하는 것을 보니 이미 나는 오래 전에 복수하지 않으면 안 되었던 것이야.』하고 그는 생각했다. 그래 그 이상 더 공작 영애 마리야에게는 대꾸도 하지 않고 군대에 있는(그는 그것을 알고 있었다) 쿠라긴을 만났을 때의 기쁘고 증오에 넘치는 순간에 대해서 혼자 잠자코 생각하기 시작했다.

공작 영애 마리야는 오라버니더러 하루만 더 기다려 달라고 간청하고, 안드레이가 아버지와 화해하지 않고 떠나면 아버지가 얼마나 불행하게 될지 모른다고 말했다. 그러나 안드레이 공작은 그 말에 대하여 또 곧 군대에서 돌아오겠으며 아버님에게는 틀림없이 편지를 올리겠다, 그러나 지금은 오래 있으면 있을수록 이 불화는 더욱더 격심해질 뿐이라고 말했다.

「안녕, 오라버니! 불행은 하느님께서 내리시는 것이지 절대로 인간이 나쁜 것은 아녜요. 그것을 기억하고 계세요.」이것이 작별할 때 누이에게서 들은 마지막 말이었다.

『결국은 이것이 운명이라는 것인가!』르이스이예 고르이의 집 가로수길을 나오면서 안드레이 공작은 생각했다. 『저 애는, 저 죄 없는 가엾은 여자는 노망한 늙은이의 희생이 돼 버리고 마는 것이다. 노인은 자기가 나쁘다고 느끼고 있으면서도 자기를 고칠 수가 없는 것이다. 내 아들은 삶을 즐기며 장성해 가고 있지만 그 역시 모든 사람과 마찬가지로 그 삶 가운데에서 속고 속이고 할 것이다. 그런데 나는 군대에 간다. 무엇 때문인가? 자기 자신도 모른다. 그리고 자기가 경멸하고 있는 인간을 만나고 싶다고 바라고 있다. 그녀석에게 나를 죽이고, 조소할 기회를 주려고 하는 것인가!』생활의 조건은 전에도 마찬가지였다. 그저 전에는 모두 서로 맺어져 있던 것이 지금은 모두 산산이 흩어져 버렸을 뿐이다. 그저 무의미한 현상이 아무런 연락도 없이 안드레이 공작의 눈앞에 꼬리를 물고 나타나는 것에 지나지 않았다.

9

안드레이 공작은 유월 그믐께 총사령부에 도착했다. 황제가 몸을 두고 있는 제 1군은 드리사 하반의 견고한 진지에 배치되어 있었다. 제2군은 제1군에 합류하려고 서두르면서 후방으로 퇴각하고 있었다. 풍문에 의하면 제2군은 우세한 프랑스군 때문에 우군과의 연락이 두절되었다는 것이다. 일동은 러시아군의 전반적인 전황(戰況)에 불만을 품고 있었으나 적이 러시아 본국에 침입할 우려가 있으리라고는 아무도 생각지 못했다. 전선이 폴란드의 서부 여러 현보다도 앞으로 뻗쳐 나오리라고는 어느 누구도 상상조차 하지 않았던 것이다.

안드레이 공작은 드리사의 강가에서 자기의 장군이 된 바르클라이 드 톨리를 발견했다. 진지 주변에는 큰 마을이나 부락이 하나도 없었으므로 군에 속해 있는 많은 장군과 궁내관들은 양쪽 강가에 있는 여러 마을의 적당한 집들을 골라 부근 십 베르스타에 걸쳐서 분산하고 있었다. 바르클라이 드 톨리의 숙사는 황제가 거처하는 곳에서 사 베르스타쯤 떨어져 있었다. 그는 냉담하고 불친절하게 안드레이 볼콘스키이를 맞고 황제에게 상주하여 임명을 청하겠으니 당분간 자기 사령부에 있어 달라고 특유한 독일어식 발음으로 말했다. 여기서는 만나게 되리라고 생각했던 아나톨리 쿠라긴은 벌써 페쩨르부르그로 되돌아간 뒤였다. 이 사실이 볼콘스키이에게는 도리어 기분이 좋았다. 현재 행해지고 있는 대전의 중심적 흥미가 안드레이 공작의 마음을 빼앗고 있었으므로 쿠라긴에 대해서 생각할 때마다 일어나는 초조감에서 해방되는 것을 기뻐했던 것이다. 그는 처음 나흘 동안 아무 데도 불려 나가지 않았으므로 그 동안에 진지를 한 바퀴 돌아본 뒤에 자기의 지식과 지리에 밝은 사람들과의 이야기로 이 진지에 관한 확실한 개념을 파악하려고 애썼다. 그러나 이 진지의 유리 또는 불리의 문제는 안드레이 공작에게는 미해결로 남았다. 그는 이미 자기의 군사적인 경험에 의하여 익히 고려된 계획도 전쟁에는 아무런 의미도 가지지 않게 되며(그는 이것을 아우스테를리츠 전투에서 알았던 것이다), 그리고 승패는 예기할 수 없는 불의의 적의 행동에 대한 아방의 응전 여하와 전선(戰線)을 지도하는 인물, 그리고 그 방법 여하에 달려 있다는 신념을 체득하고 있었던 것이다. 안드레이 공작은 이 최후의 문제를 천명하기 위하여 자기의 지위와 다수의 지기(知己)들을 이용하여 군대의 통할과 그것에 관여하여 인물이니 당파니 하는 것들의 성격을 규명하려고 노력한 결과 일반 정세에 대해서 다음과 같은 관념을 얻을 수가 있었다. 황제가 아직 빌리나에 체재하고 있던 때부터 군대는 셋으로 갈라져 있었다. 제1군은 바르클라이 드 톨리, 제2군은 바그라찌온, 제3군은 토르마소프의 지휘 하에 있었다. 황제는 제1군과 같이 있었으나 총사령관의 자격으로서는 아니었다. 갖가지 명령은 황제가 지휘의 임무에 임한다고는 쓰지 않고, 다만 군과 함께 있을 것이라고만 적혀 있었다. 그뿐만 아니라 황제 전속으로서의 총사령부는 없고 그저 전투 총사령부가 설치되어 있을 뿐이었다. 황제의 측근에는 총사령부 참모장 겸 병참부장(兵站部長) 볼콘스키이 공작을 비롯하여 많은 장군, 시종 무관, 그리고 무수한 외국인이 붙어 있었으나 군(軍) 사령부라는 것은 없었다. 그 외에 일정한 임무가 없이 그저 황제 전속으로서 전 육군 대신 아라크체예프, 장군 가운데의 고참 베니그센 백작, 황태자 콘스탄찐 파블로비치 대공, 재상 루만세프 백작, 전 프러시아의 대신 슈타인, 스웨덴의 장군 아름펠트, 작전 부장 프풀리, 사르디니아 출신의 시종 장군 파울루치, 볼리소겐, 그 밖의 많은 사람들이 있었다. 이런 사람들은 군사상의 임무를 가지고 있지는 않았으나 그 지위에 의해서 상당한 세력을 가지고 있었으므로 군단장이나 총사령관까지도 베니그센이며 대공이며 아라크체예프며 볼콘스키이 공작 등이 어떠한 자격으로 여러 가지 질문이며 경고를 하는 것인지 모를 때도 종종 있었다. 또 조언의 형식으로 주어지는 일종의 명령은 그들 자신에게서 나오는 것인지, 그렇잖으면 황제로부터 나오는 것인지 모르기 때문에 실행해서 좋을지 나쁠지 망설일 때도 자주 있었다. 그러나 이것은 표면적인 사정이고, 황제를 비롯하여 이러한 사람들이 군중(軍中)에 있는 참된 의미는 궁정식(황제의 측근에 있으면 누구든지 모두 궁정식으로 돼 버린다) 입장에서 보아 모든 사람에게 충분히 이해되고 있었다. 그것은 다음과 같다. 황제는 스스로 총사령관의 명칭은 띠지 않았지만 실제로는 전군의 통솔자이고 주위 사람들은 그 고문이었다. 아라크체예프는 충실한 실행자요 질서의 유지자이며 또한 황제의 호위자였다. 베니그센은 빌리나 현(縣)의 지주로 지방을 대표하여 환영의 뜻을 표하고 있는 형식이었으나 기실은 고문이라는 의미로도, 또 수시로 바르클라이의 후임이 될 수 있다는 의미로 중요하고도 유익한 장군이었다. 대공은 자진해서 여기에 와 있었다. 전 대신 슈타인은 고문으로서 유용한 인물인데다 황제 알렉산드르가 그의 재능을 굉장히 높이 평가하고 있었기 때문에 여기에 와 있는 것이었다. 아름펠트는 나폴레옹에 대하여 심한 증오를 품고 있는 지극히 자신이 강한 장군이었는데 이 자신이 언제나 알렉산드르에게 영향을 주고 있는 것이었다. 파울루치가 여기에 있었던 것은 대담하고 결연한 의견을 토로하기 때문이었다. 시종 무관들이 여기 있었던 것은 황제가 있는 곳에는 어디든지 따라가는 것이 그들의 사명이기 때문이었다. 마지막으로 가장 중대한 인물은 프풀리였다. 그가 여기에 있었던 것은 나폴레옹에 대한 작전 계획을 세우고 그 작전의 합리적인 것을 알렉산드르께 믿게 하고 전쟁을 전면적으로 지도하고 있기 때문이었다. 프풀리에게는 볼리소겐이 붙어 있어, 이 사람은 프풀리의 사상을 한층 알기 쉬운 형식으로 바꾸어 황제께 전했다. 왜냐하면 프풀리는 일체의 것을 경멸할 정도로 자신이 강하고, 예리한 탁상(卓上)의 이론가였기 때문이었다.

이상이 열거한 러시아인과 외국인(특히 전혀 다른 환경에서 활동하고 있는 사람에게 특유한 용기를 지니고 날마다 새로운 엉뚱한 착상을 제출하는 외국인이 많았다)들 외에 제2류의 사람들이 많이 군중에 있었는데 그것은 자기네의 수령이 여기에 와 있었기 때문이다.

이 거대하고 들뜬, 화려하고 긍지가 강한 세계에 있어서의 여러 가지 사상과 의견 속에서 안드레이 공작은 다음과 같이 비교적 확실히 구분되는 당파와 경향을 찾아냈다.

제1의 당파는 프풀리와 그 추종자들인 전대 이론가들로서 전쟁 과학의 존재는 물론 이 과학에는 불변의 법칙, 즉 사진(斜進)과 우회 공격 등등의 법칙이 있다고 생각하는 일파였다.

프풀리와 그 추종자들은 가상적인 전쟁 이론이 가리키는 정확한 법칙에 따라 국내 깊숙이 퇴각할 것을 요구하고, 이 이론에 반대되는 것은 모조리 야만, 무지, 또는 악에 지나지 않는다고 간주하고 있었다. 이 당파에는 독일의 제후들과 볼리소겐과 빈쎙게로데, 그 밖의 주로 독일인들이 속하고 있었다.

제2의 당파는 제1의 것과 정반대였다. 언제나 그러하지만 한쪽 극(極)이 있는 곳에는 반드시 다른 극의 대표자가 있는 법이다. 이 당파에 속하는 사람들은 이미 빌리나에 있을 무렵부터 폴란드로 진격할 것을 요구하고, 미리 편성된 온갖 계획을 부정하는 것이었다. 이 일파의 대표자들은 과감한 행동파일 뿐만 아니라 동시에 민족주의의 대표들이기도 하였으므로 그 결과는 논쟁에 있어서도 특히 한쪽으로 치우치게 되었다. 이 파의 대표자는 러시아인으로 바그라찌온과 당시 고개를 쳐들기 시작한 예르몰로프, 그 밖의 사람들이었다. 그 당시 예르몰로프의 유명한 경구(警句)가 널리 화제가 되고 있었다. 그것은, 〈단 한 가지 황제에게 소원이 있읍니다, 아무쪼록 독일인으로 승격시켜 주십시오.〉라는 것이었다. 이 일파의 사람들은 수보로프를 연상하면서, 지도에 바늘을 꽂고 생각하는 것보다는 도리어 싸워서 적을 격파하고 러시아의 국내에 들여 놓지 않도록 하여 사기를 저하시키지 않는 것이 첫째라고 주장했다.

가장 황제의 신뢰를 얻고 있는 제3의 당파에는 제1, 2의 양파를 조화시키려고 하는 궁내관들이 속하고 있었다. 이 파의 사람들은 대개 비군인들로서 아라크체예프도 그 가운데의 한 사람이었으나 그들이 생각하고 말하는 것은, 아무런 신념도 갖지 않은 주제에 마치 갖고 있는 체하는 사람들이 흔히 말하는 것과 마찬가지 것이었다. 그들은 이렇게 말했다. 전쟁을 하려면, 특히 보나파르트(그들은 다시 보나파르트라고 부르게 되었다)와 같은 천재와 전쟁을 하려면 면밀 주도한 고려와 깊은 과학적 지식을 필요로 한다. 이 점에 있어서 프풀리는 천재적이다. 그러나 그와 동시에 이론가가 이따금 한쪽으로 치우치는 폐단도 인정하지 않을 수 없다. 그러니까 또 전쟁에 경험이 있는 실제가의 말에도 귀를 기울여서 모든 말의 중간을 채택하지 않으면 안 된다.』하고 이렇게 설파하는 것이었다. 이 파의 사람들은 프풀리의 계획대로 드리사의 진지를 확보함과 동시에 다른 군대의 행동을 변경하도록 주장했다. 그러한 방법으로는 결국 어느 쪽의 목적도 달성할 수 없는 것인데, 이 파의 사람들에게는 그것이 가장 좋은 방법인 것처럼 생각되고 있었다.

제4의 당파는 황태자 전하인 대공을 중요한 대표자로 하는 일파였다. 대공은 아우스테를리츠에서 맛보았던 환멸감을 잊을 수 없었다. 그는 용감하게 프랑스군을 무찌를 생각으로 마치 관병식에나 나가는 것처럼 철모를 쓰고 기병복을 입고 근위대의 선두에서 말을 몰고 있었는데 뜻밖에 제1선으로 나가 버려 전군이 무너지는 혼란 속에서 간신히 도망쳐 나왔던 것이다. 이 파에 속하는 사람들의 의견 가운데에는 성실성이라는 장점과 단점을 함께 갖고 있었다. 그들은 나폴레옹을 두려워하고 적의 위력과 아방의 약함을 인정하고 솔직이 이것을 표명하고 있었다. 그들은 이렇게 말했다.『이 전쟁에는 비애와 굴욕과 멸망 외에 아무것도 없다! 이미 우리는 빌리나를 버렸고 비쩨브스크를 버렸으나 드리사도 이제 버리게 될 것이다. 우리에게 남겨진 현명한 방법은 단 한 가지밖에 없다. 그것은 강화다. 페쩨르부르그에서 쫓겨나기 전에 한시라도 빨리 강화하는 것이다.』

군대의 상급층에 뿌리깊어 퍼져 있던 이 의견은 페쩨르부르그에서도 지지자가 발견되었다. 이를테면 다른 정치적 이유로 강화를 주장하고 있던 재상 루머세프도 그 중의 한 사람이었다.

제5의 당파는 인간적으로 보다도 육군 대신 겸 군사령관으로서 바르클라이 드 톨리에게 심취해 있는 사람들이었다.『뭐니뭐니해도(그들은 언제나 이렇게 시작하는 것이었다) 그는 성실하고 유능한 사람이다. 그보다 더 뛰어난 인물은 없다. 지휘의 통일 없이 전쟁이 잘 되어 갈 리 없다. 그에게 실권을 주어 보아라. 전에 핀란드에서 보였던 솜씨를 또다시 발휘한 것이다. 아군이 훌륭히 실력을 유지하면서 질서 정연하게 한 차례의 패배도 겪지 않고 드리사까지 퇴각한 것은 오로지 바르클라이 한 사람의 덕분인 것이다. 지금 만일 바르클라이를 베니그센으로 대체한다면 그야말로 파멸이다. 왜냐하면 베니그센은 이미 1807년에 그 무능을 나타내지 않았느가.」이 파의 사람들은 이렇게 말하는 것이었다.

제6의 당파인 베니그센파는 그 반대로서 수완에 있어서나 경험에 있어서나 역시 베니그센을 따를 자는 없다. 아무리 버둥거려 보아도 결국 베니그센에게 의지할 수밖에 없다. 「실패도 지금이나 할 수 있지!」이렇게 말하는 것이었다. 이 당파의 사람들은 아군이 드리사까지 퇴각한 것은 가장 수치스러운 패배이며 끊임없는 과실의 연속이라고 증명했다. 「과실이 많으면 많을수록 오히려 그것이 나을는지 모른다. 적어도 이런 식으로 계속해 나갈 수는 없다고 깨닫게 될 테니까. 그러나 필요한 것은 바르클라이 같은 자가 아니고 베니그센 같은 인물인 것이다. 그는 이미 1807년에 수완을 발휘하여 나폴레옹 자신도 그의 진가를 인정했던 게 아닌가. 참으로 지금은 만인이 기꺼이 권력을 맡길 수 있는 인물이 필요한 때이다. 그러한 인물은 오직 베니그센 한 사람밖에 없다.」

제7의 당파에 속하는 것은 황제——특히 젊은 황제——옆에서는 흔히 볼 수 있는 인물들로, 그러한 인물이 알렉산드르 황제 옆에는 유난히 많았다. 그것은 진심으로 황제에게 심복하고 있는 장군과 시종 무관들이었다. 그러나 그것은 황제로서가 아니라 그저 하나의 인간으로서 1805년의 니콜라이 로스토프와 마찬가지로 진정 아무런 야심도 없이 황제를 숭배하고 황제 속에 온갖 덕행과 인간적인 자질을 인정하고 있는 사람들이었다. 이러한 사람들은 전군의 지휘를 사퇴한 황제의 겸허함에 감격의 눈물을 흘렸지만 동시에 그런 겸손은 지나친 것이라고 비난했다. 그들은 숭배해 마지 않는 황제가 무익한 사양을 버리고 군의 수뇌가 될 것을 떳떳이 발표하고 자기 주위에 총사령부를 조직하여 필요에 따라 경험이 있는 이론가나 실천가와 협의하면서 친히 군대를 인솔하면 된다. 이 길만이 군의 사기를 최고도로 높일 수 있다고 주장하고 그 실현만을 바라고 있었다.

제8의, 다른 여러 당파에 비해 1대 99라는 비례를 나타내고 있는 가장 큰 집단은 평화도 전진도 방어 진지로(드리사이건 어디건 마찬가지다) 바르클라이도 황제도 프풀리도 베니그센도 그러한 모든 것을 바라지 않고 오직 하나, 근본적인 것, 즉 자기를 위해 최대의 이익과 만족을 바라는 사람들로 이루어져 있었다. 그들은 황제의 총사령부에서 착잡하게 분규하고 있는 음모의 탁수 속에서 평시에는 상상도 할 수 없을 정도의 많은 성공을 거둘 수가 있었다. 어떤 자는 자기의 유리한 지위를 잃지 않으려고, 오늘은 프풀리에 찬성하는가 하면 내일은 그 반대자에게 동의하고 그 이튿날은 책임을 회피하고 다만 황제의 뜻에 들려고만 애를 쓰며 이러저러한 문제에 대해선 아무런 의견도 가지고 있지 않다고 단언한다. 어떤 자는 사욕을 채우려고 전날 황제가 넌지시 비친 것을 큰 소리로 외쳐 황제의 주의를 끌고 회의 석상에서는 가슴을 치기도 하고 고함을 지르기도 한 끝에 반대자에게 결투를 청하기도 하여 자기는 언제라도 공익의 희생이 되어 보이겠다는 태도를 나타내며 논쟁을 벌이고 고함을 치기도 한다. 어떤 자는 회의 도중에 모두 바빠 거절할 겨를도 없다는 것을 충분히 알고 반대자가 없는 틈을 타서 자신의 충실한 근무에 대한 상여금을 손쉽게 타내는 자도 있었다. 어떤 자는 자기가 일에 쫓겨 고통을 받고 있는 모습을 넌지시 황제의 눈에 띄도록 하는 자도 있었다. 또 어떤 자는 오래 전부터 노려 오던 배식의 영광을 얻기 위해 새로 생긴·의견의 옳고 그름을 기를 쓰고 증명하기도 하고, 그러기 위해 다소나마 유력하고 공정한 논증을 시도하려 들기도 했다.

이 파의 사람들은 오직 돈과 훈장과 직위만을 찾고 있었으므로 그것을 찾기 위해 그저 황제의 비위에 맞는 방향만을 노리고 있었다. 황제의 비위가 어떤 방향을 가리켰다고 보기가 무섭게 군대 안에서의 일벌과 같은 이 작자들은 일제히 그 방향을 향해 날기 시작했다. 그렇기 때문에 황제는 그 방향을 바꾸기가 더욱 곤란해질 정도였다. 애매 모호한 전세(戰勢), 모든 것에 유달리 불안한 성격을 주고 있는 중대 위험, 음모와 자존심에 온갖 의견과 감정의 회오리바람, 거기에 관계하고 있는 사람들의 인종적 차이, 이러한 모든 것들의 한가운데서 사리에만 급급하는 사람들의 모임인 이 제8의 최대 당파는 전반적인 상황에 한층 큰 분규와 혼란을 더하는 것이었다. 어떠한 문제가 일어나기 바쁘게 이 게으름뱅이 귀찮은 벌레들은 마처 앞의 문제에 대한 나팔을 다 불기도 전에 벌써 재빨리 새로운 문제로 옮겨 가서 그 귀찮은 윙윙거림으로 진지한 논의를 흐르게도 하고 한층 모호하게 하기도 하는 것이었다.

바로 안드레이 공작이 군대에 도착했을 무렵 이러한 가지가지 당파 가운데 또 하나 제9의 당파가 형성되어 독자적인 소리를 내기 시작했다. 이 파는 나이가 많고 분별이 있으며 국사에 경험을 가진 사람들로 이루어져 있었다. 그들은 서로 모순된 의견의 어느 쪽에도 찬동하지 않고 총사령부에서 행해지는 모든 것을 추상적으로 관찰하고, 그 애매한 비결단성과 분규와 약점 제거의 방법에 대해서 익히 고려할 줄 아는 사람들이었다.

이 당파의 사람들은 다음과 같이 말하기도 하고 생각하기도 했다. 모든 혼란은 주로 황제가 측근의 무관들을 이끌고 군대에 군림하고 있기 때문에 생긴 것이다. 그렇기 때문에 궁중에서는 편리해도 군대에 있어서는 유해하고 모호하고 불안정한 인간 관계가 반입된다. 황제의 본분은 나라의 정치이지 군대를 지휘하는 것은 아니다. 이 상태에서 벗어나는 유일한 길은 황제가 궁내관을 데리고 군을 떠나는 것이다. 황제가 군대에 군림하기 때문에 그 육체의 안전을 보장하는 오만의 군대가 거의 마비 상태에 빠지려 하고 있다. 아무리 무능하더라도 독립된 권능을 가진 총사령관은 황제의 존재와 권력에 속박된 최고의 총사령관보다도 훨씬 뛰어나 있다.

마침 안드레이 공작이 드리사에서 할 일도 없이 날을 보내고 있을 무렵 이 파의 주된 대표자의 한 사람인 국무 비서관 쉬쉬코프는 발라쉐프며 아라크체에프 등의 연서를 얻어 황제께 한 통의 서장을 올렸다. 그는 일반적인 상황에 관한 비판을 황제께 허락받고 있던 것을 기화로, 수도 인민의 전쟁열을 불러일으킬 필요가 있다는 구실 아래 삼가 황제가 군에서 물러날 것을 진언했다.

러시아의 승리의 주된 원인이 되었던 황제의 민심의 고무, 조국 방어의 칙유, 그리고 황제의 모스크바 체재에 의하여 한층 강화된 인심의 고무——이러한 것들은 단순히 군대 퇴거의 구실로서 황제에게 권유되었고, 그리고 또한 받아들여졌던 것이다.

10

바르클라이가 오찬 석상에서 안드레이 공작에게 황제가 친히 그를 만나고 터키의 상황을 묻고 싶다고 말씀하시고 계시니까 저녁 여섯 시에 베니그센의 숙사로 가도록 하라고 전하였을 때 이 서장은 아직 황제께 건네져 있지 않았다.

그 날 황제의 숙사에는 나폴레옹이 새로 행동을 개시하여 러시아군을 위험 속에 빠뜨릴지도 모른다는 보고가 닿았다. 그러나 그것은 나중에 오보로 알려졌다. 바로 그 날 아침 미쉬오 대령은 황제와 같이 드리사의 방어 진지를 순회하였다. 그리고 오늘날까지 전술상의 일대 걸작으로 생각되고 반드시 나폴레옹을 멸망시킬 것이라고 간주되던 이 프풀리의 방어 진지가 기실은 지극히 무의미한 것이고 러시아군을 멸망으로 이끄는 것임을 황제에게 증명했다.

안드레이 공작은 베니그센 장군의 숙사로 갔다. 장군은 강가에 있는 그다지 크지 않은 지주의 집을 점령하고 있었다. 거기에는 베니그센도 황제도 없었으나 황제의 시종 무관 체르느이쉐프가 안드레이 공작을 맞아 황제는 베니그센 장군과 파울루치 후작과 함께 오늘 재차 드리사의 방어 진지를 시찰하러 나갔으며, 그것은 이 진지의 가치가 몹시 의문시되기 시작했기 때문이라고 말했다.

체르느이쉐프는 들머리 방 창가에 앉자 프랑스 소설을 읽고 있었다. 이 방은 원래 홀이었던 모양이었다. 거기에는 아직 오르간이 놓인 채였고, 그 위에는 융단

같은 것이 쌓여 있었다. 한쪽 구석에는 베니그센의 부관의 접는 침대가 놓여 있었다. 이 부관도 그 자리에 있었다. 그는 연회나 일의 피로 때문인지 갠 이불 위에 앉아서 졸고 있었다. 홀에는 문이 둘 있었다. 정면에 있는 문은 안에 있는 객실로 통하고, 또 하나 오른쪽에 있는 것은 서재로 통하게 돼 있었다. 첫째 문에서는 독일어와 어쩌다가 프랑스어의 이야기 소리가 새어나왔다. 객실이던 방에는 황제의 청으로 몇몇 사람들이 모여 있었다. 그것은 군사 회의라고 할 정도는 아니고(황제는 철저하지 않은 것을 좋아했다) 그저 당면한 난국에 대한 의견을 듣기 위한 모임이었다. 말하자면 그것은 군사 회의가 아니고 어떤 문제를 황제께 설명하기 위하여 선출된 사람들의 회의였다. 이 어중간한 회의에는 스웨덴 아름펠트 장군과 시종 무관인 볼리소겐과 나폴레옹이 도망한 프랑스 신민이라고 부른 빈쎙게로데와 미쉬오와 톨리와 전혀 군대에 관계가 없는 슈타인 백작과 마지막에 가서 안드레이 공작이 들은 바에 의하여 전국면(全局面)의 중심 인물인 프풀리 등이 소집되어 있었다. 안드레이 공작은 프풀리를 잘 관찰할 기회를 얻었다. 그것은 프풀리가 안드레이 공작의 바로 뒤에 도착하여 잠깐 체르느이쉐프와 발을 멈추고 이야기를 한 뒤 객실로 들어갔기 때문이었다.

프풀리는 모양 없이 지어진 러시아 장군복을 입고 있었으나 그 옷은 마치 가장 무도회에 나온 사람처럼 꼴사나왔다. 안드레이 공작은 아직 한 번도 그를 본 일이 없었지만 어쩐지 본 기억이 있는 것처럼 생각되었다. 그는 바이로테르라든가 마크라든가 슈밋이라든가, 그 밖의 안드레이 공작이 1805년에 볼 기회를 얻었던 독일의 이론파 장군들을 닮고 있었던 것이다. 그러나 프풀리는 그런 사람들보다 한결 전형적이었다. 이런 이론파형의 독일인이 가지고 있는 것을 모조리 일신에 구비한 프풀리 같은 독일인을 안드레이 공작도 지금까지 아직 한 번도 본 적이 없었다.

프풀리는 그다지 키가 크지 않은 굉장히 야윈 사나이였으나 뼈대가 굵고 골반도 크고 어깨뼈도 딱 벌어졌고 거칠고 튼튼한 체격의 소유자였다. 이마는 주름투성이이고 눈은 움푹 꺼져 있었다. 머리는 앞쪽의 관자놀이께는 아무렇게나 빗질을 한 모양이었으나 뒤쪽은 다발이 되어 멋대로 쭈뼛쭈뼛 일어서 있었다. 그는 이제부터 들어가는 큰 방안에 있는 모든 것에 두려움을 느끼는 것처럼 불안스러운 표정으로 짜증스럽게 주위를 둘러보면서 체르느이쉐프한테 황제는 어디 계시냐고 독일어로 물었다. 그는 될 수 있는 대로 빨리 방들을 지나 인사를 마치고 난 뒤 늘 자기 자리처럼 느껴지는 지도 앞에 앉아 일을 시작하고 싶었던 모양이었다. 그는 체르느이쉐프의 말에 바삐 고개를 끄덕였다. 그리고 황제가 프풀리 자신의 이론에 의하여 설계한 진지의 시찰을 나갔다고 듣자 비웃는 듯한 웃음을 지었다. 그는 자신 만만한 독일인이 곧잘 말하듯이 나직한, 그러나 야무진 목소리로 〈바보 같은〉…… 이라든가, 〈모두 파멸이다〉…… 라든가, 〈적당하게 그만두지 않으면 곧 큰일이 날걸〉…… 이라든가 하는 말을 혼자서 중얼거렸다. 안드레이 공작은 잘 알아 들을 수 없었으므로 지나쳐 버리려고 했으나 체르느이쉐프는 안드레이 공작을 프풀리에게 소개하고, 이 사람을 이번에 다행히도 전국이 종결된 터키에서 온 사람이라고 말했다. 프풀리는 안드레이 공작 얼굴을 쳐다본다기 보다 오히려 머리 너머 건너쪽을 바라보면서 웃음을 머금고 「그래요, 아니 그 전쟁은 아마 전술의 법칙에 모두 들어 맞을 것이었을 겁니다.」 하고 말했다. 그리고 경멸하듯이 웃고 여러 사람의 목소리가 들려 오는 방으로 들어갔다.

원래부터 비뚤어진 초조에 빠지기 쉬운 프풀리 황제를 비롯한 다른 사람들이 그도 모르는 사이에 진지를 시찰하러 나가고 그것에 대하여 감히 비판하는 그런 말을 하였으므로 오늘은 유달리 화가 나 있는 모양이었다. 안드레이 공작은 아우스테를리츠의 기억의 덕택으로 이 짧은 회견에서 프풀리의 성격에 대한 명확한 관념을 파악했다. 프풀리는 거의 광신(狂信)에 가까울 정도로 자신이 강한 사람이었다. 그것은 독일인이아니면 볼 수 없는 자신, 머리 속에 꽉 틀어박혀 있기 때문에 치료의 가망이 없는 그런 자신이었다. 왜냐하면 추상적인 관념——과학, 즉 완전한 진리의 가공적 지식——에 바탕을 두고 자신을 가질 수 있는 것은 그저 독일인들뿐이기 때문이었다. 프랑스인이 자신가(自信家)이긴 하지만 이것은 그들이 자기는 그저 지력(知力)뿐만 아니라 체력에 있어서도, 남성은 물론 여성에 대해서도 절대적인 매력을 갖는다고 자부하기 때문이다. 영국인의 자신은 자기야말로 온 세계에서 가장 완전히 조직된 국가의 공민이다. 그렇기 때문에 자기는 영국인으로서 늘 무엇을 할 것인가를 알고 있고 또 영국인으로서 자기가 하는 일은 모두 의심할 나위 없이 나무랄 데가 없는 것이라고 자처하는 데에 원인이 있다. 이탈리아인의 자신은 이 국민이 곧잘 흥분하고 자기도 남도 손쉽게 잊기 일쑤인 데서 오고 있다. 러시아의 자신은 나는 아무것도 모르고, 또 알고 싶지도 않으며, 말하자면 무엇인가를 알 수 있다는 것을 믿지 않는 데서 오고 있다. 독일인의 자신은 그 가운데에서도 가장 나쁘고 가장 완고하고 또 가장 귀찮은 것이다. 왜냐하면 그는 자기야말로 진리, 즉 과학을 알고 있는 것으로 상상하기 때문이다. 그는 자기가 생각 해 낸 그 과학을 절대적인 진리라고 생각하는 것이다. 프풀리는 확실히 그런 인물이었다. 그에게는 과학이 있었다. 그것은 그가 프리드리히 대왕의 전사(戰史)에서 만들어 낸 우회 행동(迂廻行動)의 이론이었다. 그렇기 때문에 그의 눈으로 보면 최근의 전사 가운데에 나타난 일체의 사상(事象)은 무의미하고 야만적인 추한 동물로 쌍방에서 오류만 범하고 있다. 따라서 이러한 전쟁들을 전쟁이라고 부를 수는 없었다. 말하자면 그러한 것들은 자기의 학설에 들어맞지 않으니까 과학의 대상이 될 수 없는 것이었다.

프풀리는 1806년 이예나와 아우에르슈테트에서 끝난 전쟁의 계획을 작성한 패의 한 사람이었다. 그러나 그는 이 전쟁의 끝판에 자기의 이론이 잘못되었다는 증거를 털끝만큼도 찾아내지 않았다. 그러기는커녕 그의 생각에 의하면 그의 이론에 위배되었다는 것이 온갖 실패의 유일한 원인이었다. 「그러니까 내가 말하지 않았느냐 말이야, 모든 일이 신통하게 되지는 않을 것이라고.」 그는 그에게 특유한 기쁜 듯한 조소를 띠며 이렇게 말하였다. 프풀리는 이론의 목적인 실지 응용을 잊을 만큼 자기의 이론을 사랑하는 이론가의 한 사람이었다. 그는 이론을 사랑한 나머지 모든 실용을 미워하였고 그런 것은 전혀 알려고도 하지 않았다. 그는 실패까지도 기뻐했다. 왜냐하면 실천에 있어서 이론과 어긋났기 때문에 생기는 실패는 그저 자기 이론의 올바름을 증명할 뿐이었기 때문이었다.

그는 안드레이 공작이며 체르느이쉐프와 이번 전쟁에 대해서 두서너 마디 이야기를 하였다. 마치 장래의 나쁜 결과를 간파하고 그것이 불만스러워 못 견디겠다는 듯한 얼굴빛을 하고. 뒤통수에 뻣뻣하게 서 있는 빗질이 되지 않은 몇 묶음인가의 머리털과 바삐 빗질된 살쩍이 두드러지게 그 기분을 나타내고 있었다.

그는 옆방으로 들어갔다. 그러자 곧 거기서 나직하고 불평스러운 그의 목소리가 들려 왔다.

11

안드레이 공작이 프풀리를 미처 전송하기도 전에 베니그센 백작이 허둥지둥 방으로 들어왔다. 그리고 공작에게 가볍게 고개를 끄덕이며 발을 멈추려고도 하지 않고 부관에게 무엇인가 명령을 전하고 그대로 서재로 들어갔다. 황제가 뒤에서 오고 있었으므로 무엇인가 준비를 한 뒤에 맞아들이려고 한 걸음 먼저 바삐 돌아왔던 것이다.

체르느이쉐프와 안드레이 공작은 현관으로 나갔다. 황제는 피로한 기색으로 말에서 내리고 있었다. 파울루치 후작이 무엇이라고 말하자 황제는 고개를 왼쪽으로 기울이고 파울루치의 각별히 열의를 담고 하는 말을 불만스러운 태도로 듣고 있었다. 황제는 이야기를 끝낼 생각인 듯 앞으로 걷기 시작했다. 그러나 잔뜩 흥분되어 얼굴을 빨갛게 붉힌 이탈리아인은 예의도 잊고 언제까지고 이야기를 계속하면서 황제의 뒤를 따라왔다.

「드리사의 진지를 권한 자에게는.」하고 파울루치는 말하였다. 바로 그때 황제는 입구의 층층대를 오르면서 안드레이 공작을 보고 그 낯선 얼굴을 찬찬히 훑어보고 있었다.

「그자에게는 폐하!」파울루치는 이제 참을 수 없다는 듯이 필사적으로 말을 계속했다.「저의 생각으로는 드리사의 진지를 권한 자에게는 정신 병원, 아니면 교수대, 이 둘밖에 없읍니다.」황제는 이탈리아인의 말을 끝까지 듣지 않고 마치 안 들리는 듯한 태도로 볼콘스키이가 누군지를 알아보자 그에게로 얼굴을 돌리고 부드럽게 말을 걸었다.

「잘 와 주었어. 모두 있는 데로 가서 나를 기다리고 있어 주게.」황제는 서재로 들어갔다. 그 뒤에서 표트르 미하일로비치 볼콘스키이 공작과 슈타인 남작이 들어갔다. 일동이 들어가 버리자 입구의 문이 닫혔다. 안드레이 공작은 황제의 허가를 이용하여 터키에서 지기가 된 파울루치와 함께 회의실로 준비되어 있는 객실로 들어갔다.

표트르 미하일로비치 볼콘스키이 공작은 황제의 참모장 같은 직무를 보고 있었다. 볼콘스키이는 서재에서 나와 객실로 들어가서 탁자 위에 지도를 펴자 문제를 제출하고 모여 있는 사람들의 의견을 구했다. 다름이 아니라 어젯밤 프랑스군이 드리사 진지의 우회 이동을 시작했다는 보고가 들어왔기 때문이었다(그것은 뒤에 오보로 판명되었다).

맨 처음에 입을 연 자는 아름펠트였다. 그는 당면한 곤란을 피하는 방법으로서 아닌 밤중에 홍두깨격으로, 전혀 새로운 진지를(자기도 의견을 가질 수 있다는 것을 과시하는 것으로밖에는 납득이 가지 않는 그런 진지를), 페쩨르부르그와 모스크바 가도에서 옆으로 조금 들어간 지점에 구축한다는 안을 제출했다. 그의 의견에 의하면 군대가 거기 집결해서 적을 기다려야 한다는 것이었다. 그런데 아름펠트는 오래 전부터 이 안을 편성하고 있었으므로 그가 지금 이 안을 발표한 것도 제출된 문제에 대답한다기보다 도리어 그 발표를 위하여 기회를 이용함이 목적인 듯했다. 그리고 또 이 안은 제출된 문제에 대한 답이 되어 있지 않았다. 이것은 다른 안과 마찬가지로 전쟁이 어떤 성질을 띨 것인가 하는 것만 생각하지 않는다면 원칙적으로는 실천될 수 있는 무수한 제안 중의 하나였다. 어떤 자는 그의 의견을 비난하고 어떤 자는 지지했다. 젊은 톨리 대령은 누구보다도 가장 열심히 스웨덴 장군의 의견을 논박하였다. 논쟁하는 도중에 그는 옆 호주머니에서 무엇인가 잔뜩 쓴 수첩을 꺼내어 그것을 낭독하게 해 달라고 청원했다. 톨리는 지리한 원고에 의해서 또 다른 안을 제출하였다. 그것은 아름펠트의 안에도, 프풀리의 안에도 전혀 반대의 것이었다. 파울루치는 톨리에게 반대하면서 전진 공격의 안을 제출하고, 이것 이외에는 지금 아군이 빠져 있는 미지의 암흑과 함정(그는 드리사의 진지를 이렇게 부르고 있었다)에서 구출될 길은 없다고 말하였다. 이렇게 쟁론하는 동안 프풀리와 그 통역 볼리소겐(이 사람은 궁정과 프풀리의 교량역이었다)은 침묵을 지키고 있었다. 프풀리는 그저 경멸하듯이 코방귀를 뀌면서, 나는 지금 듣고 있는 것 같은 어리석은 의견에 반대해서 자기의 품위를 떨어뜨리는 짓은 절대로 하지 않는다는 듯이 얼굴을 돌려 버렸다. 그러나 토론의 지도자인 볼콘스키이 공작이 그를 지명하고 의견을 구했을 때 그는 그저 이렇게 말하였다.

「나 같은 사람에게 물을 것이 무엇이 있겠읍니까? 아름펠트 장군이 적에게 배면을 드리낸 훌륭한 진지를 제의하셨지 않았습니까? 아니면 이 이탈리아분이 말씀하신 돌격도 매우 좋습니다. 퇴각, 이것도 좋겠죠. 나 같은 사람에게 물어서 뭘 하시렵니까?」하고 그는 말했다.「여러분은 무엇이건 나보다 잘 알고 계시니까요.」

그러나 볼콘스키이가 얼굴을 찌푸리고 자기는 황제의 어명에 의해서 의견을 묻는 것이라고 말했을 때 프풀리는 일어서서 갑자기 활기를 띠고 말하기 시작하였다.

「모두 엉망이 되어 버렸읍니다. 모두가 뒤얽혀 버리고 말았읍니다. 지금까지 여러분은 나보다 잘 알고 있다고 생각하고 있었는데 이제 새삼스럽게 내 의견을 묻고 계시다뇨. 어떻게 개선해야 하느냐고 묻고 계시는 건가요? 아무것도 개선할 것은 없읍니다. 내가 말한 이론을 정확히 실행하면 되는 겁니다.」그는 앙상한 손가락으로 탁자를 치면서 말하였다.「도대체 무엇이 곤란하다는 겁니까? 잠꼬대입니다. 어린 아이들의 장난입니다.」그는 지도로 다가가 거친 손가락 끝으로 도면을 짚으면서 재빨리 말하기 시작했다. 어떠한 우연도 드리사 진지의 유익함을 변동시킬 수는 없다. 모든 것은 예견돼 있으니까, 만일 실지로 적이 우회한다면 적병은 한 명도 남지 않고 섬멸될 것이라고 입증하면서 빠른 어조로 주워섬겼다.

독일어를 모르는 파울루치는 프랑스어로 프풀리에게 묻기 시작했다. 볼리소겐은 프랑스어가 서투른 수령을 도우러 다가갔다. 그리고 간신히 프풀리의 말을 뒤따르면서 통역하기 시작했다 프풀리는 기왕지사뿐만 아니라 앞으로 일어날 수 있는 일까지도 모두 자기의 계획 속에서 예견되어 있다. 그러니까 만일 지금 곤란이 있다면 그것은 만사가 정확히 실행되고 있지 않다는 점에 있다고 재빨리 증명했다. 그는 줄곧 빈정거리는 웃음을 띠고 논증하고 있었으나 마침내는 경멸하는 것처럼 논증을 포기해 버렸다. 그것은 마치 한 번 정확히 증명된 문제를 여러 가지 다른 방법으로 검증하고 있던 수학자가 갑자기 어리석어져 중지하는 것 같은 것이었다. 그를 대신하여 볼리소겐이 프랑스어로 그의 생각을 통역하기 시작하였다. 그리고 이따금 프폴리에게 「그렇죠, 각하?」 하고 말했다. 프폴리는 마치 싸움에서 눈이 뒤집힌 사람이 자기 편을 때리듯이 울컥하여 부하인 볼리소겐을 호통쳤다.

「도대체 이 이상 더 무엇을 설명할 게 있느냐 말이야?」 파울루치와 미쉬오는 이구 동성으로 프랑스어로 볼리소겐에게 대들었다. 아름펠트는 독일어로 프폴리를 상대했다. 톨리는 러시아어로 볼콘스키이 공작에게 설명하였다. 안드레이 공작은 묵묵히 들으면서 관찰하고 있었다.

이러한 사람들 가운데에서 가장 안드레이 공작의 동정을 불러일으킨 것은 노발대발하는 결연한 태도의 턱없이 자신이 강한 프폴리였다. 여기에 출석하고 있는 모든 사람들 가운데에서 그 혼자만이 자기를 위해서는 아무것도 바라지 않고 누구에게도 적의를 품지 않으며, 그저 단 한 가지 여러 해 동안의 고심의 결과인 이론에 근거한 계획의 실행만을 바라고 있었던 것이다. 그는 우스꽝스럽게도 보이고 그 빈정거리는 태도가 불쾌하지 않은 것은 아니었다. 그러나 동시에 그 이상에 대한 한없이 충실한 태도는 부지 불식간에 사람들에게 존경심을 불러일으키게 하였다. 그뿐만 아니라 프폴리 한 사람을 제외한 모든 사람들의 온갖 말 가운데에는 1805년의 군사 회의에서는 볼 수 없었던 하나의 공통점이 있었다. 다름 아닌, 비록 표면에 드러나 보이지는 않았으나 나폴레옹의 천재적인 것에 대한 크나큰 공포로 그것이 모든 반대설에 나타나 있었다는 것이다. 그들은 나폴레옹에게는 모든 것이 가능한 것처럼 여겨져 온갖 방면으로부터의 그 내습을 기다리고 예상하고 나폴레옹이라는 무서운 이름에 의하여 서로 상대방의 제안을 뒤집어 버리는 것이었다. 오직 프폴리만은 나폴레옹도 자기 이론에 반대하는 모든 사람과 똑같이 야만인이라고 생각하고 있었다. 그러나 안드레이 공작은 존경의 감정 외에 프폴리에 대해서 연민의 정도 느꼈다. 궁중의 사람들이 프폴리에게 응대하는 태도에 의해서나 파울루치가 황제에게 상주한 사실로 보나, 아니 그보다도 프폴리 자신의 절망적인 표정으로 보아 그의 몰락이 눈앞에 닥친 것을 다른 사람도 알고 있고 그 자신도 역시 느끼고 있는 것 같았다. 그 자신에 찬 태도와 독일인 특유의 불평스러운 빈정거림에도 불구하고 깨끗이 쓰다듬어진 관자놀이께의 머리털과 뒤통수에 쭈뼛쭈뼛 솟아 있는 머리칼에서 어쩐지 서글픔이 느껴졌다. 그는 그것을 흥분과 경멸의 표정으로 감추려 하고 있었으나 자기 이론의 정확함을 커다란 무대에서 시험하고 또한 그것을 온 세계에 증명할 수 있는 유일한 기회가 자칫하면 도망쳐 가려 하고 있으므로 절망적이 되어 있음이 분명했다.

토론은 오랫동안 계속되었다. 그리고 오래 계속되면 될수록 논쟁은 더욱더 백열화되어 마침내는 노호와 인신 공격이 되었다. 이제 사람들의 말에서 무엇인가 총괄적인 결론을 꺼낼 수는 없었다. 안드레이 공작은 여러 가지 국어로 오가고 있는 이러한 이야기, 예상, 계획, 변박, 노호를 듣고 그저 그들 일동이 말하는 것에 놀랄 뿐이었다. 전에 군인 생활을 하는 동안 이따금 그의 머리에 떠올랐던 상념, 즉 전쟁학이라는 것은 절대로 존재하지 않는다. 또 존재할 수 있는 것도 아니다. 따라서 이른바 전쟁의 천재라는 것도 절대로 존재할 리가 없다는 생각은 지금 그에게 완전히 명료한 진리가 됐다. 『조건과 사정이 불명하고 판연히 결정할 수 없고 또 전쟁 당사자의 힘도 한층 불확실한 일에 어떻게 이론이며 과학이 있을 수가 있으랴? 아군이건 적군이건 하루 지나면 어떤 상태가 될 것인가 하는 것은 과거에 있어서도 누구 한 사람 알 수 없었고 또 앞으로도 알지 못한다. 그뿐만 아니라 모모 지대가 어떠한 전투력을 가지고 있는지 그것마저 누구 한 사람 알 수가 없는 것이다. 「차단되었다!」 하고 외치고 도망치는 겁장이 대신 쾌활하고 용감한 병사가 「만세!」 하고 외치면서 선두에서 나아갈 때는 마치 쉔그라벤 회전처럼 오천 명의 일개 지대가 삼만 명의 적군에 필적한 적도 있다. 그러나 또 때로는 아우스테를리츠 전투처럼 오만 명이 팔천 명한테 쫓겨 패주한 적도 있다. 실제상의 온갖 사건과 마찬가지로 아무것도 뚜렷이 결정할 수 없으며 최후의 그 막바지가 올 때까지 누구 한 사람 알 수 없는 한순간에 그 의의를 결정할 수 있는 무수한 상황에 좌우되는 사건——이러한 사건에 무슨 과학이 있을 수 있으랴? 아름펠트는 아군은 중단되었다고 말하고 있고 파울루치는 아군은 프랑스군을 두 포화 사이에 놓은 것이라고 말하고 있다. 미쉬오의 말에 의하면 드리사 진지의 불리한 점은 강을 등지고 있는 데에 있다고 말하고 있는데, 프폴리는 그 점이야말로 이 진지의 힘이라고 말하고 있다. 톨리가 하나의 안을 제출하니 아름펠트가 또 다른 안을 들고 나왔다. 그러한 것들은 모두 훌륭한 것이기도 하고 또 동시에 쓸데없는 것이기도 하다. 어느 의견이 뛰어나 있는지는 사건이 행해지는 순간에야 비로소 뚜렷해질 뿐이다. 어째서 사람은 전쟁의 천재라는 말을 쓰는 것일까? 때에 늦지 않도록 건빵의 수송을 명령하고, 이 부대는 오른쪽, 저 부대는 왼쪽으로 나가라고 호령할 수 있다고 해서 과연 인간이 천재인 것일까? 그저 군인은 광휘와 권력에 싸여 있기 때문에 우매한 대중들이 권력에 아부하고 또 천재라는 있지도 않은 성질을 부여하는 것에 지나지 않는다. 내가 알고 있는 훌륭한 장군들은 오히려 대개 우둔하지 않으면 얼빠진 인물뿐이다. 훌륭한 장군이라는 것은 바그라쩨온 같은 사람이다. 나폴레옹도 이것을 시인했다. 그런데 나폴레옹 자신은 어떨까? 나는 아우스테를리츠의 싸움터에서 보았다. 그 오만 불손하고 천박한 얼굴을 기억하고 있다. 훌륭한 장군은 천재니 뭐니 하는 특별한 자질을 필요로 하지 않을 뿐만 아니라 가장 고상한 인간의 자질—사랑이라든가 시라든가 부드러운 마음이라든가, 탐구적이며 철학적인 의혹이라든가—그러한 자질의 결여까지도 필요로 하는 것이다. 훌륭한 장군은 한정된 마음을 가지고 있지 않으면 안 된다. 자기의 일은 아주 중대한 것이라는 굳은 신념을 가지고 있지 않으면 안 된다(그렇지 않으면 도저히 견뎌낼 수 없을 것이다). 그때에야 비로소 용감한 장군이 되는 것이다. 장군은 여느 사람처럼 누군가를 사랑하고 가여워하고 옳고 그름을 생각하고 해서는 안 된다. 옛날부터 그들을 위해서 천재론이 위조된 것은 마땅한 일이다. 왜냐하면 그들은 권력이기 때문이다. 전승의 공적은 그들의 힘이 아니고 대오(隊伍) 가운데에서 〈틀렸다!〉라든가, 〈만세!〉라든가 하고 절규하는 자에게 좌우되는 것이다. 그러니까 이 대오 가운데에서만 비로소 나는 유용한 존재라는 확신을 가지고 근무할 수 있는 것이다!』

안드레이 공작은 분분한 여러 의견을 들으며 이렇게 생각했다. 그리고 파울루치에게 불려서 제 정신을 차렸을 때는 벌써 모두는 흩어지기 시작하고 있었다.

이튿날 열병식 때 황제는 안드레이 공작에게 어디서 근무하고 싶으냐고 물었다. 안드레이 공작은 황제 옆에 머무를 것을 바라지 않고 군대(軍隊) 소속으로 근무하도록 허가를 청원했다. 이렇게 해서 그는 궁중 사회에 머무를 기회를 영원히 잃어버렸던 것이다.

12

로스토프는 전쟁이 시작되기 전에 양친으로부터 편지를 받았다. 거기에는 나타샤의 병이며 안드레이 공작과의 파혼(양친은 그것을 나타샤의 거절이라는 이유로 설명했다) 등을 간단히 알린 뒤 다시 군적(軍籍)을 벗어나 귀향해 달라고 씌어 있었다. 니콜라이는 이 편지를 받고서도 휴가를 얻으려고도, 퇴역원을 내려고도 하지 않고, 그저 양친에게 한 통의 편지를 써서 나타샤의 병도, 약혼의 파담도 마음으로부터 유감스럽게 생각하고 있다. 또한 양친의 희망을 만족시키기 위하여 온갖 수단을 강구해 볼 생각으로 있다고 말하여 주었다. 소냐에게는 따로 편지를 썼다.

〈사랑하는 마음의 벗이여. 지금 나의 귀향을 방해하는 것은 명예 외에 아무것도 없어. 그렇지만 이제 전쟁이 시작되려고 할 때에 있어서 조국에 대한 의무와 사랑을 일신의 행복과 바꾸는 그런 행동을 하면 그것은 전우들뿐만 아니라 자기 자신에 대해서도 면목이 없는 파렴치한 일이라고 생각해. 그러나 이것은 마지막 이별이야. 만일 전쟁 뒤에도 내가 살아 남고 또한 그대의 사랑이 변하지 않고 있다면 나는 모든 것을 버리고 그대의 옆으로 날아가겠어. 그리고 영원히 그대를 이 불타는 가슴에다 꼭 껴안겠어. 맹세코 거짓말을 하지는 않아.〉

사실 약속대로 귀향해서 소냐와의 결혼을 할 수 없게 한 것은 전쟁의 개시뿐이었다. 오트라드노예의 가을과 사냥, 크리스마스며 소냐와의 사랑의 기억이 얽히는 겨울, 이러한 것들이 조용한 귀족다운 희열과 평화에 찬 미래를 로스토프 앞에 펼쳐 보였다. 전에는 몰랐던 그러한 기분이 지금은 자주 그를 충동시키는 것이었다. 『아름다운 아내, 아이, 억센 사냥개들, 열 쌍이나 스무 쌍의 훌륭한 보르조이 개, 농촌 경영, 이웃 사람들, 선거에 의한 명예직!』 이런 것을 그는 생각하였다. 그러나 지금은 전시니까 연대에 머물러 있을 필요가 있었다. 필요한 것이라면 니콜라이 로스토프는 그의 성격상 현재 보내고 있는 연대의 생활에도 만족하고, 또한 이 생활을 즐거운 것으로 할 수도 있었다.

휴가에서 돌아와 전우들에게 환영을 받은 니콜라이는 즉시 새 말의 구입을 위해 파견되었다. 그는 소러시아에서 훌륭한 말을 구해 왔는데 그 말은 그에게 만족을 주었고 장군의 칭찬도 얻게 하였다. 그뿐 아니라 그는 부재중에 대위로 승진되어 있었다. 그리고 전투 상태가 되어 연대가 증원되었을 때 그는 또 이전의 중대를 맡게 되었다.

전쟁이 시작되고 연대는 폴란드에 진주했다. 봉급은 갑절로 오르고 새 장교, 새 병사, 새 말이 연대에 지급되었다. 그러나 무엇보다도 가장 눈에 띄는 것은 개전에 따르는 저 흥분되고 들뜬 기분의 횡일이었다. 로스토프는 연대에 있어서의 자기의 유리한 지위를 의식하고 멀지 않아 버릴 때가 온다고는 알면서도 역시 군무의 흥미와 만족에 젖어 있었다.

군(軍)은 국가적, 정치적, 전술적 등등 여러 가지 복잡한 원인으로 빌리나에서 퇴각하였다. 총사령부에서는 일보 퇴각할 때마다 이해(利害)와 억측과 감정의 복잡한 교착이 따랐다. 그러나 파블로그라드 연대의 경기병에게는 마침 여름의 좋은 계절이기도 하고, 양식에도 부자유가 없었기 때문에 이 퇴각은 지극히 간단하고도 재미있는 일이었다. 바관하기도 하고 불안을 느끼기도 하고 음모를 꾀하기도 하는 것은 총사령부 안에서만의 일이고, 하층의 군대에 있어서는 어디로 무엇 때문에 가는 것인지 그런 것은 아무도 미심쩍게 생각하는 사람은 없었다. 만일 퇴각을 서운해 하는 사람이 있다면 그것은 그저 정든 숙사를 떠나지 않으면 안 된다든가, 혹은 아름다운 폴란드 부인과 헤어지지 않으면 안 된다든가 하는 그런 정도의 것이었다. 설혹 상황이 불리하다고 생각하는 자가 있더라도 모범적인 군인으로서의 자질을 잃지 않기 위해서 애써서 쾌활을 가장하고 전국의 움직임에 주의하지 않고 눈앞의 일을 생각하려고 노력했다. 처음 얼마 동안 군대는 폴란드의 지주들과 교제하기도 하고 황제, 그밖의 고급 지휘관의 열병을 기다리기도 하고, 무사히 그것을 끝마치기도 하면서 빌리나 부근에 주둔하고 있었다. 그러자 이윽고 스벤샤느이로 퇴각하고, 갖고 갈 수 없는 양식은 모조리 태워 버리라는 명령이 내렸다. 경비병들에게 스벤샤느이의 기억은 얼마 남아 있지 않았다. 말하자면 전군이 스벤샤느이 부근에 주둔하고 있었을 때 여기가 〈주정뱅이 숙사〉라고 이름지어졌던 일, 군수품 징발의 명령을 이용하여 군수품 이외에 폴란드의 귀족한테서 말이며 수레며 융단들을 징발하였기 때문에 군대에 대한 불평이 많았던 일들이 기억의 내용을 이루고 있었다. 로스토프가 스벤샤느이를 기억하고 있었던 것은 이 고을에 들어온 첫날, 자기 몰래 다섯 통의 묵은 맥주를 빼앗아 와 곤드레만드레 취한 중대의 병사 일동을 단속하지 못하였기 때문에 상사를 경질시킨 일로 해서였다. 그뒤 스벤샤느이에서 다시 드리사로 퇴각하고 드리사에서 또 후방으로 퇴각하여 이제 러시아의 국경에 점점 가까와지고 있었다.

7월 13일에 파블로그라드 연대는 비로소 전쟁다운 전쟁에 부딪쳤다.

싸움 전날, 즉 7월 12일의 밤은 우박이 섞인 무서운 폭풍우였다. 대체로 1812년의 여름은 폭풍우가 많은 것이 특징이었다.

파블로그라드 연대의 2대 중대는 가축과 말들에게 완전히 짓밟힌 쌀보리밭 가운데에 노영하고 있었고 보리는 벌써 이삭이 나오고 있었다. 비는 억수같이 쏟아졌다. 로스토프는 자기의 보호를 받고 있는 젊은 장교 일리인과 둘이서 날림으로 지은 가병사(假兵舍)에 앉아 있었다. 그러자 긴 콧수염을 볼까지 이어지게 한 같은 연대의 한 장교가 사령부에서 돌아오는 도중 비를 만나 로스토프한테 들렀다.

「백작, 나는 사령부에서 돌아오는 길입니다. 라예프스키이의 공훈을 들었읍니까?」이렇게 말하고, 그 장교는 사령부에서 듣고 온 살타노프 전투의 상황을 이야기하였다.

로스토프는 비가 흘러들어오는 목을 웅크리고 파이프를 문 채로 멍하니 듣고 있었다. 그리고 이따금 자기 옆에 웅크리고 있는 젊은 장교 일리인을 쳐다보았다. 그는 아직 열 여섯 살의 소년으로 요즈음에 연대에 들어왔던 것이다. 그와 니콜라이와의 관계는 칠 년 전의 니콜라이와 제니소프의 관계 그대로였다. 일리인은 만사에 있어서 로스토프를 흉내내려고 했고, 마치 여자처럼 그를 사랑했다.

긴 콧수염을 기른 장교 즈드르줜스키이는 살타노프의 둑이 러시아군에게 테르

모필레의 잔도(殘道)였었다는 것(그리스의 전쟁터로 유명한 산길—역주), 이 둑 위에
선 라예프스키이의 장군이 옛날 무사에 못지않은 행동을 하였다는 것들을 허풍
을 떨어 가면서 이야기했다. 즈드르줸스키이의 이야기에 의하면 라예프스키이는
두 아들을 무서운 포화 밑의 둑 위로 끌어내고 자기도 그들과 나란히 돌격했다는
것이다. 로스토프는 이 이야기를 듣고도 즈드르줸스키이의 감격에 동감을 표하지
않았을 뿐만 아니라, 비록 반대는 하지 않았지만 오히려 상대방의 이야기를 부끄
럽게 생각하고 있는 듯한 태도를 보였다. 첫째 로스토프는 아우스테를리츠의 전
쟁과 1807년의 전역(轉役)에 참가한 이래, 싸움의 광경을 이야기하면 반드시
거짓말이 된다는——그것은 전에 자기가 그랬었던 것과 똑같은 이치라는——
것을 경험으로 알고 있었기 때문이며, 둘쬐로 그는 전쟁에서 행해지는 모든 것
이 우리들이 상상하고 이야기할 수 있는 것과는 전혀 다르다는 것을 경험으로 알
고 있었기 때문에 즈드르줸스키이의 이야기는 그의 마음에 들지 않았다. 게다가
또 볼까지 이어져 있는 수염을 흔들면서 상대방의 얼굴 위로 디미는 버릇이 있고,
로스토프의 비좁은 오두막집 안을 더욱 갑갑하게 하는 즈드르줸스키이까지 그의
마음에 들지 않았던 것이다. 로스토프는 묵묵히 그를 쳐다보고 있었다.『첫째, 돌
격을 한 그 둑 위는 확실히 뒤죽박죽이 되고 좁았을 것이다. 그러니까 설혹 라예
프스키이가 아들들을 둑 위로 데리고 나갔더라도 그 행동은 주위에 있었던 열 사
람 가량을 제하면 거의 누구에게도 영향을 줄 수 없었을 것이다.』하고 로스토프
는 생각했다.

『나머지 사람들은 라예프스키이가 누구하고 둑을 걷고 있었던 그런 것을 알아
챘을 리가 없는 것이다. 또 그것을 알아챈 사람이라고 하더라도 그리 감격할 리
는 없다. 왜냐하면 자기의 목숨이 어떻게 될지 모를 때 라예프스키이의 다정한
어버이의 정 같은 것이 그들에게 무슨 소용이 있겠는가? 게다가 또 살타노프의
둑을 빼앗는다, 빼앗지 않는다 하는 것은 테르모필레의 잔도를 인용할 만큼 조국
의 운명에 영향을 미치지는 않는다. 그러고 보면 그런 희생을 치를 필요는 하나
도 없었던 것이다. 게다가 자기의 아들들을 싸움터에 끌어낼 필요는 조금도 없지
않은가. 나 같으면 아우인 페쨔는 물론 이 일리인까지도(남이기는 하지만 귀여운
소년이다) 그런 데에는 끌어내지 않고 어딘가 엄호물 뒤에다 숨기려고 할 것이
다.』

로스토프는 즈드르줸스키이의 이야기를 들으면서 이런 것을 생각했다. 그러나
그는 자기의 생각을 입 밖에 내지는 않았다. 이런 일에 대해서도 이미 경험이 있
었던 것이다. 그는 그 이야기가 우리 편의 무력의 명예를 돕는 것이니까, 거기에
대해 의혹을 품는 태도를 해서는 안 된다는 것을 알고 있었다. 그래서 그대로 했

던 것이다.

「그건 그렇고, 더는 못 견디겠군요.」 즈드르쥔스키이의 이야기가 로스토프의 마음에 들지 않은 것을 알아채고 일리인은 불쑥 말하였다.

「양말도 속옷도 흠뻑 젖었어요. 엉덩이 밑으론 물이 흐르기 시작하고요. 어디 한 번 피난처를 찾으러 나가 봐야겠군요. 비도 좀 뜸해진 것 같으니까.」

일리인은 나갔다. 즈드르쥔스키이도 떠났다.

한 오 분 지나자 일리인은 진창 속을 철벅철벅 소리를 내면서 가병사 쪽으로 뛰어왔다.

「만세! 중대장, 빨리 갑시다. 찾아냈읍니다! 바로 이백 걸음 가량 저쪽에 선술집이 있읍니다. 벌써 부대 패들이 빽빽이 들어차 있어요. 옷을 말리는 것만으로도 좋지 않아요? 마리야 겐리호브나도 있어요.」

마리야 겐리호브나란 연대 소속인 군의의 아내로 곱살스러운 젊은 독일 여자였다. 군의는 폴란드에서 이 여자와 결혼했으나 돈이 없어 그런지, 아니면 결혼 최초의 시기를 젊은 아내와 헤어지는 게 싫어서인지, 경기병 연대와 함께 어디든지 데리고 돌아다니고 있었다. 그리고 이 군의의 질투는 경기병 장교들 사이에서 언제나 농담의 대상이 되어 있었다.

로스토프는 망토를 걸치자 라브루쉬카를 불러 짐을 들고 따라오게 했다. 그리고 일리인과 함께 진창 속을 미끄러지기도 하고 뜸해진 빗속을 거침없이 철벅거리며 이따금 멀리 번개에 찢기는 저녁의 어둠 속을 걸어갔다.

「중대장님, 어디 계십니까?」

「여기야, 지독한 번개로군!」 하고 둘은 서로 말을 주고받았다.

13

선술집 앞에는 군의의 여행용 포장 마차가 서 있었다. 안에는 벌써 다섯 명 남짓한 장교가 와 있었다. 금발의 살집이 좋은 독일 여인인 마리야 겐리호브나는 자케트에 나이트 캡을 쓰고 안쪽 구석에 있는 널따란 걸상에 앉아 있었다. 남편인 군의는 그 뒤에서 자고 있었다. 로스토프와 일리인 두 사람은 명랑한 환성과 웃음으로 마중을 받고 방으로 들어갔다.

「여어! 떠들썩하군그래.」 하고 로스토프는 웃으면서 말했다.

「어디서 꾸물거리고 있었나?」

「꼴 좋다! 물이 줄줄 흘러내리는구면! 우리들의 객실을 젖지 않게 해줬음 좋겠어.」

「마리야 겐리호브나의 옷을 더럽혀서는 안 돼.」 하고 저마다 지껄여 댔다.

로스토프와 일리인은 마리야 겐리호브나의 수치심을 다치지 않도록 젖은 옷을 갈아입을 수 있는 방을 바삐 찾고 있었다. 두 사람은 간막이 뒤로 옷을 갈아 입으러 갔으나 이 조그만 광 같은 데에 세 장교가 방 가득히 들어낮아 빈 상자 위에 세운 한 자루의 촛불로 카드놀이를 하면서 좀처럼 자리를 내어 주려고 하지 않았다. 그래서 마리야 겐리호브나는 커튼 대신으로 쓰라고 하며 자기 스커트를 두 사람에게 빌려 주었다. 로스토프와 일리인은 이 커튼 뒤에서 짐을 가지고 온 라브루쉬카에게 거들게 하면서 젖은 옷을 벗고 마른 것으로 갈아입었다.

부서진 난로에 불이 지펴졌다. 그리고 널빤지 한 장을 가지고 와서 두 안장 위에다 건너지르고 그 위에다 마의(馬衣)를 덮고 조그만 사모바르(주전자)와 여행용의 식기 상자와 절반 남은 럼 주의 병을 얹었다. 그리고 마리야 겐리호브나에게 주부역을 부탁하자 일동은 그 둘레에 떼를 지어 모였다. 어떤 자는 아름다운 손을 닦으라고 깨끗한 손수건을 그녀에게 내밀었다. 어떤 자는 싸늘해지지 않게 그녀의 작은 발 밑에다 군복을 깔았다. 어떤 자는 바람이 들어오지 않게 창문에다 외투를 드리웠다. 또 어떤 자는 그녀의 남편의 얼굴에서 파리를 쫓아 잠을 깨지 않게 하였다.

「내버려두세요.」 수줍고 행복한 듯한 미소를 띄우면서 마리야 겐리호브나는 말하였다. 「밤샘을 한 뒤니까 그렇게 하지 않아도 잘 주무셔요.」

「아니, 안 됩니다, 마리야 겐리호브나.」 한 장교가 대답했다. 「의사에게 잘 서비스해 두면 내가 다리나 팔의 절단 수술을 받을 때 역시 조금은 동정을 받을지도 모르니까 말이에요.」

컵은 꼭 세 개밖에 없었다. 게다가 또 물은 몹시 흐려 있으므로 차가 잘 우러났는지 그렇지 않은지 분간되지 않을 정도이고, 사모바르에는 물이 컵으로 여섯 잔 정도밖에 없었다. 그러나 손톱이 짧고 그다지 예쁘지도 않은 포동포동한 마리야 겐리호브나의 손에서 고참 순으로 컵을 받는다는 것이 오히려 유쾌한 것이었다. 그 날 저녁 장교들은 모두 마리야 겐리호브나에게 반하고 있는 것처럼 보였다. 간막이 뒤에서 카드놀이를 하던 장교들까지 이내 노름을 그만두고 사모바르 옆으로 옮겨 왔다. 그리고 그 분위기에 휩싸여 마리야 겐리호브나에게 알랑거리기 시작하였다. 마리야 겐리호브나는 뒤에서 자고 있는 남편이 잠꼬대를 할 때마다 질겁을 하면서도 또한 아무리 그것을 숨기려고 애써도 화려하고 점잖은 청년들에게 둘러싸인 자신을 의식하고 행복한 듯이 얼굴을 빛내고 있었다.

숟가락도 꼭 한 개밖에 없었다. 무엇보다도 제일 많은 것은 설탕이었지만 그것을 저을 틈이 없을 정도였다. 그래서 마리야 겐리호브나가 한 사람 한 사람의 컵을 차례로 저어 주기로 했다. 로스토프는 자기의 컵을 받자 그 속에다 럼 주를 따르고 그녀에게 저어 달라고 부탁했다.

「그렇지만 당신은 설탕을 안 넣으셨죠?」 그녀는 생글거리면서 말했다. 자기가 말한 것도, 다른 사람이 말한 것도 그녀에게는 모두 무척 우습고 또한 무엇인가 딴 의미가 포함되어 있는 것처럼 보였다.

「아니, 난 설탕은 필요 없읍니다. 그저 당신의 손으로 저어 주시면 됩니다.」

마리야 겐리호브나는 승낙하고 숟가락을 찾기 시작했으나 그 숟가락은 벌써 누군가에게 빼앗기고 없었다.

「마리야 겐리호브나, 당신의 손가락으로라도.」 하고 로스토프는 말했다. 「한결 맛이 있을 테니까!」

「어머나, 뜨거운걸요!」 마리야 겐리호브나는 만족한 나머지 얼굴을 붉히면서 말했다.

일리인은 물이 든 통을 들고 그 속에다 럼 주를 따르고는 마리야 겐리호브나한테로 가지고 와서 손가락으로 저어 달라고 부탁했다.

「이것은 내 찻종입니다.」 하고 그는 말하였다. 「그저 살짝 당신의 손가락을 담가 주시기만 하면 나는 다 들이켜 버릴 생각이에요.」

사모바르를 다 비워 버리자 로스토프는 카드를 들고와 마리야 겐리호브나와 〈킹〉을 하고 놀자고 제의했다. 마리야 겐리호브나의 편은 제비뽑기로 결정하기로 됐다. 로스토프의 발언으로 승부의 규칙이 만들어졌다. 그것은 킹이 된 사람이 마리야 겐리호브나의 손에 키스할 권리를 얻고 꼴찌가 된 사람은 군의가 잠을 깼을 때 그를 위하여 새로 사모바르의 준비를 한다는 것이었다.

「좋아, 그러나 만일 마리야 겐리호브나가 킹이 되면?」 하고 일리인이 물었다.

「이분은 그렇지 않아도 여왕이지 않아! 이분의 명령은 곧 법률이야.」

놀이가 시작되자마자 마리야 겐리호브나의 뒤에서 갑자기 머리가 헝클어진 군의의 머리가 쑥 나왔다. 그는 벌써 오래 전부터 자지 않고 일동의 이야기에 귀를 기울이고 있었던 것이다. 그러나 일동이 이야기하고 있는 것이며 하고 있는 것이 그에게는 전혀 재미있지도 우습지도 않았던 모양이었다. 그의 얼굴은 서글픈 듯이 음울해 있었다. 그는 장교들에게 인사도 하지 않고 긁적긁적 몸을 긁고는 밖으로 나가겠으니 조금 비켜 달라고 청했다. 장교들이 통로를 막고 있었던 것이다. 그가 밖으로 나가자마자 장교들은 큰소리로 껄껄 웃어 댔다. 마리야 겐리호브나는 눈물이 나올 만큼 얼굴을 붉혔으나 그것이 장교들의 눈에는 더 한층 매력적으로 비쳤다. 군의는 밖에서 돌아오자 아내를 보고(그녀는 이미 행복한 듯한 미소를 거두고 조심조심 선고를 기다리면서 남편을 쳐다보고 있었다) 비가 그쳤으니까 마차로 가서 자자, 그렇지 않으면 짐을 모두 도둑맞아 버릴 것이라고 말하였다.

「그럼 내가 졸병을 한 사람 보내죠…… 아니, 두 사람이라도 좋아!」 하고 로스토프는 말했다. 「닥터, 그렇게 말씀하시지 않아도 되지 않습니까?」

「제가 직접 보초를 서죠!」 하고 일리인은 말하였다.

「아니, 여러분은 충분히 주무셨을 테지만 나는 이틀 밤이나 자지 못해서 말이에요.」 하고 군의는 말하였다. 그리고 어두운 얼굴로 아내 옆에 앉아서 승부가 끝나기를 기다리고 있었다.

자기의 아내를 곁눈질로 노려보고 있는 군의의 어두운 얼굴빛을 보자 장교들은 더욱더 신명이 나 대부분의 사람은 웃음을 억누르지 못했다. 그래서 그들은 그때마다 무엇인가 좋은 구실을 부랴부랴 찾는 것이었다. 군의가 자기의 아내를 타이르듯 하며 같이 마차 속에 들어가자, 장교들은 선술집에 남아 젖은 외투를 둘러쓰고 잠자리에 들었다. 그러나 군의의 놀란 표정이며 그 아내의 쾌활한 태도를 생각해 내고는 그것을 서로 이야기하기도 하고 현관까지 뛰어나가 마차 안의 동정을 살피고서는 다시 되돌아와서 보고하기도 하면서, 오랫동안 자려고 하지 않았다. 로스토프는 몇 번인가 머리서부터 담요를 둘러쓰고 자려고 했으나 또다시 누군가의 말소리가 그를 잠에서 떼어 놓았다.

그리고 또다시 이야기가 시작되어 까닭도 없이 즐거운 어린애 같은 높은 웃음 소리가 울려 퍼졌다.

14

세 시 가까이 되어도 아직 아무도 잠들어 있지 않았다. 그러자 갑자기 상사 한 사람이 오스토로브나 촌(村)을 향하여 진출하라는 명령을 가지고 왔다.

장교들은 여전히 이야기하기도 하고 웃기도 하면서 부랴부랴 준비를 시작하고 또다시 흐린 물로 사모바르를 끓이기 시작했다. 그러나 로스토프는 차를 기다리지 않고 중대로 나갔다. 벌써 날이 새고 있었다. 비는 그치고 구름도 흩어지고 있었으나 공기가 축축해 있으므로 다 마르지 않은 옷을 입은 몸에는 유달리 차가왔다. 로스토프와 일리인 두 사람은 선술집에서 나오다 비에 씻겨 반질반질 윤이 나는 가죽 포장을 친 군의의 마차를 새벽의 어스름 속에서 보았다. 포장 밑으로 군의의 두 다리가 쑥 튀어 나와 있고, 마차 한가운데에는 베개에 파묻힌 군의관 부인의 나이트 캡이 보이고 숨소리도 들렸다.

「정말 귀여운 여자야!」 같이 나오는 일리인을 보고 로스토프는 말했다.

「정말 멋있는 여자예요!」 하고 일리인은 열 여섯 살의 소년답게 진지한 어조로 대답했다.

삼십 분 뒤 중대는 도로에 정렬하고 있었다. 「승마!」 하는 구령이 들리자 병사들은 성호를 긋고 말을 타기 시작했다. 로스토프는 말을 선두로 몰고 나가서 「전진!」 하고 호령했다. 네 줄로 나란히 선 경기병대는 젖은 도로에서 말굽을 울리고 칼소리와 나직한 이야기 소리를 내면서 자작나무 가로수가 있는 큰 가도를 따라 앞장선 보병과 포병 뒤에서 전진했다.

푸른 빛이 도는 자주빛 조각 구름이 해돋이에 빨갛게 물들면서 바람에 쫓겨 빠르게 날고 있었다. 둘레는 차차 밝아졌다. 시골길에 으례 있게 마련인 오글쪼글한 잡초가 아직 어제의 비에 젖은 채 뚜렷이 보이고 있었다. 자작나무의 축 늘어진 가지도 물기를 머금은 채 바람에 흔들거리면서 반짝이는 물방울을 사방에 뿌리고 있었다. 병사들의 얼굴도 차차 또렷이 드러났다. 로스토프는 옆에서 떨어지지 않는 일리인과 함께 도로의 양쪽에 두 줄로 늘어선 자작나무 사이를 전진했다.

로스토프는 전투중에 한하여 부대의 군마에 타지 않고 마음대로 코삭 말을 탔다. 말의 감식가이자 애호가인 그는 요즈음 돈산(産)의 크고 질이 좋은 구렁말 한 필을 손에 넣었는데 이 말을 타고 달릴 때는 아무도 그를 앞지를 수 없었다. 이 말을 타는 것은 로스토프에게 있어서 하나의 즐거움이었다. 그는 말과, 아침의 상쾌함과, 군의관 부인에 대해서 생각하면서도 눈앞의 위험은 한 번도 생각하지 않았다.

이전에 로스토프는 전쟁에 나갈 때 무서운 느낌이 들었으나 지금은 공포의 감정 같은 것은 포화에 길들었기 때문이 아니고(위험에 익숙해진다는 것은 있을 수 없다) 위험에 직면하여 자기의 정신을 지배하는 재주를 터득했기 때문이었다. 그는 전장에 나가면서 가장 흥미가 있을 것 같은 문제, 즉 당면한 위험만을 제외한 그 밖의 온갖 것을 생각하는 습관을 들였던 것이다. 그가 군문에 들어왔던 최초의 얼마 동안은 아무리 노력해도, 아무리 자기의 소심을 나무래도 이것을 터득할 수 없었으나 해가 감에 따라 지금은 저절로 그러한 기분이 될 수 있었다. 그는 지금 일리인과 나란히 자작나무의 가로수 사이를 전진해 가면서, 어쩌다가 손에 닿는 가지에서 잎을 뜯기도 하고, 이따금 발을 말의 사타구니 쪽에 대기도 하고, 때로는 돌아보지도 않고 마치 먼 길에 오르기라도 한 것처럼 침착하고 유연한 태도로 뒤에서 오는 경기병에게 피우고 난 파이프를 건네기도 했다. 그는 불안스러운 듯이 자꾸 지껄이는 일리인의 흥분된 얼굴이 가엾게 보였다. 그는 공포와 죽음을 예기하고 있는 기병 기수(旗手)의 괴로운 심경을 자기의 경험으로 잘 알고 있었다. 그리고 시간이라는 것 외에는 어떠한 것도 그것을 덜어 줄 수 없다는 것도 그는 잘 알고 있었다.

해가 구름 뒤에서 나와 맑게 갠 띠처럼 생긴 하늘에 걸리자 바람은 이 뇌우 뒤의 아름다운 여름 아침의 풍경을 해치는 것을 두려워하는 듯 이내 딱 그쳐 버렸다. 빗방울은 아직도 조금씩 떨어지고 있었는데 둘레는 온통 잠잠해졌다. 해는 완전히 지평선 위에 모습을 나타냈으나 이윽고 그 위에 덮여 있는 가늘고 긴 구름 속으로 숨어 버렸다. 잠시 뒤 해는 한층 산뜻하게 반짝이면서 구름의 한쪽 가장자리를 찢고 그 위쪽에 얼굴을 내밀었다. 별안간 모든 것이 환히 밝아지고 반짝이기 시작했다. 그와 동시에 이 빛에 대답하듯이 앞쪽에서 몇 번인가 포성이 울려 퍼졌다.

얼마큼의 거리에서 쏘았는지 로스토프가 생각하고 미처 대중을 잡기도 전에 비쩨브스크 쪽에서 오스쩨르만 톨스토이 백작의 부관이 달려와 이 도로를 구보로 전진하라는 명령을 전했다.

똑같이 급거 전진을 개시한 보병과 포병을 우회하여 중대는 비탈길을 달려내려갔다. 그리고 주민이 없는 텅 빈 마을을 질러 또 비탈길을 올라갔다. 말은 온몸이 땀에 젖고 병사들도 얼굴이 빨개져 있었다.

「대대 섯, 정렬!」 대대장의 구령이 앞쪽에서 들렸다.

「왼쪽 어깨 앞으로 속보(速步)!」 하고 앞쪽에서 구령이 울렸다.

경기병대는 대열을 따라 진지의 좌익으로 나아가서 제1선에 있는 아군의 창기병의 배후에 멈췄다. 오른쪽에는 아방의 보병이 밀집 종대로 정렬하고 있었다. 이 것은 예비군이었다. 그보다 조금 높은 언덕 위에는 바로 지평선 위의 맑은 공기속에 아군의 포가 비스듬히 비치는 아침 광선을 받고 반짝반짝 빛나고 있는 것이 보였다. 앞쪽 골짜기 저편에는 적의 중대와 포가 보이고 있었다. 골짜기 안에서는 우군의 전선(前線)이 전투를 개시하여 한창 적과 포화를 교환하고 있는 소리가 들렸다. 벌써 오랫동안 듣지 못했던 이 소리를 듣자 마치 굉장히 좋아하는 음악을 듣기라도 하듯 로스토프는 마음이 들뜨기 시작했다. 「드르륵, 득, 득, 드륵!」 몇 발의 총소리가 혹은 느닷없이 혹은 빨리 계속해서 울려 퍼졌다. 둘레는 또 한때 잠잠해졌다. 그러자 또 누군가가 폭죽을 터뜨리는 것 같은 소리가 났다.

경비병대는 한 시간 가량 한 자리에 서 있었다. 이윽고 포격이 시작되었다. 오스쩨르만 백작은 수행원을 거느리고 기병 중대의 뒤로 말을 달려가다가 잠깐 멈춰 연대장과 이야기를 하고는 언덕 위에 있는 포가 있는 데로 떠났다.

오스쩨르만이 떠난 뒤 창기병대에서 구령이 들렸다.

「종대를 지어, 돌격 준비!」 창기병 앞에 있던 보병은 기병을 통과시키기 위해서 소대를 이 열로 했다. 창기병은 창에 단 기를 펄럭거리면서 나아갔다. 그리고 왼쪽의 언덕 밑에 나타난 프랑스 기병을 보고 비탈길을 달려내려갔다.

창기병이 언덕 밑에 다다르자마자 경기병은 포대 원호를 위해서 언덕 쪽으로 접근하라는 명령을 받았다. 마침 경기병이 아까 창기병이 있던 자리에 멈췄을 때 전선에서 총알이 핑 하는 소리를 내면서 날아왔으나 거리가 멀어서 맞지는 않았다.

오랫동안 듣지 못했던 이 소리는 아까의 포성보다도 더욱 로스토프를 기쁘게 하고 흥분시켰다. 그는 몸을 쭉 뒤로 젖히고 언덕 위에 펼쳐 있는 싸움터를 둘러보았다. 그는 창기병의 행동에 온 정신을 쏟고 있는 것이었다. 창기병은 프랑스의 용기병에게로 가까이 달려들었다. 이윽고 모든 것이 포연 속에서 한데 뒤죽박죽 뒤얽히자마자 한 오 분 지났을 무렵 창기병은 뒤로 물러났다. 그러나 그것은 그들이 아까 있었던 대로가 아니고 더 왼쪽으로 향해서였다. 구렁말을 타고 오렌지빛 군복을 입은 창기병 사이로도 그 뒤로도 잿빛 말을 타고 푸른 군복을 입은 프랑스 용기병의 대집단이 보였다.

15

로스토프는 사냥꾼 특유의 날카로운 눈으로 누구보다도 빨리 푸른 군복을 입은 프랑스의 용기병이 아방의 창기병을 추격하는 것을 발견했다. 창기병과 그것을 추격하는 프랑스의 용기병은 어지럽게 뒤얽히면서 차차 접근했다. 언덕 아래에 조그맣게 보이던 사람들이 지금은 서로 쫓고 쫓기고 손과 칼을 휘두르는 것까지 분간할 수 있게 되었다.

로스토프는 눈앞에서 행해지는 것을 사냥이라도 구경하는 것 같은 기분으로 바라보고 있었다. 지금 경기병을 이끌고 프랑스의 용기병을 습격하면 그들은 더 부지하지 못하고 패주할 것이다. 만일 습격한다면 지금 이 순간이 좋다. 그렇지 않으면 늦어진다. 이렇게 그는 즉각적으로 느꼈다. 그는 주위를 죽 둘러보았다. 한 대위가 그의 옆에 서서 역시 눈을 떼지 않고 아래쪽의 기병대를 지켜보고 있었다.

「안드레이 세바스쩨야느이치.」 하고 로스토프는 말했다. 「저놈들을 짓밟는 일도 아닐 텐데 말이야…….」

「통쾌할 거야.」 하고 대위는 말했다. 「정말…….」

로스토프는 말을 다 듣기도 전에 말을 걷어차고 중대 앞으로 달려갔다. 그리고 그가 미처 돌격 명령을 내릴 겨를도 없이 똑같은 심정을 품고 있던 중대 전부가 잇따라 내달았다. 로스토프는 어떻게, 무엇 때문에 이런 행동을 취했는지 자기 자신도 몰랐다. 그는 사냥에 나갔을 때처럼 깊은 생각도 분별도 없이 이러한 일을 해쳐왔던 것이다. 그는 용기병이 줄을 어지럽히면서 바로 옆을 달리는 것을 보았다. 그들이 도저히 배겨내지 못하리라는 것은 빤히 알고 있었다. 로스토프는 이순간을 놓치면 다시는 돌이키지 못한다고 생각했다. 총알은 마음을 자극하듯이 그의 둘레를 핑핑 날고, 말은 또 흥분하여 앞으로 나가려고 했기 때문에 그는 더 이상 참을 수가 없었다. 그는 말을 차고 구령을 걸었다. 그 순간 자기의 뒤에 전개된 중대의 말굽 소리가 들렸다. 그는 용기병을 보자 구보로 언덕을 내려가기 시작했다. 경기병은 언덕을 내려가자 어느 틈에 전속력의 질주로 바뀌었다. 아방의 창기병과 그것을 추격하는 프랑스의 용기병에게로 가까와짐에 따라 속력은 더욱더 빨라졌다. 이제 용기병은 바로 가까이에 보였다. 그 선두는 경기병을 보자 말을 돌리고 뒤쪽 사람은 말을 세웠다. 로스토프는 도망가는 이리를 앞지를 때 같은 기분으로 돈산(産)인 자기의 말을 채찍질하여 흩어진 프랑스 용기병의 옆구리로 쳐들어갔다. 한 창기병은 말을 세웠다. 말을 잃은 한 사람은 밟히지 않도록 땅바닥에 납작 엎드렸다. 한 필의 말은 기수를 잃고 경기병 속으로 얽혀들었다. 프랑스의 용기병은 거의 모두 퇴각하기 시작했다. 로스토프는 그 가운데에서 잿빛 말을 타고 있는 한 사람을 골라 그 뒤를 추격하기 시작했다. 도중에서 그는 한 그루의 관목에 부딪혔으나 씩씩하고 날쌘 말은 그 위를 훌쩍 뛰어넘었다. 간신히 안장 위에서 앉음새를 고치면서 로스토프는 자기가 목표로서 고른 적을 몇 초 뒤면 따라붙을 수 있을 거라고 생각했다. 군복으로 보아서 이 프랑스인은 장교인 듯 싶었으나 안장 위에 엎드리다시피하고 군도로 잿빛 말을 마구 몰아 대면서 달리고 있었다. 그러자 이내 로스토프의 말은 그 말의 방둥이에다 가슴을 들이받아 하마터면 나동그라질 뻔했다. 바로 그 순간 로스토프는 정신 없이 칼을 번쩍 치켜들어 프랑스인을 내리쳤다.

그러나 군도를 내리친 순간 그의 활기는 갑자기 사라져 버렸다. 장교는 말에서 떨어졌으나 그것은 팔꿈치 위를 살짝 다친 군도의 타격 때문이라기보다도 말이 뛰어오른 반동과 공포 때문이었다. 로스토프는 말을 제어하고 자기의 적을 눈으로 찾았다. 자기가 정복한 것이 누군지 그것이 보고 싶었던 것이다. 프랑스의 용기병 장교는 한쪽 발을 등자에 건 채 한쪽 발로 깡충깡충 땅 위를 뛰고 있었다. 그는 금시 두 번째의 타격이 내려지리라고 각오하고 공포로 얼굴을 일그러뜨리며 무서운 눈초리로 로스토프를 올려다보았다. 진흙이 튀어 오른 해쓱하고 앳된 얼굴과 블론드의 밝은 머리칼과 조그만 보조개가 있는 턱과 푸른 눈은 싸움터 같은 데서가 아니라 실내에서 보기에 알맞은, 극히 단순하고 도무지 어울리지 않는 표정이었다. 로스토프가 이 장교를 어떻게 해야 할까 하고 아직 결정하지 못하고 있을 때 장교는「항복!」하고 외쳤다. 그는 등자에서 발을 빼려고 하면서도 당황하여 잘 빼지 못했다. 그리고 놀란 듯한 푸른 눈으로 로스토프를 찬찬히 쳐다보고 있었다. 이윽고 경기병의 일대가 달려와 그 발을 빼고 그를 안장 위에 태웠다. 다른 쪽에서도 경기병들은 도처에서 경기병을 상대로 고생하고 있었다. 한 용기병은 다쳐서 얼굴이 피투성이가 되었으면서도 자기의 말을 놓으려고 하지 않았다. 어떤 자는 한 경기병을 끌어안고 그 말의 방둥이에 타고 있었다. 어떤 자는 경기병에게 부축을 받아 말 위로 기어오르고 있었다. 앞쪽에서는 프랑스의 보병이 총을 쏘면서 도망치고 있었다. 경기병대는 포로를 데리고 급히 되돌아 달려왔다. 로스토프는 심장이 죄는 듯한 불쾌감을 느끼면서 수명의 경기병과 함께 뒤쪽에서 말을 달리고 있었다. 한 장교를 포로로 한 것과 그 장교에게 칼로 일격을 가한 일로 말미암아 자신에게도 설명할 수 없는 불명료하고 착잡한 무엇이 그의 마음에 솟아올랐던 것이다.

오스쩨르만 톨스토이 백작은 되돌아온 경기병을 맞고 로스토프를 불러 치사했다. 그리고 그의 용감한 행위를 황제에게 상주하여 게오르기이 십자장의 하사를 청원할 생각이라고 말했다. 로스토프는 오스쩨르만 백작에게 불려나갔을 때 명령도 없는데 돌격을 행한 것을 생각해 내고, 장군이 자기를 불러내는 것은 틀림없이 자기의 독단적인 행동을 나무라기 위해서일 거라고 생각하고 있었다. 그렇기 때문에 오스쩨르만의 찬사와 행상(行賞)의 약속은 로스토프에게 한층 더 기쁨을 주어야 했을 것이다. 그러나 여전히 그 어렴풋하고 불쾌한 느낌이 정신적 메스꺼움을 느끼게 하는 것이었다.『그러나 도대체 나를 이렇게 괴롭히는 것은 무엇일까?』그는 장군 옆에서 물러나면서 자문했다.『일리인일까? 아니, 그는 아무 탈이 없다. 내가 무슨 불명예스러운 짓이라도 한 것일까? 아니, 그런 것도 아니다!』무엇인가 더 다른 회한 같은 것이 그를 괴롭히고 있었다.『그렇다, 그렇다, 그 턱에 보조개가 있는 저 프랑스 장교다. 내가 칼을 치켜올렸을 때 도중에서 손이 움직이지 않게 되었던 것을 나는 똑똑히 기억하고 있다.』

로스토프는 어디론가 실려 가는 포로의 무리를 발견하자 자기가 잡은, 턱에 보조개가 있는 프랑스인을 볼 심산으로 그 뒤에서 말을 달렸다. 그는 일종의 야릇한 군복 차림으로 경기병의 예비마를 타고 불안스러운 듯이 두리번거리고 있었다. 그의 팔의 상처는 거의 부상이라고 할 수 없을 정도였다. 그는 로스토프에게 씽긋 웃어 보이고 인사의 표시로 한쪽 손을 흔들었다. 로스토프는 여전히 거북한, 어쩐지 겸연쩍은 기분을 느꼈다. 그 날도 다음 날도 벗과 동료들은, 로스토프가 울적해 하는 것도 아니고 화를 내고 있는 것도 아닌, 그저 묵묵히 생각에 잠겨 무엇엔가 마음을 집중하고 있는 것 같은 표정을 하고 있는 것을 알아챘다. 그는 마음이 내키지 않는 태도로 술을 마셨다. 그리고 될 수 있는 대로 혼자 있으려고 애쓰고, 줄곧 무엇인가를 생각하고 있었다.

로스토프는 뜻밖에 게오르기이 십자장을 가져왔을 뿐만 아니라 용감한 군인이라는 평판까지 얻어 준 자기의 저 빛나는 공훈에 대해서만 줄곧 생각하고 있었다. 그러나 아무래도 풀 수 없는 그 무엇이 있었다. 『그러고 보면 모두들 나보다 더 두려워하고 있는 것이다!』 하고 그는 생각하였다. 『그럼 헤로이즘이라는 것은 요컨대 이 정도의 것이 전부란 말인가? 그래 내가 그런 짓을 한 것은 조국을 위해서일까? 턱에 보조개가 있는 푸른 눈을 한 사내에게 무슨 죄가 있다는 말인가? 그러나 그 사내의 놀라던 꼴이라니! 내가 죽이리라고 생각했던 것이다. 내가 그 사내를 죽일 까닭이 어디 있어? 내 손은 떨렸었지. 그런데도 나는 게오르기이 십자장을 탔다. 모르겠다, 뭐가 뭔지 전혀 모르겠다!』

그러나 니콜라이가 이러한 문제들을 되풀이하여 생각하면서 도대체 무엇이 자가를 괴롭히고 있는 것인지 분명한 해결을 발견하기 전에, 이것은 흔히 있는 일이지만 근무상의 행운의 수레바퀴는 그를 위해 유리한 쪽으로 회전했다. 그는 오스트로브나의 전투 뒤 승진하여 경기병 대대를 지휘하게 됐다. 또 용감한 장교가 필요할 때는 항상 그가 임명되었다.

16

백작 부인은 나타샤가 앓고 있다는 소식에 접하자 아직 건강이 완전히 회복되지 않아 쇠약해 있었지만 페짜며 온 집안 식구를 이끌고 모스크바로 왔다. 그래서 로스토프네는 마리야 드미트리예브나한테서 자기네의 집으로 옮겨 그대로 모스크바에서 살게 되었다.

나타샤의 병은 아주 중태였으나 그것은 당자에게도 어버이에게도 오히려 다행이었다. 왜냐하면 그 병의 원인이 되었던 모든 경위——그녀의 행위, 약혼의 취소——등이 뒷전으로 처져 버렸기 때문이다. 나타샤의 병은 몹시 위중했다. 먹지도 자지도 않아 눈에 띌 만큼 여위어서 기침이 심해져 의사도 위험을 넌지시 비칠 정도여서, 병자가 이번 사건에 대해서 어느 정도까지 죄가 있는가 하는 것을 파고들 여유조차 없었다. 그저 나타샤를 살려 낼 일만 생각하지 않으면 안 되었다. 많은 의사들이 따로따로 오기도 하고 한데 모여 협의 진단을 하기도 하고, 열심히 프랑스어와 독일어와 라틴어로 떠들어 대고 서로 비난하기도 하고, 자기들이 알고 있는 온갖 병에 대한 가지가지 처방을 쓰기도 했다. 그러나 그들 가운데의 누구 한 사람도 다음과 같은 단순한 것을 생각하지는 못했다. 산 인간이 걸리는 병을 모조리 알 수 없는 것과 마찬가지로 나타샤를 괴롭히고 있는 병을 그들도 알 리가 없었다. 왜냐하면 산 인간은 저마다 다른 특질을 가지고 있으니까 따라서 언제나 자기의 독특하고 새롭고 복잡한, 의사가 모르는 병을 가지고 있다. 그것은 의서에 씌어 있는 폐병이나 간장병, 피부병, 신경 쇠약, 심장병 등이 아니라 이런 기관들의 질환이 무수히 결합되어서 생긴 것이다. 이 단순한 생각이 의사의 머리에는 떠오를 수 없다(그것은 마치 마술사가 자기는 마술을 쓸 수 없다고 생각할 수 없는 것과 똑같은 것이리라). 그것은 그들 일생의 사업이 치료라는 것에 있기 때문이고, 그것으로 돈을 받고 있기 때문이다. 이 일에 자기의 생애 중 가장 귀중한 세월을 바쳐 왔기 때문이다. 그러나 이 생각이 그들의 머리에 떠오르지 않았던 가장 주요한 이유는 그들이 자기를 유익한 인간이라고 마음으로부터 믿고 있기 때문이다. 또 실제로 로스토프네의 가족 모두에게 그들은 유익한 것이었다. 그들이 유익했던 것은 대부분 유해한 물질을 병자에게 먹게 했기 때문이 아니었다(유해한 물질도 아주 조금씩밖에 주지 않았으므로 그 해는 거의 느껴지지 않았다). 그들이 유익하고 필요하고 불가결한 사람들이었던 것은(돌팔이 의사와 무당과 동종 요법사(同種療法師)와 대증 요법의(對症療法醫)들이 언제나 존재하고 또 앞으로도 존재하리라는 것과 똑같은 이유로) 그들이 병자와 병자를 사랑하는 사람들의 정신적인 요구를 만족시켰기 때문이었다. 그들은 인간이 항시 병을 앓을 때에 경험하는 기분, 말하자면 쾌유를 바라고 남의 동정과 도움을 구하는, 영원히 변하지 않을 인간적인 요구를 만족시켰다. 다친 데를 어루만져 주었으면 하는 인간의 영원한 요구(그것은 어린 아이 속에서 가장 원시적인 형태를 가지고 나타난다)를 만족시켰던 것이다. 어린 아이는 어딘가 다치면 그 아픈 데를 문질러 주거나 혹은 키스해 주거나 하면 이내 아픔이 가벼워지는 것이다. 어린이는 자기보다도 강하고 현명한 어른이 자기의 아픔을 낫게 하는 방법을 모르리라고는 믿지 않는 것이다. 어머니가 아픈 데를 어루만져 주면서 하는 동정의 말과 금시 낫는다는 희망이 어린이의 마음을 위로하는 것이다. 의사가 나타샤에게 유익했던 것은 다름이 아니고 그들이 아픈 데를 어루만져 주기도 하고 키스해 주기도 하면서 마부를 아르바트가에 있는 약방으로 보내어 어여쁜 상자 속에 든 가루약이나 환약을 일 루블리 칠십 코페이카 어치를 사오게 하여 꼭 두 시간 만에(그보다 빨라도 안 되고 늦어도 안 된다) 그 가루약을 끓여 가지고 식혀서 병자에게 마시게 하기만 하면 병은 곧 나아 버린다고 믿게 하였기 때문이었다.

만일 정해진 시간에 마시게 하는 이 환약과 더운 음료와 치킨 카틀렛과 의사가 명한 세세한 일상 생활의 주의가 없었다면 소냐와 백작과 백작 부인은 아무것도 할 일이 없어 그저 손을 맞잡고 서 있을 뿐이었을 것이다. 실로 이러한 것은 그들 모두의 일이기도 하고 또 위안이기도 했다. 나타샤의 병 때문에 몇 천 루블리인가가 들었다. 아니, 그 애를 위해서라면 또 몇 천 루블리를 써도 아깝지 않았다. 만일 그래도 낫지 않으면 또 몇 천 루블리라도 들여 외국으로 데리고 가 거기에서 명의에게 입회 진단을 받게 하자는, 이러한 것을 생각하지 않았다면 백작은 도저히 가장 사랑하는 딸의 병을 보고 견디어 나갈 수 없었을 것이다. 또 메찌비예와 펠레르는 몰랐으나 프리즈는 잘 알고 있었다. 그런데 무드로프는 한층 더 똑똑히 진단했었다는 상세한 것을 남에게 이야기할 수가 없었다면 그는 어떻게 날을 보낼 수 있었을까? 의사의 주의를 충분히 지키지 않는다고 하여 이따금 병자인 나타샤와 말다툼이라도 하지 않았다면 도대체 백작 부인이 한 일이 무엇이었겠는가?

「그렇게 해서는 좀처럼 낫지 않아.」 부아가 나 자기의 슬픔도 잊고 그녀는 이렇게 말하는 것이었다. 「의사의 말을 듣지 않거나 약을 제 시간에 먹지 않는다면……언제 폐렴이 될지 모르는 거야, 정말 장난이 아니에요.」 하고 백작 부인은 말했다. 그리고 자기뿐만 아니라 많은 사람에게 불가해한 이 말을 발음하는 것에서 크나큰 위로를 찾아내는 것이었다. 소냐도 자기는 의사의 분부를 정확히 실행하기 위하여 맨 처음의 사흘 밤은 옷도 벗지 않았고, 그다지 해롭지 않은 환약을 조그만 금빛 상자에서 내어 시간에 맞춰 먹이기 위해 밤을 뜬 눈으로 새우고 있다는 기쁜 의식을 가지고 있지 않았다면 그녀는 무엇을 해야 할지 몰랐을 것이다. 당자인 나타샤는 어떤 약을 먹어도 낫지 않았다. 그런 것은 모두 어리석은 짓이라고 말하고 있었으나 그러나 나타샤도 남들이 자기를 위해 많은 희생을 치르고 있다는 것과 일정한 시간에 약을 먹지 않으면 안 된다는 것들이 어쩐지 기쁘게 느껴지는 것이었다. 또 명령의 실행을 무시하고 자기는 의료(醫療) 따위는 믿고 있지 않다, 목숨도 조금도 아깝지 않다는 태도를 나타낼 수 있는 것까지도 그녀에게는 기뻤던 것이다.

의사는 날마다 찾아와서 진맥을 하기도 하고 혀를 들여다보기도 하였다. 그리고 그녀가 파리한 얼굴을 하고 있는 것에는 아랑곳하지 않고 병자를 붙들고 농담을 하였다. 그러나 의사가 옆방으로 나가면 백작 부인은 부랴부랴 뒤를 따라갔다. 그때 의사는 정색을 하고 생각에 잠긴 듯이 고개를 흔들면서 위험은 아직도 가시지 않고 있지만 이번 약은 효험이 있으리라고 생각하니까 조금 더 기다려 상태를 보지 않으면 안 된다. 이 병은 오히려 정신적인 것이지만, 그러나……

백작 부인은 자기에게도 의사에게도 숨기듯이 하면서 의사의 손에다 금화 한 닢을 쥐어 주고는 언제나 그때마다 마음이 푹 놓이는 기분으로 병실로 돌아오는 것이었다.

나타샤의 증세는 식욕 부진과 불면과 기침, 그리고 원기가 좀 없는 정도의 것이었다. 의사는 잠시도 치료를 게을리할 수 없다고 말하고 그녀를 도시의 답답한 공기 속에다 붙들어 놓았다. 그래서 1812년의 여름을 로스토프네는 시골로 가지 않고 말았다.

갖가지 병과 상자(숏스 부인은 그러한 것들이 엄청나게 좋아 여러 가지로 많이 모으고 있었다)에 든 환약, 물약, 가루약들을 상당히 다량으로 복용하였음에도 불구하고 또 길든 전원 생활에서 떨어져 있었음에도 불구하고 젊음은 마침내 최후의 승리를 거두었다. 나타샤의 슬픔은 지나간 생활의 인상의 엷은 껍질로 덮이기 시작했다. 그리고 전처럼 견딜 수 없는 아픔으로 그녀의 가슴을 누르지 않게 되고 차차 과거의 것이 되기 시작했다. 나타샤는 육체적으로 회복되기 시작하였다.

17

나타샤는 차차 안정을 되찾았으나 쾌활해지지는 않았다. 그녀는 모든 기쁨의 외부적인 조건, 이를테면 무도회니 드라이브니 음악회니 연극이니 하는 것들을 피했을 뿐 아니라 마음 속 깊이 눈물이 스미지 않는 웃음을 한 번도 웃어 본 적이 없었다. 그녀는 노래를 부를 수 없었다. 조금만 웃기 시작해도, 또 혼자서 노래를 불러 보려고 해도 이내 목이 메고 마는 것이었다. 그것은 회한의 눈물, 이제는 돌아오지 않는 과거의 순결했던 시절을 생각하는 추억의 눈물, 행복했어야 할 젊은 생애를 헛되이 망쳐 버린 비탄의 눈물이었다. 특히 웃음과 노래는 자기 슬픔에 대한 모독처럼 생각되었다. 남자에게 미태를 부려 보겠다든가 하는 것은 전혀 생각지도 않았다. 그녀는 자기를 억제할 필요조차 느끼지 않았다. 그 당시 그녀는 모든 남자는 자기에게는 광대인 나스타시야 이바노브나와 마찬가지라고 말하기도 하고 느끼기도 했다. 마음 속의 파수꾼이 그녀에게 일체의 기쁨을 금해 버렸다. 게다가 또 이전의 처녀다운 순박하고 희망에 찬 생활에 따르는 가지가지 삶의 흥미가 지금의 그녀에게는 조금도 없었다. 무엇보다도 자주 병적으로 그녀의 기억에 파고든 것은 지난 가을의 두서너 달의 일로 사냥, 아저씨, 그리고 오트라드노예에서 니콜라스와 같이 지냈던 크리스마스였다. 그 무렵의 하루라도 돌이킬 수 있었다면 그녀는 어떤 대가도 아끼지 않았을 것이다. 그러나 그것은 이제 영원히 끝나 버린 일이었다. 기쁨에 대한 온갖 자유와 해방의 이 상태는 두 번 다시 되풀이되지 않으리라는 그 당시의 예감은 과연 그녀를 속이지 않았다. 그러나 그래도 그녀는 살지 않으면 안 되었다.

자기는 전에 생각하고 있던 것처럼 뛰어난 인간이 아니다. 아니, 그렇기는 커녕 오히려 온 세계의 누구보다 훨씬 뒤떨어져 있다고 생각하는 것이 그녀에게는 즐거웠다. 그러나 그것만으로는 부족했다. 그런 것은 이미 다 알고 있었다. 그래서 그녀는 『그리고 그 뒤는?』 하고 자문해 보았다. 그러나 그 뒤는 아무것도 없었다. 생활에 아무런 기쁨도 없었다. 그러나 생활은 자꾸자꾸 흘러가는 것이었다. 나타샤는 누구에게도 짐이 되지 않도록, 누구에게도 방해가 되지 않도록만 애쓰고 있을 뿐 자기를 위해서는 아무것도 필요하지 않은 모양이었다. 그녀는 집안 사람들을 피하려고만 했다. 그저 남동생인 페짜와 같이 있을 때만 마음이 편한 것같이 생각되었다. 그녀는 다른 사람들보다도 이 남동생과 같이 있는 것이 좋았다. 남동생과 단 둘이서 마주 보고 있을 때에는 가끔 웃는 일까지 있었다. 그녀는 거의 집에서 나간 적이 없었다. 자기 집에 오는 사람들 가운데서는 그저 피예르 한 사람만을 기꺼이 맞이하였다. 참으로 베주호프 백작이 나타샤에게 보였던 태도보다 더 부드럽고 조심스럽고 그와 동시에 더 진지한 태도라는 것은 도저히 있을 수도 없었다. 나타샤는 무의식중에 그의 태도에서 부드러움을 느끼고 있었으므로 그와 자리를 같이 하는 것에 크나큰 만족을 찾아내고 있었으나 그 부드러움에 그다지 감사도 하지 않았다. 피예르가 아무리 좋게 해주어도 그가 그녀 때문에 각별히 애쓰는 것처럼 생각되지는 않았기 때문에 각별히 공로도 아니라는 느낌이 들었다. 어쩌다가 나타샤는 피예르가 자기 앞에서 어찌 할 줄을 모르고 거북스러운 태도를 하는 것을 알아챘다. 특히 이야기 도중에 무엇인가가 나타샤를 괴로운 추억으로 이끌어 가지는 않을까 하고 걱정하는 경우 그것이 한층 눈에 띄었다. 그녀는 그것도 알아채고 있었으나 그것은 모든 사람에 대한 그의 부드럽고 수줍어하는 성질 때문이라고 생각하고 있었다. 그녀의 생각에 의하면 그러한 성질은 자기와 마찬가지로 모든 사람에게 보여질 것이라고 생각되었던 것이다. 피예르는 나타샤가 절망 상태에 빠져 있는 순간에 만일 자기가 자유로운 몸이었다면 무릎을 꿇고 그녀의 사랑을 구했을 것이라고 말했으나 그 뒤로는 한 번도 나타샤에 대한 자기 감정을 입 밖에 내지 않았다. 나타샤 쪽에서도 당시 그렇게 자기를 위로해 주었던 그 말들이 모두 우는 아이를 달래기 위해서 꺼내는 무의미한 말과 똑같은 성질의 것이라는 것을 너무도 똑똑히 알고 있었다. 그것은 피예르에게 아내가 있기 때문이 아니고 쿠라긴과의 사이에서는 전혀 느끼지 않았던 정신적인 장벽을 자기와 피예르와의 사이에서는 매우 강하게 느꼈기 때문입니다. 그러므로 자기와 피예르와의 관계에서(자기 쪽에서는 물론 그쪽에서는 더욱) 사랑이 발생하리라고는 꿈에도 생각지 않았다. 그뿐만 아니라 남자와 여자 사이에 흔히 있는 일종의 부드러운 시적인 우정마저도 기대하지 않았다. 그녀는 그러한 여러 실례를 몇 인가 알고 있었지만.

성 베드로 축일의 공복재(空腹齋)가 끝날 무렵 오트라드노예의 로스토프네 이웃에 사는 아그라페나 이바노브나 벨로바라는 부인이 모스크바의 한 성직자를 뵈러 상경했다. 그녀는 나타샤에게 성사(聖事) 준비를 권했다. 나타샤도 기꺼이 그녀의 생각에 찬성했다. 아침 일찍 외출해서는 안 된다는 주의를 의사에게서 받고 있었음에도 불구하고 그녀는 꼭 성사 준비를 하겠다고 주장했다. 그것도 보통 로스토프네의 사람들이 집에서 하듯이 세 차례로 기도를 끝내는 것이 아니고, 아그라페나 이바노브나와 마찬가지로 이레 동안 아침, 낮, 저녁의 세 차례 예절을 하나도 빠뜨리지 않고 성사 준비를 한다는 것이었다.

나타샤의 이러한 열성이 백작 부인을 기쁘게 했다. 그녀는 의료의 효과가 성공적이 아니었으므로 마음 속으로 약보다 기도 쪽이 더 효험이 있으리라 기대하고 얼마만큼 두려움을 품으면서도 의사에게는 비밀히 하여 나타샤의 희망을 받아들여 그녀를 벨로바에게 맡겼다. 아그라페나 이바노브나는 밤 세 시에 나타샤를 깨우러 왔으나 그녀는 언제나 대개 미리 일어나 있었다. 나타샤는 아침 기도 시간을 자 버릴까 보아 세수를 하고 겸손하게 가장 나쁜 옷과 낡은 외투를 걸치고 신선한 공기에 몸을 떨면서 아침 놀이 환히 비치고 있는 인적이 없는 한길로 나왔다. 아그라페나 이바노브나의 권고로 나타샤는 자기의 교구(敎區)를 피하고, 경건한 벨로바의 말에 의하면 매우 엄하고 고결한 생활을 하는 사제가 있다는 교회에서 성사 준비를 했다. 교회에는 언제나 사람이 적었다. 나타샤와 벨로바는 늘 왼쪽의 성가대석 뒤에 걸려 있는 성모의 성상 앞에서 타고 있는 촛불과 창문에서 들어오는 아침 빛에 비친 성모의 검은 얼굴을 쳐다보면서 기도를 듣고 될 수 있는 대로 주의하여 그 의미를 생각하고 있노라면 지금까지엔 없었던 새로운 심경 ——불가해하면서도 위대한 어떤 것에 대한 인종(忍從)의 감정이 그녀를 엄습하는 것이었다. 그녀가 기도의 의미를 깨달을 때에는 개인으로서의 감정이 독자적인 음영과 더불어 그녀의 기도에 융합했다. 또 의미가 잘 이해되지 않을 때에는 모든 것을 이해하려는 것은 당치 않은 욕심이며 모든 것을 이해할 수도 없는 것이다. 하느님은 오직 믿어야만 되는 것, 매달려야만 되는 것이다. 이렇게 생각하고 한층 감미로운 기분이 되는 것이다. 이 순간 자기의 마음은, 하느님이 자유로이 지배하고 있는 것처럼 생각되었다. 그녀는 성호를 긋기도 하고 무릎을 꿇기도 했다. 그리고 이해가 가지 않을 때에는 그저 자기의 더러움에 몸을 웅크리고 모든 것을 용서해 주소서, 자비를 내려 주시옵소서 하고 하느님에게 기원했다. 그녀가 가장 열심히 한 것은 참회의 기도였다. 아침 일찍 돌아오면서 만나는 것은 일하러 나가는 석공과 한길을 쓸고 있는 마당지기 정도고, 어느 집에서도 아직 모두 자고 있었다. 이런 때 나타샤는 자기에게 새로운 감정——자기의 개과 천선(改過遷善)의 가능, 깨끗하고 행복한 새로운 생활의 가능성을 새롭게 느끼는 것이었다.

그녀가 이런 생활을 하고 있는 일 주일 동안에 이 감정은 날로 성장해 갔다. 아그라페나 이바노브나가 언제나 기쁜 듯이 그녀에게 말한 성체(聖體)라든가 영성체(靈聖體)라든가 하는 그 말이 나타내는 행복은 끝없이 위대한 것으로 생각되어 이 행복한 부활의 날까지 도저히 살아 남지 못할 것같이 생각될 정도였다. 그러나 마침내 행복의 그 날이 왔다. 이 기념해야 할 일요일에 하얀 비단옷을 입고 미사에서 돌아왔을 때, 나타샤는 몇 달 만에 평안을 느꼈다. 그리고 앞으로의 생활을 괴롭게 느끼지 않게 된 자기를 알게 된 것이다.

이날 찾아온 의사는 나타샤를 보고 이 주일 전에 처방했던 마지막 가루약을 계속 쓰도록 일렀다.

「꼭 아침 저녁으로 계속하시오.」그는 마음으로부터 자기 성공에 만족한 듯이 말했다. 「아무쪼록 좀더 정확히만 말이오. 백작 부인, 안심하십쇼.」의사는 그 부드러운 손으로 날쌔게 금화를 받으면서 장난기 섞인 어조로 말했다. 「곧 또 노래를 부르기도 하고 뛰어돌아다니게도 될 거예요. 이번 약은 굉장히 아가씨에게 효험이 있었읍니다. 아주 좋아지셨어요.」

백작 부인은 슬쩍 자기 손톱을 쳐다보았다. 그리고 명랑한 얼굴빛으로 객실로

돌아가면서 침을 퉤퉤 하고 뱉았다(남의 찬사는 그 대상이 된 사람의 불행을 초래한다
고 믿어지기 때문에 그것을 막는 **呪文**으로 행해진 방법-역주).

18

칠월 초순 모스크바에서는 전쟁의 경위에 대하여 차차 불안한 풍설이 퍼졌다.
국민에게 조칙(詔勅)이 발포된다느니, 황제가 싸움터에서 모스크바로 환행하신다
느니 하는 그런 소문이 자자했다. 그러나 7월 10일이 될 때까지 포고도 조칙도
내리지 않았으므로 그 점에 대해서나 러시아의 국정에 대해서나 과장된 유언 비
어가 나돌기 시작했다. 황제가 모스크바로 환행하시는 것은 아군이 위기에 처해
있기 때문이라느니 스몰렌스크가 항복했다느니 나폴레옹에게는 백만의 군대가
있으니 기적 이외에 러시아를 구조할 수 있는 길은 없다느니 하는 이야기로 술렁
거리고 있었다.

7월 11일인 토요일에 조칙이 도달했으나 아직 인쇄돼 있지 않았다. 마침 로스
토프네 집에 있던 피예르는 이튿날 일요일 오찬에 오면서 라스토프친 백작한테
서 조칙과 포고를 얻어 가지고 오겠다고 약속했다.

이 일요일 아침 로스토프네는 평상시처럼 라주모프스키이네 개인 교회의 미사
에 나갔다. 칠월다운 무더운 날이었다. 로스토프네의 가족들이 교회당 앞에서 마
차를 내렸을 때는 벌써 열 시였다. 무더운 대기에도, 행상인들의 외침 소리에도,
산뜻하고 밝은 민중의 여름 옷에도, 한길의 먼지투성이가 된 가로수 앞에도, 위병
교대를 가는 대대의 군악대 소리에도, 흰 바지에도, 찻길의 소음에도, 따가운 태
양의 눈부신 햇살에도, 도회의 맑게 갠 더운 날에 특히 강하게 느껴지는 여름의
권태와, 현재에 대한 만족과 불만이 넘치고 있었다. 라주모프스키이네의 교회에
는 모스크바의 저명한 사람들이 거의 다 모여 있었는데 그들은 모두 로스토프네
와 아는 사람들이었다(이 해에는 해마다 시골로 가는 부호들이 마치 무엇인가를
기다리고 있기라도 한 듯이 굉장히 많이 모스크바에 남아 있었다).

나타샤는 정복을 입은 하인이 군중을 비집고 가는 뒤에서 어머니와 걷고 있었
는데 상당히 큰소리로 자기에 대해서 이야기하고 있는 청년의 속삭임을 들었다.

「저 사람이 로스토바야, 바로 그…….」

「무척 야위었군. 그러나 역시 미인이야!」 그녀는 쿠라긴과 볼콘스키이의 이름

도 튀어 나온 것을 들었다. 그러나 그것은 그저 그런 느낌이 들었을 뿐인지도 모른다. 그녀는 언제나 그런 느낌이 들었던 것이다. 누구든지 자기의 얼굴만 보면 이내 그 사건을 생각하는 것처럼 생각되는 것이었다. 언제나 군중 속에 들어갔을 때의 버릇처럼 나타샤는 심장이 멎는 듯한 괴로움을 마음 속으로 느끼면서 검은 레이스를 단 보라색 비단옷을 입고 마음 속이 괴로우면 괴로울수록, 부끄러우면 부끄러울수록 한층 더 침착하고 거만하게 보이는 여성 특유의 걸음걸이로 걷고 있었다. 그녀는 자기의 아름다움을 알고 있었다. 그리고 그것은 잘못이 아니었다. 그러나 그것은 이전처럼 그녀를 기쁘게 하지 않았을 뿐만 아니라 오히려 요즈음, 특히 도회지에서의 이 빛나는 더운 여름날에는 무엇보다도 그녀를 괴롭혔던 것이다. 『또 일요일이 왔다. 또 새로운 일요일이 왔다.』 지난 일요일에 여기에 왔던 것을 생각해 내면서 그녀는 이렇게 중얼거렸다. 『그렇지만 역시 변함 없이 생명이 없는 생활, 전에 그 속에서 마음 편히 살 수 있었던 그 생활 조건이 조금도 변하지 않았어. 나는 아름답고 젊고 게다가 또 지금은 착한 사람이 돼 있다. 이전에는 나쁜 인간이었지만 지금은 착한 사람이 돼 있다. 그것은 나도 알고 있다.』 하고 그녀는 생각하는 것이었다. 『그러나 인생의 가장, 가장 화려한 시절이 어느 누구를 위해서도 아니고 이렇게 헛되이 지나 버리는 것이다.』 그녀는 어머니 옆에 서서 가까이에 있는 지기들과 목례를 주고받았다. 나타샤는 습관적으로 부인들의 옷차림을 둘러보기도 하고 가까이에 서 있던 한 부인의 자세와, 좁은 장소에서 예모 없이 한 손으로 성호를 긋는 것을 비난하고 있었으나 문득 자기도 남한테서 이러니저러니하는 비난을 듣고 있으면서 남을 비난하고 있다고 생각하자 기분이 상했다. 갑자기 기도 소리가 귀에 들리자 자기의 더럽혀진 마음에 등골이 오싹해지고, 또다시 이전의 순결한 마음을 잃은 것을 생각하고 두려워졌다.

품위 있고 깔끔한 노사제가 기도하는 사람들의 마음을 가라앉히는 듯한 경건하고 장중한 태도로 집전(執典)을 계속했다. 성당의 문이 닫히고 휘장이 서서히 내려졌다. 그러자 거기에서 신비로운 목소리가 나직이 무엇이라고 말했다. 나타샤의 가슴 속에서는 자신도 모를 눈물이 솟아오르고, 기쁘고 괴로운 감정에 그녀의 가슴은 격하게 물결쳤다.

『나는 어떻게 해야 하나, 나의 생활을 어떻게 해야 하는 것일까? 영원히, 영원히 회개하기 위해서는 도대체 어떻게 해야 하는 것일까, 나에게 가르침을 내려 주시옵소서…….』 그녀는 마음 속으로 이렇게 외쳤다.

부제(副祭)가 단 위에 나타났다. 그리고 엄지손가락을 쭉 편 손으로 두건 밑으로 비어져 나온 긴 머리를 고치고 가슴에다 십자가를 대고 엄숙하게 큰 소리를 내어 기도문을 외기 시작했다.

「우리 모두 주께 기도합시다!」

『우리는 모두 온 세계 동포가 다, 높고 낮음도 없고, 미움도 없고, 형제 같은 사랑으로 맺어져서 기도해야만 한다.』하고 나타샤는 생각했다.

「하늘 나라와 우리들의 영혼의 구원을 위하여!」

『하늘의 세계와 우리 머리 위에 사는 모든 죽은 자의 영혼을 위하여.』하고 나타샤는 빌었다.

군대를 위해서 빌었을 때 그녀는 자기의 오라버니와 제니소프를 생각해 냈다. 바다를 가고 뭍을 가는 자를 위해서 빌었을 때, 그녀는 안드레이 공작을 생각해 내고, 그를 위해서 빌고, 자기가 그에게 저질렀던 죄를 용서해 달라고 하느님께 빌었다. 우리들을 사랑하는 사람들을 위해서 기도가 올려졌을 때 그녀는 자기의 집안 식구들, 아버지와 어머니와 소냐를 위해서 빌었다. 그녀는 그때 비로소 그들에 대한 자기의 온갖 죄를 깨닫고 동시에 그들에 대한 자기 사랑의 강함을 느꼈다. 우리들을 미워하는 사람들을 위해서 빌었을 때 그녀는 자기의 적과 자기를 미워하는 자를 위해서 기도하려고 그러한 사람들을 생각해 보았다. 그녀는 모든 채권자와 아버지와 실제상의 관계를 가지고 있는 가지가지의 사람들을 적 속에 넣었다. 적이라든가 미워하는 자라든가 하는 것을 생각할 때 그녀는 언제나 자기에게 그처럼 나쁜 짓을 한 아나톨리를 상기하는 것이었다. 그는 증오의 대상은 아니었지만 나타샤는 그를 적으로서 그를 위해서 기도하는 게 기뻤다. 그녀는 그저 기도하는 때만 안드레이 공작과 아나톨리를 단순히 한 인간으로서 차분히 가라앉은 기분으로 상기할 수 있는 것처럼 느꼈다. 그들에 대한 감정 같은 것은 하느님에 대한 외구(畏懼)와 경건한 감정에 비하면 아무런 가치도 없는 것으로서 사라져 없어지는 것이었다. 황족과 종무원(宗務院)을 위해서 빌었을 때, 그녀는 설사 그 이유를 이행하지 못하더라도 절대로 의심해서는 안 된다, 역시 이 종무원을 최고권으로서 사랑하기도 하고 그 복지를 빌기도 하지 않으면 안 된다고 생각하면서 유달리 낮게 고개를 숙이고 성호를 그었다.

국가에 대한 기도가 끝나자 부제는 가슴 둘레의 성대(聖帶)에 성호를 긋고, 「우리 몸과 목숨을 우리 주 그리스도께 바치리이다.」하고 말했다.

『이 몸을 주께 바치리이다.』하고 나타샤는 마음 속으로 되풀이하였다. 『주여, 아무것도 바라지 않습니다. 아무런 욕심도 갖지 않겠읍니다. 그저 저는 어떻게 해야 하는 것인지, 자기의 의지를 어떻게 써야 하는 것인지 그것을 가르쳐 주시옵소서! 나를 불러 주시옵소서, 나를 불러 주시옵소서!』나타샤는 참을 수 없을 정도로 감격하여 성호도 긋지 않고 그 가느다란 두 손을 축 늘어뜨린 채, 금시라도 눈에 보이지 않는 힘이 자기를 붙들고 자아와 회한과 욕망과 비난과 희망과 악행에서 구출해 주기를 기다리고 있기나 하는 것처럼 중얼거렸다.

백작 부인은 기도하는 동안 내내 몇 차례인가 눈물을 글썽이며 감격에 잠겨 있는 딸의 얼굴을 돌아보았다. 그리고 이 딸을 도와 주시옵소서 하고 하느님께 빌었다.

기도 도중에 갑자기 나타샤가 잘 알고 있던 전례의 순서와는 달리 부제가 조그만 걸상을 들고 나와 그것을 제단의 정면 문 앞에다 놓았다. 그것은 성삼축일(聖三祝日)에 무릎을 꿇고 기도하기 위하여 쓰는 것이었다. 엷은 자주빛 우단 성모를 쓴 사제가 나왔다. 그리고 머리털을 쓰다듬고 자못 힘이 든다는 듯이 무릎을 꿇었다. 신도 모두도 그것을 따르면서 이상하다는 듯이 서로 얼굴을 마주 보았다. 그것은 방금 종무원에서 도착한 새로운 기도문이며 적군의 침입에서 러시아를 구하기 위해서 올리는 기도였다.

「주여, 힘의 신이여, 우리들의 구원의 신이여.」 하고 사제는 또렷하고 과장이 없는 점잖고 부드러운 목소리로 읽기 시작했다. 그것은 슬라브의 성직자가 아니면 욀 수 없는, 그리고 러시아인의 마음에 매우 절대적인 작용을 주는 그런 목소리였다.

「주여, 힘의 신이여, 우리들의 구원의 신이여! 지금 자애와 관대함을 가지고 당신의 온순한 백성을 지켜 주시옵고 지선하신 귀를 기울여 우리들의 목소리를 들어 주시옵고 우리들을 용서해 주시옵고 우리들을 불쌍히 여기시옵소서. 당신의 땅을 어지럽히고 온 세계를 황폐하게 하려는 그 적은 이제 우리들을 향해 칼을 들었읍니다. 이 간악한 백성은 당신의 소유를 멸망케 하고, 영광스러운 당신의 예루살렘, 당신의 지극한 사랑을 받는 러시아를 파괴하고, 당신의 신전을 모독하고 제대를 부수고 우리들의 성물(聖物)을 욕되게 하기 위해서 모였사옵니다. 언제까지, 주여, 언제 어느 때까지 이 죄인들은 날뛸 것이옵니까? 언제까지 죄인들은 불법의 권리를 제멋대로 휘두를 것이옵니까?

우리의 주이신 하느님이시여! 당신에게 비는 우리들의 음성을 들어 주시옵고, 지성 지존(至誠至尊)하신 우리들의 대제 알렉산드르 파블로비치를 당신의 힘으로 굳혀 주시옵고 그의 성실과 공순을 명기하시고 그 경건에 보답을 내려 주시옵소서. 그의 덕에 의하여 당신의 사랑하는 이스라엘은 수호될 것이기 때문이옵니다. 간절히 바라오니 그의 의지와 계획과 대업을 축복해 주시옵소서. 당신의 전능하신 오른손을 가지고 제국(帝國)의 바탕을 굳혀 주시옵고 모세가 아말릭에게 이기듯이 기드온이 미디안에게 이긴 것처럼 다윗과 골리앗에게 이긴 것같이 그로 하여금 해적에게 승리를 거두게 하여 주시옵소서. 그의 군대를 지켜 주시옵고 당신의 이름으로 갑옷을 두른 자의 손에 동제의 활을 주시옵고, 또한 정토(征討)

의 힘을 갖게 하여 주시옵소서. 원컨대 무구(武具)와 방패를 들고 일어나 우리들을 도와 주시옵소서. 그러면 우리들에게 악을 꾀한 자는 오욕을 뒤집어쓰고 당신을 믿는 군세 앞에서 풍전의 진애(塵埃)처럼 분산 도주할 것이옵니다. 강력한 당신의 사자로 하여금 그들을 욕되게 하게 그들을 쫓아내게 하여 주시옵소서. 그물은 모르는 사이에 그들을 덮고 올가미는 비밀히 그들에게 씌워져 그들은 마침내 당신 하인의 발 밑에 꿇어 엎드리게 되고 아군의 유린하는 바가 될 것이옵니다! 주여, 큰 것이고 작은 것이고 당신이 구출할 수 없는 것은 없으시옵니다. 당신은 신이옵니다. 그렇기 때문에 우리는 당신을 거역할 수 없사옵니다.

　우리들의 아버지이신 하느님이시여, 영원 불멸의 당신은 관대함과 자애를 잊지 마옵시고 우리들을 당신의 면전에서 물리치지 마옵시고 우리들의 모자람을 싫어하지 마옵시고 당신의 자애의 고대함에 의하여 당신의 관대함의 무량함에 의하여 우리들의 마음을 깨끗하게 하고 우리들의 가슴에 정의의 마음을 일으켜 주시옵소서. 당신에 대한 신앙과 희망을 가지고 우리들 모두를 굳히고 공포에 대한 진실한 사랑을 가지고 용기를 내게 하고 우리들과 우리들의 조상에게 주신 국부(國富)의 수호를 위하여 일치된 정신을 가지고 우리들을 무장시켜 주시옵소서. 의롭지 않은 자의 홀(笏)로 하여금 성스러운 백성의 운명을 지배하게 하는 일이 없도록 하여 주시옵소서.

　주이신 우리들의 하느님이시여, 우리들은 당신을 믿고 당신에게 희망을 걸고 있사옵니다. 당신의 자애를 기대하는 우리들의 희망을 빼앗는 일이 없이 우리들을 위해서 징후를 주시옵소서. 그러면 우리들과 우리들의 정교를 미워하는 자는 이것을 보고 스스로 면목을 잃고 파멸될 것이옵니다. 또한 모든 나라들은 당신의 이름을 하느님이시고 우리들이 당신의 백성이란 것을 알게 될 것이옵니다. 주여, 지금 우리들에게 당신의 자애를 구현하고 당신의 도움을 우리들에게 주고 당신의 자애를 가지고 당신의 하인을 기쁘게 하여 주시옵소서. 바라옵건대 우리들이 적을 쳐부어서 빨리 당신을 믿는 하인의 발 밑에 그들을 꿇어 엎드리게 하여 주시옵소서. 당신은 당신을 의지하는 자의 편이시고 도움이시고 승리이시옵니다. 영광이 성부와 성자와 성신께 처음과 같이 이제와 영원히 같이하시기를 비나이다. 아멘.」

　나타샤는 허심 탄회한 정신 상태에 있었으므로 여 기도가 강하게 그녀의 가슴에 울렸다. 그녀는 모세가 아말릭에게 이기고 기드온이 미디안에게 이기고 다윗과 골리앗에게 이겼다는 것과 당신의 예루살렘은 파괴될 것이옵니다란 말들을 한 마디도 놓치지 않고 듣고 있었다. 그리고 가슴에 넘치는 온화하고 부드러워진 기분으로 하느님에게 빌었다. 그러나 이 기도로 무엇을 바라고 있는 것인지는 자기도 잘 몰랐다. 그녀는 올바른 마음과 신앙과 희망으로 마음을 굳히는 것과 사랑과 용기를 내게 한다는 것에 마음으로부터 동감했던 것이다. 그러나 불과 이삼분 전까지 사랑과 기도의 대상으로서 조금이라도 많은 적을 가지기를 바랐던 지금 그 적을 발 밑에 짓밟는다는 것에 대해서 빌 수는 없었다. 그렇다고는 하지만 방금 왼 기도문의 올바름도 의심하지는 않았다. 그녀는 사람들의 죄업, 특히 그 죄업 때문에 받는 벌을 생각하고 등골이 오싹하는 듯한 경건과 외구를 느꼈다. 그녀는 모든 사람들이 용서를 받도록 또 모든 사람들에게도, 자기에게도 삶의 평화와 행복이 주어지도록 하느님에게 빌었다. 그리고 그녀는 자기의 기도가 하느님의 귀에 다다르고 있는 것처럼 생각되었다.

19

피예르가 로스토프네 집을 나와 나타샤의 감사하는 눈빛을 생각하면서 하늘에 걸려 있는 혜성을 바라보고 자기를 위하여 새로운 어떤 것이 계시된 것같이 느꼈던 그 날부터, 지상의 모든 것이 공허하고 무의미하다는, 영원히 그를 괴롭히고 있던 의문이 머리에 떠오르지 않게 되었다. 이전에 무슨 일을 하고 있을 때라도 반드시 그의 마음에 나타났던 어째서? 무엇 때문에? 라는 무서운 의문이 지금은 그에게는 전혀 다른 것으로 바뀌었다. 그것은 무엇인가 다른 새로운 의문도 아니고, 이전의 의문에 대한 대답도 아니고, 그저 그녀의 모습이었다. 지금은 아무리 쓸데없는 이야기를 남한테서 들어도, 자기가 하여도, 또 인간의 비열함과 무의미함을 책에서 읽어도 혹은 남한테서 들어도 전율을 느끼는 일은 없었다. 모든 것이 이렇게 하루살이처럼 불가해한데 사람은 무엇 때문에 악착을 부리는 것일까 하고 자문하지 않게 되었다. 그는 그저 그녀를 생각해 냈다. 마지막 보았을 때의 그녀의 모습을 생각해 냈다. 그러자 모든 의문이 모조리 사라져 버리는 것이었다. 그것은 그녀가 피예르의 가슴 속에서 고개를 쳐들고 일어났던 의문을 풀어 주었기 때문이 아니고 그녀의 모습이 눈 깜짝할 사이에 그를 끌고 전혀 다른 밝은 정신 활동의 세계로 날아갔기 때문이었다. 거기서는 의인도 죄인도 없고 그저 살기만 하면 되는 것이다. 그것은 아름다움과 사랑의 세계였다. 그래서 그는 어떠한 일생의 추악한 면에 부딪치더라도 이렇게 혼잣말을 하는 것이었다.

『까짓 거, 누가 국가와 황실의 재산을 가로채건, 국가와 황제가 그자에게 어떠한 명예를 주건 알 게 뭐야. 그 여자는 어제 나를 보고 방긋 웃었다. 그리고 또 와 달라고 말했다. 나는 그 여자를 사랑하고 있다. 그건 절대로 아무도 알 수 없다.』하고 그는 생각했다.

피예르는 여전히 사교계에 출입하기도 하고 술을 마시기도 하며서, 여전히 무절제한 산만한 생활을 계속하고 있었다. 왜냐하면 로스토프네 집에서 보내는 시간 이외의 시간도 어떻게든 소비하지 않으면 안 되었기 때문이다. 그가 모스크바에서 만든 습관과 교제는 불가항력적인 힘을 가지고 이러한 생활로 그를 끌고 갔다. 그는 이제 완전히 그것에 몰두해 버렸다. 그러나 이즈음 싸움터에서 더욱더 불안한 풍문이 전해지게 되고, 한편 나타샤의 건강도 회복되기 시작하여 그에게 전 같은 조심스러운 연민의 감정을 불러일으키지 않게 되었으므로 그는 차차 자기 자신에게 불가해한 불안에 휘말리게 되었다. 지금의 상태가 오래 계속될 리 없다, 이 생활을 송두리째 뒤집어 엎지 않으면 안 될 하나의 전기가 닥쳐왔다. 이런 것을 생각한 그는 초조한 기분으로 온갖 것 가운데서 이 육박하고 있는 일대 전기의 징후를 찾았다. 언젠가 피예르는 공제 조합원(共濟組合員)의 한 사람으로부터 나폴레옹에 관한 다음과 같은 예언을 들었다. 그것은 사도 요한의 묵시록에서 얻은 것이었다.

묵시록의 13장 18절에 이렇게 씌어 있다. 〈지혜가 여기 있으니 총명 있는 자는 그 짐승의 수를 세어 보라. 그 수는 사람의 수니 666이니라.〉

그리고 같은 장의 5절에는 이렇게 씌어 있다. 〈또 이 짐승이 큰 말과 참람(僭濫)된 말을 하는 입을 받고 또 마흔 두 달 일할 권세를 받으니라.〉

프랑스의 문자는 헤브라이의 계수법(計數法)에 좋아 최초로 열 문자를 기수(基數)로 하고 나머지 문자를 십 단위로 세어 나가면 다음과 같은 의미를 갖는다.

a b c d e f g h i k l m n o p q r s t u v w x y z

1 2 3 4 5 6 7 8 9 10 20 30 40   50 60 70 80 90 100 110 120 130 140 150 160

이 알파벳에 의하면 L' Empereur Napoléon(황제 나폴레옹)이라는 말을 숫자로 쓰게 되면 그 수의 총계는 666이다. 따라서 나폴레옹은 묵시록에 예언된 짐승이란 것이 된다. 그뿐만 아니라 이 알파벳에 의하여 quarante deux(마흔 둘)라는 말, 즉 이 짐승에게 큰 말(言)과 참람된 말을 꺼낼 권세가 주어진 기한을 써도 이 마흔 둘이 나타내는 수의 총계는 역시 666과 같다. 이것에 의하여 나폴레옹의 권력 발휘의 기한은 프랑스 황제의 나이 마흔 둘을 지난 1812년에 끝난다는 결론이 생긴다. 이 예언은 강하게 피예르의 마음에 충격을 주었다. 이 짐승, 즉 나폴레옹의 권력에 종언을 주는 것은 과연 누구인가 하는 문제를 그는 자주 스스로 자기에게 묻게 되었다. 그리고 이처럼 가지가지 말을 숫자로 바꿔 쓰고 그것을 셈하는 방법에 의하여 마음에 걸리는 의문의 해결을 찾으려고 노력했다. 피예르는 이 문제의 해답으로서 L'Empereur Alexandre(황제 알렉산드르)라든가 La Nation Russe (러시아의 국민)라든가 하는 말들을 써 보았으나 수의 총계는 666보다 훨씬 많기도 하고 적기도 했다. 언제가 한 번 이 계산에 몰두하면서 그는 자기의 이름을 Comte Pierre Besouhoff라고 써 보았다. 그러나 숫자 총계는 맞지 않았다. 그래서 맞춤법을 바꾸어 S 대신 Z 를 쓰기도 하고 〈de〉를 더하기도 하고 관사 〈le〉를 더하기도 했으나 역시 바라던 결과는 얻지 못했다. 그때 그는 만일 찾고 있는 해답이 자기의 이름에 포함되어 있다면 그 해답에는 반드시 자기의 국적도 나타나 있지 않으면 안 될 것이라는 생각이 머리속에 떠올랐다. 그래서 그는 Le Russe Besuhof(러시아인 베주호프)라고 쓰고 그 숫자를 세어 보니 671이 되었다. 말하자면 그저 다섯이 더 남았던 것이다. 다섯은 〈e〉를 생략하고 L' Russe Besuhof 라고 했을 때 피예르는 비로소 666이라는 기대했던 해답을 얻었다. 이 발견은 그의 마음을 흥분시켰다. 자기가 어째서 어떤 관계에 의하여 묵시록에 예언된 대사건과 결부되어 있는 것인지 그런 것은 그는 몰랐다. 그러나 자기가 정말로 결부되어 있다는 것은 추호도 의심하지 않았다. 로스토바에 대한 사랑, 반(反) 그리스도, 나폴레옹의 침입, 혜성, 666 L'Empereur Napoléon, L' Russe Besuhof——이러한 것들이 모두 함께 성숙하여, 자기를 사로잡고 놓지 않는 마법의 테두리——모스크바의 하찮은 관습의 세계에서 그를 해방시키고 구출하여 위대한 행복으로 이끌어야 할 것이었다.

예의 기도문을 읽은 일요일 전날 피예르는 로스토프네의 사람들에게 러시아 국민에 대한 조직과 싸움터에서 온 최근의 소식을 가까운 지기인 라스토프친 백작한테서 얻어 오겠다고 약속했다. 그는 아침 나절에 라스토프친 백작한테 갔다. 그러자 방금 싸움터에서 온 파발꾼을 만났다. 그것은 피예르가 알고 있는 모스크바의 무용가의 한 사람이었다.

「부탁합니다, 짐을 좀 가볍게 해주실 수 없습니까?」 하고 파발꾼은 말했다. 「부모들에게 낸 편지가 배낭에 가득 있어서 말씀이에요.」

그 가운데에는 아버지에게 올리는 니콜라이 로스토프의 편지도 있었다. 피예르는 이 편지를 받았다. 그 외에 라스토프친 백작한테서는 방금 인쇄된 모스크바 시(市)에 대한 조칙과 군대에 대한 최근의 명령과 백작 자신의 새로운 포스터를 얻었다. 피예르는 군대에 관한 명령을 보다가 그 가운데에 게재된 부상자와 전사자와 수상자에 관한 보도 속에 오스트로브나의 싸움에서 보인 공훈 때문에 게오르기이 4등 훈장이 수여된 니콜라이 로스토프의 이름과 엽기병 연대장으로 임명된 안드레이 볼콘스키이 공작의 이름을 발견했다.

피예르는 로스토프네 사람들에게 볼콘스키이에 대해서 말하고 싶진 않았으나 아들의 수상을 알려 기쁘게 하고 싶다는 희망은 누를 수가 없었다. 그래서 내일 식사에 갈 때의 선물로서 조칙과 포스터와 그 밖의 명령서는 남겨 놓고 인쇄되어 있는 명령과 니콜라이의 편지는 로스토프네 집으로 보냈다.

라스토프친 백작과의 이야기와 그 걱정스럽고 다급해 보이는 거동과 전황이 불리한 것을 태평스럽게 이야기하는 파발꾼과의 해후, 모스크바에서 발견되었다는 간첩의 소문과, 가을까지는 러시아의 두 수도(모스크바와 페쩨르부르그─역주)에 들어온다는 나폴레옹의 맹세가 씌어 있는 종이 조각이 모크스바 안을 전전한다는 소문과, 내일쯤으로 기대되는 황제의 도착에 관한 이야기──이러한 모든 것이 새로운 힘을 가지고 피예르의 마음에 그 혜성이 나타났을 때, 특히 전쟁의 처음 무렵부터 그의 마음에서 한 번도 떠난 적이 없는 저 격동과 안타까운 마음을 새로운 힘으로 피예르의 내부에 불러일으켰다.

피예르는 벌써 오래 전부터 군문에 들어가려는 생각을 하고 있었다. 만일 장애가 없었다면 그는 오래 전에 이 생각을 실행했을 것이다. 장애라는 것은 다름이 아니다. 첫째로, 영원한 평화와 전쟁의 근절을 선전하는 비밀 공제 조합에 속해 있었고, 둘째로는, 군복을 입고 애국심을 고무하는 모스크바 사람의 떼를 보면 어쩐지 그런 결정을 하는 것이 쑥스러워졌기 때문이었다. 그러나 그가 군문에 들어가려는 계획을 실행하지 않았던 중요한 원인은 따로 있었다. 말하자면 자기는 666 이라는 짐승의 수를 의미하고 있는 L' Russe Besuhof이기 때문에 큰 말과 참람된 말을 밖에 내는 짐승의 권세에 종언을 준다는 대사업에 관여하는 것은 이미 영겁의 예로부터 정해져 있다. 따라서 무슨 일도 스스로 꾀하지 말고 장차 일어날 일을 기다려야 한다. 라는 이런 막연한 생각인 것이었다.

20

로스토프네 집에서는 언제나 일요일에는 가까운 지기의 누군가와 식사를 같이 하는 습관이 있었다.

피예르는 손님이 오기 전에 가기 위해서 조금 일찍 찾아갔다.

이 해에 들어 피예르는 몹시 비대해졌다. 만일 키가 이처럼 크지 않고 또 사지가 이처럼 훌륭히 발달하여 자기의 비대한 몸뚱이를 편하게 지탱할 수 있을 만큼 굳세지 않았던들 아마 꼴불견으로 보였을 것이다.

그는 헐떡거리다가, 혼잣말로 중얼거리다가 하면서 층층대를 올라갔다. 마부는 이제 기다릴까요, 하고 새삼스럽게 묻지 않게 되어 버렸다. 백작은 로스토프네에 오기만 하면 으례 열 두 시쯤까지 있는 것을 알고 있었기 때문이다. 로스토프네의 하인들은 상냥한 얼굴로 뛰어와서 백작의 외투를 벗기기도 하고 지팡이와 모자를 받기도 했다. 피예르는 클럽의 습관으로 지팡이와 모자도 현관방에 남겨 두었다.

오늘 그가 로스토프네에서 맨 처음 본 사람은 나타샤였다. 그는 그 모습을 보기에 앞서 벌써 현관방에서 그녀의 목소리를 들었다. 그녀는 홀에서 성악 연습곡을 부르고 있었던 것이다. 피예르는 그녀가 앓고 나서부터는 노래를 부르지 않는 것을 알고 있었으므로 이 목소리를 듣고 놀라기도 하였으나 한편 기쁘기도 했다. 그는 살며시 문을 열어 보았다. 그러자 나타샤는 미사 때와 똑같은 라일락빛 옷을 입고 방안을 돌아다니면서 노래하고 있었다. 그가 문을 열자 나타샤는 등을 뒤로 하고 그가 있는 쪽으로 뒷걸음질치고 있었는데 갑자기 홱 돌아서서 피예르의 살찐 놀란 듯한 얼굴을 보고는 빨갛게 되어 총총걸음으로 가까이 다가왔다.

「나는 다시 노래를 불러 보려고 해요.」 하고 그녀는 말했다. 「이것도 역시 공부니까 말이에요.」 하고 그녀는 변명이라도 하듯이 덧붙였다.

「좋습니다.」

「정말 잘 와 주셨어요! 전 오늘 정말 기뻐요.」 피예르가 이미 오래 전부터 그녀에게서 볼 수 없었던 저 옛날과 같은 싱싱한 얼굴로 그녀는 말했다. 「저, 아세요, 니콜라스가 게오르기이 훈장을 탄 것을? 전 오빠 덕택으로 어깨가 넓어지게 됐어요.」

「알고 말고요. 그 명령을 전해 드렸던 것은 바로 전걸요. 그럼 방해가 되면 안 될 테니까.」라고 덧붙이고 그는 객실 쪽으로 가려고 했다.

나타샤는 그를 붙들었다.

「백작! 제가 노래를 불러서는 안 될까요?」 그녀는 얼굴을 붉히고 말했으나 눈을 떨어뜨리지 않고 들여다보듯이 피예르를 쳐다보고 있었다.

「아닙니다…… 무슨 말씀이십니까? 그러기는 커녕…… 그런데 어째서 당신은 그런 것을 나에게 물으시죠?」

「저 자신도 모르겠어요.」 하고 나타샤는 급히 대답했다. 「그렇지만 말이에요, 전 당신의 마음에 들지 않는 일은 하나도 하고 싶지 않아요. 전 당신의 말씀이라면 무엇이거나 모두 믿어요. 알고 계시죠, 당신이 저에게 얼마나 소중한 분인가를,

저를 위해서 얼마나 많은 일을 하여 주셨는가를……」이 말을 듣고 피예르가 얼굴을 붉힌 것도 모르고 그녀는 다만 빠른 말로 계속했다.「그 명령에서 보니까 그분은, 볼콘스키이 씨는(그녀는 이 말을 얼른 속삭였다), 그분은 러시아에 계시면서 또 군대에 근무하고 계신 모양이더군요. 당신께서는 어떻게 생각하고 계세요?」그녀는 급히 이렇게 말했다. 분명히 자기의 힘을 위태롭게 생각하고 있는 모양이었다.「그분은 언젠가 저를 용서해 주실까요? 제게 대한 나쁜 감정을 잊어 주실지 모르겠어요. 당신은 어떻게 생각하시죠? 어떻게 생각하세요?」

「나는……」하고 피예르는 말했다.「그 사람으로서는 별로 용서하고 어쩌고 할 일은 없으리라고 생각합니다만……」일종의 연상 작용에 의해 피예르는 잠깐 동안 마음 속에서 그 무렵으로 거슬러 올라가 있었다. 만일 자기가 지금의 자기가 아니고 세계에서 가장 뛰어난 인간이고 또한 자유로운 몸이었다면 무릎을 꿇고 그녀의 손을 청하였을 것이라고 말하고 위로하던 때, 바로 그때와 똑같은 연민과 부드러운 애모의 정이 그를 엄습하여 그때와 똑같은 말이 입 밖에 나오려고 했다. 그러나 그녀는 그 말을 할 틈을 주지 않았다.

「그래요, 그야 당신…… 당신은……」이 당신이란 말을 환회에 찬 어조로 꺼내면서 그녀는 이렇게 말했다.「전혀 달라요. 당신처럼 친절하고 너그러운 훌륭한 분을 지금까지 저는 본 일이 없어요. 또 그런 사람이 있을 리도 없고요. 만약 그때 당신께서 계셔 주지 않았더라면 저는 어떻게 돼 있었을는지 몰라요. 왜냐하면……」

그녀의 눈에는 별안간 눈물이 핑 돌았다. 그녀는 얼굴을 돌리고 악보를 눈에다 대면서 노래를 부르기 시작했다. 그리고 또다시 홀 안을 거닐기 시작했다.

이때 객실에서 페쨔가 뛰어들었다.

페쨔는 두툼한 붉은 입술을 가진 혈색이 좋은 나타샤와 꼭 닮은 아름다운 열다섯 살의 소년이었다. 그는 대학의 진학 준비를 하고 있었으나 요즈음 친구인 오볼렌스키이와 함께 경기병대에 들어가기로 몰래 결정하고 있었다.

페쨔는 이 문제를 상의하기 위하여 자기와 동명인 피예르한테로 뛰어왔던 것이다.

그는 경비병대에 채용될는지 어떨는지 알아보아 달라고 피예르에게 전에 부탁했었다.

피예르는 페쨔의 말은 제대로 듣지도 않고 객실 안을 서성거리고 있었다.

페쨔는 그의 주의를 끌기 위해 그의 손을 잡아당겼다.

「이거 봐요, 표트르 키릴로비치, 제 이야기는 어떻게 되었어요! 전 당신밖에 의지할 사람이 없어요.」하고 페쨔가 말했다.

「아아 참, 네 문제. 경기병 지원 말이지? 그래, 그래, 오늘은 꼭 말해 줄게.」

「그런데 어떻게 되었소, 조칙은 가지고 왔는가요?」 하고 노백작이 물었다. 「그건 그렇고, 딸이 라주모프스키이네 미사에 가서 새로운 기도를 듣고 온 모양인데 아주 좋았던 모양이에요.」

「가지고 왔읍니다.」 하고 피예르가 대답했다. 「황제께서는 내일 도착하실 모양이에요…… 임시 귀족 회의가 열렸는데 천 명 당 열 명 꼴로 신병을 뽑게 된다든가 하는 이야기예요. 참, 이번 일을 축하합니다.」

「뭐, 다 여러분의 덕분이오. 그런데 군대에서는 어떤 정보가 있었는가요?」

「또 아군의 퇴각입니다. 벌써 스몰렌스크 부근까지 온 모양이에요.」 하고 피예르는 대답했다.

「이거 야단인데!」 하고 백작은 말했다. 「대관절 조칙은 어디에 있소?」

「조칙! 아, 참!」 피예르는 온 호주머니를 뒤졌으나 서류는 발견되지 않았다. 그래도 그는 계속 호주머니를 뒤지다가 때마침 들어온 백작 부인의 손에 키스하고 불안스럽게 뒤를 돌아보았다. 그것은 분명히 나타샤를 찾고 있는 모양이었다. 그녀는 이제 노래를 부르지 않았으나 객실로 들어오지도 않았다.

「아니, 어디다 넣었을까?」 하고 그는 말했다.

「어쩜, 당신은 줄곧 빠뜨리고만 계시는군요.」 하고 백작 부인은 말했다. 나타샤는 감동에 젖은 산뜻한 얼굴로 들어와서 피예르를 조용히 쳐다보며 자리에 앉았다. 그녀가 들어오자마자 그때까지 흐려 있던 피예르의 얼굴은 갑자기 환히 빛나기 시작했다. 그는 여전히 서류를 찾으면서 몇 번인가 그녀를 쳐다보았다.

「할 수 없군, 잠깐 다녀오겠읍니다. 집에 있을 겁니다, 아마…….」

「그럼 식사에 늦을 거예요.」

「아, 참, 마부도 돌아가 버렸군!」 그러나 현관방으로 찾으러 갔던 소냐가 피예르의 모자 속에서 서류를 찾아냈다. 그는 얌전하게 접어서 모자 뒤에다 끼워 놓았던 것이다. 피예르는 곧 그것을 읽으려고 했다.

「아니, 식사를 끝내고 나서 합시다.」 이 낭독에서 커다란 만족이라도 기대하는 듯이 노백작은 말했다.

식사 때 모두는 새로 게오르기이 훈장을 탄 용사의 건강을 축복하여 샴페인을 마셨다. 그 뒤 쉰쉰은 시정의 뉴스를 여러 가지로 이야기했다. 그루지아 출신인 노공작 부인은 병을 앓고 있다느니 메찌비예가 모스크바에서 자취를 감춰 버렸다느니 사람들이 라스토프친한테로 한 독일인을 끌고 와 이것은 샹피뇽(버섯이란 뜻. 에스피옹 즉 간첩을 잘못 말한 첫임—역주)(라스토프친 백작은 민중을 보고 이것은 샹피뇽이 아니고 그저 독일인의 묵은 버섯에 지나지 않는다고 말하고 이 샹피

놈을 석방시켰다느니 하는 따위의 이야기였다.

「잘도 잡는군.」하고 백작은 말했다.「그러니까 나도 아내한테 너무 프랑스어를 쓰지 않는 게 좋다고 말하고 있지. 지금은 그런 때가 아니니까 말씀이야.」

「그런데 들으셨읍니까?」하고 쉰쉰은 말했다.「골리스인 공작은 러시아인 교사를 들여 러시아어를 공부하고 있어요.(당시의 러시아 귀족은 프랑스어를 상용하고 있었으므로 러시아어를 바르게 말하고 쓸 줄 모르는 사람도 꽤 있었음—역주) 길에서 프랑스어를 쓰는 것은 위험해졌거든요.」

「그건 그렇고, 어떻습니까, 표트르 키릴로비치 백작? 만약 국민병 모집이 시작되면 당신도 말을 타지 않으면 안 되겠죠?」노백작은 피예르에게로 얼굴을 돌리고 말했다.

피예르는 식사 동안 내내 말수가 적었고 어쩐지 생각에 잠긴 듯한 태도를 하고 있었다. 백작이 이렇게 말을 걸었을 때 이해가 가지 않는 듯한 얼굴로 상대방을 처다보았다.

「네, 그렇죠, 전쟁에 말씀이죠.」하고 그는 말했다.「아니! 내가 무슨 옳은 군인이 되겠읍니까? 하긴 모든 게 이상하지만 참으로 이상합니다! 나 자신에게도 전혀 이해가 되지 않습니다. 나는 모릅니다. 군사상의 취미와는 너무도 인연이 머니까 말이에요. 그러나 지금 같은 상태에서는 누구나 자기가 자기에 대해서 어떻다고 말할 수 없읍니다.」

식사가 끝나자 백작은 유연히 안락의자에 앉아 정색을 하고 낭독의 명인으로 알려져 있는 소냐에게 조칙을 읽어 달라고 말했다.

「우리 구도(舊都) 모스크바에 알리노라.

적은 대군을 이끌고 러시아의 국경에 침입하였도다. 적은 우리의 사랑하는 조국을 황폐케 하려고 진군하고 있도다.」하고 소냐는 타고난 가느다란 목소리로 정성스럽게 읽기 시작했다. 백작은 이따금 발작적으로 한숨을 몰아쉬면서 눈을 지그시 감고 듣고 있었다.

나타샤는 몸을 곧추세우고 파고들듯이 아버지와 피예르의 얼굴을 똑바로 번갈아 처다보면서 앉아 있었다.

피예르는 그녀의 시선이 자기에게 돌려지고 있는 것을 느꼈으므로 그쪽을 돌아보지 않으려고 애썼다. 백작 부인은 어마어마한 조칙의 문면에 대해 못마땅한 듯한 노여운 표정으로 고개를 저었다. 그녀는 이러한 말들 가운데서 다만 아들의 몸에 닥쳐 있는 위험이 갑자기 멎을 것 같지는 않다는 사실밖에 보지 않았던 것이다. 쉰쉰은 무엇이든 재료가 발견되기만 하면 웃음거리로 만들어 버리려 하고 있는 듯 입 언저리에 빈정거리는 듯한 미소를 띄우고 있었다. 설사 그게 소냐의 낭독이든 백작의 말이든. 달리 좋은 재료가 없으면 조칙 그것마저도.

모스크바를 위협하고 있는 위험과 황제가 모스크바——특히 저명한 귀족 계급——에 걸고 있는 희망에 관한 대문을 읽으면서 소냐는 떨리는 목소리로(모두가 주의 깊게 경청하고 있기 때문에) 마지막 일점을 다 읽었다. 「짐은 지체 없이 이 구도, 그리고 그 밖의 여러 도시에 사는 인민 속에 들어가 목하 적의 진로를 차단하고 있는 아군, 그리고 적병이 어디에 나타나더라도 반드시 이것을 격파하려고 새로 조직된 민병(民兵)을 지휘하고 또 제반의 일을 협의하려고 하노라. 적이 우리 나라에 주려고 하는 멸망을 그들 자신의 머리 위로 돌리고 노예 상태에서 벗어난 유럽으로 하여금 러시아의 이름을 찬미하게 하기를 바라노라!」

「옳은 말씀이야!」백작은 젖은 눈을 뜨면서, 그리고 강한 염산(鹽酸) 병을 코끝에 디밀기라도 한 것처럼 거친 숨결 때문에 몇 번인가 말을 더듬으면서 그는 간신히 이렇게 끝맺었다. 「오직 폐하의 한 마디만 있으면 우리는 무엇이거나 희생한다, 절대로 아무것도 아까와하지 않는다.」

쉰쉰이 백작의 애국심을 빈정거리기 위해서 준비하고 있던 익살을 입 밖에 낼 겨를도 없이 나타샤는 자기의 자리를 차고 일어나 아버지에게로 뛰어갔다.

「정말 좋은 분이에요, 우리 아버님은!」그녀는 아버지에 부지중에 되살아난 이전의 미태(媚態)를 지으면서 또 힐끔 피예르를 쳐다보았다.

「여어, 애국 여사!」하고 쉰쉰은 말했다.

「천만에요, 애국 여사는 아녜요. 그저…….」나타샤는 발끈 화를 내고 이렇게 대답했다. 「당신에게는 모두가 우스우실 테지만 이것은 절대로 농담이 아니니까 말씀이에요…….」

「농담이라니!」하고 백작은 되풀이했다. 「폐하께서 그저 한 마디만 말씀이 있으시면 우리는 모두 나가는 거야…… 우리들은 독일인 따위와는 다르니까 말이지…….」

「그러나 당신께선 알아채셨을 겁니다.」하고 피예르는 말했다. 「조칙에 〈협의하려고 하노라〉고 씌어 있는 것을.」

「아니, 그건 어떡하든 상관 없어요…….」

지금까지 아무도 주의를 하고 있지 않던 페챠가 이때 껑충껑충 아버지에게로 다가갔다. 그리고 온 얼굴을 붉히고 굵다가 가늘다가 하는 변성기 특유의 목소리로 이렇게 말하기 시작했다.

「그럼 말예요, 아버지, 감히 말씀드리겠는데…… 어머님도 아무쪼록 저는 감히 말씀드리겠는데 저를 군대에 보내 주세요. 왜냐하면 저는 견뎌낼 수 없습니다…… 그것뿐입니다…….」

　백작 부인은 흠칫 놀라는 표정으로 아들 쪽으로 눈을 들고 손뼉을 치더니 노엽게 남편에게로 얼굴을 돌리고 말했다.
　「원, 큰일날 소리를 다 하고 있구나!」 하고 그녀는 말했다.
　그러나 이때 백작은 감격에서 깨어 제정신으로 돌아왔다.
　「이런, 이런,」 하고 그는 말했다. 「용사가 또 한 사람 생겼군! 쓸 데없는 소리 하는 게 아냐. 너는 공부나 해.」
　「쓸데없는 소리하는 게 아녜요, 아버지. 오볼렌스키이네의 페쨔는 저보다 어리지만 그래도 가겠다고 하는걸요. 그렇지만 그런 것은 어떻든 첫째 전 전혀 공부가 되지 않아요, 지금처럼 이런……」 하고 페쨔는 땀이 배어 나올 정도로 얼굴을 붉혔으나 마침내 결연히 말해 버렸다. 「조국이 위급에 임박하고 있는 이때……」
　「그만, 됐어, 쓸데없이……」
　「그렇지만 아버님께선 무엇이건 희생하시겠다고 말씀하셨잖아요?」
　「페쨔! 잠자코 있으라는데도!」 백작은 창백한 얼굴을 하고 눈을 바로 뜬 채 막내동이를 찬찬히 쳐다보고 있는 아내 쪽을 돌아보면서 외쳤다.
　「아녜요, 저는 꼭 아버님께 말씀드리고 싶어요. 표트르 키릴로비치도 그렇게 말씀하시고 계시니까……」
　「쓸데없는 소리 하지 말라는데. 아직 젖비린내 나는 어린애인 주제에 군대가 다 뭐야! 안 돼, 안 돼, 내가 말한 대로야.」 백작은 쉬기 전에 다시 한 번 서재에서 읽으려고 하는 듯 조칙을 들고 방에서 나갔다.
　「표트르 키릴로비치, 어떻습니까, 가셔서 한 대 태우시지 않겠어요……」
　피예르는 당혹한 주저로 마음이 흔들리고 있었다. 전에 없이 반짝이는 생생한 나타샤의 눈이 상냥함 이상의 표정으로 줄곧 그의 쪽에 돌려지고 있어 그를 당황하게 만들고 만 것이다.
　「아니, 집으로 돌아가는 게 좋을 것 같습니다, 나는……」
　「집으로 돌아가시다니요? 저녁때까지 나한테 있겠다고 말씀하시지 않았읍니까…… 자주 찾아와 주시지도 않으시면서. 저 애는……」 백작은 나타샤를 가리키면서 온후한 어조로 말했다. 「당신만 계셔 주시면 언제나 기분이 좋군요.」
　「참, 깜빡 잊고 있었읍니다…… 꼭 집으로 돌아가야 해요…… 볼일이……」 하고 피예르는 허둥지둥 말했다.
　「유감인데요. 그럼 또 오십시오.」 백작은 방에서 나가면서 이렇게 말했다.
　「왜 돌아가시죠? 어째서 그렇게 우울한 얼굴을 하고 계시죠? 왜 그러시죠?」 나타샤는 도전하듯이 피예르의 눈을 쳐다보면서 물었다.
　〈그것은 당신을 사랑하고 있기 때문입니다!〉 하고 말하고 싶었으나 그렇게는 말하지 않았다. 그는 눈물이 나올 만큼 얼굴을 붉히면서 눈을 떨어뜨렸다.

「그것은 댁에 너무 오지 않는 것이 좋기 때문입니다…… 말하자면…… 아니, 그저 볼일이 있기 때문입니다…….」

「어째서? 아녜요, 얘기해 주세요.」 하고 나타샤는 엄숙하게 말하다가 갑자기 침묵해 버렸다. 두 사람 다 놀란 것처럼 얼떨떨해 하면서 서로 얼굴을 마주 쳐다보고 있었다. 그는 미소를 지으려고 했으나 웃어지지 않았다. 그러기는커녕 오히려 그 미소는 고통을 나타내고 있었다. 그는 묵묵히 그녀의 손에 키스하고 그대로 밖으로 나와 버렸다.

피예르는 이제 절대로 로스토프네에 오지 않아야겠다고 혼자 마음 속으로 결심했다.

21

페쨔는 깨끗이 거절을 당한 뒤 자기 방으로 들어가 아무도 들어오지 못하도록 문을 걸고는 울기 시작했다. 그가 울어서 부은 눈으로 우울한 얼굴빛이 되어 차를 마시러 나왔을 때도 모두는 조금도 알아채지 못한 체하고 있었다.

이튿날 황제가 도착했다. 르스토프네의 하인 몇 명이 폐하를 뵈오러 보내 달라고 청했다. 그 날 아침 페쨔는 오래 걸려 옷을 입고 머리를 빗고 어른처럼 정성스럽게 깃을 가다듬었다. 그리고 거울 앞에서 얼굴을 찌푸려 보기도 하고 몸짓을 하기도 하고 어깨를 움츠리기도 한 뒤에 누구에게도 말하지 않고 모자를 쓰고 살며시 들키지 않도록 뒤쪽의 층층대로 해서 밖으로 나갔다. 페쨔는 냅다 황제의 어전으로 가서 시종이나 누구나에게 직접 애소해야겠다고 결심했던 것이다(황제의 주위에는 언제나 시종들이 있는 것으로 페쨔는 생각하고 있었다). 자기는 로스토프 백작이다. 아직 나이는 어리지만 조국을 위하여 이바지하고 싶다고 생각하고 있다. 나이가 어리다는 것은 절대로 충성의 방해가 되지 않는다고 생각한다. 자기는 언제라도……페쨔는 채비를 하면서도 시종에게 말할 미사 여구(美辭麗句)를 마음 속으로 여러 가지로 준비했다.

페쨔는 황제의 배알이 꼭 성공할 것으로 믿고 있었다. 그것은 말하자면 그가 어린애였기 때문이었다(모두 자기가 어린 것에 놀랄 것이다, 하고 페쨔는 그런 생각까지 했다). 동시에 그는 깃을 가다듬는 법에도 머리를 빗는 법에도 유연하고 침착한 걸음걸이에도 어른다운 티를 보이려고 고심하고 있었다. 그러나 차차 나아가 밀물처럼 크레믈린을 향해서 모이는 군중에게 마음을 빼앗기게 되자 그는 어른다운 태연하고 침착한 태도를 잊고 말았다. 그리고 크레믈린으로 다가갔을 때에는 사람에게 떠밀리지 않도록 그저 그것만 생각하고 있었다. 그는 위협하는 듯한 태도를 하고 야무지게 두 손을 허리에다 짚고 있었다. 그러나 트로이스키이 문(門) 밑에서는 그의 단단한 각오에도 불구하고 그가 얼마큼 애국적인 목적을 가지고 크레믈린으로 가고 있는지 전혀 모르는 듯한 사람들 때문에 벽에 밀어붙여져 마차가 문의 둥근 천장 밑을 높은 소리를 내며 지나갈 동안 얌전히 서 있지 않으면 안 되었다. 페쨔 옆에 머슴을 데려온 노부인과 두 상인과 한 퇴역 군인이 서 있었다. 페쨔는 문 옆에 잠시 서 있다가 마차가 완전히 지나가 버릴 때까지 기다리지 못하고 다른 사람들보다 먼저 앞쪽으로 나아갈 심산으로 결연히 두 팔꿈치를 놀리기 시작했다. 그러나 그 맞은편에 서 있던 부인은 제일 먼저 페쨔의 팔꿈치 습격을 받고 화를 잔뜩 냈다.

「이봐요, 도령, 어쩌자고 사람을 밀지. 모두들 서 있지 않아. 왜 이렇게 기어들어오려고 그래!」

「그런 짓을 하면 다른 사람들도 모두 시작한단 말이야.」 하고 머슴이 말했다. 그 역시 팔꿈치를 흔들어서 페쨔를 악취가 나는 구석으로 밀어붙였다.

페쨔는 땀투성이 얼굴을 두 손으로 닦고 모처럼 집에서 단정히 어른처럼 가다듬었던 옷깃에 땀이 흠씬 젖어 쭈글쭈글해진 것을 바로잡았다.

페쨔는 자기의 풍채가 그다지 훌륭하지 않은 것을 알아챘으므로 이런 모습을 하고 시종한테 가면 여간해서는 황제께 배알시켜 주지 않으리라고 적이 걱정이 되었다. 그러나 주위가 너무 좁아 매무새를 고칠 수도 다른 데로 갈 수도 없었다. 마차를 타고 가는 장군들 중 한 사람이 로스토프네의 아는 사람이었다. 그래서 페쨔는 그 사람에게 도움을 청하려고 하였으나 그런 것은 용사에게 어울리지 않는다고 생각하고 그만둬 버렸다. 마차가 완전히 지나가 버리자 군중은 와자하고 일시에 흘러나와 페쨔도 같이 광장으로 밀려나왔으나 거기도 역시 군중으로 가득 들어차 있었다. 광장뿐만 아니라 비탈 위에도 지붕 위에도 가는 곳마다 군중이 꽉꽉 차 있었다. 페쨔가 광장으로 나가자마자 크레믈린 전체에 울려 퍼지는 은은한 종소리와 군중의 환성이 뚜렷이 들렸다.

한때 광장 안에는 여유가 생겼으나 갑자기 모두 모자를 벗고 또 어딘지 안쪽으로 밀고 갔다. 페쨔는 숨 쉴 수 없을 만큼 짓눌렸다. 모든 사람이 「만세! 만세! 만세!」 하고 소리치기 시작했다. 페쨔는 발돋음을 하고 밀고 잡아당기고 했으나, 그러나 자기 주위의 군중 외에는 아무것도 볼 수 없었다.

누구에게나 똑같은 감격과 환희의 빛이 나타나 있었다. 페쨔 옆에 서 있는 장사치의 아내는 엉엉 울고 있었다. 그 눈에서는 눈물이 주룩주룩 계속 쏟아지고 있었다.

「폐하님, 천사님!」 손가락으로 눈물을 닦으면서 그녀는 중얼거리고 있었다.

「만세!」 하고 사방에서 환성이 일어났다.

잠시 군중은 같은 곳에 서 있다가 곧 앞으로 밀고 갔다.

페쨔는 제정신이 아닌지, 야수처럼 눈을 부라리고 이를 악물고 자기도 남도 죽이고 말 듯한 기세로 팔꿈치를 휘두르고 만세를 외쳐 대면서 앞으로 돌진했다. 그러나 그의 양쪽에서도 똑같은 얼굴들이 똑같이 「만세!」 하고 외치면서 쇄도하고 있었다.

『황제란 정말 굉장한 것인데!』 하고 페쨔는 생각했다. 『글렀다, 도저히 황제에게 직접 청원할 수는 없다. 그것은 너무나 무모하다!』 그는 이렇게 생각하면서도 역시 필사적으로 앞으로 인파를 헤치고 나아갔다. 그러자 앞에 선 사람의 어깨 너머로 공간이 보이고 거기에 붉은 나사를 깔아 통로가 만들어져 있는 것이 번뜩 눈에 띄었다. 그러나 이때 군중이 와 하고 뒤로 물러가기 시작했다(앞쪽에서 경관이 행렬에 너무 가까이 다가선 자들을 떠밀었던 것이다. 황제는 궁전에서 우스펜스키이 대성당으로 가는 참이었다). 페쨔는 느닷없이 갈빗대께에 심한 일격을 받은 데다가 몹시 짓눌렸기 때문에 돌연 눈앞이 캄캄해져 그대로 의식을 잃고 말았다. 그가 정신을 차렸을 때에는 뒤통수에 한 줌의 센 머리가 있는 아주 낡은 푸른 법의를 걸친 부제인 듯한 한 성직자가 한쪽 손으로 그를 겨드랑이에 끼고 한쪽 손으로 밀려오는 군중을 막고 있었다.

「어린애가 깔렸어!」 하고 부제가 말했다. 「무슨 짓거리들이람……조금 더 조용히……깔렸어, 깔렸어!」

황제는 우스펜스키이 대성당 안으로 들어갔다. 군중은 다시 평온으로 돌아갔기 때문에 부제는 파랗게 질린 얼굴로 숨이 멎은 페쨔를 사리푸쉬카(크레믈린에 있는 유명한 대포—역주) 옆으로 데리고 갔다. 몇 사람인가가 페쨔에게 동정을 표하자 군중 전체가 우르르 페쨔 쪽으로 몰리고 그 둘레에서는 벌써 혼잡이 일어났다. 가까이에 서 있던 사람들은 이것저것 보살피고 웃옷의 단추를 끄른다, 대포의 대에다 앉힌다, 이 소년을 깔아뭉갠자들을 나무란다, 하고 법석을 떨었다.

「이런 짓을 하다가는 마지막엔 눌러 죽여 버리지 않겠나? 도대체 무슨 짓들이야! 살인을 하다니! 보게, 가엾게도, 식탁보처럼 하얘져 버렸지 않아!」 하고 몇 사람인가의 목소리가 말했다.

페쨔는 이내 의식을 회복하고 얼굴에도 핏기가 돌았다. 아픔도 가셔 버렸다.

그는 이 한때의 불쾌한 사건의 덕택으로 대포 위에 자리를 얻었으므로 거기에서 황제의 환어를 볼 것을 기대하기로 했다. 페쨔는 이제 청원 같은 것은 생각도 하지 않았다. 그저 황제를 볼 수만 있으면 그것으로 자기는 행복하다고 생각했다.

우스펜스키이 대성당에서의 대미사——황제의 친림 그리고 터키와 강화에 대한 감사를 겸한 대미사——동안 군중은 조금 넓어졌다. 크바스와 생강 과자와 페쨔가 좋아하는 양귀비 씨를 파는 도붓장수들이 나타나기도 하고 대수롭지 않은 뒷공론이 들리기도 했다. 한 장사치의 마누라인 듯한 사람이 찢어진 숄을 보이면서 많은 돈을 주고 산 유래를 얘기하자 다른 한 아낙네는 요즈음 견직물의 값이 다 올랐다고 맞장구를 쳤다. 페쨔를 도왔던 부제는 한 벼슬아치를 보고 오늘 대주교(大主教)와 같이 기도하는 사람은 누구누구니 하고 이야기하고 있었다. 부제는 이따금 참사회(參事會)라는 말을 되풀이하였는데 페쨔에게는 그 뜻이 이해되지 않았다. 두 젊은 직공이 부자집 하녀들에게 농담을 걸고 있었다. 이러한 가지가지의 이야기, 특히 페쨔 나이 또래의 사람에게 유달리 매력이 있는 하녀들을 상대로 한 농담도 지금은 페쨔의 주의를 끌지 않았다. 그는 대포의 대좌(臺座) 위에 앉아 언제까지고 황제와 황제에 대한 자기의 애모의 정을 생각하면서 가슴을 설레고 있었다. 짓눌렸을 때의 고통과 공포가 감격과 한데 융합되어 더욱더 강렬하게 이 순간의 중대성을 의식하게 하는 것이었다.

돌연 강가 쪽에서 대포 소리가 들렸다(이것은 터키와의 강화를 축하하는 축포였다). 그러자 군중은 대포를 쏘는 것을 보기 위해서 냅다 강가 쪽으로 몰렸다. 페쨔도 역시 그리로 뛰어가려고 했으나 이 도령의 보호를 맡고 있는 부제가 한사코 놓아 주지 않았다. 대포가 또 잇따라 울리고 있을 때 우스펜스키이 대성당에서 장교며 장군이며 시종이 뛰어나왔다. 그리고 이번에는 이제 그렇게 서두르지 않고 다른 사람들도 따라 나왔다.

또다시 군중은 모자를 벗고 대포를 보러 몰려갔던 패들도 돌아왔다. 마지막에 군복을 입고 수장(綬章)을 단 네 사람이 대성당의 문으로 나왔다. 「만세! 만세!」 하고 또다시 군중은 외쳤다.

「어느 사람이야? 어느 사람이야?」 하고 페쨔는 둘레에 있는 사람들에게 우는 듯한 목소리로 물었으나, 아무도 대답하는 사람이 없었다. 모두들 온통 마음을 빼앗기고 있었던 것이다. 페쨔는 그 네 사람 가운데에서 한 사람을 골라내었다. 흘러내리는 감격의 눈물 때문에 똑똑히 분간할 수 없었으나(사실은 그 사람은 황제가 아니었다), 그 사람에게 만강의 감격을 쏟으면서 미치광이 같은 목소리로 「만세!」 하고 외쳤다. 그리고 내일은 어떠한 일이 있더라도 꼭 군인이 되어야겠다고 결심했다.

군중은 황제 뒤를 따라 달음박질하면서 궁전까지 배웅하고 흩어지기 시작했다. 벌써 저녁때였다. 페쨔는 아무것도 먹지 않았다. 그의 얼굴에서는 땀이 우박처럼 떨어졌다. 그는 집으로 돌아가려고 하지 않고, 줄기는 줄었지만 아직 상당히 있는 군중과 함께 궁전 앞에 우두커니 선 채 황제가 식사하는 동안 내내 여전히 뭔가를 예기하면서 궁전의 창문을 바라보고 있었다. 그리고 대관들이 배식을 위해서 정면 현관에 마차를 대는 것도 식탁의 심부름을 하는 시종들의 모습이 창문에 어른거리는 것도 부러운 눈초리로 바라보고 있었다.

식사 때 발루예프는 창문 쪽을 돌아보고 말했다.

「인민은 아직도 폐하를 뵈옵고자 하고 있사옵니다.」

식사는 이제 끝나 있었다. 황제는 비스킷을 먹으면서 일어서서 발코니로 나갔다. 그러자 군중은 발코니를 향해서 몰려들었다.

「천사, 폐하! 만세! 폐하…….」하고 군중도 페쨔도 외쳤다. 그리고 여자뿐 아니라 마음이 약한 남자는 행복에 겨워 울기 시작했다. 페쨔도 그 중 한 사람이었다. 황제가 손에 쥐고 있던 상당히 큰 비스킷 조각이 깨뜨려져 노대의 난간으로, 난간에서 또 땅 위로 떨어졌다. 가장 가까이에 서 있던 카프탄을 걸친 마부는 이 비스킷 조각에 와락 달려들어 그것을 주웠다. 군중 속의 몇 사람인가가 우르르 마부 옆으로 달려왔다. 이것을 본 황제는 비스킷이 들어 있는 접시를 가지고 오게 하여 노대에서 그것을 던지기 시작했다. 페쨔의 눈에는 핏발이 섰다. 밟혀 죽을지도 모른다는 위험이 더욱더 그를 흥분시켰다. 그는 비스킷에 달려들었다. 그는 이유는 몰랐지만, 황제의 손에서 떨어진 비스킷 한 개라도 줍지 않고는 한 발짝도 물러 설 수 없다는 생각만 하고 있었다. 그는 냅다 뛰어가서 비스킷을 주우려고 하는 한 노파를 거꾸러뜨렸다. 그러나 노파는 땅바닥에 쓰러져서도 아직 졌다고는 생각하지 않았다. 그녀는 비스킷을 잡으려고 했으나 손에 닿지 않았다. 페쨔는 무릎으로 노파의 손을 밀어내고 비스킷을 움켜쥐자 남에게 뒤질세라 이제 목이 잠긴 소리로 「만세!」하고 소리쳤다.

황제는 떠났다. 그제사 군중도 대부분 흩어지기 시작했다.

「그러니까 내가 말했잖아, 조금만 더 기다리라고 말야. 어때, 그대로 됐지?」하는 기쁜 듯한 이야기 소리가 군중 속의 여기저기서 들렸다.

페쨔는 더할 나위 없이 행복하게 느꼈으나 이제 집으로 돌아가지 않으면 안 된다. 이 날의 즐거움은 이것으로 끝난 것이다. 이렇게 생각하자 마음이 우울해지는 것이었다. 그래서 페쨔는 집으로 돌아가지 않고 크레믈린에서 바로 친구인 오볼렌스키이한테로 갔다.

오볼렌스키이는 열 다섯이었으나 역시 연대에 들어간다고 말하고 있었다. 집에 돌아오자 그는 단호한 태도로 만약 군대에 보내 주지 않으면 도망가 버리고 말겠다고 선언했다. 그 이튿날 일리야 안드레이치 백작은 아직도 완전히 굴복한 것은 아니었으나 어디든 비교적 안전한 곳에 폐쨔를 넣었으면 하는 심산으로 알아보기 위해 집을 나섰다.

22

그로부터 사흘째인 15일 아침 슬로보드스키이 궁전 옆에는 무수한 마차가 늘어서 있었다.

홀은 모두 가득 차 있었다. 첫째 홀에는 제복을 입은 귀족, 둘째 홀에는 푸른 카프탄을 입은 가슴에 훈장을 달고, 턱수염이 긴 상인들이 있었다. 귀족들이 모여 있는 홀에서는 줄곧 요란한 말소리와 동요가 계속되었다. 황제의 초상 밑에 놓인 탁자 옆에는 지위가 높은 고관들이 등받이가 높은 의자에 앉아 있었고 그 밖의 귀족은 대부분 홀 안을 거닐고 있었다.

그들은 모두 피예르가 클럽과 자택에서 늘 만나고 있는 패들뿐이었는데 지금은 모두들 제복 차림이었다. 어떤 자는 예카쩨리나 여제 시대의 것, 어떤 자는 파벨 1세 시대의 것, 어떤 자는 알렉산드르조(朝)의 신형, 또 어떤 자는 귀족의 보통 제복을 입고 있었다. 그리고 이 제복이 갖는 공통점은 이러한 낯익은 늙고 젊은 여러 사람의 얼굴에 일종의 이상하고 환상적인 그 무엇을 보태 주고 있었다. 특히 눈을 끈 것은 시력이 약하고 이가 없고 머리가 벗겨진 노인, 누렇게 기름살이 올랐거나 아니면 바싹 야위고 주름살투성이인 늙은이들이었다. 그들은 대부분 묵묵히 자기 자리에 앉아 있었다. 간혹 걸어다니기도 하고 이야기하는 자도 있었으나 그것은 누군가 자기보다 젊은 사람들 패에 섞여 있는 것이었다. 폐쨔가 광장에서 보았던 군중의 얼굴과 마찬가지로 이들 여러 사람의 얼굴에도 상반되는 두 가지 표정이 눈에 띄었다. 즉 그것은 어제의 보스톤의 승부라든가 요리사인 페트루쉬카라든가 지나이다 드미트리예브나의 건강이라든가 하는 등등의 일상의 흥미와 무엇인가 장중한 어떤 것에 대한 기대의 표정이 함께 나타나 있었던 것이다.

피예르는 이제 작아서 몸에 맞지 않게 된 거북스러운 귀족 제복을 입고 아침 일찍부터 홀에 앉아 있었다. 그는 약간 흥분하고 있었다. 귀족뿐만 아니라 상인까지도 긴 이 국회(귀족, 성직자, 제3신분의 각 대표자로 구성된 3부회-역주)의 임시 집회가 벌써 오래 전에 팽개쳐 버렸으나 아직도 마음 속에 깊이 뿌리를 내리고 있는 〈사회 계약설〉과 프랑스 혁명에 관한 가지가지의 사상(이 대목과 이 작품의 끝에서 작자는 러시아의 자유주의자들에게 준 프랑스의 영향은 1835년에 일어난 〈12月黨〉의 혁명과 그 뒤에 일어난 똑같은 많은 사건에의 길을 튼 것이라고 지적하고 있음-역주)을 그의 마음 속에 불러일으켰기 때문이었다. 황제의 조칙 중에서 발견한 말, 즉 황제는 국민과 협의하기 위해서 수도에 임행하겠다는 말은 이 견해를 굳히게 하는 것이었다. 이 의미에 있어서 무엇인가 중대한 사건——자기가 오랫동안 기다리고 있던 것이 접근하고 있는 것처럼 상상하면서 그는 홀 안을 거닐기도 하고 사람들의 얼굴빛에 주의하기도 하그 모두의 이야기에 귀를 기울이기도 했으나 자기가 생각하고 있는 사상의 표현은 어디에서도 발견할 수 없었다.

조칙이 낭독되어 모두를 열광시켰으나 그것이 끝나자 모두들 잡담을 하면서 뿔뿔이 흩어졌다. 피예르는 일상적인 화제 이외에, 황제가 임어하셨을 때 귀족 단장은 어디 설 것이라느니 황제를 위한 무도회는 언제 열며 군(郡) 단위로 할 것인가 그렇지 않으면 현(縣) 전체로 할 것인가라느니 하는 등등의 평의를 들었다. 그러나 문제가 전쟁이나 귀족 소집의 목적에 미치자, 이야기는 활기를 잃고 애매해졌다. 사람들은 모두 말하기보다 듣는 사람이 되기를 바랐다.

퇴역 해군 장교의 군복을 입은 남성적이고 수려한 용모의 중년 남자가 한 홀에서 이야기를 하고 있고, 그 둘레에는 많은 사람들이 모여 있었다. 피예르는 이 요설가의 둘레에 이루어진 서클로 다가가 그 이야기를 경청하기 시작했다. 예카쩨리나 시대의 장군의 카프탄을 입고 온화한 미소를 띄우고 군중 사이를 거닐고 있던 일리야 안드레이치 백작은 대개 모두와 지면이므로 역시 이 서클로 다가왔다. 그리고 언제나 이야기를 들을 때의 버릇으로 선량한 미소를 띄우고 이야기하는 사람에게 동의하는 표시로서 고개를 끄덕이며 듣고 있었다. 퇴역 해군 장교는 아주 대담한 의견을 털어놓고 있었다. 그것은 듣고 있는 사람들의 표정으로도, 또 피예르가 매우 겸손하고 얌전한 사람으로 알고 있는 패들이 불찬성인 듯 거기에서 떠나기도 하고 반박하기도 하는 것으로 미루어서도 분명했다. 피예르는 그 서클로 비집고 들어가 귀를 기울였다. 아니나 다를까, 이야기하고 있는 사람은 자유주의자였으나 자기가 생각하고 있는 것과는 전혀 다른 의미의 자유주의자라는 것을 알았다. 해군 장교는 유달리 카랑카랑하고 노래하는 듯한 귀족다운 바리톤으로 마구 주워섬기고 있었다. 그리고 듣기 좋은 프랑스어투의 발음을 하면서 줄곧 자음을 생략하는 것이었다. 그것은 〈첼로베크 트룹쿠(보이, 파이프 가져와! 란 뜻의 러시아어-역주)〉라고 말해야 할 것을 〈체아예크 트룹쿠〉라고 말하는 따위였다. 늘 하는 버릇인 듯 그의 말투는 거만하고 노골적인 것이었다.

「스몰렌스크가 황제에게 의용병을 제공했답니다. 하지만 그래서 어떻다는 건가요. 그래 우리에게 스몰렌스크의 본을 보라는 건가요? 모스크바의 고결한 귀족 사회는 만약 필요하다고 인정만 한다면 다른 방법으로 자기의 충성을 황제에게 피력할 수 있읍니다. 설마 1807년의 의용병 모집을 잊으시지야 않았겠죠! 성직자의 자식들과 도둑놈들이 사복을 채웠을 뿐이 아닙니까…….」

일리야 안드레이치 백작은 자못 기분 좋은 듯이 미소하면서 고개를 끄덕였다.

「도대체 말입니다. 우리 나라의 의용군이 국가를 이롭게 한 적이 있단 말입니까? 천만에! 그저 우리들의 재정을 황폐하게 했을 뿐입니다. 차라리 징병 쪽이 더 나을 정도입니다……글쎄, 그들이 돌아올 때는 이미 병졸도 아니고 농부도 아니고 그저 불한당일 뿐입니다. 귀족은 자기의 목숨을 아까와하지 않습니다. 우리들은 자기 자신이 앞장서서 신병을 인솔합니다. 그저 구사이(그는 〈고수다리(황제란 뜻의 러시아어-역주)〉를 이렇게 발음했다)가 딱 한 마디 이렇다고만 말씀해 주신다면 우리들은 모두 황제를 위해서 죽음을 두려워하지 않습니다.」하고 변사는 감격하면서 덧붙였다.

일리야 안드레이치 백작은 만족한 듯이 침을 꿀깍 삼키고 피예르를 쿡쿡 찔렀다. 그러나 피예르 자신도 무엇인가를 말하고 싶어졌다. 그는 자기가 흥분하고 있는 것을 느끼면서 무엇이라고 말해야 할 것인지 생각하지도 않고 한 걸음 앞쪽으로 다가갔다. 그가 무슨 말을 하려고 막 입을 열자마자 변사 옆에 서 있던, 이가 한 개도 없는, 총명한 듯하나 성깔이 있어 보이는 한 원로원 의원이 피예르를 가로막았다. 토론을 진전시키고 문제를 다루는 데 익숙한 듯한 그는 나직이 그러나 잘 들리는 목소리로 말하기 시작했다.

「내가 생각하는 바로는.」이가 없는 입을 합죽거리면서 원로원 의원은 이렇게 말했다.「우리들이 여기 불려 온 것은 이 마당에 와서 징병과 의용병의 어느 쪽이 보다 많이 국가에 유리한가 하는 문제를 논의하기 위한 것은 아닙니다. 우리들이 소집된 것은 황제 폐하께서 내리신 조칙에 봉답하기 위해서인 것입니다. 징병과 의용병의 우열을 논하는 것은 최고권의 판단에 맡겨 두십시다…….」

피예르는 돌연 자기의 흥분의 분출구를 발견했다. 그는 귀족 계급의 당면한 임무에 대해서 이와 같은 융통성 없는, 편협된 견해를 강요하는 원로원 의원에 대해서 격렬한 분노를 느꼈던 것이다. 피예르는 앞으로 나아가 그 말을 가로막았다. 그는 무슨 말을 할 생각인지 자기 자신도 잘 몰랐으나, 이따금 프랑스어를 섞기도 하고 러시아어로 이상야릇하게 딱딱한 표현을 하기도 하면서 활기 띤 어조로 말하기 시작했다.

「대단히 죄송합니다만 각하!」하고 그는 말문을 열었다(피예르는 이 원로원 의원을 잘 알고 있었으나 이 경우 정식으로 응대할 필요를 느꼈다). 「저도 저 신사—— 피예르는 어물거렸다. 그는 〈저의 가장 존경하는 반대자〉라고 말하고 싶었던 것이다. 아직 불행히도 가까이 할 수 있는 영광을 갖지 못한—— 저 신사에게는 동의할 수 없읍니다만 그러나 저는 귀족 계급이 소집된 것은 공감과 감격을 표현하는 이외에도 우리의 조국을 구원하는 방법을 강구하기 위해서라고 생각합니다.」그는 흥분하면서 이렇게 말했다. 「우리들이 그저 농부의 소유자로서, 그것을 폐하에게 제공하고, 또는 이 몸을 〈대포의 미끼〉로 바치는 것만으로 그치고, 참된 조……조……조언자일 수 없다는 것을 만약에라도 아신다면 폐하도 틀림없이 불만스러워하시리라고 생각합니다.」

많은 사람은 원로원 의원의 얕보는 듯한 미소와 피예르의 토론이 과격한 것을 알고 그 서클에서 떨어져 버렸다. 그저 일리야 안드레이치만은 해군 장교의 토론에도 원로원 의원의 토론에도 만족했던 것과 마찬가지로 피예르의 토론에도 역시 만족했다. 대체로 그는 언제나 마지막에 들은 결론에 만족하는 것이었다.

「우리들은 이 문제를 논의하기에 앞서.」하고 피예르는 말을 이었다. 「먼저 황제께 여쭈어 보지 않으면 안 됩니다. 도대체 우리 나라에 얼마큼 병원(兵員)이 있는가 또 아군은 어떠한 상태에 있는가 하는 것을 설명해 주시도록 간청할 필요가 있다고 생각합니다. 그런 연후에…….」

그러나 이 말을 미처 다 끝내기도 전에 피예르는 갑자기 세 곳에서 공격을 받았다. 가장 맹렬히 반대한 것은 오래 전부터 그와 안면이 있고 언제나 그에게 호의를 갖고 있는 보스톤놀이의 상대자인 스쩨판 스쩨파노비치 아드락신이었다. 스쩨판 스쩨파노비치는 제복을 입고 있었는데 그 제복 때문인지 그렇지 않으면 달리 무엇인가 이유가 있는 것인지 아뭏든 피예르의 눈에는 이 사람이 전혀 딴 사람처럼 보였다. 스쩨판 스쩨파노비치는 별안간 늙은이다운 증오의 빛을 얼굴에 띠고 피예르에게 호통을 치는 것이었다.

「잠깐 여쭙겠는데 말이에요. 첫째 우리들은 그런 것을 황제께 물을 권리를 가지고 있지 않아요. 둘째 설령 러시아의 귀족에게 그러한 권리가 있다고 하더라도 황제께서는 우리들에게 대답해 주실 수 없죠. 군대는 적의 행동에 따라 움직이는 것이니까 줄곧 늘었다 줄었다하고 있는 것입니다.」

또 다른 목소리가 아드락신을 가로막았다. 그것은 중키의 마흔 전후의 피예르와는 전에 집시의 집에서 만난 적이 있는 질이 나쁜 노름꾼으로 알려져 있는 사나이였다. 그도 역시 제복을 입고 있었으므로 그 때문에 모양새가 바뀌어 있었고 역시 딴 사람처럼 보였다.

「게다가 또 토론 같은 것을 하고 있을 때도 아닙니다.」하고 이 귀족의 목소리가 말했다. 「실행하지 않으면 안 됩니다. 전쟁은 러시아 국내에서 행해지고 있으니까 말이에요. 적은 러시아를 멸망시키고 우리들의 조상의 묘를 욕되게 하고 처자를 빼앗아 가려고 진전하고 있는 것입니다.」귀족은 자기의 가슴을 한 번 쳤다. 「우리들은 모두 다 분기해야 합니다. 다 같이 적에게 향해야 합니다. 황제 폐하를 위해서, 다 같이!」그는 벌겋게 핏발이 선 눈을 부라리면서 외쳤다. 찬의를 나타내는 몇 사람인가의 목소리가 군중 속에서 들렸다. 「우리 러시아인은 신앙과 옥좌와 조국의 옹호를 위해서라면 자기의 피를 아까와하는 그런 짓은 하지 않습니다. 만약 우리들이 조국의 아들이라면 잠꼬대 같은 것은 집어치워야 할 것입니다. 러시아인이 러시아를 위해서 어떻게 궐기하는가를 유럽에 보여 주지 않으면 안 됩니다.」하고 귀족은 절규했다.

삐예르는 논박하고 싶었으나 한 마디도 말할 수가 없었다. 그의 말 가운데에 포함되어 있는 뜻의 여하에 불구하고 자기의 목소리는 우세가 있는 귀족들의 목소리처럼 사람들의 귀에 들어가지 않는 것이라고 느꼈다.

일리야 안드레이치는 군중의 뒤쪽에서 찬의를 표했다. 또 어떤 사람들은 말끝마다 원기 있게 변사 쪽으로 어깨를 돌리고 말했다.

「암, 그렇고말고, 그렇지! 그건 그래!」

피에르는 돈과 농부 같은 것은 그만두고 자기 자신을 희생할 것까지도 각오하고 있지만 그러나 황제를 원조하기 위해서는 사태를 알 필요가 있다고 말하고 싶었으나 그는 말을 꺼낼 수가 없었다. 많은 목소리가 동시에 외치고 지껄이고 하기 때문에 일리야 안드레이치도 미처 모든 사람들에게 일일이 고개를 끄덕여 보일 겨를이 없을 정도였다. 군중은 큼직하게 뭉치기도 하고 깨지기도 했으나 이윽고 또 한데 모여 와자하게 떠들면서 홀의 탁자 쪽으로 움직여 갔다. 그러므로 피에르는 아무 말도 할 수 없었다. 그뿐만 아니라 모두가 난폭하게 그를 가로막기도 하고 떼밀기도 하고 마치 공적(公敵)이나 되는 것처럼 그에게서 얼굴을 돌리기도 하는 것이었다. 그것은 그의 연설의 뜻에 불만을 느꼈기 때문이 아니고——그러한 것은 나중에 나온 많은 연설 때문에 이제 모두 잊혀져 있었다——단지 군중의 흥분에는 구체적인 사랑의 대상과 구체적인 미움의 대상이 필요했기 때문일 따름이다. 피에르는 이 후자가 되고 말았던 것이다. 위세가 있는 귀족 다음에 많은 변사가 기염을 토했는데 모두 똑같은 말투였다. 미사 여구를 쓰고 기발한 표현을 한 자도 많이 있었다.

《러시아 통보》의 발행자 글린카(1776~1864. 多作의 애국적 작가. 1806년 당시 유행했던 프랑스의 영향에 대항하기 위하여 《러시아 통보》를 창간했음—역주)는(사람들은 그를 알아보았다. 그리고 「문인이다. 문인이다!」 하는 소리가 군중 가운데서 들렸다) 지옥을 부수려거든 지옥을 가지고 하라느니, 자기는 번뜩이는 번갯불, 요란한 우뢰 소리 속에서 미소하는 어린애를 본 일이 있지만, 그러나 우리들은 그러한 어린애가 되어서는 안 된다느니 하고 말했다.

「그렇다, 그렇다, 뇌성은 울리고 있는 것이다!」 하고 뒷줄의 사람들이 동감인 양 되풀이했다.

군중은 탁자로 다가갔다. 그 옆에는 제복을 입고 수장을 띤 칠십대의 늙은이들이 앉아 있었다. 모두 백발과 대머리의 고관들로, 거의 전부 집에 있을 때는 광대들에게 둘러싸이고 클럽에서는 보스톤 놀이에 여념이 없는 사람들이었다. 피예르는 줄곧 그러한 데를 보고 있었다. 군중은 여전히 와자하게 떠벌리면서 탁자로 다가갔다. 변사들은 몰려오는 군중 때문에 의자의 높은 등받이에 뒤로 짓눌리면서도 번갈아 지껄였다. 이따금 둘이서 같이 지껄여 댈 때도 있었다. 뒤에서 있던 패들은 변사가 말을 빠뜨린 것을 알아채면 그것을 보충(補充)하려고 수선을 떨었다. 다른 사람은 이 무덥고 갑갑한 속에서 무엇인가 좋은 생각은 없을까 하고 머리를 쥐어 짠 끝에 그것을 발표하려고 서둘렀다. 피예르와 지기인 노대관들은 가만히 앉은 채 여러 사람의 얼굴을 번갈아 둘러보고 있었는데 그 얼굴은 대부분이 더워서 못 견디겠다는 표정이었다. 피예르는 자기가 흥분하고 있는 것을 느꼈다. 이야기의 내용보다도 목소리의 울림과 표정에 나타나 있는 모두의 감정——그런 것은 우리들에게는 아무런 가치도 없다고 말하고 싶어하는 듯한 모두의 감정——은 피예르에게도 전염됐다. 그는 조금 전의 의견을 철회하지는 않았으나 무엇인가 자기가 나빴던 것처럼 느꼈으므로 한 마디 정정하고 싶어졌다.

「나는 그저 필요가 어디에 있는지를 알면 희생도 용이할 것이라고 했을 뿐입니다.」 다른 목소리를 압도하려고 애쓰면서 그는 이렇게 말했다.

바로 옆에 있던 한 늙은이가 그를 돌아보았으나 이내 탁자 건너쪽에서 일어난 외침 소리에 마음을 빼앗겨 버렸다.

「그렇소, 모스크바는 함락될 거요! 희생되고 말 거요!」 하고 어떤 사람이 외쳤다.

「그녀석은 인류의 적입니다!」 하고 다른 사람이 외쳤다. 「내게 말하게 해주시오……여러분, 밀지 말아요, 눌려 죽겠잖아!」

23

이때 아래턱이 튀어 나온 라스토프친 백작이 장군의 제복 어깨에서부터 수장을 걸치고, 양쪽으로 길을 비키는 귀족들 앞을 지나 날쌔게 눈을 굴리면서 빠른 걸음으로 들어왔다.

「황제 폐하께서 곧 나오십니다.」 하고 라스토프친은 말했다.

「나는 방금 저쪽에서 이리 왔읍니다. 지금 같은 상태에 있어서는 논의하고 말고 할 아무것도 없다고 생각합니다. 황제께서는 황공하옵게도 우리 귀족을 비롯해서 상인들을 소집하신 것입니다.」 하고 라스토프친 백작은 말했다. 「돈은 얼마든지 저쪽에서 흘러나올 테니까(그는 상인들이 있는 홀을 가리켰다) 우리들의 일은 의용병을 제공하고 자기 몸을 아끼지 않는다는 것뿐입니다……이것은 우리들이 할 수 있는 최소한도의 일입니다!」

탁자 머리에 앉아 있는 고관들끼리 협의가 시작되었다. 이 협의는 정숙 이상의 분위기 속에서 진행되었다. 조금 전의 소요 뒤이기 때문에 늙은이들의 목소리가 하나씩 중얼중얼 들리는 이 논의는 도리어 쓸쓸하게 생각되었다. 어떤 사람이 「찬성입니다.」 하고 말하면 다른 사람은 변화를 주기 위해서 「나도 찬성입니다!」 하고 말했다.

모스크바는 스몰렌스크를 본떠서 농부 천 명당 열 명의 의용병과 그것에 소요되는 군장(軍裝) 일체를 제공한다는 귀족단의 결의를 서기에게 명하여 필기시켰다. 평의에 열석했던 사람들은 무거운 짐을 내린 것처럼 의자를 덜거덕거리면서 일어섰다. 그리고 발의 힘줄을 펴기 위해서 적당한 상대방이 팔을 끼기도 하고 조용히 이야기를 주고받으면서 홀 안을 여기저기 거닐었다.

「황제이시다! 황제이시다!」 하는 목소리가 갑자기 여러 홀로 울려 퍼졌다. 사람들은 일제히 출구 쪽으로 뛰어갔다.

양쪽에 벽처럼 도열하고 있는 귀족들 사이의 넓은 통로를 지나 황제는 홀로 들어왔다. 모두의 얼굴에는 황공하고 겁을 먹은 듯한 호기심이 나타나 있었다. 피예르는 상당히 먼 쪽에 서 있었으므로 황제의 말을 충분히 알아 들을 수 없었다. 그러나 그는 자기가 알아 들을 수 있었던 말에 의하여 목하 국가가 처해 있는 위기라든가 모스크바의 귀족에게 걸고 있는 희망이라든가에 대해서 황제가 이야기하고 있다는 것을 깨달았다. 황제의 말에 대하여 다른 목소리가 대답했다. 그것은 금방 성립된 결의를 상주한 것이었다.

「제공이여!」 황제는 떨리는 목소리로 말했다. 군중은 잠시 수군거리기 시작하다가는 또다시 조용해졌다. 인간미가 있고 호감이 가는, 감동적인 황제의 목소리는 피예르의 귀에도 똑똑히 들렸다. 황제는 이렇게 말했다.「나는 지금까지 러시아 귀족의 열성을 의심한 적이 없소. 그러나 오늘이야말로 그 열성은 나의 예상을 넘어섰소. 나는 조국의 이름으로 제공에 감사하는 바이오. 제공이여, 행동으로 옮깁시다…… 시간은 무엇보다도 귀중하오…….」

황제는 잠시 입을 다물었다. 군중은 황제의 둘레에 모여들기 시작했다. 그리고 사방에서 감격의 함성이 들렸다.

「그렇다! 무엇보다도 귀중하다……황제의 말씀이시다.」일리야 안드레이치는 뒤 쪽에서 흐느끼면서 이렇게 말했다. 그는 아무것도 들리지 않았으나 모든 자기 나름으로 해석했던 것이다.

황제는 귀족이 있는 홀에서 상인들의 홀로 들어갔다. 황제는 거기서 한 십 분 동안 있었다. 피예르도 다른 사람과 마찬가지로 황제가 눈에 감격의 눈물을 글썽거리면서 상인의 홀에서 나오는 것을 보았다. 나중에 들은 바에 의하면 황제는 상인들에게 이야기를 시작하자마자 그 눈에서 눈물이 쏟아져 나왔다. 그래서 황제는 목소리를 떨면서 간신히 말을 맺었다는 것이었다. 피예르가 보았을 때 황제는 두 상인의 배웅을 받으면서 나오고 있었다. 한 사람은 피예르도 알고 있는 뚱뚱한 전매인(專賣人)이고 다른 한 사람은 야위고 누런 얼굴에 턱수염이 가느다란 조합장이었다. 그들은 두 사람 다 울고 있었다. 야윈 쪽은 눈물을 글썽거리고 있을 뿐이었으나 살찐 전매인 쪽은 어린애처럼 흐느껴 울면서 줄곧 이렇게 되풀이하고 있었다.

「폐하, 목숨도 재산도 가져 주시옵소서!」

피예르는 이 순간 이제 자기는 아무것도 필요 없다, 어떠한 것이라도 희생할 각오라는 열의를 나타내고 싶은 욕망 이외의 아무것도 느끼지 않았다. 입헌적(立憲的)인 경향을 띤 자기의 연설이 줄곧 일종의 비난처럼 생각되었던 그는 그 죄를 갚을 기회를 찾고 있었는데, 마모노프 백작이 일 개 연대를 기부한 것을 알자 베주호프는 그 자리에서 천 명의 의용병과 그 급양을 부담하겠다고 라스토프친 백작에게 선언했다.

로스토프 백작은 집으로 돌아와서도 도저히 눈물 없이는 자초 지종을 아내에게 이야기할 수 없었다. 그리고 그 자리에서 페쨔의 청원에 동의하고 자기가 신고를 하러 나갔다.

다음 날 황제는 모스크바를 떠났다. 소집되었던 귀족들은 제복을 벗고 또다시 자택과 클럽에 자리잡았다. 그리고 한숨을 내쉬며 지배인에게 의용병 모집 명령을 내렸는데 그때야 비로소 자기가 한 짓에 새삼 놀랐던 것이다.

제 2 장

1

나폴레옹이 러시아와 싸움을 시작한 것은 그가 드레스덴에 가지 않고는 배기지 못했기 때문이며, 명예에 눈이 어두워질 수밖에 없었기 때문이고, 폴란드의 군복을 입고 싶어 견딜 수 없었기 때문이다. 그는 또 유월의 아침, 정복욕을 자극하는 유혹을 물리칠 수가 없었기 때문이며, 처음엔 쿠라긴, 다음엔 발라쉐프의 눈앞에서 분노의 발작을 억제할 도리가 없었기 때문이다.

또 알렉산드르가 협상을 거부한 것은 개인적으로 모욕을 느꼈기 때문이다. 바르클라이 드 톨리가 군대를 그처럼 훌륭히 다스리려고 애썼던 것은 스스로의 의무를 다하고 훌륭한 지휘관으로서의 명성을 휘날리고 싶었기 때문이다. 또 로스토프가 프랑스군을 쳐부수는 일에 앞장섰던 것은 광막한 들판을 맘껏 달리고 싶은 의욕에 쫓겼기 때문이다.

마찬가지로 이 전쟁에 참여하였던 많은 사람들은 모두 자기 일개인의 성격이며 습관이며 상황이며 목적 따위에 지배를 받아 행동했던 것이다. 이들은 모두가 두려워하기도 하고 허영심에 사로잡히기도 하고 기뻐하기도 하고 불평을 털어놓기도 하고 푸념을 늘어놓기도 하면서 자기는 자기의 행동을 자각하고 있었다. 자기의 행동은 모두 스스로를 위해서라고 생각하고 있었다.

그러나 이들은 역사라는 것의 필연적인 도구가 되어 그들의 눈에는 보이지 않지만 우리 후세의 사람들에게는 알려지게 될 일정한 작용을 거들고 있는 것이었다. 이런 일은 실제 행동하는 사람에게는 피할 수 없는 운명이고, 인간 사회에서 높은 지위에 있는 사람일수록 더욱 피하기 어려운 운명으로 되어 있다.

1812년에 활동했던 사람들은 벌써 무대를 떠나 버렸고, 그들의 개인적인 이해도 흔적이 없어져 버렸으며, 지금 우리들 눈앞에 남은 것은 오직 당시의 역사적 결과뿐이다.

하느님의 섭리(攝理)는 이들 모든 사람으로 하여금 그 개인적인 목적을 달성하게 하는 한편 하나의 커다란 결과를 이룩하게 했던 것이다. 사실은 그런 결과가 생겨나리라고는 아무도(나폴레옹도 알렉산드르도, 전쟁에 참가하였던 다른 사람들은 물론) 기대하고 있지 않았다.

지금 우리는 1812년에 군대가 왜 패망했는지를 분명히 알고 있다.

나폴레옹 군대가 패망한 까닭은, 그들이 겨울철에 대비한 원정의 채비도 제대로 갖추지 않은 채 여름철이 거의 갈 무렵에 러시아 땅 깊숙이 침입했다는 것과, 한편으론 러시아의 도시들이 불태워지고 러시아 국민들에게 적개심의 눈이 뜨인 결과 전쟁이 특수한 성격을 띠게 되었기 때문이다. 지금에 와서는 누구 한 사람 여기에 대해서 반론할 사람이 없겠지만, 그 당시에는(이처럼 명백한 일을) 미리 알고 있었던 사람은 한 사람도 없었다. 즉, 매우 우수한 장군에 의해 통솔되고 있던 세계에서 손꼽히는 팔십만의 군대가 그 힘의 절반도 되지 못하고 경험도 없는 장군들의 지휘를 받은 경험 없는 러시아 군대와 싸워 전멸당할 수밖에 없었다는 그 사실을 미리 안 사람은 한 사람도 없었다. 아니 아무도 그런 사실을 몰랐을 뿐 아니라 러시아측에서는 러시아를 살릴 유일한 방법을 방해하기 위해 기를 쓰고 있었고, 프랑스측에서는 이른바 전쟁의 천재라는 나폴레옹이 지휘와 경험이 있으면서도 여름이 끝날 무렵 허둥지둥 모스크바까지 감으로써 그들의 패망을 재촉했던 것이다.

1812년에 관한 역사적인 저술 가운데 프랑스 측의 저자는 나폴레옹이 전선 확장의 위험을 느끼고 있었다느니, 전투의 기회를 얻으려고 했다느니, 그의 막료들이 스몰렌스크에서 전진을 중지하자고 그에게 진언했다느니 하는 따위의 추론을 즐겨 인용하면서, 그 당시에 이미 전쟁의 위험이 알려졌음을 증명하려고 애를 쓰고 있다. 또한 러시아 쪽의 저자는 나폴레옹을 러시아 땅 깊숙이 꾀어들인 스키타이인식의 전략이 전쟁 초기부터 쓰여졌던 것처럼 쓰기를 좋아한다. 그들은 이러한 전략을 실제로 암시하고 있는 기록이며 작전 계획서며 편지 따위를 인용하고, 어떤 사람은 이 계획의 주창자가 프풀리라 말하고, 또 어떤 사람은 모든 프랑스인이라고 하고, 또는 톨리라고도 하고, 또 어떤 사람은 그 사람이 바로 알렉산드르 황제라고도 말하고 있다. 그러나 프랑스 측이나 러시아 측을 막론하고 그들의 통찰력에 관한 이러한 암시가 나오게 된 것은 사건 자체가 이를 뒷받침해 주고 있기 때문이다. 만약에 이 사건이 일어나지 않았다고 하면 이러한 암시도 까마득히 잊혀졌을 것임에 틀림없다. 이는 마치 당시에 어떠한 형태로든 존재하고 있던 몇 천 몇 만이라고 하는 반대의 암시나 가정이 나중에 와서 실제 일어난 사건과 부합되지 않아 오늘날 까마득히 잊혀지고 만 것과 같은 것이다. 현재 벌어

지고 있는 사건의 모든 종국에 관해서는 언제든지 가지가지의 가정이 있게 마련
이며, 이 사건이 어떻게 끝장이 나든 당시에 『나는 이 사건이 꼭 그렇게 될 줄 알
고 있었다.』라고 말하는 사람이 반드시 나타나게 되어 있다. 그러나 이러한 사람
들은 헤아릴 수 없이 많은 가정 가운데 그 정반대의 가정도 있었다는 사실을 새
까맣게 잊어버리고 있는 것이다.

나폴레옹이 전선(戰線)을 연장하는 일에 위험성을 느끼고 있었다거나, 또 러시
아 측이 러시아 땅 깊숙이 적을 이끌어들이려 한 계획이 원래 있었다고 하는 가
정도 결국 이와 같은 이론으로 보면 다 같이 터무니 없는 것이다. 그러나 역사가
들이 이러한 고려와 계획을 나폴레옹이나 러시아 군대의 지휘관들이 품고 있었
다고 주장하는 말은 너무나도 믿기 어려운 말이다. 모든 사실은 그러한 가정들과
는 어느 것 하나 부합되지 않는다. 전쟁 전후를 통해서 프랑스 군대를 러시아 땅
에 이끌어들이려고 하는 희망이 러시아 쪽엔 없었을 뿐 아니라, 프랑스 군대가
러시아에 침입하기 시작할 때부터 러시아는 이들을 막기 위해 안간힘을 쓰고 있
었던 것이다. 또한 나폴레옹은 전선의 확대를 두려워하지 않았을 뿐 아니라 일보
전진할 때마다 이를 승리로 생각하여 축하했고, 이전의 다른 전쟁과는 달리 별로
애써 싸움을 걸려고도 하지 않았다.

전쟁이 시작되자마자 우리 군대는 앞길이 막혔으므로 이때 오직 하나의 목적
은 각 군 사이에 연락을 취하는 일이었다. 그러나 만약 우리 군대의 목적이, 후
퇴함으로써 적을 러시아 땅 깊숙이 끌어들이는 것이었다면 각 군의 연락은 하등
필요 없는 일이었을 것이다. 황제가 일선을 방문한 것은 러시아의 땅을 한 치도
적에게 넘겨 주지 않도록 군대의 사기를 높이려는 것이었지, 결코 후퇴하기 위해
한 노릇은 아니었다. 그뿐 아니라 프풀리의 계획에 다라 드리사에 굉장한 진지를
만들어 그 이상은 더 후퇴하지 않을 계획이었다. 그렇기 때문에 황제는 군대가
한 발짝이라도 퇴각하면 그때마다 총사령관을 견책했다. 모스크바를 태워 버리는
일은 그만두고 적을 스몰렌스크에까지 접근시키는 일도 황제에게는 상상할 수
없는 일이었다. 각 군의 연락이 회복되었을 때 황제는 스몰렌스크가 적에게 점령
되어 불태워지고, 그때 성벽 앞에서 일대 결전이 일어나지 않았다는 말을 듣고는
화를 내었을 정도였다.

황제가 이렇게 생각했을 정도니까 러시아 군대의 지휘관이나 전체 러시아 사
람들은 우리 군대가 영토 깊숙이 후퇴한다고 생각만 해도 기가 막힐 일이었다.

나폴레옹은 러시야군을 둘로 가르고, 영토 깊숙이 침입해 들어가면서도 몇 번
이나 결전의 기회를 놓쳤다. 팔월에 그는 스몰렌스크에 입성했으나 그는 자꾸만
앞으로 전진할 생각만 가지고 있었다. 그런데 우리의 눈으로 보면 그의 진군은

분명히 패망의 원인이었다.

모스크바에로의 진격에 대해서 나폴레옹은 아무런 위험을 느끼지 않았을 뿐더러 알렉산드르를 비롯한 그 밖의 여러 러시아 지휘관들도 당시에 나폴레옹을 꾀어들일 생각이 아니었고, 오히려 그 반대였다고 하는 것은 사실이 명백히 말해 주고 있다. 나폴레옹을 러시아 영토 깊숙이 꾀어들인 것은 어느 누구의 계획에 의한 것도 아니다(그런 일을 할 수 있으리라고는 아무도 생각지 않고 있었다). 도리어 이는 장래에 일어날 일이나 러시아를 구할 수 있는 유일한 길이 무엇인지를 전혀 알 길이 없었던 러시아의 많은 전쟁 참가자의 음모와 목적과 희망 따위가 복잡하게 뒤얽힌 데서 생긴 것이다. 모든 일은 우연의 소산에 지나지 않는다. 군대는 전쟁이 시작되자마자 두 동강이 나고 말았다. 우리 군대는 한바탕 대결을 해 봄으로써 적의 진격을 막아야겠다는 분명한 목적을 가지고 서로 연락을 해 보려고 애썼다. 그러나 이렇게 연락을 가지려고 애쓰는 동안에 강적과의 싸움을 피하고 부지 불식간에 예각(銳角)을 만들면서 퇴각하였기 때문에 프랑스 군대를 스몰렌스크에까지 접근시키고야 말았다. 그러나 우리 군대가 예각을 만들면서 후퇴했던 것은 프랑스군이 우리 군대를 둘로 가르고 진격했기 때문이라는 것만으로는 충분하지가 않다. 이 각도는 점점 더 날카롭게 되고 우리 군대는 점점 더 영토 깊숙이 몰려들어갔다. 이는 바그라찌온(자기의 지휘자로 모셔야 할)이 인품 없는 독일인 바르클라이 드 톨리와 사이가 나빴으므로, 그 지휘 아래 들어가지 않으려고 될 수 있는 대로 바르클라이와 연락하지 않으려고 제2군을 지휘했기 때문이다. 모든 지휘관들이 이 연락을 주목적으로 하고 있었는데 바그라찌온이 오랫동안 그렇게 하지 않았던 까닭은 이 행동에 의해서 휘하의 군대를 궁지에 몰아 넣을 염려가 있으니 차차 남쪽으로 후퇴해 가면서 적을 측면과 배후로부터 공격하여 군대를 우크라이나에서 정비하는 것이 무엇보다 좋겠다고 생각했기 때문이다. 그러나 실상 그가 이런 생각을 가지게 되었던 것은, 언제나 자기가 미워했으며 자기보다 계급이 낮은 독일인인 바르클라이에게 복종하고 싶지 않았기 때문이었던 것 같다.

황제는 군대의 사기를 북돋기 위해서 군영에 나가 있었다. 그러나 그의 존재와 우유 부단과 조언자와 계획의 과잉은 제1군의 정력을 감소시키고 결국 후퇴를 불가피하게 했다.

드리사의 진지에서 러시아군은 후퇴를 멈출 계획이었다. 그러나 총사령관의 감투를 노리고 있던 파울루치가 온 정력을 기울여 알렉산드르를 움직여 놓았기 때문에 프풀리의 계획은 곧 폐기되고 전쟁의 온 책임은 바르클라이에게 맡겨지게 되었다. 하지만 바르클라이도 황제의 신임을 전폭적으로 받지는 못 했으므로 그 권력도 제한을 받았다.

군대는 분열되어 지휘 계통이 서지 않고 바르클라이는 인기가 없었다. 한편 이러한 혼란과 분열과 독일 출신 총사령관의 인기가 없음으로 해서 군의 행동이 활발하지 못하고 전투를 회피하는 경향이 생겼고(만약 군대가 일치 단결해 있고 바르클라이가 지휘를 하고 있지 않았던들 결전을 하지 않고는 배기지 못했을 것이다), 한편으로는 차차 커가는 반 독일적인 감정과 애국적 감정이 일어나기 시작했던 것이다.

마침내 황제는 군대를 떠났다. 그가 군대를 떠나는 데에 대한 마땅한 구실로는 국민적인 전쟁에 대한 두 수도의 인심을 고무한다고 하는 의견이 채택되었다. 황제가 모스크바로 돌아감으로써 러시아 군대는 세 배의 힘을 떨칠 수가 있었다.

황제는 총사령관의 절대적인 권력에 손을 대지 않기 위해 일선을 떠났다. 그렇게 함으로써 총사령관이 좀더 단호한 행동을 취할 수 있으리라 생각했기 때문이다. 그러나 군대의 지휘 상태는 점점 더 혼란해지고 점점 더 약해져 갔다. 베니그센이나 대공(大公)이나 그 밖의 어중이떠중이 시종 장군들은 총사령관의 행동을 감시하기 위해 군대에 그대로 머물러 있었다. 바르클라이는 이러한 황제의 눈에 감시되어 더욱더 속박감을 느꼈다. 그리고 단호한 행동이 더욱더 경계되어 될 수 있는 대로 전투를 피하려고만 했다.

바르클라이는 조심에 조심을 거듭했다. 대공은 그의 변심을 넌지시 비치고 일대 결전을 요구했다. 류보미르스키이, 브라니스키이, 블로스키이 같은 사람들은 이 소동을 이용했으므로, 바르클라이는 황제에게 서류를 보낸다는 구실 아래 폴란드 출신의 시종 무관을 페쩨르부르그에 보내 베니그센과 대공을 상대로 한 싸움을 공공연하게 벌였다.

바그라찌온이 그토록 피하려고 했는데도 둘로 동강이 났던 러시아군은 스몰렌스크에서 서로 합류했다.

바그라찌온은 마차를 타고 바르클라이의 숙사로 향했다. 바르클라이는 견대를 두르고 상관인 바그라찌온을 맞은 뒤 그에게 보고했다. 바그라찌온은 계급이 위이면서도 관인 대도의 경쟁이라는 점에 있어서는 바르클라이에게 한 발 양보했다. 그러나 양보하면서도 의견의 일치는 점점 줄어들었다. 바그라찌온은 황제의 명령에 따라 직접 보고했다. 그는 아라크체예프에게 다음과 같은 편지를 보냈다. 〈황제 폐하의 뜻은 잘 알겠읍니다만 본관으로선 대신(바르클라이)과 함께 일을 할 수가 없읍니다. 제발 본관을 전속시켜 주십시오. 본관은 어디에든 가겠으며, 일개 연대를 지휘하게 되어도 상관이 없지만, 여기엔 도저히 있을 수가 없읍니다. 총사령부에는 독일 사람들만이 득실거리고 있으므로 러시아 사람으로서는 발을 붙일 곳이 없고 아무런 도움도 되지 않습니다. 본관은 황제와 나라에 충성을 다하고 있는 줄 알고 있읍니다만, 그렇게 되면 바르클라이에게 봉사하는 꼴밖에 되지 않습니다. 고백하건대 본인은 이를 원하지 않습니다.〉

브라니스키이, 빈쎙게로데와 같은 무리들은 기회 있을 때마다 두 총사령관의 사이를 벌어지게 하여 통솔을 더욱 어렵게 만들었다. 스몰렌스크에 이르기 전에 프랑스군을 공격할 목적으로 한 장군이 진지 시찰에 파견되었다. 이 장군은 바르클라이를 미워하고 있었으므로 친구인 한 군단장한테로 가서 거기에서 하루를 지낸 뒤 바르클라이에게로 가서는 아직 보지도 않은 진지에 대해 이것저것 따져 물었다. 앞으로의 싸움터에 관해 논쟁을 벌이고 음모를 꾀하고 엉뚱한 곳에서 적군을 찾아다니고 하는 동안에 프랑스군은 뜻밖에도 네베로프스키이의 사단과 맞부딪치게 되고 스몰렌스크의 성벽에 쇄도해 들어왔다.

우리 군대의 연락을 유지하기 위해서는 스몰렌스크에서 전혀 예상치 않은 전투를 하지 않을 수 없었다. 전투는 시작되었다. 그리고 양편이 모두 수천의 병력을 잃었다.

황제와 전국민의 뜻에도 불구하고 스몰렌스크는 포기되었다. 그러나 이 스몰렌스크의 시가는 지사(知事)에게 속은 주민들 자신에 의해 불태워졌다. 그리고 재산을 몽땅 잃어버린 주민들은 자기들이 당한 손실만을 생각하면서, 가는 곳마다 적개심에 불타 모스크바로 달아났다. 이것은 다른 러시아 사람들에게 본보기가 되었다. 나폴레옹의 군대는 자꾸 전진하고 아군은 물러섰다. 이렇게 해서 나폴레옹 패망의 원인이 된 사건은 이루어지게 된 것이다.

2

아들이 떠난 다음 날 니콜라이 안드레이치 노공작은 딸 마리야를 불러들였다.
「자, 어떠냐? 이제 만족하냐?」 그는 딸에게 말했다. 「나를 아들하고 그렇게도 싸우게 하더니 이제 만족하겠지? 네가 바란 것이 바로 이거였으니까, 만족하겠지?……그러나 나는 가슴이 아프다, 괴로와. 네가 바라는 대로 나는 나이가 들고 쇠약해 있다. 기뻐하렴, 기뻐하렴……」
이로부터 일 주일 동안 공작 영애 마리야는 아버지와 만나지 않았다. 그는 병이 들어 서재에 들어박혀 밖에는 얼씬도 하지 않았다.

병을 앓는 동안, 노공작은 브리엔느 양도 곁에 오지 못하게 한다는 것을 알아 챈 공작 영애 마리야는 의외라고 느꼈다. 찌혼만이 홀로 그의 곁에서 시중들고 있었다.

일 주일이 지나자 공작은 서재에서 나와 이전의 생활로 되돌아갔다. 그는 건축이나 정원에 대해서 열렬한 관심을 보이고 브리엔느 양과 가졌던 이전의 관계를 깨끗이 끊어 버리고 말았다. 그의 외양과 공작 영애 마리야에 대한 쌀쌀한 태도는 마치 그녀에게 대해서 다음과 같이 말하고 있는 듯하였다. 〈자, 보렴. 너는 지금까지 나에게 없던 일을 꾸며내어 나와 그 프랑스 여자와의 사이를 안드레이에게 중상한 나머지 결국 우리 부자지간에 싸움을 붙였다. 그러나 보다시피 나는 너나 그 프랑스 여자나 아무도 필요하지 않단 말이다.〉하고.

공작 영애 마리야는 반 나절을 니콜루쉬카와 함께 보내면서 그의 일과를 도와 주기도 하고 그에게 러시아어와 음악을 가르쳐 주기도 하고 데살과 정담을 하면서 보내고, 나머지 반 나절은 책을 읽거나 때때로 뒷문을 통해 그녀를 찾아 오는 나이 든 유모나 신의 사자들을 상대로 이야기를 하면서 시간을 보냈다.

공작 영애 마리야도 전쟁에 대해서는 다른 여자들이 생각하는 정도밖에 알고 있지 않았다. 그녀로서는 싸움터에 가 있는 오빠의 신변을 염려하고 이를 두려워할 뿐, 사람이 사람을 죽이는 이 전쟁의 잔인함을 이해하고 있지는 않았다. 그녀는 이번 전쟁을 지금까지의 다른 전쟁과 마찬가지인 줄 알고 있었을 따름이지, 그 의의를 깨닫고 있지는 않았던 것이다. 언제나 그녀의 말벗이 되어 주었으며, 전쟁의 경과에 대해 열심히 알려고 하는 데살이 자기의 의견을 들려 주기도 하고, 그녀한테 찾아 오는 순례자들이, 반 기독교인이 밀어닥친다는 항간의 소문을 제각기 자기 나름으로 무시무시하게 들려 주기도 하고, 공작 영애 마리야와의 편지 교환을 다시 하게 된 줄리, 그러니까 지금의 드루베스카야 공작 부인이 넘쳐흐르는 애국심을 가득 담은 편지를 모스크바에서 써 보내기도 했지만 그녀는 이 전쟁의 의의를 도무지 이해할 수 없었던 것이다.

〈사랑하는 내 벗이여, (나는 러시아어로 당신에게 편지(이 편지 가운데서 작자는 프랑스의 감화를 받은 러시아 귀족들의 애국심이라는) 것이 얼마나 부자연스러운 것이었는지를 나타내고 있음-역주)를 씁니다. 줄리는 이렇게 썼다. 왜냐하면 나는 프랑스라고 하면 그 사람들이 모두 미울 뿐만 아니라 그 말까지 싫어져 프랑스어는 듣기도 싫고 말하기도 싫기 때문이에요.……모스크바에 사는 사람들은 누구나 하느님같이 공경해 마지 않는 황제 폐하에 대한 감격 때문에 모두 활기에 넘친 생활들을 하고 있읍니다.

내 남편은 가엾게도 유태인 하숙집에서 고생과 굶주림을 겪고 있어요. 그러나 우리는 새로운 소식을 들을 때마다 감격을 더 크게 하고 있답니다.

마리야, 당신은 라예프스키이 장군이 두 아들을 품에 안고 『너희들과 함께 죽는 한이 있어도 결코 비굴해지지 말아야 한다!』고 한 영웅적인 공명담을 들으신 일이 있을 거예요. 정말이지 적은 갑절이나 되는 병력을 가지고 있는데도 우리군대는 꿈쩍도 하지 않았던 모양이에요. 우리는 가능한 한 유익한 시간을 보내고 있어요. 전시에는 전시에 알맞은 생활을 해야 하니까 말이죠. 공작 영애 아리나와 소피도 매일 나와 함께 같이 있으면서 일하고 있어요. 생과부인 불행한 우리들은 물레질을 하면서 아주 감격적인 이야기를 나누고 있어요. 마리야, 단 하나, 당신이 곁에 있지 않아 섭섭할 따름이에요…….〉 운운.

하지만 공작 영애 마리야가 이 전쟁의 의의를 이해하지 못했던 주요한 까닭은 노공작이 한 번도 전쟁 이야기를 입 밖에 낸 일도 없거니와 전쟁의 존재를 인정하려고도 하지 않고 식사때 전쟁 이야기를 끄집어내는 데살을 무척 비웃었기 때문이다. 게다가 공작의 태도가 너무나 범상하고 너무나 자신 만만하기 때문에 공작 영애 마리야는 비판없이 아버지의 말을 믿었던 것이다.

칠월 한 달 동안 노공작은 활동을 많이 했고 원기도 넘쳐 있었다. 그는 새로 정원을 다듬고 행랑채와 하인 방을 늘이는 일에 손을 댔다. 다만 한 가지, 공작 영애 마리야에게 걱정스러웠던 것은 아버지가 충분히 잠을 자지 않는 데다가 서재에서 자던 버릇을 버리고 매일 밤 여기저기 옮겨다니며 자는 일이었다. 때로는 복도에다 행군용 침대를 펴도록 이르기도 하고, 때로는 객실에 있는 소파나 볼테르식 안락의자에서 잠을 자면서 브리엔느양 대신 페트루쉬카 소년에게 책을 읽으라고 하고, 옷을 벗지도 않은 채 꾸벅꾸벅 조는가 하면 때로는 식당에서 밤을 지내기도 했다.

8월 1일 안드레이 공작으로부터 두 번째의 편지가 왔다. 안드레이 공작은 출발 직후에 보낸 첫번째 편지 가운데서 제발 자기의 실언을 용서하고, 이전과 마찬가지로 사랑해 달라고 공손한 문장으로 아버지한테 간청했다. 노공작은 그 편지에 대해서 상냥한 답장을 보내고 그로부터 프랑스 여자를 멀리했다. 안드레이 공작의 두 번째 편지는 비쩨브스크가 적군에게 함락된 뒤 그 근처에서 씌어진 것으로, 거기에는 약도까지 그려 전황을 간단히 보고하고, 장차 전세가 어떻게 될지 설명이 되어 있었다. 게다가 안드레이 공작은 이 편지에서 아버지가 사는 곳이 싸움터에서 너무 가깝고 거의 군대가 통과하는 길 근처에 있으므로 위험할 테니까 모스크바로 피난하는 것이 좋겠다고 권고했다.

이 날 오찬 때, 프랑스군이 이미 비쩨브스크에 침입했다는 항간의 풍문을 데살이 입 밖에 내자 노공작은 문득 안드레이 공작의 편지 생각이 났다.

「오늘 안드레이한테서 편지가 왔다.」그는 딸 마리야에게 말했다. 「너도 읽었니?」

「아니오, 아버님.」공작 영애 마리야는 놀라움을 숨기지 않고 대답했다. 그녀는 편지가 왔다는 말조차 듣지 못했던 것이다.

「전쟁 이야기, 바로 이번 전쟁 이야기더군.」노공작은 경멸하는 듯한 미소를 입가에 띠우고 말했다. 그가 전쟁 이야기를 할 때면 으례 띠는 표정이었다.

「틀림없이 아주 재미있을 거예요.」데살이 말했다. 「공작께서는 뭣이든 알 수 있는 위치에 있으니까요……」

「어머나, 정말 꼭 좀 보고 싶어요!」브리엔느도 말했다.

「그럼, 어디 좀 갖다 주겠소?」노공작은 브리엔느에게 얼굴을 돌리고 말했다. 「탁자 위에 서진(書鎭)으로 눌러 놨어.」

브리엔느는 재빨리 일어났다.

「아, 안 돼.」눈살을 찌푸리며 노공작은 소리쳤다. 「미하일 이바느이치, 자네가 좀 가져다 주게나!」

미하일 이바느이치가 자리에서 일어나 서재로 갔다. 그러나 그가 방을 나서자마자 노공작은 불안한 듯 둘레를 둘러보며 냅킨을 집어 던지고 자기가 직접 서재로 갔다.

「누굴 시켜도 마음이 놓이지 않아. 그저 일을 그르치기가 십상이니까.」

그가 나간 뒤 공작 영애 마리야, 데살, 브리엔느, 심지어 니콜루쉬카까지도 갈 없이 서로 얼굴을 마주 쳐다보았다. 노공작은 편지와 건축의 설계도를 손에 든 채 미하일 이바느이치와 함께 빠른 걸음으로 방으로 돌아왔다. 그리고는 식사가 끝날 때까지 아무에게도 읽히지 않고 자기 몸 가까이 놔두었다.

객실로 옮겨 간 뒤에야 그는 자기 앞에 새 건축 설계도를 펼쳐 놓고 이를 뚫어지게 들여다보면서 편지를 딸 마리야에게 주고 이를 소리내어 읽으라고 했다. 공작 영애 마리야는 편지를 모두 읽고 나자 영문을 모르겠다는 듯 아버지의 얼굴을 쳐다보았다. 그는 무슨 생각에 깊이 잠겨 있는 듯 여전히 투시도를 들여다보고 있었다.

「공작 어른, 이걸 어떻게 생각하고 계십니까?」데살이 용기를 내어 물었다.

「나 말이야? 내가?……」명상이 깨져 불쾌한 듯 노공작은 여전히 설계도에서 눈을 떼지 않은 채 대답했다.

「싸움터가 차차 가까와져 온다는 얘기는 지극히 있을 법한 일입니다만……」

「하, 하, 하! 싸움터!」노공작은 말했다. 「내가 지금까지 항상 말해 온 거지간 싸움터는 현재 폴란드 땅에 있어. 적은 결코 네만 강에서 동쪽으로는 침입해 들어오지 못한단 말이야.」

적이 이미 드니에프르에까지 이르고 있는 판국에 네만 강 운운하는 소리를 듣자 데살은 놀라서 공작을 보았다. 그러나 공작 영애 마리야는 네만 강의 지리적 위치를 모르고 있었기 때문에 아버지의 말이 옳다고 생각했다.

「눈이 녹으면 적들은 폴란드의 늪 속에 빠져 죽을 거야. 그걸 모르고 있는 사람은 그놈들뿐이야.」 공작은 1807년의 전쟁이라도 생각하고 있는 듯이 말했다. 「베니그센이 좀더 일찍 프러시아로 쳐들어갔어야 했어. 그렇게 되었더라면 형세는 아주 달라졌을 텐데…….」

「그렇지만 공작 어른.」 데살이 주저하면서 말했다. 「편지에도 싸움터는 비쩨브스크라고 되어 있는데요……」

「아니, 편지에? 그렇지…….」 공작은 불안스러운 듯 말했다. 「그렇지…… 그래…….」 그의 얼굴에는 별안간 어두운 그림자가 스치고 지나갔다. 그는 잠시 입을 다물었다. 「그렇지, 그 애 편지에는 프랑스 군대가 격파되었다고 씌어 있었지. 그게 무슨 강 옆이라고 했더라?」

데살은 눈길을 떨어뜨렸다. 「공작 어른, 그런 얘기는 씌어 있지 않은데요.」 그는 나직한 목소리로 말했다.

「씌어 있지 않다고? 그럼 내가 지어낸 이야기란 말인가?」

모두들 한참 동안 잠자코 있었다.

「그렇지…… 그렇지…… 그런데 미하일 이바느이치,」 그는 갑자기 고개를 들더니 건축 설계도를 손가락으로 가리키며 말했다. 「자넨 이걸 어떻게 고치려고 했나?」

미하일 이바느이치는 설계도 쪽으로 갔다. 노공작은 그와 새로운 건축 계획에 대한 이야기를 한참 나누더니 화난 표정으로 딸 마리야와 데살을 힐끗 쳐다보고는 자기 방으로 가 버리고 말았다.

공작 영애 마리야는 아버지의 뒷모습을 바라보는 데살의 놀라와하고 당황해하는 눈빛을 보았다. 그리고 그가 한 말을 잊었다는 것을 알아챘다. 그리고 아버지가 객실 탁자 위에다 아들의 편지를 그냥 놓고 간 것을 보고 깜짝 놀랐다. 그러나 데살이 왜 그렇게 어리둥절한 표정을 지었는지 물어보는 것은 고사하고 그것을 생각하는 것만도 소름이 끼쳤다.

저녁때가 되어 미하일 이바느이치는 공작의 심부름으로, 객실에 잊어버리고 놓고 간 안드레이 공작의 편지를 가지러 공작 영애 마리야에게 왔다. 공작 영애 마리야는 편지를 건넸다. 그녀는 어쩐지 불쾌하기는 했지만 마음을 크게 먹고, 아버지가 지금 무엇을 하는지 미하일 이바느이치에게 물어보았다.

「대단히 바쁘십니다.」 공손하지만 비웃는 듯한 웃음을 입가에 띠고 미하일 이 바느이치는 대답했다. 그것을 보자 공작 영애 마리야는 갑자기 얼굴이 새하얗게 질렸다.

「새 건축 일로 정신이 없으십니다. 책도 좀 읽으시다가 지금은.」 미하일 이바 느이치는 목소리를 낮추고 이렇게 말했다. 「책상에서 유언장(遺言狀)을 작성하고 계시는 모양입니다.」 최근에 노공작이 즐겨서 하는 일의 하나는 죽은 뒤에 남길 서류를 정리하는 일이었다. 그는 이것을 유언장이라고 불렀다.

「알파트이치를 스몰렌스크로 보내나요?」 공작 영애 마리야는 물었다.

「그럼요, 벌써 오래 전부터 기다리고 있읍죠.」

3

미하일 이바느이치가 편지를 가지고 서재로 돌아와 보니 공작은 안경을 쓰고, 눈에도 촛불에도 덮개를 씌우고, 뚜껑을 연 책상 곁에 앉아 손에 든 서류를 눈에 서 멀리하고(그는 이를 비망록이라 부르고 있었다) 무척 대견스런 태도로 읽고 있었다. 이것은 그가 죽은 뒤에 황제에게 바치기로 되어 있는 것이었다.

미하일 이바느이치가 방으로 들어섰을 때 공작의 눈에는 지금 읽고 있는 서류 를 썼을 때를 그리워하는 듯 추억의 눈물이 괴어 있었다. 그는 미하일 이바느이 치의 손에서 편지를 받아 주머니에 집어 넣고, 서류도 차근차근 정리하고 난 다 음, 벌써 오래 전부터 기다리고 있던 알파트이치를 불렀다.

한 장의 종이에는 스몰렌스크에서 사들일 물건들의 목록이 적혀 있었다. 그는 문간에서 기다리고 있는 알파트이치의 곁을 지나 방안을 왔다갔다하면서 명령을 내리기 시작했다.

「우선 편지지를 사야 해. 알겠나? 여덟 권을 사야 해. 이게 견본이야. 절대로 틀려서는 안 되네. 그리고 여기 있는 대로……금테가 둘린 것. 다음엔 칠(漆)과 봉랍(封蠟)이 필요해. 미하일 이바느이치 쪽지에 쓰인 그런 것이라야 하네.」

그는 방안을 이리저리 거닐면서 잠시 쪽지를 들여다보았다.

「그러고는 등기에 관계된 편지를 직접 지사에게 드리고 와야 하네.」

다음에는 새 건물의 문에다 붙일 철물(鐵物), 그것도 공작 스스로가 고안한 것 과 같은 모양이 아니면 안 되었다. 그리고 나서 유언장을 넣어 둘 상자를 주문하는 일이었다.

알파트이치에게 명령을 내리는 일이 두 시간 이상이나 걸렸다. 공작은 그러고 나서도 그를 놓아 주지 않았다. 이윽고 공작은 자리에 앉아 생각에 잠겨 있더니 눈을 감고 졸기 시작했다. 알파트이치는 몸을 조금 움직였다.

「자, 가, 가. 다시 무슨 일이 있으면 사람을 보내겠어.」

알파트이치는 나갔다. 공작은 다시 책상 곁으로 다가가서 그 안을 들여다보고 잠시 유언장에 손을 대 본 다음 다시 뚜껑을 닫고 지사에게 보낼 편지를 쓰기 위해 책상 앞에 앉았다.

그가 편지를 봉하고 일어섰을 때는 벌써 밤이 꽤 깊어 있었다. 그는 잠을 자고 싶었으나 도저히 잠이 들 것 같지 않았고, 지긋지긋한 망상이 그의 침대를 찾아들 것이 틀림없을 것 같았다. 그래서 그는 찌혼을 부르고, 오늘 밤에는 침대를 어디에다 마련해야 할지 이 방 저 방을 돌아보고 다녔다. 그는 일일이 구석구석까지 살피고 다녔다.

모두가 다 못 마땅했지만 그 가운데서도 서재에 놓여 있는 소파가 가장 못마땅했다. 이 소파가 그토록 두렵게 생각된 것은 지금까지 여기 누웠을 때마다 이것저것 꼬리를 물고 일어났던 괴로운 상념 때문인 모양이었다. 어디에도 마땅한 곳은 없었으나 소파가 있는 방 한쪽 구석의 피아노 뒤가 가장 마음에 들었다. 그는 지금까지 한 번도 여기서 잔 일이 없었던 것이다.

찌혼은 다른 하인 한 사람과 같이 침대를 날라다 자리를 보기 시작했다.

「그렇게 하면 안 돼, 그게 아니야!」노공작은 소리치며 침대를 손수 구석에서 약간 떨어지게 해놓았다가 다시 바싹 붙여 놓았다.

『자, 이것으로 자리 마련이 됐다. 이젠 잠을 좀 잘 수 있겠지.』공작은 이렇게 생각하고 찌혼의 도움을 받아 옷을 벗기 시작했다.

카프탄이며 바지를 벗을 때는 꽤 힘이 들었다. 공작은 짜증스럽게 얼굴을 찌푸리고 옷을 모두 벗고 나자 괴로운 듯 침대에 걸터앉아 누렇게 찌든 자기의 두 발을 내려다보며 뭔가 생각하는 듯한 표정을 지었다. 그러나 그는 생각에 잠겨 있지는 않았다. 다만 그 발을 들어 침대 위로 몸을 옮기는 일을 앞에 두고 잠시 주저했을 뿐이었다. 『아아, 참으로 주체스럽구나! 어서 이 괴로움이 끝나 줬으면 좋겠는데……그러면 너희들도 나를 해방시켜 줄 텐데!』그는 이렇게 생각했다. 그리고 입술을 깨물고, 지금까지 몇 천 번이나 반복했던 대로 애를 바득바득 쓰면서 간신히 자리에 누웠다. 그런데 그가 자리에 드러눕자마자 침대 전체가 마치 깊은 탄식에 잠겨 무거운 한숨을 쉬는 것처럼 그의 몸 아래서 규칙적으로 앞뒤로 흔들리기 시작했다. 이런 일은 거의 매일 밤 되풀이되는 일이었다. 그는 감으려던 눈을 떠보았다.

「아무래도 마음을 가라앉힐 수가 없군. 제기랄!」그는 누군가를 향해 이렇게 내뱉았다.『그렇지, 그래, 뭔가 중대한 일이 있었지. 잠자리에 들고 나서 생각하려고 뭔가 매우 중대한 일을 남겨 두었었지. 철물에 관해서였던가? 아니, 그 이야기는 이미 했어. 아뭏든 객실에서 있었던 일이야. 마리야가 뭔가 형편 없는 말을 했었지. 데살이──그 얼간 망둥이가──무엇이라고 말을 했던가. 호주머니 속에 무엇이 있는가 본데……아무래도 생각나지 않는군.』

「찌쉬카! 오찬 때 무슨 얘기가 있었지?」

「미하일 공작에 관해서…….」

「그만둬, 그만두래도.」공작은 한쪽 손으로 탁자를 쳤다.「알겠어, 안드레이한테서 온 편지에 대해 이야기를 주고받았지. 마리야가 그걸 읽었것다. 데살이 비쩨브스크에 관해 무엇이라고 말했었지, 지금 다시 읽어 봐야겠다.」

그는 호주머니에서 편지를 끄집어내 레몬수와 나선 촛불이 놓인 탁자를 침대 가까이 가져오게 하고 안경을 쓴 다음 편지를 읽기 시작했다. 이리하여 고요한 밤중에 초록색 갓 밑으로 새어나오는 희미한 불빛을 통해 편지를 읽고 나서야 그는 처음으로 편지의 뜻을 깨달을 수가 있었다.

『프랑스군은 현재 비쩨브스크에 와 있다니까 스돌렌스크까지는 불과 나흘 길이다. 어쩌면 벌써 와 있을지도 모르겠구나!』

「찌쉬카!」찌혼은 펄쩍 뛰어 일어났다.「아니, 이제 됐어, 이제 됐어!」그는 소리쳤다.

그는 촛대 밑에 편지를 집어 넣고 눈을 감았다. 그러자 그의 뇌리에는 도나우 강이며 눈부신 대낮이며 갈대밭이며 러시아의 진지 같은 것이 떠올랐다. 그리고 그는 아름다운 색칠을 한 포쫌킨 천막으로 들어가고 있었다. 얼굴엔 주름 하나 없고 앳된 쾌활한 얼굴엔 불그레 홍조를 띤 장군이었다. 이렇게 생각하고 있으려니 여제의 총신(寵臣)인 포쫌킨에 대한 불타는 듯한 질투심이 그 당시와 마찬가지로 그의 가슴 속에 거센 물결을 일으켰다. 그는 포쫌킨과 처음 만났을 때, 그와 주고받은 대화를 생각해 보았다. 그러자 이번에는 그의 상상 가운데 기름기 도는 얼굴에 노르스름하고 통통하게 살찐, 과히 키가 크지 않은 한 여자──여제 폐하와 그 미소, 그리고 폐하가 처음으로 그를 만나 주었을 때 그와 주고받은 이야기들이 되살아났다. 그리고 관에 누운 폐하의 손에 キ스하는 순번을 가지고 당시 폐하의 관 곁에서 주보프와 충돌했던 기억을 회상해 보았다.

『아, 어서, 어서 그 당시로 돌아가고 싶다. 그리고 지금과 같은 상태는 모두 빨리, 한시라도 빨리 지나가 버렸으면 좋겠다. 녀석들이 나를 편안히 놔두어 주었으면 좋으련만……』

4

니콜라이는 안드레이치 볼콘스키이 공작의 소유지인 르이스이예 고르이는 스몰렌스크로부터 육십 베르스타 후방에 있고, 모스크바로 통하는 국도로부터는 삼 베르스타 떨어진 데 있었다.

공작이 알파트이치에게 심부름을 시켰던 바로 그 날 밤에 데살은 공작 영애 마리야에게 면담을 요청하고 몇 가지 건의를 공손히 했다. 그것은 공작이 건강도 좋지 못하면서 자기의 안전에 대해서는 아무런 방법도 강구하지 않을 뿐더러, 안드레이 공작의 편지에 의하면 르이스이예 고르이에 머물러 있는 것은 과히 안전하지 못한 모양이니 전쟁의 상황과 르이스이예 고르이가 직면하고 있는 위험이 어느 정도인지 알기 위해 스몰렌스크 지사에게 편지를 써 알파트이치 편에 보내 보면 어떠냐는 얘기였다. 데살은 공작 영애 마리야 대신으로 지사에게 편지를 썼다. 그녀는 그 편지에 서명을 하고 알파트이치에게 건네면서, 이를 현지사에게 갖다 주고 위험이 절박한 경우에는 될수록 속히 돌아오라고 일렀다.

이런 명령을 다 듣고 나자 알파트이치는 하얀 털모자(공작에게서 받은 것이었다)를 쓰고 공작과 마찬가지로 지팡이를 짚고 집안 식구들의 전송을 받으면서 세 필의 살찐 얼룩말을 채운, 가죽 덮개를 친 포장 마차에 올라탔다.

소리가 나지 않도록 큰 방울은 비끄러매어졌고, 방울 속에는 종이를 하나 가득 채워 넣었다. 공작은 누구건 르이스이예 고르이에서는 마차에 방울을 달지 못하도록 엄중히 분부해 놓았기 때문이다. 그러나 알파트이치는 긴 여행을 할 때는 방울 달기를 좋아했다. 알파트이치의 하인과 촌회(村會)의 서기와 사무원이며 식모며 할멈이며(살결이 흰 할멈과 검은 할멈 둘이 있었다) 코삭 풍의 옷차림을 한 심부름꾼 아이며 마부며 그의 많은 하인들이 그를 전송했다.

딸이 그의 등과 궁둥이 밑에 사라사로 만든 부드러운 방석을 깔아 주었다. 처형 뻘되는 할멈은 무슨 꾸러미인가를 슬며시 넣어 주었다. 마부 한 사람이 알파트이치의 팔을 부축해서 마차에 태웠다.

「제기랄, 온통 여자들투성이이군! 여인네들 판이야!」 알파트이치는 공작이 하는 말을 그대로 흉내내며 코를 벌름거리고 빠른 말로 이렇게 내뱉고는 마차 안에 자리를 잡았다. 그리고 촌회의 서기에게 마지막 지시를 하고는, 더 이상 공작의 말투를 흉내내는 일 없이 대머리에서 모자를 벗고 성호를 세 차례 그었다.

「이거 봐요, 혹시 무슨 일이 있거든……그냥 돌아오세요, 야코프 알파트이치. 아무쪼록 우리들을 불쌍히 여기시고 말이에요, 네?」 전쟁과 적군의 습격에 관한 소문을 넌지시 비치면서 아내는 소리쳤다.

「여자들뿐이군, 온통 여자들뿐이야!」 알파트이치는 혼자 중얼거리며 출발했다. 주위의 밭에는 누르스름해진 쌀보리도 있고, 아직 새파란 것이 총총히 돋아난 귀리도 있고, 두 번째 밭갈이를 끝낸 검은 밭도 있었다 알파트이치는 올해 봄갈이 곡식의 전례 없는 풍작에 넋을 빼앗기기도 하고, 여기저기서 거두어들이기 시작하는 쌀보리의 밭이랑을 둘러보기도 하면서 말을 달렸다. 그리고 파종이며 수확 등 경영상의 문제를 생각하기도 하고, 공작의 분부를 잊어버린 것이 없을까 생각해 보기도 했다.

중도에서 알파트이치는 군수품의 행렬이며 군대와 마주치기도 하고 그것을 앞질러 가기도 했다. 스몰렌스크에 가까와지면서 멀리 대포 소리를 들을 수 있었지만 이 소리는 별로 그를 놀라게 하지는 않았다. 오히려 무엇보다도 그를 놀라게 한 것은 스몰렌스크 근처에 있는 아주 잘된 귀리밭을 어딘가의 군대가 말먹이에 쓰기 위해서인지 베고 있었고, 그 밭에 군인들이 야영을 하고 있는 광경이었다. 그러한 광경은 알파트이치를 놀라게 했으나 이것도 오래지 않아 자기 일에 넋을 잃고 있는 사이에 까마득히 잊어버렸다.

알파트이치의 생활상의 모든 관심은 벌써 삼십 년 이상 노공작의 의지 하나만에 제한되어 있어 아직까지 한 번도 이 한계에서 벗어난 일이 없었다. 공작의 명령과 관계가 없는 모든 일은 그에겐 아무런 관심도 불러일으키지 않았을 뿐 아니라 알파트이치에게는 전혀 존재하지 않는 것이나 마찬가지였다.

8월 4일 저녁 스몰렌스크에 도착하자 알파트이치는 드니에프르 강 건너편에 있는 가첸스코예라고 하는 교외에서 여관을 하고 있는 페라폰토프의 집에 마차를 대었다. 그는 벌써 삼십 년 동안을 이곳에 오면 반드시 페라폰토프의 집에 묵기로 되어 있었다. 페라폰토프는 삼십 년 전 알파뜨이치의 도움으로 공작에게서 숲을 쉽사리 사들인 뒤 장사를 시작해서 지금은 현 안에 집과 여관과 제분소를 가지고 있었다. 페라폰토프는 살이 피둥피둥 찌고 머리가 검으며 얼굴이 붉은 사십대의 사나이로서 입술이 두툼하고 큼지막한 주먹코(이와 비슷하게 생긴 혹이 눈썹 위에도 있었다)와 커다란 배를 가지고 있었다.

페라폰토프는 조끼 밑에 사라사 셔츠를 받쳐 입고 한길 쪽을 향한 여관 건물 곁에 서 있었다. 그는 알파트이치를 보자 곁으로 다가왔다.

「야, 이거, 야코프 알파트이치가 아니오? 모두들 이곳에서 도망치는 판에 당신은 오히려 이리로 오셨군.」집 주인은 말했다.

「아니, 시가에서 도망치다니! 그게 무슨 소리야?」알파트이치는 물었다.

「내 말이 바로 그거요, 모두들 바보지. 공연히 프랑스놈들에게 겁을 집어먹고.」

「여인네들의 잠꼬대야, 여자들이란 본래 시끄러운 존재니까!」알파트이치는 말했다.

「내 생각도 그래요, 야코프 알파트이치. 프랑스인은 절대로 시가에 들여 놓지 않겠다는 포고도 나와 있지 않소? 그 이상 더 확실한 게 어디 있겠어요. 그런데도 농부들은 짐마차 한 번 움직이는 데 삼 루블리나 받고 있으니 말이에요. 정말이지 천벌을 받을 놈들이에요.」야코프 알파트이치는 한 귀로 듣고 한 귀로 흘려 버리고 있었다. 그는 사모바르를 준비시키고 말에서 건초를 주도록 이른 뒤 차를 마시고 자 버렸다.

여관 앞 길로는 군대가 이동하는 소리가 밤새도록 끊이지 않았다. 이튿날 알파트이치는 읍에 나올 때만 입기로 되어 있는 자케트를 입고 일을 보러 나갔다. 맑게 갠 날씨여서 여덟 시쯤부터 벌써 무더웠다. 곡식을 거두어들이는 데는 다시 없는 좋은 날씨라고 알파트이치는 생각했다. 시외에서는 아침 일찍부터 총소리가 들려 왔다.

여덟 시쯤부터는 지금까지의 총소리에 곁들여 대포 소리까지 들려 왔다. 거리에는 어디론가 허둥지둥 바삐 가는 사람의 떼와 병사들이 흘러 넘치고 있었으나 여느 때와 마찬가지로 포장 마차도 다녔고 가게에는 장사꾼들도 여전히 서 있었고 성당에서는 미사도 보고 있었다. 알파트이치는 상점과 관청과 우체국과 현지사를 두루 돌아보았다. 어디엘 가거나 군대 이야기와 시가로 쳐들어오기 시작한 적군에 관한 이야기들을 하고 있었다. 서로들 어떻게 했으면 좋겠느냐고 묻고 서로 위로를 하고 있었다.

알파트이치가 지사 공관 근처로 가자 코삭 병사가 무리져 서 있고, 지사 전용의 여행 마차가 머물러 있었다. 층층대에서 알파트이치는 두 사람의 귀족과 마주쳤다. 그 가운데 한 사람은 그와 안면이 있는 사람이었다. 이전에 경찰 서장을 지낸 일이 있는 그는 열을 올리며 떠들어 대고 있었다.

「지금 농담을 하고 있을 때가 아니란 말이야.」그는 말했다.「혼자 몸 같으면야 문제가 없소. 홀몸 같으면 아무리 어려워도 어떻게 되겠지만 열 세 식구에 가재 도구까지 있어 봐요.……제기랄, 사람들을 파멸의 밑바닥으로 떨어뜨려 놓고는, 당국은 또 무슨 당국이야.…… 그 강도놈들 모조리 목 졸라 주었으면 좋겠어…….」

「이제 그만해 두게.」다른 한 사람이 말했다.

「그런 건 내가 알 게 뭐야! 듣겠거든 자네나 듣게. 우린 개새끼가 아니란 말이야.」 경찰 서장을 지냈던 사나이는 이렇게 말하다가 힐끗 곁을 쳐다보면서 알파트이치를 보았다.

「아니, 이거, 야코프 알파트이치로군. 자네 뭣하러 왔나?」

「각하의 명령으로 지사님을 뵈러 왔읍니다.」 노공작의 이야기를 할 때면 언제나 그렇게 하듯 거만하게 머리를 뒤로 젖히고 한쪽 손을 호주머니 속에 쑤셔 넣으면서 알파트이치는 대답했다. 「상황을 듣고 오라는 분부가 계셨읍니다.」

「아니, 좀 들어 보게나.」 지사는 소리쳤다. 「짐마차 하나 구하지 못하게 해놨단 말이냐!…… 저것 들어 보게, 저 소리 들리지?」 총소리가 들리는 쪽을 가리키면서 그는 말했다.

「모두들 망하게 해놨단 말이야…… 망할 놈들 같으니!」 그는 거듭 말하고 입구의 층층대를 내려섰다.

알파트이치는 고개를 흔들고 층층대를 올라갔다. 응접실에는 장사꾼이며 여자들이며 관리들이 서로 말없이 얼굴들만을 마주 보고 있었다. 서재의 문이 열렸다. 그러자 모두들 일어나 그쪽으로 몰려갔다. 문 쪽에서 관리 한 사람이 뛰어 나와 장사꾼 한 사람과 무슨 이야기를 나누더니 목에 십자가를 늘어뜨린 뚱뚱한 관리를 불러 가지고 그대로 다시 문 뒤쪽으로 숨듯이 들어가 버렸다. 그것은 확실히 자기 쪽으로 향한 사람들의 시선이며 질문을 피하기 위해서인 듯했다. 알파트이치는 앞쪽으로 나가 있다가 이어 관리가 나왔을 때 단추를 챈 프록 코트 가슴에 한 손을 집어 넣어 두 통의 편지를 내놓으면서 이렇게 말했다.

「육군 대장 볼콘스키이 공작 각하로부터 아쉬 남작에게.」 그의 말하는 어조가 너무 의젓하고 의미 깊게 들렸으므로 관리는 자기도 모르게 그쪽으로 몸을 돌리고 그 편지를 받아들었다. 몇 분인지 지난 뒤 지사는 알파트이치를 들어오게 하고 조급한 소리로 말했다.

「제발 공작님과 공작 영애에게 내 말을 전해 주게. 나는 아무것도 모르고 있었고 그저 정부에서 명령한 대로 행동했다고 말이야. 그리고 이걸 전해 줘……」

그는 알파트이치에게 한 통의 서류를 내밀었다.

「하지만 공작께서는 건강이 좋지 않으시니까 나는 모스크바로 가시도록 권고하겠어. 나도 곧 떠나니까. 그리고 이렇게 전해 줘……」 그러나 지사가 말을 채 끝마치기도 전에 온 몸에 먼지와 땀투성이인 장교 한 사람이 문간에서 뛰어들어와 프랑스어로 무엇이라고 중얼거리기 시작했다. 지사의 얼굴에는 공포의 빛이 나타났다.

「이제 가 보게.」 그는 고개를 끄덕이면서 알파트이치에게 말하고 장교에게 무엇인가 묻기 시작했다. 알파트이치가 지사의 서재에서 나오려니까 굶주린 듯한, 그리고 공포에 질린 듯한, 의지할 데가 없다는 듯한 시선들이 그에게로 쏠렸다. 점점 가까이, 그리고 점점 거세게 들리는 총소리에 자기도 모르게 귀를 기울이면서 알파트이치는 여관으로 걸음을 재촉했다. 알파트이치가 지사에게서 받은 편지에는 이렇게 적혀 있었다.

〈본관은 스몰렌스크시가 아직 아무런 위험에 빠져 있지 않을 뿐더러 이 시가는 절대로 위험에 빠지는 일이 없을 것임을 확신합니다. 본관은 바그라찌온 공작과 더불어 스몰렌스크시 부근에서 합류하기 위해 진군중이며, 합류는 22일에야 이루어질 것 같습니다. 양군은 서로 협력해서 귀관의 손에 맡겨진 현 내의 동포를 보호하고, 우리의 노력이 나라의 적을 격퇴하든지, 또는 우리 측의 용감한 군인 중 최후의 한 사람이 남을 때까지 싸울 각오를 하고 있습니다. 이러한 사실에 의거하여 귀관께서는 스몰렌스크의 주민을 선무(宣撫)할 충분한 이유를 가지고 계심을 알아 주시기 바랍니다. 그 까닭은 이와 같이 용감한 두 군대에 의해 보호받는 자는 당연히 그 승리를 확신하지 않을 수 없을 것이기 때문입니다(스몰렌스크 민정 지사 아쉬 남작에게 보낸 바르클라이 드 톨리의 명령——1812년).〉

사람들은 거리를 불안스러이 오가고 있었다.

부엌 도구며 의자며 가구 같은 물건을 산더미처럼 실은 짐마차가 끊임없이 여기저기의 문에서 나와 거리를 지나가고 있었다. 페라폰토프 옆집에는 짐마차가 몇 대나 서 있고, 여인들이 작별을 아쉬워하며 엉엉 울기도 하고 왁자지껄 떠들어 대기도 했다. 집 지키는 개 한 마리가 줄곧 짖어 대면서 마차에 채워진 말 앞을 뺑뺑 돌며 뛰어다니고 있었다.

알파트이치는 다른 때보다 좀 빠른 걸음으로 뜰 안으로 들어가 곧장 자기 말과 마차를 넣어 둔 헛간 쪽으로 갔다. 마부는 잠이 들어 있었다. 그는 마부를 흔들어 꺼워 마차를 준비하도록 이르고 자기는 그대로 현관으로 들어갔다. 집 주인의 방에서는 어린 아이들이 떠드는 소리며 서러운 듯 우는 여자의 울음 소리며 페라폰토프의 성난 쉰 목소리가 들려 왔다. 알파트이치가 들어갔을 때 식모는 사람에게 놀란 암탉처럼 현관에서 부들부들 떨고 있었다.

「죽도록 팼읍니다요, 주인 아주머님을요!…… 마구 때리고, 질질 끌고 돌아다녔읍니다요!」

「무엇 때문에 그랬나?」 알파트이치는 물었다.

「피난을 가자고 했다고요. 여자니까 그러지 않겠어요! 『나를 데리고 가주세요, 그리고 어린 아이들도 버리지 말고 데려가 주세요.』 하고 애걸했답니다. 『또 모두들 피난가는데 우리는 어떻게 하는 거예요.』 하고 마님이 말하지 않았겠어요?

그러자 갑자기 패기 시작한 거예요. 마구 두들기고 끌고 돌아다니고 했읍니다요.」

이 말을 듣자 알파트이치는 백 번 맞아도 잘 됐다는 듯이 고개를 끄덕였을 뿐 그 이상 더 물으려고도 하지 않고 주인의 사무실 문 앞에 있는 자기 방으로 다가갔다. 그곳에는 그가 사들인 물건이 있었던 것이다.

「망할 놈, 살인자!」 이때 핼쑥하고 새파랗게 질린 여자가 팔에 어린 것을 껴안고 머릿수건을 축 늘어뜨린 모습으로 문에서 뛰어나와 입구 쪽을 향해 층층대를 뛰어내리면서 소리를 질렀다. 페라폰토프가 그 뒤를 따라나왔으나 알파트이치를 보자 조끼와 머리를 매만지더니 하품을 하며 알파트이치의 뒤를 따라 방안으로 들어섰다.

「그럼 떠나시렵니까?」 그가 물었다.

이 질문에는 대답도 하지 않고 주인 쪽을 돌아보지도 않은 채 알파트이치는 자기의 물건을 확인하고 나서, 숙박료를 얼마나 치러야 하는지를 물었다.

「어디 셈을 해 봅시다! 그런데 지사님한텐 들러 오셨읍니까?」 페라폰토프는 물었다. 「어떤 결정이 내렸읍니까?」

알파트이치는 지사한테서 결정적인 무슨 답변을 듣지 못했다고 대답했다.

「벌여 놓은 장사 때문에 피난도 할 수 없는 형편 아니겠어요?」 페라폰토프는 말했다. 「도로고부쥐까지 마차 한 대 비는 데 칠 루블리씩 줘야 하니까요. 그러니 그놈들이 양심이 있는 놈입니까?」 그는 말했다.

「센리바노프란 놈도 지난 목요일에 수지를 톡톡히 맞추었읍죠. 한 부대에 구 루블리씩 받고 밀가루를 군대에 팔아넘겼읍죠. 차나 한 잔 마시지 않으시렵니까?」 그는 덧붙여서 말했다. 말을 수레에 채우고 있는 동안 알파트이치는 페라폰토프와 차를 마시면서 곡식 값이며 올해 든 풍작 이야기며 곡식을 거둬들이는 데 날씨가 무척 좋다는 이야기를 나누었다.

「소리가 좀 조용해졌군요.」 페라폰토프는 석 잔째 차를 마시고 일어나며 말했다. 「틀림없이 우리 군대가 이겼을 겁니다. 결코 적을 시가에 들여 놓지 않겠다고 다짐했으니까요. 우리 쪽 실력이 훨씬 강하죠…… 얼마 전에도 마트베이 이바느이치 플라토프 장군(코삭군 대장으로 1812년 싸움에서는 러시아의 수훈자 중에서도 가장 인기 있는 존재의 하나였으며, 나폴레옹을 포로로 잡을 뻔한 일까지 있었음—역주)이 놈들을 마리나 강으로 처넣어 단 하루에 일만 팔천·명을 물에 빠져 죽게 했다니까 말입니다.」

알파트이치는 산 물건들을 정리하여 때마침 방으로 들어온 마부에게 주고 주인에게 숙박비를 치렀다. 마당에서 나가는 마차의 바퀴와 말굽과 방울 소리가 문 근처에서 들려 왔다.

벌써 정오를 훨씬 지나고 있었다. 거리는 반쯤 그늘졌고 나머지 반에는 햇빛이 쟁쟁 내리쬐고 있었다. 알파트이치는, 창 너머로 힐끗 바깥을 내다보고 입구 쪽으로 향했다. 난데없이 멀리서 퓽 하는 소리가 나고, 무엇엔가 부딪치는 듯한 야릇한 소리가 들리더니 곧이어 포성이 울려 퍼지고 유리창문이 덜컹덜컹 흔들렸다.

알파트이치는 거리로 나왔다. 거리에서는 두 사나이가 다리 쪽으로 달려가고 있었다. 여기저기서 포탄이 터지는 소리가 나고, 이것이 명중하는 소리와 거기에 떨어진 유탄이 터지는 소리가 들려 왔다. 그러나 이러한 소리는 시외에서 들리는 포성에 비하면 거의 시민의 귀에 들리지 않을 뿐더러 별로 주의를 끌지도 못 했다. 이때 거리에 날아든 포탄은 네 시가 지나 나폴레옹이 130문의 대포로 시가지에 포격을 하라는 명령을 받고 한 것이었다. 시민들은 처음에는 이 포격이 어떻게 된 건지 모르고 있었다.

떨어져 내리는 유탄이며 포탄 소리는 처음엔 그저 호기심을 불러일으킬 따름이었다. 이때까지 헛간에 들어가서 울고만 있던 페라폰토프의 아내는 울음을 그치고 어린 아이를 안은 채 문간으로 나왔다. 그리고 입을 다문 채 지나다니는 사람들을 멍청히 바라보면서 대포 소리에 귀를 기울였다.

식모와 점원도 문 밖으로 나왔다. 모두들 신기한 듯 눈을 빛내며 머리 위로 지나가는 포탄을 보려고 애를 쓰고 있었다. 길 모퉁이 쪽에서 몇 명의 사나이들이 쾌활하게 서로 이야기를 주고받으며 나오고 있었다.

「굉장한 힘이던걸!」 한 사나이가 말했다. 「지붕도 천장도 산산 조각이 나고 말더군.」

「돼지가 땅을 판 것같이 되잖겠어!」 다른 사나이가 말했다. 「굉장했어. 덕택으로 정신이 번쩍 들던데!」 그는 웃으며 말했다. 「재빨리 피했기에망정이지 하마터면 뼈도 추리지 못할 뻔했어.」

거기 있던 사람들이 그들에게 말을 걸었다. 그들은 잠시 걸음을 멈추고, 포탄이 눈앞에서 집에 떨어지던 광경을 들려 주었다. 이러는 동안에도 요란스러운 울부짖음을 일으키고 날아가는 포탄과 유쾌한 듯 휘파람 소리를 내는 유탄이 끊임없이 그들의 머리 위를 날고 있었는데, 그 어느 하나도 가까이에는 떨어지지 않고 멀리로 날아갈 따름이었다. 알파트이치는 마차에 자리를 잡고 앉았다. 주인은 문 아래쪽에 서 있었다.

「뭘 멍청히 보고 있나!」 그는 식모에게 야단을 쳤다. 식모는 빨간 스커트를 입고 웃옷의 소매를 잔뜩 걷어붙여 팔을 드러내 놓고 사람들의 말을 들으려고 길 쪽으로 가고 있었다.

「참, 이상한 일도 다 보겠는데.」 그녀는 말했으나 주인의 목소리를 듣자 걷어

올린 스커트를 쓰다듬듯이 내리며 되돌아왔다.

다시 울부짖는 듯한 소리가 들렸는데, 그것은 매우 가까운 곳에서 들렸다. 그리고 나는 새와 같이 위에서 아래로 내려 앉자 거리의 한가운데서 번쩍 하고 불꽃이 튀었다. 이때 무엇인가가 폭발해서 거리는 연기로 휩싸였다.

「망할 년, 대관절 무얼 하려는 거야!」 주인은 식모 쪽으로 달려가며 소리쳤다.

순간, 여기저기에서 여인들의 애처로운 비명과 겁게 질린 어린애들의 울음 소리가 들려 왔다. 사람들은 새파랗게 질린 얼굴로 말없이 식모한테로 몰려들었다. 이 가운데서 식모의 울부짖음과 떠드는 소리가 가장 크게 들려 왔다.

「아이고 죽겠네! 여러분들! 제발 저를 살려 주십셔오! 제발!」

이로부터 오 분 뒤, 거리에는 사람의 그림자조차 남지 않게 되었다. 유탄 파편으로 허벅다리를 다친 식모는 부엌으로 실려 갔다. 알파트이치와 그의 마부, 페라폰토프의 아내와 아이들, 그리고 정원사 등은 지하실로 들어가 바깥 형편을 살피고 있었다. 대포의 으르렁거리는 소리와 탄환이 획획 지나가는 소리 따위를 월등히 제압하는 식모의 애처로운 신음 소리는 잠시도 멎추지 않았다. 안주인은 어린애를 달래고 흔들어 주는가 하면 이번에는 지하실로 들어오는 사람들 아무나를 붙들고 거리에 남은 자기 남편이 지금 어디에 있는지 기어드는 듯 작은 소리로 물어보곤 했다. 지하실로 기어들어온 점원은 주인이 다른 사람들과 어울려 성당으로 갔다고 알려 주었다. 그 성당에서는 지금 막 성스러운 스몰렌스크의 성상이 여러 사람들의 손으로 실어 내지고 있다는 것이었다.

땅거미가 질 무렵이 되자 포성은 점점 줄어들었다. 알파트이치는 지하실에서 나와 문으로 가 섰다. 아까까지 개어 있던 저녁 하늘엔 초연이 자욱했다. 낮처럼 생긴 초승달이 하늘 높이 걸려 이 연기를 뚫고 야릇하게 빛나고 있었다. 그처럼 무시무시했던 포성이 그친 다음에는 일종의 고요함이 거리를 지배하고 있는 듯이 생각되었다. 이 정적을 깨뜨리는 소리, 멀리서 들려 오는 외침 소리, 불타는 소리——이런 것들이 얼버무려진 소음뿐이었다. 식모는 이제 신음 소리를 내지 않게 되었다. 화재로 생긴 연기가 두 군데서 일어나 검은 소용돌이를 일으켰다간 이윽고 산산이 흩어지곤 했다. 거리거리에는 가지 각색의 제복을 입은 병사들이 마치 개미집 속에서 나온 개미떼들이 몰려가듯 줄도 짓지 않은 채 이리저리 걷기도 하고 달려가기도 했다. 알파트이치는 서너 명의 병사들이 페라폰토프네 뜰로 뛰어드는 모양을 보았다. 그는 문께로 갔다. 어느 연대인지 서로 밀치락거리고 앞을 다투어 퇴각하면서 거리를 메우고 있었다.

「시가지를 내놓게 되었소, 도망치시오, 빨리 도망쳐요!」 알파트이치를 본 한 사람의 장교가 그에게 이렇게 소리치더니 곧 병사들을 향해 고함쳤다.

「남의 뜰을 통과해도 상관 없어!」

알파트이치는 헛간으로 돌아가서 마부를 불러 마차를 챙기도록 명령했다. 알파트이치와 마부의 뒤를 따라 페라폰토프의 집에 있는 다른 사람들이 우르르 따라 나왔다. 점점 짙어지는 저녁 어둠 속에 분명히 보이기 시작한 연기와 불꽃을 보자 그때까지 잠자코 있던 여자들이 으악 울음을 터뜨렸다. 그리고 여기에 가락을 맞추기라도 하듯 한길 저편 쪽에서도 같은 울음 소리가 일어났다. 알파트이치는 마부와 함께 처마 밑에 있는 말의 칭칭 얽힌 고삐와 가죽 끈을 떨리는 손으로 끄르기 시작했다.

알파트이치는 문으로부터 마차를 몰고 나오면서 열어젖뜨려진 페라폰토프의 가게에서 열 명 가량의 병사들이 와자지껄 떠들어 대며 밀가루와 해바라기 씨를 자루와 배낭 속에 쑤셔 넣고 있는 것을 보았다. 이때 페라폰토프가 거리에서 상점으로 돌아왔다. 그는 병사들을 보자 무엇이라고 소리를 지를 듯하더니 갑자기 입을 다물고 자기 몸과 머리를 움켜쥐면서 흑흑 흐느끼듯 웃기 시작했다.

「모두 가져가시오! 그 악마들의 손에 들어가지 않도록 모두 가져가시오!」그는 스스로 자루를 가지고 와서 그것을 거리에다 팽개치면서 이렇게 소리쳤다. 병사들 가운데 몇몇은 깜짝 놀라 도망을 쳤으나 나머지 병사들은 부지런히 주워 담고 있었다. 페라폰토프는 알파트이치를 보자 소리를 질렀다.

「끝장났소! 이제 러시아도 끝장이 났나 봅니다!」그는 이렇게 소리질렀다. 「알파트이치! 끝장이 났소! 내 손으로 불지르겠소! 이제 끝장이오!」페라폰토프는 마당으로 달려갔다.

거리에는 병사들이 물밀듯 후퇴하고 있었기 때문에 알파트이치는 마차를 달릴 수가 없어 잠시 그 자리에서 기다리고 있지 않으면 안 되었다. 페라폰토프의 아내와 아이들은 짐차에 타고 마차를 몰 길이 트이기를 기다리고 있었다.

벌써 날이 꽤 저물어 있었다. 하늘에는 별이 나타나고 초승달은 가끔 연기에 가려지면서 빛나고 있었다. 군인들과 다른 마차에 둘러싸여 천천히 앞으로 나아가고 있던 알파트이치와 안주인의 마차는 드니에프르 강으로 내려서는 비탈에서 잠시 멈추지 않으면 안 되었다. 마차가 멈춘 교차로에서 별로 멀지 않은 골목길에서는 집과 가게가 불타고 있었다. 불이 거의 꺼져 가려는 참이었다. 불꽃은 점점 회미해지고 검은 연기 속에서 꺼질 듯하다가는 다시 확 피어올라 교차로에 무리를 짓고 서 있는 사람들의 얼굴을 기묘할 정도로 환히 비쳐 주곤 했다. 화재가 일어나고 있는 근처에는 검은 사람의 그림자가 어른거리고, 때때로 불꽃이 튀는 소리가 나는 사이사이로 사람들의 고함 소리가 들렸다. 알파트이치는 길이 트이려면 아직 멀었다고 생각되었기 때문에 불구경을 하러 골목길로 꺾어 들었다. 군인들이 불난 곳 언저리를 왔다갔다하고 있었다. 알파트이치는 두 병사와 낡은 나사 외투를 입은 사람이 불난 자리에서 불타는 통나무를 길 건너쪽 집으로 나르고 있는 모양을 보았다. 나머지 사람들은 마른 풀을 한 아름씩 안고 왔다.

알파트이치는 불이 바야흐로 위세를 떨치고 있는 커다란 창고 앞에 몰려 있는 많은 군중에게로 가까이 다가갔다. 벽은 모두 불이 붙었고 뒤쪽은 온통 불에 타 쓰러졌으며, 양철로 된 지붕도 무너져 기둥이 불타고 있었다. 군중들은 지붕이 깨끗이 떨어져 내리는 순간을 기다리고 있는 모양이었다. 알파트이치 역시 그것을 기다렸다.

「알파트이치!」 어디선가 귀에 익은 목소리가 늙은이를 불렀다.

「서방님, 서방님이시군요!」 알파트이치는 그것이 젊은 공작의 목소리라는 것을 곧 알고 이렇게 대답했다.

망토를 입고 검은 말을 탄 안드레이 공작은 군중들 뒤에 서서 알파트이치를 바라보고 있었다.

「자네 어떻게 여기 와 있나?」 그는 물었다.

「서방님…… 서방님.」 알파트이치는 울음을 터뜨렸다. 「서방님, 서방님…… 이제 우리 러시아는 망해 버린 겁니까? 서방님 엄친께서는…….」

「자네 어떻게 여길 와 있나?」 안드레이 공작은 되풀이했다.

이때 불꽃이 확 피어올랐기 때문에 알파트이치의 눈에 젊은 주인의 창백하고 지친 모습이 비쳤다. 알파트이치는 자기가 심부름으로 왔다는 이야기와 간신히 여기까지 도망쳐 나왔다는 이야기를 들려 주었다.

「어떻습니까, 서방님? 우리는 이제 끝장이 난 겁니까?」 그는 다시 물었다.

안드레이 공작은 아무 대답도 하지 않고 수첩을 꺼내 종이 쪽지를 한 장 찢어 무릎에다 대고 연필로 내갈기기 시작했다. 그는 누이에게 글을 쓴 것이다.

〈스몰렌스크는 이제 함락 직전에 있다. 르이스이예 고르이도 이제 일 주일만 지나면 적의 수중에 빠지고 말 것이다. 곧 모스크바로 떠나도록 하여라. 그리고 그리로 떠나는 대로 곧 우스뱌쥐에 사람을 보내어 내게 기별을 해주도록 부탁한다.〉 그는 이렇게 썼다.

안드레이 공작은 이렇게 쓴 종이 쪽지를 알파트이치에게 건네 주고, 아버지와 누이와 아들과 가정교사를 어떻게 피난시켜야 하고 또 어디에다 어떻게 알려야 하는지를 일러 주었다. 그가 아직 지시를 다 끝내기도 전에 말을 탄 참모장이 수행원을 데리고 달려왔다.

「당신은 육군 대령이십니까?」 안드레이 공작의 귀에 익은 독일어 악센트로 참모장이 소리를 질렀다. 「당신 눈앞에서 집에다 불을 지르는 사람이 있는데 그걸 그냥 보고만 있는 겁니까? 그래서 되겠읍니까? 어디 할 이야기가 있거든 대답해 보시오.」베르그가 소리쳤다. 그는 지금 제1군 보병 좌익 사령관의 참모 차장으로 임명되어 있는 것이다. 베르그 자신의 말을 빌면 그 자리는 무척 편안하고, 그러면서도 퍽 화려한 자리라는 것이었다.

안드레이 공작은 그를 힐끗 쳐다보고는 아무 말도 하지 않은 채 알파트이치를 향해 하던 이야기를 계속했다.

「그럼 말어지 10일까지 회답을 기다려서, 만약에 모두가 피난을 했다는 통지를 받지 못하면 나는 모든 일을 집어치우고 르이스이예 고르이로 가지 않을 수 없다고 그렇게 이야기해 주게.」

「공작, 내가 이런 이야기를 하는 것은.」상대방이 안드레이 공작임을 알고 베르그는 말했다.「명령을 어쩔 수 없기 때문입니다. 우리는 언제나 명령을 정확하게 수행하니까 말씀이에요……. 나를 오해하지 말아 주십시오.」베르그는 변명하듯 말했다.

불길 속에서 뭔가 탁탁 튀는 소리가 났다. 불길은 좀 가라앉았다. 검은 연기가 지붕 밑에서 뭉게뭉게 피어올랐다. 다시 뭔가 불길 속에서 무시무시한 소리를 내며 터졌다. 그러자 커다란 무엇이 와르르 무너져 내렸다.

「와아아!」곡식 창고의 천장이 떨어지는 소리와 함께 군중 속에서 고함이 터졌다. 곡식이 불에 타면서 빵을 굽는 것 같은 냄새가 새어 나왔다. 불꽃은 확 피어올라 그 주위에 몰려 있던 사람들의 활기를 띤, 기쁜 듯하면서도 지쳐 있는 얼굴들을 환히 비춰 주었다.

허름한 외투를 입은 사나이가 두 손을 들고 고함쳤다.

「굉장하군! 큰 소동이 벌어졌다! 어때, 굉장하지!」

「저 사람이 창고 주인이야.」하는 소리가 들렸다.

「알겠지?」안드레이 공작은 알파트이치에게 말했다.「금방 내가 한 이야기를 모두 전해야 해.」그런 뒤 곁에 서 있는 베르그에게는 말도 하지 않고 곧장 말을 몰아 골목길을 빠져 나갔다.

5

스몰렌스크로부터 군대는 퇴각을 계속했다. 적은 군대를 뒤쫓아 스몰렌스크로 들어왔다. 8월 10일 안드레이 공작이 지휘하는 연대는 도로를 따라 나아가는 도중 르이스이예 고르이로 통하는 대로까지 왔다. 폭서와 가뭄이 삼 주일 이상이나 계속되었다. 하늘에는 매일같이 뭉게구름이 떼로 그늘을 지으면서 떠돌아다니기는 했으나 저녁때가 되면 다시 깨끗이 걷히고, 태양은 푸르죽죽한 붉은 놀 속으로 잠겨 가는 것이었다. 다만 축축한 이슬만이 매일 밤 대지를 적셨다. 밭에 남은 곡식은 바싹 말라 알맹이가 떨어지는 판이었다. 늪이란 늪은 모두 바싹 말라 버렸다. 가축들은 볕에 탄 풀밭에서 먹이를 얻을 수가 없어 배가 고파 울부짖고 있었다. 다만 숲 속에서는 이슬이 있는 동안이나마 서늘하였다. 그러나 도로에는 군대가 지나가는 대로 근처는 밤이 되어도 그렇고 숲에 들어가 보아도 그렇고, 서늘한 구석이라곤 없었다. 다섯 치 이상이나 되는 마구 짓밟힌 모래 먼지가 쌓인 도로 위에는 이슬 같은 건 구경할래야 할 수도 없을 정도였다. 날이 새기 시작하자 곧 행군이 시작되었다. 군수품과 대포를 실은 차 바퀴가 굴대까지 파묻히며 소리도 없이 움직이고, 보병은 밤까지도 식지 않은 푹신하고 숨막히는 듯한 뜨거운 먼지 속을 복사뼈까지 파묻히며 행진했다. 이 모래 먼지의 일부는 발과 차바퀴에 짓이겨지고, 일부분은 구름과 같이 둥둥 떠 군대 위를 덮어씌우고, 이 거리를 걷는 사람과 동물의 눈, 머리털, 귀, 콧구멍, 특히 폐 속까지도 달라붙었다.

태양이 하늘 높이 떠오름에 따라 먼지의 구름도 점점 높이 피어올라 구름에 가려지지 않은 태양도 이 가늘고 후덥지근한 먼지를 통해서 보면 똑바로 바라볼 수가 있었다. 태양은 커다란 자주빛 공과 같이 보였고 바람은 한 점도 없었다. 사람들은 꼼짝도 하지 않는 이 대기 속에서 간신히 숨을 쉬고 있었다. 그래서 모두들 손수건으로 코와 입을 막고 걸었다. 마을에 닿자마자 모두 우물로 우르르 몰려갔다. 그러고는 서로 다투어 가면서 물을 퍼마셨다.

연대를 지휘하고 있던 안드레이 공작은 부대의 규율, 부하의 상태, 명령의 접수 같은 문제들 때문에 골치를 앓았다. 스몰렌스크의 화재와 그 포기는 안드레이 공작의 생활에 있어 엄청난 사건이었다. 적에 대한 새로운 증오의 감정은 자신의 슬픔도 잊어버리게 했다. 그는 온종일 연대의 일에 열중하였고 그의 부하 장병들 시중에 몰두하였으며 언제나 그들을 부드럽게 대해 주었다. 연대에서는 그를 우리 공작님이라 부르고 자기네의 자랑으로 생각하고 사랑했다. 그러나 그가 친절하고 상냥했던 것은 자기 부하들이나 찌모힌과 같은, 말하자면 사회를 전혀 달리

한 새로운 사람, 곧 자기의 과거를 알지도 못 하고 이해할 줄도 모르는 사람들에 대해서일 뿐이고, 만약에 이전의 동료들이나 사령부 소속의 어떤 사람과 만나기라도 하면 그는 곧 화가 나는 듯 심술궂고 아이러니컬하게 모욕적인 태도가 되는 것이었다. 과거의 추억과 관계가 있는 것은 사사 건건 그의 비위를 건드렸다. 때문에 그는 이전 세계와의 관계에 대해서는 그저 불공평하게 되지 않도록만 힘쓰고 자기의 의무를 태만히 하지 않도록 조심할 따름이었다.

사실이지 안드레이 공작에게는 모든 것이 암담하고 우울하게만 생각되었다. 어떻게든 지킬 수 있었고 또 지켜야만 했던 스몰렌스크를 8월 6일에 버리고 난 뒤, 그리고 병환중인 아버지가 모스크바로 피난함으로 해서 그처럼 사랑을 쏟아 경영하던 르이스이예 고르이를 적의 약탈에 내맡기지 않을 수 없게 된 이래 그런 느낌이 더욱 심해졌다. 그러나 그럼에도 불구하고 연대를 책임지고 있는 관계로 안드레이 공작은 전혀 일반적인 문제와는 관계가 없는 것, 자기 연대에 대한 것만을 생각하고 지내지 않으면 안 되었다. 8월 10일, 그의 연대에 소속하고 있는 종대가 르이스이예 고르이 근처에까지 왔다. 안드레이 공작은 이틀 전에 아버지와 아들과 누이가 모스크바로 떠났다는 기별을 들었기 때문에 르이스이예 고르이로 가 볼 것까진 없었지만 자기의 슬픔을 자극하고 싶은 타고난 욕망으로 르이스이예 고르이에 가 보리라고 생각했다.

그는 말에 안장을 얹도록 명령하고 행군 도중에 자기가 태어나서 유년 시절을 보낸 고향의 마을로 말을 몰았다. 언제나 여인네들이 꾸역꾸역 모여들어 떠들면서 방망이로 빨래를 두들기기도 하고 헹구기도 하던 연못 곁을 지나치면서 안드레이 공작은 이제 여기에는 아무도 없음을 깨달았다. 반쯤 물에 가라앉은 빨래판은 기슭을 떠나 연못 한가운데 떠돌아 다니고 있었다. 안드레이 공작은 파수막으로 가까이 갔다. 입구에 있는 돌문 곁에는 아무도 없었고 문은 열려진 채였다. 뜰 안의 좁은 길에는 벌써 잡초가 자랐고, 송아지며 말이 영국식으로 가꾼 정원을 어슬렁거리고 있었다. 온실 곁으로 가 보니 유리창은 산산이 깨어지고, 화분의 나무는 쓰러진 것도 있고 시들어 빠진 것도 있었다. 그는 정원사인 타라스를 불렀다. 그러나 아무도 대답하는 사람은 없었다. 온실을 돌아 화분을 늘어놓은 선반 쪽으로 가니 조각을 해넣은 널조각은 산산 조각이 나고 오얏 열매는 가지째 꺾여 있었다. 늙수그레한 한 농부가(안드레이 공작은 어린 시절 이 문 근처에서 이 늙은이를 본 일이 있다) 초록색 벤치에 앉아 나무 껍질로 신을 삼고 있었다.

그는 귀가 먹었기 때문에 안드레이 공작이 가까이 다가가도 알아 듣지 못했다. 그는 노공작이 즐겨 앉았던 벤치에 앉아 있었다. 그 옆의 엉망진창으로 부러져 시들어 버린 목련(木蓮) 가지에는 벗겨진 나무 껍질이 매달려 있었다.

안드레이 공작은 본관 쪽으로 가까이 다가갔다. 정원에 있던 몇 그루의 보리수 〔菩提樹〕는 이미 잘렸고, 망아지를 거느린 얼룩말 한 필은 길 바로 앞에 있는 장미 사이를 왔다갔다하고 있었다. 집에는 창문마다 덧문이 굳게 닫혔고, 다만 아래층의 창문이 하나 열려 있을 뿐이었다. 하인인 사내아이가 홀로 있다가 안드레이 공작을 보자 집 안으로 뛰어들어갔다.

알파트이치는 가족들을 보내고 나서 혼자 르이스이예 고르이에 남아 있었다. 그는 집에서 순교자전(殉教者傳)을 읽고 있다가 안드레이 공작이 왔다는 말을 듣자 안경을 콧등에 얹은 채 웃옷의 단추를 끼며 집을 나와 황급히 공작한테로 다가왔다. 그리고는 한 마디의 말도 못 한 채 안드레이 공작의 무릎에 키스하면서 울음을 터뜨렸다.

이윽고 자기가 너무 마음이 약한 데 화를 내는 듯 얼굴을 돌리더니 그곳의 현황을 보고하기 시작했다. 값진 귀중품은 모두 보구챠로보 마을로 옮겼으므로 여기 남은 세간은 별로 없었다. 곡식도 백 체트베르찌(1체트베르찌는 약 200리터—역주) 정도는 운반되어 있었다. 알파트이치의 말로는 굉장한 풍작이었던 올해 건초와 가을갈이 보리는 아직 영글기도 전에 베어져 군대에 징발되고 말았으며, 농민들은 무척 어려운 지경에 빠졌고, 대부분은 역시 보구챠로보 마을로 옮겼으므로 여기 남아 있는 자는 극히 일부분에 지나지 않는다는 것이었다.

안드레이 공작은 그의 말을 끝까지 다 듣기도 전에 이렇게 물었다.

「아버지와 누이는 언제 떠났나?」 이 말은 언제 모스크바로 출발했느냐는 뜻이었다. 알파트이치는 언제 보구챠로보 마을로 떠났느냐고 묻는 줄 알고 7일에 떠났다고 대답했다. 그리고는 다시 집안의 처리 문제를 길게 이야기하고는 안드레이 공작의 지시를 기다렸다.

「영수증을 받고 군대에 귀리를 내주어도 괜찮겠읍니까? 집에는 아직 육백 체트베르찌가 남아 있는데요.」 알파트이치는 물었다.

「무엇이라 대답해야 하나?」 안드레이 공작은 햇빛을 받아 빛나는 늙은이의 벗겨진 머리를 쳐다보며 생각했다. 알파트이치로서도 이런 질문이 분위기에 어울리지 않는 줄을 잘 알고 있으면서도 그저 자기의 슬픔을 쫓아내기 위해 물어 보았을 뿐임이 그의 표정으로 보아도 명백했다.

「그래, 내주도록 해.」 그는 대답했다.

「정원이 엉망으로 되어 있는 걸 보셨을 줄 압니다만.」 알파트이치는 말했다. 「어떻게 막을 도리가 없었읍니다. 삼 개 연대가 이곳을 지나가면서 야영을 했고, 더구나 용기병(龍騎兵)들까지 이곳을 거쳐 갔으니 말입니다. 그래서 저는 나중에 청원을 내려고 연대장의 관등과 성명을 적어 두었읍니다.」

「그래 자네는 어떻게 할 작정인가? 이제 적이 점령해도 여기 남아 있을 생각인가?」 안드레이 공작은 그에게 말했다.

알파트이치는 안드레이 공작 쪽으로 얼굴을 돌리고 그를 뚫어지게 쳐다보다가 갑자기 엄숙한 몸짓으로 두 손을 들었다.

「제 보호자는 하느님뿐입니다. 제 몸 하나는 하느님에게 맡겼읍니다.」 그는 이렇게 말했다.

맨머리의 농부와 하인들의 한 떼가 풀밭을 헤치고 안드레이 공작에게로 다가왔다.

「그럼 난 가겠어!」 안드레이 공작은 알파트이치 쪽으로 몸을 약간 구부리듯이 하고 말했다. 「자네도 될수록 짐을 싣고 피난을 하는 것이 좋을 거야. 농부들한테도 랴자니 혼이나 모스크바 시외에 있는 소유지로 피난하라고 이야기해 주게.」 알파트이치는 그의 말에 꽉 달라붙어 흐느껴 울기 시작했다. 안드레이 공작은 조심스럽게 그를 한쪽으로 밀어내고 말을 달려 나무가 늘어선 길을 따라 비탈을 내려갔다.

화분 선반 곁에는 아까 그 늙은이가, 죽은 사람의 얼굴에 앉은 파리 모양으로 여전히 주위에는 아무런 관심도 보이지 않은 채 나무 껍질 신을 틀에다 넣고 두드리고 있었다. 온실의 나무에서 딴 오얏을 옷자락에 넣은 두 계집아이가 거기서 달려나오다가 안드레이 공작과 맞부딪쳤다. 젊은 주인의 얼굴을 보자 나이가 많은 쪽 계집아이가 깜짝 놀라 어린 친구의 손을 잡고는 마구 떨어져 흩어지는 푸른 오얏 열매를 주울 생각도 하지 못한 채 둘이서 함께 자작나무 뒤로 황급히 몸을 숨겼다.

안드레이 공작은 깜짝 놀라 급히 얼굴을 돌렸다. 그는 일부러 상대방을 보지 못한 태도를 지었다. 그는 이 사랑스러운 겁에 질린 계집아이들이 가엾게 생각되었다. 그는 그 얼굴을 보기가 두렵긴 했지만 그러면서도 견딜 수 없이 그 얼굴이 보고 싶었다. 그리고 이 두 계집아이를 보면서 그는 자기와는 아무 관계도 없지만, 그러면서도 자기가 가슴에 품고 있는 것과 똑같은 정당한 인간적인 관심이 이 세상에 존재하고 있다는 것을 깨닫고는 안도감을 느꼈다. 분명히 이 두 아이는 어느 누구에게도 붙들리지 않고 그 새파란 오얏 열매를 집에 가지고 가서 먹어야겠다는 오직 그 생각만을 골똘히 하고 있었을 것이다. 안드레이 공작도 그들과 함께 그들의 이 일이 성공하기를 바라고 싶었다. 그는 소녀들의 얼굴을 한 번 더 보고 싶다는 욕망을 억제할 수가 없었다. 두 계집아이는 이제 위험한 고비를 넘겼다고 생각했는지 숨었던 곳에서 뛰어나와 옷자락을 꼭 쥔 채 무엇인가 소곤거리면서 볕에 탄 조그만 맨발로 즐거운 듯 깡총깡총 풀밭을 달려갔다.

안드레이 공작은 군대가 지나가고 있는 먼지가 자욱한 큰길 밖으로 나오자 어느 정도 기분이 맑아졌다. 그러나 르이스이예 고르이를 나와 잠시 가려니까 다시 가도가 나섰다. 그리고 거기서 과히 크지 않은 연못가 둑에서 쉬고 있는 자기 연대를 만났다. 그때 시간은 오후 한 시가 좀 지나 있었다. 먼지를 통해서 붉은 공과 같이 보이는 태양은 견딜 수 없을이 만큼 쨍쨍 내리쬐어 검은 웃옷을 뚫고 등을 따갑게 했다. 먼지는 여전히 와글와글 떠들고 있는 군대 위에 뽀얗게 피어 오르고 있었다. 안드레이 공작은 둑 위에 올라서자 진흙 냄새와 연못 물의 상쾌한 기운이 그의 얼굴에 확 풍겨 왔다. 물이 아무리 더러워도 상관 없었다. 그는 외침 소리와 웃음 소리가 들리는 연못 쪽을 돌아보았다. 파란 이끼가 떠도는 흐린 조그만 연못은 사십 센티 가량 수위가 높아져 겨의 둑에서 넘쳐날 지경으로 되어 있었다. 연못에는 떠들썩한 병사들의 몸과 벽돌처럼 새빨간 손이며 얼굴이며 목 같은 것이 꽉 들어 차 있었다. 껄껄 웃음을 터뜨리고 고함을 지르는 발가벗은 이 하얀 인간의 육체는 마치 통 속에 집어 넣은 잉어와 같이 더러운 물웅덩이 속에서 이리뛰고 저리뛰어 다녔다. 이 소란은 너므나 유쾌하게 보였기 때문에 어떻게 보면 오히려 쓸쓸해 보이기까지 했다.

장딴지에 가죽 띠를 비끄러맨 제3중대 소속의──안드레이 공작이 벌써부터 알고 있는──금발의 젊은 병사는 신바람나게 물 속으로 뛰어들 것같이 성호를 그으면서 뒤로 물러서고 있었다. 언제나 머리가 헝클어져 있는 까무잡잡한 준위는 허리께까지 물 속에 들어가 근육이 훌륭히 발달된 몸을 비틀면서 손목만 새까매진 손으로 자기 머리에 물을 끼얹고는 행복스러운 듯 콧노래를 부르고 있었다. 서로가 철썩철썩 두들기는 소리와 킥킥 떠드는 소리, 끙끙 웅얼거리는 소리가 들려 왔다.

연못 기슭에도 둑 위에도 연못 가운데도 어디에나 하얗고 튼튼해 보이는 근육이 울퉁불퉁한 고깃덩어리가 있었다. 코가 붉은 장교 찌모힌은 둑에 서서 손수건으로 몸을 닦고 있었다. 그는 안드레이 공작을 보자 수줍은 듯한 표정을 짓더니 용기를 내어 말을 걸었다.

「참으로 좋습니다, 공작. 한 번 들어가 보시지 않겠읍니까?」 그는 말했다.

「물이 더러워서.」 안드레이 공작은 상을 찌푸리며 말했다.

「금방 공작님 자리를 만들어 드리겠읍니다.」 찌모힌은 벌거벗은 채 병사들을 쫓아내려고 달려갔다.

「공작께서 목욕을 하신단다.」

「공작이라니, 누구 말이야? 우리 공작 말인가?」 여러 사람의 목소리가 시끄럽게 들렸다. 모두 실망한 빛이 뚜렷했기 때문에 안드레이 공작은 그들을 진정시키느라 애를 먹었을 정도였다. 그는 헛간 속에서 물을 끼얹는 것이 좋겠다고 생각했다.

『고깃덩어리, 몸뚱이 대포의 밥!』그는 벌거벗은 자기 나체를 쳐다보며 생각했다. 그리고 몸을 부르르 떨었다. 그것은 춥기 때문이라기보다는 오히려 더럽기 짝이 없는 연못 속에서 우글거리는 그 수많은 육체를 본 순간 느낀, 그 자신에게도 불가해한 혐오와 공포 때문이었다.

8월 7일 바그라찌온 공작은 스몰렌스크 가도의 미하일로프카 막사에서 다음과 같은 편지를 썼다.

〈친애하는 알렉세이 안드레예비치 백작(그는 아라크체예프에게 썼지만 자기 편지가 황제에게 읽히리라는 것을 미리 알고 있었기 때문에 될수록 한 자 한 귀절을 깊이 생각해서 썼다). 스몰렌스크를 적의 수중에 넘겨 준 데 대해서는 이미 대신(바르클라이 드 톨리를 일컬음—역주)으로부터 상주되었으리라고 생각합니다. 이는 무척 유감스럽고 침통한 일로서 가장 중요한 지점을 허무하게 버렸다는 것에 전군대는 절망에 빠져 있는 형편입니다. 본관은 직접 대신과 면접하여 설득한 바 있으며, 마침내는 서면으로 간청해 보기도 하였읍니다만 무엇으로도 그의 동의를 얻을 수가 없었읍니다. 본관은 명예를 걸고 아래와 같은 사실을 밝혀 두고자 합니다. 그것은 당시의 나폴레옹이 미증유의 궁지에 빠져 있었으므로 전세력의 반을 소모했더라도 스몰렌스크는 절대로 탈취할 수 없을이 만큼 잘 싸웠고 지금도 잘 싸우고 있읍니다. 본관은 일만 오천 명의 병력으로 서른 다섯 시간을 버티고 적을 격파했읍니다. 그러나 그는 열 네 시간도 버티려고 하지 않았던 것입니다. 이는 수치스러운 일이며 우리 군대의 치욕입니다. 본관의 생각으로론 그러한 인간은 이 세상에 살아 남을 자격이 없는 것으로 생각됩니다. 사상자가 많다고 한 그의 보고는 사실 무근한 것으로, 많아야 사천 명을 넘지 못할 것이며 어쩌면 그보다도 적을 것입니다. 그렇지 않고 사상자가 가령 만 명이 된다고 하더라도 전쟁이기 때문에 이는 불가피한 노릇입니다! 그만큼 적에게도 한없는 타격을 주었을 것이니까요…….

이틀을 더 지탱하는 데 얼마만큼의 노고가 필요한 줄 아십니까? 적은 병사들과 말에게 먹일 물을 얻을 수가 없어 스스로 퇴각하고 말았을 것입니다. 그는 본관에게 퇴각하지 않겠다고 서약했음에도 불구하고 느닷없이 한 장의 결정서를 발송하고 야간 퇴각을 알려 왔읍니다. 이런 식으로 하면 전쟁이란 성립될 수가 없으며 아군은 조만간 적을 모스크바에까지 인도하게 될 것입니다…….

이곳에 떠도는 풍문으론 귀하가 협상을 고려하고 있다고 합니다. 지금 협상을 하다니 그게 어찌 된 일입니까! 그처럼 큰 희생을 치르고 그와 같이 의의 없는 후퇴를 하고 난 이제 협상이란 말이 무슨 말입니까? 만약에 그렇게 되면 귀하는 러시아 전체를 귀하의 적으로 돌리는 것입니다. 우리 군대에 있는 사람들은 군복을 수치스럽게 여기게 될 것입니다. 사태가 일단 이렇게 된 이상 러시아의 힘이 계속되는 한, 병사들이 건재하는 한 항쟁을 계속해야 한다고 사료됩니다…….

　총지휘권은 한 사람이 가져야 하며, 결코 두 사람에게 나누어 맡기지 말아야 합니다. 대신께서도 성내(省內)에선 유능한 인물인지 모르지만 군 지휘관으로서는 부적당할 뿐만 아니라 무능한 인물입니다. 그런 사람에게 조국의 운명을 맡긴다는 것은 부당하다고 생각합니다……본관은 너무나 분한 나머지 미칠 지경입니다. 이 때문에 불손한 글을 올리게 되었읍니다. 본관의 생각으로는 협상을 제외하고 대신에게 군대 지휘권을 맡기려는 사람은 황제 폐하에 대한 충성심이 엷고 우리 국민 전체를 멸망의 길로 이끄는 행위라고 생각합니다. 여기 본관의 의견을 솔직이 말씀드린다면, 현재의 긴급한 과업은 모병 준비라고 생각합니다. 대신께서는 지금 교묘한 방법으로 손님을 이끌어들이려 하고 있읍니다. 현재 전군에는 시종 무관인 볼리소겐에 대한 의혹으로 들끓고 있읍니다. 소문에 의하면 그는 우리 군대의 편이라기보다는 나폴레옹의 심복으로서 항상 대신에 정책 결정에 참여하고 있다는 것입니다. 본관은 대신에 비해 고참임에도 불구하고 일개 하사나 마찬가지로 그에게 절대 복종해 왔읍니다. 이는 본관에게 고통이긴 합니다만, 망극하신 폐하에 대한 충성심으로 이를 달게 받았던 것입니다. 다만 유감스러운 것은 명예 있는 우리 군대의 지휘를 폐하께서 그러한 위인에게 맡기셨다는 사실입니다. 우리 군대는 이러한 후퇴로 해서 많은 사병을 과로 때문에 잃고 현재 병원에는 일만 오천의 환자를 수용하기에 이르렀읍니다. 만약 공세를 취했던들 그런 일은 없었으리라 생각됩니다. 우리의 모국(母國)인 러시아는 대체 우리에게 무엇이라고 말하겠읍니까? 우리는 과연 무엇을 이토록 두려워하는 것이며, 우리는 무엇 때문에 선량하고 충성스러운 조국을 적의 수중에 맡기는 것이며, 개개 국민의 가슴에 증오와 모욕의 감정을 심는 것인지 귀관의 고견을 듣고자 합니다. 오, 우리는 무엇을 두려워하며 무엇을 겁내고 있읍니까? 이러한 형편에서, 대신이 우유부단하고 비열하고 어리석고 완만하고, 그 밖의 모든 악덕을 갖추고 있다고 해도 이는 본관과는 아무 관계가 없읍니다. 전군은 이 사실에 대해 통분을 금할 수 없으며 죽는 순간까지 이를 저주하게 될 것입니다…….〉

6

인생의 모든 현상에 대해 적용할 수 있는 수많은 분류 가운데는 모든 사건을 내용별로 분류하는 방법과 형식에 따라 분류하는 방법이 있다. 촌(村), 군(郡), 현(縣), 또는 모스크바에서의 생활 같은 데 비해 페쩨르부르그의 생활, 특히 객실의 생활은 후자에 속하는 것으로 이 생활은 영원 불변한 것이었다.

1805년 아래 러시아는 보나파르트와 협상하기도 하고 싸우기도 하고 헌법을 만들기도 하고 이를 고치기도 했으나 안나 파블로브나의 객실과 엘렌의 객실은 각각 칠 년 전과 오 년 전에 비해 조금도 달라진 구석이 없었다. 안나 파블로브나의 객실에서는 보나파르트의 성공에 대해 여전히 의심하는 투의 이야기들을 주고받고 있었다. 그리고 이러한 성공에도 유럽 여러 나라의 원수들의 관용에도 무엇인가 악의에 찬 음모가 있는 것이라고 의심하였다. 이 음모의 유일한 목적은 안나 파블로브나를 중심으로 하는 정신(廷臣)들에게 불안과 불쾌를 주기 위한 데 있다는 것이었다. 이와 꼭 마찬가지로 루만세프(백작. 1807년대 러시아의 外相─역주)가 때로 방문하고, 또한 세상에 드물게 보는 현명한 부인들이 모여드는 엘렌의 객실에는 1812년에도 8년 당시와 마찬가지로 위대한 국민과 위대한 인물들의 일을 감격에 넘친 말로 화제에 올리고 프랑스와의 충돌을 슬퍼하고 있었다. 그러나 이 충돌은 엘렌의 객실에 모여드는 사람의 의견으로는 조만간 종식되고 평화가 오리라는 것이었다.

최근 황제께서 군대를 떠난 뒤 이 상반된 두 객실 사이에는 일종의 동요가 일어나 서로 일종의 시위 운동 같은 것이 행해졌다. 그러면서도 두 서클의 경향은 여전히 이전과 마찬가지였다. 안나 파블로브나의 서클은 프랑스인 가운데서도 열성적인 왕당파의 사람들만을 동료로 맞아들이고 프랑스 극장에 가면 안된다, 그것을 유지할 만한 비용이 있다면 차라리 일 개 군단쯤은 훌륭히 유지할 수 있다는 따위의 애국적인 사상을 표방하고 있었다. 그들은 신경을 곤두세우고 전쟁의 경과를 살피고 우리 군대에게 유리한 소문만을 퍼뜨리려고 애를 썼다. 엘렌과 루만세프 서클, 말하자면 프랑스파(派)에서는 적군과 전쟁의 잔인성에 대한 소문은 반박당하고, 나폴레옹과의 협상에 대한 모든 기도를 논하고 있었다. 또 이 서클에서는 국모 폐하의 보호를 받는 여학교와 황실 부속 학교를 카자니에 옮기는 따위의 경솔한 조치를 취한 사람들을 비난했다. 대체로 전쟁에 관한 모든 사건은 엘렌 서클 사람들의 말을 빌면, 멀지 않아 평화를 가져오기 위한 공연한 시위 운동에 지나지 않았다. 이들에게는 빌리빈의 의견이 크게 영향력을 행사하고 있었다.

그는 지금 페쩨르부르그에 와서 엘렌의 집에 기숙하고 있었다(좀 똑똑하다는 사람이라면 누구나 그녀의 집에 다녀야만 했던 것이다). 그는 사건을 결정하는 주체가 화약이 아니라 이를 발명한 사람이라는 의견을 가지고 있었다. 이 일파에서는 황제와 함께 페쩨르부르그에 그 보도가 전해진 모스크바의 감격하는 모습을 매우 조심스럽긴 하지만 무척 아이러니컬하고 교묘하게 비웃고 있었다.

안나 파블로브나의 서클에서는 이와 반대로 모스크바의 열광에 감격하고, 마하 플루타크가 옛 영웅들을 찬양한 것처럼 그들을 찬양했다. 여전히 중요한 위치를 차지하고 있는 바실리이 공작은 이 두 서클을 연결시키는 사슬의 역할을 하고 있었다. 그는 〈자기의 친근한 여자 벗〉인 안나 파블로브나에게 가기도 하고, 〈자기 딸의 외교적인 객실〉에 출입하기도 했다. 그리고는 끊임없이 이쪽 진영에서 저쪽 진영으로 뛰어다니느라고 머리가 혼란해져 안나 파블로브나한테 해야 할 이야기를 엘렌한테 가서 하는 수도 있고, 엘렌한테 해야 될 이야기를 안나 파블로브나에게 가서 이야기하는 수도 있었다.

황제가 돌아온 지 얼마 안 되어 바실리이 공작은 안나 파블로브나의 객실에서 전쟁 얘기에 열을 올려 바르클라이 드 톨리를 좀 지나치게 비난했다가, 그렇다면 누가 총사령관이 되어야 하느냐는 문제에 이르러 선뜻 결정을 내릴 수 없어 쩔쩔 맬 때가 있었다. 그때 손님 가운데 〈무척 재주가 있는 사람〉이란 이름으로 통하고 있는 한 사나이가 입을 열어, 오늘 쿠투조프가 페쩨르부르그의 민병 모집 사령관으로 임명되어 민병의 접견을 하고 있는 것을 보았다고 이야기한 뒤, 이 쿠투조프야말로 모든 요구를 충족시키는 인물이라고 조심스럽게 의견을 말했다.

안나 파블로브나는 씁쓸한 웃음을 입가에 띠고 쿠투조프는 황제를 불쾌하게 한 것 외엔 아무것도 한 일이 없는 사람이라고 말했다.

「나도 언제나 입이 닳도록 그렇게 이야기했고, 귀족 회의에서도 그런 발언을 했읍니다만.」 바실리이 공작이 말을 가로막았다. 「아무도 내 의견을 옳게 받아들이지 않았읍니다. 그 사람을 민병 사령관으로 선출하면 폐하의 마음에 드시지 않으리라고 말했읍니다만 모두들 내 이야기를 들으려고 하지 않더군요.」

「역시 일종의 불평가(不平家)지요.」 그는 말을 계속했다. 「그나마 누구한테 대한 건지 아십니까? 이것저것 다 우리들이 아무짝에도 소용 없는 모스크바의 소란을 그저 고스란히 흉내내려 하기 때문입니다.」 바실리이 공작은 잠시 착각을 일으켜, 그만 엘렌의 객실에서는 모스크바의 감격을 비웃어도 괜찮지만 안나 파블로브나의 객실에서는 이를 마구 칭찬하지 않으면 안 된다는 사실을 잊어버리고 말았다. 그러나 그는 곧 말을 고쳤다. 「그것은 좌우간 러시아에서 가장 늙은 장군 쿠투조프가 관청 회의에 참석한다는 것이 과연 어울리는 것이겠읍니까? 결국 아무것도 얻을 수 없단 말입니다! 게다가 그는 또 말을 탈 줄도 모르거니와 회의 석상에서 잠만 자는 사람입니다. 이렇듯 가장 쓸모 없는 인간이 총사령관으로 임명될 수 있겠읍니까! 그는 이미 부카레스트에서 자기의 무능을 충분히 폭로했읍니다. 나는 여기서 장군으로서의 그의 자질에 대해 운운할 생각은 조금도 없읍니다. 그러나 나라의 운명이 위기에 처해 있는 이때 늙은 장님을, 하나의 장님을 임명할 수가 있겠읍니까? 눈먼 장군이 어떻겠읍니까! 그에게는 아무것도 보이지 않습니다!」

아무도 이 말에 반대하는 사람이 없었다.

7월 24일에는 이 말은 아직 전적으로 정당했다. 그러나 29일에 쿠투조프는 공작의 작위를 받았다. 공작의 작위는 그를 경원하는 한 방법으로 되었기 때문에 바실리이 공작의 말은 역시 틀렸다고만 할 수는 없었다. 그러나 이때 와서는 그도 너무나 당황했으므로 그런 말을 하려고 하지 않았다. 8월 8일에는 살트이코프, 아라크체예프, 뱌지미찌노프, 로푸힌과 코츄베이 같은 장군들의 군사 평의 위원회가 소집되었다. 위원회는 패전의 원인이 지휘 계통의 혼란이라고 지적했다. 그래서 모두는 쿠투조프가 황제의 마음에는 별로 들지 않음을 알면서도 짤막한 회의 끝에 그를 총지휘관으로 임명하도록 황제에게 상주했다. 그 날로 쿠투조프는 군대 전체와 군대가 주둔하고 있는 지방 전체에 대한 전권 총사령관으로 임명되었다.

8월 9일 바실리이 공작은 안나 파블로브나한테서 다시 〈그 굉장히 재주 있는 사람〉과 만났다. 〈굉장히 재주 있는 사람〉은 어떤 여학교의 교장 자리를 얻으려 하고 있었기 때문에 항상 안나 파블로브나의 비위를 맞추려 하고 있었다. 바실리이 공작은 마치 자기의 숙원을 달성한 행복한 승리자와 같은 모습으로 방안에 들어섰다.

「저, 여러분! 중대한 보고를 가지고 왔는데 알고들 계십니까? 쿠투조프 공작이 원수가 되었읍니다. 시끄럽던 잡음은 이제 일단락지어졌읍니다. 참으로 반갑고 기쁜 일입니다!」 바실리이 공작은 말했다. 「마침내 인물을 얻은 셈입니다.」 그는 의미 심장하고 엄격한 얼굴빛을 하고 객실에 있는 여러 사람들을 둘러보았다. 〈굉장히 재주 있는 사람〉은 직위를 얻고 싶은 생각이 굴뚝 같았음에도 불구하고 마침내 참지 못하고 바실리이 공작이 이전에 한 말을 되새기지 않을 수가 없었다(이는 안나 파블로브나의 손님인 바실리이 공작에게나, 이 보고를 기꺼이 맞아들인 안나 파블로브나 자신에게도 체면이 아니었지만 그는 결국 참지 못했던 것이다).

「그렇지만 공작, 그 사람은 장님이잖습니까?」 바실리이 공작으로 하여금 그 자신의 말을 돌이킬 수 있게 그는 이렇게 말했다.

「천만에, 그는 충분히 볼 수 있읍니다.」바실리이 공작은 기침을 하면서 나직하고 굵직한 소리로 말을 빨리 했다. 그는 시끄러운 문제에 부딪치면 이러한 목소리에다 이러한 기침으로 얼버무려 버리는 버릇이 있었다.「천만에, 눈은 충분히 보입니다.」그는 되풀이했다.「게다가 우리가 기뻐해야 할 것은.」그는 말을 계속했다.「전군대와 전지방을 지배하는 절대적인 권력을, 지금까지의 총사령관이 일찌기 혼자서 가져 본 일이 없는 권력을 황제가 그에게 내려 주신 것입니다. 마치 전에 군주가 한 사람 더 늘어난 것 같은 권력자가 생긴 셈입니다.」그는 의기 양양한 미소를 입가에 짓고 말을 맺었다.

「제발 일이 뜻대로 되었으면, 일이 뜻대로 되었으면 좋겠어요.」안나 파블로브나가 말했다. 〈굉장히 재주 있는 사람〉도 궁중의 사회에는 아직 신참이었기 때문에 안나 파블로브나의 비위를 맞추려고 이 문제에 관한 그녀의 낡은 의견을 끄집어냈다.

「듣기에 황제는 이러한 권력을 쿠투조프에게는 별로 줄 생각이 없었던 모양이더군요. 소문에 의하면 황제는 마치 조콩드(라 퐁테느의 최초의 운문 콩트. 외설적인 것으로 일컬어지고 있다-역주)를 읽은 처녀같이 빨간 얼굴을 하고, 황제와 조국은 이 명예를 가지고 경에게 보답한다고 말씀하셨다고 하더군요.」

「그러나 속마음으로 뭔가 지피는 게 있는지 모르죠.」안나 파블로브나는 말했다.

「아니, 그렇지 않죠, 그렇지 않죠.」바실리이 공작은 열심히 변호하기 시작했다. 이젠 그 누구 밑에도 쿠투조프를 떨어뜨릴 수가 없었다. 바실리이 공작의 생각으로는 쿠투조프야말로 가장 훌륭한 인물일 뿐 아니라 모든 사람에게 존경받는 인물인 것 같았다.「아니, 그런 일이 있었을 리가 없읍니다. 황제께서는 이전부터 쿠투조프의 가치를 충분히 인정하고 있었던 겁니다.」그는 말했다.

「제발 쿠투조프 공작께서 실권을 쥐고 나면.」안나 파블로브나는 말했다.「누구에게도 방해를 받지 않도록 했으면 좋겠어요.」

바실리이 공작은 이 누구에게도가 어떤 사람을 가리키는지 이내 알았다. 그는 속삭이듯 말했다.

「내가 알기로 쿠투조프는 황태자를 군에 보내지 않는다는 것을 절대적인 조건으로 내세웠던 모양입니다. 당신은 쿠투조프가 황제에게 뭐라고 말했는지 알고 계십니까?」바실리이 공작은 쿠투조프가 황제에게 진언했다는 말을 되풀이했다.「『나는 가령 폐하께서 잘못된 일을 하셨다고 해도 그것을 탓할 수도 없거니와 훌륭한 일을 하셨다고 해도 이를 칭송할 도리가 없읍니다.』」

「오오! 그분, 쿠투조프 공작은 참으로 현명한 분이십니다. 나는 그분을 오래 전부터 알고 있읍니다.」

「심지어는 이런 이야기까지 있읍니다.」 하고 〈굉장히 재주 있는 사람〉은 말했다. 그는 아직도 궁중의 사교에 대해서는 서툴렀던 것이다. 「각하는 황제 폐하께서도 몸소 전선에 나오시지 말 것을 절대적인 조건으로 내세웠던 모양입니다.」

그가 이런 말을 하자 바실리이 공작과 안나 파블로브나는 그에게서 얼굴을 획 돌려 버렸다. 그리고 그의 순진한 태도에 대해 한숨을 쉬면서 어처구니 없는 듯이 얼굴을 마주 보았다.

7

페쩨르부르그에서 이런 일이 일어나고 있는 동안 이미 프랑스 군대는 스몰렌스크를 지나서 차차 모스크바로 접근해 오고 있었다. 나폴레옹의 전기 작가(傳記作家)인 티에르는 다른 나폴레옹의 전기 작가들과 마찬가지로 자기 주인공을 변호하면서 나폴레옹은 본의 아니게 모스크바의 성벽까지 갔다고 말하고 있다. 모든 다른 역사가들과 마찬가지로 역사적 사건도 설명을 한 영웅의 의지에서 구하려는 그의 이러한 의견도 정당한 것이라 하지 않을 수 없다. 또 그의 의견이 정당함과 마찬가지로 나폴레옹이 모스크바로 이끌려 온 까닭은 러시아측의 역사가들의 의견도 역시 정당하다. 여기에는 일체의 과거를 어떤 사건의 준비라고 생각하는 소급(환원)의 법칙 이외에 사태를 더욱 까다롭게 만드는 상호간의 관계가 있다. 능숙한 경기자는 경기에 졌을 때 그 패인을 자기의 실책을 발견하려고 애쓴다. 그러나 그는 경기의 전체를 통하여 경기 때마다 똑같은 실책을 저지르고 있었으며, 자기가 하는 일에는 어느 것 하나 완전한 것이 없음을 잊어버리고 있는 것이다. 그가 어떤 잘못을 깨달은 것은 상대방이 그것을 이용했기 때문이다. 그러나 전쟁의 승패는 이에 비하면 얼마나 복잡한지 모른다. 전쟁이란 시간의 흐름에 있어서 일정한 조건 밑에 이루어지는 것으로 하나의 의지가 생명 없는 기계를 지도하는 것과는 다르다. 거기에는 가지가지 우연한 충돌이 끊임없는 가운데 모든 것이 생겨나는 것이다.

스몰렌스크를 돌파한 뒤 나폴레옹은 도로고부쥐의 건너편에 있는 뱌지마와, 다음에는 사료보 자이미쉬체에서 결전을 하려고 했으나 여러 가지 사정으로 인해 러시아군은 모스크바로부터 일백 이십 베르스타 떨어진 보로지노까지 도전에 응할 도리가 없었다. 따라서 나폴레옹은 뱌지마로부터 곧장 모스크바로 진격하라고 명령했다.

이 대제국의 아시아적인 수도인 모스크바, 알렉산드르 지배 하에 있는 여러 민족의 성도, 중국의 탑을 닮은 무수한 교회를 가진 모스크바! 이 모스크바는 나폴레옹의 마음을 잠시도 안정시키지 않았다. 뱌지마로부터 사료보 자이미쉬체 사이의 행군 도중 나폴레옹은 영국식으로 꼬리를 짧게 자른 갈색 말에 올라타고 근위병과 호위병 소년 시종, 부관들을 거느리고 앞으로 나아갔다. 참모장인 베르찌예는 기병이 붙잡은 러시아의 포로를 심문하기 위해서 조금 뒤에 처졌다. 그는 통역관인 를로름 디드비유를 데리고 말을 달려 간신히 나폴레옹의 뒤를 따랐다. 그리고 유쾌한 듯한 표정으로 말을 세웠다.

「어때?」 나폴레옹이 물었다.

「플라토프 군단의 코삭병입니다. 그의 말에 의하면 플라토프 군단이 본대와 합류하는 모양입니다. 그리고 쿠투조프가 총사령관으로 임명되었다고 합니다. 무척 똑똑하고 수다스러운 놈입니다!」

나폴레옹은 빙그레 웃고는 그 코삭에게 말을 내주어 자기 앞으로 데려오도록 명령했다. 그는 직접 이야기를 나누고 싶었던 것이다. 몇 사람의 부관이 말을 달렸다. 한 시간 뒤, 원래는 제니소프의 농노였으나 그뒤 로스토프에게로 넘겨진 라브루쉬카가 종졸이 입은 옷차림으로 프랑스 기병의 말에 올라타고 교활하고 한 잔 얼근히 취해 기분이 좋은 듯한 얼굴로 나폴레옹 곁에 왔다. 나폴레옹은 곁으로 나란히 따라오라고 명령하고 여러 가지로 질문을 던지기 시작했다.

「넌 코삭이냐?」

「그렇습니다, 대장님.」

『이 동양인이 보기에 나폴레옹의 소박한 태도에 그가 황제임을 암시할 만한 점이 조금도 없었으므로, 코삭은 상대가 누구인지도 모르면서 지극히 다정스럽게 전황을 이야기하였다.』 티에르는 이 일화를 전하면서 이렇게 말하고 있다. 확실히 라브루쉬카는 전날 밤 잔뜩 마신 술이 덜 깨어 주인의 식사 준비를 하지 않았기 때문에 실컷 얼어맞은 뒤에 닭을 찾으러 마을로 파견되었는데, 물건을 훔치는 데 열중하다가 그만 프랑스군에게 붙들린 것이었다. 라브루쉬카는 산전 수전 다 겪은 듯한 거만하고 파렴치한 하인의 한 사람이었다. 이들 하인은 무엇을 하든저 비열하고 교활하게 맴돌아 하는 것을 의무라고 생각하고, 자기 주인을 위해서라면 무슨 일이든 마다하지 않는 놈들이나 주인의 잘못된 점——특히 허영심이나 치사스런 근성 같은 것——을 교활하게 꿰뚫어보는 재능을 가지고 있었다.

라브루쉬카는 나폴레옹 앞으로 가자 상대방이 어떤 사람인지를 금방 알아 버렸다. 그래서 당황하지도 않고 새 주인에게 봉사하려고 무던히 애쓸 뿐이었다.

그는 이 사람이 바로 나폴레옹임을 잘 알고 있었으나 나폴레옹 앞에 나선다는 것이 로스토프라든가 채찍을 든 상사(上士) 같은 사람들 앞에 나서기보다 더 어려울 것은 없었다. 상사 앞에 나서거나 나폴레옹 앞에 나서거나 그에게는 무엇하나 손해날 일이 없다고 생각되었기 때문이다.

그는 종졸들 사이에서 주고받는 얘기를 입에서 나오는 대로 마구 지껄여 댔다. 그러나 그 중 몇 가지는 사실이었다. 또한 러시아 사람들은 보나파르트에게 이길 수 있다고 생각하는가 하고 나폴레옹이 물어 왔을 때 라브루쉬카도 어쩔 수 없이 얼굴을 찌푸리고 잠시 생각에 잠기고 말았다.

라브루쉬카와 같은 작자는 언제 어떠한 경우에도 어떤 교활한 책략을 생각해 내게 마련인데, 그는 여기에서도 지극히 간사스런 함정이 있음을 알아채고 얼굴을 찡그리고 잠시 동안 말이 없었다.

「글쎄요, 곧 전투가 있다면…….」 그는 깊이 생각하는 듯한 표정으로 이렇게 말했다. 「오래 끌지 않고 승부가 가려진다면 당신네들이 이길 것입니다. 그건 확실합니다. 그러나 만약에 앞으로 사흘 이상 지나도 결말이 나지 않는다면 이 전쟁도 결국 그만큼 오래 끌 겁니다.」

이 말은 나폴레옹에게 이렇게 전달되었다. 만약 전투가 사흘 안에 일어난다면 프랑스군은 승리를 거두게 될 것입니다. 그러나 만약에 이 기회를 놓친다면 무슨 일이 일어날는지 모릅니다. 를로름 디드비유는 빙그레 웃으면서 이렇게 통역했다. 나폴레옹의 기분은 분명히 매우 유쾌했었음에도 불구하고 그는 웃지도 않고 이 말을 한 번 더 되풀이하도록 명령했다.

라브루쉬카는 그것을 뻔히 눈치채고 있었으면서도 나폴레옹의 기분을 좋게 해주려고 상대방이 누군지 모르는 체하고 말했다.

「당신네한테는 보나파르트란 사람이 있다는 걸 우리들도 잘 알고 있읍죠. 그는 세계를 평정하고 다녔읍니다만 이 나라는 사정이 좀 다르니까요…….」 그는 이렇게 말을 했는데 이야기의 끝에 와서 어째서 그처럼 오만한 애국심이 튀어나왔는지 자기 자신도 알 수 없었다. 통역관은 마지막 부분은 잘라 버리고 이 말을 나폴레옹에게 통역했다. 나폴레옹은 빙그레 웃었다.

〈젊은 코삭은 위대한 자기의 대화자를 웃겼다.〉고 티에르는 기록하고 있다. 말없이 몇 분 동안 가다가 나폴레옹은 베르찌예를 돌아보고, 이 〈돈 강의 아들〉과 말벗이 되어 있는 사람은 황제 자신이며, 그것도 피라밋 위에 불후의 이름을 기록한 위대한 황제임을 알린다면 어떤 결과가 나타날는지 시험해 보고 싶다고 말했다.

그런 말이 전달되었다.

라브루쉬카는(이렇게 하는 것은 자기가 깜짝 놀라 혼비 백산하리라고 나폴레옹이 생각했기 때문임을 잘 알고 있었으므로) 새 주인의 비위를 맞추기 위해서 곧 깜짝 놀란 표정을 짓고 눈을 커다랗게 떴다. 그것은 마치 태형장(笞刑場)에 끌려 나갔을 때 짓는 것과 같은 표정이었다. 나폴레옹의 통역관인 티에르는 이렇게 말하고 있다. 『이렇게 말을 전한 순간 코삭은 멍멍해진 채로 한 마디도 입을 떼지 못했다. 그는 동방의 광야를 건너질러 그 영명을 떨치고 있던 이 정복자에게서 잠시도 눈길을 돌리지 않고 말을 몰았다. 그의 수다는 금시 멎고 순진하면서도 말수 없는 경이의 감정으로 변했다. 나폴레옹은 그에게 상을 주고 마치 고향의 들에 새를 놓아 주듯이 그에게 자유를 주었던 것이다.』

나폴레옹은 그의 상상력을 차지하고 있는 〈모스쿠〉를 마음에 그리면서 더욱 전진을 계속했다. 〈고향의 들로 풀린 새〉는 자기의 동료들에게 이야기를 해주기 위해서 실상 있지도 않은 일들을 미리 궁리해 가면서 우군의 전초를 말을 달려갔다. 그는 자기가 실제로 당한 일 같은 것은 별로 이야기하고 싶은 생각이 들지도 않았다. 그런 것은 이야기할 만한 값어치도 없다고 생각되었기 때문이다. 이윽고 그는 코삭대에까지 가서는 플라토프대 소속으로 되어 있는 자기 연대의 소재지를 묻고는 그 날 저녁 얀코보에 주둔하고 있는 주인인 니콜라이 로스토프를 찾아냈다. 로스토프는 일리인과 함께 가까이에 있는 마을을 둘러보려고 말에 올라타고 있는 참이었다. 그는 라브루쉬카에게 다른 말을 주어 함께 데려갔다.

8

공작 영애 마리야는 안드레이 공작이 생각하고 있듯이 모스크바로 피난해서 위험 구역 밖으로 벗어나 있었던 것은 아니었다.

알파트이치가 스몰렌스크에 다녀온 뒤로 노공작은 마치 꿈에서 깨어난 사람처럼 되었다. 그는 여러 마을에서 민병을 모아 무장을 하도록 명령하고, 또 총사령관에게 편지를 써, 자기는 끝까지 르이스이예 고르이에 남아 향토를 지킬 결심이며, 러시아의 한 노장군이 여기서 포로가 되든가 전사하게 되겠지만 군이 이 산을 방어하는 수단을 취하여 이 땅을 지키든 안 지키든 그건 총사령관이 재량껏

할 일이라고 통고하고, 그는 가족들에게도 자기는 르이스이예 고르이에 남으면서도 딸과 데살과 어린 공작을 보구챠로보 마을로 우선 피난케 하고, 거기를 거쳐 모스크바로 가도록 지시했다. 공작 영애 마리야는 이전에 넋빠진 사람 같던 아버지의 태도가 밤에도 잠자지 않을 만큼 열성적으로 활동하게 된 게 놀라왔으므로 아버지 혼자만 남겨 두고 훌쩍 떠나 버릴 수가 없었다. 그녀는 난생 처음으로 아버지의 명령을 어기고 그곳을 떠나지 않겠다고 말하였다. 그러자 공작의 분노는 벼락과 같이 그녀의 머리 위에 떨어졌다. 공작은 그녀에게 대해서 다시 여러 가지로 불평을 늘어놓기 시작했다. 공작은 걸핏하면 공작 영애 마리야를 나쁘게만 해석하려 하면서, 줄곧 나를 괴롭혀 왔을 뿐 아니라 단 하나뿐인 아들과 싸움을 시켰다느니, 아버지에 대해서 치사한 의혹을 품었다느니, 너는 나의 생활에 상처 입히는 것을 평생의 목적으로 알고 있다느니 하고 함부로 퍼붓는 데다가, 또 너 같은 거 가든 말든 상관 없다고 하면서 그녀를 서재에서 쫓아내고 말았다. 그리고 너 같은 것은 나에게 아무런 흥미도 없으니까 앞으로 내 눈앞에는 얼씬하지도 말라고 선언했다. 그러나 공작 영애 마리야가 마음 속으로 걱정했던 것과는 반대로, 공작이 그녀를 억지로 떠나 보내려고 하지 않고, 다만 눈앞에 얼씬하지 말라고만 했으므로 그녀는 좋아서 어쩔 줄 몰랐다. 이것은 말하자면 그녀가 집에 남아서, 아무 데도 가지 않기를 아버지가 은근히 바라고 있는 증거라 생각하고 그녀는 마음을 차분히 가라앉혔다.

니콜루쉬카가 출발한 다음 날 노공작은 아침부터 정장으로 차려 입고 총사령관을 방문할 채비를 했다. 공작 영애는 군복에 훈장을 있는 대로 다 단 아버지가 집을 나가 무장한 농부들과 하인을 검열하기 위해 뜰 쪽으로 향하고 있는 모습을 보았다. 그녀는 뜰에서 들려 오는 아버지의 목소리에 귀를 기울이면서 창문 곁에 자리를 잡았다. 그러자 갑자기 가로수길 쪽에서 몇 명의 남자들이 겁에 질린 얼굴을 하고 허겁지겁 달려오고 있었다.

공작 영애 마리야는 현관에서 꽃밭 사이로, 그리고 가로수길 쪽으로 달려나갔다. 그러자 저편으로부터 여러 사람의 민병과 하인들이 우르르 그녀 쪽으로 몰려 왔다. 이 무리들 한가운데서 몇 사람의 사나이가 군복에 훈장을 단 몸집이 작은 늙은이의 두 팔을 부축하고 있었다. 공작 영애는 그의 곁으로 달려갔으나 보리수의 가로수 그림자를 통해 떨어지는 둥그스름한 조그만 햇빛이 반짝반짝 비쳤으므로 아버지의 얼굴에 무슨 변화가 일어났는지 분명히 알아낼 수가 없었다. 다만 그토록 근엄하고 엄격했던 얼굴이 겁에 질린 듯한 얼굴로 변해 있었음을 그녀는 알아차렸을 뿐이었다. 그는 딸을 보자 힘없이 입술을 움직여 목쉰 듯한 소리로 무언가 말을 했다. 그러나 무슨 말을 하려는지 도무지 알아 들을 수가 없었다. 그는 사람들의 부축을 받으며 서재 안으로 들어가자 지금까지 그토록 꺼려 했던 그 소파 위에 몸을 눕혔다.

그 날 밤 곧 불려온 의사는 그에게 수혈(輸血)을 하고는 그가 심장 마비를 일으켜 오른쪽이 반신 불수가 되었다고 진단했다.

르이스이예 고르이에 머물러 있기란 점점 더 위험하게 되었다. 그래서 발작이 일어난 이튿날 공작은 보구챠로보로 옮겨졌다. 의사도 일행을 따라갔다.

일행이 보구챠로보에 도착했을 때 데살과 어린 공작은 이미 모스크바로 떠난 뒤였다. 반신 불수가 된 노공작의 병태는 나아지지도 나빠지지도 않은 이전과 같은 상태로서, 안드레이 공작이 세운 보구챠로보의 새 집에서 삼 주일쯤 누워서 지냈다(톨스토이에게는 회귀한 일이지만 소설의 타임 어레인지먼트상의 오류이다. 즉, 스몰렌스크가 포격당했던 8월 5일에는 그는 아직 건재했으며, 15일에는 이미 사망했으므로 따라서 삼 주일 동안 누워 있었을 리가 없다—역주). 노공작은 혼수 상태가 된 채로 보기 흉한 시체처럼 누워 있었다. 그는 눈썹과 입술을 씰룩거리면서 끊임없이 뭐라 중얼거리고 있었다. 그러나 그가 주위의 일을 의식하고 있는지 어떤지는 도무지 알 도리가 없었다. 다만 한 가지 확실한 것은 그가 고통을 당하고 있다는 것과 무엇인가 의사를 표시하려고 애를 쓰고 있다는 사실뿐이었다. 그러나 무슨 이야기가 하고 싶은지——반쯤 미친 환자의 횡설 수설인지, 전쟁에 관해선지, 그렇지 않으면 가정에 관해서인지——거기에 대해서는 아무도 알고 있지 못했다.

의사는 노공작이 나타내는 불안한 표정은 아무런 의미도 없는 것으로서 육체적인 원인 때문에 일어나는 데 지나지 않는다고 말했으나 공작 영애 마리야의 눈에는 아버지가 무엇인지 자기에게 할 이야기가 있어서 그러는 것 같았다(그녀가 공작 곁에 가기만 하면 그의 불안이 점점 더 심해지는 것을 보아도 공작 영애 마리야의 이런 생각이 틀림없는 듯했다). 분명히 공작은 정신적으로나 육체적으로 괴로움을 당하고 있는 모양이었다.

완쾌될 가망은 없었다. 다른 곳으로 옮겨 갈 수도 없었다. 여행하는 도중에 죽으면 어떻게 하겠는가? 『끝장이 나버리는 게, 아주 끝장이 나버리는 게 좋지 않을까?』 마리야는 가끔 이런 생각을 할 때가 있었다. 그녀는 낮이나 밤이나 거의 한숨도 눈을 붙여 보지 못하고 아버지의 병구완을 했다. 그리고 입 밖에 내기도 두려운 노릇이지만 그녀는 아버지의 병구완을 하면서 완쾌될 징후를 발견할 생각에서가 아니라 임종이 가까와진 징후를 발견하기를 바라면서 몇 번인가 병든 아버지를 지켜보고 있었던 것이다.

이러한 감정을 품는다는 것이 공작 영애로서는 두척 이상스러운 일이기는 했으나 실제로 그녀의 마음 속에는 분명히 그런 것이 있었다. 더구나 공작 영애 마리야에게 있어서 더욱 무시무시했던 일은, 아버지가 병으로 쓰러졌을 때부터 지금까지(어쩌면 그보다도 전에——그녀가 무엇인가를 기대하면서 아버지와 함께 았었을 때부터인지도 몰랐다) 그녀의 마음 속에 잊혀진 채 잠들고 있었던 인간적인 소망과 기대가 그녀의 내부에 갑자기 눈을 떴다고 하는 사실이었다. 몇 년 동안이나 그녀의 머리속에 떠오르지 않고 있던 생각——아버지에 대해 두려움을 느낄 필요가 없는 자유로운 생활에 대한 동경이나 사랑이나 가정 생활의 행복 같은 것을 바라는 마음이 마치 악마의 유혹처럼 끊임없이 그녀의 상념을 어지럽히는 것이었다. 그녀가 아무리 이것을 뿌리치려고 해도 이번에 그 일이 끝난 뒤에 자기의 생활을 어떻게 해서 쌓아 올릴까 하는 문제는 그녀의 마음을 줄곧 따라다니는 것이었다. 이것은 악마의 유혹이었고, 공작 영애 마리야는 그것을 잘 알고 있었다. 이 악마에 대항하는 유일한 무기는 기도 이외에는 없음을 잘 알고 있었으므로 그녀는 기도에 열중하려고 했다. 그녀는 기도할 자세를 취하고 성상을 들여다보면서 기도문을 외웠으나 그렇게 되지 않았다. 그녀는 자유로운 활동으로 가득 찬 세계였다. 전에 그녀가 빠져들어 기도를 유일한 위로로 생각했던 정신적인 세계와는 대조적인, 통속적인 고난이 가득 찬, 그러면서도 자유로운 세계라는 별세계였다. 그녀는 기도할 수도 없고 울 수도 없었다. 그리고 실제 생활의 고민은 그녀를 사로잡고 만 것이었다. 보구챠로보에 남아 있는 것도 위태롭게 되었다. 프랑스군이 접근해 오고 있다는 소문은 파다하게 퍼졌다. 보구챠로보로부터 십오 베르스타쯤 떨어진 어떤 마을에서는 프랑스군의 약탈병 때문에 지주의 저택 하나는 아주 황폐해져 버렸다.

의사는 공작을 더 멀리로 피난시켜야 한다고 주장했다. 귀족 회장도 관리 한 사람을 공작 영애 마리야에게 보내서 될수록 빨리 이곳을 떠나라고 권고했다. 경찰 서장은 보구챠로보 마을로 와서 역시 같은 권고를 하면서, 프랑스 군은 이미 사십 베르스타 앞까지 와서 포고를 마을마다 뿌리고 다니고 있는 상태며, 만약 공작 영애가 15일까지 아버지를 모시고 피난하지 않으면 자기로서는 아무런 책임도 질 수 없다는 말을 했다.

공작 영애는 15일에 떠나기로 작정했다. 가지가지 준비를 거들고 해야 할 일을 지시하는 일로(모두들 그녀의 지시를 일일이 받곤 했다) 그녀는 온종일 분주했다. 14일부터 15일에 걸쳐서 그녀는 언제나와 마찬가지로 옷도 벗지 않은 채 공작의 신음 소리며 코고는 소리, 침대가 삐걱거리는 소리와 공작을 돌려 눕히는 찌혼과 의사의 발소리를 들었다.

그녀는 몇 번이나 문으로 가서 귀를 기울였다. 공작은 이 날 여느 때보다 더 큰 소리로 신음하고 여느 때보다 더 엎치락뒤치락하는 것 같았다. 그녀는 잠이 오지 않았으므로 간간이 문으로 가서 귀를 기울였다. 안으로 들어가 볼까 하다가도 망설이곤 했다. 공작은 비록 말로는 하지 못했지만 남이 자기를 두려워하는 표정을 짓는 것을 몹시 불쾌하게 생각하고 있었다. 공작 영애 마리야는 그러한 아버지의 성질을 잘 알고 있었다. 때로 자신도 모르게 빤히 내려다보는 그녀의 시선에서 아버지가 불만스러운 듯이 피하는 눈치를 공작영애 마리야는 깨닫고 있었다. 그러므로 밤중에 난데없이 아버지의 방으로 들어간다면 그의 신경을 건드리게 될 것이 틀림없다고 생각했다.

그러나 그녀는 이때처럼 아버지를 여윌 일이 슬프고 무서웠던 일은 아직까지 없었다. 그녀는 아버지와 함께 지낸 지난날의 기억을 되새기고 그의 한 마디 한 마디에 배어 있는 사랑을 발견했다. 이러한 추억의 사이사이에는 악마의 유혹, 즉 아버지가 돌아가시고 난 뒤는 어떻게 될까, 자기의 자유로운 생활이 어떻게 형성되어 갈까 하는 상념이 배어드는 것이었다. 그러나 그녀는 혐오의 정을 품고서 이러한 상념을 쫓아 버렸다. 날이 샐 무렵 공작은 차도가 좀 생겼으므로 그녀는 그때야 눈을 붙였다.

그녀는 다음 날 아침 느지막이 눈을 떴다. 누구나 눈을 떴을 때 흔히 느끼는 정직한 마음은 아버지의 병환이 가장 걱정된다는 사실을 그녀에게 분명히 가르쳐 주고 있었다. 그녀는 눈을 뜨자 문 반대편에서 일어나고 있는 일에 귀를 기울였다. 그러다가 아버지의 신음 소리를 듣고는 후유 하고 한숨을 쉬면서, 역시 아무런 변화가 없음을 자기 자신에게 말했다.

「대관절 어떻게 됐으면 좋겠단 말인가? 나는 무엇을 바라고 있는 것일까? 나는 아버지가 돌아가시기를 바라고 있는 것이다.」 그녀는 자기 자신에게 혐오감을 느끼면서 이렇게 외쳤다.

그녀는 옷을 입고 세수를 하고 기도를 마치고는 현관으로 나왔다.

현관에는 말을 채우지 않은 마차가 몇 대 대어져 있고 사람들이 그 속에 짐을 싣고 있었다.

흐리고 따뜻한 아침이었다. 공작 영애 마리야는 현관에 우뚝 서서 끊임없이 자기 자신과 자기 마음의 추악함에 소름끼치는 것을 느끼면서 아버지 방에 들어가기에 앞서 자기의 상념을 정리해 두리라 생각했다.

의사가 층층대를 내려와서 그녀의 곁으로 다가왔다.

「공작의 병태는 오늘 좀 괜찮은 것 같습니다.」 하고 의사는 말했다. 「나는 아가씨를 찾고 있던 중입니다. 말씀도 어느 정도 알아 들을 수 있게 되었읍니다. 머릿속이 깨끗해지신 모양입니다. 자, 가십시다. 공작께서 아가씨를 부르십니다.」

이 말을 듣고 공작 영애 마리야의 심장은 몹시 고동치기 시작했다. 그녀는 새

파랗게 질려서 쓰러지지 않으려고 문에 몸을 기대었다. 이제 공작 영애 마리야는 마음 전체가 그 무시무시한 악마의 유혹으로 가득 차 있을 때 아버지를 보고 아버지와 이야기하고 아버지의 시선을 받는다는 것이 괴로울 만큼 기쁘고 또 두려운 일이기도 했다.

「가십시다」하고 의사가 말했다.

공작 영애 마리야는 아버지 방으로 가서 침대께로 다가갔다. 공작은 머리를 높이하고 반듯이 드러누워 있었다. 그의 자주빛의, 그물 같은 많은 혈관으로 잔뜩 덮인 조그마하고 앙상한 손은 이불 위에 놓여지고, 왼쪽 눈은 정면을 향하고 있었으나 오른쪽 눈은 비스듬히 당겨 올라가 있었다. 눈썹도 입술도 움직이지 않았다. 온 몸이 보기에도 애처롭도록 말라쪼그라들고 매우 불쌍하게 보였다. 그 얼굴은 졸아들어 녹아 버린 것같이 보이고 온 몸의 윤곽이 조그마해진 것 같았다. 공작 영애 마리야는 아버지에게 가까이 가 그의 손에 키스했다. 그는 벌써 오래 전부터 기다리고 있었다는 듯이 왼손으로 그녀의 손을 잡고 바싹 앞으로 당기기 시작했다. 눈썹과 입술은 화를 내는 것처럼 떨렸다.

그녀는 겁에 질린 듯한 눈길로 아버지를 보면서 아버지가 자기에게 무엇을 요구하고 있는지 알아내려고 애썼다. 그녀가 방향을 돌려서 아버지의 왼쪽 눈에 자기의 얼굴이 보이도록 몸을 돌리자 그는 한동안 마음을 놓고 딸의 얼굴에서 눈을 떼지 않았다. 이윽고 그의 입술과 혀가 움직이더니 기묘한 소리가 들렸다. 그는 두려워하며 비는 듯한 눈빛으로 그녀를 쳐다보면서 무엇인가 말을 꺼내기 시작했다. 그것은 자기가 하는 말을 딸이 알아 듣지 못하지나 않을까 하고 걱정하는 표정이었다.

공작 영애 마리야는 모든 주의력을 긴장시켜 아버지를 쳐다보았다. 간신히 혀를 움직이고 있는 그 희극적인 노력을 보고는 공작 영애 마리야는 자기도 모르는 사이에 눈을 가리고 목구멍까지 치밀어오르는 흐느낌을 간신히 억눌렀다. 그는 같은 노력을 몇 번이나 되풀이하면서 무엇이라고 말을 했다. 공작 영애 마리야는 그것을 알아 들을 수 없었다. 그러나 그녀는 그것을 알아 들으려고 아버지가 하는 말을 몇 번이나 다시 물었다.

「……습이……다……」그는 여러 번 이렇게 되풀이했다. 아무래도 무슨 소린지 알 수 없었다. 의사는 자기가 알아 들었다는 듯이 공작의 말을 되풀이하면서 너는 두렵니? 하고 묻지 않았느냐고 물었다. 공작은 고개를 젓더니 다시 같은 말을 되풀이했다.

「가슴이, 가슴이 답답하다.」라고 공작 영애 마리야가 알아맞히고 그렇게 말했다. 그는 머리를 끄덕이는 듯이 하고 그녀의 손을 잡더니 정말로 아픈 데를 찾기라도 하려는 듯이 딸의 손을 자기 가슴 위 여기저기에다 누르기 시작했다.

「줄곧 생각하고 있었다! 너에 대해서만……생각하고 있었다…….」 마침내 자기가 하는 말을 상대방이 알아 듣는다는 자신이 생겼으므로 그는 이전보다 훨씬 더 분명히 이렇게 말했다. 공작 영애 마리야는 아버지의 손에 머리를 파묻고 흐느낌과 눈물을 숨기려고 애를 썼다.

그는 한 손으로 딸의 머리를 쓰다듬듯이 하고 있었다.

「나는 밤새 너를 불렀었다.」 그는 이렇게 말했다.

「그런 줄 알았더라면…….」 하고 그녀는 눈물을 흘리면서 말했다. 「저는 들어오기를 삼가느라고.」

그는 딸의 손을 꼭 쥐었다.

「잠을 자지 않았었니?」

「자지 않았어요. 한잠도 안 잤어요.」 공작 영애 마리야는 고개를 좌우로 저으면서 말했다. 그녀는 점점 자기도 모르게 아버지의 흉내를 내면서, 자신도 혀가 잘 돌지 않는 것 같아 주로 손짓으로 이야기를 하려고 애를 썼다.

「귀여운……그보다도 소중한 딸…….」 공작 영애 마리야는 그 말을 알아 들을 수 없었다. 그러나 어떻든 아버지가 지금까지 한 번도 입 밖에 낸 적이 없는 다정스럽고 애정에 가득찬 말을 입 밖에 냈음이 틀림없음을 그 눈빛으로 알아낼 수 있었다. 「왜 오지 않았었지?」『그런데 나는, 나는 아버지가 돌아가시길 바라고 있었다니!』 하고 공작 영애 마리야는 생각했다. 그는 잠자코 있었다.

「고맙다, 아가……소중한 딸……여러 가지로 고맙다……용서해 다오……고맙다……용서해 다오……고맙다!……」 이렇게 말하고 나서 그의 눈에선 눈물이 흘렀다. 「안드류샤를 불러 다오.」 그는 느닷없이 이렇게 말했다. 이런 말을 하였을 때 그의 얼굴에는 어쩐지 어린애같이 두려워하는 듯한 반신 반의의 표정이 나타났다. 그 자신도 그의 소망이 무의미함을 잘 알고 있는 것 같았다. 적어도 공작 영애 마리야에게는 그렇게 생각되었다.

「오라버니한테서 편지가 왔어요.」 하고 공작 영애 마리야는 대답했다.

그는 놀라고 겁에 질린 듯한 표정으로 그녀를 보았다.

「그 애는 어디 있지?」

「아버님, 오라버니는 군대에, 스몰렌스크에 계세요.」

그는 눈을 감고 오랫동안 잠자코 있다가 이윽고 자기의 의혹(疑惑)에 대답이라도 하는 듯이 머리를 한 번 끄덕이고는 눈을 떴다.

「그렇다.」 하고 그는 또렷하게 조그만 목소리로 말했다.

「러시아는 멸망했다! 멸망해 버렸다!」 이렇게 말하고 그는 다시 소리내어 울기 시작했다. 그 눈에서는 눈물이 떨어졌다. 공작 영애 마리야가 이제 참을 수 없게 되어 아버지의 얼굴을 들여다보면서 똑같이 울었다.

그는 다시 눈을 감았다. 흐느낌은 그쳤다. 그는 한 손으로 눈의 끝을 가리켰다. 찌혼은 그의 뜻을 알아차리고 그의 눈물을 닦아 주었다.

이윽고 그는 눈을 뜨고 무엇인가 말을 했다. 오랫동안 아무도 그 뜻을 알아차리는 사람이 없었으나 결국 찌혼만이 그 뜻을 알고 여러 사람에게 전했다. 공작 영애 마리야는 조금 전 아버지의 마음 속에서 이 말의 뜻을 찾으려고 했던 것이다. 아버지가 한 말은 러시아에 관해서일까, 안드레이 공작에 관해서일까, 그녀 자신에 관해서일까, 손자에 관해서일까, 그렇지 않으면 자기의 죽음에 관해서일까 생각해 보았다. 이 때문에 그녀는 아버지의 말을 알아 들을 수가 없었다.

「네 그 흰옷을 입어라, 나는 그 옷이 좋으니까.」그는 이렇게 말했던 것이다.

이 말의 뜻을 깨닫고 공작 영애 마리야는 한층 더 큰소리로 울기 시작했다.

의사는 그녀의 손을 잡고 방에서 테라스 쪽으로 데리고 가면서 마음을 가라앉게 하고 떠날 채비를 하라고 권했다. 공작 영애 마리야가 방을 나선 뒤에도 공작은 아들에 대해서와 황제에 대해서 이야기하고 노여운 듯이 눈썹을 치켜 올리면서 잠긴 목소리를 높이기 시작했다. 이렇게 해서 두 번째의, 그리고 마지막 발작이 그를 엄습했던 것이다.

공작 영애 마리야는 테라스 위에서 걸음을 멈추었다. 하늘은 개기 시작하고 볕이 내리쬐어 무더웠다. 그녀는 아버지에 대한 사랑, 지금 이 순간까지도 알지 못하고 있었던 듯한 열렬한 사랑 이외에는 아무것도 이해할 수도 없고 생각할 수도 없고 느낄 수도 없었다. 그녀는 뜰로 달려 나갔다. 그리고 안드레이 공작이 심은 어린 보리수의 가로수길을 누비고 울먹이면서 연못 쪽으로 달려 내려갔다.

「그렇다……나는……나는……아버지가 돌아가시길 바라고 있었던 것이다! 그렇다, 나는 모든 게 일찍 끝나기를 바라고 있었던 것이다……나는 안정을 바라고 있었던 것이다…… 그러나 그게 내게 무슨 소용이 있단 말인가?……아버지가 돌아가시고 난 뒤에 그까짓 안정이 뭐가 필요하단 말인가!」하고 공작 영애 마리야는 빠른 걸음으로 뜰안을 거닐면서 경련적으로 흐느낌이 북받쳐 오르는 가슴을 두 손으로 꾹 누르면서 중얼거렸다.

뜰을 한 바퀴 돌고 다시 집으로 돌아왔을 때 그녀는 저편에서 브리엔느(이 프랑스 여자는 보구챠로보에 머물면서 떠나고 싶어하지 않았다)가 낯선 남자와 같이 자기 쪽으로 걸어오는 것을 발견했다. 그는 이 고을의 귀족 회장으로서, 조금이라도 빨리 이곳을 떠나는 것이 무엇보다도 급한 일임을 알리려고 온 것이었다. 공작 영애 마리야는 그 말을 잠자코 듣고 있었으나 도무지 알아 들을 수가 없었다. 공작 영애는 그를 집안으로 안내하고 아침을 권하면서 그와 식탁에 같이 앉았다. 이윽고 그녀는 귀족 회장에게 용서를 얻고 병실 문으로 다가갔다. 의사는 불안한 표정으로 나오더니 방안으로 들어가면 안 된다고 말렸다.

「저리 가십시오, 아가씨, 저쪽으로. 저리 가십시오!」

공작 영애 마리야는 다시 뜰로 내려서서는 아무의 눈에도 뜨이지 않는 곳으로 가서 풀 위에 앉았다. 그녀는 거기서 얼마나 시간을 보냈는지 기억이 나지 않았다. 문득 좁은 길로 여자가 뛰어오는 소리를 듣고 그녀는 정신을 차렸다. 공작 영애 마리야는 풀밭에서 일어섰다. 하녀 두냐샤가 주인을 찾으러 오는 듯 달려오고 있었으나 공작 영애 마리야의 모습이 눈에 뜨이자 놀란 듯한 얼굴로 그 자리에 우뚝 섰다.

「어서 가세요, 아가씨……영감 마님께서…….」 하고 두냐샤는 찢어지는 듯한 목소리로 말했다.

「곧 가겠어, 지금 갈 테야.」 두냐샤가 하는 말을 끝까지 듣기도 전에 공작 영애는 황급히 말했다. 그리고는 두냐샤에게서 될수록 시선을 돌리고 집 쪽으로 달려갔다.

「아가씨, 하느님의 뜻이 이루어지려고 합니다. 아가씨께서는 어떠한 일이 일어나든 거기에 대처하고 계셔야 됩니다.」 귀족 회장은 그녀를 집 앞에서 맞으면서 말했다.

「저한테 상관하지 마세요. 그건 거짓말이에요.」 하고 그녀는 귀족 회장에게 가시돋친 말을 했다.

의사는 그녀를 말리려고 했다. 공작 영애 마리야는 그 손을 뿌리치고 문으로 가까이 갔다. 『어째서 이 사람들은 무엇에 놀란 사람 같은 얼굴을 하고 나를 붙들려고 할까? 나는 아무도 필요 없다! 저 사람들은 무엇을 하는 것일까?』 그녀는 문을 열었다. 이전에는 어두컴컴했던 방안에 환히 비쳐 드는 눈부신 햇빛 때문에 그녀는 소름이 끼쳤다. 방안에는 여자들 몇 사람과 유모가 있었다. 모두들 침대에서 떠나 그녀를 위해 길을 내주었다. 공작은 이전과 마찬가지로 침대 위에 누워 있었다. 그러나 차분한 그의 얼굴에 풍기는 근엄한 표정을 보고 그녀는 문턱에서 우뚝 섰다.

『아니다, 아버지는 돌아가시지 않는다, 그럴 리가 없다!』 이렇게 생각하면서 공작 영애 마리야는 아버지에게로 다가갔다. 그리고는 엄습해 오는 공포와 싸우면서 자기의 입술을 아버지의 뺨에 댔다. 그리고는 곧 그의 몸에서 떨어졌다. 지금까지 마음 속으로 느끼고 있던 아버지에 대한 애정은 순식간에 사라져 버리고 눈앞에 가로누운 것에 대한 공포의 감정으로 변했다. 『아니다, 아버지는 이미 존재하지 않는다. 아버지는 계시지 않는다! 전에 아버지가 계시던 곳에는 그와 아무런 인연도 없는, 소름이 쭉 끼칠 사람이 들어앉았다. 어딘가 소름끼치는 무시무시하고 다가갈 수 없는 비밀이 있다.』공작 영애 마리야는 두 손으로 얼굴을 가리면서 몸 뒤에서 붙들어 준 의사의 팔에 쓰러지고 말았다.

찌혼과 의사의 입회 아래 여자들은 이전 공작이었던 사람의 몸을 씻고 입을 벌린 채 굳어지지 않도록 머리를 수건으로 가로로 동여매고 다른 수건으로는 벌린 두 다리를 비끄러맸다. 그리고 위축된 조그만 몸에 군복을 입히기도 하고 훈장을 달기도 해서 마지막으로 탁자 위에 올려 놓았다. 누가 언제 그런 걱정까지 해두었는지는 모르지만 모든 것이 자연스럽게 진행되었다. 밤이 깃들 무렵에는 관의 주위에는 촛불이 켜지고, 관 위에는 베일이 씌워지고, 마루 위에는 소나무잎이 뿌려졌다. 생명이 끊어진 위축된 머리 밑에는 인쇄된 기도문이 놓였다. 부제(副祭)가 한쪽 구석에 앉아서 시편(詩篇)을 낭독하고 있었다.

마치 죽어 가는 말 곁에 다른 말들이 옹기종기 모여 앞발을 버티고 콧바람을 불 듯 객실 안 관 주위에는 귀족 회장이며 촌장과 여자들, 그리고 다른 집 사람과 이 집 사람들이 여럿 모여 있었다. 그리고는 놀란 듯한 눈으로 성호를 긋기도 하고 기도를 드리기도 하고 노공작의 차갑게 굳은 손에 키스하기도 했다.

9

보구챠로보 마을은 안드레이 공작이 자리잡고 살 때까지는 지주가 없는 영토였던 곳으로서 그곳 농민들의 성격도 르이스이예 고르이의 농부들과는 전혀 달랐다. 이 두 마을은 말씨도 옷차림도 달랐다. 보구챠로보 마을 사람들은 초원 기질(草原氣質)의 농부들이라고 불리고 있었다. 그들이 르이스이예 고르이로 와서 수확을 돕거나 연못이며 관개 공사를 하거나 할 때 노공작은 이들의 참을성 있는 작업 태도를 칭찬했지만 그들의 거친 기질은 좋아하지 않았다.

안드레이 공작이 최근 보구챠로보에 살고 나서부터 여러 가지로 새로운 시설을 하고 병원과 학교를 짓고 소작료를 줄이기도 했지만 그들의 기질을 부드럽게 할 수는 없었을 뿐만 아니라 오히려 노공작이 야만스럽다고 했던 그 성격의 특질을 한층 더 조장하는 데 지나지 않았다. 그들 사이에는 항상 기묘하고 막연한 소문이 떠돌고 있었다. 예를 들자면 마을 사람 모두가 코삭군에 편입된다거나 또는 새로운 종교를 강요받게 되리라느니 또는 무슨 황제의 포고가 있으리라느니 또는 1797년의 황제 파벨 파트로비치(알렉산드르 1세 부왕—역주)에 대한 선서에 관한 일이며(이에 대해서는 당시 이미 농노 해방이 발표되었지만 지주들이 이를 무시하였다고 이들은 말하고 있었다), 칠 년 뒤 표트르 페오도로비치 황제(표트르 3세를 말함. 이 황제는 1763년에 암살당했는데 농민들은 아직도 살아 있는 것으로 믿고 있었다—역주)가 되면 이때는 모두가 자유로와져서 태평하고 안일한 시절이 되리라느니 하는 것들이었다. 전쟁과 보나파르트와 프랑스 군이 침입한 데 대한 소문은 그들에게 있어서는 반(反) 그리스도, 말세, 전대의 자유 따위와 같은 막연한 관념과 결부되어 있었다.

보구챠로보 마을 근처에는 국유지이건 지주의 소유지이건 모두 커다란 마을뿐이었다. 이 지방에 살고 있는 지주는 극소수이고, 저택의 고용인이며 읽고 쓸 줄 아는 농부의 숫자는 아주 적었다. 따라서 이곳 농부의 생활에는 현대인에게는 그 원인도 의미도 설명할 수 없는 러시아 국민 생활의 그 신비적인 흐름이 다른 곳의 생활에 비해 한결 뚜렷이 강력하게 남아 있었다. 그러한 현상의 하나로서 이십 년쯤 전에 이곳 농부들 사이에는 어딘가 따뜻한 강이 있는 지방으로 가자는 운동이 일어난 적이 있었다. 보구챠로보 마을 사람들을 포함해서 몇 백 명이나 되는 농부들이 급작스레 가축을 팔아 버리고 온 가족이 모두 어딘가 동남쪽으로 이주(移住)하기 시작했다. 마치 철새의 무리가 어딘가 바다 저쪽으로 날아가듯이, 이들은 처자를 거느리고, 그들 가운데 어느 누구도 가 본 적이 없는 동남방으로 열심히 전진해 갔다. 이들은 대상(隊商) 모양으로 떠나가기도 하고, 각자 자기의 몸값을 치러 자유로운 몸이 된 자가 있고, 주인에게서 도망친 자도 있었다. 이렇게 해서 어떤 자는 말을 타고 어떤 자는 걸어서 따뜻한 강가를 찾아 움직여 갔던 것이다. 그러나 그들은 대부분은 처벌되어 시베리아로 쫓겨가기도 하고, 또 많은 자들이 추위와 굶주림 때문에 중도에서 죽고, 또 많은 자들은 체념하고 마을로 돌아오기도 했다. 분명한 원인도 없이 자연 발생적으로 시작된 이 운동은 이렇게 해서 자연히 가라앉고 말았다. 그렇지만 이들 마음 속에 숨겨 있는 저류(底流)는 여전히 흐르면서, 다시 일종의 새로운 힘이 되어 그와 마찬가지로 불가사의하게, 또 그와 동시에 단순하고 자연스럽고 힘차게 나타나기 위해 서서히 축적되어 가고 있었다. 이번, 그러니까 1812년에 이르러 이 저류가 격렬한 운동을 일으켜 당장 표면에 나타난 것을, 이 농부들과 가깝게 생활하고 있던 사람들은 확실히 눈치채고 있었다.

노공작이 사망하기 조금 전에 보구챠로보에 온 알파트이치는 농부들 사이에 어떤 동요가 일어나고 있다는 것과, 반경이 육십 베르스타나 되는 르이스이예 고르이의 농부들이 이미 자기네 마을을 코삭 병사들의 약탈에 내맡긴 채 피난한 것과는 반대로, 이 초원 지대에 속하는 보구챠로보 마을의 농부들은 소문대로 프랑스군과 내통하여 무슨 서류를 이집 저집으로 돌리면서 떠나지 않고 그대로 그곳에 남아 있다는 사실을 눈치챘다. 그뿐만 아니라 알파트리치가 그가 신용하는 하인으로부터 들은 바에 의하면 며칠 전 관청의 짐마차를 쫓아서 어디엔가 다녀온 카르프라는, 이 마을에서 영향력이 큰 사나이가 마을로 돌아와서는 코삭 군은 주민들이 없어진 마을에 들어와서 마구 약탈을 자행하지만, 프랑스군은 전혀 남의 물건에 손을 대지 않는다는 이야기를 하고 다닌다는 것이었다. 또 다른 농부 한 사람이 어제 프랑스군의 어떤 장군의 포고를 가지고 왔다는 말을 알파트이치는 듣고 있었다. 그 포고에는 프랑스군이 마을에 들어가면 주민들에게 결코 해를 끼치지 않을 뿐만 아니라 징발한 물건에 대해서는 그에 상당한 대가를 지불한다고 씌어 있었다. 그 증거로서 이 농부는 군용 건초(乾草)의 전도금 백 루블리를 비슬로우호프에서 가지고 왔다(그는 이 지폐가 위조임을 모르고 있었던 것이다).

마지막으로 알파트이치는 바로 그 날 무엇보다도 중요한 것을 알았다. 다름 아니라 그가 마을의 촌장을 불러서 공작 영애의 짐을 보구챠로보에서 실어 내기 위해 짐차를 모아 오라고 분부했던 바로 그 날 아침에 마을에서는 집회가 있었고, 여기서 모두는 아무도 그곳을 떠나지 않고 모두 그대로 눌러 앉아 있자는 결의를 했다는 것이다. 그러는 사이에 점점 사정은 급박해져 갔다. 귀족 회장은 공작이 사망한 날, 그러니까 8월 15일에 마침내 사태가 위급해졌으므로 오늘 당장 마을을 떠나 주도록 공작 영애 마리야에게 강력히 주장했다. 그는 16일이 지나면 어떠한 일이 있어도 책임을 질 수 없다고 말하는 것이었다. 그는 공작이 사망한 날 저녁에 돌아갔는데 이튿날 장례식에는 참석하겠다고 약속했던 것이었다. 그러나 이튿날 그는 올 수가 없게 되었다. 그것도 그럴 것이 그 자신이 얻은 정보에 의하면 프랑스군이 접근해 왔으므로, 그는 가족과 귀중품만을 간신히 모아 자기의 소유지를 빠져 나오는 데도 바쁠 지경이었기 때문이었다.

노공작이 드로누쉬카라고 불렀던 마름 드론은 벌써 삼십 년이란 세월 동안 보구챠로보를 관리하고 있었다.

드론은 육체적으로나 정신적으로 억센 사람이었다. 그는 나이가 들어 얼굴 전체가 수염투성이가 되긴 했지만 그런 대로 예순, 일흔 살이 될 때까지 얼굴은 별로 변하지 않았고 흰머리도 생기지 않았을 뿐더러 이도 하나 빠지지 않아, 서른 살 때와 마찬가지로 허리도 굽지 않고 매우 정정했다.

다른 사람들과 마찬가지로 예의 그 따뜻한 강가로 이주한다는 소동에는 그도 참가하였지만, 그뒤 얼마 안 있어 드론은 보구챠로보의 촌장 겸 마름으로 천거되어 이로부터 이십 삼 년이란 동안 큰 허물 없이 이 일을 맡아 온 것이었다. 농부들은 주인보다도 오히려 이 사람들을 더 어려워하고 있었다. 주인 쪽에서는 노공작을 비롯해서 젊은 공작도 지배인도 그를 존경하여 농담으로 대신이라고까지 불렀다. 그는 오랜 봉사 기간 동안에 드론은 단 한 번도 술에 만취된 일이 없었고 단 한 번도 병들어 누워 본 적도 없었다. 또 며칠 밤을 새워도, 또 일을 아무리 많이 해도 결코 피로한 기색을 보인 일이 없었다. 글을 읽고 쓸 줄은 몰랐지만, 집안일의 회계나 몇 십대의 수레에 실은 밀가루의 양이나 값에 대해서 한 번이라도 틀려 본 일이 없었으며, 보구챠로보의 밭에서 나는 보리가 일 정보에 얼마큼 되겠다고 하면 그 수확고와 틀림이 없었다.

황폐해진 르이스이예 고르이에서 온 알파트이치는 공작의 장례식이 있었던 날이 드론을 불러 공작 영애의 마차를 위해 말 열 두 필, 보구챠로보에서 가져가야 할 짐을 실어 나르기 위한 열 여덟 대의 마차를 준비해 주도록 부탁했다. 이곳 농부들은 모두가 소작료를 치르고 있다고는 하지만 보구챠로보에는 230호의 가구가 있었고, 농부들도 상당한 살림을 하고 있었으므로, 알파트이치는 그의 명령이 별로 어렵지 않게 실현될 수 있으리라고 생각했다. 그러나 촌장인 드론은 명령을 모두 듣고 나자 아무 말없이 눈을 내리깔아 버렸다. 알파트이치는 자기가 알고 있는 농부로서, 언제나 짐마차를 제공해 주던 사람들의 이름을 들어 보았다.

드론의 대답으로는 그러한 농부들의 말은 짐을 나르는 데 이미 쓰여지고 있다는 것이었다. 알파트이치는 다른 농부의 이름을 들었다. 그러나 드론은 그들도 말이 없다고 하는 것이었다. 군대의 짐을 나르는 데 쓰이는 경우도 있고 쇠약해져서 쓸모가 없는 말도 있으며, 먹이가 없어 죽어 버린 말도 있다는 이야기였다. 드론의 의견으로는 짐마차는커녕 승용 마차를 위한 말을 모을 수조차 없다는 것이었다.

알파트이치는 멀뚱멀뚱 드론의 얼굴을 쳐다보더니 얼굴을 찌푸렸다. 드론이 모범적인 촌장이었던 것과 마찬가지로 알파트이치도 지난 이십 년 동안 공작네의 소유지 관리를 훌륭히 맡아 처리한 총지배인이었다. 그는 자기가 부리고 있는 능민들의 요구나 본능을 즉각적으로 꿰뚫어볼 줄 아는 재능을 갖고 있는 우수한 지배인이었다.

그는 드론을 한 번 보자마자 대번에 드론의 대답이 드론 자신의 기분을 전체적으로 나타낸 것이 아니라 보구챠로보 마을 농부들의 기분을 전체적으로 나타내고 있는 데 지나지 않으며, 이 촌장도 그 기분의 포로가 되어 있다는 사실을 깨달았던 것이다. 그러나 이와 동시에 드론은 재산을 오붓하게 저축해 왔다는 사실 때문에 마을 전체의 미움을 사고 있었으므로, 그의 마음도 당연히 주인 쪽과 농부들의 한가운데서 갈피를 잡지 못하고 있으리라는 것도 잘 알고 있었다. 그는 촌장의 눈에서 이러한 동요의 빛을 읽었으므로 얼굴을 찌푸리고 드론 쪽으로 바싹 다가갔다.

「여보게, 드로누쉬카, 내 말을 좀 들어 보게.」하고 그는 말했다. 「자네 나한테 대해서 정 그러긴가? 공작 안드레이 니콜라이치 각하께서 농부들을 한 사람도 남김 없이 피난시켜서 적에게 넘겨 주지 말라고 내게 직접 명령하셨단 말일세. 그리고 황제 폐하께서도 그렇게 하라는 명령이시고. 그러니 떠나지 않고 여기 남는 자는 폐하에 대해 반역을 저지르는 걸세. 알겠나?」

「알겠읍니다.」하고 드론은 눈을 들지 않고 말했다.

알파트이치는 이런 대답에 만족할 까닭이 없었다.

「이봐, 드론, 그러면 재미없단 말일세!」알파트이치는 머리를 설레설레 저으면서 말했다.

「마음대로 하십시오!」하고 드론은 슬픈 듯이 말했다.

「이봐, 드론, 닥치지 못할까!」호주머니에서 한쪽 손을 빼고 장중한 손짓으로 알파트이치는 야단스럽게 드론의 발 밑을 가리키면서 거듭했다. 「나는 자네 뱃속을 환히 들여다보고 있을 뿐 아니라 자네가 서 있는 땅 속 여섯 자 밑까지도 들여다보고 있단 말일세.」하고 그는 드론의 발 밑의 마루를 뚫어지게 내려다보면서 말했다.

드론은 얼떨떨해 하는 모양으로 알파트이치를 힐끗 올려다보더니 다시 눈을 내리깔았다.

「바보 같은 짓은 이제 그만 집어치우고 농부들에게 이렇게 말하게. 지금 곧 모스크바로 갈 채비를 하고 내일 아침 아가씨의 짐을 나를 마차를 준비하라고 말일세. 그리고 자네도 모임에 나가면 안 돼. 알겠나?」

드론은 돌연 그 자리에 털썩 주저앉았다.

「야코프 알파트이치, 저를 해고시켜 주십시오! 열쇠를 모두 드릴 테니, 제발 저를 해고시켜 주십시오!」

「닥치지 못해!」알파트이치는 엄격하게 말했다. 「나는 네가 서 있는 땅 속 깊이 여섯 자 속까지 꿰뚫어보고 있어.」하고 그는 거듭 말했다. 알파트이치는 자기가 꿀벌치기의 명인이고, 귀리의 씨를 뿌리는 시기도 알고, 이십 년 동안 노공작의 시중을 들어 왔기 때문에 오래 전부터 마술사란 이름을 듣고 있다는 것과, 사람이 서 있는 땅 속 여섯 자 깊이까지 들여다볼 수 있다는 것은 마술사가 아니면 할 수 없는 일이므로 이렇게 말했던 것이다.

드론은 일어서서 무엇이라고 말하려고 했으나 알파트이치는 그의 말을 가로막았다. 「대관절 너희들은 무슨 생각을 해냈나? 응?……대관절 무슨 생각을 하고 있는 거야? 어디 말 좀 해봐.」

「저 같은 자가 다른 농부들에게 무슨 손을 쓸 수 있겠읍니까?」하고 드론은 말했다. 「아주 격분하고 있읍니다. 그야 저도 녀석들에게 타이르고 있긴 합니다만…….」

「바로 그거란 말이야.」하고 알파트이치는 말했다. 「한잔들 하고 있나?」하고 그는 짤막하게 물었다.

「야코프 알파트이치, 야단났읍니다. 벌써 두 번째 술통을 비웠읍니다.」

「그럼 내 말 좀 듣게. 나는 경찰 서장에게로 갈 테니 자네는 농부들한테로 가서 모두들 그런 일은 그만하고 짐마차를 모아 오라고 타이르게.」

「그렇게 하겠읍니다.」하고 드론은 대답했다. 야코프 알프트이치는 그 이상 더 말하려고 하지 않았다. 그는 오랫동안 농부들을 다스려 왔으므로 그들을 복종시키는 데 있어서 가장 좋은 길은 자기의 명령이 그들에게 받아들여지지 않을지도 모른다는 불안을 표시하지 말아야 된다는 요령을 잘 알고 있다. 야코프 알파트이치는 드론에게서 『그렇게 하겠읍니다.』라는 솔직한 말을 들었을 때 그래도 의심이 풀리지 않았을 뿐만 아니라 군대의 힘을 빌지 않고는 아무래도 짐마차를 모을 수 없다고 믿고 있었음에도 불구하고, 아뭏든 촌장의 말에 우선 만족했다.

그러나 과연 저녁때가 되어도 마차는 모이지 않았다. 마을의 주막에서는 다시 모임이 있었다. 그리고 마을 숲 속으로 몰아 넣고 마차를 내주지 말자는 결정이 내려졌다. 알파트이치는 이런 일들을 공작 영애에게는 한 마디도 이야기하지 않고 르이스이예 고르이에서 몰고 온 말에서 자기의 짐을 내리고 그 말을 공작 영애의 마차에 채우도록 분부하고 자기는 경찰 서장을 찾아갔다.

10

• 아버지의 장례식이 끝나자 공작 영애 마리야는 자기 방에 들어박혀 곁에 아무도 오지 못하게 했다. 하인이 문에 와서 출발하는 문제로 알파트이치가 지시를 받으러 왔다고 전했다(이때는 아직도 알파뜨이치가 드론과 이야기를 하기 전이었다). 공작 영애 마리야는 소파에 누웠다가 몸을 일으켜 닫힌 문 너머로, 자기는

아무 데로도 절대로 가지 않을 테니까 상관하지 말고 그대로 내버려두어 달라고 말했다.

공작 영애 마리야가 들어박혀 있던 방은 서쪽을 향하고 있었다. 그녀는 벽을 향해 소파에 드러누운 채 가죽 베개에 달린 단추를 손 끝으로 만지작거리면서 그 베개만을 들여다보고 있었다. 그녀의 막연한 상념은 단 하나에만 집중 되어 있는 것이었다. 그녀는 죽음이란 다시는 돌이킬 수 없다는 것과, 지금까지 자기는 모르고 있었는데 아버지의 병환 이래 모습을 드러낸 자기 마음의 비열함에 대해서 골똘히 생각하고 있었던 것이다. 그녀는 기도를 해야겠다고 생각했지만 그렇게 할 수도 없었다. 지금과 같은 심경으로는 하느님에게 향할 용기가 없었던 것이다. 그녀는 이러한 자세 그대로 오랫동안 자리에 누워 있었다.

태양은 집 반대쪽으로 떨어지고, 활짝 열어젖뜨린 창문 너머로 저녁 햇살이 비스듬히 방안으로 비쳐 들어와 공작 영애 마리야가 베고 있는 모로코 가죽 베개의 일부분을 비치고 있었다. 그녀의 생각의 흐름이 갑자기 멈추었다. 그녀는 무의식적으로 몸을 일으키고 머리를 고치면서 자리에서 일어나, 구름은 없지만 바람이 세차고 서늘한 저녁 공기를 자기도 모르게 깊이 들이마시면서 창문으로 가까이 갔다.

『그렇다, 지금은 저녁 경치를 실컷 보아 두어도 상관 없다. 아버지는 이제 이 세상에 없으니 아무도 방해할 사람은 없다…….』그녀는 혼자서 이렇게 생각하고 의자에 털썩 주저앉아 창턱에 머리를 떨어뜨렸다.

누군가가 뜰 쪽에서 상냥하고 나직한 목소리로 그녀를 부르면서 그 머리에 키스해 주었다. 그녀는 그 쪽을 쳐다보았다. 검은 옷을 입고 상장(喪章)을 단 브리엔느였다. 그녀는 살그머니 공작 영애 마리야에게로 다가와 한숨을 쉬면서 그녀에게 키스하더니 별안간 울음을 터뜨렸다. 공작 영애 마리야는 그녀 쪽을 돌아다보았다. 전에 두 사람 사이에 있었던 갈등이라든지 그녀에 대한 질투의 감정이 일시에 공작 영애 마리야의 가슴 속에 떠올랐다. 그러나 또 아버지가 최근에 브리엔느에 대한 태도를 고쳐 그녀를 보기도 싫어했던 점으로 보면 자기가 마음 속으로 그녀를 비난했다는 것은 잘못이었음에 틀림없었다. 『그렇다. 나 같은 사람이, 아버지의 죽음을 바랐던 나 같은 사람이 남을 비난할 자격이 어디에 있단 말인가!』그녀는 이렇게 생각했다.

공작 영애 마리야의 머리속에는 브리엔느가 최근에 공작 영애 마리야에게게서 멀리 떨어져 있었지만 그래도 역시 공작 영애 마리야에게 의지하며 남의 집에서 살고 있는 그녀의 경우를 골똘히 생각해 보았다. 그러자 공작 영애 마리야는 그녀가 가여워졌다. 공작 영애 마리야는 물어보는 듯한 눈빛으로 상대방을 지켜보면서 그녀에게 손을 내밀었다. 브리엔느는 울음을 터뜨리면서 공작 영애의 손에 키스하고 그녀에게 닥친 불행에 대한 넋두리를 늘어놓고 자기도 그 불행에 잠기면서 위로의 말을, 그리고 이러한 불행 가운데서 유일한 위안은 자기에게도 이 슬픔을 나누어 주는 것이라고 말했다. 그리고 그녀는 전에 있었던 모든 오해는 이 커다란 슬픔 앞에 사라져 버릴 것이라느니, 자기는 어떤 사람 앞에 나가든 결백하다느니, 그분도 자기의 사랑과 감사를 저승에서도 내려다보아 주실 것이라느니 하는 말을 하고 있었다. 공작 영애는 그녀가 하는 말에 귀를 기울이고 있었으나 말의 뜻은 이해하지 못했으며 때때로 그녀를 쳐다보면서 그녀의 말소리의 울림만을 듣고 있을 뿐이었다.

「당신의 입장은 우리들의 곱절이나 무서운 거예요.」 잠시 입을 다물고 있던 브리엔느는 이렇게 말을 꺼냈다. 「하긴 여태까지는 자신에 대해서는 생각하지 못했을 것이고 또 지금도 그렇게 할 수 없는 처지라는 것을 나도 잘 알고 있어요. 그렇지만 당신을 사랑하고 있는 이상 이것만은 꼭 말해 둬야겠어요. 알파트이치가 당신한테 왔었지요? 여기가 떠나는 문제를 가지고 뭐라고 이야기하지 않던가요?」 하고 그녀는 물었다.

공작 영애 마리야는 대답하지 않았다. 누가 어디로 가야만 하는지 그녀에게는 도무지 알 수가 없었다. 『대관절 지금과 같은 시기에 무슨 일을 할 수가 있으며 무슨 일을 생각한단 말인가? 아무런들 마찬가지가 아닌가?』 그래서 그녀는 대답하지 않았다.

「저, 알고 계세요, 마리?」 하고 브리엔느는 말했다. 「알고 계세요? 우리들은 지금 위험한 형편에 있어요. 우리들은 프랑스 사람들에게 포위를 당하고 있어요. 지금 떠난다는 것은 위험한 일이에요. 만약에 지금 길을 떠나면 틀림없이 포로가 되고 말 거예요. 그렇게 되면 어떻게 될지는 모를 일이에요……」

공작 영애 마리야는 벗이 하는 소리를 알아 듣지 못하고 찬찬히 그녀를 쳐다보고만 있었다.

「정말이지 지금의 내 심경을 누가 좀 이해해 줬으면, 나는 이제 와서는 뭐가 어떻게 되건 상관 없어요.」 하고 그녀는 말했다. 「나는 무슨 일이 있어도 그분의 곁을 떠나려고 하지 않아요.……알파트이치는 나한테 와서 이곳을 떠나야 된다고 말했어요……당신이 그분하고 이야기를 좀 해 봐 주세요. 나는 아무 일도 할 수 없고 또 하고 싶지도 않아요…….」

「나는 그분하고 이야기했어요. 그분은 내일쯤 출발할 수 있으리라고 생각하고 있어요. 그러나 지금에 와서 나는 오히려 여기 남아 있는 것이 낫지 않을까 생각돼요.」 하고 브리엔느는 말했다. 「왜냐하면 말이에요, 마리야, 글쎄 좀 생각허

보세요. 가는 도중에 군인들이나 소란을 피우는 농부들에게 붙들리면 그야말로 큰일 아니겠어요!」 브리엔느는 핸드백에서 프랑스 장군 라모의 포고문(그것은 보통의 러시아 종이에 인쇄되어 있는 것과는 달랐었다)을 꺼냈다. 거리에는 주민이 자기의 집을 버리지 말고 그대로 지키고 있으면 프랑스의 관현으로부터 상당한 보호를 받을 것이라고 적혀 있었다.

그녀는 이 종이 쪽지를 공작 영애에게 건넸다.

「나는 이 장군에게 부탁하는 것이 제일 좋으리라고 생각해요.」 하고 브리엔느는 말했다. 「아가씨께도 상당한 예의를 지키게 될 거예요.」

공작 영애 마리야는 종이 쪽지를 훑어보았다. 그러자 눈물도 없는 통곡이 그녀의 얼굴을 일그러뜨렸다.

「이건 누구한테서 얻었죠?」 하고 그녀는 물었다.

「아마 내 이름을 보고 프랑스 사람인 줄 알았던가 봐요.」 하고 브리엔느는 얼굴이 빨갛게 되어 말했다.

공작 영애 마리야는 포고문을 손에 든 채 창문에서 떨어져 창백한 얼굴로 방을 나서자, 전에 안드레이 공작이 쓰던 서재로 들어갔다.

「두냐샤, 알파트이치를 좀 불러 줘! 드로누쉬카든 누구든 괜찮아!」 하고 공작 영애 마리야는 말했다. 그리고 「브리엔느는 내 방에 오지 말라고 일러 줘.」 브리엔느의 목소리를 듣고는 덧붙였다. 「어서 떠나야지! 한시라도 빨리 떠나야지!」 잘못하다간 프랑스 사람들의 지배 아래 갇히게 될지도 모른다는 생각에 등골이 오싹해진 공작 영애 마리야는 이렇게 중얼거렸다.

『동생이 프랑스인의 지배 안에 있다고 안드레이 공작이 알면 어떨까! 공작 니콜라이 안드레이치 볼콘스키이의 딸이 라모 장군에게 보호를 요청하고 그 은혜를 입다니!』 이렇게 생각하자 그녀는 공포 때문에 몸을 떨고 수치심에 얼굴을 붉혔다. 그리고 지금까지 경험해 본 일이 없었을 정도의 증오와 긍지를 충동적으로 느꼈던 것이었다. 자기의 입장으로서 조금이라도 괴로운 일이며, 특히 굴욕적인 일이 남김 없이 생생하게 상상 속에 떠오르는 것이었다. 『그 사람들——프랑스인들——이 이 집으로 돌려들어오고 안드레이 공작의 서재를 라모 장군이 점령한다. 그리고 심심풀이로 오라버니의 편지며 서류를 뒤져 보거나 읽어 볼 것이다. 브리엔느는 보구챠로보의 손님으로서 맞이할지도 모른다. 나에게는 동정으로 조그만 방을 하나 쓰도록 허용할 것이다. 병사들은 십자가며 훈장을 마구 훔쳐 가지려고 아버지의 새 무덤을 파헤칠 것이 틀림없다. 그리고 나를 붙들고는 러시아 군대를 무찌른 무공담을 늘어놓으면서 능청스럽게 내 슬픔에 동정하게 될 것이다……』 공작 영애 마리야는 이런 생각들을 해 보았다. 그러나 그것은 자기의 심경으로서가 아니라 아버지와 오라버니의 심경이 되어서 생각한 것이었다. 그녀는 이렇게 생각하는 것이 자기의 의무라고 생각했다. 그녀 혼자라면 자기가 어디에 있든, 또 어떻게 되든 아무 상관도 없는 일이었으나 그녀는 자기 자신이 돌아가신 아버지와 안드레이 공작의 대표자라고 생각했다. 그들이 이러한 경우에 어떠한 말을 하고 어떻게 행동하든 자기도 그와 똑같이 행동해야만 한다고 느꼈던 것이다. 그녀는 안드레이 공작의 서재로 들어가 그의 생각에 동화되어야 한다고 생각하면서 자기의 입장을 생각해 보았다.

아버지의 죽음과 더불어 사라졌다고 생각되었던 생에의 욕구가 돌연 여태까지 경험해 보지 않았던 새로운 힘으로 공작 영애 마리야 앞에 꿈틀거리고 일어나 그녀의 모든 것을 사로잡고 말았던 것이다.

그녀는 흥분되는 가슴을 억제하지 못하고 얼굴을 붉히고 때로는 알파트이치를, 때로는 미하일 이바느이치를, 때로는 찌혼을, 때로는 드론의 이름을 부르면서 방 안을 돌아다녔다. 브리엔느의 말이 어느 정도까지 참된 것인지에 대해서는 두냐샤도 유모도 하인들도 분명히 대답할 수가 없었다. 알파트이치는 집에 없었다. 그는 경찰 서장한테 간 것이었다. 부름을 받고 잠이 덜 깬 눈을 하고서 공작 영애 마리야의 방에 들어온 건축 기사인 미하일 이바느이치도 확실한 이야기를 하지 못했다. 그는 십 오 년이란 긴 세월을 자기의 의견을 말하지 않고 다만 노공작의 말에 동의의 미소만을 보내던 버릇이 남아 있었으므로 이번에도 이와 같은 미소를 짓고 공작 영애 마리야의 질문에 대답했다. 그러므로 그의 대답에서는 확실한 해답을 한 가지도 얻을 수가 없었다. 한평생 사라지지 않을 슬픔의 낙인이 찍힌 핼쑥한 얼굴에 깊은 시름을 안고 있는 노복 찌혼도 부름을 받고 나타났지만 공작 영애 마리야가 무엇을 묻거나 다만「그렇습죠.」라고만 말할 뿐, 그녀의 얼굴을 들여다보면서 간신히 울음을 참고 있는 것이 고작이었다.

이윽고 촌장 드론이 방안으로 들어왔다. 그리고 공손히 공작 영애에게 인사를 하고 문설주 옆에서 발을 멈추었다.

공작 영애 마리야는 방안을 한 바퀴 돌고 나서 그의 바로 앞에 와서 멈췄다.

「드로누쉬카.」하고 공작 영애 마리야는 말했다. 그녀는 이 사내야말로 충실한 벗으로 믿고 있었다. 해마다 뱌지마의 시장에 갔다오는 길이면 언제나 싱글벙글 웃으면서 특제의 생강 과자를 선물로 주던 한결같은 드로누쉬카라고 생각하고 있었던 것이다.「드로누쉬카, 이번에 우리는 이런 불행을 당한 뒤여서……」하고 그녀는 말을 시작했는데 그 뒤를 이을 기력이 없어져 입을 다물고 말았다.

「모두 하느님의 뜻에 따라 이루어지고 있읍니다.」그는 한숨을 섞어서 말했다. 두 사람은 한동안 아무 말도 없었다.

「드로누쉬카, 알파트이치가 어디론지 가고 없어서 나에게는 상의를 할 상대자가 없어졌어. 모두들 아무 데도 갈 수가 없다고 말하는데, 그게 정말이야?」

「어째서 가실 수가 없겠어요, 아가씨. 가실 수 있고 말굽쇼.」

「적이 가까이 와서 위험하다는 거야. 나는 아무 일도 할 수 없고 아무것도 모르겠어. 그리고 내 곁에는 지금 아무도 없어. 나는 곧 오늘 저녁이나 내일 아침이라도 떠나야겠다고 생각해.」

드론은 입을 열지 않았다. 그는 고개를 떨어뜨린 채 눈을 들어 공작 영애를 힐끗 훔쳐보았다.

「말[馬]이 없읍니다.」 하고 그는 말했다. 「야코프 알파트이치에게도 이미 그렇게 말씀드렸읍니다만…….」

「어째서 없지?」 하고 공작 영애는 물었다.

「모두 하느님께서 내리신 벌입니다.」 하고 드론이 말했다. 「군대에 징발된 것도 있고 죽은 놈도 있읍니다. 금년에는 어쩐지 이렇게 꼬이기만 합니다. 이미 말 같은 것을 먹일 때가 아니라 사람이 굶지 않도록 손을 써야 될 때라고 생각됩니다. 벌써 사흘 동안 우리들은 아무것도 먹지 못하고 있읍니다. 아무것도 가진 것이 없읍니다. 깡그리 약탈당하고 말았읍니다.」

공작 영애 마리야는 조심스럽게 그의 말에 귀를 기울이고 있었다.

「농부들이 털렸다고? 식량이 없다고?」 하고 그녀는 물었다.

「굶어죽게 됐읍니다.」 하고 드론은 말했다. 「짐마차 이야기를 하고 있을 때가 아닙니다.」

「그런데 지금까지 왜 그런 이야기를 하지 않았지? 드로누쉬카, 도울 수 있는 길이 없다고 생각하는 거야? 내가 할 수 있는 일은 무엇이든 할 텐데…….」 공작 영애 마리야로서는 지금 자기가 이렇듯 슬픔에 잠겨 있을 때에도 세상에는 빈부의 차가 있어, 부자가 가난한 사람을 도울 수가 없다고 하는 것은 생각만 해도 이상스러운 것이었다. 그녀는 지주들에겐 저장해 둔 곡식이 있어서 때때로 이런 것이 농부들에게 분배된다는 이야기를 어디선가 들은 적이 있었다. 그리고 그녀는 또한 오라버니나 아버지라 한들 난처해진 농부들을 도와 주는 일을 거절한 까닭이 없다는 것도 잘 알고 있었다. 그녀는 다만 자기가 처분하려고 하는 곡식을 농부들에게 나누어 준다고 하는 사실에서 어떤 오해를 사게 되지 않을까 하는 그것만을 두려워했던 것이었다. 그녀는 그렇게 할 수 있는 구실이 새로 생겨 자기의 슬픔을 잊어버리게 된 것이 기뻤다. 그녀는 농부들의 빈곤 상태와 보구챠로보 저택에 얼마큼 식량이 있는지를 드로누쉬카에게 상세히 묻기 시작했다.

「집엔 오라버니의 식량이 있겠지?」 하고 그녀는 물었다.

「댁의 식량은 고스란히 남아 있읍니다.」하고 드론은 자랑스러운 듯이 말했다. 「서방님께서 절대로 팔지 말라고 하셨읍니다.」

「그걸 농부들에게 나누어 줘. 얼마든지 필요한 만큼 나눠 줘. 내가 오라버니를 대신해서 허락할 테니까.」하고 공작 영애 마리야는 말했다. 드론은 아무 말도 하지 않고 땅이 꺼질 듯한 한숨을 내쉬고 있었다.

「농부들이 필요한 만큼 식량이 있으면 곧 그들에게 나누어 주도록 해. 모두 나누어 주란 말이야. 나는 오라버니를 대신해서 명령하는 거야. 우리들 것은 농부들의 것이라고 이야기를 해줘. 나는 농부들을 위해서라면 아까울 게 아무것도 없어. 자, 그들에게 그런 말을 전해 줘.」

드론은 공작 영애가 이런 말을 하고 있을 때 그녀의 얼굴을 찬찬히 들여다보고 있었다.

「저를 해고시켜 주십시오. 아가씨, 제발 부탁입니다. 제가 가지고 있는 열쇠를 모두 내놓으라고 말씀해 주십시오.」하고 그는 말했다. 「이십 삼 년이란 세월을 섬겨 오는 동안 큰 잘못은 저지르지 않았읍니다. 제발 해고시켜 주십시오.」

공작 영애 마리야는 그가 무엇을 바라고 있고 또 왜 해고시켜 주기를 바라는지 몰랐다. 그래서 그녀는 다만 네 충성을 한 번도 의심해 본 일이 없다, 너와 농부들을 위해서라면 무슨 일이라도 할 생각이라고 대답했다.

11

이로부터 한 시간 뒤 두냐샤는 드론과 농부들 전체가 공작 영애의 분부대로 식량 창고 곁에 모여 주인과 이야기를 하고 싶다는 소식을 가지고 왔다.

「그러나 난 농부들을 부른 일이 없는데.」하고 공작 영애 마리야는 말했다. 「나는 그저 농부들에게 식량을 나누어 주라고 드로누쉬카에게 말했을 따름이야.」

「아가씨, 그들을 모두 쫓아 보내도록 명령하고 제발 거긴 가지 말아 주세요. 모두 거짓말이니까요.」하고 두냐샤는 말했다. 「야코프 알파트이치가 도착하는 대로 우리들은 곧 떠나도록 해요. 아가씨께서는 제발…….」

「거짓말이라니, 무슨 말이지?」하고 공작 영애는 놀란 듯이 물었다.

「저는 이제 다 알고 있어요. 제발 제 말을 좀 들어 주세요. 못 믿으시겠거든 유모에게 물어보세요. 저놈들은 아가씨의 분부대로 떠나는 데 반대하고 있어요.」

「너는 무슨 착각을 일으키고 있는 게 아니냐? 나는 그들에게 여길 떠나라고 한 일이 없어…….」하고 공작 영애 마리야는 말했다. 「드로누쉬카를 불러 줘.」

이내 드로누쉬카가 와서 두냐샤의 말을 뒷받침했다. 농부들은 공작 영애 마리야의 분부로 모였다는 이야기였다.

「그렇지만 난 그들을 부른 일은 없어.」하고 공작 영애는 말했다. 「아마 네가 말을 잘못 전한 거겠지. 나는 다만 농부들에게 식량을 나누어 주라고 이야기했을 따름이야.」

드론은 어떻다고도 대답하지 않고 그저 긴 한숨만을 내쉬었다.

「아가씨께서 직접 말씀하시면 모두 돌아갈 것입니다.」하고 그는 말했다.

「아냐, 좋아, 내가 나가 보겠어.」하고 공작 영애 마리야가 말했다.

두냐샤와 유모가 말리는 데도 듣지 않고 공작 영애 마리야는 입구의 층층대 쪽으로 나갔다. 드로누쉬카, 두냐샤, 유모, 미하일 이바느이치 등이 그 뒤를 따랐다.

『아마 식량을 나누어 준다니까 내가 그들을 이곳에 버려 두고 프랑스 사람들이 그들을 멋대로 다루도록 내맡긴 채 두고 혼자만 도망치려는 건 줄 아는 모양이다.』하고 공작 영애 마리야는 생각했다. 『그렇다면 모스크바에 있는 소유지로 같이 가서 살 집도 주고 다달이 생활비도 주겠다고 약속하자. 오라버니 안드레이라도 내 처지가 되면 그보다 더 잘해 줄 것이다.』그녀는 곡창(穀倉) 가까이의 목장에 모여 있는 농부들을 향해 황혼 속을 걸어가면서 이렇게 생각했다.

농부들은 한 군데 모여 웅성거리더니 얼른 모자를 벗었다. 공작 영애 마리야는 발이 옷자락에 감기면서 눈을 밑으로 내리깔고 그들에게로 가까이 갔다. 나이 든 사람, 젊은 사람의 가지 각색 얼굴이 그녀에게로 향해졌다. 게다가 또 색다른 무수한 눈들이 자기에게로 쏠리고 있었기 때문에 공작 영애 마리야는 누구의 얼굴도 내려다볼 수가 없었다. 그리고 여러 사람을 상대로 이야기해야 한다고 생각하니 어떻게 해야 좋을지 갈피를 잡을 수가 없었다. 그러나 자기는 아버지와 오라버니의 대표자라는 의식이 다시 그녀에게 힘을 북돋아 주었다. 그래서 그녀는 용기를 내어 연설을 시작했다.

「당신네들이 이리로 와 주어서 고맙게 생각합니다.」공작 영애 마리야는 심장이 크게 고동치고 있음을 느끼면서 눈을 들지 않은 채 이렇게 말을 시작했다. 「드로누쉬카의 말을 들으니 당신네들은 전쟁 때문에 큰 고통을 겪고 있는 모양이더군요. 이런 고통은 우리가 모두 공동으로 겪는 재난이며 당신네들을 도울 수 있는 일이라면 나는 어떤 것이건 아깝게 여기지 않겠읍니다. 나는 이곳이 위험하기 때문에 여길 떠날 생각입니다.……적이 벌써 우리 가까이까지 와 있으니까요

……그리고……나는 당신네들에게 무엇이든 고스란히 다 나누어 드리겠어요. 나는 당신네들을 내 벗이라고 생각하고 있으니 모두 가지고 가도록 하세요. 내가 당신네들에게 식량을 나누어 주는 것이 당신네들을 여기 남겨 놓기 위해서라고 말하며 다니는 사람이 있을지도 모릅니다. 그러나 그건 당치도 않은 말이에요. 오히려 나는 당신네들이 가재 도구를 몽땅 가지고 모스크바의 소유지로 가 주길 바라고 있읍니다. 거기에 가면 내가 당신네들을 모두 책임지고 어려운 일이 없도록 도와 드리겠읍니다. 꼭 약속하지만, 집도 먹을 것도 모두 나눠 드리겠읍니다.」 공작 영애는 여기서 말을 그쳤다. 군중들 가운데서는 한숨 소리만이 들렸다.

「나는 나 혼자서 이런 생각을 하고 있는 게 아니에요.」 하고 공작 영애는 말을 계속했다. 「나는 당신네들에게 좋은 주인이었던 돌아가신 제 아버지와 그의 아들인 제 오라버니를 대신해서 이런 생각을 품게 된 거예요.」

그녀는 다시 말을 그쳤다. 아무도 그녀의 침묵을 깨뜨리지 않았다.

「이번 재난은 우리 모두가 겪는 재난이기 때문에 우리는 그 재난을 같이 나누어 가지지 않으면 안 됩니다. 내 물건은 바로 당신네들의 물건이에요.」 앞에 서 있는 사람들의 얼굴을 휘둘러보면서 그녀는 말했다.

여러 사람의 눈은 모두가 똑같은 표정으로 그녀를 쳐다보고 있었으나 그녀는 그 뜻을 이해할 수가 없었다. 호기심인지, 복종의 뜻인지, 감사의 뜻인지, 또는 놀라움을 나타내는 것인지, 의심을 품은 눈인지, 가릴 수가 없었다. 그러나 아뭏든 사람들의 얼굴 표정은 모두가 한결같았다.

「자비심을 베풀어 주셔서 고맙기 이를 데 없읍니다만 그렇다고 주인의 식량을 그대로 가져갈 수는 없읍니다.」 뒤쪽에서 몇 사람의 목소리가 이렇게 말했다.

「어째서 그렇죠?」 하고 공작 영애는 말했다.

아무도 대답하는 사람이 없었다. 공작 영애 마리야가 군중들을 휘둘러보려니까 자기와 마주친 사람들의 눈이 곧 자기의 시선을 피하고 있음을 느꼈다.

「어째서 그게 싫단 말이죠?」 하고 그녀는 다시 물었다.

아무도 대답하는 사람이 없었다.

공작 영애 마리야는 이 침묵이 견딜 수 없어졌다. 그녀는 누군가의 시선을 포착하려고 했다.

「어째서 말을 하지 않는 거죠?」 지팡이에 의지해서 자기 앞에 서 있는 늙은이를 붙들고 그녀는 이렇게 물었다. 「그 밖에 또 무엇이든 더 필요한 것이 있으면 이야기해 주세요. 무슨 요구든지 들어 줄 테니까.」 하고 늙은이의 시선에 못박으며 그녀는 말했다. 그러나 그는 이 말이 그의 신경을 건드린 듯 고개를 숙이고 이렇게 말했다.

「무엇 때문에 우리에게 모든 걸 버리라고 하는 겁니까? 불찬성입니다. 찬성할 수 없어요. 당신한테는 안 됐지만 그대로 따를 수는 없읍니다. 가겠거든 혼자서나 가세요…….」군중 속의 여기저기서 이런 소리가 들려 왔다. 다시 군중들의 얼굴에는 똑같은 표정이 떠올랐다. 그것은 이미 호기심이나 감사의 표정이 아니라 적의에 찬 결의의 표정이었다.

「아마 당신네들은 잘 모르고 있었을 겁니다.」하고 씁쓸한 미소를 지으면서 공작 영애 마리야는 말했다.「어째서 가지 않겠다는 겁니까? 나는 당신네들에게 집을 주고 먹여 준다고 약속하고 있는데도. 여기 있으면 적이 쳐들어와 당신들을 마구 짓밟아 버릴 겁니다…….」그러나 그녀의 목소리는 군중들의 노한 목소리 때문에 지워지고 말았다.

「그래도 찬성할 수 없읍니다. 짓밟히든 말든 그냥 버려 두십시오! 당신네 식량을 가져갈 필요도 없고 당신 말에 따를 수도 없읍니다!」

공작 영애 마리야는 다시 군중들 가운데서 누군가의 시선을 붙잡으려고 했으나 사람들은 하나같이 그녀에게서 시선을 돌리고 있었다. 모든 눈이 분명히 그녀를 피하고 있었다. 그녀는 이상스럽기도 하고 거북하게도 생각되었다.

「달콤한 말로 우릴 속이려는 게 아냐? 저 여자를 따라가면 신세 망치고 말 거야! 집은 황폐하게 되고 자유를 빼앗기는 것이 고작이지. 뭐라고? 식량을 몽땅 주겠다고!」군중들 사이에서 이런 소리가 들려 왔다.

공작 영애 마리야는 고개를 숙인 채 군중들에게서 떠나 집으로 들어갔다. 그녀는 드론에게 내일 떠날 수 있도록 말을 준비하라고 거듭 부탁한 뒤 자기 거실로 들어가 혼자서 깊은 생각에 잠겼다.

12

이 날 밤 공작 영애 마리야는 문을 활짝 열어젖뜨린 채 창가에 앉아서 마을 쪽에서 들려 오는 농부들의 떠드는 소리에 한참 동안 귀를 기울이고 있었다. 그러나 그녀가 생각한 것은 농부들에 관해서가 아니었다. 농부들에 대해서는 아무리 생각해 봐도 도무지 이해할 수 없음을 깨달았던 것이다. 그녀는 단 하나, 자기의 슬픔만을 되씹고 있었다. 그 슬픔은 현실에 대한 사려 때문에 중단되어 버린 지금은 이미 과거의 것이 되어 있었기 때문에, 이제는 그것을 회상할 수도 있었고 울 수도 있었고 기도를 드릴 수도 있었다. 해가 지는 것과 함께 바람도 잠잠해졌다. 조용하고 상쾌한 밤이었다. 열 한 시쯤 되자 사람들의 목소리도 잠잠해지기 시작했다. 닭이 울었다. 그리고 보리수나무 그늘에서 동그란 달이 떠올랐다. 이슬을 머금은 시원스런 흰 안개가 일어나고, 마을과 집들 위에 정적이 깃들었다.

그녀의 상상 가운데 하나는 가장 가까운 과거──아버지의 병과 그 임종 전의 광경이 차례차례로 눈앞에서 펼쳐졌다. 그녀는 지금 그러한 상상을 쓸쓸한 환회 속에서 되씹고 있었다. 다만 아버지의 죽음의 마지막 정경만은 공포 때문에 스스로 밀어내고 있었다.

그것은 이렇듯 조용한 신비로운 밤에는 비록 상상 속일지라도 도저히 바라볼 만한 힘이 없다고 느끼고 있었기 때문이다. 그리고 이러한 가지가지의 광경은 너무나 생생하고 세세한 점까지 그녀의 마음 속에 떠올랐기 때문에 때로는 현실인 것처럼, 때로는 과거에 있었던 일처럼, 때로는 미래에 있을 일처럼 생각되는 것이었다.

그녀의 상상 가운데는 아버지가 발작을 일으켰던 순간의 광경이 생생하게 떠올랐다. 아버지는 르이스이예 고르이의 뜰에서 두 팔을 부축받아 이끌려 오면서 힘없이 혀를 움직여 무엇인가 중얼거리기도 하고 하얗게 센 눈썹을 찡그리기도 하면서 불안한 듯이 그녀를 바라보기도 했었다.

『아버지는 돌아가실 때 하실 말씀을 벌써 그때부터 나한테 하시려고 했던 것인지도 모른다.』고 그녀는 생각했다.『그때 나한테 하실 말씀을 아버지는 항상 가슴 속에 품고 계셨던 것이다.』그녀는 르이스이예 고르이에서의 하룻밤의 일을 상세히 돌이켜 보았다. 그것은 아버지가 발작을 일으키기 전날 밤, 그러니까 자기가 이번 불행을 미리 예견하고서 아버지의 뜻을 거역하고 그와 함께 남아 있었던 때의 일이었다. 그녀는 좀처럼 잠들 수가 없었기 때문에 밤중에 발소리를 죽이고 살금살금 아래층으로 내려가 그 날 밤 아버지가 주무시기로 한 온실 문 앞으로 다가가 귀를 기울였었다. 그는 무척 피곤한 목소리로 찌혼과 이야기를 나누고 있었다. 아버지는 크리미야의 얘기며 따뜻한 겨울밤의 일이며 여제(女帝)에 대해서 무엇인가 얘기하고 있었다. 아무래도 그는 무슨 이야기인가 하고 싶었던 모양이다.『그렇다면 아버지는 그때 왜 나를 부르지 않으셨을까? 어째서 아버지는 그 찌혼 대신 나를 부르지 않으셨을까?』공작 영애 마리야는 그 당시도 지금과 같은 생각을 했었다.『이제는 아버지도 마음 속에 품으셨던 일을 아무에게도 말씀하실 수가 없게 되고 말았다. 아버지에게나 나에게나 그때의 그 순간은 두 번 다시 돌아오지 않는 것이다. 그때 같았으면 말씀하고 싶었던 것을 무엇이든지 말씀해 버리실 수가 있었을 것이고, 그리고 찌혼이 아니라 내가 그 자리에 같이 있었더라면 아버지의 심경을 이해할 수도 있었을 텐데! 나는 어째서 그때 아버지 방에 들어가지 않았을까?』하고 그녀는 생각하는 것이었다.『그랬더라면 아버지는 돌아가시던 날 말씀하셨던 그 말을 그때 말씀하셨을는지도 모르는데.……그때 아버지는 찌혼과 말씀하시면서 나에 관해서 두 번이나 물으셨었다. 아버지는 틀림없이 내가 보고 싶으셨던 것이다. 그런데도 나는 문 밖에 서 있기만 했었다. 아버지께서는 자신의 마음을 이해해 주지 못하는 찌혼과 이야기하시는 게 몹시 따분하고 괴로우셨을지도 모른다. 그렇지, 그렇지, 아버지는 리자에 관해서 마치 산 사람에 관해서 이야기하듯 찌혼에게 말씀하셨다. 아버지는 리자가 죽은 걸 잊고 계셨나 보다. 찌혼이 리자는 이미 죽었다고 말하자 아버지는 바보라고 고함을 치셨다. 아버지는 괴로우셨던 것이다. 내가 문틈으로 흘러나오는 소리를 들으니 아버지는 신음 소리를 내시면서 침대에 드러누워『아, 울적하다!』하고 커다랗게 말씀하셨다. 나는 그때 왜 들어가지 않았을까? 그때 내가 들어갔다고 해서 아버지가 무슨 일을 하셨겠는가? 내가 잃어버릴 만한 무엇이 있었단 말인가! 그때 나에게 그 말씀 한 마디를 하셨던들 아버지의 마음은 훨씬 홀가분해지셨을 텐데.』 공작 영애 마리야는 아버지가 임종의 날에 입 밖에 낸 부드러운 말을 입 밖에 내어 말해 보았다. 「귀여운 딸!」이렇게 되풀이하면서 공작 영애 마리야는 눈물로 마음을 씻어 내는 것처럼 하염 없이 울었다. 그녀는 아버지의 얼굴을 눈앞에 보고 있었다. 그것은 그녀가 철이 든 이래 보아 온, 언제나 멀리에서 본 그 얼굴이 아니라 아버지의 말을 들으려고 바싹 가까이 다가가서 똑똑히 들여다본, 그 겁에 질린 듯한 쇠약해진 주름살투성이의 바로 그 얼굴이었다.

「귀여운 딸.」하고 그녀는 또다시 되풀이했다.

『이 말을 하셨을 때 아버지는 무엇을 생각하셨을까? 지금은 무슨 생각을 하고 계실까?』이런 의문이 문득 그녀의 머리에 떠올랐다. 그러자 이 의문에 대한 대답으로서, 하얀 헝겊으로 턱이 비끄러매여 관 속에 누인 아버지의 얼굴에 나타난 표정이 그녀의 눈앞에 나타났다. 그리고 아버지 뺨에 입술을 대 보고, 이 사람은 나의 아버지가 아닐 뿐만 아니라 어떤 신비적인, 가까이 다가갈 수 없는 것이라고 생각했을 때 그녀가 사로잡혔던 공포, 그때의 그 공포가 지금 그녀를 다시 사로잡는 것이었다. 그녀는 생각을 다른 데로 돌리려고도 했고 기도를 올리려고도 했으나 어떻게 할 수가 없었다. 그녀는 커다랗게 눈을 뜨고 달빛과 그 그림자를 보면서 지금이라도 금방 아버지의 죽은 얼굴 모습이 나타날 것 같았다. 그리고 집 안팎의 지배하고 있는 정적이 자기의 온 몸을 비끄러매고 있는 듯이 느껴졌다.

「두냐샤!」하고 그녀는 가만히 불렀다. 「두냐샤!」거친 목소리로 이렇게 소리치고는 고요를 떨치고 하녀 방 쪽으로 뛰어갔다. 그 목소리에 놀라서 유모와 하녀가 뛰쳐나왔다.

13

8월 17일 로스토프와 일리인은 포로가 되었다가 풀려 나온 라브루쉬카와 전령인 경기병 한 사람을 데리고 보구챠로보에서 십 오 베르스타 떨어진 얀코보의 숙영지를 출발했다. 일리인이 새로 산 말을 시험해 볼 겸 마을에 건초(乾草)가 있는지 없는지를 알아보기 위해서였다.

보구챠로보는 이틀 전부터 두 나라 군대의 틈 사이에 끼어 있었기 때문에 프랑스 전위나 러시아의 후위가 쉽사리 들어올 가능성이 있었다. 그래서 빈틈 없는 중대장인 로스토프는 보구챠로보에 남아 있는 식량을 프랑스군이 이용하기 전에 가져올 심산이었다.

로스토프와 일리인은 극히 상쾌한 기분이었다. 이들은 공작의 소유지 안의 저택에는 많은 하인과 어여쁜 하녀들이 있으리라고 생각하고 있었다. 보구챠로보로 가는 도중에 이들은 나폴레옹이 어떤 사람인지 라브루쉬카에게 꼬치꼬치 캐묻기도 하고 그의 어이 없는 말에 낄낄거리며 웃기도 하고 일리인의 새 말을 시험하면서 달리기도 했다.

로스토프는 자기가 지금 향하고 있는 이 마을이 누이의 약혼자였던 볼콘스키이의 소유지인 줄은 알지 못했고 생각해 보지도 않았다.

보구챠로보를 눈앞에 둔 비탈까지 와서 로스토프는 마지막으로 일리인과 한 번 경주를 했다. 그리고 일리인을 가볍게 앞지르고 먼저 보구챠로보 마을로 뛰어들었다.

「내가 뒤떨어졌군.」 얼굴이 새빨개진 일리인이 이렇게 말했다.

「그야 언제나 내가 이기지. 초원에서도 그랬고 여기에서도 역시 내가 앞질렀단 말이야.」 땀에 흠뻑 젖은 돈산(産)의 자기 애마를 한 손으로 쓰다듬으면서 로스토프는 대답했다.

「그런데 중대장님, 저는 프랑스산(産) 말로.」 라브루쉬카가 뒤따르면서 말했다. 그는 자기가 타고 있는 마차용 말을 프랑스산 말이라고 부르고 있었다. 「얼마든지 앞지를 수 있었지만 중대장님의 체면을 봐서 그렇게 하지 않았읍니다.」

그들은 말을 몰아 곡창 쪽으로 달려 갔다. 그곳에는 농부들이 떼를 지어 모여 있었다.

농부들 가운데는 모자를 벗는 사람도 있었으나 개중에는 모자를 벗지 않고 말을 타고 그들에게로 다가오는 사람들을 그저 물끄러미 바라보고 있는 사람도 있었다. 주름살투성이의 얼굴에 엉성한 턱수염을 기른 나이 든 훤칠한 키의 두 농부가 껄껄 웃으면서 주막에서 나와 뜻도 통하지 않는 노래를 부르면서 비틀비틀 장교들에게 다가오고 있었다.

「기분들 좋아!」 하고 로스토프는 빙그레 웃으면서 말했다.

「건초가 있나?」

「그런데 웬일로 두 사람 다 똑같은 얼굴을 하고 있지……」 하고 일리인이 말했다.

「어쩌면 즐거……어……어어……어운……이야……기……이야……아기…….」 한없이 행복하다는 듯한 미소를 짓고 한 농부가 노래했다.

농부 한 사람은 여러 사람들 사이에서 빠져 나와 로스토프에게로 다가왔다.

「당신네들은 어느 편이시죠?」 하고 그는 물었다.

「프랑스군이야.」 하고 일리인은 웃으면서 대답했다. 「여기 이분이 바로 나폴레옹 각하시다.」 하고 그는 라브루쉬카를 가리키면서 말했다.

「그러니까 러시아 사람들이시겠죠?」 한 농부가 이렇게 되물었다.

「당신네 편 군대는 여기에 많이 남아 있읍니까?」 몸집이 조그만 다른 한 농부가 그들에게로 다가오면서 물었다.

「많지, 많고 말고.」 하고 로스토프가 대답했다. 「그런데 자네들은 무엇 때문에 여기에들 모여 있지?」 하고 그는 덧붙였다. 「무슨 좋은 일이라도 있나?」

「마을 일 때문에 늙은이들이 모여 있는 겁니다.」 농부 한 사람이 그들 곁을 떠나면서 대답했다.

이때 저택으로 통하는 길 위에 두 여자와 흰 모자를 쓴 한 남자가 나타나 장교들 쪽으로 가고 있었다.

「장미빛 옷을 입고 있는 것이 내 거야. 손을 대면 가만 두지 않을 테다.」 자기들 쪽으로 성큼성큼 걸어오고 있는 두냐샤를 보고 일리인은 이렇게 말했다.

「나누어 주셨으면 하는데요!」 하고 라브루쉬카는 눈으로 신호하고 일리인에게 말했다.

「아름다운 아가씨, 무슨 볼일이시오!」 하고 일리인은 싱글벙글 웃으면서 말했다.

「당신네들이 어느 연대 분이고, 이름은 뭐라고 하는지 물어보고 오라는 우리 아가씨의 분부를 받고 왔어요.」

「이분은 중대장인 로스토프 백작이고 나는 당신의 충실한 하인입니다.」

「……이……야……아……기……이!……」술이 취한 농부는 자못 행복한 듯이 껄껄 웃으면서 하녀와 이야기를 하고 있는 일리연을 바라보고 이렇게 노래를 불렀다. 두냐샤에 이어 이번에는 알파트이치가 멀리서부터 모자를 벗어 들고 로스토프 쪽으로 다가왔다.

「바쁘신데 죄송합니다만, 대장님.」하고 그는 공손한 가운데 이들 젊은 장교들을 어느 정도 깔보듯이 한쪽 손을 호주머니에 넣은 채 말했다. 「저의 주인은 이 달 십 오 일에 돌아가신 전(前) 육군 대장 니콜라이 안드레예비치 볼콘스키이 공작의 따님이십니다만 이 작자들의.」하고, 그는 농부들을 가리켰다. 「무지 때문에 곤경에 빠져 당신네께서 들러 주시기를 청하고 있읍니다만……어떡하시려는지요.」하고 알파트이치는 어두운 미소를 지으며 말했다. 「잠깐 옆으로 가 주실까요……이 작자들 곁에서는 좀…….」이렇게 말하고 알파트이치는 마치 말에 달라붙는 파리처럼 자기의 뒤를 따르고 있는 두 농부를 가리켰다.

「어이!……알파트이치……이봐! 야코프 알파트이치! 대단하다! 아무쪼록 용서해 다오. 대단한데! 응?」두 농부는 기쁜 듯이 싱글거리면서 알파트이치에게 이렇게 말했다. 로스토프는 술에 취한 농부들을 쳐다보고 씩 웃었다.

「아니, 그래 대장님께서는 이게 뭐 위안이 되기라도 한다는 겁니까?」하고 야코프 알파트이치는 호주머니 속에 넣지 않은 쪽 손으로 늙은이들을 가리키면서 진지한 태도로 말했다.

「아니야, 위안이 되고 말고 할 것도 없어.」로스토프는 이렇게 말하고는 한옆으로 갔다. 「도대체 어떻게 되었다는 건가?」하고 그는 물었다.

「죄송합니다만 대장님께 여쭙겠는데, 이곳의 무지한 농부들이 공작 따님을 이 소유지에서 내보내지 않으려고 말을 수레에서 떼겠다고 위협하고 있읍니다. 그래서 아침부터 완전히 짐은 꾸려져 있는데도 따님께서는 여태 떠나시지 못하고 있는 형편입니다.」

「그런 일이 있을 수가 있나!」하고 로스토프는 소리쳤다.

「정말 거짓 없는 진실을 말씀드리고 있는 것입니다.」하고 알파트이치는 되풀이했다.

로스토프는 말에서 내려 고삐를 전령에게 건네고서는 더 자상한 경위를 물으면서 알파트이치와 함께 본관 쪽으로 걸어갔다. 확실히 어제 공작 영애가 농부들에게 식량을 나누어 주겠다고 제의한 것과 드론을 비롯한 많은 농부들에게 그러한 이야기를 한 것이 완전히 일을 그르쳐 놓아 버렸던 것이다. 마침내 드론은 열쇠를 내동댕이치고 농부들 편에 가담하여 알파트이치가 데리러 보내도 나오지 않았다. 오늘 아침 공작 영애가 이곳을 떠나기 위해 말을 수레에 채우라고 일렀을 때 농부들은 큰 떼를 지어 곡창으로 몰려와, 저택으로 사람을 보내어 이곳을 떠나지 말라는 명령이 있었으니까 말을 마차에서 떼어 버리겠다, 그리고 공작 영애를 마을에서 내보낼 수 없다, 하고 말하도록 했던 것이다. 알파트이치는 농부들에게로 가서 여러 가지로 달래 보았으나 그들은 그저 공작 영애를 마을에서 내보낼 수 없다, 이것은 상부의 포고이니 할 수 없고 공작 영애가 여기 남아 있기만 하면 자기네들은 지금까지와 다름 없이 주인으로서 깍듯이 모시고 그 명령에 복종하겠다고만 말하는 것이었다(이런 말은 주로 카르프의 입에서 나왔고, 드론은 군중 속에 숨어 모습을 나타내지 않았다).

로스토프와 일리인이 가도를 말로 달리고 있을 때, 공작 영애 마리야는 알파트이치며 식모며 하인들의 만류도 듣지 않고 마차에 말을 채우게 하여 출발하려 하고 있었다. 그러나 이때 말에 탄 군인들이 달려오는 것을 보고 사람들은 그것을 틀림없이 프랑스군일 것이라고 생각했다. 마부들은 도망을 치고, 집안에서는 여자들의 울음 소리가 일어났다.

「아아! 이건, 생명의 은인이십니다! 당신은 하느님의 사자이십니다.」 로스토프가 대기실을 지나갈 때 이렇게 감동에 찬 목소리로 고함치는 소리가 들렸다.

로스토프가 공작 영애 마리야에게로 안내를 받고 홀로 들어가 보니 그녀는 허탈감에 빠져 의자에 축 늘어져 있었다. 그녀는 그가 어떤 사람이며 무엇 때문에 왔는지, 또 자기가 어떻게 될지를 전혀 알지 못하고 있었다. 그러나 러시아인답게 생긴 얼굴을 보고 그가 방안으로 들어설 때의 태도나 처음 입 밖에 낸 말씨로 보아, 그가 자기와 같은 사회 계급의 사람임을 알고는 공작 영애 마리야는 깊이가 있고 빛나는 눈빛으로 손님을 쳐다보면서 흥분 때문에 토막토막 끊어지는 말로 이야기를 시작했다. 로스토프는 그녀와 만나는 순간, 어쩐지 낭만적인 환상을 느꼈다. 『난폭한 폭도들 가운데 혼자 남겨진 몸을 보호할 재주도 없는 슬픔에 잠긴 아가씨! 내가 이곳으로 온 것은 어떤 불가사의한 운명의 작용에 의한 것이다!』 로스토프는 그녀의 말을 들으면서, 그녀의 얼굴을 쳐다보면서 이렇게 생각했다. 『얼굴빛이고 표정이고 어쩌면 저렇게 부드럽단 말인가! 그리고 어쩌면 저렇게도 품위가 있어 보일까!』 그는 겁에 질린 듯한 공작 영애 마리야의 이야기를 들으면서 이렇게 생각했다.

그녀가 이런 일들이 모두 아버지의 장례식이 끝난 다음 날 일어난 것이라고 말할 때 그 목소리는 떨리고 있었다. 그녀는 얼굴을 돌렸지만 상대방의 동정을 강요하기 위해 그런 소리를 했다고 오해를 받지는 않을까 하고 그의 눈치를 살피는 듯한 눈빛으로 그를 쳐다보았다. 로스토프의 눈에는 눈물이 글썽거렸다. 공작 영애 마리야는 그것을 보고, 그 아름답지 못한 얼굴을 잊게 하는 그 찬란한 눈으로 로스토프를 고맙다는 듯이 쳐다보았다.

「제가 우연히 이곳에 들렀다가 당신을 위해서 도움이 될 만한 기회를 가질 수 있게 된 것을 얼마나 다행스럽게 생각하는지 말로는 전부 표현하지 못하겠읍니다.」하고 로스토프는 자리에서 몸을 일으키면서 말했다.「부디 이곳을 출발하십시오. 제가 당신을 호위할 수 있도록 허락해 주신다면 저는 지금 명예를 걸고 결코 아무도 당신에게 무례한 짓을 못 하도록 해드리겠읍니다.」그는 마치 황족의 부인을 대할 때처럼 공손히 인사하고 문으로 향했다.

로스토프가 이렇게 공손한 태도를 보였던 것은 그녀와 알게 된 것을 행복하게 생각하고는 있지만 그녀의 불행을 미끼로 해서 접근을 꾀한다든가 하는 짓은 하고 싶지 않다는 기분을 나타내기 위해서였던 모양이다.

공작 영애 마리야는 그것을 깨닫고 그런 심정을 고맙게 생각하고 있었다.

「무어라고 감사의 말씀을 드려야 할지.」공작 영애는 프랑스어로 이렇게 말했다.「그러나 이런 일들은 모두가 단순한 오해 때문이지 누가 잘못해서 일어난 일은 아녜요.」공작 영애는 와락 울음을 터뜨렸다.「용서하세요, 이런 꼴을 보여 드려서.」하고 그녀는 말했다.

로스토프는 울 것 같은 표정으로 눈썹을 치켜올리면서 한 번 더 정중히 인사를 하고 그대로 방에서 나갔다.

14

「어때요, 예쁘던가요? 아니, 중대장님, 제 장미빛 처녀는 훌륭해요. 두냐샤라고 부릅니다…….」이런 말을 하면서 로스토프의 얼굴을 쳐다보았던 일리인은 갑자기 말을 그쳤다. 그는 자기가 숭배하는 용감한 중대장이 전혀 그와는 다른 생각을 가지고 있었음을 눈치챘기 때문이다.

로스토프는 못 마땅한 듯이 일리인을 돌아보며 그의 말에는 대꾸도 하지 않고 마을 쪽으로 급히 걸어갔다.

「놈들, 본때를 보여 줘야지. 강도 같은 놈들, 정신을 차리게 할 테다!」하고 그는 혼자 중얼거렸다.

알파트이치는 달리는 듯, 헤엄을 치듯하면서 겨우 로스토프를 뒤따랐다.

「그래, 어떤 결론을 얻었읍니까?」그는 로스토프를 뒤따라 오자 이렇게 물었다.

로스토프는 걸음을 멈추었다. 그리고 주먹을 불끈 쥐면서 갑자기 험상궂은 표정을 짓고 알파트이치에게 대들었다.

「결론? 무슨 결론이야? 이 죽지도 못 한 놈아!」하고 그는 알파트이치에게 버럭 소리를 질렀다. 「너는 그래 무얼 하고 있었어, 응? 농부들은 반란을 일으켰는데 너는 그것 하나 처리하지 못하나? 너 역시 반역자다. 나는 너 같은 인간들을 잘 알고 있어. 모두 껍데기들을 벗겨 놔 주고 말 테다!」그는 이렇게 말하면서, 모처럼 축적된 분노를 아무렇게나 해소하기를 싫어하듯이 알파트이치를 그 정도 해두고 급히 앞으로 나아갔다. 알파트이치는 화가 나는 것을 꾹 참고 여전히 헤엄치듯하는 걸음으로 로스토프의 뒤를 쫓으면서 자기의 생각을 계속해서 말했다. 그의 의견으로는 농부들은 흥분해서 이해시키기 어려우니까 이런 경우에 군대도 거느리지 않고 그들과 대결한다는 것은 무모한 짓이니 우선 군대를 부르는 편이 좋지 않겠느냐는 것이었다.

「나는 놈들에게 군대가 무엇인지 가르쳐 줘야겠어.……내가 놈들과 대결하겠어.」니콜라이는 무모한 동물적인 격분과 그러한 격분을 폭발시키지 않으면 입에서 불이 붙을 것 같은 끓는 피로 숨을 헐떡거리면서 앞뒤 분별도 없이 그렇게 내뱉었다. 그는 무엇을 어떻게 해야 되겠다는 계획도 없이 화가 나서 결연한 걸음으로 자기도 모르는 사이에 군중 쪽으로 가까이 갔다.

그가 군중들에게로 가까이 감에 따라 알파트이치는 이런 무모한 행위가 오히려 좋은 결과를 가져올지도 모른다는 느낌이 점점 커졌다. 농부들의 무리도 로스토프의 결연한 걸음걸이와 눈썹을 치켜올린 결의에 찬 얼굴을 보자 역시 그러한 느낌을 가지게 되었다.

경기병들이 마을로 들어오고 로스토프가 공작 영애에게로 간 뒤 군중들 가운데는 동요와 분열이 생겼다. 일부의 농부들은 지금 온 군대가 러시아 군대이니 공작 영애를 우리가 붙들었다고 알면 화를 내지나 않겠느냐고 했다. 드론도 그러한 의견이었다. 그러나 그가 이러한 말을 꺼내자마자 카르프와 그 밖의 농부들은 지금까지 촌장이었던 그에게 덤벼들었다.

「네놈은 오랜 세월 동안 이 마을 사람들을 못 살게 굴었잖아?」하고 카르프는 드론에게 소리쳤다. 「너한테는 어떻게 되든 답답할 게 없을 거야! 돈 항아리를 파내 가지고 도망치면 그만이니까. 우리들의 집이 모두 약탈을 당하건 말건 너한테는 아무런 상관이 없잖아?」

「질서를 쟈키고 아무도 집 밖으로 나가지 말고 아무것도 마을 밖으로 내보내면 안 된다는 것이 포고의 내용이야. 할말 없겠지!」다른 사람이 이렇게 소리를 질렀다.

「그때만 해도 네 아들놈의 차례였는데, 너는 그 뚱뚱보가 가엾어져서.」몸집이 작은 한 늙은이가 냅다 재빨리 이렇게 소리치면서 드론에게 대들었다. 「우리 바니카를 군대에 보냈지 뭐야. 이렇게 된 바에야 모두 죽으면. 되는 거지.」

「그렇지, 죽으면 그만이야!」

「나는 뭐 마을 사람들에게 반대하는 게 아냐.」하고 드론은 말했다.

「그럴 테지. 반대하지는 않을 테지. 흥, 말 좋다. 제 배때기는 단단히 살이 쪘으니까!」

키가 큰 두 농부가 멋대로 지껄였다. 로스토프가 일리인과 라브루쉬카, 알파트이치를 데리고 군중들에게 가까이 가자 카르프는 손가락을 허리띠 사이에 끼우고 가볍게 미소를 지으면서 앞으로 나아갔다. 드론은 그와 반대로 뒷걸음질해서 군중들의 뒤쪽으로 몸을 사렸다. 군중들은 한 덩어리가 됐다.

「어이! 너희들의 촌장은 누구야?」로스토프는 빠른 걸음으로 군중에게 다가가면서 이렇게 외쳤다.

「촌장이라고요? 무슨 볼일이시죠?」하고 카르프는 물었다.

그러나 그가 말을 채 마치기도 전에 그의 머리에서 모자가 휙 날아가고, 그의 머리는 억센 주먹의 타격 때문에 한쪽으로 기울어졌다.

「모자들을 벗어, 반역자들 같으니!」핏대를 올린 로스토프가 이렇게 소리쳤다. 「촌장은 어느 놈이야!」하고 그는 미친 듯이 소리쳤다.

「촌장, 촌장을 부르고 계시잖아……드론 자하르이치, 너를 부르고 계시잖아.」하는 다급하고 온순한 목소리가 여기저기에서 들렸다. 농부들은 모자를 벗기 시작했다.

「우리는 반란을 일으키고 있는 게 아닙니다. 우리들은 질서를 지키고 있는 것입죠.」카르프가 이렇게 입을 열자 그 순간 뒤쪽에서 몇 사람의 농부들이 일시에 말하기 시작했다.

「이건 나이 많은 사람들이 정한 대로 한 것뿐입니다만, 당신네의 명령이 하도 여러 가지라서…….」

「나한테 시비를 하자는 건가?……반역자들 같으니……도둑놈들! 변절자들!」로스토프는 카르프의 멱살을 움켜잡으면서 자기 목소리라고 생각되지 않는 목소리로 아무렇게나 외쳤다.

「이놈을 잡아매, 묶으란 말이야!」하고 그는 라브루쉬카와 알파트이치 외에 묶을 사람이 없는데도 이렇게 외쳤다.

그래도 라브루쉬카는 카르프에게로 쭈르르 달려가 그의 두 손을 힘껏 뒤로 붙잡았다.

「산기슭에 있는 군대를 부를까요?」하고 그는 외쳤다.

알파트이치는 두 농부를 지명해서 카르프를 묶도록 명령했다. 두 사람은 군중들 사이에서 순순히 나와 자기의 허리띠를 끄르기 시작했다.

「촌장은 어디 있나?」하고 로스토프는 소리쳤다.

새파랗게 질린 얼굴을 찌푸리면서 드론이 군중 사이에서 나왔다.

「네가 촌장이야? 라브루쉬카, 이놈도 묶어!」이런 명령은 절대로 거역을 받을 리가 없다고 믿고 있기라도 한 듯이 로스토프는 외쳤다. 실제로 또 두 농부가 드론을 묶기 시작했다. 드론은 자기가 거들듯이 하여 자기의 허리띠를 끌러 두 사람에게 건넸다.

「너희들은 모두 내 말을 잘 들어.」로스토프는 농부들에게 이렇게 말했다.「너희들은 곧장 집으로 돌아가. 만약 너희들의 목소리가 조금이라도 내 귀에 들려오면 용서하지 않을 테니까.」

「이제 무슨 꼴인가? 우리들은 나쁜 짓을 한 것도 아닌데. 그저 조금 어리석었다뿐이지. 정말 쓸데없는 짓들을 했지 뭐야……그러니까 내가 뭐랬어, 그런 짓을 하면 모반이 된다고 말했잖아.」이렇게 서로를 꾸짖는 소리가 들렸다.

「거 봐.」자기의 입장을 그제서야 되찾으면서 알파트이치가 말했다.「그런 짓을 하면 재미없다고 내가 너희들에게 말했었잖아!」

「우리가 어리석은 놈들이었어, 야코프 알파트이치.」하고 여러 사람의 목소리가 대답했다. 이윽고 군중은 흩어져 각기 마을로 돌아갔다.

포박을 당한 두 농부는 주인의 저택까지 끌려갔다. 술에 취한 두 농부가 그 뒤를 따라왔다.

「흥, 꼴 참 좋다!」술에 취한 한 사람이 카르프를 보고 이렇게 말했다.

「그래 대관절 주인 나리께 그런 말을 할 수가 있겠느냐 말이야. 자네 어떻게 생각했나? 바보 같으니라고!」다른 한 사람이 맞장구를 쳤다.「정말 바보야!」

두 시간 뒤 몇 대의 짐마차가 보구챠로보 저택 뜰에 늘어섰다. 농부들은 부지런히 주인의 짐을 날라 마차 위에 실었다. 공작 영애의 희망에 따라 갇혀 있던 헛간에서 나오게 된 드론은 뜰 앞에 서서 농부들을 지휘했다.

「야, 너 그렇게 엉성하게 짐을 싣는 게 아니야.」키가 홀쭉하고 둥근 얼굴에 항상 웃음을 띠고 있는 농부 한 사람은 하인의 손에서 조그만 상자를 받아 들면서 이렇게 말했다.

「그것도 역시 돈으로 산 물건이란 말이야. 그걸 그렇게 함부로 내던지고 새끼를 마구 짐에 대면 어떡하냐고. 깎여서 흠이 생긴단 말이야. 난 그렇게 하는 거 좋아하지 않아. 무슨 일이든 정직하고 규칙 있게 해야 되니까. 이렇게 거적을 대고 건초로 싸야 해. 그래야 한다니까.」

「오, 이 책들 좀 보게, 굉장하군!」안드레이 공작의 책장을 들어내면서 다른 농부가 말했다.「손을 대는 게 아냐! 아니 굉장히 무거운데, 응. 대단한 책들이로군!」

「그렇고 말고, 놀지도 않고 부지런히 쓰기만 하셨으니까 말이야!」홀쭉한 키에 얼굴이 둥근 농부는 위쪽에 얹혀 있는 대사전을 가리키면서 의미 있게 한 눈을 찡긋하면서 말했다.

로스토프는 공작 영애에게 우정을 강요하고 싶지는 않았기 때문에 그녀에게는 가지 않고 그녀의 출발을 기다리면서 그대로 마을에 남아 있었다. 공작 영애 마리야의 마차가 저택에서 나오자 로스토프는 보구챠로보로부터 십 이 베르스타의 우군이 주둔하고 있는 길가까지 말을 타고 그녀를 바래다 주었다. 얀코보의 여인숙에서 공손히 작별 인사를 하면서 로스토프는 이때 비로소 용기를 내어 그녀의 손에 키스했다.

「원, 새삼스럽게 별말씀을 다 하십니다.」공작 영애 마리야의 구출(공작 영애는 그의 행위를 이렇게 불렀던 것이다)에 대한 감사의 말을 듣고 그는 얼굴을 붉히면서 대답했다.「그 근방의 어느 경찰 서장이라도 그렇게 했을 겁니다. 만약 우리들이 농부들만을 상대로 전쟁을 했더라면 적이 이처럼 깊숙이 들어오게 하지는 않았을 겁니다.」그는 무언가 부끄러운 모양으로 화제를 돌리려고 애쓰면서 이렇게 말했다.「저는 다만 당신과 알게 된 기회를 가지게 된 걸 행복스럽게 생각할 따름입니다. 안녕히, 당신에게 행복과 안녕이 함께 하시기를 바라겠읍니다. 그리고 좀더 행복한 상황 아래서 한 번 더 뵙게 되길 희망합니다. 만약 저를 부끄럽게 하지 않으시려거든 제발 그런 인사 말씀은 거두어 주십시오.」

그러자 공작 영애는 말로써는 그 이상 더 사의를 표하지 않았지만 고마움과 부드러움에 가득 찬 얼굴 전체의 표정으로 그에게 감사하고 있었다. 감사할 것까지는 없다고 하는 그의 말을 그녀는 그대로 받아들일 수 없었다. 그뿐 아니라 그녀는 만약 그가 와 주지 않았더라면 자기는 반란을 일으킨 사람들과 프랑스 군대 때문에 파멸되었을 것은 의심할 여지도 없고, 그리고 로스토프는 자기를 구출하기 위해 분명히 무시무시한 위험 속에 몸을 맡겼던 것도 그녀는 알았다. 그보다 한층 더 분명했던 사실은, 그의 성품이 무척 고상하고 기품이 있으며 그녀의 처지나 슬픔을 이해해 주었다는 것이었다. 그녀가 울면서 자기의 불행을 털어놓았을 때 함께 눈물을 흘려 주었던 그의 성실하고 선량한 눈을 그녀는 잊을 수가 없었다.

　　그와 작별을 하고 홀로 되자 공작 영애 마리야는 갑자기 눈시울이 화끈해지는 것을 느꼈다. 이것이 처음은 아니었다. 그분을 사랑하고 있었나, 하는 자기로서도 이상한 의문이 그녀의 마음을 번거롭게 했다.

　　거기서부터 모스크바로 가는 공작 영애의 경우는 과히 즐거운 것은 아니었는 데도 함께 마차에 타고 있던 두냐샤는 공작 영애가 마차의 창문에 얼굴을 대고 까닭 없이 즐거워하고 은근히 미소를 짓고 있는 모양을 몇 번이나 보았다.『하지만 내가 그이를 사랑하게 되었다 한들 그게 무슨 소용이 있단 말인가?』공작 영애 마리야는 이렇게 생각했다.

　　어쩌면 영원히 자기를 사랑해 주지 않을 것 같은 남자를 자기 쪽에서 먼저 사랑하게 되었다는 것을 스스로 인정한다는 것이 부끄러운 일이긴 했지만 아무도 이러한 사실을 알고 있지 않으며, 또 평생에 처음이자 마지막으로 사랑을 바친 사나이를 아무에게도 알리지 않고 혼자서 생각하고 사랑한다는 것이 큰 허물은 되지 않으리라고 생각하면서 그녀는 스스로의 마음을 달래는 것이었다.

　　가끔 그녀는 사나이의 눈길과 그의 마음쓰임과 동정의 말 같은 것을 생각해 냈다. 그러자 그녀는 자기의 행복이 전혀 불가능한 것은 아닌 것 같은 생각이 들었다. 공작 영애가 마차 창문을 내다보면서 미소짓고 있는 모양을 두냐샤가 눈치챈 것은 이러한 때였다.

　　『그분이 어떻게 보구챠로보에 오게 되었을까! 그것도 때마침 그러한 시기에 오게 되다니!』공작 영애 마리야는 생각했다.『그리고 그분의 누이도 안드레이와 결혼을 취소하게 되다니!』공작 영애 마리야는 이런 모든 일들에서 하느님의 섭리를 깨닫게 되었다.

　　한편 로스토프가 공작 영애 마리야에게서 받은 인상은 무척 좋았다. 그녀를 생각해 낼 때면 그는 언제나 마음이 즐거웠다. 그의 동료들이 보구챠로보의 모험을 듣자, 건초를 찾으러 떠났다가 부산물로 러시아에서 가장 부유한 집 딸을 낚았다고 놀려 대면 로스토프는 그럴 때마다 몹시 화를 냈다. 그가 화를 낸 까닭은, 성품이 상냥하고 얌전하며 게다가 막대한 재산을 가진 공작 영애와 결혼했으면 좋겠다는 생각이 가끔 그의 의지에 반해서 그의 마음 속에 떠올랐기 때문이다. 니콜라이로서는 공작 영애 마리야보다 더 좋은 아내를 바랄 수는 없었다. 그녀와 결혼하면 어머니를 행복하게 할 수도 있을 것이고, 그의 아버지를 재정적으로 도울 수도 있는 외에 공작 영애 마리야에게도 행복을 줄 수 있을 것이다, 니콜라이는 이렇게 느끼고 있었던 것이다.

　　그러나 그렇게 되면 소냐는 어떻게 하느냐? 그리고 그녀에 대한 약속은? 이러한 것이 있었기 때문에 로스토프는 볼콘스키이 공작 영애의 일로 놀림을 받을 때마다 버럭 화를 내는 것이었다.

15

군의 총 지휘권을 맡은 쿠투조프는 안드레이 공작이 생각나서 그를 총사령부로 출두하라는 명령을 내렸다.

안드레이 공작은 쿠투조프가 처음으로 군대를 사열했던 날 바로 그 시각에 사료보 자이미쉬체에 도착했다. 안드레이 공작은 마을로 들어가서 총사령관의 마차가 놓여 있는 사제관(司祭館) 곁에 말을 세우고 문가의 벤치에 앉아 공작 각하를 기다렸다. 지금은 누구나 쿠투조프를 이렇게 부르고 있었다. 마을에서 떨어진 저편 들판에서는 군악 소리와 신임 총사령관께「만세!」를 부르는 여러 사람의 목소리가 들려 왔다. 안드레이 공작이 있는 곳에서 열 걸음쯤 떨어진 문에는 두 종졸과 전령과 급사장이 서 있었다. 공작 각하가 부재중인데다 날씨가 좋았으므로 이들은 하는 일 없이 햇볕을 쬐고 있는 것이었다. 구레나룻과 콧수염을 더부룩하게 기른 가무잡잡하고 몸집이 작은 경기병 중령이 말을 타고 문 가까이로 왔다. 그는 안드레이 공작을 보자 여기가 공작 각하의 숙소인지, 또 그가 곧 돌아올 것인지를 물었다.

안드레이 공작은 자기도 역시 처음 왔으며 각하의 사령부 소속이 아니라고 말했다. 그러자 경기병 중령은 말쑥한 옷차림을 한 종졸에게 같은 질문을 했다. 그종졸은 총사령관 소속 종졸이 장교들과 이야기할 때 흔히 보이는 일종의 특별한 경멸조로 말했다.

「각하 말입니까? 아마 곧 돌아오시겠죠. 무슨 볼일이라도?」

경기병 중령은 종졸의 어조에 구레나룻 속에서 쓴웃음을 지으면서 말에서 내려 고삐를 자기의 전령에게 건네고 가볍게 절을 하면서 볼콘스키이에게로 다가왔다. 볼콘스키이가 벤치에 앉은 채 약간 자리를 내주자 경기병 중령은 그 곁에 앉았다.

「당신도 역시 총사령관을 기다리시는 겁니까?」하고 경기병 중령은 말을 걸었다. 「다행히 아무다도 수월하게 만나 주시는가 보더군요. 이것이 도이치의 소시지(독일인에게 대한 비칭—역주) 같은 녀석들의 일이라면 어딤없어요. 쉐드몰도프가 도이치인을 승인시켜 주었으면 하고 말했던 것도 무디가 아니에요. 아뭏든 이제부터는 더시아인들도 말발이 서게 되었읍니다. 지금까지는 글쎄 꼴이 말이 아니었죠. 그저 후퇴만을 거듭하고 있었으니. 당신도 실전 부대에서 오셨던가요?」하고 물었다.

「덕택으로 그런 경험이 있읍니다.」하고 안드레이 공작은 대답했다.「후퇴를 나 자신 경험했을 뿐 아니라 그러한 후퇴 때문에 소유지의 집은 둘째로 치더라도, 내가 가지고 있던 모든 귀중한 것을 송두리째 잃어버렸읍니다.⋯⋯아버님께서 이 참패 때문에 돌아가셨으니까요. 나는 스몰렌스크 사람입니다.」

「네에?⋯⋯그더면 당신이 볼콘스키이 공작이시군요! 뵙게 되어 매우 반갑습니다. 나는 제니소프 중령입니다만 바시카단 이름으로 더 알더져 있읍니다.」하고 제니소프는 안드레이 공작의 손을 잡고 볼콘스키의 얼굴을 찬찬히 들여다보면서 말했다.「네, 나도 들었읍니다.」하고 그는 동정에 찬 목소리로 말했다. 그리고 잠시 입을 다물고 있다가 다시 말을 이었다.「아니, 정말 스키타인의 전쟁(야만스럽다는 뜻─역주)이오. 이것도 하나의 전술이겠죠만 그 때문에 옆구디들 얻어맞는 쪽은 큰일입니다. 그던데 당신이 바도 안드데이 볼콘스키이 공작이셨군요?」하고 그는 고개를 저었다.「아주 반갑습니다, 공작. 뵙게 되어 정말 기쁩니다.」그는 볼콘스키이의 손을 잡고 쓸쓸한 미소를 지으면서 이렇게 덧붙였다.

안드레이 공작은 제니소프가 나타샤의 맨 첫 구혼자였다는 사실을 그녀 자신에게서 들어 알고 있었다. 다시 그의 병적인 감수성을 자극했다. 그는 요즘 그것에 대해서는 한동안 생각하고 있지 않았지만 그래도 그의 마음 속에는 여전히 그러한 생각이 남아 있었다. 최근 스몰렌스크에서 후퇴한 일, 르이스이예 고르이를 찾아갔던 일, 그리고 얼마 전에 받은 아버지의 부보 같은 중대한 인상과 감각을 경험했으므로 이전의 추억은 별로 그의 마음 속에 떠오르지 않았고, 설사 그런 생각이 떠올랐다 하더라도 이전과 같이 그의 마음을 크게 움직이지는 않게 되었다. 한편 제니소프에게 있어서도 볼콘스키이라는 이름이 불러일으켜 준 가지가지의 추억은 머나먼 시적인 과거에 속하는 것이었다. 그는 그 무렵 만찬과 나타샤의 노래가 끝난 뒤 거의 자기도 모르게 열 다섯 살 난 소녀에게 청혼했던 당시의 가지가지 추억과 나타샤에 대한 자기의 사랑 같은 걸 생각하고 웃음을 지었으나 이내 지금 당장 그의 마음을 크게 휘어잡고 있는 문제로 화제를 돌렸다. 그것은 그가 후퇴할 때 전초 기지에서 생각해 낸 작전이었다. 그는 이 작전 계획을 바르클라이 드 톨리에게 제출했지만 이번에 다시 쿠투조프에게 제출하려는 생각이었다. 그것은 프랑스군의 전선이 너무 크게 벌어져 있음을 이용해서 그들의 진로를 막는 정면 공격 대신, 그것과 병행해도 상관 없지만 그들의 연락로를 차단한다는 요지였다. 그는 이 작전 계획을 안드레이 공작에게 설명하기 시작했다.

「적들은 그더한 전선을 도저히 지탱할 수 없을 겁니다. 그것은 불가능한 노릇입니다. 나는 맹세코 그들의 연낙노를 끊을 작정입니다. 나에게 오백 명의 병덕을 주기만 하면 그것을 두 동강이 내보이겠읍니다. 그건 틀림없읍니다. 지금 채택해야 할 전약은 오직 유격전뿐입니다.」

제니소프는 자리에서 일어나 몸짓을 해 가면서 자기의 작전 계획을 볼콘스키이에게 설명하기 시작했다. 그러한 설명을 한창 하고 있을 때 이전보다 훨씬 통일성이 없고 더욱 팽창된 듯한 병사들의 외침 소리가 군악 소리와 군가에 어울려서 열병식장으로부터 들려 왔다. 마을에서는 떠들썩한 말굽 소리와 고함 소리가 들려 왔다.

「각하께서 돌아오신다!」 문에 서 있던 코삭 한 사람이 이렇게 소리쳤다. 「돌아오신다!」 볼콘스키이와 제니소프는 문 쪽으로 다가갔다. 문 옆에는 여러 명의 병사(의장병)들이 정렬해 있었다. 그러자 그리 크지 않은 구렁말을 타고 한길을 따라 오고 있는 쿠투조프의 모습이 보였다. 많은 막료 장군이 그의 뒤를 따랐다. 바르클라이는 거의 쿠투조프와 어깨를 나란히 하고 있었다. 그 뒤와 주위에도 장교의 한 떼가 「만세!」를 외치면서 뛰어오고 있었다.

부관들이 맨 먼저 뜰 안으로 뛰어들었다. 쿠투조프는 그의 몸무게 때문에 헤엄을 치듯이 하고 걷고 있는 자기의 말을 성급하게 발로 차면서 자기가 쓰고 있는 (빨간 테의 차양이 없는) 흰 근위 기병의 제모에 손을 갖다 대고 끊임없이 고개를 끄덕였다. 그는 대부분 기병으로 이루어져 있는 훌륭한, 선발된 의장병 곁에까지 와서 그들의 경례를 받자 쿠투조프는 잠시 입을 다물고 상관다운 눈빛으로 그들을 자세히 살펴보고, 이윽고 주위에 서 있는 장군과 장교들의 떼를 둘러보았다. 그의 얼굴에 돌연 기묘한 표정이 떠올랐다. 그는 도저히 이해할 수 없다는 듯이 양쪽 어깨를 움츠렸다.

「이렇게 훌륭한 젊은이들이 있는데 늘 후퇴만 하고 있다니!」 하고 그는 말했다. 「그럼 장군, 이만 실례하겠읍니다.」 이렇게 덧붙이고 그는 말의 옆구리를 차고 안드레이 공작과 제니소프가 서 있는 곁을 지나 문 안으로 들어갔다.

「만세! 만세! 만세!」 이러한 외침 소리가 그의 뒤쪽에서 들렸다.

안드레이 공작과 잠시 헤어져 있는 동안 쿠투조프는 한층 더 살이 찌고 기름기가 올라 있었다. 그러나 안드레이 공작에게 낯익은 흰 애꾸눈, 상처 자리, 그의 얼굴이나 모습에서 엿보이는 피로의 표정은 이전과 다름이 없었다. 그는 군복에 (가느다란 가죽 끈이 달린 채찍이 어깨에 걸려 있었다) 흰 기병의 군모를 쓰고 있었다. 그는 무거운 듯이 아래위로 좌우로 흔들리면서 기운 센 애마(愛馬)를 타고 있었다.

「휴……휴……휴…….」 하고 그는 말을 타고 문 안으로 들어오면서 간신히 들릴 정도로 나직이 휘파람을 불기 시작했다. 그의 얼굴에는 총사령관의 공적인 일을 해치우고 나서 한숨 돌릴 생각을 하고 있는 사람의 기쁜 듯한 안도의 빛이 나타나 있었다. 그는 몸 전체를 비스듬히 하고 무척 힘이 드는 듯이 얼굴을 찌푸리면서 등자에서 왼쪽 발을 빼고 간신히 그 발을 안장 위까지 들어올려 무릎을 짚고 밑에서 떠받쳐 주는 코삭과 부관들 손 위에 신음하며 내렸다.

그는 자세를 바로 하고 눈을 가늘게 뜨면서 주위를 둘러보았다. 그리고 안드레이 공작을 힐끗 쳐다보았으나 그가 누군지 금방 알아보지 못한 모양으로 언제나처럼 짓밟는 듯한 걸음으로 현관 쪽으로 걸어갔다.

「휴……휴……휴…….」 그는 다시 휘파람을 불면서 안드레이 공작 쪽을 쳐다보았다. 안드레이 공작의 얼굴의 인상은 얼마 동안 지난 뒤(늙은이들에게 흔히 있는 일이지만) 간신히 그의 기억과 연결되었다.

「아, 별일 없었나, 공작? 참 잘 와 줬네. 이리 올라오게…… .」 하고 그는 주위를 둘러보면서 고단한 듯이 이렇게 말하고, 그의 몸무게 때문에 삐걱거리는 입구의 충충대를 간신히 올라갔다. 그는 웃옷의 단추를 끄르고 충충대 위에 있는 벤치에 털썩 앉았다.

「그런데 춘부장께선 어떠하시나?」

「돌아가셨다는 통지를 어제 받았읍니다.」 안드레이 공작은 짤막하게 말했다.

쿠투조프는 깜짝 놀라서 눈을 크게 뜨고 안드레이 공작을 뚫어지게 쳐다보더니 이윽고 모자를 벗고 성호를 그었다. 「그를 천국으로 인도해 주소서! 하느님의 뜻이 항상 우리 위에 있나이다!」 그는 가슴 가득히 무겁게 한숨을 몰아쉬고 한동안 입을 다물었다. 「나는 춘부장에게 깊은 경애의 정을 품고 있었네. 마음으로부터 자네에게 애도하네.」 그는 안드레이 공작을 껴안아 자기의 피둥피둥한 가슴에 꽉 누르고 오랫동안 놓지 않았다. 이윽고 그가 손을 놓았을 때 안드레이 공작은 쿠투조프의 두툼한 입술이 떨리고 있고 눈에는 눈물이 글썽거리고 있음을 보았다. 그는 한숨을 내쉬고는 벤치에 두 손을 짚고 일어나려고 했다.

「자, 가지! 내 방으로 가서 이야기하게나.」 하고 그는 말했다. 그러나 바로 이때 적에게는 물론 총사령관에 대해서도 별로 두려움을 느끼지 않는 제니소프가 충충대 옆에 있는 부관들이 신경질적인 낮은 목소리로 만류하는데도 불구하고 무모하게도 박차를 구르면서 입구의 충충대로 올라왔다. 쿠투조프는 두 손을 벤치에 짚은 채 불만스러운 듯이 제니소프를 내려다보았다. 제니소프는 관등 성명을 말하고 조국의 복지를 위해 지극히 중대한 일을 각하에게 보고하고 싶다고 말했다. 쿠투조프는 피곤한 눈길로 제니소프를 보고는 귀찮은 듯이 두 손을 벤치에서 떼어 배 위에다 깍지를 끼고「조국의 복지를 위해서라고? 그게 대관절 무엇인데? 어디 말해 봐.」하고 되풀이했다. 제니소프는 어린 소녀처럼 얼굴을 붉히고(이 텁석부리인 나이 든 술고래의 얼굴이 붉어진 것은 보기에도 이상야릇했다) 스몰렌스크, 뱌지마 사이의 적의 연락로를 절단한다는 예의 계획을 두려워하는 빛도 없이 늘어놓기 시작했다. 제니소프는 그 고을에 살고 있었으므로 지형 같은 것도 잘 알고 있었다. 그의 작전은 의심할 것도 없이 훌륭하게 생각되었고, 특히 그의 말에 나타난 강렬한 신념으로 보아도 확실히 훌륭한 것으로 생각되었다. 쿠투조프는 자기의 발 밑을 내려다보고 있다가는 때때로 이웃의 농가의 뜰을 바라보기도 했다. 그는 거기서 무슨 불쾌한 일이라도 일어날 것을 마음 쓰고 있는 표정이었다. 아니나다를까, 그가 바라보고 있던 농가에서는 제니소프가 한창 설명을 하고 있는 도중에 가방을 겨드랑이에 낀 한 장군이 나타났다.

「어때?」제니소프가 이야기를 하고 있는 도중 쿠투조프는 이렇게 말했다.「벌써 준비는 됐나?」

「각하, 준비는 다 됐읍니다.」하고 장군은 대답했다. 쿠투조프는 〈한 인간의 힘으로 어떻게 이것저것을 다 알 수 있으랴.〉하고 생각하는 것처럼 고개를 흔들고 다시 제니소프의 말에 귀를 기울였다.

「저는 러시아의 장교로서 명예를 걸고 맹세하겠읍니다.」하고 제니소프는 말했다.「저는 틀림없이 나포레옹의 교통선을 잘라 놓겠읍니다!」

「경리 부장인 끼릴 안드레예비치 제니소프는 자네의 친척인가?」하고 쿠투조프는 그의 말을 가로막았다.

「저의 친숙부이십니다, 각하.」

「아! 그런가, 나와는 친구 사이였지.」하고 쿠투조프는 유쾌한 듯이 말했다. 「좋아, 좋아. 자네 사령부에 남아 있어 주게, 내일 또 이야기 하기로 하세.」그는 제니소프에게 고개를 끄덕이고는 이번에는 돌아서서 코노브니스인이 가지고 온 서류에 손을 내밀었다.

「각하, 방으로 들어가시는 것이 어떻겠읍니까?」당직인 장군은 볼멘 듯한 목소리로 말했다.「작전도 봐 주셔야겠고 서명해야 될 서류도 몇 가지 있읍니다.」문에서 나온 부관이 방안은 깨끗이 준비가 되었다고 알려 주었다. 그러나 쿠투조프는 완전히 일에서 해방된 뒤에 집안으로 들어가고 싶은 모양이었다. 그는 얼굴을 찌푸렸다.

「아니, 이것 봐, 그보다도 이리 탁자를 가지고 오도록 일러 주게. 나는 여기서 볼 테니까.」하고 그는 말했다.「그리고 자네는 가지 말고 여기 있어.」그는 안드레이 공작 쪽을 돌아보면서 이렇게 덧붙였다. 안드레이 공작은 당직 장군의 말을 들으면서 충충대 위에 그대로 남아 있었다.

장군이 보고를 하고 있는 동안 안드레이 공작은 입구의 문 뒤에서 여자의 속삭임과 견직의 부인복이 스치는 소리를 들었다. 몇 번인가 그쪽을 보고 있는 사이에 장미빛 옷을 입고 보랏빛의 비단을 머리에 감은 뚱뚱하고 혈색이 좋은 아름다운 한 여인이 쟁반을 들고 문 뒤에 서 있는 것을 보았다. 여자는 총사령관이 들어오기를 기다리고 있는 모양이었다. 쿠투조프의 부관은 안드레이 공작에게, 이 여자는 이 집 주인인 사제의 아내로서 각하에게 빵과 소금을 바치려는 것(환영의 뜻을 나타내는 민간의 풍습—역주)이라고 나직한 목소리로 설명해 주었다. 남편은 교회에서 십자가를 가지고 그를 맞아 주었고 그녀는 자택에서 환영의 뜻을 표시하려는 것이었다. 「굉장한 미인입니다.」 하고 부관은 빙그레 웃으면서 덧붙였다. 쿠투조프도 이 말을 듣고 돌아다보았다. 그는 당직 장군의 보고를 듣고 있었으나 (보고의 주제는 사료보 자이미쉬체 진지에 관한 비평이었다) 그의 태도는 아까 제니소프의 제의를 들을 때나 칠 년 전 아우스테를리츠의 군사 회의에서 남들의 토론을 듣고 있었을 때와 마찬가지였다. 말하자면 귀가 있으니까(한쪽 귀는 해면으로 틀어막고 있었지만) 듣지 않을 수 없어 듣는다는 데 지나지 않는 표정이었다. 그리고 당직 장군이 보고하는 것은 어느 하나도 새롭다거나 그에게 흥미를 불러일으키는 것이 없을 뿐 아니라, 그가 하는 얘기는 듣지 않아도 다 알고 있어서 이렇게 일일이 귀를 기울이는 것은 미사 때 성가를 끝까지 들어야 하는 거와 마찬가지라는 듯한 기색이 역력히 보였다. 제니소프가 한 말은 모두가 실제적이고 현명한 내용이었다. 당직 장군이 한 말은 그것보다도 더욱 실제적이었고 현명한 내용이었다. 그러나 쿠투조프는 분명히 지식이나 지혜를 멸시하고 있었으며, 달리 일을 결정하는 무엇인가를 알고 있었던 모양이었다. 그것은 지식이나 지혜에 좌우되지 않는다는 것이었다. 안드레이 공작은 총사령관의 표정을 눈여겨 보았다. 쿠투조프에게 나타난 유일한 표정은 권태에다가 문에서 들리는 여자의 속삭임은 대관절 무엇을 의미하는가 하는 호기심과 동시에 예절을 지켜야 하겠다는 조심스러운 표정뿐이었다. 쿠투조프는 분명히 지식이나 지혜뿐만 아니라 제니소프가 보인 애국심까지도 멸시하고 있었다. 그러나 그것은 이지와 감정과 지식을 가지고 멸시한 것이 아니라(왜냐하면 그는 이러한 것들을 나타내려고도 하지 않았기 때문이었다) 무엇인가 그 외의 다른 것을 가지고 멸시한 것이었다. 말하자면 그는 자기의 나이와 실생활의 경험을 가지고 멸시한 것이었다. 이러한 보고를 듣는 가운데 쿠투조프가 스스로 내린 유일한 명령은 러시아 군대의 약탈에 관한 내용이었다. 당직 장군은 그의 보고 끝에 가서 각하에게 하나의 서류를 내밀고 서명해 주도록 요청했다. 그것은 어느 지주의 탄원에 의하여 푸른 귀리를 벤

부대의 장군들에게서 손해 배상을 징수한다는 통지서였다.

쿠투조프는 이 일을 모두 듣고 나자 입맛을 다시면서 머리를 저었다.

「난로 속에다 던져 넣어 버려……불태워 버려! 그리고 자네한테 분명히 이야기해 두지만 말이야.」하고 그는 말했다. 「이러한 일건 서류는 모두 불 속에 집어 넣어 버리란 말이야. 멋대로 얼마든지 곡식도 베게 내버려둬, 나무도 베게 내버려두고. 나는 그런 것은 명령도 하지 않고 또 허용하지도 않지만, 그러나 처벌을 할 수는 없어. 그건 어쩔 수 없는 일이야. 장작을 패자면 나무 조각이 날게 마련이야.」하고 그는 서류를 다시 한 번 훑어보았다. 「아하, 이것이 도이치식의 꼼꼼한 사그 방식이지!」하고 그는 머리를 설레설레 흔들면서 말했다.

16

「자, 이제 이것으로 끝났군.」쿠투조프는 마지막 서류에 서명하면서 이렇게 말하고 귀찮은 듯이 일어났다. 그리고 허연 피둥피둥한 목의 주름살을 손으로 쓰다듬으면서 유쾌한 얼굴로 문 쪽을 향해 걸어갔다.

사제의 아내는 얼굴을 붉히면서 접시를 잡았다. 그러나 그처럼 오랫동안 준비했으면서도 적절한 기회에 바치지를 못 했던 것이었다. 그녀는 공손히 인사를 하면서 그 접시를 쿠투조프에게 내밀었다.

쿠투조프는 눈을 가늘게 하여 히죽 웃고는 한 손으로 여자의 턱을 잡았다.

「오, 굉장한 미인이로군! 아뭏든 고맙소!」하고 그는 말했다.

그는 바지 호주머니에서 금화를 몇 개 꺼내어 그것을 여자가 든 쟁반 위에 올려 놓았다.

「어떻소, 잘 지내시오?」자기를 위해 준비된 방 쪽으로 가면서 쿠투조프는 이렇게 말했다. 사제의 아내는 장미빛 얼굴에 보조개를 짓고 생글생글 웃으면서 그 뒤를 따라 방으로 들어섰다. 부관은 층층대에서 기다리는 안드레이 공작 곁으로 가서 식사를 같이 하자고 권했다. 삼십 분 뒤에 안드레이 공작은 다시 쿠투조프에게로 불려갔다. 쿠투조프는 그 군복의 단추를 끄른 채 안락의자에 깊숙이 앉아 있었다. 그는 프랑스어의 소설책을 들고 있다가 안드레이 공작이 들어오자 책갈피에 서표(書標)를 끼우고 탁 덮었다. 안드레이 공작이 표지를 들여다보았더니 그것은 마담 드 장리스의 작품 《백조의 기사》였다.

「자, 앉게, 거기 앉아 이야기나 좀 하세.」하고 쿠투조프가 말했다. 「애통한 일이군, 참으로 애통한 일이야. 그런데 말이야, 여보게, 내가 자네의 아버지, 제2의 아버지라는 것을 잊지 말게…….」안드레이 공작은 아버지의 최후에 대해서 알고 있는 한의 것을 모두 이야기한 뒤 르이스이예 고르이 근처를 통과하는 길에 들러서 본 이야기를 쿠투조프에게 자세히 이야기했다.

「어디까지, 어디까지 함락됐단 말인가!」쿠투조프는 별안간 흥분한 목소리로 말했다. 그는 분명히 안드레이 공작의 이야기에서 러시아의 현상을 생생하게 느낀 모양이었다.

「이제 두고 보게. 내게 여유를 좀 주게.」하고 그는 험악한 표정으로 덧붙이더니 더 이상 이런 화나는 이야기는 계속하고 싶지 않다는 듯이 갑자기 말머리를 돌렸다. 「실인즉 내가 자네를 부른 것은 자네를 내 곁에 두고 싶었기 때문이야.」

「감사합니다, 각하.」하고 안드레이 공작이 대답했다. 「그러나 저는 사령부 근무는 적당치 않을 것으로 생각됩니다.」하고 그는 빙그레 웃으면서 말했다. 쿠투조프는 그가 웃고 있는 것을 알아챘다. 그는 의심스럽게 안드레이 공작을 쳐다보았다.

「그러나 무엇보다도 중요한 것은.」안드레이 공작은 이렇게 말을 이었다. 「제 생활이 이제 연대 생활에 익숙해져 있고 부하 장교들에게 정이 들어 있다는 사실입니다. 그들도 저를 따르고 있고 저도 연대를 떠나기가 어쩐지 섭섭합니다. 그러니까 제가 만약 각하의 곁에 있는 영광을 물리친다 하더라도 그것은 절대로…….」

현명하고 정직해 보이는, 그와 동시에 우롱하는 듯한 표정이 쿠투조프의 피둥피둥한 얼굴에 빛났다. 그는 볼콘스키이의 말을 가로막았다.

「유감스럽군, 자넨 나에게 필요한 인물인데……. 그러나 자네 말이 어디까지나 옳아. 지당한 이야길세. 우리가 인재를 필요로 하는 것은 여기가 아니지. 조언자는 얼마든지 많지만 참다운 군인이 없단 말이야. 만약 훌륭한 조언자들이 자네처럼 연대 근무를 했으면. 연대는 지금과 같은 이런 꼴은 되지 않았을 텐데 말일세. 나는 자네를 아우스테를리츠에서 본 뒤 잊어버리지 않고 있네. 기억하고 있지…… 기억하고 있고 말고. 자네가 군기를 들고서 달려가던 모습을 말일세.」하고 쿠투조프는 말했다. 이러한 추억은 안드레이 공작의 얼굴에 홍조를 띠게 했다. 쿠투조프는 그의 손을 끌어당기고 키스를 받기 위해 자기의 볼을 내밀었다. 안드레이 공작은 늙은이의 눈에 다시 눈물이 글썽거리고 있음을 보았다. 안드레이 공작은 쿠투조프가 눈물이 많다는 것도, 그가 특히 자기를 사랑하고 있다는 것도, 자기의 불행에 동정을 표시하려고 이렇듯 애도의 뜻을 나타내고 있다는 것도 잘 알고 있었지만, 그래도 아우스테를리츠에 관한 추억은 안드레이 공작에게는 역시 기쁘기도 하고 또 자랑스럽기도 했다.

「자네는 자네의 갈 길을 가는 게 좋아. 나는 자네의 길이 어떤 것인지 알고 있어. 그것은 영광의 길일세.」그는 잠시 입을 다물었다. 「나는 부카레스트에서도 자네를 놓치기가 서운했지만 자넬 파견해야 했었네.」쿠투조프는 여기에서 화제를 돌려 터키 전쟁 이야기와 최근에 체결된 평화 조약에 관해서 이야기하기 시작했다.

「하긴 나도 욕을 많이 먹었네.」하고 쿠투조프는 말했다. 「전쟁을 해도 그렇고 협상을 해도 말썽은 많아.……그러나 무슨 일이고 때라는 것이 있네. 기다릴 줄을 아는 자에게는 모든 것이 적당한 시기가 오게 마련인 거야. 그런데 거기에서도 조언자는 여기 못지않게 많았지…….」지금 그의 마음을 점령하고 있는 듯한 조언자 문제로 화제를 돌리면서 그는 이렇게 말을 계속했다. 「이 조언자, 지긋지긋하군!」하고 그는 말했다. 「그 사람들의 말을 일일이 다 듣고 있었다면 러시아는 터키와 평화 협상을 체결할 수도 없었을 것이고 전쟁을 끝내지도 못 했을걸세. 무슨 일이든 빨리 해치우는 것이 좋지만 급하면 돌아가란 말이 있지 않은가. 만약 카멘스키이가 죽지 않았다면 그는 결국 파멸되고 말았을 걸세. 그는 삼만 명의 병력을 가지고 요새에 돌격을 감행했지만, 그까짓 요새 하나를 점령한다는 것은 조금도 문제가 되지를 않네. 어려운 것은 전쟁에 이긴다는 것이니까. 전쟁에 이기기 위해서는 굳이 돌격이라든가 습격이 필요한 건 아닐세. 인내와 때가 필요한 거야. 카멘스키이는 루쉬츄크에 군대를 보냈었지만 나는 그것들(즉, 인내와 때)만을 보면서 카멘스키이보다 더 많은 요새를 점령했네. 그래서 터키인에게 말고기를 먹이는 것 같은 비참한 후퇴를 하게 했네.」하고 그는 고개를 흔들었다. 「프랑스 군도 역시 똑같은 꼴을 당하게 해줄 테야! 내 말을 믿어 주게.」쿠투조프는 감격하여 자기의 가슴을 치면서 말했다. 「놈들도 멀지 않아 말고기를 먹여 줄 테니까.」그의 눈은 또다시 눈물로 흐려졌다.

「그러나 한바탕 싸우기는 해야 할 게 아닙니까?」안드레이 공작은 말했다.

「만약 모두가 그걸 바라고 있다면 그렇게 해야겠지. 도리가 없으니까……그러나 자네, 내 말을 믿어 주게. 인내와 때, 이 두 가지보다 강한 용사는 없네. 이것이 모든 일을 해준단 말일세. 그러나 약아 빠진 조언들은 이 말을 귀담아 들으려 하지 않아. 그게 큰일이야. 어떤 자는 좋다고 하고 어떤 자는 안 된다고 하고, 도대체 어떻게 해야 하는 거지?」하고 그는 대답을 기다리는 듯이 이렇게 물었다. 「자네는 어떻게 하라고 하겠나?」그는 이렇게 되풀이했다. 그 눈은 깊고 총명하게 빛났다. 「어떻게 해야 하는 것인지 내가 가르쳐 주지.」안드레이 공작이 대답을 하지 않자 그는 입을 열었다. 「도대체 어떡해야 하는 것인지 또 나라면 어떻게 할 것인지 자네한테 가르쳐 주지. 의심 속에서는 말이야, 이것 봐.」그는 잠시 말을 그쳤다.「꼭 참고 있어야 하는 걸세.」그는 한 마디 한 마디 떼어 가면서 말했다.

「그럼 자, 가게나. 나는 충심으로 자네의 불행을 슬퍼하고 있다는 것을 잊지 말게. 그리고 나는 자네에게는 각하도 아니고 공작도 아니고 총사령관도 아니고, 자네의 아버지와 같은 사람이라는 걸 기억해 두게. 무엇이든 아쉬운 일이 있으면 사양하지 말고 곧 나한테 오도록 하게. 그럼 잘 가게.」그는 다시 그를 껴안고 키스해 주었다. 그리고 안드레이 공작이 아직 문 밖을 나서기 전에 쿠투조프는 마음을 놓았다는 듯이 한숨을 쉬고, 아직 다 읽지 않은 장리스 부인의 소설《백조의 기사》를 집어 들었다.

어떤 까닭으로 이렇게 되었는지는 자기 자신도 설명할 수 없었지만, 아뭏든 안드레이 공작은 쿠투조프와 만난 뒤 전쟁의 전국면에 대해서도, 또 이를 떠맡은 인물에 대해서도 전적으로 믿어도 좋다는 생각을 가지고 연대로 돌아갈 수 있었다. 쿠투조프에게는 단지 본능적인 습성이 남아 있을 뿐 개성적인 분자가 조금도 없었다. 사건을 종합하거나 귀납하는 지혜 대신에 그저 조용히 사건의 진행을 관조하는 능력을 가진 데에 지나지 않았지만 그러한 사실을 확신하면 할수록 안드레이 공작은 점점 마음이 놓이고 모든 일이 이제 제대로 되어 갈 것이 틀림없다고 생각하게 되었다.『그에게는 자기 자신의 것은 아무것도 없다. 그는 아무것도 생각해 내지도 않고 능동적인 일도 하지 않는다.』안드레이 공작은 이렇게 생각했다.『그러나 그 사람은 무엇이든 듣고 무엇이든 기억하고 있다. 모든 것을 적절한 장소에 배치하며, 유익한 것이라면 그것을 방해하지 않고 해로운 것은 결코 용납하지 않는다. 그는 자기의 의지보다도 더 강한 어떤 것, 말하자면 사건의 필연적인 진전이 있음을 알고 있다. 그 사람은 사건을 보는 재주를 가졌고 사건의 의의를 이해할 힘도 있다. 그리고 이러한 의의를 생각해서 그와 같은 사건에 참가하기를 피하고 다른 것에 돌려진 자기의 의지를 굽힐 줄도 안다. 특히,』하고 안드레이 공작은 생각했다.『자기가 그를 믿는 중요한 까닭은 그가 장리스의 소설을 읽고 프랑스의 속담을 이용하기도 하지만 어디까지나 러시아인이라는 사실이다.『어디까지 함락되었나!』하고 말하였을 때 그 사람의 목소리가 떨렸기 때문이다. 그리고『놈들에게 말고기를 먹여 주겠다!』고 말하였을 때 흐느꼈기 때문이다.』

궁정 안의 의견에 반해서 국민들이 쿠투조프를 총사령관으로 뽑았을 때 일반 사회에서 볼 수 있었던 의견의 일치와 찬동의 소리는 당시 모든 사람들이 막연히나마 품고 있던 이런 감정에 의거하고 있는 것이었다.

17

 황제가 수도에서 퇴각한 뒤, 모스크바의 생활은 또다시 전의 질서대로 되돌아 갔다. 그 생활이 너무나 전과 같았으므로 한때의 애국적인 열광과 감격을 돌이키기도 어려웠거니와 러시아가 현실적인 위기에 직면해 있다는 사실과, 영국 클럽의 회원인 사람일지라도 조국을 위해서는 어떤 희생도 꺼려하지 않는 조국의 백성이라는 사실을 믿기도 어려운 형편이었다. 다만 황제가 모스크바에 있을 때 온 도시를 열광케 한 애국적인 감격을 상기시킬 만한 것은 인원과 금전을 내놓는데 대한 요구뿐이었다. 이러한 요구는 마침내 열이 식기 전에 급작스레 성문화해서 피할 수 없는 것으로 되어 버렸다.

 적이 점차 모스크바로 육박해 와도 모스크바 사람들이 각자 느끼는 생각은 조금도 진지해지지 않을 뿐 아니라 오히려 경박해지기까지 했다. 이는 커다란 위험이 임박했을 때 인간에게 흔히 일어나는 현상이지만, 이때 인간의 마음 속에는 두 가지 속삭임이 같은 정도의 힘으로 찾아들게 마련이다.

 한 가지는 위험의 성질 그것 자체를 고려에 넣은 결과 그것으로부터 피할 수 있는 방법을 강구해야만 하겠다는 이성적인 속삭임이다.

 다른 하나는 위험을 생각한다는 것이 너무도 무섭고 괴로우며, 일의 결과가 눈 앞에 빤히 보이는 이상 사건 전체의 진행을 도저히 인간의 힘으로 역전시킬 수 없을 때 위험을 생각한다는 것은 너무나도 괴로우니까 그것이 정작 눈앞에 닥칠 때까지는, 그 사건을 외면하고 유쾌한 것만을 생각하는 게 좋겠다는 한층 이성적인 속삭임이다. 사람들은 고독한 경우에는 대개 먼젓번 속삭임에 따르지만 동료가 있으면 뒤의 속삭임에 따르게 마련이다. 지금 모스크바 시민들의 경우도 마찬가지이다. 모스크바 사람들의 마음이 이때처럼 들뜬 일은 일찌기 없었던 것이다.

 위쪽에다 술집과 그 술집 주인과, 모스크바의 상인 카르푸쉬카 치기린의 초상화를 그려 넣은 라스토프친의 삐라는 바실리이 리보비치 푸시킨(1779~1830. 대시인 A. S. 푸시킨의 숙부 뻘인 인물로 보잘것없는 서정시와 교훈적인 短詩를 쓰고 있었음—역주)의 새로운 풍자시(諷刺詩)와 함께 많이 읽히고 논의의 대상이 되었다. 〈이 치기린이라는 사람은 민병이었지만 술집에서 얼근히 취해 있을 때 보나파르트가 모스크바로 쳐들어온다는 소문을 듣고 몹시 화를 내어, 프랑스 사람들에 대해 입에 담지 못 할 욕을 퍼부은 뒤 술집에서 나와 독수리기(국기—역주) 밑에 모인 군중에게 연설한 사람이다.〉

 클럽의 한쪽 구석에 있는 방에는 이 삐라를 읽기 위해 많은 사람이 모였다. 그리고 카르푸쉬카가 프랑스 사람들을 조롱해서 놈들은〈양배추로 배가 부어오르고 죽으로 배가 터지고 스프로 숨이 막혀 버린다라든지, 놈들은 모두 난장이이니까 세 놈쯤은 한 여자 힘으로 갈퀴로 쓸어 버린다〉느니 하는 문귀를 통쾌하게 생각하는 사람도 있고, 그런 말에 불만을 품고 그것이 너무 야비하고 어리석은 말이라고 평하는 사람도 있었다. 그 중에는 라스토프친이 프랑스인뿐만 아니라 모든 외국인을 모스크바에서 쫓아냈는데 나폴레옹의 간첩과 앞잡이도 끼여 있었다고 이야기하는 사람도 있었다. 그러나 이러한 이야기의 목적은 라스토프친이 외국인을 쫓아낼 때 말한 명문귀를 여기에서 다시 한 번 말하기 위한 것이었다.

외국인을 배에 태워 니쥐니이로 보낼 때 라스토프친은 그들에게 다음과 같은 말을 했다는 것이다.『이 배를 타고 당신네는 자기가 자기를 지키시오. 그리고 부디 이 배가 당신네들에게 카론의 배(그리스 신화에 나오는 지옥으로 가는 강의 나룻배 사공으로 죽은 사람의 넋을 배에 태워 건넸다고 함—역주)가 되지 않도록 하시오.』또 어떤 사람은 모든 관청이 벌써 모스크바를 떠났다고 말을 하고 다니면서『모스크바도 이 점에 있어서만은 나폴레옹에게 감사를 드리지 않으면 안 될 거요.』하는 쉰쉰의 익살을 덧붙이기도 하였다. 또 어떤 사람은 마모노프가 바친 일 개 연대를 팔십만 루블리의 값어치가 있다느니, 베주호프는 민병에 그 이상의 돈을 썼으나 베주호프의 행위 가운데서 가장 훌륭한 것은 그가 몸소 군복을 입고 말을 타고 자기 연대의 맨 앞장에 서려는 결심을 하면서 구경꾼들에게는 돈을 거두지 않았다느니 하는 이야기를 하고 있었다.

「당신에게 걸리면 누구나 용서 없군요.」줄리 드루베스카야는 반지를 잔뜩 낀 가느다란 손가락으로 가제로 쓰려고 잘게 뜯어 놓은 린트 천을 한 줌 그러모아 조그맣게 뭉치며 말했다.

줄리는 다음 날 모스크바를 떠나기로 되어 있었으므로 이별의 야회를 열었던 것이다.

「베주호프는 우스운 사람이기는 하지만 사람이 좋고 부드러운 분이에요. 당신은 그런〈독설〉을 하면서 도대체 어디에 만족이 있는 걸까요!」

「벌금이오!」의용병의 복장을 한 젊은 사나이가 말했다. 이 사람은 줄리와 함께 니쥐니에로 동행하기로 되어 있는 사나이로서 그녀는 이 사나이를〈나의 기사〉라고 부르고 있었다.

모스크바에 있는 많은 사교 단체와 마찬가지로 줄리의 클럽에서도 러시아어밖에 사용하지 못하도록 규정이 되어 있었다. 만약에 잘못해서 프랑스어를 입 밖에 낸 사람에 대해서는 기부금 모금 위원회에 벌금을 물기로 되어 있었다.

「프랑스어를 사용했으니 벌금을 내셔야겠읍니다!」홀에 있던 러시아의 작가가 이렇게 말했다.「어디에 만족이란 말투는 러시아엔 없거든요.」

「결코 아무한테도 용서가 없군요.」줄리는 작가가 주는 주의는 듣지도 않고 의용병에게 말을 계속했다.「〈독설〉은 좋지 않아요.」하고 그녀는 말하였다.「전 벌금을 내겠어요. 진실을 이야기할 수 있는 만족에 비하면 좀더 내도 상관 없어요. 하지만 프랑스어식이라니 그건 제 책임이 아니에요.」하고 그녀는 작가 쪽을 쳐다보았다.「저는 골리스인 백작처럼 돈이나 시간이 없기 때문에 가정교사를 두고 러시아어를 배울 수는 없거든요. 아, 바로 저 사람이에요!」하고 줄리는 말했다. 「마침 소문을……아녜요, 아녜요.」그녀는 의용병 쪽을 돌아다보았다.「이건 셰지 마세요. 태양 얘기를 하면 빛이 보인다더니(호랑이도 제 말을 하면 온다는 뜻의 프랑스어 속담의 직역-역주).」여주인은 상냥하게 생글생글 웃으면서 방안으로 들어서는 피예르에게 말했다.「우리들은 방금 당신 이야기를 하고 있었어요.」줄리는 사교계의 부인들에게 특유한 거침없는 거짓말을 능란하게 구사하면서 말했다.「당신의 연대는 마모노프의 연대보다 반드시 홀륭해질 거라고요.」

「아, 우리 연대에 관해서는 말씀하지도 마십시오.」여주인의 손에 키스하고 그 곁에 앉으면서 피예르는 이렇게 대답했다.「저는 우리 연대에 이제 진절머리가 났읍니다.」

「하지만, 당신은 몸소 연대를 지휘하시겠죠?」줄리는 교활하고 장난스러운 눈짓을 의용병에게 보내면서 이렇게 말했다.

의용병도 피예르가 있는 앞에서는 아까처럼 〈독설가〉가 아니었다. 그리고 그의 얼굴에는 〈줄리의 그 미소가 대관절 무엇을 뜻할까?〉하고 의문의 표정이 떠올랐다. 피예르는 사람이 좋고 좀 어설픈 데가 있긴 하지만 그에게 대놓고 조롱할 수 없는 인격의 힘을 가지고 있었다.

「아닙니다.」자기의 커다랗고 비대한 몸을 돌아보면서 피예르는 대답했다. 「저는 몸집이 이래서 아무래도 프랑스인의 총알이 너무 쉽게 맞힐 것 같고, 게다가 말이 찌부러질 겁니다. 아마…….」

줄리의 야회에서 화제에 오른 인물 가운데는 로스토프네 사람들도 제법 끼여 있었다.

「소문을 들으니 그 집 사정이 매우 어려운가 보더군요.」줄리가 말했다.「게다가 또 그 백작이 세상 물정에 캄캄하시거든요. 라주모프스키이가 모스크바의 저택과 교외의 소유지를 사고 싶어하지만 그게 잘되지 않는다나 봐요. 워낙 부르는 값이 비싸서 말예요.」

「아니, 곧 계약이 성립될 모양입니다.」누군가가 이렇게 말했다.「하긴 이런 때 모스크바에다 집을 산다는 것은 어리석은 일이지만 말입니다.」

「어째서 그렇지요?」하고 줄리가 물었다. 「당신은 모스크바가 위험에 빠지리라고 생각하시는 건가요?」

「그렇지 않다면 당신은 어째서 떠나시려는 겁니까?」

「저요? 글쎄, 그게 이상해요. 제가 떠나는 것은……모두들 여길 떠나기 때문이에요. 게다가 저는 잔다르크도, 여장부도 아니니까요.」

「암, 그렇겠지요, 그럴 겁니다! 형겊을 좀더 주십시오.」

「그가 살림을 좀 잘했더라면 그런 빚쯤은 다 갚았을 텐데 말입니다.」의용병은 로스토프의 이야기를 다시 계속했다.

「사람은 좋은 늙은이이지만 무능한 사람이에요. 그런데 그이는 뭣 때문에 여기 그렇게 오래 있을까요? 벌써부터 시골에 간다고 했는데 말입니다. 나탈리는 잘 지내고 있나요?」줄리는 교활하게 웃으면서 피예르에게 물었다.

「그분들은 막내아들을 기다리고 있읍니다.」하고 피예르는 말했다.「그 애는 오볼렌스키이의 코삭대에 들어가 멜라야세르코피로 갔읍니다. 거기서 연대가 조직되고 있으니까요. 그런데 이번에는 우리 연대로 옮겨 오게 되었기 때문에 그가 도착하기를 매일 기다리고 있는 겁니다. 백작께서는 오래 전부터 떠나려고 하지만 부인께서는 아들이 올 때까지는 아무래도 모스크바를 떠날 수 없다고 하시는 겁니다.」

「저는 그저께 아르하로프 댁에서 그 사람들을 만났었는데 나탈리아는 더 예뻐지고 명랑해졌더군요. 그리고 노래를 한 곡 불렀는데, 세상에는 정말 무슨 일이든 수월히 잊어버리는 사람도 있더군요, 부럽던데요.」

「무얼 잊어버렸지요?」피예르는 불만스러운 듯이 이렇게 물었다. 줄리는 미소를 지었다.

「아시겠지만 백작, 당신 같은 기사는 〈마담 쉬자〉의 소설에밖에 나오지 않습니다.」

「기사라니, 무슨 말씀이십니까? 어째서 그렇지요?」피예르는 얼굴을 붉히면서 물었다.

「어머, 백작! 시치미를 잘 떼는군요. 모스크바 전체가 다 알고 있는데 뭘 그러세요. 전 백작에게 그만 두 손을 들어야겠어요.」

「벌금! 벌금!」하고 의용병이 말했다.

「좋아요. 말도 제대로 못 하겠군요. 아이, 시시해!」

「무엇을 모스크바 전체가 다 알고 있다는 겁니까?」하고 피예르는 자리에서 벌떡 일어나면서 화를 버럭 냈다.

「그만하세요, 백작님. 공연히 아시면서 그러세요!」

「전 모르겠는데요.」하고 피예르는 말했다.

「당신이 나탈리아와 가깝게 지내셨다는 걸 우리들은 다 알고 있어요. 그러니까 ……아니, 저는 베라와 언제나 가까운 사이거든요. 정말 베라는 사랑스러워요!」

「아닙니다, 마담.」하고 피예르는 퉁명스러운 말투로 계속했다.「저는 로스토바의 기사 역할을 맡은 일은 절대로 없읍니다. 저는 벌써 한 달 동안이나 찾아가지도 않았어요. 하지만 아무래도 알 수 없는 노릇은 세상 사람들은 뭣 때문에 그렇게 참혹하게…….」

「변명하는 자는 스스로의 죄를 인정하는 것과 마찬가지입니다.」하고 줄리는 빙그레 웃고 린트 천을 흔들면서 말했다. 그리고 자기의 말을 마지막 결론으로 맺기 위해서 반론할 틈을 주지 않고 곧 말머리를 돌렸다.「그런데 오늘에야 알았읍니다만 그 가엾은 마리 볼콘스카야가 어제 모스크바에 도착한 모양이더군요. 그녀가 아버지를 여의었던 말을 들으셨나요?」

「정말입니까? 그녀는 지금 어디 있읍니까? 전 꼭 그녀를 만나야겠는데요.」하고 피예르는 말했다.

「어젯 저녁 그녀에게 갔었어요. 그런데 오늘이나 내일 아침 조카를 데리고 모스크바 교외에 있는 영지로 갈 모양이에요.」

「그런데 그녀는 어때요, 어떻게 하고 계셨읍니까?」하고 피예르는 계속 물었다.

「별다른 건 없었고 그저 우울해 할 따름이었어요. 그런데 누가 그녀를 구출했다고 생각하시죠? 정말 훌륭한 소설감이더군요. 니콜라이 로스토프가 구출했더군요. 많은 폭도들이 그녀를 죽이려고 했대요. 하인들도 다친 사람이 있고요. 이때 로스토프가 달려가 구출한 거래요…….」

「소설이 하나 더 생겼더군요.」하고 의용병이 말했다.「확실히 이 피난 소동은 노처녀들의 신랑감을 찾기 위해서 일어난 모양입니다. 먼저는 카티 쉬, 이번에는 볼콘스카야 공작 영애.」

「어떨까요? 제 생각으로는 그녀가 조금 그 청년에게 마음이 있다고 생각하고 있는데요.」

「벌금! 벌금! 벌금!」

「하지만 이런 이야기를 어떻게 러시아어로 한단 말씀이에요?」

18

피예르가 집으로 돌아가자 하인은 그 날 배달된 라스토프친의 삐라를 두 장 그에게로 가지고 왔다.

하나에는 이렇게 씌어 있었다. 라스토프친 백작께서 모스크바 철수를 금하고 있다는 소문이 떠돌고 있지만 그것은 잘못된 소문이다. 오히려 라스토프친 백작은 귀부인들이나 상인들의 아내들이 모스크바에서 소개(疎開)하는 것을 환영한다고 씌어 있었다. 그렇게 하면 〈공포도 줄고 사고도 적어질 것이다.〉고 삐라에는 씌어 있었다. 〈그러나 아뭏든 그 악당들을 모스크바에 들여 놓지 않을 것은 목숨을 걸고 책임질 것이다.〉 피예르에게는 이 말은 프랑스군이 모스크바에 온다는 사실을 처음으로 분명히 한 것으로 보였다. 두 번째 삐라에는 아군의 총사령부가 뱌지마에 있다는 것과, 비트겐슈타인 백작이 프랑스군을 무찔렀다는 것, 그러나 많은 주민이 무장을 원하고 있으므로 그러한 사람들은 칼과 권총과 총 같은 무기를 쉽게 입수할 수 있도록 되어 있다는 이야기가 씌어 있었다.

삐라의 내용은 이미 예전의 치기린의 대화에서처럼 반농담의 것이 아니었다. 피예르는 이 삐라를 앞에 놓고 깊은 생각에 잠겼다. 그가 진정으로 바라고 있으면서도 그와 동시에 그의 마음 속에 무의식적인 공포를 느끼게 한 저 무서운 비구름, 그런 불길한 구름은 분명히 그에게로 차차 다가오고 있었다.

『군에 입대해서 싸움터로 나갈 것인가, 그렇지 않으면 기회를 기다려야 할 것인가?』 하고 피예르는 이러한 질문을 자기 자신에게 몇 번씩이나 되물었다. 그는 곁에 놓인 탁자 위에 있는 카드를 집어 들고 카드 점을 치기 시작했다.

「만약에 이 카드 점이 잘 떨어지기만 하면.」 하고 그는 카드를 섞어 한 손에 들고 천장을 쳐다보면서 혼자 중얼거렸다. 「만약 잘 떨어지면 그것은……그것은 어떻다는 이야긴가?」 그가 여기에 대한 아무런 답도 결정하기 전에 서재의 문 밖에서 들어가도 괜찮느냐고 묻는 맨 위의 공작 영애의 목소리가 들렸다.

「그러면 내가 싸움터에 나가야 한다고 하자.」 하고 피예르는 자기의 생각에 결론을 짓고, 「들어와요, 들어와요.」 하고 공작 영애를 보고 덧붙였다.

허리가 길고 무표정한 맨 위의 공작 영애만은 아직도 피예르의 집에서 묵고 있었다. 밑의 두 동생은 벌써 결혼해 버렸다.

「방해를 해서 안 됐군요, 오라버님.」 하고 그녀는 흥분된 목소리로 나무라듯이 말했다. 「아무래도 무슨 결정을 내려야 되지 않겠어요! 도대체 어떻게 할 생각이에요? 남들은 모두 모스크바를 떠났고 농민은 폭동을 일으키고 있다는데요. 그런

데 우리는 무엇 때문에 여기 이러고 있는 거예요?」

「그와 반대로 모든 것이 잘 되어 가고 있는 것 같던데, 누이.」하고 피예르는 언제나처럼 농담조로 말했다. 그는 공작 영애에 대한 보호자로서의 역할이 항상 난처해서 언제부터인지 이렇게 말하는 버릇이 들어 버렸다.

「그런가요, 이것이 잘 되어 가고 있는 건가요……참으로 조용하군요……저는 오늘 바르바라 이바노브나에게서 이야기를 들었는데, 우리 군대는 굉장한 활약을 하는 모양이더군요. 정말 영광스러운 일이에요. 여기에다 농민은 한 술 더 떠 폭동을 일으키고 말을 들어먹지 않게 되어 버렸어요. 제 하녀만 하더라도 제멋대로 함부로 구는걸요. 이대로라면 멀지 않아 우리는 얻어맞게 될는지도 몰라요. 거리로 나다니지도 못 하게 될 거예요. 그리고 무엇보다도 오늘 당장이라도 프랑스군이 뛰어든다는데 이렇게 멍청하게 기다리다니! 이것 봐요, 오라버님, 꼭 한 가지 소원이 있어요.」하고 공작 영애는 말했다.「저를 페쩨르부르그로 데리고 가도록 이야기해 주세요. 제가 대단한 여자는 아니지만 나폴레옹 치하에서는 살 수 없어요.」

「이제 그만두어요, 누이. 대관절 누이는 어디서 그런 정보를 얻었죠? 그러기는 커녕…….」

「저는 오라버니가 존경하는 그런 나폴레옹에게는 무릎을 꿇지 않겠어요. 다른 사람이야 어떻든 상관 않겠지만……만약, 만약에 오라버니가 그렇게 해주시지 않는다면…….」

「아니 해드리지, 지금 곧 명령하죠.」

공작 영애는 울분을 터뜨릴 상대자가 없어 몹시 답답한 모양이었다. 그녀는 무엇인가를 투덜거리면서 의자에 앉았다.

「하지만 누이는 잘못된 정보를 듣고 있어요.」하고 피예르는 말했다.

「거리는 아주 조용하고 위험은 전혀 없어요. 금방 나는 이걸 읽었는데…….」 피예르는 공작 영애에게 삐라를 보였다.「백작께서는 적이 모스크바에 들어오지 못하도록 할 것을 목숨을 걸고 맹세한다고 했어요.」

「그까짓 백작 따위가!」하고 공작 영애는 증오에 차서 말했다.「그런 사람은 위선자예요. 사람들을 선동해서 폭동을 일으킨 악당이에요. 그 사나이는 이런 어리석은 삐라에다 누구든 수상한 사람이 있으면 모두 머리를 움켜잡아 유치창으로 끌고 가라는 따위의 글을 쓴 사람이 아니었던가요? 그렇게 어리석은 소리가 어디 있어요! 끌려간 사람들은 명예와 영광을 얻는 모양이더군요. 세상을 떠들썩하게 선동한 결과가 그런 것이라니까요. 바르바라 이바노브나에게서 들은 이야긴데, 그녀가 프랑스어를 조금 썼다고 해서 하마터면 여러 사람에게 맞아 죽을 뻔했다는 거예요……」

「조금 썼다고요……누이, 누이는 무슨 일이든지 너무 심각하게 생각하는군요.」 하고 말하고 나서 피예르는 카드 점을 치기 시작했다.

카드 점이 제대로 떨어졌는데도 불구하고 피예르는 군에 입대하지 않고 텅 빈 모스크바에 그대로 눌러 앉아 여전히 그 불안과 주저와 공포와 동시에 기쁨을 느끼면서 뭣인가 무서운 것이 닥칠 것을 기다리고 있었다.

이튿날 저녁 공작 영애는 모스크바를 떠났다. 그리고 총지배인이 그에게로 와서 연대의 피복료로 피예르가 명령한 자금은 소유지를 한 군데 팔아 버리지 않으면 마련할 도리가 없다고 보고했다. 총지배인은 요컨대 연대에 기부하겠다는 그의 계획은 살림을 엉망으로 만들어 놓는다는 사실을 피예르에게 인식시키려고 했던 것이다. 피예르는 지배인의 말을 들으면서 웃음을 간신히 참았다.

「그럼 팔아 버리면 될 게 아닌가!」 하고 그는 말했다. 「하는 수 없지. 이런 비상시에 싫다고 할 수도 없으니까!」

모든 정세, 특히 피예르 자신의 재정 사정이 악화됨에 따라 그는 언제나 예상하고 있던 파국이 마침내 눈앞에 다가왔다는 사실을 점점 뚜렷이 알 수 있어서 유쾌해졌다. 피예르의 벗으로서 모스크바에 남아 있는 사람은 이제 거의 한 사람도 없었다. 줄리도 떠나 버렸다. 공작 영애 마리야도 떠났다. 가까운 지기들 가운데서 아직 남아 있는 집안은 다만 로스토프네 정도였지만 피예르는 그곳을 다녀온 지도 꽤 오래 되었다. 이 날 피예르는 바람을 쐬러 보론쏘보 마을로 대기구(大氣球)를 구경하러 갔다. 이 기구는 적을 파멸시키기 위해 레피히의 손으로 만들어졌는데 시험용 기구는 다음날 띄워지기로 되어 있었다. 기구는 아직 완성되지 않았으나 피예르가 들은 바로는 황제에 의해서 완성이 재촉되고 있다는 것이었다. 황제는 이 기구에 관해서 로스토프친 백작에게 다음과 같은 간략한 서신을 보냈다.

〈레피히의 기구가 완성되는 대로 의지가 굳고 두뇌가 명석한 인물 가운데서 이 기구의 승무원을 편성하고, 이러한 내용을 쿠투조프 장군에게 전령을 보내어 예고하라. 이 일에 대해서는 짐도 이미 그에게 통고했다. 또한 레피히에게도 최초의 낙하점에 대해서 충분한 주의를 주어 적의 수중에 잘못 들어가지 않도록 경고하기 바란다. 그의 행동은 항상 총사령관의 행동과 일치하도록 만전을 기하라.〉

피예르는 보론쏘보에서 집으로 돌아오는 도중 볼로트나야 광장을 지나다가 로보노예 메스토(모스크바의 형장-역주)에 사람들이 떼를 지어 있는 것을 보고 말을 세우고 마차에서 내렸다. 그것은 어떤 프랑스의 요리사가 간첩이라는 혐의를 받고 태형(笞刑)이 집행되었던 것이다. 태형은 지금 막 끝났으므로 집행인은 애처롭게 울부짖는 뚱뚱한 사나이를 처형대에서 끌어내리고 있는 참이었다. 그 사내는 불그레한 구레나룻을 기르고 파란 양말에 녹색의 소매가 없는 옷을 입고 있었다. 그 옆에는 또 한 사람 깡마른 창백한 죄수가 서 있었다. 두 사람 다 그 얼굴만 보아도 프랑스인임을 알아볼 수 있었다. 피예르는 그 깡마른 프랑스인의 표정과 마찬가지로 놀라움을 지으면서 군중을 헤치고 앞으로 나아갔다.

「무어야? 누구지? 무엇 때문인가?」 하고 그는 물었다.

그러나 군중——여러 가지 외투를 입은 벼슬아치, 시정아치, 장사아치, 농부, 모피 외투를 입은 여자들——은 처형대에서 일어나고 있는 사건에 정신이 팔려 있었으므로 그의 물음에 대꾸하는 사람은 아무도 없었다. 뚱뚱한 죄수는 일어나자 얼굴을 찌푸리고 어깨를 움츠렸다. 그리고 이쯤은 아무것도 아니라고 과시하려는 듯이 주위에는 아랑곳하지 않고 소매가 없는 자케트를 주워 입기 시작했다. 그러나 갑자기 그 입술은 떨리기 시작했다. 그는 다혈적인 남자들이 흔히 그렇듯이 자기의 분을 이기지 못해 울음을 터뜨리고 말았다. 군중은 커다란 소리로 떠들기 시작했다. 이는 마음 속에서 우러나는 동정을 억누르기 위함이라고 피예르는 해석했다.

「어딘가의 공작네의 요리사인 모양이야…….」

「어때, 무슈, 러시아의 소스는 프랑스인에게는 너무 시었던 모양이군……잇몸이 흔들리는 모양 아나?」 때마침 프랑스인이 울음을 터뜨렸을 때 피예르 곁에 있던 가난한 얼굴의 벼슬아치가 말했다. 이 관리는 자기의 익살에 대해 누가 맞장구를 쳐 주길 바라는 것처럼 주위를 둘러보았다. 어떤 사람은 빙글빙글 웃었으나 다른 사람은 나머지 한 죄수의 옷을 벗기고 있는 집행인을 겁먹은 얼굴로 바라보면서 떨고 있었다.

피예르는 콧속이 찡해서 얼굴을 찌푸리고 휙 몸을 돌려 마차 쪽으로 걷기 시작했다. 그리고 걷고 있는 동안에도, 마차에 타고 있는 동안에도 무엇인가를 끊임없이 중얼거리고 있었다. 집에 돌아오면서도 그는 몇 번이나 몸서리를 치면서 커다란 소리로 중얼거렸으므로 그때마다 마부는 깜짝 놀라서 돌아보았을 정도였다.

「무엇을 말씀하셨읍니까?」

「어디로 가고 있는 거지?」 루뱐카로 빠지려 하는 마부에게 그는 이렇게 소리쳤다.

「총사령관한테로 가라고 말씀하시지 않았읍니까?」 하고 마부는 대답했다.

「바보! 못난이!」 하고 피예르는 버럭 고함을 질렀다. 자기가 부리는 마부에 대해서는 그가 이런 말을 하는 일은 흔하지 않았다. 「집으로 가자고 하잖았어? 빨리 가란 말이야, 멍청한 녀석 같으니. 오늘중이라도 당장에 떠나야 한단 말이야.」

하고 피예르는 혼자서 중얼거렸다.

처벌을 당한 프랑스인과 로브노예 메스토를 에워싸고 있는 군중을 보고, 피예르는 더 이상 모스크바에 머물러 있을 수는 없다, 오늘 당장이라도 싸움터로 나가야겠다고 결심을 해 버렸다. 그는 자기의 이런 뜻을 마부에게도 전했다고 기억되었지만 설사 그런 말을 하지 않았더라도 마부가 스스로 알아서 하는 게 당연하다고 생각했다.

집으로 돌아오자 피예르는 마부인 예프스타피예비치에게 오늘 저녁 모쥐아이스크의 군대로 갈 테니 자기의 말을 그리로 보내 놓으라고 일러 두었다. 예프스타피예비치는 세상에 모르는 것이 없고 못하는 것이 없는 사람이라고 모스크바 전체에 알려진 마부였다. 그러나 이 명령은 그 날 당장에 실행할 수는 없었으므로 예프스타피예비치의 의견에 따라 교대할 말을 미리 보내 놓을 정도의 여유를 가지기 위해 피예르의 출발을 다음날까지 연기하지 않을 수 없었다.

전날 밤까지 내리던 비가 그치고 24일에는 하늘이 맑게 갰다. 그래서 이 날 점심식사가 끝나자 피예르는 모스크바를 떠났다. 그 날 밤 늦게 페르후쉬코보에서 말을 바꿀 때 피예르는, 저녁 무렵에 이곳에서 큰 전투가 벌어졌다는 이야기를 들었다. 이 고을 사람들의 말에 의하면 이 페르후쉬코보에서는 대포 소리 때문에 땅이 쿵쿵 울렸다는 것이었다. 어느 쪽이 이겼느냐는 피예르의 물음에 대해서는 아무도 확실하게 대답할 수 없었다(이것은 24일의 쉐바르지노 전투였다). 동이 틀 무렵 피예르는 모쥐아이스크에 도착했다. 모쥐아이스크의 인가는 전부 군인들이 차지하고 있었다. 피예르가 그의 조마사(調馬師)와 마부의 영접을 받은 여관에도 빈 방이라고는 하나도 없었다. 어디에나 장교들이 차지하고 있었다.

모쥐아이스크에도 그렇고 모쥐아이스크를 지나도 그렇고, 어디에나 군인들이 주둔해 있거나 이동하거나 했다. 코삭, 기병, 보병, 치중차, 탄약차, 대포들이 어디에서나 눈에 띄었다. 피예르는 조금이라도 빨리 가려고 애를 썼다. 그리고 모스크바를 멀리 떠나 군인들 속으로 헤쳐 들어감에 따라 그는 어쩐지 불안한 가슴의 두근거림과 일찌기 경험한 일이 없는 새로운 환희의 감정을 맛볼 수 있었다. 그것은 슬로보드스키이 궁전에서 황제를 맞이했을 때 체험한 것과 흡사한 감정으로 무엇이든 해야만 하고 무엇이든 바치지 않으면 안 되겠다는 그런 기분이었다. 그는 지금 인간의 행복을 형성하고 있는 모든 것들이, 말하자면 생활에 편한 설비라든가, 재력이나 심지어는 생명 그 자체까지도 하잘것없는 것이고, 어떤 무엇인가와 비교한다면 도리어 내동댕이치는 것이 유쾌할 정도로 하찮은 것이라는 것을 의식한 그는 말할 수 없는 쾌감을 느꼈던 것이다. 그러나 어떤 것과 비교해야 하는지, 그것이 무엇인지는 피예르 자신도 확실히 이해할 수 없었다. 그리고

누구를 위해 무엇 때문에 모든 것을 희생하는 행위를 유다른 미덕으로 생각하는
지 그것을 밝히고 싶은 마음도 없었다. 그의 마음을 차지하고 있었던 것은 무엇
때문에 희생을 치르느냐는 것이 아니라, 희생 그것 자체가 즐겁고 또한 새로운
감정이었던 것이다.

19

　24일 쉐바르지노 다면보(多面堡)에서 전투가 있었다. 25일에는 두 나라 군대
어느 쪽에서도 총 한 방 쏘지 않았다. 그리고 26일에는 보로지노 전투가 시작된
것이다.
　그럼 쉐바르지노와 보로지노의 전투는 어떻게 해서 한쪽이 도전하고 다른 한
쪽이 응하게 된 것인가? 보로지노의 싸움은 무엇 때문에 일어났는가? 프랑스 군
대에 있어서나 러시아 군대에 있어서나 이 전투는 조금도 의미가 없었다. 다만
이 전투의 직접적인 결과가 된 것은, 또 당연히 그렇게 돼야 했던 것은, 러시아
측에서 보면 모스크바의 멸망(그것은 이들이 세상의 무엇보다도 두려워했던 일
이다)이 가까와졌음을 뜻하는 것이었고, 프랑스 측에서 보면 그들의 전멸(그들도
마찬가지로 세상의 무엇보다도 이것을 두려워했다)이 가까와진 것이었다. 이러한
결과는 당시 이미 너무나 명백했는데도 나폴레옹은 이 전투를 도발했으며 쿠투
조프는 여기에 응했던 것이다.
　만일 양쪽의 군 지휘관이 합리적인 이유에 따라 행동했다면 이천 베르스타 깊
숙이 러시아 땅에 들어와서 군대의 사분의 일을 잃어버릴 우려가 있는 전투를 한
다는 것은, 틀림없이 멸망의 길을 걷는 것과 마찬가지임을 나폴레옹도 깨닫지 못
했을 리가 없는 것이고, 마찬가지로 쿠투조프로서도 이 싸움에 응해서 역시 전병
력의 사분의 일을 잃어버리는 모험을 하게 되면 틀림없이 모스크바를 빼앗기게
되리라는 것쯤 몰랐을 리가 없다. 이는 쿠투조프에게는 수학적으로도 명료(明瞭)
한 일이었다. 마치 장기를 둘 때 자기의 말이 상대방의 말보다 하나가 부족하다
고 해서 스스로 자기의 말이 상대방의 말을 바꾸려고 하면 반드시 지게 되어 있
으므로 그런 짓을 하면 안 된다는 것과 같은 이론이다.
　상대방이 말을 열 여섯 개 가지고 있고 자기가 열 네 개 가지고 있으면 자기는
상대방보다 팔분의 일 정도밖에 세력이 약하지만, 만약 열 세 개나 말을 바

꾸고 나면 나머지는 삼 대 일이 되어 상대방은 자기보다 세 배의 힘을 가지게 되는 것이나 마찬가지이다.

보로지노 전투까지에는 우리의 병력은 프랑스군에 비해 거의 오 대 육이라는 세력이었지만 전쟁이 끝난 뒤엔 일 대 이의 관계가 되었던 것이다. 다시 말해서 전투 전에는 우리의 군대 십만에 대해 프랑스군은 십 이만이었지만 전투가 끝난 뒤에는 오만에 대해 적은 십만이라는 결과가 된 것이다. 그럼에도 불구하고 총명하고 경험이 풍부한 쿠투조프는 전투에 응했고, 이른바 천재적인 지휘관이라는 나폴레옹은 전병력의 사분의 일을 잃고 전선을 점점 확장해 가면서 도전했던 것이다. 만약 나폴레옹이 모스크바를 점령함으로써 빈 점령과 마찬가지로 전쟁을 끝낼 수 있다고 생각한다고 말을 하는 사람이 있다면 거기에 대해서는 이를 반증할 만한 자료가 얼마든지 있다. 나폴레옹의 전기를 쓴 사람 자신이 나폴레옹이 이미 스몰렌스크에서 진격을 멈추려 했다느니, 확장된 전선에 대해 위험을 느끼고 있었다느니, 모스크바 점령이 전쟁의 종결일 수 없다는 것을 알고 있었다느니, 또 그 이유는 스몰렌스크 이래 러시아의 도시들이 어떠한 상태로 그의 수중에 놓였는가를 알고 있었고, 뿐만 아니라 협상을 하자는 뜻을 한두 번 표명한 것이 아니었으나 거기에 대해서는 회답을 한 번도 받지 못했기 때문이라고 이야기하고 있다.

쿠투조프와 나폴레옹이 보로지노에서 공격을 하거나 또는 당하거나 했지만 이것은 모두 실로 맹목적이고 무의미한 행동을 한 셈이었던 것이다. 그런데 후세에 와서 역사가들이 두 나라 지휘관의 선견 지명과 천재적인 재능을 증명할 만한 이론을 기묘하게 짜내어 그 속에다 과거의 사실을 때려 맞추고 있지만, 그들 두 군대의 지휘관이야말로 실은 세계적인 사건의 의지를 갖지 않은 온갖 도구 가운데서도 가장 노예적이고 가장 맹목적인 활동가였던 것이다.

옛사람은 우리들에게 영웅 서사시의 전형을 남겨 주었지만 그 가운데서는 역사적인 흥미의 전부를 영웅이 차지하고 있다. 그렇기 때문에 우리들은 그러한 종류의 역사는 인간적인 시대에 있어서 아무런 뜻도 가지지 않는다는 생각에 익숙해지지 못하는 것이다.

보로지노의 전투는 어떻게 진행되었는가 하는 두 번째 물음에 대해서도 마찬가지로 지극히 명료하고 누구나 다 알고 있는, 그러나 터무니 없는 허위의 기술이 존재하고 있다. 즉, 모든 역사가들은 이 사건을 다음과 같이 기술하고 있다.

〈러시아군은 스몰렌스크에서 퇴각하면서 일대 결전을 벌이기에 가장 유리한 진지를 물색하고 있었다. 그리하여 그러한 진지를 보로지노 근처에서 발견했던 것이다. 러시아군은 이 진지를 굳게 다져 놓았었다. 이것은 모스크바에서 스몰렌스크로 통하는 가도의 왼쪽에 있고 보로지노에서 우찌사에 걸쳐 거의 이 가도와 직각을 이루는 위치에 있다. 말하자면 바로 전투가 벌어졌던 그 장소인 것이다. 이 진지의 전면에는 적을 감시할 목적으로 쉐바르지노의 구릉 위에 전초 요새가 구축되었다. 24일에 나폴레옹은 이 전초 기지를 공격해서 점령했다. 그리고 26일에는 마침내 보로지노 평원에 진을 치고 있는 러시아군 전체에 대해서 공격을 개시했다.〉

역사 기록에는 이렇게 씌어 있다. 그러나 이것은 전혀 잘못된 것이며, 사건의 진상을 철저히 알려는 사람이라면 누구든지 그 잘못된 점을 쉽사리 알아차릴 수 있을 것이다.

러시아군은 우세한 진지를 물색하지 않았을 뿐만 아니라 오히려 후퇴할 때 보로지노보다 더욱 견고한 진지를 몇 개씩이나 그대로 지나쳤다. 그들은 이러한 진지의 어떤 곳에서도 머무르지 않았었다. 그것은 다른 사람이 선택한 진지를 쿠투조프가 채용하지 않으려고 했기 때문이기도 했지만 국민 전체가 결전을 요망하는 기세가 아직 충분히 익어 있지 않았기 때문이기도 했고, 밀로라도비치가 그때까지 민병을 이끌고 도착하지 않았기 때문이기도 하며, 그 밖에 헤아릴 수 없이 많은 이유 때문이기도 했다. 다만 이론의 여지가 한결 더 튼튼했다는 사실과 실제로 전투가 벌어진 보로지노의 진지가 별로 시원치 않았을 뿐 아니라, 오히려 지도 위의 어떤 지점이든 눈을 감고 핀으로 찍을 수 있는 러시아 제국의 어떤 지점보다도 진지로서의 가치가 더 있지는 않았다는 사실뿐이다.

러시아군은 한길로부터 왼쪽을 향해 직각으로 펼쳐져 있는 보로지노 평원에 진지(즉 전쟁이 행해졌던 지점)를 굳히지 않았을 뿐더러 1812년 8월 25일까지는 이 지점에서 설마 전투가 벌어지리라고는 꿈에도 생각하지 않았었다. 그 증거로는, 첫째 25일이 되기까지 이 지점에 요새 공사가 시작되지 않았고, 25일에야 비로소 시작된 공사가 26일이 되어도 아직 끝나지 않았다는 사실을 들 수 있다. 그리고 둘째로는 쉐바르지노 다면보의 위치를 들 수 있다. 즉, 전투가 행해졌던 진지의 전면에 있던 이 쉐바르지노의 다면보는 아무런 가치도 없는 진지였다. 이 다면보는 무엇 때문에 다른 지점 이상으로 힘을 들여 구축되었던 것일까? 그리고 어째서 24일 밤늦게까지 이 다면보를 지키기 위해 갖은 애를 쓴 끝에 육천이란 병력을 잃었던 것일까? 적의 형세를 살피기 위해서였다면 코삭의 척후병만으로도 충분했을 것이다. 세째로, 전투가 행해졌던 진지는 예정되었던 진지도 아니었고, 쉐바르지노의 다면보는 이 진지의 전초 기지도 아니었다. 이것을 증명하려면 바르클라이 드 톨리와 바그라찌온이 25일까지 쉐바르지노 다면보를 진지의 좌익이라고 믿고 있었다는 점, 또한 쿠투조프 자신이 전쟁 뒤의 흥분 상태에서 쓴 보고서 가운데 쉐바르지노 다면보를 진지의 좌익이라고 부르고 있는 점을 들 수 있다. 그리고 이보다도 훨씬 뒤에 와서 보로지노 전투에 관한 전면적인 보고서가 여유 있는 상태에서 씌어졌을 때(아마 신성해야 할 총사령관의 오류를 변호하기 위해서였겠지만) 사실과 어긋난 기묘한 증명이 날조되었다. 즉, 쉐바르지노의 다면보는 전초의 역할을 했으며(그러나 실제로 이 다면보는 좌익의 한 요새에 지나지 않았었다), 보로지노 전투는 미리 선정되어 굳혀진 진지에서 행해졌던 것처럼 보고되었던 것이다. 그러나 실상 이 전투는 전혀 돌발적으로 거의 준비가 갖추어지지 않은 지점에서 행해졌다.

사실은 다음과 같이 되어 있었다. 진지는 처음 가도를 직각이 아니라 예각(銳角)으로 차단하고 있는 콜로챠 강을 끼고 선정되었다. 따라서 좌익은 쉐바르지노, 우익은 노보예 마을 근처에 있었고, 중앙은 콜로챠 강과 보이나 강과의 합류점, 곧 보로지노에 있게 되는 것이다. 스몰렌스크 가도를 따라 모스크바를 향해 진격하는 적을 막아야 하는 것을 목적으로 하고 있는 군대에 있어서 콜로챠 강의 엄호를 받고 있는 이 진지의 유리한 점은 실제로 전쟁이 어떻게 행해졌는지를 잊어버리더라도 보로지노의 평원을 한 번 내려다본다면 누구라도 똑똑히 알 수 있게 되어 있다.

나폴레옹은 24일에 발루예보를 향해 출발했으나 역사에 쓰인 것을 보면 우찌사로부터 보로지노에 이른 러시아군의 진지도 눈에 보이지 않았었고(이 진지가 눈에 들어왔을 리가 없다. 왜냐하면 그런 것이 애당초 없었기 때문이다), 또 러시아군의 전초도 보이지 않았었다. 그리고 러시아군의 후퇴 부대를 추격하고 있는 동안에 러시아 쪽 진지의 좌익——쉐바르지노 다면보에 부딪치게 되었다. 그리고 러시아군으로서는 뜻밖의 일이었지만 콜로챠 강을 건너게 되었던 것이다. 그래서 러시아측은 대결전을 개시할 겨를도 없이 벌써부터 점령하려고 했던 진지로부터 좌익을 퇴각시켜서 예정에도 없었던 무방비 상태의 새 진지로 이동시켰다. 나폴레옹은 콜로챠 강의 왼쪽 기슭, 즉 가도의 왼쪽으로 이동하면서 앞으로 닥칠 전투도 모두 오른쪽에서 왼쪽으로(러시아 측에서 보아) 움직여 마침내 우찌사, 세묘노프스코예, 보로지노 사이의 평원으로 이동시켜 버렸다(이것은 러시아의 어떤 평원과 비교해 보아도 진지로서 나을 것이 하나도 없었다). 그래서 이 평원에서 26일의 대회전이 벌어진 것이었다.

만약 나폴레옹이 24일 저녁 콜로챠 강으로 군대를 보내지 않고 또 그 날 저녁 곧 다면보의 공격을 명령하지 않고 이튿날 공격을 시작했더라면 쉐바르지노 다면보가 우군 진지의 좌익이 되고, 전투도 러시아군이 예상했던 대로 벌어졌으리란 것을 아무도 의심하지 않을 것이다. 그리고 회전은 우리들이 예상했던 대로의 전개를 보았을 것이다. 만약 그렇게 되었더라면 우리 군대는 쉐바르지노 다면도, 곧 우군의 좌익을 한결 튼튼히 지키고 중앙 또는 우익으로부터 나폴레옹 군대를 공격하게 되었을 것이다. 이렇게 해서 24일에는 강화된 예정 진지에서 대결전이 벌어졌을 것이 분명하다. 그러나 우리 좌익군에 대한 공격은 우리 후위 부대를 추격해서 즉, 그리드네바 결전 직후의 저녁에 개시된 데다가 러시아의 군 지휘관들이 바로 그 24일 저녁에 대결전을 개시하고 싶어하지 않았거나 혹은 그렇게 할 겨를이 없었기 때문에 보로지노 전투의 최초의 주요한 작전은 이미 24일에 러시아군의 패배가 되고 그것이 26일에 행해졌던 전투마저도 실패로 이끌게 하는 원인이 되었던 것이었다.

쉐바르지노 다면보 함락으로 말미암아 25일 아침 우리 군대는 좌익의 진지를 아무 방비도 없는 채 잃어버렸기 때문에 하는 수 없이 좌익을 뒤로 물러가게 하고, 어디든 장소를 가릴 것 없이 빨리 방어전을 치지 않으면 안 되었다.

더우기 8월 26일 러시아군은 그저 빈약하고 또한 미완성인 보루에 의지하지 않을 수 없었을 뿐만 아니라 러시아의 지휘관들이 새로 생긴 사실(사실상의 좌익 진지의 상실과 눈앞의 싸움터가 오른쪽에서 왼쪽으로 옮아 간 사실)을 인식하지 못하고 전선(戰線)을 노보예 마을로부터 우찌사까지 뻗쳐 놓은 채 내버려 두었으므로 전투중에 군대를 오른쪽에서 왼쪽으로 이동시켜야만 했다. 그래서 우군의 불리한 상태는 배가(倍加)되었고, 러시아군은 전투중 우리 좌익에 돌려진 프랑스의 전군(全軍)에 대해 겨우 절반의 전투력으로 대해야 했던 것이다(우찌사로 향한 포냐토프스키이와 프랑스군 우익으로 향한 우바로프의 행동은 전투의 전국면에서 고립된 것이었다).

그렇기 때문에 보로지노의 전투는 역사가의 기록과는 전혀 다르게 전개되었던 것이다(그들은 우리 지휘관들의 실책을 숨기려다가 오히려 러시아의 군대와 극민의 명예를 떨어뜨리고 말았다). 보로지노의 싸움은 러시아 쪽에서 보면 미리 선정되고 또한 강화된 진지이며 약간 열세한 병력을 가지고 행해진 것이 아니라 쉐바르지노 다면보가 함락되었기 때문에 프랑스군에 비해서 이분의 일의 전투력 밖에 가지지 않은 러시아군이 거의 아무런 방비도 없는 툭 트인 들판에서 응전한 것이었다. 다시 말하자면 전투를 열 시간이라도 끌어 승패를 가리지 못하게 하기는커녕 그저 세 시간만이라도 군대를 전면적인 궤멸(潰滅)에서 막는다는 것조차 도저히 생각할 수도 없는 그러한 조건 아래서 행해진 것이었다.

20

25일 아침 피예르는 모쥐아이스크를 떠났다. 그는 마을을 벗어나서 꾸불꾸불한 가파른 비탈길에서 마차를 내려 걷기 시작했다. 길은 시가에서 오자면 오른쪽으로 보이는 대성당 앞을 지나고 있었다. 성당에서는 아침 미사가 행해져 이를 알리는 종이 울리고 있었다. 피예르의 뒤쪽에서는 어딘가의 기병 연대가 군가대를 선두로 비탈길을 내려오고 있었다. 그의 앞쪽에는 어제 있었던 전투에서 부상한 병사를 실은 마차의 일대가 올라왔다. 마부가 된 농부들은 말에서 고함을 지르기도 하고 채찍으로 철썩철썩 후려치기도 하면서 마차의 이쪽저쪽으로 뛰어 돌아다니고 있었다. 그 위에 부상병들이 서너 명씩 누워 있기도 하고 앉아 있기도 하면서 타고 있는 마차는 가파른 비탈길에 포장 대신으로 깔아 놓은 자갈 위를 덜커덕거렸다. 헝겊 조각을 붕대 대신으로 싸맨 창백한 한 부상병은 입술을 깨물고 눈살을 찌푸리면서 가로대에 매달린 채 마차 위에서 뛰어오르기도 하고 부딪히기도 했다. 그들은 한결같이 어린애 같은 천진난만한 호기심에 찬 표정으로 피예르의 흰 모자와 녹색의 연미복을 쳐다보았다.

피예르의 마부는 부상병의 마차에 대고 고함을 질러 한쪽으로 비키라고 했다. 군가를 부르면서 비탈길을 내려온 기병 연대는 피예르의 마차에 다가와서 통로를 좁혀 버렸다. 피예르는 파헤쳐진 길 가장자리에 딱 붙어 멈추었다. 태양은 수직으로 솟아 있는 산허리에 가려 골짜기가 되어 있는 길을 비추지 않았기 때문에 축축하고 냉기가 돌았다. 피예르의 머리 위에는 맑게 갠 팔월 아침이 펼쳐져 있고, 높고 낮은 성당의 종소리가 즐겁게 울려 퍼졌다. 부상병을 실은 짐마차 한대가 피예르 가까이의 길가에 멈췄다. 나무 껍질의 신을 신은 마부는 숨을 헐떡이면서 자기 수레로 달려가서 쇠바퀴가 끼워져 있지 않은 뒤의 수레바퀴 밑에 돌을 괴고 멈춘 조랑말의 방둥이 띠를 풀고 고쳐 매기 시작했다.

마차 뒤를 따라온 나이 든 한 부상병은 한 손에 붕대를 감고 있었으나 한쪽의 성한 손으로 마차를 붙잡으면서 피예르 쪽을 돌아보았다.

「어때요? 여보세요, 우리는 여기에서 당하게 되는 겁니까, 그렇지 않으면 모스크바까지 피할 수 있읍니까?」하고 그는 말했다.

피예르는 깊은 생각에 잠겨 있었으므로 이런 질문이 들리지 않았다. 그는 지금 부상병의 마차와 엇갈리려는 기병 연대와 자기 옆에 서 있는 마차를 번갈아 가면서 쳐다보고 있었다. 수레 위에는 부상병이 세 사람 타고 있었는데 두 사람은 앉아 있었고 한 사람은 누워 있었다. 마차 위에 앉아 있는 병자 한 사람은 볼에 상

처를 입은 모양이었다. 그의 머리는 온통 헝겊으로 감겨 있었고 한쪽 볼은 갓난
애 머리만큼 부어 있었다. 입과 코는 옆으로 비뚤어져 있었다. 이 병사는 교회를
보자 성호를 그었다. 또 한 병사는 해쑥한 얼굴이 거의 핏기가 없어 보일 만큼
새하얗고 밝은 빛깔의 머리카락을 가진 어린 신병으로 그대로 가만히 굳어져 버
린 순박한, 어린애 같은 미소를 띄우고 피예르를 지켜보고 있었다. 또 한 사람은
드러누워 있었기 때문에 얼굴이 보이지 않았다. 기병의 군가대는 마차 바로 옆을
지나갔다.

「아, 나의 전우도 쓰러졌도다…… 타국의 땅을 밟고…….」 하고 그들은 병사의
춤의 노래를 부르고 있었다. 그러자 그 노래를 되풀이하듯이 그와는 다른 명랑한
가락으로 크고 작은 가지가지 금속성의 총소리가 하늘 높이 울려 퍼졌다. 그리고
또 다른 종류의 기쁨을 가지고 뜨거운 태양 광선이 반대편의 사면(斜面)의 꼭대
기를 내리쬐고 있었다. 그러나 사면 밑에 있는 부상병을 태운 마차 근처, 그러니
까 피예르 옆에서 괴로운 듯 숨을 헐떡거리고 있는 달 근처는 축축하고 음산하고
쓸쓸했다.

볼이 부어오른 병사는 노여운 듯이 기병의 군가대를 노려보았다.

「흥, 기분 좋은 모양이군!」 그는 불쾌한 듯 말했다.

「오늘은 병사뿐만 아니라 농부들까지 눈에 뜨이더군요! 농부들! 농부들까지
끌어낸 판입니다.」 마차 뒤쪽에 서 있던 병사는 피예르를 보고 서글픈 미소를 지
으면서 말했다. 「이제는 사람을 가릴 겨를이 없어요…… 온 백성을 모두 동원하
려고 하고 있으니까요. 문제는 모스크바죠. 그것 하나만이 유일한 목적이죠.」 병
사의 말이 모호하긴 했지만 피예르는 그가 하고자 하는 말의 뜻을 충분히 깨달았
으므로 그에게 동의하는 듯이 고개를 끄덕였다.

이윽고 길이 트이자 피예르는 비탈길을 내려와 다시 말에 올라탔다.

피예르는 말을 몰면서 가도의 양쪽을 두리번거려 아는 사람을 찾아보려고 했
으나 아무리 가도 만나는 사람이라고는 낯선 여러 가지 병과(兵科)의 군인들의
얼굴뿐이었다. 그들은 한결같이 피예르의 흰 모자와 녹색의 연미복을 눈을 휘둥
그렇게 뜨고 쳐다보았다.

사 베르스타 정도 갔을 때 처음으로 아는 사람을 만났으므로 피예르는 반갑게
그를 불렀다. 그는 육군 군의의 한 사람이었다. 그는 젊은 군의 한 사람과 나란히
이륜 마차를 타고 털썩거리면서 이리로 오고 있었다. 그도 피예르를 보고는 마부
대신 앉아 있는 코삭 병사에게 마차를 멈추게 했다.

「백작 아니십니까! 어떻게 이런 델 오셨읍니까?」 군의가 물었다.

「그저 조금 구경하고 싶어서 왔읍니다…….」

「그렇군요, 그야 구경할 만한 것이 있을 겁니다…….」

피예르는 마차에서 내려 우뚝 선 채 군의와 이야기를 주고받았다. 그리고 전쟁에 참가하고 싶다는 자기의 희망을 이야기했다.

군의는 총사령관에게 직접 이야기하는 것이 좋을 것이라고 베주호프에게 일러 주었다.

「전쟁이 한창 벌어지고 있을 때 어딘지도 모르는 이런 데서 아무도 모르게 길을 잃으면 큰일이니까요.」 하고 그는 젊은 동료를 쳐다보면서 말했다. 「각하는 당신을 알고 계시니까 편의를 봐 주실 겁니다. 그렇게 하는 것이 좋겠어요.」 하고 군의는 말했다.

군의는 지쳐 있었기 때문에 갈 길을 재촉하고 있는 모양이었다.

「당신은 그렇게 생각하십니까?…… 그런데 하나 물어보겠읍니다만 대관절 진지는 어디에 있는 겁니까?」 하고 피예르가 물었다.

「진지라고요?」 하고 군의는 말했다. 「그건 내 영역이 아닙니다. 타타리노바를 지나 보십시오. 거기에서는 여럿이서 무언가를 한창 파고들 있읍니다. 저쪽 언덕에 올라가시면 잘 보일 겁니다.」 하고 군의는 말했다.

「거기에서는 잘 보입니까?…… 그럼 괜찮으시면…….」

그러나 군의는 그의 말을 가로막고 이륜 마차 쪽으로 걸음을 옮겼다.

「내가 안내해 드렸으면 좋겠지만 형편이 이래서…….」 이렇게 말하고 군의는 자기의 목을 베는 시늉을 했다(급한 볼일을 나타내는 시늉—역주). 「그래서 지금 나는 군단장의 막사로 달려가는 것입니다. 아군은 지금 엉망진창입니다……. 백작도 이미 아시겠지만 내일 전투가 있읍니다. 십만 명의 병력이니까 적어도 부상병이 이만 명은 되리라고 봐야 할 형편입니다. 그러나 지금 군에는 들것도 침대도 간호병도 의사도 겨우 육천 명분이 있을까 말까예요. 마차는 만 대나 있지만 그 것만 가지고는 일이 안 되니까요. 뭐 되는 대로 내맡기는 수밖에 없겠죠.」

조금 전까지만 해도 눈을 둥그렇게 하고 기쁜 듯이 피예르의 모자를 보고 있던 그 쾌활하고 원기 왕성한 젊고 늙은 병사들 가운데에 죽거나 부상을 당해야 될 사람이 이만 명이나 있다는 기묘한 생각이 피예르의 마음을 갑자기 엄습해 왔다.

『그들은 내일 죽을는지도 모른다. 그런데도 모두들 어째서 죽음 이외의 딴 생각들을 하고 있는 것일까?』 그 어떤 야릇한 연상 작용에 의해 모쥐아이스크로부터의 비탈길과 부상병을 태운 짐마차, 높고 낮은 음향이 뒤범벅이 된 종소리, 비스듬히 비치는 광선, 기병들의 군가가 그의 상상에 생생하게 떠올랐다.

『기병들은 싸움터로 가는 도중 부상병을 만나고도, 자기들을 기다리고 있는 운명 따위는 전혀 염두에 두지 않고 그 곁을 지나면서 부상병들과 눈으로 인사했다.

그러나 그들 가운데의 이만 명은 죽어야 할 운명을 짊어졌다. 그런데도 그들은 내 모자를 신기한 듯이 쳐다보고 있었다! 참으로 기묘한 일이다!』 타타리노바로 나아가면서 피예르는 이러한 생각을 했다.

가도 왼쪽 지주 저택 옆에는 승용 마차와 짐마차, 종졸의 무리, 초병들이 서 있었다. 그것은 공작 각하의 숙소였다. 그러나 피예르가 그곳으로 가 보았을 때는 각하가 마침 집을 비우고 있을 때였다. 그의 참모들도 거의 자리에 없었다. 모두 미사에 간 것이었다. 피예르는 고르키이 쪽으로 마차를 몰았다.

비탈길을 올라 마을에 있는 조그만 길로 들어서자 피예르는 비로소 모자에 십자가를 달고 흰 셔츠를 입은 농부인 민병을 보았다. 그들은 원기 있게 큰소리로 지껄이고 웃고 하면서 길 오른쪽의, 풀이 우거진 큰 언덕 위에서 땀에 흠뻑 젖어 일을 하고 있었다.

삽으로 흙을 파고 있는 사람도 있고, 손수레에 흙을 싣고 깔아 놓은 널빤지 위를 따라 나르는 사람도 있고, 아무것도 하지 않고 멍하니 서 있는 사람도 있었다.

장교 두 사람이 언덕 위에 서서 작업을 지휘하고 있었다. 피예르는 자기의 군인 모습을 즐겁게 보고 있는 듯한 이 농부들을 보자 다시 모쥐아이스크의 부상병들이 생각났다. 그리고 온 백성을 끌어내려고 한다던 병사의 말이 무엇을 뜻하는 것인지를 알았다. 싸움터에서 일하고 있는 이 수염투성이의 농부들의 모양과 그들의 야릇하고 꼴사나운 구두와 땀이 흥건한 목덜미와 단추를 끌러 버린 셔츠의 깃과 그 밑으로 들여다보이는 볕에 탄 빗장뼈[鎖骨]는 눈앞에 닥친 엄숙하고 의미 심장한 순간에 대해서 지금까지 보고 들은 그 무엇보다도 한층 강한 영향을 피예르에게 주었던 것이다.

21

피예르는 마차에서 내려 민병들의 곁을 지나 언덕 위로 올라갔다. 군의가 말한 대로 그곳에서는 싸움터가 훤히 바라다보였다.

오전 열 한 시쯤이었다. 태양은 약간 왼편으로 피예르의 뒤쪽에 있었다. 태양은 그곳으로부터 점점 높아져 가는 지세에 따라 원형 극장과 같이, 눈앞에 전개되어 가는 커다란 파노라마를 깨끗한 공기를 통해 생생히 비춰 주고 있었다.

이 원형 극장을 갈라 놓은 듯이 스몰렌스크의 대가도가 윈 쪽으로 꾸불꾸불 뻗어나가 언덕의 아래쪽 오백 걸음 정도 떨어져 있는 앞쪽의 흰 교회가 있는 조그만 마을을 꿰뚫고 있었다. 이 마을이 바로 보로지노이다. 가도는 마을 어귀에서 다리를 건너 고개를 오르락내리락한 뒤 점점 높아져 육 베르스타 저편에 보이는 발루예보 마을(나폴레옹은 이 마을에 진을 치고 있었다)을 향해 뻗쳐 있었다. 이 가도는 또한 발루예보를 지나면 지평선 위에 노랗게 보이는 숲 속으로 자취를 감추고 만다. 자작나무와 느릅나무로 된 숲 속에서 가도의 오른편에 위치하고 있는 콜로스게이 수도원의 십자가와 종루(鐘樓)가 햇빛을 받아 반짝이는 모양이 가물가물 멀리서 보였다. 푸르스름하게 흐려 보이는 멀찍한 원경 속에 가도를 경계로 해서 오른편이나 왼편이 모두 군데군데 연기를 일으키는 모닥불과, 아군인지 적군인지 알 수 없는 병사들이 옹기종기 모여 있는 모습이 보였다. 오른편 콜로챠 강과 모스크바 강의 연안은 골짜기와 언덕이 많은 지세로, 골짜기에는 멀리 베주보보나 자하리이노의 마을들이 보였다. 여기에 비해 왼편은 비교적 평탄한 보리밭을 이루고 있었다. 거기에는 불에 타 연기를 일으키고 있는 한 마을, 세묘노프스카야가 보였다.

피예르의 눈에 들어오는 모든 것, 오른편 것이나 왼편 것이 너무나 흐리멍덩했기 때문에 좌우로 이어진 평원의 전망은 그를 만족시키지 못했다. 그가 기대했던 싸움터는 어디를 보아도 없고 밭과 초원, 군대, 숲, 모닥불 연기, 마을, 언덕, 개울들뿐이었다. 아무리 상세히 음미해 보아도 피예르는 이 활기에 찬 장소에서 진지와 같은 것은 발견할 수 없었을 뿐만 아니라 아군인지 적군인지 구별조차 할 수 없었다.

『누군가 아는 사람에게 물어봐야겠는걸.』 하고 그는 생각하고, 군인같이 보이지 않는 커다란 그의 모습을 신기한 듯이 쳐다보고 있는 장교에게 말을 걸었다.

「말씀 좀 묻겠읍니다.」 피예르는 장교에게 대해서 이렇게 말했다. 「저 앞에 보이는 마을은 어딥니까?」

「부루지논가 뭔가 하는 마을인지?」 하고 장교는 자신이 없다는 듯 동료 쪽을 돌아보면서 말했다.

「보로지노야.」 다른 한 사람이 그의 말을 고쳐 주었다.

장교는 같이 이야기할 상대자가 생겨 반갑다는 듯이 피예르 쪽으로 다가왔다.

「거기 있는 군대는 아군입니까?」 하고 피예르는 물었다.

「그렇습니다만, 그 앞에는 프랑스 군대도 있읍니다.」 하고 장교는 말했다. 「저겁니다, 저기 보입니다.」

「어디에요? 어디에 있죠?」 하고 피예르는 물었다.

「눈으로도 보입니다, 저기 보이지 않습니까!」

장교는 강 건너 왼편에 보이는 연기를 가리켰다. 이때 그의 얼굴에 엄숙하고 심각한 표정이 나타났다. 그것은 지금까지 피예르가 만난 수많은 사람들이 짓던 것과 똑같은 표정이었다.

「아, 그게 프랑스 군대로군요! 그럼 이쪽은요?」하고 그는 그 근처에 보이는 왼편 언덕을 가리켰다.

「그건 우리 편 군댑니다.」

「아, 아군이로군요! 그럼 저쪽은요?」피예르는 멀리 보이는 다른 언덕을 가리켰다. 그 언덕은 골짜기에 보이는 마을 곁에 있고 그 위에는 커다란 나무가 한 그루 서 있었다. 그곳에서도 역시 모닥불이 피어 있고 무엇인지 검은 것이 보이고 있었다.

「저것도 역시 적군입니다.」하고 장교는 말했다(그것은 쉐바르지노 진지였다). 「어제까지는 아군의 것이었지만 지금은 저쪽 진지가 되었읍니다.」

「그럼 우리 진지는 어딥니까?」

「진지 말씀인가요?」장교는 흐뭇한 미소를 짓고 말했다. 「아군의 방위는 거의 내가 맡아 하고 있기 때문에 그 문제에 관해서는 상세히 말씀을 드릴 수 있읍니다. 보시다시피 우리의 중추 부대는 지금 보로지노에 있읍니다. 바로 저것입니다.」하고 그는 하얀 교회가 있는 눈앞의 마을을 가리켰다. 「거기에 콜로챠 가의 나루터가 있읍니다. 저기 저지에다 베어 눕힌 건초를 늘어놓은 곳입니다. 거기에 다리가 있읍니다. 거기가 바로 우리 군대의 중추부입니다. 그리고 우리 군대의 우익 부대는 저기에 있읍니다(그는 오른쪽으로 빙 돌아서 멀리 보이는 골짜기를 가리켰다). 저기에 모스크바 강이 흐르고 있고 그 옆에 보루(堡壘)를 셋 쌓아 놓았읍니다. 아주 튼튼합니다. 좌익 부대는……」하고 장교는 여기에서 말을 끊었다.

「사실이지 이런 이야기는 설명해 드리기가 아주 어렵습니다만……어제 아군의 좌익 부대는 저 쉐바르지노에 있었읍니다. 보이시죠? 저기 느릅나무가 서 있는 곳입니다. 그러나 이번에 아군은 좌익을 뒤쪽으로 물러서게 했읍니다. 지금은 바로 저 앞에 마을이 있고 거기서 연기가 나지만──거기가 세묘노프스코예인데, 거기에 있읍니다.」하고 그는 라예프스키이의 언덕을 가리켰다. 「그러나 아마 여기서는 전쟁이 없을 겁니다. 적이 자기네 세력을 모두 이리로 몰고 왔단 말은 거짓말입니다. 적은 먼저 오른편 모스크바 강 방면으로 돌아올 것입니다. 그러나 싸움터가 어디가 되든 내일이 되면 우리 군대는 상당히 수가 줄어들 겁니다!」하고 장교는 말했다.

장교가 말을 하고 있을 때 그 곁으로 온 나이가 든 상사는 그의 상관의 말이 끝나기를 잠자코 기다리고 있었다. 그러나 이야기가 이렇게 되자 그는 불만스러운 듯이 장교의 말을 가로챘다.

「흙담을 바구니를 가지러 가야겠읍니다.」 하고 그는 굳어진 표정으로 말했다.

내일이면 상당한 병력이 줄어들 것이라는 걸 자기 혼자만 생각하는 것은 상관없지만, 그런 말을 입 밖에 내서는 안 된다는 걸 그제서야 깨달은 듯 장교는 좀 당황한 표정이었다.

「그래, 그럼 제3중대를 다시 보내도록 해.」 하고 장교는 황급히 말했다.

「그런데 당신은 누구시죠? 군의인가요?」

「아닙니다, 나는 그저 잠깐……」 피예르는 우물쭈물하면서 이렇게 대답했다. 피예르는 다시 민병들 곁을 지나 언덕을 내려왔다.

「에잇, 제기랄!」 그의 뒤를 따라온 장교는 작업을 하고 있는 민병들 곁을 코를 움켜 쥐고 뛰어가면서 이렇게 말했다.

「아, 저자들이다!……둘러메고 오는데, 저봐……저거야……곧 들어올 거야.」 난데없이 사람들이 이렇게 고함치는 소리가 들렸다. 그러더니 장교도 병사들도 민병들도 모두 가도의 앞쪽으로 달려갔다.

언덕 밑에서는 보로지노 마을을 빠져 나온 교회의 행렬이 올라오고 있었다. 맨 앞에는 보병들이 모자를 벗고 총을 내려뜨린 채 먼지투성이의 길을 정연히 행진해 오고 있었다. 보병들 뒤쪽에서는 교회의 성가가 들려 왔다.

병사와 민병들은 모자를 손에 들고 피예르를 앞질러 행렬을 맞으러 달려갔다.

「성모님을 모시고 왔어! 성모님이시다! 이베리의 성모님이시다!」

「아니야, 스몰렌스크의 성모님이야!」 하고 다른 한 사람이 정정했다.

민병들은 마을에 있던 사람이나 포대에서 일하던 사람이나 일시에 삽을 내동댕이치고 행렬을 맞으러 달려갔다. 먼지투성이의 길을 따라오는 대대에 이어 법의를 입은 사제들이 걸어오고 있었다. 그 뒤에서 병사들과 장교들이 가장자리를 금으로 장식한 검은 얼굴의 커다란 성상(聖像)을 메고 있었다. 이것이 스몰렌스크에서 운반되어 나온 이래 언제나 군대들이 가는 곳마다 따라다니는 성상이었다. 성상 뒤에도 주위에도 또 앞에도, 모자를 벗은 군인들의 무리가 걷기도 하고 달리기도 하고 이마를 땅에 박고 예배하기도 했다.

산으로 오르자 성상은 거기에서 멈췄다. 천으로 성상을 떠받치고 있던 사람들은 다른 사람들과 교대했다. 부제들이 향로에다 불을 새로 지피자 미사가 시작되었다. 뜨거운 태양 광선은 머리 위에서 똑바로 내리쬐고 있었다. 서늘한 산들바람은 모자를 쓰지 않은 머리와 성상에 비끄러맨 리본을 팔락거리게 하였다. 성가는 널찍한 공간에 은은히 퍼져 갔다. 모자를 벗어 든 장교들과 사병들이 산처럼 성상을 둘러쌌다. 사제와 부제 뒤쪽에만 비워 놓은 곳에는 높은 사람들이 서 있었다. 목에 게오르기이 훈장을 늘어뜨리고 머리가 벗겨진 장군 한 사람은 사제의 바로 뒤쪽에 선 채 성호도 긋지 않고 미사가 끝나기를 기다리고 있었다. 그는 독일인인 것 같았다. 러시아인의 애국심을 고무하기 위해서는 끝까지 이를 들어 줘야 한다고 생각했던 모양이었다. 다른 한 사람의 장군은 군대식의 꼿꼿한 자세로 서 있었으나 주위를 휘둘러보고는 가슴 앞에서 한 손을 가볍게 흔들고 있었다. 농부들 틈바구니에 서 있던 피예르는 이들 높은 사람들 가운데에 아는 사람이 몇 있음을 보았다. 그런데도 그는 이런 사람은 보지 않고, 성상을 뚫어지게 쳐다보고 있는 병사들과 민병의 진지한 태도에 넋을 빼앗기고 있었다. 부제들이 피곤한 듯한 모습으로(이들은 벌써 스무 번이나 이러한 미사를 가졌던 것이다) 그저 습관적으로 「하느님을 낳으신 성모님이시여, 당신의 종들을 재난에서 구해 주시옵소서.」 하고 부르자, 노사제와 부제는 그 뒤를 받아서 「우리는 불멸의 성채, 둘도 없는 수호자로서 당신에게 의지하고 있나이다.」 하고 불렀다. 이 노래가 시작되자 바로 눈앞에 박두한 순간의 엄숙함을 깨달은 듯한 표정이 이들의 얼굴 하나하나에 한결같이 타올랐다. 피예르가 전에 모쥐아이스크의 비탈길 밑에서도 보았고 또 오늘 아침 여기까지 오는 도중에 만났던 여러 사람들의 얼굴에서도 보아 온 것과 같은 표정이었다. 군중은 점점 더 자주 머리를 숙이기도 하고 머리를 풀어헤치고 조아리기도 했다. 한숨을 짓는 소리도 들리고 가슴에 십자가를 대는 소리도 들렸다.

성상을 둘러싸고 있던 무리들은 갑자기 확 흩어지면서 피예르를 밀어 댔다. 모두들 황급히 한쪽으로 비켜나는 것을 보면 누군가 매우 높은 지위의 인물이 성상 곁으로 가까이 온 모양이었다.

그 사람은 진지를 순찰하고 있던 쿠투조프였다. 그는 타타리노바로 돌아가는 도중 이 미사에 참석했던 것이다. 피예르는 눈에 뜨이는 독특한 모습을 보고서 그가 쿠투조프인 줄 금방 알아챌 수 있었다.

쿠투조프는 뚱뚱한 몸뚱이에 기다란 프록 코트를 입고 약간 등이 굽은 듯했고 흰머리에 모자도 쓰지 않고 있었다. 피둥피둥한 얼굴에는 수정체(水晶體)가 빠져버린 한쪽 눈이 허옇게 보였다. 그는 상하 좌우로 몸을 흔드는 독특한 걸음으로 군중 가운데로 걸어들어가서 사제의 뒤쪽에 가서 섰다. 그리고는 익숙한 솜씨로 성호를 긋자 손이 땅에 닿을 만큼 몸을 구부리고 땅이 꺼질 듯한 한숨을 짓고는 백발의 머리를 떨어뜨렸다. 쿠투조프 뒤에는 베니그센과 그 밖의 많은 막료들이 버티고 서 있었다. 총사령관이 여기 참석했다는 사실은 지위가 높은 사람들의 주의를 모았으나 민병이나 병사들은 그쪽은 쳐다보지도 않고 기도를 계속하고 있었다.

미사가 끝나자 쿠투조프는 성상으로 가까이 다가가 천천히 땅에 엎드려 머리를 조아렸다. 이윽고 일어나려고 오랫동안 몸을 뒤틀었으나 몸무게와 체력이 쇠약한 탓으로 쉽사리 일어날 수가 없었다. 하얗게 센 그의 머리는 힘을 줄 때마다 떨리고 있었다. 간신히 자리에서 일어난 그는 어린애처럼 귀엽게 입술을 내밀면서 성상에다 키스했다. 그러고는 다시 손이 땅에 닿을 만큼 깊숙이 절을 했다. 그리고 다시 이에 뒤이어 장교들도 병사들과 민병들까지도 감격해서 흥분한 얼굴로 서로 밀치락거리기도 하고 발을 밟기도 하며, 숨을 헐떡이기도 하고 서로 떼밀고 떼밀리면서 성상을 향해 몰려드는 것이었다.

22

피예르는 사람들 틈바구니에 밀려 비틀거리며 주위를 둘러보았다.

「표트르 키릴르이치 백작! 어떻게 이런 데 와 계십니까?」 누군가가 이렇게 소리쳤다. 피예르는 돌아다보았다.

보리스 드루베스코이가 더럽혀진 무릎을 한쪽 손으로 툭툭 털고(아마 그도 성상에 키스한 모양이었다) 싱글벙글 웃으며 피예르 쪽으로 다가오고 있었다. 그는 화려한 옷을 입고 있었으나 출정하는 사람답게 호전적인 표정이 나타나 있었다. 그는 쿠투조프와 마찬가지로 기다란 프록 코트를 입고 어깨에는 채찍을 늘어뜨리고 있었다.

한편 쿠투조프는 마을로 들어가 가까이에 있는 집 그늘의 벤치에 앉았다. 그것은 한 코삭 병사가 달려가서 가지고 온 벤치에 다른 한 코삭 병사가 당황해서 주단을 깐 것이었다. 번쩍이는 복장을 걸친 많은 막료들이 총사령관의 주위를 에워쌌다.

성상은 군중에 둘러싸여 앞으로 나갔다. 피예르는 보리스와 이야기하면서 쿠투조프에게서 한 서른 걸음쯤 떨어진 거리에 서 있었다.

피예르는 전투에 참가해서 진지를 보고 싶다는 희망을 피력했다.

「그렇다면 이렇게 하시면 되겠읍니다.」 보리스는 말했다.

「제가 진지를 안내해 드리겠읍니다. 무엇이든 가장 잘 보이는 곳은 베니그센 백작이 이제부터 가려고 하는 곳입니다. 실제 저는 그분 소속으로 되어 있읍니다. 제가 백작에게 말씀해 드리지요. 그러나 만약 진지를 한 바퀴 돌아보고 싶으시다면 저를 따라오십시오. 우린 곧 좌익 진지를 시찰하러 갈 겁니다. 돌아와서는 제 숙소에서 묵기로 하고 한 판 겨루기로 합시다. 당신은 드미트리이 세르게이치를 아시지요? 바로 저기에 서 있는 사람입니다.」 그는 고르키이에 있는 세 번째 집을 가리켰다.

「그러나 전 우익을 보고 싶은데요, 아주 튼튼한 모양이더군요.」 피예르가 말했다.「저는 모스크바 강으로부터 진지 전부를 둘러보고 싶습니다.」

「네, 그건 나중이라도 됩니다. 중요한 것은 좌익이니까요.」

「음, 음. 그런데 안드레이 볼콘스키이 공작의 연대가 어디 있는지 가르쳐 주시겠읍니까?」 피예르는 물었다.

「안드레이 니콜라이예비치 말씀입니까? 곧 옆을 지나게 되니까 제가 안내해 드리지요.」

「그런데 그 좌익은 어떤 상태인가요?」 피예르가 다시 물었다.

「정직하게 말하면 말입니다, 우리끼리 있으니까 이야깁니다만 아군의 좌익은 엉망진창입니다.」 보리스는 목소리를 낮추어 소곤거리듯 말했다.「베니그센 백작은 전혀 그럴 작정이 아니었읍니다. 백작은 저 구릉을 굳게 방비할 작정이었죠, 그러나……」 하며 보리스는 어깨를 움츠렸다.「공작 각하께서 찬성하지 않으셨는지, 그렇지 않으면 이 계획을 헐뜯는 사람이 있었는지…… 좌우간……」 그러나 보리스의 말은 중단되었다. 이때 쿠투조프의 부관인 카이사로프가 피예르 쪽으로 다가왔기 때문이다.「아! 파이시이 세르게이치,」 보리스는 카이사로프를 돌아보며 허물 없는 웃음을 지어 보였다.「지금 백작에게 진지에 관해 설명을 해드리고 있는 중입니다. 정말이지 공작 각하께서 그처럼 확실히 프랑스인의 계략을 알고 계셨다는 것은 놀라운 일입니다!」

「그건 좌익에 대해서 말씀하시는 겁니까?」 카이사로프가 말했다.

「네, 네, 그렇습니다. 우리 좌익은 지금 아주 튼튼해졌으니까요.」

쿠투조프는 쓸데없는 인물들을 모두 참모부에서 쫓아냈지만, 보리스는 쿠투조프의 개혁이 있은 뒤에도 용케 총사령부에 그대로 발을 붙여 베니그센 백작 밑에 남아 있었다. 보리스를 써 본 사람이라면 누구나 마찬가지이지만, 베니그센 백작도 젊은 드루베스코이 공작(보리스)을 뛰어난 인물로 생각하고 있었다.

육군 총사령부에는 분파가 둘로 분명히 나뉘어져 있었다. 하나는 쿠투조프파이고 하나는 참모장인 베니그센파였다. 보리스는 베니그센파에 속해 있었다. 그는 비굴할 만큼 쿠투조프에게 아첨을 하면서도, 한편으로는 그 늙은이는 이제 틀렸다, 이제는 뭐라고 해도 베니그센의 지시에 따르지 않으면 안 될 때가 왔다고 생각하는 듯한 언동을 하고 다녔다. 그 교묘한 술책은 누가 감히 흉내를 낼 수도 없을 정도였다. 바야흐로 결전의 순간이 왔다. 그것은 쿠투조프를 물리치고 베니그센에게 전권을 위임하느냐, 그렇지 않으면 설령 쿠투조프가 전쟁에 이기더라도 그것이 모두 베니그센의 공적으로 돌아가느냐의 두 가지 가운데 한 가지 목적을 달성하는 중대한 순간이었다. 아뭏든 내일의 전투가 지나면 대대적인 논공행상(論功行賞)이 따르고 새로운 인물이 많이 승진될 것이 분명했다. 이 때문에 보리스는 이 날 하루 종일 조급한 긴장미를 띠고 있었다. 카이사로프에 뒤이어 피예르의 지인이 몇 사람 더 찾아왔다. 피예르는 모스크바에 관해 퍼붓는 여러 가지 질문에 대답할 겨를도 없을 뿐만 아니라 여러 사람이 하는 이야기에 일일이 귀를 기울이고 있을 여유도 없을 정도였다. 그러나 피예르의 눈에는 이런 일부의 사람들 얼굴에 나타나 있는 흥분의 원인은 오히려 개인적인 성공에 대한 초조감 때문이라고 생각되었다. 그리고 지금까지 이들 이외의 사람들 얼굴에 나타났던 흥분의 표정이 그의 머리 속에서 떠나지 않았다. 그것은 개인적인 문제가 아닌, 삶과 죽음의 일반적인 문제를 이야기하는 바로 그것이었다. 쿠투조프는 피예르와 그 곁에 몰려 있는 사람들의 일단을 바라보았다.

「저 사람을 나한테 데리고 오게.」쿠투조프가 말했다. 부관이 각하의 뜻을 전했기 때문에 피예르는 벤치 쪽으로 다가갔다. 그러나 그보다 먼저 민병 한 사람이 쿠투조프 곁으로 다가갔다. 그는 돌로호프였다.

「저 사람은 어떻게 해서 여기 와 있읍니까?」피예르가 물었다.

「저놈은 어디에든 뻔뻔하게 끼이지 않는 데가 없는 놈이죠!」사람들은 피예르에게 대답했다. 「사관이었는데 요전에 강등되었읍니다. 그래서 이 기회에 만회하려고 하는 거죠. 가령 어떤 작전안을 계획, 제출한다든지 적의 전선을 밤중에 몰래 습격한다든지 해서……하여튼 용감한 놈입니다!」

피예르는 모자를 벗고 쿠투조프에게 공손히 인사했다.

「설령 이 말씀을 드렸다고 해서 제가 각하의 미움을 사게 되건, 또 그런 건 벌써부터 알고 있다고 대답하시건, 저는 여기서 물러서지 않기로 결심했읍니다.」돌로호프는 말했다.

「좋아, 좋아.」

「하지만 제가 하는 말이 옳다면 저는 조국에 대해서 봉사하는 셈이 됩니다. 저는 조국을 위해서라면 언제든지 목숨을 버릴 각오가 되어 있으니까요.」

「좋아……좋아!」

「그래서 만약 각하께서 목숨을 아끼지 않는 사람이 필요하게 되신다면 제 생각을 해주셨으면 감사하겠읍니다. ……혹시 각하께 도움이 될지도 모릅니다.」

「좋아……좋아!」쿠투조프는 가느다랗게 뜬 한쪽 눈으로 피예르를 보면서 이렇게 되풀이했다.

이때 보리스는 궁내관 같은 날쌘 태도로 피예르와 나란히 총사령관에게로 성큼성큼 다가갔다. 그리고 능청스럽게도 지금까지의 이야기를 계속하기라도 하듯 자연스러운 말투로 나직이 피예르에게 말했다.

「저 민병들은 죽을 때에 대비해서 깨끗한 흰 내의를 입고 있읍니다. 얼마나 영웅적인 일이겠읍니까, 백작!」

보리스가 피예르에게 이런 소리를 한 것은 총사령관에게 들려 주기 위해서였다. 그는 쿠투조프가 자기의 이 말에 귀를 기울일 것이라고 생각했던 것이다. 과연 각하는 그에게로 얼굴을 돌렸다.

「자네, 민병이 어떻게 했다고?」그는 보리스에게 물었다.

「각하, 그들은 내일의 전투에 죽을 각오로 수의(壽衣) 대신 하얀 내의를 속에 입고 있읍니다.」

「아!……갸륵하고 뛰어난 국민이야.」쿠투조프는 말했다. 그리고 눈을 감고 고개를 가로저었다.「뛰어난 국민이야!」그는 한숨을 내쉬면서 다시 되풀이했다. 「당신도 화약 냄새를 맡고 싶소?」그는 피예르에게 말했다.「하긴 참 기분 좋은 냄새지. 난 당신 부인 숭배자의 한 사람이지만, 부인께서는 안녕하시오? 내 숙소는 언제나 편리한 대로 쓰시오.」늙은이에게는 항상 있는 버릇이지만 쿠투조프는 자기가 해야 될 일, 해야 할 일을 모두 잊어버리고 있는 듯 멍청히 주위를 둘러보기 시작했다.

그는 자기가 찾던 대상을 생각해 낸 모양으로 부관의 아우인 안드레이 세르게이치 카이사로프를 손짓해 불렀다.

「그게 어떻더라, 그 마린의 시가 처음 어떻게 나가더라? 〈그대 군단의 스승이 되리니……〉였었지. 읊어 봐, 읊어 보라니까.」한바탕 웃고 싶다는 듯이 쿠투조프는 이렇게 말했다. 카이사로프가 그걸 낭독했다. 쿠투조프는 빙그레 웃으며 시에 박자를 맞추어 고개를 끄떡끄떡했다.

피예르가 쿠투조프의 곁을 떠나자 돌로호프가 그에게로 다가와서 그의 손을 잡았다.

「여기서 뵙게 되어 무척 반갑습니다, 백작.」그는 주위에 다른 사람들이 있는데도 상관 없이 커다랗게 엄숙한 소리로 말했다.「내일은 우리들 가운데서 어떤 사람이 살아 남을지 모를 날입니다. 바로 그 전날에 두 사람 사이에 있었던 오해를 유감스럽게 생각한다는 뜻을 전할 기회를 얻어 저는 매우 기쁘게 생각합니다. 부디 저에 대해서 나쁜 감정을 품지 말아 주시기 바랍니다. 아무쪼록 용서해 주십시오.」

피예르는 뭐라고 대답해야 좋을지 몰라 그저 입가에 웃음만 띠고 그를 쳐다보았다. 돌로호프는 눈에 눈물을 글썽이며 피예르를 껴안고 키스했다.

보리스가 그의 상관인 장군에게 뭐라고 쑤군거리자 베니그센 백작은 피예르에게 함께 전선을 돌아보자고 청했다.

「당신한테는 퍽 신기한 일이 많을 겁니다.」 그는 말했다.

「네, 대단히 흥미를 느낍니다.」 피예르는 대답했다.

삼십 분 뒤 쿠투조프는 타타리노바로 떠나고 베니그센은 막료들——그 가운데엔 피예르도 끼여 있었다——을 데리고 전선을 시찰하러 출발했다.

23

베니그센은 고르키이에서 큰길을 따라 다리 쪽으로 내려왔다. 이 다리는 그가 언덕 위에서 싸움터를 훑어볼 때 한 장교가 싸움터의 중앙이라고 피예르에게 가르쳐 주었던 곳으로 강가에는 냄새가 물씬 풍기는 건초 다발이 쭉 늘어놓여 있었다. 그들은 다리를 건너 보로지노 마을로 들어갔다. 그리고 왼쪽으로 꺾어들어 군인들이 득실거리고 있고, 대포가 놓여 있는 옆을 지나 높은 언덕으로 올라갔다. 언덕 위에서는 민병들이 호를 파고 있었다. 이 언덕은 당시에 아직 이름이 붙여지지 않았지만 나중에 라예프스키이 보루, 또는 언덕 포대라고 불리게 되었다.

피예르는 이 보루에 대해 별로 주의를 하지 않았다. 그는 이 장소가 그에게 있어 보로지노의 평원 중 어느 곳보다도 가장 기념할 곳이 되리라고는 꿈에도 생각지 않고 있었던 것이다. 다음에 일행은 골짜기를 넘어 세묘노프스코예 마을로 향했다. 여기에서는 병사들이 농가와 헛간에서 감춰 둔 통나무를 꺼내고 있었다. 일행은 폭우에 화를 입은 쌀보리밭을 지나 언덕을 오르기도 하고 내리기도 하면서, 포병들이 밭에 새로 닦아 놓은 울퉁불퉁한 길을 지나 역시 아직도 공사를 진행하고 있는 돌각보(突角堡)(보루의 한 가지―역주) 쪽으로 다가갔다.

베니그센은 돌각보 위에 말을 세우고(어제까지 러시아군이 장악하고 있던) 쉐바르지노 보루를 바라보았다. 그곳에는 기마병 몇이 있는 것이 보였다. 장교들 말로는 그건 나폴레옹일 것이라고도 하고 뮈라일 것이라고도 했다. 그래서 모두들 열심히 이 기마대를 관찰했다. 피예르도 역시 그쪽을 바라보면서 간신히 눈에 들어오는 이들 사람 가운데서 나폴레옹을 찾으려고 애썼다. 이윽고 말을 탄 사람들은 보루에서 내려와 자취를 감추었다.

베니그센은 그에게로 다가온 어느 장군에게 아군의 상황을 설명하기 시작했다. 피예르도 눈앞에 다가온 전투의 본질을 이해하려고 모든 지식을 동원하여 베니그센의 말을 들었으나, 자기의 지력이 이 방면에 있어서는 아직 불충분함을 깨닫고 실망해 버렸다. 그는 한 마디도 알아 듣지 못했던 것이다. 베니그센은 말을 마쳤다. 그리고 가만히 귀를 기울이고 있는 피예르의 모습을 보고 불쑥 이렇게 말했다.

「별로 재미없으시죠?」

「아녜요, 매우 흥미가 있읍니다.」 피예르는 거듭 말했지만 그 말에는 진실성이 없었다.

일행은 돌각보에서 왼편으로 더 꺾어들어, 별로 크지 않지만 잘 자란 자작나무 숲을 누비고 난 도로를 따라 나갔다. 이 숲의 한가운데에 이르자 다리만 하얀 다갈색 토끼 한 마리가 이들 일행의 앞으로 뛰어나왔다. 많은 말굽 소리에 정신을 잃은 이 토끼는 잠시 이들이 가는 도로 앞쪽에서 깡총깡총 뛰며 사람들의 주의와 웃음을 자아내었으나 이윽고 몇 사람이 일시에 소리를 지르자 한쪽으로 물러나 덤불 속으로 몸을 숨겨 버렸다. 숲 속을 이 베르스타쯤 가자 일행은 조그만 빈터에 이르렀다. 그곳엔 좌익의 방어 임무를 맡고 있는 투츠코프 군단이 주둔하고 있었다.

좌익의 가장 왼쪽 지점인 이곳에서 베니그센은 오랫동안 열을 올려 설명을 한 뒤 피예르에게는 군사상 퍽 중대하다고 생각되는 몇 가지 명령을 내렸다. 투츠코프가 진을 치고 있는 앞쪽에는 고지가 있었다. 이 고지에는 어느 쪽의 군대도 없었다. 베니그센은 그것이 잘못이라고 핏대를 올려 비난하고 나서, 지휘소로 가장 적합한 고지를 버려 두고 그 밑에다 군대를 배치한다는 것은 미친 사람이나 할 짓이라고 말했다. 장군들 가운데 몇 사람도 같은 의견을 말했다. 그 가운데서도 한 장군은 그야말로 군인다운 과격한 말씨로, 군대를 그런 데에다 배치한다는 것은 도수장에 몰아 넣는 거나 마찬가지라고 말했다. 베니그센은 자기 독단으로 군대를 고지로 이동시키라고 명령을 내렸다.

좌익에서 내려진 이 명령은 피예르로 하여금 군사학에 관한 자기의 재능을 더욱 의심하는 결과가 되었다. 언덕 밑에 진을 치고 있는 데 대해서 이를 비난하는 베니그센의 말이나 그 밖의 장군들이 하는 소리를 그로서도 충분히 이해하고 그들의 의견에 동의하였다. 그러나 언덕 밑에다 군대를 배치한 사람이 어떻게 해서 이렇듯 명백하고 초보적인 잘못을 저질렀는지 그 이유가 피예르에게는 도무지 이해가 가지 않았다.

이 군대는 베니그센이 생각하고 있었던 것처럼 진지를 방어하려는 목적이 아니라, 복병(伏兵)으로서, 그러니까 적이 알지 못하도록 숨어 있다가 적이 접근해 왔을 때 불의의 습격을 가하기 위해 이 은밀한 장소에 배치돼 있었던 것이었다. 피예르는 이러한 사실을 모르고 있었다. 베니그센도 그걸 모르고 있었기 때문에 총사령관에게는 상의도 하지 않고 자기 혼자의 판단으로 군대를 앞으로 이동시키고 말았던 것이다.

24

안드레이 공작은 맑게 갠 8월 25일 저녁 연대 주둔지의 맨 끝쪽에 위치하고 있는 크냐지코보 마을의 부서진 헛간 속에서 팔을 괴고 누워 있었다. 그는 담장을 따라 심어져 있는, 밑가지가 잘린 수령(樹齡) 삼십 년쯤 되는 자작나무들과 귀리 다발이 흩어져 있는 밭과 모닥불(이것은 병사들의 취사장이었다)의 연기가 뭉게뭉게 피어오르는 관목의 덤불을 부서진 벽 사이로 바라보고 있었다.

지금의 안드레이 공작에게는 설령 자기의 생활이 아무리 답답하고 누구에게도 쓸모가 없고 괴로운 것이라고 할지라도 역시 그는 칠 년 전 아우스테를리츠 전투의 전날과 같은 흥분이 가득 찬 초조를 느끼고 있었다.

내일의 전투에 관한 명령은 이미 상부에서 받아 하부에 전달을 마쳤다. 이제는 할 일이 없었다. 그러나 어떤 상념——가장 간단 명료한, 그렇기 때문에 더 무시무시한 상념——에 지금까지 그가 참가했던 수많은 전투보다도 더욱더 무시무시한 것이 되리란 사실을 알고 있었다. 이번에야말로 죽을지도 모른다는 생각이 난생 처음으로 생생하고 꾸밈없이, 거의 틀림없다는 절실감과 함께 그의 마음 속에 떠올랐다. 그의 이러한 상념은 일상 생활과는 아무런 관계도 없이, 또 그것이 타인에게 어떤 영향을 줄 것인가에 대해서는 전혀 고려도 하지 않고 그저 자기 하나만의 마음에 관한 것으로 떠올랐다.

이러한 관념의 정상에서 내려다보면 이전에 그를 괴롭혔고 그의 마음을 지배하고 있던 일체의 것은 돌연 싸늘한 흰빛에 비쳐서 그것에는 그림자도 없을 뿐더러 원근도 없고 윤곽조차도 없는 것으로 되어 버렸다. 그에게는 자신의 전생애가 환등과 같이 생각되고, 렌즈를 통해, 더우기 인공적인 광선 아래서 오랫동안 내다보고 있었던 것과 같은 기분이 들었다. 그러나 이제야말로 그는 돌연히 그 렌즈를 빼어 버리고 환한 백주의 태양 아래서 서투르게 채색된 이러한 그림을 직접 보았던 것이다.「그렇다, 이것이 나를 흥분시키기도 하고 놀라게도 하고 괴롭히기도 했던 그 허상(虛像)인 것이다.」그는 자기의 인생 환등의 중요한 장면을 차례차례 마음 속으로 뒤적이면서 그것을 이제 다시 이 싸늘한 백주의 광선——죽음에 대한 명백한 관념 아래 비쳐 보면서 그는 이렇게 홀로 중얼거렸다.『바로 이거다. 이것이 무엇인가 아름답고도 신비롭게 보였던 서투르게 채색된 허상 바로 그것이었다. 명예, 사회의 복지, 사랑, 조국, 이런 것들이 얼마나 크고 얼마나 깊은 뜻을 가진 것으로 생각되었던가! 그러나 이런 것들은 지금 내 마음 속에서 눈이 뜨기 시작한 여명의 싸늘한 백광 아래 비쳐 보면 얼마나 단순하고 빈약하고 하찮은 것인가.』특히 그의 주의를 끈 것은 지금까지의 생애에 있어서 겹쳐 온 세 가지 슬픔이었다. 그것은 사랑과 아버지의 죽음과 러시아의 반을 점령해 버린 프랑스 군대의 침입이었다.「사랑!…… 신비로운 힘을 간직하고 있는 것으로 여겨졌던 그 처녀! 나는 그녀를 얼마나 사랑했던가! 그 처녀를 사랑하고 두 사람이 같이 행복한 생활을 한다는 시적인 계획을 난 얼마나 여러 가지로 세웠던가! 아! 얼마나 귀여운 철부지였던가!」 그는 격정에 차 입 밖으로 소리를 냈다. 『그런데 어땠는가! 나는 이상적인 사랑 따위를 믿어 내가 없는 일 년 동안 그 처녀가 절개를 지켜 주리라 생각했었다. 동화에 나오는 착한 비둘기같이 내가 없는 동안 그 처녀는 나만을 생각하고 애태우고 있을 줄르만 믿었다. 그러나 이런 것들은 얼마나 단순한 생각이었던가. 모든 것은 너무나 단순하고 추악했었다!』

『아버지께서도 역시 르이스이예 고르이에다 생활의 터전을 만들고, 그곳이 당신의 삶의 터전이요, 당신의 영역이며 당신의 공기요, 당신의 농부들이라 생각하고 계셨다. 그러나 나폴레옹이 와서 아버지의 존재 같은 건 길가에 나동그라진 나무 토막 모양 아랑곳하지 않고 한쪽으로 걷어차 버렸기 때문에 르이스이예 고르이도, 아버지의 생활도 하루 아침에 무너지고 말았다. 동생 마리야는 이것이 하느님께서 내려 주신 시험이라고 말하고 있다. 그러ㄴ 아버지는 돌아가셔서 다시는 돌아오실 수 없는데 그런 시험이 무슨 뜻이 있다는 말인가. 아버지는 이제 다시 살아 돌아오실 수 없다. 아버지는 계시지 않는 것이다. 그렇다면 그게 누구를 위한 시험이란 말인가? 조국, 모스크바의 멸망! 그리고 내일이면 나도 죽게 될 것이다. 그나마 프랑스인에게가 아니라 어제 내 귀 밑에서 발포한 병사가 있었던 것처럼 우리 편 손에 의해 죽게 될는지도 모른다. 그리고 프랑스 군대가 와서 내 다리와 머리를 들어 구덩이 속으로 처넣을는지도 모른다. 내 고약한 냄새를 맡기 싫어서……. 이리하여 새로운 조건이 구축되어 가고 다른 사람들은 지금까지와 마찬가지로 그 생활에 익숙해질 것이지만 나는 그걸 알 수가 없다. 나는 이미 이 세상 사람이 아니니까…….』

그는 햇빛을 받아 반짝이는 자작나무의 가로수——꿈쩍도 하지 않는 노랑과 초록색 잎사귀와 하얀 껍질을 바라보았다. 『죽는다…… 내가 죽임을 당한다…… 내일…… 내가 이 세상에서 없어져 버린다. ……이런 모든 것들은 다 남아 있고 나 하나만이 이 세상에서 없어진다.』 그는 자기가 이 세상에서 없어질 경우를 여러 가지로 상상해 보았다. 그러자 이 자작나무도, 이 빛과 그림자도, 겹겹으로 일어나고 있는 구름도, 모닥불의 연기도, 주위에 있는 모든 것이 당장에 모양을 바꾸어 무엇인지 무시무시한 위협의 그늘을 띠고 나타나는 것같이 보였다. 그는 자리에서 벌떡 일어나 헛간 안을 왔다갔다하기 시작했다.

헛간 뒤쪽에서 사람의 기척이 들렸다.

「누구야? 거기 있는 게!」 하고 공작은 소리쳤다.

이전엔 돌로호프의 중대장이었고 지금은 장교가 부족했기 때문에 대대장으로 승진한 빨간 코의 찌모힌 대위가 겁을 집어먹은 태도로 헛간으로 들어왔다. 그 뒤를 따라 부관과 연대 소속의 회계가 들어왔다.

안드레이 공작은 자리에서 일어나 연대의 일에 관한 장교들의 보고를 들은 뒤 약간의 명령을 그들에게 내리고 그들을 보내려고 할 때 헛간 밖에서 귀에 익은 목소리가 들려 왔다.

「제기랄!」 무엇에 부딪치는 소리와 함께 사나이가 소리쳤다.

안드레이 공작은 헛간에서 내다보았다. 그러자 자기 쪽으로 오고 있는 피예르의 모습이 눈에 띄었다. 그는 땅 위에 굴러 있는 나무 토막에 발이 걸려 하마터면 넘어질 뻔했던 것이다. 안드레이 공작은 대체로 자기와 같은 서클의 인간을 만나는 것이 불쾌했으며, 특히 마지막으로 모스크바에 갔을 때의 여러 가지 쓰라린 순간을 생각나게 하는 피예르와 만난다는 것은 더욱 불쾌했다.

「오, 웬일이야! 참, 운명이란 할 수 없군. 정말 의왼데!」 그는 말했다.

이러한 말을 하는 그의 눈과 얼굴에는 냉담하다기보다는 오히려 적의에 가까운 것이 나타나 있었다. 피예르는 곧 그것을 눈치챘다. 그는 매우 명랑한 기분으로 헛간으로 다가오고 있었으나 안드레이 공작의 얼굴을 보는 순간 어쩐지 가슴이 꽉 막히고 어색한 기분이 되었다.

「내가 여기 온……것은……그……여기 온 것은…… 흥미가 있어서…….」 이 날 벌써 몇 번이나 되풀이한 〈흥미있다〉는 말을 쓰고 피예르는 이렇게 말했다. 「전쟁을 좀 구경하고 싶어서.」

「그렇겠지, 그럴 거야. 그런데 메이슨의 동지들은 전쟁을 어떻게 말하고 있나? 전쟁을 어떻게 하면 피할 수가 있다고 말하고 있나?」 안드레이 공작은 비웃는

듯이 말했다. 「모스크바는 어떨지? 내 집 사람들은 어떻게 됐나? 지금쯤 모스
크바에 도착했을까?」 그는 정색을 하고 물었다.

「도착했읍니다. 줄리 드루베스카야가 내게 말하더군요. 찾아뵀었읍니다만 만나
진 못 했읍니다. 모스크바 근교 소유지로 떠나 버린 뒤여서 말예요.」

25

장교들은 인사를 하고 나가려고 했으나 안드레이 공작은 친구와 단 둘이 마주
앉아 있기를 바라지 않는 모양인지 조금 더 있다가 차라도 마시고 가라고 만류했
다. 벤치가 운반되고 차가 나왔다. 장교들은 피예르의 비만한 몸집을 약간 놀란
듯이 쳐다보며, 그가 모스크바며 돌아본 아군의 배치 등에 대해 이야기하는 것을
찬찬히 듣고 있었다. 안드레이 공작은 잠자코 있었다. 그러나 그의 얼굴이 너무도
불쾌한 듯했으므로 피예르도 그만 볼콘스키이보다도 사람이 좋아 보이는 대대장
찌모힌에게 더 이야기를 건네는 결과가 되었다.

「그럼 자네는 군의 배치를 확실히 알았단 말이지?」 안드레이 공작은 피예르의
말에 뛰어들어 이렇게 말했다.

「그렇죠, 그러니까 뭐라고 하면 좋을까?」 하고 피예르는 말했다. 「난 군인이
아니니까 충분히 알았다고는 할 수 없겠죠, 하지만 대체론 알았읍니다.」

「그렇다면 자네는 누구보다도 가장 잘 알고 있는 셈이야.」 하고 안드레이 공작
은 말했다.

「그럴까요!」 하고 피예르는 안경 너머로 안드레이 공작을 치떠보면서 의심쩍
은 듯이 말했다.

「그건 그렇고, 당신은 쿠투조프가 임명된 데 대해서 어떻게 생각하시죠?」 하고
그는 말했다.

「그 인사 조치는 대단히 좋았어. 내가 알고 있는 것은 그뿐이야.」 하고 안드레
이 공작은 대답했다.

「그럼 또 한 가지 묻겠읍니다. 당신은 바르클라이 드 톨리에 대해서는 어떻게
생각하십니까? 모스크바에서는 그에 대한 평판이 아주 좋지 않습니다. 당신은 그
사람에 대해서 어떻게 생각하십니까?」

「글쎄, 그건 저 사람들에게 물어보게.」 안드레이 공작은 장교들을 가리키면서

말했다.

피예르는 그 누구나 찌모힌을 마주했을 때면 띠게 되는 너그럽고 호기심에 찬 미소를 지으면서 그를 보았다.

「공작 각하께서 취임하신 다음부터는 마치 태양을 보는 듯한 기분입니다.」 하고 자기 연대장의 눈치를 살피면서 찌모힌은 말했다.

「어째서 그렇습니까?」 하고 피예르는 물었다.

「그건 말입니다, 연료나 양식에 대해서는 이야기할 수 있죠. 우리가 스벤샤느이에서 퇴각할 때는 나뭇가지 하나, 건초 한 다발도 손을 대지 못하게 했었읍니다. 우리가 퇴각하면 모두 적의 손에 들어가게 될 건데 말입니다. 그렇지 않습니까, 연대장님?」 그는 연대장 쪽으로 얼굴을 돌리고 말했다. 「그런데도 우리 편에게는 손을 대지 못하게 했어요. 이 때문에 우리 연대에서도 장교가 두 사람 군법 회의로 넘어갔죠. 그런데 공작 각하께서 취임하신 다음부터는 이 점이 아주 간단해졌읍니다. 마치 햇빛을 본 것 같습니다…….」

「그분께서는 왜 그것을 못 하게 했을까요?」 하고 피예르는 물었다.

찌모힌은 이러한 질문에 대해서 어떻게 대답해야 할지 모르겠다는 듯이 당혹한 표정으로 주위를 둘러보았다. 피예르는 안드레이 공작에게 똑같은 질문을 던졌다.

「그건 말이지, 우리가 적에게 남겨 놓고 갈 지방을 황폐하게 하지 말라는 거야.」 하고 안드레이 공작은 심술궂은 조소를 띠며 말했다. 「그건 충분히 이유가 있는 일이야. 고장을 황폐하게 해서는 안 되고 군인에게 약탈하는 버릇을 들이면 안 된다는 거지. 그분은 스몰렌스크에서도 프랑스군이 우리보다 우세하니까 우리를 우회해서 공격하리라는 당연한 판단을 내렸었지. 그러나.」 하고 안드레이 공작은 갑자기 목소리를 날카롭게 하고 말했다. 「그러나 그는 우리가 처음으로 거기서 러시아 국토를 위해 싸웠고 군대에는 일찌기 볼 수 없었던 기백이 넘치고 있었다는 것을 몰랐어. 우리는 프랑스군을 격퇴하기 위해 이틀 동안 꼬박 죽을 힘을 썼지. 그리고 이때의 성공이 우리 군대의 사기를 드높이는 결과가 되었던 거야. 그는 이걸 모르고 퇴각 명령을 내렸었어. 이 때문에 모든 노력과 희생이 허탕이 되고 말았지. 그는 반역 같은 걸 생각한 건 아냐. 무엇이든 될 수 있는 대로 잘해 보려고 용의주도하게 처리했어. 그런데 그것이 오히려 나빴던 거야. 무엇이 나빴냐 하면, 즉 그는 독일인의 습성으로 지나치게 철저하고 빈틈 없이 생각한 거야. 뭐라고 하면 좋을까…… 그렇지, 자네의 선친께서 독일인 하인을 사용하고 있다고 치자, 그는 훌륭한 하인으로서 때로는 자네보다도 선친의 가려운 데를 더 잘 긁어 주지. 그래서 모든 걸 그에게 맡겨 두면 일이 잘 되는 거야. 그렇지만 만약 선친께서 빈사의 지경을 헤매는 중병에 걸렸다고 하면 자네는 그 하인을 쫓아내고 좀 서투르지만 스스로 병구완을 하게 될 것이 틀림없어. 그렇게 하는 것이 솜씨 있는 남보다도 오히려 선친의 마음을 가라앉힐 수 있으니까. 바르클라이도 그와 같은 경우를 당한 거야. 러시아가 건전할 동안은 남이라도 와서 일을 할 수가 있고 훌륭한 대신이 될 수도 있겠지만 일단 위험에 처하게 되면 집안 사람이 필요하게 되는 거야. 그러니까 자네네 클럽에서는 그를 반역자로 규정했단 말이로군! 지금은 설혹 반역인이라고 말하고 비방하고 있지만 나중에 가서 모두들 자기가 잘못 비난했었다는 것을 알고 반역인이기는커녕 영웅이나 천재로 떠받들지나 않으면 다행이지. 하지만 그것은 모두 틀린 생각이야. 그 사나이는 정직하고 또 아주 빈틈 없는 독일인에 저나지 않아.」

「하지만 그 사람은 노련한 지휘관인가 보던데…….」 하고 피예르는 말했다.

「나는 노련한 지휘관이 어떤 것인지 잘 몰라.」 하고 안드레이 공작은 비웃듯이 말했다.

「노련한 지휘관이란 것은.」 하고 피예르가 말했다. 「말하자면 모든 우연을 미리 알아내는 사람이지요……. 그러니까 적이 품고 있는 의도를 꿰뚫어볼 수 있는 사람이지요.」

「그런데 그건 불가능한 일이야.」 벌써 오래 전에 결정된 일이기라도 하듯이 안드레이 공작이 말했다.

피예르는 놀라서 그를 쳐다보았다.

「그러나.」 하고 그는 말했다. 「전쟁이란 장기와 같은 것이라고 하니까요.」

「그렇지.」 하고 안드레이 공작은 말했다. 「하지만 약간 차이가 있지. 장기에서는 말이야, 말을 한 개 움직이는 데도 시간의 조건을 무시하고 얼마든지 충분히 생각할 수가 있다는 점이야. 그리고 또 하나 다른 점이 있어. 그것은 마(馬)는 언제나 졸보다 강하고 졸 둘은 언제나 졸 하나보다 강하지만, 실전에서는 때로 한 대대가 한 사단보다 강할 수도 있고 어떤 때는 한 중대보다도 약할 때도 있어. 그러니까 군대의 상대적인 힘은 누구건 알 수 없지. 절대로 모르지!」 그는 이렇게 말했다. 「만약 사령부의 명령에 따라서 전쟁의 승부가 결정된다고 한다면 나도 사령부에 앉아서 명령을 내리고 있겠지만 그렇게 하지 않고 여기 여러 사람들과 함께 근무하는 것을 영광으로 생각하고 있는 것은, 내일의 전투를 결정하는 요소가 우리들의 힘이지 그들의 힘은 아니라고 생각하고 있기 때문이야……. 일찌기 승리란 진지나 무기나 병력에 의해 지배된 일이 없거니와 앞으로도 그렇게 되지는 않을 거야. 특히 진지 같은 것은 문제가 아냐.」

「그럼 무엇에 의해 결정됩니까?」

「나나 여기 있는 사람들이나.」하고 그는 여기에서 찌모힌을 가리켰다. 「또는 병사들의 감정에 의해서 좌우되는 거야.」

안드레이 공작은 힐끗 찌모힌을 쳐다보았다. 찌모힌은 놀라서 어리둥절한 듯이 연대장을 건너다보았다. 안드레이 공작은 억눌린 듯한 이전의 침묵에 비해 지금은 매우 흥분해 있는 듯이 보였다. 그는 분명히 뜻하지 않게 머리 속에 떠오른 생각을 표명하지 않고는 견딜 수가 없었던 모양이었다.

「전쟁이란 것은 그 전쟁에 반드시 이겨야겠다고 결심한 사람에게 승리가 돌아가게 마련이야. 우리가 왜 아우스테를리츠에서 졌을까? 아군과 프랑스군의 손해는 거의 맞먹었는데도 우리는 너무나 성급하게 우리 편이 졌다고 생각해 버렸어. 그래서 정말로 지고 만 거야. 그때 우리가 그렇게 생각한 것은, 그때 우리는 싸울 필요가 없었기 때문에 조금이라도 속히 전장을 빠져 나가고 싶다고 생각했었기 때문이야. 『졌다! 그러니까 도망쳐야겠다!』이렇게 생각하고 우리는 도망쳤던 거야. 만약 저녁때까지 그렇게 단정하지 않았던들 그 전투는 어떻게 끝났을지 모르지. 그러니까 내일은 그렇게 하지 않을 생각이야. 자네는 아군 진지의 좌익이 약하고 우익이 너무 앞으로 뻗어 있다고 말하지만.」하고 그는 말을 계속했다. 「그런 이야기들은 그대로 받아들일 수 없어. 그런 건 존재하지 않는단 말이야. 내일 우리 눈앞에 벌어질 일은 어떤 것일까? 그것은 몇 십억이라고 하는 가지가지의 우연이야. 그리고 이런 우연들은 적과 우리 편 어느 쪽이 달아나느냐, 이쪽이 죽느냐 저쪽이 죽느냐에 따라 순간적으로 결정되는 거야. 지금 하고 있는 일들은 모두가 장난에 지나지 않아. 말하자면 자네와 함께 진지를 둘러본 그 친구들은 전체의 전국을 돕지 못할 뿐만 아니라 오히려 방해될 따름이야. 그들은 다만 자기들의 조그만 흥미에만 몰두하고 있는 거야.」

「이러한 때에 말입니까?」하고 피예르는 따지듯이 물었다.

「이러한 때이기 때문이지.」하고 안드레이 공작은 되풀이했다.

「그들에게 있어서는 경쟁자를 떨어뜨릴 함정을 파고 훈장을 하나 더 탈 수 있는 중요한 기회인 것이야. 그러나 나에게 있어서는 내일은 이런 날이야. 십만 명의 러시아군과 십만의 프랑스군이 서로 싸우려고 들에서 만난다, 그리고 이 이십만이란 가운데서 가장 난폭하게 싸우고 자기의 목숨을 덜 아낄 수 있는 사람이야말로 승리를 얻게 된다는 사실이야. 알겠나? 자네한테 이야기해 두지만 거기서 어떤 일이 있든, 그 고위층에서 무슨 혼란이 있든 우리는 내일 전투에서 이기겠어. 무슨 일이 있어도 이겨야겠어!」

「그렇습니다. 연대장님. 물론입니다! 전적으로 옳으신 말씀입니다.」하고 찌모힌은 말했다. 「이런 때 어떻게 자기 목숨을 아깝다고 하겠읍니까? 믿어지지 않으실는지 모르지만 우리 대대에서는 병사들이 보드카도 마시지 않게 되었읍니다. 지금은 그러고 있을 때가 아니라는 거지요.」 모두는 입을 다물었다.

장교들은 자리에서 일어섰다. 안드레이 공작은 여러 사람들과 함께 헛간 저편으로 가서 부관에게 마지막 명령을 내렸다. 장교들이 모두 가 버리자 피예르는 안드레이 공작에게로 다가가서 이야기를 시작하려고 했으나, 이때 가도로부터 별로 멀지 않은 곳에서 세 필의 말굽 소리가 들려 왔다. 안드레이 공작이 소리나는 쪽을 바라보니 코삭병 한 사람을 거느린 볼리소겐과 클라우제비스의 모습이 눈에 띄었다. 그들은 이야기를 계속하면서 안드레이 옆을 지나쳤다. 그래서 피예르와 안드레이 공작은 본의 아니게 그들의 대화를 듣게 되었다.

「전쟁은 당연히 넓은 공간으로 옮겨야 해. 나는 이 의견을 아무리 자랑해도 다 자랑할 수 없을 정도야.」 하고 한 사람이 말했다.

「음, 하긴 그래.」 다른 목소리가 이렇게 받았다. 「적의 힘을 약화시키는 데에 목적이 있으니까 물론 개개인의 손해 같은 것에 구애될 수는 없지.」

「암, 그렇고 말고요.」 첫번째 목소리가 이 말에 맞장구를 쳤다.

「흥, 넓은 공간으로 옮긴다고?」 이들이 지나치고 난 뒤 안드레이 공작은 아니꼬운 듯이 코방귀를 뀌면서 그들이 한 말을 되풀이했다. 「내 아버지와 아들과 누이는 이 넓은 공간, 르이스이예 고르이에 남아 있었단 말이야. 놈들에겐 그런 게 아무렇지도 않겠지. 바로 이 점이 내가 한 이야기의 초점이야. 저 독일 녀석들은 전쟁을 이기게 할 수는 없어. 그저 힘이 닿는 대로 쳐부술 따름이야. 왜냐하면 저들 독일인의 머리 속에는 달걀 껍질만도 못 한 하찮은 이론이 있을 따름이지. 내일 필요한 오직 하나의 것, 말하자면 찌모힌이 품고 있는 것과 같은 것이 저들에겐 없기 때문이야. 그들은 유럽 전체를 그들에게 내맡기고는 우릴 가르치러 와 있는 거야. 참, 훌륭한 교사들이지!」 하고 그의 목소리는 다시 높아졌다.

「그럼, 당신은 내일 전투에 이긴다고 생각하십니까?」 하고 피예르는 물었다.

「그럼, 그럼!」 하고 안드레이 공작은 건성으로 대답했다. 「다만 한 가지, 만약 나한테 그런 권리가 있다면 해 보고 싶은 것은.」 하고 그는 다시 말을 시작하였다. 「포로를 잡지 말자는 거야. 대관절 포로란 게 뭣일까? 옛날 기사도의 습관이지. 프랑스인은 우리 집을 황폐케 하고도 양이 차지 않아 모스크바까지 황폐케 하려고 덤벼들고 있어. 그들은 나를 끊임없이 모욕했고 지금도 모욕하고 있어. 놈들은 내 원수야. 놈들은 범죄자로밖에 보이지 않아. 찌모힌이나 군대 모두가 그렇게 생각하고 있어. 그들은 당연히 벌을 받아야 해. 그들이 내 적인 이상 찔리지트에서 어떤 회담이 있었든 그들이 친구가 될 수 있을 까닭이 없지 않겠나!」

「옳은 말입니다.」 피예르는 눈을 빤짝거리면서 안드레이 공작을 쳐다보고 말했다. 「나도 당신의 의견과 똑같습니다.」

그 모줘이스크 언덕에서 있었던 일 이래 이 날 종일 피예르의 마음을 뒤숭숭하게 만들어 주었던 그 의문은 이제야 깨끗이 해결된 듯이 생각되었다. 그는 이번 전투와 내일의 결전이 가지는 의미와 사명이 이제 비로소 충분히 이해된 것이다. 이 날 그가 목격한 모든 것——여러 사람들의 얼굴에서 볼 수 있었던 예의 엄숙한 표정도 그에게는 새로운 빛으로 비쳐진 것이다. 그는 애국심의 잠열(潛熱)을(물리학에서 말하는) 알게 된 것이었다. 그것은 그가 지금까지 만난 모든 사람에게서 느꼈던 것이었고, 또 이들이 냉정하고 가벼운 마음으로 죽을 준비를 하고 있는 까닭을 분명히 설명해 주고 있는 것이다.

「포로를 잡지 말 것.」 하고 안드레이 공작은 말을 이었다. 「전쟁의 성격을 변하게 하고 전쟁의 잔인성을 덜하게 하려면 이 길밖에는 없어. 실로 우리는 전쟁을 가지고 놀고 있었어. 이래선 안 돼. 우리는 관대함을 자랑하고 있어. 이러한 관대함이나 감상벽은 송아지를 죽이는 것을 보고 속이 언짢아지는 아주머니들의 관대함이나 감상벽과 조금도 다를 바가 없어. 그녀들은 피를 보지 못할 만큼 마음이 곱지만 소스를 치면 이 똑같은 송아지를 맛있게 잡수시거든. 우리도 역시 전쟁 규약이니 기사도니 군사 교환(軍使交換) 규약이니 불행한 사람을 가엾이 여기라느니 하는 여러 가지 교육을 받았어. 모두가 쓸데없는 잠꼬대지. 나는 1805년에 그 기사도며 군사 교환 규약이란 것을 보았지만 모두가 눈감고 아웅하는 데 지나지 않아. 남의 집에 들어가 약탈을 하고 위조 지폐를 발행하고, 더 심한 것은 우리의 아들과 아버지를 죽여 놓고도 전쟁의 규약이니 적에 대한 너그러움이니 하고 운운하고 있어. 그러니까, 포로를 잡지 말고 죽여 버리되 이쪽도 죽음을 향해 돌진할 것! 나처럼 이 같은 괴로움에 의해 이러한 결론에 도달한 사람은…….」

스몰렌스크에서와 마찬가지로 모스크바를 적에게 빼앗기든 말든 내가 알 게 무어냐는 생각을 가지고 있었던 안드레이 공작은 갑자기 경련으로 목이 죄는 것 같은 기분이 되어 중도에서 문득 입을 다물었다. 그는 말없이 헛간 앞을 이리저리 거닐었는데 이윽고 열병에 걸린 사람같이 눈을 번쩍이고 입술을 떨면서 다시 입을 열었다.

「만약 전쟁에 관대함이라는 게 없다면 우리는 이번처럼 목숨을 걸고 싸울 가치가 있는 경우가 아니면 싸움터에 나오지 않게 될 거야. 그렇게 되면 파벨 이바느이치가 미하일 이바느이치를 모욕했다고 해서 전쟁이 일어나는 경우도 없을 거야. 그러나 이번과 같은 전쟁이라면 그야말로 본격적인 전쟁이라 할 수 있지. 이렇게 되면 군대의 긴장도 지금과는 양상이 달라진다. 그리고 지금 나폴레옹 군대가 인솔하고 있는 베스트팔렌인이나 헤센인이 프랑스인을 따라 러시아 땅에 침입해 들어오는 일도 없을 거고, 우리도 싸우는 목적을 제대로 알지도 못하고 오스트리아나 프러시아까지 전쟁을 하러 가지는 않게 될 거야. 전쟁은 장난이 아니라 인생에 있어서 가장 더러운 사업이야. 그러니까 우리는 이 점을 잘 이해해서 전쟁을 일으키지 않도록 해야 돼. 우리는 엄밀하게, 또 진지하게 이 무서운 필연을 다루어야 해. 요컨대 중요한 것은 허위를 버린다는 것이야. 전쟁은 역시 전쟁이지 결코 어린애의 장난이 아니니까. 그렇지 않으면 전쟁이란 것이 할 일 없는 사람들의 심심풀이가 되고 말 거야. ……군인이란 가장 존경할 계급이지. 그러나 대관절 전쟁이란 무엇이고 군사상의 성공에 필요한 것은 또 무엇이며, 군인 사회의 기질이란 것은 무엇일까? 전쟁의 목적은 사람을 죽이는 거야. 전쟁의 도구는 간첩, 반역의 장려, 주민의 황폐, 군대를 유지하기 위한 강탈과 절도, 전략이라는 이름이 붙은 속임수와 거짓말이야. 또 군인 계급의 성격이란 것은 자유의 결핍, 말하자면 군기와 나태, 무식, 잔인, 방탕, 음주 등이야. 그런데도 불구하고 군인은 최고의 계급으로서 모든 사람들의 존경을 받고 있으니 말이지. 사실 중국 황제 이외에는 세상의 모든 황제들이 군복을 입고 있단 말이야. 그리고 사람을 더 많이 죽인 자가 그만큼 더 많은 상을 타니까 말이지. …… 내일이면 사람들은 서로 죽이기 위해 모여서 몇 만이라는 인간을 죽이고 병신을 만들겠지. 그리고 그 뒤에는 많은 사람을 죽였다고 해서(그 숫자를 한층 더 과장하기까지 하는 것이다) 감사의 미사를 올리고 죽인 사람의 수가 많으면 많을수록 공훈도 큰 것처럼 알고 승리를 자랑하게 되는 거야. 하느님께서는 하늘에서 과연 어떤 기분으로 그들을 보고, 어떤 기분으로 그들의 기도를 들을까!」 안드레이 공작은 가늘고 날카로운 목소리로 이렇게 외쳤다.

「여보게, 요즘 나는 사는 것이 무척 괴로와졌어. 나는 너무 많은 것을 알아 버리고 말았나 봐. 역시 인간은 선악과(善惡果)를 먹는 게 아니었어…… 그러나 조금만 참으면 돼!」 하고 그는 덧붙였다. 「그런데 자네는 잠을 좀 자야 되잖겠어? 나도 이제부터 잘 시간이야. 고르키이로 가게.」 하고 안드레이 공작은 느닷없이 말했다.

「아니, 자고 싶지 않아요!」 하고 피예르는 동정 어린, 겁먹은 듯한 눈으로 안드레이 공작을 쳐다보면서 대답했다.

「가게, 가. 전쟁 전에는 잠을 충분히 자 두어야 해.」 하고 안드레이 공작은 되풀이했다.

그는 빠른 걸음으로 피예르에게로 다가가더니 그를 껴안고 키스했다.

「안녕, 가 보게!」 하고 그는 외쳤다. 「다시 만나게 될지 어떨지…….」 그는 이렇게 말하고 몸을 홱 돌려 헛간 안으로 사라져 버렸다.

벌써 날이 어두워졌으므로 안드레이 공작의 표정이 심술궂었는지 부드러웠는지 피예르는 알아볼 수 없었다.

피예르는 안드레이 공작을 따라가야 할지, 자기 숙소로 돌아가야 할지 잠시 묵묵히 서서 생각하고 있었다. 『아니, 저 사람에게는 이제 그럴 필요가 없는 것이다!』 피예르는 스스로 이렇게 결정하였다. 『두 사람이 만나는 것도 이것으로 끝이라는 사실도 잘 알고 있다.』그는 땅이 꺼질 듯한 한숨을 쉬고 고르키이를 향하여 돌아갔다.

안드레이 공작은 헛간으로 돌아가 융단 위에 몸을 던졌지만 좀처럼 잠이 오지 않았다.

그는 눈을 감았다. 여러 가지 영상이 차례차례로 나타났다가는 사라지곤 했다. 그는 오랫동안 그 하나의 영상을 즐겁게 지켜보고 있었다. 그는 페쩨르부르그에서의 어느 날 저녁의 일을 생생하게 회상한 것이다. 그때 나타샤는 쾌활하고 상기된 얼굴로 지난 여름 버섯을 따러 갔다가 넓은 숲 속에서 길을 잃었던 이야기를 했다. 그녀는 두서 없는 말로 쓸쓸한 숲 이야기와 거기에서 느낀 것과 거기서 만난 꿀벌을 치는 사람과 가졌던 대화를 이야기했다. 그리고는 가끔 말을 끊고 이렇게 말했다. 『안 되겠어요, 더 못 하겠어요. 저는 지금 자꾸 엉뚱한 말만 하고 있어요. 아녜요, 무슨 말인지 알아 듣지도 못 하실 거예요.』그리고는 안드레이 공작이 그녀를 달래려고 그녀가 하는 말은 모두 알아 듣겠다고 말해도 좀처럼 믿어 주지 않았다. 나타샤는 자기가 한 말에 만족하지 못했다.

그녀는 이 날 경험했던 몹시 시적인 감각을 모조리 표현하려고 했지만 아무래도 그게 뜻대로 되지 않는 모양이었다. 『그분은 아주 좋은 늙은이였고 숲 속은 참으로 어두웠어요…… 그 늙은이는 어떻게나 착한지…… 아니, 아무래도 이야기가 제대로 안 되는군요.』하고 그녀는 얼굴을 붉히고 흥분을 가라앉히지 못하면서 말했었다. 지금 안드레이 공작은 그때 그녀의 눈을 보면서 입가에 지었던 기쁜 듯한 그 미소를 다시 지어 보았다. 『그때 나는 그녀를 이해했었다.』하고 안드레이 공작은 생각했다. 『이해했을 뿐만 아니라 그 정신의 힘, 그 진지함, 꾸밈 없는 넋, 육체에 연결된 듯한 그 마음, 나는 그 마음을 사랑했던 것이다…….』이 때 갑자기 그는 자기의 사랑의 결말을 생각해 냈다. 『그 남자는 그런 것들은 전혀 필요하지 않았던 것이다. 그 남자에게는 그런 것이 보이지도 않았고 또 이해되지도 못했던 것이다. 그는 그녀를 그저 귀엽고 성숙한 숫처녀로밖에는 보고 있지 않았던 것이다. 그리고 그녀와 운명을 같이하는 영광을 아무렇지도 않게 생각한 것이었다. 그러나 나는?…… 그 뒤에도 그 남자는 즐거운 나날을 보내고 있는 것이다.』

안드레이 공작은 누가 불로 지지기라도 한 듯이 자리에서 벌떡 일어나 다시 헛
간 앞을 이리저리 서성거리기 시작했다.

26

보로지노 전투의 전날인 8월 25일 프랑스 황제의 의전장관(儀典長官) 무슈
드 보쉐와 파브비에 대령은 각각 파리와 마드리드에서 발루예보에 있는 황제 나
폴레옹의 숙소에 도착했다.

이 무슈 드 보쉐는 정신(廷臣)의 제복으로 갈아입고는 황제에게 갖고 온 선물
을 먼저 가지고 가도록 일러 놓고는 뒤따라 나폴레옹 천막의 대기실로 들어갔다.
그리고 주위에 몰려든 나폴레옹의 부관들과 이야기를 나누면서 상자의 뚜껑을
열려고 했다. 파브비에는 천막 안으로 들어가지 않고 입구에 선 채 안면이 있는
두서너 장군들과 이야기를 하고 있었다.

황제 나폴레옹은 아직 침실에서 나오지 않고 몸치장을 마치려 하고 있었다. 그
는 연방 코와 목을 울리면서 살찐 등과 털이 더부룩한 기름살이 찐 가슴을 번갈
아가며 자기 몸을 문지르고 있는 시복의 솔 쪽으로 돌리고 있었다. 다른 한 시복
은 손끝으로 병을 집어 어디다 얼마큼 뿌려야 하는 걸 아는 사람은 자기 혼자밖
에 없다는 듯한 표정으로 손질이 다 된 황제의 몸에 오 드 콜로뉴를 뿌리고 있었
다. 나폴레옹의 짧은 머리칼은 젖어 이마 위에 흩어져 있었다. 그 얼굴은 부어 누
르스름했으나 생리적인 만족감을 나타내고 있었다. 「더 세게 문질러. 더 세게!」
하고 솔을 들고 있는 시복에게 말하면서 자기도 몸을 움츠렸다, 신음 소리를 내
기도 하고 있었다. 어제 전투에서 사로잡은 포로의 숫자를 보고하려고 황제의 침
실로 들어온 한 부관은, 보고를 끝낸 뒤에도 문에 가만히 선 채 물러가도 좋다
는 말이 떨어지기를 기다리고 있었다. 나폴레옹은 얼굴을 찌푸리면서 이마 너머
로 부관을 힐끗 쳐다보았다.

「포로가 없다고?」 하고 그는 부관의 말을 되풀이했다. 「그들은 몰살을 당하고
싶어하는 모양이군그래. 그건 러시아군에게는 더욱 불리한 일이야._ 하고 그는
말했다. 「힘껏 문질러, 더 세게 문지르란 말이야!」 그는 기름진 두 어깨를 내밀
면서 등을 구부리고 이렇게 말했다.

「좋아! 보쉐를 불러. 그리고 파브비에도!」 하고 그는 머리를 저으면서 부관에

게 말했다.

「알아모셨옵니다, 폐하.」부관은 문 밖으로 사라졌다.

두 시복은 황제에게 재빨리 옷을 갈아입혔다. 나폴레옹은 푸른 근위 군복을 입고 힘차고 빠른 걸음걸이로 알현실로 나갔다.

보쉐는 이때 자기가 가지고 온 황후로부터의 선물을 황제가 나오는 정면에 있는 두 의자 위에 놓으려고 열심히 손을 놀리고 있었는데 황제가 너무 일찍 옷을 갈아입고 나타났으므로 모처럼의 선물 준비가 충분히 되지 않았다.

나폴레옹은 곧 그들이 하는 일을 알아채고 아직 준비가 다 되어 있지 않다는 것을 알았다. 그리고 황제를 위해서 뜻밖의 선물을 내밀려는 즐거움을 빼앗고 싶지 않았으므로 그는 겹짓 보쉐를 못 본 체하고 파브비에를 옆으로 불렀다. 그는 유럽의 정반대쪽의 한 끝인 살라만카에서 싸우고 있는 군대——오직 황제의 이름을 욕되지 않게 하려는 일념과 어떻게든 황제의 뜻에 거슬리지 않아야겠다고 그것만을 두려워하고 있는 군대——의 무용과 충성에 대해 이야기하는 파브비에의 말을 엄숙하게 얼굴을 찌푸리면서 묵묵히 듣고 있었다. 전쟁의 결과는 비참한 것이었다. 나폴레옹은 파브비에가 말하는 사이사이에 자기가 없으면 으레 그러려니 하고 생각하는 듯이 아이러닉한 말을 톡톡 쏘아붙였다.

「난 모스크바에서 보충을 해야 돼.」하고 나폴레옹은 말했다.「그럼 다시 만나.」하고 말한 뒤, 이때 막 선물 준비를 마친 보쉐를 불렀다. 그는 의자 위에 무엇인가를 얹어 놓고 그 위여 보자기를 씌우고 있었다.

보쉐는 부르봉가의 노신(老臣) 이외는 흉내를 낼 수 없는 그런 프랑스 궁정식의 공손한 절을 하고 봉투를 바치면서 그에게로 다가갔다.

나폴레옹은 쾌활한 태도로 보쉐에게로 향하면서 그 귀를 살짝 잡아당겼다(총애의 표시-역주).

「아주 서둘렀던 모양이군, 고마와. 그래 파리에서는 어떻게 이야기하고 있나?」갑자기 지금까지의 엄격한 표정을 매우 부드러운 표정으로 바꾸면서 그는 말했다.

「폐하, 온 파리시가 폐하의 부재를 슬퍼하고 있읍니다.」보쉐는 틀에 박힌 대답을 했다. 보쉐로서는 이런 말을 하거나 이와 비슷한 말을 할 수밖에 도리가 없었다. 그것은 나폴레옹도 잘 알고 있었다. 또 지금처럼 의식이 명료한 때는 이런 이야기들이 모두 거짓말이라는 것도 잘 알고 있었다. 그러나 보쉐의 입으로부터 이런 말을 듣는다는 것은 나폴레옹에게는 즐거운 일이었다. 그는 다시 한 번 보쉐의 말에 귀를 기울이는 영광을 주었다.

「이렇게 먼 여행을 시켜서 안 됐다.」하고 그는 말했다.

「폐하! 소신은 적어도 모스크바의 성문에서 폐하께 알현하게 되리라고 상상하고 있었사옵니다.」하고 보쉐는 말했다.

나폴레옹은 빙그레 웃으면서 넋나간 듯이 천천히 머리를 들어 오른쪽을 보았다. 그러자 부관 한 사람이 금제 담뱃갑을 들고 미끄러지듯이 하여 그에게로 다가와서 이를 황제에게 바쳤다. 나폴레옹은 그것을 받아 들었다.

「하지만 자네에겐 좋은 기회였어.」담뱃갑을 열고 이를 코로 가져가면서 그는 말했다. 「자넨 여행을 좋아하니까 말이지. 앞으로 사흘만 지나면 모스크바 구경도 할 수 있을걸. 자네도 설마 아시아의 수도를 구경할 수 있으리라고는 생각지 않았겠지. 자네도 이제 퍽 재미있는 여행을 하게 될 거야.」

보쉐는(이때까지 자기 자신도 깨닫지 못하고 있던) 자기의 여행 취미에 대해서 황제가 관심을 보여 준 데 대해 감사하다는 듯이 다시 머리를 수그렸다.

「아! 이것은 뭐야?」궁내관 모두가 무엇인가 보자기가 덮여 있는 것을 열심히 바라보고 있는 것을 알아채고 나폴레옹은 말했다.

보쉐는 궁내관(宮內官) 특유의 재치 있는 동작으로 등을 보이지 않게 반쯤 몸을 들고 두 걸음 가량 뒤로 물러서서는 선뜻 보자기를 들치고 말했다.

「황후 폐하께서 보내신 선물이옵니다.」

그것은 제라르가 그린 산뜻한 색채의 사내아이의 초상화였다. 이는 나폴레옹과 오스트리아의 왕녀 사이에 난 아이로 어째선지 로마 왕이라고 불리고 있었다.

화면은 시스틴 성모상(聖母像)의 그리스도와 같은 눈을 한 무척 아름다운 고수머리의 사내아이가 빌보케놀이를 하고 있는 것을 그린 것이었다. 빌보케 공은 지구를 나타내고 있었고 다른 한쪽 손에 가진 작대기는 홀(笏)을 상징하고 있었다.

작대기로 지구를 굴리고 있는 소위 로마 왕의 모습을 그린 화가의 뜻이 과연 무엇이었는지는 분명치 않았지만 파리에서 이 그림을 본 다른 사람들과 마찬가지로 나폴레옹에게도 그 숨은 뜻을 확실히 알 것 같았으므로 그는 퍽 마음에 들었다.

「로마 왕!」우아한 손짓으로 초상화를 가리키면서 그는 말했다. 「훌륭하다!」언제든지 자유 자재로 표정을 바꿀 수 있는 이탈리아인 특유의 재능을 가지고 그는 초상화에 다가가자 생각에 잠긴 듯한 상냥한 표정을 지었다. 그는 지금, 자기의 언행은 바로 역사 그것이라고 생각하고 있었다. 그는 지금 자기가 할 수 있는 최선의 일은 다름이 아니라 황태자마저도 지구를 가지고 빌보케를 할 만큼 위대해진 자기가 이 위대함과는 대조적인 가장 평범한 어버이의 사랑을 보이는 것이라고 느꼈던 것이다. 그의 두 눈은 흐려졌다. 그는 앞으로 나아가 의자를 돌아보았다(의자는 곧 그의 옆으로 옮겨졌다). 그는 초상화를 마주보고 자리에 앉았다. 그가 손짓을 하자 사람들은 이 위인으로 하여금 자기 자신과 그 감정을 홀로 즐길 수 있게 뒤꿈치를 들고 슬금슬금 밖으로 나갔다.

그는 얼마 동안 있다가 자기도 무엇 때문인지 모르는 채 초상화의 꺼칠꺼칠한 밝은 부분을 손으로 살짝 만져 보고는 조용히 일어나 다시 보쉐와 당직 장군을 불렀다. 그는 초상화를 천막 앞에 내놓아 그 근처에 주둔하고 있는 옛 근위 사단으로 하여금 그들이 숭배하는 황제의 사랑하는 아들이자 세자인 로마 왕을 보는 영광을 누릴 수 있게 하라고 명령했다. 나폴레옹이 배식의 영광을 얻은 보쉐와 함께 아침을 들고 있을 때 아니나다를까 그가 예기했던 대로 초상화를 향해 달려 온 옛 근위 사단의 장교와 병사들의 감격한 외침 소리가 천막 앞에서 들렸다.

「황제 폐하 만세! 로마 왕 만세! 폐하 만세!」 하는 환호의 소리가 크게 울려 퍼졌다.

조반이 끝나자 나폴레옹은 보쉐가 있는 자리에서 군대에 내릴 명령을 구수(口授)했다.

「간결하고 박력이 있다!」 한 마디도 정정하지 않고 단숨에 쓰인 포고를 손수 읽어 보고 나서 나폴레옹은 말했다. 포고에는 다음과 같이 씌어 있었다.

〈전사들이여! 그대들이 기다리고 있던 결전의 시기는 왔다. 승리는 오로지 그대들에게 달려 있다. 그리고 그 승리는 우리에게 꼭 필요한 것이다. 그것은 우리에게 모든 필수품과 안락한 숙사를 줄 것이고 또한 우리들을 일찍 고향으로 돌려 보내 줄 것이다. 일찌기 아우스테를리츠, 프리들란드, 비쩨브스크, 그리고 스몰렌스크에서와 마찬가지로 잘 싸워 자손들이 자랑스럽게 오늘의 공훈을 상기할 수 있도록 하라. 그대들의 이름을 입에 올릴 때마다 『그는 모스크바의 대전에 참가하였다』고 말하게 하라!〉

「모스크바로 가자!」 하고 되풀이하면서 여행을 즐겨 하는 보쉐에게 산책을 권하여 같이 밖으로 나오자 안장이 놓여 있는 말을 향해 걸어갔다.

「폐하, 너무나 황공하오이다!」 황제에게서 같이 나가자는 권유를 받고 보쉐는 이렇게 말했다. 그는 졸리기도 했고 또 승마에 서툴렀기 때문에 두렵기도 했던 것이다.

그러나 나폴레옹이 이 여행자에게 권유해 왔으므로 보쉐는 나왔을 때 황태자의 초상 앞에 모여 있던 근위병들은 더 한층 큰소리로 만세를 외쳤다. 나폴레옹은 미간을 찌푸렸다.

「이제 내리도록 해.」 그는 우아하고 장중한 손짓으로 초상화를 가리키면서 말했다. 「저 애에게 싸움터를 보이기엔 아직 일러.」

　보쉐는 눈을 감고 고개를 떨어뜨린 채 긴 한숨을 쉬었다. 그는 이러한 몸짓을
함으로써 황제의 말을 이해하고 또 그것을 존중한다는 뜻을 보였던 것이다.

27

　역사가들의 말에 의하면, 나폴레옹은 이 8월 25일에 지형을 정찰하거나 원수
들이 제출하는 작전 계획을 검토하고 장군들에게 친히 명령을 내리기도 하면서
온종일 말을 타고 지냈다 한다.
　콜로챠 강을 따라서 배치된 러시아군의 첫 전선은 격파되었다. 그리고 이 전선
의 일부분, 즉 러시아군의 좌익은 24일에 쉐바르지노의 보루가 점령된 결과 후방
으로 옮겨졌다. 따라서 전선의 이쪽 방면은 이제 강에 의한 강화도 엄호도 없이
비교적 툭 트인 평탄한 지역을 앞에 두게 되었다. 프랑스군이 이 부분을 공격할
것이라는 것은 군인과 비군인을 막론하고 누구에게나 분명한 사실이었다. 그것을
판단하는 데는 복잡하게 머리를 쓸 필요도 없거니와 황제나 원수의 주도 면밀한
배려도 필요 없었고, 특히 사람들이 즐겨 나폴레옹에게로 돌리고 싶어하는 천재
라고 하는 특수한 재능 같은 것도 필요 없을 것으로 생각된다. 그러나 후세에 이
사건을 기술한 역사가들이나 당시 나폴레옹을 에워싸고 있던 사람들이나 그리고
나폴레옹 자신도 전혀 딴 생각을 품고 있었던 것이다.
　나폴레옹은 싸움터를 둘러보고 주의 깊게 지형을 살피면서 혼자 고개를 끄덕
이기도 하고, 아니라고 머리를 젓기도 하면서 주위에 있는 장군들에게도 결심의
도선(導線)이 되었던 깊은 사색의 경로를 이야기하지 않고 다만 마지막 결론으
로서 명령의 형식으로 그들에게 전달했던 것이었다. 에크륄 공(公)으로 불리고
있는 다부가 러시아군의 좌익을 우회하면서 어떻겠느냐고 건의해도 나폴레옹은
그렇게 할 필요는 없다고 말했을 뿐 어째서 그럴 필요가 없는지 설명하지는 않았
다. 돌각보(突角堡)를 공격하기로 되어 있었던 콩팡 장군이 휘하의 사단으로 하
여금 숲을 가로지르게 하면 어떻겠느냐고 제의했을 때 엘잉겐 공(公)이라 불리
는 네이가 숲을 가로지르는 데 따른 위험을 역설하고, 그렇게 하다가는 사단을
전멸시킬 우려가 있다고 반대했음에도 불구하고 나폴레옹은 콩팡의 의견에 동의
했다.
　쉐바르지노 보루 앞쪽의 지형을 돌아본 뒤 나폴레옹은 잠시 말없이 생각에 잠

겨 있었으나 이윽고 몇몇 지점을 지정하고 러시아의 보루에 대항하기 위해서 이튿날까지 포병 진지를 두 군데 설치하도록 명령했다. 그리고 다른 몇 군데의 지점에는 포병 진지와 나란히 야포 진지를 만들도록 명령했다. 그는 이 밖에 또 다른 몇 가지 명령을 내리고 나서 자기의 막사로 돌아갔다. 그리고 그의 구술에 의해 작전 명령이 씌어졌다.

프랑스의 역사가들이 절찬해 마지 않고 다른 여러 나라의 역사가들이 깊은 경의를 표하고 있는 이 작전 명령은 다음과 같은 것이었다.

〈에크뮐 공이 포진할 평원에 야간 배치되는 두 곳의 새 포진은 여명을 기해 마주 보는 두 곳의 적의 포병 진지를 향해 포격을 개시할 것.

이때 제1군단 포병 사령관 페르네티 장군은 콩팡 사단의 화포 30문, 데세 사단, 프리앙 사단의 유탄포 전부를 가지고 전진하여 싸움을 벌이고 적의 포병 진지에 유탄을 퍼부을 것.

적의 포병 진지를 공격할 화포는 다음과 같음.

근위 포병대 소속	24문
콩팡 사단 소속	30문
프리앙, 데세 사단 소속	8문
총계 ……	62문

제3군단 포병 사령관 푸세 장군의 제3 및 제8군단의 유탄포 전부 총계 16문을 포병 진지의 양익에 배치할 것. 이 진지는 대체로 40문의 포를 가지는 적의 좌익 보루를 포격한다.

소르비에 장군은 명령이 내리는 즉시 근위 포병대의 유탄포 전부를 가지고 어느 쪽이든 적의 보루를 공격할 수 있도록 준비할 것.

포격중 포냐토프스키이 공작은 촌락의 숲으로 향하여 적의 진지를 우회할 것.

콩팡 장군은 숲을 통과하여 적의 제1보루를 점령할 것.

이렇게 하여 전투 개시 뒤 적의 행동에 따라 임기 응변의 명령을 내릴 것.

좌익에 있어서의 포격은 우익의 포격이 들리는 대로 개시하도록 함. 모랑과 부왕(副王)의 사단은 우익의 돌격 개시를 봄과 동시에 맹렬한 포격을 개시할 것.

부왕은 촌락(보로지노―역주)을 점령하고 모랑, 그리고 제라르의 사단과 동일 보조를 취하여 각각 세 다리를 건널 것. 그 뒤 이 두 사단은 부왕의 지휘 아래 보루로 향하여 다른 여러 군과 같은 선 안에 들어갈 것.

이상의 모든 행동은 가능한 한 예비군의 보전에 애쓰면서 질서 정연히 행해져야 한다.

모쥐아이스크 부근의 총사령부에서
1812년 9월 6일〉

극히 불명료하고 뒤죽박죽으로 쓰인 이 작전 명령은 나폴레옹의 천재에 대한 미신적인 두려움을 버리고 자세히 관찰한다면 네 가지 점, 말하자면 네 가지 지령으로 나눌 수가 있다. 그러나 그 중의 어느 한 가지도 실현할 수 없었거니와 실제로 실현되지도 않았다.

작전 명령 가운데는 첫째 〈나폴레옹이 지정한 장소에 배치된 대포와 그것에 나란히 늘어섰어야 했던 페르네티와 푸세의 포 모두 합쳐 총계 102문이 포문을 열어 러시아의 돌각보와 보루에 포탄을 퍼붓도록〉 씌어 있었으나 실상 이것은 불가능한 노릇이었다. 왜냐하면 나폴레옹이 지정한 장소에서 러시아 진지까지는 포탄이 미치지 못했으므로 가까이에 있던 한 지휘관이 나폴레옹의 명령을 무시하고 포를 앞으로 전진시킬 때까지 200문의 포는 헛되이 포탄을 소모했기 때문이다.

둘째 〈촌락의 숲으로 향하면서 러시아군의 좌익으로 우회하라〉는 포냐토프스키이에 대한 명령이었다. 그러나 이 명령도 역시 실현할 수 없었거니와 실제로 실현되지도 않았다. 왜냐하면 포냐토프스키이는 마을의 숲으로 향하는 도중 투츠코프에게 진로를 차단당했으므로 러시아의 진지를 우회한다는 것은 불가능한 일이었고, 또 실행하지도 않았던 것이다.

세째 지령은 〈콩팡 장군은 숲을 통과하여 제1의 보루를 점령하라〉는 것이었다. 그러나 콩팡 사단은 제1의 보루를 점령하지 못했을 뿐더러 오히려 격퇴당하고 말았다. 그것은 그가 숲을 나서자마자 나폴레옹이 몰랐던 적의 산탄을 뒤집어쓰면서 대형을 가다듬지 않으면 안 되었기 때문이었다.

네째 지령은 〈부왕은 촌락(보로지노)을 점령하고 모랑 그리고 프리앙의 사단 (이들 사단은 언제 어디로 진격하라는 지시를 받고 있지 않았다)과 동일 보조를 취하여 각각 세 다리를 건널 것, 그뒤 이 두 사단은 부왕의 지휘 아래 보루로 향해서 다른 군과 같은 선 안에 들어가라〉는 것이었다.

이 불명료한 문구는 차치하고라도, 부왕이 자기에게 주어진 명령을 실현하기 위하여 기울인 노력을 가지고 될 수 있는 대로의 해석을 시도해 본다면 그는 당연히 왼쪽으로부터 보로지노를 통과하여 보루로 향하여야만 했었고, 모랑과 프리앙의 양사단은 정면으로 동시에 진출하지 않으면 안 되었던 것이다.

이러한 것은 모두 작전 명령의 다른 여러 점과 마찬가지로 실현되지도 않았고 또 실현될 수도 없었다. 부왕은 보로지노를 통과한 뒤 콜로챠 강에서 반격을 받아 그 이상 더 전진할 수가 없었다. 모랑과 프리앙의 두 사단도 보루를 점령하지 못했을 뿐 아니라 오히려 적의 반격을 받아 격퇴당했으며, 보루는 전투가 끝날 즈음에 기병에 의해 점령되었다(이것은 나폴레옹에게는 예상 이외의 엉뚱한 사건이었을 것이다). 이리하여 작전 명령은 어느 것 하나도 실현되지 않았고 또 실현될 수도 없었다. 그러나 작전 명령에는〈이렇게 하여 전투 개시 뒤 적의 행동에 따라 임기 응변의 명령을 내릴 것〉이라고 되어 있으니까, 나폴레옹은 전투중에 여러 가지 필요한 명령을 내렸으리라고 짐작되긴 하지만 실상 그런 일은 없었고 또 있을 수도 없었다. 왜냐하면 나폴레옹은 전투가 벌어지고 있는 동안 늘 싸움터에서 멀찌감치 떨어져 있었으므로 전투의 경과를 알 수가 없었다(이것은 나중에 안 일이었다). 이 때문에 전투중에 있은 그의 명령은 어느 하나도 제대로 실현되지 않았던 것이다.

28

수많은 역사가들은 이렇게 말하고 있다. 『보로지노의 전투가 프랑스 쪽의 승리로 끝나지 않았던 까닭은 나폴레옹이 콧물감기에 걸렸기 때문이다. 만약 그가 콧물감기를 앓지 않았던들 그는 전투 전이나 전투중에 한층 더 탁월한 명령을 내릴 수 있었고, 그 결과 러시아는 오래 전에 멸망되어 세계 지도도 바뀌었을 것이다.』라고. 러시아의 건국은 단 한 사람의 인물——표트르 대제의 의지에 의한 것이고 프랑스가 공화국으로부터 제국이 된 것도 프랑스 군대가 러시아에 침입한 것도 한 사람의 인물——나폴레옹의 의사에 의한 것이라고 인정하는 역사가에게는 러시아가 여전히 강국(強國)일 수 있었던 것은 나폴레옹이 26일 심한 콧물감기에 걸렸기 때문이라는 따위의 단정도 응당 있을 수 있는 일이다.

만약 보로지노 전투를 시작하느냐 않느냐는 것이 나폴레옹의 의지에 좌우되었다고 치고 또 그의 의지에 따라 가지가지 명령이 내려졌다고 하면, 그의 의지를 발현하는 데 영향을 준 콧물감기가 러시아를 구하는 원인이 되었다고 할 수 있을 것이고, 따라서 24일 나폴레옹에게 방수화를 신길 것을 잊었던 시복이 러시아의 구세주였다고 할 수도 있을 것이다. 이런 식으로 생각해 가면 이러한 결론이 옳다는 것은 의심할 여지도 없지만 그건 마치 볼테르가 성(聖) 바돌로매의 밤 (1572년 8월 24일 파리의 신교도 대학살의 밤—역주)이 샤를 9세의 위병(胃病)에서 생겼다고(자기 자신도 무슨 의미인지 모르고) 반 농담으로 지껄였던 결론의 정당함과 같은 정도로 의심할 여지가 없는 것이다.

그러나 러시아의 건국을 포트르 대제 한 사람의 의지에 의한 것이라고 한다든가 프랑스 제국의 성립과 러시아의 전쟁을 나폴레옹 한 사람의 의지에 의한 것이라고 인정하지 않으려고 하는 사람들에게 이러한 사고 방식은 정확하지 못하고 불합리할 뿐만 아니라 인생의 본질에 어긋난 것으로 생각되고 있다. 역사적인 사건의 원인이 되는 것은 무엇이냐 하는 의문에 대해서는 이와 다른 또 하나의 해답이 있다. 그것은 다름 아닌 세계적인 사건의 진행은 하늘에서 예정되고 사건에 관여하는 사람 전체의 의지의 합계에 좌우된다. 따라서 사건의 진행에 대한 나폴레옹 집단의 영향은 다만 외부적이고 가상적인 것에 지나지 않는다는 그러한 해답이다.

샤를 9세가 명령하여 결행된 성 바돌로매의 밤이 그의 의지에 따라 일어난 것이 아니면서도 그가 명령해서 된 것같이 보이는 데 지나지 않는다는 가정이나, 보로지노 평원에 있어서의 팔만 명의 인간이 벌인 싸움이 나폴레옹의 의지에 따라 생겨난 것이 아니라 (전쟁의 개시나 진행에 관해서 그가 명령을 내렸음에도 불구하고) 다만 그가 명령했던 듯이 보이는 데 지나지 않는다는 가정이, 얼른 보아 아무리 이상야릇하게 보이더라도 우리들 가운데의 어떤 사람이라도 나폴레옹과 비교해서 크지는 못 할지라도 결코 작지않다는 사실을 우리들에게 가르쳐 주는 인간의 위신이 이상과 같은 해석의 시인을 명령하는 것이다. 게다가 역사적인 연구도 이러한 가정을 충분히 밑받침하고 있다.

보로지노 전투에 있어서 나폴레옹은 어느 누구에게도 총을 쏘지 않았을 뿐 아니라 어느 누구를 죽이지도 않았다. 그런 일을 한 사람은 모두가 군사들이다. 따라서 그는 사람을 죽이지 않은 셈이다.

프랑스의 군대가 보로지노 전투에서 러시아 군대를 죽였던 것은 나폴레옹이 명령한 때문이 아니라 자기 자신의 희망에 따른 것이었다. 군 전체——해진 군복을 몸에 걸치고 지쳐 빠지고 굶주린 프랑스인이나 이탈리아인이나 독일인이나 폴란드인의 무리는 모스크바로 가려는 자기들의 진로를 막고 있는 군대를 보았을 때 〈술병의 마개가 열린 이상 마시지 않을 수 없다〉고 느꼈던 것이다. 이때 와서 만일 나폴레옹이 싸우지 못하게 했더라면 그들은 나폴레옹을 죽이고서라도 러시아와 싸웠을 것이다. 그들에게 있어서 피할 수 없는 일이었기 때문이다.

불구자가 되고 죽고 하는 대신 모스크바 전투에 참가했다고 자손들의 입에 오르는 것을 위안으로 삼으라는 칙유를 나폴레옹에게서 들었을 때 그들은 〈황제 폐하 만세!〉 하고 외쳤을 것이다. 그들은 〈황제 폐하 만세!〉 하고 외치며 승리자의 음식물과 휴식을 모스크바에서 구하기 위해 싸우러 가는 것 외에는 아무것도 할 일이 없었던 것이다. 따라서 그들이 동료를 죽인 것은 나폴레옹의 명령 때문이었다고는 할 수 없다. 싸움의 진행을 지도한 사람도 역시 나폴레옹은 아니었다. 왜냐하면 그의 작전 명령은 어느 것 하나도 실행되지 않았을 뿐 아니라 전투가 한창 벌어지고 있을 때도 자기 앞에서 행해지고 있는 일을 모르고 있었기 때문이다. 따라서 이들이 어떻게 상대방을 죽였느냐는 것도 나폴레옹의 의지에 따른 것이 아니고, 그에게는 아무런 관계도 없이 일반 전국에 참여한 몇 만 명의 의지에 의해 행해졌던 것이다. 다만 나폴레옹 자신에게만 모든 것이 자기 의지로 행해졌던 것처럼 생각되었던 테 지나지 않는다. 그렇기 때문에 나폴레옹이 콧물감기에 걸렸었느냐, 아니냐 하는 문제는 한 치중병의 콧물감기 이상의 역사적인 흥미를 가지고 있지는 않다.

하물며 나폴레옹의 콧물감기가 종래의 것에 비하여 서투른 이 작전 명령과 이전처럼 훌륭하지 않은 전투중의 명령의 원인이었던 듯이 말하는 역사가의 말이 전혀 옳지 않다는 점으로 봐도 8월 26일의 콧물감기는 더욱더 의미가 없는 것이 된다.

여기에 발췌된 작전 명령은 이전에 그가 승리를 거두었던 싸움의 작전 명령에 비해 조금도 손색이 없을 뿐 아니라 오히려 뛰어나 있을 정도이다. 전투중에 내려졌다고 하는 명령도 종전의 명령 못지않게 그와 비등한 것이었다. 그러나 이러한 작전 명령과 지령이 이전보다 나쁘게 생각되었던 것은 나폴레옹에게는 보로지노의 전투가 첫 패전이었기 때문이다. 아무리 훌륭하고 깊이 생각한 작전 명령도 패전의 경우에는 몹시 졸렬한 것으로 생각되어 학식이 있는 군인은 모두 얼씨구나 하고 그것을 비난한다. 또 가장 졸렬한 작전 명령이나 지령이라도 전쟁에 이긴 경우에는 더할 나위 없이 훌륭한 것으로 여겨져 진지한 사람들이 몇 권의 책을 만들어 이 졸렬한 명령의 가치를 증명하게 되는 것이다.

아우스테를리츠의 전투를 위해서 바이로테르가 만든 작전 명령은 이런 류의 문장이 완전한 모범이었으나 사람들은 역시 그것을 비난했다. 그 완벽함과 지나치게 정밀한 점을 비난한 것이었다.

보로지노의 전투에서 나폴레옹은 권력의 대표자로서 여느 때와 다름 없이 자기의 일을 훌륭히 해치웠다. 그는 전쟁의 진행에 해가 되는 일은 조금도 하지 않았다. 그는 보다 합리적인 의견에는 귀를 기울였고, 당황하지도 않고, 자기 모순에 빠지는 일도 없고, 놀라지도 않고, 싸움터에서 도망치는 일도 없이 그 위대한 능력과 전쟁의 경험을 가지고 가상적인 지휘자라는 역할을 훌륭히 그리고 차분히 실행했던 것이다.

29

신중한 두 번째의 전선 시찰에서 돌아오자 나폴레옹은 이렇게 말했다.

「장기의 말을 늘어놓았다. 그 승부는 내일 시작되는 거야.」

그는 펀치를 시키고 보쉐를 불러 그를 상대로 파리의 일이며 〈황후의 궁정〉에서 단행하려는 몇 가지 개혁에 대해 이야기를 나누고, 궁정 안의 사소한 일에 관한 정확한 그의 기억으로 궁내 장관을 놀라게 했다.

나폴레옹은 사소한 일들에 흥미를 보이기도 하고 보쉐의 여행 취미를 놀리기도 하고 한가하게 농담을 하기도 했다. 그것은 마치 환자를 수술대에 동여매고 있는 동안 이름 있고 자신 만만한 명외과 의사가 소매를 걷어 올리거나 수술복을 입거나 하는 태도와 제법 흡사했다. 〈모든 것은 내 손과 머리에 달렸다. 일단 일을 착수하기만 하면 아무도 흉내를 내지 못하게 해 보이지만 지금은 농담할 수도 있지. 그리고 내가 농담을 하고 태연해 하면 할수록 너희들은 더욱더 나를 신뢰하는 마음이 생겨 내 수완에 놀라게 될 것이다.〉 펀치를 두 잔째 비우면서 나폴레옹은 내일로 박두한 대결전(그에게는 그렇게 생각되었다) 전에 푹 쉬려고 자기 침실로 들어갔다.

그는 눈앞에 닥친 큰일이 마음에 걸려 아무래도 잠을 이룰 수가 없었다. 마침내 밤 세 시쯤 밤의 습기 때문에 콧물감기가 심해졌음에도 불구하고 큰소리로 코를 풀면서 천막 안의 홀로 나갔다. 러시아군은 후퇴하지 않았느냐는 그의 물음에 대해서 러시아군의 모닥불은 여전히 그 장소에 그대로 보이고 있다고 시복이 대답했다. 그는 알겠다는 듯이 고개를 끄덕였다.

당직 부관이 천막 안으로 들어왔다.

「이봐 라프, 너는 어떻게 생각하나? 오늘 우리들의 일은 잘 되어 갈 것 같나?」 나폴레옹은 부관에게 물었다.

「조금도 의심의 여지가 없사옵니다, 폐하.」 하고 라프는 대답했다.

나폴레옹은 그를 쳐다보았다.

「폐하, 폐하는 스몰렌스크에서 저에게 말씀하셨던 것을 기억하고 계실 것이옵니다.」 하고 라프는 말했다. 「술병의 마개가 열린 이상 마시지 않을 수 없사옵니다.」

나폴레옹은 미간을 찌푸리고 두 손을 머리에 얹은 채 오랫동안 말없이 의자에 앉아 있었다.

「이 군대도 가여워!」 그는 불쑥 이렇게 말했다. 「스몰렌스크 이래의 행군으로 숫자가 굉장히 줄어 버렸어. 운명이란 건 바람둥이 여자와 같은 거야, 라프. 나는 언제나 그런 말을 해 왔지만 지금 그것을 체험하기 시작했어. 그러나 근위는, 라프, 근위는 별일 없이 있겠지?」

「그렇습니다, 폐하.」하고 라프는 대답했다.

나폴레옹은 정제(錠劑)를 한 알 집어 그것을 입에 넣으면서 시계를 보았다. 그는 잠이 오지 않았다. 그러나 날이 샐 때까지는 아직 시간이 많이 남아 있었다. 시간을 보내기 위해서 무엇을 하려고 해도 이제 명령을 내릴 일도 없었다. 명령은 이미 내려져서 이제 곧 실시될 때가 온 것이다.

「근위 연대는 비스킷과 쌀을 배급했나?」하고 나폴레옹은 엄격한 말투로 물어 보았다.

「그렇습니다, 폐하.」

「쌀은?」

라프는 쌀에 관한 황제의 명령도 전달했다고 대답했다. 그러나 나폴레옹은 자기의 명령이 실행되었다는 걸 믿지 않는 모양으로 불만스러운 듯이 고개를 저었다. 근시가 펀치를 가지고 들어왔다. 나폴레옹은 라프에게 컵을 하나 더 가져오도록 명령하고는 묵묵히 자기 잔으로 몇 모금 마셨다.

「나는 맛도 향기도 느낄 수 없어.」술잔에 코를 대고 냄새를 맡으면서 그는 말했다.「이놈의 콧물감긴 지긋지긋도 하군. 모두들 의학의 힘에 대해서 말이 많지만 콧물감기 하나 고치지 못하는 의학이 어디가 좋다는 건지! 코르비자르는 나에게 정제를 주었지만 조금도 듣지 않아. 그런 녀석들이 고치긴 뭘 고친다는 거야? 아무것도 낫게 하지는 못 해. 〈우리의 몸은 살기 위한 기계야.〉이러한 목적을 위해서 만들어져 있는 것이니까 거기에 몸의 천성이 있는 거야. 몸 안에 있는 생명은 집적거리지 말고 스스로 자기를 지키게 하는 것이 좋아. 생명은 의사가 억지로 몸에 쑤셔 넣는 약 이상의 일을 해. 우리들의 몸은 꼭 일정한 시간만 움직이도록 정해져 있지, 시계 같은 거야. 시계공도 이 시계는 열 수 없어. 그저 눈을 가리운 채 손으로 더듬어 취급할 수밖에 도리가 없어. 우리들의 육체는 생명을 위한 기계야, 그뿐이야.」나폴레옹은 자기가 즐겨 하는 정의(定義)의 궤도에 발을 들여 놓기라도 한 듯이 느닷없이 새로운 정의를 생각해 냈다.「라프, 너는 전술이란 것이 뭔지 알고 있나?」하고 물었다.「그것은 일정한 시간에 적보다 강해지는 기술이야. 그뿐이야.」

라프는 어떻다고도 대답하지 않았다.

「내일 우리들은 쿠투조프와 싸우는 거야!」하고 나폴레옹은 말했다.「어디 두고 보자! 그 사나이는 브라우나우에서 군대를 지휘하고 있었을 때 삼 주일 동안에 단 한 번도 말을 타고 방비를 시찰해 본 일이 없다. 기억하고 있겠지. 어디 두고 보자!」

그는 시계를 보았다. 아직 네 시밖에 되지 않았다. 그러나 잠이 오지 않았다. 펀치도 모두 마셔 버렸고 결국 아무것도 할 일이 없었다. 그는 자리에서 일어나 이리저리로 거닐다가 이윽고 따뜻한 웃옷을 입고 모자를 쓰고는 천막 밖으로 나갔다. 어둡고 눅눅한 밤이었다. 하늘에서는 습한 기운이 살며시 밑으로 내리덮이고 있었다. 가까이에 있는 프랑스 근위대에서는 모닥불이 활활 타고 있고, 저 멀리 러시아의 전선에서도 안개를 통해 흐릿한 불빛이 보였다. 주위는 고요했으므로 진지를 점령하기 위해 이미 움직이기 시작한 프랑스군의 동태와 발자국 소리가 분명히 들릴 정도였다.

나폴레옹은 천막 앞을 걸으면서 불꽃을 보기도 하고 발소리에 귀를 기울이기도 했다. 그는 천막 앞에서 보초를 서고 있는, 털이 복슬복슬한 모자를 쓴 근위병 옆을 지나치다가 황제가 나타난 것을 보고 놀란 병사가 검은 기둥처럼 꼿꼿이 서는 것을 보고는 그 병사 앞에 발을 멈추었다.

「몇 년부터 복무하고 있나?」 병사와 이야기할 때는 언제나 그렇듯이 짐짓 거칠면서도 다정스러운 군인다운 어조로 그는 물었다. 병사는 그에게 대답했다.

「아, 노병이로군! 연대로 보낸 쌀은 받았나?」

「받았읍니다, 폐하!」

나폴레옹은 고개를 끄덕이고 그 자리를 떠났다.

다섯 시 반에 나폴레옹은 쉐바르지노 마을을 향해서 말을 몰았다. 동이 트기 시작했다. 하늘은 씻은 듯이 개고 동쪽 하늘에 먹구름 한 조각이 떠 있을 뿐이었다. 타다 남은 모닥불은 여린 아침 햇살을 받고 거의 다 타가고 있었다.

그러자 오른쪽에서 묵직한 포성이 한 발 울리더니 주위를 지배하고 있는 고요 속으로 사라졌다. 몇 분인가 지났을 때 두 번째, 세 번째는 포성이 울려 대기를 흔들어 놓았다. 그러자 어딘지 오른편에서 네 번째, 다섯 번째의 포성이 가까이에서 장중하게 울려 퍼졌다.

아직 첫번째 대포의 울림이 채 끝나기도 전에 다음 포성이 또 들렸다. 이렇게 계속 울리면서 소리들이 서로 엇갈리기도 하고 한데 어울리기도 하는 것이었다.

나폴레옹은 호종을 거느리고 쉐바르지노 보루까지 가 거기서 말을 내렸다. 승부는 시작된 것이었다.

30

안드레이 공작에게서 떠난 피예르는 고르키이로 돌아오자 조마사에게 말 준비를 시키고 이튿날 아침 일찍 자기를 깨워 주도록 일러 놓고는 곧 보리스에게서 양보받은 간막이 뒤의 좁은 구석에서 잠이 들어 버렸다.

이튿날 피예르가 눈을 떴을 때 헛간 안에는 아무도 없었다. 조그만 창문의 유리가 울리고 있었다. 조마사가 그의 곁에 서서 그를 흔들고 있었다.

「나리님, 나리님, 나리님……..」 이제는 그를 깨울 희망을 잃어버린 듯이 조마사는 주인의 어깨를 흔들면서 기계적으로 이렇게 말했다.

「뭐야? 시작되었나? 시간이 되었나?」 피예르는 눈을 뜨고 이렇게 말했다.

「대포 소리를 들어 보세요.」 하고 퇴역 병사인 조마사가 말했다.

「모두들 떠나셨읍니다. 총사령관 각하께서도 벌써 떠나셨읍니다.」

피예르는 허겁지겁 옷을 갈아입고 입구의 층층대 쪽으로 달려나갔다. 바깥은 활짝 개어 상쾌하고 대지는 이슬을 머금어 즐거워 보였다. 방금 구름에서 빠져나온 태양은 축축이 이슬이 내린 길바닥의 먼지에도 집들의 벽에도 담장의 창문에도 헛간 곁에 서 있는 피예르의 말에도, 반쯤 구름 때문에 굴절된 광선을 건너편에서 지붕 너머로 뿌려 주고 있었다. 대포 소리는 집 밖에서는 한층 뚜렷이 들렸다.

부관 한 사람이 카자크 병사를 데리고 한길을 달렸다.

「이제 시간이 되었읍니다, 백작님, 시간이 다 되었읍니다!」 하고 부관이 크게 소리쳤다.

피예르는 뒤에서 말을 끌고 오도록 이르고 한길을 따라 어제 싸움터를 내려다보았던 언덕으로 갔다. 이 언덕에는 한떼의 군인이 있고 프랑스어로 이야기하는 참모들의 목소리도 들렸다. 빨간 줄이 든 흰 모자를 쓰고 뒤통수를 어깨 사이에 파묻은 쿠투조프의 흰머리도 보였다. 쿠투조프는 망원경으로 앞에 있는 큰 한길을 바라보고 있었다.

입구의 발판을 따라 언덕을 올라가 앞을 내려다보았을 때 피예르는 눈앞에 벌어진 아름다운 광경에 넋을 잃고 발을 멈추었다. 그것은 어제 이 언덕에서 내려다보았던 것과 같은 파노라마였다. 그러나 지금 이 지대는 전부 군대와 포연으로 가리워진 데다가, 피예르의 뒤쪽에서 왼쪽으로 올라온 찬란한 태양이 맑은 아침 공기를 뚫고 황금빛과 장미빛 뉘앙스를 띤 찌르는 듯한 빛과 검고 기다란 그림자를 던지고 있는 것이었다. 이 파노라마의 저편 가장자리에 있는 멀찍한 숲은 마치 연두색 보석으로 깎은 것처럼 그 구부정한 꼭대기의 윤곽을 지평선에 드러내고 있었다. 발루예보 저편에는 군인들로 꽉 메워진 스몰렌스크 대가도가 그 사이를 지나고 있었다. 그리고 그 조금 앞에는 황금빛 들과 어린 나무의 숲이 빛나고 있었다. 앞에도 오른편에도 왼편에도, 그 어디에나 군대가 보였다. 이러한 것들은 모두가 생기에 차고 참으로 웅대하여 상상 이상이었다. 그러나 무엇보다도 피예르를 감동케 한 것은 바로 싸움터에 해당하는 보로지노와 콜로챠 강 두 기슭으로 퍼진 저지의 전망이었다.

콜로챠 강과 보로지노 마을과 그 양쪽, 특히 보이나 강이 콜로챠 강에 합류하는 소택지에는 온통 안개가 일고 있고, 그것은 휘황 찬란한 태양이 떠오름에 따라 점점 엷어져 흩어지고 있었다. 그리고 이 안개를 통해 보이는 것은 모두가 마술과 같은 신비한 색채와 형상을 띠고 있는 것이었다. 게다가 또 이 안개에 포연이 섞여 물 위에도 안개 위에도 강기슭이나 보로지노 마을에 떼를 짓고 있는 군대의 총검에도 안개와 포연의 사이를 통해 아침 햇살이 번개와 같이 반짝이고 있었다. 이 안개를 통해 하얀 성당이 보이고 보로지노 마을의 농가 지붕이며 병사들의 떼거리며 녹색 탄약차며 대포도 여기저기서 눈에 띄었다. 그리고 이런 것들이 모두 움직이고 있거나 움직이고 있는 듯이 보였으나, 그것은 안개와 연기가 널찍한 평야 전체에 감돌고 있었기 때문이다. 안개로 가리워진 보로지노 부근의 이 저지 이외의 더 위쪽에서도—특히 왼쪽에서—전선 전체에 걸친 숲이며 들이며 저지며 고지 꼭대기에서도 무(無) 속에서 저절로 포연의 덩어리가 생겨나오는 것이었다. 이 연기가 때로는 몇몇씩 떼를 지어 때로는 천천히 사이를 두고 때로는 자주 나타나서 흩어지기도 하고 퍼지기도 하고 덩어리가 지기도 하고 녹아들어가기도 하는 것이 널찍한 공간 전체에 걸쳐서 보였다.

이러한 포연(기묘한 일이었지만)과 그 음향은 이 광경의 주된 아름다움을 이루고 있는 것이었다.

퍽! 돌연 둥그스름하고 짙은 연기 덩어리가 나타나 자주빛과 하얀 우유빛으로 퍼지는가 싶더니 일 초쯤 지났을 무렵 꽝! 하는 이 연기의 소리가 울려 퍼지는 것이었다.

퍽! 퍽! 두 갈래 연기가 서로 부딪히기도 하고 한데 녹아들기도 하면서 하늘 위로 피어오르자 「꽝, 꽝!」 하는 소리가 울려서 눈으로 본 사실을 뒷받침하고 있었다.

피예르가 눈길을 돌렸던 둥그스름하고 짙은 공 모양의 첫번째 연기를 또다시 돌아보았을 때에는 벌써 큼직한 몇 개의 탄환이 한쪽으로 흐르고 있었다. 그러자 「퍽……(사이를 두고) 퍽, 퍽!」 하고 또 세 번, 이어 네 번, 연기의 덩어리가 나타났다. 그러자 다시 사이를 두고 「꽝……꽝, 꽝!」 하는 아름답고 힘차고 정확한 소리가 뒤따랐다. 이 연기는 달리는 것같이도 보이고 때로는 가만히 있기도 하는데 숲과 들과 번쩍이는 총검이 그 곁을 지나 달리고 있는 듯이도 보였다. 왼편의 들과 덤불을 따라 커다란 연기가 간단 없이 나타나서는 장엄한 반향을 뒤따르게 하고 있고, 조금 앞쪽의 저지나 숲가에서는 뭉칠 틈도 없을 정도로 조그만 소총의 연기가 몰려와서는 역시 제 나름의 조그만 반향을 일으키는 것이었다. 「따따 따따 따따…….」 콩 볶듯하는 소총 소리는 매우 빈번히 울렸으나 대포 소리에 비하면 불규칙적이고 빈약했다.

피예르는 그 연기와 반짝이는 총검과 운동과 음향이 있는 곳에 가 보고 싶어졌다. 그는 자신의 인상을 다른 사람과 비교해 보기 위해 쿠투조프와 그 막료가 있는 곳을 돌아보았다. 지금 모두들의 얼굴에는 피예르가 어제 안드레이 공작과의 이야기 뒤 완전히 이해하게 되었던 감정, 예의 잠열(潛熱)이 번득이고 있었다.

「그럼, 이봐, 갔다오게. 무사히 갔다오게.」 쿠투조프는 싸움터로 향한 눈길을 돌리려고도 하지 않고 옆에 서 있는 한 장군에게 말했다.

명령을 듣고 난 장군은 피예르의 옆을 지나 언덕의 내리막길 쪽으로 향했다.

「나루터!」 어디로 가느냐고 묻는 한 참모의 질문에 대답하여 이 장군은 쌀쌀하고 엄격하게 말했다.

『나도, 나도 간다.』 피예르는 이렇게 생각하고 장군의 뒤를 따라 같은 방향으로 나아갔다.

장군은 카자크가 끌고 온 말에 올라탔다. 피예르는 말의 재갈을 잡고 있는 자기의 조마사 옆으로 다가갔다. 그는 어떤 말이 가장 순한지 물은 뒤 한 필의 말을 골라 타고 두 손으로 그 갈기를 잡자 발 끝을 밖으로 돌리고 뒤꿈치를 배에다 대었다. 그리고 안경이 떨어질 것 같았지만 갈기와 고삐에서 두 손을 놓을 수가 없었으므로 그냥 그대로 장군의 뒤를 따라서 달려갔다. 언덕 위에서 보고 있던 참모들의 미소를 자아내게 하면서.

31

피예르가 뒤를 따라갔던 장군은 언덕을 내려서자 왼쪽으로 갑자기 꺾어들었으므로 피예르는 그 모습을 놓치고 자기 앞을 지나가고 있는 보병의 대열 속으로 들어가고 말았다. 그는 그 속에서 빠져 나가려고 앞으로 빠지기도 하고 왼쪽으로 돌기도 하고 오른쪽으로 나아가기도 했으나, 어느 쪽으로 가나 병사들뿐이었다. 그들은 모두가 한결같이 걱정스러운 표정을 하고, 무엇인지 눈에 보이지는 않지만 분명히 중대한 일에 몰두하고 있는 태도였다. 그리고 모두 한결같이 불만스러운 듯한 의심쩍은 눈빛을 하고, 무엇 때문인지는 모르지만 자기들을 발로 밟으려고 하는, 흰 모자를 쓴 이 뚱뚱보를 쳐다보고 있었다.

「어째서 대대 속에서 돌아다니는 거야!」하고 한 사람이 그에게 외쳤다. 또 한 사람은 피예르의 말을 총의 개머리판 바닥으로 쿡 찔렀다. 피예르는 안장의 앞테를 붙들어 잡고 뛰어오르는 말을 간신히 제어하면서 병사들 앞쪽의 널찍한 빈터로 달려나갔다.

그의 앞에는 다리가 있었고, 다리 옆에서는 다른 병사들이 서서 총을 쏘고 있었다. 피예르는 그 옆으로 다가갔다. 피예르는 자기도 모르는 사이에 콜로챠 강에 놓인 다리 옆으로 온 것이었다. 이 다리는 고르키이와 보로지노의 중간에 있었고, 전쟁이 시작되자 프랑스군이(보로지노 점령 뒤) 곧 습격한 곳이었다. 피예르는 자기 앞에 다리가 놓여 있고, 다리 양쪽 기슭에서도 초원에서도 어제 피예르가 연기 때문에 볼 수 없었던 건초 더미 사이에서도 병사들이 무엇인가를 하고 있는 것을 보았다. 그러나 여기에서 끊임없이 사격을 하고 있는데도 그는 여기가 싸움 터라고는 생각지도 못했었다. 그는 사방에서 울부짖고 있는 총소리와 자기 머리 위를 날아가는 포탄 소리도 듣지 못했을 뿐 아니라 강 건너편 기슭에 있는 적의 모습도 눈에 들어오지 않았다. 그리고 자기 가까이에 많은 병사들이 쓰러져 있는데도 얼마 동안은 그것조차 깨닫지 못하고 있었다. 그는 줄곧 얼굴에 미소를 띠우고 자기의 주위를 둘러보았다.

「뭣 때문에 전선의 앞쪽을 어슬렁거리고 있는 거야?」하고 다시 누군가가 그를 보고 외쳤다.

「오른쪽, 왼쪽으로 비켜……」하고 여러 사람이 외쳤다.

피예르는 오른쪽으로 비켰다. 그러자 뜻밖에도 그와 지면이 있는 라예프스키이 장군의 부관을 만났다. 이 부관은 못마땅한 듯이 피예르를 힐끗 쳐다보고는 역시 고함을 지르려고 했으나 그가 피예르임을 알자 고개를 끄덕여 인사를 했다.

「무엇 하러 이런 델 오셨읍니까?」하고 그는 앞으로 가면서 말했다.

할 일도 없으면서 이런 데서 얼쩡거리고 있는 것이 피예르에게는 무척 거북스러웠던 모양이다. 그는 방해가 되면 안 된다고 생각했으므로 부관의 뒤를 따라 말을 몰았다.

「그래, 여기서는 도대체 무슨 일이 있읍니까? 당신과 같이 동행해도 괜찮겠읍니까?」하고 그는 물었다.

「잠깐, 잠깐만!」부관은 이렇게 대답하고 초원에 서 있는 뚱뚱한 대령에게로 달려가 무엇인가를 전하고는 그때서야 비로소 피예르를 돌아보았다.

「백작, 당신은 어째서 이런 데에 오셨읍니까?」하고 그는 빙그레 웃으면서 말했다. 「역시 호기심에선가요?」

「그렇습니다, 그렇습니다.」하고 피예르는 말했다. 그러나 부관은 말을 돌려 다시 앞쪽으로 나아갔다.

「여기는 아직 약과입니다.」하고 부관은 말했다. 「바그라찌온군(軍)의 좌익은 굉장한 격전입니다.」

「네?」하고 피예르는 물었다. 「거긴 어딥니까?」

「그럼 같이 언덕으로 가십시다. 거기서 보입니다. 우리 포대는 아직 괜찮은 편입니다.」하고 부관은 말했다. 「어때요, 그래도 가시겠어요?」

「네, 같이 가겠어요.」하고 피예르는 주위를 둘러보고 자기의 조마사를 찾으면서 말했다. 피예르는 여기서 처음으로 부상병을 보았다. 비틀비틀 걷고 있는 자도 있었고 들것에 실려 가는 자도 있었다. 그가 어제 말을 타고 지나가던 향기로운 건초가 늘어진 초원에는 한 병사가 모자를 옆으로 끌어내리고 거북하게 머리를 굽힌 채 꼼짝도 하지 않고 가만히 누워 있었다. 「어째서 이 병사를 데리고 가지 않습니까?」하고 피예르는 말을 건넸으나 그쪽을 돌아본 부관의 굳어진 표정을 보자 입을 다물고 말았다.

피예르는 조마사가 보이지 않았으므로 그대로 부관과 함께 라예프스키이의 언덕을 향해 저지를 따라 말을 몰았다. 피예르의 말은 부관 것보다 뒤졌다. 그리고 노상 그를 들썩이게 하고 있었다.

「백작, 당신은 말에 익숙하지 않으신 모양이로군요?」하고 부관은 물었다.

「아니, 괜찮습니다. 그런데 어쩐지 이놈이 자꾸 뛰는군요.」하고 피예르는 이상하다는 듯이 말했다.

「저런! 말이 다쳤군요.」하고 부관이 말했다. 「오른쪽 앞다리 무릎 위입니다. 총알을 맞았을 겁니다. 백작, 축하합니다.」하고 말했다. 「포화의 세례입니다.」

그들은 전진하면서 귀가 먹을 듯한 포성이 울리고 있는 포병대의 배후가 되는 제6군단의 연기 속을 통과하여 그리 크지 않은 숲에 이르렀다. 숲속은 서늘하고 조용하여 어딘지 가을의 향기가 감돌고 있었다. 피예르와 부관은 말에서 내려 비탈길을 걸어서 올라갔다.

「장군께서는 어디 계십니까?」하고 부관은 언덕으로 다가가면서 병사들에게 물었다.

「지금까지 계셨는데 저리 가셨읍니다.」 사람들이 오른쪽을 가리키며 대답했다.

부관은 피예르를 돌아보고 이 사나이를 어떻게 해야 하나 하고 난처해 하는 눈치였다.

「걱정하지 마세요.」 하고 피예르는 말했다. 「나는 언덕으로 가겠으니까 괜찮겠죠?」

「네, 네, 가세요. 거기 같으면 잘 보입니다. 그리고 또 별로 위험도 없읍니다. 나는 곧 당신을 모시러 오겠읍니다.」

피예르는 포대로 가고 부관은 앞으로 전진했다. 그들은 그 뒤 다시 만나지 못했다. 훨씬 뒤에 피예르는 이 부관이 그 날 한쪽 팔을 잃어버린 것을 알았다.

피예르가 올라갔던 언덕은 그 뒤 러시아측에서 〈라예프스키이의 포대〉 또는 〈구릉 포대〉 프랑스측에서는 〈대보루〉, 〈운명의 보루〉, 〈중앙 보루〉 등등의 이름 아래 유명해졌던 곳으로, 그 부근에서 몇 만 명의 군사가 쓰러졌던 곳이다. 프랑스인은 그것을 적 진지의 가장 중요한 지점으로 간주하고 있었다.

이 보루는 세 쪽으로 참호를 판 언덕이었다. 참호를 판 곳에는 열 문의 포가 보루의 구멍에서 튀어 나와 한창 쏘아 대고 있었다.

언덕과 병행한 그 양쪽에도 몇 문의 화포가 늘어서 있었고 이것 역시 끊임없이 불을 뿜고 있었다. 포의 조금 뒤에는 보병대가 서 있었다. 피예르는 언덕으로 올라가면서 조그만 참호를 파고 몇 문인가의 대포를 배치한 것에 지나지 않는 이곳이 가장 중요한 전투 지점이라고는 꿈에도 생각지 못했다.

그렇기는커녕 피예르에게는 이 장소가(말하자면 자기가 거기에 있었기 때문이다) 지극히 쓸데없는 곳처럼 생각되었다.

피예르는 언덕으로 올라가자 포대를 둘러싸고 있는 참호의 가장자리에 앉아 까닭도 없이 그저 기쁜 듯한 미소를 지으면서 주위의 동정을 바라보고 있었다. 이따금 피예르는 역시 똑같은 미소를 띄운 채 일어서서 대포를 장전하거나 움직이거나 자루와 탄약을 가지고 줄곧 그의 옆을 뛰어다니고 있는 병사들에게 방해가 되지 않도록 조심하면서 포대 안을 여기저기 거닐었다. 이 포대의 대포는 번갈아가며 끊임없이 발사를 계속하여 그 굉음으로 사람의 귀를 멀게 하고 초연으로 근처 일대를 뒤덮고 있었다.

엄호하는 보병들에게서 느꼈던 숨막히는 듯한 긴장감과는 달리 다른 참호와 완전히 격리되어 적은 수의 사람들이 정해진 일을 하고 있는 이 포대에서는 모든 사람들에게 공통된 가정적이라고도 할 활기가 느껴졌다.

군인이 아닌 피예르가 흰 모자를 쓰고 나타났을 때 그곳에 있던 사람들은 처음에 약간 불쾌한 자극을 받았다. 병사들은 피예르의 옆을 지나가면서 어처구니없다는 듯, 아니 그보다도 겁먹은 듯이 곁눈질로 그의 모습을 힐끔거렸다. 키가 크고 다리가 길고 곰보인 포병 장교는 맨 끝에 있는 대포의 기능을 살피는 체하면서 피예르에게 다가와 신기한 듯이 그를 쳐다보는 것이었다.

아마 견습 사관 학교를 갓 나온 듯한, 아직 어린애처럼 젊고 둥근 얼굴의 장교는 자기에게 맡겨진 두 문의 대포를 열심히 지휘하면서 엄격한 어조로 피예르에게 말했다.

「여보세요, 그 통로를 좀 비켜 주세요.」하고 그는 말했다.「거기는 안 됩니다.」

병사들은 피예르를 지켜보면서 못마땅한 듯이 고개를 젓고 있었다. 그러나 흰 모자를 쓴 이 사나이가 아무런 나쁜 짓도 하지 않을 뿐 아니라 보루의 사면에 얌전히 앉아 있거나 아니면 열적은 웃음을 띠고 병사들이 지나칠 때는 공손히 자리를 비켜 주기도 하고, 포탄이 비오듯이 쏟아지는 포대를 마치 가로수길이라도 거닐 듯이 거닐고 있는 데 지나지 않는다는 것을 알자 그에 대한 나쁜 감정은 점차로 상냥하고 우스꽝스러운 동정으로 변하기 시작했다. 그것은 병사들이 개나 닭이나 산양과 같이 자기네들의 군대에서 기르는 동물에 대해 갖는 감정과 비슷한 것이었다. 이 병사들은 마음 속으로 이내 피예르를 가족 속에 넣어 자기들의 동료로서 별명까지 붙였다. 그들은 피예르를 〈우리 집 나리〉라고 부르고 자기네들끼리 화제에 올리고는 다정스럽게 웃는 것이었다.

포탄 한 발이 피예르에게서 두 걸음 떨어진 땅을 파 뒤집었다. 그는 포탄 때문에 그의 옷에 끼얹힌 흙을 툭툭 털면서 빙그레 웃고 주위를 둘러보았다.

「나리, 무섭지도 않으신가 보군요, 정말로!」하고 어깨가 넓은 불그레한 얼굴의 병사가 튼튼해 보이는 흰 이를 드러내면서 피예르에게 물었다.

「그럼 자넨 무섭나?」하고 피예르는 물었다.

「무섭지 않고요!」하고 병사는 대답했다.「그녀석은 사정이 없으니까요. 그녀석이 꽝 떨어지는 날이면 창자도 걸레 쪽이 나는 판인데, 무서워하지 않을 수가 있어요?」하고 그는 웃으면서 말했다.

애교가 있고 쾌활한 표정을 한 몇 명의 병사가 피예르 옆에 와 섰다. 그들은 피예르가 다른 사람과 별다른 점이 없는 말을 하리라고는 생각지도 않았기 때문에 이 새로운 발견이 못 견디게 유쾌한 듯한 표정이었다.

「우리들이야 병정이니까. 하지만 저 나리한테는 정말 놀랐는데! 정말 대단한 분이야!」

「각자 제 자리로!」하고 젊은 장교 한 사람이 피예르의 주위에 모여 있는 병사들에게 외쳤다.

이 젊은 장교는 자기 직무를 집행하는 것이 처음 아니면 두 번째인 듯 병사나 상관에 대할 때 유달리 딱딱하고 예의바른 목소리를 내는 것이었다.

대포와 소총의 굴러가는 듯한 폭음은 싸움터 전역에 번지고—특히 왼쪽 바그라찌온 돌각보 근처에서—점차 그것은 요란해졌다. 그러나 피예르가 있는 데서는 포연 때문에 거의 아무것도 보이지 않았다. 그뿐 아니라 포대에 있는 사람들의 자못 가정적인(다른 사람들에게서 완전히 격리된) 일군을 보고 있자니 피예르의 주의는 완전히 그것에 빼앗겨 버렸다. 싸움터의 광경과 포성으로 불러일으켜졌던 최초의 무의식적인 기쁜 흥분은 지금은 특히, 초원 위에 혼자서 쓸쓸히 드러누워 있었던 병사를 본 이래 전혀 다른 감정으로 바뀌고 말았다. 그는 지금 참호의 사면에 앉은 채 주위에 있는 사람들의 얼굴을 관찰하고 있었다.

열 시까지는 스무 명에 가까운 병사들이 포대에서 실려 가고 대포 두 문이 파괴되었다. 포탄은 점점 빈번히 포대에 떨어지고 탄환도 멀리서 핑핑 소리를 내면서 날아왔다. 그러나 포대에 있는 사람들은 그런 데에 관심이 없는 듯한 태도였다. 여기저기서 쾌활한 이야기 소리며 농지거리가 들려 왔다.

「고기만두도 날아왔군.」 피리 같은 소리를 내며, 날아온 유탄을 보자 병사 한 사람은 이렇게 소리쳤다. 「여기 아냐! 보병 쪽으로 갔어!」 포대를 지나 엄호대가 있는 쪽에 떨어진 유탄을 보고 다른 한 병사가 큰소리로 이렇게 웃으면서 덧붙였다.

「왜 그래, 친한 사이야?」 날아가는 포탄 밑에서 고개를 숙인 농부를 보고 다른 한 병사가 놀려 주었다.

수명의 병사가 보루 옆에 모여서 전방에서 벌어지고 있는 광경을 지켜보고 있었다.

「전선을 철회했다, 저거 봐, 후퇴하기 시작했다.」 그들은 보루 저편을 가리키면서 말했다.

「자기의 할 일들이나 해!」 하고 늙은 상사가 병사들에게 외쳤다. 「저자들이 뒤로 물러난 것은 뒤쪽에 볼일이 있기 때문이야.」 이렇게 말하고 주위에 있는 한 병졸의 어깨를 붙잡고는 무릎으로 엉덩이를 툭 쳤다. 그러자 와 하고 웃음 소리가 터졌다.

「제5호 포, 앞으로!」 하는 고함 소리가 한쪽에서 들렸다.

「자, 모두 같이 하자. 배를 끄는 것처럼 말야.」 대포를 바꾸는 병사들의 쾌활한 외침 소리가 들렸다.

「앗, 하마터면 우리 집 나리의 모자를 날릴 뻔했군.」 불그레한 얼굴의 익살꾼인 병졸이 피예르를 보면서 이를 드러내고 웃었다. 「에잇, 이놈의 주착망아지!」 포의 수레바퀴와 병졸의 발에 명중한 포탄을 보고서 그는 꾸짖듯이 이렇게 덧붙였다. 「어이, 거기 그 여우 새끼들아!」 부상병의 수용을 위해 포대로 올라오면서 등을 구부리고 있는 민병들을 보고 다른 병사 한 사람이 웃었다. 「그래, 죽는 맛이 어때? 어이, 까마귀들, 뭘 어물어물하고 있는 거야!」 한쪽 다리가 잘린 병졸 앞에서 머무적거리고 있는 민병들을 보고 병사들은 이렇게 외쳤다. 「에그 가엾어라!」 하고 병사들은 농부들의 흉내를 냈다. 「어지간히들 싫은 모양이로군.」

포탄이 떨어질 때마다, 또 사상자가 생길 때마다 병사들의 활기는 더욱더 불타올랐다. 피예르는 그것을 깨달았다.

차차 다가오는 먹구름 속에서 나오기라도 하듯이 이들의 얼굴에는(눈앞에서 벌어진 사건에 반항하듯이) 잠열의 번개가 더욱더 자주 밝게 빛났다.

피예르는 전면의 싸움터를 보지 않았다. 거기에서 무슨 일이 일어나고 있는지 알고 싶은 흥미도 느껴지지 않았다. 그는 더욱더 치열해지는 이 잠열의 관조에 더욱더 깊이 몰두하기 시작했다. 이 열은 그의 마음 속에서도 마찬가지로 불타기 시작했다. 그는 이것을 느꼈던 것이다.

열 시에는 포대 앞에 우거진 덤불 속과 카멘카 강의 기슭에 있던 보병이 퇴각했다. 총 위에다 부상병을 싣고 뒤쪽으로 나르는 그들의 모습이 포대에서 자세히 보였다. 막료를 거느린 한 장군이 언덕 위로 올라왔다. 그리고 연대장과 몇 마디 말을 주고받고 노엽게 피예르에게 곁눈질을 하고는 포대 뒤쪽에 서 있는 엄호대를 향해 될 수 있는 대로 포화를 받지 않도록 엎드려의 자세를 취하라고 명령하고 다시 밑으로 내려갔다. 이것에 이어 포대 오른쪽에 있는 포병대의 대열 가운데서 북소리와 호령 소리가 들렸다. 그리고 전진하는 보병의 대열이 포대에서 보였다.

피예르는 보루 너머를 바라보고 있었다. 그러자 한 얼굴이 그의 눈에 띄었다. 그것은 칼을 축 늘어뜨리고 매우 불안한 듯이 주위를 둘러보면서 뒷걸음질치고 있는, 얼굴빛이 새파랗게 질린 젊은 장교였다.

보병의 대열은 연기 속에 묻혀 버리고 잡아 늘인 듯한 고함 소리와 빈번한 총소리가 들리기 시작했다. 몇 분인가 지나자 그 방면에서 부상병과 들것의 떼가 돌아와 곁을 지나갔다. 포대에는 포탄이 점점 자주 떨어지기 시작했다. 몇 사람의 사상자는 수용되지 않은 채 그대로 굴러다녔다. 대포 주위에서는 병사들이 더욱더 분주히, 더욱더 활기를 띠고 움직이고 있었다. 이제는 아무도 피예르에게 주의를 돌리는 사람이 없었다. 다만 두 번쯤 다니는 데 방해가 된다고 해서 잔소리를 들었을 뿐이었다. 고참 장교는 얼굴을 찌푸리면서 이쪽 대포에서 저쪽 대포로 바삐 돌아다니고 있었다. 젊은 장교는 얼굴을 더욱 빨갛게 하고 더욱더 열을 올려 병사들을 지휘하고 있었다. 병사들은 탄약을 건네기도 하고 몸을 홱 돌리기도 하고 장전하기도 하면서 긴장된 의젓한 태도로 자기의 임무를 수행하는 것이었다. 그들은 용수철을 달기라도 한 듯이 껑충껑충 뛰어다녔다.

먹구름은 차차 다가왔다. 그리고 피예르가 줄곧 주시하고 있는 모든 사람의 얼굴에는 불빛이 타고 있었다. 그는 고참 장교 옆에 서 있었다. 젊은 장교가 경례를 하면서 상관에게로 달려왔다.

「대령님, 보고. 포탄은 이제 여덟 개밖에 남지 않았는데 그래도 사격을 계속할까요?」하고 그는 물었다.

「유탄이다!」보루 너머로 저편을 바라보고 있던 고참 장교는 젊은 장교의 말에 대꾸도 하지 않고 이렇게 소리쳤다.

그러자 갑자기 무슨 일인가가 벌어졌다. 젊은 장교가 억 하고 소리를 지르고, 마치 날아가다가 총에 맞은 새 모양으로 몸을 비틀면서 땅바닥에 픽 주저앉았다. 그와 동시에 피예르는 별안간 눈이 야릇하게 몽롱해지면서 캄캄해지는 것 같은 느낌이 들었다.

포탄은 꼬리를 물고 날아와서는 보루의 병사와 화포 등에 맞았다. 이전에는 이런 소리가 피예르의 귀에는 들어오지 않았는데 지금은 그런 소리만이 귀에 들렸다. 포대 오른쪽에서는 병사들이 「만세!」를 외치면서 달려가고 있었는데 피예르는 그것마저도 전진이 아니라 퇴각처럼 생각되었다.

포탄 하나가 피예르 앞에 있는 보루의 맨 가장자리에 맞아 흙먼지를 일으켰다. 그리고 그의 눈에 검은 공 같은 것이 번득 비치더니 그 순간 무엇인가에 부딪혔다. 포대로 들어오던 민병들은 다시 뒤로 뛰어갔다.

「모두 산탄을 사용해!」하고 장교는 외쳤다.

상사 한 사람이 고참 장교 옆으로 달려가서는 마치 급사장이 식사하는 주인에게 요구된 술이 이제 떨어졌노라고 이야기하듯이 포탄은 이제 없어졌다고 놀란 것처럼 소곤거렸다.

「이 도둑놈들, 뭣들 하고 있는 거야!」장교는 피예르 쪽을 돌아보면서 소리쳤다. 고참 장교의 얼굴은 상기된 채 땀을 흘리고 있었고 찡그린 눈은 반짝반짝 빛나고 있었다. 「예비대로 달려가서 탄약함을 가지고 와!」하고 그는 노엽게 피예르의 시선을 피하면서 자기의 병졸을 보고 외쳤다.

「내가 가겠읍니다.」하고 피예르는 말했다. 장교는 그의 말에 대답도 하지 않고 성큼성큼 왼쪽으로 걸어갔다.

「사격 중지……기다려!」하고 그는 외쳤다.

탄약을 가지러 가라는 명령을 받은 병사는 피예르에게 부딪혔다.

「에잇, 나리, 여기는 당신 같은 분이 있을 데가 아녜요.」

그는 이렇게 내뱉듯이 말하고 밑으로 달려내려갔다.

피예르는 젊은 장교가 앉아 있는 장소를 피하여 우회하면서 병사의 뒤에서 뛰어갔다.

하나, 또 하나, 이어 또 하나……. 그의 머리 위를 포탄이 날아 앞뒤 좌우에 떨어졌다. 피예르는 밑으로 내려갔다. 『나는 어디로 가고 있나?』녹색 탄약함이 있는 데까지 거의 뛰어왔을 때 그는 문득 이렇게 생각했다. 그는 도로 돌아갈까 혹은 계속 뛰어갈까 결단을 내리지 못하고 그저 어물어물 발을 멈추고 있었다. 그러자 갑자기 무엇인가 무서운 충격이 그를 뒤쪽의 땅바닥으로 나동그라지게 했다. 그 순간 거대한 섬광이 그를 비추고 그와 동시에 귀를 멍멍하게 하는 우뢰 같은 굉음과 작열하는 소리와 으르렁거리는 소리가 들렸다. 정신을 차려 보니 피예르는 두 손을 땅바닥에다 짚고 털썩 주저앉아 있었다.

옆에 있던 탄약함은 온데 간데 없었다. 다만 불 탄 풀 위에 그을린 녹색 널빤지와 헝겊 나부랑이들이 널려 있을 뿐이었다. 말 한 필이 부러진 멍에채를 질질 끌면서 그의 옆을 달려갔고 다른 한 필의 말은 피예르와 마찬가지로 땅바닥에 쓰러진 채 찢어지는 듯하고 잡아 늘인 소리로 울부짖고 있었다.

32

피예르는 무서움에 자신도 모르게 벌떡 일어났다. 그리고 자기를 둘러싼 가지 가지의 공포로부터 벗어나는 피난처로서 포대를 향해 마구 달려갔다.

피예르가 참호 속으로 들어가려고 했을 때 포대에서 사격 소리는 들리지 않았으나 몇 사람이 무엇인가 하고 있는 것을 알아챘다. 피예르는 그가 어떤 사람인지 분간할 여유가 없었다. 그는 자기 쪽으로 등을 돌리고 아래쪽의 무엇인가를 내려다보는 듯한 자세로 보루 위에 누워 있는 고참 대령의 모습을 보았다. 그리고 지면이 있는 한 병사가 자기 팔을 붙잡고 있는 사람들을 뿌리치고 앞으로 나가려고 버둥거리면서 「형제들!」하고 외치고 있는 것도 보았다. 그 밖에 또 무엇인가 기묘한 것이 눈에 들어왔다.

그러나 대령이 전사했다는 것도 「형제들!」하고 외쳤던 그 병사가 포로가 되었다는 사실도 아직 충분히 생각해 보기도 전에 그의 눈앞에서 다른 한 병사가 총검으로 등을 찔렀다. 그가 미처 참호 속으로 도망쳐 들어가기 전에 바싹 여윈

누르스름한 땀투성이의 얼굴을 하고 푸른 군복을 입은 사나이가 칼을 손에 들고 외치면서 피예르에게 달려들었다. 피예르는 본능적으로 충돌을 막으면서(그것은 둘이 다 상대방을 보지 않고 달리고 있었으므로) 두 손을 뻗쳐 한쪽 손으로 이 사나이—그는 프랑스 장교였다—의 어깨를 잡고 다른 한쪽 손으로는 그의 멱살을 움켜쥐었다. 장교도 칼을 놓고 피예르의 멱살을 잡았다.

몇 초 동안 그들은 둘 다 놀란 듯한 눈빛으로 서로 낯선 상대방의 얼굴을 쳐다보고 있었다. 그리고 둘은 자기들이 무엇을 했고 또 어떻게 해야 할지 모르고 의심쩍게 우뚝 서 있었다. 『내가 포로가 된 것일까, 그렇지 않으면 이놈이 내게 포로가 된 것일까?』두 사람은 다같이 이렇게 생각했다. 그러나 아마 프랑스 장교 쪽이 더 자기가 포로가 되었다고 생각하는 눈치였다. 그것은 피예르의 억센 손이 자기도 모르게 공포에 쫓겨 더욱 강하게 프랑스인의 목을 졸랐기 때문이다. 프랑스인은 무엇인가 말을 하려고 했으나 그 순간 갑자기 포탄이 무섭게 으르렁 소리를 내면서 두 사람의 머리 위를 스쳐 지나갔다. 피예르가 프랑스인의 머리가 날아가지나 않았나 하고 생각했을 만큼 그 프랑스 장교는 날쌔게 고개를 움츠렸다.

피예르도 역시 고개를 틀어박고 두 손을 놓았다. 그러자 이제 누가 누구를 포로로 했는가 하는 따위는 생각하지도 않고, 프랑스 장교는 대포 쪽으로 달려가고 피예르는 사상자에 채이면서 산을 달려 내려갔다. 그는 사상자에게 발을 붙잡히는 듯한 기분이 들었다. 그러나 그가 아직 밑으로 내려가기 전에 러시아의 밀집 부대가 건너쪽에서 우르르 몰려왔다. 그들은 넘어지고 엎어지고 고함을 지르고 하면서 유쾌한 듯이 폭풍처럼 포대 쪽으로 달려갔다(이것은 예르몰로프가 자기에게 용기와 행운이 있었으므로 비로소 실천할 수 있었다고 자기 공훈으로 돌렸던 돌격이었다. 이 공격 때 그는 호주머니에 들어 있던 게오르기이 십자장을 언덕에다 내동댕이쳤다고 전해지고 있다).

포대를 점령하고 있던 프랑스병은 도망쳤다. 아군은 만세를 부르면서 포대 훨씬 저쪽까지 프랑스군을 쫓아갔으므로 오히려 그들을 말리는 데 힘이 들었을 정도였다. 그들은 포대에서 포로를 데리고 내려왔다. 그 가운데는 부상한 프랑스 장군이 한 사람 끼여 있어 장교들이 그 주위를 둘러싸고 있었다. 피예르가 아는 사람, 모르는 사람, 러시아인, 프랑스인이 섞여 있는 부상자의 떼는 고통 때문에 얼굴을 찌푸리면서 어떤 사람은 걷고 어떤 자는 기고 어떤 자는 들것에 실려 포대에서 내려갔다. 피예르는 언덕 위에 올라가서 거기서 한 시간 이상이나 머물러 있었는데 그를 가족적인 서클의 한 사람으로 받아들였던 병사들은 한 사람도 만날 수 없었다.

거기에는 피예르가 모르는 전사자가 많이 있었으나 그 가운데는 몇 사람인가 낯익은 사람도 있었다. 젊은 장교는 역시 몸을 둥그렇게 하고 보루의 가장자리의, 피가 흥건히 괸 못 가운데에 앉아 있었다. 얼굴이 붉은 병사는 아직 꿈틀거리고 있는데도 아무도 그를 날라가는 사람이 없었다.

피예르는 밑으로 뛰어내려갔다.

『이제는 그들도 이런 짓은 그만둘 것이다! 이제는 자기네가 한 짓에 몸서리가 쳐질 것이다!』싸움터에서 끊임없이 실려 가는 들것의 행렬을 따라 걸으면서 피예르는 이렇게 생각했다.

그러나 연기로 가리워진 태양은 아직 중천에 떠 있었다. 앞쪽, 특히 왼쪽에 있는 세묘노프스코예 마을 부근에서는 무엇인가 연기를 뿜으면서 타고 있었다. 소총과 대포의 요란한 소리는 잔잔해지기는커녕 오히려 심해질 뿐이었다. 그것은 마치 자포 자기에 빠진 사람이 마지막으로 남은 힘을 동원해서 고함을 치고 있는 것과 같았다.

33

보로지노 전투의 주된 싸움은 보로지노 마을과 바그라찌온 돌각보 사이에 이르는 천 사줴니 면적 안에서 행해졌다(이 지역 외에서도 러시아측의 우바로프 기병대에 의해서 그 날 정오께 시위 운동이 행해졌고, 다른 한쪽에서는 우찌사강 저쪽에서 포냐토스키이와 투츠코프의 충돌이 있었다. 그러나 이것은 싸움터의 중앙부에서 행해졌던 것에 비하면 고립된 미약한 전투였다). 주된 싸움은 보로지노와 돌각보 사이에 있는 숲 근처의 평야, 그러니까 양쪽에서 환히 바라다볼 수 있는 장소에서 지극히 단순하게 아무런 전략도 없이 행해졌던 것이다.

전투는 양군 합쳐서 몇 백 문의 대포가 발사됨으로써 시작되었다.

이윽고 포연이 싸움터 전체를 뒤덮게 되었을 때 이 연기 속을(프랑스 쪽에서는) 데세와 콩팡의 두 사단이 돌각보를 향해 오른쪽에서 나아가고, 부왕의 여러 연대가 왼쪽에서 보로지노를 향해 나아갔다.

돌각보는 나폴레옹이 서 있던 쉐바르지노 보루에서 일 베르스타 정도 떨어진 데에 있었지만 보로지노는 직선 거리가 이 베르스타도 더 되었으므로 나폴레옹은 이 방면의 동정을 분별할 수가 없었다. 특히 연기와 안개가 한데 어우러져 싸움터 전체를 덮고 있었으므로 더욱 그러했다. 돌각보로 향했던 사단의 병사들도 그들과 돌각보를 격리시키고 있는 골짜기로 내려서자 그 모습이 보이지 않게 되어 버리고 말았다.

그들이 골짜기로 내려서자마자 돌각보에서 쏘아 대는 대포 소리와 소총의 연기가 아주 짙어져 골짜기 건너편으로 계속되는 사면 전체를 덮어 버리고 말았다. 거기서는 연기를 통해서 사람인 듯한 검은 물체가, 때로는 총검이 번득이는 빛을 볼 수 있었다. 그러나 쉐바르지노 보루에서는 그것이 움직이고 있는지 멈추고 있는지, 또는 프랑스 사람인지 러시아 사람인지를 알아볼 수가 없었다.

태양은 밝게 떠올라, 손으로 가리고 돌각보를 바라보고 있는 나폴레옹의 얼굴을 비스듬하게 비치고 있었다. 연기는 돌각보 앞에서 번져 때로는 연기가 움직이고 있는 듯도 하고, 때로는 군대가 움직이고 있는 듯도 하였다. 가끔 포성 사이로 고함 소리도 들렸지만 거기서 무엇을 하고 있는지는 도무지 알 수가 없었다.

나폴레옹은 언덕 위에 서서 망원경으로 관측하고 있었다. 그리고 망원경의 조그만 렌즈 속에서 포연과 인간의 모습, 때로는 아방의, 때로는 러시아병의 모습을 보았다. 그러나 육안으로 보아서는 망원경에서 본 것들이 어디에 있는지 전혀 알 수가 없었다.

그는 언덕에서 내려와 그 앞을 이리저리 거닐기 시작했다.

이따금 그는 발을 멈추고 포성에 귀를 기울이기도 하고 싸움터를 둘러보기도 했다.

지금 그가 서 있는 낮은 지대에서는 물론이거니와 막료 장군 몇 사람이 서 있는 언덕에서도, 또 러시아병과 프랑스병——전사자, 부상자, 원기가 있는 자, 놀란 자, 미치광이처럼 된 자들——이 한데 뒤범벅되어 쫓고 쫓기고 하는 돌각보에서도, 거기서 무슨 일이 벌어지고 있는지는 알 길이 없었다. 몇 시간 동안 쉴 새 없는 소총과 대포의 사격 가운데 때로는 러시아병만 때로는 프랑스병만 때로는 보병 때로는 기병만이 나타나곤 했다. 그리고 나타나자마자 쓰러지고 총을 쏘고, 서로 어떻게 해야 할지 모르는 채 부딪치고 소리치고 했다.

나폴레옹이 파견한 부관이며 원수들의 전령 장교들은 끊임없이 싸움터에서 달려와 황제에게 전투 경과를 보고했다. 그러나 이러한 보고는 모두가 사실과는 달랐다. 그것은 격전이 벌어지고 있는 도중에, 지금 이 순간 이러이러한 일이 벌어지고 있다고 말하는 것이 거의 불가능하기 때문이기도 했고, 또한 부관들 대부분이 전투의 현장까지 가지도 않고 다른 사람에게서 들은 이야기를 그대로 보고했기 때문이기도 했다. 또 부관이 싸움터에서 나폴레옹이 있는 곳까지 몇 베르스타나 되는 거리를 말을 타고 달리는 동안에 전세가 많이 달라져, 그가 가져온 보고가 이미 정확성을 잃게 되기 때문이기도 했다. 이를테면 부왕이 보낸 부관이 달려와서 보로지노는 점령되었고 콜로챠 강의 다리는 프랑스군이 장악하게 되었다는 보고를 하면서 군대로 하여금 다리를 건너게 해도 좋으냐고 물었을 때 나폴레옹은 강가에 진형(陣形)을 가다듬고 기다리라고 명령했다. 그러나 나폴레옹이 이 명령을 내렸을 때는 물론이거니와 부관이 보로지노를 출발한 바로 직후에, 전투 초기에 피예르가 참가했던 그 작은 충돌로 다리는 이미 러시아군에게 빼앗겨타 버리고 말았던 것이다.

놀란 듯한 창백한 얼굴을 하고 돌각보에서 달려온 부관은 아군의 돌격이 격퇴되어 콩팡은 부상하고 다부는 전사했다는 것을 나폴레옹에게 보고했다. 그러나 프랑스군이 격퇴되었다는 것을 부관이 들었을 때 돌각보는 이미 프랑스군의 별동대(別動隊)에게 점령되어 있었다. 그리고 다부는 그저 가벼운 찰과상을 입었을 뿐 생명에는 아무런 지장이 없다는 것도 알았다. 나폴레옹은 이처럼 부득이한 거짓 보고를 종합해서 가지가지의 지령을 내렸으므로 그러한 지령은 이미 그가 내리기 이전에 실행되고 있기도 했고, 혹은 실행이 불가능하기 때문에 실행되지 않고 마는 수도 있었다.

원수와 장군들은 싸움터에 비교적 가까이 있었으나 역시 나폴레옹과 마찬가지로 전쟁 그것에는 직접 관계하지 않고 그저 가끔씩 포화 밑으로 말을 달리는 것이 고작이었다. 그리고 나폴레옹에게 물어보지도 않고 독자적으로 어디에서 어디로 총을 쏘라느니, 기병은 어디로 돌진하라느니, 보병은 어디로 달려가라느니 하는 따위의 명령을 내렸다. 그러나 그들의 명령조차도 나폴레옹의 명령과 마찬가지로 실행되는 일이 극히 드물었다. 대개의 경우 그러한 명령은 정반대의 결과를 낳았다. 진격 명령을 받은 군대가 유탄 세례를 받고 도망쳐 오기도 하고, 한 지점에 가만히 있으라는 명령을 받은 병사들이 눈앞에 러시아병이 나타나면 멋대로 진격하기도 하고, 명령을 받지도 않은 기병이 도망치는 러시아병을 뒤쫓기도 했다. 그렇게 하여 기병 이 개 연대는 세묘노프스코예 골짜기를 넘어 돌진한 뒤 산위에 이르렀을 때에야 비로소 발길을 돌려 전속력으로 되돌아오기도 했다. 보병이하도 역시 그와 마찬가지여서 때로는 전혀 명령이 내리지도 않은 방향으로 달려가는 수도 있었다. 언제 어디로 대포를 움직여야 하는가, 언제 보병을 진격시켜 사격을 개시해야 하는가, 언제 기병을 움직여 러시아 보병을 유린해야 하는가 —이런 명령을 내린 것은 군중(軍中)에 있어서의 각 부대의 지휘관으로서 나폴레옹뿐만 아니라 네이와 다부와 뮈라에게조차도 여기에 관해서는 상의하지 않았던 것이다. 그들은 명령을 실천에 옮기지 않거나 혹은 제멋대로 행동했기 때문에 당하는 문책을 두려워하지도 않고 있었다. 왜냐하면 전쟁이 한창 벌어지고 있을 때에는 인간에게 가장 귀중한 것 —자기 자신의 목숨— 이 문제가 되었기 때문이다. 이 생명의 안전은 때로는 후퇴에 의존하기도 하고 때로는 전진에 의존하기도 하는 것이다. 따라서 격렬한 전투의 열화 가운데 있는 이들 인간들은 그 순간의 기분에 따라 행동하는 것이다. 실제에 있어서 전진이라든가 후퇴라든가 하는 행동은 군의 형세를 호전시키는 것도 아니고 변경시키는 것도 아니다. 그들이 서로 시도하는 습격이나 돌진은 거의 아무런 피해도 적에게 주지 않았다. 피해와 죽음과 손상을 입힌 것은 그들이 광분하는 지역 전체의 어디에나 날고 있는 포탄과 총탄일 뿐이었다. 이들 인간이 포탄과 총탄이 엇갈려 날고 있는 지역을 벗어나자마자 후방에 있는 상관들은 곧 그들을 정돈시켜 군규에 따르게 하고, 이 군규의 힘으로 그들을 다시 포화의 소용돌이 속으로 몰아 넣는 것이었다. 그들은 그 속으로 들어가면 다시(죽음의 공포에 지배를 받으면서) 군규를 잃어버리고 우연한 군중 심리에 몸을 맡긴 채 이리저리 날뛰게 되는 것이었다.

34

나폴레옹의 장군들──포화의 소용돌이 가까이에 있으면서 이따금 그 속에 들어가는 일까지 있는 다부와 네이와 뮈라──은 몇 번인가 정연한 대군(大軍)을 이 포화의 소용돌이 속에 이끌어 넣었으나 이전의 온갖 전투에서 틀림없이 되풀이되었던 예와는 달리 이번에는 예기되었던 적군 패주의 보고를 듣지 못하였을 뿐 아니라 오히려 질서 정연했던 군대가 혼비 백산하고 흩어진 군중이 되어 거기에서 돌아왔다. 그들은 다시 군(軍)을 정비하였으나 병력의 수는 점점 줄어만 갈 뿐이었다. 그 날 정오 무렵 뮈라는 부관을 나폴레옹에게 보내어 원병을 청했다.

나폴레옹이 언덕 아래 앉아 펀치를 마시고 있을 때 뮈라의 부관이 나폴레옹에게로 달려와, 만약 황제께서 지금 일 개 사단을 더 출동시켜 주시면 러시아군은 틀림없이 격파될 것이라고 말했다.

「원병?」 나폴레옹은 그의 말을 이해할 수 없다는 듯이 뮈라와 마찬가지로 길고 검은 머리를 물결치게 하고 있는 아름다운 소년 부관을 쳐다보면서 엄숙한 놀라움의 빛을 띠고 물었다. 『원병!』 하고 나폴레옹은 생각했다. 『그들은 군(軍)의 태반을 거느리고 방비도 없는 러시아군의 허약한 일익(一翼)을 공격하고 있는데 원병을 보내라는 건 어쩐 일이냐!』

「나폴리 왕에게 이렇게 말해.」 하고 나폴레옹은 엄격하게 말했다. 「지금은 아직 정오 전이다, 그리고 나는 아직 나의 장기판이 똑똑히 보이지 않는다고 말이야. 자, 가…….」

아름다운 긴 머리의 소년 부관은 모자에서 손을 떼지도 않고 무겁게 한숨을 내쉬더니 다시 살육이 행해지고 있는 곳으로 달려갔다.

나폴레옹은 자리에서 일어나 콜렝쿠르와 베르찌예를 불러 두 사람을 데리고 전쟁과 관계 없는 대화를 나누기 시작하였다.

차차 나폴레옹의 흥미를 끌기 시작한 이야기 도중에 수행원을 거느리고 땀에 흠뻑 젖은 말을 타고 언덕 쪽으로 달려오는 한 장군이 다시 베르찌예의 눈에 들어왔다. 벨리야르였다. 그는 말에서 내리자 황급히 황제에게 다가와 두려워하는 기색도 없이 목청을 돋우어 원병의 필요성을 설명하기 시작했다. 그는 황제가 일개 사단을 더 보내 주기만 하면 러시아군의 멸망은 틀림없다고 자기의 명예를 걸고 맹세하는 것이었다.

나폴레옹은 어깨를 움츠려 보였을 뿐 어떻다고도 대답하지 않고 여기저기 거닐기만 했다. 벨리야르는 둘러싸고 있는 호종(扈從) 장군들과 생기 있는 큰소리로 이야기하기 시작했다.

「벨리야르, 자네는 아주 흥분하고 있네그려.」하고 지금 달려온 장군에게로 다시 다가오면서 나폴레옹이 말했다.「포화가 한창인 때에는 자칫 판단을 그르치기 쉬운 거야. 다시 한 번 가 보고 나서 나한테 와.」벨리야르의 모습이 아직 시야에서 사라지기도 전에 다른 한쪽에서 또 다른 싸움터의 전령이 달려왔다.「그래, 너는 또 무엇이 필요한 거냐?」몇번이나 일의 방해를 받아 짜증이 난 사람 같은 어조로 나폴레옹은 말했다.

「폐하, 공작이…….」하고 부관은 말하기 시작했다.

「원병을 보내라는 거냐?」하고 나폴레옹은 노기 찬 몸짓을 하면서 말했다.

부관은 고개를 떨어뜨리고 끄덕이면서 보고하기 시작했다. 그러나 황제는 홱 돌아서서 두어 발짝쯤 걷다가 그대로 발을 멈추고 뒤로 돌아와서 베르찌예를 가까이 불렀다.「예비대를 보내야겠는데.」하고 두 손을 좌우로 좀 벌리면서 그는 말했다.「누구를 보내야 하나, 너는 어떻게 생각하지?」하고 그는 베르찌예에게 물었다. 그는 이 사나이를 〈내가 독수리로 만들어 준 거위 새끼〉라고 불렀다.

「클라파레드의 사단을 보내시면? 폐하.」각 사단, 각 연대, 각 대대를 모두 기억하고 있는 베르찌예가 이렇게 말했다.

나폴레옹는 그럴 듯하다는 듯이 고개를 끄덕였다.

부관은 클라파레드의 사단으로 말을 몰았다. 이윽고 몇 분 뒤에는 언덕 뒤에 대기하고 있던 젊은 근위대가 그들의 부서에서 움직이기 시작했다. 나폴레옹은 말없이 그쪽을 바라보고 있었다.

「아니.」하고 그는 갑자기 베르찌예를 돌아보고 말했다.「클라파레드를 보낼 수는 없어. 프리앙 사단을 보내.」하고 말했다.

클라파레드 사단 대신 프리앙 사단을 보냈다고 해서 그리 크게 이로울 것은 없었다. 도리어 지금 클라파레드 사단을 붙들어 두고 프리앙 사단을 보내면 지연되어 불리한 결과가 생긴다는 것이 명백했음에도 불구하고 이 명령은 어김없이 실행되었다. 나폴레옹은 자기의 처방약 때문에 오히려 병을 더 심하게 하는 의사의 역할을 맡고 있었는데 평소 같았으면 그러한 역할을 잘 이해하고 그 잘못을 지적해 왔던 그 자신조차 이번에는 그렇지 못했다.

프리앙 사단도 다른 군대와 마찬가지로 싸움터의 연기 속으로 사라져 버렸다. 여전히 여기저기서 부관들이 달려왔다. 그리고 모두가 입을 모아 같은 말을 했다. 그들은 한결같이 원병을 요청했던 것이다. 그들의 말에 의하면 러시아군은 아직도 그 위치를 지킨 채 〈지옥 같은 포화〉를 퍼붓고 있어 프랑스의 군세는 점차로 줄어 들어가고 있다는 것이었다. 나폴레옹은 깊은 생각에 잠긴 듯한 얼굴을 하고 접는 의자에 앉아 있었다.

아침부터 배를 곯고 있던, 여행을 즐기는 보쉐는 황제에게로 다가가 공손히 폐하에게 조반을 권했다.

「이제는 전승을 축하해도 좋으리라고 알고 있읍니다만.」하고 그는 말했다.

나폴레옹은 말없이 고개를 가로저었다. 황제의 이 부정은 승리에 관해서이지 조반에 관해서는 아니라고 생각했으므로 이 세상에는 아침식사를 하고 싶을 때 그걸 방해할 그런 원인은 있을 리가 없다고 익살스럽게 정중한 태도로 주의를 환기시켰다.

「저리가…….」별안간 음울한 얼굴로 이렇게 말하더니 나폴레옹은 얼굴을 돌렸다. 보쉐의 얼굴에는 동정과 후회와 환희가 뒤섞인 행복스러운 듯한 미소가 스치고 지나갔다. 그는 헤엄을 치는 듯한 걸음으로 걸어가 다른 장군들 쪽으로 물러났다.

나폴레옹이 지금 경험하고 있는 어둡고 답답한 감정은, 마치 언제나 분별 없이 돈을 걸어 놓고는 항상 따기만 했던 재수 좋은 노름꾼이, 이 날 따라 승부의 온갖 것을 완전히 계산에 넣고 덤벼들었는데도 도리어 궁리하면 할수록 자기의 패전(敗戰)의 확실함을 느끼는 꼭 그와 같은 괴로운 느낌이었다.

군대도 이전과 마찬가지일 뿐만 아니라 장군들도 그전과 마찬가지였다. 전투 준비도 이전과 다름 없었는가 하면 작전 준비도 똑같았고 선전 포고도 마찬가지로 간결하고 힘이 있는 것이었다. 그 자신도 역시 이전과 다를 바 없었다. 그는 이 점을 알고 있었다. 그뿐만 아니라 그는 자기가 이전보다 한층 경험도 늘고 수완도 능숙해졌음을 알고 있었다. 게다가 상대방 역시 아우스테를리츠와 프리들란드 때와 마찬가지였다. 그런데도 무서운 힘을 주어 쳐들었던 손이 마치 마술에 걸린 것처럼 맥없이 축 처진 것이다.

영관(榮冠)을 획득하지 못하는 일이 없었던 지금까지의 전략, 곧 포병대를 한 지점에다 집중시키는 것도, 전선의 절단을 목적으로 하는 예비 부대의 돌격도, 〈무쇠의 인간〉으로 이루어진 기병대의 공격도, 이러한 전략은 이제 모두 사용되었는데도 승리를 얻기는 고사하고 장군들이 전사했다느니 부상을 당했다느니 원병을 필요로 한다느니 러시아병을 격파하는 것은 불가능하다느니 혼란에 빠졌다느니 하는 보고가 여기저기서 들릴 뿐이었다.

이전에는 몇 마디 명령을 내리고 몇 마디 주의를 주면 어느 틈에 원수와 부관들이 유쾌한 얼굴을 하고 달려와서는 서로들 축하의 말을 늘어놓으면서 전리품으로 몇 개 군단의 포로, 〈적의 독수리 기(旗)와 군기의 다발〉, 그 밖의 무수한 대포와 치중(輜重)을 노획했다고 보고했었다. 그리고 뭐라도 그저 치중을 정리하기 위해서 기병을 보내 달라고 청원할 뿐이었다. 로지, 마렝고, 아르콜, 이예나, 아우스테를리츠, 바그람, 그 밖의 여러 군대의 전투가 그러했었다. 그런데 이번에는 그의 군대에 기묘한 일이 일어난 것이었다.

돌각보를 점령했다는 보고는 있었지만 나폴레옹은 이전에 있었던 다른 전쟁과는 사태가 전혀 다르다는 사실을 알게 되었다. 또 자기가 맛보고 있는 것과 같은 느낌을 전쟁에 경험을 쌓은 주위의 다른 사람들도 다같이 느끼고 있음을 알고 있었다. 누구의 얼굴에나 슬픔이 깃들고 서로들 눈길을 피하고 있었다. 다만 보쉐만이 현재 벌어지고 있는 사태의 뜻을 이해할 수가 없었다. 그러나 나폴레옹은 오랫동안의 경험에 비추어 여덟 시간에 걸쳐 온갖 노력을 다 기울여도 공격군이 승리를 거두지 못했을 때 그 전쟁은 어떻게 되는 것인지 똑똑히 알고 있었다. 그는 이 전쟁이 패전에 가깝다는 사실과, 지금과 같이 전투가 위기에 처해 있을 때는 아주 사소한 우연이 발생해도 그 자신과 부하의 군대를 전멸시켜 버린다는 것을 충분히 알고 있었던 것이다.

지금까지 한 번도 승리를 거둔 일이 없고 두 달 동안 군기 한 폭, 대포 한 문, 군단 하나 노획해 본 일이 없는 이 기묘한 러시아 원정을 검토해 보았을 때, 또 주위 사람들의 걱정을 숨기는 듯한 얼굴을 보고, 러시아군이 여전히 싸움터에서 움직이지 않는다는 보고를 들었을 때, 그는 악몽이라도 꾸는 것 같은 기분에 사로잡히고 말았다. 그리고 자신을 멸망시킬 수 있는 불행한 우연이 그의 머리에 떠올랐다. 러시아군은 아군의 좌익을 습격하게 되는지도 모른다, 중앙을 돌파하게 될는지도 모른다, 멋대로 날아다니는 유탄이 그 자신의 목숨을 끊게 될는지도 모른다, 이런 일들은 모두가 있을 수 있는 일이었다. 지금까지의 전쟁에서는 성공의 우연만을 생각했으나 이번에는 헤아릴 수 없는 불행에 대한 우연이 그의 마음에 떠올랐다. 그리고 그 자신도 그런 걸 예상하고 있었던 것이다. 마치 악한에게 습격을 당하는 꿈이라도 꾸는 듯한 형편이었다. 사람들은 마구 손을 쳐들고 틀림없이 상대방을 죽일 수 있다고 확신하고는 굉장한 기운으로 그 악한에게 달려든다. 그러나 그 손이 의외로 힘이 없어 헝겊이 떨어지듯이 맥이 빠졌다. 그러면 피할 길 없는 멸망의 공포가 의지할 데 없는 인간을 사로잡게 되는 것이다.

러시아군이 프랑스의 좌익을 공격했다는 보고는 나폴레옹의 마음 속에 이러한 공포를 불러일으켰다. 그는 언덕 밑에서 묵연히 의자에 앉은 채 고개를 떨어뜨리고 두 팔꿈치를 무릎에 괴고 있었다. 베르찌예는 그 옆으로 다가와 일반 상황을 확인하기 위해서 전선을 시찰하도록 권유했다.

「무엇? 무어라고?」하고 나폴레옹은 물었다.「음, 그래, 말을 끌고 오도록 일러.」

그는 말에 올라타고 세묘노프스코예로 떠났다.

나폴레옹이 말을 타고 가는 평원에는 초연이 천천히 피어 올랐다. 그 사이로 말과 사람들이 피바다 속에 따로따로 굴러 있기도 하고 한데 겹치기도 한 채 누워 있었다. 나폴레옹도 부하 장군들도 어느 한 사람 이렇게 무서운 광경을 본 일이 없었다. 정말이지 이렇게 조그만 범위 안에 이처럼 많은 전사자를 낸 것은 처음이었다. 열 시간이나 계속해서 끊임없이 괴롭게 울려 오는 대포 소리가(마치 활인화(活人畵)에 대한 음악처럼) 이 광경에 특별한 의미를 더했다. 나폴레옹은 세묘노프스코예 고지로 올라가 낯선 빛깔의 군복을 입은 인간의 대열을 연기 속으로 바라보았다. 그것은 러시아군이었다.

러시아군은 세묘노프스코예와 언덕 뒤쪽에 밀집 형태로 죽 늘어서 있었다. 그들이 쏘는 포탄은 잠시도 쉬지 않고 요란한 소리를 내며 전선에 자욱한 초연을 피워 올렸다. 그것은 이미 전쟁이 아니었다. 그것은 러시아군에 있어서나 프랑스군에 있어서나 아무런 필요도 없는 살육의 연속에 지나지 않았다. 나폴레옹은 말을 세우고 조금 전 베르찌예 때문에 깨졌던 명상에 다시 잠겨 들었다.

그는 자기의 눈앞과 주위에서 일어나고 있는 전투가 지금까지 자기에게 지휘되고 좌우되는 것처럼 여겨졌던 전투를 이제는 막을 수조차 없었다 그는 이런 실패를 겪음으로 해서 비로소 이 전쟁이 아무런 쓸모도 없는 무서운 일처럼 생각되었다.

나폴레옹에게로 말을 달려온 한 장군이 옛 근위대를 출동시켜 달라고 제의했다. 나폴레옹 옆에 있던 네이와 베르찌예가 서로 눈짓을 하며 이 장군의 무의미한 제의를 경멸하듯 빙그레 웃었다.

나폴레옹은 고개를 푹 떨어뜨리고 한참 동안 입을 다물고 있었다.

「나는 프랑스에서 멀리 삼천 베르스타나 와서 나의 근위대를 파멸시키고 싶지는 않다.」하고 그는 말했다. 그리고 말을 돌려 쉐바르지노로 가 버렸다.

35

쿠투조프는 백발의 머리를 숙이고 융단을 씌운 벤치에 무거운 몸을 파묻고 앉아 있었다. 그곳은 오늘 아침 피예르가 보았던 바로 그 장소였다. 그는 명령 같은 건 내리려고도 하지 않고 다만 다른 사람의 제의에 대해 찬성하기도 하고 반대하기도 할 뿐이었다.

「그래, 그래, 그렇게 해주게.」그는 갖가지 제의에 대해 대답하기도 하고, 「그래, 그래, 자네가 좀 가 봐 주게.」하고 막료인 이 사람 저 사람에게 말하기도 했다. 그런가 하면 또 「아냐, 그럴 필요 없어. 조금 더 기다리는 게 좋아.」하고 말하기도 했다. 그는 남의 보고를 듣기만 했다. 그리고 부하의 요청을 받았을 때만 몇 마디 명령을 내리는 것이었다. 그는 보고를 듣고 있는 사이에도 보고되는 말의 뜻보다도 보고하는 사람의 표정이나 말투에 나타나는 그 무엇인가에 더 흥미를 느끼고 있는 것 같았다. 그는 오랜 군사상의 경험과 늙은이의 지혜로 죽음과 싸우고 있는 몇 십만의 인간을 혼자서 지휘할 수는 없다는 것을 알고 있었다. 그는 싸움의 운명을 결정하는 것은 총사령관의 명령도 아니고, 군대가 점령하고 있는 장소나 대포와 전사자의 숫자도 아니고, 다만 사기(士氣)라고 불리는 종잡을 수 없는 힘이라는 사실을 알고 있었다. 그렇기 때문에 그는 이 힘을 끊임없이 주시하고 자기의 권력이 미치는 한 그것을 지도하고 있었던 것이다.

대체로 쿠투조프의 얼굴에 나타난 표정은 집중된 온화한 주의와 나약한 늙은 몸의 피로를 가까스로 극복하고 있는 듯한 긴장감이었다.

오전 열 한 시에 프랑스군이 점령했던 돌각보를 러시아군이 다시 탈환하긴 했으나 바그라찌온 공작이 부상당했다는 보고가 닿았다. 쿠투조프는 깜짝 놀라 고개를 설레설레 저었다.

「표트르 이바노비치 공작한테 가서 무엇이 어떻게 되었는지 자세히 물어보고 오게.」그는 한 부관에게 이렇게 이르고는 바로 뒤에 서 있던 비르템베르크 대공

(1771~1833. 파벨 1세의 황후였던 마리야 페오도로브나의 오라버니로 1800년 이후 러시아 軍職에 있었던 인물—역주)에게 말을 건넸다.

「전하, 어떻습니까, 제2군을 지휘해 주시지 않겠읍니까?」

대공이 출발한 지 얼마 되지 않아 아직 세묘노프스코예까지 도착하지도 않았을 즈음에 이내 대공의 부관이 돌아와서 대공께서 원병을 요청하고 있다는 것을 총사령관에게 보고했다.

쿠투조프는 얼굴을 찌푸리고 도흐투로프에게 제2군을 지휘하라는 명령을 내렸다. 그리고 대공에게는 다른 사람을 보내어 전하의 힘을 빌지 않고는 이 중대한 순간을 헤쳐 나갈 수 없으니, 다시 자기 곁으로 돌아와 달라고 부탁했다. 뮈라를 포로로 했다는 보고가 있어 참모들이 쿠투조프에게 축하의 말을 했을 때 그는 빙그레 웃었다.

「제군, 조금만 더 기다려.」 그는 말했다. 「전쟁은 우리 편 승리야. 그러니까 뮈라를 포로로 했다고 해서 조금도 놀랄 것은 없어. 그러니 기뻐하는 건 조금만 더 기다려.」 그러면서도 그는 부관을 보내 이 소식을 각 부대에 전달하게 했다.

그러나 이에 뒤이어 좌익에서 쉬체르비닌이, 프랑스군이 돌각보와 세묘노프스코예 마을을 점령했다는 보고를 가지고 달려왔다. 쿠투조프는 싸움터의 포성과 쉬체르비닌의 안색으로 이 보고가 그리 좋지 않다는 것을 깨닫고, 다리를 쭉 뻗기라도 하듯 일어나서는 쉬체르비닌의 손을 잡고 한쪽으로 데리고 갔다.

「여보게, 자네가 좀 가주지 않겠나?」 그는 예르몰로프에게 말했다. 「어떻게 물리칠 방법이 없겠나? 좀 봐 주고 오게.」

쿠투조프는 러시아군 진지 중앙에 해당하는 고르키이에 있었다. 나폴레옹이 아군의 좌익에 가했던 돌격은 몇 번이나 격퇴되었다. 중앙부의 프랑스군은 보로지노 이상 더 진격하지 못했다. 또한 우바로프의 기병대는 프랑스군을 좌익에서 패주케 했다.

두 시가 지나 프랑스군의 돌격은 중지되었다. 쿠투조프는 싸움터에서 돌아오는 사람의 얼굴에서도, 자기 주위에 서 있는 사람들의 얼굴에서도 극도로 긴장된 표정을 읽을 수 있었다. 쿠투조프는 예상 외의 오늘의 성공에 만족했다. 그러나 체력은 이 늙은이를 배신했다. 그의 머리는 떨어지기라도 하듯 몇 번이나 낮게 숙여졌다. 이윽고 그는 꾸벅꾸벅 졸기 시작했다. 이때 점심이 들어왔다.

식사를 하고 있을 때 시종 무관 볼리소겐이 쿠투조프에게로 찾아왔다. 이 사람은 어젯밤 안드레이 공작의 숙소 옆을 지나가면서 『전쟁은 넓은 지역으로 옮기지 않으면 안 된다.』고 말한 당사자인데, 그는 언제나 바그라찌온에게 미움을 사고 있었다. 볼리소겐은 좌익의 전황 보고를 하러 바르클라이에게서 온 것이었다.

총명한 바르클라이 드 톨리는 부상병이 떼를 지어 도망치는 것과 후방 부대가 혼란에 빠진 것을 보고 모든 사정을 종합 판단한 결과 싸움은 졌다고 결정해 버렸다. 그는 이러한 보고를 마음에 드는 부관을 시켜 총사령관에게 가져가게 했던 것이다.

쿠투조프는 구운 닭고기를 간신히 씹으면서 유쾌한 듯 눈을 찡그리고 볼리소겐을 쳐다보았다.

볼리소겐은 부주의하게 발을 크게 떼고 약간 경멸하는 듯한 미소를 띠우며 차양에 살짝 손을 대고 쿠투조프에게로 다가갔다.

볼리소겐은 얼마큼 고의적인 것처럼 부주의한 태도로 각하에게 말을 건넸다. 그것은 말하자면 나는 고등 교육을 받은 군인이다, 그러니까 늙어서 아무런 쓸모도 없는 늙은이를 러시아인들이 아무리 우상처럼 숭배해도 나는 그 정체를 빤히 알고 있다는 기분을 보이기 위해서였다. 『노신사는——그의 동료인 독일인들은 쿠투조프를 이렇게 부르고 있었다——천하 태평이로군.』 볼리소겐은 생각했다. 그리고 쿠투조프 앞에 널려 있는 접시들을 엄중한 눈빛으로 일별하고는 바르클라이에게서 명령을 받은 대로, 자기가 보고 이해한 범위 내에서 좌익의 전황을 이 노신사에게 보고하기 시작했다.

「우리 진지의 주요 지점은 모두 적의 수중에 들어갔고 그것을 격퇴할 방법이 없읍니다. 말하자면 군대가 없기 때문입니다. 병사들은 패주하고 있읍니다만 그들을 막는다는 것은 도저히 불가능합니다.」 그는 보고했다.

쿠투조프는 입을 우물거리기를 그치고 상대방이 말한 것이 이해가 가지 않는다는 듯 깜짝 놀란 눈빛으로 볼리소겐을 쳐다보았다. 볼리소겐은 노신사의 동요를 보자 엷은 웃음을 띠고 이렇게 말했다.

「저는 제가 본 것을 각하에게 숨길 권리가 없다고 생각해서 있는 그대로를 여쭌 것입니다. 군대는 완전히 혼란 상태에 빠져…….」

「자네가 보았다고? 자네가 보았다고?……」 쿠투조프는 벌떡 일어나 볼리소겐에게로 바싹 다가가며 미간을 찌푸리고 이렇게 소리쳤다. 「자네가 어떻게……불손하기 짝이 없군!」 그는 부르르 떨리는 두 손으로 달려들듯 위협하며 숨이 차서 띄엄띄엄 외쳤다. 「자네가 어떻게 나한테 감히 그런 말을 할 수 있나? 자넨 아무것도 몰라. 바르클라이 장군한테 내가 그렇게 말하더라고 전하게! 그 사람의 보고는 잘못되어 있다, 싸움의 진상은 총사령관인 이 내가 장군보다 더 잘 알고 있다고 말이야!」

볼리소겐은 무엇이라고 대답을 하려고 했으나 쿠투조프는 그것을 가로막았다.

「적은 좌익에서도 격퇴되었고 우익에서도 패주했어. 자네가 그걸 잘 모르거든 제발 자기가 모르는 걸 함부로 지껄이지 말아 주게. 바르클라이 장군한테 가서 내일 나는 꼭 적을 공격할 생각이라고 말해 줘.」쿠투조프는 엄격하게 말했다. 모두는 입을 다물고 있었다. 다만 흥분 때문에 헐떡이는 노장군의 가쁜 숨소리만이 들릴 뿐이었다.「적은 어디에서도 격파됐어. 그래, 나는 하느님과 우리 용감한 장병들에게 감사하고 있어. 적은 패퇴했단 말이야. 그들은 이제 내일이면 이 성스러운 러시아 땅에서 쫓겨날 거야.」쿠투조프는 성호를 그으며 이렇게 소리쳤다. 볼리소겐은 이 늙은 나리의 너무나도 바보 같은 소리에 어이가 없는 듯 어깨를 움츠리고 입술을 일그러뜨리며 말없이 한 옆으로 물러섰다.

「아, 저기 왔군, 내 가장 사랑하는 영웅이!」이때 언덕 위로 올라온, 머리가 검고 뚱뚱한 풍채 좋은 장군을 보고 쿠투조프는 말했다.

이 사람은 보로지노 전투의 주요 지점에서 이 날 하루를 보낸 라예프스키이 장군이었다.

라예프스키이는, 아군은 각각 자기 진지를 굳게 지키고 있고 프랑스군은 더 이상 공격을 시도할 힘이 없다고 말했다.

이 보고를 듣자 쿠투조프는 프랑스어로 이렇게 말했다.「그럼 자네는 다른 사람들처럼 우리 군대가 퇴각해야 한다고 생각하지 않는가?」

「천만의 말씀입니다, 각하. 승부를 판가름하기 어려운 경우에는 언제나 보다 끈기가 있는 쪽이 승리자입니다.」라예프스키이는 대답했다.「그리고 제 생각엔 …….」

「카이사로프!」쿠투조프는 자기의 부관을 불렀다.

「자네 여기 앉아서 내일의 명령을 좀 써 주게. 그리고 자네는.」그는 또 한 부관에게로 얼굴을 돌렸다.「지금부터 전선을 돌며 내일은 이쪽에서 공격이라고 전하고 오게.」

쿠투조프가 라예프스키이와 이야기를 계속하고 명령을 구술하는 동안 볼리소겐은 바르클라이한테서 돌아와 원수께서 주신 명령을 서면으로 확증하고 싶다는 바르클라이 드 톨리의 뜻을 전했다.

쿠투조프는 볼리소겐 쪽은 쳐다보지도 않고 그 명령을 서면에 옮기라고 일렀다. 전(前) 총사령관은 자기의 책임을 회피하기 위해 명령서를 받아 두어야겠다는 지극히 타산적인 희망을 품고 있었던 것이다.

보통 사기(士氣)라고 불리는 전쟁의 중추 신경이 되어 있는 이 동일한 기분을 군(軍) 전체에 걸쳐 유지하는 연쇄—— 확실한 정의를 내릴 수 없는 불가사의한 연쇄에 의해서 쿠투조프의 말과 내일의 전투에 대한 그 명령은 동시에 군대의 구석에서 구석으로 전해졌다.

그의 말이나 명령이 이 연쇄의 맨 마지막까지 전해졌을 때는 그 말이나 명령은 처음 그대로는 아니었다. 각 부대의 말단부에서 사람들이 서로 전한 이야기는 조금도 쿠투조프 자신의 말과 같지 않았다. 그러나 그 말은 교활한 계략에서 나온 것이 아니라 총사령관의 마음 속에나 모든 러시아 사람들의 마음 속에 한결같이 잠재하고 있는 감정에서 우러나온 것이기 때문이었다.

지쳐서 동요를 느끼기 시작하던 장병들은, 내일은 아군이 적을 공격한다는 것을 알고 그것이 사실이라는 확증을 군의 최고부(最高部)로부터 듣자 병사들은 갑자기 위안을 받고 활기를 띠었던 것이다.

36

안드레이 공작의 연대는 예비군으로 돌려져 세묘노프스코예 후방에서 맹렬한 포화를 받으며 하는 일 없이 대기하고 있었다. 이백 명 이상의 병력을 잃은 이 연대는 한 시가 지나 세묘노프스코예와 언덕 포대 사이에 있는 귀리밭으로 진출하라는 명령을 받았다. 그곳은 이 날 몇 천 명의 전사자를 낸 곳으로 오후 한 시가 지나서는 몇 백 문의 적의 포화가 포격을 가해 왔던 곳이었다.

연대는 그 자리에서 꼼짝도 하지 않고, 총 한 방 쏘지 못한 채 삼분의 일 이상의 병력을 잃었다. 전면과 특히 오른쪽에서는 아직 채 흩어지지도 않은 초연 속에서 대포가 기승을 부리고 있었다. 그리고 앞쪽 전체를 덮고 있는 신비로운 연기 속에서는 쌩쌩 하며 빠르고 거칠게 소리를 내는 포탄과 느린 휘파람을 부는 듯한 유탄이 끊임없이 날아오고 있었다. 때로는 조금 쉬게 해주기라도 하듯 한 십오 분 동안 포탄과 유탄이 머리 위를 날아가 버릴 적도 있었지만, 또 어떤 경우에는 약 일 분 동안에 몇 사람의 병사가 연대에서 뽑혀 끊임없이 전사자를 끌고 가기도 하고 부상자를 나르기도 했다.

포탄이 새로 날아올 때마다 아직 죽지 않은 사람들이 살아 남을 가능성은 점점 희박해 갔다. 연대는 대대별로 중대를 짓고 삼백 발짝이나 되는 거리에 걸쳐 늘어서 있었으나 그런데도 모두 똑같은 기분의 지배를 받고 있었다. 모두 한결같이 우울한 표정으로 침묵을 지키고 있었다. 대열 속에서 가끔 말소리도 들렸지만 포탄이 떨어지고 나서 들것을 가져오라는 고함 소리가 들릴 때마다 이 말소리는 딱 끊어져 버리고 말았다. 연대의 병졸은 상관의 명령에 좇아 대개는 땅바닥에 주저앉아 있었다. 어떤 병사는 모자를 벗어 조심스럽게 주름을 편 뒤 먼저대로 또 주름을 짓고 있었고, 어떤 병사는 바싹 마른 진흙덩이를 손바닥으로 비벼 부숴 그것으로 총검을 문지르고 있었다. 또 어떤 병사는 가죽 멜빵을 비벼서 쇠고리를 잡아당기기도 했고, 어떤 병사는 열심히 각반을 풀었다가 다시 고쳐 차기도 하고 구두를 고쳐 신기도 하고 있었고, 어떤 병사는 들의 덤불로 집을 세우기도 하고 수확이 끝난 밭에서 보리짚을 가지고 와 바구니를 엮기도 했다. 모두 이런 일에 열중하고 있는 것 같았다. 사람이 다치고 전사하든, 들것이 줄을 지어 가든, 아군이 후방으로 물러 가든, 연기 사이로 적의 대군이 보이든 어느 한 사람 그런 것에 주의를 돌리지 않았다. 그러면서도 포병이나 기병이 전진하거나 아군의 보병이 움직이는 것을 보면 흡족한 듯 여기저기서 격려의 말이 터져 나왔다. 그러나 무엇보다도 그들의 주의를 가장 많이 끈 것은 이 전쟁과는 아무런 관계도 없는 전혀 엉뚱한 것들이었다. 정신적으로 피로에 빠진 이들의 주의는 이런 흔해 빠진 일들로 해서 휴식을 느끼게 되는 모양이었다. 어떤 보병 중대가 연대의 정면을 지나갔다. 그러자 탄약차를 끌고 있는 부마(副馬)가 고삐에 발이 감겼다. 「어이, 부마를 좀 보게!……발을 빼 줘! 넘어지니까……허어, 저게 보이지 않나!……」 연대 전체의 모든 열에서 이러한 똑같은 고함 소리가 들렸다. 이것 외에 모든 사람의 주의를 끈 것은 갈색 강아지였다. 어디에서 뛰어들었는지는 알 수 없었지만 꼬리를 꼿꼿이 세우고 경계하는 듯한 발걸음으로 연대 앞으로 뛰어나왔는데 느닷없이 가까이에서 포탄이 떨어지자 질겁을 하고 깽깽 비명을 지르며 꼬리를 도사리고 한옆으로 달아났다. 웃음 소리와 고함 소리가 일시에 연대 전체에 퍼졌다. 그러나 이러한 위안은 단 몇 분 동안밖에 계속되지 않았다. 사람들은 벌써 여덟 시간 이상이나 먹지도 못 하고 마시지도 못 한 채 끊임없이 죽음의 공포에 시달리며 하는 일 없이 멍청히 서 있었던 것이다. 그리고 그들의 파랗게 질린 쭈그러진 얼굴은 더욱더 파래지고 주름이 깊어져 갔다.

　연대의 전원과 마찬가지로 파랗게 질린 얼굴을 찌푸리고 있는 안드레이 공작은 뒷짐을 지고 고개를 떨어뜨린 채 귀리밭 옆 풀 위를 두렁에서 두렁으로 왔다 갔다하고 있었다. 이제 아무것도 할 일이 없었고 내릴 명령도 없었다. 모든 것은 자동적으로 진행되고 있었다. 전사자는 전선 밖으로 끌려갔고 부상자도 운반되어 갔고 부대는 축소되었다. 병사들은 도망가다가도 곧 다시 급히 되돌아왔다. 처음에는 안드레이 공작도 병사들의 용기를 북돋고 그들에게 모범을 보여 주는 것이 자기의 의무라고 생각했기 때문에 대열 사이를 이리저리 왔다갔다했으나 마침내 아무것도 가르칠 필요가 없다는 것을 깨달았다. 그의 정신력은 거의 무의식적으로 모든 병사들과 마찬가지로 자기의 무서운 경우에서 애써 피하려는 노력에만 돌려지고 있었다. 그는 발을 끌기도 하고 풀을 와삭와삭 소리가 나게 하기도 하고 구두 전체에 뽀얗게 앉아 있는 먼지를 내려다보기도 하면서 풀 위를 걷고 있었다. 때로는 풀을 베어 간 일꾼이 남겨 놓고 간 발자국을 밟으려고 큰 걸음걸이로 걷기도 하고 때로는 이쪽 밭이랑에서 저쪽 밭이랑까지 몇 걸음이 되는지 세어 대강 일 베르스타를 가려면 밭이랑 사이를 몇 번이나 왕복해야 되는지 재 보기도 하고, 어떤 때는 밭이랑에 돋아난 쑥을 뜯어 그 꽃을 손바닥에다 문질러서 쌉쌀하고도 향기롭고 강렬한 냄새를 맡기도 했다. 어제 머리 속을 맴돌던 사색의 흔적은 조금도 그에게 남아 있지 않았다. 그는 아무것도 생각하지 않았다. 다만 그칠 줄 모르게 들려 오는 음향에 지친 귀를 기울이면서 대포를 쏘는 소리와 포탄이 날아가는 소리를 분간하기도 하고, 제1대대의 낯익은 병사들의 얼굴을 쳐다보기도 하면서 대기하고 있었다.『옳지, 오는군……또 이쪽으로 오는데!』자욱한 연기로 차단된 저쪽 세계에서 뭔가 윙윙 소리를 내며 다가오는 소리를 들으며 그는 생각했다.

『하나, 또 하나! 또 왔군! 떨어졌군…….』그는 발을 멈추고 대열을 둘러보았다.『아니, 날아가 버렸군. 이번에는 떨어졌는데.』그는 열 여섯 걸음으로 저쪽 이랑까지 가려고 될 수 있는 대로 발짝을 크게 떼면서 생각했다.

으르렁거리는 소리와 폭발음! 그에게서 다섯 발짝쯤 떨어진 다른 땅에 구멍이 뚫리고 포탄이 그 속으로 들어갔다. 그의 등에는 돌연 오싹 오한이 스치고 지나갔다. 그는 다시 대열을 둘러보았다. 또 병사 몇 명이 날려갔으리라, 제2대대 옆에는 사람이 잔뜩 모여 있었다.

「부관!」그는 외쳤다.「한 군데 뭉쳐 있지 않도록 명령해 주게.」부관은 명령을 실천하고 안드레이 공작에게로 돌아왔다. 반대쪽에서는 대대장이 말을 타고 달려오고 있었다.

「위험해!」겁에 질린 한 병사의 외치는 소리가 들렸는가 하자 날카롭게 공기를 가르며, 마치 땅에 내려앉는 작은 새처럼 유탄 하나가 안드레이 공작 바로 두어 발짝 앞의 대대장 말발굽 아래에 둔탁한 소리를 내며 떨어졌다. 말은 자기도 모르게 거센 콧김을 뿜고 대령을 떨어뜨리기라도 할 듯이 뛰어오르며 한옆으로 물러났다. 말의 공포는 사람에게도 전해졌다.

「엎드려!」땅바닥에 엎드린 부관이 이렇게 외쳤다. 안드레이 공작은 어떻게 해야 할지 몰라 멍하니 서 있었다. 유탄은 연기를 뿜으며 밭과 풀밭 가장자리에 우거진 쑥더미에 엎드려있는 부관과 안드레이 공작 사이를 팽이처럼 뱅뱅 돌았다.

『이게 정말 죽음이라는 걸까?』안드레이 공작은 완전히 새로운 선망의 눈으로, 풀밭과 쑥과 뱅뱅 도는 검은 공에서 피어오르는 연기의 흐름을 보며 생각했다.

『나는 죽으면 안 된다. 죽고 싶지 않다. 나는 생활을 사랑하고 있다. 그리고 이 풀과 흙과 공기를 사랑하고 있다……』그는 이렇게 생각하는 것과 동시에 모두가 자기를 보고 있음을 의식했다.

「부끄럽지 않은가, 응? 이것 봐!」그는 부관에게 말했다.「정말…….」그는 말을 채 마치지 못했다. 그 찰나 굉장한 폭발음과 부서진 창들이 산산 조각이 나 흩어지는 것 같은 소리가 동시에 들리며 화약 냄새가 물씬 코를 찌르더니 안드레이 공작은 한옆으로 날려 한쪽 손을 위로 든 채 가슴을 밑으로 하고 쓰러졌다.

장교 몇 사람이 달려왔다. 오른쪽 옆구리에서는 콸콸 피가 쏟아져 풀 위에 큰 얼룩을 지었다. 명령을 받고 들것을 가지고 온 민병이 장교들 뒤쪽에 멈춰섰다. 안드레이 공작은 가슴을 밑으로 깔고 얼굴을 풀에다 박고 쓰러진 채 목이 잠긴 소리를 내며 괴롭게 숨을 토하고 있었다.

「자, 뭘 멍 하니 서 있어, 빨리 이리 와!」

농부들은 다가와 그의 어깨와 발을 잡았다. 그러나 그가 너무 괴로운 신음 소리를 냈기 때문에 농부들은 서로 얼굴을 쳐다보며 도로 그를 내려놓았다.

「자, 얹어, 어차피 마찬가지야!」누군가가 이렇게 외쳤다. 농부들은 다시 그의 어깨를 들어 들것에 얹었다.

「아, 어떡하나! 이걸 어떡하나!……배에 맞다니! 이렇게 되면 틀려! 아, 이게 무슨 일이람!」장교들 사이에서 이렇게 말하는 소리가 들렸다.

「내 귀를 스치고 지나갔지 뭐야. 정말 종이 한 장 사이였어.」부관은 말했다.

농부들은 들것을 어깨 위에 메고 자기들이 밟아서 낸 길을 따라 의무실로 걸음을 재촉했다.

「발을 맞춰서 걸어……응!……이 농부 놈의 새끼들아!」발을 맞추지 않아 들것을 마구 흔들리게 하는 농부들의 어깨를 붙들어 세우며 장교 한 사람이 크게 소리쳤다.

「내 발에다 맞춰, 응? 흐배도르, 어이, 흐베도르.」앞에 선 농부가 말했다.

「그래, 됐어.」뒤쪽의 농부는 발이 맞게 되자 기쁜 듯이 말했다.

「연대장님이! 응? 공작님이?」찌모힌이 달려와 들것 안을 들여다보며 떨리는 소리로 외쳤다.

안드레이 공작은 눈을 뜨고 들것 안에서 머리를 깊이 파묻은 채 자기에게 말을 건네는 사람을 보고는 그대로 다시 눈을 감고 말았다.

민병들은 안드레이 공작을 군수품차와 의무실이 있는 숲 속으로 운반해 갔다. 의무실은 자작나무 숲 가장자리에 쳐 놓은 세 개의 천막으로 돼 있었다. 천막 자락은 위로 걷어 올려져 있었다. 숲 속에는 군수품차와 말들이 널려 있었다. 그리고 말들이 여물 주머니 속에 든 귀리를 먹고 있는 옆에 참새 떼들이 몰려와 흩어진 낟알을 주워 먹고 있었다. 까마귀들은 피 냄새를 맡고 초조하게 까악까악 울면서 자작나무 사이를 날아다니고 있었다. 천막 주위에는 이 제샤쩨나(약 2000 헥타르—역주) 이상의 지역에 걸쳐 가지가지의 옷차림을 한 사람들이 피투성이가 되어 드러누워 있기도 하고 앉아 있기도 하고 혹은 서 있기도 했다. 부상병 주위에는 조심스럽고 우울한 얼굴을 한 위생병들이 여기저기 흩어져 있었다. 질서 유지의 임무를 띤 장교들은 이들을 거기에서 쫓아내려고 헛되이 애를 쓰고 있었다. 그러나 이들은 장교의 명령도 듣지 않고 들것에 몸을 기댄 채 꼼짝 하지 않고 서 있었다. 그리고 이 광경의 어려운 의미를 풀기라도 하려는 듯 눈앞에서 벌어지고 있는 일들을 열심히 지켜보고 있었다. 천막에서는 악을 버럭 쓰는 것 같은 울음소리와 애처로운 신음 소리가 번갈아 들려 왔다. 때때로 위생병들이 물을 가지러 떠어나와 다음에 들일 사람을 지정하고 갔다. 부상병들은 천막 옆에서 자기의 차례가 돌아오기를 기다리며 잠긴 목소리로 울부짖기도 하고 앓는 소리를 내기도 하고, 울기도 하고 고함을 치기도 하고 욕지거리를 하기도 하고 보드카를 달라고 애원하기도 했다. 그 가운데는 헛소리를 하는 사람도 있었다. 안드레이 공작은 연대장이라고 하여 아직 붕대도 두르지 않은 다른 부상병들을 젖혀 놓고 한 천막 옆으로 운반되었다. 사람들은 그곳에서 명령을 기다렸다. 안드레이 공작은 눈을 떴으나 자기의 주위가 어떻게 되어 있는지 한참 동안 깨달을 수 없었다. 다만 풀밭과 쑥과 밭과 뱅뱅 도는 검은 공과 자기의 삶에 대한 애착의 열렬한 충동이 머리에 떠오를 뿐이었다. 두어 발짝 가량 떨어진 곳에서 머리에 붕대를 두른, 키가 훤칠하고 검은 아름다운 머리칼의 한 상사가 지팡이에 기대어 무엇이라고 큰소리로 지껄이고 있는 것이 여러 사람의 주의를 끌었다. 그는 머리와 다리에 총상을 입고 있었다. 주위에는 부상자와 위생병들이 모여 서서 그 이야기를 듣고 있었다.

「우린 실컷 두들겨 패주었지. 그랬더니 놈들이 거품을 물고 도망치지 않겠어? 우린 놈들의 임금까지 사로잡았었어.」 상사는 열이 오른 검은 눈을 반짝이며 주의를 둘러보고 이렇게 큰소리로 말했다. 「바로 그때 예비대만 와 주었으면 한 놈도 남지 않게 해치워 버렸을 텐데 말이야. 그러니까 정말 내가 말한 대로…….」

안드레이 공작도 말하는 사람을 둘러싸고 있는 사람들과 마찬가지로 반짝이는 눈으로 그의 얼굴을 쳐다보며 마음이 아늑해지는 것을 느꼈다. 『도대체 저승에는 무엇이 있을까? 그리고 또 이승에는 무엇이 있었나! 왜 나는 이 세상의 생활에서 떠나기를 그토록 안타까와했던가? 이 세상 생활에는 아직 내가 몰랐던 것, 지금도 알지 못하는 무엇이 분명히 있다.』

37

피투성이 가운을 입고 조그만 손까지 온통 피투성이가 된 군의 한 사람이 담배를(더럽히지 않도록) 새끼손가락과 엄지손가락 새에 끼고 천막에서 나왔다. 이 군의는 고개를 들어 주위를 둘러보기 시작했으나 그 시선은 부상자보다 위쪽을 보고 있었다. 분명히 어디서 잠시 쉬고 싶은 모양이었다. 그는 잠시 고개를 좌으로 움직이다가 이윽고 한숨을 쉬고 눈을 밑으로 내리깔았다.

「응, 곧 할께.」 그는 안드레이 공작을 가리키며 뭐라고 하는 위생병의 말에 대답하고 그를 천막 안으로 나르도록 일렀다.

기다리고 있던 부상병 사이에서 불평의 소리가 일어났다.

「제기랄, 저승에도 지체 있는 사람만 산다던가!」 그 중 한 사람이 말했다.

안드레이 공작은 천막 안으로 운반되었다. 그리고 방금 위생병이 물을 끼얹은 깨끗이 씻어 놓은 수술대 위에 눕혀졌다. 안드레이 공작은 천막 안에 있는 것들을 일일이 알아볼 수 없었다. 주위에서 들리는 비참한 신음 소리와 옆구리와 배와 등의 심한 통증이 그의 주의를 어지럽혀 놓았다. 그가 자기 주위에서 본 것은 온통 피투성이가 되어 드러난 인간의 몸뚱이라는 하나의 개괄적인 인상으로 한데 녹아들어 버렸다. 이 드러난 육체는 몇 주일 전, 그 팔월의 무덥던 어느 날 스몰렌스크 가도의 더러운 못을 가득 채우고 있던 것으로서 지금은 나직한 천막 속에 넘쳐 있는 것같이 생각되었다. 그렇다. 그것은 바로 그때의 그 육체다. 바로 그것과 똑같은 〈대포의 밥〉이다. 그때도 이 고깃덩어리를 보고 자기는 마치 오늘을 예감하듯 마음 속에 공포를 불러일으키지 않았던가.

천막 안에는 세 대의 수술대가 놓여 있었다. 그 가운데 두 대는 차 있었기 때문에 안드레이 공작은 세 번째 수술대에 뉘어졌다. 잠시 혼자 남겨져 있었으므로 그는 다른 두 대의 수술대 쪽을 자기도 모르게 돌아보았다. 바로 옆 수술대에는 타타르인이 앉아 있었다. 그 옆에 던져져 있는 군복으로 보아 코삭인 모양이었다. 네 명의 병사가 그를 붙들고 있었다. 안경을 쓴 군의가 근육이 울퉁불퉁하게 튀어 나온 갈색 등허리의 어딘가를 도려 내고 있었다.

「으, 으, 으!……」 타타르인은 마치 돼지 같은 신음 소리를 내고 갑자기 광대

뼈가 툭 불거진 코가 납작하고 검은 얼굴을 앞으로 쑥 내밀더니 흰 이를 드러내 놓고 버르적거리며 몸을 뒤틀다가 찢어지는 듯한 날카로운 소리를 길게 뺐다. 사람들이 많이 둘러싸고 있는 또 한 대의 수술대 위에는 덩치가 크고 살집이 좋은 한 사나이가 머리를 뒤로 젖힌 채 반듯이 누워 있었다(곱슬곱슬한 머리털과 그 빛깔과 머리의 생김새가 어디선가 많이 본 기억이 났다). 위생병 몇 사람이 가슴 위에 올라타 이 사나이를 내리누르고 있었다. 희고 살찐 큼직한 한쪽 발은 열병에 걸린 사람처럼 쉴 새 없이 부들부들 떨고 있었다. 사나이는 실룩거리며 울음을 터뜨리기도 하고 흐느끼기도 했다. 두 군의는 묵묵히—그 가운데 한 사람은 얼굴이 새파랗게 질려 달달 떨고 있었다—빨갛게 된 사나이의 한 쪽 발을 매만졌다. 타타르인을 처리하고 난 안경을 쓴 군의는 외투를 걸치고 손을 닦으며 안드레이 공작에게로 다가왔다.

그는 안드레이 공작의 얼굴을 힐끗 보고는 고개를 돌려 버렸다.

「옷을 벗겨! 멍 하니 서서 무얼 하는 거야?」 그는 화난 목소리로 위생병에게 소리쳤다.

위생병이 옷소매를 걷어 붙인 손으로 부랴부랴 단추를 끄르고 웃옷을 벗겼을 때 안드레이 공작의 머리에는 먼 옛날의 유년 시절이 떠올랐다. 군의는 상처 위로 몸을 구부리고 가만히 손을 대 보고 무거운 한숨을 내쉬었다. 그는 누구에겐가 눈짓을 했다. 하복부의 통증에 못 이겨 안드레이 공작은 의식을 잃어버렸다. 그가 겨우 의식을 회복했을 때는 부러진 넓적다리 뼈는 도려 내지고, 엉망이 된 살조각은 잘려 상처엔 붕대가 감겨 있었다. 얼굴에 물을 끼얹자 안드레이 공작은 눈을 떴고, 군의는 허리를 구부려 말없이 그의 입술에 키스하고는 급히 그 자리를 떠나 버렸다.

심한 고통을 겪고 난 뒤 안드레이 공작은 오랫동안 맛보지 못했던 행복을 느꼈다. 지금까지의 생애 가운데서도 가장 아름답고 가장 행복했던 까마득한 옛날 어린 시절이, 과거가 아니라 그대로 현실처럼 나타났다. 그 당시 그는 옷을 벗기우고 조그만 침대 위에 눕혀졌다. 그러자 유모는 그를 재우면서 머리맡에서 노래를 불렀다.

그는 머리를 베개 속에 파묻고 다만 살아 있다는 의식만으로 자기를 행복하게 느꼈다. 머리의 생김새로 안드레이 공작의 기억에 있는 것처럼 생각되던 그 부상병 옆에서는 군의들이 분주하게 움직이고 있었다. 사람들은 그를 부축해 일으켜 놓고 달랬다.

「보여 주세요……오오오오! 오 오오오오!」 흐느낌 소리에 토막토막 끊기며 겁에 질린, 괴로와 견딜 수 없는 듯한 신음 소리를 듣자 안드레이 공작은 울고 싶은 심정이 됐다. 그것은 그가 아무런 영광도 없는 죽음을 선고받았기 때문인지, 삶과 헤어지는 것이 서운하여서인지, 이미 돌이킬 수 없는 어린 시절의 추억 때문인지, 그렇지 않으면 자기도 남과 함께 괴로와하고 있기 때문인지, 또는 자기 앞에서 이 사나이가 처량하게 신음하고 있기 때문인지, 아뭏든 그는 어린애처럼 착하고 희열에 찬 눈물을 흘리며 실컷 울고 싶었다.

위생병은 장화 속에 피투성이가 된 채 잘린 한쪽 다리를 부상병에게 보였다.

「오! 오오오오!」그는 여자처럼 흐느껴 울기 시작했다. 그의 앞에 서서 부상병의 얼굴을 가리고 있던 군의가 한옆으로 비켜 섰다.

「아니, 이게 어떻게 된 거야? 저 남자가 어째서 이런 델 와 있지?」안드레이 공작은 자기도 모르게 중얼거렸다.

금방 한쪽 발을 잘리우고 흐느껴 울고 있는, 맥이 하나도 없는 불쌍한 사내가 아나톨리 쿠라긴임을 그는 비로소 알아냈던 것이다. 사람들은 아나톨리를 부축하고 그에게 컵에 물을 떠 권했다. 달달 떠는 부르튼 입술은 컵의 가장자리를 붙잡을 수 없었다. 아나톨리는 괴로운 듯 흐느껴 울었다.『그렇다, 저 남자다. 그렇다, 나와 저 사나이는 어째선지 괴로운 인연으로 야무지게 맺어져 있는 것 같다.』안드레이 공작은 자기 눈앞에 벌어지고 있는 사건을 아직 충분히 이해하지 못한 채 이렇게 생각했다.『그런데 내 유년 시절과, 내 생활과 저 사나이와의 관계는 대체 무엇이었던가?』그는 자문해 보았으나 해답을 얻을 수 없었다. 문득 안드레이 공작은 깨끗한 사랑으로 넘쳐 있었던 유년 시절의 세계에서 또 하나 새로운 추억을 생각해 냈다. 그는 나타샤를 생각했던 것이다. 그것은 1810년의 무도회에서 처음으로 본 나타샤였다. 목도 손도 가느다랗고 한껏 생기에 넘친 행복한 얼굴을 한 나타샤였다. 그러자 그의 마음 속에는 나타샤에 대한 사랑과 그리움이 일찌기 경험해 보지 못했을 정도의 활기와 힘을 가지고 눈을 떴다. 그는 지금 부은 눈에 넘치는 눈물을 통해 멍하니 자기를 바라보고 있는 이 사나이와 자기와의 관계를 생각했다. 안드레이 공작은 이것저것 모든 것을 생각해 보았다. 그러자 인간에 대한 감격에 찬 연민과 사랑이 그의 행복한 가슴을 가득 차게 했다.

안드레이 공작은 이제 더 참을 수 없어 부드러운 사랑에 찬 눈물을 남과 자기와, 그리고 자기와 모든 사람이 같이 품고 있는 미망(迷妄)에 대해 흘렸다.

『연민, 형제와 사랑하는 사람에 대한 사랑, 우리를 미워하는 사람에 대한 사랑, 적에 대한 사랑. 그렇다, 이것은 신이 이 땅 위에서 가르친 사랑이다. 누이인 마리야에게 가르침을 받고도 이해하지 못했던 그 사랑이다. 이것을 몰랐기 때문에 나는 삶에 미련이 있었던 것이다. 만약 내가 살아 남을 수만 있다면 이것이야말로 나에게 남겨진 유일한 것인데. 아아! 그러나 나는 이미 늦었다. 나는 그것을 잘 알고 있다!』

38

시체와 부상자로 덮인 싸움터의 처참한 광경은 머리 속의 괴로운 느낌과 그와 가까이 하고 있던 스무 명이나 되는 장군들의 사상의 보고와, 전에는 강력했던 자기의 팔이 지금 그 힘을 잃었다는 의식과 함께 나폴레옹에게 의외의 인상을 주었다. 그는 언제나 전사자와 부상자를 점검하고(그가 생각한 바에 의하면) 자기의 정신력을 시험하기를 즐기고 있었던 만큼 이 날 싸움에서 본 무서운 광경은 자기의 공적과 위력의 원천이라고 믿고 있던 그의 정신력을 압도해 버렸던 것이다. 그는 급히 싸움터를 떠나 쉐바르지노의 언덕으로 돌아갔다. 그리고 누렇게 들뜬 괴로운 얼굴을 하고 자기도 모르게 대포 소리에 귀를 기울이며 눈을 감은 채 접는 의자에 앉아 있었다. 그 눈은 잔뜩 흐려 있었고 코끝은 빨개지고 목소리는 잠겨 있었다. 그는 병적인 괴로움을 느끼며 싸움이 끝날 때를 기다렸다. 그는 이 사건이 자기와 깊은 관계가 있음을 인정하면서도 그것을 막을 수는 없었다. 개인으로서의 인간적인 감정이 오랫동안 그가 봉사해 온 인위적인 생활의 환영에 대해 짧은 순간이나마 승리를 거둔 것이다. 그는 싸움터에서 보았던 죽음과 고통을 자기에게 옮겨 보았다. 머리와 가슴의 묵직함은 그 자신에게도 고통과 죽음의 내습이 가능하다는 것을 생각하게 했다. 그는 이 순간 모스크바도 승리도 명예도 (이제 와서 명예 따위가 무슨 필요가 있으랴?) 가지고 싶지가 않았다. 오직 하나 그가 바라고 있는 것이 있다면 그것은 휴식과 평안과 자유였다. 그러나 그가 세묘노프스코예 고지로 갔을 때 포병 사령관은 이 고지 몇 군데에 포병 진지를 펴, 크냐지코보 앞에 떼지어 있는 러시아군에게 포화를 집중하자고 제의를 해 왔다. 그는 그것을 승인하고 그 공격의 성과를 자기에게 보고하라고 명령했다.

얼마 뒤 한 부관이 달려와 황제의 명령대로 이백 문의 대포를 러시아군에게로 돌렸으나 러시아군은 여전히 그 자리에 버티고 있다고 보고했다.

「우리 포화는 한꺼번에 한 덩어리씩 쓰러뜨리고는 있읍니다만 그들은 역시 물러나지 않습니다.」 부관은 말했다.

「아, 그래? 더 좀 혼을 내 줄까!」 나폴레옹은 잠긴 목소리로 말했다.

「네? 폐하.」 부관은 그의 말이 들리지 않았으므로 되물었다.

「아, 그래, 더 좀 혼을 내 줄까!」 나폴레옹은 미간을 찌푸리고 잠긴 목소리로 되풀이했다. 「잔뜩 혼을 내 줘!」

그가 그런 명령을 내리지 않더라도 그가 바라는 일은 착착 진행되고 있었다. 그가 이런 명령을 내린 것은 그저 모두 자기의 명령을 기다리고 있는 듯이 생각되었기 때문임에 지나지 않았다. 이리하여 그는 다시 여전히 위대하다는 환상의 인위적인 세계로 돌아가(공장의 수레바퀴를 돌리고 있는 말이 자기를 위해서 두엇인가를 하고 있는 것처럼 생각하는 것과 마찬가지로) 자기에게 주어진 잔혹하고 비통하며 괴로움에 충만된 비인간적인 역할을 다시 온순히 실행하기 시작하였다.

사건의 관계자 가운데 누구보다도 가장 큰 책임을 지고 있는 이 사람의 이성과 양심이 흐려졌던 것은 이 날 이 시간에 한한 일은 아니었다. 그는 한평생 마지막 날까지 선(善)도 미(美)도 진(眞)도, 또 자기 행위의 의의도 이해하지 못했다. 그것도 그럴 것이, 그들 행위는 그가 이해하기에는 너무나 선과 정의에 반대되고 너무나 모든 인간다운 점에서 동떨어져 있었기 때문이었다. 그는 세상의 반수(半數)로부터 찬미를 받은 자기의 행위를 부정할 수 없었다. 따라서 정의라든지 선이라든지 그 밖의 모든 인간적인 것을 부정하지 않으면 안 되었다.

그는 전사자와 부상자가 어지럽게 흩어져 있는(그것은 그의 생각에 의하면 그의 의지에 의하여 행해진 일이었다) 싸움터를 순회하고 이러한 사람들을 바라보면서 프랑스병 한 사람에 대해 러시아병이 몇 사람 꼴이 되는가를 세어 보고 프랑스병 한 사람에 대해 러시아병이 다섯 사람 꼴이 된다고 자기를 속이면서까지 기쁨의 이유를 발견하려고 한 것은 결코 이 날에 한한 일이 아니었다. 또 오만의 시신(屍身)이 겹겹이 쌓여 있었고, 〈싸움터는 참으로 장엄했었다〉고 파리에 써 보냈던 것도 비단 이 날뿐만은 아니었다. 그는 세인트 헬레나 섬에서 조용하고 괴로운 생활을 보내고 있을 때조차도 자기가 행한 위대한 업적의 기술에 여가를 바칠 생각이라고 하면서 다음과 같이 썼던 것이다.

〈대(對) 러시아 전쟁은 근대에 있어서 가장 유명한 전쟁이 되었어야 할 성질의 것이었다. 이것은 상식과 참된 이익의 전쟁이었다. 모든 사람들에게 안전과 평화를 주는 전쟁이었다. 그것은 순수한 평화를 애호하는 보수적인 전쟁이었다.

이 전쟁은 우연한 재난에 종말을 주고 평화의 토대를 닦는다는 위대한 목적을 위해서 행해졌던 것이다. 그것은 새로운 미래와 새로운 사업을 전개하고 인류에게 완전한 안녕과 복지를 안겨 주었어야 할 싸움이었다.

유럽 동맹은 이미 토대가 닦여 있었으니까 문제는 그저 그것을 어떻게 조직할 것인가 하는 점에 있었다.

이러한 큰 문제들에 만족하고 모든 것이 안정된다면 나도 독자적인 국제 회의와 신성 동맹을 가질 수 있었을 것이다. 이러한 것들은 나의 사상을 표절한 것이다. 이 여러 큰 나라의 원수들의 회합에서는 우리들은 각자의 이해를 가정적(家庭的)으로 검토하고, 마치 주인에 대한 점원처럼 우리들도 국민과 이해 관계를 협의할 수 있었을 것이다.

이렇게 하여 유럽은 멀지 않아 사실상 하나의 차별 없는 국민을 형성하고, 사람은 어떠한 고장을 여행하건 언제나 공통된 고향에 있는 것 같은 느낌을 품게 되었을 것이다. 나는 모든 하천이 만인을 위한 항로가 되고 해양이 공해가 되고 거대한 상비군(常備軍)이 그저 황제의 친위대로 축소될 것을 선언했을 것이다.

만약 위대하고 강력하고 장엄하고 평화롭고 아름다운 조국 프랑스로 돌아갈 수 있었다면 나는 국경을 영구 불변한 것으로 정하고 미래에 있어서의 모든 싸움은 언제나 방어전만으로 국한시키고 모든 새로운 영토 확장은 반민족적인 행위로 간주할 것을 선언할 생각이었다. 그리고 나의 아들을 제국에 결합시키고 나의 독재 정치에 종지부를 찍고 나의 아들로 하여금 입헌 정치를 창시케 할 의향이었던 것이다…….

그때 파리는 세계의 수도가 되고 프랑스인은 온 민족이 부러워하는 바가 되었을 것이다…….

다음 나는 나의 아들이 제왕학(帝王學)을 수학하는 동안 한가한 만년의 여가를 모두 여행에 바칠 생각이었다. 황후와 함께 참된 한 쌍의 시골 내외처럼 자가용 마차를 타고 제국의 방방 곡곡을 찾아 인민의 불평에 청종하여 부정을 물리치고 도처에 기념 건물과 은혜를 뿌리고 돌아다닐 심산이었다.〉

신의 섭리에 의해서 많은 국민의 사형 집행인의 역할——자기의 의지로 이렇게 할 수도 저렇게 할 수도 없는 슬픈 역할이 주어졌던 그는 자기 행위의 목적은 여러 국민의 복지였다, 자기는 수백만 명의 운명을 좌우할 수 있었으니까 권력에 의해서 선행을 쌓을 수도 있다고 자기가 자기에게 믿게 하려 하고 있었던 것이다.

그는 러시아 전쟁에 관해서 이렇게 쓰기를 계속했다. 〈비슬라 강을 건너던 사십만 병사 가운데, 반수는 오스트리아인, 프러시아인, 색슨인, 폴란드인, 바바리아인, 부르메르크인, 메클렌부르크인, 예스파냐인, 이탈리아인, 나폴리인들이었다. 또 정확히 말하자면 우리 제국(帝國)의 삼분의 일은 홀란드인, 벨기에인, 라인 강변의 주민, 패에몬트인, 스위스인, 주네브인, 토스카니인, 로마인, 제32사단 관구의 인민, 브레멘, 함부르크, 그 밖의 주민으로 이루어져 있었고, 그 가운데 프랑스어를 말하는 사람은 불과 십사만에 지나지 않았다. 러시아 원정으로 프랑스가 치른 희생은 불과 오만 명 미만에 지나지 않았다. 그러나 러시아군은 빌리나에서 모스크바로 퇴각하는 동안 여러 군데의 전투에서 프랑스군보다 세 배의 병력을 잃었던 것이다. 모스크바의 화재는 십만 명의 러시아인을 숲 속에서 추위와 굶주림으로 죽게 했다. 마지막에 모스크바에서 오제르로 퇴각하는 동안 러시아군은 혹독한 기후로 말미암아 많은 손실을 입었고, 빌리나에 도착했을 때는 겨우 오만 명, 칼리쉬에서는 일만 팔천 명 미만으로 줄어 들었다.〉

그는 자기 한 사람의 의지에 의해서 러시아와의 싸움이 일어난 것처럼 상상하고 있었으므로 행해진 사실의 가공할 의의도 그의 마음을 크게 자극하지는 않았다. 그는 대담히 사건의 모든 책임을 넘겨 받았다. 그리고 그의 흐려진 이성은 수십 만이라는 전사자 가운데서 프랑스인이 헤센인이나 바바리아인보다도 적었다는 것에서 자기 변명을 찾아냈던 것이다.

39

몇 만 명의 사람이 다브이도프네와 국유 농장에 속하고 있는 밭과 풀밭에 가지가지의 군복을 입고 가지가지의 자세로 시체가 되어 누워 있었다. 그곳은 보로지노와 고르키이와 쉐바르지노와 세묘노프스코예 마을의 농부들이 몇 백 년 동안 거둬들이기도 하고 가축을 치기도 한 곳이었다. 의무실마다 일 제샤찌나 정도 나에는 흙에도 풀에도 피가 배어 있었다. 가지가지의 부대에 속하는 부상병과 부상하지 않은 병사들의 떼는 놀란 듯한 얼굴을 하고 한쪽은 모줘아이스크로, 한쪽은 발루예보를 향해 터벅터벅 퇴각을 계속하고 있었다.

지치고 굶주려 있으면서도 상관에게 이끌려 전진해 가는 무리도 있었고 또 그 자리에 머물러 사격을 계속하고 있는 무리도 있었다.

아침 햇살을 받은 총검의 번뜩임과 초연으로 아까까지 그처럼 즐겁고 아름답게 보였던 싸움터 위에는 습기와 연기가 아지랭이처럼 자욱이 끼고, 야릇하게 시큼한 질산칼륨과 피 냄새가 감돌고 있었다. 이윽고 먹장구름이 몰려 와 죽은 사람이며 부상한 사람이며 놀란 사람이며 지친 사람이며 망설이고 있는 사람들 위에 부슬부슬 가랑비를 뿌리기 시작했다. 그것은 마치 〈이제 다 됐다, 인간들아. 그만두렴……이제 정신을 차리렴. 도대체 너희들은 무엇을 하고 있는 거냐? 〉하고 말하고 있는 것 같았다.

먹을 것도 먹지 못하고 휴식도 취하지 못하며 지쳐 빠진 양군(兩軍)의 병사들은 아직도 서로 죽이지 않으면 안 되는 것일까, 하는 의문을 한결같이 품기 시작했다. 모든 사람의 얼굴에는 동요의 빛이 현저해졌다. 누구의 마음 속에도 한결같이 그 어떤 의문이 고개를 쳐들고 일어났다.『무엇 때문에, 누구를 위해서 나는 남을 죽이고 또 내가 죽임을 당하지 않으면 안 되는 것일까? 죽이고 싶은 자는 죽이러 가건 말건 아무렇게나 하렴, 하고 싶은 짓은 무엇이거나 하렴. 그러나 나는 이제 더 이상은 싫다!』저녁이 가까와졌을 때 이 기분은 사람들의 마음 속에서 한결같이 무르익어 갔다. 당장이라도 모든 사람들이 자기들이 저지른 일에 두려움을 느끼고 모든 것을 내동댕이친 채 어디론지 발길이 돌려지는 쪽으로 도망치기라도 할 것만 같았다.

그러나 전투가 끝날 무렵이 되어 자기 행위의 무서움을 직감한 사람들은 기꺼이 중지하고 싶은 기분이 되면서도 아직도 그 어떤 이상야릇한 신비력에 지배되고 있었다. 세 명에 한 명 꼴 정도로 남은 포병도 화약과 피가 밴 땀투성이 몸을 하고 피로 때문에 비틀거리고 헐떡이고 하면서도 역시 탄약을 나르고 장전을 하고 조준을 하고 점화(點火)를 하곤 했다. 포탄은 여전히 양군에서 맹렬하고 잔혹하게 날아가고 날아와 인간의 육체를 분쇄했다. 이렇게 하여 인간의 의지에 의해서가 아니라 인간과 세계를 지배하고 있는 자의 의지에 의해서 성취되는 무서운 일은 여전히 계속되고 있었다.

러시아군의 혼란에 빠진 배면(背面)을 본 사람은 프랑스군이 조금만 더 분발하면 러시아군은 흔적도 없이 전멸된다고 말했을 것이다. 또 프랑스군의 후방 부대를 본 사람은 러시아군이 조금만 더 노력하면 프랑스군을 분쇄할 수 있다고 말했을 것이다. 그러나 러시아군이나 프랑스군도 이 조금의 노력이 되지 않았다. 그리하여 싸움의 불꽃은 그저 천천히 다 탈 때까지 타고 있었던 것이다.

러시아군이 이 조금의 노력을 하지 않았던 것은 자기 쪽에서 먼저 프랑스군을 공격한 것이 아니었기 때문이었다. 싸움은 당초 모스크바 가도에 서서 적의 진로를 막고 있었으나 싸움이 끝날 무렵에도 역시 처음과 똑같은 곳에 있었다. 또 설령 러시아군의 목적이 프랑스군을 격퇴하는 데 있었다고 하더라도 그들은 이 마지막 노력을 할 수 없었을 것이다. 왜냐하면 러시아군은 모조리 격파되어 전투중에 손해를 입지 않은 부대란 하나도 없었으며, 그저 자기들 부서에 가만히 선 채 병력의 태반을 잃었기 때문이었다.

프랑스군은 지금까지, 십 오 년 동안 늘 이겨 오기만 한 기억을 가지고 있었고, 나폴레옹의 필승을 믿고 있는 데다가 자기들은 싸움터의 일부분을 점령하고 있고 그리고 병력은 불과 전군의 사분의 일을 잃은 것에 지나지 않고 아직 조금도 손을 대지 않은 이만 명의 근위병이 있다는 의식도 고무되고 있었으니까, 섭사리

이 조금의 노력을 할 수 있었을 것이다. 게다가 또 프랑스군은 처음부터 러시아군을 진지에서 격퇴할 목적으로 공격을 개시한 것이었으니까 당연히 이 조금의 분발을 했어야만 했던 것이다. 왜냐하면 러시아군이 전쟁 전과 마찬가지로 모스크바 가도를 막고 있는 한, 프랑스군의 목적은 달성되지 않을 뿐만 아니라 그 노력과 손실은 모두 수포로 돌아가고 말 것이었기 때문이다. 그런데도 프랑스군은 이 조금의 분발을 하지 않았다. 어떤 역사가는 나폴레옹이 승리를 거두기 위해서는 신예(新銳)의 옛 근위대를 끌어냈어야 했었다고 말하고 있었다. 그러나 나폴레옹이 만약 그 옛 근위대를 끌어냈더라면 어떠하였으리라고 말하는 것은, 만약 봄에 가을이 되면 어떠하리라고 말하는 것과 똑같은 일로 그런 것은 도저히 있을 수 없는 일이다. 나폴레옹이 근위대를 끌어내지 않았던 것도 끌어내고 싶지가 않아서가 아니라 끌어낼 수가 없었기 때문이었다. 프랑스측의 장군도 장교도 병사들도 모두 그 불가능함을 알고 있었다. 의기 소침한 군의 사기가 그것을 허용하지 않았던 것이다.

무서운 힘을 주어 쳐들었던 손이 맥없이 떨어져 버린다는 꿈속 같은 경험을 한 것은 비단 나폴레옹 혼자만이 아니었다. 프랑스군의 장군 전체를 비롯한 모든 참가병과 불참가병은 언제나 이번의 십분의 일 정도의 노력으로 적을 패주케 했던 이전의 전쟁 경험에 비추어서, 싸움의 종국에 가까이 와도 군대의 반을 잃으면서 개전 당초와 마찬가지로 엄연히 서 있는 적에 대해 한결같이 공포를 느꼈던 것이다. 프랑스 공격군의 정신력은 지쳐 있었다. 군기라고 일컬어지는 막대기에 단 헝겊 조각의 노획수와 군대가 점령하고 있는 토지의 면적과 같은 것으로 결정되는 승리가 아니라, 적에게 자기의 정신적인 우월을 보이고 무력을 인정하게 하는 정신적인 승리를 러시아군은 이미 보로지노에서 거두었던 것이다. 프랑스의 침입군은 세차게 질주하고 있는 동안 치명상을 받은, 눈이 뒤집힌 야수처럼 자기의 멸망을 직감했던 것이다. 그러나 반수의 병력밖에 가지지 않은 러시아군이 퇴각하지 않을 수 없었던 것과 마찬가지로 프랑스군은 머무를 수 없었다. 한 번 충동을 받은 프랑스군은 그 기세로 다시 모스크바까지 굴러들어갈 수 있었다. 그러나 거기에서는 러시아군의 새로운 노력이 없더라도 프랑스군은 보로지노에서 받은 치명상 때문에 피를 다 흘려 멸망하지 않으면 안 되었다. 보로지노 전투의 직접적인 결과는 나폴레옹이 아무런 원인도 없이 모스크바에서 도망쳐 구(舊) 스몰렌스크 길로 퇴각해 갔다는 것과, 오십만 침입군의 멸망과, 처음으로 보로지노의 들판에서 정신적으로 우수한 적에게 굴복당한 나폴레옹 치하의 프랑스의 멸망이었다.

〈계속〉

전쟁과 평화 Ⅱ

■저 자/톨 스 토 이
■역 자/구 자 운
■발행자/남　　　용
■발행소/一信書籍公社

주소 : 121-070 서울 마포구 신수동 177-3
등록 : 1969. 9. 12. No. 10-70
전화 : 영업부 715-1800·8829, 717-4858
　　　편집부 715-6812
© ILSIN PUBLISHING Co.

ISBN 89-366-0273-X　　　값 14,000원